博客思出版社

當代詩大系 20

汪洪生詩集 貳集

汪洪生 著

清度時光之荏苒　悠然爽我之懷抱

夫天化一氣，挺生三才，人荷靈智，是為至貴。秉心持正，發為歌吟，是為三百篇之旨乎？！逮及《楚辭》，情采並茂，想像豐富，恢奇瑰麗，與《詩經》共同構成我國詩歌現實主義及浪漫主義之堅實基礎。衍至漢魏，不失沉雄壯大之氣。至晉與南北朝，漸趨清空雅麗。經隋及唐，創一高峰，而近體詩生焉。五代靡弱。有宋及元，於近體詩之外，衍生出詞及散曲，各具風采；詩莊詞媚散曲活潑，是為主流及共見。後至明代，傳衍不墜。至清代，則另創一高峰，詩詞散曲之創作蔚為大觀，成績斐然。清末以降，五四新文化運動興起，提倡白話文，詩詞散曲創作後緒不繼；民國幾十年間，尚有學人支撐大局，雅有成績。共和國成立以來，歷經文化大革命等數次政治浩劫，詩詞散曲終於式微。近年來，雖有學人大力鼓吹，欲起死回生，然成效亦在可疑之間。白話新詩不夠典雅，詩味不足，百年來雖創作數量不少，而可傳世者不多，成績有限。時至二十一世紀之新紀元，如何既承古，又辟新，創造我中國詩歌之新面貌與新境界，有待學界及同人共同努力矣。

余雖不才，於人生之坎坷滌蕩中，關注人類之心志靈魂，是以早年學工，中年乃毅然轉入文史哲領域，博學深思，潛心研學，於詩歌一道，尤為情鐘，至今已創作新詩一萬六千多首，而於四十年之創作實踐中，漸次摸索出一種根於近體詩、詞及散曲，糅和現代詩知性特點而形成的一種新的詩歌體式，朗朗上口，基本上均可哦唱，頗具時代特點及美感特徵。而余之思想，十分廣泛，於各家學派，兼收並蓄，舉凡基督教、道教、佛教及儒家等等，俱擇善而從，不持任何偏見。蓋學問之道，貴在融會貫通，方可達至大成之境地。如今地球已成為名副其實的地球村，接受世界各國文化及具備全球性視野已成為現代人之基本素質。余已至艾歲之年，於天命及天人大道亦有所心得矣。奮志而行，以「天行健，君子以自強不息」之精神氣概，努力叩求學問及真知之境界。故雖處僻地，心繫廣宇，專心治學，累積冬夏，凡有感想，俱都哦入詩章之中。詩言志，貴真情，無真情則不能感人，是以真情之投入乃詩歌創作之第一要義及原則。思想性藝術性俱佳的詩歌才是好的詩歌。

總序

時屆孟春，天氣晴和，爽風清暢，野禽鼓唱，余雅坐書齋，怡然心襟，寫此一篇序言。是以清度時光之荏苒，於春花秋月之中，常持一分豁達，所謂「樂天知命則無憂」，可以悠然爽我之懷抱矣。多言不必，贅言須減，即此擱筆，願為引玉之磚，高談大論，有待來子矣；不當之處敬請海涵並有以教我，余感激不盡矣。

哦松書屋主人　汪洪生

序於西元二零二零年二月二十三日

江蘇省之濱海縣

汪洪生，江蘇省濱海縣人，1965年6月18日生；1981年7月在濱海縣中學高中畢業；1984年6月畢業於南京化工學校無機化工工藝專業；1984年7月至1997年8月在濱海縣環境監測站工作，其間於1988年9月至1993年12月經成人高考參加同濟大學的函授學習，1993年12月畢業於同濟大學函授與繼續教育學院環境工程專業，獲工學學士學位；1997年9月考入同濟大學環境科學與工程學院碩士生，2000年3月同濟大學環境工程專業研究生畢業，獲工學碩士學位，研究方向為環境評價與規劃；其後在江蘇省鹽城市濱海生態環境局工作至今，其間自2004年4月開始參加江蘇省高等教育自學考試學習，2006年6月南京師範大學文學院漢語言文學專業本科畢業。《汪洪生詩集貳集》乃近期之習作，今結集於此，拋磚引玉，欲就教於大方之家；海內學者，幸以教我，至感尤深！今將個人信箱公佈於此，歡迎指正：wanghs200609@sina.com。

寫在出版之前

夫一切藝術形式，均有其局限性，文學概莫能外。余浸淫詩歌凡四十年，體會於茲深矣。詩歌屬於藝術，允許虛構及存有想像之空間，故與絕對之現實有其距離矣。而一首好的詩歌，應以思想性及藝術性俱佳為上；若不能兩全其美，有其一者為佳亦屬上品。教育學上有所謂「高原效應」，是說達到一定層次之後難以持續上升，而要在一定高度之平臺上滯留較長之時段，藝術亦復如是，存有「高原效應」，寫詩者水準達到一定層次，難以持續突破，難以不斷上升。寫詩貴有靈氣，而情感為必備之要素。作者寫情舒意，而思想性注矣。若無長期博學深思之努力，難免黔驢技窮，陷入困境，而學海無涯，努力行舟，終有所得，亦不過一知半解之見也，且常有偏頗及錯謬之處。是以寫詩者必持謙和之心，始能不斷上進，經過長期努力，才能有點滴之成績及成就矣。學思務必雙取，心胸應能廣大，才能存有雅量，於思想及學識才能有所積綻矣。文學是人學，詩歌直揭性靈，為人生及社會歷史之反映，務必於人有益，使讀者讀後起共鳴，有反響，震盪心靈，開啟智慧，於人生起奮發向上之信心及幹勁。若夫頹唐之語及情感、思想等，俱屬捐棄之列。一本書應能做到「開卷有益」，才有存世之價值及閱讀之必要矣。歲月加增人的歷練及情感，如吾已過天命之年，近於耳順之齡，於人生及社會自有所認識及洞察矣。而常恨識見之短小，思想之淺薄及不通透矣。人生如白駒過隙，縱長命百歲，亦似瞬間耳，故學識及思想存在局限性，乃有其必然性矣。而人生於悟道之中，亦須持豁達之心胸，於此似不必耿耿於懷矣。社會及歷史恆在進步之列，作者於有限之人生中，發揮思想之正見，於社會及歷史之進步奉獻全部之力量及畢生之心力，雖點滴之微光，亦不必存憾於心，而可豁然於胸了。宇宙無比廣長，人生無比渺小，於短暫之生命週期中，如螢火蟲，盡力發光，亦無憾矣。生命是平實而壯麗的，努力追求上進的人，是脫離了低級趣味及愚昧的人，這樣的人生，才是有益和有意義的。

寫詩不必勉強，應如順水行舟，轉舵自如，揚起生命和激情的浪花，快意在我，從心發出，才能具有感染人

的力量。詩是藝術品，故當重藝術表現，而一首真正的好詩，必須具有充實的思想內涵，才能成為佳品。艱澀不是正途，流暢才是正道。詩固須注重溫柔敦厚，然必裁以雅正空清，才是上品。煉字造句，適可而已，過猶不及，雕琢大可不必，恐損真意。歲月雕人，故人必四十不惑之後才有定性和識見，所寫的詩才可能有存世之價值和必要。少年使性，才氣縱橫，亦有佳作，然思想性不免遜色矣。詩必具有豐實、充沛且真摯的情感，才能打動讀者，產生心靈和情感的共鳴，虛情假意最要不得。有時不想寫詩，就不要作，因為勉強寫出來的詩亦不可能太好。人年青及壯年之時，愛寫長詩，以舒我胸懷，騁我才情；斑蒼之齡，則不愛寫長詩，而以短章居多，最重潛氣內轉及內涵深厚，言之有物。空洞乃寫詩及作文之最大忌諱。詩是心靈的體現，讀詩實為讀人；人厚重則寫出的詩厚重，人空靈雅正則寫出的詩空靈雅正，反之亦然。作者寫詩以心注入，而思想及情感貫焉；讀者用心讀取，於思想性及藝術性亦同時感知並攝取矣，而引起心靈及情感之共振及共鳴，是為詩歌動人藝術性之表徵。人生是心靈歷練的過程，是心靈成長向上的過程，其中不免有曲折和艱辛，故詩中有悲喜哀樂之表現及體味，是以詩之風格未可概以一律，而應百家爭鳴、百花齊放，然總以於世態人心有益為最大最重要之指征。

此次拙作之出版，感謝博客思出版社及其主編張加君女士的大力支持，並提供了切實而實際的幫助與便利，在此表示衷心地感謝和感激！此次拙作之責任編輯為沈彥伶女士，乃前次拙作《汪洪生詩集》（上下冊）之責任編輯，並曾給余編輯過詩文集《芳晴集》，沈女士工作責任心強，編輯工作細緻認真、嚴謹負責，給我留下了極其深刻而非常優秀美好的印象。此次拙作之編輯工作較為繁重，沈編輯必辛苦非常，在此先致以衷心地感謝和感激！編輯塗宇樵先生為拙作設計了不俗而有雋味的封面，在此一併致以衷心地感謝和感激！

汪洪生
西元二零二零年春
書於江蘇省濱海縣之哦松書屋

目錄

第一卷《清朗集》

立秋正當

16年8月7日

立秋正當，小風送清涼。
白雲流淌，蟬鳴復鳥唱。
心志清昂，抬頭望遐方。
天高地廣，奮發萬里闖。
流年更張，不必驚心腸。
何計斑蒼，何計炎與涼。
笑意應揚，晨昏哦詩章。
孤旅桑滄，於我是尋常。

初秋天氣燥

16年8月7日

初秋天氣燥，迎風求逍遙。
人生漸迎老，青春已逝飄。
壯志猶高傲，展眼青天渺。
時刻欲揚飆，萬里共雲跑。

迎風快暢

16年8月7日

迎風快暢，青林蟬噪正奏唱。
白雲飄翔，寫意人間秋光靚。
歲月安祥，人漸斑蒼有何妨。
志向猶剛，展眼萬里山河壯。
何須回想，人生苦旅飽經嘗。
不必淚淌，患難生涯入詩唱。
向學心腸，叩道殷殷曠思想。
獨立高昂，男兒荷志立方剛。

夕陽清灑光芒

16年8月7日

夕陽清灑光芒，雨後小風送爽。
愜意哦詩章，清興都升上。
喜看草木榮昌，雲天爛漫堪賞。
中心喜洋洋，生活樂平康。
又聽小鳥鳴唱，我心升起嚮往。
渴望曠飛翔，刺向萬仞崗。
歲月莽蒼安祥，壯歲不畏艱蒼。
清坐習文章，樂聽前賢講。

暮蟬嘶噪

16年8月7日

暮蟬嘶噪，雀鳥鳴叫。
雲煙飄渺，心興清瀟。
哦詩雅俏，心跡奉表。
人生安好，適然遙逍。

又聽喜鵲喳青林

16年8月8日

又聽喜鵲喳青林，心事正均平。
晨起小風送爽淨，引起詩人興。
歲月幻變桑滄行，又值孟秋臨。
心懷曠宇奮前進，風雨未肯停。
笑容舒朗且溫馨，傲立欲大鳴。
男兒盡力振身心，叩道入無垠。
悠悠心興翩翩行，欲嫋萬里雲。
青天朗朗白雲映，雅聽雀噪鳴。

七月繡巧雲

16年8月8日

七月繡巧雲，倍感藍天青。
爽風孟秋境，蟬噪鼓青林。
愜懷無不平，哦詩吐清新。
人生若夢行，山水憩心情。

藍天白雲徜徉

16年8月8日

藍天白雲徜徉，心興共彼風揚。
清坐雅聽蟬唱，秋燥依然炎狂。
率意閑哦詩章，身心吐出為上。
應有微馨微芳，類若蘭蕙相仿。

秋氣炎狂

16年8月8日

秋氣炎狂，卻喜青天碧無恙。
蟬噪交響，幸有爽風送清涼。
愜懷下放，大千紅塵任攘攘。
率意詩章，品評哦詩頗激昂。
人生世間，豈是名利可衡量。
靈程向上，天國家園是故邦。

努力矢闖，任起關山千萬幢。
展翅飛翔，志在遠山水雲鄉。

朱霞啟東方 16年8月9日

朱霞啟東方，村雞喔喔唱。
五更興悠揚，愜聽鳥鳴放。
惜時務須講，人生草露間。
孟秋風光靚，哦詩亦揚長。

曠風來暢 16年8月9日

曠風來暢，欣喜這世界清涼。
蟬噪悠揚，點綴這寰宇平康。
歲月奔放，何必嗟素髮初霜。
流走之間，幻不盡世態炎涼。
努力向上，奮發出志向強剛。
男兒豪放，哦詠出心地慨慷。
白雲飄蕩，賞不盡變幻模樣。
孟秋時光，舒展我身心無恙。

東風吹浩蕩 16年8月9日

東風吹浩蕩，夕照正輝煌。
秋蟬噪悠揚，白雲曼飄翔。
散坐乘風涼，捧書哦華章。
此際萬事忘，人間勝天堂。

雲天爛漫多情 16年8月10日

雲天爛漫多情，我心雅潔空靈。
人生愛恨分明，靈程奮志旅行。
關山千疊何驚，振翼萬里飛鳴。
隨意流走無心，活在當下是憑。
蟬噪會合鳥鳴，爽風送來清新。
世界不是仙境，天國家邦須明。
勝過魔敵經營，不受名利欺凌。
清心類若白雲，聖潔追求無垠。

秋陽灑照暑意高 16年8月12日

秋陽灑照暑意高，白雲變幻其妙巧。
清坐哦詩興趣饒，流年何必淚雙拋。
奮起意志矢長跑，關山邁越路迢迢。
林蟬高叫無玄妙，無機心地也雅騷。

白云曠飛翔 16年8月12日

白云曠飛翔，蟬鳴亦悠揚。
余意慨而慷，激越哦詩行。
歲月如飛翔，轉眼鬢已蒼。
應將世慮忘，山林憩意向。
奮志去飛翔，萬里摩雲蒼。
天地闊且廣，足夠我張揚。
時空任飛翔，吾只守定當。
清心叩道藏，淡眼看桑滄。

秋日高爽蟬鳴唱 16年8月13日

秋日高爽蟬鳴唱，復有鳥語爭喧揚。
欣賞白雲流萬方，喜愛小風走流暢。
歲月平和余意揚，朗哦新詩亦鏗鏘。
不負流年好時光，晨昏捧書叩道藏。

已知流年淡而芳 16年8月13日

已知流年淡而芳，半百生涯余謳唱。
不覺千山已徑闖，世事桑滄飽經嘗。
少年淚雨曾清淌，壯歲情懷仍悠揚。
窗外鳥兒爭著唱，一種歲月是悠閒。

孟秋天氣頗清朗 16年8月13日

孟秋天氣頗清朗，最愛雲幻萬千狀。
心情大好哦詩章，謳頌蟬吟併鳥唱。
已將心志入詩行，吐盡情懷是娟芳。
前路縱艱奮力闖，會當覽盡好風光。

爽風自東長來曠 16年8月13日

爽風自東長來曠，清喜雲飛似畫廊。
青林蟬噪兼鳥唱，清閒人兒哦詩章。
安祥應將憂患忘，暢達人生慨而慷。
男兒奮志在遐方，天涯山水清無恙。

午後秋陽似火彰 16年8月13日

午後秋陽似火彰，熱日如烤倍尋常。
清對電扇求風涼，悠閒心地哦詩章。
捧出情懷頗暢靚，雅潔胸襟亦軒昂。
愜聽鳥鳴復蟬唱，天人和紘奏無恙。

男兒有種合慨慷 16年8月13日

男兒有種合慨慷，邁越千關徑直闖。
飽經世態之炎涼，淡看名利起濁浪。
胸有田園自閑曠，腹醞山水似畫廊。
淡定立身不狂猖，清走人生亦悠揚。

暮煙初蒼暑氣狂

16年8月13日

暮煙初蒼暑氣狂，市井喧囂聲嚷嚷。
清坐揮汗如雨降，悟對內心求安祥。
已知塵世多風浪，敢振羽翼搏天蒼。
欣喜小鳥娟娟唱，一使余意舒而暢。

夕陽清展其輝煌

16年8月13日

夕陽清展其輝煌，孟秋炎熱正囂張。
散坐迎風求快暢，心志婉轉吟詩章。
壯志激烈向誰講，精神昂揚頗慨慷。
悟徹生死叩道藏，願舒正氣充寰壤。

唧唧秋蛩奏未央

16年8月14日

唧唧秋蛩奏未央，早起五更天初光。
清喜小風送涼爽，曠舒心志哦詩章。
市井車聲又喧嚷，一日生活又開場。
林中鳥兒正啼唱，一使余意欣而康。

東方曙色正生長

16年8月14日

東方曙色正生長，荒野村雞又啼唱。
鳥語綿蠻嬌無恙，聽之怡悅人襟腸。
歲月正值孟秋放，流年如斯堪嗟傷。
更應努力奮發上，不負華年好時光。

鳥語歡暢樂未央

16年8月14日

鳥語歡暢樂未央，初秋正值好時光。
提筆從心長謳唱，舒盡心中之慨慷。
奮發情志矢去闖，鼓舞心力哦詩章。
闔家安好神恩穰，慶祝歲豐人平康。

秉持純正情操

16年8月14日

秉持純正情操，為人不肯稍傲。
此際清聽鳥鳴叫，一時詩興來到。
歲月悠悠飛飄，斑蒼漸來尋找。
書生意氣自高渺，晨昏朗哦詩稿。
積澱唯嫌太少，叩道豈懼路遙。
關山千仞胡不好，展翅絕壁飛逍。
笑意從心來到，桑滄吾已看飽。
有時激情比天高，長嘯聲振林表。

休憩養身心

16年8月14日

休憩養身心，愜聽鳥啼鳴。
歲月芬芳似飛行，不必長嗟斑鬢。
吾心多含情，唯向詩中鳴。
孤旅風雨兼程進，何處有我知音。
人生當警醒，遇時合高鳴。
奮志艱蒼矢前行，曠飛振翼天青。
少年無音影，壯歲奮力鳴。
百年人生如電影，詩章銘我激情。

情志曠飛揚

16年8月14日

情志曠飛揚，朗哦吾詩章。
啼鳥鳴脆響，初秋暑意狂。
叫賣聲兒唱，市井恆鬧嚷。
清心定志間，內叩心與臟。
半百生涯闖，鐵骨已成鋼。
絕無媚與狂，謙和且端莊。

安坐迎風向，朝日正輝煌。
青林有蟬唱，世界正安康。

天干日燥

16年8月14日

天干日燥，暑意如此傲。
清坐逍遙，聽蟬嘶鳥叫。
歲月飛飄，不覺斑蒼找。
回首淚拋，青春化煙緲。
流年大好，奮發矢長跑。
關山迢迢，風雨免不了。
誓叩大道，誓攀彼險要。
風光看飽，一覽眾山小。

散坐適心腸

16年8月14日

散坐適心腸，一任暑意炎與猖。
電扇送風涼，品茗清脾也安祥。
白雲幻萬方，青林總有蟬吟唱。
鳥語自娟芳，詩意從心而來上。
人生求平康，淡眼覷盡桑與滄。
正似走馬場，百年歲月若飛翔。
努力學文章，書山有徑奮發闖。
一心叩道藏，幾微之間用心量。

昨夜蛙鼓盡力敲

16年8月15日

昨夜蛙鼓盡力敲，晨起醒來日高照。
雀鳥喳喳叫，藍天青可表。
歲月晝夜不停跑，何必介意鬢斑蕭。
晨昏哦詩好，不計老來到。

一點情緒比天高，時刻想飛萬里遙。
男兒志當瀟，傲立未可撓。
奮發雄武揚長飆，振翼直上碧雲霄。
摩天也逍遙，鵬豈是凡鳥。

暮煙初起天陰沉

16年8月15日

暮煙初起天陰沉，舒筆聊作寫景真。
久旱未雨炎燥盛，秋蟬嘶風堪聽聞。
率性哦詩慷慨陳，人漸老蒼心還純。
男兒有志終當成，歷遍山水桑滄陣。
暮煙初起天陰沉，激越中心觀天昏。
傲立不屈虎狼陣，敢向魔敵奮力爭。
勇武向前躍馬騁，振翼刺天出雲層。
一聲高唱天驚震，有種大風謳聲聲。

悶熱衝霄漢

16年8月15日

悶熱衝霄漢，初秋暑意悍。
散坐流清汗，書豈有心看。
流年飛若濺，華髮漸蒼斑。
不必淚潸潸，奮志作好漢。
蟬在樹上喊，雲向天外曼。
烈日當空站，炎熱彌宇寰。
人生不畏難，努力去實幹。
曠飛入青藍，水雲憩心禪。

鳥語喳若狂

16年8月15日

鳥語喳若狂，暑意正炎猖。
電扇播風涼，哦詩聲鏗鏘。
應將萬事忘，學取雲飛閑。
人生頗昂藏，叩道入深艱。
鳥語喳若狂，蟬鳴亦囂猖。
歲月有悠閒，心定自乘涼。
奮志之所向，是在天涯間。
努力振翅膀，不畏路遠長。

烈日如烘

16年8月15日

烈日如烘，鳴蟬嘶風。
初秋暑意濃，世界火爐中。
無意哦諷，書不肯捧。
汗下如雨濃，電扇豈中用。
流年成空，笑我成翁。
奮志矢前衝，任起風雨猛。
盼雨盼風，振翼長空。
一任山萬重，難阻我毅雄。

爽風從東起

16年8月15日

爽風從東起，青靄浮林野。
蟬噪長鳴嘶，鳥語嬌若此。
歲月流如是，秋燥炎如茲。
感悟從中起，短章意遲遲。

天陰豈有雨降

16年8月15日

天陰豈有雨降，大地乾旱正亢。
蟬噪如斯狂猖，一如賭氣相仿。
欣喜小鳥嬉唱，曠愛小風悠揚。
清坐哦詩激昂，展眼天際蒼蒼。

鳥語鳴脆響

16年8月15日

鳥語鳴脆響，天暑炎狂猖。
清坐何思想，在彼水雲鄉。
人生荷嚮往，百年有艱蒼。
歲月飛悠揚，感慨從心上。
奮志趨遐方，遠尋彼理想。
桃園在何方，叩心嗟深長。
輾轉在桑滄，何必淚雙淌。
紅塵原攘攘，清意天涯間。

小風來流暢

16年8月15日

小風來流暢，心意展舒揚。
斜暉清朗朗，蟬噪彼囂猖。
小風來流暢，開懷長思想。
人生百年間，正直第一樁。
小風來流暢，滌此暑意狂。
心志田園間，情繫水雲鄉。
小風來流暢，哦詩亦清揚。
振節謳嘹亮，展翅願飛翔。

清走人生場

16年8月15日

清走人生場，紅塵正攘攘。
率性而奔放，風雨兼程闖。
任從山水蒼，吾只驅馬狂。
斬殺魔阻擋，振翼向天航。
苦旅曾飽嘗，淚水不白淌。
奮發我強剛，矢志徑直闖。

艱深有何妨，大千夢一場。
情繫水雲鄉，可憩我襟腸。

爽風清來愜意境 16年8月16日

爽風清來愜意境，孟秋正值好光陰。
晨起曠聞蟬嘶鳴，鳥語宛轉亦動聽。
歲月芬芳逞溫馨，老漸來迎余斑鬢。
一寸光陰一寸金，勉力晨昏是殷殷。

秋燥炎狂且囂猖 16年8月16日

秋燥炎狂且囂猖，蟬鳴悲哀謳交響。
清坐無心哦詩章，難免頭昏腦復脹。
品茗但求清脾臟，發揚精神體慨慷。
展眼雲煙正滌蕩，世界浸在火爐間。

清坐迎風曠思想 16年8月16日

清坐迎風曠思想，亙古於今一戲場。
人生譬如朝露仿，垂永唯有好文章。
哦詩萬首心押上，紙間紙外餘馨芳。
浮生坎坷何必講，鼓勇奮舟徑直闖。

暮蟬嘶鳴聲囂囂 16年8月16日

暮蟬嘶鳴聲囂囂，引我心事漫天拋。
孤旅奮力行遠道，風雨兼程艱蒼饒。
矢志叩道千斤挑，敢向魔敵力戰鏖。
蒼煙清起華燈照，七彩霓虹魅影騷。

蟬鳴既悠揚 16年8月16日

蟬鳴既悠揚，小風送微爽。
仰看雲滌蕩，欣聽鳥脆響。
歲月曠飛翔，流年走狂猖。
應將萬事忘，清遁水雲鄉。

晨曦啟東方 16年8月17日

晨曦啟東方，秋蛩閑鳴放。
村雞喔喔唱，吾意大舒揚。
清風吹來暢，爽意天地間。
孟秋五更涼，早起哦詩章。
得意莫狂猖，謙和守本行。
人生奮前闖，關山任萬幢。
笑意從心上，百年一夢間。
適志最為上，向學志昂藏。

白雲曼飛翔 16年8月17日

白雲曼飛翔，暑氣仍炎猖。
蟬鳴不停唱，鳥躲樹蔭間。
散坐精神旺，哦詩聲激昂。
闔家既安康，清貧也無妨。

暮煙茫蒼 16年8月17日

暮煙茫蒼，西天紅霞靚。
蟬鳴悠揚，小風送清涼。
清坐安祥，華燈都點上。
霓虹閃亮，七彩競輝煌。
歲月飄蕩，老我以斑蒼。
不回頭望，往事入煙障。
仍須前闖，山高水又長。
鼓勇昂揚，百倍信心壯。

秋高氣爽 16年8月17日

秋高氣爽，晨霞清漲。
牽牛花開嬌無上，人間樂土堪欣賞。
歲月悠閒，情思嫋上。
哦詩應許聲激昂，奔放情懷向天曠。
鳥囀嬌嗓，雲渡徜徉。
大好秋光倍無雙，暑意消減人何暢。
展眼長望，青靄浮漾。
時光未許多費浪，振志叩道晨昏間。

雲天爛漫秋爽靚 16年8月17日

雲天爛漫秋爽靚，安適自處樂悠閒。
蟬鳴鳥語花嬌放，清坐迎風意洋洋。
情懷暢達哦詩章，舒出襟肺與腑臟。
好自欲學鳥飛翔，去搏雲天萬里蒼。

雀鳥鳴唱青林間 16年8月17日

雀鳥鳴唱青林間，率意秋光正滄蕩。
散坐不思又不想，迎風神清氣還暢。
哦詩捧出心與臟，向學還須用心量。
叩道不是紙上講，圓明覺性啟慧光。

藍天白雲幻精彩 16年8月17日

藍天白雲幻精彩，秋氣高爽無纖埃。
蟬噪鎮日渾如賽，清風臨來怡心懷。
奮志恆在萬里外，山高水深何妨礙。
半百桑滄一笑待，心曲分明水雲裁。

斜暉清灑光芒

16年8月17日

斜暉清灑光芒，紫燕貼地飛翔。
東風閑來曠，散步興悠揚。
蟬在樹上鼓唱，雲在空中飄漾。
市井人熙攘，整潔又漂亮。
紫霞西方生長，我意轉為慨慷。
詩興從心上，哦詠出華章。
初秋淡淡蕩蕩，和氣盈滿寰壤。
人民樂且康，安度好時光。

淡泊襟胸

16年8月18日

淡泊襟胸，正與秋氣同。
青碧天空，白雲飄從容。
清坐迎風，愜意誰真懂。
應當哦諷，應當謳併頌。
歲月朦朧，不覺霜華濃。
回首悟空，萬事成一夢。
持道中庸，奮志若長虹。
靈程雨風，兼程矢去衝。

鳥語宛轉情絲長

16年8月19日

鳥語宛轉情絲長，蟬噪野林亦悠揚。
秋燥曠喜小風爽，朗哦原因志昂藏。
奮旅人生兼程闖，豈懼風雨之狂猖。
紅塵大千恣意向，此心原在水雲鄉。

金風清送

16年8月21日

金風清送，爽意在宇中。
蟬鳴嘶風，白雲曼飛動。
情有獨鍾，恆欲跨宇穹。
飛過彩虹，曠入青冥中。
歲月朦朧，何必淚相從。
應許如風，快意去行動。
大千沉雄，人生非如夢。
獨立迎風，微笑且從容。

雲煙昏茫

16年8月21日

雲煙昏茫，天色暝而蒼。
散坐之間，心事起萬方。
思放千章，萬里無止疆。
水雲之鄉，才是我嚮往。
秋意燥狂，悶熱寰宇間。
窗前閑望，鳥飛掠天蒼。
市井鬧嚷，紅塵是狂猖。
應持清閒，機心應銷亡。

月華當空

16年8月22日

月華當空，四野響鳴蛩。
歲月從容，秋夜三更中。
我欲哦諷，思起萬千重。
大千非夢，奮志矢前衝。
淡定之中，年輪輕轉動。
雨雨風風，斑蒼漸濃重。
悟道空空，慧性增無窮。
坦然心胸，正氣凝而充。

第二卷《心語集》

五更早起鳥鳴唱 16年8月22日

五更早起鳥鳴唱，月華當空猶清靚。
遠野草蟲奏交響，路上車行亦狂猖。
生活從未停過場，日夜流變其幻象。
操守清持獨立間，共彼秋意同淡蕩。

白雲流走萬方 16年8月22日

白雲流走萬方，初秋天氣爽暢。
野蟬競聲歌唱，市井祥和熙攘。
歲月悠悠揚揚，百年飛瀉流淌。
回首煙雲嫋放，感慨從心浮上。

白雲流走多情 16年8月22日

白雲流走多情，紫燕呢喃低鳴。
斜暉清新映，雨後草木新。
散步盡情盡興，爽風吹來清靈。
有汗微微沁，嫋起詩人興。
哦詩應許空靈，別致裁出風情。
人生悟空清，幻化不了情。
歲月流變無垠，大千桑滄幻境。
堅貞持本心，德操務須凝。

志取清昂 16年8月22日

志取清昂，奮發矢向上。
闢山莽蒼，振翼曠飛翔。
山高水長，世事幻桑滄。
煙雨尋常，吾只守定當。
高聲猛唱，聲震彼穹蒼。
時雨甫降，孟秋風吹蕩。
清坐思想，百年一瞬間。
孤旅艱蒼，知音在何方。

時雨灑降 16年8月22日

時雨灑降，一洗暑炎猖。
小風送爽，心定而神閑。
人生平康，已履千重浪。
淡淡蕩蕩，無機心地間。
執著何妨，我有志清昂。
矢志徑闖，要攀絕壁上。
風光清靚，歲月有馨香。
流年過往，不必計斑蒼。

發奮圖強 16年8月22日

發奮圖強，人生慨而慷。
大好時光，未可白費浪。
晨昏飛翔，年輪遞增長。
嗟傷有妨，努力去闖蕩。
謳詩清揚，只是訴心腸。
孤旅徬徨，何必淚雙淌。
應向前望，風光有清靚。
風雨縱艱，難阻我飛揚。

秋雨甫降 16年8月22日

秋雨甫降，旋又放晴朗。
小風流蕩，爽意盈襟腸。
人生嚮往，是在天涯間。
苦旅艱蒼，奮志徑直闖。
清坐安祥，思放萬千章。
哦詩激昂，聲震九重蒼。
人生夢間，轉眼幻桑滄。
唯有詩章，垂永且清揚。

流雲徜徉 16年8月22日

流雲徜徉，雀鳥鳴唱。
清坐安祥，思起狂浪。
人生慨慷，率意昂揚。
心之嚮往，水雲之鄉。
流雲徜徉，秋氣澹蕩。
鳴蟬奏響，小風不揚。
悶熱塵間，淡守悠閒。
萬事捐忘，清思揚長。

暮蟬嘶風 16年8月22日

暮蟬嘶風，喜鵲聲洪。
散坐迎風，心與誰同。
歲月飛湧，流年如瘋。
思此淚湧，襟懷沉痛。
暮蟬嘶風，蒼煙四籠。
車聲如瘋，市井喧擁。
清思哦諷，脫口成誦。
誰人真懂？情向誰送？

天氣高爽 16年8月23日

天氣高爽，閑聽蟬鳴唱。
碧天無恙，白雲自在翔。
我意高亢，哦詩聲嘹亮。
激越慨慷，恆欲去闖蕩。
山高水長，理想在遐方。
風雨艱蒼，不過是等閒。
笑意清長，悟道也安康。
體會深廣，譜入詩中間。

斜暉清朗 16年8月23日

斜暉清朗，空際有清芳。
心態悠閒，清品茗馨香。
我自慨慷，激越男兒壯。

任從桑滄，吾只驅馬狂。
奮發頑強，迎著彼陽光。
前路遠長，我要盡力量。
輾轉艱蒼，迎來秋淡蕩。
一洗暑狂，金風正清爽。

清意盈寰壤

16年8月23日

清意盈寰壤，爽潔在人間。
秋氣堪漫浪，朝暉灑無恙。
我意淡然曠，清坐享安祥。
有蟬噪噪唱，聲聲激越蒼。
歲月走流暢，添我額上霜。
回思有何妨，生活具馨香。
仍須展眼望，天高好飛翔。
去尋我理想，應在彼遐方。

清意天地間

16年8月23日

清意天地間，明媚寰壤。
有汗微沁淌，心志淡蕩。
人生荷嚮往，山高水長。
陰晴圓缺間，時光旅航。
淡定長曠望，白雲飄蕩。
藍天青無恙，好風流暢。
歲月展馨芳，積澱思想。
我欲晦然唱，聲震穹蒼。

爽潔宇間

16年8月23日

爽潔宇間，秋意清遠且淡蕩。
雅思良長，人生歲月可清享。
志取清昂，紅塵任我揮慨慷。
低吟何妨，情思婉婉曼飛揚。
流年鏗鏘，不必驚訝歲增長。
放眼曠望，遠天風景堪欣賞。
流雲徜徉，寫意人間爛漫放。
我有心腸，謳詩一曲捧心上。

夜幕清漲

16年8月23日

夜幕清漲，華燈都點上。
小風送爽，清意滿人間。
我欲謳唱，興趣雅而芳。
樂土遐方，我要去尋訪。
歲月悠揚，一如笛清靚。
何計斑蒼，何計年增長。
笑意清揚，人生宜安享。
縱有桑滄，也有乾坤朗。

清夜響鳴蛩

16年8月24日

清夜響鳴蛩，玉蟾當空。
爽潔走秋風，恣意靈動。
中夜思無窮，遙祝遠空。
心事誰真懂，心曲誰送。
浪漫在心中，體驗潮湧。
浮生大化中，奮力鼓勇。
浩志嫋長空，瀰滿天穹。
男兒合有種，振翼矢衝。

清坐哦詩聲朗朗

16年8月24日

清坐哦詩聲朗朗，窗外秋意正淡蕩。
蟬噪鳥鳴點綴間，清風徐拂爽意暢。
心曲微吐彈而唱，知音應許在遐方。
歲月悠悠吾何講，一曲天人和而靚。

寫意空中

16年8月24日

寫意空中，白雲曼飛動。
清坐從容，哦詩也輕鬆。
聽鳥鳴誦，我亦欲哦諷。
吐氣如虹，飛越山萬重。
閑蟬鳴風，朝暉清朗送。
心境圓融，品茗暢迎風。
人生匆匆，百年頃成夢。
何物垂永，思此淚雙湧。

斜暉清照

16年8月24日

斜暉清照，白雲競飄。
紅塵擾擾，清坐遙逍。
歲月娟好，秋意風騷。
小風來瀟，爽盈襟抱。

孤旅從容

16年8月24日

孤旅從容，荷雨又荷風。
散淡之中，斑蒼不覺重。

金風清送，爽意入襟胸。
暢意哦諷，愁悶須拋空。
人生情濃，向誰播併送。
世態如風，萬事俱成空。
名利壞種，害人以無窮。
水雲之中，一憩我情鍾。

鼓舞情志欲謳唱

16年8月24日

鼓舞情志欲謳唱，因緣聚合入詩章。
愁思應開向風敞，叩道心腸潔且芳。
壯志激烈持陽剛，履歷春秋用腳量。
秋蟬默默自吟唱，不管世人賞不賞。

幸喜小風送清涼

16年8月24日

幸喜小風送清涼，秋氣燥熱三分減。
閒時散淡哦詩章，一曲心旋隨意淌。
已知塵世多風浪，意志早已磨成鋼。
斜暉朗朗白雲徉，清思澎湃類汪洋。

夕照正紅

16年8月24日

夕照正紅，晚霞瑰麗頗生動。
心思靈動，提筆舒情哦而諷。
人生匆匆，與誰攜手雙相擁。
百年非夢，譜寫浪漫妙無窮。
吾守中庸，書生意氣頗濃重。
正氣凝胸，果敢鎮定頑強衝。
名利何功，唯有詩書可垂永。
愛情若虹，七彩閃耀心靈中。

彩雲競飄

16年8月25日

彩雲競飄，心態娟好。
秋意逍遙，爽風灑瀟。
舒我懷抱，朗哦聲高。
思念迢迢，山高水遙。
彩雲競飄，歲月豐饒。
鳥語鳴叫，秋蟬聲囂。
牽牛妍嬌，適人懷抱。
思念迢迢，山高水遙。

白雲清映

16年8月25日

白雲清映，碧天如此清新。
小風爽淨，滌我心志心襟。
有鳥嬌鳴，有蟬迎風嘶鳴。
雅意清靈，哦詩長吐肺心。
人生經營，總憑良心先行。
辭去利名，胸懷山鄉水雲。
世事難云，豈可逐浪隨心。
守護心靈，守護雅潔胸襟。

噪噪塵間

16年8月25日

噪噪塵間，名利肆狂猖。
堅持理想，絕不輕放浪。
中正之間，雅潔心志芳。
閑聽鳥唱，閑看花開放。
歲月悠揚，老我以斑蒼。
晨昏哦唱，一吐襟與臟。
流年有香，記憶銘心上。
不計過往，努力揚舟上。

雲煙飄蕩

16年8月25日

雲煙飄蕩，爛漫秋色堪欣賞。
紫薇花芳，月季鬥豔開清香。
人生安祥，寄身紅塵不畏浪。
恆欲奮闖，關山萬疊有何妨。
男兒強剛，一聲高唱天驚向。
鐵膽雄壯，誓攀絕壁摩雲蒼。
大好秋光，清聽蟬語憩心向。
闔家安康，花好月圓也舒暢。

曠意舞東風

16年8月25日

曠意舞東風，秋氣清空。
坐擁書城中，其樂融融。
歲月暢飛動，幻若彩虹。
愛意瀰襟胸，感慨心從。
展眼雲曼湧，類若畫筒。
心境燦無窮，雅欲朗誦。
嚮往萬里中，振羽橫衝。
比翼瑰無窮，任起雨風。

金風清暢

16年8月26日

金風清暢，寰宇都清涼。
牽牛嬌放，鳥語也悠揚。
清坐平康，思想起千浪。
歲月奔放，年輪迅增長。

坦坦蕩蕩，無機持心間。
志取清昂，萬里迎難上。
奮發強剛，孤旅待怎樣。
朗聲哦唱，氣充瀾遠長。

清意天壤間

16年8月26日

清意天壤間，長風吹曠。
秋色真堪賞，蟬噪悠揚。
我意何所想，思達遠方。
情思共風揚，縷縷茲芳。
人生懷嚮往，百倍苦嘗。
鐵骨硬如鋼，意志頑強。
奮力去闖蕩，豈懼其艱。
願共風清揚，何其快暢。

淡泊襟胸與誰同

16年8月26日

淡泊襟胸與誰同，曠意秋風中。
品茗哦詩亦輕鬆，雅意正橫縱。
歲月逝飛霜華濃，未許淚相從。
鼓舞情志放飛中，去尋山野風。
流雲飄飄燦無窮，滄桑幻正濃。
百感俱上襲心胸，詩意瀰宇穹。
壯歲襟懷不苟同，獨立曠迎風。
和緩人生須持重，君子人格弘。

落照輝煌

16年8月26日

落照輝煌，天際雲煙蒼。
宿鳥飛翔，秋蟬嘶風唱。
心起悵惘，未知待怎樣。
一點悲傷，一點孤與悵。
應起昂揚，奮發矢志闖。
山高水長，顯我男兒壯。
努力啟航，迎著彼風浪。
風雨艱蒼，於我是尋常。

漫天彩雲

16年8月27日

漫天彩雲，雀鳥競相鳴。
金風湊興，一掃暑氣清。
我欲謳鳴，舒出我心情。
大好心境，恆欲曠飛行。
歲月經營，孟秋好風景。
空際清新，淡泊我心襟。
雅思空靈，欲飛向彩云。
高天無垠，盡我曠意興。

爽意人間

16年8月27日

爽意人間，金風正送暢。
喜鵲喳響，鳴蟬奏悠揚。
鼓舞心間，熱情從心放。
矢志遠方，振翼曠飛翔。
笑容清靚，鐵膽強而壯。
要去天上，覓回彼瓊漿。
大道叩訪，用心裁併量。
詩書之間，鬱點騷雅芳。

長空雲卷如畫

16年8月27日

長空雲卷如畫，初秋天氣清佳。
歲月如詩類畫，年輪飛逝若駕。
斑蒼何須嗟訝，幸喜智慧增加。
苦難不必言他，心事曠入詩話。

秋雲若畫堪欣賞

16年8月27日

秋雲若畫堪欣賞，書生哦詠體昂藏。
野林蟬鳴既嘹亮，午時暖日傾光芒。
清坐品茗心舒暢，情志安適合賦閑。
男兒動靜合宜間，開闔有度是文章。

男兒有志合謳唱

16年8月27日

男兒有志合謳唱，勝敗豈在一時講。
半世培德未限量，學問講求一生訪。
叩道已知獲圓方，虛實相應體文章。
濟世濟用焉敢忘，絕不虛做讀書郎。

秋天安好

16年8月27日

秋天安好，白雲競飄渺。
心情不躁，愜聽鳥鳴叫。
歲月輕飄，不覺斑蒼老。
心態猶瀟，恆欲去長跑。
關山迢迢，知音何處找。
奮發強傲，鐵骨猶堪表。
紅塵喧囂，名利肆機巧。
吾意雅騷，胸懷水雲飄。

秋陽灑照

16年8月27日

秋陽灑照，金風走蕭騷。
心境大好，品茗情遙逍。
歲月豐饒，賜我斑蒼老。
意志猶高，不畏桑滄造。
關山險要，風光展微妙。
我欲揚飆，直上九重霄。
未可輕飄，沉穩是首要。
叩道迢迢，心得豐且騷。

散步輕遙

16年8月27日

散步輕遙，沐著彼斜照。
金風清繞，林蟬爭著鬧。
白雲競飄，藍天青堪表。
林蔭小道，爽潔我懷抱。
秋意清好，詩興從心嫋。
哦出心竅，哦出男兒傲。
人生迢遙，風雨已經飽。
淡定一笑，謙和且雅騷。

落日輝煌展夕照

16年8月27日

落日輝煌展夕照，暮煙輕起在林表。
有蟬依然爭著噪，市井喧嘩亦鬧吵。
生平有志未敢傲，謙和為人豈能驕。
叩道平生無奧竅，無機心地月朗照。

朝旭東升靄浮漾

16年8月28日

朝旭東升靄浮漾，孟秋鳥語亦悠揚。
寫意天碧引暢想，渴望曠飛入青蒼。
人生應許慨而慷，坎坷未許淚雙淌。
一曲應奏激越壯，揮灑情志舒奔放。

秋意淡遠且清涼

16年8月28日

秋意淡遠且清涼，遠際青靄淡淡漾。
晨起哦詩何所唱，一曲滄蕩且清揚。
人生理想在遐方，腳踏實地恆去闖。
風雨蒼茫兼程上，男兒原應展豪放。

清喜牽牛花嬌靚

16年8月28日

清喜牽牛花嬌靚，愛聽鳥語奏喧揚。
秋色無比之淡蕩，我心我意舒而暢。
已知人生壯歲間，情思老而愈瀰壯。
展眼長天碧無恙，想學飛鳥曠遨翔。

雀鳥歡鳴曠飛翔

16年8月28日

雀鳥歡鳴曠飛翔，動人秋色正淡蕩。
散坐心事都下放，隨緣履歷智慧長。
歲月悠悠如滄浪，老漸來迎有何妨。
浮生只似一夢漾，努力靈程奮啟航。

清興悠長

16年8月28日

清興悠長，對此秋淡蕩。
一點心志紅且芳，哦詩熱情張揚。
秋雲徜徉，牽牛嬌開放。
晨間青靄天際漾，仰看野禽飛翔。
歲月奔放，不必嗟斑蒼。
率性隨意哦詩行，吐出心中情向。
笑我疏狂，書生之模樣。
叩道人生氣昂藏，不畏風雨艱蒼。

意取揚長

16年8月28日

意取揚長，百感隨雲去飄蕩。
秋氣清芳，喜愛金風送涼爽。
憂懷都忘，品茗情緒有高漲。
哦詩激昂，男兒志向騁雄剛。
喜從心上，小鳥娟娟來鳴唱。
闔家安康，神恩無限之豐穰。
努力向上，百年生死譜漫浪。
曠意飛翔，去覓九州山水蒼。

金風送暢

16年8月28日

金風送暢，爽潔肺腑與襟腸。
雅思良長，詩意嫋嫋曠飛揚。
去向田間，去覓水雲之所向。
去尋理想，樂土應許在遐方。
壯歲情長，不執履歷彼桑滄。
有所宣揚，是為真理與天良。
歲月昂揚，一如江水之浩蕩。
展眼長望，天際雲煙淡渺茫。

秋意淡蕩我襟房

16年8月28日

秋意淡蕩我襟房，清坐理心簀。
半世履盡桑與滄，一笑也尋常。
遠望天際青靄漾，心事起迷茫。
百年生死頃刻間，何必淚雙淌。
花紅鳥啼秋色靚，我意起舒暢。
歲月流連奔放間，煙雲故事放。
回首不必長嗟悵，努力向前方。
矢志堅定我理想，靈程啟歸航。

清風長來啟舒曠

16年8月28日

清風長來啟舒曠，品茗雅思長。
淡定立身無悵惘，名利拋萬丈。
紅塵自古是攘攘，不過幻桑滄。
清心叩道也軒昂，豈畏風雨艱。
大千故事日夜唱，悲喜幻無常。
應持慧眼觀照間，出得塵世妄。
和同三教啟新講，上帝賜恩光。
道義人生也滌蕩，傲立不狂猖。

浮雲淡淡走秋空

16年8月28日

浮雲淡淡走秋空，此際心事與誰同。
孤旅艱深風雨中，一聲鳥啼余感動。
壯懷激烈應哦諷，清淡心情嫋隨風。
少年往事記憶濃，不覺斑蒼已濃重。

寂寞情思嫋隨風

16年8月28日

寂寞情思嫋隨風，秋雲橫渡也從容。
歲月秋春幻變中，人漸衰老將成翁。
壯志依舊聳雲峰，隨緣豈不守中庸。
哦詩激烈誰感動，品茗清迎彼爽風。

第三卷《浩蕩集》

山水清音待尋訪
16年8月28日

山水清音待尋訪，仰向白雲望。
一點心緒也蒼茫，訴入詩中間。
秋鳥清啼蟬不響，爽風吹清揚。
斜暉朗照秋意曠，淡蕩持心間。
流年清走是莽蒼，華髮漸斑蒼。
心志從未苟且放，茁立似山崗。
純真持在心地間，正直未敢忘。
奮發意氣騁陽剛，男兒當偉壯。

心襟舒曠
16年8月28日

心襟舒曠，窗外歌聲頗清靚。
迎風納涼，淡望天際靄煙茫。
秋蟬鳴唱，群燕喃喃低回翔。
河水流淌，市井人家和且康。
斜暉燦放，金色光輝遍寰壤。
人民歡暢，和平環境樂無上。
淡泊心腸，鎮日哦詩亦激昂。
火紅丹房，理想中心恆鼓蕩。

心興既悠揚
16年8月28日

心興既悠揚，雲飛掠青蒼。
散坐萬事忘，一心哦詩章。
午後陽光靚，金風來流暢。
市井無喧嚷，朗哦聲鏗鏘。
安享彼清閒，心態依然康。
男兒揮志向，傲立若山壯。
應當慨而慷，努力奮發上。
前路任艱蒼，一笑鼓勇創。

散步悠閒
16年8月28日

散步悠閒，又到郊野間。
燦爛秋陽，灑在心田上。
長風吹曠，老柳毿毿蕩。
紫燕低翔，野蟬競聲唱。
碧野清芳，野花爭開放。
法桐蔭涼，愜意我襟腸。
有汗微漾，心志都舒揚。
展眼長望，碧天雲徜徉。

心志清芳
16年8月28日

心志清芳，百感都來上。
字里行間，吐出情昂揚。
哦詩萬章，匯成心交響。
情思娟芳，知音在何方。
秋氣淡蕩，雲煙起迷茫。
心思遐方，恆欲去闖蕩。
一聲謳唱，震動天地間。
男兒奔放，叩道入深艱。

心不妄動
16年8月28日

心不妄動，隨緣履雨風。
妙悟圓通，智慧如泉湧。
淡泊襟胸，獨立曠迎風。
秋意清空，爛漫真無窮。
歲月狂瘋，老我以斑慵。
心襟猶雄，恆欲唱大風。
男兒情種，知音了無蹤。
淚下如湧，仰看雲飛動。

夕風清涼
16年8月28日

夕風清涼，天涯起煙障。
車行若狂，紅塵是攘攘。
倚窗閑望，沐著彼風暢。
雀鳥鳴唱，吱吱喳喳響。
吾意安祥，心志若冰霜。
水雲胸漾，清新盈腑間。
笑意浮上，任幻桑與滄。
一世時間，叩道悟圓方。

喜鵲喳喳響
16年8月28日

喜鵲喳喳響，暮煙清漲。
小風送微涼，秋意清曠。
遠際林蟬唱，隱隱交響。
華燈初點上，霓虹閃靚。
車行轟隆響，聲震穹蒼。
大千紛擾攘，變幻萬狀。
吾持清心向，遁向田間。
心繫水雲鄉，情懷松崗。

夜蛩吟唱
16年8月28日

夜蛩吟唱，秋夜正涼爽。
四野安祥，心志奏平康。
世事悠揚，不停幻桑滄。
古今過往，只是煙雲漾。
茫茫蒼蒼，百感襲心房。
淡淡蕩蕩，從容哦詩章。
人生履浪，恆是迎難上。
苦旅艱蒼，英雄奮力闖。

秋蟲呢噥
16年8月28日

秋蟲呢噥，其意誰能懂。
清新秋風，吹拂我心胸。

燈下哦諷，只是訴情濃。
大千之中，知音無影蹤。
清意瀰空，燈火燦無窮。
清坐從容，心曲入詩誦。
壯歲心雄，恆欲揚飆衝。
宇宙無窮，百年一瞬匆。

體味秋風心舒暢

16年8月28日

體味秋風心舒暢，遐思遠致天涯間。
向學心腸一生講，叩道履艱半世蒼。
已知塵世幻無常，敢哦新詩萬千章。
展眼雲飛似畫廊，恆欲縱身遨天翔。

萬家燈火競輝煌

16年8月28日

萬家燈火競輝煌，清坐灑然哦詩章。
一曲從心緩緩淌，共彼秋意同淡蕩。
人生百年夢寐間，陰晴圓缺幻萬狀。
悟道明徹余思想，感慨天地兩桑滄。

窗外歌聲謳嘹亮

16年8月28日

窗外歌聲謳嘹亮，余意起慨慷。
秋意清淡晚風爽，一時詩意上。
人生履世歷桑滄，一似彼衝浪。
知難不畏迎難上，力作好兒郎。
歲月川逝若水淌，半世付流殤。
淡定抬眼長曠望，遠近燈火靚。
仍須鼓勇矢前闖，關山疊青蒼。
要學雄鷹曠飛翔，摩雲掠松崗。

蕩漾情思水雲鄉

16年8月28日

蕩漾情思水雲鄉，此際叩心安祥。
處事圓通明達間，無機心地揚長。
夜色深遠秋意曠，總賴風送清涼。
爽懷何事從心上，孤旅不嗟艱蒼。
應展笑顏迎難上，關山履度險艱。
風風雨雨總尋常，淡泊情操貞剛。
前路尚容縱馬狂，萬里疆場馳蕩。
醉心學習哦詩章，明心慧性無恙。

夕照堪欣賞

16年8月28日

夕照堪欣賞，暮煙起迷茫。
市井鬧且嚷，生活奏交響。
年輪徑增長，華髮初斑蒼。
淡眼看桑滄，秋意正清爽。
紅塵滾滾蕩，名利欺人狂。
吾心持清向，憩向林野間。
清坐體安祥，飽食復思想。
萬慮俱下放，唯覺天地蒼。

燈下放思想

16年8月28日

燈下放思想，坦白且淡蕩。
雅聽秋蛩唱，享受金風涼。
燈下放思想，百折起感傷。
半世多苦艱，清淚應潸淌。
燈下放思想，向學無止疆。
努力晨昏間，求知豈限量。
燈下放思想，前路尚廣長。
努力盡力量，奉獻正能量。

喜鵲喳喳清鳴

16年8月29日

喜鵲喳喳清鳴，婀起我的意興。
秋晨碧天青，爽意盈心靈。
歲月如此多情，引起余之奮興。
叩道須殷殷，向學志清明。
人生百年飛行，幾多艱蒼雨凌。
努力奮前進，覽取關山景。
紅塵擾擾不停，心靈須保空清。
須如月朗明，須如日朗行。

朝旭光芒萬丈

16年8月29日

朝旭光芒萬丈，晨間爽意瀰漾。
不涼不熱間，清度好時光。
仍須鼓勇奮闖，未可耽於夢想。
實幹顯豪強，男兒偉且壯。
流風吹拂心膛，蟬鳴奏出交響。
秋意清清暢，爽潔好人間。
我要歡聲歌唱，神恩銘感襟房。
努力啟歸航，靈程徑飛翔。

品茗雅意何空清

16年8月29日

品茗雅意何空清，朝日灑照天清明。
萬千牽牛盛多情，一群啼鳥鳴樹林。
清坐爛漫我身心，一時光逝去誰能尋。
悟徹生死何所憑，一種微笑也爽靈。

秋色美好雲飛暢
16年8月29日

秋色美好雲飛暢，爽風來宜情淡蕩。
鳥語花芳堪欣賞，寫意中心詩意揚。
應許哦出情懷靚，敢向天地展軒昂。
任從前路風雨艱，努力奮發不迷航。

淡泊襟胸聽鳥唱
16年8月29日

淡泊襟胸聽鳥唱，細膩情感哦詩行。
描出天地秋意向，壯歲豐收已在望。
半世耕耘書海間，譜出新詩萬餘章。
奮發情志向天望，幾朵流雲正徜徉。

歲月恆是有餘香
16年8月29日

歲月恆是有餘香，少年煙雲入貯藏。
回憶時起情懷悵，老漸來迎鬢髮蒼。
更應鼓勇奮志向，不負一生之時光。
架上書卷正成行，努力晨昏莫費浪。

歡樂未可將憂忘
16年8月29日

歡樂未可將憂忘，患難人生志清昂。
履歷艱險無徬徨，奮發長征慨而慷。
秋意此際正清曠，壯歲好作大文章。
人生一世騁陽剛，未可卑弱柔媚放。

傾心長謳哦詩章
16年8月29日

傾心長謳哦詩章，才華似海若長江。
學問用心晨昏講，道義鐵肩有承當。
歲月冉冉秋雲蕩，年華逝去有餘傷。
更應鼓舞情與向，奮發人生騁昂揚。

清懷對誰傾並唱
16年8月29日

清懷對誰傾並唱，隻身叩道入莽蒼。
半百生涯余悲壯，一生情懷水雲間。
展眼天際秋煙漾，好風吹來心志揚。
哦詩呼出情懷暢，一種婉轉一種靚。

雲天此際正淡蕩
16年8月29日

雲天此際正淡蕩，午後秋陽柔和放。
清風吹來情絲揚，去向天涯水雲鄉。
百年隻似一夢間，半世已去餘華章。
奮發揚眉長哦唱，精神人格畢顯彰。

金風曠起天地間
16年8月29日

金風曠起天地間，爽潔盈寰壤。
小鳥歡欣愜鳴唱，天人真無恙。
秋氣均平年豐穰，人民樂無上。
清坐心事頗淡蕩，閒情入詩行。
雅思卻向誰人講，孤旅不悵惘。
奮發圖強振志向，宏圖天地張。
書生意氣是清昂，名利辭光光。
清貧不減風骨香，傲立看蒼黃。

爽潔身心
16年8月29日

爽潔身心，愜聽野禽之歡鳴。
秋意空清，總有雲飛併風行。
我心空靈，不執塵世之俗情。
雅思靈運，哦出肺腑之幽清。
倍感溫馨，神恩護佑總不停。
叩道圓明，無機心地朗月清。
青春遠行，余有斑鬢蒼蒼境。
展眼天青，誓飛絕壁摩天行。

流年蒼茫
16年8月29日

流年蒼茫，此際又值金風暢。
淡潔心腸，哦詩長吐肺腑香。
少年渺茫，昨日情景思悵惘。
壯歲情長，只是孤旅好徬徨。
奮發向上，男兒當騁躍馬壯。
努力啟航，不負百年好時光。
笑意清靚，迎風淡看浮雲漾。
朗哦詩章，情懷激越慨而慷。

天際蒼煙凝
16年8月29日

天際蒼煙凝，秋意啟空清。
淡遠有意境，散坐思若雲。
遐想如風行，懷古復思今。
人生飽含情，滔滔化詩吟。

雲淡風清
16年8月29日

雲淡風清，晨鳥喜清鳴。
秋意爽淨，我心正均平。
歲月經行，幾多桑滄景。
回首悟醒，人生是夢境。
百年經營，心靈最要緊。
努力前行，覺性悟誠明。
此際奮興，詩意瀰心靈。

微吐胸襟，微吐我雅情。

秋意雅爽 16年8月29日

秋意雅爽，雲天多澹蕩。
金風蕭暢，寰宇都清涼。
午睡無恙，醒來哦詩行。
萬變之間，不變是丹房。
流年奔放，應許持定當。
歲月馨香，記憶垂為蒼。
淡泊情腸，總懷有夢想。
要去遠方，要飛向蒼茫。

秋氣芳清 16年8月29日

秋氣芳清，淡泊我心襟。
心懷多情，展眼看浮雲。
歲月殷殷，四季幻新景。
老我蒼鬢，仍懷少年心。
意志堅定，恆欲向天鳴。
高歌猛進，萬里不止停。
嚮往光明，愛好彼和平。
胸懷清映，明慧似水雲。

晚風來曠晚風來曠 16年8月29日

晚風來曠晚風來曠，心事清逞茫茫。
暮煙清漲暮煙清漲，秋意無限蕭涼。
我意慨慷我意慨慷，哦詩熱情昂揚。
志取奔放志取奔放，努力向前闖蕩。
腹醞書香腹醞書香，意氣浩發萬丈。
圓明之間圓明之間，叩道用道揚長。
笑意浮漾笑意浮漾，人生百感茫蒼。
奮發向上奮發向上，前路披荊斬創。

浩志長空 16年8月29日

浩志長空，情思蕩漾中。
金風清送，雲飛若畫筒。
歲月朦朧，壯歲志清雄。
不懼成翁，不懼坎坷重。
年輪如風，往事轉成空。
剩餘感動，記憶在詩中。
大千空空，寰宇神掌控。
靈程雨風，難阻我矢衝。

秋風清遠逞意境 16年8月29日

秋風清遠逞意境，爽意盈胸也雅清。
笑意須從心底沁，人生奮向艱深進。
空曠宇宙不停運，百年人生朝露行。
獨立迎風吾何云，一曲浩歌動地吟。

灼熱秋陽 16年8月29日

灼熱秋陽，溫和且漂亮。
散坐清閒，品茗意悠揚。
小風送暢，愜懷真無恙。
隨意之間，詩興又升上。
傾似汪洋，心靈都奉上。
一點馨芳，一點激與昂。
歲月茫蒼，感動我心腸。
天際靄漾，點綴秋清涼。

天淡雲青 16年8月29日

天淡雲青，朵朵彩雲曼飛行。
心事空靈，遐思萬里無止停。
鳥兒嬌鳴，金風吹拂走清新。
大好寰景，人民歡樂謳升平。
嚮往天庭，人間未可久留停。
紅塵噪競，百年生命是幻景。
靈修無垠，直指天國樂邦行。
淨化心靈，晨昏三省恆殷勤。

秋夜靜寧 16年8月29日

秋夜靜寧，三更清聽蛩暢吟。
空靈之境，更有爽風走清明。
淡泊心襟，胸無思慮雅潔清。
水雲意境，才是我情之所親。
浮生飛行，半世不覺化電影。
回首何驚，人生從來桑滄行。
歲月多情，往事歷歷是美境。
嚮往前景，山高水長奮勇進。

暮煙蒼 16年8月29日

暮煙蒼，心懷暢，小風送微涼。
抬眼望，情悠揚，哦詩舒坦蕩。
秋意向，是淡蕩，大千正漫浪。
闔家康，神恩壯，思之喜洋洋。

奮志向，矢前闖，涉過彼艱蒼。
半世殤，回首望，唯餘煙茫茫。
努力上，顯豪強，男兒志茁壯。
晨昏間，捧書唱，體道頗清揚。

金風長吹送

16年8月30日

金風長吹送，爽懷清空。
展眼雲飛動，秋色從容。
曠意欲哦諷，長舒心胸。
人生履雨風，情懷高聳。
不與世苟同，叩道奮勇。
正氣凝襟胸，氣吐長虹。
淡泊持心胸，雅聽鳥誦。
朝日燦無窮，情動於中。

彩雲清淡

16年8月30日

彩雲清淡，歌聲妙曼。
初秋景致宜細談，窗前長細看。
心境平淡，鳥語綿蠻。
歲月輕逝若指彈，蒼了眉與顏。
往事不談，少年煙曼。
仍須奮力去闖關，任從風雨濺。
心曲浪漫，力作好漢。
矢志傲立不畏難，情繫水雲灘。

雲淡風清

16年8月30日

雲淡風清，宜去田野尋幽境。
情繫水雲，願泛輕舟逐鷗行。
人生驚警，半世生涯付煙景。
回首淚零，苦雨艱蒼不堪云。
我欲哦吟，長吐胸中氣若雲。
力作雄英，鼓舞情志斬棘進。
心曲誰聽，孤旅何處浪漫尋。
隻身奮進，大千廣闊任我行。

秋陽灑照身心

16年8月30日

秋陽灑照身心，吾已淡泊心襟。
遠野林正青，鳥語囀嬌鳴。
歲月滾滾而進，惜乎老我蒼鬢。
一笑還朗清，爽懷合高吟。
哦出雅潔肺心，長吐志向空清。
人生如旅行，百感縈在心。
闔家安穩就行，祥和盈余心靈。
不必辭清貧，正義是要領。

鳥語嬌嬌鳴

16年8月30日

鳥語嬌嬌鳴，一使余開心。
向學晨昏勤，朗哦吐肺襟。
歲月也多情，年輪曠遞進。
少年無音影，壯歲懷雅清。
秋意淡無垠，何處有水雲。
心意入詩吟，願共風同行。
才思無止境，叩道志堅定。
無機守心靈，正直悟圓明。

雲渡從容

16年8月30日

雲渡從容，鳥掠長空。
閒情哦諷，情懷誰送。
淡泊襟胸，渾與秋同。
爽潔清風，曠意無窮。
生活輕鬆，名利辭送。
正氣凝胸，雅思橫縱。
人格最重，君子和同。
叩道圓通，秉持中庸。

雲天蕭爽

16年8月30日

雲天蕭爽，心中正舒揚。
北風曠暢，清意滿人間。
我欲謳唱，天和人安祥。
歲月奔放，清度好辰光。
喇叭囂響，生活是鬧場。
應持清向，遁向田園間。
遠野碧漾，風吹林清響。
有蟬清唱，動我心旌曠。

淡淡蕩蕩

16年8月30日

淡淡蕩蕩，顯我男兒曠。
迎風舒想，哦詩體昂藏。
風雨艱長，半世已逝殤。
心有餘傷，意如磐石壯。
清坐安祥，窗外風兒唱。
秋意人間，林蟬尚鼓放。

炎涼塵間，引我淚清淌。
不須悲傷，前路尚待闖。

秋風吹清暢

16年8月30日

秋風吹清暢，瀟灑滿人間。
蒔花弄草間，心境頗開敞。
歲月展悠閒，心志花兒放。
紅塵正攘攘，情懷水雲鄉。
笑意應浮上，人生走馬場。
壯歲情昂揚，幹勁倍增長。
努力赴遐方，追尋彼理想。
桃園有佳況，恆待知音賞。

第四卷《問道集》

才思有限

16年8月30日

才思有限，情懷卻無限。
每日哦唱，舒出心意向。
歲月莽蒼，流年走飛殤。
驚回首間，華髮已斑蒼。
笑容浮上，悟道入康莊。
擾擾塵間，大道運圓方。
簡潔為上，多言是有妨。
要語奉上，道德第一樁。

鳴蟬嘶風

16年8月30日

鳴蟬嘶風，燥熱瀰長空。
心意清空，恆欲曠哦諷。
心曲誰懂，情意向誰送。
孤旅迎風，時有深悵痛。
努力行動，未可耽平庸。
英雄有種，男兒顯豪雄。
烈日當空，秋意漫宇穹。
淡蕩雲動，我心感從容。

閒情淡蕩

16年8月30日

閒情淡蕩，體味秋清涼。
歲月放曠，心志頗昂藏。
金風蕭爽，斜暉灑無恙。
白雲飄翔，林蟬偶歌唱。
感從心上，壯歲情滌蕩。
履過桑滄，一笑還清朗。
大千狂蕩，紅塵是攘攘。
性天清涼，豈受名利妨。

娟潔心中

16年8月30日

娟潔心中，有時頗豪雄。
雨雨風風，履度也從容。
年近成翁，心態轉清空。
散淡之中，每日勤哦諷。
嚮往長空，愜飛無盡窮。
山水清雄，當可曠心胸。
歲月成空，萬事入煙濃。
淡迎秋風，爽意盈襟中。

夜色清降

16年8月30日

夜色清降，華燈都點上。
感興茫茫，心地覺蒼涼。
秋意蕭爽，窗外歌聲唱。
假寐片晌，情志轉為康。
人生飛殤，壯歲今正當。
煙雲蕩漾，幾許風雨艱。
鼓勇奮闖，關山疊千障。
展翅飛翔，靈程真無恙。

七彩霓虹競閃靚

16年8月30日

七彩霓虹競閃靚，萬家燈火是輝煌。
清夜爽風真和暢，秋清滌腑詩意揚。
何處歌聲悠悠唱，幾多車行也狂猖。
市井生活真鬧嚷，退處心繫水雲鄉。
七彩霓虹競閃靚，散坐哦詩也慨慷。
惜時如金必須講，晨昏哦誦有餘香。
積累情志頗昂藏，書生意氣也瀟爽。
正直為人未敢忘，品評生活入詩行。
七彩霓虹競閃靚，我心我意轉舒暢。
闔家安康神恩壯，努力靈程盡力量。
斬盡心魔走康莊，不辭清貧體揚長。
思想亙古今與往，願振雄風六合蕩。

金風又送暢

16年8月31日

金風又送暢，瀟爽人間。
意氣展清揚，書生氣象。
小鳥清鳴唱，林羽搖晃。
大好之秋況，雅潔情腸。
我欲向天唱，謳此蒼黃。
人生天地間，天人和祥。
祥和漾襟房，品茗清香。
一吐心昂藏，天地驚向。

清夜切鳴蛩（之一）

16年8月31日

清夜切鳴蛩，曠走金風。
浮生大化中，心與誰同。
歲月曠從風，余有感動。
不覺斑蒼重，青春無蹤。
努力奮前衝，不畏險重。
風雨桑滄中，獨立襟雄。
何懼近成翁，晨昏哦諷。
志兒猶高聳，叩道圓融。

沐浴秋陽

16年8月31日

沐浴秋陽，心地頗快暢。
金風送爽，散步以閒逛。
人生世間，只求心意暢。
清貧何妨，我有正氣昂。
歲月芳香，記憶垂久長。
煙雲蕩漾，不覺壯歲蒼。
碧天雲翔，野禽歡歌唱。
心志遐方，我要去闖蕩。

金風暢動 16年8月31日

金風暢動，晨起微涼瀰宇穹。
雅潔心胸，展眼長天碧無窮。
蟬不肯誦，驚訝年輪輕轉動。
鳥卻鳴風，點綴秋意不平庸。
心曲彈弄，知音未有向誰送。
和而不同，君子人格樹剛雄。
朝暉朗送，斕漫秋色真堪頌。
吾意清空，清喜牽牛開奮勇。

喜鵲奏唱 16年8月31日

喜鵲奏唱，一使余意起安康。
歡樂塵間，秋色斕漫動人腸。
淡泊心膛，清喜流年好時光。
我當慨慷，男兒偉立展茁壯。
奮志嚮往，是向高天振羽航。
水雲之間，可憩我心我意向。
歲月悠閒，大好心境堪謳講。
詠入詩章，才思傾瀉若汪洋。

雀鳥歡鳴唱 16年8月31日

雀鳥歡鳴唱，引余動意向。
秋意正清爽，況有金風暢。
清坐頗安祥，雅哦好詩章。
心志正淡蕩，與秋頗相像。
人生長馳闖，履度關山蒼。
風雨有何妨，正好磨意剛。
而今鬢髮蒼，心志猶強壯。
努力展揚長，前路萬里疆。

蕭瑟走金風 16年8月31日

蕭瑟走金風，散淡持襟胸。
曠意正無窮，朗哦舒志雄。
清懷誰與共，獨立感慨從。
展眼雲飛動，有鳥鳴風中。

青碧天空鳥飛翔 16年8月31日

青碧天空鳥飛翔，淡蕩金秋靚。
歲月奮行幻桑滄，不必起感傷。
而今我贊彼秋陽，清朗且輝煌。
人生正應同此仿，瀟灑走一場。
紅塵大千變無恙，行旅風雨蒼。
壯歲情懷清且暢，一似金風揚。
笑意從心而浮上，平生無嗟悵。
無機心地有陽光，正義誓弘揚。

秋氣感蒼茫 16年8月31日

秋氣感蒼茫，心懷似江浪。
鼓勇振翩翔，披風迎雨上。
壯歲不懷悵，男兒合高亢。
心事有慨慷，哦詩舒激昂。

金風曠起天涯間 16年8月31日

金風曠起天涯間，林羽搖脆響。
清坐哦詩舒心向，體道頗揚長。
秋氣清顯其淡蕩，午時日清朗。
最愛牽牛萬千放，喇叭齊開敞。
歲月清亨是悠閒，舒理我心簧。
中心發出明慧芳，一吐氣昂藏。
男兒清貧有何妨，要在正氣揚。
君子人格必須講，傲立天地間。

情思曠意揚 16年8月31日

情思曠意揚，歲月走流暢。
商風清新放，爽懷也悠閒。
應能哦詩章，呼出情懷靚。
不必有嗟悵，陽光正清朗。
情思曠意揚，淡定持中腸。
一任時光淌，我自揮慨慷。
男兒傲立間，鐵骨頗剛強。
縱有柔情放，也似百折鋼。

遠風來曠 16年8月31日

遠風來曠，適我心與腸。
體味休閒，體味平與康。
初秋無恙，陽光灑金黃。
白雲悠翔，生活堪謳唱。
半世銷殤，余得兩鬢蒼。
流年有芳，哦得詩萬章。
盪氣迴腸，情懷向天曠。
婉轉鳴放，詩意天涯間。

秋意瀰深廣
16年8月31日

秋意瀰深廣，心曲向誰唱。
金風走蕭爽，林野嘩啦響。
淡定走桑滄，一曲向天曠。
半世已消亡，心境余滄蕩。
紅塵自攘攘，幾多名利障。
應持清心向，遠遁田園間。
水雲中心漾，情懷宇包藏。
向學志昂揚，晨昏哦詩章。

清夜切鳴蛩（之二）
16年9月1日

清夜切鳴蛩，中心起感動。
年輪飆似風，華年漸逝送。
關山履千重，心境起沉痛。
四更起哦詠，感慨肺腑中。
清夜切鳴蛩，何必起傷痛。
清商微微送，爽意盈襟中。
人生曠隨風，履渡桑滄濃。
壯歲持清空，隨緣不苟同。

林羽初顯斑黃
16年9月1日

林羽初顯斑黃，皆因商風吹蕩。
晨起鳥啼唱，余意也開敞。
歲月曠走無恙，清風來拂襟腸。
詩意從心上，一曲奏昂揚。
人生奮走艱蒼，不必淚水清淌。
應展男兒壯，努力向前闖。
山高水險何妨，意志貴在清揚。
暢遊無極限，叩道也軒昂。

心志不甘平庸
16年9月1日

心志不甘平庸，浩意瀰滿宇穹。
歲月清遞送，荒野蟬噪風。
雅意從心而動，曠欲將詩哦諷。
思想展無窮，理想恆在胸。
大千爽意朗送，午時陽光清猛。
金飆暢吹動，我意轉清空。
仍須奮志直衝，百年艱深險重。
努力去行動，顯我真英勇。

雲天清顯爛漫
16年9月1日

雲天清顯爛漫，散步興致安然。
悶熱肆意展，周身沁微汗。
市井秩序井然，夕照輝煌燦爛。
心緒入雲漢，詩意瀰心坎。
紅塵擾擾狂泛，名利害人必然。
努力作好漢，汙穢矢不沾。
清心慧意雅綻，心曲婉轉妙曼。
一曲曠意談，短章奉君看。

心事廣長
16年9月1日

心事廣長，我欲浩歌向天曠。
燈火輝煌，暮煙濃重金風暢。
心懷豪放，百感俱來襲襟房。
吐出心香，一曲婉轉情思長。
人生嚮往，理想時刻銘心間。
矢展強剛，百折無妨志揚長。
努力攀闖，萬仞高山也須上。
摩雲飛翔，大好河山容徜徉。

心襟狂放
16年9月1日

心襟狂放，仰看雲蒼茫。
林鳥啼唱，我意起悠揚。
贊彼清商，清爽這人間。
大好寰壤，康樂且和祥。
浩氣汪洋，筆下傾若狂。
心事張揚，恆欲暢飛翔。
天地之間，自由第一樁。
思想奔放，一如川逝淌。

商風悠揚
16年9月1日

商風悠揚，我意起閑曠。
久無雨降，亢旱草木傷。
心事廣長，人生奮理想。
天地之間，思想第一樁。
自由為上，掙脫彼羈韁。
奮發揚長，萬里競飛翔。
宇宙無限，盡我去尋訪。
大道無疆，叩道任深艱。

南風清曠
16年9月1日

南風清曠，適我意與向。
暖意塵間，燥熱三分猖。
林蟬奏響，野鳥競歌唱。
萬事下放，浴後體休閒。
品茗清芳，雅興都升上。
哦詩揚長，一吐心志香。
人生慨慷，何地不奔放。
舒理襟腸，不使有汙髒。
市井鬧嚷，生活奏交響。
務持清向，心容白雲翔。

清思長揚
16年9月1日

清思長揚，心懷頗暢靚。
胸有渴想，哦詩舒情腸。
孤旅情悵，知音在何方。
人生嚮往，比翼雙飛翔。
獨立長望，天際雲煙漾。
野禽鳴唱，金飆長吹曠。
奮行無恙，苦旅任艱蒼。
一聲嗨唱，情絲有嫋揚。

宿鳥鳴唱
16年9月1日

宿鳥鳴唱，暮煙起蒼茫。
清坐納涼，電扇播風暢。
心事遐方，矢志欲遠航。
山高水長，奮發履艱蒼。
半世銷殤，意志仍清昂。
抬眼長望，西天紅霞靚。

漫天星光
16年9月2日

漫天星光，切切秋蛩唱。
清風送爽，五更覺歡暢。
荒村雞唱，引我詩興上。
秋思漫長，心襟感蕭涼。
歲月悠閒，淡泊我襟腸。
感慨升上，心曲向誰唱。
人生世間，一如走馬場。
百年時光，譬若朝露間。
努力向上，不負好時光。
德行須彰，哦出詩清芳。
車聲又唱，生活又開場。
奮發圖強，業績長待創。

秋思茫茫
16年9月2日

秋思茫茫，碧天粉青漾。
歡樂塵間，鳥鳴花開放。
金風送暢，嫋起情悠揚。
不計過往，提起是淒涼。
歲月奔放，匆匆是過場。
人生驅闖，履世唯桑滄。
努力向上，未可墮迷茫。
天國歸航，靈程凱歌唱。

爽意晨間
16年9月2日

爽意晨間，金風走悠揚。
散步休閒，體味秋蕭涼。
陽光燦放，青靄漾遠方。
心志平康，愜聽鳥鳴唱。
市場興旺，生活樂無上。
時和歲穰，人民享安祥。
憂未可忘，努力致前方。
關山疊障，奮志攀與闖。

蕭爽走金風
16年9月2日

蕭爽走金風，暢意心中。
更有鳥聲動，情懷於胸。
我欲朗聲誦，哦我清空。
大化變無窮，質樸持中。
感慨從心湧，浩若川動。
率性與誰同，氣瀰宇穹。
英雄誰有種，矢志恆衝。
努力去行動，振翼長空。

朝霞燦紅光
16年9月2日

朝霞燦紅光，晨鳥啼清揚。
秋意正淡蕩，欣賞此清涼。
心事起萬丈，曠想致遐方。
情懷有昂揚，恆欲去飛翔。
山水任艱蒼，風雨任魯莽。
我志如山壯，鐵骨堪承當。
男兒傲立間，精神畢顯彰。
不為媚弱放，體道振乾綱。

爛漫心胸
16年9月2日

爛漫心胸，時揮燦爛若彩虹。
清度從容，安康歲月樂無窮。
奮志矢衝，跨越山水彼清雄。
揚飆長空，振翼橫度這宇穹。
浩志誰懂，苦難人生憂患重。
風雨曾猛，折斷翅膀淚垂湧。
年近成翁，依然不屈傲立中。
展眼天穹，秋色無限鳥飛動。

心志青霞間
16年9月2日

心志青霞間，紅塵務辭放。
清飆正揚長，秋色爛漫靚。
歲月多滌蕩，人生履艱蒼。
欣聞喜鵲唱，一使余意康。
心志青霞間，雅聽禽鳴放。
朝旭灑輝煌，秋意舒滄蕩。
雅思中心曠，詩意郁昂藏。
小哦振慨慷，思想展無恙。

清思茫茫
16年9月2日

清思茫茫，亙古入暢想。
叩道之間，時光飛若狂。
吾已斑蒼，心志猶康強。
奮發向上，努力晨昏間。

展眼雲蒼，鳥飛掠煙茫。
不須懷悵，前路有明光。
神恩無上，普照這世間。
心燈明亮，燭照至遐方。

朝旭光芒萬丈
16年9月2日

朝旭光芒萬丈，雲煙清顯滄蕩。
窗外歌聲靚，心事起廣長。
秋意無限清揚，小風吹送涼爽。
禽鳥歡聲唱，爽意瀰塵間。
男兒傲立偉康，不懼人世桑滄。
磨難任成行，奮力展茁壯。
笑意應許清揚，華髮長飄何妨。
已成百煉鋼，劍鋒吐青芒。

展眼雲煙浮動
16年9月2日

展眼雲煙浮動，秋意暢顯清空。
蕭遠意境之中，心事淡起朦朧。
何不聽鳥鳴頌，何不品茗香濃。
何不自慰心胸，何不哦諷從容。
歲月輕輕飛動，年輪轉運如風。
笑我年近成翁，依持清純笑容。
廣宇大道圓通，包覆天人無窮。
叩道用道奮勇，情懷淡泊誰同。

秋色淡蕩有無中
16年9月2日

秋色淡蕩有無中，心事嫋長風。
浮生萬事總成空，道甚名利濃。
喜鵲清聲歌從容，青靄淡浮空。
爽潔清持是襟胸，雅意展橫縱。
窗外鞭炮又囂動，噪聲瀰長空。
務持清心大化中，水雲當涵胸。
笑意清淺也和庸，哦詩舒情濃。
男兒柔和且剛猛，共運桑滄中。

幽懷清遠與秋仿
16年9月2日

幽懷清遠與秋仿，閑哦我詩章。
滌蕩情思也悠揚，共彼金風蕩。
心中一種閑無恙，體味彼清涼。
性天無翳展月光，圓明是清況。
晴天青靄有浮漾，飛鳥時高唱。
散坐心志頗強康，鎮日詩書間。
奮發情志展昂揚，長游青天曠。
紅塵只是暫憩鄉，靈程彩雲間。

秋陽溫暖灑放
16年9月2日

秋陽溫暖灑放，中心意平康。
清新是我襟腸，灑脫且清揚。
野禽歡聲鼓唱，林表青藹漾。
歲月曠展悠閒，哦詩復揚長。
人生務持嚮往，是在天涯邦。
水雲清遠之鄉，才是我瞭望。
奮發心中意向，努力詩書間。
晨昏體道昂藏，男兒當偉剛。

何處音樂緩緩放
16年9月2日

何處音樂緩緩放，節奏宛轉悠揚。
引余心旌曠然向，詩意中心蕩漾。
品味歲月之馨芳，正如品茗相仿。
苦澀之中有清香，嫋起百感都上。
人生快意當軒昂，一展歌喉嘹亮。
男兒當振雄風壯，傲立天地之間。
此際秋風起清曠，天地泛起淡蕩。
清坐心緒正茫蒼，微覺寰宇蕭涼。

奮發人生展揚長
16年9月2日

奮發人生展揚長，此際清聽鳥啼唱。
紅塵自古是攘攘，幾人懷清向。
歲月清走余暢想，大同亙古是理想。
百年人生勿費浪，努力致遐方。
艱難困苦是尋常，清志軒昂自謳唱。
大千郁昂藏，男兒騁強剛。
努力晨昏詩書間，一心叩求彼道藏。
濟世何須講，鐵肩有承當。

第五卷《揚心集》

曠聽音樂靈動　16年9月2日

曠聽音樂靈動，我心升起感動。
婉轉有情朦，傾入詩之中。
歲月又值秋風，金飆灑脫襟胸。
天際看雲動，有鳥鳴輕鬆。
紅塵大千狂瘋，名利害人無窮。
幾人是情種，襟懷持清空。
浩志曠入彩虹，宇宙奮我行蹤。
叩道展剛猛，體會豈有窮。

淡泊情思水雲中　16年9月2日

淡泊情思水雲中，此心願與君通。
歲月清展其無窮，曠意金風吹送。
揚長人生孤旅中，悵惘時襲心胸。
雖然浩志若彩虹，還須實幹勁湧。
一點情懷向誰送，漫對蕭涼秋風。
雲煙淡蕩漾晴空，有鳥鳴風飛動。
感慨從心哦而諷，向誰情有獨鍾。
大千生境幻無窮，浪漫瀰我襟胸。

情絲縷縷淡蕩　16年9月2日

情絲縷縷淡蕩，嫋向天涯之間。
心事懷嚮往，何日比翼翔。
金秋陽光清朗，商風蕭潔涼爽。
野蟬不肯唱，有鳥啼清揚。
人生世上奔忙，幾多風雨艱蒼。
何不清志向，憩向水雲間。
生活噪雜交響，雅意中心流淌。
哦詩頗平康，情懷全奉上。

秋陽曬人猶灼燙　16年9月2日

秋陽曬人猶灼燙，鳥兒躲在樹蔭間。
散坐無心讀詩章，閒談正可聊家常。
歲月清度是悠揚，人生百年走若狂。
不必驚訝年增長，隨緣履歷任桑滄。

喜鵲風中高聲唱　16年9月2日

喜鵲風中高聲唱，秋色動人展淡蕩。
清坐長吐腹中香，哦出情懷頗激昂。
人生嚮往在遐方，立足現實持理想。
努力奮鬥矢前闖，不畏艱深盡力上。

淡蕩曠持襟胸　16年9月2日

淡蕩曠持襟胸，我的心懷靈動。
午後烈日猛，清坐有感動。
人生荷雨荷風，幾多艱蒼苦痛。
而今我哦諷，長舒情意濃。
嚮往長空飛動，去向遙遠宇穹。
一曲高歌送，人生瑰無窮。
沉穩實幹豪雄，業績待創恢弘。
男兒當奮勇，努力矢前衝。

秋陽似火驕　16年9月2日

秋陽似火驕，雲煙長繚繞。
清坐意興高，欣喜爽風到。
心事展逍遙，人生曠揚飆。
奮發矢長跑，標的終可到。
紅塵自擾擾，心態須清騷。
水雲多麼好，何不去尋找。
名利實為孬，害人詭且巧。
應持清心竅，田園憩襟抱。

盪氣迴腸　16年9月2日

盪氣迴腸，歌聲如此清靚。
感動襟房，熱淚競清淌。
人生奔放，誰不持有情腸。
愛情無恙，兩心相依相傍。
秋意清揚，百折情思悠暢。
嫋向天堂，世界是神主掌。
百年匆忙，幾多悲喜憂傷。
請聽謳唱，真可滌腑清腸。

彩雲飛翔
16年9月3日

彩雲飛翔，紅旭東方上。
散步欣暢，曠聽喜鵲唱。
有汗微漾，心志都開敞。
生活平康，市井是熙攘。
哦出心向，哦出我激昂。
哦出奔放，哦出情馨芳。
大千安祥，金風吹蕭閑。
周身舒爽，心襟愜無限。

淡煙迷茫
16年9月5日

淡煙迷茫，秋陽灑降。
心中嫋揚，慨哦詩行。
青林染黃，喜鵲謳唱。
情意開敞，舒茲奔放。
淡守悠閒，品味書香。
時光流淌，何懼斑蒼。
人生揚長，履歷險艱。
一笑清揚，奮力前闖。

唧唧秋蛩唱
16年9月7日

唧唧秋蛩唱，清夜靜無恙。
心事懷悵惘，感慨都升上。
人生懷遐方，水雲之所漾。
清聽蟲鳴放，真使我安康。

晨起鳥啼唱
16年9月7日

晨起鳥啼唱，商風勁吹蕩。
木葉有逝殤，我心起感想。
人生朝露間，與葉有相仿。
能經幾多霜，淚下有清淌。

淡泊襟胸
16年9月7日

淡泊襟胸，曠對金風吹動。
我意清空，應拋世事沉痛。
感慨勁湧，何不哦詩清諷。
人生從容，未許行旅匆匆。
年近成翁，依然心志如虹。
歲月朦朧，化為詩意重濃。
展眼長空，雲煙昏昏濛濛。
窗外躁動，鞭炮囂響如瘋。

心事重沉
16年9月7日

心事重沉，孤旅矢力爭。
秋風成陣，落葉有飄紛。
感慨叢生，唯向詩中申。
風雨成陣，人生奮前奔。
山水清純，我心感動生。
嚮往鵬程，萬里摩雲層。
未許淚生，努力奮前程。
百年人生，定有彩虹逞。

浮生如夢
16年9月7日

浮生如夢，萬事成虛空。
年近成翁，何事可感動。
鼓勇前衝，山水清無窮。
氣吐長虹，男兒合有種。
蕭爽秋風，入我心坎中。
清坐哦詠，心事須拋空。
剩餘奮勇，努力去行動。
大千無窮，風光堪哦諷。

暮煙清漲
16年9月7日

暮煙清漲，喜鵲競聲唱。
心事蒼茫，感興都升上。
人生世間，百折走桑滄。
幾許悲傷，幾許喜若狂。
淡泊心腸，名利已棄放。
紅塵狂蕩，浮生如履浪。
絕不張狂，請聽宿鳥唱。
暮煙漸漲，心事渾難講。

蟬噪秋林
16年9月8日

蟬噪秋林，金風吹清勁。
反映身心，哦詩體空靈。
意懷奮興，雅欲吐心情。
嚮往飛鳴，去尋彼水雲。
須持淡定，未許名利縈。
縱使清貧，正氣充胸襟。
曠然心境，感慨向誰明。
孤旅淒清，知音何處尋。

浮生萬事都空

16年9月8日

浮生萬事都空，人生彷彿一夢。
曠對彼秋風，心事蕭涼中。
何懼年近成翁，依然胸懷彩虹。
夢想在心中，努力踐奮勇。
大千待我直衝，宇宙廣大無窮。
叩道展剛猛，男兒證圓通。
展眼雲煙昏蒙，喜鵲鳴於林中。
應持輕笑容，豁達持襟胸。

清坐展我思想

16年9月8日

清坐展我思想，人生百感俱上。
心緒起蒼茫，遠際青靄漾。
時刻懷有嚮往，要向高天旅航。
矢展我志向，奮翼掠青蒼。
秋氣淡淡蕩蕩，欣賞鳥語花芳。
不停之鼓蕩，是我心激昂。
紅塵自古攘攘，幾人懷有清向。
應向水雲間，尋覓桃園況。

仲秋天氣無恙

16年9月8日

仲秋天氣無恙，林蟬偶爾歌唱。
清思正茫茫，油然哦詩章。
人生清持嚮往，自由灑脫奔放。
紅塵是羅網，曠飛受羈障。
愛好盡情遐想，宇宙任我旅航。
情懷之所向，如雲之飄蕩。

去向田野山間，呼吸清風快暢。
人生百年間，痛快第一樁。

秋風如此清爽

16年9月8日

秋風如此清爽，洗此燥熱塵間。
思想放千章，激越哦詩行。
應將萬事拋忘，一心享受休閒。
體會任深廣，叩道也揚長。
紅塵滾滾奔放，蟬噪亦頗囂猖。
車行如瘋狂，世界陷迷茫。
幾人存有清向，幾人存在思想。
應許回頭細望，歷史奔騰流殤。
歲月莽莽蒼蒼，人生坎坷滌蕩。
努力向天啟航，靈程揮發慨慷。
笑意應許廣長，中心積澱思想。
靈慧來自心間，神恩賜我安康。

躁躁塵間徜徉

16年9月8日

躁躁塵間徜徉，涉過世界桑滄。
何必雙淚清淌，應許敢作敢想。
跌倒再上何妨，折翅可再啟航。
歲月淡有清芳，最貴是有思想。
人生志在遐方，果敢鎮定頑強。
豈懼風雨艱蒼，力斬魔鬼虎狼。
向陽心志開敞，光明入我心間。
流年似水流殤，心花朵朵開放。

輾轉是我心襟

16年9月8日

輾轉是我心襟，奮興是我心情。
秋來氣空清，爽意盈心靈。
歲月如此多情，縱使風雨侵凌。
一笑且爽清，任起蒼蒼鬢。
大千無限風景，引我流連奮興。
獨立當高鳴，胸懷曠無垠。
腳踏實地要緊，晨昏努力奮進。
書海揚帆行，濁浪是風情。

不可急功近利

16年9月8日

不可急功近利，拋去一切纏累。
人生不可昏睡，心燈點燃為美。
前路輝煌燦麗，豈懼風雨艱危。
脫去一切纏累，輕裝上陣最美。
不可急功近利，淡定清持心扉。
流年如川似催，努力晨昏才對。
叩道長造山水，風光無限麗美。
中心有光明麗，燭照前路璨璀。

弦月掛在空中

16年9月8日

弦月掛在空中，遠野響起鳴蛩。
城市閃霓虹，音樂長播送。
弦月掛在空中，晚間清起金風。
清坐是從容，思想穿時空。
人生是有情種，纖敏秀蘊心胸。
時時有哦諷，情調騷雅雄。

清奇孕在襟胸，心靈架起彩虹。
叩道奮剛猛，實幹顯豪勇。

晨起靄煙正迷茫
16年9月9日

晨起靄煙正迷茫，窗外歌聲展嘹亮。
野禽歡鼓唱，金風送涼爽。
清喜牽牛嬌妍放，我心我意起舒揚。
應謳彼詩章，詩意瀰宇間。
正道必然暢人間，公理公義人讚揚。
傲立不屈間，男兒體昂藏。
笑意從心而淡漾，一曲天人當謳唱。
仲秋真無恙，廣宇正澹蕩。

心志沉雄
16年9月9日

心志沉雄，矢欲舞向長空。
煙雲朦朧，應許淡泊從容。
歲月清空，苦痛送與情種。
心事沉痛，傷感時常來湧。
奮志前衝，豈懼山高水猛。
真的英難，正義凝於襟胸。
嚮往彩虹，人生瑰麗無窮。
質樸持中，雅潔盛於心中。

心志未許狂狷
16年9月9日

心志未許狂狷，立身淡定之間。
任憑起風浪，揚帆穩啟航。
心志未許狂狷，人生謙和為上。
向學志昂藏，哦唱晨昏間。
心志未許狂狷，男兒獨立慨慷。
名利未許妨，展眼天曠朗。
心志未許狂狷，苦痛務必拋光。
人生百年間，願學鳥飛翔。

浪漫持在心間
16年9月9日

浪漫持在心間，浮生未可孟浪。
欲向長天旅航，去尋彩虹月亮。
歲月清新滌蕩，惜乎老我斑蒼。
不必潸淚流淌，鼓勇仍須直闖。
世事莽莽蒼蒼，幾多苦難艱蒼。
笑容應浮臉上，快意煥發胸腔。
即便苦痛盈腸，也要熾熱奔放。
人生應像太陽，火紅光芒萬丈。

落葉逝飄
16年9月9日

落葉逝飄，野蟬鳴聲高。
蜻蜓飛繞，散步體逍遙。
郊野晴好，金風吹清蕭。
心興忒好，詩意復來到。
人生奔跑，任從風雨囂。
努力開道，標的終達到。
壯歲風騷，鐵骨尤堪表。
持正不傲，叩道展豐標。

感慨從心浮上
16年9月9日

感慨從心浮上，心事莽莽蒼蒼。
宿鳥齊鳴唱，市井展鬧嚷。
心曲對誰演漾，獨自孤旅徬徨。
男兒不言悵，努力去闖蕩。
山高水遠何妨，我志是在遐方。
願長雙翅膀，一掠天青蒼。
只是此心感傷，言來難盡其詳。
還是不言講，沉默更為上。

金風清起天地間
16年9月10日

金風清起天地間，我的心意悠揚。
感慨沉吟千重障，應該拋去遠方。
歲月舒展其奔放，流年演繹狂狷。
人生歡笑能幾箱，化作鬢髮蕭蒼。
風吹落葉漫地殤，心事沉痛誰向。
孤旅人生不言悵，無語清對空曠。
奮志人生上疆場，豈為名利奔忙。
淡定情懷水雲間，應有青溪流淌。

拋開心事沉重
16年9月10日

拋開心事沉重，青志嫋同秋風。
去向無窮遠空，尋覓真的情蹤。
年月輕輕遞送，不覺斑蒼重濃。
回首有淚垂湧，青春逝去無蹤。
依然面帶春風，笑意從心而湧。
人生隨緣而動，不知誰是情種。
孤旅曠志嫋風，清揚是我心蹤。
拋開心事沉重，大千山水清雄。
努力矢志去衝，邁越關山萬重。

百年人生奮勇，努力作個英雄。
此際心事拋空，清氣來入心中。
應許詩意泉湧，雅哦吐出情濃。

遠野淡煙朦朧

16年9月10日

遠野淡煙朦朧，心事與誰相通。
苦旅雨雨風風，而今淡定從容。
向學志向高崇，叩道發奮勇猛。
清坐舒懷哦詠，發散情思無窮。

喜鵲鳴於東方

16年9月10日

喜鵲鳴於東方，暮煙此際清漲。
心事開闔之間，雅哦新詩揚長。
百年勞我苦艱，壯歲依舊情長。
清坐思放遐方，感慨浩發無疆。
歲月如此滌蕩，幻變不過桑滄。
何不笑容浮上，隨緣履歷艱蒼。

幻變不過桑滄

16年9月16日

幻變不過桑滄，應該視當等閒。
清喜秋雨降，一解旱之亢。
清坐哦詩揚長，心事應許下放。
前路正寬廣，我當展慨慷。
紅塵自古攘攘，幾多名利狂猖。
清心自守間，繫情田園芳。
晨昏書聲朗朗，癡情漫捲書狂。
獨立迎風向，煙雨正茫蒼。

雨霽天開秋晴好

16年9月17日

雨霽天開秋晴好，東方喜鵲噪林表。
散坐哦詩舒心竅，歲月娟娟似飛跑。
人漸老蒼心還傲，向學情腸振風騷。
清喜牽牛開妙巧，一使吾意興致高。

世事如夢之中

16年10月26日

世事如夢之中，感慨從心浮動。
窗外細雨濛濛，秋葉凋零逝風。
清坐哦詩從容，塵緣悲喜相共。
多言有誰感動，展眼世界如瘋。

雅思此際良長

16年10月26日

雅思此際良長，人生感慨升上。
世事莽莽蒼蒼，思之淚水長滂。
半生已經銷亡，余得鬢髮蕭蒼。
側耳傾聽鳥唱，我意為之悠揚。

人生鼓勇而闖

16年10月26日

人生鼓勇而闖，萬水千山等閒。
世事如夢之漾，醒來唯餘淚淌。
天國引頸相望，神恩感在胸膛。
放聲高歌競唱，心志如花之芳。

輾轉浮生如夢

16年10月26日

輾轉浮生如夢，心地留有彩虹。
雖然年近成翁，依然壯懷勁湧。
不屈苦難千重，奮發向前矢衝。
終當擁抱鬆風，呼吸自由輕鬆。

窗外喜鵲奏唱

16年10月26日

窗外喜鵲奏唱，我心為之感傷。
大千陷在迷茫，真理幾人清嘗。
歲月如水之淌，流年瘋狂相仿。
一生奮發志向，努力天國啟航。

人生奮志長虹

16年10月26日

人生奮志長虹，百年瞬若匆匆。
應許行旅從容，努力靈程雨風。
坎坷浮生持重，名利拋卻空空。
笑容從心而動，實幹顯我英勇。

暮煙此際蒼蒼

16年10月26日

暮煙此際蒼蒼，心興感慨萬方。
秋深木葉逝降，商飆發自朔方。
火熱持在心間，努力志在遐方。
男兒鼓勇矢闖，豪情揮發萬丈。

一任浮生如夢

16年10月27日

一任浮生如夢，壯志總持在胸。
歲月朦朦朧朧，回首已然成空。
德操積澱無窮，奮發矢志如虹。
靈程展我奮勇，勝過魔敵猛凶。
淡蕩哦詩從容，生涯賜我凝重。
一聲鳥語清動，曠然是我心胸。

窗外細雨灑降

16年10月27日

窗外細雨灑降，心地又起徬徨。
秋深木葉逝降，年華漸漸銷滅。

蒼鬢未減豪壯，紅塵依舊攘攘。
率然哦我詩章，一曲淡泊平康。
依然持我情長，孤身獨自闖蕩。
關山萬里煙障，慧目穿透莽蒼。
鼓舞情志飛翔，風雨兼程敢上。
誓將真理尋訪，努力晨昏之間。

青天白日之間

16年10月29日

青天白日之間，精神風采飛揚。
努力晨昏向上，矢志斬盡虎狼。
不屈磨難重障，男兒傲立慨慷。
笑意應許開敞，側耳傾聽鳥唱。
歲月芬芬芳芳，苦難已成過往。
半百生涯滌蕩，老來鬢蒼何妨。
我有笑意揚長，孤旅揚帆遠航。
對準天國方向，靈程飛向晴朗。
大千徒顯空曠，真理遍地流淌。
幾人存有清向，叩道晨昏之間。
展眼天際雲漾，歲月無比坎蒼。
不必雙淚流淌，振奮發我意向。
此生已近夕陽，惜時如金當講。
更當書寫華章，留與後儕品嘗。
發奮耕耘田間，春播秋收盈倉。
不負此生苦艱，努力發散光芒。

奮發人生須要強

16年10月29日

奮發人生須要強，振作精神展慨慷。
拋去虛偽不輕狂，雅持心腸碧水仿。
人生萬般真難講，坎坷滌蕩是平常。
縱有志向如山岡，萬里也須用腳量。

斜暉此際在望

16年10月30日

斜暉此際在望，市井鬧鬧嚷嚷。
清坐享受安祥，一任時光流淌。
紅塵興起萬丈，名利欺人無限。
我有潔淨心腸，情繫田園山鄉。
歲月清展芬芳，半世已如水殤。
不必回首張望，前路尚待我闖。
笑容應許清靚，志氣凝滿胸膛。
步履當展堅壯，風景任我欣賞。

心志此際安康

16年10月30日

心志此際安康，品茗口齒噙香。
秋深木葉逝降，欣喜斜暉清朗。
淡定不事張狂，謙和一生必講。
努力奮發圖強，男兒矢展強剛。

時既深秋天朗晴

16年11月1日

時既深秋天朗晴，散坐哦詩也雅清。
歲月流水逝不停，感慨從心向誰鳴。
悠悠心事付誰聽，獨自高吭發長吟。
書罷此詩余懷興，一杯清茗持淡定。

秋意甚是濃重

16年11月5日

秋意甚是濃重，淡靄掛在遠空。
啼鳥鳴叫迎風，木葉逝飄靈動。
浩歌發自心中，感慨與秋共濃。
人生情懷誰懂，哦唱獨立襟雄。

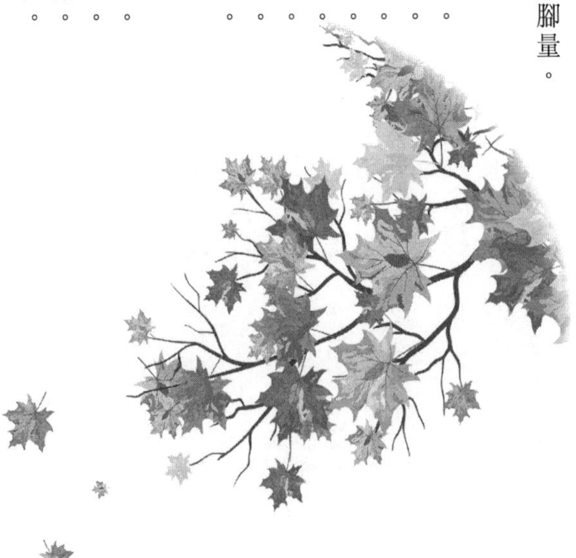

第六卷《放飛集》

秋陽清灑光芒

16年11月5日

秋陽清灑光芒，身心品味安康。
歲月舒展淡蕩，鬢髮漸蒼何妨。
志向依舊昂揚，不屈是我情腸。
努力奔向遐方，展翅曠飛天壤。

清聽啼鳥鳴唱

16年11月5日

清聽啼鳥鳴唱，品茗雅興升上。
秋深未妨情腸，歲月積澱馨芳。
回首何計桑滄，瞻望無比輝煌。
山高水深何妨，風景足堪欣賞。

清懷與誰共

16年11月5日

清懷與誰共，心思嫋隨風。
已知秋意重，飛雁影無蹤。
孤旅荷傷痛，回首依稀夢。
發奮天涯衝，矢尋真理洪。

淡蕩荷心胸

16年11月5日

淡蕩荷心胸，生塵履雨風。
半百持凝重，哦詩慨慷從。
求學矢奮勇，叩道入深濃。
何須淚雙湧，前路鋪彩虹。

心境此際平康

16年11月5日

心境此際平康，窗外歌聲嘹亮。
夕陽正展輝煌，林野盡顯斑蒼。
率意閑哦詩章，但將心靈奉上。
鑄成自我剛強，人生百煉成鋼。

暮煙此際輕蒼

16年11月5日

暮煙此際輕蒼，華燈已然點上。
散坐曠放思想，微將心曲奏上。
歲月無比安祥，任起風雨濁浪。
矢志名利棄放，一腔正氣盈膛。
大道無比寬廣，德操努力加強。
靈程奮志飛翔，神恩沐浴無限。

歲月悠悠揚揚

16年11月6日

歲月悠悠揚揚，演繹變化桑滄。
淡定展眼長望，煙雲掩映迷茫。
慧眼刺透青蒼，渴望振翅高翔。
萬里摩雲張揚，一直衝向太陽。

清懷不與世人共

16年11月6日

清懷不與世人共，孤旅風雨沐浴中。
已知塵世渾如夢，情思唯向天國送。
靈程道路艱危重，幾多考驗魔難洪。
奮志不屈魔兵凶，敢發正氣宇宙充。
努力晨昏叩道勇，輾轉桑滄志如虹。
一聲嗨唱天改容，人間難得多情種。

中心有所思想

16年11月6日

中心有所思想，萬千亙古無恙。
百年生死之間，務須發奮揚長。
努力晨昏之間，叩道用道何暢。
感沛神恩淚淌，讚美詩歌獻上。

欣喜南風來翔

16年11月6日

欣喜南風來翔，有鳥盡情鳴放。
清坐展我思想，又將短章奉上。
流年不覺飛殤，鏡中漸顯斑蒼。
更應抓緊時間，追求真理矢闖。

笑容應當綻放

16年11月6日

笑容應當綻放，一生應許平康。
履盡風雨濁浪，積澱唯有思想。
清貧未減志壯，男兒矢當慨慷。
不屈磨難成行，中心理想清揚。

天際迷煙茫蒼

16年11月6日

天際迷煙茫蒼，世界躲在其間。
每日故事花樣，不離名利狂猖。
淡泊是我志向，中心水雲流淌。
不入市井迷茫，意在田園山鄉。

秋深此際無恙

16年11月6日

秋深此際無恙，林野斑斑蒼蒼。
明日立冬來訪，驚訝時光飛殤。
人漸蒼老何妨，我有俊骨如鋼。
奮發揚長矢闖，一任山高水蒼。

迷煙浮漾天壤

16年11月6日

迷煙浮漾天壤，歲月不盡飛翔。
應將笑口開敞，樂觀矢志奮闖。
已履山高水長，身心已負重創。
所幸神恩無限，賜我平安吉祥。
一生大道叩訪，潔淨靈魂無疆。
天路不是好上，魔敵拚命阻擋。
克己心性馨芳，修身靈性清揚。
凱歌縱聲而唱，響徹天上人間。

輾轉秋春之間

16年11月6日

輾轉秋春之間，青春不覺喪亡。
此際清思回想，餘得華髮飄揚。
人生百年夢鄉，幾人真味品嘗。
名利欺人無限，紅塵擾攘無間。
應持靈思慧想，注目天國之邦。
靈程努力向上，回歸天父懷間。
秋深木葉逝降，寒氣襲自朔方。
清坐品茗思想，吐心哦出短章。

此生已近夕陽

16年11月6日

此生已近夕陽，應當光芒萬丈。
縱有浮雲阻擋，太陽會射光芒。
歲月飛逝如殤，額上皺紋增長。
智慧努力尋訪，一生奮發向上。
回思許多艱蒼，淚水盈滿胸腔。
所賴神恩無限，賜我回復平康。
歌頌向神獻上，感沛淚水流淌。
天國是我家鄉，誓當回歸故邦。

此際心靈沉醉

16年11月6日

此際心靈沉醉，哦詩吐出芳菲。
人生如旅似飛，回首煙雨迷離。
前路艱危任倍，努力展我純粹。
靈魂淨化明媚，慧目清光閃射。
紅塵如網似圍，天國標的心裡。
一聲啼鳥清脆，詩意縈繞周圍。
志向應當高美，叩道豈懼艱危。
百年生死夢寐，神恩導引璨璀。
向前奮發剛偉，克盡魔敵妖魅。
男兒傲立岸偉，如山定志巍巍。

雲煙此際昏茫

16年11月6日

雲煙此際昏茫，叩道何其艱蒼。
人生苦旅相仿，天國標的心間。
世界需要導向，人心未可喪亡。
奮發展我貞剛，向學志向昂藏。
半百生涯闖蕩，何計身心痛創。
東西文明尋訪，會通和合必講。
舒發心襟志向，矢當發揚慧光。
奉獻畢生力量，燭照文明路向。

世事餘有馨芳

16年11月6日

世事餘有馨芳，人生隨緣必講。
此際秋深葉殤，何須嗟我斑蒼。
發奮仍當昂揚，努力風雨艱蒼。
前路風光明靚，矢將道義尋訪。
真理靈程飛翔，力克魔敵凶奸。
歲月流蕩無恙，神恩感沛心間。
男兒當展勇壯，須將名利棄放。
向前向上無疆，神賜真理靈糧。

人生須持淡蕩

16年11月6日

人生須持淡蕩，清走紅塵擾攘。
不可徒然失喪，死在名利疆場。
靈性務當清揚，標的天國故鄉。
勝過試探深艱，擎起文明之光。
天父導引慈祥，賜給我們力量。
物質只是魔障，精神揮發無疆。
宇宙奧祕深藏，大道矢當叩訪。
一生盡我力量，努力飛翔向上。

南風吹來清揚

16年11月6日

南風吹來清揚，寫詩何其快暢。
心胸向神開敞，發奮畢生闖蕩。
叩道是我志向，淨化靈魂無疆。
文明之火發光，燭照黑暗銷亡。
歲月飛逝無恙，百年隻似瞬間。
學思結合必講，用道一生昂揚。
前路無比輝煌，神總導引方向。
遇險未可退讓，心中默禱是尚。
一任風煙迷茫，果敢加上頑強。
男兒矢展雄壯，靈歌畢生謳唱。
待到回歸天邦，靈性清揚明靚。

與父同在永長，福慧增長無限。

人生修心為上

16年11月7日

人生修心為上，百煉才能成鋼。
歲月紛紛揚揚，百年豈是夢鄉。
努力晨昏之間，積善福德增長。
解開命運捆綁，飛向至高天邦。
人生修心為上，克除私欲必講。
公義真理弘揚，天人親密無間。
對準天國飛翔，回到天父身旁。
歡歌久遠唱響，靈魂永遠不亡。
人生修心為上，業力拋去遠方。
靈慧日漸增長，愛人如己當倡。
心地發出明光，燭照前路遠長。
文明之火擎掌，壽與天地同康。

心志應許平康

16年11月7日

心志應許平康，豈懼風雨濁浪。
人生苦海相仿，天國才是指望。
歲月連綿延長，老漸來迎何妨。
笑容應許廣長，共緣曠意飛翔。
淡定清持心腸，閑聽鳥語演唱。
涉過夏暖冬涼，心志應許平康。
叩道不懼深廣，積德不止盈倉。
待到天國之上，靈魂福壽無疆。

心地未許蕭涼

16年11月7日

心地未許蕭涼，窗外時雨正降。
今日立冬正當，天氣果然寒涼。
歲月不盡奔放，時光飛逝如淌。
哦詩不計短長，微吐身心情況。
人生應持淡蕩，努力憤發圖強。
苦風苦雨尋常，百年力展輝煌。
前路山高水長，靈程不是好闖。
切禱神賜安祥，一生福壽平康。
天國是我故邦，我當努力回鄉。
靈魂不滅不亡，聖潔清雅非常。

世事徒蒼茫

16年11月9日

世事徒蒼茫，感慨從心上。
閑聽禽鳥唱，淡品綠茗芳。
歲月悠悠放，鬢髮漸漸蒼。
哦詩何所講，人生當慨慷。
人生當慨慷，奮志曠飛翔。
任憑風雨狂，我意持定當。
名利早捐放，正氣入雲間。
傲立若山岡，清貧何所妨。
清貧何所妨，詩書養昂藏。
男兒荷志向，救世必然講。
百年是飛殤，故事煙雲漾。
展眼天茫蒼，冬意初蕭涼。
冬意初蕭涼，木葉逝飛降。
散坐哦詩行，一舒情悠揚。
奮志矢當闖，千關未可擋。
天涯好風光，振翮摩雲上。

情志求舒暢

16年11月9日

情志求舒暢，人生入莽蒼。
歲月是飛翔，初冬鬱寒涼。
正襟何所想，心念起微悵。
應將萬事放，淡定度時光。
淡定度時光，體道頗昂藏。
學養日漸長，德操恆培養。
心志光明間，情懷水雲鄉。
百年飛若狂，努力晨昏間。
努力晨昏間，學思幹中講。
卑微原無妨，合時展剛強。
傲偉中心藏，淡泊謙和放。
一若龍飛翔，九霄定可上。

天色陰晴之間

16年11月10日

天色陰晴之間，浩起心事茫茫。
浮生坎坷滌蕩，賜我勞苦非常。
半世生涯闖蕩，余得心酸痛傷。
哦詩舒發心芳，沉痛感慨良長。
清坐哦詩激昂，男兒合展雄壯。
未可沉溺世網，矢展雙翅飛翔。
前路煙雨茫蒼，我當曠發高亢。
大千只是煙障，叩道誓入深艱。
未可陷入迷惘，慧目刺透青蒼。
世界因緣激蕩，悲喜只是尋常。
奮發志向強剛，締造文明輝煌。
笑意展在臉龐，心身譜入詩章。
歲月亦有馨芳，百年積澱思想。
時間未可費浪，晨昏努力當講。
任起千重濁浪，穿越迷霧遠航。
天國才是家邦，靈性回歸天堂。

神恩豈是尋常，讚美詩歌獻上。
淨化靈魂無疆，勝過魔敵捆綁。
靈程艱辛非常，振翼摩雲而上。
宇宙廣深無量，祕密當去探訪。
天人親密無恙，合一美妙非常。
心靈是個寶藏，開採不盡汪洋。
正義誓當弘揚，理想裝在心間。
順從聖靈引航，前路高遠無疆。

斜暉朗在望

16年11月10日

斜暉朗在望，心事漫而長。
哦詩聲鏗鏘，激情瀰漫間。
初冬天氣涼，木葉逝飛殤。
流年未可忘，鬢髮漸蒼蒼。

斜暉在望

16年11月12日

斜暉在望，心事都開敞。
初冬時間，體道舒昂藏。
志取強剛，一任白髮蒼。
男兒雄壯，不畏歲寒涼。
人生嚮往，持志搏青蒼。
風雨之間，恣意去闖蕩。
紅塵攘攘，人心漸喪亡。
救世必講，道德積無疆。

感慨從心舒放

16年11月13日

感慨從心舒放，哦詩卻更情長。
啼鳥鳴聲響亮，品茗意愜心芳。
歲月悠悠漫長，時光飛逝如殤。
我意曠起慨慷，激越盈滿中腸。

人生率意之間

16年11月13日

人生率意之間，未可稍有狷狂。
謙和立身昂揚，拋去名利骯髒。
笑意從心而上，感慨哦入詩間。
百年匆若瞬間，奮志努力飛翔。

林野斑蒼

16年11月14日

林野斑蒼，木葉逝而降。
心境蕭愴，意興盈滿腔。
初冬寒涼，仍有花開放。
歲月奔放，人生履飛殤。
我欲高亢，振翮凌雲上。
宇宙廣長，盡我去尋訪。
奮發向上，叩道任艱蒼。
孤旅力航，努力探寶藏。

藍天白雲清新

16年11月17日

藍天白雲清新，木葉盡情凋零。
清坐起雅興，閑把詩來吟。
歲月引人奮興，笑我書生多情。
剛正還自警，努力矢飛行。
山高水深何憑，叩道豈畏艱辛。
心志持泰平，一曲曠天吟。
小鳥吱喳清鳴，品茗心情溫馨。
清風爽意境，快樂盈心靈。

人生未可草莽

16年11月17日

人生未可草莽，努力矢志向上。
關山鬱青蒼，吾意入溟滄。
笑意漾上臉龐，激情心中流淌。
快慰哦詩章，生活如花放。
初冬木葉凋喪，詩意瀰滿塵間。
一聲啼鳥唱，引我意悠揚。
歲月莽莽蒼蒼，笑我年輪增長。
斑蒼何所妨，逸意展揚長。

灑脫心境如雲

16年11月17日

灑脫心境如雲，人生幻化夢境。
奮飛是我心情，要把真理找尋。
曾經苦雨艱凌，而今心事淡定。
展眼漫天浮雲，中心蓄滿寧靜。

初冬心事紛紜

16年11月17日

初冬心事紛紜，一似七彩運行。
人生百感來沁，嚮往愛的旅行。
大千是一幻境，百年人生奮行。
努力向前邁進，不負叩道艱辛。

人生旅途漫漫

16年11月19日

人生旅途漫漫，與誰攜手相攙？
歲月印證艱難，心曲仍懷浪漫。
百年浮生短暫，一似霧雨迷漫。
努力奮發爭戰，力作一個好漢。
此際心懷雅安，哦詩長髮浩歎。

英武瀰滿心坎，淡看木葉飄散。

暮煙此際籠罩 16年11月19日

暮煙此際籠罩，心曲向誰傾拋？
人生未可稍傲，謙和力修德操。
叩道徑入玄妙，求真一身風騷。
正直為人方好，光明心地靈妙。

華燈已經點上 16年11月19日

華燈已經點上，此際心事清昂。
哦詩應許鏗鏘，激情瀉發流淌。
人生一似汪洋，思想積澱無量。
努力追求理想，矢志發熱發光。
心似光明太陽，黑暗拋去遠方。
展翅曠意飛翔，自由多麼舒暢。
解開一切捆綁，嚮往靈性天堂。
紅塵只是暫享，永生不在此間。

拋開一切苦痛 16年11月19日

拋開一切苦痛，須將正氣揚弘。
持正傲立挺胸，心中正氣盈充。
向學氣勢如虹，叩道一生情鍾。
努力曠展奮勇，作個真的英雄。

淡看世事桑滄 16年11月19日

淡看世事桑滄，人情冷暖飽嘗。
努力追求真相，矢把真理弘揚。
任從人生坎蒼，意志如鐵似鋼。
謙和立身之間，進德修學無疆。

散淡是我平生 16年11月19日

散淡是我平生，一生努力奮爭。
不畏艱難旅程，標的心中精准。
感謝天父宏恩，時時導引靈程。
努力克敵制勝，向上步步攀升。

心曲無人能懂 16年11月19日

心曲無人能懂，孤旅不言沉痛。
飽經雨雨風風，贏得淡泊襟胸。
名利早已拋空，清貧正氣盈充。
書生意氣濃重，獨立迎風哦諷。

心事拋開沉痛 16年11月19日

心事拋開沉痛，人生悟徹清空。
曠度秋月春風，不懼斑蒼霜濃。
生涯如履秋風，凋零是我顏容。
唯有不屈心胸，始終懷有彩虹。

心志浩潔如空 16年11月19日

心志浩潔如空，情懷有誰能懂。
男兒傲立秋風，壯志如山如峰。
沉潛半世從容，一聲高歌云動。
歲月無比豐隆，智慧凝入心胸。

天氣陰沉 16年11月19日

天氣陰沉，心事未消沉。
努力馳奔，山高水清澄。
歲月繽紛，逝去是青春。
滾滾紅塵，只是暫憩身。
心跡誰問？孤旅矢前騁。
人生難論，煙雲是一瞬。
奮志靈程，叩道任艱深。
哦詩馨芬，長吐心溫存。

心曲誰懂 16年11月19日

心曲誰懂？孤旅悵深痛。
人生朦朧，如在煙霧中。
歲月如風，轉眼逝無蹤。
唯有沉痛，澱入眼神中。
雨雨風風，不過是過從。
回首淚湧，無言餘悲痛。
應哦心胸，曠志向誰送。
獨立襟雄，凝立若山峰。

夜靜更深 16年11月19日

夜靜更深，心事未許消沉。
人生難論，只是如旅馳奔。
回首心疼，半百生涯沉淪。
仍須奮爭，鼓勇努力馳騁。
煙雨紅塵，應許奮發剛正。
轉動年輪，業績垂為永恆。
孤懷清生，哦詩一曲淨純。
讚頌神恩，賜我靈程平順。

晨雞清啼唱 16年11月20日

晨雞清啼唱，天還未放亮。
早起五更間，哦詩謳昂揚。

年輪遞增長，何必嗟華霜。
逸興有發揚，詩興飛若狂。
中正持心腸，神恩未可忘。
靈思作導航，靈程曠飛翔。
百年非過塲，靈魂淨無疆。
努力向天航，克敵勝萬塲。

心態依然青春
16年11月20日

心態依然青春，憩居滾滾紅塵。
一任世態紜紛，我心恆持沉穩。
不怕山高水深，奮志人生旅程。
努力冬夏秋春，奮發身心剛正。

走過漫漫紅塵
16年11月20日

走過漫漫紅塵，心志五彩繽紛。
歲月變幻冬春，我意轉為沉穩。
年輪增長漸深，思想積澱豐盛。
哦詩舒發真誠，孤旅獨自馳奔。

漫度冬夏秋春
16年11月20日

漫度冬夏秋春，歲月印證傷痕。
依然懷有純真，努力淨化靈魂。
向前我要飛奔，展翅摩雲而升。
大千任我馳騁，快意盈在心身。

清度詩意人生
16年11月20日

清度詩意人生，贏得身心傷痕。
依然眼目純真，矢為正義奮身。
苦難任其成陣，努力風雨兼程。
笑傲大千紅塵，英雄豈論出身。

歲月無比馨芬
16年11月20日

歲月無比馨芬，感謝神的宏恩。
步步導引靈程，奮向天國飛升。
靈歌高唱聲震，響徹宇宙乾坤。
努力淨化靈魂，胸懷大愛豐盛。

心事應許靈動
16年11月20日

心事應許靈動，夢想譬若彩虹。
一生實幹勁湧，絕不做個孬種。
辭去名利狂瘋，詩書笑傲輕鬆。
學取嶺上青松，傲立迎雨迎風。

輾轉浮生如夢
16年11月20日

輾轉浮生如夢，須將苦痛拋空。
何必做個情種，何不如鷹旅風。
歲月賜我斑濃，回首煙雲疊重。
一聲啼鳥清動，心境曠然放鬆。

時候正值初冬
16年11月20日

時候正值初冬，烏雲密布風湧。
靜坐室內輕鬆，思想曠發無窮。
世界陷入狂瘋，名利害人無窮。
叩道幾人奮勇？孤旅恆沐雨風。
淡泊清持心胸，雅潔情思正濃。
心有幾許苦痛，傷感凝入眉峰。

林野正值斑蒼
16年11月20日

林野正值斑蒼，木葉凋零逝喪。
年華逐漸增長，智慧積澱盈倉。
人生苦旅相仿，靈程奮發剛強。
神恩導引慈航，心靈聖潔馨芳。

此生已近夕陽
16年11月20日

此生已近夕陽，心事沉痛非常。
窗外北風呼狂，陰雲籠罩穹蒼。
努力發熱發光，德操修養無疆。
務將沉痛拋光，振翅靈程飛翔。

百感來襲襟腸
16年11月20日

百感來襲襟腸，誰人懂我思想。
孤旅獨自闖蕩，沐風浴雨尋常。
半世已經銷亡，對鏡嗟我斑蒼。
清坐品茗悠閒，無愁籠鳥啼唱。

人生奮志慨慷
16年11月20日

人生奮志慨慷，愈挫愈勇愈強。
歲月無比滌蕩，賜我智慧增長。
努力奔向遐方，一路風光清賞。
歡歌震動穹蒼，自由舒展心腸。

第七卷《暢想集》

紅塵誰是多情種

16年11月20日

紅塵誰是多情種，此生沐盡雨風。
不懼年輪漸成翁，依然浩志盈胸。
淡定人生行從容，拋棄名利清空。
逸意中心水雲動，叩道矢志奮勇。
大千浮生煙雨濃，心襟與眾不同。
向學晨昏勤奮中，哦詩聲瀰長空。
鼓勇仍須向前衝，風光清麗妙濃。
振翼披雨又沐風，凌雲氣勢如虹。
努力鼓勇馳騁，不負百年人生。

浩志嫋長空

16年11月20日

浩志嫋長空，心曲無人懂。
歲月行朦朧，斑鬢惜蒼重。
時候值初冬，北風呼嘯動。
淡泊持襟胸，雅意亦橫縱。
愜意長哦諷，舒發情懷濃。
木葉逝飄動，詩意瀰宇穹。
嚮往萬里衝，直上彼雲峰。
山水未有窮，風光堪諷頌。

清度坎坷浮生

16年11月20日

清度坎坷浮生，紅塵濁浪滾滾。
風雨晨昏兼程，逝去已是青春。
老來心曲何論，未許心生痛疼。

寂寞人生凝重

16年11月20日

寂寞人生凝重，此心誰人能懂。
孤旅雨雨風風，化作額上霜濃。
展眼夜幕正籠，華燈萬盞清送。
清坐哦詩從容，應許奉出心胸。

激情歲月飛揚

16年11月20日

激情歲月飛揚，轉眼不覺斑蒼。
何須雙淚流淌，人生只是夢鄉。
靈程矢志向上，穿越煙雨艱蒼。
待到天國之上，永生恆久不亡。

晨起心情奮興

16年11月21日

晨起心情奮興，淡眼瞭望天陰。
冷風吹來清新，耳畔鳥語嬌鳴。
歲月印證多情，何須長計斑鬢。
人生應許力行，叩道不畏艱辛。

奮志揚長之間

16年11月21日

奮志揚長之間，苦旅艱蒼飽嘗。
時光既是飛殤，何須嗟我老蒼。
前路千關待闖，風景沿途清靚。
努力振翅飛翔，飽覽山水青蒼。

心曲向誰遞送

16年11月21日

心曲向誰遞送？人生風雨之中。
流年飛逝匆匆，少年倩影無蹤。
老來斑蒼漸重，仍有純真笑容。
清風吹來情動，哦詩舒我沉痛。
一生奮力前衝，傷痕遍體疊重。
振翅仍當刺空，摩雲萬里奮勇。

君子一生凝重

16年11月21日

君子一生凝重，傲視秋雨秋風。
淡走春夏秋冬，笑傲塵世浮榮。
名利究有何功，淡泊是我襟胸。
展眼天際雲動，哦詩傾吐清空。

浩志曠入宇穹

16年11月21日

浩志曠入宇穹，腳踏實地勁湧。
歲月芬芳遞送，情思縷縷來從。
哦詩舒發心胸，感慨揮散無窮。
清聽啼鳥鳴頌，品茗意態輕鬆。

孤旅不嗟沉重

16年11月21日

孤旅不嗟沉重，曠志嫋揚清風。
不顧身心傷痛，鼓勇仍須徑衝。
山水清遠無窮，思想瀰滿蒼穹。
人生不唯是夢，靈程揚帆鼓風。

淡定浮生從容 16年11月21日

淡定浮生從容，向誰情有獨鍾？
任從前路險重，奮志仍當鼓勇。
男兒豈是孬種，曠志舞向蒼穹。
邁越山水無窮，哦歌長吐肺胸。

苦痛年輪轉動 16年11月21日

苦痛年輪轉動，賜我額上霜濃。
飽經雨雨風風，贏得一身凝重。
依然心懷彩虹，嚮往恣意行動。
努力向前奮衝，不畏艱難險重。

陰雲凝結不動 16年11月21日

陰雲凝結不動，木葉逝零隨風。
雅意中心横縱，哦詩呼出陣痛。
心志原比天洪，腳下步履凝重。
清貧無妨氣充，正義誓當揚弘。

妙悟豈是有窮 16年11月21日

妙悟豈是有窮，叩道一生奮勇。
點滴心得感通，哦入詩中諷詠。
百年人生如夢，斑蒼惜乎濃重。
努力振作前衝，一身正氣何濃。

此心無人能懂 16年11月21日

此心無人能懂，浩渺無跡無蹤。
歲月蹉跎成翁，老來情懷凝重。
孤旅奮爭矢衝，不畏艱辛苦痛。
展眼天際靄濃，長思叩心哦諷。

蒼蒼是我容顏 16年11月21日

蒼蒼是我容顏，蒼蒼是我容顏。
歲月浪花迸濺，奮志履度雄關。
浮生積疊坷坎，摧挫心志萬般。
依然傲立奮戰，叩道豈畏艱難。
努力作個好漢，不負一身雄膽。
創下業績璀璨，振翼飛掠宇寰。
人生渺小這般，唯賴神賜平安。
靈程曲折艱難，靈恩豐沛豐贍。

浴後心境輕鬆 16年11月21日

浴後心境輕鬆，詩興復又來湧。
窗外冷風清動，林野斑蒼重濃。
慨歎歲月隨風，人生如夢空空。
煙雲浮散之中，長嗟又有何功。

君子一生厚重 16年11月21日

君子一生厚重，不隨俗世邪風。
正直勇敢之中，儒雅還似清風。
白雲來浮心胸，曠志救度世風。
壯懷激烈誰懂，哦詩清雅如風。

奮志征戰紅塵 16年11月21日

奮志征戰紅塵，此心未許沉淪。
努力作個真人，拋去虛偽卑狠。
靈性淨化久恆，肉體只是暫存。
靈程鼓勇奮身，追求天國永生。

淡蕩清度秋春 16年11月21日

淡蕩清度秋春，高擎不滅心燈。
燭照滾滾紅塵，前路方向定準。
向上努力攀登，奮行我之靈程。
追求靈魂永生，謳頌天父永恆。

此心清走人生 16年11月21日

此心清走人生，不惹俗霧凡塵。
努力保持純真，刻意淨化靈魂。
向上我要奮爭，追求天國永恆。
塵世是暫憩身，故邦是在天城。

苦痛年輪輕轉 16年11月21日

苦痛年輪輕轉，浮生履盡坎坷。
時光飛逝如川，老我斑蒼奈何。
真理誓當揚播，叩道奮發爬坡。
歲暮木葉逝頗，哦詩舒發情波。

孤旅獨自揚長 16年11月21日

孤旅獨自揚長，一生矢力向上。
苦風苦雨飽嘗，曾歷辛酸痛傷。
幸賴神恩賜降，而今沐浴陽光。
奮發努力闖蕩，不負百年時光。

木葉逝風 16年11月21日

木葉逝風，寒氣逐漸加重。
心懷彩虹，燦爛是我心胸。
人生奮勇，展翅飛舞長空。
刺向青峰，摩雲萬里直衝。

神恩無窮，感沛油然在胸。
靈程雨風，總賴神賜豐隆。
不再朦朧，穿透迷霧重重。
真的英雄，情懷應如春風。

紅塵任其狂蕩

16年11月21日

紅塵任其狂蕩，我心只是馨芳。
歲月不停飛翔，初冬寒氣正降。
心興應許張揚，心曲宛然成章。
一曲欣然唱響，情懷正顯舒暢。

清懷與誰相共

16年11月21日

清懷與誰相共，靈程不懼雨風。
人生邁越秋冬，感慨從心而湧。
生涯由來凝重，名利徒是欺哄。
積德不嫌厚重，叩道愈行愈勇。
此生已悟圓通，塵緣不過是夢。
感沛神恩恢弘，前路康莊順隆。

冬雨清降木葉逝殤

16年11月22日

冬雨清降木葉逝殤，我心未許悲涼。
籠鳥啼唱四圍安祥，心境應許舒朗。
志在遐方流年狂猖，年輪飛遞增長。
老有何傷心有何彷，應許鼓勇矢闖。
江山激蕩紅塵狂放，名利欺人無限。
正氣軒昂清貧何妨，詩書鬱我心芳。
百年匆忙幾度桑滄，感慨哦入詩間。
未許悲悵未許感傷，振翼曠入溟滄。

林野斑蒼好看非常

16年11月22日

林野斑蒼好看非常，詩意瀰滿宇間。
清坐哦詩舒理心腸，百折是我情向。
幾多感傷幾多遐想，人生就是這樣。
心曲誰向孤旅闖蕩，贏得幾許心傷。
歲月悠揚流年奔放，何不清聽鳥唱。
品茗清芳逸意升上，閑哦激越慨慷。
男兒強剛努力向上，邁越關山重障。
風雨何妨冷寒何傷，兼程意志昂揚。

心曲向誰播送

16年11月22日

心曲向誰播送，孤旅獨自凝重。
窗外冬雨冬風，清坐思潮洶湧。
半百生涯逝風，斑蒼何嗟情濃。
歲月飛逝如風，內涵豐厚誰懂。

清懷不與世人共

16年11月22日

清懷不與世人共，孤旅咽盡秋風。
年輪掃擊漸成翁，心志猶如長虹。
淡泊心襟不苟同，向學叩道奮勇。
歲月印證傷與痛，淚水傾流洶湧。
而今清坐聽鳥頌，品茗愜意盈胸。
奮發剛武矢前衝，曠展男兒雄猛。
百年生死一瞬中，大化流變無窮。
共緣履度雨與風，一笑豁達輕鬆。

積雪正在銷融

16年11月23日

積雪正在銷融，冷寒卻不嚴重。
籠鳥清唱聲洪，引我意興飛動。
歲月正值初冬，年輪增長無窮。
心志曠持中庸，卻無俗態凡容。
向學心態頗宏，勤奮刻苦奮勇。
遠遠拋開苦痛，向陽心態清空。
飽經雨雨風風，依然淡蕩從容。
清度秋月春風，叩道一生剛猛。

暢意浮生之中

16年11月23日

暢意浮生之中，心曲向誰遞送？
人生苦雨淒風，孤旅漫步從容。
窗外雪正銷融，清坐思放無窮。
歲月朦朧之中，百年人生如夢。
流轉是我情動，哦詩舒出肺胸。
讀來有誰感動，心曲向誰遞送？
應拋心志苦痛，輕鬆持我心胸。
嚮往搏擊長空，萬里快意乘風。

心事廣長

16年11月23日

心事廣長，無人可言講。
歲月悠揚，流年走猖狂。
冬雪初降，大地裹素妝。
朔風吹狂，木葉逝飛殤。
笑容浮上，人生走過場。
唯有天堂，才有永生講。

隨緣而往，不計苦艱蒼。
桑滄尋常，努力向前闖。

暮色漸蒼茫

16年11月23日

暮色漸蒼茫，心事感慨何傷。
初雪融化間，朔風吹擊正狂。
流年走奔放，何許長嗟斑蒼。
人生是奔忙，幻化桑滄煙漾。
浩志入溟滄，矢尋真理遐方。
靈程展浩蕩，誓叩天涯茫蒼。
清心最須講，淨化靈魂無疆。
勝敵過萬場，總賴神恩導航。

暮煙漸起輕蒼

16年11月24日

暮煙漸起輕蒼，夕照正顯輝煌。
揮灑我意向，閒筆作詩章。
歲月飛行奔放，初冬曠顯安祥。
清坐何所唱，只是舒心腸。
人生恆懷嚮往，是踏關山莽蒼。
紅塵憩無恙，邁越彼桑滄。
笑聲應許朗朗，百年是一詩章。
舒卷任意向，一似雲徜徉。

晨雞清唱

16年12月2日

晨雞清唱，五更早起將。
校對詩章，不慌又不忙。
歲月飛翔，流年逝若狂。
不計斑蒼，不計炎與涼。
人生過場，何必雙淚淌。
努力之間，業績可輝煌。
百年不長，時間勿費浪。
活出模樣，男兒當激昂。

東方青霞漲

16年12月2日

東方青霞漲，晨歌來嘹亮。
開窗清風翔，爽意心地間。
人生須揚長，邁越慨而慷。
短詩舒情腸，心興真無上。

晨鳥啼清揚

16年12月2日

晨鳥啼清揚，窗外歌清靚。
心志在遐方，謳出情懷曠。
努力矢前闖，腳下千山放。
未許計蒼涼，笑意從心上。

晨靄漫而漲

16年12月2日

晨靄漫而漲，小風來清翔。
歲月多滌蕩，老來歌奔放。
人生如水淌，歲末發昂藏。
不計斑與蒼，努力幹且闖。

日出胭脂紅

16年12月2日

日出胭脂紅，晨鳥曠鳴風。
心境持沉雄，情志鼓舞中。
努力矢前衝，不畏困障重。
腳下如乘風，關山風光濃。

男兒荷情重

16年12月2日

男兒荷情重，雄關邁越中。
半百情懷濃，吐詩亦清雄。
歲月飛朦朧，孤旅展眼送。
紅日升正東，壯懷堪哦諷。

霞光正飛動

16年12月2日

霞光正飛動，鳥鳴晨風中。
歲月懷情濃，哦詩舒心胸。
雅志向誰送，不言獨立雄。
男兒是情種，曠志歌大風。

白雲妙曼飛翔

16年12月9日

白雲妙曼飛翔，藍天時正晴朗。
仲冬天氣暖洋洋，心和氣平體康。
散坐曠放思想，人生容我情長。
歲月悠然長流淌，變幻不盡桑滄。
展我心襟飛揚，熱情綻出胸膛。
男兒合當舒慨慷，邁越千山奮闖。
哦詩自由舒暢，吐出胸心氣象。
不屈人生歌昂藏，情繫田園山莊。

詩興發揚何所唱

16年12月10日

詩興發揚何所唱，冬日陽光和而暢。
淡泊自守清心腸，詩書持身傲蒼黃。
心曲從來向天曠，生涯桑滄未許講。
展眼紅塵任狂蕩，逸志原合水雲鄉。

天色卵青

16年12月17日

天色卵青，霧靄浮又縈。
小鳥嬌鳴，吾有好心情。
歲月飛行，不必嗟斑鬢。
人生陰晴，不過是常尋。
浩志凌雲，實幹方可行。
大千幻境，名利豈可憑。
余意殷殷，矢志長驅進。
萬里風景，可悅吾心境。

仲冬無恙

16年12月17日

仲冬無恙，薄霧正浮漾。
東風清曠，送來微寒涼。
天氣晴朗，況有鳥鳴放。
閑寫詩章，舒發心性芳。
市井鬧嚷，鞭炮有嚻張。
心境雅曠，覺性悟清涼。
率性之間，流年走狂猖。
努力向上，一搏云天蒼。

天和日朗

16年12月17日

天和日朗，窗外歌聲靓。
休閒心腸，雅哦我詩章。
人生狂放，名利已拋忘。
奮發向上，學海馳舟航。
歲月清芳，流年任狂猖。
不執之間，笑我鬢髮蒼。
淡淡蕩蕩，心繫水雲鄉。
展眼靄漾，有鳥正啼唱。

灑脫襟懷聽鳥吟

16年12月17日

灑脫襟懷聽鳥吟，歲月由來是多情。
飽經風霜心淡定，人情冷暖銘於心。
故事煙雲任多警，向陽心態合向晴。
展翅曠飛萬里行，穿雲沐雨是常尋。

週末暇閑

16年12月17日

週末暇閑，我有曠志向天航。
清坐安祥，浩志原也頗揚長。
流年馨芳，滌我心靈清而香。
哦詩瀏亮，清喜冬陽暖洋洋。
志取清昂，努力馳騁不迷航。
靈程奮闖，克盡心魔凱歌揚。
宛轉鳥唱，怡我心靈舒奔放。
展眼天蒼，遠野靄煙正淡漾。

天氣和晴

16年12月17日

天氣和晴，逸意也均平。
心地多情，詩句體空靈。
人生奮進，壯歲多淡定。
回首不驚，已越千山嶺。
小風經行，爽我意與靈。
神恩無垠，靈程鼓勇進。
百年水運，匆匆若浮雲。
不負寸陰，體道任運行。

漫天霧漲

16年12月18日

漫天霧漲，野間喜鵲歡奏唱。
一日開場，喜從中發訴情腸。
好自昂揚，激情鼓舞矢志闖。
關山疊障，展翅奮發摩雲翔。
困難爲擋，我有壯志十萬丈。
男兒強剛，苦難磨礪是尋常。
笑意綻放，清貧不減志兒剛。
縱情哦唱，天人和諧也安康。

陽光破霧障

16年12月18日

陽光破霧障，爽意天地間。
遠處鞭炮響，市井恆喧嚷。
心境持悠揚，豈計鬢斑蒼。
一生恆向上，叩道入無疆。

鳥語喧揚頗歡暢

16年12月18日

鳥語喧揚頗歡暢，清喜冬日和氣漾。
人間正道是桑滄，世事炎涼入詩唱。
平正持心慨而慷，散淡秋春亦悠揚。
漫天霧氣正退藏，朝日陽光正生長。

清坐哦詩發揚長

16年12月18日

清坐哦詩發揚長，舒出心地淡淡芳。
窗外叫賣聲兒唱，籠中鳥語亦清揚。
歲月悠悠展奔放，人近老蒼幸喜康。
詩人清興啟無疆，欲學飛鳥遨天翔。

窗外歌聲靚

16年12月18日

窗外歌聲靚，陽光暖洋洋。
思想放無疆，感慨由之放。
人生苦艱長，百年亦渺茫。
奮志天涯間，垂永唯詩章。
德操培無量，智慧日增長。
情懷向天曠，孤旅何必傷。
淡定不張狂，矢志風雨間。
風景堪飽嘗，憩意水雲鄉。

肝膽開張

16年12月18日

肝膽開張，雄心充天壯。
清坐安祥，品茗也無恙。
仲冬之間，天氣正晴朗。
有鳥鳴唱，寰宇和氣漾。
歲月奔放，流年瀉若狂。
驚回首間，往事入煙障。
奮發揚長，男兒當茁壯。
天涯無疆，努力去闖蕩。

流年有芳

16年12月18日

流年有芳，記憶垂為淡淡香。
一生揚長，吾意原在山野間。
名利狂猖，陷人入於不義間。
天涯闖蕩，浩志合向青冥航。
淡泊襟腸，詩書持身頗清揚。
展眼曠望，天際雲煙正渺茫。
紅塵無恙，人生只是緣之嘗。
圓滿須講，德操靈修兩昂揚。

心事廣長

16年12月18日

心事廣長，藍天容我縱飛曠。
歲月馨芳，恰似老酒撲鼻香。
煙雲疊障，應憑慧眼萬里量。
閑聽鳥唱，心懷意興何悠揚。
淡淡蕩蕩，人生只是一緣放。
哦詠詩章，淡吐心境也雅靚。
百年過場，悲喜何必淚雙淌。
飛往天堂，靈命不朽永揚長。

清懷誰共

16年12月18日

清懷誰共，孤旅煙雨中。
年近成翁，一笑也輕鬆。
鳥鳴從容，歲月展無窮。
大千空空，緣起緣滅中。
曠起心動，一曲謳心胸。
心事誰懂？誰是我友朋？
奮向前衝，萬里風雨濃。
真的英雄，獨立歌大風。

天際雲煙渺

16年12月18日

天際雲煙渺，叫賣聲俏。
歲月正娟好，心興高翹。
雅思雲外拋，嚮往山道。
風景何處好，水雲胸嫋。
人生多晴好，不行險道。
縱有風雨饒，兼程奮跑。
關山任險要，展翅飛嘯。
踏實去開道，前途大好。

第八卷《靈思集》

夕照金黃

16年12月18日

夕照金黃，清坐雅思正興狂。
闔家安康，喜度年辰意洋洋。
神恩無上，靈思靈命雙增長。
努力啟航，奮發向上志氣昂。
靈程無恙，終有考驗何懼艱。
淨化無疆，心靈心志總康強。
歲月清芳，不計年輪漸增長。
休閒時光，不知老漸來相訪。

暮煙輕漲

16年12月18日

暮煙輕漲，天氣微覺寒與涼。
清坐安祥，閒適情緒正無上。
半百銷亡，笑我斑蒼霜華長。
世事桑滄，淡眼看他興與亡。
清貧何妨，我有正氣衝天昂。
書生氣象，不屈磨難傲立剛。
人生無恙，陰晴圓缺是尋常。
清聽鳥唱，心懷意興也悠揚。

華燈又放

16年12月18日

華燈又放，霓虹七彩靚。
浴後興爽，精神頗健暢。
閑哦詩章，只是訴心腸。
人生揚長，快意心地間。
名利拋忘，腹有正氣昂。
一生奔放，努力冬夏間。
雅思良長，激情若水淌。
情傾汪洋，恣意瀉狂猖。

寧靜是我心腸

16年12月18日

寧靜是我心腸，不起絲毫波浪。
歲月淡而芳，閒雅哦詩行。
人生仍懷嚮往，是向高天旅航。
雙展我翅膀，飛翔何快暢。
只是年輪漸長，老我霜華斑蒼。
未許淚雙淌，努力奮發上。
前路山高水長，風景流連堪賞。
孤旅不愁悵，靈程啟歸航。

矢志人生疆場

16年12月18日

矢志人生疆場，奮發容我向上。
人生百煉才成鋼，歲月清顯芬芳。
笑我書生癡狂，鎮日經營詩章。
脫口哦出心性芳，顯出清潔心腸。
流年飛逝若狂，又是仲冬之間。
二更不寐書詩行，四野靜悄安祥。
我卻思潮若狂，激情流瀉狂猖。
男兒傲立天地間，正氣正義昂揚。
大千幻化非常，桑滄疊變尋常。
嗟彼紅塵是夢鄉，幾人清醒滌腸？
努力靈程向上，淨化靈魂無疆。
名利由來是孽障，應棄應拋應放。

冬夜清寒

16年12月18日

冬夜清寒，門窗都閉關。
靜坐思曼，遐想舒千萬。
歲月翻瀾，老我以蒼顏。
窗外燈燦，歌聲謳浪漫。
不必狂喊，努力去實幹。
力作好漢，業績待創展。
人生艱難，苦痛是必然。
奮力揚帆，渡過萬重山。

雲煙昏蒙

16年12月19日

雲煙昏蒙，霧霾正嚴重。
清坐哦諷，心事不輕鬆。
大千狂瘋，名利害人凶。
幾人清空，遁入水雲中？
胸懷彩虹，矢志出宇穹。
歲月如夢，惜乎斑蒼濃。

應悟圓通，共緣大化中。
百年匆匆，不必淚雙湧。

晨風清繞

16年12月20日

晨風清繞，心興油然高。
薄霧輕飄，散步也遙逍。
歲月娟好，不覺流年銷。
斑蒼漸老，情懷猶然俏。
嚮往長跑，踏遍關山道。
風景大好，風光可飽瞧。
人生晴好，任起風雨囂。
有鳥鳴叫，我意起瀟騷。

宿鳥鳴風

16年12月20日

宿鳥鳴風，霓虹七彩動。
心事拋空，嚮往自由衝。
人生如夢，回首唯沉痛。
時值仲冬，冷寒襲擊中。
心志猶雄，合當唱大風。
男兒有種，乾坤入腑胸。
歲月匆匆，不必嗟斑重。
曠意嫋風，隨緣去行動。

冬雨清敲

16年12月21日

冬雨清敲，籠鳥鳴聲高。
歲月輕飄，不覺冬至到。
心興大好，哦詩舒懷抱。
人生不老，容我長笑傲。

向前奔跑，關山任險要。
風景覽飽，奇麗且清妙。
淡泊心竅，胸有水雲飄。
奮發揚飆，直刺入雲霄。

清雨灑降

16年12月21日

清雨灑降，嫋起詩人清興狂。
朗哦詩章，激情狂瀉若江淌。
歲月清芳，不覺冬至今又訪。
一陽初長，否極泰來啟安康。
喜意心間，謳歌年和歲豐穰。
人民安享，海內升平合歌唱。
努力向上，詩書持身淡淡香。
一生昂揚，發奮曠志向天航。

綿綿冬雨下未窮

16年12月21日

綿綿冬雨下未窮，欣喜木葉逝飛空。
朔風閑把清新送，散步興致雅而濃。
一點情懷向誰送，孤旅獨立哦大風。
歲月飛逝如許匆，浩意曠發付詩中。

天陰冬靄漾

16年12月22日

天陰冬靄漾，爽風走清揚。
激情哦詩章，慨慷都釋放。
人生懷嚮往，前路翻飛翔。
男兒荷志剛，傲立當風唱。

歲月荏苒間

16年12月22日

歲月荏苒間，流年遞狂猖。
攬鏡何必傷，共彼逝水放。
感慨中心漲，發語世驚傷。
展眼天昏茫，有鳥發清響。
歲月荏苒間，少年付煙障。
人老髮漸蒼，心事向誰講。
窗前閑憑望，市井恆鬧嚷。
哦詩舒情悵，獨立懷思想。

心事廣長

16年12月22日

心事廣長，卻向何人演講。
孤旅懷悵，履盡無限風霜。
年歲漸長，半百生涯逝殤。
雄心猶壯，渴望曠飛無疆。
志取清昂，男兒合當偉剛。
不媚揚長，名利務辭當放。
不敢狂猖，守我謙和模樣。
詩書之間，正義凝於胸腔。

夜黑華燈放

16年12月22日

夜黑華燈放，心事覺茫蒼。
清思何所想，無言獨愁悵。
千山已徑闖，華髮漸斑蒼。
幽心久醞釀，化入彼詩章。
夜黑華燈放，冬夜覺寒蒼。
門窗俱關上，遠際霓虹靚。
市井猶喧嚷，心地感蕭涼。

浩渺不言間，吐心哦詩行。

天陰何必語 16年12月23日

天陰何必語，捫心有自悟。
冬來朔風舉，寒意襲如許。
散坐寬心居，哦詩鏗如鼓。
歲月逝無數，斑蒼淚如雨。
天陰何必語，情懷向誰數。
淡泊清貧居，達悟雅如許。
流年任飛去，智慧中心聚。
無明誓辭去，圓通入深悟。
天陰何必語，鳥鳴清如許。
長思應無數，寡欲安心居。
雄心未磨去，壯懷堪可數。
展眼雲煙聚，默然無一語。

心曲對誰談唱 16年12月24日

心曲對誰談唱，孤旅咽盡淒涼。
而今淡定平康，享受和寧安祥。
遠遠拋開愁悵，嚮往光明太陽。
歲月無比馨芳，共彼流年飛翔。

天色陰晴不定 16年12月24日

天色陰晴不定，我心懷有雅清。
流年飛逝驚心，老我華髮斑鬢。
依然心懷激情，渴望刺天飛行。
去向水雲之境，休憩我意我心。

雲天空曠 16年12月26日

雲天空曠，心事向誰演講。
孤旅情長，還是不言為上。
傲然骨鋼，一似老梅之樁。
謙和心腸，奮志蒸蒸日上。
努力前闖，不畏旅途險艱。
百年芬芳，共緣銷漲奔放。
笑臉應放，何必長嗟苦艱。
鐵膽雄壯，不屈堅貞強剛。

清風來瀟 16年12月26日

清風來瀟，爽然是懷抱。
冬雨清飄，陰雲向南跑。
歲月豐饒，斑蒼已來找。
心境大好，品茗意興逍。
籠鳥啼叫，嬌囀真奇妙。
闔家安好，神恩無限饒。
努力奮跑，前路風光俏。
山好水好，適意最重要。

華燈點綴街容 16年12月26日

華燈點綴街容，淒風苦雨濃重。
歲月行跡匆匆，又是一年仲冬。
不必長嗟斑濃，依舊情懷勁湧。
努力實幹行動，展眼揚眉豪雄。

窗外朔風呼嘯 16年12月26日

窗外朔風呼嘯，兼有淒雨傾拋。
靜坐室內思悄，燈下發點牢騷。
眾生渾是瞎搞，罪業積如山高。
思此心內急焦，切禱向神求告。
希冀霹靂驚炮，震醒人心靈竅。
努力奮行天道，勝過魔敵阻撓。
對準天國直造，靈程曠享遙逍。
淨化靈魂輝耀，天國永生不老。

世事昏昏茫茫 16年12月26日

世事昏昏茫茫，人生淡度桑滄。
衝決無明之障，靈程閃耀光芒。
在世作鹽作光，奮行天路揚長。
百年人生傾喪，務須珍貴時間。
吾生屆半已殤，思此熱淚流淌。
因緣銷漲無常，努力積德向上。
名利徒是欺誑，應棄應拋應放。
靈程力行無恙，前路奶蜜流淌。
縱有考驗艱蒼，定志奮力敢闖。
秋春轉換奔放，男兒合當強剛。
濟世是我理想，向學一生不讓。
盡我一生力量，奮發揚帆遠航。
履盡浮生險浪，終有光明太陽。
天國是我家邦，永生福壽無疆。
神恩無盡無量，感沛銘我襟房。
大道亙古流淌，運轉直至永長。

漫天晴朗 16年12月27日

漫天晴朗，冬陽清灑其光芒。

冷寒正當，薄靄浮漾天地間。
興致升上，欣聽鳥語何其暢。
鞭炮震響，點綴安平也適當。
歲月飛翔，人漸老邁心猶康。
奮發頑強，前路風險努力闖。
和平寰壤，總賴神恩賜吉祥。
頌贊獻上，淨化靈魂無止疆。

山高水長

16年12月27日

山高水長，知音未知在何方。
孤旅懷悵，努力奮發展頑強。
冬日正當，幸喜天晴有太陽。
安坐清閒，從容梳理我心腸。
雅哦詩章，何必往事細細想。
前方廣長，尚待鼓勇展翅膀。
何懼寒狂，應學老梅雪中香。
小鳥欣唱，安慰我意與我臟。

藍天白雲翔

16年12月27日

藍天白雲翔，市場閒逛。
人群熙復攘，熱鬧安祥。
天寒冷正當，朔氣狂猖。
火熱持心腸，熱情顯彰。
生活奏平康，歲月飛殤。
不必嗟老蒼，一笑揚長。
品茗愜無上，快慰襟腸。
無憂度辰光，共緣慨慷。

夕陽金黃

16年12月27日

夕陽金黃，時光飛逝如狂。
感慨升上，朗哦吾之詩章。
志取清昂，人生容我奔放。
何懼斑蒼，何懼老漸來訪。
笑意浮上，吾已履度桑滄。
不敢輕狂，沉穩儒雅揚長。
年輪漸長，仲冬嚴寒正當。
奮發貞剛，男兒努力前闖。

宿鳥清鳴

16年12月27日

宿鳥清鳴，冷寒朔風並相侵。
燈火通明，市井霓虹閃多情。
漫步盡興，一任車水馬龍併。
向誰傾情，孤旅懷悵有淚零。
歲月飛行，萬事空空何必云。
百年夢縈，唯有天國可慕景。
努力前行，靈程力克魔欺凌。
淨化心靈，心光發出何其清。

窗外音樂響亮

16年12月27日

窗外音樂響亮，夜黑華燈齊放。
心境應許爽朗，哦詩脫口而唱。
歲月無比馨芳，不覺半百斑蒼。
仲冬天氣寒涼，朔風吹擊狂猖。
清坐室內思想，心潮翻起巨浪。
年輪不斷增長，心情沉穩安祥。
此生希冀天堂，永生才是指望。
在世作鹽作光，努力修心無疆。
百年不算漫長，轉眼幻變桑滄。
紅塵徒是攘攘，眾生沉溺夢鄉。
真理沁人心腸，大道亙古奔放。
文明燭光擎掌，祂恩感沛襟房。

清坐曠展思想

16年12月27日

清坐曠展思想，冬夜冷寒狂猖。
人生努力向上，標的惟是天堂。
肉體不會久長，百年匆若瞬間。
務須奮發前闖，靈程不畏險艱。
考驗一任其放，清心顯現天良。
神恩無比豐穰，選民福樂安享。
涉過風雨艱蒼，安息靈性清揚。
在世共緣而放，圓通妙運無限。

歲月有其馨芳

16年12月27日

歲月有其馨芳，恰如老酒相仿。
苦難只是暫嘗，神必賜我平康。
流年瀉其狂猖，老我華髮斑蒼。
一笑依然清揚，靈程奮發敢上。
大道妙運圓方，神恩銘於襟房。
前路尚很久長，風雨艱蒼何妨。
須學雄鷹模樣，穿越風雨飛翔。
天國美好無限，福樂綿綿無疆。

歲月悠悠如夢

16年12月28日

歲月悠悠如夢，曠展余之心胸。
閒時愜聽鳥頌，品茗意態輕鬆。
嚮往振羽凌空，萬里恣意直衝。

老邁不減英勇，男兒合當豪雄。
歲月悠悠如夢，不覺又值仲冬。
雖然冷寒嚴重，曠喜晴和當空。
遠際靄煙浮動，街上車水馬龍。
生活應付情鍾，共緣銷漲行動。
歲月悠悠如夢，轉眼白髮斑濃。
回首悟道空空，不必淚水長湧。
努力奮展剛勇，創下業績恢弘。
不枉百年緣動，天路鼓勇矢衝。

清喜陽光灑降

16年12月28日

清喜陽光灑降，我心怡然快暢。
哦詩激越慨慷，舒我情興奔放。
人生紅塵之間，百年匆匆奔忙。
暇時應叩心腸，清理自己思想。
人為萬類靈長，荷負神之希望。
務須智慧增長，上進無有止疆。
天國必須仰望，靈程何其馨芳。
勝過魔敵阻擋，曠飛對準天堂。
歲月清展芬芳，流年又值寒猖。
閑將新詩奉上，大千沐浴晴朗。
努力奮發前闖，任起煙雨困障。
笑意昂然清靚，頌贊天父永長。

斜暉清顯光芒

16年12月28日

斜暉清顯光芒，浮雲緩緩流淌。
心興既是清揚，激情也當舒張。
何妨閑哦詩章，朗聲鏗鏘激昂。
男兒傲立蒼黃，雄渾清雅奔放。
斜暉清顯光芒，夕靄漸漸升上。
生活平和安祥，心境淡雅舒暢。
向學志向昂揚，潛修晨昏之間。
時間未可費浪，厚積才可長揚。
斜暉清顯光芒，遠處歌聲婉揚。
心興奮起萬丈，豪情升起心間。
百年吾生匆忙，鬢髮已漸華霜。
務當努力前闖，覽盡關山風光。
斜暉清顯光芒，積德一生求講。
淨化靈魂無疆，靈程曠展慨慷。
神恩無比豐穰，天國唯一家邦。
誓當奮飛向上，永生寄於天鄉。

心靈放飛非等閒

16年12月28日

心靈放飛非等閒，衝決一切纏與障。
神恩從來是無疆，解我靈性之捆綁。
靈程浩發我強壯，力克魔敵之詭奸。
向上曠飛奔天堂，靈歌響徹雲霄間。
心靈放飛非等閒，男兒務當騁勇壯。
精神揚升無止疆，靈魂淨化清無恙。
心光發出魔驚惶，選民克敵用刀槍。
天國福樂真無上，永生幸福又安康。

晨起鳥喧唱

16年12月28日

晨起鳥喧唱，日出已東方。
心興正清昂，意趣雅無上。
閒步逛市場，熱鬧熙復攘。
幸此清平放，黎民樂無恙。
晨起鳥清唱，驚動詩人腸。
哦詩展嘹亮，曠放青雲間。
歲月悠悠翔，仲冬寒正當。
熱情有發揚，振節歌昂藏。

雲天空曠

16年12月28日

雲天空曠，雲煙多漫浪。
歲月飛翔，仲冬嚴寒彰。
濃靄升上，夕日灑光芒。
體味休閒，心胸都舒暢。
當持慨慷，當發我揚長。
當展雄壯，當奮發向上。
紅塵攘攘，情繫水雲鄉。
名利辭放，清貧有何妨。

晨起喜鵲啼清靚

16年12月29日

晨起喜鵲啼清靚，遠際歌聲謳嘹亮。
四野薄霧任銷漲，冷寒襲擊正未央。
時屆隆冬心放曠，提筆又舒我襟房。
人生隨緣履安祥，歲月悠悠正放浪。

湖水波光粼粼

16年12月29日

湖水波光粼粼，朝日閃射光明。
散步有汗微沁，身心和暢安寧。
健康有待增進，鍛煉才保康平。
發奮向上求進，沐浴神恩無垠。

晴和天壤

16年12月29日

晴和天壤，野禽競鼓唱。
心興悠揚，散步七里放。

歲月狂猖，賜我以斑蒼。
發憤圖強，運動保健康。
笑容應放，神恩正清長。
身心和祥，努力矢志闖。
定定當當，名利已棄放。
適度為上，共緣去旅航。

朝旭升上

16年12月30日

朝旭升上，藍天彩雲飄翔。
散步興曠，一任汗水沁淌。
歲月無恙，何懼老我斑蒼。
冬日寒猖，所賴幸有陽光。
不折奔放，奮志出得溟滄。
紅塵攘攘，只是名利之鄉。
清心為上，水雲引入胸腔。
正氣何壯，男兒有種強剛。

天又轉陰

16年12月30日

天又轉陰，無妨曠志浩凌雲。
小鳥嬌鳴，一使余意是開心。
歲月經行，時值年末情淡定。
長待辟進，新年展望懷殷殷。
奮發心靈，靈程路上高歌進。
大牧導行，我要努力勝無垠。
力克魔境，拋去世界清心靈。
嚮往天庭，永生福樂享均平。

天色陰晴不定

16年12月30日

天色陰晴不定，遠處鞭炮囂鳴。
清坐吾持安心，閒暇盡可舒情。
人生百年夢境，唯將天國慕景。
努力淨化心靈，不負神恩豐盈。

天色又復轉晴

16年12月30日

天色又復轉晴，南風吹來清新。
冬靄蒼蒼瀰境，寰宇正顯安寧。
歲末心情鎮定，神恩感沛心靈。
努力奮發上進，不負百年美景。

奮勉人生當用勤

16年12月30日

奮勉人生當用勤，實幹才顯豪英。
任從歲月走驚心，所賴神恩豐盈。
此際晴和鳥嬌鳴，寫詩舒發才情。
捧上心情與心靈，吐出心地雅清。
人漸蒼老心均平，隨緣任運去行。
德操修養無止境，努力淨化心靈。
奮行前路好光景，任起風雨淒凌。
男兒兼程鼓勇進，對準天國直進。

樹上木葉殆盡

16年12月30日

樹上木葉殆盡，卻喜斜暉朗映。
歲月經行是驚心，不覺老了斑鬢。
我自曠然高興，與緣同漲共行。
胸中熱血尚殷殷，豈懼年輪飆進。
闔家安好就行，神恩豐富無垠。

浩歌一曲獻神聽，赤子持有丹心。
一生努力奮進，履歷桑滄苦境。
而今一笑且淡定，靈程前景光明。

第九卷《源泉集》

晨雞啼唱
16年12月31日

晨雞啼唱，天還沒有亮。
早起無恙，哦詩舒情腸。
人生奔放，轉眼一年殤。
歲月飛狂，嗟我已斑蒼。
仍須奮闖，關山任疊障。
展翅飛翔，標的天涯間。
應持悠閒，怡情第一樁。
勞逸適當，揚長水雲鄉。

朱霞東方漲
16年12月31日

朱霞東方漲，紅日東上。
任從霧蒼蒼，天還晴朗。
鳥鳴囀嬌嗓，牽動情腸。
萬事都捐忘，散步奔放。
心境持定當，任緣飛翔。
淡眼看桑滄，一笑雅靚。
歲月飛帆揚，一年已殤。
辭舊迎新間，壯志倍彰。

斜陽輝煌
16年12月31日

斜陽輝煌，寰宇和平安祥。
散步興曠，但見繁榮熙攘。
時光飛翔，明日元旦相訪。
不驚心腸，淡度流年辰光。
合當昂揚，人生須持慨慷。
豪情萬丈，誓搏青天溟滄。
婉轉情傷，孤旅卻待怎樣。
雅哦詩章，來年籌劃周詳。

夕照在望
16年12月31日

夕照在望，心地淡泊平康。
新年瞻望，依舊激情滿腔。
人生奔放，名利應棄應放。
正氣須昂，終持清貧何妨。
我意揚長，不執共緣履航。
山水萬方，憩我意向非常。
神恩無上，點滴銘感心房。
天人無恙，宇宙進化無疆。

樓上閑望
16年12月31日

樓上閑望，西天紅霞正放。
闔家安康，中心喜悅和祥。
流年逝殤，舊年已辭遠往。
新春即將，前景瞻望康莊。
奮發圖強，男兒當顯豪壯。
努力前闖，不負百年緣放。
清風和蕩，清喜淡靄遠漾。
大千寰壤，俱沐神恩榮光。

養怡為上
16年12月31日

養怡為上，務保身心健康。
勞逸適當，體力調節須講。
歲月揚長，亙古至今桑滄。
紅塵擾擾，人生應懷清向。
水雲之間，可以休憩心腸。
名利骯髒，害人敗亡無限。
奮發向上，靈程我志慨慷。
百年匆忙，切勿浪費時光。

晨鳥鳴俏
17年1月1日

晨鳥鳴俏，喜迎新年到。
大霧籠罩，心境雅且騷。
嚮往長跑，曠登風雲道。
風景大好，山水麗且妙。
人生晴好，雄心猶可瞧。
展翅揚飆，萬里徑直造。
神恩豐饒，闔家俱安好。
努力創造，美景待畫描。

喜鵲奏響
17年1月1日

喜鵲奏響，心地喜洋洋。
新年暢想，亙古入心腸。
流年芬芳，往事何必想。
未來開創，長待我去闖。
放馬縱狂，快意肺腑間。
徐步安祥，怡情第一樁。
笑意浮上，哦詩舒奔放。
海內平康，神恩大無疆。

和平熙攘
17年1月1日

和平熙攘，市井樂無恙。
街上閒逛，購物也快暢。
歲月安祥，不覺斑而蒼。
奮發向上，未可稍頹唐。
男兒強剛，迎著困難上。
鐵壁縱艱，展翅曠高翔。
山高水長，風景展萬方。
清心滌蕩，新年豪情壯。

天陰何妨
17年1月1日

天陰何妨，心有紅太陽。
歲月流殤，紅塵任狂蕩。

體味休閒，散步也慨慷。
半百無恙，神恩感清長。
長驅康莊，風雨任起艱。
心志強剛，誓摶雲天上。
大千空曠，知音在何方。
孤旅揚長，哦歌也奔放。

大霧漫天好情調

17年1月1日

大霧漫天好情調，野禽正鼓叫。
散步心興比天高，吐詩發奇妙。
元旦佳節欣喜造，瞻望前路遙。
奮力萬里矢長跑，山水寄逍遙。
人雖漸老心態高，想學雄鷹瀟。
高山絕壁可訪造，摩雲揚長飆。
好漢有種自瀟騷，謙和持懷抱。
書生浩志出塵表，俗子未可道。

清喜午時日晴朗

17年1月1日

清喜午時日晴朗，新年開局振心腸。
努力奮發揚帆航，怡心養性也須講。
天人和諧是康莊，坦平道路徑直闖。
小鳥嬌嬌長鳴唱，我心我意適而康。
清喜午時日晴朗，闔家笑語歡聲揚。
天命歲月長展望，未來前路待辟創。
關山已度千重障，振翼雄飛萬里疆。
人生匆匆似瞬間，努力書海翻碧浪。
清喜午時日晴朗，遠天淡靄正浮漾。
紅塵狂放徒萬丈，總賴神恩賜安祥。

老漸來迎心未彷，壯歲漸去任髮蒼。
傲立須學梅花放，苦寒散發清清香。

新年煥發新氣象

17年1月1日

新年煥發新氣象，神思飛揚豈尋常。
此際暮煙正清漲，燈下哦詩也舒暢。
向陽心態頗清靚，正直情腸婉轉間。
瞻望歲月妖嬈放，努力書寫新華章。

窗外歌聲太嘹亮

17年1月1日

窗外歌聲太嘹亮，化為噪聲倍堪傷。
汽車競將廢氣放，霓虹閃出鬼魅光。
人口太多太吵嚷，何處可覓水雲鄉。
書生長嗟復長彷，不由涕下淚沾裳。

華燈初放

17年1月1日

華燈初放，七彩霓虹競閃靚。
燦然氣象，新年歡樂也多樣。
宿鳥啼唱，天人和諧未可忘。
叩道無恙，雅潔心地質樸間。
清坐安祥，提筆曠舒中心芳。
向學情腸，晨昏哦詩也激昂。
應持悠揚，人生在世若歌唱。
婉轉奔放，旋律切換妙無上。

孤旅漫長

17年1月1日

孤旅漫長，蹉跎歲月堪謳唱。
淚下兩行，生涯苦辛倍飽嘗。
新年瞻望，心中依然懷希望。
一心嚮往，振翼奮飛入溟滄。
紅塵狂蕩，太多名利與阱陷。
應持清腸，水雲深處憩心腸。
與誰相傍，雙飛羽翼高空翔。
努力矢闖，不畏山高水遠長。

大霧漫天放

17年1月1日

大霧漫天放，朝陽白而蒼。
心地持逍閑，喜迎新年訪。
市井鞭炮響，野禽復謳唱。
歲月展淡蕩，吾意歡而康。

流年走狂猖

17年1月1日

流年走狂猖，不必計斑蒼。
心態猶瀟閑，情志倍健康。
前景恆瞻望，人心懷暢想。
應哦我詩章，謳頌年豐穰。

樓臺隱霧中

17年1月1日

樓臺隱霧中，心地起謳頌。
神恩真恢弘，天人和而豐。
哦詩吐雅雄，裁心情發中。
共彼歲遷動，斑蒼漸漸濃。

天放晴朗

17年1月2日

天放晴朗，迷煙正嫋揚。
清風送暢，心興起清狂。
心寬體胖，運動保健康。

散步悠閒，購物也恰當。
喜鵲鳴唱，寰宇多歡暢。
新年無恙，黎民樂無上。
閑將詩唱，悠吐心與臟。
娟娟清芳，淡雅走人間。

夕陽昏黃

17年1月2日

夕陽昏黃，天氣覺寒涼。
有風清爽，有喜鵲鳴唱。
安心休閒，雅讀彼詩章。
品味悠揚，心境都舒朗。
市井熙攘，熱鬧是非常。
淡眼長望，四野煙靄漲。
歲月飛翔，流年真堪傷。
青春消亡，壯志猶堪講。

蒼煙昏昏

17年1月2日

蒼煙昏昏，霾氣盈乾坤。
清坐安穩，讀書以怡神。
時光飛騰，斑蒼漸漸逞。
心胸猶盛，渴望萬里程。
感沛神恩，賜我平安身。
奮行靈程，力斬魔紛紛。
歲月紛呈，桑滄幻成陣。
天國永恆，其中有永生。

動靜相宜須切記

17年1月2日

動靜相宜須切記，鎮日清坐妨神思。
身體健康是為恃，一切成功俱賴此。
新年揮灑我壯志，奮發長驅萬里馳。
晨昏努力在平時，春播秋收是其宜。

宇宙廣大

17年1月2日

宇宙廣大，天父是阿爸。
神恩無亞，造物真堪詫。
頌贊阿爸，靈程努力跨。
天國是家，永生真堪誇。
心志若霞，發光真無價。
聖靈無亞，靈恩是無瑕。
決不退下，奮行向天家。
天父阿爸，倚門正候啊。

雲天茫蒼

17年1月2日

雲天茫蒼，霧靄漫天掛張。
昨夜雨降，今晨鳥語娟芳。
縱情哦唱，舒我心地閑曠。
怡養健康，散漫清持襟腸。
紅塵攘攘，不減向學志向。
鞭炮囂響，何處幽靜可享。
淡泊心房，叩道豈畏深艱。
不屈茁壯，效取竹勁松剛。

天色卵青

17年1月2日

天色卵青，陽光燦爛清映。
心地懷情，哦詩閑吐雅清。
世事均平，為荷神恩無垠。
百年夢景，須向天國奮行。
歲月驚心，變幻桑滄不停。
美夢須醒，靈程努力奮進。
風雨任凌，我有浩志入雲。
山水麗景，可憩吾意吾心。

獨立襟雄

17年1月2日

獨立襟雄，展眼雲飛靄煙動。
誰是情種？誰是真正之英雄？
面帶笑容，清度桑滄與緣共。
學雲飛動，學風旅行自由衝。
灑脫襟胸，清貧何妨正義濃。
叩道奮勇，男兒合當騁剛猛。
柔情誰懂？浮生大化一夢中。
何須淚湧，靈程尚待收全功。

陽光普照

17年1月2日

陽光普照，散步心興真雅俏。
有汗出了，心情分外逍並遙。
歲月大好，年關已近市場囂。
非常熱鬧，人來人往樂陶陶。
我意輕飄，想學飛鳥入雲霄。
清風長跑，曠我情懷真無二。

人生不老，斑蒼不滅興兒高。
男兒灑瀟，志兒原不與世瞧。

落日橙黃

17年1月2日

落日橙黃，暮煙清起無限。
感興升上，蒼茫心地難講。
市井吵嚷，攘攘紅塵狂放。
一生清向，水雲中心流淌。
不卑不亢，男兒有種強剛。
鐵膽雄壯，敢鬥虎豹豺狼。
清平寰壤，神恩豈是有限。
頌贊獻上，靈程奮發頑強。

華燈又放

17年1月2日

華燈又放，新月已然上。
哦詩朗朗，窗外叫賣聲猶唱。
閒雅無上，怡養吾襟房。
壯志堪講，前路矢展鐵膽闖。
時光流殤，何必嗟短長。
百年辰光，絕不可以虛費浪。
努力向上，激起千重浪。
揚帆遠航，卓浪暗礁豈可妨。

燈下清坐展思想

17年1月2日

燈下清坐展思想，雅哦我華章。
吐出心地之清香，閒雅應無上。
歲月飛逝有何妨，人生是旅航。
對準天國徑直上，風光有悠揚。

勝過魔敵萬千場，戰場殺烈壯。
凱歌徹雲動地響，聖徒喜洋洋。
新年我有期與望，努力啟遠航。
風雨兼程迎難上，男兒矢強剛。

端正身心未為難

17年1月2日

端正身心未為難，克己奉公是當然。
叩道矢志艱深探，敢向雲天入浩瀚。
前路風雨何必談，靈程道上不畏難。
男兒曠然是好漢，頂天立地正直站。

奮發身心

17年1月2日

奮發身心，叩道從來是殷殷。
努力前行，風浪千鈞矢辟進。
曠持雄心，困苦磨礪是常尋。
桑滄幻境，於我一笑持淡定。
大牧導行，靈程路上奮勇進。
神恩無垠，中心感沛也溫馨。
百年光陰，只似一瞬堪嗟驚。
共緣而行，圓明覺性啟空靈。

鎮日大霧瀰漫

17年1月3日

鎮日大霧瀰漫，風景煞是好看。
詩意由此開展，況有鳥囀嬌曼。
散坐心境雅淡，浩志原在浩瀚。
心事與誰傾談，哦入詩中當然。
鎮日大霧瀰漫，冬日缺少奇寒。
歲月無限妙曼，清思恆欲揚帆。

叩道半生艱難，圓通脫出塵凡。
書生意氣非凡，名利與我何干。

雲天又顯淡蕩

17年1月3日

雲天又顯淡蕩，濃霧逐漸褪藏。
身心煥發慨慷，清風長來舒曠。
哦詩悠悠揚揚，心境坦坦蕩蕩。
紅塵任起狂浪，履度吾心安祥。
雲天又顯淡蕩，天氣正展晴朗。
心地豁然開敞，想向高天飛上。
人生惜無翅膀，苦難艱深飽嘗。
率性共彼桑滄，水雲恆嫋心房。

靜心寫詩章

17年1月3日

靜心寫詩章，記錄流年與閑況。
漁樵閒談唱，歷史笑話一籮筐。
內叩我心腸，曠發詩歌淡淡芳。
德操恆修養，叩道晨昏無止疆。
心懷志兒剛，欲上九天摘月亮。
誓覓回瓊漿，普濟世界正未央。
男兒當雄壯，未可柔弱卑媚放。
清貧有何妨，我有正氣衝天昂。

漫天大霧鎖蒼黃

17年1月3日

漫天大霧鎖蒼黃，幾聲啼鳥囀悠揚。
遠處又聞鞭炮響，市井從來是鬧嚷。
心境雅清不徬徨，向學捧書晨昏間。
人生應將憂愁忘，樂天安祥度辰光。

窗外歌聲囀妙曼

17年1月3日

窗外歌聲囀妙曼，清坐寫詩吐心談。
清喜濃霧天地展，小風來襲猶帶寒。
爽懷雅潔不打禪，浩志從來出宇寰。
共時共緣舒心膽，鐵骨若梅不畏寒。

陽光終於破霧障

17年1月3日

陽光終於破霧障，清喜乾坤復朗朗。
心地霞彩萬千放，爽風長驅亦悠揚。
振奮精神哦華章，吐出心中清雅芳。
人生合當展慨慷，新年瞻望豈尋常。
陽光終於破霧障，妙曼市井入眼間。
閒適心境正無上，況有鳥語長鳴唱。
我欲放飛雙翼翔，覽盡江山萬里蒼。
五湖歸來何所想，依然情繫水雲鄉。
陽光終於破霧障，爽懷悠悠欲謳唱。
生活清平安祥間，正義良知中心藏。
靈程曠行不畏艱，叩道潛心入無疆。
百年生死真茫茫，何須計較鬢斑蒼。

鳥兒喳喳鳴放

17年1月3日

鳥兒喳喳鳴放，豈知霾煙狂猖。
汙染重成這樣，責任究竟誰扛。
人生百年艱蒼，困苦磨礪疊障。
仰天長歎淚淌，靈明競在何方。
皆因人心汙髒，造孽花招多樣。
懇求真神恩降，賜與選民安康。
天人大道昭彰，人欲勝天妄想。
書生浩發詩章，激越難抑慨慷。

人心未可放蕩

17年1月3日

人心未可放蕩，務須保有天良。
履世難免滄桑，名利拋棄無妨。
此際靜坐思想，感慨升上心膛。
新年寄予希望，雄渾展我慨慷。
人心未可放蕩，務須守定襟房。
靈程奮飛無限，克盡一切艱蒼。
勝過魔敵阻擋，解開心靈捆綁。
靈程揮發清靚，曠飛對準天堂。
傲立長望，又見霾煙四野放。
人心汙髒，心有太息悲而傷。

心地安祥

17年1月3日

心地安祥，一任流年瀉狂猖。
雅聽鳥唱，我情我意也舒康。
浴後清爽，煥發神采作詩行。
字裡行間，只是心靈在激蕩。
娟娟情腸，向誰婉轉向誰放。
半世消亡，只余華髮漸漸蒼。
笑意浮上，性光應許有發揚。
火熱丹房，赤子情懷清無恙。

慧光發揚

17年1月3日

慧光發揚，叩道圓方圓明間。
一生揚長，不屈名利之羅網。
書生氣象，清走紅塵不汙髒。
閒雅無上，晨昏向學也激昂。
輾轉桑滄，餘得一笑是慨慷。
效取蘭芳，效取雪中梅花香。

奮發向上

17年1月3日

奮發向上，我有激情向天曠。
紅塵辭放，何必介意名利間。
努力啟航，任有巨風併惡浪。
繞過礁障，揚帆心海暢無限。
半世桑滄，不必多講中心創。
振翼揚長，搏擊風雨寒暑間。
神恩何壯，我心我意感無上。
頌贊獻上，靈程旅途歡聲朗。
勝過魔障，物欲引人入喪亡。
清心當講，雅潔情懷水雲漾。
天國力上，永生福樂誰不想。
大牧領航，共彼群羊入草場。
對準天堂，辭去紅塵一切髒。
淨化無限，靈魂潔淨白雲彷。

鳥語爭著鬧

17年1月3日

鳥語爭著鬧，大霧依舊囂。
歲月賜豐饒，笑我斑蒼老。
哦詩舒懷抱，淡吐清思妙。
人生多晴好，心態最重要。
時光若飛跑，仲冬將近了。
冷寒正送拋，料想春近了。
清坐品茗逍，雅意中心饒。

發詩應嫋嫋，揚長人生道。

曠聽歌聲動

17年1月3日

曠聽歌聲動，心態轉輕鬆。
南風來清送，爽意真堪詠。
年已近老翁，逸意共雲風。
情懷無人懂，晨昏獨哦諷。
曠聽歌聲動，清喜陽光送。
時正值仲冬，冷寒未嚴重。
前路奮力衝，關山任險重。
男兒當豪雄，振志謳大風。

霾煙迷漾

17年1月3日

霾煙迷漾，藍天青碧放。
散步興曠，身熱衣開敞。
熙熙攘攘，紅塵鬧嚷嚷。
河水汙髒，魚兒已遭殃。
心起狂浪，我欲騰雲上。
飛向天堂，絕不回頭望。
浮生無恙，鬢髮已斑蒼。
市井吵嚷，聽如不聽樣。

寒日晨雞清啼唱

17年1月4日

寒日晨雞清啼唱，天色猶然未放光。
早起哦詩聲悠揚，激情奔湧亦囂張。
紙上道盡世桑滄，人情冷暖飽經嘗。
燈下清坐放思想，一種情緒是綿長。

第十卷《清新集》

天微亮 17年1月4日

天微亮，又見大霧天地間。
心清揚，燈下讀詩何慨慷。
汽車響，紅塵又復起鬧嚷。
懷清向，心曲恆繫水雲鄉。
歲月長，流年轉換何其蒼。
晨雞唱，喔喔清啼亦悠揚。
騁志向，努力筆耕舒奔放。
吐心腸，男兒感慨入紙間。

霧霾狂猖 17年1月4日

霧霾狂猖，晨鳥仍在啼唱。
生活開場，遠處歌聲嘹亮。
感興升上，俱應哦入詩章。
人生揚長，不計鬢髮蕭蒼。
詩書馨芳，沉潛加上頑強。
曠吐襟腸，應有老梅之香。
冬日清閒，未可浪費時間。
讀書無恙，共彼前賢攀講。

日出東方 17年1月4日

日出東方，衝決霧霾之鎖障。
喜氣人間，晨鳥曠意清啼唱。
清坐安祥，品茗意興都升上。
願展心芳，傾吐不盡若汪洋。
大千奔放，人生世間為哪樁。
紅塵攘攘，名利害人太囂張。
吾持清向，誓尋真理天涯間。
飽食靈糧，縱身靈霄不回望。

傲骨俊剛 17年1月4日

傲骨俊剛，迎著困難矢志上。
克盡艱創，終有光明之太陽。
歲月漫長，苦淚曾經雙流淌。
依然雄壯，不屈毒蛇與虎狼。
年近老蒼，娟娟情懷依舊芳。
仁厚心腸，總持博愛濟世蒼。
笑意浮上，人生不過一夢漾。
唯有天堂，才有永生之安享。

天色昏茫 17年1月4日

天色昏茫，霾煙又逞狂猖。
門窗關上，清坐室內躲藏。
應哦詩章，應將世事淡忘。
人生苦艱，希冀唯有天堂。
打開燈光，清理我之思想。
傾若汪洋，清吐情懷娟芳。
難以安祥，但須鎮定守常。
變幻桑滄，如夢如煙相仿。

小寒時節天不寒 17年1月5日

小寒時節天不寒，卻有細雨綿復纏。
清聽小鳥鳴濺濺，爽風來襲入心坎。
我欲哦詩過千萬，舒盡人世坷與坎。
清坐閑思正逸散，遠處鞭炮又鳴喊。

奮志人生疆場 17年1月5日

奮志人生疆場，不屈虎豹豺狼。
此際冬雨綿綿降，寫詩傾訴心腸。
爽風時正清揚，簷前雨滴清響。
籠中小鳥嬌嬌唱，心地曠起安祥。
清喜時雨灑降，滌此霧霾盡光。
還我乾坤之朗朗，不許魔怪逞狂。
歲月正有馨芳，老我斑蒼怎樣。
心境依然持瀟爽，闊步邁進無疆。

晨起心境雅靚 17年1月5日

晨起心境雅靚，新詩脫口哦唱。
曠喜東風正清暢，冬雨時正灑降。
書生意氣張揚，笑我年已斑蒼。
依然不改少年狂，時欲騰雲而上。

清坐展放思想，隨意閒談何妨。
人生貴在妙清揚，不屈名利孽障。
闔家安穩平康，神恩感在心膛。
靈程路上振慨慷，努力曠飛天堂。
靈程矢闖，縱身雲霄不回望。

林間群雀歡聲唱

17年1月5日

林間群雀歡聲唱，冬雨灑降無妨。
一任陰雲往南淌，撐傘散步興曠。
書出心中一種芳，展眼世事桑滄。
奮行人生持激昂，男兒有種強剛。
不畏困苦磨難障，雄鷹刺向雲間。
天寒無論多狂猖，梅花總會開放。
歲月多艱何必講，鐵膽依然雄壯。
新年開歲振昂揚，努力矢志遠航。

閒適無上

17年1月5日

閒適無上，況有清風來爽朗。
小雨綿降，洗滌空氣清無恙。
歲月綿長，半百生涯是滌蕩。
余有斑霜，心地依舊持揚長。
名利捐放，我有正氣衝天昂。
清貧之間，晨昏哦詩也馨芳。
乾坤朗朗，豈容魔敵肆狂猖。
大道圓方，運轉玄妙自無疆。
向學情腸，詩書之間胸襟曠。
不必匆忙，滴水穿石正相仿。
紅塵攘攘，太多暗坑與阱陷。

大千奔放

17年1月5日

大千奔放，神恩從來是無上。
矢展雄壯，努力靈程縱飛翔。
合當謳唱，山河麗景神造創。
宇宙無限，皆蒙神恩運無疆。
人生不長，百年光陰一瞬間。
切勿費浪，叩道艱深矢志闖。
靈性清靚，物欲蒙人須拋放。
清心為上，騰飛雲霄奔天堂。

傲立雄剛

17年1月5日

傲立雄剛，不屈磨難與困障。
心中嚮往，恣意雲天萬里翔。
南風來曠，欣喜爽意盈寰壤。
小鳥清唱，引余意興也舒揚。
百轉情腸，向誰嬭揚向誰放。
孤旅奮闖，豈懼山高水艱長。
鞭炮囂響，歲末檢點心襟暢。
來春瞻望，會有花開滿園芳。

清風爽潔適意向

17年1月6日

清風爽潔適意向，閑來又把詩哦唱。
情懷俊朗天下裝，書生激越慨慷揚。
振節我要放嘹亮，揮鞭應許縱馬狂。
人生百年奮發間，創下業績須輝煌。

雅潔情懷堪謳唱

17年1月6日

雅潔情懷堪謳唱，流年又見逝殤忙。
心地光明正大間，志向平和復慨慷。
捧心正直閑無上，讀書點滴潤襟腸。
幾聲啼鳥嬌嬌放，一使余意起悠揚。

潛心養德正無量

17年1月6日

潛心養德正無量，前路縱艱我敢闖。
山高水長任其放，正義盈襟膽強剛。
雖是書生謙和樣，仗劍不平矢鏟光。
還我乾坤之朗朗，萬民幸福樂無疆。

靈心善感宇宙蒼

17年1月6日

靈心善感宇宙蒼，大道艱深用心量。
雖然人生不久長，矢志靈程向天堂。
世界神創何須講，魔敵鬼魅須滅光。
天人合一啟無恙，人民才可享安康。

綿綿情思放萬丈

17年1月6日

綿綿情思放萬丈，燈下清坐展思想。
人生譬若苦旅仿，艱蒼飽受欠安康。
所賴神恩真無恙，賜予選民福無限。
指引正道入康莊，靈程路上凱歌揚。
百年不是夢一場，天國永生可安享。
綿綿情思放萬丈，生涯艱辛何必講。
年過天命心還壯，時刻想學飛鳥翔。
雖然塵世多羅網，名韁利鎖致喪亡。
切禱真神賜力量，勝過魔敵之捆綁。
綿綿情思放萬丈，男兒有種自強剛。

雖處書生謙和放，正直襟腸天下裝。
展眼雲天多激蕩，情懷起處霞生長。
合時縱當展慨慷，不負人生走一場。
綿綿情思放萬丈，紅塵任起滔天浪。
清懷不惹俗世髒，情意唯向雲外翔。
願學白鶴飛松岡，豈肯鑽營媚卑放。
傲立門寒若梅椿，雪後花開淡淡芳。
綿綿情思放萬丈，孤旅振節謳揚長。
半生已付煙水殤，未來正待鼓力量。
奮發雄心門魔障，敢向浩瀚振翼上。
宇宙廣長真無量，盡我心力探祕藏。
和同萬教應無恙，文明進步跨無疆。

夜雨灑降似無窮

17年1月6日

夜雨灑降似無窮，時刻曠然正隆冬。
燈下清坐思潮湧，窗外閃爍是霓虹。
歲月奮飛如電動，人生原本是一夢。
名利黃粱究何功，何不趨向水雲中。
夜雨灑降似無窮，年輪飛飆桑滄共。
歷史只餘漁樵頌，血淚化為煙雲空。
應持慧眼觀雲動，宇宙玄妙豈有窮。
神恩銘記心靈中，感沛應能淚雙湧。
夜雨灑降似無窮，情懷情思與誰共。
孤旅不言傷與痛，人情冷暖己心懂。
奮發揚長持勇猛，敢攀高山萬仞峰。
風雨兼程一笑中，男兒原本是情種。
夜雨灑降似無窮，新年瞻望有情鍾。
待開霹靂驚天動，山河原當改新容。
寒來任從冰雪封，梅花會當傲寒聳。
清貧無妨正氣濃，書生意氣若彩虹。
夜雨灑降似無窮，窗外滴瀝響叮咚。
我意曠起萬千重，叩道矢入艱深中。
半百生涯非悲痛，激越悠揚餘感動。
會當凌空雙翼動，奮飛徑入彼宇穹。
夜雨灑降似無窮，心興高漲入雲峰。
願化鸞鶴向天衝，天涯盡頭容飛動。
前路任從炎寒共，放舟搏浪繞礁叢。
一若輕雲隨風動，幻變奇妙與霞同。

舒心為上

17年1月6日

舒心為上，健步疾行何快暢。
悠悠揚揚，拋卻名利萬事康。
天高地廣，時空任我縱飛翔。
揚起碧浪，書海奮舟啟遠航。
時光飛殤，又值季冬清風暢。
市井熙攘，春節將近民樂享。
奮發向上，努力前路驅而闖。
關山疊嶂，風光奇險堪飽嘗。

物阜民康

17年1月6日

物阜民康，精神未可拋一旁。
體會俊朗，靈程奮發慨而慷。
歲月揚長，桑滄變幻是平常。
修心為上，世界不是久留場。
天國在上，永生福樂不盡享。
門小路艱，清心靈慧才可闖。
靈修無疆，拋去舊我穿軍裝。
振志矢闖，力克魔敵曠飛翔。

天陰何妨

17年1月6日

天陰何妨，我有情志正曠朗。
清風來爽，適我意興真無上。
清坐安祥，品茗詩興都升上。
雅哦襟房，一種情懷頗悠揚。
小鳥鳴放，點綴生活堪稱祥。
正義心間，仗劍矢斬虎與狼。
淡眼長望，漫天靄煙瀰漫間。
享受平康，市井故事演無恙。

曠志飛揚

17年1月6日

曠志飛揚，直擊雲天矢向上。
出得溟滄，去向宇宙深處航。
寰球無恙，總賴神恩賜平康。
目光須壯，大同世界啟安祥。
努力向上，正義持心何貞剛。
斬盡魔幫，還我青天之朗朗。
勝利在望，困難終將成過往。
選民歡唱，大道通達天人間。

歡呼為上

17年1月6日

歡呼為上，新年開局啟康莊。
萬民樂享，和平世界體平康。
人漸老蒼，心係大道晨昏間。
學海啟航，矢尋真理天涯邦。

叩心無恙，天人大道覺奔放。
曠飛無限，宇宙奧祕矢探量。
哦詩萬章，只是心靈舒揚長。
正義何剛，力斬妖邪歡聲壯。

歲月奔放

17年1月6日

歲月奔放，驚彼流年走狂猖。
老漸來訪，莫可奈何嗟無量。
奮發頑強，人生業績長待創。
克盡苦艱，終有清平之可享。
努力向上，振翼曠飛青冥間。
靈程無恙，淨化靈魂啟無疆。
悟心為上，天人大道深探量。
誓覓瓊漿，真理正道力尋訪。

暮雨蒼茫

17年1月6日

暮雨蒼茫，點滴作交響。
情懷娟芳，哦詩舒襟腸。
靄煙迷漾，華燈都點上。
車聲囂響，生活奏奔放。
感興升上，人生真桑滄。
未可迷茫，靈程是方向。
歲月清長，年輪逝若狂。
燈下清想，不必淚雙行。

清思無窮

17年1月6日

清思無窮，身心投入遐想中。
窗外雨動，燈下清坐思潮湧。
雨雨風風，半世桑滄不言中。
豈論傷痛，往事煙雲餘感動。
人生過從，只是紅塵之一夢。
天國垂永，靈程務當奮剛猛。
魔敵逞兇，神有權能奏全功。
步步彩虹，聖徒飛翔乘靈風。

時雨滴瀝清敲

17年1月7日

時雨滴瀝清敲，詩人心興忒高。
清度時光妙，一任歲月跑。
半生風雨囂囂，我自心態逍遙。
紅塵胡不好，長蹈水雲飄。
此際清興雅騷，情懷分外微妙。
應哦新詩好，適我心與竅。
人生應許晴好，任起濁浪暗礁。
轉舵避叢礁，揚長萬里遙。

窗外苦雨淒風

17年1月7日

窗外苦雨淒風，流年轉換匆匆。
人生應許持從容，何懼年近成翁。
歲月雨雨風風，心中懷有彩虹。
靈程道路步凝重，渴望曠飛無窮。
閑將新詩哦諷，舒出心地情濃。
百年生死一瞬中，天國永生恢弘。
勝過魔敵狂凶，淨化靈魂成功。
飛往天國福壽洪，頌神直到久永。

週末暇閑

17年1月7日

週末暇閑，一任窗外細雨降。
鳥鳴清長，曠起心地真無恙。
撐傘閒逛，不覺周身汗微漾。
怡然神爽，雅哦新詩亦悠揚。
清風來暢，清我肺腑真無量。
合當慨慷，振奮精神展揚長。
人生安康，為荷神恩十分壯。
激越之間，大肚應能存雅量。

暴雨狂降

17年1月7日

暴雨狂降，窗外一片嘩啦響。
清坐安祥，閒雅情懷真無上。
大千奔放，人生辛勞為哪樁。
不折向上，靈程努力曠飛翔。
合當高唱，心曲向神大開敞。
頌贊獻上，一年平安福安享。
闔家安康，笑語盈盈樂無恙。
秉持溫良，正直做人叩道藏。

鞭炮響亮

17年1月7日

鞭炮響亮，人間喜事天天享。
嫻雅無上，清坐哦詩也舒暢。
歲月流蕩，老我斑蒼有何妨。
溫和心腸，共緣共運去旅航。
鳥囀輕唱，長伴窗外雨聲響。
飯後安康，適意情懷合謳唱。

向陽情腸，人生努力矢向上。
淨化無疆，靈性靈命恆增長。

計劃周詳
17年1月7日

計劃周詳，人生謀略十年放。
矢書詩章，捧出心地有霞光。
歲月流殤，笑我斑蒼依舊狂。
少年模樣，執著情懷堪謳揚。
隨緣何妨，圓通妙果任君嘗。
問學心腸，晨昏勤奮為哪樁。
男兒強剛，當創業績天地間。
嫻雅無上，好漢不是容易當。

向前瞻望
17年1月7日

向前瞻望，十年之後會怎樣。
花甲蒼蒼，成果是否會盈倉。
年輪舒放，曠轉古今成戲場。
哀樂之間，眾生沉淪顛倒放。
應持清向，努力靈程步慨慷。
名利拋忘，隨緣就好妙清揚。
風雨囂張，窗外寒氣正狂猖。
清坐思想，曠然浩氣瀰無疆。

喜鵲奏唱煙雨間
17年1月8日

喜鵲奏唱煙雨間，晨起心興真清昂。
人生感慨詩中唱，歲月桑滄漁樵講。
淡定悠閒度時光，慨慷時起中心曠。
大千無疆任飛暢，婉轉情思悠悠放。

窗外雨打起清響
17年1月8日

窗外雨打起清響，爽風拍面何快暢。
野外猶有喜鵲唱，市井又復鞭炮狂。
季冬不寒心興揚，哦詩嫻雅謳奔放。
時年轉換真無恙，不覺斑蒼覽鏡傷。

天氣清寒何必講
17年1月8日

天氣清寒何必講，值此冬雨蕭蕭間。
清坐品茗閒雅放，哦詩淡吐情懷芳。
人生一世徒奔忙，名利害人何狂猖。
何不內叩己心腸，修身積德啟無疆。

心興曠起悠揚
17年1月8日

心興曠起悠揚，許我哦放詩章。
雖然窗外冬雨降，寒氣卻不狂猖。
歲月盡展奔放，我心我意揚長。
幾聲啼鳥嬌囀唱，爽我情懷無限。
紅塵自是攘攘，車聲不住囂響。
化外自有水雲鄉，可憩心靈安享。
依然鼓勇去闖，山高水深何妨。
我要展翅去飛翔，矢探真理祕藏。

向學情懷真堪唱
17年1月8日

向學情懷真堪唱，蕭蕭風雨半世殤。
積得詩稿萬餘章，覽之心事起蒼茫。
白駒過隙吾何講，人生只是因緣放。
努力前驅騁奔放，會當達至彼康莊。

閒情舒奔放
17年1月8日

閒情舒奔放，愜意中心嘗。
散坐放思想，亙古入心間。
風雨蕭瑟放，野禽偶鼓唱。
淡眼長曠望，冬靄正迷茫。

東風來曠
17年1月8日

東風來曠，閒適真無上。
體味休閒，生活堪謳唱。
幾聲鳥唱，一杯綠茗香。
哦點詩章，舒點心興芳。
鞭炮囂響，紅塵是鬧嚷。
淡定心腸，持正養昂藏。
冬雨灑降，迷煙天地間。
歲月清享，流年轉換忙。

流年迷煙漾
17年1月8日

流年迷煙漾，轉眼不覺幻桑滄。
何必淚雙淌，書劍生涯矢闖蕩。
書生意氣狂，正直為人堪稱賞。
不屈名利障，清貧度日也安康。
叩道入無疆，書海揚帆奮遠航。
圓通運無恙，覺性從來啟慧光。
向前我瞻望，關山風雲正茁壯。
步履邁堅強，男兒有膽景陽崗。

胸襟清靚

17年1月8日

胸襟清靚，哦詩應雅芳。
人生揚長，叩道何快暢。
讀書鏗鏘，陶然樂無上。
流年飛殤，不覺發蕭蒼。
笑意浮上，人生是過場。
靈程奮闖，永生是指望。
大千無疆，盡我曠翅翔。
天高地廣，遨遊入溟滄。

清風來怡心地曠

17年1月8日

清風來怡心地曠，散坐思想放狂猖。
煙雨人生何必講，幾聲鳥鳴振心腸。
百年如駒匆且忙，向學叩道無涯間。
展眼雲天煙迷漾，真理正道誓尋訪。

欣喜年光演無恙

17年1月8日

欣喜年光演無恙，鳥語縱情曠歌唱。
淡定心地嫻雅間，世事桑滄冷眼向。
心中熱血猶然淌，前路飛越關山障。
百年生死真茫茫，願哦新詩三萬章。

心態輕盈淡無恙

17年1月8日

心態輕盈淡無恙，閑度歲月與時光。
流年幻化何必講，世事桑滄一笑間。
白髮漸添心還康，奮發人生振昂揚。
坦誠為人矢志闖，不畏艱苦哦清昂。

淡定人生不張狂

17年1月8日

淡定人生不張狂，謙和心地有餘芳。
志向從來稱慨慷，履度人生不孟浪。
才情奮發哦華章，詩中道盡情懷靚。
展眼冬靄正迷漾，終信世事幻桑滄。

好漢從來不易當

17年1月8日

好漢從來不易當，艱辛深處淚雙淌。
已履人生半世殤，感慨曠發化詩行。
願揚情志向天航，飛越關山疊疊蒼。
出得滄溟宇宙廣，道藏深處是家鄉。

心起浩渺對誰講

17年1月8日

心起浩渺對誰講，太息深處情志昂。
裁詩碧血有芬芳，精神揚處歌嘹亮。
處事圓通真無恙，論道未名用心嘗。
生涯揚起碧波浪，揚帆我正啟遠航。

生涯奇險何必講

17年1月8日

生涯奇險何必講，不覺已度萬山蒼。
回首曾起驚天浪，瞻望應許振慨慷。
紅塵攘攘任其放，清心恆繫水雲鄉。
清和心地正揚長，心泛五湖跨鶴翔。

第十一卷《晴爽集》

心繫蒼雲間
17年1月8日

心繫蒼雲間，中心浩感向誰唱。
孤旅不言悵，奮發清剛展揚長。
男兒合強剛，傲立冬寒學梅椿。
展翅曠飛翔，天高青碧任我逛。
歲月舒奔放，老我斑蒼究何妨。
心地頗安祥，修身養德怡襟房。
時光真無恙，流年清度智慧長。
學海廣無量，奮舟徑渡意清揚。

優雅心地堪謳唱
17年1月8日

優雅心地堪謳唱，閑度歲月也悠揚。
毛毛細雨輕灑降，冬日冷寒漸增長。
吐出情懷真是暢，向陽心態當慨慷。
清貧人生亦無恙，詩書之間振昂藏。

紅塵萬丈
17年1月8日

紅塵萬丈，一切皆是因緣放。
隨機之間，修身養德啟無疆。
世事狂蕩，人情冷暖何必講。
耕心為上，學海揚帆徑直航。
大千無恙，奮發頑強矢志闖。
辨明方向，叩道艱深覺性光。
慧性發揚，人生振翼曠飛翔。
前方遠長，金光大道致遐方。

宿鳥正在鳴唱
17年1月8日

宿鳥正在鳴唱，燈火閃爍非常。
正如不夜仙境仿，散步心懷漫浪。
晚風吹來清爽，適我意興無限。
路上車行人熙攘，健步激越奔放。
心懷光明太陽，志取昂揚軒朗。
奮發人生矢勁剛，努力向前闖蕩。
笑意淡淡浮上，人生應取放曠。
不執名利輕身上，靈霄達致無疆。

留戀少年時光
17年1月8日

留戀少年時光，人卻漸漸老蒼。
一笑啞然逞奔放，天地幻變桑滄。
時光飛逝如殤，白雲蒼狗奔忙。
人生只似一瞬間，如電如露相仿。
我自曠然昂揚，不取絲毫心傷。
隨緣清展我揚長，應取歡樂無恙。
哦詩舒發心芳，閒雅自是無上。
書生意氣真清昂，瀰滿天地之間。

心意曠起無涯間
17年1月8日

心意曠起無涯間，人生履盡艱與蒼。
少年煙雲成既往，未來新路待辟創。
塵世真非久憩鄉，人情深處多屬髒。
名利拋棄吾輕裝，水雲飄渺寄心腸。
心事曠起無涯間，燈下清坐展思想。
半生如煙化飛殤，書海心得入詩章。
晨昏勤奮為哪樁，吐出心跡付誰嘗。
孤旅傷心無法講，情緒深處淚潸淌。
心事曠起無涯間，冬夜清寒燈火亮。
咽盡苦難血淚淌，而今康平轉安祥。
神恩激越真無恙，靈程路上振昂揚。
雅裁新詩過萬章，舒盡天地正氣昂。
心事曠起無涯間，筆墨春秋費思量。
宇宙桑滄是平常，大千變幻煙雲漾。
血肉之軀豈久長，靈心靈命務增長。
天國才是永恆鄉，永生福樂真堪享。
心事曠起無涯間，壯懷激烈哦慨慷。
浩志衝天不聲響，時緣到時才顯彰。
半生潛修盡力量，老來才學驚世腸。
歲月綿綿放無疆，百年秋春只等閒。
心事曠起無涯間，默運玄機叩道藏。
心得點滴入詩唱，圓方之間妙果嘗。
嚮往長空恣意翔，願與漁樵親無恙。
紅塵攘攘堪棄放，清心一輪明月上。
心事曠起無涯間，清興發揚似無疆。
多言有失須提防，學思並舉才適當。

言行一致必須講，德操修養致康莊。
天人大道豈尋常，須用一生去尋訪。
心事曠起無涯間，穿梭心力為哪樁。
省心自是有用場，淡泊才可享安康。
與君別去不多講，人生道上須慨慷。
思潮起處發狂想，一點神思淡淡芳。

人生懷有嚮往

17年1月8日

人生懷有嚮往，此是生之希望。
歲月無限清長，百年匆若瞬間。
務須靈性清揚，慧光確保增長。
努力矢志遠長，覽盡旅途風光。
人生懷有嚮往，生活宛如曲唱。
名利徒是骯髒，幾人持有清向？
何不拋棄虛妄？何不質實安祥？
前路充滿慧光，真神導引航向。
人生懷有嚮往，永生才是指望。
世間是通墳場，天國永恆之邦。
靈魂務須清靚，潔淨比水相仿。
展翅曠意飛翔，直達天國平康。

夜深人靜叩本心

17年1月8日

夜深人靜叩本心，燈下清思也圓明。
一點熱血恆殷殷，前路任從起風雲。
歲月如歌縱馬行，人生似夢化詩吟。
一曲短歌付君聽，滄桑世事淚零零。
夜深人靜叩本心，歲月由來啟多情。
學問之道深探尋，少許心得入詩吟。
化外可憩吾身心，雲中騎鶴適性靈。
此際心中頗平靜，裁詩長吐肺腑清。

心靈深處起謳唱

17年1月8日

心靈深處起謳唱，世事由來不平康。
魔敵猖獗詭計放，誘惑愚人入阱陷。
所賴神恩大且壯，導引正道若太陽。
選民歡呼頌聲揚，靈程直達彼天堂。

夜深華燈燦放

17年1月8日

夜深華燈燦放，清思綿綿漫長。
人生飽經桑滄，心靈屢受重創。
所賴神恩安享，賜我福分非常。
向神頌贊獻上，感沛雙淚流淌。
夜深華燈燦放，冬寒襲擊未央。
斑蒼未減心曠，向學志向仍剛。
學取蒼鷹飛翔，去向雲巔松崗。
男兒好漢誓當，不屈名利孽障。
夜深華燈燦放，有感曠哦詩章。
激情如水流淌，壯志倍加增長。
紅塵豈可久享，靈程縱身飛上。
天國唯一家邦，永生福樂無疆。

人生適意為上

17年1月8日

人生適意為上，煙霞明媚心腸。
應可享受悠揚，隨緣履度奔放。
執拘盡屬魔障，名利只是暫享。
紅塵須辭須放，靈程啟航歸鄉。
人生適意為上，靈性務須清揚。
心眼必須擦亮，辨明前進方向。
大道運行無恙，天人親密無間。
努力奮發揚長，悟徹幽玄無疆。

三更無眠

17年1月8日

三更無眠，閑把詩來吟。
四野靜定，唯剩華燈明。
歲月驚心，春節又將近。
老我斑鬢，華髮漸漸臨。
曠持清新，奮向前路行。
高遠心境，胸懷係水雲。
靈程奮進，凱歌徹行雲。
頌神盡情，謳贊不止停。

叩我心腸

17年1月8日

叩我心腸，哦詩舒雅靚。
高遠天堂，才是我家鄉。
寄身塵間，豈可太久長。
百年時光，匆若一瞬間。
靈修無上，靈魂淨無疆。
努力飛翔，靈性曠飛揚。
勝利在望，解開諸捆綁。
魔敵敗亡，聖徒樂無上。

早起值五更

17年1月9日

早起值五更，遠野聞雞聲。
路上猶華燈，車行偶吟呻。
讀書奮精神，雅哦短章逞。
快慰是人生，勤奮在晨昏。

奮發向上

17年1月9日

奮發向上，振奮精神矢前闖。
努力揚長，前進路上展奔放。
正直心腸，豈容邪惡長生長。
向陽襟房，曠飛靈程無止疆。
山水遠長，合當揮灑慨慷上。
矢志強剛，力戰毒蛇與惡狼。
笑容溫良，君子人格造而養。
挺立松崗，山風清來何快暢。

天陰何妨

17年1月9日

天陰何妨，清風正揚長。
情懷舒揚，又哦一詩章。
坦坦蕩蕩，做人該這樣。
歲月奔放，演繹彼桑滄。
大好寰壤，鞭炮又囂響。
眾生狂猖，死喪名利場。
吾持清向，恣意詩書間。
朗哦昂藏，正直秉天良。

清新情懷真無恙

17年1月9日

清新情懷真無恙，桑滄覽盡心安康。
已知紅塵多骯髒，出世還冀靈程闖。
克己謙和人格彰，問學晨昏詩書間。
不知漸老華髮蒼，素樸心曲哦揚長。
清新情懷真無恙，拋棄名利水雲間。
清貧度世德操方，傲志狂放松竹仿。
晨起清心捧書唱，遙聽村雞啼清揚。
一陣鞭炮又囂響，世界總被噪驚傷。
清新情懷真無恙，履歷人生心痛傷。
善惡相鬥不相讓，正邪互擊亙古間。
我有曠志濟世艱，奮發意志力闖蕩。
雖處卑賤心還壯，提刀傲立梅花旁。
清新情懷真無恙，山村田園寄心腸。
憩意道德力提倡，叩道深處識圓方。
隨緣處世不爭嚷，低調為人待時康。
英雄心跡對誰講，一杯清茗淡淡芳。
清新情懷真無恙，早起五更吐襟房。
孤旅生涯持坦蕩，正義清裁入詩章。
痛恨虛假暗昧髒，曠喜清心雅志揚。
靈程道上歌聲唱，魔敵驚惶膽兒喪。
清新情懷真無恙，人生合當展昂揚。
華髮應表智慧長，額紋原記歲月蒼。
老來心情不輕講，偶爾詩中崢嶸放。
展眼天色尚未亮，冬夜凌晨振慨慷。

清裁志氣入詩行

17年1月9日

清裁志氣入詩行，半世履盡人生蒼。
心曲潺湲若溪淌，激情起處振昂揚。
願振歌喉大聲唱，人世悲歡何必講。
縱哦新詩十萬章，也難道盡世桑滄。
清裁志氣入詩行，走馬人生奮發闖。
絕壁猶有松生長，山巔時有白雲翔。
心意生處歌嘹亮，情懷展時哦揚長。
人生百年匆忙間，進退有節持溫讓。
清裁志氣入詩行，情思綿綿無法講。
未名風雨恆艱蒼，叩道人生終清揚。
前路願展雙翼翔，飛向青冥天涯間。
沿途風景堪飽賞，長泛五湖何快暢。

晴爽天氣真無恙

17年1月9日

晴爽天氣真無恙，冬來冷寒不猖狂。
散步心興有高漲，哦詩情懷閒雅間。
歲月清好運奔放，人漸老蒼卻安祥。
漫看浮靄天際漾，一種蒼茫襲心房。

淡度桑滄持安祥

17年1月9日

淡度桑滄持安祥，崢嶸歲月感茫蒼。
時有艱深困難放，每遭風雨襲心房。
天命已知運無恙，斑蒼才識世機簧。
開口只講天晴爽，往事何必費評章。

雲天舒放

17年1月9日

雲天舒放，風吹併鳥唱。
閒適悠揚，曠哦新詩行。
情懷激蕩，奮向長天翔。
惜無翅膀，不能暢意向。
陽光灑降，大千清無恙。
三九之間，冷寒未狂猖。
合當哦唱，我心有花放。
開向山間，幽蘭不言芳。

發憤人生

17年1月9日

發憤人生，領受神之恩。
向前馳騁，向上曠飛騰。

奮志靈程，妙悟在心神。
大牧導程，羔羊謳頌盛。
考驗任深，不懼魔敵陣。
殺伐聲聲，凱歌徹雲層。
奮不顧身，矢志出紅塵。
天國永恆，得救獲永生。

天光大亮

17年1月9日

天光大亮，晨鳥又復鳴唱。
生活無恙，演奏奔放樂章。
我意平康，嫻雅心境無上。
享受安祥，享受清閒時光。
寒氣狂猖，深吸清風為上。
快意人間，惜乎百年時間。
努力向上，曠飛靈程闖蕩。
靈性清揚，淨化靈魂無疆。

奮志人生疆場

17年1月9日

奮志人生疆場，豈懼風雨艱蒼。
愜懷嫻雅無上，朗度冬夏炎涼。
歲月荏苒奔放，年老不計斑蒼。
一笑依舊疏狂，書生氣象顯彰。
奮志人生疆場，男兒合當昂揚。
不圖名利炎昌，正直清持襟腸。
向學晨昏無恙，叩道矢展貞剛。
淡立長望煙漾，有鳥振翼飛翔。

窗外歌聲揚

17年1月9日

窗外歌聲揚，汽車競聲響。
晨鳥清鳴唱，冬靄迷茫間。
率性哦詩章，只是吐心腸。
隨意又何妨，覺性有清涼。
不為名利障，正義荷強剛。
歲月荏苒放，不必嗟斑蒼。
笑意持溫良，我是好兒郎。
奮身長矢闖，關山豈可障。

流年風煙穿梭度

17年1月9日

流年風煙穿梭度，老來才堪稱覺悟。
世界只是因緣遇，人情真屬夢中虛。
奮向靈程揚帆渡，努力前路斬狼虎。
正直為人機巧無，大道深邃矢探取。

人生妙無限

17年1月9日

人生妙無限，感慨何必放。
五湖泛碧浪，歸來也清狂。
妙道容思想，叩訪盡力量。
心志水雲間，不執圓通放。
淡泊煙霞靚，田園有清芳。
山水清無恙，清風滌肺腸。
品茗心淡放，天際靄煙蒼。
紅塵任鬧嚷，哦詩振慨慷。

揚長人生道

17年1月9日

揚長人生道，我自獨遙逍。
一任紅塵鬧，散淡展風騷。
冬日寒氣拋，爽風吹玄妙。
散步適懷抱，展眼向天瞧。
天又轉陰了，小鳥尚鳴叫。
寫詩不覺好，只是舒情竅。
迷煙四野嫋，生活奏熱鬧。
清思也雅巧，曠哦俏又俏。

鳥語長揚奔放

17年1月9日

鳥語長揚奔放，心曲向神獻上。
健步真快暢，清氣吸入爽。
紅日東方升上，天地乾坤朗朗。
生活演無恙，人群正熙攘。
心志曠展清昂，笑我書生癡狂。
鎮日哦詩章，名利焉肯訪。
情懷依舊狷狂，清貧於我何妨。
一笑淡淡間，放眼雲天曠。

紅塵鞭炮囂響

17年1月9日

紅塵鞭炮囂響，眾生明爭暗搶。
大道獨自芳，無人去探望。
我意雅然清曠，詩書怡我襟腸。
名利無意向，介意唯詩章。
向學捧出心腸，叩道矢志貞剛。
意志頗頑強，前路任雨蒼。

歲月陰晴演漾，不覺華髮斑蒼。
清坐聽鳥唱，仰頭紅日上。

清懷獨自品嘗

17年1月9日

清懷獨自品嘗，雅思揮發慨慷。
新詩連續唱，清意請君賞。
歲月曠展芬芳，變幻不過桑滄。
人生百年放，履艱是尋常。
心志未可失陷，奮力搏擊狂浪。
隨緣運無恙，道義鐵肩扛。
人生幻化非常，世界只是迷障。
務持清心向，努力靈程闖。

雲煙迷漾

17年1月9日

雲煙迷漾，婀婀情思舒揚長。
歌聲清靚，伴有鞭炮轟鳴響。
世界狂蕩，眾生沉溺實堪傷。
刀槍棍棒，殺戮傷害喪天良。
務持清向，靈程道上不迷航。
文明鼓蕩，大道玄妙運無疆。
進步向上，奉獻心力作詩章。
凡有所講，俱含正義理明詳。

笑容展放

17年1月9日

笑容展放，因荷神恩大無疆。
我志清揚，出得世界天地廣。
宇宙無限，神蹟奇事遍地放。
時空奔放，星系燦爛皆神創。

人秉天良，才有福報非等閒。
正義恆昌，無名大道覆廣長。
清坐思想，亙古俱入我心間。
雅哦詩章，真知正見當宣揚。

心志長舒慨慷

17年1月9日

心志長舒慨慷，人生激越昂揚。
關山徑度間，已過千重障。
歲月曠展悠揚，不嗟時光流殤。
率性之嚮往，哦詩四萬章。
情懷自是雅靚，清心是我特長。
豁達且舒朗，溫和儒雅放。
前路淡淡蕩蕩，風光妙展無限。
步履奮堅壯，萬里縱揚長。

此際心境沉醉

17年1月9日

此際心境沉醉，人生細細品味。
歲月任紛飛，瞻望吾抬眉。
大千清展氛圍，小鳥嬌嬌鳴脆。
人生百折回，幾度桑滄會。
時間未可浪費，頃時白了雙眉。
人生是興會，應共情緣飛。
淡蕩清持心肺，叩道奮發剛偉。
清貧無所謂，正義凝眼眉。

心情燦放無恙

17年1月9日

心情燦放無恙，閑聽小鳥鳴唱。
心地喜洋洋，歡樂謳詩章。

天氣曠發晴朗，靄煙四野漫漾。
散步興清長，周身和暖間。
但見人熙車攘，市井恆是鬧嚷。
水雲何處訪，情懷有愁悵。
人生率性奔放，轉眼華髮蕭蒼。
務持定與當，絕不可猖狂。

道德務須清揚

17年1月9日

道德務須清揚，積德豈有止疆。
浩氣衝天曠，正直人生場。
任它陰雲疊障，任它風雨迷茫。
吾只守心腸，良知豈可喪。
百年人生疆場，轉眼世事桑滄。
一笑頗清靚，純雅持襟腸。
叩道深入無疆，養心妙用圓方。
天人真無恙，和同濟世蒼。

奮發人生圖強

17年1月9日

奮發人生圖強，豈懼艱蒼重障。
展翅曠飛翔，邁越山千幢。
紅塵誠是攘攘，名利欺人無限。
慧眼務須張，靈心啟無疆。
靈程努力闖蕩，克盡鬼魔妖障。
不懼試探放，勝利啟歸航。
天國光明之邦，靈性長存不亡。
得救歡聲唱，響徹宇穹間。

曠展身心雅靚

17年1月9日

曠展身心雅靚，閒適清度時光。
志向體昂藏，半生叩道藏。
質樸心地安祥，未起絲毫波浪。
名利拋而放，輕身快無限。
素髮迎風飄揚，笑容和藹溫讓。
君子正直彰，志誠第一樁。
艱辛早已飽嘗，閱盡人世桑滄。
幾聲啼鳥唱，曠起心悠揚。

人生未可魯莽

17年1月9日

人生未可魯莽，做事必須周詳。
萬事細考量，機心務拋光。
世事蒼蒼茫茫，紅塵名利狂猖。
清心第一樁，向上一生倡。
無機心地安祥，老實巴交何妨。
正直持心腸，人格展溫讓。
奮志人生疆場，不畏虎豹豺狼。
飲酒壯膽量，奮志景陽崗。

格物裁心為上

17年1月9日

格物裁心為上，天理總是昭彰。
人生奮力量，天必賜安康。
名利淡泊為上，清心人格必講。
慧意從心放，不惹汙與髒。
靈心清映為上，顯出湛湛天良。
清貧無大妨，紅塵是暫享。
靈程奮發為上，天堂美好之邦。
生活有指望，永生是報償。

朔風凜凜寒涼

17年1月9日

朔風凜凜寒涼，邁步平和清揚。
市井熱鬧放，安祥展平康。
我意曠在遐方，人生旅途險艱。
一笑持爽朗，男兒俊骨剛。
斜暉朗然在望，一片和平景象。
詩興還來上，一曲清新唱。
多言實在有妨，簡捷更為應當。
前方路廣長，奮志穿風霜。

夕煙又放

17年1月9日

夕煙又放，清坐思想真昂揚。
人生過場，不覺半百逝飛殤。
淡然心傷，流年虛煙何必講。
檢校詩章，應許雙淚長流淌。
唯有天堂，可冀永生之希望。
奮發前闖，曠展雙翅入溟滄。
紅塵辭放，名利真屬害人方。
清潔心腸，才可領受神獎賞。

第十二卷《漫浪集》

陽光燦放
17年1月10日

陽光燦放，心境依然存漫浪。
季冬無恙，體道清心頗揚長。
鳥鳴脆靚，似將大千來謳唱。
神恩頌揚，奮發靈程曠飛翔。
悠悠揚揚，生活必須細品嘗。
一點馨芳，一點苦澀一點浪。
半生已放，笑我鬢髮漸漸蒼。
心猶雄壯，矢志前路創無疆。

心事嫋起悠揚
17年1月10日

心事嫋起悠揚，感興浩發蒼蒼。
清風愜襟腸，鞭炮震天響。
紅塵自古攘攘，水雲化外流淌。
心繫田園間，名利無意向。
振奮精神昂揚，不計老來疏狂。
潛修無止疆，叩道體揚長。
歲月清展娟芳，人生百年暫享。
靈程奮力量，永生是冀望。

飯後心境平康
17年1月10日

飯後心境平康，閑看煙雲迷漾。
一種情緒是綿長，難言說它怎樣。
歲月直是奔放，人生是為哪樁。
生命意義須尋訪，否則白活一趟。
百年生死茫茫，履度苦難深艱。
半世化煙殤，余得淚雙淌。
心曲浩起狂浪，神恩切莫遺忘。
靈程道上振慨慷，努力曠飛向上。

心境曠起無限
17年1月10日

心境曠起無限，感慨從心升上。
心曲始終存漫浪，愛情競在何方。
孤旅真是漫長，半生付水流殤。
展眼前望煙雲漾，理想閃射清光。
奮發昂揚向上，任起鐵壁銅牆。
男兒有種振強剛，不屈鬼魅虎狼，
笑容依舊清靚，只是發已斑蒼。
不負百年走一場，縱馬揚鞭快上。

浩志曠放無疆
17年1月10日

浩志曠放無疆，依舊鐵膽雄壯。
前路奮發須去闖，振翼雄飛青冥間。
山高水遠何妨，風景堪可飽賞。
流年記憶化為香，少年情景眼前放。
大千充滿漫浪，須憑靈心去享。
共誰攜手邁前方，闊步應許展昂揚。
不必情懷悲傷，人生只是緣放。
拋開舊我穿新裝，自強自勵赴康莊。

我有心曲堪唱
17年1月10日

我有心曲堪唱，熱情奔放顯彰。
散步微汗有輕淌，心興真是歡暢。
人生志取清昂，笑我書生疏狂。
奮發前路搏艱蒼，果敢矢展頑強。
吐出心性清芳，步履堅壯昂揚。
笑意從心而流淌，總賴神賜安祥。
努力奮發向上，一路歌聲嘹亮。
哦詩清裁碧血芳，應有淡淡雅香。

林中麻雀齊唱
17年1月10日

林中麻雀齊唱，散步心興悠揚。
人生恆是持嚮往，理想銘記心膛。
努力實幹頑強，天天暢哦心房。
歲月流年飛若狂，切勿浪費時間。
奮發顯我張揚，男兒傲立雄壯。
天地正道瀰無疆，克盡鬼妖魔障。
天上光明太陽，人間和藹安祥。
曠把生活來安享，情懷向天開敞。

午後陽光清映
17年1月10日

午後陽光清映，藍天變幻白雲。
散步真盡興，一任汗微沁。
身心活潑空靈，哦詩雅潔清新。
志向曠無垠，腳踏實地行。
笑意從心浮映，大千美好麗景。
爽風吹溫馨，振奮身心靈。
神恩感在心襟，曠懷宇宙仰景。
奮向前路行，叩道入圓明。

人生蓬勃向上
17年1月10日

人生蓬勃向上，困苦磨難尋常。
奮志前路攀而闖，鐵鞋務須備十雙。
世事陰晴幻蕩，我只共緣飛翔。
冬來心興未寒涼，曠吸清風入肺間。
紅塵攘攘奔放，宇宙奧祕深藏。
努力矢志叩道藏，慧智盡力去尋訪。
斜暉此際清靚，雅坐浩起狂想。
激情奔湧似水淌，遠勝江河起卓浪。

悠揚心地間
17年1月10日

悠揚心地間，情思也清芳。
雅思合揚長，閑哦我詩章。
夕靄起無恙，窗外紅塵攘。
淡定清心腸，一吐我機簧。
心興啟奔放，恆欲曠飛翔。
何計年老蒼，努力奮發上。

安穩守尋常，待機鳴鏗鏘。
一聲大風唱，應驚世人腸。

此際曠意生成
17年1月10日

此際曠意生成，心情雅潔繽紛。
內叩自己心身，發詩哦出熱忱。
歲月曠展繽紛，嗟此大千紅塵。
名利攘攘狂奔，眾生沉溺阱坑。
我要曠志飛騰，去尋真理明燈。
照亮濁世凡塵，導引文明前程。
叩道奮不顧身，勇猛矢入艱深。
大道圓明清澄，如月朗照乾坤。

雲天正顯淡蕩
17年1月10日

雲天正顯淡蕩，空際蒼煙迷漾。
不想讀文章，願吐心性芳。
流年飛逝若狂，不停轉運桑滄。
一笑持舒朗，乘緣去旅航。
高天廣大無限，盡夠我之徜徉。
願刺青天上，騰雲萬里翔。
人世鬧鬧嚷嚷，眾生爭競奔忙。
何不清心腸，去向水雲間。

宿鳥清新啼唱
17年1月10日

宿鳥清新啼唱，月華東方升上。
晚風吹爽朗，心地覺快暢。
霓虹競相閃亮，路上車熙人攘。
市井雖清靚，生活願安祥。

敬祝歲豐人康，萬民神恩蒙享。
心志奮力量，靈程展奔放。
我欲放聲歌唱，激情浩似汪洋。
哦詩頗激昂，曠吐襟腑香。

玉蟾東升
17年1月10日

玉蟾東升，窗外嘹歌聲。
健步輕身，晚風吹陣陣。
嚮往長奔，踏上遠征程。
山高水深，風景壯麗盛。
遠辭青春，華髮漸漸生。
何許心疼，隨緣度旅程。
曠意生成，擎穩手中燈。
燭照前程，光明啟繽紛。

華燈燦放
17年1月10日

華燈燦放，體盡升平況。
清坐思想，人生合揚長。
享受清閒，怡養腑與臟。
雅哦詩章，傾出心中向。
淡淡蕩蕩，心清氣雅靚。
何許多想，一任因緣放。
世事無常，人生一夢間。
百年時光，務必保健康。

朝日朗照
17年1月11日

朝日朗照，寒氣微微有點峭。
心興雅騷，閑哦新詩適懷抱。

遠野靄渺，市井生活奏熱鬧。
籠鳥鳴叫，點綴清平也安好。
不行險道，正大光明心地俏。
奮行曠跑，矢攀絕頂覽雲飄。
歲月娟好，半生不覺已了了。
朗然一笑，前路康莊任雨囂。

晴和天氣稱無恙

17年1月11日

晴和天氣稱無恙，閑品芳茗余意暢。
浴後身心俱清爽，哦讀詩書適襟腸。
雅志裁出仍慨慷，曠意生處白雲翔。
一聲啼鳥潤心腸，清坐思緒漫起浪。

曠懷清正雅意縱

17年1月11日

曠懷清正雅意縱，清風適我意無窮。
天氣晴朗堪稱頌，三九不寒爽意萌。
多言何必有何功，靜默清坐怡襟胸。
春來會展雙翅衝，直擊雲天滄溟中。

腳下步履堅壯

17年1月11日

腳下步履堅壯，散步沐浴陽光。
慨慷都升上，周身暖洋洋。
冷寒並不狂猖，老柳仍餘碧芳。
清風長來曠，吾意也舒揚。
身熱敞開衣裳，淡眼世事桑滄。
一笑持爽朗，度世履平康。
欣欣向榮景象，市井恆是繁忙。
人生為哪樁，靈程奮飛翔。

人生創意無限

17年1月11日

人生創意無限，心胸務須開敞。
靈機一動間，秀句出襟房。
歲月曠展奔放，季冬享受安祥。
天氣和暖間，愜懷也悠揚。
閑把新詩哦唱，捧出赤子心膛。
務須持雅靚，娟潔若蘭芳。
拋開機巧骯髒，勝過魔敵狂猖。
試煉豈尋常，靈程赴康莊。

落日正橙紅

17年1月11日

落日正橙紅，暮煙漸漸籠。
心境持疏慵，哦詩閑朗誦。
幾聲啼鳥動，悠意上心胸。
歲月長奔湧，不必嗟斑濃。
落日正橙紅，清坐思靈動。
人生感慨中，年輪飛從容。
身心叩道勇，奮志若長虹。
百年有何功，情懷嫋隨風。

心志閒雅無上

17年1月12日

心志閒雅無上，清坐曠放思想。
人雖漸老蒼，奮發展頑強。
應許笑聲爽朗，萬事盡都下放。
共緣去旅航，何不順水淌。
心曲向誰哦唱，情懷時展奔放。
孤旅應揚長，我有心志芳。

歲月綿綿漫長，惜我年已斑蒼。
努力揮慨慷，業績及時創。

天色粉青

17年1月12日

天色粉青，間有二三白雲。
心地朗晴，長起嚮往殷殷。
人生多情，向誰傾吐心靈。
真的愛情，定然兩心相映。
渴望飛行，學取蒼蒼老鷹。
淡泊心境，胸中曠有水雲。
有鳥嬌鳴，一使余意開心。
冬靄無垠，難遮太陽輝映。

天氣冷寒三九間

17年1月12日

天氣冷寒三九間，晨起清聽鳥鳴唱。
天色晴朗朔風涼，遠處歌聲囀嘹亮。
心興應許持清揚，振奮精神矢前闖。
大好時間匆匆淌，莫負年華努力航。

漫步世事桑滄

17年1月12日

漫步世事桑滄，一任緣銷緣漲。
人生真無常，紅塵是攘攘。
心事漫起狂浪，欲把心情訴唱。
志向逞堅剛，叩道矢深艱。
傲立展我偉剛，慧目應許開張。
發見世真相，真理悟心膛。
拋開悲苦過往，沐浴光明太陽。
靈程奮闖蕩，努力展頑強。

內叩自己心靈

17年1月12日

內叩自己心靈，發見真光內映。
真理務去尋，叩道任艱辛。
奮發自我剛勁，男兒曠志當明。
努力向前進，萬里振翅行。
紅塵任其囂鳴，吾只清守靜定。
桑滄是浮雲，人生懷多情。
嚮往霹靂雷霆，震醒世人昏眠。
汙濁務掃清，乾坤朗無垠。

世事茫茫蒼蒼

17年1月12日

世事茫茫蒼蒼，心曲向誰彈唱。
幽蘭雖清芳，孤寂無人賞。
辜負百轉情腸，人生率性奔放。
依然懷嚮往，奮發我頑強。
苦難艱辛飽嘗，心境依舊清靚。
淡眼天涯間，理想在前方。
冬來寒不狂猖，三九爽風清揚。
含笑哦詩章，傾訴若汪洋。

玉蟾朗徹乾坤

17年1月12日

玉蟾朗徹乾坤，心事向誰細論。
人生不停奮爭，情志矢出宇塵。
向上我要飛升，靈程路上馳奔。
不負百年此生，榮耀回歸天城。
頌神奉獻真誠，感沛天父宏恩。
天國才有永生，靈體活潑長存。

閒雅心境堪謳唱

17年1月13日

閒雅心境堪謳唱，冷眼塵世幻桑滄。
讀書興致有清昂，悟會前賢共思想。
人生未可白匆忙，應取靜定叩心腸。
生存意義細研訪，靈程正道展慨慷。

一曲清歌哦揚長

17年1月13日

一曲清歌哦揚長，難以舒盡中心芳。
情意起時如卓浪，興致生處是昂揚。
人生履艱厲尋常，困苦磨難任其放。
五十有二今何講，宇宙正道運無疆。

歲月清歌須哦唱

17年1月13日

歲月清歌須哦唱，筆墨春秋只等閒。
清聽鳥啼嬌無上，應向書中嗅墨香。
生涯坎坷何必講，人世百年是夢鄉。
展眼青天正朗朗，願向白雲振翅翔。

藍天青碧無垠

17年1月13日

藍天青碧無垠，嫋起我的意興。
鞭炮響轟鳴，吾心持靜定。
閒時品品芳茗，讀書正可怡情。
歲月曠飛行，不必嗟斑鬢。
小鳥嬌嬌啼鳴，冷風撲面清新。
三九正屆行，年關已將近。
奮志當取殷殷，男兒合當橫行。
冷寒不要緊，梅花開清俊。

日出東方

17年1月13日

日出東方，清喜天氣晴朗。
喜鵲鳴唱，冬靄四野迷漾。
逸致升上，清閒小哦詩章。
淡淡蕩蕩，胸襟無比開曠。
歲月飛揚，年輪轉動桑滄。
放眼瞻望，前路當展奔放。
憩身塵間，不求名利炎昌。
我意平康，嚮往雲外松崗。

清意此刻裁成

17年1月13日

清意此刻裁成，哦詩舒出清芬。
人生不停馳奔，奮志舞在紅塵。
未可忘卻心身，清貧不減志誠。
矢志奮走靈程，希冀能獲永生。
清意此刻裁成，歲月清展馨芬。
展眼大千乾坤，朝日光輝朗逞。
向神頌贊真誠，世界是神創成。
鼓舞心靈前奔，努力回歸天城。

曠志舞向長空

17年1月13日

曠志舞向長空，心意浩起無窮。
身心持凝重，不隨俗世風。
一生矢志奮勇，穿越煙雨蒼濃。
身心負苦痛，依然持剛猛。
叩道矢入深洪，向學晨昏哦諷。
得道持輕鬆，胸襟大不同。

淡定我欲謳頌，真理誓當揚弘。
清懷與誰同，獨立哦大風。

人生何必多情

17年1月13日

人生何必多情，受傷唯在心靈。
奮志去前行，關山越無垠。
曾經困難苦境，血淚流出殷殷。
而今履康平，神恩大無垠。
今日天氣朗晴，余意雅懷清俊。
嚮往去飛行，飽嘗好風景。
歲月奮走無垠，更當煥發身心。
男兒志剛勁，不屈矢奮行。

夕照清展輝煌

17年1月13日

夕照清展輝煌，心中意興舒放。
人生應當揚長，不為名利所障。
正氣於我軒昂，清貧亦無大妨。
清走人生一場，雅度秋春無恙。
流年雖走狂猖，逸志更加清揚。
笑傲塵世桑滄，煙霞五湖放浪。

暮煙升上升上

17年1月13日

暮煙升上升上，心曲浩起茫茫。
舒情未可狂猖，淡定不事張揚。
前路奮起雄剛，努力要去闖蕩。
山高水遠險艱，力展雙翅溟滄。

星星朗然在望

17年1月13日

星星朗然在望，市井燈火輝煌。
沐著晚風涼，散步曠然暢。
世事任演奔放，吾只獨守定當。
奮志之所往，水雲有飄蕩。
名利任其狂猖，眾生爭競鬧嚷。
機關不停放，血灑人世間。
書生意氣揚彰，志向清高何妨。
正義手擎掌，邁步何堅剛。

晨起朗月猶在望

17年1月14日

晨起朗月猶在望，村雞啼曉正未央。
哦詩朗讀聲鏗鏘，情思嫋起且清長。
時值季冬冷寒彰，心興狂處想飛翔。
窗外天氣猶未亮，靜待日出啟東方。

東方朱霞正漲

17年1月14日

東方朱霞正漲，西方月猶在望。
晨起心境爽朗，哦詩舒我襟腸。
一日生活開場，應許志取清昂。
不負一生時光，努力奮發揚長。
東方朱霞正漲，天色定然晴朗。
歲月無比悠揚，心境也展舒曠。
幾聲啼鳥清響，一陣歌聲旋蕩。
人生應許悠閒，清度生涯平康。

漫天晴朗

17年1月14日

漫天晴朗，青天碧無恙。
散步漫長，朔風吹寒狂。
心境悠閒，雅聽啼鳥唱。
興致升上，又把詩哦放。
人生清狂，書生振慨慷。
豪情萬丈，曠志在無疆。
歲月綿長，百年合奔放。
正氣心間，清趨水雲鄉。

曠意東風清俊

17年1月14日

曠意東風清俊，天上嫋著白雲。
三九嚴寒境，爽然值天晴。
我意曠起高興，閑把新詩哦吟。
吐出中心情，淡與風同行。
嚮往向天飛鳴，去向高遠之境。
山水有清境，靈秀妙難雲。
爽風襲我心襟，更有小鳥嬌鳴。
一杯芳綠茗，平添我意興。

晴雲曼嫋

17年1月14日

晴雲曼嫋，嫋起詩人心興高。
曠舒懷抱，哦詩清新且雅巧。
陽光灑照，更有爽風吹清妙。
歲月大好，我心我意放雅騷。
清聽鳥叫，展眼冬靄正飄渺。
敞開心竅，嚮往散步田野瞧。
人生奔跑，關山征服任險要。
風景獨好，我有逸致出塵表。

朔風狂猖

17年1月14日

朔風狂猖，冷寒襲擊未央。
雲煙漫蕩，浮雲遮蔽斜陽。
閒步興曠，又想裁哦詩章。
何必談唱，何必故事重講。
世事狂蕩，只是惹我心傷。
老將來訪，心中百感俱上。
市井熙攘，車水馬龍正當。
孤潔心腸，唯有哦入詩章。

斜暉又朗

17年1月14日

斜暉又朗，陽光穿透翳障。
喜氣洋洋，中心盈滿平康。
人生奔放，浩志曠起無疆。
天涯之間，容我長去闖蕩。
拋開舊往，拋開苦痛悲傷。
擁抱陽光，擁抱未來清長。
感興舒放，一曲旋律清淌。
清坐思翔，矢志振我昂揚。

暝色漸漸籠罩

17年1月14日

暝色漸漸籠罩，心興浩起渺渺。
人生奮行道，心得積豐饒。
華燈閃射玄妙，朔風吹擊料峭。
冷寒不緊要，情思起嫋嫋。
浪漫持在心竅，只是真愛難找。
有淚不必拋，漫步展逍遙。
人生百年豐標，名利害人奇巧。
正直最重要，操守務須保。

一任紅塵擾擾

17年1月14日

一任紅塵擾擾，未可稍有驕傲。
謙和是情調，揚長展豐標。
歲月清展逍遙，惜我斑蒼漸老。
窗外暝煙飄，華燈七彩耀。
闔家安穩就好，清貧無妨大要。
向學志向饒，晨昏哦詩稿。
思想曠放迢迢，叩道艱深可造。
靈程奮飛高，力斬魔敵妖。

第十三卷《揖雲集》

浩志曠放無疆 17年1月14日

浩志曠放無疆，揖雲是余意向。
心懷持舒朗，人生展揚長。
燈下清坐思暢，亙古至今夢間。
世事蒸黃粱，莊生夢蝶翔。
我意清展貞剛，嚮往水雲之鄉。
正義恆在膛，理想閃金光。
靈程奮發敢上，克敵妙用刀槍。
天國是家邦，永生享安祥。

雲天曠顯多情 17年1月15日

雲天曠顯多情，陽光照耀身心。
冷風吹清新，詩人好心情。
小鳥嬌嬌啼鳴，舒坐閑品芳茗。
情思嫋無垠，詩意出心靈。
奮志我要飛行，去尋山水清境。
松顛有白雲，山間溪水清。
男兒有勇橫行，剛正情操清俊。
煥發身心靈，努力作豪英。

清懷與誰相共 17年1月15日

清懷與誰相共？孤旅不言沉重。
一笑也輕鬆，奮志若長虹。
人生難得情鍾，與誰攜手相從？
展眼天涯中，不必淚雙湧。
紅塵不停狂瘋，幾人清懷持擁？
願憩水雲中，身心若蘭松。
向學我要奮勇，前進鼓勇直衝。
男兒多情種，振志出宇穹。

此際陽光清朗 17年1月15日

此際陽光清朗，思想曠放無疆。
喜鵲喳喳唱，白雲悠悠翔。
歲月無比慨慷，流年逝去若狂。
努力叩道藏，清懷也揚長。
大千美景無限，寒冬爽風清揚。
享受這悠閒，心境妙無恙。
冷眼淡看桑滄，履度世事無常。
清心真堪獎，素心哦襟腸。

人生應許多情 17年1月15日

人生應許多情，朗度秋春盡興。
塵世幻美景，斑蒼何所雲。
奮志是取殷殷，不辭紅塵艱辛。
苦難未足雲，前路廣無垠。
笑容當展清新，心靈綻放溫馨。
男兒鐵骨凌，撐住天青青。
閒暇清品芳茗，散步調適身心。
煙霞漾吾心，吐詩何清俊。

浮翳又障陽光 17年1月15日

浮翳又障陽光，雲天爛漫無上。
清興展悠揚，何不哦詩章。
人生當取雄剛，卑媚成何模樣。
名利已棄放，正氣衝天昂。
歲月匆匆流淌，半百似是瞬間。
不必計桑滄，努力振慨慷。
心靈務取舒放，欣欣向榮向上。
克盡艱與創，靈程奮歸航。

履度秋月春風 17年1月15日

履度秋月春風，斑蒼贏得重濃。
一笑爽無窮，世事已看通。
名利渾屬空空，靈程奮展剛猛。
向上登彩虹，天國永恢弘。
歲月不盡匆匆，愜聽小鳥鳴頌。
心境曠無窮，雅思入詩中。
大千煙雲幻動，迷人類若霓虹。
素志水雲中，叩道入圓通。

煙雲明滅無恙

17年1月15日

煙雲明滅無恙，素志恆取淡蕩。
爽風來清暢，我意展揚長。
多言定然有妨，靜默更為適當。
真理不言講，淡淡散清芳。
人生務取昂揚，前路努力矢闖。
關山豈為障，須學流雲翔。
氣機流貫通暢，大道一生尋訪。
閒時哦詩章，清裁靈味香。

一任時光流淌

17年1月15日

一任時光流淌，我自悠然相向。
奉獻心力作詩行，曠吐襟與腸。
人生振奮昂揚，豈懼旅途險艱。
謙和持正不張狂，鐵膽有雄壯。
笑意應當舒放，精神畢彰何妨。
快意書出我詩章，清娟有雅芳。
愛好田園山莊，嚮往松風山崗。
鐵壁千仞誓攀上，風光覽無恙。

長天萬里無雲

17年1月16日

長天萬里無雲，心靈秉持清新。
逸意何必云，竹林聽鳥鳴。
曠志清裁如雲，笑我斑蒼多情。
奮力去追尋，嚮往水雲境。
人生風雨經行，苦難艱蒼常尋。
一笑持雅清，共緣去旅行。
心懷總持淡定，朝日閃射均勻。
哦詩舒朗清，閒情共風行。

東方泛起一抹紅

17年1月16日

東方泛起一抹紅，村雞喔喔啼從容。
晨起清興是無窮，又哦新詩吐襟胸。
奔放歲月真匆匆，流年若狂堪動容。
斑蒼漸老將成翁，奮發揚蹄矢前衝。

燦爛紅日東方上

17年1月16日

燦爛紅日東方上，佇觀此景余意康。
遠近鳥兒高低唱，市井生活又開場。
何處歌聲謳嘹亮，路上車行復熙攘。
人生上進持奔放，努力前路振慨慷。

人生意志堅定

17年1月16日

人生意志堅定，笑我書生多情。
清坐聽鳥鳴，陽光灑身心。
閒時品品芳茗，散步盡我雅興。
詩書哦不停，日月穿梭行。
三九已經待盡，嚴寒料不太凌。
嚮往春天景，碧柳飄芳馨。
浩志不必常吟，貴在實幹奮行。
前路有美景，關山跨無垠。

奮志由來殷殷

17年1月16日

奮志由來殷殷，半生努力推進。
希冀霹靂行，滌洗人心靈。
此際清坐靜定，窗外鞭炮轟鳴。
紅塵任囂行，雅思入詩吟。
曠意裁出均勻，人生何必多情。
今日天朗晴，藍天無白雲。
百年生活幻境，大夢幾時才醒。
靈程奮前行，天路沐光明。

心曲緩緩彈唱

17年1月16日

心曲緩緩彈唱，時或興起狂浪。
人生懷意向，孤旅亦清揚。
百年生死茫茫，半世不覺銷殤。
展眼天晴朗，紅塵仍狂猖。
閒時舒發心芳，曠吐我之襟房。
一種儒雅香，一種質樸放。
情思浩起汪洋，談吐點綴適當。
多言或有妨，擱筆凝思想。

心事浩起茫茫

17年1月16日

心事浩起茫茫，值此天氣晴朗。
藍天雲飄蕩，和氣天地間。
男兒奮發昂揚，不屈苦難艱長。
傲立若山壯，意志似鐵鋼。
笑傲塵世桑滄，清貧不滅志剛。
書海誓遠航，真理力尋訪。
向學晨昏哦唱，旋律應許清揚。
百折不停闖，履度千山蒼。

粉霞東方漲 17年1月16日

粉霞東方漲，紅日待生長。
冷寒正狂猖，清喜啼鳥唱。
空氣鮮無上，散步適平康。
人群漸熙攘，生活奏安祥。

流年有芳 17年1月16日

流年有芳，記憶垂為淡淡香。
歲月綿長，人生百年風雨艱。
苦旅桑滄，心志應許如花放。
淡泊應當，名利只是害人腸。
天日晴朗，小風清翔爽襟房。
和暖太陽，清灑光芒濟世蒼。
安穩為上，愜品芳茗意悠長。
一篇短章，曠吐心地之奔放。

心事浩渺無垠 17年1月16日

心事浩渺無垠，往事何堪追尋。
讀書頗盡興，幾聲啼鳥鳴。
夕煙泛起暮景，心境曠然空清。
世事值太平，民得享安寧。
大千桑滄經行，幻變迷離煙景。
有夢終須醒，悟道啟靈心。
靈程奮志去行，艱深何懼其臨。
神恩正豐盈，感沛我心襟。

華燈燦然點上 17年1月16日

華燈燦然點上，市井霓虹閃靚。
感興俱升上，從容哦詩行。
人生奮志無疆，跌倒爬起再上。
努力去闖蕩，不怕折翅膀。
男兒果敢頑強，提劍矢斬虎狼。
世事飽桑滄，煙雨吾放浪。
淡笑清靈無妨，豪情閃現眼間。
一任緣鼓蕩，山水旅艱長。

清裁詩意人生 17年1月16日

清裁詩意人生，紅塵任其繽紛。
吾意秉真誠，前路矢志奔。
不懼山高水深，曠飛未有止程。
艱苦不足論，靈程彩虹生。
笑意應許清純，靈性不斷長增。
定志辭紅塵，天國冀永生。
未可擾亂心神，奉獻自我熱忱。
不斷向上升，魔敵敗紛紛。

我有剛正情操 17年1月17日

我有剛正情操，不屈豺狼虎豹。
奮志登險要，真理矢尋找。
人生不取驕傲，謙和養我德操。
須學雲飄渺，浪漫持心竅。
紅塵應可清拋，嚮往靈程正道。
向上是必要，曠飛萬里遙。

志氣雖持清高，學養更為重要。
晨昏哦詩稿，清吐我微妙。

人生曠展清俊 17年1月17日

人生曠展清俊，揮灑不盡才情。
浩志出層雲，叩道吾清新。
心地朗清圓明，湛湛似月清映。
奮志去旅行，艱深未足云。
紅塵濁浪殷殷，太多誘人陷阱。
振翅力飛行，摩雲青松嶺。
哦詩長吐心靈，祈願世界和平。
靈程最要緊，心魔須斬清。

奮發心靈力量 17年1月17日

奮發心靈力量，一生矢志清昂。
時間勿費浪，靈程努力闖。
一生履盡艱蒼，紅塵豈可久享。
向上曠飛翔，天使導我航。
世事莽莽蒼蒼，人如螻蟻相仿。
寄身世界上，唯賴神恩壯。
向神頌贊獻上，淨化心靈無疆。
天路不易闖，努力啟歸航。

朝日清吐光芒 17年1月17日

朝日清吐光芒，振人精神無恙。
冷寒微猖狂，正值四九間。
歲月不盡桑滄，年關轉換即將。
不必驚心腸，努力在人間。

名利當可棄放，叩道晨昏之間。
向學志清昂，朗吟吐清爽。
心地和平安祥，淡淡唯有思想。
點滴之感想，俱哦入詩章。

我有奇思妙想

17年1月17日

我有奇思妙想，紛至遝來彰揚。
寄身大化間，紅塵攘無疆。
歲月綿綿漫長，不覺鬢髮斑蒼。
逸意田園間，村野憩心腸。
何必晨昏哦唱，何必吐盡襟房。
靜默不言間，中心狂起浪。
那就張開翅膀，放飛理想之航。
前路正廣長，任起風雨艱。

幽心與誰相共

17年1月17日

幽心與誰相共，孤旅充滿雨風。
奮志之行動，是當勇敢衝。
浮生如同一夢，轉眼白髮龍鍾。
業績有何功，德操可垂永。
嚮往跨鶴雲中，嚮往水雲淡湧。
嚮往叩道深洪，嚮往浪漫相擁。
只是此生匆匆，回首已有淚湧。
多言競有何功，造化弄人無窮。

人生奮志向上

17年1月17日

人生奮志向上，穿越煙雨艱蒼。
曠飛無極限，天國是方向。
只是此生桑滄，身心屢遭重創。
一笑還舒朗，神恩荷無恙。
努力向前闖蕩，磨煉鋼硬翅膀。
修心最為上，養德何其芳。
歲月清展奔放，百年一似瞬間。
靈修啟無疆，永生是指望。

順從心靈引導

17年1月17日

順從心靈引導，真理誓當尋找。
艱深不緊要，我要快步跑。
打開心靈心竅，順從聖靈引導。
紅塵可棄拋，天路是正道。
心境未可紛擾，常須保持靜悄。
慧光有映照，燭照靈程道。
奮志飛出塵表，宇宙充滿奧妙。
叩道不辭勞，風雨任艱饒。

天氣又復轉陰

17年1月17日

天氣又復轉陰，正如人之心情。
努力去追尋，穿越桑滄境。
心境清和寧靜，暇思正可放行。
靈程有美景，矢志曠飛行。
嚮往山水清境，洗滌我之性靈。
紅塵務辭屏，水雲憩吾心。
不辭此生清貧，正氣更當凌雲。
傲立青松嶺，山風怡吾情。

矢展吾之清剛

17年1月17日

矢展吾之清剛，人生奮發力量。
轉眼白髮蒼蒼，依然懷有頑強。
矢展吾之陽剛，努力前路飛揚。
困苦磨難尋常，百折仍展翅膀。
矢展吾之俊剛，男兒充滿豪強。
矢斬虎豹豺狼，還我清平寰壤。
矢展吾之偉剛，傲立似松如崗。
不負一生艱長，業績長待造創。

天氣陰晴之間

17年1月17日

天氣陰晴之間，冬靄瀰漫無恙。
品茗心意閑，哦詩舒襟芳。
人生意氣揚長，開心適意最上。
應許笑口敞，困難任其放。
苦旅生涯飽嘗，逸意脫出塵壤。
清懷誰共享，孤旅不言悵。
此生矢展慨慷，人生合當奔放。
一笑清且靚，壯志展昂揚。

清展思想無限

17年1月17日

清展思想無限，淡淡有點憂傷。
人生率性奔放，履度千山茫蒼。
心意向誰細講？情懷向誰開敞？
孤旅絕不言悵，淡笑清雅有芳。
四九嚴寒正當，心興依然清狂。
書生意向顯彰，努力揚帆遠航。

向上須盡力量，展我身心清剛。
名利盡可棄放，德操未可稍忘。

率意清度紅塵 17年1月17日

率意清度紅塵，秉持心靈純正。
腳下步健穩，矢志萬里程。
一陣鳥鳴清純，引我意興曠生。
散步適心身，東風吹陣陣。
歲月自有馨芬，人生合當馳奔。
大千展繽紛，清心走靈程。
向上我要飛升，辭去名利輕身。
飽嘗是神恩，擎掌手中燈。

清聽音樂靈動 17年1月17日

清聽音樂靈動，曠我意興無窮。
人生有感動，情懷啟洶湧。
歲月流淌匆匆，我卻清持從容。
奮發是襟胸，慨慷哦大風。
紅塵多少情種，名利害人狂凶。
心志逞清空，叩道展剛勇。
清俊舒我笑容，前路努力奮衝。
襟胸懷彩虹，七彩燦長空。

秋春曠度無恙 17年1月17日

秋春曠度無恙，人生吾已飽嘗。
志在水雲間，紅塵任攘攘。
清心裁出詩章，傾吐不盡汪洋。
凡是有所唱，赤子丹心芳。

努力耕耘奔忙，一生勤勞當講。
春播秋收間，果實盈滿倉。
襟懷應許更廣，宇宙攬入心房。
壯志舒揚長，振節吾慨慷。

天陰何妨 17年1月17日

天陰何妨，淡看雲煙流蕩。
中心志向，卻能向誰演講。
黃昏漸上，有鳥清輕鳴唱。
市井鬧嚷，熙熙車行人攘。
應持清向，遁向田野村莊。
清娟心芳，唯有哦入詩章。
向前向上，奮志人生昂揚。
豪情舒張，卻是不聲不響。

夕煙昏黃 17年1月17日

夕煙昏黃，心事浩起茫蒼。
四九時間，清喜爽風清暢。
我意昂揚，不計旅途辛艱。
半百闖蕩，余得斑斑心傷。
奮發志向，前路仍須去闖。
飛向太陽，矢志擁抱陽光。
此生蒼涼，咽盡孤旅徬徨。
傲立強剛，英武持在心膛。

紅塵我是多情種 17年1月17日

紅塵我是多情種，履盡雨雨風風。
雖然年老近成翁，心志仍持剛雄。

清坐思想放無窮，人生磨難深重。
矢脫紅塵乘靈風，靈程我要奮勇。
天色黃昏暮煙濃，窗外噪聲仍洪。
心志應許放輕鬆，名利拋棄空空。
中心水雲有清湧，共彼大化運動。
百年生死真匆匆，希冀天路成功。

奮發我之剛正 17年1月17日

奮發我之剛正，人生路上馳奔。
感沛神之恩，努力闖靈程。
奮發我之純正，不屈苦難旅程。
展眼天昏昏，一生叩道貞。
奮發我之清正，努力淨化靈魂。
向上我飛騰，紅塵辭紛紛。
奮發我之雅正，哦詩熱情馨溫。
鳥鳴囀嬌純，我意生清芬。

路上華燈高照 17年1月17日

路上華燈高照，散步我意遙逍。
幾聲宿鳥叫，一陣車聲囂。
紅塵大千狂鬧，眾生爭競鬥吵。
務須持清標，遠向世外逃。
靈程奮發剛傲，力斬魔敵魅妖。
塵世是瞎搞，名利害人巧。
我意是取高蹈，世間名利全拋。
為人質樸曉，奮志靈程道。

曠志舞在紅塵 17年1月17日

曠志舞在紅塵，人生志取真誠。
名利何足論，叩道奮前騁。
真神賜下宏恩，領受我心馨溫。
矢志奔靈程，艱深不足論。
靈魂務保純正，淨化豈有止程。
對準天國升，美妙不盡逞。
高歌一曲精誠，頌神我意溫存。
努力展剛正，斬殺魔紛紛。

燈下清坐展思想 17年1月17日

燈下清坐展思想，曠意人生謳揚長。
履盡艱蒼淚兩行，向前瞻望懷夢想。
奮發清志矢去闖，不畏艱難困苦放。
百年生死何必講，一似清歌緩緩唱。

身心未可過勞 17年1月17日

身心未可過勞，思慮儘量減少。
健康務須保，鍛煉是機要。
歲月清流微妙，世事蒼茫豐饒。
共緣去奔跑，省心最重要。
感慨未可全拋，適可發點牢騷。
前方路迢迢，奮志展風標。
怡情並無奧妙，曠達人生最好。
圓通屬大道，轉運有玄妙。

窗外歌聲饒 17年1月17日

窗外歌聲饒，引余動心竅。
機心務全拋，靈性養豐標。
夜黑華燈照，清思亦遙逍。
閒愁務全拋，奮志驅遠道。
紅塵亂糟糟，眾生爭著鬧。
名利務全拋，清心怡襟竅。
奮走靈程道，試探少不了。
私欲務全拋，靈性展玄妙。

第十四卷《雲松集》

奮志人生剛猛
17年1月18日

奮志人生剛猛，我要努力行動。
辭去紅塵夢，憩意在雲松。
奮志人生毅猛，正直為人從容。
靈修識圓通，叩道風雨中。
奮志人生雄猛，兼程無畏矢衝。
展翅入雲中，萬里快襟胸。
奮志人生威猛，男兒豪情偉雄。
向上我奮勇，靈程登彩虹。

奮志人生長虹
17年1月18日

奮志人生長虹，七彩閃射心中。
努力去行動，實幹才成功。
奮志人生長虹，風雨一任其濃。
兼程我矢衝，跌倒任傷痛。
奮志人生長虹，浪漫凝於襟胸。
剛正哦大風，無妨是情種。
奮志人生長虹，靈程我要鼓勇。
天旅克魔凶，天父賜恩洪。

人生務當凝重
17年1月18日

人生務當凝重，不可被欺哄。
歲月風雨艱濃，心情當放鬆。
不必長嗟斑重，清新展笑容。
奮發我之勇猛，踏遍萬山叢。
時當四九寒重，依然持清雄。
哦詩呼出陣痛，人生務奮勇。
前路山高水重，揚長征程中。
風景瑰麗無窮，我意快哉雄。

清風寫意流暢
17年1月18日

清風寫意流暢，清爽我之意向。
香茗細品嘗，生活享悠閒。
歲月一任流淌，老我斑蒼何妨。
紅塵一夢間，天路展揚長。
大千任其狂蕩，名利任其囂猖。
吾只守定當，朗月耀心間。
此生暫寄暫享，大塊勞我心傷。
應許情悠揚，請品綠茗芳。

雲煙清顯淡蕩
17年1月18日

雲煙清顯淡蕩，冷寒襲擊未央。
宇宙空空曠曠，人生唯賴思想。
意興曠放無疆，閑把新詩哦唱。
奮發我志強剛，長沿正道矢闖。
前路山高水長，不可迷戀風光。
努力矢志頑強，標的才是所向。
天國是在至上，其中充滿明光。
天父慈愛無限，導引靈程康莊。

人生務行正道
17年1月18日

人生務行正道，天國才是終標。
為人謙和方好，努力奮行揚飆。
此生已履艱饒，心靈受傷已飽。
所賴神恩豐饒，賜我靈糧玄妙。
展眼前路奮跑，已過考驗千條。
心中明光朗照，吐詩熱情娟好。
歲月幻變不了，清心是我懷抱。
叩道一生遙逍，用道圓明雅騷。

此生清度紅塵
17年1月18日

此生清度紅塵，覽盡世事繽紛。
名利勿足論，水雲吾憩身。
此生清度紅塵，傷痕累累是真。
仍持我純真，心靈是堅正。
此生清度紅塵，奮鬥不息堅貞。
叩道入艱深，靈程我奮身。
此生清度紅塵，斑蒼而今何論。
圓通是學問，奮爭展精神。

浮生如同一夢

17年1月18日

浮生如同一夢，轉眼醒來空空。
靈程騁奮勇，永生希冀中。
此生情有所鐘，思此熱淚長湧。
叩道吾剛勇，圓融妙無窮。
此際已是嚴冬，窗外冷寒正送。
哦詩何所功，長吐襟懷胸。
誰是我之友朋？孤旅艱蒼深重。
感慨長湧動，展眼靄朦朦。

人生未可浮泛

17年1月18日

人生未可浮泛，清心履度塵寰。
心懷持清淡，名利矢不沾。
奮志力作好漢，豈懼艱蒼困難。
曠飛入天藍，靈程把家還。
歲月曠展浩瀚，不必嗟泣悲歎。
振志長呼喊，大風謳浪漫。
前路山水青藍，怡我情懷翻番。
百年一轉眼，靈修晨昏談。

清度歲月繽紛

17年1月18日

清度歲月繽紛，轉眼不覺秋春。
矢脫此紅塵，靈程奮飛升。
一陣鳥囀清純，我意轉為雅正。
哦詩脫口呈，逸意瀾心身。
此生領受神恩，我心秉持真誠。
脫去罪孽身，天國有永生。
四九嚴寒正逞，時候又值黃昏。
清坐不畏冷，浩志舞乾坤。

名利非我所向

17年1月18日

名利非我所向，心胸應許更廣。
逸意頗清揚，散步襟懷曠。
路上華燈閃亮，車行無比囂張。
心境持定當，人生共緣翔。
毛毛細雨清降，嚴冬卻不寒涼。
小風清吹放，我意舒而暢。
清持正義強剛，身處清貧何妨。
問學取軒昂，叩道騁奔放。

靈秀是我心膛

17年1月18日

靈秀是我心膛，哦詩吐出萬章。
娟娟有清芳，散淡是襟腸。
紅塵大千狂蕩，眾生沉溺泥間。
幾人懷清向？幾人水雲鄉？
奮發人生強剛，不辭世事勞艱。
努力啟歸航，靈程通天堂。
夜幕籠罩無恙，生活演奏樂章。
應持素心腸，清心凝思想。

書生意氣濃重

17年1月18日

書生意氣濃重，笑我年近成翁。
冬夜冷寒重，持書仍哦諷。
歲月綿綿清動，大千幻化無窮。
不妄去行動，靜定若銅鐘。
共緣而動從容，時到才顯英勇。
男兒奮心胸，俗子豈能懂。
百年生死匆匆，淡定才能成功。
前路任雨濃，兼程我奮衝。

志氣清裁無恙

17年1月18日

志氣清裁無恙，人生履度艱蒼。
紅塵狂起浪，把舵奮舟航。
此生千關已闖，贏得斑蒼蕭爽。
一笑還清朗，哦詩吐千章。
歲月平添志向，拋棄悲哀愁悵。
心境持溫讓，叩道也軒昂。
努力前路矢闖，靈程飛往天堂。
不懼試探放，我志已成鋼。

浮生履盡惡浪

17年1月18日

浮生履盡惡浪，一笑還持清揚。
閒雅哦詩章，心定自乘涼。
人生百感升上，世態幻變炎涼。
任其滄桑放，吾只守定當。
紅塵吾是暫享，永生不在世間。
靈程曠飛翔，靈性育無疆。
清思浩起狂浪，最好擱筆下放。
實幹顯豪強，儒雅君子芳。

曠意裁出詩章

17年1月18日

曠意裁出詩章，清展吾之思想。
靈機一動間，筆下如水放。

時正二更之間，清坐思起狂浪。
激情瀉無恙，暢想如汪洋。
不可貪戀世間，靈程我要高翔。
矢志一生航，天國是家邦。
世事幻化無常，肉體豈可久長。
精神貴清揚，靈性須淨爽。

人生境界知多少

17年1月19日

人生境界知多少，白雲蒼狗驟老。
應學行雲飛飄渺，此生共緣奔跑。
早起五更心境俏，雅聽村雞啼曉。
激情起處心高蹈，哦詩一篇靈巧。
歲月清娟多芳好，四九嚴寒未了。
奮志曠行萬里道，不辭風雨飄搖。
早餐之後心情妙，向誰坦露風騷。
獨自清坐舒懷抱，心情雅潔微妙。

心曲向誰彈唱

17年1月19日

心曲向誰彈唱，孤旅咽盡淒涼。
品味這蕭閑，不想讀文章。
詩興狂發張揚，應許落筆千章。
龍蛇游走間，情懷展清揚。
紅塵自古攘攘，人生塵埃相彷。
大化真無恙，叩道識圓方。
靈程矢去闖蕩，不畏山高水長。
靈性有閃靚，七彩耀光芒。

歲月容我馳騁

17年1月19日

歲月容我馳騁，孤旅不畏艱深。
紛紛失落是青春，斑蒼未許心疼。
感慨何必浩生，壯志仍懷剛正。
綿綿情思應拋擲，雅哦新詩真誠。
暮煙籠罩黃昏，點燃萬千華燈。
心事獨彈向誰論，心事此際重沉。
歲末嚴寒正呈，爽風吹擊心身。
幾聲宿鳥啼清純，一使我心轉溫。

漫天都晴朗

17年1月20日

漫天都晴朗，心事頗欣曠。
一任冷寒放，我自持清揚。
鳥鳴宛轉間，品茗意揚長。
人生任險艱，已履萬山蒼。
歲月真慨慷，賜我以斑蒼。
率性哦詩章，依舊情昂揚。
今日大寒訪，立春半月間。
期盼在心膛，希冀百花芳。

風聲呼嘯

17年1月20日

風聲呼嘯，清坐散淡持心竅。
大寒寒囂，曠喜晴日正朗照。
歲月豐饒，不覺斑蒼已來找。
向學志高，朗哦新詩撰書稿。
大千安好，為荷神恩多奇妙。
靈程奮跑，已履關山之迢迢。
心態雅騷，學取水仙開娟巧。
暗香輕飄，點綴生活意興高。

長望雲天青藍

17年1月20日

長望雲天青藍，更伴朔風呼寒。
心事懷浪漫，清坐捧書看。
清度大千塵寰，不許名利相纏。
水雲持心坎，長沿天路返。
平生力作好漢，不肯畏懼艱難。
信心加肯幹，業績應翻番。
前路鋪展浩瀚，待我奮飛天藍。
靈程豈畏難，紅塵不足看。

心地朗晴

17年1月20日

心地朗晴，哦詩曠吐我心興。
斜暉清映，清寒襲人冷意侵。
流年飛俊，歲月洗滌我心靈。
努力矢進，豈畏艱辛與陷阱。
紅塵經行，萬千滋味盈心靈。
感發浩吟，一腔正氣堪凌雲。
笑意清新，靈程奮飛向天庭。
世界辭屏，名利從來損性靈。

暮煙輕起天涯間

17年1月20日

暮煙輕起天涯間，西天晚霞靚。
詩人心興有清揚，況有宿鳥唱。
人生應許持悠閒，淡把秋春逛。
率意之間也昂藏，叩道一生向。

溫和心地持雅嫻，四九嚴寒彰。
淡起悵惘襲襟房，不覺已斑蒼。
奮志仍須去闖蕩，遐方山水靓。
鼓勇我自持舒曠，努力矢志上。

心興浩起茫茫 17年1月20日

心興浩起茫茫，暝色襲上襟房。
季冬清寒彰，況值大寒訪。
歲月不盡滄桑，老我斑蒼瞬間。
回首長悵望，少年煙霧障。
向前我須瞻望，風光猶有清靓。
縱有險惡艱，壯志正昂揚。
奮發人生強剛，男兒有種奔放。
屈直自如放，豪情衝天昂。

閒情放曠 17年1月21日

閒情放曠，天氣值晴朗。
四九寒猖，清喜迎春放。
曬曬太陽，逸興都升上。
小哦詩行，記錄我襟房。
歲月奔放，流年轉換忙。
發已斑蒼，不減少年狂。
秉性溫良，謙和儒雅放。
傲立俊剛，男兒志昂揚。

心事未可狷狂 17年1月22日

心事未可狷狂，謙和守我貞腸。
清聽啼鳥唱，和暖正斜陽。

歲月匆匆流淌，嫋起意興無限。
應許哦詩章，逸意謳揚長。
笑容應許展放，人生快慰之間。
苦痛須拋光，前方路廣長。
展眼天地桑滄，浮生履夢相仿。
曠志裁清揚，努力靈程上。

清新雅哦詩章 17年1月22日

清新雅哦詩章，心事曠達廣長。
孤旅情貞剛，不屈矢前闖。
大千空空蕩蕩，書中思想盛裝。
叩道不畏艱，向學勤研想。
半生不覺逝殤，哦詩已過萬章。
點滴之感想，流年電影放。
浩志不在塵間，紅塵焉可捆綁。
靈性展清揚，天旅振慨慷。

人生奮進 17年1月22日

人生奮進，穿越煙雨桑滄境。
履盡險情，而今康泰得太平。
天日朗晴，窗外鞭炮響殷殷。
心地多情，更哦新詩吐心境。
我意奮興，恆欲奮發震雷霆。
人心驚醒，脫離世俗之險陰。
嚮往天庭，百年吾生當矢進。
開闢無垠，人類文明神引領。

陽光和暢 17年1月22日

陽光和暢，散步心地平康。
藍天無恙，曠喜冷風吹翔。
意興都上，容我雅哦詩章。
吐出情向，百轉都是柔腸。
溫和之間，持正絕不退讓。
力斬惡狼，虎膽撐起雄剛。
春節即將，宇間喜氣洋洋。
我心歡暢，熱情溢出胸膛。

清坐安祥 17年1月22日

清坐安祥，午後陽光正靓。
閑品茗芳，心志情懷雅暢。
校對詩章，應許不慌不忙。
流年煙漾，不覺斑蒼顯彰。
世事狂蕩，太多故事演漾。
幻化桑滄，何必介意心間。
水雲之間，是我心志所向。
靈程闖蕩，不畏旅途險艱。

斜暉朗照（之一） 17年1月25日

斜暉朗照，散步體逍遙。
市井熱鬧，春節即將到。
心興高翹，情懷都開了。
哦詩良好，曠舒我心竅。
人生晴好，風雨任其拋。
關山度了，斑蒼余一笑。

前路迢迢，仍須奮力跑。
氣吐蘭騷，展眼雲天渺。

春天近了野禽唱 17年1月29日

今天是新春正月初二，已知新年正月初七立春，今晨早起，推窗但覺天不寒涼，清風撲面，野禽鼓唱，此起彼伏，十分歡快，余意以暢，欣然賦詩焉。

春天近了野禽唱，清風撲面爽人腸。
浩志凌雲不必講，實幹大幹待一場。
前路曠待縱馬狂，飽嘗江山好風光。
人生奮發豈等閒，男兒偉岸哦揚長。

朔風經行 17年1月30日

朔風經行，白雲清俊。
散步懷雅興，血氣都暢行。
歲月驚心，不嗟斑鬢。
人生奮前進，關山越無垠。
嚮往前境，風光清新。
縱有暴雨凌，我意更堅定。
努力飛行，刺向青雲。
萬里無止境，英雄展豪英。

流雲徜徉 17年1月30日

流雲徜徉，空氣新鮮無恙。
品茗悠閒，心志盡都開敞。
燦爛斜陽，光輝閃射人間。
和氣寰壤，喜度春節安康。
應哦詩章，長舒余之意向。
不折奔放，努力奮發揚長。
紅塵攘攘，只是暫憩之鄉。
唯有天堂，才有永生可講。

斜暉朗照（之二） 17年1月30日

斜暉朗照，心情十分好。
清坐遙道，哦詩亦雅巧。
歲月飛鏢，不必嗟衰老。
奮發揚飆，前路風光飽。
紅塵笑傲，鐵骨何須表。
不敢驕傲，謙和守貞操。
春快來了，心興入雲霄。
嚮往長跑，嚮往關山道。

愜聽鳥叫 17年1月30日

愜聽鳥叫，心意展瀟騷。
斜日清好，藍天白雲飄。
歲月清饒，賜我斑鬢早。
仍持笑傲，名利早辭了。
心懷高妙，向誰道分曉。
任起險道，我要奮志跑。
時光飛鏢，年輪轉躍跳。
珍惜分秒，實幹顯英豪。

雲煙蕩漾 17年1月31日

雲煙蕩漾，散步心興暢。
志取軒昂，長待幹一場。
人生無恙，斑蒼復何妨。
努力前闖，風光堪飽嘗。
清風正翔，曠我意無限。
血脈和暢，展眼雲萬方。
冬去即將，春花將開放。
心志長揚，欲展雙翅膀。

暮煙輕蒼 17年1月31日

暮煙輕蒼，逸興都升上。
市井鬧嚷，余卻守定當。
曠意無限，心志在遐方。
人生揚長，何地不慨慷。
體味休閒，意氣如花放。
清聽鳥唱，愜品綠茗香。
闔家安康，神恩感無上。
喜氣洋洋，心境正舒朗。

天際靄煙蒼茫 17年1月31日

天際靄煙蒼茫，落日已經西降。
窗外歌聲靚，感興嗟茫蒼。
歲月如飛之狂，立春即將來訪。
奮志當昂揚，努力實幹闖。
世界任噪狂猖，素志不受影響。
詩書郁昂藏，男兒持強剛。

會當揚聲高唱，聲震九州穹蒼。
歲月正悠揚，容我縱馬狂。

校詩鎮日忙 17年1月31日

校詩鎮日忙，清坐神思揚。
鍛煉未可忘，散步保健康。
時光如川淌，華髮漸斑蒼。
一笑還疏狂，已度千重崗。
人生非夢鄉，哦得詩萬章。
靈程奮闖蕩，體會豈尋常。
德操恆修養，向學晨昏間。
胸中正氣昂，任起風雨霜。

暮色漸濃重 17年1月31日

暮色漸濃重，蒼煙四野籠。
窗外歌聲洪，引余意興動。
曠志持在胸，矢衝天旅中。
奮鬥終成功，男兒合有種。
乾坤走曠風，冷寒不嚴重。
歲月妙無窮，時正值殘冬。
春意將來從，百草待萌動。
余心亦欣湧，春情不言中。

華燈已經點上 17年1月31日

華燈已經點上，霓虹七彩閃靚。
心志正清昂，哦詩亦慨慷。
有鳥清輕鳴唱，愜余心志意向。
生活堪品嘗，回味無窮間。
人生百年匆忙，華髮不覺斑蒼。
尚待鼓力量，前路矢志闖。
胸襟明媚無恙，名利不准狂猖。
清貧正氣剛，云松體志向。

第十五卷《松窗集》

新月在望 17年1月31日

新月在望，萬家燈火俱點上。
喜氣寰壤，春節氣氛猶然彰。
散步興放，沐浴清風真快暢。
心志娟康，適意人生樂無上。
神恩無恙，時刻銘記我心房。
頌贊獻上，靈程努力曠飛翔。
奮發向上，新年計劃須周詳。
實幹為良，汗水豈會白白淌。

一夜大雪厚盈寸 17年2月1日

一夜大雪厚盈寸，琉璃世界又裝成。
鏟雪心興清雅剩，正月初五感神恩。
瑞雪應表豐歲辰，萬民歡欣樂盡逞。
努力奮發矢前騁，大幹快幹收十成。

天氣晴朗 17年2月1日

天氣晴朗，積雪化無恙。
校對詩章，一行又一行。
歲月飛翔，後日立春訪。
喜氣人間，百草待生長。
我意揚長，愜品茗清芳。
心志開敞，況有鳥啼唱。
歌聲清靚，契余意與向。
一篇瀏亮，短章奉君嘗。

斜暉曠顯清朗 17年2月1日

斜暉曠顯清朗，蒼靄天際浮漾。
詩意襲心房，提筆作詩章。
淡蕩是我襟臟，向上永無止疆。
人生持情長，孤旅振昂揚。
歲月無比娟芳，賜我斑鬢漸蒼。
淡笑還清爽，心地無機奸。
新年計劃周詳，我欲大幹一場。
快馬加鞭上，男兒展雄剛。

夕照輝煌 17年2月1日

夕照輝煌，暮煙漸漸上。
散步興曠，市井正熙攘。
吾意安康，神恩感清長。
身心奔放，無物可阻擋。
努力向上，矢志去飛翔。
高遠穹蒼，雙展我翅膀。
男兒慨慷，紅塵是暫享。
靈程奮闖，前景展無恙。

朝日閃射光芒 17年2月2日

明日立春，今日是冬季最後一天，冬將去矣，余心喜悅，欣賦詩焉。

朝日閃射光芒，空氣清冷無上。
心地體平康，閑把詩哦唱。
人生恆懷嚮往，辭冬心意舒曠。
心志展清昂，我欲奮前闖。
幾聲鞭炮囂響，一陣車聲狂猖。
紅塵是這樣，鬧鬧又嚷嚷。
心在水雲之鄉，身卻陷在塵網。
我欲振翼上，矢飛向太陽。

藍天青碧無垠 17年2月2日

藍天青碧無垠，散步我意奮興。
有汗微微沁，敞開我衣襟。
市井熙攘和平，有歌飄來空靈。
冬去已無影，漸顯春意境。
歲月不住飛行，意志更加堅定。
嚮往萬里行，開闢新路徑。
哦詩舒我心境，斑蒼不減清靈。
一聲鳥啼鳴，愜余意無盡。

暮色蒼茫華燈放 17年2月3日

暮色蒼茫華燈放，窗外細雨仍在降。
心志騁慨慷，哦詩又一章。
新春今日已開場，流年只管瀉狂猖。

應持清心向，奮志去遠航。
不畏前路險且艱，男兒果敢持頑強。
歲月展奔放，何須計斑蒼。
人生妙舞清與揚，我志是在田園間。
山水清無恙，高蹈碧松崗。

天地之道茫茫

17年2月3日

天地之道茫茫，春來感興深長。
奮志我要去闖，上山入海何妨。
歲月曠展奔放，此際暮靄蒼蒼。
燈下清坐思想，傾瀉不盡汪洋。
街上車熙人攘，紅塵故事演漾。
應使心靈靜閑，叩道矢入深艱。
籠鳥高聲歌唱，宛轉傾其情腸。
和平盈滿寰壤，生機正在培養。

人生奮志長跑

17年2月3日

人生奮志長跑，突破關山險要。
前路任迢迢，騁志曠飛高。
名利早已辭掉，清貧度日頗好。
正義持心巍，剛正育情操。
君子人格鑄造，叩道用道清標。
生辰胡不好，共緣樂逍遙。
任起風雨囂囂，我要兼程開道。
山水多奇妙，風光堪細瞧。

窗外鞭炮囂鳴

17年2月3日

窗外鞭炮囂鳴，紅塵折騰驚心。
何不遨水雲，空氣頗鮮新。
人生當學雄鷹，英武清持在心。
名利務辭屏，叩道奮前行。
此際春已來臨，田野會展芳景。
浩志當凌雲，實幹顯豪英。
春播秋收是憑，果實累累遠景。
時光若飛行，務須惜寸陰。

志取強剛

17年2月3日

志取強剛，春來我心大開敞。
校對詩章，豈計腰酸背痛艱。
奮發向上，男兒有種騁奔放。
靈程闖蕩，克敵完勝指掌間。
時光飛殤，老我斑蒼原無妨。
依然雄壯，心志撐起天一方。
意取舒揚，哦詩不妨聲鏗鏘。
柔情心間，待與春風同鼓蕩。

天黑燈亮

17年2月3日

天黑燈亮，心志依然在遐方。
堅持理想，叩道用道矢昂揚。
紅塵狂蕩，七彩霓虹迷眼光。
心燈須亮，燭照前路不迷航。
努力向上，淨化靈魂無止疆。
修身揚長，拋卻名利持清揚。

春已來訪，大好芳景待奔放。
計劃周詳，我欲大幹搏一場。

春寒料峭

17年2月3日

春寒料峭，況有細雨灑逍遙。
心態良好，燈下哦詩舒懷抱。
人生晴好，不懼陰雨綿綿拋。
向陽大道，堅持正義持剛傲。
奮發揚飆，願入青霄不回瞧。
人間情調，獨鐘山水田園妙。
歲月飛跑，五十二年已辭掉。
依然朗笑，原因心中有玄妙。

窗前閑望

17年2月3日

窗前閑望，萬家燈火正興旺。
心志清昂，欣喜立春今日訪。
體道揚長，中正持心何快暢。
煙雨滄浪，風波於我是尋常。
努力向上，矢志勝過艱與創。
前路遠長，道義深處體甘香。
人生不長，百年匆若走馬場。
未可志喪，男兒大風當高唱。

迎春開放

17年2月3日

今日立春，天氣陰寒，細雨清灑，掃人意興。冬已辭去，春今來也，思此暢然，有詩賦焉。

迎春開放，春雨細灑降。
清坐暢想，思緒天涯間。
人生揚長，努力去闖蕩。
冷寒何妨，我志正清揚。
流年狂猖，逝去無影彰。
奮發待闖，關山疊青蒼。
男兒豪強，矢志騁陽剛。
有鳥啼唱，愜我意無限。

淡定是志向

17年2月3日

淡定是志向，清裁我詩章。
人生合揚長，遠辭名利場。
春來氣昂藏，向上無止疆。
紅塵恆狂蕩，幾人水雲鄉？
笑意展舒揚，悟道體平康。
容我縱馬狂，馳騁向康莊。
夜色美無恙，華燈燦無上。
燈下清思想，溫讓盈胸腔。

春禽鼓唱

17年2月4日

春禽鼓唱，愜余意與向。
自由飛翔，空氣鮮無上。
逸興升上，小哦詩幾行。
歲月奔放，已是孟春間。
人生揚長，當持我慨慷。
奮發圖強，騁出強與剛。
前景敞亮，風景展萬方。
努力闖蕩，叩道任艱蒼。

喜鵲鳴唱

17年2月4日

喜鵲鳴唱，鞭炮復嚣響。
紅塵攘攘，何處覓清長。
體味悠閒，應把詩吟唱。
吐出心向，吐出氣萬丈。
人生揚長，隨緣共運翔。
煙雨之間，笑我華髮蒼。
初春無恙，清喜迎春放。
大好人間，生機待萌放。

斜暉清朗

17年2月9日

斜暉清朗，朔風卻生狂。
散坐悠閒，雅哦我詩章。
孟春之間，迎春正怒放。
生氣宇間，陽和待生長。
志取昂揚，努力幹並上。
男兒豪剛，當展雙翅翔。
人生世上，百年一瞬間。
叩求道藏，矢志入深艱。

夕照清展輝煌

17年2月9日

夕照清展輝煌，心中感興升上。
時間如斯飛殤，孟春冷寒嚣猖。
我心依舊奔放，不屈困苦磨障。
嚮往向天飛上，去覽五湖風光。
大千多麼曠朗，紅塵攘攘無間。
應持清心向上，追尋我之理想。
豈懼山高水長，奮志萬里無疆。
人生合當慨慷，男兒有種強剛。

紅日東升

17年2月10日

紅日東升，喜鵲朗吟鳴聲聲。
冷寒猶甚，晨起寫詩一篇成。
歲月清芬，又值孟春喜不勝。
長待飛奔，去覓山水之豐盛。
心態繽紛，想學飛鳥入雲層。
步履堅正，踏遍乾坤風光陣。
人生馳奔，不懼老態漸來逞。
心猶青春，赤子丹心矢長征。

斜暉朗照十分好

17年2月11日

斜暉朗照十分好，喜值元霄興味高。
體盡道藏之微妙，識得進退有機竅。
君子隱身叩大道，書生晨昏撰詩稿。
半百生涯何所瞧，淡蕩襟懷堪寫照。

書生意氣十分高

17年2月11日

書生意氣十分高，願辭名利世外瞧。
田園芳美適心竅，詩書之間體大道。
人格原應培豐饒，道德積澱務厚高。
傲立嘯歌原清好，高格不求世人曉。

窗外清歌囀美妙 17年2月11日

窗外清歌囀美妙，清坐哦詩也安好。
孟春時節寒正峭，生機大地培豐饒。
迎春早已開顏笑，君子體道正氣高。
夕陽此際無限好，清灑光輝與世瞧。

天陰無妨 17年2月16日

天陰無妨，春禽齊鼓唱。
氤氳之間，東風正悠揚。
歌聲清靚，一使余欣暢。
意氣昂揚，朗哦我詩章。
努力向上，我欲向天航。
男兒慨慷，雙展鐵翅膀。
歲月淡蕩，履度是桑滄。
一笑清揚，曠朗持襟房。

春雨灑降 17年2月16日

春雨灑降，空氣正清芳。
逸意揚長，清坐展思想。
歲月奔放，不必計桑滄。
斑蒼何妨，依然志氣昂。
我要向上，去覽九州蒼。
山水之間，可憩我襟腸。
心懷嚮往，治學無止疆。
實幹為上，時間勿費浪。

孟春無恙 17年2月17日

孟春無恙，朔風蕭涼有何妨。
散步興暢，呼吸清風也舒揚。
流年更張，奮志矢在至遠疆。
斑蒼無妨，悟道長叩天人藏。
一聲鳥唱，余心余意欣而曠。
迎春怒放，適我情興也無上。
紅塵攘攘，應拋名利田園間。
心雄強剛，努力奮發矢向上。

漫天祥雲 17年2月19日

漫天祥雲，紅日東升展清新。
春禽鼓鳴，清喜爽風走清勁。
歲月驚心，年輪運轉何殷勤。
奮發雄心，矢攀絕頂更凌雲。
歌聲清俊，振我精神並意興。
大千曠運，紅塵攘攘鬧不停。
努力前行，穿越萬山與千嶺。
遠方風景，召喚我去謳復吟。

心志清空 17年2月19日

心志清空，曠嫋情思對春風。
朗哦聲洪，胸懷天下持剛雄。
歲月如風，年輪飆逝嗟斑重。
坦蕩襟胸，清隱市井不苟同。
奮發襟胸，我欲展翅向天衝。
沐浴雨風，快意長吐適無窮。
流雲飛動，大好寰宇生機萌。
氣宇若虹，待機而起跨宇穹。

南風清曠 17年2月19日

南風清曠，和美春境心欣暢。
品味休閒，更讀詩書慰情腸。
心態陽光，願持春心長飛翔。
去向遠方，山水清音待尋訪。
幾聲鳥唱，適我意興真無上。
寫些詩章，吐出心靈嫻雅芳。
大好寰間，應許生機欣欣旺。
鼓舞情向，君子人格正方剛。

雲天爽朗多情 17年2月19日

雲天爽朗多情，東風恣意正行。
孟春之情景，愜我意無垠。
人生獨立大鳴，英武持在心襟。
哦詩當奮興，男兒鼓勇行。
闔家安穩就行，清貧無妨心情。
矢志奮發行，前路有美景。
小鳥嬌嬌清鳴，品茗淡泊縈心。
煥起閒雅興，展眼望層雲。

天和日朗 17年2月19日

天和日朗，情懷雅淡欲謳唱。
閑寫詩章，共彼清風曠悠揚。
春意人間，迎春早已怒開放。
喜氣洋洋，我有逸意向天放。

鳥鳴清暢，欲將春情來舒揚。
品茗閑曠，展眼天際靄煙漾。
熱鬧塵間，人民歡樂度安康。
吉祥無上，大地生機待欣長。

和滿寰壤

17年2月19日

和滿寰壤，蒔花弄草何快暢。
春風正暢，提振精神也無恙。
我意昂揚，曠欲共風去飛翔。
萬里無疆，飽覽五湖之風光。
歲月淡蕩，不計斑蒼奮揚長。
詩書之間，矢叩道藏之清芳。
清坐安康，一杯清茗養愜腸。
逸意孀放，思達廣宇情絲長。

清展意向

17年2月19日

清展意向，春來和氣天地間。
鳥囀嬌唱，更有清風曠飛揚。
散淡心腸，愜懷無物可比將。
激越之間，我有浩志衝天昂。
努力向上，欲搏九天騰雲曠。
百年莽蒼，老漸來訪情悠揚。
山河無恙，萬類生機待舒放。
天人交暢，宇內正氣轉茁壯。

奮發陽剛

17年2月19日

奮發陽剛，男兒騁志萬里疆。
春氣培養，迎春先占第一芳。

大千無恙，紅塵故事演奔放。
悲喜之間，流年如水逝飛殤。
展我雄壯，欲展雙翅摩雲蒼。
前路廣長，一生盡意叩道藏。
好風流暢，斜暉清朗暖洋洋。
有歌悠揚，點綴生活也安康。

夕照輝煌

17年2月19日

夕照輝煌，心志悠悠復揚揚。
有鳥飛翔，吱吱喳喳曠謳唱。
好風來翔，清我肺腑真無恙。
市井鬧嚷，紅塵幻化彼茫蒼。
輾轉桑滄，春來情志正揚長。
渴望飛翔，去覽遠方之景芳。
淡泊襟腸，一種詩意從心上。
雅哦詩章，舒出心地之閑曠。

暮色蒼茫

17年2月19日

暮色蒼茫，暝煙四起天際間。
感興升上，閑哦新詩理心簧。
春意發揚，不盡東風快意向。
大好人間，市井故事日日唱。
我欲飛曠，踏遍關山煙水蒼。
率意揚長，書生意氣慨而慷。
務當舒放，一似迎春綻金黃。
百年之間，男兒努力書華章。

華燈點上

17年2月19日

華燈點上，晚飯之後心情曠。
微有寒涼，四野宿鳥欣歸航。
霓虹閃靚，點綴市景也無恙。
生活安享，總賴神恩大無疆。
小哦詩章，只是吐出心與臟。
字裡行間，一腔熱血矢鼓蕩。
春意宇間，大好清風正吹揚。
老柳待芳，田疇生機待茁壯。

閒情舒曠

17年2月19日

閒情舒曠，燈下清坐展思想。
流年狂猖，正值孟春吾歡暢。
人生安康，放下心事意清揚。
不懼斑蒼，率意人生縱揚長。
笑意展放，平生已履千關障。
風雨艱蒼，磨得意志如鐵鋼。
體道奔放，努力前路奮發闖。
男兒慨慷，不執共緣去旅航。

逸意清揚

17年2月20日

逸意清揚，晨起曠哦我詩章。
天陰何妨，一任春寒肆狂猖。
內叩心腸，吞吐元機雅無量。
我欲飛翔，春情春意盈襟房。
大好寰壤，勃勃生機正鼓蕩。
共時發揚，我欲放手搏一場。

男兒豪強，不圖名利騁志向。
天地之間，看我身心展揚長。

心志無恙

17年2月20日

心志無恙，春情澎湃在襟間。
惜時須講，男兒有種騁豪剛。
傲立偉壯，不容名利肆其妨。
清貧無妨，雅意盈腔正氣昂。
孟春正當，一年之計研周詳。
大幹一場，秋後收成待滿倉。
歲月飛殤，年輪運轉驚心腸。
共時鼓蕩，一腔熱血裁華章。

紅塵滾滾

17年2月20日

紅塵滾滾，人生失落是青春。
務秉心燈，燭照前路之旅程。
斑蒼漸逞，老來心態須沉穩。
奮發剛正，仍須努力去馳騁。
山高水深，風景萬方疊成陣。
展翅飛騰，搏擊風雨之繽紛。
心志馨芬，哦詩長吐精氣神。
坦蕩人生，一腔豪情世驚震。

清思無疆

17年2月20日

清思無疆，陰風怒嚎天地間。
散坐曠想，共春鼓蕩奮發上。
人生強剛，應拋名利輕身闖。
萬里之間，覽盡青山碧水芳。
險惡何妨，英武持心迎難上。
力斬虎狼，還我清平之寰壤。
奮發圖強，努力前路矢辟創。
一生昂揚，正義凝心也豪放。

閒雅人生

17年2月20日

閒雅人生，已履艱蒼仍剛正。
遠辭青春，天命之年曠馳騁。
清坐思深，淡定從容走人生。
困苦叢生，總賴神恩賜芳芬。
窗外風奔，怒嚎不已欲訴申。
吾意安穩，共緣履歷秋與春。
歲月艱深，清心慧意叩道誠。
詩書清芬，養我襟房也馨溫。

第十六卷《霞光集》

休憩心腸
17年2月20日

休憩心腸，何必整日盡奔忙。
閒雅之間，內叩心地起霞光。
紅塵攘攘，百年生死徒艱蒼。
回首長望，天涯煙靄正迷茫。
合當揚長，春來心情時鼓蕩。
奮發無疆，待機而展我昂揚。
向陽襟房，克己修身原無疆。
正直奔放，男兒當騁我陽剛。

閒適無上
17年2月20日

閒適無上，讀書品茗意何暢。
燦爛春陽，光芒清灑也溫讓。
任起風狂，呼嚎不足驚心腸。
散坐安康，雅哦新詩舒襟房。
人生向上，苦難縱多無足妨。
志取清昂，男兒奮發萬里疆。
山高水長，前路艱蒼風雨放。
兼程矢闖，足下步履正堅壯。

意足平康
17年2月20日

意足平康，人生奮發裁激昂。
春來情張，鼓舞心志矢向上。
笑意展放，當頭煦煦是春陽。
窗外風唱，冷寒襲擊正未央。
豪情升上，我欲放歌謳而唱。
且品茗芳，清心雅志恆培養。
人生無恙，縱有艱蒼有何妨。
世態炎涼，浮生清度有悠揚。

心事均平
17年2月20日

心事均平，歲月流逝值春景。
冷寒猶俊，所喜陽光正當行。
朔風呼警，靜坐室內遐思運。
一點芳情，春來心志也奮興。
流變殷殷，共緣而行不止停。
努力前進，山水勝景覽無垠。
人生多情，悲喜幻化萬千景。
不執圓明，坦蕩襟操學飛雲。

斜暉朗照
17年2月20日

斜暉朗照，清坐思緒正嫋嫋。
向陽情操，千山萬水竟渡了。
心境寫照，淡泊清新無機竅。
愜聽鳥叫，聲聲嬌囀也安好。
人生不老，為有心態比雲高。
向前奮跑，桑滄幻境任艱饒。
孟春美好，萬物生機正培造。
朔風猶嚎，卻喜迎春開風騷。

暮色其蒼
17年2月20日

暮色其蒼，華燈悄然點上。
靜坐思暢，思達無窮遠疆。
人生慨慷，煙雨艱蒼尋常。
一笑淡蕩，名利徒為煙障。
歲月悠揚，不覺老我斑蒼。
青春辭放，記憶垂為淡香。
春正鼓蕩，中心情思娟揚。
想要飛翔，踏遍山水清芳。

思達廣長
17年2月20日

思達廣長，莫名愁悵襲心房。
人生過場，斑蒼之年心起浪。
北風正狂，窗外一片呼嘯響。
華燈點上，清坐神思也揚長。
感慨徒漲，何不哦詩取瀏亮。
激越情腸，春來情思也悠揚。
歲月奔放，年輪曠轉無止疆。
唯有詩章，可垂千年有芬芳。

晨起天陰

17年2月21日

晨起天陰，爽朗冷風徑吹行。
心志殷殷，我欲哦詩舒雅情。
春意氤氳，萬物生機培無垠。
詩人多情，先謳迎春以盡興。
歲月分明，老我斑蒼何必云。
仍須鼓勁，快馬加鞭恣意行。
風雨任勁，兼程而上騁勇英。
學鷹飛行，萬里雲天任辟進。

散步興曠

17年2月21日

散步興曠，一任汗水微沁淌。
血氣和暢，精神振奮且昂揚。
春意發揚，冷寒雖峭不會長。
天陰何妨，我有情志正高漲。
人生揚長，名利早已拋而忘。
正氣盈腔，男兒熱血有激蕩。
前路瞻望，風景秀美堪清賞。
會有太陽，朗照乾坤喜洋洋。

朔風呼嚎

17年2月21日

朔風呼嚎，清坐室內也逍遙。
曠展風騷，應哦新詩舒情竅。
紅塵擾擾，務持清心脫塵表。
田園美好，晴時應可踏春瞧。
歲月豐饒，賜我斑鬢額紋早。
啞然失笑，因緣遇合如煙緲。
奮發揚飆，春來應舒我懷抱。
向上升高，萬里摩雲入青霄。

清坐思閑放

17年2月21日

清坐思閑放，春來情志振慨慷。
歲月舒奔放，一腔熱血共春漲。
人生也安康，流年若水何必講。
詩書晨昏間，蘭蕙情操育無恙。
淡定立身間，半百生涯餘滌蕩。
展眼陰靄漾，春寒猶峭冷風暢。
我欲把歌唱，浮生一夢合揚長。
名利棄而放，山村田園容徜徉。

散淡持襟腸

17年2月21日

散淡持襟腸，暮煙四起華燈放。
清坐也安祥，一任流年逝若狂。
紅塵恆鬧嚷，名利損人須提防。
淡泊理應當，清貧無妨正氣昂。
春來氣象張，曠喜迎春色金黃。
歲月流無恙，不必懼怕鬢斑蒼。
好漢不易當，清走塵世容揚長。
時光勿費浪，叩道用道騁強剛。

感慨從心上

17年2月21日

感慨從心上，歲月任從走莽蒼。
我心持閑曠，清度日月也安康。
清貧何所妨，正義盈襟覓道藏。
向學奮身闖，晨昏哦詩也激昂。
流年瀉狂猖，秋春轉換何匆忙。
半百生涯壯，履盡艱蒼淚不淌。
燈下展思想，亙古俱入我指掌。
前路長瞻望，應許山高水深長。

風聲若狂

17年2月21日

風聲若狂，雅坐室內心溫讓。
燈下安祥，清思才調入詩章。
孟春無恙，峭寒無妨春情漲。
迎春綻芳，大地生機正培養。
紅塵攘攘，世事變幻任桑滄。
百年時光，人生一似走馬場。
正義必彰，陰邪屑小必退藏。
吾持陽剛，奮發揚長萬里疆。

共緣旅航

17年2月21日

共緣履航，紅塵不過一夢間。
惟有詩章，可傳千載有餘芳。
人生奔忙，心靈心志未可忘。
清心滌腸，當用靈思養襟房。
世事無常，履世余得心千創。
總賴靈糧，一似活水潤無恙。
神恩無上，導引正道入康莊。
天國芬芳，永生之福樂無雙。

流年有芳

17年2月21日

流年有芳，窗外春雨清灑降。
散坐安祥，閒情逸致在心間。

歲月安享，詩書之間傾心向。
哦詩萬章，長吐心志之清香。
人生揚長，百年生死存漫浪。
持志堅強，不屈艱蒼苦難放。
向前奮闖，大好時光勿費浪。
努力奔放，當創業續展輝煌。

一夜春雨傾降

17年2月22日

一夜春雨傾降，晨起朔風吹狂。
心地樂平康，栽花也悠閒。
歲月不住飛翔，何須計我斑蒼。
一笑正清揚，人生若花放。
前路正自遠長，我當鼓勇徑闖。
關山任疊障，風景堪飽嘗。
努力叩求道藏，靈慧盈於襟房。
哦詩取昂揚，振節謳嘹亮。

散坐思均平

17年2月22日

散坐思均平，任從世事起千鈞。
努力作豪英，奮身疆場展雄俊。
孟春氣象新，萬物生機培無盡。
昨夜宵雨臨，催生芳芽吐清新。
歲月曠無垠，吾生漸老何所云。
跨鶴出層雲，飛向青山碧水境。
時間不止停，流年故事幻殷殷。
且放閑性情，哦讀詩書也盡興。

歲月曠飛行

17年2月22日

歲月曠飛行，流年堪震驚。
少年已付彼煙影，不復談英俊。
心志仍殷殷，嚮往萬里行。
一任關山疊險峻，我意是多情。
春來生心情，碧草芳漸青。
終有冷寒不要緊，會當有晴明。
奮發我剛勁，努力向前進。
江山正自多風景，長待我訪尋。

天陰未有大妨

17年2月22日

天陰未有大妨，率性適意揚長。
閑讀彼詩章，朗哦也昂揚。
歲月清展奔放，孟春氣象非常。
冷寒一時間，天會轉晴朗。
我意奮起激昂，情懷共春鼓蕩。
男兒騁志向，豪情天地間。
應當張開翅膀，向著高天飛翔。
摩雲徑直上，萬里無止疆。

散步興曠

17年2月22日

散步興曠，欣聽喜鵲喳喳唱。
呼吸清芳，空氣新鮮真無恙。
碧草正長，田園引人流連向。
精神健旺，乘春情志有鼓蕩。
人生慨慷，應惜寸陰奮勇上。
關山疊嶂，考驗任艱吾矢闖。

大千奔放，紅塵故事幻桑滄。
一笑之間，不覺兩鬢已斑蒼。

心事廣長

17年2月22日

心事廣長，憂患來襲似未央。
朔風呼狂，春寒猶峭陰雲張。
散坐思想，人生應許持安祥。
任緣銷漲，務養正氣在襟房。
紅塵狂蕩，名利殺人何其猖。
眾生奔忙，刀槍棍棒齊上場。
當持悠閒，淡眼田園山村向。
水雲之鄉，才是我心之嚮往。

笑意應暢

17年2月22日

笑意應暢，春來氣象堪清賞。
心懷霞光，我有浩志衝天昂。
踏實為上，步履堅定邁揚長。
風雨縱狂，乾坤終會逞晴朗。
人生慨慷，為荷理想在心間。
叩道圓方，正義凝襟也陽剛。
向前瞻望，五湖何處非故鄉。
熱血鼓蕩，奮發剛正萬里疆。

天氣陰晴渾不定

17年2月23日

天氣陰晴渾不定，春來懷有好心情。
栽花種草愜意興，讀書寫詩適性靈。
人生慨慷奮前行，風光山水當覽盡。
清坐品茗何所云，窗外斜暉又清映。

心志沉雄何必講

17年2月23日

心志沉雄何必講，春夜燈下哦華章。
人生坎坷一笑間，書生意氣衝天昂。
立身何妨多坦蕩，名利未許太囂張。
清貧度日享安祥，爽潔清風潤肺腸。

一夜睡眠好

17年2月23日

一夜睡眠好，晨起精神飽。
淡眼遠瞧春靄飄，詩意寰中繞。
人生奮前跑，踏遍關山道。
紅塵大千堪笑傲，斑蒼余一笑。
春來情志高，我欲搏天緲。
曠懷恆欲出塵表，去尋山村道。
晴日正清妙，爽風提神巧。
愜聽野禽之鼓叫，聲聲囀嬌妙。

流年堪嗟驚

17年2月23日

流年堪嗟驚，孟春清展其芳景。
斜暉正朗俊，爽潔清風暢意境。
心意持空靈，誦讀詩書有雅興。
一任時光行，斑蒼無損我胸襟。
瞻望前路景，山水清芳堪點評。
奮發勇武行，風雨兼程快身心。
不必作高鳴，沉默實幹更可行。
男兒騁豪英，展眼天際矢志進。

夕照展輝煌

17年2月23日

夕照展輝煌，清坐暢思想。
流年任從起狂猖，斑蒼復何妨。
笑意應清揚，人生持淡蕩。
名利不必介意向，憩意水雲鄉。
春來和氣張，田園綻青芳。
欣欣吾志長舒曠，奮發哦詩章。
吐出心中向，原有質樸芳。
君子人格恆培養，正義天地間。

宿鳥正在啼唱

17年2月23日

宿鳥正在啼唱，城市燈火燦亮。
散步心興清曠，呼吸春風快暢。
路上人來人往，車水馬龍相仿。
生活演奏平康，吾意舒坦揚長。
心中懷有嚮往，要把生活品嘗。
平生履盡艱蒼，甘苦何必言講。
率意紅塵之間，邁步激越奔放。
男兒持志慨慷，不屈苦難困障。

清旭東升

17年2月23日

清旭東升，春禽和鳴聲又聲。
我意清芬，閒雅哦詩訴心身。
人生馳奔，斑蒼何必嗟青春。
大千紅塵，因緣遇合幻繽紛。
朝氣乾坤，前路萬里待奮身。
努力前程，搏擊風雲曠飛騰。
東風清純，長嗅真長我精神。
笑從心生，遠處笛聲堪清聞。

暮煙初凝

17年2月23日

暮煙初凝，詩人此際好心情。
舒點閒情，小哦新詩謳升平。
孟春清平，和藹人間有意境。
百草轉青，萬物生機萌無盡。
我意康寧，履盡艱辛余清醒。
一點空靈，叩道用道也溫馨。
散坐思紜，暢想歷史與人情。
空空是境，百年生死化為零。

暮靄升上

17年2月23日

暮靄升上，華燈俱已點亮。
心事茫蒼，閑哦小詩一章。
春意清芳，愜人意向無限。
時光流淌，年輪轉運若狂。
展眼回望，煙雲鎖住故往。
瞻望前方，風光瑰麗異常。
鼓勇矢闖，不計舊痛新傷。
人生世間，應許奮發向上。

春夜溫馨

17年2月23日

春夜溫馨，余意懷多情。
燈下哦吟，長吐肺與襟。
心志殷殷，欲出塵與雲。
情繫遠景，欲覓山水行。

我欲飛行，一搏高天青。
萬里無垠，去向天涯境。
紅塵辭屏，桃園何處尋？
水雲之境，最契吾心靈。

燈下清坐展思想

17年2月23日

一

燈下清坐展思想，春夜情志有昂揚。
窗外霓虹一任放，吾意惟在詩書間。
輾轉身心懷謙讓，立身未敢稍狂猖。
正直為人矢向上，奮迎磨難與艱蒼。

二

燈下清坐展思想，綿綿情思春夜間。
我願共春同鼓蕩，曠志原合水雲鄉。
名利辭去清貧享，正義盈襟持坦蕩。
人生奮發萬里疆，詩書揚長哦慨慷。

三

燈下清坐展思想，哦詩激情若波浪。
紅塵徒妄不必講，名利虛空何必向。
澄志原在詩書間，叩道不懼彼深艱。
悟徹生死何所講，人生原是一夢間。

四

燈下清坐展思想，回思平生也斷腸。
苦雨飽經心多傷，風雷激昂吾意揚。
敢向前路覓文章，詩書笑傲彼濁浪。
傲立寒冬任雪降，鬥寒學取梅花芳。

五

燈下清坐展思想，身心平靜不起浪。
履度桑滄任千創，回首平生持淡蕩。
人生縱苦不必講，因緣遇合慧光揚。
凝心定志學問間，裁取心血哦華章。

六

燈下清坐展思想，內叩身心頗揚長。
體道心志持溫讓，向學晨昏詩書間。
曠懷總將乾坤裝，修身一生恆培養。
矢志向上無止疆，創造業績當輝煌。

七

燈下清坐展思想，多言實在恐有妨。
半百生涯頗悲壯，斑蒼依舊持清腸。
滿壁圖書容研講，平生情志待發揚。
願哦新詩四萬章，舒盡天地慨與慷。

八

燈下清坐展思想，生活演奏是交響。
正邪搏擊血玄黃，紅塵因緣百年間。
矢裁正義哦詩章，願留心跡淡淡芳。
清貧無妨正義昂，傲立任彼風雨蒼。

九

燈下清坐展思想，思緒一似彼汪洋。
笑傲塵世志清昂，悠揚詩歌晨昏唱。
履盡滄桑不必講，斑蒼贏得慧盈倉。
謙和為人恆向上，力叩道義入深艱。

十

燈下清坐展思想，四野靜悄無聲響。
春來和氣天地間，人間正道慨而慷。
努力前路矢闖蕩，不畏山高水深長。
貴在實幹汗水淌，秋後收成當盈倉。

天氣朗晴

17年2月24日

天氣朗晴，春靄四野凝。
小鳥清鳴，余意多奮興。
心懷溫馨，恆想去飛行。
風光清景，可適我身心。
歲月多情，賜我以斑鬢。
奮向前進，男兒騁雄英。
大千曠運，紅塵噪不停。
應持清心，詩書育心靈。

閑品吾之芳茗

17年2月24日

閑品吾之芳茗，展眼雲天朗青。
乘春須鼓勁，奮發展豪英。
人生自是多情，只是苦雨飽經。
一笑還爽清，男兒騁剛俊。
前路山高水勁，我已下定決心。
努力矢辟進，不辭彼艱辛。
紅塵大千紛紜，眾生名利爭競。
何不持清心，憩意入水雲。

南風興曠

17年2月24日

南風興曠，天氣溫和無恙。
散步興上，有汗微微沁淌。
明媚陽光，灑在心田之上。
想要歌唱，何妨先哦詩章。

淥水碧漲，春芽已經吐芳。
春情蕩漾，我欲向天飛翔。
紅塵攘攘，太多名利吵嚷。
吾心清閒，詩書郁我襟藏。

淡定是我志向

17年2月24日

淡定是我志向，不入名利羅網。
正義鐵肩扛，清貧有何妨。
春來氣宇軒昂，展眼雲天晴朗。
想學白雲翔，乘風去遊逛。
小鳥嬌囀妙芳，我意更加揚長。
脫口哦詩章，別致又新樣。
人生百年匆忙，秋春轉換瞬間。
應持清心向，水雲堪憩享。

清坐曠放思想

17年2月24日

清坐曠放思想，叩心發現寶藏。
純真是天良，道義畢生講。
半生已入煙障，坎坷不必多講。
展眼長瞻望，天際春靄茫。
我要鼓勇前闖，踏遍關山險嶂。
笑容展清靚，一種儒雅芳。
男兒傲立雄剛，不屈萬千困障。
正直凝襟房，棄絕媚惡奸。

率意哦我詩章

17年2月24日

率意哦我詩章，只是吐出情向。
心靈務溫讓，淨化無止疆。
春來我意奔放，想要大幹一場。
雲天正空曠，容我振翮翔。
摩雲萬里無疆，天涯風景尋訪。
不懼深與艱，矢志鬥虎狼。

清裁心志哦華章

17年2月24日

清裁心志哦華章，立就何妨萬千行。
人格不必講，詩中見端詳。
努力進修無止疆，德操一生恆修養。
君子幽蘭芳，何必人前講。
向學我志曠昂揚，詩書一生力研講。
心得入詩章，體會奉君嘗。
此際斜暉正清朗，春意何其溫和漾。
清坐思緒暢，裁心縷縷香。

第十七卷《和頤集》

歲月正值孟春

17年2月24日

歲月正值孟春，夕照此際清逞。
散坐心事繽紛，許我哦詩真誠。
人生路上馳奔，回首未許心疼。
前路山水曠呈，定志我要奮身。
清度百年人生，此身陷在紅塵。
務當靈性清正，向上矢志飛升。
揮手告別青春，斑蒼仍有精神。
矢脫滾滾紅塵，乘風雲霄憩身。

心志共春鼓蕩

17年2月24日

心志共春鼓蕩，淡淡有點憂傷。
孤旅人生騁揚長，敢問路在何方。
歲月不盡綿長，不覺已是斑蒼。
率意人生哦華章，傾似不盡汪洋。
天黑華燈點亮，默默清理思想。
一種情緒難言講，折騰在我心間。
應該展眼前望，風光定然清靚。
努力奮志矢去闖，飽覽山水清芳。

曠志舞在紅塵

17年2月25日

曠志舞在紅塵，春來鼓我精神。
蒔花心興芬，品茗也馨溫。
散淡清度秋春，辭去濁浪滾滾。
詩書正清芬，朗哦在晨昏。
清聽鳥囀聲聲，呼吸清風淨純。
快慰盈心身，斑蒼何必論。
展眼雲煙昏昏，世界正值孟春。
大千煥新生，生機騁旺盛。

春夜微覺寒與涼

17年2月25日

春夜微覺寒與涼，心地又起一絲悵。
浮生坎坷履悲壯，斑蒼孤旅獨自傷。
前景瞻望當揚長，奮志仍在彼遐方。
努力前路曠飛翔，一任煙雨起莽蒼。

妙曼人生

17年2月25日

妙曼人生，春來情志啟紛紛。
展眼雲層，天際靄煙正橫陳。
歲月清芬，老來情懷持馨溫。
清聽歌聲，爽潔真契我心神。
我欲飛升，去覓山水之清正。
辭去紅塵，清心慧意叩道誠。
人生難論，困苦磨難任成陣。
奮志馳騁，前路努力奔靈程。

閒情舒曠

17年2月25日

閒情舒曠，春情春意天地間。
斜暉灑降，寫意清風長吹蕩。
心志平康，人生千關已徑闖。
笑我斑蒼，詩書之間仍疏狂。
淡走桑滄，清貧於我何所妨。
志凝清剛，奮發叩道任艱蒼。
生活安享，晨昏哦唱也悠揚。
孤旅揚長，體味歲月之芳香。

浮生如履浪

17年2月25日

浮生如履浪，回首堪嗟悵。
醒來余淚淌，年華逝若狂。
此際清坐間，思想放萬章。
春來情意漲，不復負蒼涼。
前路萬里長，關山正萬幢。
努力鼓勇闖，萬仞終攀上。
百年是艱蒼，人生一夢間。
希冀在天堂，靈程奮慨慷。

雲天淡蕩

17年2月25日

雲天淡蕩，春禽齊鼓唱。
空氣清爽，余意也欣暢。

閑哦詩章，吐點心與腸。
流年任往，何必計斑蒼。
欣欣景象，孟春生意彰。
喜氣人間，萬民樂安康。
率意塵間，清走人生場。
詩書昂藏，振節謳嘹亮。

心志雅清

17年2月25日

心志雅清，紅塵任紛紜。
春來心情，長似草綻青。
散步盡興，南風正鼓勁。
野花清俊，怡我心與情。
藍天曠青，天際靄煙凝。
大好寰境，振奮我心靈。
鼓勇奮行，關山疊奇景。
努力前進，天涯正相迎。

雲天茫蒼

17年2月25日

雲天茫蒼，感興油然上。
孤旅之間，咽盡淒與涼。
春來情漲，生意盈寰壤。
鳥鳴悠揚，我意也安康。
率意揚長，前路仍當闖。
詩書之間，尋覓彼道藏。
正義心間，人生奮慨慷。
浮生履浪，努力迎難上。

斜暉朗照

17年2月25日

斜暉朗照，心地正清好。
曠舒懷抱，暢對春風俏。
栽花蒔草，情志也娟妙。
清裁詩稿，一吐幽蘭操。
春來情緲，想學鳥飛高。
山水清標，容我長訪造。
人生不老，心態最重要。
奮志長跑，萬里關山道。

夕煙輕漲

17年2月25日

夕煙輕漲，落照展輝煌。
清坐曠望，春氣正舒揚。
歲月奔放，春來情志漲。
共春鼓蕩，我要矢志闖。
人生揚長，一似溪流淌。
百折之間，已過千山障。
嚮往平康，享受安與祥。
履盡桑滄，一笑還舒朗。

春夜寒且清

17年2月25日

春夜寒且清，城市燈火明。
散坐寬心襟，讀書怡性靈。
哦詩何所吟，中心起紛紜。
難言復難云，九轉是心情。

紅旭東上

17年2月26日

紅旭東上，喜鵲歡聲唱。
空氣鮮爽，微有薄寒涼。
又值春光，大地生機旺。
碧野先芳，萬物正生長。
吾意悠揚，散步聊閒逛。
市井安祥，歲和人平康。
愜意心間，想把詩哦唱。
一曲奏響，心志逞昂揚。

和光同塵

17年2月26日

和光同塵，清度我人生。
笑傲秋春，煙雨任繽紛。
率意人生，履盡桑滄陣。
曠懷清純，不折矢前奔。
斑鬢惜生，何必嗟深深。
前路馳騁，奮發我剛正。
大千紅塵，春意盈乾坤。
東風清逞，余意起馨溫。

暮煙正凝

17年2月26日

暮煙正凝，詩人何所吟？
孟春心情，共彼東風行。
浩然心境，欲出彼層雲。
紅塵辭屏，名利未許凌。
守我清貧，正義凝胸襟。
奮志殷殷，哦詩舒性靈。

人生經行，白了蒼蒼鬢。
依然多情，努力騁豪英。

東風舒曠

17年2月26日

東風舒曠，散步心興悠揚。
春情奔放，喜鵲喳喳清唱。
我意揚長，清喜明媚人間。
和平寰壤，哦詩應許慨慷。
人生平康，風雨艱蒼何妨。
英武心間，矢志展我頑強。
溫和心間，人格一生培養。
展眼雲翔，有鳥掠過天蒼。

曠志清走紅塵

17年2月26日

曠志清走紅塵，履度艱蒼困頓。
一笑還朗純，任從斑蒼逞。
此際東風正生，寰宇和同共春。
萬物生機騁，鳥囀嬌曼聲。
歲月不懼其深，清度我之人生。
展眼雲煙昏，世界正折騰。
胸中水雲清芬，志凝清剛真誠。
努力奮前程，風雨任生成。

歲月曠展清芬

17年2月26日

歲月曠展清芬，斜暉此際清逞。
鳥語聲復聲，東風吹馨溫。
品茗意興曠生，哦詩激情繽紛。
書出心中淳，吐盡情思芬。
人生縱橫馳奔，履度桑滄成陣。
一笑還朗溫，斑蒼惜生成。
奮志仍欲長征，共彼春風同程。
關山疊層層，努力攀且奔。

夕煙淡起茫蒼

17年2月26日

夕煙淡起茫蒼，心事平靜安祥。
春意正清漲，東風吹浩蕩。
蒔花種草無恙，清度日月平康。
清貧無大妨，詩書體昂藏。
時光飛逝若狂，百年一似瞬間。
不必嗟深廣，人生本夢鄉。
意志凝成鐵鋼，矢向前路奮闖。
靈程不好上，克敵展頑強。

心事曠起莽蒼

17年2月26日

心事曠起莽蒼，卻向何人演講？
孤旅不必悵，前路長待闖。
春來意氣張揚，我欲騰雲而上。
萬里轉眼間，何必回頭望。
關山任疊萬幢，下定決心去闖。
紅塵非故鄉，化外有氣象。
努力前路飛翔，自由多麼快暢。
九霄徑直上，靈程通天堂。

寫詩何其快暢

17年2月26日

寫詩何其快暢，吐出心地清芳。
應許展昂揚，筆下如水淌。
歲月積澱思想，意志更加堅強。
矢志鬥虎狼，鐵膽騁雄壯。
春來心情大漲，共彼春風鼓蕩。
和氣心地間，正直持襟腸。
叩道從未稍忘，向學晨昏儘量。
百年不算長，業績努力創。

華燈已經點上

17年2月26日

華燈已經點上，清坐哦點詩章。
窗戶俱關上，春寒微微間。
時光真如飛殤，鏡中嗟我斑蒼。
更要奮志向，珍惜彼時間。
書海努力遠航，尋找真理靈糧。
天旅奮揚長，永生是指望。
世界是神所創，靈妙難以言講。
叩道任深艱，奮我剛與強。

霓虹七彩閃靚

17年2月26日

霓虹七彩閃靚，市景妙不可講。
務持清心向，不可稍迷茫。
前路坎坷艱蒼，務須鼓勇奮闖。
真理在山間，努力去尋訪。
風雨任其囂猖，兼程努力啟航。
終會有太陽，乾坤展晴朗。
人生百倍艱嘗，苦淚曾經流淌。
英武持心間，男兒當豪強。

春夜如此溫馨

17年2月26日

春夜如此溫馨，燈下寫詩盡興。
思想若行云，曠飛至無垠。
歲月飽含激情，風雨雷電曾驚。
而今享康寧，心地持平靜。
不必嗟我斑鬢，人生恆懷意興。
男兒當剛俊，傲立如鬆勁。
哦詩舒我心靈，淡淡有點芳馨。
霓虹七彩映，閃爍彼多情。

晚風微微清涼

17年2月26日

晚風微微清涼，散步心意清曠。
清風吸來暢，精神意氣揚。

孟春愜人意向，冷寒不再狂猖。
歲月展清芳，生意盈寰壤。
街上燈火輝煌，閃爍迷人心腸。
漫步舒襟房，和緩是情況。
人生得意莫狂，謙和守我胸膛。
前路正遠長，邁越待慨慷。

早起五更哦詩章 17年2月27日

早起五更哦詩章，一種閒雅一種曠。
薄寒醒人意興暢，孟春風來愜人腸。
履盡滄桑心滌蕩，咽盡淒涼淚不淌。
春來情志又鼓蕩，恆欲奮飛萬里疆。

東方曙色猶未漲 17年2月27日

東方曙色猶未漲，清坐燈下展思想。
路上車聲偶吠唱，遠處燈火斷續亮。
早起應許精神爽，春來意氣有發揚。
人生百年奮昂揚，早起三光記端詳。

淡泊人生且從容 17年2月27日

淡泊人生且從容，平生履盡坎坷重。
春來清和心志洪，曠舒望眼雲煙朦。
想學飛鳥搏長空，去覓山水清無窮。
幾聲啼鳥清新送，一使余意起感動。

夜來下嚴霜 17年2月27日

夜來下嚴霜，晨起天寒涼。
東方晨曦正清漲，冷風吹來暢。
孟春情志揚，思放萬里疆。
心情共春一起長，欲上九天翔。
腳踏實地闖，理想導我航。
人生不懼彼坎蒼，斑蒼復何妨。
曠志正清昂，裁心哦詩章。
碧血化作思與想，幽幽蘭蕙芳。

夕煙又蒼 17年2月27日

夕煙又蒼，落照閃射其光芒。
東風浩蕩，春情不盡正滋長。
品味休閒，一任時光清流淌。
淡淡思想，記憶化為縷縷芳。
應向前望，人生固當奮勇闖。
紅塵攘攘，道德正義推為上。
修身無疆，只是百年似虛妄。
靈程奮上，永生指望在天堂。

幼霞啟東方 17年2月27日

幼霞啟東方，路上車噪唱。
生活又開場，春來心意暢。
激越展昂揚，努力奮發上。
時間勿費浪，況值此春光。
歲月多激蕩，變幻彼桑滄。
紅塵一夢間，名利是欺誑。
書生意氣昂，詩書滌胃腸。
向學矢研想，種德一生講。

曠展我奔放 17年2月27日

曠展我奔放，遠征山水蒼。
風光清無限，大快我心腸。
歲月流無恙，百年何匆忙。
又值此春光，我意舒而暢。
往事不必講，貴在向前闖。
業績長待創，書寫新華章。
世界變新樣，萬物生機昂。
共春同生長，吾志萬里疆。

晨起天地蒼 17年2月27日

晨起天地蒼，野禽歡鼓唱。
精神有爽朗，暢哦我詩章。
歲月真激蕩，不覺二月間。
春意欣欣長，萬物生機昂。
推窗長瞭望，天際青靄漾。
有歌飄來靚，清風吹來曠。
人生不必講，斑蒼志清揚。
務惜此春光，耕心晨昏間。

朱霞東方漲 17年2月27日

朱霞東方漲，一輪紅日上。
謳頌此春光，喜鵲喳喳唱。
春風寒且曠，天地展蒼茫。
萬物生機放，吾意也欣揚。
思想放無疆，人生振慨慷。
努力啟遠航，叩道是志向。

山水鬱青蒼，長待我尋訪。
中心體平康，哦詩舒昂藏。

春氣和平

17年2月27日

春氣和平，百草俱萌青。
散坐安寧，品茗意雅清。
歲月經行，不必嗟震驚。
年輪轉運，桑滄是幻境。
紅塵辭屏，遁向水雲境。
胸懷白雲，流蕩彼清新。
闔家康平，神恩感無垠。
努力前行，奮向樂園進。

天晴日朗

17年2月28日

天晴日朗，晨鳥歡鼓唱。
愜意風暢，微有薄寒涼。
春意無限，我心欣欣向。
明媚襟間，詩意盈寰壤。
歲月淡蕩，秋春轉換忙。
人漸老蒼，依有雄心壯。
志向凝剛，我欲長驅闖。
關山萬方，何處非故鄉。

春日和澹安祥

17年2月28日

春日和澹安祥，余意欣然舒曠。
幾聲啼鳥唱，一陣東風揚。
清喜天晴日朗，和暖漾此塵間。
詩書郁昂藏，共春當舒揚。
人生未可稍狂，叩道一生奔放。
問學潛心向，哦詩舒心芳。
展眼靄煙茫蒼，世界演進無疆。
努力幹並闖，業績創輝煌。

清坐享受安祥

17年2月28日

清坐享受安祥，午時陽光正靚。
思想曠放無疆，小哦新詩數行。
春來和氣清張，萬物生機昂揚。
我欲共春鼓蕩，舒展情志清芳。
人生奮發昂藏，男兒果敢清剛。
要向長天飛上，去搏九州雲蒼。
腳踏實地去闖，未可得意洋洋。
德操努力修養，靈魂淨化無疆。

流暢清風適意向

17年2月28日

流暢清風適意向，天氣清和吾揚長。
春來身心持坦蕩，捧書晨昏哦激昂。
願裁心血寫詩芳，敢向宇宙叩道藏。
百年生死真茫茫，斑蒼仍具少年腸。
流暢清風適意向，品茗思緒展奔放。
五十二年鬱慨慷，一聲哦唱天激蕩。
前路仍當奮志闖，萬仞絕壁矢攀上。
摩雲手段何必講，萬里江山在指掌。

大千世界存漫浪

17年2月28日

大千世界存漫浪，唯有用心去尋訪。
此際春風正吹曠，天地人間舒芬芳。
奮志萬里天涯闖，覽盡江山風光靚。
縱有風雨亦何妨，兼程努力騁強剛。
大千世界存漫浪，人情冷暖不必講。
孤旅生涯容滌蕩，壯志盈心矢飛揚。
裁詩長是舒心腸，問道原為濟世蒼。
清喜春風又鼓蕩，天地生意舒奔放。

清意天地之間

17年2月28日

清意天地之間，花草漸次舒芳。
此際東風清曠，呼吸快人意向。
詩意蓄滿中腸，哦出應許慨慷。
人生百年艱蒼，率意持節昂揚。
奮志是在遠疆，清貧無妨揚長。
我有正氣盈腔，展眼天地茫蒼。
依然笑容綻放，男兒果敢頑強。
矢向長天飛上，掠過雲煙莽蒼。

雲煙天地漾

17年2月28日

雲煙天地漾，斜暉灑清朗。
逸興正悠揚，閑哦我詩章。
春來氣昂藏，欣賞草舒芳。
萬物正生長，田疇生機旺。
適志讀詩章，百感盈心房。
人生匆且蒼，長嗟無言間。
東風行舒曠，大地綻春光。
我意轉揚長，佇觀靄煙茫。

心與春意同漲，情也娟娟雅芳。
人生百煉成鋼，曠展一生豪強。

耕心不憚勞 17年2月28日

耕心不憚勞，哦詩意興高。
春來滋芳草，余意也遙逍。
清坐思緒飄，遐想萬里遙。
山水多清好，我欲展翅瀟。
人生百年跑，最貴是情操。
質樸方可瞧，道義一生造。
夕暉清朗照，生活步步高。
努力奮前道，振節展風標。

體道奔放 17年2月28日

體道奔放，無執於心間。
共緣流淌，無機取昂揚，
人生慨慷，百年履桑滄。
而今斑蒼，依然一笑靚。
率意揚長，詩書晨昏間。
閒時哦唱，曠吐心性芳。
春意舒放，大地綻春光。
我意清長，心興瀰宇間。

窗外風聲嘯唱 17年2月28日

窗外風聲嘯唱，清坐思放無疆。
春來心志清昂，豪情何止萬丈。
歲月清展奔放，不必長嗟莽蒼。
人生努力向上，克盡千關萬障。
前路無比遠長，風光豈是尋常。
定志叩道前闖，揚帆遠海啟航。

第十八卷《悟真集》

清思揚長 17年2月28日

清思揚長，悟真是志向。
大道叩訪，濟世展昂揚。
人生慨慷，百年履艱蒼。
體道平康，良知未可喪。
春意舒揚，大地春光靚。
喜意心間，哦詩謳奔放。
大好寰壤，天人和無恙。
東風正暢，裁剪碧野芳。

晚風清涼 17年2月28日

晚風清涼，散步享悠閒。
華燈燦放，市景美無上。
清夜安祥，春意盈寰壤。
心志舒放，神情俱增長。
雅哦詩章，娟潔之心腸。
歲月奔放，快意去闖蕩。
山高水長，前路任艱蒼。
勇氣倍彰，努力矢志上。

人生率意平康 17年2月28日

人生率意平康，神恩感在心膛。
春夜舒奔放，享受此安祥。
歲月綿長放曠，大千演幻無恙。
故事日日唱，流年轉桑滄。
百年一似瞬間，青春轉眼銷亡。
真如夢一場，世事蒸黃粱。
靈程努力奮闖，考驗一任其艱。
待到天國上，謳頌萬年長。

夜來芳雨清灑降 17年2月28日

夜來芳雨清灑降，早起藹陽又生長。
春風暢來愜意向，鳥語宛轉動人腸。
詩人清興勃然漲，小哦新詩舒襟房。
天地明媚真無上，欣此樂國度悠閒。

世事拂拂揚揚 17年2月28日

世事拂拂揚揚，人生坎坷滌蕩。
燈下清思想，感慨放萬章。
春夜和平安祥，心意纏綿悠揚。
往事不必講，前路長待闖。
紅塵煙雲迷茫，人生客旅相仿。
務持清心腸，淡泊致安康。
名利害人無限，多少英雄喪亡。
何不曠意向，水雲憩安享。

清裁心志入詩行 17年3月1日

清裁心志入詩行，一生為人持坦蕩。
春來心興有大張，情懷激越鼓奔放。
奮發慨慷展揚長，婉轉清思在遐方。
厚重人格一生養，君子固貧一笑間。

散步心興清曠 17年3月1日

散步心興清曠，有汗微沁何妨。
意興正清昂，南風吹來暢。
春意盈滿寰壤，大地生機勃放。
萬物欣欣長，新芽節節芳。
裁出心血奔放，哦詩熱情昂揚。
中心之希望，是展雙翅翔。
天際雲煙正漾，山河壯麗非常。
我欲去尋訪，不辭萬里艱。

雅度時光 17年3月1日

雅度時光，清風明月愜意向。
春氣昂藏，鳥語花芳正堪賞。
平生蕭涼，苦旅生涯獨自闖。
闔家平康，清喜父母健在堂。
笑傲世蒼，一種閑曠悠無上。
淡走桑滄，清心裁出新詩章。
散思揚長，宇宙深廣當探量。

叩道無疆，覺性圓明悟清芳。

情懷舒曠

17年3月1日

情懷舒曠，清度人生容淡蕩。
品茗清芳，讀書寫詩意何暢。
春來意揚，長吸清風入肺腔。
清聽鳥唱，最喜喜鵲喳喳放。
紅塵狂蕩，名利辭去清心向。
田園山莊，水雲清幽憩意腸。
半生銷亡，不必悲傷嗟深長。
前路奮闖，一任山水展莽蒼。

人生曠持志向

17年3月1日

人生曠持志向，履盡煙雨桑滄。
一笑還清揚，情懷依舊靚。
春色明媚人間，世界生機舒暢。
展眼雲煙茫，青茁田疇間。
努力向前闖蕩，人生只有一場。
創出新輝煌，汗水不白淌。
實幹晨昏之間，詩書體盡昂藏。
君子荷德芳，拙正盈襟房。

春靄茫蒼

17年3月1日

春靄茫蒼，田間百禽齊鼓唱。
爽風清揚，清氣吸入何快暢。
碧野綻芳，大千生機勃勃放。
人間天堂，天人和藹親無上。

奮發向上，情志當與春同長。
努力前闖，風景沿途清無恙。
險惡何妨，我有意志堅如鋼。
鐵膽雄壯，凝目萬里之遠疆。

人生揚長（之一）

17年3月1日

人生揚長，心態青春務須講。
一任斑蒼，率意紅塵度安祥。
春意溫讓，和藹宇間生機旺。
心志清昂，愜懷總將天下裝。
滾滾濁浪，大千故事演無疆。
務秉清尚，矢持正直走人間。
歲月滄蕩，流年更換何其猖。
應當舒放，共緣履航不迷茫。

清意雅裁詩章

17年3月1日

清意雅裁詩章，捧出熾熱丹房。
人雖漸老蒼，心還少年狂。
春來吾意張揚，曠吸清風舒暢。
天氣暖洋洋，萬物欣生長。
野禽啼鳴嬌靚，歡意盈滿宇間。
意興多奔放，遐思展揚長。
時間切勿費浪，努力耕心為上。
煥發貞志剛，男兒當豪強。

浮生煙雨之間

17年3月1日

浮生煙雨之間，名利應稍淡忘。
且請品茗芳，煙霞任放浪。

歲月如逝飛殤，人生轉眼老蒼。
春意正舒放，我心也清揚。
清聽鳥鳴脆靚，享受和藹春光。
一任時光淌，余意也揚長。
人生真的不長，共緣鼓蕩無妨。
正直持襟房，努力叩道藏。

清風鼓蕩

17年3月1日

清風鼓蕩，春來心境曠。
歡樂無恙，享受此平康。
雅思良長，百感共春長。
人生舒放，情志有飛揚。
欣賞花芳，愜聽鳥啼唱。
思想無疆，詩興有昂揚。
哦出心芳，哦出情萬丈。
哦出桑滄，哦出吾軒昂。

清意有發揚

17年3月1日

清意有發揚，閒雅哦詩章。
春來情志昂，愜懷同風暢。
煦陽正溫讓，和氣盈寰間。
大地綻春芳，吾意欣揚長。
清坐曠無限，讀書也悠揚。
享受此休閒，不涉名利場。
一杯綠茗芳，幾聲啼鳥唱。
淡看靄煙漾，逸意無法講。

地暗天昏 17年3月1日

地暗天昏，沙塵暴任意肆虐。
窗外風聲，一似鬼嚎之吟呻。
窗內安穩，白日也須打開燈。
穩住心神，寫詩稍訴心與身。
人生馳奔，難免風雨會成陣。
努力奮爭，不屈淫威之獰猙。
百年秋春，歷盡坎坷桑滄陣。
務秉精誠，矢志靈程向上升。

春雷震響 17年3月1日

春雷震響，詩人心興起清揚。
有雨灑降，風聲依然肆狂猖。
燈光點上，白日天暗不見光。
沙塵瘋狂，鋪天蓋地遮日光。
清坐安祥，傾聽窗外雨打響。
嘆惜良長，天災原因人心髒。
大道清揚，只是世人不識相。
汙染囂張，不肯治理惹禍殃。
補牢為上，未可再次丟失羊。
向前瞻望，環境汙染須預防。
克盡汙髒，人心必須清雅靚。
未來廣長，天人和同務須講。

大雨傾降 17年3月1日

大雨傾降，清洗這天地骯髒。
人心險奸，卻須有驚雷震響。
世事混茫，太多爭競併花樣。
百年艱蒼，幾人叩道持安祥？
天地否臧，漫天沙塵蔽日光。
幸有雨降，救濟眾生洗汙髒。
嘆惜良長，環境汙染是禍殃。
推原當講，總因人心曲邪髒。

煥發心向 17年3月1日

煥發心向，人生盡力騁慨慷。
不屈奮闖，豈懼前路之艱蒼。
傲立淡蕩，名利非我之所向。
矢志貞剛，道德人生推為上。
半生履艱，依然拙正持心間。
前路敢上，力克險惡詭詐奸。
勝利在望，靈程直通彼天堂。
歡歌唱響，春來情懷舒揚長。

夜幕又降 17年3月1日

夜幕又降，窗外風聲呼嘯狂。
清坐安祥，清理心志裁詩章。
春意醞釀，大千生意正在長。
孟春之間，清喜時雨能灑降。
品味休閒，人生百年應平曠。
清貧何妨，正義心腸凝強剛。
努力向上，一似新芽節節長。
騁我揚長，叩道用道濟世蒼。

人生揚長（之二） 17年3月1日

人生揚長，何時何地不慨慷。
斑蒼何妨，我有浩志出塵間。
胸襟舒曠，山河大地在心間。
腹醞廣長，寫詩論道也奔放。
此際安祥，四野靜悄唯風響。
天黑燈亮，哦詩裁志適意向。
人生不長，努力晨昏必須講。
奮發強剛，搏擊風雲萬里疆。

心志平康 17年3月1日

心志平康，履盡艱蒼淚不淌。
血曾流淌，總賴神恩賜安祥。
而今斑蒼，春來心情有鼓蕩。
依然嚮往，萬里摩雲徑直上。
老驥何妨，雄心猶在且剛強。
前路待闖，關山風景覽無恙。
笑意清長，心懷廣長宇宙裝。
不必思量，努力晨昏振志上。

清夜無聲響 17年3月1日

清夜無聲響，偶聞車聲唱。
春氣氤氳間，華燈自在放。
燈下清坐想，情思有娟揚。
哦詩亦舒暢，聊訴吾心腸。

歲月綿綿放 17年3月1日

歲月綿綿放，值此孟春間。
思想狂起浪，筆下舒千章。
春夜清無恙，和氣盈寰壤。
精神復健朗，情懷有悠揚。

志向清騁 17年3月2日

志向清騁，遠脫彼凡塵。
春氣清芬，吾意曠飛騰。
歲月馳奔，不覺斑蒼生。
滾滾紅塵，百年幻繽紛。
清思曠逞，雅潔舒心芬。
哦詩真誠，胸襟世驚震。
清風和溫，夕照輝煌盛。
清坐安穩，遐思萬里程。

南風欣然興曠 17年3月2日

南風欣然興曠，碧柳行將舒芳。
春意展揚長，散步意何暢。
欣欣向榮景象，煦日清灑光芒。
和平之氣象，眾生樂平康。
奮志我要飛翔，一搏雲天青蒼。
飛至至遠方，風光定清靚。
春來我要謳唱，頌贊神恩無恙。
天人正和祥，靈程長驅闖。

斜暉此際清朗 17年3月2日

斜暉此際清朗，心地沐浴陽光。
清風吹來暢，呼吸何其芳。
春意瀰滿宇間，大地生機盛旺。
我意欣欣向，心興正高漲。
努力奮發向上，人生只有一場。
克盡艱與創，開闢新路向。
前路風雨任狂，吾已定下志向。
兼程矢志闖，關山越萬幢。

暮煙此際生成 17年3月2日

暮煙此際生成，心事共誰細論。
孤旅獨馳騁，思想入詩申。
春來天氣暖溫，和風吹拂陣陣。
花草展清芬，萬物生機盛。
歲月不住馳奔，未許老我心身。
心態須青春，奮志長驅騁。
浩志脫出紅塵，水雲憩我精神。
名利棄且扔，詩書怡晨昏。

人生天地之間 17年3月3日

人生天地之間，苦旅艱蒼飽嘗。
醒來余淚淌，年華已斑蒼。
秋春飛遞瘋狂，世事幻化無常。
唯賴神恩壯，普度有慈航。
前路奮力去闖，靈程曠志飛翔。
勝過魔敵擋，考驗一任艱。

信心仰望天堂，紅塵不是故鄉。
永生有指望，靈魂淨無疆。

窗外風聲嘯響 17年3月3日

窗外風聲嘯響，清坐室內安祥。
請品綠茗芳，春來氣昂藏。
人生百感俱上，年華未可費浪。
努力詩書間，哦詩也揚長。
心血未白流淌，寫詩已過萬章。
應有淡淡芳，留與後儕嘗。
陽光隱暗不彰，風卻更加囂狂。
餘意清淡間，心情不起浪。

粉霞啟東方 17年3月3日

粉霞啟東方，紅日躍然上。
野禽歡鼓唱，東風吹舒揚。
晨起心境爽，遠際歌聲靚。
享受此春光，頌贊哦詩章。
人生奮揚長，努力驅併闖。
不為名利障，清心叩道藏。
春來心鼓蕩，情懷向天曠。
縱身欲飛上，恣意雲天翔。

東風清勁 17年3月3日

東風清勁，喜鵲喳喳鳴。
吾意奮興，哦詩舒激情。
陽光燦行，春意綻芳景。
讀書盡興，清度我生平。

展眼天青，天際蒼靄凝。
生活和平，神恩感無垠。
百年幻境，秋春化煙影。
共緣旅行，淡泊持心襟。

年華催人老

17年3月3日

年華催人老，春來心態俏。
寫詩舒心竅，清吸東風好。
落日沉夕照，暮煙四野繞。
冷寒又來找，心境起蕭騷。
人生奮志跑，務行陽關道。
名利何必找，清心最重要。
淡泊心境瀟，水雲中心飄。
努力辟前道，萬里亦遙逍。

華燈自在放

17年3月3日

華燈自在放，暮煙漸漸蒼。
心事感蒼茫，無言獨悵望。
孟春冷寒間，市井猶喧嚷。
歲月展奔放，年輪轉無恙。
不必計斑蒼，率興哦揚長。
人生百年艱，幻化是桑滄。
紅塵亂攘攘，眾生舞刀槍。
吾持清心腸，憩意水雲間。

東風舒其芳情

17年3月4日

東風舒其芳情，老柳新碧初映。
余意且殷殷，春情綻中心。
天氣此際多雲，天際夕靄濃凝。
散坐且多情，哦詩吐胸襟。
歲月引人奮興，明日驚蟄又臨。
時光驚人心，務當惜寸陰。
奮志前路辟進，山水曠境無垠。
獨舒是性靈，傾意在水雲。

柳煙淡籠

17年3月4日

柳煙淡籠，鵝黃清意濃。
散步從容，數里轉眼中。
春風吹動，野禽歡鳴頌。
散淡清空，我意舒靈動。
展眼雲空，天際靄煙濃。
和盈宇中，三界樂無窮。
敞開襟胸，曠迎彼清風。
斜暉清送，世界沐恩洪。

清坐從容

17年3月4日

清坐從容，思緒入蒼穹。
世事匆匆，名利有何功。
吾生凝重，不受彼邪風。
正義心中，化作彼飛虹。
歲月如風，賜我斑鬢濃。
心志清空，愜聽春禽頌。
欣彼南風，清爽我肺胸。
淡定從容，人生快無窮。

華燈燦放

17年3月4日

華燈燦放，暮靄凝蒼蒼。
體味休閒，清坐放思想。
春意發揚，東風正浩蕩。
萬物生長，生機田疇間。
心事廣長，提起卻難講。
人生慨慷，振節謳嘹亮。
努力向上，克盡艱與蒼。
百年瞬間，不必淚雙淌。

我意揚長

17年3月4日

我意揚長，清聽窗外音樂靚。
春風滄蕩，清喜碧柳綻鵝黃。
散淡清閒，詩書怡情何快暢。
名利拋光，清貧度日也安康。
應將憂忘，人生百年真不長。
享受春光，花紅草綠野禽唱。
品茗悠閒，此物最養我襟腸。
前路慨慷，山水清音待欣賞。

夕煙此際濃重

17年3月4日

夕煙此際濃重，淡泊清持襟胸。
恣意走東風，裁剪春無窮。
市井噪噪狂動，吾意滄蕩清空。
詩書鬱心胸，不與世苟同。
鳥兒清聲鳴頌，老柳鵝黃初籠。
春來心輕鬆，哦詩吐沉雄。

歲月飛行匆匆，孟春已經臨終。
二月芳菲濃，和氣盈宇中。

心境曠然淡蕩

17年3月4日

心境曠然淡蕩，無機是我襟腸。
向學晨昏間，詩書鬱心芳。
此際清坐安祥，思想暢達無疆。
平生秉天良，德操一生養。
裁詩已過萬章，斑蒼無妨清揚。
前路長待闖，關山正清蒼。
人生已履惡浪，度過幻變桑滄。
真理堅持講，力鬥魔敵狂。

燈下清展思想

17年3月4日

燈下清展思想，內叩自己心腸。
拋去肮與髒，靈性淨無疆。
向上我要飛翔，去尋真理靈糧。
神恩正無恙，導引我慈航。
平生履度艱蒼，曾有苦淚流淌。
所賴神恩壯，賜福大無疆。
靈程努力要上，不懼魔敵阻擋。
勝利啟歸航，天國是故邦。

和平盈滿寰壤

17年3月4日

和平盈滿寰壤，春來東風清揚。
萬物俱生長，碧野正綻芳。
思此情懷滿腔，共春我心鼓蕩。
耕心努力間，哦詩頗激昂。
心境拋去蒼涼，斑蒼無妨志剛。
奮發男兒壯，天涯矢奮闖。
關山鬱積莽蒼，風光無限清靚。
振志曠飛翔，穿越風雨艱。

時光飛逝無恙

17年3月4日

時光飛逝無恙，思此我心感傷。
春來情懷靚，哦詩亦清芳。
三分春色已殤，明日驚蟄來訪。
人生如夢間，回首煙渺茫。
努力奮發無疆，前路務當辟創。
天地多麼廣，我要曠飛翔。
人生果敢頑強，清貧無妨志剛。
男兒騁豪強，傲立頂天壯。

第十九卷《挹秀集》

曠喜東風清暢 17年3月5日

曠喜東風清暢，春靄瀰漫野間。
喜鵲喳喳唱，吾意也悠揚。
輾轉浮生滄桑，驚心年輪飛殤。
對鏡覺斑蒼，心意嗟茫蒼。
今日驚蟄來訪，春色漾在人間。
心志覺奔放，閑哦小詩章。
品茗自是清芳，人生同此相仿。
應展笑容靚，努力前路闖。

栽花種草無恙 17年3月5日

栽花種草無恙，品味休閒時光。
人生當揚長，曠懷天下裝。
浮生過半已殤，贏得華髮斑蒼。
心志依如鋼，不折奮貞剛。
春來心志鼓蕩，清吸東風快暢。
詩意亦清昂，下筆裁千章。
努力耕心向上，叩道不懼艱蒼。
展眼雲煙茫，前路入康莊。

傲世孤標 17年3月5日

傲世孤標，不入名利道。
春來遙逍，心態自風騷。
雲煙飄渺，東風吹來好。
有鳥啼叫，有花開嬌妙。
歲月飛飆，不覺斑蒼了。
啞然失笑，紅塵徒瞎搞。
山水清瀟，堪慰我懷抱。
人生易老，歸田胡不早。

天氣正冷寒 17年3月5日

天氣正冷寒，窗戶俱閉關。
天陰未足談，濃靄四野展。
歲月任飄散，吾生無遺憾。
蹉跎饒坷坎，心志持雅安。

晨起日出東方 17年3月6日

晨起日出東方，春禽歡聲鼓唱。
天有薄寒涼，東風吹來曠。
心有千思萬想，提筆卻難訴講。
一種是愁悵，淡淡又綿長。
人生鼓勇驅闖，實幹才顯豪強。
努力萬里航，風光有清靚。
未可耽於幻想，未可過於悲悵。
振節謳嘹亮，英武天涯間。

天氣十分晴朗 17年3月6日

天氣十分晴朗，藍天青碧無恙。
野禽鳴嬌嗓，清風寒且暢。
春來我心奔放，展眼天際靄漾。
詩意天地間，我欲謳揚長。
心志向誰言講，孤旅獨騁愁悵。
詩書晨昏唱，哦謳舒昂揚。
前路山高水長，我要風雨兼闖。
任起艱與蒼，鐵志未可障。

野禽恣其歡唱 17年3月6日

野禽恣其歡唱，春靄瀰於宇間。
心志持清昂，清吸東風芳。
歲月舒其奔放，笑我年已斑蒼。
春心亦蕩漾，我欲曠飛翔。
清騁志氣強剛，男兒合當豪強。
努力展雄壯，不畏風雨艱。
春意爛漫塵間，清喜碧柳飄蕩。
謳詩頌讚揚，神恩感無上。

煦陽閃其光芒 17年3月6日

煦陽閃其光芒，爽風吹來清涼。
百鳥和鳴唱，春意舒其暢。

我有意氣揚長，春來心境奔放。
詩意中心漾，哦出應萬章。
大千生意正旺，田疇野花開放。
仲春正菲芳，歡意盈寰壤。
中心喜樂平康，惜時奮發強剛。
沉潛詩書間，終日謳激昂。

鳥語嬌嬌唱 17年3月6日

鳥語嬌嬌唱，晨風展清揚。
清坐長曠望，呼吸清風芳。
春來意揚長，大千生意旺。
碧野綻新芳，老柳籠鵝黃。
歲月走滌蕩，不必嗟茫蒼。
人生天地間，神恩感無限。
少年入煙障，壯歲漸老蒼。
不必多思想，靈程奮發上。

仲春無恙 17年3月6日

仲春無恙，天地正氣昂。
東風清曠，柳絲毿毿蕩。
藍天青曠，有鳥嬌囀唱。
生活安康，體味彼休閒。
愜意心間，吐詩亦揚長。
淡淡蕩蕩，無執在襟房。
實幹為上，時光勿費浪。
正氣胸間，我欲縱飛翔。

柳煙初成形 17年3月6日

柳煙初成形，余意懷奮興。
明媚此春景，長使余開心。
東風吹來清，野鳥競其鳴。
花草舒芳馨，海棠開清俊。
欣欣此生境，神恩荷無垠。
思此余心領，謳頌盡心靈。
前路奮發行，風雨任艱凌。
會當有光明，沐浴吾身心。

人生未可頹唐 17年3月6日

人生未可頹唐，春來舒我奔放。
心共風同暢，欣賞鳥鳴唱。
百年履度桑滄，笑對艱蒼何妨。
斑蒼亦清揚，男兒是鐵鋼。
努力前路矢闖，覽盡山水莽蒼。
志向騁萬丈，瀰滿天地間。
此際清坐思想，心事廣達遐方。
朝日正清靚，世界沐恩光。

人生正氣昂揚 17年3月6日

人生正氣昂揚，履度關山萬幢。
不屈彼虎狼，男兒橫刀槍。
努力奮發向上，靈程克盡艱蒼。
神恩荷心間，眼目凝清光。
斬盡前路荊障，萬里容我驅闖。
風雨何所妨，兼程揮灑上。
春來心志舒放，豪情曠發萬丈。
展眼雲煙漾，鳥正掠清蒼。

人生如同履浪 17年3月6日

人生如同履浪，春來心志張揚。
鳥囀自如腔，花開綻馨芳。
東風綿綿揚揚，碧柳毿毿蕩蕩。
萬千煥新象，大地生機旺。
欣度秋春安祥，不懼桑滄幻放。
斑蒼一笑間，意興展清昂。
奮發敢於去闖，飽覽山色水光。
五湖憩意向，田園正清芳。

心志不必嗟茫蒼 17年3月6日

心志不必嗟茫蒼，春來情懷靚。
淡看柳煙籠鵝黃，心境真舒揚。
東風恣意吹狂猖，我的心花放。
共春情意有揚長，哦詩舒奔放。
人生未許持輕狂，修身無止疆。
歷過桑滄餘淚淌，淡守我平常。
百年生死一夢間，永生在天堂。
努力靈程矢志闖，天使伴我航。

心志應許清芳 17年3月6日

心志應許清芳，人生百感俱上。
青天碧無恙，春來氣象彰。
好風自東來翔，田野茸茸青芳。
品味這悠閒，中心曠無限。

歲月不住飛翔，遞變秋春桑滄。
人生漸老蒼，仍持少年狂。
狂卻不是猖狂，清持正義立場。
恣意舒奔放，愜雅哦華章。

春來意奮興 17年3月6日

春來意奮興，愜聽鳥清鳴。
花兒開清俊，碧柳搖芳情。
陽光正清映，心田沐光明。
詩意盈胸襟，曠哦我心靈。
日月逝飛行，且請品芳茗。
共緣去旅行，不懼風雨凌。
東風吹清新，仲春好情景。
余意且多情，散坐寬心境。

暮煙既蒼 17年3月6日

暮煙既蒼，夕照閃射光芒。
心事廣長，百感俱上胸膛。
大千放曠，仲春生機無限。
碧柳綻芳，芳草萋萋生長。
我意揚長，想去田間閒逛。
野風快暢，堪愜我之襟房。
小鳥鳴唱，嬌囀妙曼安祥。
生活平康，寫詩舒發感想。

心事曠懷雅清 17年3月7日

心事曠懷雅清，哦出胸中激情。
春意展無垠，碧柳搖芳青。
小鳥嬌嬌啼鳴，好風爽爽吹行。
余意亦奮興，品茗適心襟。
歲月飛行清俊，不覺華髮初映。
何必嗟艱辛，實幹顯豪英。
嚮往長天飛行，掠雲萬里奮進。
關山有美景，處處憩心靈。

喜鵲鳴於東方 17年3月8日

喜鵲鳴於東方，紅旭欣然升上。
春色真無恙，曠風吹來暢。
我意適然揚長，情志共風同長。
矢志萬里疆，不屈奮發闖。
此生飽經風霜，曾有苦淚流淌。
所賴神恩壯，導引我慈航。
靈程努力去闖，勝過魔敵妖魍。
百年一瞬間，永生在天堂。

一朵白雲清新 17年3月8日

一朵白雲清新，飄在藍天多情。
我心為之奮興，況值南風吹行。
春意盈滿心襟，散步郊外經行。
和暖散開衣襟，心情何其溫馨。
歲月無止飛行，又值仲春芳景。
碧野茸茸綻青，老柳新綠適興。
我心嚮往凌雲，脫出塵囂紛紜。
男兒當展豪情，萬里奮志追尋。

春日裁思五章 17年3月8日

一
天氣微寒涼，夕照正輝煌。
春來氣象彰，老柳裁鵝黃。
心境展悠揚，曠思達遐方。
流年演無恙，哦詩亦揚長。

二
百感俱來上，心志感茫蒼。
夕暉灑清朗，流風走悠揚。
人生煙雨間，斑蒼悟良長。
清坐理思想，情與春同放。

三
春來情婉揚，心志對誰講。
暢對東風曠，哦詩裁清揚。
人生履艱蒼，奮展男兒壯。
情懷孤寂間，應拋心頭悵。

四
無言對夕陽，情懷向誰唱。
春靄四野間，東風正浩蕩。
人生百感上，年華漸漸喪。
哦詩嗟茫蒼，心境應悠揚。

五
散淡持襟腸，春來意發揚。
不必多愁悵，當展我陽剛。
前路奮發闖，關山疊清蒼。
男兒鼓勇上，萬里風光靚。

碧柳搖青
17年3月11日

碧柳搖青，散步曠意吾經行。
春來奮興，鼓舞情志將詩吟。
南風多情，清喜野禽歡鼓鳴。
生活和平，吾心吾意享淡定。
努力前進，叩道不畏風雨凌。
一任險峻，矢攀萬仞覽風景。
百年夢縈，回首不必嗟而驚。
展眼煙雲，夕照輝煌閃光明。

落英繽紛
17年3月11日

今日是九九最後一天，春風清曠，吹落迎春花漫地金黃，老柳芳青，百卉吐芽，余心喜悅，因以詩題。

落英繽紛，引吾心生疼。
仲春時分，九盡鳥鳴春。
心境升騰，展眼夕煙昏。
大千紅塵，生機吐旺盛。
感謝神恩，導引我人生。
奮力馳騁，不畏艱與深。
努力靈程，振翼曠飛奔。
淨化靈魂，潔白又清純。

東風清曠
17年3月18日

東風清曠，薄有微寒涼。
心起清昂，閑聽鳥啼唱。
碧柳簪芳，搖盪柳線長。
芳景堪賞，吾意起悠揚。
歲月奔放，春已近半殤。
感興升上，哦詩嗟莽蒼。
人生揚長，合當展慨慷。
雲煙滄蕩，生意大千間。

雲淡天青
17年3月18日

雲淡天青，大好春風正吹行。
散步心定，享受滿眼碧復青。
野花開俊，一使余意起雅興。
陽光燦行，鴿群曠飛展輕盈。
歲月奮進，老我斑蒼持淡定。
共緣旅行，不辭清貧奮心靈。
努力辟進，詩書持身叩道勤。
朗哦空清，談吐閑發騷雅情。

品味休閒
17年3月18日

品味休閒，大好春光正滄蕩。
清風來曠，我心我意起舒揚。
碧柳綻芳，毿毿柳絲迎風揚。
詩意心間，應哦空靈好詩章。
心境安祥，不執共緣是意向。
清貧志剛，向學晨昏朗哦唱。
幾聲鳥唱，悅我心情真無限。
展眼天朗，朵朵白雲曼飛翔。

心志清芳
17年3月18日

心志清芳，春來情興持清昂。
雲飛安祥，清和天氣正晴朗。
散坐安康，品茗吾意真清曠。
歲月安享，一任流年走狂猖。
笑我斑蒼，心中時有少年狂。
奮發強剛，努力前路展昂揚。
悠悠哦唱，天和人樂真無恙。
感恩無上，靈程振翼曠飛翔。

斜暉朗照
17年3月18日

斜暉朗照，清坐品茗意雅俏。
東風清好，碧柳芳青寫意搖。
舒我懷抱，應哦新詩吐情竅。
心境堪表，奮發志向入詩稿。
人生如跑，不覺已履關山道。
回首細瞧，少年煙影模糊了。
展眼曠瞧，藍天白雲自在騷。
天際靄嫋，大千世界入畫稿。

春靄天地間
17年3月19日

春靄天地間，東風行浩蕩。
清喜菜花燦開放，明媚二月芳。
散坐心事暢，品茗意清揚。
人生更應把詩唱，吐出心地香。
合當展翅膀，萬里恣飛翔。
關山風景堪徜徉，要去闖一闖。

斑蒼究何妨，我有志堅強。
展眼雲天正滄蕩，鳥鳴啼揚長。

時光飛逝如奔

17年3月20日

時光飛逝如奔，不覺又到春分。
時雨灑紛紛，落紅摧層層。
心境雅然清芬，哦詩熱情曠逞。
五更早起身，朗讀舒精神。
歲月不懼艱深，老我斑蒼何論。
一笑還朗溫，前路鼓勇爭。
珍惜大好年輪，未可虛度秋春。
奮展精氣神，努力騁剛正。

東風新鮮且浩蕩

17年3月20日

東風新鮮且浩蕩，春雨綿綿降。
四野鳥兒清新唱，吾意起悠揚。
今日欣逢春分訪，生機田園間。
男兒合當振慨慷，惜時努力闖。
淡蕩心情應謳唱，哦詩展清揚。
奮發剛正天地間，人生一文章。
大好春光若畫廓，最喜碧柳芳。
一夜膏雨下盛旺，桃苞待開放。

鳥兒鳴唱

17年3月20日

鳥兒鳴唱，春分仍有薄寒涼。
細雨灑降，山水田園騁其芳。
吾意揚長，慷慨哦詩舒情長。
共春同長，情志曠放天涯間。

人生嚮往，萬里摩雲何其暢。
東風正翔，適我情興真無恙。
努力矢闖，關山萬里容滌蕩。
展眼靄漾，遠野碧柳籠鵝黃。

天陰何妨

17年3月20日

天陰何妨，春分正有海棠放。
逸意清揚，迎風暢哦我詩章。
歲月飛翔，流年恆是走狂猖。
斑蒼之間，情思依舊持娟揚。
不屈昂藏，男兒豈可媚弱放。
鼓勇強剛，前路關山力攀闖。
風雨艱蒼，回首不必淚雙淌。
心有千創，依然向陽持襟腸。

西風吹狂

17年3月21日

西風吹狂，靄煙漫無恙。
喜鵲奏唱，春意天地間。
品味休閒，且飲綠茗香。
心事廣長，應哦入詩章。
人生昂揚，當展我志向。
百年蒼茫，奮發騁強剛。
花草綻芳，碧柳毿毿蕩。
思想無疆，獨自彈併唱。

人生曠放志向

17年3月21日

人生曠放志向，春來展我昂揚。
愜聽鳥啼唱，閑品花馨芳。
展眼雲煙滄蕩，遠處鞭炮囂響。
紅塵幻無恙，大千演桑滄。
不必歎息良長，應當努力奮闖。
關山疊清蒼，風光正無限。
吾生履盡艱蒼，依然志取雄壯。
奮發騁揚長，不負人生場。

爽風清暢

17年3月21日

爽風清暢，煙靄迷漾。
蒔花種草適心腸，品茗意何揚長。
歲月飛翔，春已半殤。
清喜桃苞已登場，碧柳正籠鵝黃。
闔家安康，父母體強。
神恩感在我心間，哦詩熱情昂揚。
人生奔放，苦痛拋光。
努力前路奮發闖，展翅搏擊雲蒼。

春來意氣頗沉雄

17年3月21日

春來意氣頗沉雄，愜聽鳥鳴頌。
散步迎著彼清風，快慰心地中。
春分已過惜春匆，流年堪悼痛。
奮發揚飆萬里衝，男兒合剛勇。
大千世態變無窮，桑滄在其中。
老來心態持毅猛，傲立若勁松。
紅塵暫憩我心胸，天路曠奮勇。
百年生死徒一夢，靈程鋪彩虹。

陽光和暢

17年3月21日

陽光和暢，心志騁清剛。
正直情腸，原不容汙髒。
春來情曠，閒雅哦詩章。
吐出清芳，吐出我揚長。
前路廣長，仍須奮力闖。
關山萬幢，盡我恣飛翔。
男兒豪放，不折骨強剛。
絕無媚奸，絕無機與誑。

清展身心未為難

17年3月21日

清展身心未為難，春來曠發我浩瀚。
展眼雲天多浪漫，放目田疇碧正綻。
豪放滿腔向誰喊，熱血合向詩中展。
奮發剛正傲然站，儒雅人生行漫漫。

藍天青碧無雲

17年3月21日

藍天青碧無雲，煦陽燦然清映。
曠發浩然情，朗哦吐心靈。
春來我心多情，孤旅咽盡淒清。
展眼靄煙凝，夕照閃光明。
歲月不住飛行，斑蒼無妨空靈。
奮志欲凌雲，大千入心襟。
笑意和藹誰明？詩書持身溫馨。
努力展雄英，晨昏清哦吟。

春花開放

17年3月21日

春花開放，東風展清揚。
夕煙升上，落日閃輝光。
喜氣洋洋，閑把生活唱。
神恩無上，感沛在心房。
大千混莽，百年多艱蒼。
履盡桑滄，靈程奮翔闖。
清坐安祥，哦詩亦揚長。
世界無恙，沐浴神恩光。

暮煙漸凝

17年3月21日

暮煙漸凝，夕照逞美景。
清坐安靜，神思萬里行。
春來多情，我志奮凌雲。
努力進行，詩書晨昏吟。
奮發雷霆，滌腐須抓緊。
愛好和平，正義凝心襟。
我心剛勁，似竹似松俊。
合當曠行，振翼入青冥。

第二十卷《清淑集》

天陰無妨清揚 17年3月22日

天陰無妨清揚，晨起意態張狂。
遠處歌聲響嘹亮，我意振慨慷。
東風吹來寒涼，惜春過半已殤。
一笑還疏朗，人生當揚長。
前路奮發頑強，豈懼風雨艱蒼。
男兒有力量，鼓勇舒奔放。
二月春光妙放，田園處處青芳。
我有逸意向，小哦新詩章。

心志空清 17年3月22日

心志空清，薄寒正使人警醒。
幾聲鳥鳴，一陣東風爽意境。
春來心情，共風起舞真盡興。
嚮往飛行，大好芳景堪訪尋。
悟道圓明，推本索源證自性。
努力辟進，人生境界入霞嶺。
展我雄英，心態斑蒼猶可憑。
晨昏哦吟，舒盡心地之朗晴。

天氣陰寒 17年3月22日

天氣陰寒，冷風吹展。
清坐思緒縱浪漫，哦詩吐情瀾。
心境安安，人生浩瀚。
奮志仍欲搏群瀾，不懼困與難。
鳥語嬌曼，花開妍燦。
品茗意態也清淡，遐思入雲漢。
靄煙瀰漫，春光清展。
最喜柳煙籠妙曼，令人興浩歎。

歷盡生死唯餘憤 17年3月22日

歷盡生死唯餘憤，老來仍持我天真。
春來心境發清純，展眼雲煙正昏昏。
詩書人生何用問，叩道從不懼艱深。
品茗心志逸紛紛，朗哦傾盡我心身。

春寒雖然料峭 17年3月22日

春寒雖然料峭，桃花今喜開苞。
粉紅綻倩巧，余意開懷笑。
天陰冷風嘯嘯，我意清俏豐標。
散坐品茗逍，意態雅且騷。
春分已經過了，五分春色逝銷。
歲月若飛飆，對此嗟意饒。
野禽朗聲高叫，柳樹毵毵搖飄。
大千美且妙，處處入畫稿。

閒情須拋 17年3月22日

閒情須拋，春來心曲向誰道。
品茗雅騷，輾轉情思入詩稿。
東風曠跑，天陰冷寒似不了。
喜鵲鳴叫，一使余意興態高。
生活堪表，五十二年飛度了。
余有詩稿，寸寸丹心有寫照。
雲煙緲緲，遠野柳樹碧正好。
桃花開了，清喜粉紅怡情竅。

朔風凜凜生狂 17年3月22日

朔風凜凜生狂，散步意興清昂。
林葉嘩嘩響，野禽歡鼓唱。
春來心境張揚，想把詩歌吟唱。
體味這清芳，享受此安祥。
仍然想去闖蕩，心事恆在遠方。
孤旅不愁悵，展顏謳清揚。
市井和平熙攘，田野菜花金黃。
大千若畫廓，生活有甘香。

暮煙重濃 17年3月22日

暮煙重濃，心志此際飛彩虹。
惜春情重，嗟歎風勁吹落紅。

鞭炮囂動，大千恆是鬧洶湧。
獨有情鍾，山水田園寄情濃。
嚮往飆風，去向天涯覓奇峰。
百年匆匆，年已斑蒼一笑中。
歲月如瘋，名利於我有何功。
淡泊襟胸，正氣浩然瀰宇穹。

四更無眠

17年3月23日

四更無眠，沒有雞鳴，
只有雨吟，小哦詩章也盡興。
春來多情，心懷奮興，
恆想遠行，搏擊萬里之層雲。
心際清醒，神思空靈，
小吐才情，一篇短章脫口吟。
人生關情，苦了心襟，
傷了心靈，燈下清坐思無垠。

五更靜悄

17年3月23日

五更靜悄，雨不再拋，
風未曾嘯，路上華燈自在照。
心事遙道，情志風騷，
人生易老，春來心態猶堪表。
前路迢迢，關山遙遙，
奮志長跑，大好風光當訪造。
小哦詩稿，雅舒情竅，
坦蕩懷抱，五湖歸來胡不好。

激情歲月堪寫照

17年3月23日

激情歲月堪寫照，流年風煙入詩稿。
不覺斑蒼了，啞然余一笑。
人生情懷堪寫照，哦得萬章亦不了。
曾經風雨饒，傲骨撐天高。
而今沉潛人生道，展眼揚眉意態高。
清貧胡不好，積澱唯德操。
春來情志正堪表，奮發揚長人生道。
願共風同跑，萬里曠揚飆。

一夜春雨膏芳草

17年3月23日

一夜春雨膏芳草，晨起欣聽鳥鳴叫。
東風吹來好，新芽節節高。
散步經行七里遙，購回蔬菜一大包。
有汗沁體表，心情轉微妙。
人生春來興致饒，閑舒懷抱哦詩稿。
碧柳正飄搖，桃花新開了。
歲月賜我斑蒼老，對鏡不覺失一笑。
歸田須及早，名利務棄拋。

雨霽天開日色朗

17年3月23日

雨霽天開日色朗，漫天彩雲堪欣賞。
喜鵲喳喳唱，清風吹來爽。
晨起精神頗昂揚，散步歸來興清暢。
閑哦小詩章，曠吐情與向。
春天已經過半殤，流年時光飛若狂。
努力詩書間，叩道展揚長。

人生前路須奔放，迷煙障眼必須防。
提刀上戰場，克盡虎與狼。

人生情調知多少

17年3月23日

人生情調知多少，春來真開我懷抱。
哦詩頗不少，心情猶堪表。
此際愜聽鳥鳴叫，更有爽風吹來妙。
朝日東升了，大千沐恩照。
歲月由來展風標，不覺斑蒼人漸老。
奮行陽關道，萬里曠揚飆。
前路仍當奮行好，風雨兼程力奔跑。
一路風光饒，心情正大好。

人生由來堪笑傲

17年3月23日

人生由來堪笑傲，未可蹉跎傷懷抱。
春來心情好，況值朗日照。
最喜碧柳迎風搖，詩意從心嫋上了。
哦詩千章少，春色真豐饒。
小鳥吱喳清鳴叫，爽風適興走風騷。
世界正微妙，大道運行巧。
一生奮行陽關道，正直心地堪可表。
展眼雲煙飄，自在品茗道。

千山萬水行過了

17年3月23日

千山萬水行過了，人生贏得斑蒼老。
啞然失一笑，歸田須及早。
此生從未稍驕傲，謙和方可養德操。
向學努力跑，詩書展風標。

春來情懷真堪瞧，爽然清風適懷抱。
大千詩意饒，萬章哦不了。
野禽歡聲正鼓叫，柳煙澹蕩展飄搖。
踏春須及早，芳草已長高。

藍天白雲行飄渺

17年3月23日

藍天白雲行飄渺，田疇野禽歡鼓叫。
春色真堪表，大千生意饒。
爽風微涼適懷抱，開我詩興真無二。
展眼柳煙搖，嫩碧鵝黃罩。
心地沉吟哦詩稿，人生千關競克了。
斑蒼不覺老，心態猶清高。
努力前路曠奮跑，踏遍關山艱險道。
風光處處好，境界層層騷。

心態猶然青春

17年3月23日

心態猶然青春，只是斑蒼已逞。
展眼雲昏昏，奮志在紅塵。
歲月不住馳奔，履盡桑滄成陣。
一笑還馨溫，前路奮剛正。
輾轉山高水深，心創豈止千層。
百年幻化身，勞我心生疼。
努力奮行靈程，希冀唯在天城。
天父賜宏恩，感此心轉溫。

清度人生不畏難

17年3月23日

清度人生不畏難，紅塵曠度行漫漫。
百年生死徒坷坎，浮生一夢醒必然。
奮志靈程出霄漢，努力曠飛入天藍。
春來情志正開展，鳥鳴宛轉愜心坎。

天上白雲行漫漫

17年3月23日

天上白雲行漫漫，品茗意興正怡然。
花紅柳綠春正展，歲月悠閒度安然。
奮發志向赴前站，萬里征途不畏難。
風雨縱艱任其展，兼程力行作好漢。

歲月賜我斑蒼老

17年3月23日

歲月賜我斑蒼老，依然持節展笑傲。
春來懷抱開大好，明媚芳景怡心竅。
謙和人生不敢傲，奮發前路任雨囂。
百年生死等閒瞧，努力靈程曠揚飆。

雲煙清顯其澹蕩

17年3月23日

雲煙清顯其澹蕩，春來情志展昂揚。
東風暢來曠意向，閒情長哦入詩章。
半生已了余心向，斑蒼無妨我揚長。
奮志前路長待闖，關山萬座鬱青蒼。

雲煙清顯澹蕩

17年3月23日

雲煙清顯澹蕩，生活有其馨香。
此際春風呼嘯狂，清坐室內安祥。
歲月肆其奔放，年輪催我斑蒼。
心際仍持清與狂，純真少年相仿。
只是此心難講，百感盈於胸腔。
人生履盡是桑滄，余得千疤萬創。
依然奮志昂揚，萬里征途勇闖。
學取飛鳥掠青蒼，我志天涯之間。

奮志人生疆場

17年3月23日

奮志人生疆場，不覺已是斑蒼。
回首長曠望，感慨余淚淌。
不必過於悲傷，人生只是夢鄉。
滄桑是尋常，百年一瞬間。
此生追求理想，高遠是在天堂。
永生有指望，靈魂淨無疆。
春來血氣和暢，閑把詩歌哦唱。
真理力尋訪，道義鐵肩扛。

春來心志清芳

17年3月23日

春來心志清芳，喜看柳籠鵝黃。
生意大千間，萬類競生長。
淡泊清持襟腸，年輪任其增長。
一笑還清揚，閑品綠茗香。
生活清貧無妨，我有正義盈腔。
道義矢尋訪，直理力負扛。
闔家安享平康，神恩感於胸膛。
仲春真無恙，東風任吹狂。

雲煙沉沉昏昏

17年3月23日

雲煙沉沉昏昏，心事難以言論。
春風正曠逞，碧柳搖紛紛。
歲月飛馳如奔，不覺斑蒼已盛。
何須嗟長深，前路長待騁。

時節已過春分，菜花金黃繽紛。
桃苞正開盛，海棠落英芬。
應許笑意清生，人生靈程奮爭。
努力展剛正，天路通永生。

天氣此際陰沉

17年3月23日

天氣此際陰沉，心事向誰細論。
紅塵孤旅馳騁，余得傷心淚奔。
春來心事翻騰，情芽茁壯生成。
想向雲天飛升，一搏萬里險程。
苦旅人生艱深，回首何必心疼。
展眼前路繽紛，努力風雨兼程。
笑意應許清生，人生一緣之逞。
靈程是通天城，天父倚門正等。

暮煙漸漸形成

17年3月23日

暮煙漸漸形成，落日此際西沉。
散坐寬心身，哦詩舒情誠。
人生奮力馳騁，飽經風雨艱深。
回首煙霧生，往事鎖深深。
前路努力奮爭，曠展我之剛正。
不屈桑滄陣，展翅萬里程。
腳下步步把穩，實幹顯我精誠。
百年似一瞬，時間務惜珍。

華燈燦放

17年3月23日

華燈燦放，二更無恙，
鞭炮囂響，燈下清坐展思想。
小哦詩章，精神昂揚，
品味非常，談古論今話家常。
歲月悠揚，又值春光，
心境淡蕩，情志共風同鼓放。
人生揚長，體盡蒼涼，
味得甘香，當展笑意享安祥。

晨起愜聽鳥清鳴

17年3月24日

晨起愜聽鳥清鳴，天陰無妨我盡興。
讀書品茗曠意境，晨昏哦詩舒胸心。
淡定人生合清俊，斑蒼已解世真情。
展眼柳煙已成形，碧野茸茸綻芳青。

心志應許清芳

17年3月24日

心志應許清芳，人生鼓勇而上。
任起寒涼，任幻桑滄，
一笑淡泊持安康。
流年舒展奔放，何許計我斑蒼。
清聽鳥唱，閑品茗芳，
一種嫻雅獨自享。
大千多麼曠朗，萬類自由生長。
神恩無限，生機無限，
天人大道運無疆。
前路努力去闖，關山任疊萬幢。
展翅飛翔，煙雨任艱，
男兒果敢騁頑強。

閒情放曠

17年3月24日

閒情放曠，散步歸來興清昂。
天陰何妨，春來田園似畫廓。
合當揚長，名利之事應拋忘。
詩書之間，散淡人生度悠揚。
年雖斑蒼，心中未減少年狂。
渴望飛翔，去向遠方尋理想。
山水清蒼，契我身心真無恙。
叩道無疆，心靈心志放飛揚。

閒話家常

17年3月24日

閒話家常，心境平康，
快意舒暢，清喜父母健康強。
年輪增長，惜已斑蒼，
悟道廣長，詩書持身何其芳。
春風悠揚，楊柳舒芳，
花開妍香，田疇青碧實堪賞。
我意揚長，舒展奔放，
哦詩慨慷，愜聽野禽歡鼓唱。

暮煙初凝

17年3月24日

暮煙初凝，小鳥歡鳴，
寫詩盡興，燈下清坐也舒心。
春意正行，大好芳景，
天氣惜陰，無妨桃紅柳碧青。
風聲清鳴，微寒正侵，
散淡身心，回思平生也多情。

歲月曠進，日夜不停，
不必傷心，前路靈程鋪彩雲。

晨起愜聽歌兒唱 17年3月25日

晨起愜聽歌兒唱，鳥也鳴放，
風也清曠，大千寫意生機昂。
又是天陰靄煙漾，鞭炮囂響，
車兒鼓唱，生活噪雜且安祥。
清坐曠對風兒暢，不看文章，
閑放思想，一點情致入詩章。
紅塵狂放且攘攘，犬兒歡唱，
人兒不響，漫天心事對誰講。

落紅堪悼傷 17年3月25日

落紅堪悼傷，春已半殤，
流年飛翔，不必長嗟我老蒼。
笑意當舒放，曠對風暢，
愜聽鳥唱，生活點滴潤心腸。
前路矢闖蕩，山也高壯，
水也流長，大千風景實堪賞。
讀點好文章，閑寫詩章，
曠放情腸，孤旅人生也昂揚。

展眼雲煙正渺茫 17年3月25日

展眼雲煙正渺茫，日也白蒼，
風也瀟涼，幾聲啼鳥閑鳴唱。
體盡歲月之蒼涼，心也茫茫，
情也嗟傷，哦詩激越且慨慷。

春來懷抱堪開張，東風舒曠，
花開清芳，大千生意真無恙。
人生情懷向誰講，不談淒涼，
不悼過往，奮發志氣迎難上。

春來我心舒奔放 17年3月25日

春來我心舒奔放，閑哦詩章，
小吐情腸，大千生境若畫廊。
天氣又復轉晴朗，遠靄迷漾，
東風清曠，品茗意興有發揚。
歲月清展其揚長，春來安祥，
春去何傷，共緣旅行吾其暢。
半百生涯騁悲壯，不必心傷，
不必嗟悵，奮志關山任萬幢。

人生窮通何必講 17年3月25日

人生窮通何必講，共緣旅航，
心志舒暢，清貧持正也昂揚。
春來心志展奔放，市井喧嚷，
鑼鼓歡唱，心靈心志共風揚。
得意切莫稍狂猖，困厄莫悵，
大道清揚，事過境遷幻無疆。
清聽喜鵲喳喳唱，品茗雅芳，
心境晴朗，曠哦詩歌真快暢。

清度人生未為難 17年3月25日

清度人生未為難，春來心志持浪漫。
小鳥鳴濺濺，花兒曠舒展。
百折人生何須談，滄桑於我尋常看。
斑蒼何必喊，叩道不畏難。
平生不喜愛打禪，詩書持身等閒觀。
履盡坷與坎，一笑還朗然。
此際清坐思浩瀚，萬千心事入心坎。
不必多言談，努力去實幹。

閒情務須拋光 17年3月25日

閒情務須拋光，人生奮志昂揚。
春來情志正清漲，愜聽鳥語鳴唱。
一種情緒綿長，卻又難道其詳。
歎息時光飛如殤，轉眼不覺斑蒼。
努力奮發清剛，力斬前路荊障。
關山雄渾疊萬幢，我要振翼飛翔。
風光定然清靚，欣慰我之襟腸。
時間未可稍費浪，努力耕心向上。

努力奮志作好漢 17年3月25日

努力奮志作好漢，不畏前路艱難。
曠揚人生之風帆，豈懼惡浪險灘。
春來心志頗好看，哦詩舒展情瀚。
謳唱神恩之燦爛，讚美從心伸展。
光明必然勝黑暗，偉哉神創宇寰。
文明進步曠開展，人心更換必然。
靈程奮發荊棘斬，力克虎豹狼纏。
勝利歸回天堂站，永生豈有缺憾。

歲月莽莽蒼蒼

17年3月25日

歲月莽莽蒼蒼，思此有淚流淌。
苦旅生涯闖蕩，餘得千疤萬創。
依然心懷嚮往，叩道不懼深艱。
百年如夢一樣，揮髮我之慨慷。
笑容清新展放，純真持在襟髒。
努力靈程飛翔，渴望達到天堂。
神恩感在心間，讚美哦入詩章。
世事任起桑滄，我心我意清剛。

人生率意平康

17年3月25日

人生率意平康，履盡煙雨濁浪。
春來心志昂，閑把詩哦唱。
散淡清持襟腸，感悟向誰言講。
孤旅情獨悵，無語對斜陽。
東風吹來浩蕩，碧野柳林綻芳。
大千氣象彰，生機正騁長。
應該拋去愁悵，前路萬里揚長。
雙展鋼翅膀，摩云入煙蒼。

雲煙此際昏沉

17年3月25日

雲煙此際昏沉，春風呼嘯聲聲。
靜坐思馳騁，品茗心馨芬。
時光正值仲春，大千生意正騁。
散淡度晨昏，哦唱我心身。
此心未可沉淪，努力奮發剛正。
前路萬里程，兼程我奮身。
五十二年銷沉，余得斑蒼之身。
心仍持純正，覺性悟清真。

清展我之昂揚

17年3月25日

清展我之昂揚，清展我之貞剛。
歲月淡蕩有芳，風雨任其激蕩。
人生合當揚長，萬事應都拋放。
唯持道義堅強，正直未可稍忘。
清貧有何大妨，向學志取奔放。
努力晨昏之間，朗哦新詩慨慷。
積德未可退讓，發奮矢志向上。
穿越煙雨艱蒼，終有彩虹輝煌。

第二十一卷《真率集》

激情歲月堪寫照 17年3月25日

激情歲月堪寫照，流年風煙入詩稿。
心懷倩雅俏，真率當可表。
黃昏夕陽正高照，清坐思緒散然飄。
紅塵任擾擾，心靈靜為要。
曠懷清正不稍驕，詩書人生堪笑傲。
哦詩舒雅騷，心情共風飄。
春來心懷展奇妙，奮發志向叩大道。
生塵胡不好，百年任迢迢。

清度浮生何必傷 17年3月25日

清度浮生何必傷，志向騁清剛。
春來心意展揚長，哦哦發歌唱。
此際暝色四野蒼，華燈燦然放。
清坐室內享平康，小哦我詩章。
彈指流年一揮間，不覺已斑蒼。
更應惜時努力上，業績創輝煌。
籠鳥清新宛轉唱，引余心徜徉。
百折心事無人講，孤寂嗟茫蒼。

不思又不想 17年3月25日

不思又不想，散淡持襟腸，
燈下享安祥，只是遠處鞭炮又囂響。
人生樂平康，閑把詩哦唱，
舒盡我心向，更向歲月深處覓理想。
笑意當清靚，不必嗟艱蒼，
前路邁揚長，一任風雨寒霜滿路障。
關山疊萬幢，迎難我徑上，
何許計斑蒼，清度浮生曠展志兒剛。

燈下思緒拋 17年3月25日

燈下思緒拋，清夜迢迢，
春意瀟瀟，閑展情志入詩稿。
人生雅意俏，履盡險要，
關山豐標，漸入佳境達玄妙。
奮發曠揚飆，未可稍傲，
謙和力保，百年力修是德操。
展我之風騷，質樸無二，
純真無二，一身正氣衝宇霄。

四更無眠 17年3月26日

四更無眠，五更無眠，
春意溫馨，難言心情，
難表心境，車聲犬吠點意境。
人生多情，費盡腦筋，
傷了心靈，苦了胸襟，
風雨經行，斑蒼獨自哦空清。
此際何云，此際何吟，
心事難明，心機拋盡，
燈下省心，靜待天亮啟黎明。

天光大亮 17年3月26日

天光大亮，紅旭東上，
春靄瀰漾，野禽歡唱，
小風清暢，更有歌聲奏揚長。
淡泊心向，守素安常，
人生昂揚，舒展奔放，
激情慨慷，清度人生不張狂。
歲月清芳，不覺斑蒼，
流年狂猖，奮發頑強，
實幹為上，從來汗水不白淌。
前路瞻望，山高水長，
風景萬方，努力驅闖，
心志清昂，男兒矢展雄與剛。

人生廢話不宜講 17年3月26日

人生廢話不宜講，沉默為上，
實幹為上，保有天良第一樁。
晨起愜聽鳥鳴唱，紅旭東上，
花兒開放，藍天青碧春靄漾。
風兒輕帶薄寒涼，心境平康，
情兒朗爽，閑哦新詩舒情腸。

人生合當把歌唱，請品茗芳，
請嗅書香，一種逸意真無恙。

不敢攬鏡照

17年3月26日

不敢攬鏡照，鬢已蕭蕭，
髮也蕭蕭，人生不覺斑蒼老。
春來開懷抱，詩書笑傲，
名利棄拋，醉心田園胡不好。
百年留詩稿，心跡寫照，
身心細描，付與後儕作參考。
努力奮前道，山也迢迢，
水也遙遙，踏遍關山不覺老。

人生適意為上

17年3月26日

人生適意為上，勸君怡養情腸。
名利棄而放，養心第一椿。
此際清風暢曠，世界幻變桑滄。
徒然嗟慨慷，不覺已老蒼。
笑意應當展放，任他霜華漸長。
努力實幹強，業績誓造創。
春意天地之間，花開花落安祥。
未可稍迷茫，靈程奮飛翔。

雲煙任其繚繞

17年3月26日

雲煙任其繚繞，清心曠持懷抱。
展我雅與騷，哦詩舒情調。
未聽小鳥鳴叫，但有狂風吹嘯。
清坐思閑拋，情懷付誰瞧。

唯有哦入詩稿，激昂併且倩巧。
歲月若飛飆，轉眼人蒼老。
眼淚未可輕掉，志取強剛為要。
天涯風光好，努力奮前道。

人生奮志在紅塵

17年3月26日

人生奮志在紅塵，未可沉淪，
心須上升，克盡困苦走靈程。
此際時已過春分，落紅層層，
心中生疼，長嗟年輪曠逝奔。
淡泊中心何所論，舒我精神，
保我清真，努力詩書奮晨昏。
白雲緩緩展繽紛，風吹清芬，
鳥語嬌聲，大千寫意贊不勝。

天氣陰晴頗不定

17年3月26日

天氣陰晴頗不定，時而多雲，
時而轉陰，一如幻變之心情。
歲月飛逝何須驚，流變殷殷，
大千幻境，百年吾生是夢境。
奮向前路辟而進，矢斬棘荊，
奮進無垠，靈程直達彼天庭。
吾生老矣華髮新，不必嗟驚，
人生曠進，層層境界入雲嶺。

長風浩蕩吹來曠

17年3月26日

長風浩蕩吹來曠，心境淡蕩，
情志芬芳，唯有落紅堪嗟傷。
清度歲月頗悠閒，朗哦詩章，
小品茗香，激情流瀉若汪洋。
正直心腸未可滅，力鬥惡奸，
果敢頑強，正邪搏擊恆艱蒼。
百年幻化若煙蕩，老我斑蒼，
逸意清揚，鼓舞心志矢向上。

世界陷在迷茫

17年3月26日

世界陷在迷茫，名利害人狂猖。
文明去向何方，引我深深思量。
務持正義立場，修心養德清芳。
東西文明共襄，濟世救患未央。
此生百年匆忙，努力耕心為上。
矢志追求理想，不懼風砂惡狼。
此際春意正曠，心事莽莽蒼蒼。
率意閑哦詩章，愜聽小鳥鳴放。

坎坷浮生看淡

17年3月26日

坎坷浮生看淡，人生不畏艱難。
奮志作好漢，不必去打禪。
心志共緣卷翻，春來情懷開展。
雲天正青藍，有鳥凌空翻。
紅塵大千變幻，心曲徒懷浪漫。
書海曠揚帆，叩道努力幹。
清坐思想綿纏，情致向誰言展。
幾聲鳥鳴濺，余意享安然。

人生渾然如夢

17年3月26日

人生渾然如夢，思此熱淚雙湧。
寄身大化中，何去復何從。
靈程務當鼓勇，奮志燦若長虹。
立身須凝重，神恩正恢弘。
春來心志沉雄，渴望前路奮勇。
不懼考驗重，力克魔敵凶。
百年真太匆匆，轉眼斑蒼龍鐘。
努力去作工，天路鋪彩虹。

心事此際廣長

17年3月27日

心事此際廣長，晨起愜聽鳥唱。
朝日閃清光，春風吹來曠。
歲月莽莽蒼蒼，百感都上心膛。
小哦新詩行，吐點淡雅芳。
人生合當揚長，萬水千山邁闖。
百年轉瞬間，餘得淚雙淌。
曾履苦旅艱蒼，千疤萬創心間。
唯賴神恩壯，導引我慈航。

藍天青碧無雲彩

17年3月27日

藍天青碧無雲彩，心地霞彩萬千開。
幾聲鵲噪開境界，品茗興逸把詩裁。
胸中包攝大千界，奮發揚眉辟未來。
前路縱有風雨在，我心如鋼渾無賽。

人生境界層層開

17年3月27日

人生境界層層開，清喜春風曠心懷。
百年生死持大愛，風雨磨歷笑意在。
淡泊生涯詩書裁，清貧何妨傲骨在。
正直為人頗開懷，靈程奮志辟未來。

清喜碧柳毿蕩

17年3月27日

清喜碧柳毿蕩，散步來到湖旁。
野禽正鼓唱，白鴿暢飛翔。
南風吹來浩蕩，陽光灑然清靚。
和藹這寰壤，大地展春光。
野花嬌嬌開放，生活和平安祥。
逸意都升上，閒雅哦詩章。
綠波怡人心腸，漫野菜花芬芳。
世界合謳唱，神恩銘襟腸。

春意曠然發揚

17年3月27日

春意曠然發揚，斜暉此際清朗。
南風恣意向，散步敞衣裳。
田野花紅柳芳，大千生意盡彰。
余心喜洋洋，詩意從心上。
奮發前路強剛，激情此際盈腔。
努力騁並闖，關山越萬幢。
歲月無比滄蕩，老我斑蒼何妨。
吾意猶揚長，恆欲展翅翔。

暮煙此際迷茫

17年3月27日

暮煙此際迷茫，心情卻很舒暢。
逸意正清揚，閑哦小詩章。
歲月淡淡有芳，春來氣宇軒昂。
苦痛成既往，笑意展揚長。
人生百感俱上，卻對誰人言講。
生死嗟茫茫，歲華飛若狂。
淡定是我志向，人生因緣一場。
裁心哦詩章，句句體安祥。

人生合當舒懷抱

17年3月28日

人生合當舒懷抱，一任迷煙繞。
春來情志頗雅騷，鼓舞情與竅。
嚮往搏擊長天渺，萬里征程遙。
不懼年華漸衰老，心態猶清瀟。
此際鳥鳴宛轉叫，爽風吹來好。
清坐閑把思緒拋，小哦南山稿。
輾轉身心未敢傲，鐵骨卻堪表。
傲立奮行人生道，豈畏風雨囂。

窗外鞭炮又囂叫

17年3月28日

窗外鞭炮又囂叫，風聲呼嚎，
迷煙輕繞，清坐室內品茗逍。
從來紅塵是擾擾，未可心焦，
省心最要，清度人生德為高。
名利於我不重要，叩道迢迢，
向學騷騷，晨昏朗哦裁詩稿。

歲月飛飆若奔跑，仲春近了，
清明近了，年華如水逝而銷。

閑哦小詩章

17年3月28日

閑哦小詩章，吞吐雅量，
拋出心向，一種情致難言講。
思想放無疆，紅塵攘攘，
人生瞬間，思此能不嗟而傷。
大千清無恙，東風肆狂，
吹落菲芳，惜春心意獨自悵。
年華逝如殤，轉眼斑蒼，
不必斷腸，揮灑情志萬里疆。

紅塵豈缺多情種

17年3月28日

紅塵豈缺多情種，履盡雨風，
歲月情鍾，百年心事總成空。
浩志凌雲入長空，奮向前衝，
任起雨風，男兒合當展剛猛。
春來情志曠若虹，七彩心中，
努力行動，笑傲浮生也輕鬆。
謳盡淡蕩之心胸，素樸清空，
寫意靈動，因有正氣盈襟中。

浮生恍然如夢

17年3月28日

浮生恍然如夢，曠展我之笑容。
迷煙任濃重，慧眼透霧濃。
大千紅塵囂動，名利害人騁凶。
不安去行動，淡定持心中。

窗外鞭炮鳴轟，天色陰沉有風。
品茗閒雅中，寫詩慰襟胸。
歲月飛逝匆匆，不必嗟我斑濃。
共緣去嫋風，奮志青冥中。

曠志奮走紅塵

17年3月28日

曠志奮走紅塵，千疤萬創何論。
依然持清純，孤旅獨馳騁。
此際天色陰沉，狂風吹襲陣陣。
清坐心安穩，怡養我精神。
前路奮發剛正，履度煙雨晨昏。
展我精氣神，踏遍關山陣。
展眼雲煙昏昏，碧柳飄舞繽紛。
春色美不勝，落紅惜生成。

浮生未可迷茫

17年3月28日

浮生未可迷茫，清貞展我揚長。
迷煙四野漾，心境須晴朗。
人生合當慨慷，男兒雄心強壯。
鼓勇奮去闖，風景堪徜徉。
名利應可棄放，叩道深入艱蒼。
宇宙廣無量，天人親無疆。
人生百年瞬間，努力耕心向上。
不必嗟茫蒼，實幹當儘量。

揮手遠辭青春

17年3月28日

揮手遠辭青春，斑蒼不覺已逞。
半百何所論，煙雨任繽紛。
人生苦旅生成，艱蒼困我平生。
依然持剛正，努力奮晨昏。
此心活潑清純，不肯稍涉沉淪。
詩書怡精神，叩道悟清真。
雅意此際縱橫，哦詩微吐清芬。
窗外細雨生，清坐思馳騁。

世事擾擾紛紛

17年3月28日

世事擾擾紛紛，嗟此大千紅塵。
萬事都不論，閑聽彼風聲。
前路合當馳騁，哪管山高山深。
衝決蒼煙陣，展翅萬里程。
浮生百年一瞬，歲月何懼艱深。
苦痛拋紛紛，展我笑容純。
春來思緒縱橫，哦詩七彩紛呈。
品茗意馨芬，怡情在晨昏。

霾煙此際重濃

17年3月28日

霾煙此際重濃，心情頗不輕鬆。
哦詩何所頌，只是舒情濃。
春來也太從容，春去也太匆匆。
傷春有何用，人生亦夢中。
此生願化長虹，七彩鋪在空中。
點綴這蒼穹，生活妙無窮。
只是此心苦痛，人生百感襲胸。
清坐思潮湧，沉痛無言中。

雲煙任其混茫

17年3月28日

雲煙任其混茫，清心自守安常。
生活若水淌，詩意中心漾。
時節匆匆流殤，此生暫寄人間。
客旅之相仿，人生是夢鄉。
有時遭遇苦艱，有時熱淚流淌。
有時熱情放，有時苦憂傷。
思想曠放無疆，實幹才顯豪強。
春來生機昂，欣欣余意朗。
勝過試探艱蒼，迎接光明太陽。
神恩總是豐穰，我心蓄滿平康。

朔風此際嘯狂

17年3月28日

朔風此際嘯狂，暝色不斷增長。
燈火已經閃亮，清坐思起茫蒼。
天氣陰沉怪樣，霾煙籠罩寰壤。
不想去讀文章，閑寫一點詩行。
人生陰晴滌蕩，欲訴卻還難講。
百年匆匆忙忙，太多感慨悲傷。
努力奮發剛強，曠展生命力量。
浮生只是夢鄉，希望唯有天堂。

努力奮發強剛

17年3月28日

努力奮發強剛，踐行生命理想。
任起困難迷障，矢志頑強向上。
必須看准方向，務將奸邪拋光。
正直才有力量，奮飛對準天堂。
靈程不是好上，其中充滿苦艱。
魔敵刻意阻擋，妄圖引人喪亡。

孤寂知幾重

17年3月28日

孤寂知幾重，悵對秋月春風。
年已近成翁，心事付與誰懂。
燈下思無窮，窗外歌聲清動。
年輪飛若瘋，春已過半逝送。
誰堪稱情種，世事幾人真懂。
不必心沉痛，前路山水萬重。
務當鼓奮勇，努力矢向前衝。
展翅曠揚風，風光燦爛無窮。

燦爛是我心胸

17年3月28日

燦爛是我心胸，有時充滿苦痛。
人生百年匆匆，太多患難沉重。
此際清坐哦諷，窗外閃爍霓虹。
春夜微寒清送，燈下思達無窮。
回憶往事何用，貴在奮發前衝。
任起坎坷險重，我志如山如鐘。
學取虬勁蒼松，學取白鶴駕風。
學取雲飛靈動，學取水流勁湧。
拋開世事苦痛，心志揮灑如虹。
努力實幹行動，創造業績恢弘。
清度人生從容，名利於我何用。
晨昏清新哦諷，漫對秋月春風。

輾轉浮生渾然如夢

17年3月29日

輾轉浮生渾然如夢，
春來心志依然空朦。
晨起愜聽鳥之鳴頌，
心地感慨雅思來從。
一陣歌聲自遠飄送，
我的心中閒情奔湧。
小哦新詩難言心胸，
歲月莽蒼自古渾同。
煙雨浮生流年清送，
獨立思想絕不苟同。
清坐神思曠遠無窮，
百年人生叩道奮勇。

春來心志茫茫

17年3月29日

春來心志茫茫，閑聽鳥的啼唱。
東風吹來清揚，天陰無妨情腸。
向學晨昏不讓，哦詩聲調鏗鏘。
激越恆懷心間，矢向前路驅闖。
不懼山高水長，勇武凝在襟間。
笑容應當展放，男兒合當強剛。
持正一生昂揚，不屈淫威惡狼。
力鬥奸邪魅魎，奮發矢志向上。

人生不須緊張

17年3月29日

人生不須緊張，閒情應許放曠。
春來情志漾，共彼風同暢。
歲月運轉桑滄，志向凝成鐵鋼。

紅塵任攘攘，清心水雲鄉。
內視自己心向，應許慧光增長。
塵世嗟茫茫，大化運無疆。
此生並不久長，百年匆若瞬間。
努力奮貞剛，靈程矢志上。

迷煙四野浮漾

17年3月29日

迷煙四野浮漾，心志沉鬱慨慷。
品茗興致漲，閑哦我詩章。
應許淡淡蕩蕩，無執清持心腸。
人生須揚長，共緣清旅航。
何必多談過往，展眼應向前望。
水雲有蕩漾，山水鬱清蒼。
努力奮向前闖，風光覽盡無限。
百年生命艱，務持素襟房。

心志應許清曠

17年3月29日

心志應許清曠，暇時不妨揚長。
且請聽鳥唱，且請品茗芳。
清度歲月悠揚，勿將時光費浪。
詩書潛心訪，學養恆增長。
此生大半已殤，嗟我年已斑蒼。
理應煥志向，努力奮貞剛。
裁心朗哦詩章，胸襟宇宙包藏。
春來氣昂藏，展眼靄煙漾。

愜聽小鳥鳴叫

17年3月29日

愜聽小鳥鳴叫，我意曠然清瀟。
揚長人生道，患難已經飽。
前路一任艱饒，矢志攀登險要。
奮發曠揚飆，萬里轉眼到。
紅塵攘攘擾擾，名利害人奇巧。
清心原無傲，意志如鋼造。
謙和一生風騷，叩道達致迢迢。
心志堪可表，朗吟哦詩稿。

第二十二卷《清淳集》

清展我的笑容 17年3月29日

清展我的笑容，清展我的靈動。
散步歸來乘風，心境無比放鬆。
歲月豐富誰懂，歷盡坎坷險重。
雖然負有傷痛，依然激情盈胸。
前路奮勇矢衝，不懼山水險凶。
努力清展豪雄，男兒實幹勁湧。
春來心情輕鬆，哦詩裁出情濃。
曠展望眼雲空，天涯靄煙朦朧。
此際暮煙濃重，華燈點綴街容。
燈下清哦諷，心事有誰懂。
人生嚮往乘風，一搏雲天青空。
步下須凝重，前路風雨濃。
有時快慰心中，有時苦悶沉痛。
何必做情種，應當與緣共。
一腔正氣天地間，不須緊張，
不須思量，天人合一原無恙。

春來情意頗菲芳 17年3月29日

春來情意頗菲芳，惜無蝶翔，
惜無蜂翔，漫野菜花開正香。
心曲卻向誰人唱，咽盡淒涼，
諳盡悲傷，一種情緒是孤悵。
展眼天際雲煙漾，東風清暢，
野禽歡唱，閑讀清詞心歡暢。
歲月綿綿無盡長，百年蒼茫，
人生不長，抓緊時間矢志闖。

清度浮生從容 17年3月29日

清度浮生從容，履盡坎坷險重。
歲月嫋如風，轉眼鬢斑濃。

大千紅塵堪笑傲 17年3月29日

大千紅塵堪笑傲，曠展懷抱，
小舒才調，三更無眠哦詩稿。
春夜清和富情調，蟲兒不叫，
車兒偶嘯，心兒卻起小狂潮。
人生志兒不算高，叩道迢迢，
關山豐標，心兒履盡萬里遙。
努力前行辟征道，風雨任囂，
迷煙任飄，矢志展翅入宇霄。

春來情志大開張 17年3月30日

春來情志大開張，五更時間，
小哦詩章，清裁志氣入詩行。
窗外路燈猶明亮，精神健旺，
神思飛翔，一篇短章立就間。
人生應當展揚長，萬事堪忘，
千思捐放，只余正念在心間。

彩雲往西流淌 17年3月30日

彩雲往西流淌，心中嫋起情腸。
晨起鳥鳴唱，春靄正迷漾。
散步數里無恙，一任汗沁衣敞。
精神展昂揚，更把詩哦唱。
人生得意莫狂，清貞守我平常。
努力耕心間，激情暢發揚。
願向高天飛上，飽覽萬里穹蒼。
百年一瞬間，業績創輝煌。

閒情應許放曠（之一） 17年3月30日

閒情應許放曠，天際雲煙滌蕩。
爽風吹來暢，散坐享安祥。
野禽歡聲鼓唱，歲月清展芬芳。
嫋起情悠揚，雅哦新詩行。
矢志奮發闖蕩，春來激情張揚。
紅塵正攘攘，清心叩道藏。
向學進取不讓，晨昏捧詩哦唱。
舒出心志芳，一種淡雅香。

閒情須釋放

17年3月30日

閒情須釋放，小哦詩章，
字裡行間，只是一顆心鼓蕩。
天際迷煙漾，爽風送暢，
花落凋喪，惜春情緒正增長。
人生須安祥，名利捐忘，
閒事都放，唯持道義在心間。
百年成虛誑，老我斑蒼，
心志清昂，沉潛詩書不頹唐。

小哦我的詩行

17年3月30日

小哦我的詩行，舒展我的奔放。
天陰無妨揚長，閒愁儘管拋光。
人生志取清昂，積學晨昏不讓。
笑容應許展放，征途一任險艱。
清持心襟坦蕩，無執共緣旅航。
百年風雨艱蒼，不必歎息悲悵。
努力雙展翅膀，縱身飛上天壤。
前路廣長無量，風光瑰麗異常。

思想曠放無疆

17年3月30日

思想曠放無疆，人生有時情長。
散淡持襟腸，悠揚度辰光。
笑我斑蒼之間，依然持有清狂。
書生意氣彰，名利非意向。
情繫水雲之間，嚮往駕鶴飛翔。
天地廣無疆，豪情衝天曠。
有時苦痛憂傷，有時笑容綻放。
人生合揚長，百年共緣航。

此生履盡雨風

17年3月30日

此生履盡雨風，孤旅不嗟沉痛。
窗外歌聲正清送，燈下思湧。
淡泊清持心胸，不敢自稱情種。
努力奮發向前衝，不懼險重。
曠懷書入詩中，激情恆是長湧。
拋開年輪之苦痛，清展笑容。
輾轉桑滄奮勇，何必介意傷痛。
裁志朗聲謳大風，傲骨堪頌。

三更醒來思綿放

17年3月31日

三更醒來思綿放，心情溫讓，
春夜和祥，何如吐心哦詩行。
密密心事向誰唱，嗟我斑蒼，
孤旅揚長，咽盡世事之蒼涼。
歲月如飛何必講，苦了心腸，
積得思想，一點情志仍奔放。
人生意義須研講，名利徒髒，
世俗虛誑，必須保有真天良。

不覺又是四更

17年3月31日

不覺又是四更，長我精神，
哦我心身，春夜正馨溫。
人生真是難論，百度秋春，
桑滄成陣，余得心生疼。
轉眼斑蒼生成，逝去青春，
減了精神，贏點智慧生。
務須保有純真，名利不論，
守我清貞，努力奮馳騁。

天剛放亮

17年3月31日

天剛放亮，鳥即歌唱，
車聲囂響，小風送清爽。
逸意心間，展眼長望，
春靄輕漾，天地和氣間。
當展揚長，當舒心向，
當哦詩章，當吐我情腸。
不嗟茫蒼，不計過往，
不稍頹唐，奮發男兒剛。

笑意曠展溫存

17年3月31日

笑意曠展溫存，晨起鳥語成陣。
拋開心地重沉，暢吸清風爽神。
窗外飄來歌聲，引我精神振奮。
人生履度秋春，因緣何必細論。
努力前路馳騁，關山任起雄渾。
更願展翅飛騰，刺向宇霄層層。
我欲脫離紅塵，憩向水雲深深。
心事無人可論，唯向詩中訴申。

夕照此際橙黃

17年3月31日

夕照此際橙黃，霞彩西天鋪張。
暮煙漸漸漲上，佇觀感慨心間。

歲月清展奔放，五十二載瞬間。
努力奮發矢闖，綻放生命輝煌。

彩霞東方

17年4月1日

彩霞東方，紅日躍然上。
春晨和祥，野禽歡鼓唱。
心境平康，情志懷雅量。
體味休閒，逸意中心漾。
歲月滄蕩，不計老來訪。
人雖斑蒼，心興猶雄剛。
大好寰壤，須學飛鳥翔。
恣意霄間，絕不回頭望。

展眼曠望

17年4月1日

展眼曠望，天際濃靄正浮漾。
心事廣長，春來情懷向誰敞。
陽光清靚，大地處處綻春芳。
鳥鳴悠揚，余心余意開懷暢。
何必嗟悵，人生前路奮發闖。
不計斑蒼，昂然心性仍發揚。
哦詩朗朗，激情歲月堪謳唱。
他年回想，心跡俱在詩行間。

春晴卻有長風

17年4月1日

春晴卻有長風，心事泛起朦朧。
惜春情意重，品茗心放鬆。
歲月飛逝匆匆，老我斑蒼沉痛。
不必嗟深重，前路鼓勇衝。

應許志若長虹，應許奮起勇猛。
應許裁心哦諷，應許共緣行動。
人生恍如一夢，百年幻化成空。
不必淚長湧，靈程任雨風。

清坐思閑放

17年4月1日

清坐思閑放，斜暉白而蒼。
天際靄煙漾，散淡持襟腸。
讀書愜意向，思想若汪洋。
悠悠賦詩章，感慨無法講。
人生恆渺茫，百年成虛誑。
譬若一夢間，醒來余淚淌。
靈程奮志航，艱蒼任其放。
勝過試探艱，曠向天國翔。
聖潔持心腸，靈魂淨無疆。
春來嗟茫蒼，短歌意深長。

暮煙此際蒼茫

17年4月1日

暮煙此際蒼茫，心境坦蕩安祥。
歲月流變桑滄，五十二年逝殤。
奮志仍取強剛，前路努力去闖。
踏遍關山險障，曠懷寰宇包藏。
春來心興張揚，欣賞柳綠花芳。
落紅引余嗟傷，感慨哦入詩章。
向學晨昏哦唱，積澱思想清芳。
努力發熱發光，燭照前路遠長。

欣賞春花開放

17年4月2日

欣賞春花開放，清度流年時光。
心志未可頹唐，努力耕心向上。

時值仲春之間，散坐品茗悠閒。
斜暉朗朗清靚，春靄漫起遐方。
心事無限廣長，唯有哦入詩章。
前路固當辟闖，步步堅穩必講。
心志類若陽光，燦爛清懷心膛。
胸襟務求寬廣，清澈未可汙髒。
裁心何必多講，默默實幹為良。
即此短章獻上，清聽小鳥鳴唱。

斜暉此際朗爽

17年4月2日

斜暉此際朗爽，天際春靄瀰漾。
遠處歌聲清靚，市井和平熙攘。
散坐心事遐方，更向詩中演講。
人生蹉跎茫蒼，只是苦旅一場。
奮志靈程闖蕩，堅秉正義剛腸。
向上曠飛清揚，邁越千關重擋。
克盡魔敵兇狂，聖潔心靈清芳。
悠悠吐出心向，坦蕩盈滿襟房。

暮色茫茫蒼蒼

17年4月2日

暮色茫茫蒼蒼，晚風清新吹蕩。
宿鳥輕聲歌唱，余心感慨升上。
春色無限清芳，流年飛逝若狂。
少年煙影難訪，華髮對鏡嗟傷。
紅塵暫寄之鄉，人生百年匆忙。
唯有飛向天堂，才有永生可講。
努力靈程向上，淨化靈性無疆。
辭去名利骯髒，聖潔心靈閃光。

喜鵲喳喳叫

17年4月3日

喜鵲喳喳叫，天氣晴好。
晨風清吹跑，余意遙逍。
今日寒食到，仲春近了。
歲月曠飛跑，不嗟蒼老。
我心開懷笑，朗哦詩稿。
激情有寫照，一腔剛傲。
努力矢奮跑，關山迢迢。
風景展微妙，知音緲緲。

夕煙又昏黃

17年4月3日

夕煙又昏黃，閒愁漫長。
心事須拋光，飛揚向上。
人生苦旅艱，徒然感傷。
更應奮力量，努力矢闖。
正義盈襟間，力克邪奸。
靈程曠飛翔，對準天堂。
神恩真無恙，感在心間。
博愛必須講，普濟萬邦。

夕照輝煌

17年4月3日

夕照輝煌，思放無疆。
感慨升上，意發清揚。
人生艱蒼，百年夢間。
內叩心腸，求取慧光。
大道奔放，無跡可訪。
天人之間，聯繫廣長。
業緣茫茫，名利擾攘。

靈秀心膛，慧意發揚。
無機之間，名利拋放。
水雲清曠，憩我心向。
努力向上，矢志揚長。
清貧何妨，正義強剛。
春來氣暢，哦詩慨慷。
振節謳唱，天人和祥。
多言有妨，擱筆下放。
暮煙嫋揚，思想奔放。

紅霞泛起東方

17年4月4日

紅霞泛起東方，朝日行將升上。
野禽歡聲鼓唱，涼風襲來清爽。
心事泛起廣長，卻對何人言講。
百折情思何向，唯有哦入詩章。

心情當求舒朗

17年4月4日

心情當求舒朗，天陰無有大妨。
時值清明之間，君子蘭花盛放。
人生百倍情長，心事裁入詩章。
展眼雲煙茫茫，品茗胸襟淡蕩。

風聲狂嘯

17年4月4日

風聲狂嘯，靜坐室內思雅騷。
籠鳥鳴叫，清明時節情堪表。
人生晴好，天氣陰沉靄煙緲。
舒展懷抱，容我從容哦詩稿。
仲春過了，時光如電飛渺渺。
人漸蒼老，無妨情懷風雅俏。

紅塵擾擾，拋卻名利心態高。
努力叩道，更向書山尋祕寶。

閒情應許放曠（之二）

17年4月7日

閒情應許放曠，且請愜聽鳥唱。
歲月無比滌蕩，春來心襟開敞。
何不志取安祥，名利稍稍棄放。
漫野菜花金黃，詩意人間清芳。

東風舒曠

17年4月8日

東風舒曠，陰雲密張。
季春無恙，柳綠花芳。
應使清揚，裁詩謳唱。
心事綿長，婉歌奔放。
東風舒曠，鳥鳴悠長。
靜坐安祥，品茗思暢。
散淡清閒，意足平康。
悠悠歌唱，地久天長。
東風舒曠，人生慨慷。
萬事捐忘，中心適朗。
天地廣長，吾生瞬間。
思想無疆，獨振清響。

天方亮
17年4月10日

天方亮，野鳥即歌唱。
清風爽，我意也舒揚。
暮春間，萬物騁生長。
花草芳，碧柳毿毿蕩。
歲月翔，不必計斑蒼。
心疏狂，閒雅哦詩章。
人昂揚，努力長驅闖。
萬里疆，山水正青蒼。

心曲向誰傾倒
17年4月10日

心曲向誰傾倒，長望雲煙縹緲。
小鳥自在鳴叫，爽風吹來清好。
浮生坎坷經飽，依然詩書笑傲。
春來曠開懷抱，矢向前路奮跑。

春風吹拂清暢
17年4月11日

春風吹拂清暢，玉蘭行將開放。
漫天雲煙飄蕩，余意喜悅平康。
人生志取昂揚，邁越千山萬嶂。
笑容依然清靚，不屈不撓矢闖。

春花如此嬌美
17年4月11日

春花如此嬌美，引我心情沉醉。
歲月不住奮飛，余得斑蒼憔悴。
人生堪可味回，履度風雨艱危。
暮春迎風清對，詩意盈滿襟扉。

夕煙清漲
17年4月11日

夕煙清漲，紫燕回翔。
野禽歡唱，爽風曠暢。
余意安祥，朗哦詩章。
品味休閒，清度辰光。
夕煙清漲，市井吵嚷。
生活平康，暮春花芳。
田疇碧漾，菜花金黃。
詩意人間，歡樂無恙。

暮靄濃重
17年4月11日

暮靄濃重，心事嫋隨風。
心志如虹，七彩燦無窮。
歲月清送，贏得斑鬢濃。
依然情鍾，嚮往曠乘風。
不妄行動，為人須凝重。
共緣而從，慧性悟清空。
人生匆匆，何必淚雙湧。
春意正濃，淡泊持心中。

晨起天已亮
17年4月12日

晨起天已亮，月垂西方，
霞啟東方，林野鳥兒歡歌唱。
心境體悠揚，風兒爽朗，
情兒舒暢，寫詩更發中心想。
暮春生機旺，海棠開放，
菜花開放，更有玉蘭含苞間。
不負好時光，努力向上，
耕心無恙，晨昏捧書哦揚長。

歲月曠展多情
17年4月12日

歲月曠展多情，此際天色正青。
野鳥歡奏鳴，余意懷高興。
爽風吹來盡興，嫋起余之詩情。
捧出心與襟，渴望曠飛行。
春來萬物蘇醒，田疇生機碧映。
菜花綻清新，金黃怡吾心。
人生百年經行，不覺老了雙鬢。
努力向前行，風光堪賞吟。

菜花芬芳
17年4月12日

菜花芬芳，粉蝶翩翩來翔。
散步興上，數里不過瞬間。
南風興曠，吹來暖氣盛旺。
春衣開敞，一任汗微沁漾。
陽光和暢，明媚鋪在田間。
人民安祥，樂享和平辰光。
詩意嫋上，即興賦出短章。
奉出心腸，原也清新揚長。

斜暉清照
17年4月12日

斜暉清照，心事展玄妙。
未可稍傲，正直是情操。
人生迢迢，履盡彼險要。
風雨經飽，朗然余一笑。

春來舒竅，田園茸芳草。
風兒清瀟，碧柳自在搖。
人生晴好，心態最為要。
努力揚飆，奮行天國道。

堅持正善之道
17年4月12日

堅持正善之道，保守心靈心竅。
一任風雨飄搖，努力兼程奮跑。
神恩無比豐標，指引真理正道。
勝過惡魔邪狡，光明宇宙普照。

拋開心靈苦痛
17年4月12日

拋開心靈苦痛，不計年近成翁。
努力迎接雨風，奮發剛正心胸。
克敵終必成功，前路鋪著彩虹。
靈程天國直通，聖徒謳歌聲洪。

歲月雨雨風風
17年4月12日

歲月雨雨風風，惜我斑蒼漸濃。
依然理想持胸，奮行前路勇猛。
向誰情有獨鍾？孤旅不計苦痛。
所幸神恩恢弘，思此熱淚奔湧。

淡定是我心胸
17年4月12日

淡定是我心胸，正義奮發勇猛。
努力矢向前衝，一任泥濘雨濃。
真理正道心中，切禱神恩豐隆。
靈程克敵成功，終將步入彩虹。

窗外鞭炮囂動
17年4月12日

窗外鞭炮囂動，清坐守定心胸。
不為名利擾動，詩書持身中庸。
人生百年匆匆，回首煙雨重濃。
奮行天路勇猛，永生福樂無窮。

春花嬌美豈常尋
17年4月12日

家栽三盆君子蘭同時開放，十分妍麗嬌美，余意興奮，詩興雅起，因以短詩賦題。

春花嬌美豈常尋，曠引余意起奮興。
歲月遷轉余多情，老來心態猶堪憑。
展眼雲煙澹蕩行，夕照輝煌清新映。
散坐品茗意雅清，愜聽鳥鳴囀動聽。

閒情須拋
17年4月12日

閒情須拋，堅持正道。
大道迢迢，認真尋找。
名利棄拋，正直不傲。
深入玄妙，感悟豐標。
閒情須拋，心靈為要。
靈程奮跑，克盡魔妖。
不行險道，祛除邪擾。
天國終標，神親引導。

清聽鳥叫
17年4月12日

清聽鳥叫，心情十分好。
暢開懷抱，閑哦我詩稿。

春風清跑，花兒都開了。
生活美好，神恩感心竅。
歲月飛鏢，斑蒼漸漸老。
人生晴好，桑滄堪笑傲。
奮發剛傲，風雨兼程跑。
克盡魔妖，天國徑直造。

第二十三卷《熙怡集》

心事不必賦廣長 17年4月13日

心事不必賦廣長，春來心態宜開張。
請聽鳥語囀嬌長，請賞漫野菜花黃。
悠悠歲月若歌唱，演奏世事之蒼涼。
正氣盈襟何所講，天人大道矢叩訪。
心事不必賦廣長，實幹汗水任清淌。
人生只是客旅間，天國才有永生講。
彈指一揮鬢斑蒼，向陽心態仍激昂。
老來悠悠發謳唱，共彼流年履桑滄。

雅思此際良長 17年4月13日

雅思此際良長，心曲向誰開敞。
孤旅嗟茫茫，人生草露間。
矢志鼓勇奮往，踏遍關山莽蒼。
五湖暢游曠，江山點激昂。
百年只是瞬間，不覺鬢髮蕭蒼。
心志不迷茫，靈程努力闖。
淨化靈魂無疆，聖潔心靈清芳。
正義凝襟腸，微笑共緣翔。

夕照清展其光芒 17年4月13日

夕照清展其光芒，暮煙正漸漸漲上。
市井中人熙車攘，書生我散坐清閒。
春意煥發田疇間，爽風清來吾意暢。
更發詩情哦華章，只是吐出情與腸。

雲煙滄蕩 17年4月13日

雲煙滄蕩，陽光正清靚。
東風舒曠，心志展清揚。
品茗無恙，清度好時光。
大好春光，不盡堪謳唱。
神恩廣長，銘感我襟腸。
奮發強剛，努力靈程上。
體味休閒，愜聽鳥鳴唱。
展眼長望，田疇碧堪賞。

東風蕩浩 17年4月13日

東風蕩浩，余意持雅騷。
人生晴好，惜乎斑蒼老。
歲月輕飄，暮春桐花妙。
展眼遠瞧，菜花開正好。
吾當笑傲，奮行陽關道。
風雨經飽，朗然余一笑。
山水迢迢，風光定清好。
人生不老，展翅曠揚飆。

雲天爛漫 17年4月13日

雲天爛漫，煦日和風曠開展。
清坐雅安，品茗讀書意清淡。
不必狂喊，應許埋頭實際幹。
鳥鳴濺濺，寫意春光令人歎。
平疇無山，遠野碧色頗好看。
天際靄泛，我欲縱飛入天藍。
歲月翻瀾，五十二年逝如帆。
奮力搏戰，克盡艱危履平安。

心事平靜 17年4月13日

心事平靜，上網衝浪行。
歲月飛行，暮春展麗景。
有鳥嬌鳴，愜余意無垠。
閑品芳茗，心態頗雅清。
流年曠進，老我以斑鬢。
努力奮行，關山疊蒼青。
展眼浮雲，斜暉正朗映。
清坐凝情，賦詩舒性靈。

不覺又是暮春間 17年4月14日

不覺又是暮春間，百花綻芬芳。
陽和寰宇喜氣漾，朝暉灑光芒。
田間小鳥競歌唱，小風吹來爽。
讀書品茗也悠揚，心志如花放。
半百生涯已經闖，何必計疤創。

依然懷有我雄剛，努力奮發上。
關山青蒼疊萬幢，奇險秀無恙。
振翼會當摩雲翔，萬里無止疆。

人生行跡匆匆

17年4月14日

人生行跡匆匆，與誰道義相同？
孤旅咽盡雨風，老來體味從容。
世事如霧如夢，百年沉痛堪諷。
努力向前矢衝，靈程天國直通。
人生行跡匆匆，回首只餘煙朦。
半百生涯凝重，說話不可欺哄。
真理貯於心胸，質樸言於口中。
春陽燦爛正送，浴後心境輕鬆。

漫天晴朗

17年4月14日

漫天晴朗，彩霞鋪東方。
紅旭升上，萬兆沐恩光。
雀鳥鳴唱，爽風吹清涼。
歡意塵間，春色堪謳揚。
歲月流暢，流年堪驚悵。
老去何妨，我有意清揚。
共緣而放，清度人生場。
努力奔放，努力展揚長。

心境疏朗

17年4月14日

心境疏朗，爽風吹清暢。
展眼塵間，春意盈寰壤。
心曲彈唱，小哦我詩章。
大千曠朗，時光若水淌。
何計斑蒼，何計年輪長。
努力向上，努力啟歸航。
紅塵喧嚷，不是我家鄉。
唯有天堂，才有永生講。

白雲浮漾

17年4月14日

白雲浮漾，鳥語囀嬌長。
爽風送暢，我意何清揚。
輾轉桑滄，百感俱茫茫。
人生夢間，業力何蒼蒼。
歲月揚長，老卻漸來訪。
詩書之間，養點貞志剛。
發奮昂揚，矢向長天航。
努力奔放，搏擊煙雨艱。

藍天無雲

17年4月14日

藍天無雲，暖風正吹行。
心事平靜，讀書品清茗。
芳春懷情，向誰吐心靈。
雅聽鳥鳴，享受這清平。
歲月經行，不必嗟與驚。
嚮往殷殷，仍欲曠乘雲。
搏擊天青，萬里縱橫行。
男兒雄英，豪氣當凌雲。

落日昏黃

17年4月14日

落日昏黃，和平漾寰壤。
叫賣聲唱，市井恆熙攘。
我心安祥，無機持襟腸。
嚮往遐方，春來情舒揚。
大千曠放，名利害人狂。
應持清向，應守定心房。
矢志向上，突破彼艱蒼。
胸襟寬廣，叩道體揚長。

暮煙濃重

17年4月14日

暮煙濃重，心事知幾重。
宿鳥鳴風，我意轉輕鬆。
曠意空空，人生識窮通。
百年渾夢，不必淚雙湧。
輾轉秋冬，春來氣如虹。
嚮往飆風，出得彼霄穹。
宇宙無窮，神恩正恢弘。
感在心胸，哦詩舒情濃。

朝旭東升

17年4月15日

朝旭東升，鳥鳴正成陣。
煥發心身，晨起有精神。
春色溫存，花開妍紛紛。
小風來逞，遠際響歌聲。
人生馳奔，未可老心身。
努力奮爭，曠展精氣神。
笑容淡生，已悟徹人生。
百年秋春，幻化桑滄陣。

晨靄迷漾

17年4月15日

晨靄迷漾，天氣是晴朗。
心志清昂，閒雅哦詩行。
人生情長，況對百花放。
春意人間，鳥歌柳絲蕩。
淡定心腸，名利早捐忘。
正義襟間，詩書郁昂藏。
歲月奔放，流年堪欣賞。
不計斑蒼，未許稍頹唐。

繁花似錦

17年4月15日

繁花似錦，林鳥啼清靈。
田疇碧青，水邊蛙清鳴。
散步經行，踏春懷雅興。
仰望天青，朝日灑光明。
欣此春景，一若神仙境。
熙熙和平，吾意樂無垠。
歲月曠進，何須嗟斑鬢。
惜取寸陰，詩書養靈明。

夕照輝煌

17年4月15日

夕照輝煌，靄煙漸升上。
燥熱塵間，春風吹來曠。
鳥囀嬌嗓，花開燦無恙。
樂將憂忘，快慰持心間。

歲月芬芳，記憶垂為香。
流年狂猖，惜我已斑蒼。
展眼長望，碧野菜花黃。
紫燕飛翔，點綴這蒼茫。

暖風熏人 17年4月15日

暖風熏人，鳥囀嬌曼聲復聲。
斜暉朗逞，春色明媚美不勝。
散坐心芬，哦詩長吐我心身。
努力奮爭，前路萬里入雲層。
山高水深，已履桑滄之困陣。
一笑溫存，因緣遇合任繽紛。
歎此紅塵，名利擾人徒紛紛。
務秉精誠，修身養德走靈程。

清夜三更 17年4月15日

清夜三更，醒轉思紛紛。
路上華燈，車聲猶成陣。
春夜馨溫，惜乎心生疼。
人生馳奔，餘得疤千層。
應秉心燈，燭照前路程。
黑暗成陣，所賴唯神恩。
速往天城，彼處有永生。
禮贊虔誠，切禱自心身。

燈下清思想 17年4月15日

燈下清思想，志取清昂。
人生走馬場，奮發向上。
曾履彼艱蒼，苦痛飽嘗。
而今入康莊，神親導航。
努力向前闖，山高水長。
不喪失希望，光明心間。
靈程克魔幫，血灑玄黃。
歡聲震天響，凱歌雲間。

拋開心中苦痛 17年4月15日

拋開心中苦痛，不顧年近成翁。
履盡雨雨風風，守住正義心胸。
終有磨難重重，心中恆有彩虹。
百年不是一夢，步向天國恢弘。

閒情泛起哦詩章 17年4月16日

閒情泛起哦詩章，淡看天際春靄漾。
年華逝去不愁悵，老漸來迎心還靚。
清聽鳥語囀悠揚，品茗意興也雅芳。
多言何必容默想，叩道深處發玄暢。

須知萬事皆空洞 17年4月16日

須知萬事皆空洞，當貯真理在心胸。
世事渾然如一夢，因緣疊變幻無窮。
人生百年太匆匆，青春不覺轉衰容。
回首煙雲徒悵痛，深悔又有何功用。

月華在望 17年4月16日

月華在望，五更清無恙。
晨風爽朗，車聲偶喧唱。
早起安祥，暢吸風清香。
鞭炮囂響，紅塵又攘攘。
暮春之間，感興都升上。
華髮斑蒼，餘得一笑揚。
人生慨慷，百年如夢鄉。
業績輝煌，都化茫與蒼。

天初啟亮 17年4月16日

天初啟亮，野禽歡鼓唱。
聲聲悠揚，余意為之暢。
小風清涼，爽意盈襟腸。
暮春無恙，生活美無上。
生活開場，精神頗昂揚。
努力向上，開創新路向。
人生不長，百年似瞬間。
奮發矢闖，時光勿費浪。

百鳥齊歌唱 17年4月16日

百鳥齊歌唱，晨靄迷漾。
東風也清爽，余懷意揚。
欣然賦詩章，謳此春光。
桐花正開放，似錦模樣。
天光已大亮，演奏平康。
振奮我情腸，努力昂揚。
履度是桑滄，嗟我斑蒼。
依然一笑間，雅度辰光。

淡泊安康

17年4月16日

淡泊安康，展眼天青蒼。
有鳥飛翔，風吹正清曠。
爽意人間，春色堪謳唱。
明媚心房，欣度好辰光。
歲月流殤，不覺暮春放。
生意田間，萬物欣生長。
耕心無恙，努力晨昏間。
百年時光，務當書輝煌。

爽風吹來清揚

17年4月16日

爽風吹來清揚，品茗意興舒暢。
體味這休閒，時光任流淌。
春來萬物生長，花紅柳碧無恙。
鳥飛掠青蒼，淡靄正浮漾。
人生得意莫狂，謙和守我心腸。
向學志昂藏，書山矢攀闖。
紅塵鬧鬧嚷嚷，遠處鞭炮又響。
應持清心向，內叩有真光。

清聽音樂靈動

17年4月16日

清聽音樂靈動，我心我意從容。
窗外曠來風，吾懷開無窮。
流年煙光清送，斑蒼卻更重濃。
人生渾如夢，記憶化朦朧。
仍須向前徑衝，關山履度萬重。
叩道志如虹，向學晨昏諷。
孤旅清持凝重，人生與緣相共。
不必心沉痛，靈程有彩虹。

春光駘蕩

17年4月16日

春光駘蕩，清喜菜花綻金黃。
桐花開放，碧柳毿毿隨風揚。
我意舒暢，中心正氣正激蕩。
努力向上，矢展胸襟之奔放。
半百之間，悟徹玄機向誰講。
雅哦詩章，情懷情意雙悠揚。
歲月狂猖，不肯止停曠飛翔。
吾已斑蒼，依然振節謳揚長。

閒時愜聽鳥唱

17年4月16日

閒時愜聽鳥唱，也可品品茗芳。
春光正無恙，汝可安心腸。
時光如水逝淌，人卻漸漸老蒼。
有時深思想，感慨哦詩章。
大千無比曠放，紅塵故事演漾。
只是因緣放，解脫有良方。
修心是為至上，得道豈可狂猖。
靈程通天堂，慧燭燃心間。

笑我斑蒼之間

17年4月16日

笑我斑蒼之間，依然心懷雅靚。
不是逞癡狂，理想導我航。
春光此際大暢，萬物生機舒揚。
我心欣欣放，壯懷正激昂。
努力果敢向上，不屈不撓生長。
學取松頑強，學取竹茂蒼。
人生百年瞬間，務須實幹強剛。
廢話不可講，汗水任清淌。

激情發揚

17年4月16日

激情發揚，心思復敞靚。
雅哦詩行，傾出情與腸。
小鳥鳴放，陽光灑輝煌。
春風舒揚，吾意正欣暢。
歲月狂放，生機大千間。
神恩無上，謳頌自心房。
矢志向上，拋去罪惡髒。
淨化無疆，靈魂潔又芳。

心志未可迷茫

17年4月16日

心志未可迷茫，人生一任坎蒼。
春來氣宇軒昂，展眼天際雲翔。
矢志發奮闖蕩，豈懼風雨狂猖。
男兒笑容綻放，果敢併且頑強。
心志未可迷茫，此際熱情顯彰。
叩道矢入深艱，向學一生研訪。
歲月清展芬芳，沉潛未知衰蒼。
哦得新詩萬章，舒展激情昂揚。

胸襟應許寬廣

17年4月16日

胸襟應許寬廣，人生得志莫狂。
窗外歌聲正靚，三月春風清揚。

余意欣然舒暢，不由雅哦詩行。
田野雀鳥歡唱，午後陽光燦放。
歲月多麼悠揚，心志更加要廣。
應將宇宙包藏，未可虛度時光。
人生不算久長，百年匆若瞬間。
須惜寸陰寸光，積極矢志向上。

清度悠閒時光

17年4月16日

清度悠閒時光，雅把詩歌吟唱。
東風吹來浩蕩，欣喜桐花漫放。
心地持滿滄蕩，時刻想學飛翔。
飽掠天蒼地廣，不負人生一場。
清度悠閒時光，思想綿綿揚長。
人生百感俱上，應將苦痛抛光。
前路尚很遠長，鼓起勇氣奮闖。
不畏山高水長，男兒志在遐方。

暢意浮生

17年4月16日

暢意浮生，一任坎坷紛紛。
歲月馳奔，幻化萬象紜紛。
人生難論，百年隻似一瞬。
回思心疼，少年煙影雲層。
努力奮爭，為求真理獻身。
名利棄扔，心靈才有慧生。
淡蕩秋春，共緣清度紅塵。
唯德煦溫，後人紀念永恆。

夕陽西方

17年4月16日

夕陽西方，野鳥曠飛翔。
歌聲悠揚，散坐心寬暢。
暮煙初漲，市井仍熙攘。
紅塵狂蕩，眾生陷苦喪。
吾心坦蕩，名利非吾向。
裁心之間，哦詩逾萬章。
人生揚長，何地非故鄉。
水雲胸漾，清新盈襟腸。

華燈初點上

17年4月16日

華燈初點上，霓虹閃射非常。
暮煙凝結間，市井仍很吵嚷。
靜坐放思想，人生合當慨慷。
百年履蒼茫，努力叩訪道藏。
心得是渺茫，唯有哦入詩章。
人卻漸老蒼，心態應許安祥。
前路仍遠長，固當發奮勇闖。
關山雲煙漾，風光瑰麗異常。

醒來已是三更

17年4月17日

醒來已是三更，晚風吹來馨溫。
路上猶有車聲，遠近點綴街燈。
心事明靚清純，淡泊安逸怡神。
小哦新詩清芬，只是傾訴心身。
醒來已是三更，燈下清坐思深。
五十二度秋春，飛遞如若飆輪。
而今斑蒼何論，未許心有痛疼。
人生是一旅程，希冀唯在天城。
醒來已是三更，不眠卻有精神。
歲月不住馳奔，此際不覺暮春。
流年如許折騰，未許老我心身。
百年似煙之生，記憶垂為永恆。
醒來已是三更，清靜偶聞人聲。
生活意義何存，一生不斷追問。
人生須奔靈程，肉體唯屬暫存。
靈魂應許永生，神恩豐沛長存。

四更大雨傾降

17年4月17日

四更大雨傾降，窗外嘩啦作響。
清夜顯良長，無眠長思想。
時值暮春之間，傷春是為應當。
大雨既傾降，落紅堪嗟傷。
人生如花相仿，惜我已是斑蒼。
青春逝而殤，老年漸來訪。
仍當發奮頑強，人生一若戰場。
未可稍頹唐，努力展雄剛。

時已進入五更

17年4月17日

時已進入五更，天明更待時分。
春雨灑紛紛，燈下有精神。
哦詩長吐心身，不必嗟歎聲聲。
人生奮馳騁，前路萬里程。
不懼山高水深，風雨合當兼程。
百年幻化身，靈程有永生。
努力奮發剛正，叩道智慧清生。
不忘是修身，養德有清芬。

智慧有光

17年4月17日

智慧有光，黑暗退而藏。
神恩廣長，慈愛正無量。
努力前闖，克敵勝儘量。
心性清芳，靈程曠飛翔。
天路艱長，不是容易上。
考驗疊放，魔敵想阻擋。
聖徒強剛，法寶有萬樁。
制勝有方，凱歌徹雲鄉。
神親領航，導引我方向。
天國故邦，永生何安祥。
百年不長，試探一任放。
涉過艱蒼，前路亨平康。
好自為上，作鹽又作光。
聖潔心腸，靈性發清光。
笑意揚長，天國真能上。
待到天上，頌父萬年長。

第二十四卷《和雅集》

休憩身心未為難
17年4月17日

休憩身心未為難，閒時請聽鳥鳴喊。
一杯清茗非關禪，放眼鳥飛入煙漢。
清風暢來心開展，棄書不讀神安然。
聊與父母家常談，怡然情懷雅而善。

藍天白雲流淌
17年4月17日

藍天白雲流淌，清風吹來舒暢。
雨後花木榮昌，萬類欣欣生長。
雅聽野禽鳴唱，閑品綠茗清芳。
生活契我中腸，天人合一無恙。

鳥兒暢意飛翔
17年4月17日

鳥兒暢意飛翔，白雲悠悠閒逛。
我的心中舒暢，更把詩兒哦唱。
春來萬物茂昌，大千生境安祥。
和諧歡此塵間，神恩榮美非常。
鳥兒暢意飛翔，風兒吹來芬芳。
散坐品茗愜腸，詩意中心醞釀。
人生百感齊上，脫口應許成章。
歲月舒展奔放，不知老漸來訪。

散淡清度悠閒
17年4月17日

散淡清度悠閒，春風寫意流暢。
小鳥快意鳴唱，歲月流馳奔放。
滌蕩生涯坎蒼，何必回首細望。
展眼天際雲蒼，心事浩起茫茫。

落英自是繽紛
17年4月17日

落英自是繽紛，時光惜乎暮春。
流年更張如奔，不覺玄發斑逞。
散坐舒發心身，耳畔鳥語聲聲。
東風吹來爽神，斜暉朗照和溫。

喜鵲喳喳清鳴
17年4月18日

喜鵲喳喳清鳴，雲天爛漫多情。
晨風吹清新，余意懷奮興。
暮春景物堪憑，只是落紅損心。
大千曠意境，生機不必吟。
嗟此紅塵美景，卻是不能久停。
時光若水行，惜我已斑鬢。
笑意當展清靈，人生與緣同行。
執著可不行，亙古桑滄運。

祥雲漫天飄淌
17年4月18日

祥雲漫天飄淌，爽風吹來清曠。
陽光白而蒼，野鳥競歌唱。
心志和平安祥，當將萬事下放。
紅塵自攘攘，百年嗟茫蒼。
生活演奏平康，暮春景致康強。
嫋起清意向，嫻雅哦詩行。
歲月遞變非常，人生正如夢鄉。
不必淚雙淌，靈程啟遠航。

紅塵不缺多情種
17年4月18日

紅塵不缺多情種，心事付與春風。
何必計較近成翁，心志當可輕鬆。
發奮勇猛矢前衝，不計身心傷痛。
人生百年不是夢，業績當創恢弘。
和藹清新是晨風，鳥兒歌於林中。
歲月淡蕩不言中，履度桑滄千重。
清坐省心發哦諷，感慨自心流動。
漫天雲彩飄無窮，朝暉光明清送。

藍天曠展碧青
17年4月18日

藍天曠展碧青，小鳥自由飛鳴。
風兒多清俊，花開燦無垠。
愛此人間美景，季春余意多情。
歲月是飛行，時光不止停。
努力奮發雄英，人生萬里奮進。
困障務克清，前方有光明。
境界層層辟進，已履千山萬嶺。
回首不須驚，只是已斑鬢。

淡定原無恨 17年4月18日

淡定原無恨，清心度人生。
春來景繽紛，散坐寬心身。
品茗情雅芬，鳥語慰精神。
爽風吹清純，哦詩舒溫存。

不覺已是暮春 17年4月18日

不覺已是暮春，風吹狂嘯聲聲。
落紅堪驚震，歲月長馳奔。
誰懂余之心身，孤旅恆是奮爭。
叩道任艱深，鼓勇矢前騁。
窗外鞭炮聲聲，紅塵不住鬧騰。
應持清心芬，遁入水雲紛。
百年幻化浮生，應當拋去心疼。
名利不足論，靈程有永生。

田野一片蔥蘢 17年4月18日

田野一片蔥蘢，春意十分重濃。
喜鵲喳喳頌，曠來清新風。
歲月不住斷送，年華飄逝無蹤。
不必多心痛，人生渾如夢。
醒來更加苦痛，所賴神恩恢弘。
靈程騁奮勇，努力矢前衝。
不畏風雨重濃，不懼魔敵狂凶。
前路鋪彩虹，神恩大無窮。

情志應許清芬 17年4月18日

情志應許清芬，矢為真理奮爭。
不屈桑滄陣，傲立展雄渾。
威武不屈剛正，男兒詩書馨溫。
努力奔前程，名利務拋扔。
春來心情雅芬，哦詩發語溫存。
鳥語囀嬌純，風吹襲陣陣。
年近成翁何論，中心仍持清純。
人生客旅程，靈程美不勝。

心境此際放曠 17年4月18日

心境此際放曠，煩惱應許拋光。
春風吹清揚，陽光正和暢。
人生曲折艱蒼，曾履苦痛悲傷。
唯賴神恩壯，導引我慈航。
矢志向前向上，奮發絕不迷航。
天國是家邦，永生是獎賞。
克己修身必講，淨化靈魂無疆。
百年不久長，努力晨昏間。

藍天清走白雲 17年4月18日

藍天清走白雲，爽風吹來盡興。
余意亦清新，閒雅舒心靈。
哦出我的胸襟，哦出氣象才情。
歲月奮進行，吾意曠凌雲。
小鳥嬌嬌啼鳴，花開朵朵清俊。
落紅不必驚，人生同此情。
燦爛雲天清映，陽光和煦溫馨。
散坐心寬平，共彼流年行。

世事莽莽蒼蒼 17年4月18日

世事莽莽蒼蒼，何必嗟歎心間。
前路奮揚長，輕裝萬里疆。
半百已經逝殤，人生磨歷非常。
不必回首望，前路正遠長。
曾履風雨艱蒼，曾經跌倒悲傷。
神恩何其壯，引領我前闖。
名利非我意向，心靈向神奉上。
天國永安祥，努力靈程闖。

不可虛度時光 17年4月18日

不可虛度時光，晨昏勤奮必講。
人生百年不長，必須抓緊時間。
看准前路方向，努力耕心向上。
靈程無比險艱，試探艱蒼非常。
勝過魔敵險奸，拋去名利虛妄。
心靈淨化無疆，聖潔發出清光。
在世一緣之放，秋春履度安祥。
前路神親主掌，歡歌響徹雲間。

心志未可迷茫 17年4月18日

心志未可迷茫，世事渾濁易傷。
名利多骯髒，應可棄而放。
守定心中清光，聖潔無價寶藏。
靈程努力上，靈修無止疆。

世界是神造創，靈妙難以言講。
百年履桑滄，天國是標向。
未可灰心氣喪，鼓勇振翼飛翔。
風雨是尋常，磨礪鐵翅膀。

世事變幻風雲

17年4月18日

世事變幻風雲，吾心須要靜定。
靈程奮發進，不懼彼魔兵。
春來余意奮興，雅聽小鳥清鳴。
哦詩舒心靈，一種是空清。
應可休憩心靈，時時點檢內心。
汙穢可不行，聖潔最要緊。
神恩無比豐盈，思此熱淚雙盈。
前路有美景，努力求上進。

堅持人格不倒

17年4月18日

堅持人格不倒，未可隨風動搖。
世事任飄搖，清守我心竅。
人生不求討巧，拙正清展風標。
持正不稍傲，叩道任迢迢。
山高水深路遙，奮發剛正情操。
人生百年道，艱險也逍遙。
春來風景大好，花紅柳碧鳥叫。
哦詩吐雅騷，曠懷堪可表。

浴後曠然心暢

17年4月18日

浴後曠然心暢，不由想哦詩行。
斜暉正清朗，野禽競鼓唱。
天氣炎熱正彰，盼望爽風清揚。
林野桐花放，紫色堪欣賞。
歲月清度悠閒，何許計我斑蒼。
人生一夢間，時光逝無恙。
不必嗟彼桑滄，不須計較炎涼。
且請笑清靚，世界神主掌。

有絮輕輕飛揚

17年4月18日

有絮輕輕飛揚，飄落我之手上。
不覺暮春間，時光若水淌。
流年不住更張，華髮漸漸增長。
笑容仍清揚，詩書晨昏間。
人生只是夢鄉，醒來唯餘淚淌。
百年不久長，轉眼覺斑蒼。
仍須努力前闖，不負人生一場。
靈程奮慨慷，希望寄天堂。

清坐無比安祥

17年4月18日

清坐無比安祥，斜陽漸漸西淌。
從容哦詩章，少許是激昂。
春來心志開張，想學鳥飛青蒼。
人生懷志向，男兒荷強剛。
努力奮發圖強，百年一似瞬間。
實幹顯豪強，業績盡力創。
回首煙雨蒼茫，身心百處疤創。
奮發矢向上，神親指方向。

雲天多麼淡蕩

17年4月18日

雲天多麼淡蕩，白雲朵朵飄翔。
鳥兒競歌唱，風兒吹清爽。
市井鬧鬧嚷嚷，紅塵故事演漾。
名利欺人狂，幾人懷清向？
胸有水雲飄蕩，情懷芊芊嚮往。
矢志靈程上，克盡艱與蒼。
時值暮春之間，年在斑蒼無恙。
奮發男兒剛，徑指天國航。

靜定為要

17年4月18日

靜定為要，心旌未可動搖。
紅塵擾擾，名利害人奇巧。
趨向山道，松岡雲煙飄渺。
心持正道，屏絕奸邪屑小。
斜陽清好，春風舒我懷抱。
小鳥鳴叫，天上白雲輕飄。
市井鬧吵，吾意安寧娟妙。
小哦詩稿，質樸無有技巧。

夕陽此際清好

17年4月18日

夕陽此際清好，心境淡然奇妙。
市井任鬧吵，吾只守心竅。
暮春時節美妙，菜花金黃堪表。
天氣炎且燥，性天清涼好。
浮生大半已拋，餘得斑蒼衰老。
朗然展微笑，紅塵共緣跑。

小鳥高聲鳴叫，風兒清新吹到。
散坐哦詩稿，情懷展微妙。

夕照閃射餘光
17年4月18日

夕照閃射餘光，生活和平安祥。
四野一片碧漾，桐花開放妍靚。
心境舒曠開朗，閑把詩歌哦唱。
闔家安好吉祥，神恩無比豐穰。
夕照閃射餘光，清坐思放無疆。
人生奮持慨慷，矢向艱深旅航。
不畏風雨艱蒼，終有路途平康。
靈程努力去闖，克敵凱歌歡唱。

紅霞啟於東方
17年4月19日

紅霞啟於東方，鳥兒盡興歌唱。
風兒有點清涼，早起欣然舒暢。
暮春無比清揚，田野生機正旺。
一日生活開場，努力不負韶光。
紅霞啟於東方，淡蕩持於心間。
哦詩應許慨慷，激情春來張揚。
當學鳥兒飛翔，高天多麼廣長。
人生追求無限，自由一生嚮往。
紅霞啟於東方，朝旭尚未升上。
路上車行喧嚷，人聲嘈雜又彰。
心志應許定當，不為世俗搖盪。
叩道是余志向，耕心晨昏之間。

人生淡定無恨
17年4月19日

人生淡定無恨，守我心地清真。
鳥鳴聲又聲，春意正馨溫。
歲月飛奔馳騁，心志有時重沉。
欲說卻還頓，哦詩訴幾分。
歎此大千紅塵，人是寄居生存。
百年幻化身，苦痛壓層層。
奮志曠走靈程，唯求解脫此生。
神賜下宏恩，我心飲甘醇。

世事總有煩惱
17年4月19日

世事總有煩惱，務須努力拋掉。
名利多纏繞，輕身最重要。
清貧有何不好，正義最為重要。
水雲中心飄，叩道展逍遙。
共緣曠意奔跑，百年豈算迢迢。
斑蒼已來找，開懷余一笑。
春來開我懷抱，清聽鳥之鳴叫。
蒔花併種草，怡養我心竅。

心志未可焦躁
17年4月19日

心志未可焦躁，淡定清守心竅。
人生奮揚飆，共緣去奔跑。
歲月自是迢迢，人卻漸漸蒼老。
一切不緊要，健康第一條。
名利應可棄拋，持正清度遙逍。
物欲蒙心竅，精神最為高。
前路山水豐標，風景堪可細瞧。
風雨兼程跑，屬意在田樵。

暮煙漸漸重濃
17年4月19日

暮煙漸漸重濃，晚風吹來靈動。
燈下思洶湧，感慨萬千重。
年華逝去無蹤，嗟我斑蒼重濃。
生命不久永，努力創恢弘。
暮春景色蔥蘢，心境卻不輕鬆。
思想曠隨風，悠遠至無窮。
人生當奮剛猛，男兒應展豪雄。
不負因緣動，沐雨矢前衝。

醒來已是三更
17年4月20日

醒來已是三更，轉眼又是四更。
時間不等人，一若流水奔。
人生苦痛深深，春來應許心芬。
曠志出紅塵，遁向水雲紛。
窗外閃爍華燈，路上車聲偶聞。
清坐思深深，哦詩吐心身。
和平盈滿乾坤，只是此心生疼。
百年苦旅程，奮行走靈程。

晨起天晴朗
17年4月20日

晨起天晴朗，鳥飛掠青蒼。
余意亦欣暢，況聞歌聲靚。
淡泊享平康，無機展昂揚。
人生騁慨慷，激越不輕狂。
晨起天晴朗，心境持悠閒。
雅哦新詩行，一舒我中腸。

斑蒼不必講，心志仍揚長。
春來心情曠，恆欲去遠航。

清意天地之間 17年4月20日

清意天地之間，桐花紫白嬌靚。
余意欣然舒暢，享受風清日朗。
歲月無比淡蕩，年輪何計斑蒼。
笑容應許展放，神恩領受安祥。
清意天地之間，暮春四野菲芳。
紅塵任其狂蕩，吾只清守定當。
名利非吾意向，正氣應當軒昂。
傲立學取松椿，不屈不撓生長。
清意天地之間，小鳥縱情歌唱。
和氣盈滿寰壤，生機大地舒放。
清坐展眼曠望，天際靄煙迷漾。
清平持在心間，品茗意興良長。

淡定平生原無恨 17年4月20日

淡定平生原無恨，一任深淺共緣奔。
已歷坎坷之困陣，笑迎東風愜精神。
鳥語清囀鳴聲聲，春色春意展繽紛。
老來心事何所論，依然奮志在乾坤。
淡定平生原無恨，叩道豈懼艱與深。
時值穀雨臨殘春，田園芳菲喜不勝。
哦詩真開我精神，品茗養性有三分。
書生意氣老來振，濟時救世奮騁身。

春花競相開放 17年4月20日

春花競相開放，野鳥歡聲鳴唱。
散步意洋洋，斜暉正清朗。
曠風吹來爽朗，市井熱鬧熙攘。
車水馬龍間，余意有所傷。
人生百年漫長，太多曲折艱蒼。
此際暮春間，人卻已老蒼。
努力奮志前闖，須明標的所向。
名利無意向，叩道鑿慧光。

東風曠展 17年4月21日

東風曠展，天涼覺衣單。
晨鳥鳴喊，吾意持雅安。
紅塵浪漫，柳碧花開綻。
不必嗟歎，此際值春殘。
浩志奮翻，我欲入天藍。
飛向青瀚，絕不回頭看。
此生妥善，履盡坷與坎。
一笑朗然，為因神恩燦。

紅塵總屬一夢 17年4月21日

紅塵總屬一夢，百年贏得空空。
不必淚雙湧，當覓靈泉蹤。
神恩自是恢弘，導引我心從容。
靈程奮發衝，天路鋪彩虹。
淨化靈魂無窮，聖潔清持心中。
努力去作工，勝過魔敵凶。
窗外歌聲清動，春色明媚無窮。
余心懷感動，短章賦心胸。

人生不懼衰老 17年4月21日

人生不懼衰老，春來心志清高。
享受風清花好，清聽鳥之鳴叫。
歲月逝若飛飆，斑蒼漸漸來找。
浮生堪可笑傲，青春心態長保。

清度歲月繽紛 17年4月21日

清度歲月繽紛，總持心性良溫。
名利矢不爭，曠志在雲層。
世事任其馳騁，心事拋開重沉。
愜聽鳥鳴純，清風爽心身。
人生苦痛成陣，努力秉持剛正。
傲立在乾坤，男兒勇武生。
展眼雲煙昏昏，嗟此大千紅塵。
努力奮靈程，一生恆修身。

不想看文章 17年4月21日

不想看文章，小哦我的詩行。
鳥鳴正清揚，心事狂放無疆。
人生奮志向，已履關山萬幢。
何許計傷創，仍須鼓勇矢闖。
鬢髮漸斑蒼，心中積澱慧光。
青春逝無恙，贏得百感茫蒼。
紅塵恆狂蕩，名利欺人太猖。
眾生陷死傷，濟時救世昂揚。

曠志舞在紅塵

17年4月21日

曠志舞在紅塵，只是心中生疼。
世事渾不論，桑滄幻成陣。
此心不肯沉淪，時刻想要飛升。
水雲有清芬，脫出彼凡塵。
春來心意又生，情思百倍溫存。
孤旅獨馳騁，艱蒼不必論。
努力衝決困頓，嚮往自由天城。
靈程有永生，我要盡力奔。
曾起驚天之雷霆，履盡桑滄境。
而今安寧享太平，神恩荷無垠。

東風曠來開意境

17年4月21日

東風曠來開意境，心地懷雅清。
雨後空氣正鮮新，深吸意奮興。
雲天爛漫真多情，小鳥嬌嬌鳴。
路上車兒熙攘行，散步行輕盈。
歲月曠進不必驚，已值殘春景。
芳草茸茸花清俊，落紅惹傷心。
奮發人生之剛勁，努力向前行。
一任艱蒼磨難凌，神恩總無垠。

天陰無妨心朗晴

17年4月21日

天陰無妨心朗晴，愜聽鳥清鳴。
閒時哦詩雅品茗，呼吸風清新。
快慰此際持心靈，欲訴甚麼情。
春來懷抱開清俊，渴望曠飛行。
歲月奮進染霜鬢，沉穩加鎮定。
回首人生之風雲，淡淡笑意映。

散淡清持心靈

17年4月21日

散淡清持心靈，遠辭功名利境。
一生恆修心，靈性是清明。
矢志脫出塵境，豈入汙淖泥阱。
嚮往曠飛行，遠遊入青冥。
百年生命驚警，太多狼煙經行。
而今心平靜，疤創已撫平。
仍須鼓勇奮進，靈程道路朗晴。
終有風雨凌，神親護我行。

第二十五卷《凱風集》

鳥語田間 17年4月22日

鳥語田間，風吹長揚。
芳菲三月恣春光，萬物歡暢。
清坐安祥，品茗愜上。
讀書意氣正洋洋，雅哦詩行。
得意莫狂，人生奔放。
履盡千關併艱蒼，一笑疏狂。
書生氣昂，儒雅清芳。
努力叩道入深艱，一生揚長。

木香競相開放 17年4月22日

木香競相開放，引余駐足觀賞。
春色美無恙，東風舒揚長。
窗外歌聲悠揚，市井祥和熙攘。
有鳥嬌嬌唱，余意頗欣暢。
閑將新詩哦唱，吐出心地情長。
人生合昂揚，春來意萬丈。
半世已經逝殤，春殘又將夏訪。
努力展志向，迎接狂風浪。

暢意浮生之間 17年4月22日

暢意浮生之間，尋覓真理靈糧。
履盡煙雨艱，仍懷慨與慷。
矢志奮發向上，不為名利所障。
正義持心間，力鬥邪與奸。
心性總持清芳，靈性恆求增長。
汙穢須拋光，淨潔我心腸。
淨化靈魂無疆，天路靈妙非常。
曠飛無極限，旅程彩雲翔。

春意溫良 17年4月22日

暮春之間，桐花競放，色澤紫白，甚為可觀，此處桐樹指泡桐，非古人所言之梧桐，因泡桐肯生長，易成材，所以現代人多栽泡桐，而梧桐樹與楝樹、楊樹及榆樹等本地樹種則越來越少見了，近來漫野桐花怒放，余甚喜愛，因以詩題，聊作短語，以記其事由。

春意溫良，余心余意均開敞。
向陽心腸，清賞春花萬千放。
鳥囀清長，寫意東風拂田壤。
桐花清芳，碧柳毿毿迎風蕩。
闔家安康，其樂融融真無上。
清貧何妨，富貴從來多骯髒。
正氣心間，昂然傲立天地間。
奮發前闖，不懼山高水深長。

檢點心靈最要緊 17年4月22日

人的追求不外兩種，一是外在，一是內在，外在屬於物質的表像，內在屬於心靈的映射，世人以物質的表像為實像，智者以心靈的映射為實像，由此分別出兩大類人群，此亦難以避免之事實；今思及此，短語以記，並賦詩焉。

檢點心靈最要緊，勿為外象迷眼睛。
神造世界妙無垠，人屬萬類之最靈。
靈魂淨化無止境，拋去罪惡之纏縈。
回歸天國有美景，頌神萬年樂升平。

夜晚燈火閃亮 17年4月22日

夜晚燈火閃亮，春風吹來爽朗。
城市太吵嚷，車聲奏囂猖。
歲月有其清芳，流年太過匆忙。
人生貴思想，百感縈心房。
物欲太盛易傷，清心才映慧光。
努力叩道藏，天人有和祥。
向前向上昂揚，求取真理靈糧。
神恩正廣長，導引我前航。

蒼靄瀰漫 17年4月22日

蒼靄瀰漫，晨起清聽鳥鳴喊。
朔風開展，冷意襲人覺衣單。
歲月雅安，紅塵清度尋浪漫。
履盡坷坎，心靈心志堅若磐。
仍須奮戰，不畏艱苦與困難。
矢作好漢，男兒傲立頂天站。
百年揚帆，當向靈程尋終站。
天國永安，聖徒歡歌無缺憾。

藍天碧青 17年4月22日

藍天碧青，午時正清靜。
春風吹行，曠然將詩吟。
人生懷情，況對此芳景。
百感交沁，雅思向誰鳴。
歲月經行，苦了心與靈。
奮向前進，靈程不坦平。
勝過魔兵，勝過試探境。
聖靈導引，步步樂園進。

心事廣長 17年4月22日

心事廣長，無人可言講。
人生艱蒼，百感聚心間。
春意揚長，欣彼百花放。
暮春之間，嗟我已斑蒼。
燦爛斜陽，清灑其光芒。
田野菲芳，舒暢東風曠。
清坐無恙，嫋起是思想。
一點感傷，一點是蒼茫。

斜暉朗朗 17年4月22日

斜暉朗朗，熾熱灑光芒。
清靜心間，無機持襟腸。
殘春意傷，無可奈何間。
時光飛殤，人生同此仿。
奮發為上，不可徒嗟悵。
抓緊時間，實幹顯奔放。
百年時光，人生不算長。
未可匆忙，沉穩第一樁。

清意心間 17年4月22日

清意心間，原無機與奸。
乾坤朗朗，正義恆旺昌。
春來奔放，沐浴彼陽光。
向陽心腸，努力矢向上。
叩道無疆，詩書晨昏間。
心性揚長，靈性求增長。
神恩無恙，溫暖我襟房。
人生不長，天國是方向。

清走塵世間 17年4月22日

清走塵世間，履度煙蒼。
回首待細望，霧鎖迷障。
努力向遐方，騁取昂揚。
男兒荷強剛，絕無媚奸。
春來氣奔放，展眼天蒼。
恆想展翅膀，一掠雲鄉。
嚮往萬里疆，飽賞風光。
不負生一場，留取詩章。

夕照橙黃 17年4月22日

夕照橙黃，暮煙漸漸漲。
宿鳥歸航，東風恣意暢。
花紅柳芳，四野若畫廊。
欣賞春光，吾意持悠揚。
生活平康，淡泊且安祥。
向學志昂，書山矢攀闖。
未可緊張，人生共緣放。
百年之間，泛舟履滄浪。

華燈點上 17年4月22日

華燈點上，宿鳥在鳴唱。
晚風清涼，吾意也悠閒。
生活平常，但也頗安祥。
春光大暢，野色堪欣賞。
苦痛拋光，執著無用場。
百年辰光，只是客旅間。
淡定心間，潔淨且揚長。
靈修無疆，天國真能上。

晨風清繞 17年4月23日

晨風清繞，小鳥競鳴叫。
朝旭升了，余意開懷抱。
市井鬧吵，紅塵恆擾擾。
應持清標，遁向水雲緲。
胸懷正道，清貧胡不好。
不走險道，不向暗昧瞧。
矢叩大道，深入彼玄妙。
心得條條，雅哦入詩稿。

履盡艱蒼 17年4月23日

履盡艱蒼，心志仍爽朗。
心有千創，笑容依然靚。
努力向上，曠意去飛翔。
自由天壤，才是我嚮往。
思想無疆，容我縱馬狂。
快意無限，哦詩瀉汪洋。
春意奔放，我心轉安祥。
喜嗅花香，喜吸風清爽。

百轉心腸 17年4月23日

百轉心腸，卻向誰人講。
春來情揚，我欲騰雲上。
淡靄瀰漾，鳥飛掠青蒼。
好風來翔，吾意曠無限。
奮發陽剛，男兒當茁壯。
不計老蒼，前路長驅闖。
紅塵萬丈，迷煙重疊放。
慧眼須張，看准前路向。

堅持正義立場 17年4月23日

堅持正義立場，不向邪惡投降。
機巧早拋光，質樸享安祥。
人生如同履浪，已度千重險障。
一笑還爽朗，心性正清昂。
努力奮發向上，天國唯一方向。
神恩大無恙，足夠我安享。
淨化靈魂無疆，修心一生力講。
聖潔靈秀間，哦詩清揚長。

花落知多少 17年4月23日

花落知多少，殘春傷懷抱。
清喜鳥啼叫，一使余意騷。
哦詩吐情竅，應有清芳表。
人生蒼蒼老，合當開懷抱。
生塵胡不好，任起蒼煙飄。
桑滄已經飽，淡然是晴好。
前路仍笑傲，關山風光妙。
百年余詩稿，知音後儕找。

青碧藍天鳥暢翔 17年4月23日

青碧藍天鳥暢翔，晚春東風恣意放。
晨間哦詩情舒揚，人生百感鬱心間。
已知蒼老近夕陽，壯志猶若老驥仿。
努力前路奮揚長，不負華年活一場。

清平世界堪謳唱 17年4月23日

清平世界堪謳唱，浮生感慨入詩章。
春來景色宜清賞，向陽花木正茁壯。
老來心態持平常，壯志猶向雲中張。
奮發雄心矢闖蕩，不畏山高水深長。

陽光燦靚春風暢 17年4月23日

陽光燦靚春風暢，心事百感縈襟間。
雅聽小鳥之鳴唱，習慣路上車聲狂。
市井生活多吵嚷，何處覓到水雲鄉。
百年生死真茫茫，浮生如寄嗟桑滄。
陽光燦靚春風暢，大地山河麗且芳。
品茗已惹興致上，又哦新詩數十行。
身心明媚春來曠，無機情懷宇宙裝。
清貧度日意悠揚，正義盈襟男兒壯。

世事浮沉之間 17年4月23日

世事浮沉之間，人卻倍遭坎蒼。
春來氣揚長，精神都爽朗。
年輪不住增長，青春銷逝殤亡。
余得是斑蒼，只是仍疏狂。
積德一生不讓，向學晨昏哦唱。
書生氣象彰，應有清雅芳。
克己奉公向上，淨化修心無疆。
只是百年蒼，短暫無法講。

心曲緩緩彈唱 17年4月23日

心曲緩緩彈唱，悠揚應許成章。
心事正廣長，閑哦入詩行。
野禽正在鼓唱，清風吹來爽朗。
田園百草芳，花卉開盛旺。
不必嗟歎春殤，初夏行將來訪。
生活無盡長，日日展清芳。
只是人生不長，百年一似瞬間。
不必將淚淌，天國有家邦。

東風浩蕩 17年4月23日

東風浩蕩，落紅幾多喪。
暮春無恙，野禽競歌唱。
散坐心閑，無意讀文章。
雅將詩唱，碎語又何妨。
人生激昂，恆欲曠意向。
努力前闖，關山越萬幢。
不必感傷，不必嗟而悵。
前路遠長，風光奇而靚。

無聊甚 17年4月23日

生活日復一日，均勻如斯，平淡如斯，我們要努力從平淡中尋覓到不平淡，活出人的尊嚴和味道來，活出人的價值和意義來，燦爛只是一瞬，平淡長久近於永恆；今思及此，余有感而賦詩焉。

無聊甚，心志煩且悶。
春風騁，呼嘯聲又聲。

努力奔，前路山水程。
力奮爭，克敵以制勝。
走靈程，淨化我心身。
百年身，幻化夢繽紛。
鳥鳴純，一清我煩悶。
奮心身，不枉人一生。

華年逝送 17年4月23日

華年逝送，暮春嗟斑濃。
散步從容，市井熙如瘋。
吾持輕鬆，淡定在心胸。
履盡苦痛，萬事識空空。
前路雲動，共緣旅行中。
不畏雨濃，不懼彼狂風。
歲月如瘋，暮靄凝結中。
華燈燦送，點綴這街容。

昨夜蛙鼓清敲 17年4月26日

昨夜蛙鼓清敲，晨起啼鳥鳴叫。
開我之懷抱，爽意從心繞。
歲月清展遙遙，芳春漸漸去了。
人生奮行跑，何許計蒼老。
向學情懷頗高，叩道任其迢迢。
舒展我懷抱，傲骨堪可表。
天晴風兒清拋，花開花謝不了。
向陽持心竅，奮行陽關道。

殘春無恙 17年4月30日

殘春無恙，月季花開正清芳。
逸意揚長，品茗笑對南風暢。
闔家安康，神恩銘感我心膛。
品味休閒，一任歲月走悠揚。
人生淡蕩，無意名利水雲漾。
向前向上，矢志叩道展慨慷。
陽光和暢，清喜野禽歡聲唱。
和平宇間，天人和祥樂無上。

燥熱塵間 17年4月30日

燥熱塵間，心志須悠揚。
清風正暢，花開鳥歌唱。
人生昂揚，努力向前闖。
關山萬幢，吾志是剛強。
發奮向上，叩道任艱蒼。
風景清靚，壯麗非尋常。
百年茫蒼，幾度淚流淌。
而今奔放，而今情舒揚。

心情舒暢 17年5月1日

心情舒暢，應將詩哦唱。
歲月流暢，春殘不必傷。
人生昂揚，鼓志往前方。
山高水長，風景變萬方。
悠悠揚揚，閑聽啼鳥唱。
花開清芳，風遞彼暗香。
大千曠朗，天人展和祥。
樂意心間，神恩感無上。

欣逢假期心歡暢 17年5月1日

今日五一國際勞動節，正值放假，春已殘，夏將臨，時光如電，有慨而發詩焉。

欣逢假期心歡暢，晨起鳥語啼悠揚。
春已殘矣並無妨，夏將來矣余意康。
鬢起霜華智慧長，奮發貞剛舒奔放。
人雖老蒼意猶壯，欲發霹靂驚世腸。

天高氣爽 17年5月1日

天高氣爽，品茗適無上。
雅讀詩章，心境正清揚。
休閒安祥，清度好辰光。
花開芳香，青桃正成長。
歲月演漾，秋春遞無恙。
惜春殘喪，卻喜夏將訪。
幾聲鳥唱，一陣鞭炮響。
生活交響，闔家樂無上。

東風蕩浩 17年5月2日

東風蕩浩，只是春殘了。
桐花開老，月季開嬌妙。
我心逍遙，蒔花並弄草。
開懷大笑，生塵胡不好。
前路迢迢，我要縱馬跑。

發奮揚飆，直上九重霄。
實幹為要，穩步最重要。
風光微妙，叩道怡心竅。

雲天秀美且多情

17年5月2日

雲天秀美且多情，東風暢意吹行。
散坐寬懷且品茗，有鳥啼叫殷勤。
歲月不住曠飛行，春去漸無蹤影。
攬鏡不敢對斑鬢，華髮逐漸勝贏。
依然中心懷激情，努力奮發雄英。
男兒嗟歎可不行，仍須鼓足幹勁。
紅塵不能長久停，百年淡若鴻影。
唯有德行堪仰景，後人紀念頻頻。

淡泊情思何所吟

17年5月2日

淡泊情思何所吟，只是吐心靈。
歲月不住矢奮進，老我蒼蒼鬢。
清聽小鳥囀清新，仰看雲飛行。
風聲呼嘯若急緊，我心持淡定。
人生變幻是陰晴，流年匆匆行。
百年生死奮心靈，努力向天庭。
神恩浩大真無盡，思此淚雙盈。
靈程不畏彼艱辛，勝過魔紛紜。

風展其清

17年5月3日

風展其清，白雲曠飛行。
小鳥清鳴，嬌囀真動聽。
晨起奮興，雅發我詩情。
夏將來臨，嗟歎彼光陰。
人生多情，只是已蒼鬢。
孤旅淒清，何必多言云。
努力前行，穿過煙與雲。
風光清新，秀美堪驚心。

窗外歌聲靚

17年5月3日

窗外歌聲靚，雅思良長。
晨起情悠揚，愜聽鳥唱。
清風正送爽，雲淡天朗。
淡靄遠際漾，桐花老蒼。
歲月飛若狂，殘春無恙。
吾意持定當，享受安祥。
人生合揚長，矢展奔放。
前路務驅闖，山水萬方。

漫天白雲往西飄

17年5月3日

漫天白雲往西飄，心地持雅騷。
品茗意態也清饒，哦詩舒情竅。
清聽小鳥長鳴叫，曠風吹來好。
歲月賜我斑蒼老，依然余一笑。
奮向前路長奔跑，山水越迢迢。
風雨兼程胡不好，意志撐天高。
散坐遐想萬千條，沉痛應全拋。
人生百年靈程道，征途神引導。

風聲狂嘯

17年5月3日

風聲狂嘯，花開花落知多少。
人生情俏，清坐寫詩舒風騷。
歲月清好，四月芳菲大千妙。
花紅鳥叫，生活安祥適懷抱。
前路驅跑，已定志向萬里道。
一任艱饒，鐵志未可稍動搖。
苦惱須拋，天有陰晴兼程造。
壯志朗傲，隨緣樂天無奧竅。

風聲嘯狂嘯狂

17年5月3日

風聲嘯狂嘯狂，心地安祥安祥。
歲月流逝無恙，不覺初夏將訪。
情志悠揚奔放，回首不盡坎蒼。
依然懷有情長，胸襟鼓蕩遐方。
努力奮發向上，不畏虎豹豺狼。
叩道任其艱蒼，心志發出清光。
照亮黑夜更長，尋覓真理靈糧。
神恩足夠我享，思此熱淚流淌。

心志未許成空

17年5月3日

心志未許成空，人生百倍從容。
一任云煙奮湧，愜聽小鳥鳴頌。
品茗養我心胸，讀書憩意無窮。
人生百年匆匆，應許清展笑容。
窗外風兒歌頌，室內安坐思湧。
思想曠放無窮，雅思哦入詩中。

散度秋春如夢，鏡中華髮斑濃。
努力穿越雨風，前路會有彩虹。

云天一似畫廓

17年5月3日

云天一似畫廓，暮春風聲呼狂。
天氣乾燥異常，蒔花澆水安祥。
流年任其演漾，吾只清守素腸。
清貧無妨揚長，浩然正氣心間。
斑蒼不減疏狂，意氣譜入詩章。
紅塵從來攘攘，憩意是在山鄉。
笑意舒髮清揚，人生百年桑滄。
清度浮生平康，神恩何其廣長。

第二十六卷《清曉集》

斜暉朗照 17年5月3日

斜暉朗照，白雲朵朵飄。
風兒呼嘯，春漸逝去了。
月季俊俏，真開我懷抱。
鳥兒啼叫，娟雅且倩巧。
人生晴好，風雨早經飽。
年漸蒼老，雄心猶可瞧。
奮行前道，淡泊持心竅。
生塵無奧，隨緣樂逍遙。

浮生漫漫如夢 17年5月4日

浮生漫漫如夢，春去吾心從容。
雨霽雲煙浮動，爽風鳥語清送。
散坐哦詩情湧，品茗意態輕鬆。
人生百感來從，萬言欲出心胸。
半世沐盡雨風，餘得滄桑斑濃。
回首煙霧濃重，瞻望前路勁湧。
多言究有何功，貴在實幹奮勇。
男兒是為情種，一腔熱血如虹。

心事拋開沉重 17年5月4日

心事拋開沉重，人生應許輕鬆。
窗外清風來送，散坐思緒無窮。
春將逝去無蹤，感慨從心而湧。
人生百年匆匆，應許心若彩虹。
持正不妄行動，看准才可發功。
名利俱屬虛空，靈程任起雨風。
世界幻變之中，一切俱是緣動。
我心雅潔清空，奮志遐方雲中。

五更春雨喜清降 17年5月4日

明日立夏，今日是春季最後一天，天久旱，而五更之時喜降春雨，窗外嘩啦一片，清響動人，殺此乾旱，余喜而有詩賦焉。

五更春雨喜清降，潤澤草木復榮昌。
春已去矣何必悵，夏將來矣吾意揚。
不必長嗟歲狂猖，共緣旅行持淡蕩。
人生貴將業績創，努力耕心晨昏間。

雨打交響瀉狂猖 17年5月4日

雨打交響瀉狂猖，落紅料應滿地芳。
時光流殤不必講，春去吾意持淡蕩。
百年生死嗟茫茫，對鏡發覺鬢華霜。
堪笑人世徒桑滄，一緣夢覺是黃粱。

歲月流芳 17年5月6日

歲月流芳，請聽小鳥之歌唱。
好風送爽，心地情懷也雅靚。
初夏之間，我心我意無愁悵。
享受休閒，一杯清茗足品嘗。
正義心間，欲向長天奮飛上。
萬里無疆，叩道覽盡好風光。
發奮圖強，拋卻名利心性剛。
濟世良長，前方道路矢攀闖。

人生路途漫漫 17年5月6日

人生路途漫漫，難免坷坷坎坎。
奮志矢闖雄關，發見天高雲淡。
歲月任起波瀾，定志是在天漢。
腳踏實地不難，要在奮揚雲帆。
前路高遠險坎，努力方是好漢。
人生百年非凡，業績矢創璀璨。
沉穩不要蠻幹，時到方展真顏。
共緣共時開展，逍遙心地妥安。

時光流逝不必講 17年5月6日

時光流逝不必講，奮發人生當昂揚。
努力前路曠志翔，萬里快意雲霄間。
曾履苦旅多心傷，所賴神恩賜康強。
五湖歸來何所講，人生正道慨而慷。
舒發心力發清光，淨化心靈無止疆。

紅塵擾擾任其放，清心娟潔不狂猖。
晨間小鳥清啼唱，我意激發謳詩行。
初夏正是好時光，珍惜流年勿費浪。

腹中應許三分饑

17年5月6日

腹中應許三分饑，飽食終日並不宜。
膏粱育得多呆癡，清貧培養真良知。
正直人生第一義，無機心地啟雅思。
天人大道無機宜，敬天畏命共緣馳。

人生履歷任雨風

17年5月6日

人生履歷任雨風，淡定清持我從容。
緣起緣滅無定蹤，神恩足夠你我用。
浩志曠起如天風，揮灑無跡自心中。
人生努力奮行動，實幹才可收穫豐。
閱歷增長積心胸，境界層層開不同。
展眼天際雲煙動，多言何必有何功。
世事由來渾一夢，奮向靈程鬥魔凶。
自性如如圓明空，靈台無埃慧自湧。

暮煙輕起天地間

17年5月6日

暮煙輕起天地間，林鳥競歌唱。
市井噪噪恆喧嚷，吾自持安祥。
浴後身心都覺爽，朗然哦詩章。
小吐心襟亦悠揚，孟夏清風暢。
歲月馳騁走匆忙，華髮漸映霜。
不必仍持少年狂，吾心多定當。
向學晨昏展哦唱，壯志何必講。
心曲俱哦入詩行，應有淡淡香。

暮煙漸漸濃重

17年5月6日

暮煙漸漸濃重，華燈點綴街容。
車行噪轟轟，市井鬧無窮。
清喜爽潔清風，鳥語花香正濃。
引我思無窮，詩興復來動。
人生淡泊持中，哦詩曠吐清空。
誰慰我心胸，孤旅微悵痛。
奮發矢志前衝，不計坎坷險重。
已履桑滄濃，沐雨又披風。

散步無恙

17年5月6日

散步無恙，晚風吹來花之芳。
心興清昂，快慰人生持奔放。
霓虹閃靚，七彩射得人心晃。
吾持安祥，清心靜意享休閒。
悠悠揚揚，數里不覺邁越間。
詩興湧上，真覺世界妙無限。
歌聲響亮，微覺有點忞狂猖。
車熙人攘，孟夏夜晚樂平康。

儉德當推崇

17年5月6日

儉德當推崇，節物實有功。
人生如履風，百年一似夢。
時間飛匆匆，孟夏度從容。
清聽鳥鳴頌，品茗意輕鬆。

浮生暢意境

17年5月6日

浮生暢意境，名利豈可憑。
身心最要緊，須向天路行。
百年夢中行，幾時才能醒。
桑滄幻不停，苦了身心靈。
神恩大無垠，導引我前行。
淨化無止境，聖潔持心靈。
努力奮前進，勝過魔敵群。
試探不要緊，護佑有聖靈。

初夏無恙

17年5月6日

初夏無恙，晨起鳥清唱。
天氣涼爽，風遞彼清香。
歌聲清揚，我意都開放。
閑哦詩行，小吐心與腸。
時光飛殤，不必嗟而悵。
努力之間，一任霜華長。
人生感蒼，回首俱煙障。
百思之間，當謳嘹與亮。

藍天晴好

17年5月6日

藍天晴好，花紅鳥復叫。
我心遙逍，品茗意態瀟。
歲月輕飄，不必計蒼老。
努力前道，風光當訪造。
舒展懷抱，小哦新詩稿。
一點情俏，一點雅意騷。

奮發剛傲，男兒當雄豪。
不走險道，持正即是妙。

天氣多雲

17年5月6日

天氣多雲，心志逞清明。
爽風盡興，小鳥嬌嬌鳴。
人生多情，只是已斑鬢。
仍懷鎮定，任起風與雲。
歲月殷殷，流變多美景。
務惜寸陰，百年似水行。
清思無垠，雅潔且空靈。
一杯綠茗，怡我心與情。

好風流暢

17年5月6日

好風流暢，心襟都瀟爽。
小鳥鳴唱，心志騁雅芳。
休閒無上，小哦我詩章。
一吐情腸，一瀉心與臓。
孟夏無恙，天陰有何妨。
月季花芳，七彩鬥妍妝。
我意揚長，詩意天地間。
聊舒清狂，書生意氣彰。

小風送爽

17年5月7日

小風送爽，心地覺清涼。
況有鳥唱，況有花芬芳。
逸意揚長，我欲放歌唱。
天地之間，容我曠飛翔。
思想無疆，敢作復敢想。
實踐為上，業績力造創。
闔家安康，神恩真奔放。
靈程力闖，風光覽無限。

絮舞長空

17年5月7日

絮舞長空，心志逞清空。
散坐從容，時光任匆匆。
吾近成翁，不必淚雙湧。
前路矢衝，山水秀無窮。
人生情重，回首煙雨濛。
瞻望時空，大道運圓通。
奮志長虹，叩道踐行中。
何計窮通，正直持心胸。

紅塵攘攘

17年5月7日

紅塵攘攘，噪雜是情況。
安心守常，詩書晨昏間。
未可躁狂，謙和守襟腸。
任起桑滄，任起炎與涼。
半生水放，不覺霜華長。
類彼斜陽，當吐光萬丈。
努力向上，修心真無恙。
人生艱蒼，於我是尋常。

夕照蒼茫

17年5月7日

夕照蒼茫，爽風走清暢。
有絮飛揚，有鳥清啼唱。
我意奔放，詩興真若狂。
裁出心腸，傾瀉似汪洋。
時光飛殤，春去無影響。
孟夏和祥，清度持悠揚。
散坐平康，享受這休閒。
神恩無上，銘感我心房。

落日輝煌

17年5月7日

落日輝煌，市井猶噪嚷。
樓上閑望，鳥飛掠煙蒼。
心志強剛，人生百感上。
舒發情芳，詩句轉悠揚。
歲月澹蕩，孟夏不覺間。
絮飛輕狂，花開卻安祥。
世事奔放，名利肆其猖。
歎息良長，吾意水雲鄉。

散步悠閒

17年5月7日

散步悠閒，嗅得楝花香。
月華升上，華燈燦爛放。
心與清昂，數里一瞬間。
車熙人攘，繁華之景象。
孟夏無恙，悶熱微覺間。
詩意心間，應許哦揚長。
歌聲清靚，我心起反響。
大千曠放，祥和盈寰壤。

晨起天晴朗

17年5月7日

晨起天晴朗，野鳥放歌唱。
賞花頗悠閒，更把詩哦唱。
歲月頗安祥，人生持疏放。
小風來清爽，我意適無上。

月華明亮

17年5月7日

月華明亮，三更正有蛙鼓唱。
車聲猶響，孟夏之夜犬吠揚。
醒來舒暢，讀書寫詩並上網。
悠揚心間，況有清風適襟腸。
人生揚長，隨緣安處即故鄉。
心性清芳，捧出情懷付君嘗。
努力向上，百年未可虛費浪。
救世肩扛，叩道用道何其剛。

閒情奉表

17年5月7日

閒情奉表，人生清展逍遙。
風清花好，初夏風光正妙。
人生不老，心志猶若年少。
馳騁前道，叩道不懼迢迢。
山高水渺，風景清麗奇妙。
奮發揚飆，萬里終可達到。
浮生笑傲，正氣積聚何高。
朗然一笑，驚得地動山搖。

雲天曠朗

17年5月7日

雲天曠朗，天際青靄淡浮漾。
好風送爽，心情意念都舒暢。
悠揚無上，小鳥盡情長鳴放。
散坐安祥，品茗讀書何逍閑。
人生昂揚，心懷正念何強剛。
未許狷狂，謙和為人銘心間。
努力為上，刻苦勤奮理應當。
淡泊之間，清度日月任鬢霜。

清風徐來暢意境

17年5月7日

清風徐來暢意境，賞花品茗頗開心。
履度歲月不辭貧，正義從來持心襟。
努力前路奮剛勁，關山萬里歷風雲。
五十有二何所云，只是一笑不多吟。

小鳥盡興放歌吟

17年5月7日

小鳥盡興放歌吟，快我身心真無垠。
休閒未可忘奮勤，一生努力矢前行。
桑滄之中持淡定，叩道深入彼圓明。
一陣清風慰我心，泛起詩興曠來吟。

蒔花澆水真無恙

17年5月7日

蒔花澆水真無恙，人生率意揚長。
天氣燥熱孟夏間，幸喜清風送爽。
我自雅然哦詩行，吐出人生情向。
不求名利之榮昌，叩道一生志曠。
清貧無妨正氣剛，男兒絕無媚相。
書生意氣衝天昂，展眼萬里晴朗。
紅塵自古多悲壯，血流千年沙場。
努力締造大同邦，開創萬世平康。

人生豈可無志向

17年5月7日

人生豈可無志向，不做迷路之羊。
努力奮沿靈程闖，克盡一路艱蒼。
淨化心靈無止疆，前路試探苦艱。
魔敵妄圖把路擋，聖靈導我前航。
苦旅生涯曾心傷，幸賴神賜平康。
正路唯是向天堂，永生福分非常。
百年生死真茫茫，名利俱是幻象。
潔淨心靈才發光，黑暗敗退消亡。

窗外鞭炮又囂響

17年5月7日

窗外鞭炮又囂響，小寐片晌，
心情舒暢，縷縷清風適心腸。
清喜小鳥多鳴唱，孟夏之間，
天氣晴朗，情懷娟潔且坦蕩。
紅塵一任放狂蕩，詩書無恙，
心曲哦唱，隨意作點小詩章。
輾轉浮生存漫浪，心襟誰向，
孤旅懷悵，多言不宜不必講。

煥發心襟作詩章

17年5月7日

煥發心襟作詩章，吐點悠嫻，
舒點狂放，人生快意真無限。
午時陽光正和暢，有風清揚，
有鳥鳴唱，小品芳茗潤情腸。
奮發人生無限量，努力向上，
向前驅闖，不懼山高水又壯。
百年時光若水淌，秋春無恙，
飛遞異常，斑蒼仍持心志剛。

花兒清芳

17年5月7日

花兒清芳，絮兒輕狂，
初暑風光真無限，逸意揚長。
閒愁拋光，清度時光，
人生合當展慨慷，矢闖前方。
淡泊安康，志向非常，
男兒自具雄與剛，傲立坦蕩。
小鳥歌唱，風兒清爽，
寫意陽光和而暢，吾意安康。

烈日當頭照

17年5月7日

烈日當頭照，散步遙逍。
南風吹來好，況有鳥叫。
人生不懼老，百年幻巧。
霜華漸漸找，朗然一笑。
紅塵徒瞎搞，名顛利擾。
吾持清心竅，靈程曠跑。
山高水又遙，征途迢迢。
散淡持懷抱，水雲胸飄。

輾轉情思水雲鄉 17年5月8日

輾轉情思水雲鄉，此生未敢稍狂。
人生一任幻桑滄，心志力求平康。
而今我對汝言講，天絕不可欺誑。
三尺神明在頭上，天理從來昭彰。
幻化紅塵真攘攘，眾生陷入死傷。
大牧喚醒迷路羊，導引靈程康莊。
宗教合一必須講，締造大同之邦。
正義恆昌當大壯，文明進步無疆。

蛙鼓敲均勻 17年5月8日

蛙鼓敲均勻，天籟頗動聽。
三更夜正靜，偶聞犬吠鳴。
讀書應用心，時光珍如金。
短詩哦云云，誰知余中心。

初夏夜寧靜 17年5月8日

初夏夜寧靜，清風爽心靈。
路上車偶行，遠近街燈明。
月華已經隱，遠野響蛙鳴。
清坐思無垠，聊賦隱曲情。

晨風清繞 17年5月8日

晨風清繞，月季花兒笑。
小鳥鳴叫，爽我之懷抱。
天氣陰了，涼爽宜心竅。
歲月娟巧，孟夏展美妙。
人生長跑，征途是迢迢。
霜華蒼老，淡然余一笑。
紅塵擾擾，迷幻騁奇妙。
名利顛倒，殺人何其囂。

窗外歌聲飄 17年5月8日

窗外歌聲飄，余心感風騷。
晨風多清好，花妍鳥復叫。
孟夏起得早，心情頗娟好。
寫詩舒懷抱，一種倩復巧。
人生風雨飽，萬里征險道。
五十二年了，而今斑蒼老。
依然持笑傲，心態未可老。
正直第一條，名利宜棄拋。

爽風來自東 17年5月8日

爽風來自東，快我心與胸。
人生持從容，愜聽鳥鳴頌。
不計年近翁，淡然展笑容。
險難征服中，男兒顯剛雄。
爽風來自東，花開綻芳容。
小雨灑濛濛，潤物騁其功。
余意雅然動，哦詩適襟胸。
車聲囂若瘋，心旌未可從。

微雨膏芳草 17年5月8日

微雨膏芳草，花木嬌且好。
小鳥清鳴叫，品茗意態逍。
人生胡不好，任起風雨囂。
淡眼桑滄造，因緣幻化巧。
質樸哦詩稿，心地奉君瞧。
拋去機與巧，大道才可找。
清走人生道，半世付水漂。
展眼雲煙繞，清坐思遙騷。

賞花真無恙 17年5月8日

賞花真無恙，雨潤草木昌。
鳥飛雲天上，小風吹來芳。
愜意真無上，紅塵任攘攘。
清心叩道藏，矢志萬里疆。
半百生涯壯，回首已煙蒼。
淡眼看桑滄，一笑也清揚。
歲月自流蕩，初暑不覺間。
努力詩書間，時光勿費浪。

流風送暢 17年5月8日

流風送暢，衣單覺微涼。
小雨灑降，生活奏安祥。
興致嫋上，小哦我詩章。
何所言唱，只是心志芳。
人生強剛，不屈風雨狂。
履盡艱蒼，終有紅太陽。
綿綿情長，卻對誰人講。
孤旅不悵，努力奮前闖。

愛心未可稍減

17年5月8日

愛心未可稍減，心志應許清昂。
一生堅持是理想，濟世救人無恙。
努力耕心向上，叩道不懼深艱。
心血化作新詩行，燭照前路遠長。
文明進步無疆，罪惡必須滅光。
真理正義天涯間，閃爍迷人之光。
百年履度桑滄，心痕累累是傷。
依然清展笑容芳，矢志邁越艱蒼。

第二十七卷《青林集》

黃昏風激蕩 17年5月8日

黃昏風激蕩，朗哦我詩章。
天陰何所妨，率意頗揚長。
生活奏交響，達悟享平康。
任起荊與障，吾志是剛強。
前路奮力闖，萬里無止疆。
標的在天堂，叩道揚慧光。
人生百年蒼，轉眼鬢髮霜。
欲求永生場，努力靈程上。

細雨黃昏多平靜 17年5月8日

細雨黃昏多平靜，只有二三鳥之吟。
清風長來漱我心，中心喚起哦詩興。
應使心清若白雲，良知正思慧意境。
人生百年秉燭行，前路光明通天庭。

黃昏細雨清降 17年5月8日

黃昏細雨清降，雲煙盡向西淌。
清風正流暢，心意何平康。
初夏不熱不涼，愜意何其快暢。
清度好時光，神恩未可忘。
努力向前向上，靈性恆求增長。
向學志昂揚，叩道入廣長。
歲月流變桑滄，我已識破機簧。
萬物神主掌，切禱理應當。

雨兒清敲 17年5月9日

雨兒清敲，風兒清瀟，
四更起得早，路上華燈自在照。
沒有蛙敲，偶有車嘯，
平靜持心竅，閑吟新詩吐雅騷。
人生晴好，風雨經飽，
坦蕩質樸饒，一生恆志叩大道。
向前迢迢，志兒忒高，
百年展風標，力創業績與世瞧。

雲煙縹緲 17年5月9日

雲煙縹緲，晨鳥清鳴叫。
細雨瀟瀟，爽風吹來妙。
我自遙逍，閑哦南山稿。
遠處歌飄，微動我心竅。
孟夏娟好，月季都開了。
歲月曠跑，何須計衰老。
應許微笑，心情聊堪表。
一生朗造，鐵骨撐天高。

世事幻化唯桑滄 17年5月9日

世事幻化唯桑滄，人情冷暖自己嘗。
履盡塵世之蒼涼，淡定於心百感上。
何許老蒼妨意狂，我有逸志正清昂。
展眼雲煙正激蕩，清風徐來拂襟陽。

細雨濛濛 17年5月9日

細雨濛濛，簷前滴瀝似無窮。
灑脫襟胸，愜意清聽鳥鳴頌。
萬事空空，半世生涯徒凝重。
回首煙朦，未許流淚且從容。
浩蕩時空，幻變桑滄似花筒。
百年之中，太多苦痛承受中。
奮志長虹，矢沿正路曠行動。
靈程雨風，總賴神恩賜恢弘。

淡定人生且從容 17年5月9日

拋卻名利，人生才能表現出優雅；矢志向上，人生方才具有了茁壯；今日思此，有詩賦焉。

淡定人生且從容，拋卻名利曠心胸。
無機心地清光動，矢志向上克險凶。
茁壯成長持剛猛，叩道靈程沐雨風。
神恩碩大且恢弘，百年浮生一笑中。

天氣清顯涼爽 17年5月9日

天氣清顯涼爽，和風細雨揚長。

率意哦詩章，一種閒雅放。
人生百倍情長，況對鳥語花芳。
歲月賜斑蒼，心境仍悠揚。
紅塵自古攘攘，運化不過桑滄。
應持笑臉向，惜緣造緣忙。
淡定清持心腸，奮志是在遐方。
叩道當勇剛，男兒不張狂。

雨霽天開清風暢

17年5月9日

雨霽天開清風暢，雲層又向東邊淌。
閒情雅哦新詩行，淡處塵世體悠揚。
市井任其噪與嚷，吾只清心守安祥。
名利於我不必講，介意原屬水雲鄉。

清聽小鳥之鳴唱

17年5月9日

清聽小鳥之鳴唱，動我詩情真無恙。
品茗已解禪味香，素志出得塵世間。
詩書持身原昂藏，展眼雲天多激蕩。
人生正道靈程上，不畏苦來不畏蒼。

輾轉人生志昂揚

17年5月9日

輾轉人生志昂揚，五十二年一夢間。
回首曾起驚天浪，瞻望未來意悠揚。
心志磨得千重創，桑滄於我是等閒。
努力前路矢志闖，萬里風光秀且壯。

流風送來花之芳

17年5月9日

流風送來花之芳，雨後清喜日又放。
激蕩人生入悠閒，世事閱盡體甘香。
浮生於我不必講，正義凝襟豈尋常。
男兒豪勇是平常，一種奮發一種剛。

寂寞人生奮剛勁

17年5月9日

寂寞人生奮剛勁，男兒豪勇騁雄英。
歲月滄蕩余多情，老來心境懷奮興。
孟夏風清花開俊，哦詩讀書也溫馨。
清坐品茗起激情，一篇短章脫口吟。

休憩身心養靈明

17年5月9日

休憩身心養靈明，靈程路上奮發行。
浮生須辭名利境，正義時刻須銘心。
小鳥嬌囀真多情，清心暢意余奮興。
輾轉神思哦心靈，奉付新詩與君聽。

清坐安好

17年5月9日

清坐安好，斜陽正高照。
市井熱鬧，爽風吹來妙。
我自遙逍，品茗意態高。
身心奉表，哦詩無玄竅。
不喜熱鬧，水雲中心飄。
不走險道，清貧不緊要。
嚮往長跑，步履踐迢迢。
山好水好，風光展奇妙。

閒情放曠

17年5月9日

閒情放曠，散淡是情況。
朔風吹揚，嗅得月季芳。
斜暉正朗，悠閒度辰光。
不思不想，頤養我腑臟。
人生理想，總是在遐方。
鳥清鳴唱，引我意揚長。
努力向上，不懼彼艱創。
百年時光，奮志向天堂。

展眼天際靄蒼

17年5月9日

展眼天際靄蒼，暝色漸次升上。
華燈燦然放，車轟若狂猖。
我自泰處安祥，身心活潑平康。
生活是安享，神恩賜無量。
浩志不必多講，沉潛實幹應當。
寂寞是平常，輝煌唯瞬間。
歲月清展滄蕩，流年逝去無疆。
素髮迎風向，啞然一笑間。

淡泊身心應如菊

17年5月9日

淡泊身心應如菊，人生切莫不知足。
道德推原中心蓄，良知正意啟洪福。
努力前路開新局，力斬心魔正氣鬱。
聖賢之境無局促，辭去名利心不惑。

清度人生不畏難

17年5月9日

清度人生不畏難，風雨任它起漫漫。
紅塵桑滄頗好看，心志由來綻青藍。
浩意向天曠開展，詩歌吟來是平淡。
人生甘於平與凡，共緣變幻履浪漫。

心情悶時少寫詩
17年5月9日

心情悶時少寫詩，遐想起處方吐詞。
人生最重快慰意，由來實踐啟真知。
半生如水已殤逝，幾莖白髮引深思。
夕陽清好已遲遲，快馬加鞭奮力馳。

宿鳥歸航且鳴唱
17年5月9日

宿鳥歸航且鳴唱，金光清灑是夕陽。
生活淡泊且安康，得道知足享悠閒。
小風清來真是爽，花香襲人宜腑臟。
天人大道一生訪，點滴慧思入詩章。

清嗅花香
17年5月9日

清嗅花香，瞑色正無恙。
月華升上，喜鵲鳴東方。
悶懷求暢，誰明余心向。
雅哦詩章，瀉吐情與腸。
生活平康，淡泊且安祥。
神恩無上，導我以前航。
心路桑滄，人生履艱創。
而今回想，百感盈襟房。

噪噪世間
17年5月9日

噪噪世間，名利騁其囂張。
務持清向，守好素樸清腸。
歲月飛翔，演幻無限桑滄。
大道圓方，運化幾微之間。
用心去想，人生合當揚長。
堅持理想，突破時間空間。
靈程向上，矢志飛往天堂。
克盡艱創，天使伴我旅航。

霓虹閃靚
17年5月9日

霓虹閃靚，壓過皎潔月光。
歌聲響亮，吵得人心搖晃。
燈下思想，生活一若交響。
苦辣之間，尋覓甘甜清享。
神恩無上，甘泉灌入心間。
導引慈航，天國唯一方向。
百年匆忙，名爭利攘棄放。
聖潔情腸，映射湛湛天良。

人生騁其奔放
17年5月9日

人生騁其奔放，孤旅也當揚長。
燈下清思想，浮生是蒼茫。
歲月有其淡芳，苦痛屬於尋常。
努力矢向上，靈程奮飛翔。
名利害人無限，棄之獲得解放。
堅持我理想，一生叩道藏。
未可忘記標向，天國唯一家邦。
聖潔持心腸，靈性恆增長。

四更無恙
17年5月10日

四更無恙，玉蟾南天上。
沒有蛙唱，偶聞車囂響。
夏夜悠揚，小風來和暢。
無寐之間，讀書復上網。
人生志剛，無可奈何間。
心事廣長，唯哦入詩章。
歲月飛狂，流年似無疆。
惜我老蒼，心襟鬱萬丈。
奮志強剛，努力致遐方。
克盡艱蒼，克盡荊與障。
不圖名昌，不圖利來訪。
正義心間，光芒燭照間。

雲氣浮漾
17年5月10日

雲氣浮漾，鳥掠彼青蒼。
嗟彼世間，紅塵徒攘攘。
心志廣長，豈在名利間。
詩書之間，尋覓彼道藏。
真理之光，導引我前航。
萬里無疆，風光展無限。
百年蒼茫，心志求安祥。
人生匆忙，靈程盡力上。
克盡艱蒼，努力啟慧光。
智慧寶藏，豈在塵世間。
向前向上，努力曠飛翔。
笑容展放，悟道也清長。

陽光和暢
17年5月10日

陽光和暢，游絲曠飛翔。

流風清揚，享受這休閒。
時光飛殤，秋春轉換忙。
孟夏無恙，田野舒菲芳。
吾意揚長，嫻雅哦詩行。
心蹟彈唱，品茗意無上。
小鳥鳴唱，自在真無限。
快慰心間，神恩頌儘量。

粉蝶翩翩翔

17年5月10日

粉蝶翩翩翔，紫燕吟唱。
暖風吹激昂，陽光熱燙。
散步菜場逛，人熙人攘。
品味這休閒，愜意無限。
人生當揚長，名利捐放。
正氣荷心間，奮度桑滄。
斑蒼心悠揚，萬事淡忘。
一心叩道藏，力鑿慧光。

絮飛狂

17年5月10日

絮飛狂，窗戶當關上。
鳥鳴唱，我心為之曠。
風清翔，帶來花之芳。
陽光暢，孟夏暖洋洋。
品茗間，適意真無上。
哦詩章，閑吐情悠揚。
闔家康，總賴神恩壯。
歡聲唱，頌贊父慈祥。

悠悠揚揚

17年5月10日

悠悠揚揚，心思吾放曠。
歲月品嘗，此際淡而芳。
優雅心間，哦詩氣萬丈。
紅塵縱狂，吾只守定當。
步履強剛，冒雨頂風上。
矢志頑強，叩道豈懼艱。
大千攘攘，幾人明真相？
吾持清向，叩道萬里疆。

愜懷無上

17年5月10日

愜懷無上，心共風同暢。
不學絮狂，凝重持襟腸。
暫寄塵間，履盡苦情況。
而今舒暢，而今享平康。
半世蒼茫，心疤總難忘。
奮志前闖，風光是清靚。
鳥兒歌唱，曠余意與向。
品茗清芳，快慰入詩章。

淡泊襟腸

17年5月10日

淡泊襟腸，履盡世之艱。
罪惡克光，心靈才飛揚。
人生慨慷，男兒志昂藏。
名利拋光，輕身水雲間。
守素安常，不為世動盪。
詩書怡腸，養我正氣剛。
鳥鳴花芳，風清絮飛翔。
清坐思想，遐思萬里疆。

流連塵世間

17年5月10日

流連塵世間，不受捆綁。
靈性大發揚，神恩無上。
聖潔持襟腸，秉持天良。
汙穢務掃光，克盡魔障。
力向前路闖，正義何剛。
拋去虛偽裝，示人真相。
努力靈程上，叩道無疆。
點滴心得芳，哦入詩章。

曠志人生

17年5月10日

曠志人生，吾當盡力馳騁。
名利不爭，清心水雲映逞。
鳥鳴嬌純，更有清風爽神。
大千紅塵，運化總蒙神恩。
叩道真誠，心得縷縷紛紛。
艱險何論，孤旅揮灑剛正。
心性雄渾，不屈苦難成陣。
男兒清芬，哦詩雅潔溫存。

旭日東方

17年5月10日

旭日東方，天地微顯蒼茫。
野禽鼓唱，東風送來涼爽。
晨起安祥，中心清持平康。
一曲哦唱，曠吐心志情腸。
歌聲悠揚，點綴和平寰壤。
生活平常，但有花開奔放。
吾意舒暢，發奮人生昂揚。
萬里之疆，矢志長去驅闖。

浮華空空

17年5月10日

浮華空空，回首塵世如夢。
真的英雄，遁入水雲之中。
誰是情種？情根恨苗誰種？
世事如風，不必介意深重。
請聽鳥頌，請賞花開妍紅。
請奮行動，靈程鼓勇矢衝。
跨上彩虹，七彩閃射心中。
步履凝重，不畏前路雨風。

家有棄貨不煩

17年5月10日

父母勤儉，我父常教導我們說：「家有棄貨不煩。」是說，家中有可丟棄的東西而暫先收著，說不定什麼時候就用得著了。母親也常教導我們說：「缺著為貴。」是說，物用有時，如隨便扔了，以後需要用的時候，就覺得可惜了。從環保的角度來講，舊物棄之則成垃圾與汙染源，而資源的充分利用及汙染從源頭抓起與汙染的減量化是環境保護的

重要原則，所以說，在人們日漸富裕的時代中，提倡舊物的充分利用及再資源化有其重要價值之所在矣。今日思此，有詩賦焉。

家有棄貨不煩，節物開源心安。
舊物利用妥善，汙染減量堪談。
勤儉能除禍患，富裕驕奢扯淡。
資源再用不難，缺著為貴無憾。

靈機動時才寫詩 17年5月10日

俗話說：「靈機一動，計上心來。」吾當將其改為：「靈機一動，詩上心來。」蓋寫詩須有靈感，並且要有激情，才能寫出好詩來，此外還與身體狀況及心情等有關，所以說，寫詩屬於藝術加工及創造的範疇，不定什麼時候可以寫出好詩來，預先並不知道，等靈感迸發，進入一種寫作狀態，如神指引，頭腦中自動閃出句子來，這時只要把他們記下來就可以了，不失為一首好詩。古人言寫詩須推敲工夫，其實再怎麼推敲，離開上面所說的幾點，是難以寫出好詩的。今日思此，有感而作詩焉。

靈機動時才寫詩，遐想萬千鸞飛馳。
心機起處霞光啟，意之所致筆下至。
神識導引是先機，推敲工夫屬毛皮。
吾今寫出真實事，知音可待後儕知。

雀鳥鳴於林間 17年5月10日

雀鳥鳴於林間，晨起心境頗爽。
慨然哦詩行，曠吐情懷芳。
人生昂然向上，不屈不撓成長。
回首任煙悵，努力致前方。
心襟豁然開朗，得道始終不狂。
淺笑心地間，神恩荷無恙。
孟夏花木娟芳，小桃旺盛成長。
一切都安祥，月季最嬌靚。

人生矢向上 17年5月10日

人生是心靈歷煉的過程，務須努力向上，矢志飛揚，未可枉為名利所障，慧目須張，靈程向上，明辨方向，回歸天堂，永生即是獎賞，幸福寄於彼疆，神恩廣長，浩大無量，今日思此，有感而賦詩焉。

人生矢向上，努力曠飛翔。
不為名利障，勿被世欺誑。
心靈務清靚，聖潔第一樁。
淨化無止疆，矢志向天堂。
物欲害人狂，眾生溺死傷。
大牧心悲傷，喚醒迷路羊。
靈程奮發闖，勝過魔敵狂。
試探一任艱，神恩賜無量。

率意紅塵之間 17年5月10日

率意紅塵之間，心志由來清昂。
風雨任囂狂，吾只守定當。
前路奮發頑強，敢鬥險風惡浪。
一笑還清揚，男兒雄且剛。
曾經苦悶心傷，跌倒身心遍創。
神恩大無量，賜我以安康。
頌歌向神獻上，靈程克盡魔障。
天國是家邦，永生福無限。

絮舞長空 17年5月10日

絮舞長空，南天吹來暖風。
年近成翁，心情卻很輕鬆。
不妄行動，君子合當凝重。
不做情種，無機淡蕩襟胸。
素樸清空，叩道一生奮勇。
清貧之中，詩書晨昏哦諷。
合時而動，當展我之剛雄。
鼓起大風，吹擊天涯無窮。

凱風興曠樹搖晃 17年5月10日

凱風興曠樹搖晃，清坐思想放無疆。
窗外鞭炮又囂響，從來生活雜亂放。
心直無機頗安祥，性天清涼達慧藏。
努力前路關山闖，悟道原在一笑間。

逸意揚長
17年5月10日

逸意揚長，暖風吹絮飛輕狂。
清品茗芳，耳畔小鳥正啼唱。
寫意塵間，孟夏陽光清灑降。
散坐安康，寫點詩兒也悠揚。
捧出心腸，正直人生持淡蕩。
無有狂猖，清心持節謙和間。
努力矢闖，已知前路多艱創。
神親導航，靈程叩道展昂藏。

適意人生持澹蕩
17年5月10日

適意人生持澹蕩，心性應有淡雅芳。
不辭塵世之蒼涼，奮發前路展雄剛。
困苦於我不必講，桑滄度後總安祥。
展眼天際雲煙曠，一曲短歌盡情唱。

閒雅心中持平康
17年5月10日

閒雅心中持平康，聖靈充滿眼目亮。
識得靈程回故鄉，大牧導引正道航。
窗外小鳥正鳴唱，好風吹來覺花芳。
一種寫意真無上，我以此詩舒心腸。

心情快樂就寫詩
17年5月10日

心情快樂就寫詩，吐出胸中嫻雅詞。
樂天知命心不疲，神恩浩大吾感知。
聖靈時將真知啟，妙悟真理從不遲。
百年人生持無機，奮沿靈程正道馳。

第二十八卷《怡曠集》

人生邁步無疆 17年5月10日

人生邁步無疆，百年不是終場。
靈程赴康莊，靈體永不亡。
人生未可狂猖，謙和守定心腸。
向上矢昂揚，關山任險蒼。
清度孟夏時光，烈日烘烤異常。
閑哦小詩行，淡雅有清芳。
父母康健在堂，我心喜氣洋洋。
謳神恩無量，賜福闔家康。

斜陽在望 17年5月10日

斜陽在望，風吹鳥歌唱。
微覺涼爽，心境正怡曠。
散淡清閒，無執心地間。
不讀詩章，品茗愜無上。
歲月飛揚，季節轉換忙。
轉眼斑蒼，心志猶強剛。
車聲囂響，紅塵鬧無疆。
勿受影響，凝神定意向。
悠揚為上，未可徒緊張。
不慌不忙，萬事神主掌。
潔淨心腸，趨向聖潔間。
靈程揚長，凱歌徹雲鄉。

月季芬芳 17年5月10日

月季芬芳，小蜂採花忙。
流風清暢，藍天白雲翔。
黃昏時間，游絮曠飛揚。
小鳥鳴唱，天籟真無上。
心襟坦蕩，不執頗激昂。
志在遠方，萬里未為疆。
市井鬧嚷，車水馬龍放。
散坐銷閑，雅哦新詩行。

雅思曠展良長 17年5月10日

雅思曠展良長，悠聽小鳥鳴唱。
黃昏真無恙，心志騁清昂。
淡泊享受安康，正義清持襟腸。
笑容當展放，神恩廣且長。
人生奮發向上，不為物欲纏障。
輕身才奔放，遠路行得長。
萬里風光何靚，關山險峻異常。
願長雙翅膀，一摩天青蒼。

沉默為上 17年5月10日

沉默為上，廢話不宜多講。
守定心腸，守定中心慧光。
清度桑滄，不懼身心疲創。
鐵膽雄剛，男兒豪勇奔放。
人生不長，必須珍惜時間。
歲月曠翔，轉眼發覺斑蒼。
奮志向上，鼓勇萬里之疆。
靈程艱蒼，心魔務必克光。

悠悠歲月何其蒼 17年5月11日

悠悠歲月何其蒼，回思百感起渺茫。
五十二年如水放，余得心頭百重創。
已知前路長待闖，奮發猶堪躍馬狂。
孟夏之間清無恙，我以短詩舒襟腸。

百折心腸 17年5月11日

百折心腸，卻對誰人唱？
夏夜溫良，小風送清爽。
心事廣長，無語對蟾光。
時光流漾，年華漸次蒼。
老將來訪，百感都來上。
欲言揚長，卻是無用場。
努力為上，詩書有淡香。
不執之間，共緣清旅航。

隱隱蛙唱
17年5月11日

隱隱蛙唱，犬吠卻猖狂。
小風送爽，心志起愁悵。
人生揚長，只是心有傷。
半世流殤，苦難荷何艱。
車聲噪嚷，紅塵恆囂張。
吾意清揚，出得塵世間。
心向誰唱？情有甚麼講？
難言心向，難語復難放。

余意雅康
17年5月11日

余意雅康，散步以安祥。
腹饑何妨，運動保健康。
小風不暢，天氣悶熱間。
嗅得花香，睹得田野芳。
快慰心間，人生慨而慷。
奮志無恙，努力騁陽剛。
男兒豪強，豈容媚弱放。
拋去機奸，正直持襟腸。

心襟瀟爽
17年5月11日

心襟瀟爽，享受這休閒。
不思不想，無慮在心間。
人生揚長，曠意欲飛翔。
小鳥歌唱，風兒吹清揚。
人生世間，必須有理想。
勞逸適當，行旅才久長。
半世已往，仍持我慨慷。
發歌嘹亮，哦詩舒清芳。

天氣多雲
17年5月11日

天氣多雲，爽風吹清靈。
吾意淡定，悠悠快心襟。
人生陰晴，只是常與尋。
關山鐵嶺，努力攀而進。
回首多情，悟得古與今。
笑我斑鬢，依然懷奮興。
少年情景，如夢如電影。
百年夢境，奮向天國行。

藹然心境
17年5月11日

藹然心境，浪漫持身心。
鳴鳥多情，月季花雅清。
我自高興，淡處養心陰。
叩道奮進，不必急著行。
度山越嶺，摩雲離天近。
回首心驚，已度萬重嶺。
曠意奮興，不忘是修心。
努力上進，努力正心靈。

四月菲芳
17年5月11日

四月菲芳，南風興清曠。
悶熱之間，散步汗汕淌。
身心清揚，花娟鳥啼唱。
生活安祥，熱鬧且平康。
吾持悠閒，淡泊持襟腸。
不去多想，寧靜度辰光。
神恩無上，點滴感心膛。
努力奮闖，持正頗昂揚。

心須靜定
17年5月11日

心須靜定，煩惱可不行。
修身養性，無機持心襟。
歲月飛行，轉眼蒼蒼鬢。
仍懷奮興，曠志萬里雲。
共緣而進，悟得是圓明。
寸寸靈明，正直是要領。
爽風吹行，燈下思無垠。
散淡持心，雅潔且均平。

淡定淡定
17年5月11日

淡定淡定，心須調均平。
奮志雄英，不可莽撞行。
人生多情，苦了心與襟。
斑蒼何云，學取彼雄鷹。
摩雲而行，沉穩且鎮定。
風雨任凌，搏擊快身心。
修身無垠，淨化我心靈。
向上奮進，靈程未可停。

矢志向上
17年5月11日

人生是一個漸次展開且趨向於不斷成熟的過程，十年前寫的詩文，今日讀來已顯稚嫩，焉知今日所寫之詩文十年後讀之不會感到稚嫩？！待人真正成熟時，則已垂垂老矣，離辭世已不遠矣。因此人生，實是個不斷證道悟道的過程，矢志向上，努力飛揚，不斷進入並達到新的更美好的境界，也就無愧於心了。今日思此，有感而賦詩焉。

矢志向上，悟道入深艱。
不懼艱蒼，終會有晴朗。
百年時光，逝去何匆忙。
叩道無疆，在世是緣放。
努力昂揚，應許心境曠。
靈程慨慷，不負神之望。
回歸天堂，永生真無恙。
思想狂放，雅哦嗟良長。

品茗意雅芳
17年5月11日

品茗意雅芳，談笑惬無上。
鳥鳴囀悠長，曠風南來暢。
生活清品嘗，百感盈心間。
休憩身心閑，努力更為上。
前路豈尋常，艱深崖萬丈。
穩步邁前方，困難未可障。
百年不久長，玄髮換華霜。

晨昏勤必講，耕心叩道藏。

三更無恙

17年5月11日

三更無恙，醒來雅將詩哦唱。
車聲猶嚷，小風習習犬吠揚。
圓月在上，傾情清灑其光芒。
路燈燦放，市井生活樂平康。
心志何唱，平淡之間守安祥。
應將憂忘，努力前路奮強剛。
浮生奔放，總賴神恩護無上。
切禱心間，天人和祥民安享。

人生艱長

17年5月11日

人生真不容易，百折艱長，哪易平順，今日思此，有感而賦詩焉。

人生艱長，百折患難是情況。
履盡困障，迷茫之中存指望。
而今我想，命運無形把舵掌。
真理之光，恆將黑暗來照亮。
名利捐放，心靈正直最為上。
不懼艱蒼，不懼鬼魔併惡狼。
努力向上，奮沿天路徑直闖。
山高水長，總有神恩賜安祥。
樂園在上，不是尋常之想像。
永生平康，共父萬年永久享。
奮志恆闖，淨化靈魂無止疆。

進入草場，羔羊歡聲徹穹蒼。

時正五更

17年5月11日

時正五更，鳥語喧騰，
心境馨溫，暢吸清風爽精神。
車行成陣，生活歡騰，
余意雅芬，更將頌贊獻父神。
人生馳奔，大千紅塵，
歲月溫存，往事回憶桑滄更。
天際靄紛，青林茂盛，
花草青春，最喜小桃初長成。

閑與父母談家常

17年5月11日

閑與父母談家常，生活平淡體甘香。
窗外小鳥唱，一種是悠揚。
人生從來情味長，履盡煙雨併滄浪。
依然一笑放，悟道履平康。
歲月任其展艱長，只是鬢髮已斑蒼。
雄心仍舊剛，詩書一身芳。
大千紅塵多放曠，名利殺人何其猖。
身在市井間，胸有水雲翔。

淡雲緩翔

17年5月11日

淡雲緩翔，風兒不暢，
鞭炮囂響，市井生活是這樣。
小鳥鳴唱，花開俊芳，
田園青蒼，孟夏正是好時光。

心曲彈唱，應許悠揚，
應許放曠，只是名利不許妨。
正氣強剛，柔和心腸，
奮發向上，人生從來慨而慷。

燥熱塵世間

17年5月11日

燥熱塵世間，清喜小鳥唱。
少許慨慷，少許閑曠。
心境實難講，百感盈襟房。
不讀文章，雅哦詩行。
歲月如水放，幻變是桑滄。
任起炎涼，任起狂猖。
心性質樸芳，無機頗昂揚。
正義力倡，大道矢訪。

人生由來志兒剛

17年5月11日

人生由來志兒剛，神恩無盡已飽嘗。
正心誠意靈程闖，不畏山惡水萬狀。
前路任起千重障，奮志定過萬重崗。
窗外小鳥清鳴唱，一使余意起安祥。

風兒清暢情兒曠

17年5月11日

風兒清暢情兒曠，人生從來持理想。
逆境無妨鐵骨剛，順境焉敢稍狂猖。
持正人生恆昂揚，山水履歷閱清蒼。
歲月悠悠老將訪，一種情懷無法講。

人生未許稍狷狂
17年5月11日

人生未許稍狷狂，謙和從來啟吉祥。
歲月清度履桑滄，贏得一笑華髮蒼。
隨緣安處是故鄉，造緣惜緣體昂藏。
雅聽小鳥清鳴唱，爽風曠來愜意腸。

清意長風曠吹行
17年5月11日

清意長風曠吹行，散坐愜意品芳茗。
燥熱塵間須意定，清涼性天啟慧明。
人生揚長入悠境，桑滄度後余安寧。
老來心態渾清靈，努力叩道矢奮進。

順從聖靈引導
17年5月11日

順從聖靈引導，努力和同眾教。
經典務學好，智慧日日高。
未可稍有驕傲，謙和一生方好。
向上曠飛高，萬里征途遙。
百年造緣奇妙，神恩無邊籠罩。
學問細尋找，用心辨分曉。
時光飛逝奔跑，人生頃刻便老。
晨昏哦詩稿，襟懷水雲飄。

散步曠迎清風
17年5月12日

散步曠迎清風，緩步行得凝重。
林鳥啼若瘋，曠情愜無窮。
五更天色朦朧，心興嫋起豈窮。
淡泊持襟胸，閒雅復清空。
哦詩一曲靈動，短章富有內容。
男兒合剛雄，奮發萬里衡。
只是斑蒼已濃，心情有時沉重。
努力持輕鬆，前路有彩虹。

清坐從容
17年5月12日

清坐從容，晨鳥啼靈動。
天陰無風，悶熱積聚中。
心事空空，散淡是襟胸。
應當剛勇，應當奮發衝。
心志凝重，雅哦入詩中。
人生如風，履盡煙雨濃。
不必淚湧，不必心沉痛。
神恩恢弘，足夠你我用。

人生應許曠
17年5月12日

人生應許曠，請聽鳥鳴唱。
清風拂襟腸，快慰豈有限。
散淡秋春間，不計華髮霜。
努力奮前闖，艱深任其放。
回首堪驚悵，關山鎖煙障。
前路展翅翔，風雨未可擋。
紅塵噪無上，清心水雲間。
修身一生講，履道踐安祥。

村雞清啼五更間
17年5月12日

村雞清啼五更間，林間鳥兒奏繁忙。
早起精神頗健旺，閑將詩兒來哦唱。
已知空氣多清香，料想花兒開正旺。
一日生活又開場，固當努力奮發上。

紫燕飛翔
17年5月12日

紫燕飛翔，余意以欣暢。
爽風清揚，愜懷真無上。
休閒之間，頤養腑與臟。
時光流淌，初夏是無恙。
人生揚長，要在隨緣間。
奮志慨慷，待時且鳴放。
市井和祥，生活吾安享。
清平心間，雅潔哦詩行。

有絮舞飄
17年5月12日

有絮舞飄，悠閒持懷抱。
小風清瀟，吹拂花與草。
吾意微妙，況聽鳥鳴叫。
生活安好，無機是心竅。
祥雲縹緲，市井多熱鬧。
雅哦詩稿，微吐襟懷妙。
神恩經飽，靈程曠揚飆。
風景清好，已履過險要。

天氣不熱不涼
17年5月12日

天氣不熱不涼，爽風帶著花香。
散淡持悠閒，品茗意何暢。
菜場徐步閒逛，一片和平熙攘。
生活吾安享，清貧又何妨。

人生須持滄蕩，不為名利奔忙。
叩道任險艱，境界豈尋常。
紅塵肆意狂猖，變幻徒是桑滄。
百年一瞬間，慧眼務開張。

守素安常 17年5月12日

守素安常，生活平淡並無妨。
窗外鳥唱，愜余意向併心腸。
心閑何妨，正義從來盈襟房。
傲立強剛，不屈苦難與艱蒼。
紅塵攘攘，太多名利誘人陷。
身心奔放，無物可阻我飛揚。
努力向上，精神獨立不張狂。
解開捆綁，靈性獲得大釋放。

天吹火風 17年5月12日

天吹火風，絮舞長空，
品茗意態頗輕鬆，淡定清持心中。
心志空空，共緣嫋風，
歲月任其展凝重，一腔熱血恆湧。
年近成翁，履盡險重，
回首蒼煙鎖重重，往事了無影蹤。
向前矢衝，關山正雄，
男兒努力展英勇，業績矢創恢弘。

月華朗然在上 17年5月12日

月華朗然在上，爽風吹來清暢。
又值三更間，醒轉復上網。

人生無比清揚，思想曠放無疆。
前路長待闖，男兒豪勇剛。
時時檢點心腸，靈性恆求增長。
生活百煉場，努力成好鋼。
金子終會發光，泡沫豈能久長。
奮力矢向上，克盡艱與蒼。

心事曠清 17年5月13日

心事曠清，雅度秋春均平。
閑品芳茗，詩書愜余意興。
窗外鳥鳴，曠風吹來清新。
噪噪市井，優游散淡堪憑。
我心堅定，矢志萬里奮進。
叩道圓明，悟得天人情景。
胸懷鎮定，浮世任起煙雲。
男兒雄英，身心原也空靈。

清夜無眠值三更 17年5月14日

清夜無眠值三更，窗外月華正清純。
雅坐讀書心馨溫，更發詩興哦真誠。
清風長來發慰問，路上偶爾聞車聲。
遠近點綴是華燈，惜無蛙鼓可聽聞。

心曲由來如風 17年5月14日

心曲由來如風，愜聽晨鳥鳴頌。
情志不言中，奮發氣如虹。
人生必須凝重，厚德清持襟胸。
不妄去行動，安步以從容。

有時心中苦痛，重擔壓於襟胸。
向神敞心胸，神必賜恩洪。
百年步履匆匆，轉眼華髮龍鍾。
務向靈程衝，永生希冀中。

爽風清來暢意境 17年5月14日

爽風清來暢意境，喜鵲鳴於青林。
散步徐行以盡興，心靈清持平靜。
歲月娟娟以奮行，孟夏清美無垠。
落英繽紛是美景，小桃茁壯正青。
詩書持身雅潔清，淡然守我清貧。
努力實幹顯豪英，男兒合當剛勁。
藍天青碧無雲行，朝日清灑光明。
天地和藹且清明，安享生活康平。

休憩身心 17年5月14日

休憩身心，仰看天青青。
爽風吹行，飛絮飄紛紜。
歲月驚心，對鏡嗟霜鬢。
小鳥清鳴，一使余開心。
紅塵曠進，擾擾利與名。
吾守清貧，正義盈心襟。
笑意曠清，悟道持淡定。
雅思閑運，短章吐心靈。

人生奮前進 17年5月14日

在某一層次上，我們的人生是智慧的，從更高的層次上來看，我

們的人生是可笑的；今日思此，有感而賦詩焉。

人生奮前進，境界辟無垠。
山窮水疑盡，柳暗花復明。
努力啟心靈，智慧日長進。
驕傲屬魔境，謙德近靈明。

不可急功近利 17年5月14日

少年人血氣方剛，急功近利，情有可原；年進壯歲，人近老蒼，特別是五十歲知天命之年而後，再執著於名利之境，不僅是癡，而且可笑之至了；人生固當飛揚奮發，但須裁以凝重，閱盡滄桑之後，心情及心境應更多一些淡定曠達灑脫才是才行才好才對；今日思此，有感而賦詩矣。

不可急功近利，淡定清守心扉。
共緣曠意奮飛，境界妙入玄微。
名利纏人以累，敗壞心靈況味。
持正叩道無畏，凝重一生才對。

第二十九卷《豐美集》

散淡秋春度逍遙 17年5月14日

散淡秋春度逍遙，人生不必怕年老。
白髮應表智慧高，額紋能解人情饒。
腹大容舟堪問道，識廣悟透世機竅。
窗外鳥語鳴嬌嬌，雅哦新詩適懷抱。

窗外嘹歌聲 17年5月14日

窗外嘹歌聲，清風吹來逞。
散坐哦詩芬，心境雅然純。
浮生長馳騁，斑蒼惜生成。
清思何所論，欲語復遲鈍。

閒適悠無上 17年5月14日

閒適悠無上，享受風清揚。
淡泊持襟腸，品茗意何暢。
雅聽鳥啼唱，質樸一生芳。
騁志多揚長，哦詩復慨慷。

月季最清芬 17年5月14日

月季最清芬，風遞暗香逞。
品之心馨溫，曠意詩生成。
嬌美語難論，雅靚君子身。
落英漫地紛，誰是葬花人？

風遞涼爽 17年5月14日

風遞涼爽，天陰何所妨。
逸意清揚，哦詩舒奔放。
名利捐放，前路輕身上。
叩道無疆，心得是深廣。
努力向上，曠志天涯間。
不折昂揚，豪雄兼強剛。
儒雅之間，向學晨昏唱。
持正矢闖，不畏艱與蒼。

心定神閑 17年5月14日

心定神閑，凝志在遐方。
闔家安康，神恩體無上。
品味休閒，意愜品茗香。
談點家常，溫馨持心間。
人生揚長，憂慮拋光光。
共緣奔放，心襟持坦蕩。
未可放蕩，努力矢向上。
克盡艱創，奮志萬里疆。

藍天白雲 17年5月16日

藍天白雲，廣玉蘭花開清俊。
小風清靈，雅讀詩書頗盡興。
人生懷情，百感時時襲心襟。
嚮往光明，嚮往自由之清境。
努力進行，叩道向學務用勤。
正意誠心，虛偽邪僻可不行。
務須淡定，矢拋名利求清心。
守我清貧，一身正氣眼目明。

奮發人生須剛勁 17年5月16日

奮發人生須剛勁，豪氣萬丈斬魔兵。
努力前路務用勤，心光發處啟慧明。
大千法界飛祥雲，正氣盈襟提刀行。
陰邪務須滅乾淨，還我宇宙朗無垠。

漫天幻白雲 17年5月16日

漫天幻白雲，余意康且寧。
小風緩緩行，有絮飄無盡。
歲月頗驚心，寸陰貴若金。
叩道奮勇進，努力才可行。
淡蕩持心襟，向學志分明。
博覽最要緊，玄通悟空清。
百年逞美景，神恩大無垠。
應體道義心，德修力進行。

雲天多情

17年5月16日

雲天多情，小鳥且嬌鳴。
散坐清心，雅品我芳茗。
心志康寧，無執於身心。
共緣旅行，天曠雲輕盈。
風來清新，愜意也無垠。
哦詩空清，吐出心與靈。
向上矢行，不懼風雨凌。
嚮往光明，嚮往水雲境。

夕照輝煌（之一）

17年5月16日

夕照輝煌，雀鳥且鳴唱。
市井喧囂，噪噪真無上。
吾守安祥，任起閑情況。
不思不想，養頤守襟房。
飛絮掠狂，好風正清暢。
孟夏之間，萬物生機旺。
人生昂揚，努力致遐方。
不慌不忙，履步且安康。

雅思靈動

17年5月17日

雅思靈動，愜聽鳥鳴頌。
爽朗南風，寫意真無窮。
快在心胸，品茗意輕鬆。
讀書怡中，哦詩舒情濃。
人生奮勇，已過山千重。
回首何功，只是桑滄濃。
矢向前衝，風雨任其猛。
我是英雄，傲立若勁松。

斜陽清妙

17年5月17日

斜陽清妙，心情十分好。
散步遙逍，有汗沁體表。
人生晴好，風雨已經了。
奮行前道，風光頗奇巧。
向陽心竅，正氣培育高。
叩道迢迢，悟道入詩稿。
花好風好，神恩賜豐饒。
努力正道，不辭辛與勞。

無欲則剛

17年5月17日

無欲則剛，清心最為上。
人生揚長，名利未許障。
生辰淡蕩，無執於心間。
共緣奔放，安處我情腸。
養氣無疆，栽心幾微間。
無機襟房，力克詭與奸。
矢志向上，靈性日增長。
萬里無疆，風光覽清靚。

夕照輝煌（之二）

17年5月17日

夕照輝煌，窗外歌聲靚。
散坐安祥，無心讀詩章。
養我腑臟，培氣柔且剛。
浩大無疆，心胸宇宙裝。
人生昂揚，叩道是志向。
努力之間，不覺髮已蒼。
積德無疆，正直第一樁。
偽飾拋光，眼目凝慧光。

醒轉在三更

17年5月17日

醒轉在三更，清風徐生。
清平持心身，哦詩雅芬。
人生縱馳騁，煙雲繽紛。
回首千山陣，已過青春。
而今斑蒼生，何所吟申？
吐出心性溫，奉出真誠。
路上射華燈，車聲偶聞。
長嗟此紅塵，因緣和成。
努力奮靈程，不懼艱深。
淨化無止程，靈性揚升。
叩道奮一生，力求剛正。
圓明慧意生，悲愛雙逞。

南風興曠

17年5月17日

南風興曠，青天碧無上。
休閒雅康，體味彼清涼。
小鳥鳴唱，愜余意與腸。
清坐安祥，品茗味清香。
歲月流暢，緣字無法講。
神恩無疆，感悟吾襟房。
努力向上，靈性恆修養。
慧意心間，眼目俱明亮。

閒雅心情

17年5月17日

閒雅心情，沒有一絲浮雲。
向陽心境，渴望曠志飛行。
坦蕩身心，履盡過眼煙雲。
半世驚心，余得慧目清明。
散坐清心，愜意瀰滿環境。
當奮前行，叩道豈懼艱辛。
浮生經營，拋去塵世利名。
守我清貧，映出天良清平。

人生譬若行旅

17年5月17日

人生是漸次展開不斷進步的旅程，一路所見的風景，依時間流而漸次豐富地呈現；年青人有年青人的風景線，中年人有中年人的眼光與見識，老年人有老年人的識度與智慧；一切都急不得；導引我們人生的，我們稱之曰命運，其實是那只看不見的、全能的、不可知的上帝之手在掌控和導引著一切。基督教中的上帝，天主教中敬稱為天主，道教中指

稱為道，佛教中暗喻為最高最大的佛，伊斯蘭教中敬稱為真主，儒家中敬稱為天；名稱雖不一，其實所指及內涵皆為一，所謂殊途同歸，萬教終當合一，回歸至高造物主自身，與神合一，此人類文明進步不可迴避之發展方向及路徑與歸宿也。今日思此，有感而賦詩焉。

人生譬若行旅，一生多遇艱苦。
神當導引迷途，指引我們正路。
天國是吾故土，永生歡樂無懼。
努力靈程進取，不負神恩如許。

閒情逸志聊堪表

17年5月17日

閒情逸志聊堪表，晨起曠聽鳥鳴叫。
小風吹來正真好，提水澆花也心瀟。
淡泊襟懷何所瞧，一腔正氣衝天高。
清貧未減我風標，詩書持身也逍遙。

休憩身心未為難

17年5月17日

休憩身心未為難，首先心須持恬淡。
名利無心氣自還，精神內守神始安。
閒時讀書氣質展，晨昏培花怡襟顏。
樂天知命何所談，惜緣造緣是妙曼。

窗外小鳥長鳴喊

17年5月17日

窗外小鳥長鳴喊，余心開懷頗怡顏。
時值孟夏天青藍，爽風吹襲花香翻。
無心讀書養恬淡，品茗情懷愜開展。
小哦新詩何所談，調停心力萬事堪。

暝色漸起華燈放

17年5月17日

暝色漸起華燈放，宿鳥鳴叫且歸航。
清心逸意頗揚長，舒適情懷哦詩章。
吞吐元機懷雅量，向陽心態多激昂。
窗外鞭炮又囂響，幸喜清風滌肺腸。

青霞漲於東方

17年5月17日

青霞漲於東方，群鳥歌於林間。
寫意東風暢，花妍開芬芳。
我意適然奔放，哦詩一舒情腸。
任起鬢髮蒼，書生意氣昂。
生活一日開場，豈避艱辛奔忙。
努力讀文章，耕心勤為上。
歲月綿綿長長，人生百年瞬間。
不必回首向，努力瞻前方。

清風長舒曠

17年5月17日

清風長舒曠，絮舞輕飛揚。
吾意頗安祥，佇看落日黃。
鳥鳴長天上，車行復囂猖。
紅塵恆攘攘，清心水雲間。
百倍情感上，小哦襟之芳。
人生奮志向，五十二年殤。
努力前路闖，叩道正昂揚。
心得豐沛間，潛氣有內藏。

人生曠志揚長

17年5月18日

人生曠志揚長，孤旅不必愁悵。
神恩真無量，吾心持安祥。
奮志叩求道藏，真理一生尋訪。
正義持心間，傲立何昂揚。
克盡鬼魅邪奸，散發清新慧光。
前路萬里長，努力致遐方。
陽光燦然灑降，世界沐浴成長。
黑暗無處藏，必致消滅光。

清意心中

17年5月18日

清意心中，喜迎曠來風。
喜鵲鳴頌，吾意持輕鬆。
愛此青空，我欲曠乘風。
萬里無窮，飽覽山水洪。
人生從容，不必道煙濃。
慧意盈胸，正義當謳頌。
努力前衝，風雨併彩虹。
百年非夢，業績可垂永。

憩意紅塵之中

17年5月18日

憩意紅塵之中，務使心靈靈動。
曠意一如風，遼遠至無窮。
人生情有獨鍾，叩道矢展剛猛。
心體不妄動，寧靜安如鐘。
共緣履度從容，悲苦務當拋送。
法喜持心中，悟道原空空。

歲月飛逝如風，笑我斑蒼重濃。
抬眼看雲動，藍天青無窮。

紫燕暢意飛翔 17年5月18日

紫燕暢意飛翔，晴空青碧無恙。
夕照展金黃，余意正悠揚。
人生陰晴之間，運程起伏滌蕩。
笑意展清揚，放心共緣翔。
此心不再迷茫，守定心中方向。
積德第一樁，養氣晨昏間。
歲月清展奔放，人生轉眼斑蒼。
叩道曠飛揚，境界開無限。

淡泊襟懷何所裝 17年5月18日

淡泊襟懷何所裝，叩道原來存雅量。
幾微之處細推詳，大道契合方寸間。
心正神清氣質彰，虛邪屑小務克光。
圓融諸教共升揚，樂哉寰宇大同邦。

順緣而動 17年5月18日

萬事莫強求，隨緣而遇，汝心當安，福分亦如此，你今天多強求一分，天道公平合理公義，明天就多扣去你一分，逆天而行，是自尋死路，莫道人不知，除非己莫為，心念一動，法界遍知，今日思此，有感而賦短詩焉。

順緣而動，克心持中。
惜緣從容，造緣凝重。
天道恢弘，運化無蹤。
持正輕鬆，天理攝融。

德為邦本 17年5月18日

叩道必先養德，養氣乃在其次，心正方始合德，德充乃能近道，道自化，運轉無跡，進化無疆，今日思此，有感而賦詩焉。

德為邦本，心須誠正。
克邪履正，德充道成。
養氣和溫，不滯暢順。
天人雅芬，大化和成。

心定自乘涼 17年5月18日

心定自乘涼，境界豁然朗。
叩道任炎涼，心恆持溫讓。
前途不畏艱，奮志展揚長。
萬里未為疆，曠意暢飛翔。

淡定清空 17年5月18日

淡定清空，曠志雲與風。
人生持中，思想無盡窮。
履歷雨風，中心曾苦痛。
而今從容，睹見彼彩虹。
笑意清動，得道獲圓通。
努力行動，名利抛空空。
正義當頌，清貧養襟胸。
任運窮通，神恩荷負中。

陽和天地間 17年5月18日

陽和天地間，青靄淡淡漾。
爽風吹清揚，鳥語亦歡暢。
清平持心腸，散淡樂無恙。
品茗淡淡香，餘味有深長。

暮色濃重 17年5月18日

暮色濃重，心志曠隨風。
展目清送，天際雲霞湧。
歲月凝重，回首徒沉痛。
風雨重濃，身心履傷痛。
神恩恢弘，賜我以奮勇。
兼程矢衝，步入彼彩虹。
燈下哦諷，叶出氣如虹。
七彩閃動，瑰麗是心胸。

雲天似畫廓 17年5月19日

雲天似畫廓，鳥鳴舒奔放。
萬類自由長，余意亦欣暢。
養氣腑腹間，積德未有疆。
正氣當昂揚，天人和無恙。

清風曠來放 17年5月19日

清風曠來放，靜心養顏腸。
天青鳥鳴唱，體道頗休閒。
歲月舒奔放，華髮漸斑蒼。
道書默讀間，體會感深長。

休憩身心養天和

17年5月19日

休憩身心養天和，一任歲月逝如波。
窗外小鳥鳴啾啾，爽風清來愜意多。
奮發前路任坎坷，我有鐵志堪耐磨。
紅塵大千起劫波，持正荷德便安妥。

未可心浮氣躁

17年5月19日

未可心浮氣躁，常以靜定為要。
叩道積德首條，養氣乃為次要。
人生百年非遙，衰老頃刻便到。
怡情養性遙逍，壽比南山不老。

心志清曠哦詩行

17年5月20日

心志清曠哦詩行，燈下清坐思無量。
人生慨慷如雲漲，歲月蒼涼若汪洋。
浩志何必多言講，凝情只合獨彈唱。
夏夜溫良和風爽，一種情緒是悠揚。

歲月曠飛不朦朧

17年5月20日

祥和天宇，麗日晴空，有感而賦詩焉。

歲月曠飛不朦朧，叩道底定在心中。
朗日晴空雲飛動，和風清遞鳥鳴頌。
散坐正見持襟胸，濟世固當騁奮勇。
百年人生何所功，立德立言是正宗。

潛氣內轉哦詩行

17年5月20日

潛氣內轉哦詩行，吐出心地之情向。
人生從來持慨慷，向陽心態多昂藏。
矢志奔放努力闖，關山萬幢豈為障。
叩心發見大道昌，天人從來有交響。

行雲流水自然暢

17年5月20日

以前余所作之詩歌追求一種行雲流水的自然流暢，現在開始則注重一種潛氣內轉的功力深厚，心為氣主，以氣禦意，意到則言語詩文至矣，今日思此，有感而賦詩焉。

行雲流水自然暢，潛氣內轉有深藏。
人生境界開無量，詩藝隨之亦增長。
半百生涯騁悲壯，老來心態未囂狂。
謙和為人持溫良，道德文章力提倡。

藍天清映白雲

17年5月20日

藍天清映白雲，流變何其清新。
小風傳來鳥鳴，散坐品茗意興。
雅思向誰而吟，孤旅享盡淒清。
悟道原來空清，秋春安度清平。

祥和心間

17年5月20日

證道是一個艱苦甚爾卓絕的過程，悟道之後則進入一種妙曼的境地，這從人的氣質和形態上也可以看出，得道的人，優雅祥和，清光襲襲，吾難以論斷其內涵，唯知其人已證入妙果矣；今日思此，有感而賦詩焉。

祥和心間，正大其相。
步履安祥，神態不慌。
優雅無上，散發清芳。
證道無疆，悟道雅康。

雲淡風清

17年5月20日

雲淡風清，喜鵲歡奏鳴。
晨起清心，哦詩舒雅情。
人生奮行，履盡關山峻。
風雨不驚，兼程我曠進。
神恩心領，大化運均平。
任起苦辛，福報終當臨。
叩道無垠，我志是凌雲。
學海奮進，萬里幻風雲。

鳥語騁奔放

17年5月20日

鳥語騁奔放，余意展悠揚。
晨起心境曠，雅然哦詩行。
歲月度悠閒，勤勉學文章。
哲思從心淌，世事任玄蒼。

流風送清暢

17年5月20日

流風送清暢，鳥語多鳴放。
品茗哦詩章，心意何其康。
持正頗昂揚，人生履慨慷。
艱難成過往，前路是康莊。

雲煙淡蕩

17年5月20日

雲煙淡蕩，心性逞清曠。
悠閒之間，時光若水淌。

歲月奔放，變幻彼桑滄。
叩道揚長，積德無止疆。
向前向上，人生荷志剛。
名利棄放，吾意是悠揚。
百年不長，力學未可讓。
著書玄黃，濟世盡力量。

西山落日紅

17年5月20日

西山落日紅，從容走清風。
散淡持襟胸，愜意盈腑中。
人生原凝重，滄桑風雨濃。
世事幻空空，悟道入圓通。

城市囂囂

17年5月20日

城市囂囂，市井多鬧吵。
晚風清拋，霓虹閃奇巧。
我自遙逍，散淡持懷抱。
雅哦詩稿，一舒我心竅。
紅塵擾擾，心靈靜為要。
積德須高，養氣自然浩。
華燈高照，生活富情調。
持正不傲，水雲胸中緲。

蛙鼓敲擊均勻

17年5月21日

環境汙染日益嚴重，生態破壞至於惡化，近幾年夏季，蛙類越來越少，清夜聽到蛙鳴，越來越難得了；今夜四更醒來，聽得野間蛙吟均勻響亮，甚喜，有感而賦詩焉。

蛙鼓敲擊均勻，四更醒轉不眠。
小風來清新，爽然是意境。
人生懷有多情，獨向詩中曠鳴。
歲月流殷殷，不覺已斑鬢。
路上華燈清映，車聲偶有吠鳴。
燈下思清俊，詩意嫋中心。
心情持有寧靜，慧意紛來均平。
雅潔是心靈，哦詩肺腑清。

第三十卷《純真集》

天陰心安祥
17年5月21日

天陰心安祥，晨起鳥鳴唱。
花紅妍無上，裁心哦詩行。
流年飛既狂，斑蒼是尋常。
塵世履滄浪，揚波萬里航。

虛心養恬淡
17年5月21日

虛心養恬淡，寡欲致安安。
人生曠開展，境界入平淡。
清心養頤顏，接物任緣翻。
百年履妙曼，修道出塵凡。

和風吹清暢
17年5月21日

和風吹清暢，青靄天際間。
雀鳥且鳴唱，吾意享悠閒。
慨然哦詩章，發心叩道藏。
天人有交響，靜意入玄暢。

悠然作詩章
17年5月21日

悠然作詩章，曠風入心腸。
閒暇心放曠，淡泊享安祥。
人生陰晴蕩，共緣奮飛翔。
覺性圓明放，悟道幾微間。

心定自乘涼
17年5月21日

心定自乘涼，萬事任緣放。
履心入平康，裁心曠飛揚。
已知山水蒼，前路奮發闖。
一陣鳴鳥唱，吾意轉安祥。

世事何必講
17年5月21日

世事何必講，人情冷暖間。
應之以安祥，泰然處平康。
我心適無上，體道悠而閑。
哦詩何所唱，無機吐襟腸。

心懷無愁悵
17年5月21日

心懷無愁悵，得道入空清。
散淡持心襟，優游雲外情。
歲月任紛紜，吾志在水雲。
身雖處市井，遠辭利與名。

心志懷雅清
17年5月21日

心志懷雅清，不入俗世情。
淡泊是心境，雲飛自然清。
優雅清光映，裁思入空靈。
人生持正行，萬里風與雲。

德為福基
17年5月21日

德為福基，福德一致。
種德以契，福報來宜。
心體正治，邪僻務辭。
良思正意，與天合之。

定志凝神
17年5月21日

定志凝神，叩道求真。
心不妄分，抱一真誠。
歲月馨芬，清度安穩。
向上矢升，步履靈程。

心境雅芬
17年5月21日

心境雅芬，曠然道存。
一生求真，正氣浩誠。
散淡秋春，荷德立正。
向前馳奔，標的天城。

遐思放曠
17年5月21日

遐思放曠，清喜爽風暢。
鳥囀嬌嗓，花開妍無上。
我自悠揚，品茗興致放。
雅哦詩章，心興適且閑。
脫出凡妄，體道履平康。
聖潔心間，原也無汙髒。
人生揚長，前路邁無疆。
履道平常，卻已出塵間。

清風暢意境
17年5月21日

清風暢意境，粉蝶翩躚行。
花開繁若錦，鳥語啼其清。
品茗適心情，哦詩吐空靈。
歲月悠悠行，神恩領無垠。

叩道入空清
17年5月21日

叩道入空清，矢志奮發行。
爽風愜意境，心地恬還寧。
大化運無盡，道義轉均平。
修心求上進，努力開新境。

覺道順自然
17年5月21日

覺道順自然，境空曠開展。
證緣悟妥善，調氣伏心瀚。
心寧不妄展，觸緣始揚帆。
造緣須惜緣，福德入非凡。

雅思清芬
17年5月21日

雅思清芬，原無半分重沉。
感謝神恩，賜我人生馨溫。
鳥囀嬌純，聽之爽人心神。

風來陣陣，清芳原也宜人。
嗟此紅塵，名利攘攘擾人。
矢脫囂塵，清心雅志秉承。
叩道求真，未可散我心身。
悟道持貞，心得原也溫存。

證道悟空清

17年5月21日

證道悟空清，心地雅而淨。
靈台慧光明，塵埃未許縈。
人生曠意境，幻化萬千臨。
獨守本心靜，觸物始生情。

清思啟明慧

17年5月21日

清思啟明慧，悟解入幾微。
萬象紛來會，寧靜守心扉。
立志最為貴，崇德是為美。
調心堪味回，養氣充腑肺。
正大百堅摧，剛猛魔鬼退。
證道入翠微，圓融脫凡穢。

養心真無上

17年5月21日

養心真無上，氣機調且暢。
和祥盈胸膛，正氣曠發揚。
閑聽啼鳥唱，悠揚誦詩章。
品茗清雅芳，生活樂無恙。

雲煙且翻騰

17年5月21日

雲煙且翻騰，清風生陣陣。
散坐心平溫，哦詩秉雅誠。
向上吾奮爭，萬里未止程。
叩道任艱深，慧性自心生。

清風曠來翔

17年5月21日

清風曠來翔，心境適無上。
況有啼鳥唱，吾意持悠揚。
雅然哦詩章，心緒若鸞放。
歲月清滄蕩，人生享安康。

寫詩須靈動

17年5月21日

寫詩須靈動，筆下驅神從。
意境當清空，內容應厚豐。
氣機流暢中，語意持凝重。
輕浮未為功，格大始從容。

斜暉朗且清

17年5月21日

斜暉朗且清，心地持平靜。
哦詩復空清，耳際鳥閑鳴。
人生多淡定，曠志何必雲。
努力奮前進，穿山又越嶺。

雅思曠空靈

17年5月21日

雅思曠空靈，人生境界清。
奮志山與嶺，閑來哦均平。
清坐雅品茗，清氣肺腑盈。
笑意從心映，吾意閑且勻。

夕照茫蒼

17年5月21日

夕照茫蒼，感興觸發上。
和祥世間，歲月走匆忙。
須持定當，任從幻世相。
桑滄無恙，履之吾安祥。
紅塵奔放，故事演無疆。
慧眼須張，覷破彼真相。
體會悠閒，叩道入平康。
名利是妄，須拋須棄放。

舒緩安康

17年5月21日

舒緩安康，閑把詩吟唱。
心志無恙，正義充而曠。
矢志向上，克盡艱與創。
悟道圓方，靈明居其間。
吾意揚長，安處以適當。
前路廣長，努力驅而闖。
關山萬幢，我有雙翅膀。
摩雲青蒼，掠過彼松岡。

夕風朗爽

17年5月21日

夕風朗爽，遠際歌聲靚。
清悠心間，詩意正無恙。
何必多講，當守吾定當。
悠悠世間，任其幻萬象。
感在心房，裁心脫口唱。
人生揚長，叩道踐履間。
方正強剛，陽和持襟房。
陰邪退藏，光明天地間。

心定安祥

17年5月21日

心定安祥，閒適是情況。
暮煙茫蒼，華燈初點上。
清坐思放，悠悠是情腸。
小風來翔，有鳥清啼唱。
荷志強剛，矢志萬里疆。
突破莽蒼，刺向青霄曠。
紅塵擾攘，不是我故鄉。
天國家邦，樂園永安享。

流風來清暢

17年5月21日

流風來清暢，清坐享安祥。
思想放無疆，哦詩復雅嫻。
人生奮慨慷，百年非夢間。
努力靈程上，矢志叩道藏。

車聲成噪

17年5月21日

車聲成噪，晚風卻逍遙。
我意無擾，清思達廣遙。
人生晴好，邁步萬里道。
山水經飽，朗然余一笑。
紅塵擾擾，名利肆其囂。
正義心竅，清貧頗安好。
清懷雅騷，蘭蕙之風標。
培育情操，水雲中心飄。

質樸持心境
17年5月21日

質樸持心境，神思雅然清。
神恩浩無垠，領受歡無盡。
暢想雲外行，腳踏實地進。
努力奮心靈，境界妙難云。

絮舞飛輕盈
17年5月21日

絮舞飛輕盈，風來何其清。
散坐神思行，詩意盈心襟。
凝神持淡定，養頤務推行。
百年是美景，神恩大無垠。

心志持純真
17年5月21日

心志持純真，曠雅中心存。
人生恆馳騁，萬里當縱橫。
履道任艱困，奮志在紅塵。
未可染汙塵，清心水雲芬。

風聲鼓奔放
17年5月21日

風聲鼓奔放，適意以安祥。
鳥鳴花復芳，生活愜無上。
道義踐履間，一生恆向上。
努力致前方，風光奇且靚。

清心哦詩章
17年5月21日

清心哦詩章，悠閒吾安享。
清貧不辭讓，詩書鬱心芳。
裁志叩道藏，性光啟無疆。
靈程努力上，鬼魔克光光。

窗外鞭炮響
17年5月21日

窗外鞭炮響，余心持定當。
得道自安祥，不為外物障。
存心正義間，外化顯大相。
柔和持心腸，慈悲濟群蒼。

順運者昌
17年5月21日

人的運程必有起伏，有人少年得志，有人中年大發，也有人大器晚成老來為貴，各人的命格及情況不同，各有各的福分和時宜，不可一律強求，更不必豔羨他人，須知自己也有一日攀上人生巔峰，發出生命中應有的光華，今日思此，有感而賦詩焉。

順運者昌，守時者剛。
運有下上，起伏尋常。
努力向上，積德心芳。
時到發光，神恩飽嘗。
頌讚獻上，叩道揚長。
靈程奮闖，天國故鄉。
永生無疆，福樂盡享。
思此意揚，心胸歡暢。

人生大道迢迢
17年5月21日

人生譬若行旅，山窮水盡之時，柳暗花明又一村，峰迴路轉，覽盡了大千風景，從而鑄就了豐厚博大的人生，今日思此，有感而賦詩焉。

人生大道迢迢，須沿正道而跑。
有時困障叢繞，切莫退後去逃。
神恩無比豐饒，必開道路一條。
豁然通達逍遙，境界異常美妙。

穩定鎮定加寧靜
17年5月21日

穩定鎮定加寧靜，浮躁絲毫均不行。
心志雅潔曠然清，天理正義其中凝。
智慧降下自天庭，道德一生力推行。
百年生死奮力進，須知頂上有神明。

壯志曠裁哦詩章
17年5月21日

壯志曠裁哦詩章，人生原來存雅量。
叩道已入圓明間，通達無礙發慧光。
性天清涼入三藏，學海無涯奮舟航。
百年生死豈茫茫，努力學道靈程上。

清風來航爽意向
17年5月21日

清風來航爽意向，心志百倍持強剛。
履盡風雨之艱蒼，迎來朗日和風漾。
已知神恩真無恙，奮志原在萬里疆。
靈程叩道吾不讓，克盡艱危入平康。

喜鵲鳴其清嗓
17年5月21日

喜鵲鳴其清嗓，余意藹然相向。
歲月清展悠揚，雅度吾意慨慷。
問學不辭艱長，叩道豈懼困障。
更於幾微之間，覓得馨香品嘗。

大道至簡 17年5月21日

悟道證道的過程是艱辛的，而所悟得的道卻是簡易的，但其應用因時制宜，變幻莫測，吾無法無言喻其廣大深厚矣，今日思此，有感而賦詩焉。

大道至簡，應變萬方。
執一之間，萬化其揚。
人生昂揚，履道安康。
踐行理想，正氣陽剛。

雅思清啟空靈 17年5月21日

雅思清啟空靈，哦詩合當盡興。
人生懷有多情，苦難艱蒼常尋。
奮志脫出層陰，陽剛會得靈明。
靈程叩道力行，心得付與君聽。

嫻雅哦詩行 17年5月21日

宗教必當合一，正教親密無間，萬化同歸大海，天國唯一家邦。今日思此，有感而賦詩焉。

嫻雅哦詩行，體道清無上。
圓明啟慧光，達悟獲滄蕩。
心性發清揚，正道親無間。
萬教歸一堂，和合大發揚。

清清涼涼走晚風 17年5月21日

清清涼涼走晚風，市井霓虹閃魅容。
清坐讀書頗從容，坦蕩情懷不言中。
履盡世路坎坷重，悟道心中持清空。
快慰此際心潮湧，聊賦短詩訴情濃。

五更早起天放亮 17年5月22日

五更早起天放亮，鳥鳴宛轉啼清揚。
爽風清來愜意向，哦詩雅吐我情腸。
人生率意真無恙，輾轉桑滄依強剛。
斑蒼未減少年狂，浩然氣宇天地間。

氣爽神清 17年5月22日

氣爽神清，況對鳥啼鳴。
風來清新，余意懷雅興。
哦詩均平，吐出心地清。
人生經行，風雨任艱凌。
笑意堪憑，百年逍遙景。
奮向天庭，叩道永無垠。
天宇曠青，沒有一絲雲。
朝日朗俊，世界沐光明。

祥雲飄蕩 17年5月22日

祥雲飄蕩，清風自在航。
鳥鳴花芳，余意覺清爽。
生活安享，神恩感無上。
頌贊獻上，靈程奮力闖。
叩道無疆，不懼彼艱蒼。
紅塵狂猖，名利構羅網。
務持清向，曠飛向天堂。
風光清靚，沿途可飽賞。

心事平靜 17年5月22日

心事平靜，雅聽喜鵲清鳴。
白雲飄行，嫋起余之意興。
歲月運行，桑滄幻變不停。
吾志豪英，努力奮向前行。
穿山越嶺，一任形勢險峻。
學取雄鷹，搏擊風雨雷鳴。
和藹中心，悟道心得分明。
進深無垠，圓明慧光清映。

爽風吹行 17年5月22日

爽風吹行，快慰余之身心。
散坐均平，閑品清新綠茗。
鳥兒嬌鳴，曠余心胸意興。
闔家康平，神恩領受無垠。
展眼天晴，幻化朵朵白雲。
歲月驚心，老我斑蒼衰鬢。
志取雄英，奮發勇武剛勁。
叩道力行，不畏艱深困境。

東風行浩蕩 17年5月22日

東風行浩蕩，雲飛若畫廊。
品茗意興暢，鳥語啼清揚。
歲月多奔放，大化幻萬象。
隨緣履安祥，即地是故鄉。

寧靜守安祥
17年5月22日

寧靜守安祥，血氣自和暢。
慧光有發揚，哦詩亦清芳。
人生持滄蕩，觸物和其光。
和而不同間，君子人格彰。
須定心腸，未可受影響。
紅塵攘攘，何處水雲鄉？
心懷渴想，欲張雙翅膀。

雲淡風清
17年5月22日

雲淡風清，爽朗持心境。
有汗微沁，有詩出心靈。
徐步閑行，斜暉正朗映。
市井和平，車水馬龍行。
吾意康寧，嫻雅曠無垠。
中心高興，神恩領無盡。
歲月經行，暑意日漸淩。
當持淡定，秉正處安平。

不思又不想
17年5月22日

不思又不想，悠閒度時光。
清風長來曠，吾意持舒朗。
休憩頤腑臟，養氣心溫良。
小鳥清鳴唱，撥動我心房。

陽光燥燙
17年5月22日

陽光燥燙，總賴爽風揚。
散坐安祥，不想讀文章。
體味休閒，清茗潤腑臟。
小鳥鳴唱，吾意以安康。
市井吵嚷，車行噪噪間。

輾轉桑滄
17年5月22日

輾轉桑滄，曾有淚雙淌。
苦難成行，磨得志成鋼。
而今昂揚，而今踐奔放。
率意揚長，神恩大無恙。
百年蒼茫，世事幻萬象。
應持定當，履緣以安祥。
歲月滄蕩，胸襟正氣藏。
矢志奮闖，關山未為障。

悶熱塵間
17年5月22日

悶熱塵間，暮煙起蒼茫。
噪噪嚷嚷，擾亂人心房。
散坐安祥，燈下哦詩章。
何所言唱？何所發與揚？
只是滄蕩，只是吐心腸。
應許奔放，應許淡淡芳。
嗟彼世間，眾生顛倒喪。
應持清向，遁入水雲間。

早起五更
17年5月23日

早起五更，清風正生成。
鳥囀嬌聲，路燈朗照逞。
吾意雅芬，哦詩舒真誠。
歲月進深，斑蒼何必論。
憩身紅塵，心未許沉淪。
矢志飛升，叩道奔天城。
清坐安穩，凝聚我心身。
一生求真，持正也馨溫。

天陰何妨
17年5月23日

天陰何妨，有風吹清揚。
鳥語花芳，真愜余意向。
歌聲嘹亮，振奮我情腸。
寫意塵間，萬物欣欣旺。
歲月悠揚，孟夏不覺間。
不計老蒼，依舊持疏狂。
書生意彰，詩書晨昏唱。
志取昂揚，叩道萬里疆。

逸意揚長
17年5月23日

逸意揚長，況值爽風暢。
鳥鳴清靚，詩意塵世間。
落紅堪傷，卻喜桃茁壯。
歲月奔放，故事演無疆。
吾志曠放，不入名利場。
清貧之間，持正叩道藏。
修德清芳，養心真無上。
恬淡心間，哦詩有雅香。

意會空清
17年5月23日

意會空清，閒雅是意境。
正意凝襟，浩氣曠如雲。
愜聽鳥鳴，享受風之清。
雖履清貧，詩書怡我情。
世事紛紜，不過利與名。
吾持靜定，胸懷水與雲。
努力前行，叩道入無垠。
百年生命，散發彼清新。

吾意逍遙
17年5月23日

吾意逍遙，五十二年清度了。
風雨經飽，心疤千層心仍傲。
曠展風騷，大千性態入詩稿。
南山風標，心芳原也淡淡飄。
謙和心竅，向學問道步迢迢。
山水清好，風光壯麗且奇巧。
努力前道，不懼艱蒼吾飛高。
矢入雲霄，堅決脫出彼塵囂。

第三十一卷《春風集》

品茗意興雅騷 17年5月23日

品茗意興雅騷，細雨迷煙清好。
小鳥清鳴叫，花落知多少。
紅塵恆是擾擾，我當清持笑傲。
清貧胡不好，正氣節節高。
水雲中心縹緲，叩道不懼險要。
風雨早經飽，朗然心情好。
清坐思放迢迢，收心靜意方好。
種德最為要，養氣乃為小。

細雨清風 17年5月23日

細雨清風，灑脫我襟胸。
淡泊清空，品茗意輕鬆。
落紅堪痛，時節飛如風。
少年無蹤，斑蒼惜加重。
悟道空空，圓明在心中。
慧光自湧，共緣去行動。
人生從容，名利當拋送。
正義昌弘，叩道展奮勇。

流風曠送暢 17年5月23日

流風曠送暢，細雨灑安祥。
清心正意向，散步享平康。
人生奮揚長，前路任艱蒼。
不懼魔與障，吾志磐石壯。
半百逝而殤，贏得智慧長。
叩道力闖蕩，風雲滌萬方。
哲思從心淌，靈慧悟無上。
努力讀文章，耕心晨昏間。

氣爽神清（之一） 17年5月23日

氣爽神清，中心持淡定。
鳥兒嬌鳴，朔風吹清勁。
暮煙結凝，細雨灑均平。
吾意曠興，哦詩舒心靈。
人生多情，老了蒼蒼鬢。
百年夢境，奮向天國行。
叩道用勤，圓明悟慧性。
覺心空靈，胸襟飄水雲。

吾意安康 17年5月24日

吾意安康，心體持正安祥。
天氣晴朗，散步身心舒暢。
紅塵攘攘，神恩無限奔放。
普度慈航，導引正道康莊。
天國在上，清新發出慧光。
樂土此邦，萬民蒙恩無限。
努力向上，裁心哦出詩章。
發出心光，燭照前路遠長。

爽風曠清絮飄行 17年5月24日

爽風曠清絮飄行，天上淡淡走白雲。
鳥語宛轉奏清新，花紅妍麗展雅情。
人生得道持正定，清思浩發化詩吟。
百年生命有遠景，天國家邦樂無垠。

清意從心生成 17年5月24日

清意從心生成，藍天白雲繽紛。
歲月幻化情深，浩志曠發真誠。
哦詩應許雅芬，吐出心地清純。
百年人生奮爭，邁步履歷靈程。

雲飛淡蕩 17年5月24日

雲飛淡蕩，小風走清爽。
朗日在上，啼鳥鳴清揚。
我意曠放，品茗適無上。
心地坦蕩，哦詩復揚長。
人生慨慷，奮志在遐方。
履盡艱蒼，一笑還爽朗。
歲月悠揚，幻變是桑滄。
我心定當，悟道體安祥。

清平世間
17年5月24日

清平世間，大道運流暢。
積澱思想，散髮我心光。
半生闖蕩，何許計傷創。
依然強剛，笑容展淡蕩。
人生昂揚，不懼千關障。
努力向上，靈程萬里疆。
神恩飽嘗，感沛我襟房。
歡歌唱響，天地久回蕩。

夕暉灑降
17年5月24日

夕暉灑降，天地多蒼茫。
神清氣爽，小哦新詩行。
雲飛滄蕩，風兒吹清暢。
花兒芬芳，鳥兒在歌唱。
歲月悠揚，我心感舒暢。
體會良長，鬱為詩之芳。
胸襟坦蕩，正義持心房。
修身無疆，真善美必講。

宿鳥歸航
17年5月24日

宿鳥歸航，啾啾清鳴唱。
爽風來翔，西天晚霞靚。
華燈點上，車聲仍噪狂。
歌聲嘹亮，我心為之向。
感興升上，人生鬱慨慷。
率意之間，已過百重岡。
斑蒼何妨，意志仍如鋼。
笑容展放，無畏彼桑滄。

和風清暢
17年5月25日

和風清暢，粉蝶翩翩翔。
陽光清靚，市井復熙攘。
和平景象，神恩領無上。
修心無疆，正義持襟房。
人生昂揚，努力致遐方。
百年淡蕩，踐履道義康。
初暑無恙，花紅鳥歌唱。
青桃茁壯，喜悅余心腸。

閑思共風暢
17年5月25日

閑思共風暢，曠放無疆。
人生合揚長，清聽鳥唱。
品茗意興放，小哦詩章。
長吐中心向，一曲清揚。
率意水雲間，胸襟寬廣。
人生持悠揚，共緣旅航。
白雲朵朵翔，青天無恙。
生活樂平康，神恩安享。

妙發清揚
17年5月25日

妙發清揚，朗哦我詩章。
清風來航，自在且舒暢。
小鳥鳴唱，藍天多晴朗。
散思放曠，雅潔持襟房。
歲月飛翔，五十二年殤。
何必回想，前路正遠長。
車聲噪響，生活多鬧嚷。
務持清向，水雲中心漾。

心定神閑
17年5月25日

心定神閑，南風吹來曠。
嫻雅無上，休憩我襟腸。
悠然放曠，散坐放思想。
聊賦短章，適我意與向。
乾坤朗朗，文明恆向上。
和同萬邦，大同是方向。
正義恆昌，幽暗必退藏。
神恩無恙，導引我慈航。

妙道靈通
17年5月25日

妙道靈通，悟解脫凡庸。
曠然襟胸，真氣蓄無窮。
步履從容，叩道氣如虹。
圓明心中，明月清光動。
淡蕩如風，共緣去行動。
修身之中，神恩賜恢弘。
積德凝重，向學騁奮勇。
紅塵任湧，我心不妄動。

燥熱塵間
17年5月25日

燥熱塵間，性天應許清涼。
鞭炮囂響，定心不受影響。
風來清爽，愜意浮上心膛。
鳥鳴雅靚，我心我意開敞。
散淡清閒，氣和神清無恙。
叩道揚長，身心清新明亮。
歲月奔放，何計老我斑蒼。
靈性清揚，頤身養德無疆。

夕照正紅
17年5月25日

夕照正紅，天氣悶熱中。
鳥飛從容，風來展靈動。
我意清空，閑把詩哦諷。
歲月如瘋，流年容感動。
奮志行動，叩道入圓通。
靈動心中，慧目清光送。
輾轉塵中，心胸曠無窮。
正義凝中，剛猛向前衝。

淡定心靈原無恨
17年5月25日

淡定心靈原無恨，曠裁情志哦真誠。
清風遞來鳥鳴純，花開落紅惜成陣。
漫度秋春叩道真，誦讀詩書怡心身。
人生快慰持十分，為因荷負神之恩。

雲飛淡蕩迷煙漾
17年5月25日

雲飛淡蕩迷煙漾，曠意小鳥清鳴唱。
品茗已愜雅意康，享受風清花之芳。
人生快慰真無限，百度春秋履安祥。
展眼青靄天際放，漫天晴朗正氣昂。

散步穿行過市井
17年5月25日

散步穿行過市井，心地曠清且寧靜。
藍天白雲展清新，和風麗日餘清俊。
雅思裁出哦空清，暑意未濃心調停。
歲月悠悠是無垠，只是余已蒼蒼鬢。

清雅人生何所論
17年5月25日

清雅人生何所論，為人必須秉正誠。
持中大義務須遵，叩道向學一生奮。
履歷靈程矢上升，克盡艱危一笑純。
坦蕩襟懷蒙神恩，歡呼勝利連成陣。

絮兒飛翔青天曠
17年5月25日

絮兒飛翔青天曠，好風流送花之芳。
散坐清心意何暢，閒雅之間哦詩行。
人生奮志豈有疆，靈程努力克虎狼。
幾聲啼鳥鳴悠揚，一使余意適且康。

君子荷德持重
17年5月25日

君子荷德持重，履度秋春從容。
歲月曠飛迅猛，正氣愈發剛雄。
柔和清持心胸，叩道徑入玄通。
中正脫出凡庸，微笑幾人能懂。

清風來航
17年5月26日

清風來航，曠聽喜鵲之鳴唱。
青碧天壤，和風清來爽無恙。
我意舒暢，品茗心態展悠揚。
人生奔放，共彼流年履安康。
曾履艱蒼，曾經苦淚長流淌。
而今安祥，而今身心適無上。
頌讚獻上，神恩恢弘賜無量。
叩道無疆，激發心性之慧光。

粉蝶翩翩翔
17年5月26日

粉蝶翩翩翔，風遞花兒香。
散坐聽鳥唱，閒適是無上。
任從時光淌，裁志詩文間。
人生當悠揚，履道獲安康。

心性持溫良
17年5月26日

心性持溫良，藹然哦詩章。
叩求天人藏，裁心幾微間。
少年成既往，華髮已斑蒼。
依然持疏狂，無意名利間。

閒情舒曠
17年5月26日

閒情舒曠，體道履安康。
鳥鳴花芳，愜我襟與腸。
斜暉俊朗，清風舒奔放。
坦蕩心間，悟道入廣長。
正意無上，德操恆修養。
叩道無疆，克盡魔與障。
正義必昌，神恩廣無量。
歡聲謳唱，天人同安享。

淡定身心原無恨
17年5月26日

淡定身心原無恨，恬然養我心之真。
窗外鳥兒鳴成陣，東風清來爽吾神。
青天空闊容奮身，願展雙翼出宇塵。
百年生死徒繽紛，要在持心秉清純。

人生曠然放意向
17年5月26日

人生曠然放意向，名利未許成魔障。
清心明慧矢向上，淡泊襟懷水雲間。
詩書潤身原無疆，修心養德合揚長。
質樸為人謙和放，正直一生展昂揚。

晨星亮於東方
17年5月27日

晨星亮於東方，五更早起安祥。
雀鳥清啼唱，村雞鳴清揚。
人生奮志矢闖，不懼山高水長。
未許計斑蒼，叩道鼓帆揚。
笑容當可展放，圓明覺性心間。

更於幾微間，悟道是廣長。
天色朦朦啟亮，路上燈猶輝煌。
散坐哦詩行，心興正無上。

閒適無上 17年5月27日

閒適無上，清聽晨鳥唱。
爽風來暢，天色已大亮。
我意疏狂，名利都捐放。
不讀文章，怡情養性間。
紅塵攘攘，吾心持淡蕩。
正義陽剛，努力叩道藏。
品味休閒，曠意真無限。
路上車嚷，生活奏奔放。

清風閑來曠 17年5月27日

清風閑來曠，心地履安祥。
叩道入平康，悟解豈尋常。
靈機閃動間，妙思若泉淌。
道根恆茁壯，運化天地間。

青靄天際間 17年5月27日

青靄天際間，小風清揚。
藍天曠晴朗，鳥鳴揚長。
我意藹然放，享受安祥。
叩道任艱長，啟發慧光。
紅塵是攘攘，眾生迷陷。
應放智慧光，導引慈航。
持正頗昂揚，淡蕩心間。

謙和一生芳，效取蘭長。

履道平康 17年5月27日

履道平康，持正頗昂揚。
仰看天蒼，閑聽小鳥唱。
心事廣長，名利矢拋忘。
清意心間，正直挺而壯。
歲月悠揚，大道運無恙。
天人之間，相映親無疆。
笑意浮上，人生享安祥。
叩道揚長，激發我慧光。

性光閃耀 17年5月27日

性光閃耀，舒朗是懷抱。
我志遙逍，浮生清度好。
初暑風好，閑鳥清鳴叫。
品茗雅騷，吐辭舒心竅。
叩道迢迢，無機持心竅。
神親引導，步步入微妙。
歲月飛飆，不必嗟年老。
養頤功效，可復我年少。

火風吹襲正未央 17年5月28日

火風吹襲正未央，人似若在爐中炕。
應持散淡樂平康，意興共風同嬲放。
品茗已知茶味香，讀書更悟前賢想。
歲月悠悠真奔放，樂天知命履安祥。

凱風曠意境 17年5月28日

凱風曠意境，身心覺雅清。
況有鳥清鳴，花間蝶翩行。
藍天正朗青，品茗適意興。
短詩舒中心，一曲滄浪情。

四更無眠 17年5月29日

四更無眠，沒有蛙鳴，
沒有蟲吟，卻喜小風吹清新。
心事難明，內叩本心，
雅思清俊，小哦新詩舒心靈。
歲月分明，老我斑鬢，
艱蒼困境，總賴神恩大無垠。
奮向前進，不懼險峻，
翻山越嶺，風光瑰麗憑心領。

五更村雞清啼唱 17年5月29日

五更村雞清啼唱，更有爽風吹清揚。
窗外小鳥長鳴放，一使余意起悠揚。
何處犬吠汪汪汪，幾家燈火初點亮。
歲月均平堪清享，須頌神恩大無恙。

晨風清繞 17年5月29日

晨風清繞，心情十分好。
歌聲嬲嬲，開我情懷抱。
小鳥鳴叫，花開正妍巧。
藍天青好，愜余意與竅。
品茗雅騷，哦點小詩稿。

南山風標，原也質樸饒。
紅塵囂囂，心未可稍傲。
長驅奔跑，山水越迢迢。

清風徐來暢 17年5月30日

清風徐來暢，鳥語復悠揚。
散坐哦詩章，品茗心興芳。
時值端午間，天氣正涼爽。
闔家樂無恙，安享歲平康。

處心以平淡 17年5月30日

處心以平淡，人生甘平凡。
向學志曠展，叩道不畏難。
雅思共風翻，鳥啼入心坎。
品茗味清淡，閒情共誰談。

閒情放曠 17年5月30日

閒情放曠，心志展悠揚。
和藹塵間，鳥鳴花復芳。
正值端陽，闔家樂平康。
喜氣洋洋，神恩大無恙。
努力向上，裁志萬里疆。
奮發貞剛，男兒騁勇壯。
心事萬方，名利須拋放。
叩道揚長，向學晨昏間。

長風送爽 17年6月3日

長風送爽，心境逞舒曠。
小哦詩章，啼鳥正鳴唱。
品茗意放，人生持昂揚。
歲月奔放，流年若狂猖。
笑傲塵間，詩書怡心房。
叩道揚長，心得微妙間。
謙和心向，共世履桑滄。
一笑之間，無機持襟腸。

流風送暢 17年6月4日

流風送暢，心地持坦蕩。
小鳥鳴唱，適我意與向。
心志清昂，人生致遐方。
高遠理想，導引我前航。
山高水長，豈懼旅途艱。
展眼青蒼，有鳥正高翔。
歲月悠揚，何須計斑蒼。
叩道圓方，心得縷縷芳。

清風暢來曠意向 17年6月4日

清風暢來曠意向，欣賞鳥語花復芳。
散淡心情詩中講，闔家安康神恩嘗。
歲月已知多淡蕩，年近老蒼懷悠揚。
一曲短歌從心唱，天人和絃自玄暢。

淡泊情思水雲鄉 17年6月4日

淡泊情思水雲鄉，裁心哦出詩萬章。
鳥鳴清長愜意向，東風寫意曠情腸。
歲月悠悠吾歌唱，斑蒼無妨情揚長。
一杯清茗真快暢，清度人生雅復康。

晴天雲淡蕩 17年6月4日

晴天雲淡蕩，鳥語復情長。
小風暢來爽，品茗意興揚。
欣讀彼詩章，身心都開曠。
清坐展思想，悟徹天人間。

漫天晴朗 17年6月4日

漫天晴朗，好風正流暢。
鳥語花芳，我意享悠閒。
愜品茗芳，身心都舒暢。
雅哦詩行，一展我慨慷。
人生嚮往，是在天涯間。
紅塵攘攘，名利徒欺誑。
騰身向上，飛向九霄間。
高遠無限，矢脫此塵壤。

斜暉清灑照 17年6月4日

斜暉清灑照，心境展逍遙。
清品歲月饒，鳥語愜情竅。
人生多娟好，風雨任囂囂。
桑滄余一笑，坦然度昏曉。

爽風吹來暢 17年6月4日

爽風吹來暢，心事正廣長。
鳥語復清揚，散坐品茗芳。
歲月多悠曠，人生享安祥。
裁志哦詩章，一吐南山向。

閑思放曠

17年6月4日

閑思放曠，心志正悠揚。
讀點詩章，愜聽啼鳥唱。
風來清爽，我意起舒暢。
小哦詩行，長吐情與向。
人生慨慷，激發我昂揚。
奮志而闖，關山越萬幢。
好自奔放，男兒騁強剛。
不計過往，努力萬里疆。

品味空清

17年6月4日

品味空清，心事正寧靜。
風吹嘯鳴，鳥啼愜意境。
曠然高興，詩意動心襟。
遐思均平，斜暉照朗清。
人生奮行，已入斑蒼齡。
回首曾驚，風雨疊其行。
而今康寧，神恩領無垠。
努力進行，志在萬里雲。

氣爽神清（之二）

17年6月4日

氣爽神清，悠然持心境。
閑聽鳥鳴，雅思裁空靈。
初夏情景，爽風吹清平。
闔家康寧，日月度均匀。
心志曠行，出得彼層雲。
不肯久停，叩道任艱辛。
年已斑鬢，時時欲長鳴。
男兒強俊，奮發起雷霆。

第三十二卷《榮昌集》

昨夜蛙鼓均勻
17年6月5日

昨夜蛙鼓均勻，晨起天氣正陰。
野鳥清啼鳴，小風走清新。
芒種今日正臨，時光飛遞快迅。
嗟我已斑鬢，壯志猶堪憑。
努力奮發進行，萬里矢穿山嶺。
不畏艱苦辛，風雨是常尋。
男兒曠展雄英，看我摩取蒼雲。
心志何必云，免使眾人驚。

憑窗閑望閑望
17年6月5日

憑窗閑望閑望，細雨清新灑降。
生活匯成交響，心地感興茫茫。
人生百倍慨慷，何必兒女情長。
奮志是在遠方，豈懼山高水長。
半生已經銷殤，心靈火熱奔放。
努力奮發向上，修身積德無疆。
紅塵是一幻象，名利殺人狂猖。
吾心清持淡蕩，胸中水雲清漾。

天陰何妨
17年6月5日

天陰何妨，愜聽鳥鳴唱。
逸意清揚，淡品茗之芳。
清意心間，人生持揚長。
大千舒曠，天人親無恙。
我自慨慷，奮欲騰雲上。
萬里無疆，欲覓彼瓊漿。
歲月綿長，不必計斑蒼。
百年時光，業績努力創。

清風舒曠
17年6月5日

清風舒曠，心性覺清涼。
讀書悠閒，寫點小詩章。
人生揚長，無意名利間。
自性奔放，情懷水雲鄉。
淡蕩安祥，何處非故鄉。
靈程奮闖，越過關山障。
向前向上，風光閱無限。
心興清昂，卻對誰人講。

體味休閒
17年6月5日

體味休閒，一杯綠茗芳。
空氣清香，風來正舒暢。
放散思想，志原在遠方。
山水艱蒼，吾何懼彼障。
半生闖蕩，不必計傷創。
高遠理想，導引我前航。
閱盡桑滄，苦淚曾潸淌。
而今安祥，神恩賜奔放。

舒適安祥
17年6月5日

舒適安祥，不思亦不想。
休閒時光，享受風清揚。
人生艱蒼，已履千關障。
而今平康，而今鬢斑蒼。
紅塵狂放，名利肆其猖。
清貧何妨，養我正氣昂。
百年飛殤，努力靈程上。
叩道無疆，積學晨昏間。

雲飛淡蕩
17年6月7日

雲飛淡蕩，風遞彼清爽。
品茗愜放，廣玉蘭馨芳。
人生揚長，心地享平康。
流年任往，已值仲夏間。
持志昂揚，努力矢向上。
克盡艱創，終達彼安祥。
神恩無上，賜我以靈糧。
感沛心間，哦詩以歡唱。

凝思定神
17年6月8日

凝思定神，以養吾天真。
人生馳奔，光陰何其芬。
感謝神恩，賜我以安穩。
天路奮爭，克敵以制勝。
約心秉正，操練我精神。
歲月清純，何懼彼年輪。
流年繽紛，未可老心身。
奮志馳騁，山水越成陣。

不熱不涼
17年6月8日

不熱不涼，天氣堪清賞。
悠閒無恙，清度好時光。
仲夏之間，時光若飛殤。
不計斑蒼，奮發詩書間。
人生昂揚，何地不慨慷。
熱血奔放，笑傲塵世間。
紅塵攘攘，只是煙雲漾。
奮發貞剛，努力去闖蕩。

晨起鳥語喧唱
17年6月9日

晨起鳥語喧唱，逸意更加揚長。
天氣悶熱間，小風來不暢。
我自藹然歡暢，書出心中氣象。
絕無張與狂，謙和守心向。
人生百倍情長，況對鳥語花香。
紅塵是暫享，清志水雲間。
笑意應許展放，共緣履度桑滄。
百年一瞬間，留世有華章。

清喜牽牛開放
17年6月10日

清喜牽牛開放，嬌美自是無雙。
清聽啼鳥唱，我意是舒揚。
人生得意不狂，清貞守我心向。
步履邁堅強，已度關山蒼。
紅塵自古攘攘，名利殺人狂猖。
清貧有何妨，我有正氣昂。
努力向前向上，不懼奸險惡狼。
神恩賜無限，導引我前航。

時雨傾降迷煙漾
17年6月10日

時雨傾降迷煙漾，窗外一片嘩啦響。
讀書清心享悠閒，品茗更將意興暢。
人生致意在遐方，名利未許肆猖狂。
書生意氣頗清揚，正直持心慨而慷。

長風清來適意向
17年6月10日

長風清來適意向，暑雨一片奏交響。
身心愉悅品茗間，意興張揚哦詩行。
人生不懼百重障，斑蒼已越山萬幢。
一笑爽然清無恙，清貧何妨正氣昂。

歲月清展繽紛
17年6月10日

歲月清展繽紛，小鳥囀其溫存。
爽風來陣陣，清坐心安穩。
人生坎坷難論，曠坐煙雨晨昏。
逝走是秋春，轉眼斑蒼逞。
努力奮向前奔，風光幻化紛紛。
百年是旅程，靈程我奮身。
力求心靈純正，勝過罪惡妖氛。
天國是歸程，永生頌父神。

夕風吹來清涼
17年6月10日

夕風吹來清涼，心情十分舒暢。
體道頗安祥，休閒度時光。
歲月綿綿長長，又值仲夏之間。
雨後空氣芳，小鳥且鳴唱。
坦蕩持在心間，奮志是在遐方。
叩道有揚長，智慧日日長。
萬類欣欣生長，天際靄煙浮漾。
燈下清思想，哦詩舒慨慷。

悶熱無上
17年6月10日

悶熱無上，有汗微沁淌。
小風不暢，品茗意悠閒。
人生揚長，苦痛成既往。
關山萬幢，風景堪清賞。
仲夏之間，時光逝若狂。
斑蒼無恙，逸意有清揚。
笑意展放，人生是戰場。
神恩無疆，身心享安康。

時雨將降
17年6月10日

時雨將降，天氣悶熱間。
清興舒揚，雅哦我詩章。
歲月奔放，紅塵幻桑滄。
百年飛殤，惜我已斑蒼。
努力奮闖，困難未可障。
詩書之間，笑傲也揚長。
淚水曾淌，苦痛不堪講。
神恩飽嘗，療我中心創。

曠意浮生
17年6月10日

曠意浮生，履盡煙雨晨昏。
依然清正，不屈名利之陣。
秉持精誠，叩道奮不顧身。
心靈雅芬，哦詩舒出熱忱。
散坐馨溫，窗外時雨聲聲。
爽風陣陣，快我心意繽紛。

努力前騁，豈懼山水叢生。
一笑溫存，男兒心志清純。

閒情舒曠

17年6月10日

閒情舒曠，心地適無上。
空氣清芳，暑雨正清降。
品味休閒，心志持淡蕩。
人生揚長，無意名利間。
歲月奔放，流年堪愁悵。
少年何方，不覺已斑蒼。
奮志而闖，穿越煙雨障。
展眼長望，天際靄正漾。

鳥語啼清長

17年6月11日

鳥語啼清長，爽然哦詩章。
歲月多清閒，雅懷無限量。
仲夏悶熱間，牽牛開嬌靚。
小風來送爽，心志頗昂揚。
人生率意間，不覺已斑蒼。
回首多煙障，瞻望風雲蕩。
努力致遐方，不懼山萬幢。
願長雙翅膀，摩雲入青蒼。

不思不想

17年6月11日

不思不想，一任時光清流淌。
品茗清芳，仲夏爽風正清揚。
體味休閒，愜懷原將天下裝。
正氣昂揚，書生意氣原無恙。
人生揚長，閑聽鳥語啼嬌嗓。
心事廣長，卻是無人可言講。
歲月綿長，半百生涯餘淡蕩。
寫意塵間，萬類生機騁奔放。

適意揚長

17年6月11日

適意揚長，曠喜清風長送爽。
神恩無上，賜我身心俱安康。
斜暉朗朗，小鳥鳴叫啼清揚。
一杯茗芳，閑品心意都舒暢。
歲月奔放，紅塵故事日日唱。
大千狂放，名韁利鎖務棄光。
正義心間，君子人格恆培養。
積學無疆，舒發心性哦華章。

雲淡天清

17年6月11日

雲淡天清，小鳥且嬌鳴。
風吹盡興，生活享和平。
人生多情，奮志萬里雲。
不懼艱辛，不嗟桑滄盈。
半世經營，秉持是性靈。
矢拋利名，曠懷入水雲。
我意奮興，綠茗添詩情。
闔家溫馨，神恩領無盡。

夕照昏黃

17年6月11日

夕照昏黃，散淡持襟腸。
有鳥飛翔，有風走流暢。
我自清揚，展眼長瞭望。
平疇碧漾，生機田野間。
青桃茁壯，月季展姸芳。
歲月悠揚，感興中心上。
半世銷殤，余得千感悵。
人生夢鄉，思此有淚淌。

晨起鳥語競喧唱

17年6月12日

晨起鳥語競喧唱，祥雲漫天流淌。
最喜牽牛開盛旺，萬千喇叭開張。
歲月於我舒奔放，流年演奏狂猖。
何必訴我已斑蒼，逸意中心揚長。
窗外有歌奏悠揚，小風其來清涼。
鼓舞情志哦詩章，曠吐中心清爽。
人生百年是匆忙，應許定定當當。
努力前路奮發闖，閱盡山水清蒼。

晨起心境爽靚

17年6月12日

晨起心境爽靚，雅然哦我詩章。
天上群鳥曠意翔，流風其來清揚。
淡蕩清持心間，履度秋春安祥。
歲月任起彼莽蒼，桑滄總屬尋常。
大千幻化無常，故事日日演唱。
性天應許持清涼，不受名利捆綁。
水雲中心流漾，我志豈在塵間。
願張翅膀遨天翔，飽覽九天玄蒼。

藍天流走白雲

17年6月12日

藍天流走白雲，空氣何其鮮新。
牽牛開清俊，月季門芳清。
小鳥嬌嬌啼鳴，生活安寧和平。
余意懷雅興，朗然哦詩行。
淡品清新綠茗，浴後心情溫馨。
朝暉正朗俊，小風來何清。
歲月綿綿曠進，卻是老我斑鬢。
努力奮前行，叩道不辭辛。

藍天白雲

17年6月12日

藍天白雲，十分秀麗空清。
散步閑行，清風快慰我心。
生活康平，正義凝於心靈。
向前奮行，穿越困障難境。
人生空靈，雅意充盈胸襟。
歲月均平，任幻桑滄無垠。
小有才情，應許裁詩清新。
大力進行，叩道深入圓明。

曠意清持心中

17年6月12日

曠意清持心中，淡眼云煙飛動。
鳥語何從容，心志逞清空。
歲月飛動朦朧，往事回憶沉重。
人生煙旅中，桑滄幻化濃。
此心曾履苦痛，身心磨難重重。
所幸神恩洪，賜我以輕鬆。
努力奮志長虹，腳踏實地成功。
快慰持襟胸，哦詩舒情鍾。

雲飛若畫堪清賞

17年6月12日

雲飛若畫堪清賞，我志舒清何張揚。
熱日總憑風涼爽，逸意原合水雲間。
素懷不惹名利髒，向學叩道展揚長。
清貧無妨正氣昂，淡眼天際青靄漾。

適意安處以從容

17年6月13日

適意安處以從容，一任年輪逝若風。
淡定清新桑滄中，隨緣履歷不苟從。
正義凝襟人格重，向學叩道奮勇猛。
長風清來余意動，聊賦短詩舒心胸。

天氣不熱也不涼

17年6月13日

天氣不熱也不涼，快慰中心志清昂。
奮發剛猛矢向上，努力前路任艱蒼。
回首已越桑與滄，瞻望風雨兼程闖。
一笑吾心持淡蕩，百年生死任茫茫。

晨起天地曠清

17年6月13日

晨起天地曠清，小鳥嬌嬌啼鳴。
心情頗振興，哦詩謳不停。
向陽是余心境，況對花開風清。
仲夏樂無垠，心志裁均平。
人生恆懷多情，歲月曾使余驚。
而今享康平，而今度寧靜。
前路萬里風雲，我要奮力進行。
穿山又越嶺，風光賞清俊。

雲煙蒼茫

17年6月13日

雲煙蒼茫，好風吹清曠。
朝日光芒，清灑正無恙。
散坐平康，心志真舒暢。
品茗興上，小哦南山章。
人生昂揚，百折仍矢闖。
關山萬障，於我是尋常。
笑意浮上，人生奮慨慷。
男兒豪強，盡力鬥虎狼。

曠意浮生若夢

17年6月13日

曠意浮生若夢，醒來心情沉重。
名利總屬空，靈程當奮勇。
努力實幹豪雄，正義矢當歌頌。
人生如履風，不畏艱蒼濃。
歲月飄逝空空，餘得額上紋重。
應持心從容，沐雨又披風。
窗外鳥兒歌頌，清坐思潮洶湧。
難言心中痛，叩求神恩洪。

流風清新

17年6月13日

流風清新，余意起奮興。
欣彼白雲，變化真無盡。
心懷康寧，享受這清靜。
閑品清茗，哦詩舒芬馨。

紅塵狂競，顛倒眾生靈。
務持警醒，拋去利與名。
吾意空清，胸襟飄水雲。
詩書堪憑，沉潛郁心靈。

散坐思無垠

17年6月13日

散坐思無垠，流風清新。
廣玉蘭開俊，潔白芳清。
歲月徒多情，老我斑鬢。
少年成煙影，追憶何憑。
笑容展清俊，朗潔心靈。
奮志萬里雲，矢辟新境。
仲夏有美景，花嬌鳥鳴。
余意懷奮興，新詩朗吟。

晨起天氣朗晴

17年6月14日

晨起天氣朗晴，更有群鳥和鳴。
余意懷高興，況對風清新。
哦詩原也雅清，舒出中心才情。
人生奮前進，風光覽無垠。
歲月於我多情，只是吾已斑鬢。
一笑仍溫馨，浩志不必云。
長天幻化白雲，朵朵飄行空靈。
詩意中心盈，我欲騰翅行。

清坐安祥

17年6月14日

清坐安祥，讀書品茗愜意向。
不熱不涼，總賴爽風遞清揚。
我自爽朗，奮發叩道是志向。
一生揚長，堅決不入名利場。
壯歲斑蒼，年輪飆飛吾何傷。
秋春之間，共緣履歷任桑滄。
微笑無恙，君子人格一生養。
清貧無妨，詩書是我性命糧。

人生昂揚

17年6月14日

人生昂揚，不懼千關障。
履盡煙蒼，任起鬢如霜。
笑意浮上，人生奮志向。
正義心間，力克彼邪奸。
紅塵攘攘，太多汙與髒。
我志清揚，豈上名利當。
努力遐方，心懷彼穹蒼。
振翼飛翔，風雨未可擋。

紅旭東上

17年6月15日

紅旭東上，晨光展悠揚。
鳥兒鳴唱，風兒走清暢。
市場閒逛，買回一大筐。
心情舒暢，悠悠哦詩章。
人生淡蕩，共緣曠飛翔。
半百斑蒼，依然一笑間。
歲月奔放，故事演無疆。
此心莽蒼，覽盡世情況。

清懷舒曠

17年6月15日

清懷舒曠，閒雅是情況。
逸意揚長，人生享安祥。
壯志昂藏，萬里致遐方。
一生貞剛，努力矢闖蕩。
內叩心向，啟發慧之光。
紅塵狂蕩，害人以失陷。
神恩無上，導引出迷航。
風光清靚，靈程妙無恙。

定志遐方

17年6月15日

定志遐方，我意持強剛。
一生豪強，不上名利當。
清貧無妨，我有正氣昂。
傲立塵間，一似梅花樁。
風雨艱蒼，苦淚曾清淌。
而今安康，神恩賜浩蕩。
清意發揚，雅哦我詩行。
奮發揚長，展眼雲萬方。

笑意浮上

17年6月15日

笑意浮上，一任艱蒼放。
歲月奔放，華髮漸漸霜。
依然昂揚，心志逞剛強。
矢門虎狼，矢克邪與奸。
天地之間，大道運流暢。
持正揚長，風雨兼程闖。

明媚心間，任起千疤創。
靈程飛翔，神恩領無恙。

輾轉桑滄 17年6月15日

輾轉桑滄，心志已頑強。
半世銷亡，贏得智慧長。
尋覓靈糧，神恩賜非常。
曠意飛翔，靈程吾向上。
紅塵攘攘，太多機與髒。
力克邪奸，正義閃明光。
人生不長，百年似瞬間。
務當慨慷，務歸回天邦。

天陰無妨 17年6月15日

天陰無妨，鳥鳴風清揚。
享受休閒，小哦我詩行。
歲月淡蕩，心志懷慨慷。
流年任往，激情心地間。
人生意向，恆在彼遐方。
天高地廣，盡夠我飛翔。
天際靄蒼，我意復揚長。
萬類榮昌，仲夏美無恙。

第三十三卷《和平集》

空調房裡享清涼 17年6月15日

空調房裡享清涼，讀書品茗意何暢。
一任窗外暑意狂，清心定志也悠揚。
展眼雲煙正混茫，市井生活安祥間。
流年任從走狂猖，素心安做讀書郎。

流年飛狂 17年6月15日

流年飛狂，正值仲夏清無恙。
逸意飛揚，詩意中心正清漲。
紅塵奔放，亂亂攘攘為哪樁。
故事花樣，名利殺人何其猖。
淡守心向，清貧無妨正氣昂。
清貧之間，半世流殤嗟艱長。
努力前闖，山高水長堪飽賞。
百年時間，幻夢浮生勞悲傷。

晨起天青 17年6月16日

晨起天青，白雲悠悠行。
況有鳥鳴，況有花溫馨。
小風清靈，適我意與興。
闔家康寧，神恩領無垠。
奮志曠行，穿越艱險境。
紅塵何憑，切禱神恩臨。
笑意淡縈，快慰持中心。
叩道艱辛，吾志萬里雲。

淡定浮生渾如夢 17年6月16日

淡定浮生渾如夢，一生叩道持天真。
歲月流逝殤青春，老來壯志猶清純。
品味桑滄何所論，清持正義奮秋春。
不屈名利之困陣，努力靈程荷神恩。

清懷放曠 17年6月16日

清懷放曠，雅哦詩章。
心興清揚，散思玄暢。
人生昂揚，百折矢闖。
任起千艱，風雨任狂。
坦蕩安祥，履歷桑滄。
壯歲斑蒼，淡笑無恙。
紅塵囂猖，群氓亂攘。
應持清向，水雲胸漾。

謙和心向 17年6月16日

謙和心向，素樸守常。
安貧無恙，正氣何剛。
笑容淡放，悟道廣長。
深入玄艱，哦歌奔放。
流年狂猖，演幻桑滄。
道德推量，修心清芳。
日月逝殤，嗟我斑蒼。
天蒼地廣，思想無疆。

雲天舒曠 17年6月16日

雲天舒曠，鳥掠青蒼。
靜坐安祥，思想玄暢。
默默不講，唯哦詩章。
妙發昂揚，節奏瀏亮。
歲月清享，不過桑滄。
大化無常，百年何艱。
嗟此茫茫，紅塵攘攘。
心曲彈唱，知音何方。

笑容淡放 17年6月16日

笑容淡放，苦痛拋光。
人生遐方，實幹豪強。
歲月綿放，演幻艱蒼。
回首長望，故事煙悵。
致力前闖，關山萬幢。
鐵志強剛，傲立堅壯。
百年瞬間，清度安祥。
叩道揚長，玄思無疆。

滌蕩生涯堪謳唱　17年6月16日

滌蕩生涯堪謳唱，心興此際清昂。
夕風吹來正清涼，天際靄煙迷漾。
紅塵一任幻無疆，我心恆持定當。
笑容清新而展放，人生會當揚長。
有情就須放歌唱，激蕩天地久長。
百年生死真茫茫，天路奮發頑強。
歲月綿綿疊桑滄，世間是一戲場。
堅持正義之立場，努力矢向前闖。

閑品茗芳　17年6月17日

閑品茗芳，流風正送暢。
熱日烤燙，小鳥林間唱。
歲月飛翔，何許計斑蒼。
流年狂猖，記憶淡淡芳。
心境坦蕩，無執於心間。
共緣旅航，一笑還淡蕩。
心事廣長，雅哦入詩章。
悠悠塵間，大化運無疆。

清風此際舒曠　17年6月17日

清風此際舒曠，閑聽啼鳥鳴唱。
週末心暇閑，散淡放思想。
斜暉此際清朗，生活和平安康。
心境正舒暢，小哦我詩行。
向學晨昏哦唱，人生不覺斑蒼。
一笑還清揚，任幻彼桑滄。
歲月娟娟流淌，百年頃似瞬間。
努力致遐方，關山未可障。

長風此際浩蕩　17年6月17日

長風此際浩蕩，欣賞彼之清涼。
夕照正輝煌，市井復吵嚷。
心興無比清昂，悠聽小鳥鳴唱。
生活享安康，清貧有何妨。
我有正氣昂揚，人生率意奔放。
向學耕心間，晨昏朗哦唱。
百年只是奔忙，何不定定當當。
名利矢棄放，正直持心膛。

享受安祥　17年6月17日

享受安祥，享受風之涼爽。
享受平康，享受人生風浪。
此生漫長，履盡苦痛艱蒼。
生涯悲壯，心襟百傷千創。
仍須奮闖，豈懼山高水長。
人生遐方，風光定然清靚。
啼鳥鳴唱，欣喜余之心腸。
快慰心間，哦哦唱詩嘹亮。

心襟此際舒暢　17年6月17日

心襟此際舒暢，中心就想歌唱。
夕照正金黃，東風曠來翔。
人生清享安康，神恩無限飽嘗。
寄身塵囂間，靈程矢志航。
努力向前向上，克盡艱危艱蒼。
一笑還疏朗，桑滄任其放。
歲月坎坷難忘，回思不必淚淌。
前路尚遠長，我要定志闖。

一對蝴蝶飛翔　17年6月18日

一對蝴蝶飛翔，引我心神嚮往。
喜鵲正鳴唱，晨風吹涼爽。
時值仲夏之間，藍天無比晴朗。
散步愜意向，一任汗微淌。
歲月坎坷回放，人生夢境相仿。
努力去闖蕩，鐵骨傲且剛。
笑傲塵世無恙，英武持在心間。
叩道不辭艱，苦難有報償。

雲天舒曠舒曠　17年6月18日

雲天舒曠舒曠，心事廣長廣長。
紅塵是暫享，煙雲自流漾。
往事不必回想，應向前方瞻望。
故事日日唱，心地有蒼涼。
小鳥嬌嬌鳴唱，風兒輕輕吹蕩。
品茗意興揚，小哦我詩行。
人生未可稍狂，秉正清持淡蕩。
浮生一夢間，須向天國航。

暑蟬初鳴　17年6月18日

暑蟬初鳴，流風走清勁。
午後睡醒，品茗適意興。

歲月驚心，漸漸霜華映。
感慨古今，哦詩吐心境。
人生多情，百年是夢境。
名利損心，幾人會清明？
向內調停，應許多淡定。
無妨清貧，正義須盈襟。

天氣此際轉陰

17年6月18日

天氣此際轉陰，長風曠來吹行。
心情持鎮定，世事任風雲。
人生空自多情，半世如水逝行。
回首堪震驚，已履千重嶺。
闔家安穩就行，君子固守清貧。
正義凝心襟，奮發我剛勁。
努力奮向前進，不懼艱危困境。
笑意舒雅清，閑坐聽鳥鳴。

燥熱是此塵間

17年6月18日

燥熱是此塵間，清喜小鳥啼唱。
散坐思奔放，未許稍緊張。
人生致力遐方，穿越煙雨艱蒼。
百年是困障，回首淚千行。
共緣暢意飛翔，窮通並無大妨。
人生一夢間，情懷水雲鄉。
笑容合當舒放，輕身騰雲而上。
萬里無止疆，風光覽清靚。

早起五更

17年6月19日

早起五更，雀鳥已然鳴聲聲。
心地清純，享受清風來慰問。
人生難論，履盡風雨依清真。
曠意紅塵，大千故事演不勝。
仍須前奔，山水風光覽深沉。
斑蒼何論，一腔熱血正氣存。
歲月進深，感慨長哦入詩申。
拋開痛疼，男兒勇武奮長騁。
奮發向上，天父導方向。
靈程慨慷，此生有指望。

清風徐曠（之一）

17年6月19日

清風徐曠，天氣悶熱間。
心懷淡蕩，品茗放思想。
人生揚長，百年似瞬間。
業績當創，燦爛書華章。
此心曾傷，履盡桑與滄。
回首煙障，浮生如泛浪。
把舵穩航，天國是方向。
永生無疆，福樂堪清享。

雅思良長

17年6月19日

雅思良長，閒情共風揚。
拋去心傷，人生致遐方。
努力闖蕩，穿越迷煙障。
鼓勇之間，已過山萬幢。
回首心傷，余得霜華長。
人生夢鄉，紅塵徒坎蒼。

朝日清灑光芒

17年6月19日

朝日清灑光芒，流風其來清暢。
清坐思無恙，品味這休閒。
此生綿綿漫長，履盡傷心情況。
心有千重創，淚曾百倍淌。
天父賜福無限，導引人生方向。
努力克魔奸，矢志殺虎狼。
辭去紅塵虛妄，我心向上仰望。
天國美無恙，福樂豈有疆。

清風徐曠（之二）

17年6月19日

環境汙染越來越重，生態環境愈來愈差；青蛙難覓蹤影，蛙鼓難得聽到；布穀清喚不聞，野禽越來越少；嗟乎，人類對自然資源及生態環境掠奪式地開採利用不知適可而止，天怨人怒，神人共憤；今日思此，有感而賦詩焉。

清風徐曠，歎息良久長。
布穀何方，蛙鼓難聽響。
歲月奔放，人生天地間。
汙染廣長，生態受重創。
天人之間，大道運無恙。
和藹為上，知足方為良。
汙染須防，治理必須講。

長此以往，禍患將無疆。

鳥兒鳴唱 17年6月19日

鳥兒鳴唱，風兒來悠揚。
心志開敞，悠悠放歌唱。
仲夏之間，悶熱在增長。
牽牛開放，妍麗真無上。
體味平康，人生清無恙。
名利棄放，正義荷剛強。
紅塵狂猖，名爭又利攘。
吾持清向，遁入水雲間。

流年演奏狂猖 17年6月19日

流年演奏狂猖，壯歲漸入老蒼。
不必嗟斑蒼，一笑仍清揚。
浮生如寄相仿，人生大夢一場。
回首多煙障，應許淚雙淌。
叩道一生昂揚，哦詩吐出心向。
纏綿情思揚，孤旅獨自闖。
百年頃若瞬間，詩書養鬱情腸。
奮志之所向，靈程振慨慷。

人生應許安祥 17年6月19日

人生應許安祥，閒時請品茗芳。
流風走浩蕩，清雅持心間。
奮志無比慨慷，百年幻化非常。
穩步行得長，關山越清蒼。
回首煙霧迷茫，瞻望風雲激蕩。
人生這一場，未許多愁悵。
努力奔赴遐方，彼處風光清靚。
實幹顯豪強，業績創輝煌。

享受空調清涼 17年6月19日

享受空調清涼，心興無比清昂。
想哦新詩行，舒點嫻雅況。
人生未可稍狂，百年是一夢鄉。
謙和守心向，步履邁揚長。
積德永無止疆，心光閃爍明亮。
叩道勇猛闖，慧性發清揚。
靈程努力要上，克去心魔妖髒。
聖潔堪嘉獎，神恩浩無量。

清坐思放 17年6月20日

清坐思放，清喜空調展清涼。
心境瀟爽，讀書寫詩意何暢。
夏至明訪，驚歎年輪逝而殤。
我已斑蒼，依然情懷少年狂。
百年夢間，往事歷歷化煙蕩。
坎坷回放，履盡艱蒼心猶壯。
笑從心上，神賜康莊美無恙。
努力前闖，山水清奇風光靚。

坦蕩襟懷 17年6月20日

坦蕩襟懷，笑傲塵世之浮埃。
智上心台，慧意發揚哦慷慨。
心曲排解，淡眼青天風曠來。
廣玉蘭開，朵朵潔白展風采。
人生開懷，千憂自有神擔待。
靈程路開，克盡艱危坦平來。
應持大愛，努力濟世奮用才。
千關競開，人生奮搏趁現在。

蟬鳴交響 17年6月20日

蟬鳴交響，暑風吹清曠。
雀鳥鳴唱，白雲幻萬方。
雨後清爽，心境持淡蕩。
小品茗芳，小哦新詩行。
品味休閒，人生舒奔放。
正氣昂揚，激情凝襟房。
渴望飛翔，萬里無止疆。
高天廣長，風光正無限。

清風暢來適意興 17年6月21日

清風暢來適意興，時值夏至心朗清。
向學叩道奮用勤，拋卻名利享淡定。
已履生涯之苦辛，瞻望前路須學鷹。
人生閱歷皆浮雲，天國家園有美景。

閒適心境何必云 17年6月21日

閒適心境何必云，人世於我不再驚。
悟徹生死持淡定，向陽心態展空清。
半生桑滄淚曾零，老來斑蒼一笑盈。
又值夏至聽蟬鳴，暑意襲人品茗清。

曠懷清正不必云 17年6月21日

曠懷清正不必云，履歷紅塵辭利名。
清貧於我亦淡定，詩書持身也雅清。
五十二年付煙影，哦詩萬首舒靈明。
回思往事桑滄境，風雨過後日朗俊。

閑思婣曠 17年6月22日

閑思婣曠，心志騁清剛。
人生遐方，高遠是理想。
空調清涼，品茗意興暢。
小哦詩章，一訴我襟腸。
窗外囂響，熾熱是太陽。
歲月綿長，悠悠似無疆。
未許心傷，吾已漸斑蒼。
壯志雲間，雄心猶鼓蕩。

心事廣長 17年6月22日

心事廣長，宜拋去遠方。
清心無恙，正直秉天良。
困窮何妨，正氣吾強剛。
高遠理想，導引我前闖。
半百斑蒼，已履盡桑滄。
煙雲飄蕩，風景幻萬方。
百年時間，一似走馬場。
哦取詩章，記錄余心向。

窗外車聲囂猖 17年6月22日

窗外車聲囂猖，清坐室內安祥。
生活享平康，風浪是平常。
吾生過半已殤，霜華新新生長。
笑容依然放，正氣何強剛。
人生空有情長，孤旅不嗟深艱。
努力矢向上，邁越彼莽蒼。
前方風景瞻望，縱有風雨何妨。
意志早成鋼，困難未可障。

心境持雅靚 17年6月22日

心境持雅靚，紅塵任起浪。
壯歲享悠閒，情懷入詩章。
人生致遐方，山水復清爽。
縱有險惡艱，努力攀而闖。
曾履風雨蒼，曾折斷翅膀。
曾血淚流淌，曾呼天大愴。
神恩真無恙，賜我以安康。
導引出迷航，靈程奮慨慷。

流年飛翔 17年6月22日

流年飛翔，故事煙雲漾。
回首長望，心事嗟深長。
半世銷殤，贏得血淚淌。
而今安康，神恩大無量。
暑意正狂，清坐展思想。
一點奔放，一點悠與揚。
人生揚長，率意水雲間。
名利骯髒，須棄須拋放。

享受休閒 17年6月22日

享受休閒，心情坦而曠。
雅哦詩行，舒發情與向。
紅塵狂蕩，名利肆其猖。
應持清向，淡泊雲水間。
書生氣象，晨昏縱哦唱。
正氣心間，浩意瀰廣長。
生命激昂，男兒傲然剛。
一似風翔，一似雲飄蕩。

流風送暢 17年6月22日

流風送暢，白雲幻化萬方。
蟬鳴交響，散步有汗微漾。
暑意狂猖，心境淡泊平康。
利鎖名韁，吾已棄之光光。
身心健壯，叩道迎接艱蒼。
履度桑滄，余得一笑清揚。
市井鬧嚷，車水馬龍熙攘。
流年飛殤，感慨從心而上。

清坐安祥 17年6月22日

清坐安祥，思想哦入詩章。
曾履艱蒼，而今贏得安康。
紅塵攘攘，眾生爭吵競狂。
誰持清向，遁入田園山鄉。

笑意浮上，圓通妙悟心房。
向上飛翔，天國唯一方向。
百年世間，太多憂苦悲傷。
努力啟航，回歸樂園故邦。

夕風清涼

17年6月22日

夕風清涼，暮煙起蒼茫。
喜鵲鳴唱，吾意散淡間。
難言心向，中心百感上。
人生昂揚，奮志吾當闖。
大千舒曠，天人親無間。
禮贊為上，神恩真無恙。
燈初點上，清坐放思想。
小哦詩章，奏出心與腸。

晚風其來清涼

17年6月22日

晚風其來清涼，華燈已經點上。
市井依吵嚷，紅塵是狂蕩。
吾心水雲之間，不惹名利孽障。
詩書怡襟腸，叩道奮身闖。
一生堅持理想，不入汙淖骯髒。
高潔是志向，清貞有淡芳。
此生不算漫長，半世已經銷殤。
展眼暮煙茫，心地起輕悵。

窗外歌聲嘹亮

17年6月22日

窗外歌聲嘹亮，晚風吹來暢爽。
散坐頗安祥，雅然哦詩章。
紅塵任起囂猖，吾心淡守定當。
名利非我向，清志詩書間。
叩道是吾志向，一生奮力闖蕩。
風雨任艱蒼，一笑還疏朗。
不計年已斑蒼，浩志是在雲間。
努力曠飛翔，萬里未為障。

第三十四卷《曠遠集》

村雞啼唱 17年6月23日

村雞啼唱，早起五更間。
小鳥鳴放，野蛙猶奏響。
流風清暢，我意為悠揚。
小哦詩章，一舒閒雅況。
歲月奔放，牽牛妍無恙。
流年狂猖，演繹夏清況。
人生揚長，不必計斑蒼。
努力之間，晨昏縱哦唱。

天陰無妨清揚 17年6月23日

天陰無妨清揚，我有逸意奔放。
閑聽林蟬唱，風其來清涼。
歲月賜我豐穰，神恩感沛心間。
人生矢向上，克己有榮光。
嗟此噪噪塵間，眾生爭競狂猖。
誰持青眼放，慧意發心間？
詩書持身慨慷，一任時光流殤。
老來瀰剛強，朗笑且大方。

心事平靜 17年6月23日

心事平靜，三更犬吠鳴。
車聲猶殷，打破彼寧靜。
無有蛙鳴，流風走清新。
人生多情，哦詩舒雅清。
歲月分明，流變萬千景。
吾已斑鬢，奮志仍清俊。
紅塵多辛，人生如夢境。
應持曠清，前路萬里雲。

燥熱塵間 17年6月24日

燥熱塵間，林蟬放歌唱。
應許定當，請品綠茗芳。
人生揚長，群鳥正歡唱。
小風不爽，電扇播風涼。
率性奔放，已履山萬幢。
紅塵擾擾，名利是孽障。
笑意展放，心志騁清揚。
哦讀詩章，品評古今藏。

淡泊襟胸與誰同 17年6月25日

淡泊襟胸與誰同，淨化心靈須恆功。
履歷人生之雨風，贏得華髮迎風動。
不必長嗟坎坷濃，須知浮生履一夢。
努力前路奮勇衝，靈程定跨彼彩虹。

晨風清涼 17年6月25日

晨風清涼，天陰無妨我意暢。
野鳥鳴唱，妍麗牽牛紅無恙。
品讀詩章，更發閒情哦揚長。
歲月悠揚，人生懷志振昂藏。
應將憂忘，人生只是一夢鄉。
合時彈唱，捧出情向捧出腸。
赤熱心房，理想時刻中心裝。
渴望飛翔，去覓山水致遠方。

周日清閒 17年6月25日

周日清閒，心情悠且曠。
風來清揚，花紅鳥復唱。
逸意揚長，想哦新詩行。
長吐情向，只是水雲間。
百年奔放，老我以斑蒼。
仍懷激昂，繫念萬里疆。
任起桑滄，風雨何須講。
努力向上，克盡彼艱蒼。

林蟬鳴唱 17年6月25日

林蟬鳴唱，喜鵲奏激昂。
風來清爽，我意懷舒暢。

小品茗芳，小哦我詩行。
展眼長望，雲煙正混茫。
仲夏無恙，散淡持襟腸。
人生理想，依然銘心間。
詩書昂揚，晨昏縱哦唱。
向學之間，未知老來訪。

青靄浮漾

17年6月25日

青靄浮漾，野蟬競歌唱。
心情舒爽，閑聽鳥鳴放。
享受休閒，雅哦我詩行。
神恩無上，導引我前闖。
山高水長，已履千關障。
人生昂揚，努力致遐方。
靈程飛翔，靈魂潔無疆。
聖潔心腸，散發淡淡芳。

悠曠塵間

17年6月25日

悠曠塵間，野蟬奏其交響。
小風流暢，靈動余之意向。
清坐平康，思想放至無疆。
閑哦詩行，談點歲月風浪。
半百已殤，笑我華髮輕蒼。
往事回放，何必淚水清淌。
人生慨慷，百年非是虛妄。
努力飛揚，叩道一生奔放。

情懷雅靚

17年6月25日

情懷雅靚，享受風清曠。
蟬正鳴唱，闔家享安康。
神恩無恙，我心多歡暢。
努力昂揚，靈程縱步上。
鳥啼清揚，愜我意與向。
品茗情閑，詩意瀰胸間。
縱情哦唱，一吐襟悠揚。
高遠遐方，係我情與腸。

孤寂之中

17年6月25日

孤寂之中，心境須拋彼沉重。
蟬鳴聲洪，大千生境幻化濃。
歲月狂瘋，我心我意持凝重。
任起雨風，兼程矢闖氣如虹。
人生情鍾，時灑苦淚嗟深重。
神恩恢弘，導引正道沐靈風。
清坐思湧，曠喜爽風來清送。
鳥鳴從容，一使余意起感動。

斜暉朗送

17年6月25日

斜暉朗送，心態應許持輕鬆。
暑意不濃，況有清風長吹送。
鳥囀從容，生活安平堪謳頌。
人生情濃，曠懷雅潔哦清空。
歲月如風，過去年輪凝深重。
回憶苦痛，桑滄幻化俱屬夢。
紅塵狂瘋，名利縱橫肆其凶。
心懷空空，矢拋執著悟圓通。

雀鳥縱飛翔

17年6月25日

雀鳥縱飛翔，雲煙正蒼茫。
天暑熱放浪，小風其來爽。
散淡持襟腸，讀詩哦鏗鏘。
任從時光淌，未許計斑蒼。

天色卵青浮煙凝

17年6月26日

天色卵青浮煙凝，叫賣聲唱也殷勤。
心境散淡閑品茗，鳥語娟清入心靈。
哦詩萬首盡心興，叩道一生也艱辛。
快慰三分享清平，只是斑蒼臨衰境。

晨起蒼靄漾

17年6月26日

晨起蒼靄漾，喜鵲縱歌唱。
天氣既涼爽，天陰豈有妨。
心興持清揚，雅靚哦詩章。
人生享悠閒，一杯牛奶香。

窗外歌聲靚

17年6月26日

窗外歌聲靚，小風來不暢。
晨起哦詩章，況聞鳥鳴唱。
心地多歡揚，感慨入詩講。
歲月流連間，五十二年殤。

閑雲飄蕩

17年6月27日

閑雲飄蕩，暖風來翔。

靜坐室內享清涼，空調功效無恙。
得意莫狂，雅誦詞章。
人生心志騁清昂，努力奮發強剛。
心情澹蕩，萬慮捐忘。
享受當下之悠揚，清貧何礙何妨。
詩書貞剛，學海奮航。
百年生死存漫浪，未可虛度時光。

閑聽蟬唱

17年6月27日

閑聽蟬唱，閑品茗清芳。
閒適無上，閑把詩哦唱。
人生揚長，心事須拋光。
萬里之疆，才是我嚮往。
此生情長，履盡艱情況。
苦淚曾淌，心事挫而傷。
神恩奔放，導引出迷航。
正道康莊，邁越萬重障。

閒情舒曠

17年6月27日

閒情舒曠，空調無比之清涼。
逸興狂猖，容我縱心哦詩行。
人生志向，原不在於名利間。
正義強剛，終守清貧也安康。
努力向上，千關萬險競難擋。
振翅飛翔，藍天青碧廣無量。
紅塵攘攘，太多爭執不相讓。
吾持清向，田園山莊容徜徉。

野蟬高聲唱

17年6月27日

野蟬高聲唱，無有止疆。
白雲幻萬方，引余欣賞。
暑意正狂猖，電扇風涼。
品茗聽鳥唱，我意揚長。
不計秋春放，不計斑蒼。
流年任其放，吾守安祥。
正義荷強剛，男兒豪強。
努力叩道藏，矢入深艱。

幻化紅塵

17年6月27日

人生須有高遠的理想支撐，未可耽於名利；人生須努力致於身心的修養及學識的增長，因此潛心向學，一生力倡且踐行之也；道義之間，人格顯彰；清貧何妨，我有正義昂揚；困厄何障，迎難百倍敢上。百年浮生，幻夢一場，回首細思，無愧於良心可矣。今日思此，有感而賦詩焉。

幻化紅塵，未許心生疼。
豁達人生，須沿正路奔。
感謝神恩，導引正路程。
靈程馳騁，勝了還要勝。
不懼艱深，不畏困成陣。
鼓力奮爭，克盡魔紛紛。
歎此人生，幻化彼秋春。
唯有天城，才可享永生。

世事俱空洞

17年6月27日

世事俱空洞，人生如履風。
回首淚當湧，華年逝而送。
此際蟬鳴頌，此際清哦諷。
心事拋沉重，感慨如泉湧。
向學志凝重，叩道鼓勇猛。
心得積澱中，展眼雲煙動。
百年飛迅猛，轉眼斑蒼濃。
共緣旅行中，應能獲圓通。

喜鵲奏唱

17年6月27日

喜鵲奏唱，藍天青碧無恙。
清風和暢，喜悅盈於胸膛。
我自慨慷，不畏人生艱蒼。
奮志而往，領受神恩無限。
人生揚長，順境逆境任放。
鼓勇之間，心性原也清涼。
淡淡蕩蕩，名利無意心間。
眼目清亮，聖潔情懷娟芳。

鳥語娟娟唱

17年6月28日

鳥語娟娟唱，晨起情悠揚。
歲月既淡蕩，心境復蒼涼。
老來何所講，名利非吾向。
淡眼雲煙放，謳歌嗟短長。
謳歌嗟短長，只是難言講。
人生百感蒼，困厄連踵放。

苦難磨歷間，鬚眉漸雪霜。
回首不堪想，履度是桑滄。
履度是桑滄，千關併萬障。
血淚曾清淌，仰天號悲壯。
所賴神恩壯，指引正方向。
靈程盡速闖，高歌振慨慷。

輾轉神思哦詩章

17年6月28日

民轉神思哦詩章，舒出心地之雅芳。
人生從來懷情長，任從歲月幻滄浪。
吾生已經贏斑蒼，回首往事煙雲間。
瞻望未來雄心漲，努力叩道奮揚長。

歲月不必嗟桑滄

17年6月28日

歲月不必嗟桑滄，困障於我是尋常。
五十二年一夢間，幾回苦淚曾清淌。
蟬噪誰明其意向？世事誰識其機簧？
人生從來一夢間，務秉清心與天良。

物欲迷人是孽障

17年6月28日

物欲迷人是孽障，沉溺於斯必受傷。
應使清心性光朗，照澈生死悟玄黃。
百年人生匆匆放，努力叩道不懼艱。
天地由來幻桑滄，永生唯在天國間。

清心明意哦詩章

17年6月28日

清心明意哦詩章，內叩身心發慧光。
宇宙正道用心量，人生意義一生訪。
百度春秋頃刻喪，老漸來迎吾何傷。
得道原來悟清揚，共緣履歷任桑滄。

天氣陰晴不定

17年6月28日

天氣陰晴不定，蟬卻噪噪長鳴。
散坐心鎮定，閑思曠無垠。
人生從來多情，贏得百倍傷心。
歲月多美景，幻化無止停。
努力奮向前進，履歷關山峻嶺。
一笑還雅清，浩志不必云。
百年浮生經營，務須辭去利名。
清貧不要緊，要在具良心。

長風清送

17年6月28日

長風清送，蟬噪似乎無窮。
小鳥鳴頌，清坐室內思湧。
年近成翁，回首不堪沉重。
嚮往飆風，脫離塵世狂瘋。
歲月朦朧，其機幾人能懂？
百年渾夢，名利欺人凶凶。
淡定心中，吾已曠悟清空。
叩道從容，履歷任雨任風。

清坐安祥

17年6月28日

清坐安祥，淡淡放思想。
雅讀詞章，小哦新詩行。
歲月品嘗，不過桑與滄。
縱有炎涼，不過是幻象。
人生揚長，超越名利場。
清貧無妨，叩道吾強剛。
紅塵萬丈，囂囂是狂猖。
務持清向，水雲有清涼。

蟬兒均勻唱

17年6月30日

蟬兒均勻唱，心境悠揚。
好風其來暢，鳥語花芳。
歲月流無恙，不必嗟傷。
奮志之所往，矢向前航。
關山豈為障，我有翅膀。
大海不能擋，把舵穩航。
吾生屆半殤，星星染霜。
依然激情昂，努力向上。

清意生成

17年6月30日

清意生成，人生曠馳騁。
紅塵繽紛，贏得華髮生。
回憶青春，血淚自生成。
風雨征程，摧挫與痛疼。
展眼雲昏，蒼煙四野橫。
歲月縱深，吾意持溫存。
笑意清生，桑滄何必論。
前路奮爭，努力在晨昏。

暮煙凝重

17年6月30日

暮煙凝重，林蟬鳴叫聲猶洪。
心志恢弘，小哦新詩舒襟胸。

人生履風，曠懷應拋彼沉痛。
步履從容，萬里征程容我衝。
歲月隨風，老我斑蒼一笑中。
回首何功，應許瞻望雲萬重。
大千狂瘋，名利凶凶肆其功。
水雲心中，清涼性天慧恆湧。

暮蟬嘶風

17年6月30日

暮蟬嘶風，心志不言中。
拋開苦痛，人生步從容。
年近成翁，依然情有鍾。
嚮往乘風，去向水雲中。
歲月若瘋，桑滄疊重重。
百年是夢，醒轉淚長湧。
仍須前衝，風光燦若虹。
風雨縱濃，無妨我行蹤。

夕風清涼

17年7月1日

夕風清涼，心襟都開敞。
品味休閒，展眼雲煙放。
紅塵攘攘，市井多鬧嚷。
吾意定當，清享彼悠揚。
名利捐放，清貧有何妨。
正義強剛，男兒傲然壯。
山高水長，前路萬里疆。
風光奇靚，沿途堪清賞。

雨霽天開蟬交響

17年7月1日

雨霽天開蟬交響，清喜流風又送暢。
雅坐品茗哦詩章，一種瀟爽一種曠。
人生志向在遐方，日常未可忘理想。
晨昏耕心詩書間，任從時光作飛殤。

流年飛逝若狂

17年7月1日

流年飛逝若狂，此際正值蟬唱。
好風吹來曠，雨後落紅香。
歲月清品心間，人生百感俱上。
紅塵是暫享，百年似夢鄉。
努力奮發貞剛，迎戰困苦艱障。
半百一笑間，對鏡嗟茫蒼。
小鳥娟娟清唱，天氣陰沉何妨。
率意哦詩章，心地正清揚。

時雨傾降

17年7月2日

時雨傾降，窗外一片嘩啦響。
雷兒響亮，振奮人心堪嘉獎。
花兒摧傷，落紅使人心嗟悵。
風兒清爽，快意吾心也清揚。
歲月滌蕩，老將來迎不悲傷。
奮發昂揚，依然激情懷滿腔。
闔家安康，清度日月樂無恙。
努力向上，詩書持身莫頹唐。

雨止蟬復唱

17年7月2日

雨止蟬復唱，鳥語亦娟揚。
落紅不必傷，林野榮且昌。
品茗心淡曠，哦詩情舒昂。
歲月走奔放，玄髮漸漸蒼。

浴後閑聽蟬鳴唱

17年7月2日

浴後閑聽蟬鳴唱，清喜爽風曠來翔。
心地樂平康，暑意不狂猖。
人生閒適哦詩章，吐出心地情與向。
任幻桑與滄，吾意瀟無恙。
歲月不過是履浪，未許礁石成為障。
把舵穩穩航，萬里未為疆。
周日心境頗滄蕩，品茗情興亦悠揚。
幾聲啼鳥唱，愜意盈襟房。

心志縷縷隨風

17年7月2日

心志縷縷隨風，曠意此際無窮。
夕風清吹動，野蟬鳴如瘋。
人生空賦情重，傷心幾回淚湧。
回憶有何功，奮志當如虹。
歲月賜余厚豐，展眼天際靄濃。
哦詩長清諷，水雲澹襟胸。
林野鬱鬱蔥蔥，生活安康從容。
燈下思凝重，吐詞雅清空。

歲月飛逝如夢

17年7月3日

歲月飛逝如夢，人生行跡匆匆。
何必淚長湧，紅塵總屬空。
向天浩歎無窮，何如實幹勁湧。
快慰持心中，登上彼彩虹。
浮生履歷雨風，贏得身心創痛。
所賴神恩洪，靈程導引中。
前路瞻望凝重，克盡心魔狂凶。
心路步穩重，淨化豈有窮。

人生幻化無窮

17年7月3日

人生幻化無窮，名利總屬空空。
百年一瞬中，青春變衰容。
少年煙影匆匆，往事回憶淚湧。
靈程奮發衝，天國樂無窮。
清坐思潮長湧，感慨凝聚詩中。
雲煙正清動，窗外曠來風。
紅塵噪噪狂凶，誰是多情之種。
履歷彼傷痛，心志仍如虹。

夕照清灑光芒

17年7月3日

夕照清灑光芒，生活噪雜交響。
務持清心向，遁向水雲間。
浮生匆匆奔忙，人生意義何方。
勿為名利障，定志在遐方。
前路山高水長，艱險兇惡異常。
我已定志向，萬里長驅闖。
開闢新的路向，尋覓濟世良方。
叩道不畏艱，慧意有發揚。

雲煙澹蕩

17年7月3日

雲煙澹蕩，白雲緩緩翔。
黃昏夕陽，閃射其光芒。
清坐安祥，思想共風揚。
人生遐方，寄託我理想。
紅塵擾擾，車噪人行擾。
爭競塵間，幾人存慧想？
胸襟奔放，無意名利間。
詩書昂揚，正義凝襟腸。

蟬鳴噪噪

17年7月3日

蟬鳴噪噪，暮煙其來清繞。
散坐遙逍，一任汗沁體表。
歲月豐饒，賜我斑蒼漸老。
朗然一笑，依然謙和懷抱。
雄心堪瞧，萬里奮發剛傲。
展我勁道，叩道深入險要。
闔家安好，神恩銘我心竅。
展眼遠瞧，天際曠飛群鳥。

音樂悠揚

17年7月15日

音樂悠揚，天氣悶熱間。
小鳥啼唱，雨後空氣芳。
歲月飛殤，未覺老來訪。
志取昂揚，豪情衝天壯。
有時悲傷，有時笑聲朗。
有時愁悵，有時歡聲唱。
人生遐方，寄託我理想。
矢志飛翔，努力去闖蕩。

燥熱塵間

17年7月16日

燥熱塵間，野蟬高聲唱。
散坐平康，電扇鼓風涼。
人生揚長，已履千重浪。
轉思回想，何必淚雙淌。
苦旅是艱，桑滄是平常。
煙雨艱蒼，我要矢志闖。
年已斑蒼，心興向誰講。
雅哦詩章，自彈併自唱。

一陣雨來一陣晴

17年7月16日

一陣雨來一陣晴，散坐閑聽蟬清鳴。
已知時光流殷殷，不覺人已斑蒼臨。
心事向誰吐清新，曠志唯入詩中吟。
幾聲啼鳥響幽清，一使余意起開心。

第三十五卷《喜晴集》

清思揚長哦詩行

17年7月19日

清思揚長哦詩行，舒出心地之情長。
已知人世是履艱，不必苦淚下雙行。
努力前路矢去闖，奮發能越萬重障。
回首往事煙雲間，感慨長髮嗟桑滄。

天氣炎熱蟬鳴唱

17年7月19日

天氣炎熱蟬鳴唱，空調室內展其涼。
天上白雲幻萬方，心中情思轉悠揚。
歲月遷轉不必悵，人漸老蒼何必講。
人生正道是昂揚，奮發前路萬里疆。

坦蕩情懷何必講

17年7月19日

坦蕩情懷何必講，縷縷情思入詩唱。
流年幻化是桑滄，世事人情費評章。
半世已付水流殤，對鏡未許稍愁悵。
理想支撐我前闖，願展雙翼入溟滄。

熱日燥燥

17年7月19日

熱日燥燥，蟬鳴似哀嚎。
清風來逍，我意起雅俏。
哦詩良好，舒出情懷抱。
白雲飄飄，小鳥且鳴叫。
人生不老，為因心態好。
白髮任蕭，壯志猶堪表。
紅塵笑傲，名利早棄了。
孤苦懷抱，可從詩中瞧。

藍天白雲翔

17年7月21日

藍天白雲翔，鳴蟬高聲唱。
天氣悶熱間，散坐品茗暢。
已驚時光淌，流年幻化狂。
長嗟無用場，且自讀詩章。
且自讀詩章，聊共前賢講。
人生百年間，太多憂患傷。
歡樂是瞬間，輾轉履坎蒼。
心情宜寬廣，共緣去飛翔。
共緣去飛翔，桑滄是尋常。
半世已飛殤，老將來相訪。
展眼天地蒼，壯懷猶激蕩。
努力騁揚長，不負生一場。

散坐迎風暢

17年7月21日

散坐迎風暢，天暑蟬噪昂。
白雲悠悠翔，余意亦安康。
已知流年往，漸迎華髮蒼。
感慨饒歌唱，一曲濯滄浪。

流年演繹狂猖

17年7月21日

流年演繹狂猖，又值盛夏之間。
明日大暑訪，天氣熱未央。
清坐室內安祥，空調送我清涼。
電扇轉悠揚，時光若水淌。
天上白雲飛翔，林中蟬兒高唱。
世人徒奔忙，車行狂無疆。
我卻心情定當，閑把詩兒吟唱。
人生百年間，應許享悠閒。

人生如夢相仿

17年7月21日

人生如夢相仿，轉眼不覺斑蒼。
回思煙雲障，倩影在何方。
浮生故事相攘，悲喜百感萬樁。
生命意何方，叩道吾清揚。
半百心境難講，努力矢向前方。
任起闕萬幢，吾志如鐵鋼。
多言或有所妨，實幹方顯豪強。
不負人生場，曠志天涯間。

笑意浮上臉龐

17年7月21日

笑意浮上臉龐，人生得意莫狂。
正義吾強剛，履道踐安祥。
窗外炎暑蟬唱，室內空調涼爽。
詩意復來上，雅哦吾揚長。
流年似水何傷，我有理想昂揚。

不屈艱與蒼，奮志在遐方。
煙雨只是尋常，桑滄冷眼相向。
百年如履浪，穩舵馳舟航。

天上白雲萬方 17年7月21日

天上白雲萬方，耳畔群蟬歌唱。
散坐情悠揚，哦詩興致上。
黃昏陽光清靚，炎暑任其狂猖。
共緣清度間，不屈困與障。
悟道吾意康莊，順境逆境平常。
當展笑容靚，曠志萬重岡。
努力長途驅闖，矢斬攔路虎狼。
還我清平壤，黎民享安康。

散淡持襟腸 17年7月22日

散淡持襟腸，人生致遐方。
勿為名利妨，正義吾強剛。
天暑蟬鳴唱，室內享清涼。
詩意復來漲，短章表心房。
短章表心房，知音在何方？
孤旅不言悵，半世已逝殤。
流年既狂猖，華髮迎風向。
素志天涯間，鼓勇矢志闖。

天氣炎熱間 17年7月22日

天氣炎熱間，酷暑實難擋。
散坐既清閒，悠聽蟬鳴放。
綠茗潤心腸，西瓜甜且爽。
應許舒而曠，頤養腑與臟。

藍天青碧暑炎蒸 17年7月22日

藍天青碧暑炎蒸，時值大暑蟬聲振。
小風不來汗沁身，電扇播風也愜神。
散坐乘涼心馨芬，老漸來迎何必論。
人生只是一旅程，心志未許稍沉淪。

歲月曠飛翔 17年7月22日

歲月曠飛翔，今日大暑訪。
火風天地間，白雲悠悠航。
心事對誰講，感慨入詩章。
少年成既往，老來不嗟悵。

笑意當展放 17年7月22日

笑意當展放，任暑囂炎狂。
展眼天地蒼，萬物受炙燙。
蟬鳴日夜響，風推白雲翔。
大千幻化間，吾生持淡蕩。

天氣如此炎蒸 17年7月23日

天氣如此炎蒸，蟬鳴一片哀聲。
讀書無心神，散坐頤天真。
歲月長自馳奔，未可老了心身。
努力去馳騁，一生矢奮爭。
拋棄名利紛紛，清貧無妨剛正。
詩書憩精神，共運去飛騰。
人生當求安穩，奮發萬里征程。
心靈務純正，情操雅且芬。

已知天氣亢 17年7月24日

已知天氣亢，室內享清涼。
蟬鳴鎮日唱，白雲悠悠航。
心志曠無恙，品茗適情腸。
小哦我詩章，一訴閑情況。
一訴閑情況，驚訝年飛殤。
人已漸老蒼，壯志何必講。
展眼天晴朗，內叩素襟腸。
奮發當激昂，努力致遐方。

落日如火紅 17年7月24日

落日如火紅，酷熱豈有窮。
閑聽蟬鳴頌，汗流背兼胸。
詩書無心誦，意欲恆沐風。
炎暑堪沉痛，火爐烤炙中。

有鳥恣高翔 17年7月24日

有鳥恣高翔，天地暝煙蒼。
火風自南向，吹擊草萎傷。
散坐哦詩行，電扇吹無恙。
空氣如似燙，中心有嗟悵。

五更熱未央 17年7月25日

五更熱未央，幸有小風航。
天地正如炕，眾生受炙傷。
溫室效應強，對此嗟莽蒼。
天人反背間，人欲引禍殃。

熾熱天地間

17年7月25日

熾熱天地間，晨雞喔喔唱。
早起天未亮，幸賴小風翔。
腹背汗流淌，心躁冀涼爽。
何時有雨降，黎庶當頌揚。

天氣熱且燥

17年7月25日

天氣熱且燥，晨鳥鳴吵吵。
草木半枯焦，旱亢何時了。
北風吹來浩，天陰待雨澆。
酷熱真難熬，寫詩訴心竅。

流風送暢

17年7月25日

流風送暢，未減天氣炎狂。
蟬鳴交響，窗外滾滾熱浪。
汗水沁淌，苦痛自己背扛。
人生艱蒼，嗟此哦入詩行。
歲月狂蕩，名爭利攘無限。
誰持清腸，中心水雲流淌？
噪噪世間，人生難得安祥。
須拋憂傷，朗度秋春無恙。

流年堪沉痛

17年7月26日

流年堪沉痛，炎暑正如烘。
電扇播清風，林野蟬鳴洪。
哦詩適心胸，正氣凝襟中。
歲月逝如風，何必嗟斑濃。
何必嗟斑濃，素志不言中。
半世付水送，傷痛贏千重。
叩道矢奮勇，向學晨昏中。
勤勞會有功，收穫盈倉豐。
收穫盈倉豐，情懷奮發中。
願學鵬飛動，越過山萬重。
著書將心捧，哦詩怡情濃。
品茗愜無窮，心志水雲風。

華燈已經點上

17年7月26日

華燈已經點上，酷熱猶然難當。
暮蟬嘶聲唱，天氣燥無疆。
心情應許定當，一杯綠茗清芳。
寫詩小哦唱，適意真無恙。
紅塵任其狂猖，名利任其囂張。
吾只守清向，詩書一身芳。
半世已經銷殤，贏得素髮蕭蒼。
心志懷清揚，正義吾強剛。

浮生真的如夢

17年7月27日

浮生真的如夢，贏得斑蒼重濃。
華年已逝送，回首煙霧中。
此際清坐沉痛，百感來襲襟胸。
努力去行動，叩道當奮勇。
追尋真理影蹤，不怕艱難苦痛。
矢當跨彩虹，瑰麗是襟胸。
我心素樸清空，脫出汙穢凡庸。
聖靈堪謳頌，神恩曠無窮。

已知蟬鳴唱

17年7月27日

已知蟬鳴唱，噪噪鎮日間。
炎暑天不涼，花木焦而黃。
散坐寬心腸，品茗意舒揚。
電扇播風涼，讀書愜襟房。
讀書愜襟房，時光一任淌。
流年吾何傷，斑蒼亦無妨。
百年一夢間，奮志矢飛揚。
靈程努力闖，叩道余揚長。
叩道余揚長，應拋彼憂傷。
桑滄是尋常，坎坷一任放。
半百生涯壯，眉眼郁清爽。
得道吾何講，水雲是故鄉。

孤旅不必愁悵

17年7月28日

孤旅不必愁悵，心性應許清揚。
人生活一場，奮發我陽剛。
生涯匆若瞬間，不覺已是斑蒼。
何必回首望，故事煙雲障。
努力奮向前闖，豈懼山高水長。
趁我有力量，曠志去飛翔。
風景變幻萬方，險惡也屬尋常。
男兒荷強剛，鐵膽騁雄壯。

清夜暑氣重

17年7月29日

清夜暑氣重，三更蟬鳴頌。
燈下長諷誦，激情盈心胸。
電扇涼風送，曠意襲襟中。

快然哦從容，不懼年近翁。
不懼年近翁，回首何沉重。
已履滄桑濃，心靈富傷痛。
努力奮前衝，關山越萬重。
叩道當勇猛，勤奮晨昏中。
勤奮晨昏中，時光飛若匆。
心得有誰懂，雅哦入詩中。
百年非如夢，青春付煙風。
盛暑情懷濃，沉痛復沉痛。

炎暑蟬鳴唱

17年7月29日

炎暑蟬鳴唱，風吹不生涼。
散坐放思想，激情盈在膛。
歲月曠飛翔，老來髮斑蒼。
悠悠吾何講，天地有滄桑。
天地有滄桑，人情實難講。
正邪搏擊間，血流灑玄黃。
坦蕩持心膛，正直吾何剛。
儒雅學文章，輾轉是沙場。
輾轉是沙場，誓斬虎與狼。
還我清平壤，正義天下暢。
人生非夢鄉，業績矢造創。
道孤吾不傷，水雲憩胸膛。

天氣此際轉陰

17年7月29日

天氣此際轉陰，蟬卻更加高鳴。
散坐余清心，閑品是芳茗。
歲月回首驚心，笑我年已斑鬢。
心仍懷溫馨，孤旅奮進行。

穿越關山峻嶺，飛越萬千險境。
鼓勇向前進，天涯若比鄰。
百年生死驚警，履度桑滄常尋。
一笑還清新，儒雅余清俊。

清坐此際安祥

17年7月29日

清坐此際安祥，一任汗水流淌。
窗外暮色已蒼，路燈已然點亮。
宿鳥吱喳奏響，鳴蟬猶在高唱。
電扇播送清涼，吾意灑然曠朗。

輾轉歲月桑滄

17年7月30日

輾轉歲月桑滄，聽得蟬鳴鳥唱。
逸興多清揚，曠意裁詩章。
向學吾志凝鋼，叩道一生揚長。
紅塵任攘攘，胸中水雲翔。
白雲行走安祥，人生何必匆忙。
名利非所向，正義吾強剛。
請君閑品茗芳，愜時讀點詩章。
性靈須培養，儒雅一身香。

天氣燥熱異常

17年7月30日

天氣燥熱異常，蟬兒高聲鳴唱。
清坐品茗閑，電扇播風涼。
流年瀉去狂猖，老來心懷愁悵。
百年匆匆殤，無可奈何間。
大千演變桑滄，人生百感侵傷。
仰天嗟歎間，沉痛入詩行。

心情應放寬廣，共緣履度安祥。
世界神造創，切禱獲平康。

天氣如燒似炕

17年7月30日

天氣如燒似炕，林蟬嘶聲歌唱。
無心讀文章，散坐享悠閒。
歲月莽莽蒼蒼，生活變幻交響。
勞碌一生艱，淚水有清淌。
努力奮向前方，人生務展強剛。
汗水不白淌，勞動有榮光。
業績矢當造創，文明恆進無疆。
智慧務尋訪，叩道吾頑強。

三更蟬鳴噪

17年7月31日

三更蟬鳴噪，暑炎尚未消。
燈下清坐好，短詩哦來俏。
人生如長跑，壯歲漸衰老。
內視我心竅，應拋彼煩惱。
應拋彼煩惱，水雲中心飄。
名利有何好，知足方為妙。
吾心求逍遙，得道意風騷。
正直是機竅，謙和豈敢驕。

蟬鳴既是噪噪

17年7月31日

蟬鳴既是噪噪，小風其來清好。
散坐我逍遙，開心舒懷抱。
颱風行將來到，天上雲飛妙巧。
有鳥清鳴叫，品茗意雅騷。

紅塵任其擾擾，清心守我靜要。
田園胡不好，山水贍豐標。
人生百年迅跑，在世如夢之飄。
奮行靈程道，天國是終標。

時光如此清淌

17年8月1日

時光如此清淌，匆若白雲飛翔。
散坐心安祥，風送鳥兒唱。
遠野鳴蟬響亮，噪噪未有止疆。
百年成虛誑，嗟我已斑蒼。
努力奮志遠方，覽取風光無限。
旅程任險艱，風雨兼程闖。
紅塵自是狂蕩，太多名鎖利韁。
務持清心腸，憩向水雲鄉。

心事有誰能懂

17年8月1日

心事有誰能懂，孤旅不嗟險重。
奮志去行動，風雨兼程衝。
窗外蟬鳴聲洪，清坐室內當風。
詩意盈胸中，裁出詩句雄。
半百生涯凝重，太多苦雨淒風。
何許計傷痛，前路有彩虹。
曠展心中勇猛，忘記斑蒼重濃。
百年非是夢，業績當垂永。

清聽蟬鳴唱

17年8月1日

清聽蟬鳴唱，時光似飛翔。
窗外風聲響，流雲飛激蕩。
時近立秋間，天氣仍炎猖。
散坐哦詩章，心曲對誰講。
苦旅不言悵，何必太情長。
努力致遐方，遠處風光靚。
百年不久長，玄髮漸華霜。
一笑還清揚，人生是夢鄉。

一隻彩蝶飛翔

17年8月1日

一隻彩蝶飛翔，使我心神嚮往。
清風適意向，斜日正炎猖。
散步心興清揚，路上車熙人攘。
白雲朵朵翔，幻化真無恙。
有汗沁淌何妨，身心頗自揚長。
人生應悠揚，名利可捐忘。
百年生命康強，總賴神恩廣長。
靈性務增長，識見有慧光。

田野曠來風

17年8月1日

田野曠來風，夕照燦無窮。
蟬鳴聲既洪，暮煙凝結中。
心曲不言痛，百年奮行勇。
回首煙靄朦，瞻望風雨濃。
壯懷何言誦，實幹貴奮勇。
矢志跨長虹，脫出塵凡庸。
斑蒼漸重濃，人生不垂永。
時光飛洶洶，清思淚雙湧。

心事拋開沉痛

17年8月1日

心事拋開沉痛，閑聽宿鳥鳴風。
市井噪噪動，我意持輕鬆。
夕照此際正紅，暮蟬鳴聲亦洪。
沐浴田野風，詩意盈襟胸。
不懼年近成翁，何必介意斑濃。
努力去行動，矢志脫凡庸。
紅塵誰是情種，詩書一生情鍾。
開口我哦諷，素樸且清空。

四更無眠讀書閑

17年8月2日

四更無眠讀書閑，似聞遠野蟲吟唱。
歲月奮飛急如殤，老漸來迎吾悠揚。
功名本虛何須向，水雲飄逸潤心腸。
淡定浮生志清昂，努力晨昏哦詩章。
努力晨昏哦詩章，吐出心地之馨芳。
心懷宇宙廣無量，志凝半生已成鋼。
清貧未妨正氣揚，傲立學取梅花椿。
幸有電扇播風涼，快我心襟真揚長。
快我心襟真揚長，心事心曲對誰唱。
半世孤旅不言悵，苦雨苦風是尋常。
散淡未許名利妨，享受風清併月朗。
百年生死豈虛誑，努力叩道吾飛揚。

長風雖舒曠

17年8月2日

長風雖舒曠，燥熱仍狂猖。
市井聲朗朗，鳴蟬肆意唱。
清坐思無恙，品茗讀文章。

歲月奮飛翔，已近立秋間。
壯懷何必講，展眼雲煙漾。
努力詩書間，叩道也昂藏。
修身豈有疆，積德原清芳。
百年生死場，勿為名利障。

人生類若浮雲

17年8月3日

人生類若浮雲，隨風流走清新。
轉眼斑蒼臨，往事付煙影。
窗外林蟬正鳴，雨後空氣鮮新。
散坐我舒心，浩志曠凌雲。
男兒百倍奮進，不為名利纏縈。
水雲飄中心，宇宙在胸襟。
努力奮向前進，踏遍關山風景。
風雨是常尋，桑滄是幻境。

閑聽鳥鳴心悠揚

17年8月3日

閑聽鳥鳴心悠揚，噪噪蟬唱無止疆。
雨後草木都榮昌，習習清風愜意向。
散坐心事向誰講，雅懷唯哦入詩章。
百年生死嗟茫茫，驚歎年輪走飛殤。
驚歎年輪走飛殤，轉眼立秋將來訪。
清喜闔家正安康，領略神恩廣無量。
努力前程矢志闖，叩道不畏是深艱。
詩書持身是等閒，儒雅君子一身芳。
儒雅君子一身芳，向陽心地欣欣昌。
正直人生豈限量，理想支撐我前闖。
履度桑滄心猶壯，百折情懷仍清揚。
靈程力克是魔障，標的唯是彼天堂。

人生宜飛揚

17年8月3日

人生宜飛揚，閒雅適心腸。
勿為名利妨，請品綠茗芳。
斜照正輝煌，鳴蟬高聲唱。
散思享悠曠，小哦新詩行。
半百何所講，縷縷髮斑蒼。
一笑還舒朗，困難迎頭上。
生塵是旅航，標的非死亡。
靈程縱身翔，樂園徑直上。

天氣悶熱間

17年8月3日

天氣悶熱間，浮雲閑飄蕩。
悠聽蟬鳴唱，曠意哦詩章。
市井噪無疆，何處覓清涼。
水雲胸中翔，田園一生向。
身陷在塵網，名利宜拋光。
叩道吾昂揚，傲立天地間。
正氣何軒昂，清貧未有妨。
晴朗心地間，奮沿正道航。

第三十六卷《和昶集》

此際不思不想 17年8月4日

此際不思不想，享受風之清涼。
野蟬高聲唱，白雲行徜徉。
歲月奔走流暢，玄髮漸變華霜。
不必介意向，人生浮雲仿。
百年生命清昂，請君聽取鳥唱。
共緣去旅航，隨機應萬方。
有情就須高唱，有感請哦詩章。
人如鳥一樣，希冀曠飛翔。

鳴蟬嘶唱 17年8月5日

鳴蟬嘶唱，天氣不清涼。
鳥語叫響，吾意轉悠揚。
天陰無妨，心懷正氣昂。
朗哦詩章，長吐情之向。
歲月飛翔，人老復何妨。
性天清涼，勿為名利傷。
清貧之間，詩書郁昂藏。
展眼長望，天際靄煙漾。

悠閒持襟腸 17年8月5日

悠閒持襟腸，燥熱任其狂。
不聽蟬鳴唱，專心讀詩章。
時光既逝淌，立秋行將訪。
天地何其蒼，吾生是瞬間。
吾生是瞬間，流年逝狂猖。
華髮迎風向，轉思歲月蒼。
心事宜寬廣，人生共緣翔。
應學風飛揚，萬里無止疆。
萬里無止疆，前路艱且長。
已定貞志向，叩道吾揚長。
半世已逝殤，老來心態傷。
仰天但悵望，青靄林野間。

浮生輾轉無恙 17年8月5日

浮生輾轉無恙，何必計較痛創。
人生是夢鄉，天旅吾慨慷。
奮志萬里無疆，腳踏實地去闖。
風雨是尋常，桑滄一覽間。
窗外鳴蟬響亮，天際雲煙疊蕩。
心事正廣長，雅哦吾詩行。
半百心曲彈唱，悠揚並且激昂。
不屈困與障，男兒顯強剛。

長望雲煙飄渺 17年8月5日

長望雲煙飄渺，心曲付誰知曉。
履盡艱險道，桑滄已經飽。
斜暉此際朗照，暑蟬嘶聲高叫。
對風吾輕飄，雅哦南山稿。
拋開名利纏繞，清心是為至要。
叩道任迢迢，關山未為高。
矢志深入險要，奇俊風光探瞧。
曠志吾不傲，素樸若芳草。

心曲向誰傾倒 17年8月5日

心曲向誰傾倒，浮生履盡險要。
回首待細瞧，煙雲鎖微妙。
人生長途奔跑，不懼萬里迢迢。
斑蒼自來找，啞然余一笑。
紅塵徒是擾擾，名利害人狂囂。
應持清心竅，趨向水雲飄。
窗外鳴蟬正叫，散坐余意高蹈。
小哦新詩稿，裁出心襟妙。

白雲幻化多情 17年8月5日

白雲幻化多情，有鳥恣意飛行。
散步野外行，又見彼蜻蜓。
一任烈日殷殷，汗水沁濕衣襟。
曠志我高興，詩意中心盈。
彩燕低空飛行，小風其來清新。
林野多茂青，風光美無垠。
人生奮志經行，無須關注利名。

清心最要緊，無損吾性靈。

暮煙此際昏昏 17年8月5日

暮煙此際昏昏，夕陽已經西沉。
散坐清心神，耳畔響蟬聲。
時光不住飛奔，笑我華髮叢生。
心情持馨溫，人生奮馳騁。
感謝豐沛神恩，導引人生旅程。
靈程矢上升，無止是征程。
風雨磨歷鋼硬，鐵翅已經生成。
努力萬里程，風光覽不勝。

天氣熾熱如烘 17年8月5日

天氣熾熱如烘，暮煙此際凝重。
喜鵲鳴長空，野蟬叫聲洪。
散坐電扇當風，內叩自己心胸。
人生百年匆，幻化如夢同。
靈程奮向前衝，力斬魔敵狂凶。
心靈若彩虹，七彩瑰無窮。
不懼年近成翁，履度山水瞻豐。
詩歌可垂永，朗哦晨昏中。

散思應許均平 17年8月6日

散思應許均平，人生何不清心。
水雲中心蘊，飄逸吾多情。
悶熱天氣正殷，卻有小鳥高鳴。
晨光正清俊，朗朗朝日行。

早起心情鎮定，閑把新詩來吟。
呼出心中情，長吐吾性靈。
人生百年經營，太多苦惱辛勤。
務當持靜定，省心悠悠行。

天氣如此熱燥 17年8月6日

天氣如此熱燥，叫人十分煩惱。
暑意終將銷，立秋明日到。
散坐清思遙逍，滿耳灌得蟬噪。
高溫真難熬，詩意何處找。
天際雲煙飄渺，野鳥清聲鳴叫。
歲月存娟好，我意轉雅騷。
人生漸趨蒼老，何不開懷大笑。
神恩總豐饒，靈程是正道。

揮灑身心奔放 17年8月6日

揮灑身心奔放，穿越煙雨滄浪。
人生不驚慌，因有神在上。
此生苦旅飽嘗，身心屢受重創。
療好重重傷，依然心雄壯。
展眼天際靄蒼，鳴蟬奏其響亮。
散坐心安康，逸意都升上。
小哦新詩數章，舒出身心意向。
人生不狷狂，儒雅有清芳。

心志未可沉淪 17年8月6日

心志未可沉淪，奮發展我剛正。
努力長驅奔，關山萬里程。
笑容滿面清生，人生標的精准。
名利已拋扔，叩道吾奮身。
歲月荷負神恩，步步導引靈程。
回首勿驚震，已度嶂千層。
向前展翅飛升，矢志脫出紅塵。
天國美不勝，人間豈久蹲。

人世浮浮沉沉 17年8月6日

人世浮浮沉沉，身心時荷巨疼。
應許眼目正，奮行靈旅程。
標的須要看准，勿為名利欺混。
清心才可論，天良勿受損。
百年勞我以生，艱辛苦痛難論。
切禱神之恩，天路我長奔。
勝過魔敵纏捆，靈性釋放剛正。
淨化無止程，燭照前旅程。

雲煙混茫間 17年8月6日

雲煙混茫間，蟬兒悠聲唱。
天氣燥且亢，無心讀文章。
電扇播風涼，吾意以定當。
閑裁思與想，雅然哦詩行。
雅然哦詩行，情懷宜悠揚。
身陷在塵網，太多纏與障。
應能清心想，存意水雲間。
性天當清涼，不為名利傷。
不為名利傷，書生意氣昂。
平生抱負壯，蹉跎歲月蒼。

老來持理想，矢志萬里航。
著書錄思想，知音後儕間。

悠悠吾意剛

17年8月6日

悠悠吾意剛，心靈力量強。
奮志天地間，思想何快暢。
不計苦旅艱，曠意萬里疆。
此際裁詩章，一吐心玄蒼。
一吐心玄蒼，萬感起茫茫。
百年似瞬間，轉眼幻桑滄。
人生實難講，類若夢一場。
靈程務力航，天國是故邦。

此際又是黃昏

17年8月6日

此際又是黃昏，窗外一片蟬聲。
清坐養精神，心曲入詩中。
此生已近黃昏，斑蒼日漸顯逞。
荷負神之恩，努力奮靈程。
嗟此苦旅生辰，如在夢中奔騰。
名利是害人，清心才雅芬。
拋棄滾滾紅塵，去向水雲憩身。
養我精氣神，叩道奮剛正。

世事嗟歎無用

17年8月6日

世事嗟歎無用，實幹才顯豪雄。
奮志去行動，英武矢前衝。
此生履盡雨風，身心荷負創痛。
拋開彼沉重，輕身吾騰空。
展開翅膀騰空，飛向碧天蒼穹。
萬里征程中，風光妙無窮。
百年生死匆匆，有淚溢出眼中。
切禱晨昏中，求神賜恩洪。

閑聽鳥清鳴

17年8月8日

閑聽鳥清鳴，秋蟬噪經營。
雨後草木新，空氣亦芳清。
歲月何必驚，中心感慨縈。
哦詩舒心靈，雅吐我芳馨。
雅吐我芳馨，流年幻殷殷。
壯志仍堪憑，苦旅生涯俊。
桑滄不必云，矢穿風雨境。
努力萬里行，風光險無垠。
風光險無垠，蒼天任飛行。
何必嗟斑鬢，展翅我盡興。
風雨是常尋，山水清我心。
回首不必驚，往事入煙影。

流年瀉狂猖

17年8月8日

流年瀉狂猖，又值孟秋間。
窗外蟬聲唱，市井噪無疆。
散坐心存閑，悠悠哦詩章。
心曲向誰敞，知音無影彰。
知音無影彰，孤旅我獨航。
人世苦海彷，回首淚千行。
身心負苦傷，長嗟彼天蒼。
矢脫此塵網，叩道吾強剛。
叩道吾強剛，天地復寬廣。
道孤吾何傷，努力晨昏間。
詩書郁昂藏，思想放無疆。
更哦我詩行，一吐心馨芳。
一吐心馨芳，快哉吾意揚。
人生荷指望，是往天路翔。
塵世是暫享，肉體豈久長。
名利是欺誑，水雲吾安祥。
水雲吾安祥，不懼此塵網。
展眼陰雲蕩，心胸吾寬廣。
奮發吾揚長，長驅萬里疆。
風光任險艱，悠然心態閑。
悠然心態閑，清心吾徜徉。
百年不算長，半世已消殤。
更應立志向，矢叩天地綱。
記錄吾思想，知音千年間。

閑聽秋蟬唱

17年8月9日

閑聽秋蟬唱，優雅哦詩行。
歲月荏苒翔，暑意漸銷減。
爽風來清揚，我意起舒暢。
悠悠情何曠，心思奏奔放。
心思奏奔放，時光若水淌。
人老漸斑蒼，心志仍雄壯。
啼鳥聲悠揚，愜我意無限。
輾轉塵世間，不必淚雙行。
不必淚雙行，奮志當慨慷。
男兒荷強壯，展眼雲激蕩。
努力致遐方，關山任萬幢。
紅塵任攘攘，性天原清涼。

性天原清涼，水雲有徜徉。
詩書立身間，名利辭而抗。
清貧有何妨，我有正氣昂。
晨昏哦詩章，一行又一行。
一行又一行，奏出心情況。
人生百年間，希冀在天堂。
叩道任險艱，迎難吾徑上。
展翅曠飛翔，摩雲過松崗。

月華當空

17年8月10日

月華當空，秋蛩正呢曨。
五更微風，村雞清啼頌。
曠懷臨風，詩意在心中。
何所吟諷，舒展心襟雄。
人生情種，履盡傷與痛。
年近成翁，百感俱來從。
雅思從容，名利已棄空。
唯有心胸，不與世苟同。

金風曠起天涯間

17年8月10日

金風曠起天涯間，我的心中悠閒。
天上白雲自在逛，林蟬悠悠歌唱。
歲月不住曠飛翔，惜我年已斑蒼。
雄心壯志何必講，晨昏朗哦詩章。
百年生死嗟茫茫，真理誓當尋訪。
叩道不懼風雨艱，磨難任其成行。
展眼長天吾歌唱，吐出心中氣象。
男兒勇武且剛強，絕無媚弱卑狂。

斜暉俊朗

17年8月14日

斜暉俊朗，流年風煙漾。
金風送爽，野蟬猶清唱。
散坐安康，心事向誰講。
人生昂揚，咽盡孤淒況。
共緣而翔，不懼艱與蒼。
努力矢航，山高水又長。
不回頭望，歎息無用場。
鼓勇向上，天國是方向。

喜鵲奏其空清

17年8月15日

喜鵲奏其空清，秋晨爽潔無垠。
早起吾盡興，詩章脫口吟。
人生奮志殷殷，只是老了蒼鬢。
不必嗟歎驚，應當鼓心情。
歲月演繹無盡，生活點滴進行。
百年存美景，用心去追尋。
拋開悲喜之情，雲天無限廣清。
踏遍關山景，豐富吾心靈。

金風送暢

17年8月15日

金風送爽，心地覺瀟暢。
散坐安康，頤養我腑臟。
人生揚長，休閒適無上。
不看文章，嫻雅哦詩行。
歲月綿茫，我已漸斑蒼。
奮發頑強，萬里矢征闖。
百年不長，寸陰金相仿。
抓緊時間，業績長待創。

不思不想

17年8月15日

不思不想，散淡持襟腸。
秋意清爽，我心享瀟閑。
人生昂揚，已履半世艱。
縱馬躍狂，努力矢志上。
萬里無疆，男兒騁勇壯。
名利棄放，理想導我航。
高遠無上，直通彼天堂。
靈程闖蕩，豪氣盈寰壤。

時光流殤

17年8月15日

時光流殤，又值孟秋間。
天氣涼爽，小鳥清鳴唱。
逸意心間，我欲哦萬章。
一吐心芳，一瀉情揚長。
半百無恙，履盡艱與蒼。
一笑清揚，人生共緣放。
紅塵萬丈，囂囂名利猖。
應持清向，趨向田園間。

秋陽灑照

17年8月15日

秋陽灑照，心志曠然瀟。
有點熱燥，小風吹來妙。
蟬嘶鳴叫，不知討點巧。
吾意雅騷，清裁南山稿。

大千雲渺，紫薇開俊俏。
田園芳好，青靄遠野嫋。
歲月飛飄，惜我已年老。
雄心堪瞧，志在萬里遙。

祥雲瀰空 17年8月15日

祥雲瀰空，夕照猛烈中。
金風微動，小鳥鳴從容。
心志嫋風，我欲曠騰空。
高遠無窮，雲天憩心胸。
塵世傷痛，苦旅無言中。
奮我襟胸，靈程矢志衝。
前方雨猛，前方有彩虹。
前方雲動，前方燦無窮。

夕煙輕漲 17年8月15日

夕煙輕漲，野蟬猶嘶唱。
落日昏黃，市井噪而嚷。
淡泊安康，無意讀文章。
散淡休閒，養頤腑與臟。
歲月飛翔，又是孟秋間。
驚訝時光，驚訝我斑蒼。
人生昂揚，奮志萬里疆。
百年辰光，匆逝若水淌。

遠野芳青 17年8月15日

遠野芳青，天氣值朗晴。
心志殷殷，哦詩謳不停。
須學雄鷹，飛掠天蒼青。
男兒剛勁，不懼風雨行。
此生苦辛，履盡桑滄境。
而今淡定，泰然守清貧。
詩書怡心，叩道我清俊。
人生多情，只是白了鬢。

宿鳥清鳴 17年8月15日

宿鳥清鳴，蒼煙四野縈。
清坐安寧，思放萬里境。
歲月經行，孟秋天朗晴。
吾意空靈，裁心哦均平。
人生奮進，關山多清俊。
風雨曾凌，苦了身心靈。
神恩無垠，導引正路行。
而今康平，而今慧充盈。

暮煙蒼濃 17年8月15日

暮煙蒼濃，西天落日紅。
宿鳥鳴風，市井噪聲洪。
情有所鐘，哦詩舒襟胸。
人生匆匆，履盡傷與痛。
蟬噪從容，無機持心胸。
吾意清空，共緣大化中。
不懼成翁，神恩大無窮。
靈程矢衝，前路有彩虹。

彩雲鋪空 17年8月15日

彩雲鋪空，一使余感動。
宿鳥鳴風，野蟬噪聲洪。
秋意清空，我心持平庸。
展眼靄濃，感慨盈襟胸。
人生從容，名利棄空空。
詩書之中，尋覓慧之蹤。
大化運動，百年成虛空。
哦詩何功，知音後儕中。

秋蟬時鳴頌 17年8月15日

秋蟬時鳴頌，點綴意清空。
流雲有浮動，爽潔走金風。
余意懷感動，哦詩吐襟胸。
男兒合有種，傲立若山峰。
傲立若山峰，披雨又沐風。
詩書持身重，虛懷不苟同。
清貧豈為動，持心是中庸。
笑意清浮動，共化逍遙中。

天熱燥燥 17年8月15日

天熱燥燥，心氣未可急躁。
散坐逍遙，人生奮志長跑。
關山迢迢，已度艱險千條。
努力前道，風景無限豐標。
人生晴好，因有俊骨剛傲。
卑媚全拋，清貧終生亦好。
展眼雲霄，西天正灑夕照。
有鳥飛高，恣行何其美妙。

鳥囀清長 17年8月15日

鳥囀清長，藍天白雲似畫廊。
夕照金黃，野蟬高唱奏悠揚。
吾自慨慷，閑將元詩不停唱。
更哦詩行，長吐情懷之清芳。
百年成誑，笑我斑蒼仍奔放。
努力向上，矢志叩道問學問。
知音何方，孤旅人生好艱長。
希冀天堂，永生福樂享無疆。

華燈初點上 17年8月15日

華燈初點上，遠際歌聲靚。
心志正清昂，連續哦詩章。
人生持慨慷，奮志越莽蒼。
關山任萬幢，難阻我前闖。
展開雙翅膀，摩雲萬里疆。
名利非意向，叩道入深艱。
闔家是安康，神恩領無限。
謳頌盡力量，靈程曠飛翔。

亂雲飛渡吾從容

17年8月15日

亂雲飛渡吾從容，淡泊心境共秋同。
已知蟬噪日夜諷，閒雅心地自清空。
流年日月奏其功，霜華漸老吾守庸。
展眼雲天多激動，一曲短詩慨吟中。

金風曠來舒意境

17年8月15日

金風曠來舒意境，雅思長揚品芳茗。
蟬噪鎮日是殷勤，哦詩晨昏也盡興。
閑度日月持淡定，詩書持身任清貧。
心懷剛正吾清俊，展眼天青雲飛行。
展眼天青雲飛行，朗日灑照也多情。
小鳥群飛且清鳴，余意欣起詩興盈。
坦露胸襟不要緊，大氣磅礴任陰晴。
努力矢辟艱蒼境，終創業績世震驚。

第三十七卷《樂康集》

清夜響鳴蛩 17年8月16日

清夜響鳴蛩，唧唧正呢嚨。
孟秋四更中，聞之有感動。
歲月迅如風，嗟我斑鬢濃。
幾聲犬吠洪，愁悵心地中。
愁悵心地中，人生渾如夢。
往事無影蹤，華年漸逝送。
心曲有誰懂？哦詩誰感動？
不寐清坐中，九折在心胸。

蟋蟀長鳴叫 17年8月16日

蟋蟀長鳴叫，聲聲振風騷。
秋風既清繞，五更天近曉。
醒來適懷抱，短章賦新巧。
幾聲村雞噪，點綴也安好。

朝旭東方 17年8月16日

朝旭東方，秋氣正滄蕩。
吾意舒閑，朗朗哦詩章。
歲月評章，不過是桑滄。
不須淚淌，不須記過往。
向前瞻望，萬里無止疆。
奮發強剛，努力風雨闖。
人生昂揚，男兒是好鋼。
鐵骨俊剛，撐住天一方。

野蟬高聲唱 17年8月16日

野蟬高聲唱，天氣燥熱間。
清心吾安祥，朗哦是詩章。
斜暉清灑降，秋風吹清揚。
有鳥清鳴唱，有花開芬芳。
散淡持中腸，熱血猶未滅。
一任鬢斑蒼，奮志在遐方。
山水蒼且壯，鼓勇我徑闖。
艱險無所妨，笑意展清靚。

天地之間存漫浪 17年8月16日

天地之間存漫浪，人生未許稍狂猖。
悶熱允許汗沁淌，孟秋天氣不清涼。
野蟬無愁噪噪唱，書生清朗哦詩章。
時光如水任逝淌，心志原不在塵間。
心志原不在塵間，胸襟水雲有清淌。
人生多情易受傷，豪傑中心原狷狂。
謙和守我中心芳，養德一生自康強。
矢向書海揚濁浪，揚帆快哉萬里航。

天氣陰晴不定 17年8月16日

天氣陰晴不定，爽風時來經行。
小鳥嬌嬌鳴，野蟬鼓清俊。
我自曠然高興，詩章裁出於心。
人生懷多情，白了蒼蒼鬢。
歲月奮然進行，時值孟秋均平。
散坐閑品茗，灑然是心境。
展眼天際靄凝，烏雲密布天頂。
沉穩加鎮定，男兒是雄英。

夕照輝煌 17年8月16日

夕照輝煌，心定自乘涼。
傍晚涼爽，孟秋正滄蕩。
意興清昂，小哦新詩行。
人生慨慷，奮發敢於上。
苦旅曾艱，淚拋下兩行。
而今安康，勇武且奔放。
年近老蒼，依然奮強剛。
展眼長望，刺透雲煙帳。

天分早晚涼 17年8月16日

天分早晚涼，此際朗爽。
夕照灑金黃，小風清暢。
秋意顯滄蕩，猶有蟬唱。
市井鬧嚷嚷，車熙人攘。
清坐享安祥，雅哦詩行。
一曲從心唱，悠悠揚揚。

逸致嫋心間，展眼曠望。
暮靄輕啟漲，遠野碧芳。

暮色重濃 17年8月16日

暮色重濃，彩雲展空中。
林蟬鳴風，華燈初初送。
浴後輕鬆，詩意湧心中。
脫口而頌，雅潔且清空。
人生匆匆，又值初秋中。
不懼斑濃，曠志欲乘風。
意達無窮，努力幹並衝。
百年非夢，業績可垂永。

時光飛殤 17年8月17日

時光飛殤，流年堪驚悵。
又是秋光，又聽秋蛩唱。
不眠長想，人生苦旅間。
秋風掃蕩，百年不久長。
矢向天堂，求取永生場。
名利虛妄，須拋須棄放。
叩道清揚，正直立人間。
裁詩萬章，謳唱這蒼涼。

晨靄迷漾 17年8月17日

晨靄迷漾，遠處嘹歌唱。
小風送爽，享受此秋涼。
歲月奔放，流年嗟狂猖。
驚歎瞬間，五十二年殤。
奮發強剛，惜時務當講。
晨昏之間，努力叩道藏。
悠悠歌唱，心興狂起浪。
人生世間，激情瀰滿倉。

秋氣高爽 17年8月17日

秋氣高爽，牽牛開嬌靚。
余意雅暢，慨然哦詩行。
雲天滄蕩，有鳥鳴且翔。
散坐平康，品茗齒噙香。
生活安祥，適意真無上。
好風來翔，享受這清涼。
朝旭東方，青靄林野漾。
市井吵嚷，生活演無恙。

休憩身心 17年8月17日

休憩身心，閑聽蟬清鳴。
漫天朗晴，小風適意興。
淡泊空靈，裁詩亦清新。
吐出胸襟，吐出氣如雲。
人生多情，塵世損性靈。
務秉雅清，正義持心靈。
努力進行，叩道任艱辛。
百年生命，處處有美景。

流風送暢 17年8月17日

流風送暢，天氣且清爽。
叫賣聲唱，野蟬鳴鏗鏘。
鞭炮又響，生活雜亂間。
心須定當，勿為世俗妨。
內叩心向，尋覓智慧光。
讀書千方，識見恆增長。
悟道揚長，人生不張狂。
謙和之間，共彼流年放。

世事莽蒼 17年8月17日

世事莽蒼，吾卻何必多講。
守定心腸，守定中心慧光。
人生揚長，因將名利棄放。
展眼雲鄉，羨鳥高飛遠航。
秋意爽朗，清涼小風吹蕩。
野蟬猶唱，伴以鳥鳴花芳。
愜意心間，我要開口哦唱。
何所演講，只是奉出情腸。

心志宜雅芳 17年8月17日

心志宜雅芳，人生奮發闖。
不為名利障，正義荷強剛。
秋氣正滄蕩，天高鳥飛翔。
余意欣然暢，朗哦新詩章。
向學不畏艱，叩道迎難上。
妙悟持心間，朗目出慧光。
謙和一生向，傲立若梅椿。
書生之氣象，淡泊享安康。

雲天多情 17年8月17日

雲天多情，秋陽燦爛行。
悠聽蟬鳴，愜意盈心襟。
人生經行，苦了身心靈。
應持清醒，覷破世之情。
奮發雷霆，男兒騁剛勁。
努力前進，關山萬里雲。
小有才情，哦詩吐空靈。
向陽胸襟，遠辭利與名。

清爽宜人 17年8月17日

清爽宜人，孟秋涼正騁。
蟬鳴高聲，鳥吱卻低沉。
休憩心身，哦詩吐馨芬。
品茗清芬，散思曠紜紛。
煙雲漫生，陽光灑清正。
汽車噪聲，時時可聽聞。
吾是書生，叩道秉精誠。
心得心身，俱哦入詩中。

瀟爽心襟 17年8月17日

瀟爽心襟，覽盡風與雲。
秋來多情，悠聽蟬清鳴。
嗟我斑鬢，年輪堪震驚。
回首層雲，回首淚雙盈。
百年情景，只是一夢境。
正義盈襟，守護我心靈。

貞志剛勁，傲立似松俊。
撐住天青，頂住風雨凌。

又值四更

17年8月17日

又值四更，長聽蛩聲，
爽我心身，漫天心事向誰論。
犬吠聲聲，噪噪車聲，
路上華燈，秋夜均平也安穩。
歲月馳奔，年輪奮爭，
斑蒼任深，余心余意持溫存。
大化弄人，因果誰論，
紅塵紛紛，百年散淡度秋春。

清夜切鳴蛩

17年8月17日

清夜切鳴蛩，爽潔秋風，
吾意清空，不眠裁心曠哦諷。
年已近成翁，適我心胸，
名利拋空，一腔正氣仍剛洪。
雨雨又風風，吾持從容，
淡泊襟胸，叩道深入彼圓通。
享受此金風，不懼成翁，
努力矢衝，前路終會有彩虹。

五更村雞喔喔唱

17年8月17日

五更村雞喔喔唱，夜奏清平況。
四野蛩聲一片響，余意轉瀟閑。
歲月綿綿曠飛翔，孟秋真無恙。
何許計我霜華長，依然荷志剛。
男兒悠悠放歌唱，一曲舒奔放。
人世原自有清涼，水雲中心漾。
路上華燈自在放，車聲時噪響。
一日生活又開場，迎接彼朝陽。

秋夜小風正清爽

17年8月17日

秋夜小風正清爽，余心余意持慨慷。
五更閑聽蛩鳴唱，一種心緒是雅閑。
哦詩舒展我心房，筆下謳盡世桑滄。
人生奮志在遐方，不計年輪已斑蒼。
不計年輪已斑蒼，男兒雄心猶然剛。
書海誓揚沖天浪，奮舟萬里豈為疆。
內叩身心啟慧光，妙悟道義正直間。
浮生百年非等閒，力裁新詩四萬章。
力裁新詩四萬章，燃燒心力燭前方。
文明日進且剛強，世界總由神主掌。
人生在世不久長，永生唯在天國間。
努力靈程曠飛翔，矢入溟滄叩道藏。

悠閒清度時光

17年8月17日

悠閒清度時光，清貧有何大妨。
詩書郁昂藏，男兒慨而慷。
我志是在遐方，豈被名利纏綁。
逸意水雲間，快哉何逍暢。
紅塵自古攘攘，眾生揮舞刀槍。
故事並花樣，血灑演武場。
秋來心興澹祥，享受風清鳥唱。
品茗有清芳，詩章哦昂揚。

心志應守清芳

17年8月17日

心志應守清芳，人生合當揚長。
率意叩道藏，用心讀文章。
人生屆半已殤，玄髮漸漸斑蒼。
一笑仍清揚，展眼天地蒼。
書生秉持溫讓，謙和一生是尚。
向學騁志剛，著書等身間。
紅塵攘攘無疆，太多利鎖名韁。
應許聽鳥唱，雅潔持襟腸。

鞭炮又囂響

17年8月17日

鞭炮又囂響，市井恆鬧嚷。
野蟬高聲唱，秋燥白雲翔。
我自持安康，雅潔守襟房。
詩書流連間，發詩謳嘹亮。
紅塵徒攘攘，眾生陷迷茫。
名利殺人狂，幾人懷清向？
吾志水雲間，松風流泉響。
學取雲飛曠，悠悠天涯間。

祥雲宇間

17年8月17日

祥雲宇間，野蟬肆意唱。
陽光俊朗，秋風清來暢。
和藹心間，悠悠發謳唱。
神恩無恙，感在我心房。
浮生闖蕩，已履疤千創。
而今平康，而今享安祥。

前路廣長，努力奮力量。
關山疊蒼，展翅萬里疆。

散思均平
17年8月17日

散思均平，遐想萬里行。
關山風雲，飽覽契我心。
爛漫秋雲，飄逸且多情。
爽風盡興，我意起空靈。
哦詩清新，胸襟曠若雲。
飽經艱辛，奮志仍凌雲。
人生經營，苦痛且辛勤。
神恩無垠，靈糧賜豐盈。

悠悠蟬唱
17年8月17日

悠悠蟬唱，秋陽正燥亢。
風兒雖暢，天氣不清涼。
我自疏狂，閒雅哦詩行。
吐出清向，一展胸與臟。
志取昂揚，男兒當如鋼。
不折頑強，矢迎困難上。
名利棄放，清貧吾安享。
晨昏哦唱，優雅以綻放。

逸意平康
17年8月17日

逸意平康，人生悠悠間。
不讀文章，卻想哦詩行。
空調清涼，余意以欣暢。
孟秋時光，燥熱猶狂猖。

白雲飄翔，幻化無止疆。
引我遐想，引我思無量。
人生慨慷，有情就須放。
娟潔心間，原無機巧奸。

散淡清閒
17年8月17日

散淡清閒，浩志何必講。
實幹為強，業績努力創。
百年康強，履盡艱險況。
而今安祥，神恩領無上。
一曲謳唱，展我中心芳。
字裡行間，激情有流蕩。
人生昂揚，男兒騁志向。
勿為名障，勿為利所妨。

四周安靜
17年8月17日

四周安靜，享受這雅清。
秋氣和平，喜愛風清勁。
歲月奮進，白了蒼蒼鬢。
依然多情，奮志欲凌雲。
謳詩盡興，吐盡中心情。
坦蕩胸襟，原無機巧縈。
斜陽清映，空中幻白雲。
朵朵清新，風兒吹著行。

思放無疆
17年8月17日

思放無疆，血淚曾清淌。
履盡險艱，老來獲安康。

歲月奔放，名爭併利攘。
應持清向，遁向田園間。
吾意揚長，不執騁昂揚。
努力前方，矢志叩道藏。
向陽襟腸，遠拋彼機奸。
淨化無疆，正直立人間。

雅思良長
17年8月17日

雅思良長，亙古具桑滄。
人生瞬間，憂苦嗟茫蒼。
我自強剛，矢志奮發闖。
跌倒再上，標的天涯間。
不准名妨，不准利來障。
輕裝奔放，雙展鐵翅膀。
紅塵攘攘，太多爭與嚷。
吾持清向，水雲中心漾。

品味休閒
17年8月17日

品味休閒，流風來清暢。
夕照金黃，燥熱猶汗淌。
蟬嘶鳴唱，鎮日無止疆。
市井狂猖，車噪人熙攘。
紅塵奔放，飛舞彼刀槍。
吾持清向，安守吾襟房。
清貧何妨，詩書怡襟腸。
哦詩昂揚，吞吐有雅量。

秋氣正清曠
17年8月17日

秋氣正清曠，心地閒雅間。
斜暉灑清朗，爽風悠悠翔。
淡聽蟬鳴唱，仰看雲煙蕩。
心事廣無量，裁出詩萬章。
紅塵任萬丈，吾心守定當。
不求名利昌，叩道是志向。
前路艱且長，奮志鼓力量。
風雨是尋常，風光覽奇靚。

休憩心腸
17年8月17日

休憩心腸，不必整日費思想。
享受清閒，清聽林蟬之鳴唱。
歲月飛狂，老我斑蒼有何妨。
志取昂揚，依然努力騁強剛。
情懷娟芳，孤旅人生好艱長。
向誰演講，心事滿腹自彈唱。
散坐無恙，雅裁新詩哦康強。
柔弱何妨，一腔正氣天地間。

暮煙重濃
17年8月17日

暮煙重濃，市井鬧哄哄。
華燈初送，點綴這街容。
我意凝重，心事蒼茫中。
人生履風，造化多作弄。
蟬噪聲洪，未知誰感動。
鎮日朗誦，嘶鳴秋風中。

百感來從，短詩訴心胸。
應許從容，水雲貯襟中。

七彩璨霓虹

17年8月17日

七彩璨霓虹，車流行若瘋。
歌聲噪聲共，城市鬧哄哄。
晚風清吹送，余意感輕鬆。
生活壓力重，意態須放鬆。
人生行旅中，苦難艱深重。
應許多從容，名利棄空空。
大化多作弄，百年生死匆。
靈程鼓奮勇，矢志徑直衝。

天黑華燈放

17年8月17日

天黑華燈放，蟲鳴聲清揚。
小風吹來爽，秋夜清無恙。
散思復長揚，人生走馬場。
百年成虛妄，轉眼是期限。
努力矢前闖，靈程曠飛揚。
永生樂園間，歡歌永恆唱。
靈性淨無疆，正義持心腸。
力克魔敵奸，勝利啟歸航。

時已進入二更

17年8月17日

時已進入二更，雅聽蛩鳴聲聲。
猶有叫賣聲，車行仍成陣。
散坐當風思深，我有萬言欲申。
人生客旅程，百年一轉瞬。

時光固當惜珍，靈程更須奮身。
求取彼永生，衝決死亡陣。
感沛總是神恩，導引正路上升。
標的須看准，樂園是故城。

心態宜平靜

17年8月17日

心態宜平靜，且享秋風清。
散淡逞意境，野蛩聲聲鳴。
我意自康寧，無執於身心。
大化均且平，百年夢須醒。
名利棄而屏，君子守清貧。
正義盈於心，德操修無垠。
孟秋夜爽清，華燈燦爛明。
清坐曠胸襟，一曲短章吟。

二更雅思清

17年8月17日

二更雅思清，萬象紛來紜。
秋風既爽心，蛩吟亦動聽。
哦詩不能競，心胸懷多情。
路上華燈明，車行響噪音。
人生傷了情，苦了身心靈。
風雨多驚警，艱蒼鼓勇進。
我已漸斑鬢，依然懷奮興。
努力去追尋，靈程有美景。

清風送爽

17年8月17日

清風送爽，余意以雅康。
秋意暢爽，二更聽蛩唱。

心意廣長，我欲謳奔放。
何止千章，滔滔若長江。
歲月綿長，不覺已斑蒼。
回首驚向，已履山萬幢。
前路康莊，風雨有何妨。
奮發頑強，努力去闖蕩。

第三十八卷《晴和集》

晨鳥既清鳴 17年8月18日

晨鳥既清鳴，余意懷雅清。
天氣正沉陰，燥熱汗微沁。
散思復均平，哦詩舒清新。
浪漫持中心，悠悠是中情。

清風舒曠 17年8月18日

清風舒曠，迷煙四野漾。
陽光燦放，野蟬猶嘶唱。
燥熱塵間，散坐享安康。
小鳥鳴唱，吾意為之向。
書寫詩章，一吐襟與腸。
流年狂猖，孟秋驚斑蒼。
紅塵無恙，只是名利攘。
淡持襟臟，憩向水雲間。

時雨清灑降 17年8月18日

時雨清灑降，悶雷成串響。
散坐心平康，欣賞秋清涼。
歲月荏苒間，華髮添新霜。
惜時務須講，力將業績創。

雨後鳥鳴唱 17年8月18日

雨後鳥鳴唱，靄漾天地間。
電扇播風涼，余意欣然暢。
閑哦新詩行，聊賦歲月蒼。
孟秋何所講，時光惜飛殤。

雨後天霽灑斜陽 17年8月18日

雨後天霽灑斜陽，清喜東風舒清曠。
散坐讀詩情舒揚，更裁小詩適意向。
已知年已近老蒼，更應奮發矢向上。
百年生死騁漫浪，一曲清歌天地間。

暴雨傾降 17年8月19日

暴雨傾降，窗外一片嘩啦響。
驚雷炸響，遍世界逞現驚惶。
吾自休閒，淡看天地白茫茫。
心事舒揚，小哦新詩適意向。
孟秋之間，天旱幸此甘霖降。
草木膏芳，大地生機當騁旺。
人生昂揚，不懼風雨矢志闖。
風光清靚，五湖歸來憩襟腸。

秋雨滴瀝下未窮 17年8月19日

秋雨滴瀝下未窮，週末爽潔持心中。
雅哦新詩騁歌頌，一曲天人也清空。
歲月荏苒余感動，霜華新長嗟何功。
更應奮發矢前衝，萬里征程煙雨濃。

細雨綿綿雷隆隆 17年8月19日

細雨綿綿雷隆隆，時刻正值孟秋中。
天悶未有微風動，讀書寫詩慰心胸。
久旱無雨甘霖送，草野花木復昌榮。
清坐心潮有感動，聊賦短章舒情濃。

爽風清來開意境 17年8月19日

爽風清來開意境，雨夜霓虹七彩映。
遠處蛩蛙雙雙吟，何處二胡奏清平。
散坐思放萬里雲，閒雅正直持心靈。
書生意氣何必吟，人生正道桑滄行。
人生正道桑滄行，履過艱險入均平。
患難浮生淚曾盈，血淚雙流叩神明。
神賜正道用心領，靈糧食飽心康寧。
努力靈程奮發行，此生希冀在天庭。

秋雨清灑送 17年8月19日

秋雨清灑送，天際靄煙濃。
雷聲響轟轟，小風走從容。
散坐寬心胸，人坐懷情濃。
哦詩諷清空，有誰能感動。

蛙鼓敲響 17年8月19日

蛙鼓敲響，使余心嚮往。
秋雨綿降，窗外響叮噹。

燈下安祥，悠悠讀詩章。
更發遐想，裁心哦詩行。
歲月綿放，孟秋不覺間。
我已斑蒼，壯志依舊狂。
努力前方，萬里穿迷障。
風雨縱狂，無妨我清揚。

秋氣淡蕩

17年8月20日

秋氣淡蕩，心地覺舒閑。
清風送爽，吾意快然暢。
喜鵲鳴唱，朝旭升東方。
漫天晴朗，卵青真無恙。
逸意心間，愜聽鳥啼放。
品味揚長，享受這平康。
神恩無上，導引入康莊。
步步向上，靈程啟無疆。

秋陽燦爛

17年8月20日

秋陽燦爛，余意以雅安。
白雲妙曼，野蟬噪而喊。
心曲雅彈，哦詩舒浪漫。
人生坷坎，奮力搏群瀾。
歲月揚帆，標的天國站。
靈程鏖戰，力克魔敵纏。
力致彼岸，勝利連踵展。
聖徒歡綻，頌歌不停翻。

閒適無上

17年8月20日

閒適無上，我欲謳併唱。
秋雲澹蕩，天空似畫廓。
小風來祥，周身都舒爽。
閑品茗芳，雅裁新詩行。
時光飛殤，不必嗟與悵。
努力幹闖，詩書晨昏間。
百年漫長，悠悠其何艱。
奮發頑強，男兒頂天壯。

天氣陰晴之間

17年8月20日

天氣陰晴之間，彩雲變幻非常。
喜鵲喳喳唱，鳴蟬奏悠揚。
我的興致嫋上，哦詩激發情腸。
歲月綿綿放，人已漸老蒼。
淡定清持心向，人生從不張狂。
謙和有雅芳，君子人格彰。
紅塵自古攘攘，名利肆其狂猖。
勸君聽鳥唱，淡泊水雲間。

秋風清爽

17年8月20日

秋風清爽，雲天曠展其淡蕩。
群蟬鳴唱，愜意秋情余何暢。
鳥囀嬌嗓，吱吱喳喳為哪樁。
汽車噪響，市井生活恆鬧嚷。
淡持清向，品茗讀書哦詩章。
情懷何芳，名利不許擾心房。
人生揚長，因懷水雲在胸腔。
正義何剛，男兒勇武天涯間。

喜鵲鳴叫

17年8月21日

喜鵲鳴叫，嫋起余之意興高。
市井噪噪，清喜秋風走瀟騷。
適我懷抱，雅裁心志南山稿。
朗哦玄妙，質樸心地詩中表。
歲月娟好，老我斑蒼余一笑。
百年美妙，情懷滌蕩叩道遙。
山好水好，神造世界多美好。
靈程揚飆，奮飛快意盈心竅。

情懷何所言唱

17年8月21日

情懷何所言唱，何必多談蒼涼。
時值孟秋間，天氣顯澹蕩。
小風清新來翔，校詩何其快暢。
一種閒雅況，一種興清揚。
人生得志莫狂，請君聽取蟬唱。
無機之襟腸，君子人格仿。
我要努力向上，克盡一切艱蒼。
人生矢昂揚，男兒鷍雄剛。

三更無眠

17年8月21日

三更無眠，枕上聽蛩吟。
聲聲動聽，契余心與靈。
歲月分明，又值孟秋境。
心志曠清，未可老身心。

努力進行，關山越無垠。
人生經行，遠辭利與名。
大道盈心，正直持均平。
男兒豪英，鼓勇萬里雲。

雀噪青林

17年8月21日

雀噪青林，散步以經行。
天初初明，余意懷奮興。
人生運營，苦了心與靈。
放鬆才行，應拋利與名。
紅塵懷情，大化運無垠。
萬物勃興，各欲遂其性。
思放無垠，短章賦心情。
共緣而行，淡蕩持心靈。

浴後爽清

17年8月21日

浴後爽清，愜聽鳥之鳴。
有蟬噪興，有風吹清靈。
藍天曠青，朝日正運行。
大好秋情，淡蕩吾身心。
市井噪音，嘈雜正運營。
應持清心，勿為損性靈。
人生多情，笑我已蒼鬢。
仍具雄心，渴望萬里行。

知了鳴唱

17年8月21日

知了鳴唱，白雲幻萬方。
悶熱之間，校詩也悠揚。
品茗清芳，心志都舒曠。
午後陽光，燦爛灑光芒。
歲月飛殤，孟秋不清涼。
市井鬧嚷，車噪也狂猖。
展眼遠方，青靄林野間。
和平寰壤，神恩總無恙。

蟬鳴悠揚

17年8月21日

蟬鳴悠揚，曠然適襟腸。
小鳥鳴唱，一使余意芳。
人生暇閑，心志都舒放。
嚮往遐方，萬里風光靚。
我自揚長，清貧無所妨。
志取雄剛，叩道騁奔放。
斜陽燦放，雲天正茫茫。
淡持心向，小哦新詩行。

天氣陰沉

17年8月21日

天氣陰沉，蟬噪聲又聲。
我意馨溫，曠對東風逞。
人生馳奔，未可老心身。
斑蒼何論，奮志恆馳騁。
紅塵昏昏，名利是擾人。
務持清正，雅潔度人生。
水雲清芬，名利務須扔。
奮志靈程，勝了還要勝。

東風閑曠

17年8月21日

東風閑曠，適我意與腸。
黃昏之間，陰雲正激蕩。
歲月流殤，孟秋余意悵。
時光飛翔，吾已漸老蒼。
努力向上，發熱又發光。
矢志昂揚，萬里去闖蕩。
幾聲鳥唱，一陣蟬悠揚。
心境舒朗，曠哦新詩行。

暮煙蒼茫

17年8月21日

暮煙蒼茫，華燈漸次上。
鳴蟬嘶唱，燥熱此塵間。
孟秋無恙，天氣覺滄蕩。
炎暑已往，流年逝若狂。
我意淡放，詩意中心漲。
小哦詩行，一舒情揚長。
闔家安康，我意舒而暢。
神恩無上，感沛我襟房。

清夜切鳴蛩

17年8月21日

清夜切鳴蛩，三更余感動。
天氣和平中，歲月驚逝送。
華年銷無蹤，白髮漸添濃。
唧唧嗟何功，大化誰能懂。
大化誰能懂，人生草露中。
百年渾若夢，醒來堪沉痛。
靈程曠騁勇，永生希冀中。
唯求神恩洪，導引我心蹤。
導引我心蹤，正路沐靈風。
力克魔敵凶，靈程鋪彩虹。
聖潔持心胸，靈性淨無窮。
待到天國中，福壽萬年永。

午後陽光燥且燙

17年8月22日

午後陽光燥且燙，林蟬鳴叫也悠揚。
天上白雲爛漫翔，金秋小風緩緩放。
散坐寫詩舒情腸，一曲應許展瀏亮。
人雖老蒼心猶壯，奮發書寫新華章。

雲天如畫美無上

17年8月22日

雲天如畫美無上，清意塵間也蕭爽。
浩蕩長風入心腸，秋意清空蟬鳴唱。
閑思放逸真揚長，快樂身心頗康強。
哦詩舒情是無恙，一任時光逝飛殤。
一任時光逝飛殤，男兒從來奮強剛。
努力前路不畏艱，風雨人生合慨慷。
有種叩道頗豪壯，向學晨昏哦悠揚。
情懷誰懂孤旅間，時有沉痛襲襟腸。

東風舒曠（之一）

17年8月22日

東風舒曠，余意以欣暢。
燥熱秋陽，清灑其光芒。
野蟬鳴唱，鎮日無止疆。
吾持清向，愜品茗之芳。
寫意塵間，白雲幻萬方。
悠悠飄翔，雲天似畫廓。
歲月飛狂，不必嗟斑蒼。
逸意揚長，介意水雲間。

東風舒曠（之二）

17年8月22日

東風舒曠，秋氣逞滄蕩。
燦爛斜陽，閃射其光芒。
逸意心間，品茗真無上。
哦哦詩章，談點家與常。
歲月飛翔，應許持淡蕩。
名利棄放，正義荷襟房。
人生昂揚，不屈傲然剛。
男兒豪強，奮行萬里疆。

華年逝殤

17年8月22日

華年逝殤，人生履艱蒼。
一笑頑強，只是已斑蒼。
蟬清鳴唱，秋意正淡蕩。
散坐安祥，思想放千章。
人生揚長，無執於心間。
矢志向上，靈程奔天堂。
攘攘世間，生命不久長。
永生在上，希冀唯天堂。

流風清送暢（之一）

17年8月22日

流風清送暢，華燈燦然放。
草蛩奏交響，市井猶鬧嚷。
燈下放思想，悠悠哦詩行。
天熱猶然彰，電扇播風涼。
快意盈襟腸，歲月逝奔放。
何許計斑蒼，書生意氣狂。
努力奮前闖，山水任莽蒼。
男兒騁豪剛，英武天涯間。

清意浮生

17年8月22日

清意浮生，贏得心生疼。
初秋時分，感沛頌神恩。
人生馳騁，履盡艱旅程。
血淚曾迸，苦難深又深。
幸賴神恩，救拔出苦城。
導引靈程，勝過魔敵紛。
奮我心身，矢行正旅程。
山高水深，風光展清正。

暮煙起輕蒼

17年8月22日

暮煙起輕蒼，夕照閃輝煌。
市井多鬧嚷，余意持逍閑。
散坐讀華章，興曠哦詩行。
人生不狂猖，正直履安祥。
正直履安祥，君子人格彰。
向學恆心訪，叩道不辭艱。
已知流年往，漸迎華髮蒼。
噪噪秋蟬唱，宿鳥啟歸航。

快意當風

17年8月22日

快意當風，遠際泣鳴蛩。
無眠哦諷，初秋夜清空。
噪聲猶動，路上車聲洶。
雅意心中，享受此清風。
歲月逝風，流年余感動。
霜鬢漸濃，應拋彼沉痛。

人生如夢，百年不恆永。
靈程雨風，希冀能成功。

淡泊襟胸

17年8月22日

淡泊襟胸，清夜閑哦諷。
雅聽鳴蛩，天籟奏其功。
曠意來風，清意入肺中。
涼爽之中，詩意婣心胸。
隨意哦諷，一點是清空。
人生非夢，共緣大化中。
努力成功，曠傲吾襟雄。
實幹豪勇，業績燦如虹。
前路雨風，矢志向前衝。
關山疊雄，余意存感動。
奮志之中，顯我男兒勇。
傲立挺胸，原無卑媚容。

曙色東方

17年8月23日

曙色東方，野蛩唧唧唱。
村雞啼放，東風走清暢。
淡蕩秋光，晨鳥奏歡昂。
吾意悠揚，提筆哦詩章。
囂囂塵壤，車聲噪無疆。
須持定當，守護吾心房。
人生平康，何許計斑蒼。
努力前方，努力實幹間。

爛漫秋光

17年8月23日

爛漫秋光，初旭正升上。
雀鳥鳴唱，寫意清風揚。
我自歡暢，雅然哦詩行。
奏出心向，奏出歲平康。
勿將憂忘，人生奮志強。
前路艱長，鼓勇努力上。
關山萬幢，險惡之情狀。
我有力量，矢志攀與闖。

喜鵲鳴唱

17年8月23日

喜鵲鳴唱，一使余意康。
初秋晨間，享受風清揚。
人生奔放，不必嗟艱長。
斑蒼何妨，我有浩志剛。
前方瞻望，風雲正激蕩。
展翅飛翔，沐浴風雨蒼。
紅塵攘攘，務辭務拋放。
高遠遐方，寄託我希望。

青碧天壤

17年8月23日

青碧天壤，悠悠白雲翔。
晨靄迷漾，野禽鼓其唱。
秋風潔爽，愜我意與腸。
詩意婣上，又哦一詩章。
闔家安康，神恩真無上。
正義強剛，努力奮闖蕩。
大化無恙，人生共緣翔。
努力前方，努力斬荊障。

雲煙飄蕩

17年8月23日

雲煙飄蕩，朝日朗無上。
好風吹翔，詩意瀰宇間。
牽牛嬌靚，豔麗真無上。
群鳥和唱，點綴秋無恙。
歲月飛狂，心志持安祥。
處暑正當，好個爽意向。
清坐意暢，裁心舒揚長。
大好寰壤，總荷神恩壯。

雅靚晨間

17年8月23日

雅靚晨間，我欲謳併唱。
秋風清爽，真愜我意向。
歲月評章，只是因緣放。
曾履苦艱，而今享安祥。
年近老蒼，依然心雄剛。
男兒豪強，矢鬥虎與狼。
清平寰壤，不許魔作狂。
矢展刀槍，殺盡寇與魍。

雲天朗晴

17年8月23日

雲天朗晴，爛漫秋意境。
爽風經行，噪噪響蟬鳴。
我意空清，賞花愜心靈。
月季開俊，紫薇若霞映。
牽牛多情，開口笑盈盈。
豔麗情景，一使余震驚。
散坐怡情，大千美無垠。
神恩心領，創化無止境。

流風清送暢（之二）

17年8月23日

流風清送暢，余意以悠揚。
月季七彩妝，爛漫余意向。
散坐品茗康，意興都狷狂。
秋氣展滄蕩，藍天白雲翔。
歲月遞非常，我已漸斑蒼。
回首不懷悵，向前吾奮闖。
幾聲啼鳥唱，一陣鞭炮響。
生活奏交響，百感襲襟房。

野蟬猶噪唱

17年8月23日

野蟬猶噪唱，孟秋風光靚。
白雲幻萬狀，流風頗清揚。
逸意都狷狂，閒雅哦詩行。
裁出南山章，情懷是悠揚。
名利非所向，我有貞志剛。
男兒騁豪強，不屈磨難障。
笑容展清靚，展眼雲煙茫。
心事起莽蒼，想逐飛鳥翔。

享受風清日朗

17年8月23日

享受風清日朗，清聽小鳥鳴唱。
快慰心地間，牽牛開嬌靚。
孟秋和平氣象，藹然哦我詩章。
一曲閒雅放，舒出我安祥。
人生得意莫狂，謙和理所應當。
奮發我志向，詩書郁昂藏。
前路努力敢上，風雨艱蒼尋常。
一笑儒雅芳，男兒顯豪強。

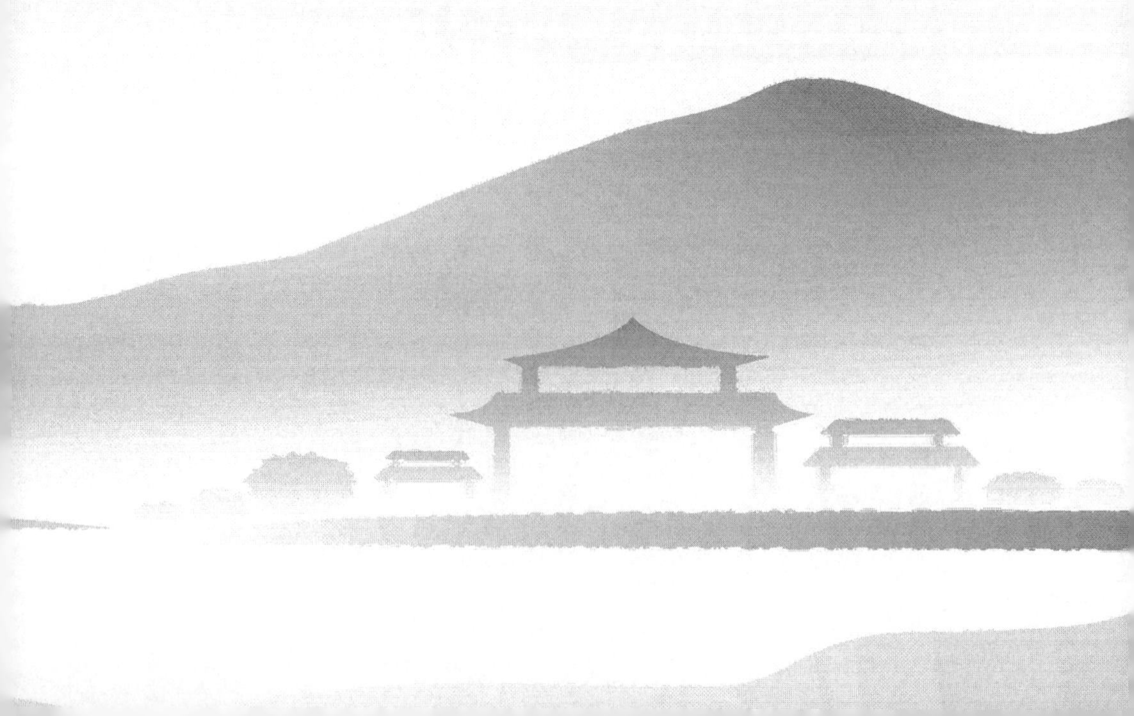

第三十九卷《雲山集》

白雲朵朵清新

17年8月23日

白雲朵朵清新，幻化萬千情形。
飄逸且多情，一使余開心。
人生嚮往飛行，去向水雲之境。
紅塵名利盈，殺人無止停。
秋意爛漫無垠，小鳥嬌嬌長鳴。
爽風來何清，愜我意與情。
遠處鞭炮又鳴，噪噪是此塵境。
心志曠凌雲，願搏長天青。

悠悠坦腹吾哦唱

17年8月23日

悠悠坦腹吾哦唱，人生持慨慷。
午後陽光熾熱燙，藍天白雲翔。
陣陣清風愜襟房，秋蟬猶鳴唱。
心境空闊展眼望，天際雲煙茫。
歲月如花之開放，不必嗟斑蒼。
神恩無限之豐穰，賜我福分強。
努力前路矢闖蕩，關山風光靚。
須學雄鷹風雨間，摩雲掠天航。

寫意雲天若畫廓

17年8月23日

寫意雲天若畫廓，悠聽蟬鳴唱。
東風勁吹快意向，朗然哦詩章。
歲月清娟曠飛翔，今日處暑訪。
漫天晴朗雲徜徉，美哉妙無上。
世界原是神造創，美妙無法講。
萬物之靈人為長，勿辜神之望。
奮行靈程回故鄉，永生在彼邦。
紅塵只是暫憩享，百年草露間。

燥燥秋陽

17年8月23日

燥燥秋陽，雲天若畫廓。
清聽蟬唱，散坐品茗香。
歲月流暢，笑我已斑蒼。
心志猶剛，豪情猶萬丈。
暫憩人間，共緣履奔放。
仰望天堂，永生寄彼疆。
百年虛妄，回思有淚淌。
努力昂揚，騰身靈霄上。

我人生奮志慨慷

17年8月23日

我人生奮志慨慷，不覺間鬢髮蕭蒼。
已履度萬山千澗，身心負苦痛憂傷。
抬眼望關山莽蒼，奮前程努力敢上。
希冀著神恩奔放，賜我心靈糧飽嘗。
初秋間清顯淡蕩，散坐里品茗雅芳。
任紅塵擾攘萬狀，清心里定志昂揚。
努力沿靈程闖蕩，淨化我靈魂無疆。
終能進天國安享，永生中頌神謳唱。

悠聽蟬鳴唱

17年8月24日

悠聽蟬鳴唱，秋燥正狂猖。
陽光熱且燙，天上白雲翔。
散坐心平康，雅品綠茗芳。
歲月度悠閒，心地曠且暢。
不必計斑蒼，努力去闖蕩。
奮志之所向，萬里無止疆。
身心修無恙，叩道體昂藏。
向學晨昏間，激情朗哦唱。

流年有感動

17年8月24日

流年有感動，思此淚雙湧。
此際孟秋中，瀟灑走金風。
野蟬仍鳴誦，白雲嫋長空。
散坐思潮湧，短章脫口頌。
短章脫口頌，談吐宜從容。
人生如履風，萬化俱空空。
前路不是夢，關山疊千重。
努力履雨風，矢志萬里衝。
矢志萬里衝，曠懷不苟同。
男兒持豪勇，萬難征服中。
百年不垂永，已覺斑蒼濃。

奮發去行動，共緣大化中。

群鳥曠意飛翔

17年8月25日

群鳥曠意飛翔，引余心中嚮往。
金風正吹暢，清意滿人間。
歲月演進非常，人已漸漸老蒼。
心襟猶強壯，努力致遐方。
男兒當展豪強，傲立天地之間。
騁志天涯間，不懼風雨艱。
野蟬猶自鳴唱，秋風卻來掃蕩。
務抓緊時間，叩道是志向。

清風暢來曠意境

17年8月25日

清風暢來曠意境，小鳥嬌鳴，
陽光清俊，孟秋藍天幻白雲。
散坐思緒騁雅清，提筆小吟，
舒寫心情，捧出赤子之心靈。
歲月奮飛是多情，老了斑鬢，
心懷鎮定，奮志依然欲凌雲。
愛好清品彼芳茗，小有才情，
修身無垠，百年生命豈夢境。

清風浩蕩

17年8月26日

清風浩蕩，秋意曠朗。
小鳥清鳴唱，燦爛陽光灑金黃。
月季菲芳，牽牛嬌靚。
歲月展淡蕩，余意欣欣以舒暢。

詩書之間，鬱積心芳。
哦出我昂藏，人生品味豈尋常。
汽車嚷嚷，生活奔放。
清坐頗安祥，品茗適意何揚長。

藍天白雲多清好

17年8月26日

藍天白雲多清好，秋陽正燥燥。
清喜野蟬仍鳴叫，無機之心竅。
散坐閑聽鳥囀嬌，詩意從心繞。
金風曠來亦逍遙，雅裁南山稿。
歲月飛逝幻不了，惜我斑蒼老。
只是心懷仍笑傲，一腔正氣高。
清度紅塵名利拋，鐵骨堪可表。
詩書持身養風騷，情若蘭花草。

秋氣澹蕩

17年8月26日

秋氣澹蕩，夕照金黃，
清風和曠，只是滿腹心事無法講。
人生揚長，孤旅艱蒼，
奮向前闖，何必計較身心負巨創。
閑哦詩章，品味非常，
雅秀心間，清喜爽潔金風走人間。
歲月飛翔，流年狂猖，
吾已斑蒼，依然雄心強壯且方剛。

流風送暢

17年8月26日

流風送暢，漫天祥雲堪欣賞。
大好秋光，牽牛萬千開嬌靚。
我意奔放，晨起哦詩舒情腸。
一曲清揚，共彼流風同舒曠。
歲月流殤，年已斑蒼競何妨。
志取強剛，依然情繫萬里疆。
水雲胸漾，紅塵不是久留鄉。
田園山莊，才是我心之嚮往。

夕照輝煌

17年8月26日

夕照輝煌，秋色人間，
雲天澹蕩，散坐閑思長放曠。
歲月飛殤，幻化桑滄，
吾持安祥，已經履度彼艱蒼。
大千奔放，萬類榮昌，
欣欣生長，蕭瑟尚未臨人間。
孟秋無恙，體道強康，
悟思廣長，清心雅裁南山章。

斜暉朗朗

17年8月26日

斜暉朗朗，藍天青無恙。
秋意清爽，愜意盈心間。
散思閑曠，哦詩復激昂。
人生理想，恆銘在襟房。
半生逝殤，贏得鬢斑蒼。
仍持狷狂，不入世之網。
孤身闖蕩，身心多傷創。
展眼平望，秋色美無上。

東風清曠 17年8月26日

東風清曠，心襟都瀟爽。
白鴿回翔，和平盈寰壤。
體味平康，孟秋風光靚。
心事廣長，壯懷無法講。
努力向上，詩書鬱心香。
哦哦歌唱，裁心化詩章。
人生昂揚，矢脫名利韁。
鄉野之間，一憩我心腸。

新月南天上 17年8月26日

新月南天上，暮蟬吟唱。
欣喜秋清況，爽風送暢。
市井噪嚷嚷，未有止疆。
吾持清心腸，閑哦詩行。
生活費評章，煙雨滄浪。
名利矢拋忘，清貧何妨。
書生意氣昂，正直心間。
傲立騁方剛，叩道揚長。

曙色東方 17年8月27日

曙色東方，秋意清爽。
散步經行七里放，
郊外購回蔬菜一大筐。
清風和暢，鳥語花芳。
我意舒揚心志昂，
裁心雅哦新詩又一章。
歲月奔放，人已老蒼。
對鏡一笑還清揚，
人生正如客旅之相仿。
紅塵狂蕩，名爭利攘。
中心不忘水雲鄉，
澄志原合憩向山野間。

閒情舒曠 17年8月27日

閒情舒曠，東風雅爽。
鳥語花芳，
只是遠處鞭炮又囂響。
志取清昂，恆懷嚮往。
關山青蒼，
男兒鼓勇矢闖彼遐方。
大千奔放，萬物生長。
欣賞秋光，
展眼雲煙嫋嫋正滄蕩。
心態陽光，不懼老蒼。
率意詩章，
雅哦長吐書生之襟房。

秋意清空 17年8月27日

秋意清空，鳥鳴輕鬆，
吾意從容，
雅哦新詩一篇展襟胸。
曠喜清風，適我心胸，
快意胸中，
閑品芳茗愜懷難形容。
紅塵之中，人生如夢，
百年成空，
只此能不雙淚長奔湧。
靈程奮勇，穿越雨風，
克敵成功，
永生希冀唯在天國中。

天氣燥燥 17年8月27日

天氣燥燥，秋蟬猶鳴叫。
散坐逍遙，無執是襟抱。
紅塵擾擾，名利爭跳躍。
應持清操，遁入水雲渺。
鎮定為要，遠拋彼焦躁。
詩書清好，怡養我心竅。
歲月飛飄，人生漸蒼老。
朗然一笑，共緣去奔跑。

清風來瀟 17年8月27日

清風來瀟，爽我襟與抱。
小哦詩稿，一篇體玄妙。
人生娟好，風雨早經飽。
何計蒼老，心態猶然俏。
秋意風騷，落葉有逝飄。
野蟬猶噪，天際淡靄緲。
持正不傲，謙和守心竅。
歲月飛飆，桑滄不停造。

雲淡風清 17年8月27日

雲淡風清，秋意展均平。
噪噪蟬鳴，未許煩心襟。
散坐鎮定，悠品彼芳茗。
心事雅清，詩意瀰胸襟。
歲月飛行，變幻其意境。
桑滄不停，風雨曾肆凌。
而今康平，享受這寧靜。
神恩心領，奮向天國行。

休憩身心 17年8月27日

休憩身心，享受彼風清。
曠意秋雲，滄蕩且多情。
鞭炮囂鳴，紅塵鬧不停。
應持清醒，應守護心靈。
人生經行，擾擾利與名。
甘守清貧，正氣浩凌雲。
百年生命，匆匆若浮雲。
天國慕景，靈程奮力進。

悠悠塵世間 17年8月27日

悠悠塵世間，金風吹曠。
小鳥且鳴唱，余意雅康。
人生懷情悵，嗟我斑蒼。
依持清志剛，傲立蒼黃。
紅塵幻無恙，疊變桑滄。
嗟嗟彼群氓，揮舞刀槍。

吾持清心腸，水雲之間。
享受清平況，神恩豐穰。

風聲嘯狂

17年8月27日

風聲嘯狂，天氣燥熱間。
散思揚長，哦詩復奔放。
人生慨慷，為因荷志向。
艱蒼何妨，風雨任囂猖。
終有陽光，天終會晴朗。
神恩無上，導引正方向。
矢志遠航，不為名利障。
高遠天堂，才是我嚮往。

流風送暢

17年8月27日

流風送暢，爽意天地間。
閑哦詩行，舒發心性芳。
秋意滄蕩，斜暉正清朗。
闔家安康，談笑樂無上。
歲月飛翔，流年任其殤。
百年芬芳，演繹彼桑滄。
人生平常，只是煙雨間。
回思煙障，瞻望持嚮往。

曠然意暢

17年8月27日

曠然意暢，享受風清揚。
秋意爽朗，雲淡鳥歌唱。
享受休閒，不想看文章。
哦詩揚長，愜懷真無上。

遠野煙漾，青林蟬謳放。
市井安祥，只是車聲嚷。
清平宇間，安樂度時光。
百年飛殤，惜時務須講。

鳥兒啾啾唱

17年8月27日

鳥兒啾啾唱，爽意天壤。
清喜金風曠，送來涼爽。
心事持坦蕩，無機襟腸。
正直人生場，名利棄放。
清貧無大妨，正義強剛。
書生豪氣張，瀰滿寰間。
矢叩彼道藏，深入圓方。
靈機一動間，雅哦詩章。

彩雲幻萬方

17年8月27日

彩雲幻萬方，秋意蕭爽。
南風曠來翔，吾意雅康。
斜暉正清朗，鳥語蟬唱。
歲月體安祥，流瀉狂猖。
仍懷素志向，詩書之間。
晨昏朗哦間，激情張揚。
體道幾微間，感悟廣長。
世界運無恙，正義恆昌。

品味暇閑

17年8月27日

品味暇閑，心事正平康。
展眼曠望，秋雲展滄蕩。

紅塵攘攘，噪噪車聲唱。
野蟬鳴放，舒爽金風暢。
品茗無恙，散坐思廣長。
詩意嫋上，哦詩連連放。
人生揚長，學取雲飛曠。
無機心間，體道頗昂揚。

秋意蕭爽

17年8月27日

秋意蕭爽，月季開嬌靚。
清意心間，哦詩亦揚長。
人生奔放，不為名利障。
詩意襟房，吐出氣萬丈。
噪噪蟬唱，無機之襟腸。
遠野靄漾，雲天顯滄蕩。
囂囂人間，機巧騁狂猖。
務持清向，遁向田園間。

商風吹送

17年8月27日

商風吹送，人生淡持清空。
吾意從容，任從斑鬢漸濃。
蟬鳴鳥頌，愜我心懷無窮。
汽車狂瘋，噪音襲擊心胸。
散泊之中，清品芳茗興濃。
朗哦襟胸，吐出氣勢如虹。
不妄行動，合時才展英勇。
男兒豪雄，豈是凡夫孬種。

風清曠鳥歌唱

17年8月27日

風清曠鳥歌唱，詩意塵世間。
秋雲蕩蟬鳴放，斜照正朗朗。
時光淌流年殤，過往不必悵。
懷嚮往矢闖蕩，關山正萬幢。
學鳥翔天高廣，搏擊風雨艱。
男兒曠志強剛，矢斬虎與狼。
笑容放儒雅間，詩書郁昂藏。
展眼望淡靄漾，林野正青蒼。

曠意秋風長吹送

17年8月27日

曠意秋風長吹送，鳥語從容，
雲滄天空，散坐清持吾襟胸。
歲月奮飛是無窮，老我蒼濃，
成熟心胸，男兒依然鼓剛猛。
不懼年近成老翁，淡展笑容，
品茗哦諷，閒雅心地是清空。
百年人生不是夢，希冀成功，
業績恢弘，奮發身心若彩虹。

雲天爛漫多情

17年8月27日

雲天爛漫多情，烈日猶然殷殷。
長風吹清勁，傳來喜鵲鳴。
秋意曠展空清，遠野林蟬猶鳴。
散坐思均平，灑然是意境。
拋去名利纏縈，素樸心胸朗俊。
男兒合橫行，天涯若比鄰。
不必長嗟斑鬢，我有浩志凌雲。
哦詩吐心襟，松風契心靈。

秋雲徜徉

17年8月27日

秋雲徜徉，幻變萬方。
散坐思暢，清喜爽風曠來翔。
歲月平康，人漸老蒼。
一笑之間，流年飛度何狂猖。
野蟬猶唱，鳥飛揚長。
快意塵間，天人大道矢尋訪。
百年履艱，不必淚淌。
努力矢闖，前路風光展清靚。

雲天爽朗

17年8月27日

雲天爽朗，清喜金風曠來翔。
斜照朗朗，市井猶然燥熱間。
吾意平康，清度日月何逍爽。
名利棄放，唯有道義銘襟腸。
德操培養，修身向上豈有疆。
向學志昂，書海揚帆泛卓浪。
喜鵲鳴唱，伴以蟬鳴之悠揚。
生活安享，體味神恩之廣長。

燥燥秋陽

17年8月27日

燥燥秋陽，閃射金色之光芒。
下午時光，哦詩激越舒情腸。
歲月流暢，逝去年華何必傷。
吾志強剛，不屈磨難奮力闖。
市井之間，恆有車噪人熙攘。
應持清向，不忘田園與山鄉。
清風來曠，滌我身心真無恙。
朗哦鏗鏘，願展雙翼掠天翔。

清風送暢

17年8月27日

清風送暢，書生意氣持遜讓。
學養增長，眼目見識不一樣。
世事桑滄，吾只冷眼以相向。
熱血流淌，奮志矢叩彼道藏。
生死茫茫，誓尋真理天涯間。
靈程奮闖，克盡鬼魔併妖魍。
紅塵奔放，噪噪爭競無止疆。
務持清腸，冰雪情操蘭蕙芳。

爽風清暢

17年8月27日

爽風清暢，快我心腸併意向。
雅哦詩章，呼出熱血之奔放。
男兒強剛，矢拋媚弱騁奔放。
豪情萬丈，誓向蒼天叩道藏。
半百之間，有點沉吟儒雅放。
溫和之間，矢戰吃人之虎狼。
清平宇間，力扶道義振乾綱。
鏟平豪強，還我天地明媚漾。

清坐暢放思想

17年8月27日

清坐暢放思想，豪情嫋起萬丈。
詩意盈心間，展眼天晴朗。
歲月綿綿疊放，不必計我斑蒼。
仍懷志強剛，萬里是志向。
人生不會久長，百年應是期限。
努力奮發闖，六合矢掃蕩。
力創業績輝煌，不負生命一場。
曠展我頑強，鐵膽何雄壯。

第四十卷《耕春集》

曠意浮生
17年8月27日

曠意浮生，雅靚持心身。
感謝神恩，導引靈旅程。
矢向前奔，山水任成陣。
紅塵滾滾，名利矢棄扔。
向前進深，叩道吾秉誠。
向上奮身，靈霄無止程。
百年此生，悲苦不必論。
努力馳騁，奮我之剛正。

時近黃昏
17年8月27日

時近黃昏，心事入詩申。
雅持清正，人生奮力奔。
山高水深，已履艱旅程。
桑滄何論，血淚曾長迸。
幸賴神恩，賜福何康盛。
導引靈程，心情美不勝。
秋意清生，金風爽心神。
奉獻心身，謳詩頌真神。

暮色漸漲
17年8月27日

暮色漸漲，黃昏無恙，
落日茫蒼，散坐意平康。
生活交響，心事廣長，
難言難講，唯哦入詩章。
身陷塵網，胸懷清靚，
氣度非常，水雲胸中漾。
正氣何剛，發奮揚長，
不折矢闖，山水越莽蒼。

鳴蟬嘶唱
17年8月27日

鳴蟬嘶唱，暮色正蒼，
天氣清涼，孟秋堪謳唱。
愜意心間，哦詩激昂，
心志莽蒼，清度人生場。
才氣張揚，氣宇軒昂，
雅裁心芳，南山是志向。
歲月奔放，我已斑蒼，
回首瞬間，真似夢一場。

華燈初放
17年8月27日

華燈初放，霓虹閃靚，
月牙初上，小風走清爽。
閒雅心間，激情張揚，
哦詩奔放，吐出情與向。
人生揚長，未可迷茫，
秉持貞腸，叩道奮強剛。
清貧無妨，正義恆昌，
養德無疆，書生意氣昂。

暝色濃重
17年8月27日

暝色濃重，華燈燦爛送。
七彩霓虹，似鬼魅形容。
汽車狂瘋，噪聲肆猛凶。
雅持心胸，樓上瞻望中。
歲月如風，逝去是傷痛。
成竹在胸，未來吾奮勇。
心懷彩虹，神恩燦無窮。
靈程奮勇，克敵完勝中。

秋夜沐風
17年8月27日

秋夜沐風，心中有感動。
歲月如瘋，吾卻持從容。
名利何功，棄之當奮勇。
養德心中，正氣何剛洪。
展我笑容，悟道是空空。
人生如夢，幻若萬花筒。
矢向前衝，靈程任雨風。
天國恢弘，永生福無窮。

東風浩蕩
17年8月27日

東風浩蕩，秋夜覺清涼。
爽潔心間，新詩哦連章。
噪音狂猖，無可奈何間。
市井鬧嚷，清幽是奢望。
裁心無恙，情志有淡蕩。
偶聞蛩唱，真清我襟房。
體味平康，心志守安祥。
身處塵間，勿忘水雲鄉。

流風爽清
17年8月27日

流風爽清，快慰我心。
唧唧蟲吟，瀟灑秋境。
我意奮興，哦詩不停。
中心懷情，曠思古今。
努力前行，風雨奮進。
不辭艱辛，攀山越嶺。
男兒雄英，不計利名。
正義持心，貞潔剛勁。

夜漸深
17年8月27日

夜漸深，蟲吟聲又聲。
風成陣，爽潔我心身。

思深深，不寐詩意存。
吐情芬，雅潔訴真誠。
人生奔，風雨總成陣。
今何論，心地持溫存。
叩道真，心得入詩申。
懷清貞，君子人格正。

散淡清持襟腸

17年8月27日

散淡清持襟腸，何許淚水流淌。
斜照正金黃，秋意顯滄蕩。
周日心情閑曠，清喜爽風流暢。
享受這平康，哦詩何快暢。
人生惜已斑蒼，理想仍持心間。
奮發我雄壯，前路矢攀闖。
無機是我襟腸，素樸是我志向。
濟世奮力量，叩道入深艱。

享受流風清暢

17年8月27日

享受流風清暢，快慰清持心間。
幾聲啼鳥唱，一陣蟬噪響。
秋意初顯滄蕩，白雲幻化徜徉。
生活正平康，無憂在襟房。
叩道未可退讓，向上豈有止疆。
向學縱哦唱，詩書鬱心芳。
遠處音樂奏響，引我心旌相向。
人生合揚長，奮志慨而慷。

爽風清揚

17年8月27日

爽風清揚，黃昏夕照閃輝煌。
散坐之間，思潮激起千重浪。
蟬鳴狂猖，車噪卻比蟬囂響。
市井熙攘，清幽何處可尋訪？
逸意心間，淡蕩歲月度安祥。
流年更張，不必介意漸斑蒼。
紅塵無恙，人生真似夢一場。
唯有天堂，才有永生可憩享。

人生時有迷茫

17年8月27日

人生時有迷茫，跌倒應可再上。
務須有理想，正氣衝天昂。
此生已近昏黃，玄髮化為斑蒼。
依然騁志剛，努力奮頑強。
紅塵幻化之鄉，名利害人狂猖。
心須持定當，胸襟水雲漾。
春秋轉換迅忙，轉眼百年成殤。
惜時務須講，晨昏詩書間。

夕照閃射光芒

17年8月27日

夕照閃射光芒，天氣漸顯涼爽。
雖有爽風揚，電扇仍派用場。
人生不必匆忙，應許定定當當。
名利可棄放，心襟應許更廣。
歲月綿綿漫長，正值孟秋之間。
雲煙顯滄蕩，暮蟬嘶風正唱。
路上車行熙攘，噪噪真屬狂猖。
生活嘈雜間，心靈務須安祥。

歡聲笑語之間

17年8月27日

歡聲笑語之間，一任時光飛殤。
清風正吹暢，吾意喜洋洋。
孟秋天漸涼爽，況值傍晚之間。
夕照閃金黃，鳥語奏悠揚。
和氣盈滿寰壤，生活安寧無恙。
雖有蟬鳴猖，天籟也堪賞。
市井叫賣聲唱，車行也很囂狂。
長歎一聲響，嗟嗟此塵網。

奮志人生疆場

17年8月27日

奮志人生疆場，渾身是傷，
身心重創，幸賴神恩賜安康。
努力向前矢闖，不斷向上，
曠意飛翔，對準天國之方向。
靈程不懼艱蒼，克敵頑強，
凱歌連唱，聖徒列隊喜洋洋。
天國永生之鄉，福分非常，
靈體晶靚，謳頌真神永無疆。

散思閑曠

17年8月27日

散思閑曠，聽得遠處歌聲靚。
燈火輝煌，七彩霓虹最堪賞。
清意心間，爽潔秋風吹來暢。
逸意揚長，燈下雅哦南山章。

市井之間，鎮日噪噪又嚷嚷。
應持清向，遁入詩書養昂藏。
水雲何方，我要盡力去尋訪。
村野山莊，才契我之意與向。
紅塵攘攘，終究不是久留鄉。
靈程奮闖，永生希冀在天堂。

清意曠裁詩章 17年8月27日

清意曠裁詩章，晚風愜人意向。
蟋蟀清鳴唱，契我意與腸。
心有芊芊嚮往，是在田園山鄉。
漁樵品高尚，未容名利妨。
身卻陷在塵網，始終想要飛翔。
去往至遠方，自由何快暢。
名利非我意向，清心慧意發揚。
一心叩道藏，詩書怡情芳。

矢將真理尋訪 17年8月27日

矢將真理尋訪，清心不容汙髒。
人生百年間，豈許名利障。
秋夜清風正暢，燈下展我思想。
情緒飽滿間，詩意復清昂。
那就敞開心膛，舒出心中意向。
一種是爽朗，一種淡雅芳。
百年真不久長，我已漸顯斑蒼。
努力奮志向，萬里長驅闖。

夜晚漸顯寧靜 17年8月27日

夜晚漸顯寧靜，草蟲唧唧清鳴。
長風吹來勁，我意何爽清。
浮生如夢初醒，髮見斑蒼衰鬢。
努力奮前行，靈程無止境。
塵世只是暫停，永生是在天庭。
神恩總無垠，導引正路行。
奮志當若雷霆，修身晨昏三省。
男兒是豪英，懦弱可不行。

清風曠來開意境 17年8月27日

清風曠來開意境，蟲兒正清吟。
不眠思緒暢經營，哦詩豈止停。
回思人生當年景，煙鎖未能尋。
瞻望未來之情景，關山疊風情。
歲月綿綿無止停，人生百年行。
半生已付水與雲，余得斑蒼鬢。
依然奮志萬里行，展翅摩青雲。
跨鶴矢脫此市井，遁入煙與雲。

心事莽莽蒼蒼 17年8月27日

心事莽莽蒼蒼，感興油然升上。
蛩吟和柔間，夜風吹清曠。
不眠長自思想，心潮正起狂浪。
亙古入襟房，情懷展雅靚。
秋意清爽人間，何處嘹歌悠揚。
撩我情思暢，哦詩又一章。
歲月綿綿茫茫，老蒼無妨清揚。
逸意正狂猖，筆翰難下放。

疲憊未許增長 17年8月27日

疲憊未許增長，頭昏眼花模樣。
何必鎮日哦詩章，所為哪一樁？
人生應許清閒，享受風清月朗。
不必太過勞碌放，身體受損傷。
此際蛩吟清靚，風兒也來舒揚。
燈下清坐哦詩行，月夜燈火輝煌。
人生百年瞬間，白雲蒼狗奔忙。
不必懷愁悵，清心享安祥。

此生綿綿情長 17年8月27日

此生綿綿情長，履盡艱蒼苦況。
一笑仍清揚，奮力敢於上。
秋意風騷蛩唱，夜風爽入心間。
詩意正增長，新詩不停唱。
人生當騁慨慷，男兒有種豪放。
風情縱揚長，婉轉入詩間。
清夜不眠長想，神思浩起汪洋。
傾聽蟲吟靚，滌脾又清腸。

蛩吟風騷 17年8月27日

蛩吟風騷，風兒倩巧。
不寐人兒哦詩稿，朗吟懷抱。
人生奮跑，關山險要。
回首細瞧桑滄飽，風雨艱饒。

努力前道，奮行揚飆。
矢當進入彼靈霄，不回頭瞧。
歲月豐饒，積澱詩稿。
吐出心靈並心竅，展我風標。

時已進入二更 17年8月27日

時已進入二更，窗外風奔，
草間蟲聲，清意心間更何論。
路上響著車聲，華燈清逞，
霓虹彩生，市井噪噪正折騰。
心志曠展雅芬，哦詩真誠，
舒發心身，精神人格畢顯呈。
歲月不斷進深，逝去青春，
斑鬢清生，依然懷有情繽紛。

深恨吾被詩中傷 17年8月27日

深恨吾被詩中傷，哦詩清昂，
鎮日勞忙，卻是為哪樁？
因緣啟滅真難講，心志奔放，
朗哦成章，正似彼汪洋。
秋風清曠適意向，燈下思想，
不盡情長，況聞蛩吟唱。
萬家燈火燦然放，霓虹閃靚，
車聲囂響，思緒總如浪。

裁心無恙 17年8月27日

裁心無恙，曠哦詩行，
耳畔蛩唱，只是燈下思緒已迷茫。
清風來曠，秋意清爽，
思緒揚長，哦詩應許激越雙慨慷。
人生狂放，記憶垂香，
流年奔放，少年煙影雅入回憶間。
向前瞻望，關山煙障，
風光雄壯，瑰麗心地始終志兒剛。

情懷未許過濃 17年8月27日

情懷未許過濃，應許淡泊清空。
人生奮行動，氣勢當若虹。
此際清聽鳴蛩，我心有所感動。
哦詩激情湧，思潮狂如風。
斑蒼一任重濃，逍遙是我襟胸。
水雲持心中，朗潔與誰同。
君子和而不同，奮發剛正矢衝。
傲立有偉雄，謙和守心胸。

風兒清拋 17年8月27日

風兒清拋，蟲兒鳴叫，
余意雅騷，
為何鎮日疊疊不休哦詩稿？
身心靈巧，雅思奇妙，
歲月豐饒，
更於新詩一道努力展風標。
前景大好，努力開道，
名利棄拋，
暫憩紅塵余心余意水雲飄。
秋意清好，秋夜深了，
不眠思嫋，
暢想古今中外總賴神恩饒。

享受風清涼 17年8月27日

享受風清涼，悠聽蛩吟唱。
秋夜也安祥，心志詩意漾。
嫻雅哦詩章，裁心原有香。
名利非意向，南山是嚮往。
身居市井間，無機持襟腸。
無朋復何妨，詩書一身芳。
人生當昂揚，叩道不畏艱。
心得入詩唱，傲立何方剛。

蟋蟀清鳴唱 17年8月27日

蟋蟀清鳴唱，唧唧詩意漾。
秋夜清風爽，快慰我心腸。
心興真清昂，曠懷天下裝。
哦詩舒情暢，傾瀉若汪洋。
人生草露間，況對秋清況。
靈程務力闖，希冀天國間。
奮發我強剛，心魔務克光。
靈性恆增長，淨化無止疆。

誰是多情種 17年8月27日

誰是多情種？請聽鳴蛩。
秋夜清風送，爽潔宇穹。
二更思緒濃，燈下清諷。
哦詩心潮湧，情向誰送？

孤旅秋風中，咽盡苦痛。
大化是無窮，人生匆匆。
回首煙霧濃，舊影無蹤。
未來縱雨風，奮發剛猛。
矢志徑直衝，不懼險重。
男兒有豪勇，壯志瀰穹。
淡泊之心胸，名利棄送。
雅潔之襟中，正義何濃。

秋風瀟瀟

17年8月27日

秋風瀟瀟，蟲吟騷騷。
何處淮劇清唱共風嫋？
清夜娟好，不眠思妙。
哦詩激情起處狂如潮。
燈下情緲，難道分曉。
人生意會之處情興高。
哦詩不了，雅持心竅。
展眼窗外七彩霓虹照。

雅思曠放

17年8月27日

雅思曠放，清裁詩章，
風兒清芳，蟲吟清靚，
不眠清夜思想啟無疆。
志取清昂，男兒豪剛，
果敢頑強，不折矢闖，
一論山高水深風雨艱。
人生強剛，已履關障，
飽經桑滄，身心千創，
依然笑容滿面精神揚。
燈下狂放，思潮若浪，
路上車響，無妨清揚，
寫詩真使我心享快暢。

雅潔持胸

17年8月27日

雅潔持胸，年輪如瘋，
又值秋風，此夜清空，
遠近草際響鳴蛩。
歲月遞送，名利何功，
總屬空空，老我斑濃，
曠懷遁入水雲中。
此際哦諷，心潮湧動，
思緒無窮，亙古之中，
唯有大道運始終。
人生情濃，風雨之中，
履盡苦痛，年華斷送，
依然叩道矢志騁奮勇。

時近三更

17年8月27日

時近三更，秋夜漸已深。
鳴蛩聲聲，爽耳何須論。
秋風清純，契我心與神。
不眠思深，哦諷吐精誠。
人生馳奔，苦了心與身。
回首何論，只是桑滄陣。
前路奮爭，矢拋名利紛。
奮發剛正，堅決不沉淪。

秋夜靜悄

17年8月27日

秋夜靜悄，蛩吟振風騷。
風來清好，燈下思緒囂。
人生晴好，風雨早經飽。
朗然一笑，山水正豐標。
展眼遠瞧，華燈朗然照。
霓虹競巧，七彩麗且妙。
情懷誰曉，雅哦入詩稿。
南山微妙，寄我情與竅。

時正三更

17年8月27日

時正三更，鳴蛩泣聲聲。
車聲偶聞，不眠思深沉。
人生馳奔，荷負神之恩。
百年奮爭，努力進天城。
希冀永生，脫離塵世身。
淨化靈魂，頌神謳真誠。
滾滾紅塵，只是暫憩蹲。
名利害人，務棄務拋扔。

此夜難眠

17年8月27日

此夜難眠，思緒若潮行。
詩意經營，百篇脫口吟。
清聽蟲鳴，聲聲動我心。
天籟之音，無機之心襟。
歲月飛行，正值孟秋景。
夜風爽清，我意為清醒。
此夜難眠，並不傷腦筋。
曠然高興，新詩哦不停。

浩志凌雲

17年8月27日

浩志凌雲，人生多驚警。
費盡腦筋，苦了身心靈。
神恩無垠，賜我豐茂景。
身心康平，奶蜜流充盈。
前路奮進，天國有美景。
風雨終凌，天使伴我行。
清夜無眠，身心多清靈。
頌神盡心，賦詩吐性靈。

第四十一卷《本真集》

幾聲犬吠點意境

17年8月28日

幾聲犬吠點意境，心志殷殷，
仍持平靜，
哦詩心態何其雅與清。
清聽蛩吟之清鳴，呢喃多情，
鳴叫不停，
一片清響真堪動人聽。
燈下清坐思無垠，人生多情，
苦了心靈，
身影孑單心曲向誰明？
今日又逢七夕臨，咽盡孤清，
心蹟難明，
一種情懷雅潔又冷清。

四更醒轉叩本心

17年8月28日

四更醒轉叩本心，一曲付君聽。
荒野草蟲奏均平，天籟妙無垠。
孟秋天氣涼爽境，清風徐來行。
四圍安靜唯蟲吟，爽潔我身心。
時光飛迅真堪驚，青春無蹤影。
惜我斑蒼臨老境，仍懷少年情。
遠處犬吠點意境，車行偶囂鳴。
清坐思緒向誰明，七夕人孤零。

曠喜秋淡蕩

17年8月28日

曠喜秋淡蕩，鳥掠天蒼，
風兒清暢，牽牛喇叭萬千齊開張。
歲月綿綿放，不計斑蒼，
人生昂揚，努力前路矢去闖與蕩。
紅塵茫茫間，造化奔放，
百年匆忙，不必計較名利且清揚。
歌聲展清靚，旋律悠揚，
感動心腸，嫋起心情心意真無恙。

四更無眠

17年8月28日

四更無眠，聽取蟲吟，
聽取蟲吟，流風茲來何其清。
心懷鎮定，雅思曠運，
雅思曠運，哦詩裁心也均平。
歲月經行，七夕又臨，
七夕又臨，不必長嗟我孤零。
奮志而行，思達古今，
思達古今，一種情懷入空靈。

時近五更

17年8月28日

時近五更，聽取蟲聲，
聽取蟲聲，一片清聽雅堪聞。
歲月進深，孟秋時分，
孟秋時分，今日七夕爽精神。
犬吠三聲，清風雅逞，
清風雅逞，適我心境詩意紛。
裁出真誠，哦出心身，
哦出心身，男兒懷抱叩本真。

天初放亮

17年8月28日

天初放亮，鳥已經唱，
蛩仍在唱，爽風其來何清暢。
早起昂揚，哦詩奔放，
一篇交響，舒出情思之雅閑。
人生慨慷，不折矢闖，
山高水長，男兒鼓勇致遐方。
叩道揚長，未有止疆，
勇武強壯，儒雅君子一身芳。

人生只是一夢

17年8月28日

人生只是一夢，煙雨曾濃，
艱蒼曾共，而今灑然近成翁。
快慰清持心中，已沐雨濃，
已與風共，而今淡泊且從容。
歲月桑滄之中，幻變無窮，
不堪苦痛，醒轉時分淚雙湧。

大化流變之中，與緣相共，
心蹟誰懂，唯有雅哦入詩中。

窗外歌聲正洪 17年8月28日

窗外歌聲正洪，無人感動，
噪噪汹汹，壓過風中鳥鳴頌。
散坐心思無窮，向誰奉送，
凝聚心中，哦詩一曲舒情濃。
晨起蒼靄正濃，小鳥鳴風，
歲月逝風，孟秋季節走金風。
何物可以垂永，思此傷痛，
人生渾夢，當向靈程騁奮勇。

朝旭出東方 17年8月28日

朝旭出東方，青靄迷漾，
詩意廣長，提筆小哦我詩行。
鳥囀嬌嬌嗓，花開芬芳，
歲月奔放，初秋記起鬢斑蒼。
率意悠無恙，風正清爽，
景顯雅靚，心情曠起天涯間。
志取彼強剛，不屈艱蒼，
奮發昂揚，男兒騁志萬里疆。

金飆曠起天涯間 17年8月28日

金飆曠起天涯間，秋雨灑降，
木葉逝殤，蕭瑟情調有淒涼。
詩意瀰滿心地間，雅哦詩章，
清裁心芳，流年任幻彼桑滄。
窗外雨打起清響，清坐安祥，
思起狂浪，迎風神思正激昂。
歲月饒我費評章，不去思量，
排除妄想，今日七夕淡泊間。

何處二胡奏清響 17年8月28日

何處二胡奏清響，嫋我情腸，
想哦詩行，一曲天人也須唱。
歲月正值孟秋間，正起風狂，
時雨灑降，清涼世界頗蕭爽。
幾聲鳥鳴引余向，風不再狂，
雨不再降，市井又復騁鬧嚷。
淡泊情懷獨自享，不感淒涼，
不知孤悵，清度七夕也安祥。

林羽初顯斑黃 17年8月28日

林羽初顯斑黃，況值商飆狂放。
木葉逝而降，詩意瀰宇間。
散坐亭受風涼，安祥持在襟腸。
時光任飛殤，七夕任從訪。
孤旅騁盡昂揚，男兒舒發強剛。
傲立若山壯，風雨任囂猖。
書生意氣張揚，詩書持身昂藏。
一笑還舒朗，儒雅君子芳。

漫天彤雲 17年8月28日

漫天彤雲，風吹盡興，
暮色清凝，路上車行猶囂鳴。
我心靜定，雅吐心情，
奉出心靈，一篇短詩脫口吟。
歲月多情，金氣正行，
老我斑鬢，依然懷有激越情。
曠意哦吟，風吹樹鳴，
華燈燦映，生活此際奏康平。

四更靜悄 17年8月28日

四更靜悄，流風清繞，
蟋蟀鳴叫，余意雅騷，
醒來曠哦是詩稿。
路上燈照，偶有車囂，
思達廣遙，情操堪表，
一種情緒正微妙。
天尚待曉，黎明未到，
五更未到，黑暗當道，
眾生沉溺夢中緲。
吾卻醒早，哦詩良好，
雞未啼曉，鳥未鳴叫，
唯有草蟲振風騷。

淡泊心身 17年8月28日

淡泊心身，不肯沉淪，
名利棄扔，心懷清正，
儒雅多情何必論。
蟲吟聲聲，契我精神，
養我靈魂，堪可聽聞，
天籟原來妙絕倫。

清風曠生，振我精神，
已近五更，黑暗正逞，
點綴街景唯路燈。
車聲偶震，不眠思深，
情思繽紛，高情難論，
品清孤零向誰騁？

正值五更 17年8月28日

正值五更，耳聽蟲聲，
內叩心身，詩意展繽紛。
小風清生，爽潔心身，
哦詩真誠，人生曠馳騁。
前路艱深，風雨成陣，
勇氣倍生，果敢奮精神。
秋夜清純，不眠思深，
難言難論，雅聞雞鳴聲。

爛漫心地間 17年8月28日

爛漫心地間，雅哦詩章，
秋氣滄祥，花香鳥唱，
風兒清曠，詩意天地漾。
晨起心興昂，疊謳新章，
舒出心向，才思放曠，
吐出情腸，不盡是奔放。
天正展晴朗，紅日初上，
青靄蒼蒼，市井鬧嚷，
生活開場，奮發我強剛。
矢志去闖蕩，山高水長，
風景萬方，險惡何妨，
定志如鋼，男兒騁豪壯。

閒雅心地間 17年8月28日

閒雅心地間，聽鳥歌唱，
賞花開放，秋意滄蕩，
好風來翔，快意真無限。
靄氣瀰蒼蒼，天正晴朗，
日已東上，吾意揚長，
哦詩奔放，一篇脫口唱。
歲月真匆忙，轉換瞬間，
孟秋無恙，七夕今訪，
嗟我斑蒼，率意塵世間。

青靄瀰野漾 17年8月28日

青靄瀰野漾，蟬噪嘶狂猖。
天正晴朗，燥熱又放，
七夕之時不清涼。
歲月體淡蕩，流年逝去狂。
轉眼斑蒼，轉眼秋放，
人生天地夢一場。
心志取昂揚，不折矢闖蕩。
山高水長，疊變清蒼，
奮志鐵鞋備十雙。

野蟬振風騷 17年8月28日

野蟬振風騷，隱隱鳴叫。
陽光燦且妙，白雲清飄。
秋光多麼好，牽牛開巧。
歲月賜豐饒，斑蒼惜早。
奮力去奔跑，豈懼路遙。
山水力訪造，風光奇妙。
人生矢叩道，深入微妙。
風雨任飄搖，志凝心竅。

散坐聽鳥叫 17年8月28日

散坐聽鳥叫，曠哦詩稿。
人生不敢傲，謙和心竅。
歲月如風飄，秋已來到。
人卻漸蒼老，更應奮跑。
前路不懼遙，風光清好。
足下力訪造，風雨經飽。
不必回頭瞧，煙鎖故道。
更應向前瞧，雲飛煙繞。

雲天幻巧 17年8月28日

雲天幻巧，金風適懷抱。
剛正情操，持拙守心竅。
拋開機巧，遠辭名利道。
叩道迢迢，不懼彼險要。
歲月娟好，月季都開了。
七彩鬥巧，各騁其奇妙。
闔家安好，神恩已領飽。
人生正道，是沿靈程跑。

雅潔襟房 17年8月28日

雅潔襟房，哦詩復揚長。
拙正之間，心靈有其芳。
人生昂揚，豈為名利障。
奮發向上，叩道吾安祥。
無機心腸，淡泊享安康。
未許機奸，未許虛與誑。
紅塵攘攘，太多吵與嚷。
吾心嚮往，是在天涯間。

夜黑華燈放 17年8月28日

夜黑華燈放，金風送暢。
市井鬧嚷嚷，嘈雜交響。
燈下清坐間，思起廣長。
人生騁志向，叩道揚長。
履盡煙雨艱，度過桑滄。
而今已斑蒼，心志猶剛。
紅塵自攘攘，名利狂猖。
性天應清涼，靈明清揚。

商飆吹送 17年8月28日

商飆吹送，暮煙重濃，
宿鳥鳴風，陰雲急行若衝。
清坐哦諷，展我心胸，
人生情鍾，七夕孤零之中。
嚮往乘風，共雲行動，
萬里矢衝，矢尋真理恢弘。

人生雨風，回思沉痛，
而今斑濃，依然帶有笑容。

秋夜蟲清吟 17年8月29日

秋夜蟲清吟，雅奏均平。
瑟瑟爽風吹來勁，吾意空清。
四更未能眠，孀起空靈。
哦詩一首舒清新，小用才情。
路燈自在明，車噪偶行。
眾生灑然入睡眠，蟲卻清醒。
大道矢遵循，體道無垠。
博愛為懷何清俊，覺性圓明。

爽潔秋風適意興 17年8月29日

爽潔秋風適意興，清聽蟲吟，
清聽蟲吟，天籟四起正無垠。
歲月運轉體均平，勿費腦筋，
勿費腦筋，無機心地何朗清。
道德人生最清俊，體道無盡，
體道無盡，心思心志入詩吟。
一點情志啟空靈，守護吾心，
守護吾心，性靈深處冰雪清。

天啟微亮 17年8月29日

天啟微亮，風不再唱，
蛩不再唱，路上車行卻熙攘。
寫意塵間，秋意涼爽，
快慰心腸，提筆哦詩亦流暢。
人生世上，長如夢間，
醒來淚淌，紅塵原是幻化鄉。
努力前方，山高水長，
不懼艱蒼，矢覓真理之靈糧。
力叩道藏，心志清芳，
流年更張，金秋不必嗟斑蒼。
奮志矢闖，人生揚長，
共緣履航，應許一身儒雅芳。

城市噪噪 17年8月29日

城市噪噪，鞭炮囂囂，
天猶熱燥，卻喜北風暢起舒金飆。
散坐遙逍，適我心竅，
人生安好，總賴神恩賜福富且饒。
有鳥鳴叫，有花開巧，
歲月飛銷，不必長嗟人生漸年老。
奮行前道，力克險要，
努力奮跑，萬里天涯盡頭是終標。

五更雞啼曉 17年8月29日

五更雞啼曉，金風揚飆。
草蟲振風騷，仍在鳴叫。
歲月催人老，青春逝銷。
不必傷懷抱，共時逍遙。
一生叩大道，心得豐標。
哦詩復雅巧，新奇娟好。
人生曠奔跑，山水迢迢。
困難克盡了，朗然一笑。

月季菲芳 17年8月29日

月季菲芳，七彩閃靚，
風遞暗香，余意欣然暢。
牽牛開張，笑意洋洋，
妍麗無上，吾心為之向。
歲月清芳，金秋堪賞，
爽風悠揚，野禽歡鼓唱。
市井鬧嚷，車喧交響，
嘈雜之間，心須持定當。

晨光清爽 17年8月29日

晨光清爽，天陰何妨，
鳥語花芳，寫意金風正吹曠。
鞭炮囂響，紅塵擾攘，
市井鬧嚷，余心余意水雲間。
淡泊安康，無執心間。
共緣飛翔，須知即地是故鄉。
靈程奮闖，克盡魔障，
努力向上，永生希冀在天堂。

悠悠風涼 17年8月29日

悠悠風涼，爽潔心間。
享受清平況，提筆縱哦唱。
歲月悠揚，金秋正當。
萬物舒而暢，鳥語復花芳。

最愛牽牛靚，月季門彩妝。
生活堪欣賞，詩意瀰宇間。
神恩感奔放，頌贊長奉上。
靈程努力闖，永生天國上。

雲煙妙曼之間 17年8月29日

雲煙妙曼之間，群鳥掠天飛翔。
秋意正滄蕩，爽風吹清揚。
小鳥嬌嬌啼唱，點綴生活無恙。
汽車噪噪震響，匯成市井交響。
我意淡守平常，正義盈於襟房。
努力晨昏之間，讀書寫詩何暢。
人生志在遐方，不為物欲所障。
奮發精神強剛，矢沿正路驅闖。

市井鬧無垠 17年8月29日

市井鬧無垠，鞭炮轟鳴，
陣陣驚心，水雲清幽何處尋。
心持淡定，世事浮雲，
看開才行，不必執著利與名。
流年飛行，蒼我斑鬢，
一笑淡定，我志原不在市井。
漁樵是親，松風憩心，
淡泊康寧，書生意氣朗然清。

正值秋陰 17年8月29日

正值秋陰，蟬不再鳴，
鳥未曾鳴，路上汽車卻轟鳴。
散坐清心，遐思放行，
歲月經行，不必笑我已斑鬢。
人生多情，苦了心靈，
傷了腦筋，回首往事不分明。
大千曠運，神恩無垠，
天下太平，民樂其生何慶倖。

心志揚長 17年8月29日

心志揚長，想哦詩行，
舒出情向，傾瀉若汪洋。
秋意芬芳，金風送爽。
愜意心間，心興正高漲。
大千奔放，演化無疆，
神恩廣長，正道恆旺昌。
心態陽光，奮力敢上，
力克魔奸，靈程凱歌揚。

灑潔秋風 17年8月29日

灑潔秋風，吹襲心胸，
快意無窮，一篇新詩脫口頌。
歲月朦朧，曠展靈動，
人生履風，桑滄笑對也從容。
年近成翁，心志剛雄，
奮發行動，不屈苦難困千重。
展眼雲動，天陰多風，
暮煙淡籠，身居市井不平庸。

暮色重濃 17年8月29日

暮色重濃，蒼煙四野籠。
淡泊清空，宿鳥正鳴風。
心曲誰懂，孤旅悵深痛。
況對秋風，落葉逝飄動。
人生情鍾，因緣幻化濃。
記憶朦朧，感動在心胸。
何物垂永，詩書奏其功。
晨昏哦諷，希冀人感動。

華燈燦放 17年8月29日

華燈燦放，宿鳥歸航，
秋風揚長，市井車流行狂猖。
樓上閑望，天際靄蒼，
秋意滄蕩，心情迎風何快暢。
人生奔放，惜已斑蒼，
依然心強，努力奮志致遐方。
實幹為上，多言有妨，
紅塵攘攘，勿忘田園與山鄉。

天上陰雲往西淌 17年8月29日

天上陰雲往西淌，恐有雨降，
恐有雨降，夜晚天氣猶燥亢。
曠意秋風清吹蕩，帶來涼爽，
帶來涼爽，嫋起詩興真無恙。
淡看霓虹七彩靚，此是幻象，
此是幻象，人在塵世夢一場。

奮沿靈程矢闖蕩，不懼艱蒼，
不懼艱蒼，天國唯一之標向。

散坐當風頗快暢 17年8月29日

散坐當風頗快暢，思放萬章，
金氣蕭爽，人生情志也安祥。
歲月綿綿走奔蒼，回首淒涼，
煙雨蒼涼，百折心酸向誰講。
總賴神恩賜康強，而今淡蕩，
而今福享，奮沿靈程矢志闖。
關山不懼萬千幢，克盡艱蒼，
試探任放，勝過魔敵回故邦。

第四十二卷《暢心集》

冒雨經行 17年8月30日

冒雨經行，濕我衣襟，
秋風清勁，快意盈身心。
人生經行，不懼艱警，
奮志矢進，磨煉身心靈。
歲月經行，老我蒼鬢，
笑意猶盈，曠志哦不停。
共緣經行，覺性圓明，
悟徹本心，叩道恆殷勤。

休憩身心 17年8月30日

休憩身心，秋風正清勁。
暮煙初凝，天氣正沉陰。
生活和平，愜我心與靈。
前路奮行，曠志萬里雲。
紅塵驚警，狼煙曾經行。
而今夢醒，大千是幻境。
歲月飛行，人漸入老境。
奮發剛勁，實幹顯豪英。

品茗雅芳 17年9月2日

品茗雅芳，心志舒曠，
秋意清涼，只是遠處鞭炮又囂響。
歲月流殤，逸意揚長，
人生奔放，不懼鬢髮漸漸已蕭蒼。
紅塵攘攘，眾生狂猖，
揮舞刀槍，冷眼看這大千演武場。
吾持清向，詩書之間，
朗哦昂藏，清心澄志原在水雲鄉。

清風暢來開懷抱 17年9月2日

清風暢來開懷抱，愜聽鳥鳴叫。
歲月清娟且芳好，天淡秋雲渺。
曠志於心何必嘯，沉默更為要。
腳踏實地努力跑，關山萬里道。
人生風雨早經飽，余得朗然笑。
奮志脫得此塵囂，去向水云緲。
大千紅塵是瞎搞，眾生爭著鬧。
清心哦詩舒心竅，雅裁南山稿。

天氣猶亢 17年9月2日

天氣猶亢，燥熱急需時雨降。
無心詩章，為花澆水亦悠揚。
有鳥啼唱，愜余心興真無恙。
月季娟芳，七彩何其妍而靓。
歲月飛狂，斑蒼無妨我揚長。
率意而往，清心恆契水雲鄉。
嗟此塵間，名爭利攘為哪樁。
生命瞬間，百度秋春夢一場。

雲淡風清 17年9月2日

雲淡風清，散步郊外以經行。
野蟬猶鳴，一使余意起開心。
任汗流沁，快意無限是身心。
天上鴿群，迴旋飛行愜意境。
回到市井，車熙人攘是常尋。
水雲清境，雅存倩影銘心襟。
嚮往飛行，一搏蒼天風雨境。
百年情景，生命從來飽含情。

人生未許稍輕狂 17年9月2日

人生未許稍輕狂，沉穩為上，
煙霞放浪，山水田園憩心腸。
紅塵從來是攘攘，名爭利攘，
刀槍棍棒，混亂不堪演武場。
歲月又值秋清況，天黑燈亮，
散坐思放，脫口而頌一短章。
窗外叫賣聲嚷嚷，市井之間，
車熙人攘，雅裁心志水雲間。

清懷誰共 17年9月2日

清懷誰共，孤旅咽盡西風。
小鳥鳴頌，自在得其從容。
秋意清空，亂雲飛渡靄濃。
散坐哦諷，掏出肺腑心胸。
曠志嫋風，欲上長天九重。
歲月朦朧，記憶化為恢弘。
奮向前衝，已知山水險重。
真的英雄，豈懼虎豹狼熊。

休閒無恙 17年9月2日

休閒無恙，雅聽鳥鳴唱。
風來清揚，逸意都升上。
歲月品嘗，百感都來漾。
苦雨艱蒼，心志已磨剛。
努力闖蕩，五十二年殤。
贏得斑蒼，依然一笑間。
大千狂放，名爭與利攘。
淡眼相向，雲天展滄蕩。

暝色入高樓 17年9月2日

暝色入高樓，未許心愁。
流年自問候，野蟬猶奏。
心事深且稠，哦詩渾厚。
對秋未許惆，志取翔鷗。
歲月曠飛走，潑水難收。
斑蒼何許愁，努力奮鬥。
山水任豐厚，矢志行走。
不必驚回首，桑滄幻夠。

溫柔心性不張狂 17年9月3日

溫柔心性不張狂，謙和一身芳。
向學志向也昂揚，哦詩晨昏間。
歲月流變真無恙，不過是桑滄。
覷破世界之真相，幻化似水淌。
紅塵自古逞攘攘，名利肆狂猖。
應持慧眼斬魔障，遁身水雲間。
窗外鳥語嬌嬌唱，秋意舒清揚。
爽風清來適意向，展眼雲煙漾。

遠處鞭炮又囂響 17年9月3日

遠處鞭炮又囂響，市井攘攘，
嘈雜交響，原無清幽可冀想。
幸喜秋風舒清曠，我意舒暢，
心興揚長，提筆小哦新詩行。
歲月逝進有餘芳，秋春品嘗，
風光無恙，共緣行走吾安祥。
幾聲啼鳥振清響，愜余意向，
情懷娟芳，品茗意氣也雅靚。

輾轉浮生不孟浪 17年9月3日

輾轉浮生不孟浪，履盡煙浪，
不懼艱蒼，依然爽笑天涯向。
歲月坎坷費品嘗，不去思量，
何必多想，人生原是夢一場。
百年生死蒸黃粱，醒轉堪傷，
奮志揚長，清心遁向水雲鄉。
靈程努力去闖蕩，克盡魔障，
散發心光，匡扶正義吾昂揚。

心志悠揚 17年9月3日

心志悠揚，淡看雲煙飄渺間。
小鳥鳴唱，適我情思真無恙。
人生揚長，為因名利都棄放。
清貧何妨，我有男兒正氣剛。
詩書頤腸，歲月任從飛猖狂。
逸意清揚，著書等身何快暢。
笑意展放，一杯清茗齒噙香。
哦詩清芳，共彼流年曠飛翔。

秋氣體均平 17年9月3日

秋氣體均平，余心享寧靜。
萬事共緣行，秉志入空靈。
名利早辭屏，所剩是清貧。
詩書晨昏吟，著書亦清新。
著書亦清新，思想其中凝。
人生飽含情，只是傷了心。
冷眼桑滄境，慧意盈心襟。
散坐品芳茗，雅意曠無垠。
雅意曠無垠，人生奮前進。
關山多風景，艱險疊奇境。
努力兼程行，風雨任艱凌。
壯歲漸斑鬢，一笑持淡定。

秋意清平

17年9月3日

秋意清平，雲淡復風清。
牽牛清俊，月季花溫馨。
我意康平，哦詩舒雅情。
一篇盡興，快慰盈身心。
人生多情，何必嗟斑鬢。
奮向前進，關山跨無垠。
我生多情，清志在水雲。
名利險境，未許入吾心。

和藹秋陽

17年9月3日

和藹秋陽，灑在心田上。
市場閒逛，但見人熙攘。
周日安祥，心志都清揚。
賞賞花芳，聽聽鳥吟唱。
品茗雅芳，詩興真欲狂。
脫口成章，長舒心之向。
娟潔情腸，原無機與奸。
向陽奔放，男兒騁強剛。

清風長來曠

17年9月3日

清風長來曠，吾意亦悠揚。
朗哦彼詩章，身心都舒爽。
歲月逝無恙，孟秋時正當。
展眼長瞭望，天際靄煙揚。
天際靄煙揚，人生百年間。
努力矢闖蕩，未可稍頹唐。
克敵制勝間，作鹽又作光。
靈程邁步上，徑入雲霄間。
徑入雲霄間，快意何洋洋。
淨化靈無疆，修身體昂藏。
世事一任艱，吾志取揚長。
天國終能上，永生是報償。

秋風清好

17年9月3日

秋風清好，爽潔我襟抱。
小鳥鳴叫，舒適我心竅。
寫詩不了，曠懷向誰表。
孤旅險峭，關山經歷飽。
人生雨囂，艱蒼自豐饒。
而今安好，桑滄淡然瞧。
容我笑傲，奮志出塵表。
名利纏繞，務棄務扔拋。

清意天地間

17年9月3日

清意天地間，爽風其來暢。
天氣陰何妨，吾意正清揚。
歲月飛逝間，壯歲漸斑蒼。
逸意在遐方，鼓勇矢志闖。
鼓勇矢志闖，已履心巨創。
風雨多艱蒼，人性不堪嘗。
幸賴神恩壯，賜我以安康。
療我心千創，笑意復清靚。
笑意復清靚，靈程曠飛翔。
戰勝魔敵強，舒發心性光。
克己真無上，慧意鑿無疆。
叩道奮清昂，努力晨昏間。

散思正放曠

17年9月3日

散思正放曠，況值秋清爽。
逸意頗揚長，哦詩聲激昂。
人生致遐方，理想導我航。
關山越萬幢，覽盡世桑滄。
覽盡世桑滄，心志猶清昂。
不折矢前闖，展翅曠飛翔。
叩道入深艱，激發心性光。
體道圓明間，慧意覓無疆。
慧意覓無疆，文明振宇間。
學識日增長，嗟我已斑蒼。
惜時銘心房，奮志晨昏間。
清懷不必講，實幹顯豪強。
實幹顯豪強，男兒勇倍彰。
汗水豈白淌，秋收會盈倉。
百年苦旅艱，不為名利障。
詩書一身香，振節謳嘹亮。

夕煙既輕漲

17年9月3日

夕煙既輕漲，天陰鳥鳴唱。
秋風曠吹揚，花開亦芬芳。
詩意心地漾，裁出南山章。
人生復昂揚，清志天涯間。
清志天涯間，奮發吾徑闖。
已履山萬幢，心被千重創。
男兒荷強剛，豈為困難障。
力克魔敵強，傲立若山壯。
傲立若山壯，名利早棄放。
輕身吾騰上，雲霄九重間。
靈程風光靚，天使伴我航。
心志鬱清芳，朗哦聲激昂。

群鳥曠飛高

17年9月3日

群鳥曠飛高，引余長細瞧。
金風吹蕩浩，余意亦雅瀟。
流年催人老，鬢髮漸蕭凋。
百年中心饒，短章賦風騷。
短章賦風騷，人生未可傲。
謙懷方為好，正道力訪造。
已履路迢迢，閱盡風霜飽。
依然展顏笑，荷負神恩饒。
荷負神恩饒，靈程力奮跑。
克盡魔敵妖，心光朗照耀。
性天清涼好，慧意中心饒。
不懼斑蒼老，天國是終標。

細雨清灑飄

17年9月3日

細雨清灑飄，晚風吹來浩。
天空鳴飛鳥，散坐心思遙。
歲月如飛鏢，秋意正蕭蕭。
人生已漸老，俊骨猶剛傲。
俊骨猶剛傲，不屈艱蒼饒。
奮志矢長跑，關山力訪造。
依然展顏笑，桑滄淡眼瞧。
吾生不懼老，天國是終標。

秋風覺蕭涼

17年9月3日

秋風覺蕭涼，天黑燈燦亮。
心思既遼廣，哦詩復昂揚。
流年逝若狂，人生百年間。
念此心悲悵，能不痛斷腸。
斷腸無益間，思想應更廣。
靈程奮志闖，冀望在天堂。
神恩足夠享，導引我前航。
努力奮飛翔，樂園是故邦。
故邦樂無恙，永生福無疆。
聖潔才可享，靈性閃清靚。
人生百年艱，轉眼就逝殤。
晨昏努力間，克敵凱歌揚。

流風清暢

17年9月4日

流風清暢，秋雨綿降，
牽牛花兒開得靚，萬千喇叭開張。
歲月飛翔，吾持安祥，
詩書晨昏縱哦唱，品味豈是尋常。
前路廣長，山高水艱，
努力奮志致遐方，飽覽沿途風光。
人生昂揚，率意清芳，
君子人格一生養，修德體道無疆。

窗外雨聲響

17年9月4日

窗外雨聲響，誦詩復激昂。
幾聲籠鳥唱，心事轉悠揚。
品茗既雅芳，情懷持淡蕩。
人生悠悠間，金秋嗟鬢蒼。
鬢蒼復何妨，我有志清昂。
人生致遐方，煙雨併滄浪。
歲月多奔放，意志瀰強剛。
清坐展思想，短章舒情腸。
情腸向誰敞，孤旅不懷悵。
神恩已飽嘗，靈思化萬章。
人生詩意漾，苦雨任深艱。
靈程奮力闖，注目彼天鄉。

秋窗風雨競夜生

17年9月4日

秋窗風雨競夜生，落紅層層，
落紅層層，一使我心起生疼。
何處傳來二胡聲，凄清雅芬，
凄清雅芬，閑聽我意起紜紛。
歲月進深蒼鬢逞，不嗟人生，
不嗟人生，奮志仍當騁剛正。
紅塵只是暫時蹭，矢闖靈程，
矢闖靈程，山高水深自馳騁。

秋窗風雨激烈敲

17年9月4日

秋窗風雨激烈敲，心事付誰瞧。
平生未敢稍狂傲，正直持襟抱。
歲月賜我漸蒼老，壯志猶然瀟。
願學雄鷹馳遠道，雲霄應可到。
紅塵不必嗟擾擾，清心是為要。
名利應能棄而拋，詩書鬱風騷。
謙懷何必人前表，晨昏哦詩稿。
叩道余意也遙逍，胸懷水雲飄。

煙雨濛濛

17年9月5日

煙雨濛濛，一地落紅堪悼痛。
秋雨秋風，掃蕩心境總清空。
牽牛妍送，一使余心有感動。
月季芳濃，七彩爭豔瑰無窮。
傾心哦諷，未知有誰能感動。
大化之中，孤旅人生咽西風。
蒼鬢漸濃，笑傲浮生共緣動。
淡定從容，裁心雅哦亦輕鬆。

賞花無恙

17年9月5日

賞花無恙，牽牛萬千妍開放。
雨後鮮芳，月季彩色動人腸。
紫薇凋喪，玉簪行將盛開放。
落紅堪傷，引我歎息嗟良長。
小風送爽，正值金秋浪漫漾。
歲月清香，流年風景合謳唱。
我意舒暢，雅聽小鳥恣鳴放。
一曲獻上，心懷意念共風揚。

秋意逞浪漫

17年9月5日

秋意逞浪漫，林羽初黃斑。
雨後鳥鳴喊，牽牛開嬌曼。
落紅堪嗟歎，我意持閒散。
哦詩舒心翰，雅思緩緩展。
秋意逞浪漫，天際靄開展。

田疇青正綻，園圃花香曼。
歲月逝而散，人老鬢蒼斑。
不必多浩歎，詩書養心禪。

好風流暢

17年9月5日

好風流暢，心志放狂猖。
小鳥鳴唱，愜意真無限。
流年飛翔，金秋時正當。
品茗無恙，詩書怡襟腸。
神恩無上，闔家都安康。
清貧無妨，男兒正氣剛。
向學昂藏，晨昏縱哦唱。
心興遐方，矢志曠飛揚。

秋蟬遙鳴唱

17年9月5日

秋蟬遙鳴唱，引余心旌向。
天氣清且爽，陰雲漫天漾。
鳥鳴囀悠揚，清風來舒曠。
詩興真欲狂，提筆謳奔放。
提筆謳奔放，舒展我情腸。
人生愜意間，神恩未可忘。
曾履艱與蒼，身心負巨創。
而今履安康，幸福從心漾。
幸福從心漾，憂患豈可忘。
努力奮前闖，矢志叩道藏。
身心頗清揚，中心蓄慧光。
更應揮意向，業績創輝煌。

天氣復晴朗

17年9月5日

天氣復晴朗，高天雲滄蕩。
喜鵲歡聲唱，野蟬奏悠揚。
散坐哦詩章，心興何閑曠。
應裁心志芳，奉獻南山章。
奉獻南山章，田園豈可忘。
人世履艱蒼，苦痛中心嘗。
展眼世昏茫，心念水雲鄉。
樵柴是師長，叩道吾揚長。
叩道吾揚長，深入彼圓方。
圓明中心漾，慧目閃清光。
歲月荏苒間，金秋惜斑蒼。
努力萬里航，志在至遐方。

金風長送爽

17年9月5日

金風長送爽，曠意吾飛揚。
天氣陰晴間，野禽歡鼓唱。
蟬猶奏清響，花開自芬芳。
余意欣無恙，裁心謳詩章。
裁心謳詩章，長吐心與腸。
歲月既奔放，斑蒼屬尋常。
早已定志向，不屈世羅網。
名利徒骯髒，應棄應下放。
應棄應下放，人生合昂揚。
靈程吾奮闖，騰身雲霄上。
淨化靈無疆，力斬魔與魍。
勝利啟歸航，天國是家邦。

暝色又濃重

17年9月5日

暝色又濃重，陰雲四野籠。
散坐曠哦諷，激情盈在胸。
歲月余感動，斑蒼嗟何功。
共緣奮勇猛，悟道入圓通。
悟道入圓通，心態持平庸。
不妄去行動，逍遙我心胸。
向學恆哦諷，詩書沉潛中。
秋意滄蕩風，清我心無窮。
清我心無窮，淡泊秋春中。
苦痛已隨風，神恩何恢弘。
靈程奮發衝，克敵騁剛猛。
聖潔是襟胸，叩道任雨風。
叩道任雨風，已履山萬重。
感慨難言中，心志化長虹。
百年非是夢，天國希冀中。
永生福何濃，向神獻謳頌。

晚風遞清涼

17年9月5日

晚風遞清涼，暮蟬猶歌唱。
心事起廣長，雅哦新詩行。
歲月荏苒翔，金秋嗟斑蒼。
人生一夢間，歎息是良長。
歎息是良長，名利害人腸。
清貧有何妨，正義持強剛。
叩道一生向，履盡千重艱。
風雨是尋常，不懼心巨創。
不懼心巨創，神恩正無量。
救死又扶傷，導引出迷航。
靈程正道闖，勝過魔敵強。
天國是方向，努力啟歸航。

詩書怡襟抱

17年9月5日

詩書怡襟抱，誦讀心興高。
鎮日不憚勞，晨昏朗哦好。
歲月逝飛飄，不覺斑蒼老。
艱蒼何足道，叩道吾遙逍。
叩道吾遙逍，桑滄已經飽。
少年倩影銷，老來沉穩饒。
揚長人生道，名利早辭掉。
清貧就頗好，水雲中心飄。
水雲中心飄，人生不嗟老。
奮志萬里道，鼓勇矢前跑。
治學心得饒，著書也玄妙。
知音何處找，孤旅風雨囂。
孤旅風雨囂，我不悵懷抱。
靈程正娟好，天國是終標。
神恩富且饒，導引我正道。
勝過魔敵妖，凱歌徹雲霄。
凱歌徹雲霄，百年吾逍遙。
聖潔至為要，靈糧至美好。
終有坎坷饒，吾不懼險要。
試探任千條，奮志終達標。
奮志終達標，天國何美妙。
永生真正好，福壽且康饒。
頌神謳微妙，靈體永不老。
即此吐心竅，哦詩舒懷抱。

第四十三卷《荷風集》

切切蛩吟堪動聽

17年9月5日

切切蛩吟堪動聽，此際心中正平靜。
長誦詩書心空靈，雅懷正氣也干雲。
歲月遷轉人多情，風雨艱深傷了心。
世事恩仇一笑泯，享受秋風正爽清。

村雞清啼唱

17年9月6日

村雞清啼唱，時正五更間。
蟲吟奏交響，小風吹來暢。
早起校詩章，心境悠復揚。
秋意漸涼爽，清心吾安祥。
清心吾安祥，人生快慰間。
早已履艱蒼，心志曾挫傷。
所賴神恩壯，賜我以安康。
而今心淡蕩，詩意瀰襟間。
詩意瀰襟間，靈程吾奮闖。
克盡魔阻擋，勝過試探艱。
散發心性光，燭照夜深長。
希望在遐方，天使伴我航。
天使伴我航，靈程何快暢。
生活吾安享，名利早棄放。
叩道正義剛，柔懷愛無限。
男兒持豪強，奮發晨昏間。
奮發晨昏間，詩書郁昂藏。
哦詩舒揚長，體道也奔放。
惜時務須講，百年頃刻間。
務當努力闖，業績創輝煌。

秋雨漸減雲飛曠

17年9月6日

秋雨漸減雲飛曠，天氣涼爽余意暢。
已知落紅堪嗟傷，斑蒼無妨我清揚。
奮發人生矢闖蕩，山水高低且清蒼。
清雅人生懷漫浪，叩道用道兩軒昂。

心思瀰廣長

17年9月6日

心思瀰廣長，正義吾強剛。
男兒騁志向，不畏風雨艱。
歲月自奔放，汗水不白淌。
一任鬢斑蒼，努力曠飛翔。
努力曠飛翔，前路山水壯。
叩道吾揚長，柔和心地間。
豪情衝萬丈，矢志提刀槍。
誓斬虎與狼，還我清平壤。
還我清平壤，人民喜洋洋。
正氣大發揚，道義天下暢。
寰球運無恙，天下熙攘攘。
締造大同邦，文明進無疆。

秋意清空

17年9月6日

秋意清空，細雨綿綿下未窮。
心懷感動，雨中牽牛嬌媚聳。
淡泊襟胸，名利棄去慧意湧。
叩道雨風，心得體會盈而豐。
哦詩何功，只是舒出情懷濃。
歲月如風，逝去年華無影蹤。
清坐從容，放鬆心情養疏慵。
中正心中，君子人格不苟同。

雨打交響

17年9月6日

雨打交響，落紅滿地何必傷。
流風清暢，愜我情懷真無恙。
秋意清爽，清坐身心都怡曠。
雅哦詩行，舒發心地之清芳。
人生揚長，對秋不必嗟斑蒼。
收穫盈倉，半世辛勞有報償。
計劃周詳，著書應許等身間。
學海廣長，努力奮舟恣意航。

秋意清娟且安好

17年9月6日

秋意清娟且安好，逍遙我懷抱。
綿綿秋雨已停了，落花倩誰掃？
散坐品茗心興俏，有鳥正鳴叫。
小風清來也風騷，我意適且妙。
縱情朗哦南山稿，水雲中心飄。

遠處鞭炮又囂囂，紅塵徒喧鬧。
名利害人馳其巧，務辭務拋掉。
山莊田園寄情竅，秀麗且美好。

時光飛逝如電影

17年9月6日

時光飛逝如電影，轉眼不覺憶衰鬢。
依然懷有少年情，只是何處尋倩影。
窗外秋雨下殷勤，漫地落紅堪傷心。
男兒心懷須剛勁，努力奮發震雷霆。

清風悠來曠意向

17年9月6日

清風悠來曠意向，我心我意何舒暢。
寫詩舒發中心芳，一篇短章脫口唱。
秋雨綿降起清響，一似音樂在奏放。
幾聲啼鳥囀清揚，引我展眼長探望。

雨霽天開

17年9月7日

雨霽天開，陽光普照這世界。
鳥囀精彩，花開芳美真無賽。
白雲徘徊，藍天青碧堪喝彩。
心情排解，雅哦新詩舒襟懷。
胸懷大愛，奮搏未來趁現在。
身在塵埃，心卻曠飛雲天外。
蟬噪猶在，秋意滄蕩多風采。
吾意雅開，心地情懷向誰排？

秋氣和平

17年9月7日

秋氣和平，天正朗晴。
小風清新，野蟬猶鳴。
散坐雅清，悠品芳茗。
一時意興，小舒才情。
歲月均平，白露今臨。
牽牛嬌俊，月季芳馨。
汽車噪鳴，吾持安心。
藍天白雲，幻化多情。

朗月在望

17年9月7日

朗月在望，心志起清昂。
校對詩章，一行又一行。
秋意滄蕩，草蟲唧唧唱。
我意綿長，思想狂起浪。
歲月品嘗，百感盈襟房。
人生瞬間，思此淚潸淌。
空空蕩蕩，宇宙何所藏。
叩道奔放，中心有揚長。

清喜秋氣滄蕩

17年9月8日

清喜秋氣滄蕩，野蟬猶自鳴唱。
時值仲秋間，斜暉灑清朗。
天上白雲緩翔，幻化萬千形狀。
吾意持欣賞，擊節謳詩章。
天氣不熱不涼，和藹盈滿寰壤。
小鳥清啼唱，商風吹揚長。
歲月綿綿漫長，人生不覺老蒼。
應許多放曠，逸意體清揚。

霧褪陽光靚

17年9月8日

霧褪陽光靚，碧天鳥鳴唱。
牽牛開盛旺，余意亦欣康。
從心哦華章，愜懷天下裝。
正氣恆軒昂，儒雅一身芳。
儒雅一身芳，叩道何昂藏。
履盡關山障，坦蕩盈襟房。
奮志之所往，萬里無止疆。
努力啟歸航，天國是家邦。

三更無眠

17年9月8日

三更無眠，雅聽蟲清吟。
月華朗俊，空際瀰清新。
歲月曠進，心事持平靜。
任起斑鬢，任幻桑滄境。
紅塵無垠，人生徒多情。
傷了腦筋，損了心與靈。
努力前行，拋去利與名。
靈程爽清，通達彼和平。

陽光和暢

17年9月8日

陽光和暢，心地喜洋洋。
小風清揚，林野濃靄漾。
鳥語花芳，愜懷都開敞。
小哦詩行，謳此秋滄蕩。
青碧天壤，嫋起余暢想。
高遠天堂，才是我故鄉。

歲月品嘗，朗然一笑間。
縱有艱蒼，無妨我揚長。

清夜無眠 17年9月9日

清夜無眠，雅聽蛩清吟。
月華正明，犬吠點意境。
秋夜清平，嫋起詩人興。
曠舒本心，浩似江水行。
人生夢境，不滅是靈性。
慧燭燃明，衝決彼無明。
共緣而進，靈程奮旅行。
天國美景，永生福無垠。
勝過魔兵，勝過試探境。
聖潔心靈，如水似冰清。
大牧導行，努力向前進。
光明內心，謳父永不停。
待到天庭，福分何豐盈。
歡呼盡興，靈體閃光明。
神恩無盡，思之淚雙盈。
男兒豪英，力斬荊棘進。

漫天祥雲 17年9月9日

漫天祥雲，田野青靄浪漫凝。
喜鵲奏鳴，秋意清好愜心靈。
花開清俊，潔白玉簪最清新。
月季芳馨，牽牛盛開多風情。
小風舒清，我心我意享均平。
短章舒情，一曲天人從心吟。
鳥掠天青，自由從來快人心。
我欲飛鳴，搏擊雲天趨水雲。

時雨下紛紛 17年9月10日

時雨下紛紛，簷前滴瀝聲。
哦詩心雅芬，人生奮前程。
仲秋美不勝，落紅惜生成。
老來百感生，長嗟向何人。
長嗟向何人，孤旅吾馳騁。
已履關山陣，霜華漸生成。
歲月遞進深，艱蒼何必論。
曠志出紅塵，靈霄矢志升。
靈霄矢志升，前路萬里程。
風雨勿足論，心志磐生成。
清坐思深深，感沛神之恩。
努力走靈程，克敵務制勝。
克敵務制勝，凱歌徹雲層。
聖徒奮力爭，鬼魔敗紛紛。
靈性淨且純，眼目慧光生。
奮向天國升，永生福豐盛。

煙雨迷蒙 17年9月10日

煙雨迷蒙，心志淡蕩中。
秋意漸濃，感覺蕭涼重。
心志剛雄，人生奮勇猛。
不懼斑濃，不懼桑滄重。
世事如風，何必多感動。
淡定從容，遁向水雲中。
大千狂瘋，眾生爭頭功。
終將落空，世態是幻夢。

驚雷震響 17年9月10日

驚雷震響，雨下狂猖。
散坐清思想，逸致放無疆。
心志平康，萬事捐忘。
享受這休閒，心興何清揚。
人生世間，利鎖名韁。
務持清心向，胸懷正氣昂。
清貧何妨，水雲胸漾。
世事徒茫蒼，只是幻萬象。

雨打交響 17年9月10日

雨打交響，清坐室內心安祥。
秋風清暢，愜我情懷真無恙。
歲月流蕩，不覺玄髮漸華霜。
感慨升上，清裁心志哦詩行。
人世桑滄，名利徒然是幻象。
心燈須亮，燭照黑暗退而藏。
前路廣長，靈程我要奮力上。
克盡艱蒼，終有坦平之清況。

閒情舒曠 17年9月10日

閒情舒曠，不必鎮日詩書間。
品味休閒，清聽秋雨之吟唱。

大千狂放，年輪遞進真若狂。
嗟我斑蒼，五十二年飛逝殤。
努力昂揚，矢創業績展輝煌。
不屈強剛，君子人格體豪壯。
叩道無恙，心得縷縷散清芳。
雅哦詩章，舒出情懷之悠揚。

四更無眠

17年9月10日

四更無眠，五更無眠，
清聽蛩吟，小風其來何清新。
歲月驚心，賜我斑鬢，
仲秋情景，清夜燈下思無垠。
讀書盡興，上網盡興，
快慰盈心，只是睡意不曾臨。
天尚未明，雞也未鳴，
寫詩舒情，難言難表我心靈。

適意秋風曠意向

17年9月10日

適意秋風曠意向，天氣陰來正涼爽。
已知玉簪潔白放，架上牽牛萬千昂。
七彩月季堪欣賞，歲月流連吾奔放。
晨起一曲多歡暢，舒盡中心清雅芳。

商風清起天地間

17年9月11日

商風清起天地間，天上白雲幻萬狀。
散坐哦詩也舒暢，一杯清茗潤襟腸。
歲月秋來多澹蕩，幾聲啼鳥鳴悠揚。
午後陽光正清靚，溫馨時光合謳唱。

秋陽熱且燥

17年9月11日

秋陽熱且燥，清風展逍遙。
心思瀰廣浩，情懷詩中表。
平生未曾傲，謙德聊堪表。
歲月多風騷，惜我漸蒼老。
惜我漸蒼老，奮志仍剛傲。
愜聽啼鳥叫，心地雅且瀟。
品茗意清好，花開亦俊俏。
坦腹哦詩稿，品味向誰道。
品味向誰道，孤旅我獨騷。
半百艱蒼饒，桑滄已經飽。
世事兒戲瞧，田園寄情竅。
山水胡不好，名利務棄拋。

閒適心境正無上

17年9月13日

閒適心境正無上，享受風清日正朗。
品茗已嫋心興曠，哦詩裁心也激昂。
歲月悠悠仲秋間，田野青碧正無恙。
一年一度玉簪放，潔白靈秀動人腸。
閒適心境正無上，窗外啼鳥鳴悠揚。
最喜東風來舒曠，讀書意興有發揚。
歲月清好何必講，日漸老蒼意態狂。
書生意氣頗顯彰，一生正義中心藏。
閒適心境正無上，闔家安康喜悅間。
清貧何妨正氣昂，詩書鬱我一身芳。
向學晨昏縱哦唱，叩道履歷彼深艱。
展眼長天青無恙，想學飛鳥愜意航。

秋風清暢

17年9月13日

秋風清暢，青碧天壤真無恙。
心情表彰，一曲短詩從心唱。
歲月清芳，桑滄不過是幻象。
老我斑蒼，依然持志奮揚長。
山高水艱，苦旅曾經淚雙淌。
而今安康，飽嘗神恩歡無疆。
大千狂放，市井故事電影放。
淡品茗香，清心適意情悠揚。

紅旭東升

17年9月13日

紅旭東升，濃靄四野逞。
鳥囀清純，花開復馨溫。
感沛神恩，大化運精准。
嗟此紅塵，利攘復名爭。
我意雅芬，矢脫此紅塵。
詩書奮身，朗哦秋復春。
百年吾生，閱盡桑滄陣。
苦痛勿論，水雲胸中生。

暮色既濃重

17年9月13日

暮色既濃重，西天晚霞紅。
哦詩激越中，和緩走金風。
心情向誰送，獨立唱大風。
人生情有鍾，是在水雲湧。
暮色既濃重，心志逞清空。
市井熙攘中，歲月度從容。

人生百感從，雅思入詩中。
不必嗟斑濃，壯懷猶堪諷。
暮色既濃重，野蟬嘶鳴中。
蒼煙四野籠，華燈漸次送。
路上車如瘋，流年余感動。
淡泊持襟胸，叩道矢奮勇。

五更晨起聽蛩唱

17年9月14日

五更晨起聽蛩唱，唧唧清響，
沁人心腸，孏起詩興真無限。
五更晨起聽雞唱，聲聲悠揚，
振人情腸，我心我意起舒昂。
歲月又值仲秋間，流年堪傷，
務惜時光，百度秋春轉眼殤。
華年逝去入煙障，我已斑蒼，
奮志而闖，不畏水惡山萬狀。
男兒有勇騁雄剛，振志之間，
煙雨滄浪，仰天長嘯氣何壯。
詩書沉潛心性芳，小哦詩章，
一舒揚長，天人大道矢叩訪。

人生悠揚

17年9月14日

人生悠揚，為因無執於心間。
名利棄放，清心慧意才發揚。
叩道任艱，宇宙奧祕矢探訪。
天人之間，相映相生親無間。
物欲是障，阻礙靈明發清光。
吾意揚長，仰觀俯察覓道藏。

歲月清芳，向學不計老將訪。
志取昂揚，扶正袪邪何清剛。

秋氣均平

17年9月14日

秋氣均平，長天碧無垠。
鳥飛盡興，啾啾且清鳴。
吾懷高興，謳詩舒雅情。
人生經行，白了蒼蒼鬢。
花開溫馨，四野青無盡。
閑品芳茗，孏起詩意境。
身居市井，心卻懷水雲。
山莊清境，才舒我心情。

秋氣猶燥

17年9月14日

秋氣猶燥，心志未可躁。
散坐逍遙，品茗性態高。
人生不老，因我心態好。
共緣奔跑，桑滄幻艱饒。
秋陽正照，商風吹小小。
花紅鳥叫，愜意盈懷抱。
我欲大笑，恐將人驚倒。
忍住為妙，激情入詩稿。

東風蕩浩

17年9月14日

東風蕩浩，舒適我懷抱。
烈日正驕，野蟬不再叫。
歲月豐饒，吾已斑蒼老。
依然笑傲，不入名利道。
清貧頗好，正義凝心竅。
叩道迢迢，心得入詩稿。
曾履艱饒，風雨吾經飽。
而今晴了，灑然開懷笑。

散思閑曠

17年9月14日

散思閑曠，流年煙雲漾。
風清無恙，我意轉清揚。
斜暉正朗，秋意顯滄蕩。
不讀詩章，裁心哦襟房。
歲月品嘗，百感雜心間。
苦甜之間，半百已逝殤。
展眼長望，天際靄蒼蒼。
想學鳥翔，惜無雙翅膀。

黃昏無恙

17年9月14日

黃昏無恙，夕煙正清漲。
燥熱猶強，市井噪聲嚷。
淡泊心間，散坐享休閒。
無機襟腸，謳詩復揚長。
輾轉人間，不必計心傷。
世事幻象，過眼雲煙漾。
靈程奮闖，吾志是強剛。
靈性清芳，淨化無止疆。

天分早晚涼

17年9月15日

天分早晚涼，晨起正爽朗。
朗哦是詩章，清風走和暢。

幾聲啼鳥唱，愜余意與腸。
紅日正生長，碧天青無恙。
天分早晚涼，秋意是滄蕩。
花開正芬芳，落葉漸飛翔。
心志沉潛間，人生百感上。
老蒼何必講，共緣曠飛揚。
天分早晚涼，享受此秋光。
歲月流無疆，世事幻萬象。
百年太匆忙，心須持定當。
名利勿足講，正義凝襟房。
天分早晚涼，淡泊持心腸。
路上車噪響，生活嘈雜間。
叩道奮志向，趨心水雲鄉。
田園併山莊，才是我嚮往。

流風送暢 17年9月15日

流風送暢，雲淡天青堪欣賞。
散坐平康，享受歲月之流蕩。
人生昂揚，回首已然千關闖。
向前瞻望，依然山高水深長。
努力向上，浮生不為名利障。
輕身飛揚，叩道矢入彼深艱。
秋意滄蕩，天人和諧奏交響。
吾意玄暢，小哦新詩舒心芳。

思想無疆 17年9月15日

思想無疆，中心激起千重浪。
歲月平康，因有神恩可飽享。
半百逝殤，何必計較心千創。
依然強剛，男兒豪氣也萬丈。
努力前闖，提刀矢斬虎與狼。
清平寰壤，真理正義當暢揚。
浮生履浪，操守清持不荒唐。
德操清芳，修身克己濟世艱。

流光飛翔 17年9月15日

流光飛翔，七月雲彩幻萬狀。
愜意心間，品茗讀書何快暢。
鳥語花芳，平疇青靄正浮漾。
天人和祥，黎民得以享平康。
輾轉塵間，不必介意名利間。
清貧何妨，書生意氣正軒昂。
惜時未忘，晨昏捧書長哦唱。
叩道廣長，心得體會縷縷芳。

第四十四卷《朝陽集》

藍天白雲多清好 17年9月15日

藍天白雲多清好，秋風適懷抱。
散坐閑思也逍遙，心志入詩稿。
平生許我開懷笑，桑滄已經飽。
斑蒼不懼年漸老，叩道入迢迢。
窗外陽光正灑照，野鳥清啼叫。
闔家笑談且安好，神恩感心竅。
歲月長逝如飛飆，世事化煙緲。
回首五十二年銷，思此傷襟抱。

歲月娟好 17年9月15日

秋日清好，興趣盎然，因思去年秋陪同父母南游揚州，覽個園、何園及瘦西湖；一年已矣，時光飛迅，人生歎嗟，復有何益；更憶及多年前陪父母南游杭州西湖及浙江淳安之千島湖景區，一直未寫詩記錄此事及風光奇勝，今日有興，有感而賦詩焉。

歲月娟好，流年時光催人老。
時光返照，少年煙影模糊了。
清思逍遙，仲秋風光展微妙。
斜暉朗照，和氣小風適懷抱。
情志騷騷，容我曠意哦詩稿。
回憶豐標，湖山勝境曾游遨。
父母年老，孝心銘刻我襟抱。
度歲迢迢，天人和祥神恩饒。

清坐思無恙 17年9月15日

清坐思無恙，天黑華燈放。
爽風來流暢，心地也安祥。
歲月既平康，人生享悠閒。
不必計老蒼，宜將新詩唱。
清坐思無恙，情懷頗揚長。
窗外歌聲靚，微覺嫌吵嚷。
生活如樂章，起伏正無疆。
百感從心上，能不哦詩章。
清坐思無恙，半百頗昂揚。
苦旅不嗟艱，率意水雲間。
詩書郁昂藏，體道入深艱。
歲月淡淡芳，仲秋裁詩行。
清坐思無恙，市井霓虹靚。
人生懷意向，不折致遠方。
山高水復長，奮志風雨間。
披荊斬棘闖，悠悠天地蒼。

散思吾放曠 17年9月15日

散思吾放曠，悠悠哦詩章。
秋夜既安祥，燈下裁心腸。
歲月任飛翔，斑蒼亦無妨。
率意詩書間，情繫水雲鄉。
散思吾放曠，世事不必講。
已履半生蒼，飽受憂患艱。
所幸神恩壯，而今享平康。
頌贊吾獻上，感沛在心間。

秋夜安祥 17年9月15日

秋夜安祥，清聽蟲吟唱。
坦坦蕩蕩，無機之襟腸。
歲月流殤，仲秋真無恙。
和平寰壤，不熱復不涼。
萬物生長，行將轉斂藏。
落葉先傷，感秋之蕭涼。
人生斑蒼，不必有悲傷。
靈程奮闖，希冀在天堂。

流風送暢 17年9月15日

流風送暢，白雲曼飛翔。
享受安祥，品茗意雅閑。
興致孀上，小哦新詩行。
字裡行間，只是情激蕩。
仲秋無恙，不冷不熱間。
歲月流殤，不計老來訪。

野禽鼓唱，天際淡靄漾。
不慌不忙，心境體平康。

雲天若畫

17年9月15日

雲天若畫，心境堪嗟訝。
流年如劃，斑蒼漸增加。
鳥語喳喳，清我心無亞。
寫詩有話，中心情交加。
感慨難罷，瀉若江河下。
心志若霞，胸襟世驚詫。
難言難話，情思百折啊。
奮向前跨，山水險且佳。

清夜無眠

17年9月16日

清夜無眠，雅聽蟲之吟。
秋氣均平，霓虹七彩映。
歲月進行，已入斑蒼境。
一笑空靈，人生奮辟進。
叩道無垠，體會化詩吟。
心志雅清，無執且圓明。
人生幻境，回首俱煙雲。
不必震驚，共緣去旅行。

青霞東方

17年9月16日

青霞東方，晨鳥清啼唱。
秋風清爽，遠際歌聲靚。
早起悠揚，心境真無上。
牽牛妍放，月季且芬芳。
歲月品嘗，百感持中腸。
苦澀之間，時有甘甜香。
曾履艱蒼，而今樂平康。
濯足滄浪，我志田園間。

晨靄浮漾

17年9月16日

晨靄浮漾，朝旭出東方。
野禽啼唱，爽朗這塵間。
和意宇間，滄蕩且清涼。
青碧天壤，我欲騰雲上。
紅塵攘攘，太多名利陷。
應持清腸，應有慧思想。
叩道無疆，心得縷縷芳。
無機心腸，拙正且昂揚。

天日晴朗

17年9月16日

天日晴朗，白雲悠悠翔。
好風舒曠，秋意顯滄蕩。
散步悠揚，心志共風揚。
鳥語花芳，歲月體平康。
神恩何壯，賜我以安祥。
靈程奮闖，我志慨而慷。
人生揚長，正義凝襟房。
煙雨滄浪，不過是幻象。

雲天多情

17年9月16日

雲天多情，幻化無止境。
悠悠風行，愜余意與襟。
歲月經行，苦難桑滄境。
秉持本心，傲立若鬆勁。
人生懷情，疊遭風雨凌。
意志堅定，矢搏蒼天青。
淡淡定定，名利未縈心。
奮向前行，風光燦無垠。

熾熱秋陽

17年9月16日

熾熱秋陽，清灑其光芒。
白雲萬狀，足以觀與賞。
週末假放，體味休與閑。
品茗雅芳，詩意盈心間。
曠吐哦唱，一瀉若江洋。
男兒豪放，不折矢強剛。
歲月奔放，不必計斑蒼。
鐵膽雄壯，萬里長驅闖。

斜暉正清朗

17年9月16日

斜暉正清朗，哦詩復漫浪。
歲月仲秋放，滄蕩天地間。
裁心向誰唱，孤旅不悲悵。
人生合昂藏，努力致遐方。
努力致遐方，山高水深長。
歲月徒虛妄，回首煙雲障。
不必雙淚淌，共緣去旅航。
清坐思閑放，一曲奉短章。
一曲奉短章，展眼雲煙漾。
市井和平間，車熙人攘攘。
散淡持襟腸，志在田園間。
名利非所向，正義荷強剛。

晨起星月在望
17年9月16日

晨起星月在望，晨曦東方初漲。
村雞喔喔啼唱，引我意興悠揚。
奉獻短詩一章，吐出心地情腸。
仲秋小風和暢，爽潔盈滿人間。

雲天幻化美無恙
17年9月16日

雲天幻化美無恙，我心我意起謳揚。
秋意和平盈寰壤，大地人民樂安祥。
已知商風漸掃蕩，正有落葉飄逝殤。
蹉跎歲月感慨放，雅哦新詩舒中腸。
雲天幻化美無恙，生活如詩堪稱賞。
苦旅艱蒼困難放，磨礪鐵骨傲然剛。
謙和儒雅詩書間，沉潛半世郁昂藏。
一聲大風縱情唱，氣韻瀰滿宇穹蒼。

雲天爛漫多情
17年9月16日

雲天爛漫多情，商風曠自吹行。
夕照有美景，市井鬧無垠。
我自爽然高興，舒發中心激情。
哦詩脫口吟，短章更盡興。
歲月不住飛行，額上皺紋霜鬢。
依然懷奮興，努力奮前行。
已履艱蒼困境，已度萬水千嶺。
一笑還朗清，神恩銘心靈。

人生率意之間
17年9月17日

人生率意之間，已履千山萬障。
思此熱淚淌，發覺鬢斑蒼。
晨鳥清新啼唱，金風其來蕭涼。
嫋起意興狂，小哦新詩行。
歲月莽莽蒼蒼，疊變幻化桑滄。
應許持清揚，奮志致遐方。
名利不許為障，紅塵任其狂猖。
吾持素襟腸，遁身向山莊。

牽牛嬌靚
17年9月17日

余之家鄉江蘇省濱海縣，民眾栽培的牽牛花有紅、藍兩種，總在夏秋晨間開放，時過中午即便收攏，十分妍麗動人，而野地開的一種野牽牛卻為粉白色；家中栽有紅色牽牛，而鄰家栽有紅、藍兩色牽牛，時值仲秋，開得燦爛輝煌，余心以動，因記因由，並賦詩焉。

牽牛嬌靚，紅藍二色鬥奇芳。
喇叭開張，熱情洋溢數她強。
吾意欣暢，不由謳詩舒奔放。
美在人間，總憑慧意去鑒賞。
人生揚長，青春如花已逝殤。
年惜斑蒼，依然持有少年狂。
叩道強剛，不屈艱難困苦放。
男兒豪壯，傲立頂天立地間。

浮生豈是夢
17年9月17日

浮生豈是夢，履盡艱蒼併苦痛。
而今收穫豐，智光內映慧常湧。
半世蒼煙濃，血淚人生近成翁。
唯賴神恩洪，導引靈程步彩虹。
大千幻化重，桑滄磨難疊無窮。
依然持剛猛，努力振翅風雨中。
中心仍有夢，大同之邦七彩濃。
眾教須和同，正道鋪向天國中。

人生苦旅艱蒼
17年9月17日

人生苦旅艱蒼，為緣所限所障。
應許持清揚，奮向靈程闖。
切禱神恩普降，救拔萬民向上。
拋去罪惡髒，勝過魔敵狂。
淨化靈魂無疆，聖潔發出清光。
如鹽之相仿，濟世救苦艱。
我心仰望天堂，和同眾教必講。
永生是在上，努力曠飛翔。

五更聽蟲唱
17年9月17日

五更聽蟲唱，切切契中腸。
荒野雞鳴放，引我意悠揚。
時光似飛殤，不必悲而悵。
仲秋清無恙，感慨哦詩行。
感慨哦詩行，我意正芬芳。
人生長驅闖，斑蒼日增長。
五十二年間，坎坷多飽嘗。
不必多歎悵，前路正遠長。
前路正遠長，山高水萬丈。

叩道騁志向，問學晨昏間。
君子人格彰，正義凝襟房。
天還沒有亮，提筆嗟茫蒼。
提筆嗟茫蒼，黎明在即將。
天光會啟亮，紅日終生長。
會當霞光靚，晨鳥將歌唱。
生活演無疆，大道運奔放。

東方晨曦漲

17年9月17日

東方晨曦漲，星月燦明亮。
野蛩猶歡唱，秋風走蕭涼。
路燈猶閃亮，行路車噪響。
生活奏開場，歡樂應無恙。
歡樂應無恙，人生百感蒼。
仲秋嗟深長，浮生履夢間。
已度千關障，贏得鬢斑蒼。
清聽村雞唱，我意轉悠揚。
我意轉悠揚，奮發當驅闖。
不懼困難放，男兒是鐵鋼。
豪情衝天壯，虎膽騁雄剛。
一聲高哦唱，氣瀰盈寰壤。

朱霞東方漲

17年9月17日

朱霞東方漲，晨鳥歡啼唱。
金風走蕭涼，日光漸敞亮。
歡欣持心間，提筆謳詩行。
筆下如水放，應可哦千章。
應可哦千章，心興正汪洋。
人生懷情向，幾多風雨艱。

而今履安祥，享受此平康。
神恩銘心間，切禱頌讚揚。
切禱頌讚揚，靈程奮發上。
淨化靈無疆，克敵用刀槍。
前路風光靚，試探任其放。
聖徒喜洋洋，永生福無疆。

旭日既東上

17年9月17日

旭日既東上，燦爛且輝煌。
佇觀余意康，朗然哦詩行。
野鳥恣鳴唱，爽風來蕭涼。
仲秋美無恙，天人奏歡暢。
旭日既東上，大地沐恩光。
生活又開場，努力奮揚長。
前路長堪闖，勿為名利障。
山高水復長，標的萬里疆。
旭日既東上，我意裁慨慷。
男兒奮勇剛，不畏困難放。
世事不坦蕩，曲折更艱長。
奮志克虎狼，締造大同邦。

喜鵲清鳴

17年9月17日

喜鵲清鳴，嫋起我意興。
長天卵青，遠際淡靄凝。
心地懷情，雅思合空靈。
歲月飛行，又值仲秋景。
不作高鳴，沉穩實幹行。
詩書朗吟，向學騁心靈。

闔家康平，神恩感無垠。
百年情景，雅度享安寧。

秋風清爽

17年9月17日

秋風清爽，雲天多澹蕩。
愜意塵間，陽光燦且靚。
我自慨慷，哦詩舒激昂。
壯懷奔放，志在萬里疆。
實幹為上，風雨吾兼闖。
斑蒼何妨，男兒騁強剛。
歲月清芳，流年堪品嘗。
蹉跎回放，未許有感傷。

流年有感動

17年9月17日

流年有感動，情向誰送？
記憶嫋長風，垂為久永。
花無百日紅，人易成翁。
惜我斑蒼濃，水雲心中。
人生煙雨濃，努力前衝。
靈程跨彩虹，七彩襟胸。
質樸持心胸，和而不同。
百年行匆匆，未許淚湧。

夕煙淡籠

17年9月17日

夕煙淡籠，人生縱哦諷。
曠志行動，不懼年近翁。
歲月匆匆，流年余感動。
回首煙朦，瞻望有彩虹。

奮發矢衝，果敢風雨中。
艱蒼苦痛，鑄造我剛雄。
男兒毅猛，叩道悟圓通。
迅捷如風，萬里未為功。

燥熱無風

17年9月17日

燥熱無風，草蟲激烈頌。
散步從容，華燈燦爛送。
車行如瘋，夜晚人熙擁。
緩步凝重，有汗沁背胸。
曠意哦諷，舒出我情濃。
有誰感動？孤旅悵深痛。
歲月迅猛，斑蒼日漸濃。
抬頭挺胸，依然奮鬥中。

不做酒徒

17年9月17日

不做酒徒，不被利名誤。
雄心猶具，我欲高蹈去。
慧心覺悟，寄情田園趣。
雅思良苦，詩書聊自娛。
心有千悟，卻向誰人語？
孤旅淒苦，穿越風與雨。
叩心自數，百年穿梭度。
奮發剛武，靈程力行去。
此生遭遇，艱蒼與困苦。
神恩豐富，賜我安如許。
燈下思慮，感沛吐心語。

頌神萬句，淚下滂沱雨。

又值斜暉清朗

17年9月17日

又值斜暉清朗，燥熱鬱在塵間。
散坐思無恙，品茗心興暢。
生活演進無疆，人卻不斷老蒼。
仍持少年狂，恆欲去闖蕩。
仲秋美景無恙，鳥語花芳正當。
天際靄煙漾，遠處嘹謳唱。
市井鬧鬧嚷嚷，心中水雲渴想。
切慕山樵曠，無機享安祥。
清貧並無大妨，我有正義強剛。
詩書鬱心芳，裁心哦揚長。
叩道是余志向，問學晨昏不讓。
百年雖瞬間，著書垂久長。

人生應許安祥

17年9月17日

人生應許安祥，拋去名利虛妄。
享受風清曠，體味平與康。
清貧有何大妨，叩道清騁志向。
前路不畏艱，奮發敢於上。
閒時請品茗芳，暇時可哦詩章。
激情若狂猖，可縱情歌唱。
運動可保健康，養心更為至上。
德操第一樁，修身莫退讓。

暮煙重濃

17年9月17日

暮煙重濃，喜鵲喳喳鳴頌。
叫賣聲洪，市井熱鬧熙擁。
哦詩興濃，提筆揮灑無窮。
人生履風，快意盈滿襟胸。
歲月飛猛，年輪如飆轉動。
年近成翁，啞然失笑從容。
淡泊心中，水雲情懷曠湧。
真的英雄，定然一生奮勇。

早起五更

17年9月18日

早起五更，遠際蛩聲，
荒村雞聲，清我肺腑是深深。
甫畢五更，鳥啼聲聲，
路上車聲，匯成交響也無倫。
紅塵是陣，名利陷人，
奮不顧身，全身而退有幾人？
感謝神恩，導引靈程，
克敵制勝，水雲中心有清芬。

清喜流風送暢

17年9月18日

清喜流風送暢，秋意正感清爽。
陽光曠灑降，木葉初飛殤。
我志是取悠閒，不為名利苦傷。
水雲中心漾，詩書郁昂藏。
歲月淡有清芳，回味百感俱上。
曾履苦雨艱，而今入平康。

前路山水任蒼，我志是如鐵鋼。
叩道奮揚長，慧意悟心間。

陽光和暢

17年9月18日

陽光和暢，金風蕭爽，
愜意揚長，小哦新詩行。
吾志慨慷，激越昂揚，
叩道奔放，努力矢前闖。
山水萬方，風光無限，
任起艱蒼，男兒敢於上。
淡泊情腸，無機安祥，
正義襟房，天下繫念間。

陽光熱燙

17年9月18日

陽光熱燙，秋氣燥亢，
小風來爽，適我心無限。
小鳥鳴唱，花開俊芳，
閑品茗芳，愜意真無上。
人生揚長，奮發向上，
力克艱蒼，男兒迎難闖。
笑意淡放，和藹心間，
逸意舒揚，吐詩微有芳。

悠悠揚揚

17年9月18日

悠悠揚揚，閒暇真無上。
享受安祥，享受這平康。
燦爛秋陽，灑在心田上。
散坐思想，激情有奔放。

回憶深廣，往事不堪想。
苦旅飽艱，血淚曾潸淌。
神恩何壯，導引正路航。
靈程方向，永生天國上。

城市喧囂

17年9月18日

城市喧囂，胸中須有水雲飄。
人生情調，適意安處共緣跑。
百度逍遙，清貧富貴不重要。
正義心竅，悟道良深入玄妙。
展我風騷，晨昏縱情哦詩稿。
心志蘭草，質樸清新芳淡飄。
人生不老，青春心態最重要。
不懼鬢蕭，沐浴陽光何灑瀟。

第四十五卷《方正集》

四更無眠 17年9月19日

四更無眠，聽盡蟲吟，
諳盡孤眠，秋夜覺淒清。
歲月經行，人生多情，
老了蒼鬢，一笑還淡定。
五更已進，天未黎明，
黑猶當行，哦詩舒心靈。
小有才情，君子固貧，
揮灑胸襟，靜待晨雞鳴。

晨起清聽鳥鳴 17年9月19日

晨起清聽鳥鳴，心地沉吟，
心事難明，一種情緒是幽清。
人生嚮往光明，水雲清境，
是我心欽，塵世名利是浮雲。
輾轉中心空靈，嚮往飛行，
萬里無雲，縱有風雨亦盡興。
歲月賜我多情，綿綿傷心，
疊遭陰晴，依然中心懷奮興。

雲天爛漫多情 17年9月19日

雲天爛漫多情，喜鵲喳喳清鳴。
牽牛開盡興，仲秋好風情。
歲月曠意飛行，君子不作高鳴。
沉潛鼓幹勁，業績燦無垠。
紅塵不能久停，對此不必傷心。
百年有美景，終究是夢境。
努力奮向前行，風光領略在心。
一笑且溫馨，和雅持本心。

雲天清顯淡蕩 17年9月19日

雲天清顯淡蕩，天氣卻很熱亢。
電扇播風涼，裁心哦詩行。
人生得意莫狂，失意共緣飛翔。
緣來如潮漲，緣去似退浪。
向學情懷張揚，叩道幾微之間。
不必嗟斑蒼，奮志吾揚長。
已度萬千關障，贏得一笑清揚。
拙正持心間，機巧已拋光。

浮生荒唐一夢 17年9月19日

浮生荒唐一夢，贏得心傷重濃。
歲月逝匆匆，流年余感動。
時候又值秋仲，斑蒼是我顏容。
努力矢前衝，不畏雨與風。
男兒合展剛雄，矢斬虎豹惡凶。
正義持心中，眼目清光送。
半世生涯凝重，血淚交流苦痛。
唯賴神恩洪，賜福真無窮。

流年有誰感動 17年9月19日

流年有誰感動，孤旅不嗟險重。
奮發男兒雄，傲立天地中。
窗外鳥語鳴頌，園圃秋花芳濃。
燥熱仍頗重，持心須從容。
水雲涵於心胸，不為名利所動。
君子人格弘，叩道吾奮勇。
歲月流逝無窮，百年是一緣動。
惜緣須凝重，造緣務珍重。

率意志凝長虹 17年9月19日

率意志凝長虹，七彩是我心胸。
絕不輕苟從，獨立曠迎風。
此生情懷傷痛，苦風苦雨飽濃。
而今斑蒼重，淡定持襟胸。
前路不懼坎重，山水清奇無窮。
覽盡風光雄，愜意心懷中。
跌倒爬起從容，奮發展我剛雄。
業績創恢弘，著書垂久永。

清展我的靈動 17年9月19日

清展我的靈動，清展我的笑容。
人生沐雨風，快慰持心中。
秋意並不濃重，燥熱鬱在塵中。
哦詩舒感動，花芳鳥鳴頌。
履盡浮生苦痛，終有彩虹燦送。
緣字內涵豐，大化運圓通。
努力奮發前衝，迎接考驗艱濃。
神恩真恢弘，靈程賜福洪。

品茗清芳 17年9月19日

余喜飲茶，而茶不可飲用過量，因過量易傷脾土，使人心憂，且易精神亢奮，影響夜間睡眠；余有時一時興起，控制不住，飲用過量，雖因此詩興暢發，類若汪洋，但導致夜間難以入眠，甚為難受；今思及此，記錄此事以告諸並告戒讀者，且有感而賦詩焉。

品茗清芳，但不可過量。
精神奮亢，睡眠受影響。
人生昂揚，奮發往前闖。
清淡心腸，名利非所向。
志取雄剛，叩道舒奔放。
尋覓慧光，尋覓智慧藏。
百年匆忙，未可虛費浪。
惜時須講，調節以安祥。

生活苦澀艱蒼 17年9月19日

生活苦澀艱蒼，回思淡有清芳。
率意舒奔放，棄去名利髒。
人生百倍情長，時遭苦風巨浪。
努力奮志向，秉心慨而慷。
向學吾取昂揚，叩道不敢退讓。
任幻桑與滄，吾只守平常。
愜意水雲之鄉，愛好田園山莊。
紅塵任攘攘，秋春度安祥。

苦旅不嗟艱蒼 17年9月19日

苦旅不嗟艱蒼，天陰無妨揚長。
人生激越間，履度千關障。
回首煙雲掩漾，瞻望險峰疊嶂。
努力奮貞剛，男兒騁豪強。
謙和持在心間，向上曠飛無限。
身雖居塵網，逸意舒奔放。
不辭清貧昂揚，正義凝聚何剛。
縱情大哦唱，天地久回蕩。

奮志人生殷殷 17年9月19日

奮志人生殷殷，心中渴慕愛情。
歲月曠飛行，流年堪震驚。
嚮往攜手同行，兩心相映相親。
百年有美景，浪漫盈心靈。
秋意正顯均平，天陰無妨心情。
努力奮前行，關山疊蒼俊。
和藹持在心襟，笑意溢出眼睛。
遙祝我致敬，人生亨朗晴。

清夜切鳴蛩 17年9月20日

清夜切鳴蛩，晨起鳥啼頌。
村雞喔喔送，路上車鳴轟。
散坐思無窮，遐想盈心胸。
晨曦待啟中，裁心小哦諷。
裁心小哦諷，歲月飛迅猛。
秋分接近中，年光逝匆匆。
斑蒼不沉痛，奮志猶剛猛。
人生快慰重，因荷神恩濃。

人生情調知多少 17年9月20日

人生情調知多少，履盡煙雲渺。
晨起清聽鳥鳴叫，嫋起意興高。
歲月秋分漸近了，不必嗟年老。
奮發人生持剛傲，豪情猶堪表。
天陰任起風雨饒，我有鬥志高。
風雨兼程矢驅跑，叩道展風標。
平生名利矢棄拋，趨向山村道。
百年歲月也清好，水雲亨微妙。

腳踏落葉吾逍遙 17年9月20日

腳踏落葉吾逍遙，散步心態也安好。
人生未敢稍驕傲，正氣從來凝襟抱。
叩道任從路迢迢，問學晨昏哦詩稿。
情懷積澱付誰曉，長望南天意興高。

秋意漸濃

17年9月20日

秋意漸濃，林羽黃斑中。
晨起情濃，新詩脫口頌。
人生雨風，流年有感動。
不必傷痛，前路有彩虹。
而今斑重，慨慷且從容。
志取長虹，七彩在閃動。
實幹之中，汗水不白送。
業績恢弘，會當收穫豐。

閒情吾持放曠

17年9月20日

閒情吾持放曠，雲淡天青日朗。
金風暢吹揚，我意適無限。
享受休閒時光，未可鎮日匆忙。
操勞須適當，健康須保養。
歲月流逝飛殤，老蒼漸漸來訪。
依持志清揚，奮發慨而慷。
浮生豈可孟浪，沉穩實幹頑強。
前路萬里長，努力騁強剛。

笑意從心浮漾

17年9月20日

笑意從心浮漾，歲月覺其馨芳。
清風長鼓蕩，情志入詩章。
向學晨昏不讓，積澱唯求增長。
努力騁志向，邁越彼廣長。
宇宙浩大無限，人生渺小無疆。
星空吾瞻望，心胸應更廣。
努力叩求道藏，宇宙奧祕探訪。
時光飛匆忙，長嗟慨而慷。

世事嗟其茫茫

17年9月21日

世事嗟其茫茫，人生度越桑滄。
未可稍荒唐，秉持真善良。
五更草蟲清唱，聽之愜我情腸。
秋意和平漾，澹蕩瀰宇間。
苦痛成為過往，迎接人生輝煌。
腳踏實地闖，萬里邁遠長。
紅塵任其攘攘，傾心水雲之鄉。
性天吾清涼，不為名利傷。

晨雞喔喔啼唱

17年9月21日

晨雞喔喔啼唱，早起心興悠揚。
時值五更間，空氣鮮無恙。
人生坦坦蕩蕩，無機是我襟房。
歲月似綿長，回首堪驚傷。
力求德操增長，叩道吾志昂揚。
詩書晨昏間，朗哦吾奔放。
容我充滿幻想，希望寄於前方。
天亮待時光，迎接晨曦漲。

晨鳥清新鳴唱

17年9月21日

晨鳥清新鳴唱，愜余心襟意向。
浴後神情爽，裁心哦詩章。
林野濃靄瀰漾，欣此和平寰壤。
秋意清平況，享受此安祥。
歲月任其奔放，人生不嗟老蒼。
努力奮志向，關山豈為障。
張開我的翅膀，向著高天飛翔。
愛情美無恙，我要去品嘗。

小哦我的詩行（之一）

17年9月21日

小哦我的詩行，舒出我的奔放。
愛情瀰襟間，捧出赤心膛。
嚮往綿綿長長，嚮往凝眸對望。
嚮往攜手相傍，嚮往愛情無疆。
遠際村雞啼唱，時值五更之間。
精神正健朗，激情我張揚。
不由自主哦唱，心中一種娟芳。
我欲曠飛翔，去到汝身旁。

心懷光明太陽

17年9月21日

心懷光明太陽，熾熱散發光芒。
浮生奮志向，黑暗退而藏。
努力奮發向上，克己修身必講。
靈性淨無疆，純正吾奔放。
拋開心中愁悵，人生志在遐方。
不為名利障，叩道展揚長。
天陰無妨清揚，率意不計斑蒼。
男兒有力量，中心荷道藏。

白雲朵朵飄翔

17年9月21日

白雲朵朵飄翔，陽光灑照輝煌。
余心享安祥，秋意清平況。

歲月紛飛飄蕩，逐漸老我斑蒼。
詩意中心漾，吐語發芬芳。
歎此紅塵攘攘，眾生爭競奔忙。
名利騁囂猖，何處水雲鄉？
吾意清持淡蕩，名利非我意向。
秉性是溫良，儒雅君子芳。

此際和風清揚

17年9月21日

此際和風清揚，心情十分舒暢。
陽光灑無恙，青天白雲翔。
浮生幻化之間，百年豈是虛誑。
緣字無法講，共緣去飛翔。
歲月莽莽蒼蒼，回思風雨艱長。
依然一笑間，奮發我頑強。
紅塵任起狂浪，穩渡我啟歸航。
天國是家邦，永生福無限。

展現我的靈動

17年9月21日

展現我的靈動，展現我的笑容。
人生如履風，渴望比翼衝。
此生履盡雨風，贏得傷痕重重。
依然情有鐘，愛情渴望中。
不懼前路坎重，不懼迷霧重濃。
心志展剛洪，穿雨又沐風。
奮發我之毅勇，矢志登上彩虹。
腳踏實地衝，男兒豈孬種。

窗外歌聲展悠揚

17年9月21日

窗外歌聲展悠揚，溫柔且漫浪。
嫋起心情萬千放，柔意中心漲。
歲月點滴有清芳，記憶垂為香。
流年飛逝若瘋狂，發覺鬢初霜。
依然保有我強剛，曠發男兒爽。
激情依然盈襟腸，發詩謳嘹亮。
縱情人生容滌蕩，豪放且狂猖。
我欲大風長哦唱，天地驚相向。

夜靜三更

17年9月22日

夜靜三更，微聞蟲聲，
醒轉時分，心中思念那個人。
歲月馳奔，又近秋分，
轉動年輪，感慨心中不禁生。
回憶深深，瞻望深深，
人生繽紛，七彩恣意舞乾坤。
路上車聲，音樂遙聞，
我心清芬，情思綿綿不住生。

早起五更

17年9月22日

早起五更，細辨蟲聲，
荒村雞聲，路上猶然點華燈。
思憶深深，新詩哦成，
曠吐心身，一種情緒綿而芬。
歲月進深，斑蒼初逞，
遠辭青春，叩道依然奮剛正。
路上車聲，轟鳴聲聲，
市井噪生，中心切慕水雲紛。

鳥鳴聲聲

17年9月22日

鳥鳴聲聲，愜我意興與精神。
散步興生，數里不過一轉瞬。
秋靄清生，晨起吾意是振奮。
小風陣陣，仍然微汗沁全身。
心境雅芬，哦詩長吐我心聲。
人生馳奔，已履萬水千山陣。
歲月繽紛，素樸情志秉真誠。
名利棄扔，清心蘭草淡香生。

雅思此際空靈

17年9月22日

雅思此際空靈，哦詩長吐心情。
歲月使人奮興，愛情銘感於心。
呼出肺腑熱情，嚮往長空飛行。
比翼彼此多情，關愛聲聲和鳴。

清坐思放

17年9月22日

清坐思放，遐想一似風飛揚。
人生嚮往，比翼情侶愜無限。
紅塵攘攘，百年人生真匆忙。
應許安祥，守護心靈發慧光。
歲月品嘗，應有淡淡之清芳。
苦痛艱蒼，已成過去之既往。
相愛無恙，我將一顆心捧上。
綿綿情長，相視相擁何漫浪。

激越情腸

17年9月22日

激越情腸，溫柔心房，
我要向你開敞。
歲月奔放，流年清芳，
我要共你品嘗。
純真心間，感慨升上，
不由暢發短章。
人生昂揚，邁步前方，
攜手共履輝煌。

歲月清展淡芳

17年9月22日

歲月清展淡芳，情志如同潮漲。
愛情豈尋常，魔力非等閒。
時有種種癡狂，時有種種症狀。
總憑赤心膛，幻化成萬象。
柔意盈於襟房，蜜意奉與君嘗。
兩心尚一樣，路遙並無妨。
歲月綿綿長長，攜手秋春徜徉。
共同展眼望，前路壯非常。

夜深人靜叩本心

17年9月22日

夜深人靜叩本心，雅潔且娟清。
奮志人生且殷殷，不懼風雨凌。
努力前路奮發進，關山越無垠。
風光秀美非常尋，心中懷激情。
大千世界幻萬境，總是緣在行。
一直秉持赤子心，輾轉陰與晴。
而今玄髮漸斑鬢，感慨化詩吟。
應許待時發雷霆，橫掃鼓千鈞。

四更醒來懷意向

17年9月23日

四更醒來懷意向，犬吠正放，
蟲吟正唱，路上車行猶噪嚷。
情兒娟娟堪謳唱，費盡思量，
百般裁想，心上人兒在遠方。
願化飛鳥向汝航，心情歡暢，
謳歌嘹亮，激越情懷豈尋常。
愛情天地誓覓訪，飽飲瓊漿，
比翼雙雙，此生願效小鴛鴦。

早起五更

17年9月23日

早起五更，心地清純，
雅聽蟲聲，小風來慰問。
情思曠生，牽動心身，
心志繽紛，人生奮馳騁。
今日秋分，驚歎年輪，
滾滾紅塵，不必嗟與震。
逝去青春，未許消沉，
浩髮剛正，叩道任艱深。

晨雞清啼唱

17年9月23日

晨雞清啼唱，散步興悠揚。
天還沒有亮，路上華燈放。
秋分今日訪，時光惜飛殤。
努力奮發闖，老蒼漸來訪。
老蒼漸來訪，我志依強剛。
詩書晨昏間，體道吾安祥。
發詩哦嘹亮，心境頗瀟蕩。
心性發清光，燭照前路長。
燭照前路長，萬里慨而慷。
不懼風雨艱，力戰惡狼狂。
身心頗清揚，男兒果敢放。
一聲高哦唱，激越且奔放。

小哦我的詩行（之二）

17年9月23日

小哦我的詩行，舒出心中奔放。
熱情且張揚，品味豈尋常。
質樸持於心間，坦蕩寫在臉上。
眼目凝清光，努力矢闖蕩。
愛情美妙無恙，我心感受昂揚。
人生路漫長，與君相依傍。
百年似是瞬間，時光怎可費浪。
行旅吾揚長，萬里無止疆。

天陰無妨清揚

17年9月23日

天陰無妨清揚，濃靄林野之間。
心地逞疏朗，裁心哦詩行。
流年飛逝瘋狂，不必長嗟斑蒼。
務抓緊時間，努力叩道藏。
尋覓愛情清芳，我心溫柔漾上。
正直立人間，情緣須珍藏。
人生未可荒唐，君子人格培養。
務使端而方，德操恆修養。

此際天轉晴朗 17年9月23日

此際天轉晴朗，喜鵲喳喳鳴放。
心意逞悠揚，欣賞花清芳。
心曲緩緩彈唱，哦詩縱展揚長。
歲月有淡香，流年不嗟悵。
紅塵清度無恙，荷負正義強剛。
男兒騁豪強，不為名利狂。
淡淡定定之間，心泉涓涓流淌。
活水清無恙，捧出奉君嘗。

窗外鳥唱，金秋和風曠意向。
清坐安祥，寫詩舒情何快暢。

流風送暢 17年9月23日

流風送暢，吾意持安祥。
秋分時間，天氣平和漾。
體味休閒，淡泊之襟腸。
嚮往遐方，矢志去闖蕩。
笑意展放，人生似戰場。
利鎖名韁，害人以無限。
吾持清向，水雲中心曠。
志取強剛，努力舒奔放。

流年有芳 17年9月23日

流年有芳，記憶垂為淡淡香。
苦痛過往，不必介意任逝殤。
向前瞻望，心中依然七彩裝。
嚮往太陽，嚮往光明之天壤。
世事狂蕩，良心未可稍失陷。
正直方剛，君子浩氣盈寰壤。

第四十六卷《奮進集》

雲淡天青 17年9月23日

雲淡天青，遐思吾放行。
秋風盡興，落葉有飄零。
歲月經行，今日秋分臨。
惜時凝心，努力奮前行。
名利虛境，從未曾縈心。
清懷剛勁，待時發雷霆。
人生多情，只是傷心靈。
不必多云，新詩朗聲吟。

流年記憶余悵痛 17年9月23日

流年記憶余悵痛，心地依然剛雄。
奮發人生騁勇猛，矢向前路直衝。
秋意漸顯深與濃，落葉飄逝隨風。
清坐哦詩也從容，名利究有何功。
斜暉此際清朗送，遠際歌聲播送。
心胸坦蕩無執中，共緣履歷雨風。
未來瞻望奮襟胸，男兒當展恢弘。
努力叩道入圓通，不隨俗世流風。

晨起天晴 17年9月24日

晨起天晴，雲淡風清，
浮煙清凝，寂寞持心情。
人生孤零，況已斑鬢，
奮志而行，努力矢辟進。
浩志如雲，心意空清，
不求利名，向學無止境。
叩道無垠，深入圓明，
精義心領，淡蕩是心靈。

寂寞沙洲冷 17年9月24日

寂寞沙洲冷，孤旅獨自馳騁。
人生矢奮爭，不懼山高水深。
窗外鳥喧騰，愜我心襟意神。
心境持馨溫，淡度冬夏秋春。
浮生如何論，只是苦旅艱深。
回首煙雲生，瞻望仍懷興奮。
浴後爽我神，一篇短詩旋成。
難言復難論，心事百折生成。

清風此際舒曠 17年9月24日

清風此際舒曠，愜懷真是無恙。
聽聽鳥啼唱，賞賞花俊芳。
市場不妨閒逛，睹見人熙人攘。
生活奏平康，心志展悠揚。
小哦我的詩章，舒發我的情向。
人生頗揚長，名利都捐忘。
詩書持身昂揚，男兒血氣方剛。
努力振志向，萬里無止疆。

萬事不妨拋忘 17年9月24日

萬事不妨拋忘，享受寧靜安祥。
紅塵是攘攘，百年匆匆間。
此際和風清翔，和平盈滿寰壤。
況值天晴朗，不熱又不涼。
人生是一緣放，苦旅艱蒼飽嘗。
血淚曾潸淌，仰首長瞻望。
唯賴神恩無限，指引正道康莊。
而今心平康，頌贊從襟房。

浮生恍然一夢 17年9月24日

浮生恍然一夢，覺醒發覺斑濃。
血淚曾清湧，滿心是苦痛。
所賴神恩恢弘，賜福真是無窮。
而今享亨通，晴朗是心胸。
窗外小鳥鳴頌，寫意吹來和風。
歲月雖平庸，志向豈凡庸。
努力奮發剛勇，豪情萬丈盈胸。
曠志展長虹，七彩在閃動。

清度人生從容 17年9月24日

清度人生從容，我有志向如虹。
奮發剛武衝，沐雨又披風。
歲月清展芳濃，行旅不必匆匆。
風光燦無窮，愜意盈心胸。
孤旅不嗟傷痛，男兒是有勇猛。
山水清無窮，豪情豈常庸。
神恩燦爛恢弘，思此我心感動。
熱淚有清湧，頌贊出心中。

天際曠起清風 17年9月24日

天際曠起清風，愜我情懷重濃。
散坐品茗中，窗外鳥鳴頌。
周日閒暇從容，天晴和藹宇中。
歲月清流動，發覺斑蒼重。
少年銘記心中，回首煙雲朦朧。
百年不久永，浮生類一夢。
詩書浸淫有功，哦詩舒發心胸。
寫書暢襟胸，叩道吾奮勇。

最喜喜鵲鳴唱 17年9月24日

最喜喜鵲鳴唱，喳喳喜氣洋洋。
聽之吾心暢，渴望曠飛翔。
人生得意莫狂，謙和一生必講。
修身有清芳，種德無止疆。
浮生未許孟浪，清展心中志向。
名利非所向，著力詩書間。
百度秋春漫浪，有誰共我品嘗？
孤旅不言悵，奮力矢闖蕩。

心志脱出凡庸 17年9月24日

心志脱出凡庸，人生豈是孬種。
奮發我剛洪，叩道入圓通。
激情盈滿襟胸，我要努力前衝。
任起傷與痛，任起雨與風。
回首煙雲重濃，往事不堪回送。
希望恆在胸，心懷有彩虹。
腳踏實地成功，汗水快意流動。
清度秋春冬，男兒騁豪勇。

詩意浩發汪洋 17年9月24日

詩意浩發汪洋，裁心哦出詩章。
小吐我意向，曠舒我情腸。
仲秋清平無恙，澹蕩欣此宇間。
享受休與閑，中心持坦蕩。
半世已經銷殤，玄髮漸換華霜。
一笑展清揚，我志在遐方。
矢志萬里闖蕩，叩道不計艱蒼。
奮發男兒壯，心志懷清剛。

疏慵是我心情 17年9月24日

疏慵是我心情，愜聽小鳥清鳴。
心志懷雅興，品茗有芳馨。
人生絕不常尋，苦難艱蒼飽經。
而今享康平，一天是朗晴。
不必嗟我斑鬢，奮志仍持殷殷。
努力去追尋，理想導我行。
奮發男兒剛俊，傲立類若鬆勁。
卑弱可不行，學取彼雄鷹。

愜意清風吹送 17年9月24日

愜意清風吹送，人生奮志長虹。
不懼雨與風，兼程我矢衝。
秋意淡顯清空，爽朗持在襟胸。
神恩總恢弘，賜福真無窮。
男兒是有情種，聖潔自守從容。
流年逝飛送，不必嗟斑濃。
履盡苦雨淒風，而今淡泊心胸。
展眼雲煙動，愜懷入詩中。

清展我的心胸 17年9月24日

清展我的心胸，清展我的從容。
前路任險重，矢志登長虹。
男兒多情之種，孤旅咽盡雨風。
依然懷情濃，嚮往比翼衝。
秋來清風吹送，和平寧靜宇中。
澹蕩持心胸，不妄去行動。
詩書容我哦諷，向學勤奮之中。
不畏苦與痛，鐵志若竹松。

人生曠志雨風 17年9月24日

人生曠志雨風，終有燦爛恢弘。
汗水不白送，勤勞收穫豐。

此生清持凝重，君子人格和庸。
名利有何功，早已棄空空。
晨昏我清哦諷，小鳥伴我鳴頌。
歲月愜無窮，神恩感心中。
矢志跨上彩虹，不斷創造成功。
著書勤奮中，思想傳久永。

心事朦朦朧朧

17年9月24日

心事朦朦朧朧，哦出應許清空。
展眼雲煙動，商風吹從容。
凋零是我顏容，人生履盡雨風。
斑蒼日漸濃，流年逝匆匆。
仍須志取長虹，奮發剛武勁衝。
克盡鬼魔凶，靈程凱歌送。
感謝神恩恢弘，生活亨有亨通。
頌贊長哦諷，前路雲霞動。

天氣陰晴不定

17年9月24日

天氣陰晴不定，我心卻是朗晴。
秋風吹清勁，小鳥鳴動聽。
人生持有多情，容易受傷傷心。
半世已銷盡，餘得蒼蒼鬢。
努力前路追尋，奮志刺向滄溟。
宇宙浩無垠，真理矢叩請。
孤寂時襲心襟，哦詩痛快身心。
人生任陰晴，秉正持心靈。

天陰無妨靈動

17年9月24日

天陰無妨靈動，吐出心襟如虹。
快慰持心中，金秋走爽風。
秋意漸顯濃重，人生矢脫凡庸。
浩志盈襟胸，七彩瑰無窮。
名利究有何功，只是擾人心動。
叩道吾剛猛，清貧不辭送。
正義凝於襟中，眼目慧光閃動。
百年是匆匆，抓緊時間衝。

曠展我的心胸

17年9月24日

曠展我的心胸，質樸原也清空。
哦詩舒靈動，襟懷脫凡庸。
平生抱負凝重，不隨俗世邪風。
靈程沐雨風，努力奮前衝。
不為名利所動，詩書朗哦從容。
淡定持襟胸，叩道吾奮勇。
學問研求無窮，心得哦入詩中。
孤旅不言痛，清展我笑容。

體道吾志安康

17年9月24日

體道吾志安康，人生矢志向上。
不為名利障，清貧無大妨。
矢展吾之昂揚，矢展吾之貞剛。
努力曠飛翔，萬里無止疆。
不必長嗟艱蒼，不必悲歎炎涼。
志若虹萬丈，七彩閃俊光。

質樸和藹安祥，清心明慧思想。
日月清度間，哦詩我悠揚。

矢展吾之清剛

17年9月24日

矢展吾之清剛，矢展吾之茁壯。
人生奮志向，千關未可障。
秋仲木葉逝降，天陰正好涼爽。
逸致中心漲，裁心哦詩章。
人生快慰非常，縱有艱深何妨。
叩道吾揚長，雅思舒曠朗。
清風其來舒揚，闔家安度平康。
神恩總無恙，感沛在心間。

矢展我之清剛

17年9月24日

矢展我之清剛，矢展我之俊剛。
矢展我之貞剛，矢展我之方剛。
人生矢志向上，不懼困苦艱蒼。
我意奮發昂揚，努力步向遐方。
不屈名利孽障，力戰惡狼兇狂。
正義清持心間，叩道曠意揚長。
秋風逕自吹揚，歲月清展淡蕩。
人生就是這樣，不屈不撓成長。

歲月清流無限

17年9月24日

歲月清流無限，人卻漸漸老蒼。
秋意展澹蕩，商風恣意翔。
喜鵲喳喳鳴唱，使人心興清揚。
朗哦我詩行，裁心謳嘹亮。

人生奮志之間，半百逝殤無恙。
回首煙雲漾，感慨上心膛。
前路尚很遠長，我要鼓力向上。
不懼彼艱蒼，努力奮飛揚。

情懷與誰相共

17年9月24日

情懷與誰相共，流年回憶沉痛。
煙雨既迷蒙，少年遠辭送。
壯志仍懷心中，質樸坦蕩襟胸。
腳踏實地衝，穿越關千重。
前路努力行動，與誰形影相從。
心中恆有夢，七彩似長虹。
燈下清心哦諷，散淡心中和庸。
多言是無功，實幹顯豪雄。

四更無眠

17年9月25日

四更無眠，充滿激情，
寫詩殷殷，人生百感浩無垠。
履盡陰晴，而今斑鬢，
仍懷奮興，萬水千山是常尋。
何處知音，孤旅懷情，
內心淒零，蹉跎歲月血淚凝。
矢作豪英，努力奮行，
天涯比鄰，願有比翼雙飛鳴。

此際風雨生成

17年9月25日

此際風雨生成，秋意漸顯濃深。
心意向誰逞，孤旅獨悵深。
人生渾屬難論，多有風雨歷程。
苦痛常深深，額上鎖皺紋。
此生荷負神恩，賜福導引靈程。
心中朗晴生，希冀在天城。
歲月不斷加深，心中感慨萬分。
頌歌獻真神，前路奮馳騁。

窗外秋雨清生

17年9月25日

窗外秋雨清生，心中情感溫存。
人生勿沉淪，努力曠馳騁。
履盡山高水深，孤旅奮發剛正。
至今仍未婚，秉心持堅貞。
嚮往愛情繽紛，奉獻我的真誠。
歲月正進深，攜手倩何人？

心志淡雅清芬

17年9月25日

心志淡雅清芬，人生贏得痛疼。
窗外風雨生，清坐心安穩。
步履人生剛正，不懼風雨艱深。
浩志七彩逞，君子人格正。
此生風雨成陣，磨得鐵志生成。
回首煙雲生，遠辭是青春。
仍須努力馳騁，克盡困苦叢生。
所賴唯神恩，導引我靈程。

人生行跡匆匆

17年9月25日

人生行跡匆匆，轉眼老邁龍鍾。
浮生正似夢，似乎一場空。
希冀靈程成功，前路步上彩虹。
天國永生中，頌神至久永。
歲月綿綿芳濃，名利究有何功。
叩道吾奮勇，剛正向前衝。
此生履盡雨風，身心荷負沉痛。
切求神恩洪，賜福隆且豐。

七彩是我心靈

17年9月25日

七彩是我心靈，向誰吐露真情？
人海苦覓尋，凝心恆殷殷。
人生雷電經行，奮發是我心襟。
紅塵如夢境，醒轉堪震驚。
孤旅人生奮進，履盡坎坷艱辛。
一笑還朗晴，努力展豪英。
嚮往光明之境，嚮往水雲清景。
傾吐一片心，知音誓覓尋。

煙雨繽紛

17年9月25日

煙雨繽紛，飄飄失落是年輪。
心事痛疼，孤旅人生奮馳騁。
秋意漸深，落葉飄逝漸成陣。
痛惜人生，不堪衰老斑蒼生。
鼓舞精神，前路尚待奮剛正。
英武心身，曠展意志舞乾坤。
歲月進深，人生感想向誰論？
不嗟艱深，努力風雨我兼程。

秋雨綿綿清降 17年9月25日

秋雨綿綿清降，落紅有誰悼傷。
心志騁清昂，閑哦我詩行。
時光飛逝流殤，人生真是匆忙。
猶記少時光，不覺已斑蒼。
率意詩書之間，辭去名利骯髒。
紅塵是攘攘，我志在山莊。
笑意清新浮上，坎坷俱成過往。
努力向前闖，不懼風與浪。

心情曠展奔放 17年9月25日

心情曠展奔放，激情此際囂張。
窗外雨正降，點滴作清響。
歲月清度昂揚，何必介意斑蒼。
一笑也清朗，努力致遐方。
人生坦坦蕩蕩，不屈名利孽障。
清貧吾強剛，正義荷心間。
秋仲天氣漸涼，爽風吹來快暢。
思想起狂浪，裁心南山章。

人生不可稍狂 17年9月25日

人生不可稍狂，守定中心意向。
謙和一生講，德操未可忘。
吾志是取昂揚，奮發一生強剛。
迎著困難上，披荊斬棘闖。
身心屢負重創，跌倒爬起再上。
百度秋春放，人生一曲唱。
感謝神恩芬芳，賜我真理靈糧。
飽食心安康，靈程奮向上。

煙雨迷蒙之間 17年9月25日

煙雨迷蒙之間，我志舒發慨慷。
閒雅哦詩行，裁心體昂藏。
歲月悠悠揚揚，一似風之吹蕩。
時值仲秋間，人惜已斑蒼。
依然奮志闖蕩，努力奮發圖強。
不畏困障放，男兒是鐵鋼。
柔情向誰傾淌？心曲向誰鳴放？
孤旅不言悵，清展我頑強。

心意此際雅清 17年9月25日

心意此際雅清，窗外秋雨正行。
小品我芳茗，愜懷曠無垠。
歲月淡蕩經行，風雨艱蒼曾凌。
一笑還爽清，兼程我奮進。
山高水深清境，大千我心包映。
人生懷多情，只是易傷心。
闔家安穩溫馨，剛俊不辭清貧。
男兒是豪英，名利矢辭屏。

苦痛寂寞憂傷 17年9月25日

苦痛寂寞憂傷，統統應棄光光。
奮志詩書間，男兒志昂藏。
此生履盡險艱，迎來華髮斑蒼。
依然志頑強，不屈矢向上。
前路任起艱障，困苦磨難難擋。
恣意去飛翔，摩雲何快暢。
傾情水雲之鄉，喜愛田園山莊。
清貧豈有妨，正義吾強剛。

又值黃昏 17年9月25日

又值黃昏，煙雨連綿清生。
心事重沉，無人可與言論。
人生奮爭，贏得心中生疼。
回首悵深，青春銷逝無痕。
努力前奔，山水險惡成陣。
奮爭心身，鼓舞力量上升。
切禱真神，賜我平安康順。
感沛神恩，導引靈程純正。

晨起天陰雨已停 17年9月26日

晨起天陰雨已停，落葉落紅未許驚。
身心曠舉吾欲鳴，只影孤單覺淒清。
欲覓愛情何處尋，山水深處揚帆影。
人生奮志且去行，萬里征程斬棘進。

人生哪易一帆風順 17年9月26日

人生哪易一帆風順，
苦風苦雨飽經艱深。
浩志依然曠發真誠，
努力天涯奮力拚爭。
不求名利守我清貞，
詩書之間哦唱晨昏。
正直為人領受神恩，

靈程向上對準天城。

此心切慕愛情
17年9月26日

此心切慕愛情，只是難以找尋。
人生悵淒清，孤旅吾奮行。
履盡山水清境，壯志充滿心襟。
奮發我凌雲，曠飛入天青。
疊遭暴雨雷鳴，身心受傷受驚。
神恩大無垠，導引我前進。
捧出赤子之心，嚮往光明之境。
努力曠飛行，萬里無止境。

激情如潮清漲
17年9月26日

激情如潮清漲，傾似不盡汪洋。
人生持慨慷，矢把愛尋訪。
不管山高水長，風景自有別樣。
心興展清芳，哦歌吾嘹亮。
歲月清顯淡蕩，清貧無妨志剛。
正義凝襟腸，向學取昂揚。
好漢絕不易當，男兒奮發頑強。
努力去闖蕩，曠意暢飛翔。

品茗雅潔清芳
17年9月26日

品茗雅潔清芳，只是須要適量。
愛情亦同樣，過急易受傷。
心懷光明太陽，熾熱閃射光芒。
人生奮發闖，山水險無妨。
此生履盡艱蒼，回首已過千嶂。
一笑啞然間，發覺鬢斑蒼。
紅塵依舊攘攘，心繫水雲之鄉。
不為名利傷，詩書怡襟房。

第四十七卷《陽剛集》

午時公雞打鳴

17年9月26日

午時公雞打鳴，不知是為何因。
心情懷奮興，新詩哦不停。
人生懷有多情，苦風苦雨飽經。
余得斑蒼鬢，一笑還朗清。
小鳥啾啾清鳴，雨霽天開朗晴。
小風來吹行，花復開清俊。
百年匆匆飛行，時光珍惜在心。
奮發我剛勁，男兒騁豪英。

紅塵不缺多情種

17年9月26日

紅塵不缺多情種，履盡雨雨風風。
回首人生況味濃，朗然一笑從容。
志向裁取彩虹，腳踏實地成功。
披雨又沐風，汗水任拋送。
與誰攜手相從？覽盡大千景豐。
渴想懷心中，吐詩哦襟胸。
歲月任其匆匆，流年化作感動。
詩意中心湧，激情曠哦諷。

奮志人生安祥

17年9月26日

奮志人生安祥，不取絲毫猖狂。
向學晨昏間，激情朗哦唱。
秋風吹來和祥，小鳥恣意鳴放。
生活感心間，詩意正湧上。
裁出心地張揚，人生奮發向上。
苦旅未為艱，努力致遐方。
神恩感在心間，頌贊從心舒放。
努力靈程闖，靈性潔且芳。

暢意人生飛翔

17年9月26日

暢意人生飛翔，容我徑入溟滄。
歲月清平況，流年不愁悵。
笑意展在臉上，得道永不猖狂。
人生志昂揚，奮發騁頑強。
困難必將克光，迎來光明太陽。
窗外鳥鳴唱，中心喜洋洋。
快慰與君分享，熱情是我襟腸。
不負人生場，愛情力尋訪。

閒情吾持放曠

17年9月26日

閒情吾持放曠，激情此際張揚。
暮煙正清漲，心境舒奔放。
歲月悠悠揚揚，淡看緣落緣漲。
愜意哦詩行，窗外宿鳥唱。
那人憶在心間，情感綿綿待放。
紅塵狂起浪，吾只持清揚。
天陰無妨揚長，燈下舒出情長。
一如風箏放，情絲正漫長。

歲月朦朦朧朧

17年9月26日

歲月朦朦朧朧，惜我年近成翁。
依然持笑容，恣意奮前衝。
此生履盡坎痛，心傷疊疊重重。
唯賴神恩洪，導引靈程中。
嚮往光明彩虹，七彩閃耀心中。
人生非是夢，天國燦如虹。
淨化靈魂成功，克盡邪惡魔凶。
勝利步彩虹，前路豈平庸。

浮生坎坷似夢

17年9月26日

浮生坎坷似夢，何必介意傷痛。
大化運從容，人生太匆匆。
此際正值秋仲，四圍華燈清送。
七彩閃霓虹，心志持凝重。
思念自是重重，愛情渴慕心中。
遙思吾心動，讚美從襟胸。
歲月曠飛如風，人生不嗟斑濃。
努力實幹中，業績創恢弘。

愛情七彩似虹 17年9月26日

愛情七彩似虹，心事與誰相通？
純真持心中，思念曠隨風。
人生雨雨風風，華年飛快逝送。
回首驚重重，斑蒼日漸濃。
歲月使我感動，情懷依然清雄。
努力奮前衝，風光燦無窮。
百年真是匆匆，浮生豈是一夢。
理想銘心中，矢志登彩虹。

浮生開懷大笑 17年9月26日

浮生開懷大笑，愛情最是美妙。
奮發吾剛傲，矢志去尋找。
紅塵任其擾擾，心中水雲清飄。
眾生是瞎搞，名利多顛倒。
歲月清展逍遙，人生唯行正道。
清貧養襟抱，正義凝心竅。
嚮往愛情美妙，比翼雙飛多好。
兩情相悅好，一生牽手跑。

時雨滴瀝清降 17年9月27日

時雨滴瀝清降，心興正起清昂。
天還沒有亮，路燈猶然亮。
沒有村雞啼唱，路上車行狂猖。
身居市井間，心懷水雲鄉。
裁心小哦詩章，舒出情懷激蕩。
遠際鞭炮響，紅塵是囂猖。
天氣漸添冷涼，思想清俊方剛。
努力迎難上，曠志我舒暢。

漫天烏雲向南行 17年9月27日

漫天烏雲向南行，會當轉晴，
會當轉晴，窗外小鳥啼清靈。
夜來小雨下不停，落葉凋零，
紅雨堪驚，詩人心興起無垠。
歲月綿綿多奮興，不傷腦筋，
不圖利名，清貧度日體康平。
中心希望仍殷殷，嚮往光明，
嚮往清境，嚮往正義得暢行。

人生激越慨慷 17年9月27日

人生激越慨慷，邁步容我揚長。
心興正清揚，愜聽啼鳥唱。
晨風吹來爽朗，市井故事演唱。
生活奏平康，容我縱馬狂。
奮發人生向上，不為名利奔忙。
叩道體昂藏，詩書一身芳。
笑意清新展放，書生意氣張揚。
正直立人間，心地不猖狂。

人生奮志前進 17年9月27日

人生奮志前進，千山萬水常尋。
心志懷雄英，萬里摩雲行。
不肯固守因循，嚮往水雲清境。
同誰攜手行？浪漫度生平。
秋風秋雨清勁，年輪轉動均平。
時光不止停，惜我已斑鬢。
孤旅努力辟進，中心嚮往愛情。
仰天我長鳴，心地懷淒清。

曠然人生向上 17年9月27日

曠然人生向上，我的志向清剛。
往事不必想，前路舒奔放。
流年飛逝猖狂，正值秋深斑蒼。
一笑還疏朗，我意田園間。
名利害人無限，清貧養得志剛。
努力奮闖蕩，不懼彼艱蒼。
風風雨雨尋常，柳暗花明瞬間。
世事共緣放，矢志萬里疆。

喜鵲喳喳清鳴放 17年9月27日

喜鵲喳喳清鳴放，一使吾意悠揚。
奮發輾轉人生場，不必介意痛傷。
山水清雄雅無量，奮志我矢闖蕩。
孤身曾經鬥虎狼，惡戰何止千場。
歲月綿綿清新放，流年老我斑蒼。
秋風徑直來掃蕩，此際感覺蕭涼。
展眼天際陰雲漾，奮發男兒強剛。
不屈困難與苦障，努力曠飛無疆。

綿綿情思漫長 17年9月27日

綿綿情思漫長，我欲放飛萬丈。
去到君之身旁，傾訴我的衷腸。

歲月綿綿漫長，人生百年瞬間。
務要抓緊時間，牽手共度漫浪。

流年使人感動
17年9月27日

流年使人感動，心曲向誰遞送？
窗外走秋風，歲華凋謝中。
少年壯志如虹，而今沉穩加重。
依然持剛雄，絕不做孬種。
嚮往愛情恢弘，嚮往攜手相從。
人生如履風，緣字內涵豐。
此心微有悵痛，對君訴說情濃。
花開正俊紅，綠葉肥且豐。

此際曠起秋風
17年9月27日

此際曠起秋風，心中感興正濃。
歲月長逝送，吾志豈成空。
矢志登上彩虹，腳踏實地奮勇。
不懼困重重，不懼傷與痛。
此生履盡雨風，壯歲心襟如虹。
理想不平庸，名利棄空空。
詩書養我襟胸，寰宇盡都包容。
努力展英勇，曠志舞長風。

年華逝如秋風
17年9月27日

年華逝如秋風，剩餘斑蒼重濃。
一笑仍從容，共緣旅行中。
窗外小鳥鳴頌，天際曠起金風。
愜懷難形容，哦詩吐清空。

思念如此之濃，嚮往如此之重。
我不嗟傷痛，奮志依如虹。
笑容清新展送，理想導我前衝。
歲月任如瘋，美夢終成功。

暢意秋風清吹
17年9月27日

暢意秋風清吹，我的心中芳菲。
年歲倍堪味回，流年沉醉心扉。
窗外小鳥鳴翠，澹蕩是此氛圍。
中心思念感倍，遙致敬意遠慰。

與君相遇多美
17年9月27日

與君相遇多美，深深觸動心扉。
渴慕中心明媚，我要衷心讚美。
希冀有緣相會，一生舉案齊眉。
比翼何其快慰，浪漫清展氛圍。

清夜難眠
17年9月28日

清夜難眠，心懷多情，
歲月殷殷，隱隱秋蟲正清吟。
仍懷仰景，前路驅進，
不辭艱辛，努力奮志作豪英。
此生多情，傷盡心靈，
費盡腦筋，依然孤身享淒清。
嚮往光明，嚮往飛行，
嚮往雷霆，嚮往公義得通行。

曙色東方鳥啼純
17年9月28日

曙色東方鳥啼純，時刻已然過五更。
空氣新鮮微覺冷，秋花開放正茂盛。
歲月休閒心溫存，向陽心態體剛正。
思念殷殷向誰論，聊賦短章致慰問。

日出東方光華生
17年9月28日

日出東方光華生，心志此際正繽紛。
秋風吹來清且冷，欣賞牽牛開旺盛。
人生奮志矢去奔，山水任疊桑滄陣。
百年浮生鼓勇爭，霜華曠對一笑純。

人生是一緣放
17年9月28日

人生是一緣放，愛意瀰滿胸腔。
捧出赤心膛，向君廣開敞。
浮生不取孟浪，堅貞清持志向。
詩書郁昂藏，奮力舒奔放。
履盡苦旅艱蒼，迎來光明太陽。
願與君分享，牽手擁漫浪。
努力修德向上，情操應許清芳。
君子人格彰，儒雅晨昏間。

窗外小鳥鳴放
17年9月28日

窗外小鳥鳴放，藍天青碧無恙。
商風吹清揚，我志舒慨慷。
向君心曲哦唱，向君情懷開敞。
情絲漫漫綿長，放飛何止萬丈。
中心充滿陽光，因有愛的滋養。

人生夢寐之間，要把愛情品嘗。
浮生匆匆逝放，流年一瀉狂猖。
翹首長盼望，鴻雁遞書香。

陽光灑滿心田之中

17年9月28日

陽光灑滿心田之中，
愛的激情狂流奔湧。
努力尋覓你的芳蹤，
翹目盼望愛的飛鴻。
相距千里心應相通，
情懷終當與君相共。
秋仲爛漫商風吹送，
逝葉飄飄使我感動。
希冀何日攜手相從，
漫度一生生死渾共。

一朵白雲嫋嫋飛翔

17年9月28日

一朵白雲嫋嫋飛翔，
我欲駕雲飛至君旁。
相思日夜煎熬心間，
愛的暖流熾熱奔放。
仰天我要放聲歌唱，
一心嚮往愛的天堂。
神恩無比豐盛豐穰，
終必賜我福分非常。

不懼人生坎蒼

17年9月28日

不懼人生坎蒼，我志如鐵似鋼。
向君我要歌唱，舒出心中情芳。
窗外秋陽正靚，爽風吹入心間。
歡意瀰滿胸腔，愛的熱流滾燙。
愛的熱流滾燙，溫暖你的心房。
渴望相依相傍，牽手何其漫浪。
人生百年匆忙，轉眼華髮斑蒼。
時光切莫費浪，生活清堪品嘗。

暮煙此際清漲

17年9月28日

暮煙此際清漲，心事又起狂浪。
記汝在心間，時刻未相忘。
心心念念嚮往，純潔情懷獻上。
人生百年間，緣分希求嘗。
窗外歌聲清靚，鳥兒宛轉嬌唱。
心地起微悵，感慨入詩行。
嚮往雙展翅膀，飛到汝之身旁。
相視多漫浪，傾吐我衷腸。

旭日升起東方

17年9月29日

旭日升起東方，胸中霞彩萬丈。
晨鳥清啼唱，天氣覺寒涼。
我要悠悠歌唱，舒出心襟氣象。
水雲有清淌，靈風漫吹翔。
歲月無比淡蕩，流年記憶有芳。
心事起廣長，思念在襟房。
感慨心曲彈唱，激情娟潔雅芳。
人生懷嚮往，愛情美無恙。

喜鵲喳喳鳴唱

17年9月29日

喜鵲喳喳鳴唱，似有喜事傳揚。
歲月清品嘗，秋來心淡蕩。
朝日清吐光芒，爽風吹來清涼。
心胸都開敞，裁心哦詩行。
人生得意莫狂，謙和引為榜樣。
努力矢前闖，關山豈為障。
向學我志強剛，晨昏縱情哦唱。
奮發男兒壯，叩道體昂揚。

雲天爛漫多情

17年9月29日

雲天爛漫多情，恰似我的心情。
思念恆殷殷，嚮往是和鳴。
歲月不算坦平，流年記憶痛驚。
神恩賜無盡，而今享康寧。
向君捧出中心，內涵無限豐盈。
嚮往攜手行，彩霞燦中心。
希望君能領情，希望君能動心。
相惜是惺惺，兩地共一心。

暢意人生歡唱

17年9月29日

暢意人生歡唱，愛的激情蕩漾。
秋風正清揚，木葉逝飄蕩。
歲月娟好清芳，雅將心曲彈唱。
曠舒我奔放，婉轉展情腸。
思戀日夜之間，懷念中心渴想。
兩情若綿長，攜手致遐方。
天際雲靄浮漾，天陰無妨心腸。
小哦新詩行，點滴自襟房。

心泉涓涓流淌
17年9月29日

心泉涓涓流淌，要把愛情頌揚。
心曲持漫浪，孤旅不愁悵。
向天我要飛翔，飽覽五湖風光。
流年有更張，不覺已斑蒼。
歲月淡有清芳，往事怎可回放。
記憶留心間，回味有久長。
努力向前闖蕩，不懼山高水長。
對君懷期望，攜手邁無疆。

我心切禱真神
17年9月29日

我心切禱真神，賜與愛情繽紛。
兩心相對真誠，散發愛的清芬。
歲月流逝長奔，人生履歷艱深。
坎坷不必重論，保有心地真純。
呼喚愛的芳芬，心中思念愛人。
求神保佑十分，希冀必能成真。

暮煙此際蒼蒼
17年9月29日

暮煙此際蒼蒼，心中思念芬芳。
千里遙祝遙望，切慕銘在心間。
歲月不住飛翔，秋深林羽斑黃。
感興油然升上，向君奉獻短章。

情思與誰相共
17年9月29日

情思與誰相共？孤旅不嗟雨風。
快慰在心中，哦詩舒情濃。
腳踏實地成功，時到展我剛雄。
男兒合有種，迎難徑直衝。
嚮往比翼乘風，如雁飛掠長空。
秋深我感動，木葉逝隨風。
年輪均勻轉動，愛情渴慕心中。
希冀步彩虹，足下履靈動。

人生如鷹飛行
17年9月29日

人生如鷹飛行，不怕暴雨雷鳴。
任從考驗凌，神恩總豐盈。
淡蕩持在內心，平生不重利名。
無妨是清貧，養得松柏心。
窗外歌聲清靈，晚風吹來盡興。
散步甫進行，微汗體表沁。
雅思裁作空靈，人生奮志而行。
關山任險峻，男兒飛摩雲。

夜靜三更
17年9月30日

夜靜三更，微覺寒冷，
醒轉時分，路上刺耳響車聲。
秋已漸深，木葉逝紛，
商風吹逞，人兒孤單微悵恨。
歲月馳奔，荷負神恩，
努力靈程，山高水深歷繽紛。
嚮往天城，奮力拚爭，
克己修身，淨化靈魂無止程。

晨起心興清芳
17年9月30日

晨起心興清芳，聽見喜鵲鳴唱。
喜悅盈心間，遙祝汝平康。
歲月淡淡蕩蕩，紅塵故事演漾。
心志在遐方，名利未許障。
多言或有所妨，簡捷更為適當。
愛汝在心間，時刻未相忘。
我願張開翅膀，飛向高天縱翔。
去至汝身旁，奉獻愛之芳。

陽光和藹清靚
17年9月30日

陽光和藹清靚，恰似我的心膛。
祥和盈寰壤，余意喜洋洋。
愛情持在心間，熱情奮發張揚。
施展我力量，努力去闖蕩。
美好前景嚮往，欣欣向榮景象。
生活美無恙，神恩堪飽嘗。
藍天白雲飄翔，鳥語伴以花香。
小風來吹蕩，詩意在增長。

夜已深
17年9月30日

夜已深，窗外暴雨成陣。
思深深，愛戀日益加增。
感神恩，導引靈程純正。
兼程奔，豈懼風雨生成。
辭青春，時光飛逝若奔。
秋漸深，雨打落紅繽紛。

冀深深，牽手緣度一生。
懷深沉，遙致慰問深深。

綿綿秋雨清降

17年10月1日

綿綿秋雨清降，思君怎能稍忘。
情絲情感長，拋出豈萬丈。
體盡心態平康，向陽清展茁壯。
紅塵任攘攘，清志水雲鄉。
我把愛情嚮往，希冀愛情品嘗。
百年一夢間，華年逝飛殤。
奮發男兒強剛，不負生存一場。
矢志創輝煌，著書等身間。

煙雨此際濛濛

17年10月1日

煙雨此際濛濛，心境曠然放鬆。
相思有誰感動，孤旅咽盡西風。
歲月清展靈動，讚美神恩恢弘。
靈程吾要奮勇，克盡一切險凶。
嚮往攜手相擁，浪漫盈在襟胸。
人生必不是夢，光明懷在心中。
窗外秋雨正猛，清響使余感動。
思念如此之濃，唯有哦入詩中。

雨中小鳥鳴頌

17年10月1日

雨中小鳥鳴頌，一使余意感動。
大美在心中，哦詩舒情濃。
秋深木葉逝送，驚歎年輪如風。
詩意中心湧，裁心哦從容。

愛情希冀之中，心中渴望彩虹。
人生步凝重，壯志燦無窮。
百年匆匆如夢，回首萬事成空。
努力奮前衝，因緣珍惜中。

心志七彩如虹

17年10月1日

心志七彩如虹，瑰麗富於靈動。
哦詩吾輕鬆，窗外雨正濃。
佳人念在心中，我要舒出情濃。
向神叩求中，愛情燦如虹。
平生質樸持重，不為名利所動。
詩書恆哦諷，清貧不辭送。
前路風雨縱濃，奮志願取長虹。
腳踏實地衝，會當收穫豐。

第四十八卷《德生集》

我心呼喚愛情 17年10月1日

我心呼喚愛情，渴望比翼飛鳴。
希冀持心襟，哦詩舒衷情。
天黑華燈已明，霓虹七彩閃映。
中心持殷殷，燈下哦空靈。
歲月暢意飛行，卻是老我斑鬢。
奮志去追尋，尋覓愛蹤影。
窗外雨打均勻，滴瀝清響動聽。
生活有意境，詩意中心盈。

晨起五更 17年10月2日

晨起五更，雅聞村雞啼聲聲。
風雨猶逞，朔風吹擊正成陣。
我心雅芬，哦詩一曲訴真誠。
質樸心聲，原無機巧本素真。
滾滾紅塵，演化不盡桑滄陣。
奮向前奔，靈程山水歷清正。
笑意清生，感沛不盡神之恩。
頌贊虔誠，努力向上任艱深。

秋窗風雨清生成 17年10月2日

秋窗風雨清生成，寫詩訴心身。
天還未亮尚點燈，車聲伴雨聲。
人生奮發行旅程，山水任成陣。
回首應許煙雲生，記憶鎖重城。
男兒曠發持中正，風雨苦兼程。
依然英武走紅塵，秉持手中燈。
文明進步永久恆，神親導征程。
聖徒奮戰走靈程，勝了還要勝。

天上烏雲往南淌 17年10月2日

天上烏雲往南淌，天將轉晴朗。
晨起清聽荒雞唱，風雨正囂狂。
早飯甫畢心定當，嫻雅哦詩行。
不盡心香綿綿長，悠悠吾歌唱。
人生希冀愛情嘗，比翼雙飛翔。
甜甜蜜蜜也安祥，清度苦旅艱。
此生患難已飽嘗，身心屢受創。
唯賴神恩大無量，導引靈程上。

天光大亮鳥鳴唱 17年10月2日

天光大亮鳥鳴唱，風雨蕭蕭涼。
散坐哦詩也清昂，舒發我心香。
人生得意莫狂猖，謙和理應當。
叩道向學志向昂，詩書晨昏間。
歷盡憂患仍向上，不折矢前闖。
山水任疊幻萬狀，奮志不畏艱。
百年秋春持漫浪，詩意中心間。
忽聞窗外鞭炮響，心事轉激昂。

喜鵲清鳴林野間 17年10月2日

喜鵲清鳴林野間，心地爽然快暢。
雨後空氣鮮且芳，木葉飄落逝殤。
歲月娟好堪徜徉，心志曠然開敞。
努力靈程奮發闖，不懼山高水長。
履盡人生之艱蒼，迎來光明太陽。
神恩總是感心房，衷情我要歌唱。
假日休閒心歡暢，享受生活平康。
清喜父母健在堂，闔家喜氣洋洋。

人生奮志而行 17年10月2日

人生奮志而行，萬水千山常尋。
嚮往恆殷殷，努力去追尋。
腳踏實地要緊，謙和持在心襟。
歲月曠飛行，何必計斑鬢。
窗外鞭炮轟鳴，鬧鬧嚷嚷市井。
生活享清平，神恩感無垠。
努力追求上進，平生不重利名。
愛情有美景，矢志去訪尋。

人生勿重名利

17年10月2日

人生勿重名利，德操最為可貴。
此際清展心扉，愜聽小鳥鳴翠。
叩道深入幾微，向陽心態光輝。
清度人生麗美，神恩無比璨璀。

閒情此際放曠

17年10月2日

閒情此際放曠，我要把詩哦唱。
商風吹清揚，生活體安祥。
小鳥恣意鳴唱，路上傳來車響。
清坐品茗間，詩興正張揚。
心情娟潔雅芳，恆將愛情期望。
人雖漸老蒼，仍持少年狂。
向學勤奮之間，詩書鬱我揚長。
忽聞鞭炮響，心志起清昂。

此際心境悠揚

17年10月2日

此際心境悠揚，閒情盡都釋放。
天上陰雲淌，或恐轉晴朗。
小鳥歡快鳴唱，似將生活頌揚。
神恩銘心膛，感恩未可忘。
秋仲愜意無限，天氣不熱不涼。
爽風暢吹翔，木葉逝飄蕩。
欣逢數日假放，品茗意興嫋上。
嫻雅哦詩行，傾吐襟與髒。

輾轉浮生如夢

17年10月2日

輾轉浮生如夢，心際此際清空。
容我曠哦諷，一舒情懷濃。
不必長嗟坎重，不必長嗟傷痛。
人生騁奮勇，矢當向前衝。
靈程雨雨風風，力戰魔敵狂凶。
凱歌震蒼穹，聖徒力作工。
此生百年匆匆，努力奮發剛勇。
名利有何功，德操力培中。

斜暉此際朗照

17年10月2日

斜暉此際朗照，藍天白雲飄飄。
心態意興高，從容哦詩稿。
一舒南山風標，水雲中心清好。
歲月多玄妙，只是漸蒼老。
努力奮行前道，山高水深遙迢。
紅塵胡不好，共緣曠奔跑。
秋深木葉逝飄，假日街上熱鬧。
散坐吾雅瀟，闔家都康好。

暮色此際濃重

17年10月2日

暮色此際濃重，華燈點綴街容。
霓虹七彩動，曠來彼朔風。
燈下清心哦諷，情懷有點過濃。
歲月有感動，秋仲心輕鬆。
嚮往曠意乘風，去覓愛的芳蹤。
心胸燦如虹，情思豈凡庸。
宿鳥清新鳴頌，窗外歌聲悠送。
愜意持襟胸，神恩感沛中。

清夜難眠

17年10月2日

清夜難眠，心事百感交併。
歲月驚心，老我斑蒼衰鬢。
心志殷殷，矢志奮發雄英。
百年驚警，浮生如夢之臨。
努力前行，求取天國美景。
神恩無垠，導引康莊坦平。
試探任臨，聖潔秉持心靈。
力克魔兵，凱歌響徹行雲。

商風吹緊

17年10月2日

商風吹緊，時雨滴瀝行。
三更無眠，寫詩舒心情。
華燈正明，霓虹七彩映。
清夜靜寧，車輛噪噪行。
秉持空靈，新詩哦不停。
胸懷激情，瀉出傾無垠。
人生多情，傷了心與襟。
仍懷奮興，力辟前路進。

休閒無恙

17年10月2日

休閒無恙，喜悅盈心間。
愛情嚮往，寄以希與望。
歲月綿長，人生百關闖。
依舊慨慷，依舊奮昂藏。

淡淡蕩蕩，中心無所藏。
心志娟芳，雅哦入詩章。
佳人遠方，思念何曾忘。
感從心上，一曲婉轉放。

雲天澹蕩

17年10月2日

雲天澹蕩，生活清平況。
喜氣洋洋，中秋後日訪。
歲月昂揚，吾意舒奔放。
不為名障，不想利來訪。
清貧無妨，正義頗強剛。
男兒豪放，詩書怡襟腸。
向學無恙，晨昏吾哦唱。
人生世間，心境體昂藏。

黃昏無恙

17年10月2日

黃昏無恙，喜鵲清鳴唱。
北風蕭狂，木葉逝而降。
市井鬧嚷，一片清平況。
愜意心間，體味這休閒。
小哦詩行，舒出情之向。
字裡行間，情懷有滌蕩。
人生奔放，無機持襟腸。
淡泊安康，情繫水雲間。

夜深人靜

17年10月2日

夜深人靜，心地覺孤清。
月華亮明，天地盈和平。
歲月經行，不覺已斑鬢。
奮志而行，艱蒼不必云。
苦難曾盈，血淚灑殷殷。
真神恩臨，賜我以康平。
心懷多情，卻向何人鳴。
孤旅淒清，哦詩舒中情。

此生姻緣與誰共

17年10月3日

此生姻緣與誰共，孤旅不嗟雨風。
窗外小鳥正鳴頌，木葉飄逝隨風。
歲月清好持凝重，激情盈於心胸。
真愛難覓力尋蹤，山窮水復開通。
坦蕩質樸是襟胸，君子人格剛洪。
不屈名利有情鍾，喜愛山野清風。
紅塵太多雨與風，回首萬事成空。
百年生死與誰共，冀與君心相通。

晨起天陰

17年10月3日

晨起天陰，無妨心情。
朔風吹緊，空氣覺寒清。
心志殷殷，學問追尋。
晨昏哦吟，舒出我空靈。
人生懷情，輾轉生平。
風雨陰晴，而今蒼了鬢。
努力前進，山水清靈，
使我奮興，曠志不必云。

享受安祥

17年10月3日

享受安祥，享受這平康。
神恩無上，感沛自心房。
努力向上，時光勿費浪。
男兒豪剛，騁志萬里疆。
進深無限，叩道任深艱。
慧光眼間，正直未可忘。
秋深葉殤，不必多感傷。
靈程奮闖，山高水又長。

一對紫燕飛翔

17年10月3日

一對紫燕飛翔，引我心生嚮往。
情侶在何方，心地獨懷悵。
人生奮志揚長，履盡坎坷滄桑。
余得意志剛，依然笑容放。
前路山高水長，與誰相依相傍。
紅塵徒攘攘，知音在何方。
年已斑蒼之間，率性舒我奔放。
名利未許障，裁志水雲間。

四圍安靜

17年10月3日

四圍安靜，雅聞鳥清鳴。
喜鵲盡興，喳喳奏不停。
我自高興，舒出中心情。
人生旅行，享得是清平。
生活清貧，無妨雄心凝。
傲骨剛勁，不屈利與名。

天氣正陰，北風吹得緊。
爽清秋境，木葉逝飛行。

雀鳥清鳴唱

17年10月3日

雀鳥清鳴唱，余意持悠揚。
天陰未有妨，心志正強剛。
人生矢闖蕩，邁越關千障。
浮生勿孟浪，努力致遐方。
努力致遐方，水雲胸中淌。
紅塵不久享，靈程吾徑上。
永生在天堂，希望寄彼疆。
名利已棄放，濯足泛滄浪。

時已三更

17年10月3日

時已三更，窗外雨聲，
路上車聲，清坐哦詩也馨芬。
秋已漸深，木葉逝紛，
感時傷神，人生易老斑蒼逞。
前路馳奔，山高水深，
風景清正，一路浩歌愜心神。
歲月繽紛，質樸心身，
遠辭青春，瞻望未來思深深。

朝旭行將東升

17年10月4日

朝旭行將東升，正值中秋時分。
雀鳥清鳴聲聲，爽風其來慰問。
心中雅思繽紛，淡看木葉逝紛紛。
感時吾心欲申，哦詩微吐溫存。
哦詩微吐溫存，向君致意三陳。
生活倍感馨溫，暢想未來心芬。
鼓舞情志馳奔，千山萬水旅程。
比翼雲霄飛升，攜手彩虹共登。

輾轉浮生不是夢

17年10月4日

輾轉浮生不是夢，心事雅持清空。
時值中秋小雨濛，閒散淡蕩輕鬆。
歲月曠展其匆匆，流年不必沉痛。
努力奮志矢前衝，克盡艱難困痛。
浩志依然持剛洪，豈屈名利狂凶。
詩書持身也從容，清貧無妨襟胸。
胸懷正氣傲立中，不懼秋雨秋風。
瞻望前路有彩虹，固當實幹勁湧。

時雨灑降

17年10月4日

時雨灑降，窗外起清響。
散坐思放，小哦南山章。
得意莫狂，謙和守心向。
奮志而闖，關山萬千幢。
紅塵徒艱，名爭併利攘。
務持清向，胸襟水雲淌。
市井鬧嚷，況值中秋間。
吾意揚長，燈下清思想。

爽潔清持心襟

17年10月4日

爽潔清持心襟，人生奮志而行。
中秋今日臨，細雨灑均平。
宿鳥清新啼鳴，小風吹來清新。
燈下思無垠，詩興中心盈。
長吐胸襟激情，人生不圖利名。
叩道吾剛俊，努力去追尋。
覽遍大千風景，孤旅不嗟艱辛。
一笑還朗清，飄逸趨水雲。

綿綿秋雨下未窮

17年10月5日

綿綿秋雨下未窮，不覺寒露接近中。
雨中牽牛妍且紅，飄逝木葉曠隨風。
人生感慨老來重，鏡中華髮伴衰容。
心志猶然持剛猛，努力萬里奮發衝。

不覺又是四更

17年10月5日

不覺又是四更，正是醒轉時分。
四野無蟲聲，路上響車聲。
感謝豐沛神恩，導引我之靈程。
前途美不勝，歡呼謳陣陣。
清度浪漫人生，贏得傷心痛疼。
不覺斑蒼生，回憶悵而深。
努力前路馳騁，奮爭是我靈魂。
淨化無止程，天旅彩雲生。

晨雞清啼唱

17年10月5日

晨雞清啼唱，遠際鞭炮響。
喜氣塵埃間，天氣復蕭爽。
歲月體悠揚，時光若飛殤。
聊將短詩放，向君舒中腸。

向君舒中腸，情懷頗滌蕩。
愛意瀰襟腔，仰慕晨昏間。
相遇何漫浪，我將心捧上。
人生懷嚮往，愛情海飛翔。

細雨濛濛

17年10月5日

細雨濛濛，聽得鳥鳴頌。
散坐從容，品茗愜無窮。
假日之中，闔家樂融融。
歲月如風，秋深加增中。
不嗟斑濃，奮志如長虹。
努力前衝，山水疊萬重。
人生雨風，贏得感慨重。
百年非夢，實幹顯豪雄。

散淡清持心中

17年10月5日

散淡清持心中，無意名利世功。
詩書養襟胸，哦詩吐芳濃。
窗外雨停鳥頌，蕭爽吹來商風。
休憩正有功，身心大不同。
歲月綿綿清動，老我斑蒼重濃。
依然持奮勇，努力往前衝。
叩道不畏險重，深入幾微之中。
心得入詩中，談吐雅如風。

祥和心地間

17年10月5日

祥和心地間，人生志軒昂。
不懼苦旅艱，奮發我昂揚。
履盡山水蒼，迎來紅太陽。
光明持心間，慧目閃清光。
慧目閃清光，浮生勿孟浪。
激情懷心間，曠發謳昂藏。
愜情水雲鄉，名利未許障。
清貧無大妨，詩書鬱心香。
詩書郁心香，人生頗揚長。
享受風清揚，喜愛明月光。
闔家享安康，父母健在堂。
神恩真無恙，頌贊理應當。

喜鵲喳喳唱

17年10月5日

喜鵲喳喳唱，天陰雲滄蕩。
心地持清閒，朗哦我詩章。
南山是志向，豈入名利網。
情懷悠悠放，品茗興雅嫻。
品茗興雅嫻，人生奮昂藏。
千關已經闖，未來日方長。
努力致遐方，山水鬱青蒼。
歲月綿綿放，人生易老蒼。
人生易老蒼，理想持心間。
曠飛無極限，靈程奮志闖。
克盡魔與魎，勝利啟歸航。
天國是方向，永生福何康。

淡泊持襟腸

17年10月5日

淡泊持襟腸，人生慨而慷。
閑聽啼鳥唱，享受風清暢。
木葉既飄蕩，秋深感蕭涼。
悠悠唱詩章，感興無限量。
感興無限量，叩道吾奔放。
已履艱與蒼，血淚淌濟長。
所賴神恩壯，賜福大無疆。
而今享安康，身心舒揚長。
身心舒揚長，前路努力闖。
力戰惡魔狂，勝利連踵放。
人生百年間，太多苦難障。
意志須如鋼，傲立若山壯。

人生不嗟苦艱

17年10月5日

人生不嗟苦艱，奮志清展揚長。
歲月多滌蕩，旅途吾歌唱。
悠悠情懷誰向，孤旅咽盡淒涼。
紅塵是狂蕩，名利殺人狂。
淡持書生氣象，中心清持理想。
努力曠飛翔，沐雨是尋常。
窗外鞭炮囂響，市井喧鬧之間。
吾心持定當，裁心哦復唱。

閒情此際放曠

17年10月5日

閒情此際放曠，悠聽小鳥鳴唱。
心地喜洋洋，生活樂平康。
輾轉人生疆場，贏得百折心傷。
紅塵是攘攘，清心水雲間。
笑容從心展放，矢志我要闖蕩。
前路正遠長，邁越萬重艱。
苦旅生涯闖蕩，堅持理想心間。

振翮吾高翔，穿雲萬里疆。

暮煙此際清漲 17年10月5日

暮煙此際清漲，宿鳥正在啼唱。
秋風吹來曠，吾意持安祥。
華燈尚未點上，路上車行狂猖。
紅塵恆鬧嚷，裁志水雲間。
此生百折艱蒼，苦淚曾經流淌。
而今得安康，幸福盈襟房。
向學晨昏不讓，叩道奮發貞剛。
百年是緣放，努力向前航。

宿鳥啾啾清鳴 17年10月5日

宿鳥啾啾清鳴，遠處歌聲空靈。
華燈已點明，七彩霓虹映。
心地懷有多情，人生傷了胸襟。
奮志依凌雲，矢搏九天青。
紅塵噪噪無垠，眾生爭競利名。
殺戮不止停，禍害言不盡。
吾心淡泊水雲，君子固守清貧。
正義盈心襟，方剛實幹行。

晚風清涼 17年10月5日

晚風清涼，華燈已經點上。
夜幕升上，市井霓虹閃靚。
清坐安祥，思想清展揚長。
人生慨慷，奮志是在遠方。

努力去闖，腳踏實地應當。
汗水恣淌，不會白白費浪。
吾志昂揚，不折奮發頑強。
萬里無疆，叩道矢入深艱。

人生矢向上 17年10月5日

人生矢向上，努力奮頑強。
任起千重障，展翅我飛翔。
半百生涯壯，斑蒼復何妨。
率意頗揚長，人格體方剛。
名利矢拋放，輕身我飛揚。
詩書潤襟腸，哦詩舒奔放。
德操力培養，正直第一樁。
厚重不敢忘，待人誠懇間。
浮生是緣放，靈程通天堂。
作鹽復作光，克敵勝萬場。
試探一任艱，信念磐石仿。
天堂美無恙，福壽何康強。

第四十九卷《正義集》

明月朗在望 17年10月6日

明月朗在望，晨雞清啼唱。
時值五更間，早起心瀟爽。
天氣覺寒涼，歲近寒露間。
哦詩舒清揚，聊發我短章。
聊發我短章，中心志清昂。
我雖已斑蒼，書生意氣狂。
努力致遐方，叩道不辭艱。
歲月悠悠翔，鐵骨仍強剛。
鐵骨仍強剛，男兒荷豪強。
力戰虎與狼，締造大同邦。
書海揚碧浪，萬里啟遠航。
心得縷縷香，裁心幾微間。

散坐經行微汗沁 17年10月6日

散坐經行微汗沁，最喜竹林展芳青。
歲月秋深葉飄零，晨間空氣最鮮新。
逍遙無執持心情，履盡風浪是淡定。
名利未許損性靈，正義干雲若鬆勁。

奮志人生揚長 17年10月6日

奮志人生揚長，朗然笑對滄桑。
百年一夢漾，靈程奮發闖。
此生履盡艱蒼，苦痛血淚流淌。
唯賴神恩壯，賜福大無疆。
熱血猶然奮淌，男兒果敢頑強。
矢志叩道藏，妙發智慧光。
紅塵徒然攘攘，名利致人失陷。
務持清心向，矢沿正道航。

清心適意安祥 17年10月6日

清心適意安祥，閑把詩歌吟唱。
喜鵲正鳴放，朝日灑光芒。
和藹盈在寰壤，萬類欣欣生長。
仲秋清無恙，曠喜清風翔。
市井和平熙攘，生活井然平康。
享受這悠揚，品茗興致暢。
舒出胸襟氣象，一種清空奔放。
寄身紅塵間，靈程力向上。

小鳥愜意清鳴 17年10月6日

小鳥愜意清鳴，藍天青碧無垠。
流風走清新，散坐閑品茗。
舒出我的心襟，舒出我的激情。
舒出我剛勁，舒出我朗清。
歲月流瀉均平，何許嗟我斑鬢。
一笑還爽清，紅塵是暫停。
奮志靈程曠進，矢將正道追尋。
淨化靈無盡，眼目何其清。

無心讀彼詩章 17年10月6日

無心讀彼詩章，閑將心情彈唱。
窗外鳥鳴唱，陽光灑清靚。
綿綿情思放曠，我欲騰雲而上。
曠飛無極限，刺向青霄間。
紅塵太多吵嚷，名爭利攘無限。
心懷水雲鄉，情繫在山莊。
向學吾志昂揚，時間不肯費浪。
努力騁志向，著書等身間。

流風此際送暢 17年10月6日

流風此際送暢，心地喜氣洋洋。
神恩真無上，闔家享安康。
陽光和藹清朗，四野鳥語花香。
歲月展平曠，清度我悠揚。
閑將心曲彈唱，舒出我的心芳。
內美盈心膛，修身豈有疆。
人生恆懷嚮往，願向高天飛翔。
自由何快暢，叩道吾奔放。

陽光灑照 17年10月6日

陽光灑照，淡靄田野飄。
心襟逍遙，假日清閒好。

歲月飛飄，不覺已蒼老。
心興猶俏，努力奮前道。
山高水遙，風景已經飽。
朗然一笑，紅塵胡不好。
名利棄拋，清貧不緊要。
叩道迢迢，不畏彼險道。

流年歲月更張

17年10月6日

流年歲月更張，人生蒸蒸日上。
修身無止疆，問學晨昏間。
秋春清度安祥，名利非我意向。
閑聽啼鳥唱，享受風清揚。
書海揚帆遠航，心得哦入詩章。
半百生涯壯，心地無悲悵。
孤旅不嗟艱蒼，奮發展我頑強。
沐浴彼陽光，神恩何豐穰。

浮生坎坷如夢

17年10月6日

浮生坎坷如夢，贏得傷心重濃。
而今步彩虹，陽光眼目中。
商風清新吹送，木葉飄逝隨風。
我心有感動，激情入詩中。
晴朗贊此蒼穹，假日心情放鬆。
寫詩舒情濃，安逸盈襟胸。
窗外小鳥鳴頌，陽光燦爛無窮。
清坐思從容，品茗意清空。

斜陽清且好

17年10月6日

斜陽清且好，晴天朗日照。
秋氣清且妙，爽風其來逍。
散坐哦詩稿，無機是情抱。
歲月多風騷，清度樂逍遙。
清度樂逍遙，曠志吾飛高。
靈程矢揚飆，風光燦美妙。
克敵凶且囂，靈歌舒懷抱。
頌神從心竅，淚下如雨拋。
淚下如雨拋，努力風雨道。
試探任艱磽，我志如磐礁。
天國太美好，永生福分饒。
矢當達終標，靈體永不老。

晴窗閑望閑望

17年10月6日

晴窗閑望閑望，淡靄遠方遠方。
心地感興清長，欣賞鳥語花香。
秋意曠顯澹蕩，商風吹擊清揚。
歲月感慨浮上，不由朗哦詩章。
人生懷有嚮往，得意卻莫狂猖。
謙和修身無恙，德操積澱清芳。
闔家安穩平康，神恩感在心膛。
更將頌贊獻上，福壽清享綿長。

陽光燦無上

17年10月6日

陽光燦無上，我心欣然曠。
享受此休閒，風清鳥啼唱。
歲月多安祥，神恩總豐穰。
努力致遐方，叩道吾清揚。
人生百年間，覽盡是桑滄。
少年易逝殤，華髮漸斑蒼。
率性哦詩章，水雲有清淌。
愜懷真無恙，激越復慨慷。

宿鳥啟歸航

17年10月6日

宿鳥啟歸航，暮煙漸漸漲。
心興起萬方，雅將詩哦唱。
秋意正澹蕩，商風吹清揚。
路上車行狂，市井鬧嚷嚷。
燈下清思想，人生致遐方。
理想未可忘，超越名利陷。
紅塵是攘攘，水雲持心間。
奮志萬里疆，困難未可障。

晚霞燒正紅

17年10月6日

晚霞燒正紅，暮煙起朦朧。
華燈已經送，清坐曠哦諷。
噪噪紅塵凶，名利害人重。
正義凝襟胸，奮發我剛洪。
人生努力衝，關山邁越中。
回首煙霧蒙，瞻望風雨濃。
歲月肆其功，老我斑蒼重。
悠悠展心胸，短章賦情濃。

陽光熱燙

17年10月6日

陽光熱燙，遠處歌聲靚。

寫意塵間，秋意正滄蕩。
歲月飛翔，不必計斑蒼。
樂將憂忘，歡度好時光。
曠意飛揚，努力叩道藏。
詩書揚長，我志在遐方。
山高水長，風光覽無限。
歷盡險艱，終達彼平康。

白雲浮漾

17年10月6日

白雲浮漾，藍天青無上。
斜暉清朗，享受清平況。
淡淡蕩蕩，中心無所藏。
無機昂揚，叩道吾奔放。
才情汪洋，哦出詩千章。
吐出情向，娟雅有清芳。
紅塵攘攘，寄身大化間。
努力向上，努力曠飛翔。

夕照輝煌

17年10月6日

夕照輝煌，心志清無恙。
悠悠揚揚，閑將詩哦唱。
不熱不涼，秋意展淡蕩。
小風蕭爽，我意頗揚長。
鳥掠青蒼，我志為之曠。
人生昂揚，致力於遐方。
高遠理想，支撐我前闖。
奮發圖強，男兒持慨慷。

夕煙清漲

17年10月6日

夕煙清漲，西天晚霞靚。
心志清昂，享受此清閒。
市井鬧嚷，車水馬龍放。
噪噪塵間，名利肆狂猖。
應持清向，心懷白雲翔。
田園山莊，可憩余襟腸。
歲月飛狂，秋深木葉殤。
感興升上，淡看暮煙漲。

圓月朗照

17年10月6日

圓月朗照，秋夜正清好。
散坐道遙，清哦我詩稿。
歌聲輕飄，窗外霓虹俏。
小風清繞，歲月多娟妙。
舒寫心竅，吐出我風騷。
嚮往迢迢，長征萬里遙。
艱險經飽，朗然余一笑。
神恩豐饒，恩典富且好。

華燈燦然放

17年10月6日

華燈燦然放，玉蟾朗朗。
清坐思綿放，雅意心間。
寒露即將訪，驚歎時光。
秋深覺斑蒼，對鏡嗟傷。
紅塵自萬丈，眾生爭攘。
應持清心向，遁入山鄉。

哲思從心淌，詩意狂猖。
人生矢志航，努力向上。

秋夜爽清

17年10月6日

秋夜爽清，月華明又明。
心地懷情，哦詩吐胸襟。
情志殷殷，人生奮凌雲。
不懼艱辛，前路萬里雲。
履盡苦辛，而今得康平。
回首煙雲，往事難覓尋。
努力前進，搏擊風雨凌。
男兒豪英，奮發起雷霆。

猶有秋蟲鳴

17年10月7日

猶有秋蟲鳴，夜深添意境。
三更吾清醒，爽風愜心情。
仲秋已將盡，寒露即將臨。
嗟時吾何吟，奮志當凌雲。
奮志當凌雲，歲月蹉跎境。
努力奮前行，不懼山高峻。
險難終克盡，風光覽無垠。
名利早棄屏，心胸懷白雲。
心胸懷白雲，雅潔曠然清。
詩書怡心靈，叩道吾剛勁。
學思未肯停，晨昏恆用心。
著書錄心襟，知音千年尋。

紅霞啟東方

17年10月7日

紅霞啟東方，朝旭即將上。
蒼靄四野漾，禽鳥縱歌唱。
商風吹清涼，遠際歌聲靚。
晨起心興揚，一篇奏短章。
紅霞啟東方，秋意正瀰漾。
晴日心興昂，閒雅情思暢。
聊發少年狂，斑蒼未許妨。
我欲縱飛翔，去搏九天蒼。
紅霞啟東方，男兒志強剛。
秋深木葉殤，詩意寰宇間。
努力致遐方，情懷娟且揚。
哦哦我歌唱，激情瀰無疆。

享受休閒

17年10月7日

享受休閒，不思也不想。
音樂悠揚，愜余意與腸。
體味平康，神恩感無上。
陽光清靚，小鳥啼奔放。
不熱不涼，心境真無恙。
小哦詩章，裁出我心向。
水雲之間，情懷清揚長。
名利棄放，淡蕩持襟房。

歲月芳清

17年10月7日

歲月芳清，白雲悠悠行。
小鳥啼鳴，商風吹清新。
陽光清俊，我意享康平。

散坐舒情，短章從心吟。
嚮往飛行，覽盡九州景。
矢搏天青，刺向彼滄溟。
男兒豪情，抛棄彼利名。
詩書持心，正直且剛勁。

雲天爛漫多情

17年10月7日

雲天爛漫多情，一使吾意奮興。
朝旭正清新，蒼靄四野凝。
晨起心懷清俊，哦詩應許不停。
奮志吾凌雲，秋深爽心情。
歲月清好康平，只是老我斑鬢。
一笑還爽清，共緣去旅行。
小鳥嬌嬌啼鳴，木葉飄逝凋零。
詩意盈胸襟，心懷持空靈。

卯青天壤

17年10月7日

卯青天壤，秋靄濃漾，
朝日白蒼，啼鳥啾啾鳴清揚。
我志疏狂，逸致奔放，
小哦詩行，裁心吐出淡淡芳。
歲月揚長，疊變桑滄，
苦痛品嘗，而今享受平與康。
神恩無恙，思此淚淌，
靈程奮闖，淨化心靈無止疆。

藍天漫布祥雲

17年10月7日

藍天漫布祥雲，小鳥啼鳴其清。
雅思裁空靈，哦詩吐均平。
歲月使余奮興，明日寒露又臨。
努力奮前行，詩書哦不停。
奮發男兒剛俊，展眼天際靄凝。
曠展我豪英，獨立當大鳴。
生活溫馨和平，享受朗日風清。
無妨是清貧，正義凝心襟。

浩志固當凌雲

17年10月7日

浩志固當凌雲，腳踏實地要緊。
奮志去追尋，大同是要領。
浮生秉持多情，只是傷了心靈。
奮發我剛勁，傲立如松俊。
向上縱身入雲，曠飛何其盡興。
領略大千景，愜我意無垠。
紅塵攘攘不停，眾生爭競利名。
務必持本心，胸襟涵水雲。

爽風其來清揚

17年10月7日

爽風其來清揚，撩動我的情腸。
詩意中心漲，脫口朗哦唱。
窗外噪噪嚷嚷，紅塵故事演漾。
清持素襟腸，質樸本應當。
君子人格顯彰，學養一生培養。
正直未可忘，無機第一椿。

努力向前向上，克盡困苦艱蒼。
前路有平壤，終標恆在望。

漫天雲彩飄蕩

17年10月7日

漫天雲彩飄蕩，商風吹來涼爽。
寫意紅塵間，故事煙雲漾。
我心自是慨慷，清持男兒豪放。
詩書晨昏唱，裁心南山章。
闔家安穩平康，清貧未有大妨。
溫馨和氣間，清度好辰光。
神恩自是無上，思此頌贊獻上。
靈程努力航，勝過魔敵擋。

天氣陰晴不定

17年10月7日

天氣陰晴不定，爽風其來清新。
愜聽鳥啼鳴，寫詩舒心靈。
歲月暢意飛行，仲秋不覺已盡。
明日寒露臨，又值晚秋景。
假日心情開屏，閒雅是余心境。
淡眼望靄凝，有鳥掠天青。
努力奮向前行，不懼高山峻嶺。
展翅掠輕盈，任起雨與雲。

閒暇享清靜

17年10月7日

閒暇享清靜，飄逸雲水情。
四野蒼靄凝，朗日行天青。
啼鳥吱喳鳴，我心起空靈。
小風來多情，一使余意馨。

閒暇享清靜，質樸持本心。
名利是浮雲，清貧不要緊。
詩書晨昏吟，叩道不辭辛。
體盡彼圓明，慧目閃清俊。
閒暇享清靜，闔家都康平。
神恩領無盡，謳頌自心靈。
靈程奮發行，勝過彼魔兵。
任起風雨淩，努力騁豪英。

雲淡天復青

17年10月7日

雲淡天復青，牽牛開嬌俊。
好風恣意行，喜鵲鳴清靈。
散坐心均平，哦詩舒雅情。
一曲滄浪情，世事享康平。
世事享康平，詩書盡興吟。
正直持本心，努力矢上進。
遠辭是利名，著書費心靈。
奮發我剛勁，傲立似松挺。
傲立似松挺，男兒是豪英。
履盡苦與貧，贏得斑蒼境。
曠發我才情，新詩脫口吟。
市井熙熙境，萬民樂升平。

坦坦蕩蕩

17年10月7日

坦坦蕩蕩，心地無所藏。
慧意眼間，奮發我昂揚。
老我斑蒼，一笑依清揚。
老酒醇香，生活亦同樣。
鳥語花芳，清喜這寰壤。
和藹宇間，心志都舒曠。
前路奮闖，風雨復何妨。
我有強剛，我有鐵志向。

心志清芳

17年10月7日

心志清芳，流年任更張。
我已斑蒼，依然志雄壯。
晨昏哦唱，詩書騁昂揚。
奮發矢闖，叩道無止疆。
東風和暢，愜我意無限。
斜陽西方，清灑其光芒。
生活無恙，無憂於心間。
歡樂和祥，神恩感心房。

正義心間

17年10月7日

正義心間，男兒持強剛。
力戰惡黨，力克彼魔幫。
靈程向上，大隊是羔羊。
歡震穹蒼，凱歌徹雲響。
紅塵暫享，不是我故鄉。
永生在上，天國是家邦。
勝利在望，努力奮發上。
神親導航，護佑我飛翔。

雲幻萬狀

17年10月7日

雲幻萬狀，商風正吹暢。
太陽熱燙，散步汗微漾。
生活平康，我欲謳併唱。
神恩豐穰，賜下福非常。
努力向上，天國是家邦。
人生暫享，肉體不久長。
小鳥鳴唱，市井熙攘攘。
興致嫋上，小哦新詩行。

爽風清勁

17年10月7日

爽風清勁，多雲此際轉陰。
心懷鎮定，淡度桑滄幻境。
百年驚警，傷了心志心靈。
仍懷奮興，神恩總是豐盈。
歲月多情，惜乎老我蒼鬢。
少年情景，回憶歷歷在憑。
努力前行，穿越煙雨艱境。
終有光明，終有大塊坦平。

窗外歌聲唱

17年10月7日

窗外歌聲唱，引我心旌向。
斜暉正燦放，清平此寰壤。
雲飛幻萬狀，爽風來清揚。
心志展清芳，享受此休閒。
不慌且不忙，淡淡復蕩蕩。
無事心地間，哦詩舒揚長。
人生在世間，只是緣之放。
百年若飛殤，靈程努力上。

休閒無恙

17年10月7日

休閒無恙，斜暉正清朗。
小風和祥，窗外歌聲嫌吵嚷。
和平景象，不熱復不涼。
木葉飄蕩，詩意瀰滿宇穹間。
歲月平康，逸興都升上。
小哦詩行，曠吐心地之雅芳。
雲飛淡蕩，鳥語且花芳。
笑意心間，清喜闔家享安祥。

闔家安康

17年10月7日

闔家安康，清喜父母健在堂。
安祥心間，清度歲月也逍閑。
人生昂揚，奮志是在萬里疆。
卑弱棄放，男兒豪勇騁強剛。
無機心腸，名利骯髒矢拋放。
正直揚長，山水田園憩襟房。
喜鵲鳴唱，陽光灑滿這寰壤。
商風恣翔，飄逝木葉也堪賞。

第五十卷《素樸集》

月華東天之上 17年10月7日

月華東天之上，朗照無恙。
七彩霓虹閃靚，勝過蟾光。
素樸清持心間，人生昂揚。
奮發矢展茁壯，努力向上。
秋夜清空淡蕩，偶有車響。
散坐燈下思想，激情張揚。
男兒萬里志向，堅秉理想。
實幹曠顯豪強，汗水清淌。

晨起朱霞東方 17年10月8日

晨起朱霞東方，此際紅旭初上。
野禽歡鼓唱，心興愜無恙。
今日寒露來訪，不覺晚秋之間。
木葉逝飛殤，牽牛開嬌靚。
歲月悠悠揚揚，人卻漸漸老蒼。
一笑還清昂，努力致遠方。
山高水遠任艱，紅塵大千狂放。
名利未許障，裁心水雲間。

生活充滿陽光 17年10月8日

生活充滿陽光，因荷神恩無上。
鳥語復花芳，闔家喜洋洋。
歲月綿綿疊放，幻變只是桑滄。
而今我斑蒼，爽然一笑間。
散坐心志平康，哦出熱情奔放。
人生合揚長，水雲心嚮往。
清風吹來浩蕩，市井和平熙攘。
我欲放聲唱，歌聲徹穹蒼。

散淡清持心中 17年10月8日

散淡清持心中，愜聽小鳥鳴頌。
陽光正燦送，秋意清無窮。
不懼年近成翁，浩志依然剛洪。
孤旅咽西風，獨立不苟同。
向陽心態清空，哦詩熱情洶湧。
有誰能感動，英武唱大風。
男兒從來情重，知音了無影蹤。
矢志向前衝，披雨又沐風。

情絲妙曼之中 17年10月8日

情絲妙曼之中，心曲有誰感動。
紅塵憩身清空，不許名利擾胸。
淡泊心襟輕鬆，心襟水雲靈動。
哦詩吐出情濃，曠懷共雨共風。
此生履盡苦痛，迎來陽光燦送。
神恩正是無窮，思此心起謳頌。
歲月飛翔逝風，心情與誰相同。
獨立展眼長送，天際有鳥掠空。

爽風此際和暢 17年10月8日

爽風此際和暢，午時陽光清靚。
心境持雅嫻，小哦我詩行。
雅將心曲彈唱，謳頌神恩無恙。
淨化靈無疆，努力靈程航。
窗外小鳥鳴唱，寰宇喜氣洋洋。
紅塵是攘攘，不忘水雲鄉。
身雖寄居塵網，心靈放飛無限。
叩道任深艱，矢志舒奔放。

斜暉此際朗照 17年10月8日

斜暉此際朗照，心情雅然奇妙。
一舒我情抱，短章出心竅。
藍天白雲輕飄，紅塵大千熱鬧。
生辰胡不好，神恩賜豐饒。
向學矢志奔跑，叩道深入迢迢。
沉潛鬱風騷，老來才學俏。
向陽心態清好，罪惡誓當棄拋。
不懼艱險道，靈程曠揚飆。

夕陽此際清好 17年10月8日

夕陽此際清好，遠處歌聲輕飄。
散淡持心竅，閒適是懷抱。
心曲淡然奇妙，矢志向前奔跑。
關山越迢迢，風光已覽飽。
紅塵吾當笑傲，清貧有何不好。
書生意氣饒，晨昏哦詩稿。
紅塵任其擾擾，吾只淡守心竅。
奮行陽關道，不向暗昧瞧。

西天晚霞微紅 17年10月8日

西天晚霞微紅，路上華燈點送。
暮煙漸漸濃，宿鳥鳴秋風。
歲月進深無窮，惜我斑蒼重濃。
心志逞清空，曠志不言中。
平生質樸持重，淡蕩和而不同。
奮志矢前衝，不懼傷與痛。
紅塵誰是情種？情懷向誰開通？
孤旅沐西風，志向取長虹。

流年使余感動 17年10月8日

流年使余感動，容我清心哦諷。
曠意走秋風，霓虹閃爍中。
清坐思放無窮，人生感慨重濃。
雨雨與風風，賜我斑蒼濃。
努力奮發前衝，前路終有彩虹。
七彩是襟胸，理想導我衝。
男兒豈是孬種，名利棄之剛猛。
正義肩挑動，傲骨若勁松。

晚風此際浩蕩 17年10月8日

晚風此際浩蕩，散步心興未央。
城市燈火靚，霓虹閃魅光。
路上車行瘋狂，街上噪噪嚷嚷。
中心懷愁悵，何處水雲鄉。
人生得志莫狂，謙和守我心向。
前路萬里長，努力奮志向。
跌倒爬起再上，折翅安心療傷。
中心懷理想，眼目閃慧光。

燦爛是我心胸 17年10月8日

燦爛是我心胸，此際質樸清空。
新詩脫口頌，裁心水雲風。
嚮往搏擊長空，萬里風雨徑衝。
男兒有剛猛，奮志豈平庸。
半百生涯凝重，傷痕累累心痛。
唯賴神恩洪，導引靈程衝。
努力向前奮勇，克盡鬼魔惡凶。
天國瑰無窮，頌神謳久永。

甫交五更 17年10月9日

甫交五更，雞聲併蟲聲。
朗月猶逞，路上響車聲。
早起思深，向誰吐併申。
孤旅奮爭，努力走靈程。
晚秋時分，木葉逝成陣。
嗟此紅塵，幻化無止程。
名利害人，早已棄而扔。
清貧剛正，合是君子身。

五更之間濃霧漲 17年10月9日

五更之間濃霧漲，遠處正聞村雞唱。
散坐心地頗暇閑，一種情緒是揚長。
時值晚秋天不涼，路上車行響囂猖。
市井生活悠無恙，清喜晨風送清爽。

月華朗在望 17年10月9日

月華朗在望，五更爽風揚。
早起精神暢，雅聽村雞唱。
歲月荏苒間，木葉逝凋喪。
心情難言講，裁心哦詩行。
裁心哦詩行，奮志萬里疆。
男兒合豪強，固貧君子芳。
向學騁昂揚，叩道入深艱。
斑蒼復何妨，俊骨體方剛。
俊骨體方剛，神恩吾飽享。
曾履苦旅艱，血淚橫濺放。
神恩覆廣長，賜我以力量。
而今享安祥，頌贊無止疆。

陽光燦放 17年10月9日

陽光燦放，心地持晴朗。
闔家安康，神恩感在膛。
志取清昂，容我縱馬狂。

奮發向上，男兒騁豪強。
心胸何壯，寰宇都包藏。
叩道揚長，覺性舒奔放。
紅塵攘攘，名利囂而猖。
務持定當，守護吾心房。

早起五更間 17年10月10日

早起五更間，草蟲猶在唱。
遠村雞聲唱，路上車行嚷。
薄霧四野漾，無風不清涼。
聊將詩哦唱，一曲吐清揚。
一曲吐清揚，人生當慨慷。
時值晚秋間，心境淡而蕩。
晨鳥清啼唱，愜我意與腸。
人生懷嚮往，萬里恣意航。
萬里恣意航，豈懼風雨艱。
男兒是豪強，傲立若山壯。
矢鬥惡與奸，無機持襟腸。
正直心地間，眼目蘊慧光。

天陰何妨 17年10月10日

天陰何妨，流風正送暢。
愜意心間，胸懷廣無量。
歲月平康，頌贊當獻上。
神恩奔放，銘感我襟房。
鳥語花芳，大千紅塵曠。
秋色林間，葉羽已斑黃。
木葉逝殤，嫋起詩興揚。
人生慨慷，振節當歌唱。

喜鵲清鳴 17年10月12日

喜鵲清鳴，雨霽顯朗晴。
和風爽清，愜意盈心襟。
舒我多情，一曲中心吟。
秋深意境，黃花開清新。
歲月進行，何許嗟斑鬢。
神恩無垠，感沛在胸襟。
人生奮行，關山越無垠。
百年生命，標的天國行。

祥雲漫天白鴿翔 17年10月14日

祥雲漫天白鴿翔，晨起清聞喜鵲唱。
已知晚秋天涼爽，園中月季花盛放。
飄飄木葉逝而蕩，紛紛詩意入心房。
聊以短詩舒中腸，一種情懷閒雅間。

心境雅潔如風 17年10月14日

心境雅潔如風，流年使余感動。
秋風曠吹送，余意持輕鬆。
歲月清展朦朧，往事回憶如夢。
志向仍如虹，七彩閃心中。
腳踏實地成功，奮鬥不息英勇。
努力去行動，終有收穫豐。
此生不做孬種，傲立昂首挺胸。
叩道入圓通，悟徹本心空。

天氣此際多雲 17年10月14日

天氣此際多雲，爛漫是我心情。
紅塵囂不停，吾志裁水雲。
秋深雅有意境，林葉斑蒼飄零。
詩意在中心，哦詩應不停。
嚮往乘風飛行，去覽五湖風景。
快意在身心，雅潔持空靈。
清坐閑品芳茗，愜聽小鳥啼鳴。
清風適意境，花好人多情。

心境舒朗 17年10月14日

心境舒朗，閑將詩哦唱。
天陰何妨，品茗意何暢。
遠際歌揚，愜我意與腸。
歲月悠揚，心花都開放。
神恩奔放，感在我心房。
頌贊獻上，靈程努力闖。
秋氣澹蕩，蕭風爽且涼。
生活平康，體味豈平常。

拋開心事重濃 17年10月14日

拋開心事重濃，享受人生輕鬆。
散步邁從容，秋風正清送。
生活淡蕩平庸，秋春飛度煙朦。
往事俱成空，思憶有感動。
百年人生奮勇，豈向名利斜傾。
奮志如長虹，叩道騁剛猛。

努力矢向前衝，一任風雨烈猛。
男兒氣勢雄，傲骨不言中。

暮煙此際重濃

17年10月14日

暮煙此際重濃，華燈已經點送。
意下頗輕鬆，閑將詩哦頌。
歲月清展靈動，又值晚秋清空。
商風清吹送，愜我意無窮。
人生快慰盈胸，化作詩句如虹。
努力去行動，時光珍惜中。
窗外有歌飄送，媚起情懷感動。
神恩感襟胸，頌詩從心湧。

華燈燦送

17年10月14日

華燈燦送，七彩是霓虹。
寫意秋風，爽潔我心胸。
人生如風，流年飛如瘋。
記憶沉痛，往事入夢中。
曠意哦諷，未知誰感動。
人生履風，煙雨愜情濃。
清我心胸，名利矢抛送。
清貧之中，正氣何剛洪。

秋雨止停天朗晴

17年10月15日

秋雨止停天朗晴，心境爽清，
心境爽清，欣賞小鳥之清鳴。
遠處鞭炮又囂鳴，紅塵噪境，
紅塵噪境，中心未許忘水雲。
歲月不肯稍止停，秋春幻境，
秋春幻境，老我蒼鬢臨衰境。
依然奮發我雄心，努力前行，
努力前行，不顧山高嶺險峻。

適然意境

17年10月15日

適然意境，浴後爽清，
雅聽鳥鳴，品茗心地亦芳清。
歲月進行，晚秋意境，
木葉飄行，爛漫雲天正多情。
闔家康平，神恩無垠，
感沛心襟，更將頌贊入詩吟。
前路坦平，任起險峻，
吾心剛勁，努力長驅不止停。

天氣多雲

17年10月15日

天氣多雲，雨後月季綻清新。
散坐均平，耳畔小鳥嬌嬌鳴。
閑品芳茗，詩意曠飛入中心。
提筆哦吟，傾吐不盡之激情。
歲月無垠，秋深黃花展意境。
斑蒼已臨，爛漫心地併心靈。
大好寰景，我欲向天曠飛鳴。
萬里之境，風光定然契我心。

曠意浮生長驅奔

17年10月15日

曠意浮生長驅奔，履盡艱深，
不屈困陣，矢展英武摩雲層。
而今淡定我精神，心志繽紛，
叩道堅貞，誓搏雲天萬里程。
笑意從心而清生，謙和書生，
儒雅平生，持心均平且剛正。
力戰魔敵領神恩，坦蕩靈程，
淨化靈魂，曠飛天國求永生。

秋風爽成陣

17年10月15日

秋風爽成陣，雅意縱橫，
我心清芬，寫詩意境何溫存。
小鳥鳴聲聲，花開馨溫，
落葉繽紛，品茗淡蕩持心身。
滾滾走紅塵，名利棄扔，
清我心身，曠意奮行彼靈程。
百年是人生，清度秋春，
努力馳騁，叩道奮發吾剛正。

流風曠然送暢

17年10月15日

流風曠然送暢，天氣轉為蕭涼。
心志頗清昂，愜聽鳥鳴唱。
人生恆懷嚮往，是向高天飛翔。
叩道任深艱，萬里無止疆。
此生履盡艱蒼，回首一笑雅爽。
百年是緣放，淡眼看銷漲。
努力奮發揚長，詩書持身安祥。
哦詩舒意向，著書傾思想。

天陰無妨揚長 17年10月15日

天陰無妨揚長，率性朗哦詩章。
逸興正清揚，人生恣意向。
不求名利榮昌，正氣盈於胸膛。
向學奮舟航，萬里無止疆。
世界茫茫蒼蒼，故事煙雲花樣。
吾持清心向，遁入水雲間。
秋深天氣涼爽，最喜商風吹蕩。
清坐體安祥，品茗心舒暢。

流風此際送暢 17年10月15日

流風此際送暢，心興正起清揚。
遠際歌聲漾，吾意享安康。
天陰木葉飄蕩，月季七彩綻芳。
歲月展悠揚，靈動持心間。
散坐思放無疆，紅塵任其狂猖。
田園憩意向，詩書鬱心腸。
哦詩晨昏激昂，壯懷何必言講。
努力騁志向，山高水又長。

莽情懷何所言唱 17年10月15日

莽情懷何所言唱，人生任起蒼涼。
秋深淡看木葉降，天陰無妨揚長。
愜懷總將天下裝，正義持襟腸。
向學叩道展昂藏，新詩晨昏唱。
裁志萬里無止疆，努力曠飛翔。
風雨於我是尋常，一笑展淡蕩。
暮煙漸起我情長，悠悠放歌唱。
人生不覺艱與蒼，神恩總無恙。

淡泊人生懷志向 17年10月15日

淡泊人生懷志向，高遠至無疆。
腳踏實地努力闖，幹勁衝天昂。
不嗟人生之苦艱，奮發男兒曠。
詩書持身等閒間，妙筆著華章。
質樸心地也安祥，名利無意間。
清貧無妨正氣揚，鐵骨傲然剛。
叩道日常生活間，悟徹彼玄藏。
謙和為人守平常，共緣去飛翔。

窗外小鳥愜意唱 17年10月15日

窗外小鳥愜意唱，商風吹清揚。
散坐心志享平康，晚秋菊正黃。
步履人生體揚長，舒發我慨慷。
回首曾起千重浪，霹靂天地間。
而今清度我安祥，神恩正無疆。
努力進步靈程闖，天旅舒奔放。
雅潔心志向誰唱，孤旅不嗟悵。
男兒有種強與剛，傲立若山壯。

流年如夢 17年10月15日

流年如夢，轉眼心事空空。
回思沉痛，何必淚水長湧。
努力行動，不懼年近成翁。
追求久永，靈程駕鶴禦風。
克盡魔凶，聖潔清持心中。
眼目光湧，謳神衷心歌頌。
秋意正濃，暮煙又起朦朧。
散坐哦諷，一曲短歌從容。

流年爽清 17年10月15日

流年爽清，回首不必心驚。
故事煙雲，幻化豈有止境。
心志殷殷，嚮往搏擊層雲。
風清鳥鳴，秋意爛漫清新。
吾志堅定，叩道任起艱辛。
不屈進行，學取摩雲蒼鷹。
人生幻境，桑滄疊併驚警。
心意坦平，為荷神恩無垠。

流年更張 17年10月15日

流年更張，晚秋清無恙。
天陰涼爽，商風徑吹蕩。
愜意心間，守我安與常。
共緣履航，覺性悟清長。
慧意心間，叩道入深艱。
人生艱蒼，困苦是平常。
歲月奔放，發覺我斑蒼。
一笑爽朗，清持我疏狂。

林羽斑黃 17年10月15日

林羽斑黃，聽見喜鵲唱。
喳喳清響，風中送悠揚。

享受清閒，愜意真無上。
天氣清涼，身心都舒暢。
遠處歌唱，嫋起我情腸。
人生回想，百年履艱蒼。
努力向上，前方山水長。
任起斑蒼，裁志仍強剛。

暮煙清漲

17年10月15日

暮煙清漲，華燈又點上。
生活安祥，清貧復何妨。
愜意心間，無機持襟腸。
共緣履航，通達無礙障。
志取昂揚，努力騁強剛。
男兒豪放，不折矢前闖。
理想心間，導引我啟航。
山高水長，風景有萬方。

闔家安康

17年10月15日

闔家安康，余意喜洋洋。
安貧守常，祥和心地間。
秋春奔放，不必計斑蒼。
努力昂揚，努力奮揚長。
人生慨慷，正義持襟腸。
注目遐方，理想導我航。
萬里無疆，旅程多麗壯。
任起艱蒼，任起風雨狂。

素樸心地間

17年10月15日

素樸心地間，無機昂揚。
流年任奔放，我志慨慷。
風雨曾經狂，折斷翅膀。
真神療我傷，愈我痛創。
而今享安康，身心舒暢。
詩書晨昏唱，激情揚長。
努力哦詩章，南山志向。
質樸且坦蕩，叩道清揚。

第五十一卷《春燕集》

夜晚華燈放

17年10月15日

夜晚華燈放，天氣微覺寒與涼。
心境持淡蕩，燈下哦詩也情爽。
孤旅奮志向，不懼山高水清長。
瞻望彼遐方，天涯盡處風光靚。
紅塵鬧嚷嚷，名爭利奪無止疆。
應持清心腸，叩道覓取智慧藏。
人生百年艱，苦旅生涯似夢間。
希望在天堂，天父賜我永生塲。

三更靜寧

17年10月16日

三更靜寧，偶聞車行，
秋夜雅清，路上燈明，
醒轉難眠，思想展殷勤。
歲月進行，添我斑鬢，
浩志仍盈，奮發雷霆，
剛正持心，男兒騁豪英。
逝去光陰，蹤跡難尋，
夢中思縈，輾轉難眠，
百年生命，努力奮前行。
關山風景，壯麗秀清，
展翅飛行，穿雨沐雲，
萬里之境，天涯若比鄰。

暇思此際放曠

17年10月16日

暇思此際放曠，晨起天氣蕭涼。
淡看林羽斑黃，天陰無妨清揚。
歲月清展平康，愜意盈在心房。
清貧未能大妨，我有正氣軒昂。
紅塵滾滾噪嚷，眾生明爭暗搶。
吾意水雲之鄉，早將名利棄光。
詩書持身慨慷，縱情放聲哦唱。
木葉紛紛飄蕩，詩意瀰滿寰壤。

人生志取長虹

17年10月17日

人生志取長虹，實幹顯我英勇。
天陰愜聽鳥頌，曠意清走商風。
心曲向誰彈送，孤旅不嗟西風。
努力穿雨沐風，前路終有彩虹。
此生履盡苦痛，仰天愴呼淚湧。
唯賴神恩恢弘，賜我平安豐隆。
叩道不計成翁，斑蒼任其加重。
清展吾之笑容，奮志靈程矢衝。

人生率意奔放

17年10月17日

人生率意奔放，矢展我之頑強。
名利矢棄放，努力叩道藏。
欣欣向榮心間，騁志不畏艱蒼。
男兒是鐵鋼，傲骨天然壯。
力戰險惡奸黨，靈程曠意飛翔。
聖潔持襟腸，頌歌縱聲唱。
靈程不是好上，試探考驗何艱。
切禱吾徑上，奮展吾強剛。

品茗清芬

17年10月17日

品茗清芬，雅思縱橫，
心志溫存，浩發我剛正。
陰雲疊生，商風成陣，
清坐安穩，寫詩舒真誠。
人生馳騁，山水清正，
風光飽審，感慨中心生。
夢幻浮生，何物永存，
思此淚奔，婉轉心生疼。

暢意浮生

17年10月17日

暢意浮生，飽受神之恩。
努力奮爭，靈程矢上升。
眾志成城，勝了還要勝。
克盡魔紛，凱歌徹雲層。
謙和心身，聖潔且溫存。
叩道尋真，不畏艱與深。

斑蒼惜生，肉體不永恆。
矢奔靈程，天國有永生。

一夜雨綿纏
17年10月18日

一夜雨綿纏，晨起鳥語喧。
秋深意境現，木葉逝翩翩。
小風其來娟，爽意中心體。
短章賦心田，裁意南山篇。

閒情舒曠
17年10月18日

閒情舒曠，品茗口噙香。
朔風吹涼，天陰雲煙漾。
我自慨慷，豪情衝天壯。
清貧何妨，吾意頗揚長。
努力向上，淨化靈無疆。
修身之間，哦詩舒情狂。
人生雅嫻，詩書鬱心芳。
奮志遐方，煙雨任起艱。

天氣多雲轉陰
17年10月19日

天氣多雲轉陰，商風吹拂多情。
月季開清俊，黃花復雅清。
男兒曠懷剛勁，矢穿風雨奮行。
詩書吾精心，朗哦氣凌雲。
笑傲塵世浮雲，名利未許沁淫。
清貧不要緊，正義盈心靈。
前路變幻風雲，壯懷激烈爽清。
努力曠飛行，刺向彼滄溟。

清聽喜鵲鳴唱
17年10月19日

清聽喜鵲鳴唱，曠喜商風吹揚。
天陰何所妨，吾意正揚長。
品茗愜意之間，雅將新詩哦唱。
心事懷萬方，叩道舒奔放。
紅塵徒自攘攘，幾人智慧深藏？
努力致遐方，尋覓慧泉嘗。
百年人生苦艱，回首不必淚淌。
神恩正廣長，思此笑意放。

雅思良長
17年10月19日

雅思良長，容我舒奔放。
人生揚長，逸志在遐方。
山高水長，浮生履艱蒼。
努力闖蕩，風雨兼程上。
歲月芬芳，回思餘味長。
轉念思想，人生一夢間。
奮志飛翔，萬里無止疆。
靈命增長，神恩已飽嘗。

不可投機取巧
17年10月19日

不可投機取巧，秉持拙正為要。
奮志入雲霄，實幹汗水拋。
紅塵徒自擾擾，名利害人奇巧。
清心最為要，安貧意不躁。
努力叩道迢迢，深入幾微玄妙。
心得入詩稿，雅潔頗可瞧。

夜黑華燈正照，商風吹來清好。
散坐閑思拋，從容吐心竅。

夜半無眠
17年10月19日

夜半無眠，獨自叩本心。
窗外清靜，偶聞車吠鳴。
歲月驚心，吾已蒼蒼鬢。
秋深意境，蟲兒不再吟。
曠志凌雲，空說誰愛聽。
實幹才行，努力奮雷霆。
半世驚警，苦痛飽經行。
閑思曠運，感慨入心襟。

晨起鳥鳴
17年10月20日

晨起鳥鳴，爽風曠清，
薄寒意境，哦詩舒雅情。
人生奮迅，轉眼斑鬢，
努力驅進，萬里騁雄英。
黃花清新，月季嬌俊，
歲月經行，輾轉其蒼清。
笑意盈盈，悟道空清，
覺性圓明，談吐豈常尋。

陽光和暢
17年10月20日

陽光和暢，心地正清揚。
縱情哦唱，聲調頗激昂。
人生艱蒼，往事入夢間。
努力奮闖，關山起萬幢。

志取雄剛，男兒有膽量。
奮發圖強，叩道入深艱。
歲月莽蒼，困障連踵放。
暢意飛翔，萬里無止疆。
紅塵攘攘，秋深意境釀。
吾持清閒，逸意水雲間。
不敢狂猖，謙和是志向。
君子心芳，氣機吐萬丈。

秋深林野正斑蒼

17年10月21日

秋深林野正斑蒼，午時陽光和暖間。
散坐哦詩聲鏗鏘，幾聲啼鳥囀悠揚。
生活平淡且悠閒，心志蒸蒸正日上。
努力前驅長闖蕩，不畏山高水又長。

秋意清顯澹蕩

17年10月21日

秋意清顯澹蕩，斜暉朗然在望。
市井喧聲嚷，散思正放曠。
人生匆匆之間，心志應許定當。
勿為名利障，裁心水雲間。
浩志衝天而放，遐思奔瀉狂猖。
努力奮貞剛，男兒有勇壯。
情志向誰演講，孤旅不嗟艱長。
展眼雲煙漾，想學鳥飛翔。

夕照正昏黃

17年10月21日

夕照正昏黃，心志頗揚長。
愜意當舒放，朗哦南山章。
東籬菊正黃，月季亦清芳。
秋晚不愁悵，散坐品茗香。
散坐品茗香，人生合奔放。
清貧無大妨，要在正氣剛。
儒雅詩書間，向學晨昏唱。
不計鬢斑蒼，努力矢向上。
努力矢向上，前路振慨慷。
男兒有豪強，不折奮前闖。
關山越萬幢，艱深何所妨。
眼目俱清亮，慧意持心間。

悠悠揚揚

17年10月21日

悠悠揚揚，何時何地不慨慷。
散淡揚長，欣賞秋深之澹蕩。
合展奔放，人生縱馬長驅闖。
豪情萬丈，英武心地謳昂揚。
人生艱蒼，回首已然百關闖。
未來瞻望，山水秀麗且莽蒼。
百年艱長，領受神恩真無恙。
天旅飛翔，克盡鬼魔煥強剛。

人生雅嫻

17年10月21日

人生雅嫻，流年風煙漾。
晨起清揚，天陰何所妨。
鳥啼揚長，晚秋菊花黃。
歲月奔放，瀉淌若狂猖。
不嗟斑蒼，不必展疏狂。
正直心腸，儒雅君子芳。
展我強剛，前路徑直闖。
風光妙放，煙雨併滄浪。

閒情釋放

17年10月21日

閒情釋放，朗哦我詩章。
陽光清靚，秋深不覺涼。
愜興狷狂，豪情正萬丈。
浮生闖蕩，不計心千創。
歲月淡蕩，名利是欺誑。
奮發向上，克盡艱與創。
男兒揚長，恣意詩書間。
著書悠揚，傾心叩道藏。

清夜難眠

17年10月21日

清夜難眠，思潮起殷殷。
人生多情，只是享孤零。
奮志凌雲，紅塵多艱辛。
努力進行，穿山復越嶺。
此生苦境，傷了心與靈。
神恩無垠，賜我福豐盈。
靈程飛行，聖潔是要領。
淨化心靈，永遠無止境。

暮煙蒼蒼

17年10月21日

暮煙蒼蒼，華燈又放，
心志清昂，市井猶噪嚷。
秋深無恙，木葉逝殤，
黃花清芳，雞冠花奔放。

人生揚長，百感俱上，
從容哦唱，心曲向誰唱。
輾轉塵間，未許心傷，
神恩無疆，努力奮發上。

輾轉塵世之間

17年10月22日

輾轉塵世之間，履盡痛苦悲傷。
唯賴神恩壯，而今享安康。
往事不堪回想，努力向前瞻望。
關山郁清蒼，奮發矢志闖。
人生不畏苦艱，率意舒我奔放。
書生氣象彰，騁志頗昂揚。
曠飛萬里無疆，叩道豈有止限。
哦歌萬千章，嫻雅心地間。

不思不想

17年10月22日

不思不想，散淡是情況。
散步清長，有汗微沁淌。
歲月清閒，漫地落葉黃。
東籬菊芳，晚秋清無恙。
人生揚長，何地不慨慷。
率意奔放，愜意水雲鄉。
勿使匆忙，請聽鳥清唱。
悠悠揚揚，無憂度辰光。

商風吹暢

17年10月22日

商風吹暢，林野多斑蒼。
鞭炮轟響，紅塵總攘攘。
體味休閒，逸意都開敞。
雅寫詩章，一吐清平況。
人生揚長，神恩感心間。
百年芬芳，幻化豈尋常。
勿使迷茫，靈程努力上。
人在世間，客旅之相仿。

人生激越慨慷

17年10月22日

人生激越慨慷，品茗心興清狂。
晚秋正無恙，心地享暇閑。
歲月莽莽蒼蒼，回首煙雲疊障。
半百生涯壯，惜我已斑蒼。
閑聽小鳥鳴唱，欣賞花之清芳。
悠揚心地間，婉轉吾歌唱。
坦蕩清持襟房，正義吾何強剛。
努力奮發闖，男兒豪情曠。

日光東上

17年10月22日

日光東上，霾煙正猖狂。
歎息之間，提筆謳詩章。
清貧何妨，闔家正安康。
享受清閒，清聽鳥啼唱。
月季芬芳，菊花綻金黃。
晚秋無恙，時光如水淌。
老將來訪，逸意舒清揚。
坦坦蕩蕩，無機心地間。

暢意浮生安祥

17年10月22日

暢意浮生安祥，人生裁志奔放。
流年風煙漾，晚秋清平況。
心事綿密彈唱，朗哦縱放千章。
人生非夢間，壯懷持慨慷。
雅思此際良長，心興正展清芳。
休憩我心腸，不想讀文章。
奮發鼓勇徑上，曠飛未有止疆。
前路關山壯，風景可愜賞。

朔風吹狂

17年10月22日

朔風吹狂，木葉逝飄蕩。
市井鬧嚷，淡定吾安祥。
閑寫詩章，吐點心靈況。
平平常常，無機復揚長。
有時慨慷，有時激越唱。
有時奔放，有時微憂傷。
生活無恙，演奏其玄暢。
感慨心間，悠悠吾哦唱。

雲天漫浪

17年10月22日

雲天漫浪，靄煙四野漾。
商風清揚，散淡享暇閑。
歲月悠揚，流年瀉狂猖。
回思長想，五十二年殤。
志取清昂，男兒有強壯。
努力舒放，茁壯心地間。

不折矢闖，關山豈為障。
展翅飛翔，摩雲入青蒼。

閒暇無恙

17年10月22日

閒暇無恙，闔家享安康。
歲月飛翔，不覺流年放。
秋深葉殤，林野色斑蒼。
感興升上，裁心哦詩行。
小鳥鳴唱，清風舒揚長。
斜暉朗朗，和平漾寰壤。
心志安祥，神恩感襟房。
努力向上，不折矢生長。

人生致意遐方

17年10月22日

人生致意遐方，不畏山高水長。
百年匆匆放，轉眼覺斑蒼。
勿為名利所障，清持正義立場。
恣意叩道藏，深入彼圓方。
晚秋天氣涼爽，商風吹襲未央。
詩意天地間，黃花今正放。
欣賞木葉飄蕩，欣賞鳥鳴悠揚。
點滴感心間，醞釀吐詩芳。

珍惜流年時光

17年10月22日

珍惜流年時光，秋深回憶深廣。
半世風雨艱，覺性悟圓方。
人生意義何方，曾經努力尋訪。
叩道奮貞剛，力戰魔敵狂。
跌倒身心受傷，神恩施救療創。
心性發清光，靈程是方向。
淨化心靈芬芳，聖潔清持心膛。
天旅矢慨慷，男兒豪情壯。

淡看林野斑蒼

17年10月22日

淡看林野斑蒼，風吹木葉逝降。
生活享安祥，市井任吵嚷。
閒時品品茗芳，暇時讀讀詩章。
鳥語復花芳，歲月展悠揚。
心志總持滄蕩，名利非我意向。
清貧正氣剛，向學叩道藏。
此生飽經雨霜，贏得心襟百創。
依然奮強剛，努力恆向上。

淡雅清持心間

17年10月22日

淡雅清持心間，濃烈過分有妨。
人生享安祥，激越偶爾放。
歲月淡淡蕩蕩，又值晚秋時間。
對鏡覽斑蒼，感慨從心上。
人生真似夢間，往事歷歷在望。
煙雨履艱蒼，辛苦為哪樁。
真神賜予力量，指引靈程方向。
天國是家邦，永生何輝煌。

清意雅哦詩章

17年10月22日

清意雅哦詩章，淡看雲煙飛蕩。
秋深菊花黃，散淡持心間。
心情此際暇閑，內叩自己心腸。
尋覓智慧光，努力叩道藏。
質樸頗自揚長，詩書持身慨慷。
壯志不言講，實幹方為上。
午時陽光正靚，寰宇和平安祥。
爽風來吹揚，心花朵朵放。

雅將新詩哦諷

17年10月22日

雅將新詩哦諷，舒出心中情濃。
孤旅不悵痛，曠志嫋隨風。
此生已近成翁，贏得傷心重濃。
依然情有鐘，奮發步雨風。
剛勁清持心中，展眼秋雲飛動。
感慨從心湧，裁心哦大風。
歲月賜我斑濃，百折是我心胸。
我欲出宇穹，飛向彼星空。

浩志清持心中

17年10月22日

浩志清持心中，鼓舞情志矢衝。
沐雨又沐風，快慰在襟胸。
人生何必情重，心襟傷痕重重。
多情有何用，孤旅不言中。
歲月曠展從容，流年雲煙奔湧。
回首有沉痛，少年入夢中。
瞻望前路鼓勇，男兒豪情盈胸。
奮發風雨中，覽盡關山雄。

斜暉此際在望

17年10月22日

斜暉此際在望，溫暖和煦塵間。
散淡持心膛，品茗情志芳。
風兒清新歌唱，鳥兒不住鳴放。
花兒開俊芳，生活體安祥。
歲月流變奔放，年輪演繹狂猖。
斑蒼今正當，率意頗揚長。
悟道何必多講，智慧盡力尋訪。
明慧持襟間，實用體康強。

人生激越奔放

17年10月22日

人生激越奔放，率意騁我強剛。
紅塵自攘攘，名利未許障。
胸中水雲清漾，書生氣象顯彰。
努力靈程上，矢脫此塵網。
前路魔敵阻擋，殺敵務用刀槍。
殺伐深悲壯，凱歌徹雲響。
聖徒列隊成行，天父導引方向。
天國永安祥，永生福無疆。

享受人生安祥

17年10月22日

享受人生安祥，因荷神恩無上。
未可耽暇閑，時間勿費浪。
詩書持身慨慷，叩道勇猛方剛。
正直持襟腸，男兒騁茁壯。
向學晨昏不讓，奮志豈有止疆。
縱聲朗哦唱，聲震宇穹間。
百年勞我苦艱，率意水雲之鄉。
情思向誰放，展眼秋雲漾。

第五十二卷《春薤集》

散淡享受清閒 17年10月22日

散淡享受清閒，斜陽脈脈在望。
心志正晴朗，逸意狷且狂。
歲月流變桑滄，百感凝聚心房。
半世履艱蒼，何必多言講。
紅塵迷煙幻漾，名利殺人狂猖。
智慧充宇間，幾人去尋訪？
叩道不畏艱長，努力騁我奔放。
尋覓智慧糧，飽食心安康。

寫意塵間 17年10月22日

寫意塵間，人生奮志慨慷。
斜暉清朗，商風吹襲正狂。
散淡清閒，享受生活平康。
體道揚長，悟徹圓方之間。
雲煙飛曠，紅塵恆是攘攘。
心境滄祥，裁心小哦詩行。
奮發向上，不為名利奔忙。
叩道奔放，豈懼曲折艱長。

舒我心襟意向 17年10月22日

舒我心襟意向，人生體道強剛。
不畏困難放，努力騁頑強。
歲月荏苒之間，發覺兩鬢斑蒼。
青春無影響，華年逝揚長。
珍惜點滴時光，耕心未可頹唐。
詩書郁昂藏，男兒合豪壯。
流年回憶有芳，記憶垂為久長。
百年煙雨間，幻化真無恙。

夕照閃射光芒 17年10月22日

夕照閃射光芒，市井人熙車攘。
朔風正吹暢，晚秋微覺涼。
心境清空揚長，無機頗自慨慷。
歲月逝飛殤，流年運無疆。
只是人生老蒼，無可奈何之間。
努力奮向上，超越此塵網。
眾生明爭暗搶，騁盡心力狂猖。
名利害人狂，須棄須拋放。

清持志向貞剛 17年10月22日

清持志向貞剛，人生努力闖蕩。
風雨起艱蒼，不覺已老蒼。
五十二年瞬間，煙雨泛起滄浪。
孤旅不言艱，騁志當豪放。
幾聲啼鳥鳴唱，一陣朔風吹狂。
夕照展金黃，東籬菊正芳。
逸意持在心間，悠悠曠哦詩行。
散思正無恙，人生享安康。

養我疏慵 17年10月22日

養我疏慵，心志逞清空。
散坐思湧，裁心哦靈動。
雨雨風風，人生客旅中。
一身傷痛，心襟仍剛雄。
奮發飆風，欲上九霄重。
英武心胸，原不在塵中。
人生沉痛，百年似夢中。
天旅奮勇，克敵勝無窮。

東天曠起紅霞 17年10月23日

東天曠起紅霞，喜鵲其鳴喳喳。
心情真無亞，爽風葉吹下。
人生奮志若霞，未可浮躁喳喳。
實幹豈有價，汗水不白下。
歲月紛飛如駕，轉眼斑蒼增加。
努力奮鬥吧，前景美如畫。
紅旭升起無亞，七彩絢麗交加。
心境瑰如霞，我欲騰雲駕。

雲天滄蕩
17年10月23日

雲天滄蕩，遠際嘹歌唱。
爽風清揚，雀鳥恣鳴放。
歲月品嘗，霜降今正當。
心境安祥，悠悠哦詩章。
人生揚長，名利矢棄放。
正義心間，叩道吾奔放。
身居塵間，共緣曠飛翔。
百年艱蒼，努力靈程上。

陽光燦無上
17年10月23日

陽光燦無上，秋深木葉殤。
流雲曠飛翔，愜聽啼鳥唱。
歲月多滌蕩，老我以斑蒼。
率興哦詩章，傾吐襟與腸。
人生奮慨慷，豈為名利障。
逸意水雲間，田樵是師長。
叩道天涯間，心得縷縷芳。
向學騁昂揚，努力覓慧光。

天氣晴朗
17年10月23日

天氣晴朗，鳥兒愜意歌唱。
余意安祥，散淡清持襟腸。
喜愛陽光，喜愛真理通暢。
致力遐方，追尋正義奔放。
努力向上，不為物欲所障。
慧意心間，哦詩激發張揚。
嗟此塵間，名爭利奪攘攘。
務持清向，遁入田園山間。

紅旭東上
17年10月24日

紅旭東上，燦爛吐其光芒。
喜鵲鳴唱，婉轉奏其清響。
商風吹揚，微覺天氣寒涼。
逸意心間，散淡清持襟腸。
紅塵奔放，市井車熙人攘。
吾持清向，無機心地雅嫻。
歲月舒放，逝去光陰無限。
老將來訪，呵呵一笑揚長。

留戀少年光陰
17年10月24日

留戀少年光陰，時間豈能止停。
不覺蒼蒼鬢，不必多震驚。
窗外小鳥啼鳴，商風其來何清。
旭日正朗行，碧天青無雲。
黃花爛漫清新，月季七彩多情。
余亦持開心，逍遙是心靈。
名利固當辭屏，正義充盈胸襟。
神恩正無垠，靈程鼓幹勁。

村雞喔喔唱
17年10月25日

村雞喔喔唱，五更之時間。
朗星燦未央，秋晨正清爽。
閒逸哦詩章，曠發我襟房。
時光若飛殤，應不驚心腸。
村雞喔喔唱，路燈猶然亮。
路上車行狂，晨風展悠揚。
心興正舒敞，情志裁飛揚。
深吸空氣芳，感發我中腸。
村雞喔喔唱，流年瀉狂猖。
五十二年殤，驚歎世桑滄。
情思悠無恙，激動我心鄉。
應許發激昂，努力矢闖蕩。

藍天白雲清好
17年10月25日

藍天白雲清好，心地雅清奇妙。
黃花正風騷，月季開妍俏。
人生曠持懷抱，關山履歷迢迢。
風雨早經飽，朗然余一笑。
紅塵自是擾擾，吾心水雲清飄。
叩道不懼老，才調入詩稿。
問學志兒頗高，書山矢攀險要。
揚帆萬里遙，風光燦無二。

祥雲漫天飄蕩
17年10月25日

祥雲漫天飄蕩，余意喜氣洋洋。
天氣和暖間，晚秋葉逝殤。
人生合當揚長，萬事均可下放。
名利害人腸，堅決棄光光。
詩書持在心間，叩道舒我奔放。
人生百年艱，未可多迷茫。
展眼雲天晴朗，鳥語伴以花香。
心境正滄蕩，新詩連踵唱。

天陰未有妨
17年10月26日

天陰未有妨，遠際歌聲囀嘹亮。
晨起情悠揚，愜聽啼鳥鳴奔放。
寫意秋風暢，欣賞木葉逝飛降。
我志騁慨慷，激情於胸心茁壯。
前路矢當闖，萬里關山風光靚。
風雨不能障，男兒揮發彼雄剛。
歲月正清揚，桑滄一笑是幻象。
天旅我昂揚，淨化心靈無止疆。

紅霞漲於東方
17年10月28日

紅霞漲於東方，旭日噴薄而上。
今日值重陽，菊花開金黃。
遠處歌聲嘹亮，路上人熙車攘。
商風徑吹蕩，木葉逝飄揚。
歲月驚心飛翔，壯懷依舊激昂。
不懼人老蒼，努力矢志航。
此際朗哦詩章，耳畔小鳥鳴唱。
生活清品嘗，漫思狷欲狂。

商風吹緊
17年10月29日

商風吹緊，雲天卻自多情。
木葉飄零，斜暉朗朗清俊。
心情鎮定，淡泊塵世風雲。
歲月進行，老我斑蒼無垠。
努力進行，風景歷歷清新。
縱有雨凌，任起風浪驚心。
神恩豐盈，思此我心懷情。
頌贊盡心，靈程奮發雷霆。

歲月莽莽蒼蒼
17年10月29日

歲月莽莽蒼蒼，感慨貯於心房。
秋深菊花黃，對鏡覺斑蒼。
人生坦坦蕩蕩，百年徐步安祥。
名利非意向，詩書一身芳。
情懷頗自滌蕩，展眼我欲飛翔。
晴天雲徜徉，取志在遐方。
努力清展豪強，實幹汗水沁淌。
不懼困與障，男兒俊骨剛。

又值黃昏時分
17年10月29日

又值黃昏時分，朔風呼叫聲聲。
夕陽輝光逞，哦詩舒雅芬。
心境安穩清純，人生努力馳騁。
任起困之陣，曠志正繽紛。
克盡艱苦層層，男兒萬里縱橫。
叩道舒真誠，靈心入詩申。
歲月有其馨芬，儘管風雨成陣。
百年是緣分，奮力走靈程。

北風吹緊
17年11月3日

北風吹緊，漫地落葉飄零。
陽光清俊，晚秋黃菊清新。
散坐品茗，思想萬千入心。
人生多情，只是苦了心襟。
奮我身心，努力長驅矢行。
風光秀俊，任起風雨艱辛。
百年生命，如煙如霧之行。
唯有天庭，才有永生可憑。

斜暉清照正朗朗
17年11月3日

斜暉清照正朗朗，我欲放歌唱。
窗外朔風正嘯狂，木葉逝飛降。
心情快樂正無恙，人生慨而慷。
流年轉換何其猖，立冬數日間。
淡定身心舒奔放，努力曠飛揚。
男兒豪情衝天壯，詩書晨昏間。
一曲天人謳揚長，百年履茫蒼。
奮發剛勇矢前闖，叩道是志向。

笑意應許揚長
17年11月3日

笑意應許揚長，流年任舒奔放。
回首不必悵，斑蒼吾清揚。
履世一夢之間，苦痛成為既往。
煙雨併滄浪，悠悠吾哦唱。
歲月坎坷任放，故事煙雲花樣。
淡泊持心間，無機體昂藏。
人生百年瞬間，名利非吾意向。
裁心叩道藏，慧意蘊襟房。

天黑華燈放
17年11月3日

天黑華燈放，朗月灑蟾光。
遠際歌聲靚，心地覺平康。

人生享安祥，清度歲月芳。
流年不必悵，百年是緣淌。
努力晨昏間，問學豈退讓。
半百生涯壯，感慨入詩行。
孤旅奮昂揚，坦蕩是襟房。
正義盈心腸，矢志曠飛翔。

朝日閃射光芒

17年11月4日

朝日閃射光芒，天氣初顯寒涼。
林野漸斑蒼，晚秋清無恙。
晨起朗哦詩章，激情此際張揚。
人生懷意向，萬里矢闖蕩。
年逾半百之間，贏得華髮斑蒼。
一笑持淡蕩，人生若夢鄉。
往事不必多想，要在前路瞻望。
努力奮飛翔，遐方風光靚。

孤旅人生騁昂揚

17年11月4日

孤旅人生騁昂揚，心志從來堪謳唱。
此際陽光正和暢，天上白雲曼飛翔。
流光迅馳演無恙，老我斑蒼一笑間。
百年生死非等閒，傳世應許有華章。
坎坷生涯不回放，淚流滿面度桑滄。
淡眼秋雲多漫浪，天際靄煙起輕蒼。

心性秉持溫良

17年11月4日

心性秉持溫良，人生矢志向上。
履盡艱與蒼，光明心地間。
秋深木葉逝殤，生活安靜和祥。
心境不愁悵，此生近夕陽。
歲月如夢相仿，往事唯留心間。
少年無影彰，意志仍強壯。
百年是一疆場，不為名利奔忙。
靜定我心腸，叩心覓慧光。

早起五更間

17年11月4日

早起五更間，仰見蟾光。
心志正清昂，一曲旋唱。
歲月展悠揚，人生瞬間。
晚秋不覺間，立冬將訪。
遠處犬吠唱，路上車響。
燈下清思想，感慨萬方。
嗟歎無用場，力展奔放。
努力致遐方，努力飛揚。

陽光燦爛

17年11月4日

陽光燦爛，白雲飄浪漫。
小鳥鳴喊，林野惜蒼顏。
心曲雅彈，哦詩舒心瀚。
人生實幹，努力作好漢。
心情翻番，浩志向天展。
展眼天藍，生活堪稱贊。
歲月揚帆，壯志何須談。
不畏困難，衝向終點站。

雲天若畫廓

17年11月4日

雲天若畫廓，燦然氣象。
小鳥鳴清揚，和藹宇間。
散思騁放曠，品茗愜腸。
人生致遐方，氣宇昂揚。
生活體平康，悠悠揚揚。
心志如花放，神恩飽嘗。
歲月展淡蕩，流年有芳。
不必嗟老蒼，逸意揚長。

鞭炮又囂響

17年11月4日

鞭炮又囂響，紅塵攘攘。
吾持清心向，名利辭放。
清心且滌腸，詩書無恙。
努力叩道藏，心得雅芳。
心志騁奔放，類若雲翔。
歲月更換間，霜華漸長。
燦爛灑秋陽，林野斑蒼。
閑聽啼鳥唱，心意雅康。

孤旅不嗟悵

17年11月4日

孤旅不嗟悵，人生奮雄剛。
斜暉既清朗，秋意復清曠。
祥和天宇間，散坐亦悠閒。
從容哦詩章，裁志在遐方。
裁志在遐方，山水有遠長。
已履平生艱，老來心瀰康。

名利棄而放，心懷蹈山莊。
東籬菊正黃，爛漫秋意芳。

藍天碧且青 17年11月5日

藍天碧且青，小鳥正嬌鳴。
陽光灑清俊，空氣且鮮新。
心情持溫馨，閑思散漫行。
樂此晚秋境，哦詩舒雅情。
哦詩舒雅情，憂思偶來侵。
人生如夢境，不覺已蒼鬢。
煥發奮前行，努力騁豪英。
悠悠歲月情，曠達脫無明。

晚秋無恙 17年11月5日

晚秋無恙，藍天雲飄翔。
愜意心間，品茗意何暢。
陽光灑降，和藹盈寰壤。
品味休閒，身心適無上。
爽風正暢，微帶薄寒涼。
大千漫浪，菊花正鬥芳。
我志昂揚，時光勿費浪。
哦讀詩章，舒發我狷狂。

斜陽清好 17年11月5日

斜陽清好，心境展奇妙。
秋將去了，立冬行將到。
歲月飄飄，不覺已蒼老。
仍懷笑傲，東籬菊正俏。
情懷朗騷，田園寄心竅。
名利辭了，清貧胡不好。
浮生夢緲，百年幻奇巧。
往事思悄，不必淚雙拋。

田園入畫稿 17年11月5日

田園入畫稿，東籬菊俏。
心意持雅騷，小哦詩稿。
歲月既飛飄，回憶娟好。
風狂併雨暴，銘在心竅。
努力奮前道，關山風標。
千關競克了，余得蘭操。
正氣力培造，俊骨堪表。
不敢稍驕傲，叩道迢迢。

朝旭東升 17年11月5日

朝旭東升，心情振奮，
時值秋深，遠處傳來嘹歌聲。
遠辭青春，霜華生成，
心事馨溫，愜聽小鳥鳴聲聲。
坦蕩心身，無機真誠，
奮發剛正，君子人格力造成。
歲月清芬，風雨艱深，
努力前騁，山高水遠一笑生。

天氣晴朗 17年11月5日

天氣晴朗，心情無恙，
品茗意暢，野間況有啼鳥唱。
讀書意揚，裁心詩行，
舒出心向，赤子之心原清芳。
人生昂藏，不畏苦艱，
奮志矢闖，履歷桑滄持淡蕩。
窗外斜陽，秋風清爽，
闔家安康，心懷意念總安祥。

歲月進深 17年11月5日

歲月進深，心事未許重沉。
秋夜已深，朗月徹照乾坤。
燈下思深，百感從心生成。
人生馳奔，萬事空空平生。
百年之生，勞苦清度秋春。
回首煙紛，逝滅不盡年輪。
窗外車聲，路上清點華燈。
散坐思深，中心微有些疼。

天色微亮 17年11月6日

天色微亮，東方晨曦漲。
雞鳴犬唱，野禽啼清揚。
天氣薄寒涼，商風吹暢。
早起情悠揚，短章獻唱。
歲月奔放，晚秋正無恙。
立冬即將，時節驚歎間。
我志振慨慷，發奮圖強。
鎮日詩書間，沉潛揚長。

閑將心曲彈唱

17年11月8日

閑將心曲彈唱，享受和暖煦陽。
初冬不蕭涼，木葉惜斑黃。
我志是取昂揚，奮發心興強剛。
心念懷遐方，風雨未能擋。
此生履盡苦艱，半世不覺銷殤。
心志不迷茫，世事是煙障。
穿透塵世桑滄，叩道覓取慧藏。
名利早棄放，正義舒奔放。
名利害人無限，引人入其羅網。
吾持清心向，淡泊詩書間。

陽光清灑降

17年11月8日

陽光清灑降，身心暖洋洋。
裁心哦詩章，吐出心與向。
人生懷意向，奮志在遐方。
山水未可障，風光險無限。
努力向前闖，風雨屬尋常。
坎坷一任放，男兒是鐵鋼。
紅塵是幻象，百年是夢間。
天旅奮慨慷，永生冀天堂。

歲月流逝似無窮

17年11月8日

歲月流逝似無窮，感慨盈襟胸。
風雨苦痛總成夢，往事朦朧中。
努力奮志矢前衝，叩道展剛猛。
人生豈為名利動，清貧吾從容。
淡泊情思向誰送，哦詩騁清空。
一杯綠茗意興濃，展眼雲煙動。
時正晴朗情懷湧，浩志出宇穹。
百年生死騁奮勇，業績創恢弘。

鳥兒曠意歌唱

17年11月8日

鳥兒曠意歌唱，心曲正自茫茫。
散坐情懷暢，清品綠茗芳。
生活平靜安祥，流年如水逝淌。
百年一夢間，往事記憶香。
孤旅歷盡艱蒼，情志水雲之鄉。
身雖居塵壤，逸意田園間。

第五十三卷《歡歌集》

閒情吾持放曠 17年11月9日

閒情吾持放曠，時光任其流淌。
初冬既蕭涼，木葉惜飛殤。
感興油然升上，人生一夢之間。
秋春轉換間，吾已漸老蒼。
安祥清度時光，不為名利困障。
清貧正無妨，率意有揚長。
嗟此宇宙廣長，人如螻蟻相仿。
叩道入深艱，情志舒娟揚。
宇宙大千深廣，叩道吾志昂揚。
百年一瞬間，時光勿費浪。
騁志秋春之間，吾志是取揚長。
率興舒奔放，閒雅哦詩章。
時光如水清淌，斑蒼不減清狂。
努力向前闖，山水邁遠長。

藍天青碧無垠 17年11月9日

藍天青碧無垠，引我心意奮興。
休閒散步行，放曠吾心情。
人生秉持均平，名利俱是幻境。
紅塵噪不停，心懷繫水雲。
百年生涯驚警，醒來覺是夢境。
坦蕩持身心，共緣去旅行。
生活安靜和平，當可舒我心襟。
詩書郁清明，哦詩展心靈。

心志浩起茫茫 17年11月9日

心志浩起茫茫，人生不嗟艱蒼。
奮發矢向上，跌倒又何妨。

心志未可消沉 17年11月9日

心志未可消沉，人生合當馳奔。
不懼山高水遠深，男兒勇剛清逞。
初冬葉落紛紛，卻喜煦陽暖溫。
奮發清展我剛正，詩書雅度晨昏。
人生苦難艱深，回首煙靄層層。
歲月不住進廣深，百年似為一瞬。
合當笑傲紅塵，東籬菊正清芬。
著書不覺老來逞，曠懷逍遙青春。

散坐清思頗揚長 17年11月9日

散坐清思頗揚長，窗外又聞鞭炮響。
晴和初冬灑煦陽，朔風呼嘯騁囂狂。
漫野落葉誰悲傷，華年逝去髮凋蒼。
閑將心事入詩唱，一曲蒼涼復瀟爽。

雅將歲月吟唱 17年11月9日

雅將歲月吟唱，心事不取蒼茫。
紅塵任萬狀，吾守清心腸。
詩書持身慨慷，不向名利投降。
一身正氣昂，兩袖清風爽。
笑傲塵世風浪，裁心水雲之鄉。
百年存漫浪，思想積澱間。
努力叩取道藏，智慧一生尋訪。
無機之襟房，哦詠吐華章。

心志沉吟間 17年11月9日

心志沉吟間，時光飛逝淌。
不必嗟斑蒼，奮志當頑強。
人生不迷茫，物欲須裁減。
余意水雲間，山風滌腑臟。
歲月多奔放，故事演無疆。
應將笑口敞，淡觀世機簧。
積德無有疆，正直持襟腸。
悠悠百年間，福壽可安享。

浴後覺清爽 17年11月9日

浴後覺清爽，精神復健旺。
陽光正和暢，初冬暖洋洋。

心志若花放，閑將詩哦唱。
人生當昂揚，奮志萬里疆。
有時苦雨艱，有時天晴朗。
有時風暴狂，有時祥和漾。
百年一夢間，共緣舒奔放。
不必戀世間，天旅奮揚長。

散淡清度平生

17年11月10日

散淡清度平生，贏得身心痛疼。
百年煙霧紛，回首滄桑陣。
窗外朔風正奔，木葉飄逝紛紛。
清坐心安穩，品茗聽風聲。
人生獨自馳騁，履盡山水清正。
心志入雲層，矢脫此紅塵。
歲月不斷進深，我已斑蒼生成。
哦詩舒心芬，雅意當縱橫。

心情未可狷狂

17年11月10日

心情未可狷狂，守定謙和心腸。
人生恆向上，養德未可忘。
百年匆匆忙忙，世事大夢一場。
回首煙雲障，瞻望雲煙茫。
努力矢去闖蕩，不為名利奔忙。
叩道騁清向，裁心哦詩章。
合當振我慨慷，合當舒我揚長。
人生第一樁，適意求安祥。

白雲悠悠行

17年11月11日

白雲悠悠行，心地懷雅清。
世事任紛紜，吾只守清靜。
名利囂囂境，紅塵幻變景。
百年艱蒼行，人生履風雲。
人生履風雲，已臨斑蒼境。
初冬斜暉映，散坐品茗清。
哦詩舒空靈，心志趨水雲。
中心懷美景，叩道入無垠。

黃昏無恙

17年11月11日

黃昏無恙，暮煙漸清漲。
心境溫良，新詩脫口唱。
生活安祥，清貧亦揚長。
人生世間，從容度桑滄。
半百艱蒼，感慨心地間。
何必言講，沉默更為上。
實幹為良，業績長待創。
百年匆忙，正似一瞬間。

感慨從心上

17年11月11日

感慨從心上，未許持蕭涼。
窗外華燈放，霓虹七彩光。
燈下清思想，人生意興長。
悠然哦詩章，心志覺愁悵。
生塵徒桑滄，半世生涯壯。
名利徒欺誑，浮生夢一場。
騁志致遐方，叩道吾揚長。

天旅振慨慷，情懷轉安祥。
憂思未可忘，百年匆促間。
斑蒼雖無妨，意志彌強剛。
心襟既逍曠，悟道幾微間。
向誰言並講？孤旅獨艱蒼。
心曲百折間，難言復難講。
初冬未寒涼，和平盈寰壤。
大化演無疆，生涯共緣航。
悠悠吾哦唱，捧心奏玄暢。

心志向誰論

17年11月11日

心志向誰論，情思轉深沉。
孤旅獨馳騁，煙雨任艱深。
已履艱險程，身心負傷疼。
紅塵當棄扔，吾志水雲芬。
心志向誰論，合向詩中逞。
半生化煙紛，額上凝皺紋。
荷負神之恩，努力奮靈程。
靈性清且芬，天國冀永生。

人生志向當飛揚

17年11月12日

人生志向當飛揚，未可徒為名利障。
雖然困厄連踵放，風雨履歷矢志闖。
快慰心境展眼望，萬里雲煙正滄蕩。
窗外喜鵲又鳴唱，冬日情思轉娟揚。

散淡秋春度均平

17年11月12日

散淡秋春度均平，心志由來啟殷殷。
豈為名利奮身心，叩道從來有雅情。

山高水遠多風景，人生百年是幻境。
努力前路萬里行，天旅奔放適身心。
散淡秋春度均平，讀書寫詩曠心襟。
五十二年一夢醒，大千紅塵桑滄境。
往事不必繫身心，瞻望前路飽風雲。
奮身正義展剛勁，矢鬥魔妖力千鈞。

清思遼遠何所唱

17年11月12日

清思遼遠何所唱，人生奮志慨而慷。
百度秋春等閒放，浮生如夢空一場。
誰持醒眼識機簧？誰持正義叩道藏？
初冬天陰木葉殤，閒情淡泊發浩長。

心志應許青春

17年11月12日

心志應許青春，一任斑蒼生成。
奮走這紅塵，不為名利困。
心志應許繽紛，七彩是我心身。
展眼雲煙昏，我欲出雲層。
心志應許清芬，修身養性一生。
天旅吾奮身，紅塵是暫蹲。
心志應許溫存，君子人格修成。
叩道不畏深，智慧入詩中。

心事未許沉痛

17年11月12日

心事未許沉痛，人生履盡雨風。
時值此初冬，天陰雲層重。
嚮往長驅乘風，快慰吾之心胸。
人生履苦痛，百年終屬空。

坦蕩清持襟胸，不為名利所動。
詩書終生誦，向學志如虹。
叩道吾持奮勇，裁心哦出情濃。
孤旅騁剛猛，男兒俊骨聳。

心事莽蒼

17年11月12日

心事莽蒼，只是難言講。
冬風蕭涼，心地覺悲壯。
鞭炮囂響，喜鵲又鳴唱。
散思揚長，百感凝襟腸。
人生夢間，緣字無法講。
悲喜之間，流年似水淌。
努力向上，未可困而障。
矢志飛揚，穿越塵世網。

心事瀰廣長

17年11月12日

心事瀰廣長，悠悠哦詩章。
初冬天蕭涼，林野盡斑黃。
有鳥清鳴唱，我意轉慨慷。
品茗心志曠，振節謳昂揚。
心事瀰廣長，無人可言講。
孤旅不悲悵，情懷九轉間。
郁心釀芬芳，裁志入詩行。
人格畢顯彰，松竹之相仿。

騁志在遐方

17年11月12日

騁志在遐方，人生不孟浪。
耕心豈懼艱，奮發吾昂揚。
身雖在塵網，逸意可揚長。
展眼雲天望，我欲刺青蒼。
騁志在遐方，腳踏實地闖。
雖經苦雨艱，不畏風與浪。
人生百年間，應許持定當。
從容哦詩章，悠悠吐心向。

浮生一任如夢

17年11月12日

浮生一任如夢，吾只淡守從容。
任起雨與風，叩道奮剛猛。
初冬木葉逝風，蕭瑟景象野中。
散淡持襟胸，飄逸與雲同。
人生名利棄空，余得雅潔心胸。
詩書哦清空，中庸且和同。
奮發剛武襟胸，不畏苦難千重。
百年雖虛空，著書可垂永。

散思閑曠

17年11月12日

散思閑曠，悠悠復揚揚。
冷風吹暢，木葉紛飛蕩。
感慨心間，吐出心中悵。
人生奮闖，余得痛與傷。
大牧良長，導引出迷航。
天國故邦，矢志徑直闖。
暢意飛翔，克盡千關障。
名利虛妄，不可上其當。

笑意浮上

17年11月12日

笑意浮上，天陰復何妨。
我有揚長，我有逸意向。
縱有雨狂，縱有惡風浪。
定志矢闖，高遠無止疆。
跌倒再上，叩道騁強剛。
男兒豪放，悠悠發哦唱。
世態炎涼，名利肆其猖。
務持清向，務守定心腸。

心襟蕭涼

17年11月12日

心襟蕭涼，窗外陰雲放。
感覺愁悵，無可奈何間。
人生感傷，百年一夢漾。
醒來淚淌，意義在何方？
天旅昂揚，奮發志向闖。
辭去世間，脫離紅塵網。
不懼坎蒼，努力致遐方。
苦旅雖艱，神恩足夠享。

世事浮沉之間

17年11月15日

世事浮沉之間，人生坎坷倍嘗。
冬日陽光白而蒼，心地未感蕭涼。
歲月獨自品嘗，孤旅不嗟艱蒼。
人生百年是緣放，啟承轉合尋常。
我自曠然奔放，理想恆在遠方。
努力晨昏詩書間，叩道品味清芳。
智慧大千蘊藏，誓當畢生尋訪。
實用方能體康強，濟世傲立蒼黃。

心襟未許蕭涼

17年11月15日

心襟未許蕭涼，我有豪情萬丈。
奮發我志向，男兒是好鋼。
此生風雨飽艱，傷心淚灑玄黃。
而今已斑蒼，意志一何剛。
天際雲煙浮漾，林野盡顯斑黃。
初冬蕭瑟間，體道吾強剛。
舒出心興奔放，詩書沉潛無恙。
寫詩何快暢，吐出心地芳。

淡定身心原無恨

17年11月16日

淡定身心原無恨，提筆曠舒我天真。
清度人生懷興奮，艱深不懼持沉穩。
好將心身入詩申，化為霞彩七色紛。
前路任起風雨陣，努力雄飛無止程。

窗外朔風吼成陣

17年11月16日

窗外朔風吼成陣，清坐室內吾安穩。
初冬陽光蒼白呈，雅思中心起繽紛。
人生快慰持十分，艱深苦難任層層。
百年生死何必論，天旅長容我奮身。

天氣曠顯多雲

17年11月16日

天氣曠顯多雲，一如我之心情。
朔風吹得緊，木葉逝飄零。
品茗調適身心，清坐思想無垠。
人生奮前進，感慨凝心襟。
歲月使人奮興，斑蒼是我情形。
詩書哦不停，叩道不辭辛。
大塊勞我辛勤，百年生命幻境。
天路慨慷行，永生福無盡。

流年歲月逝狂猖

17年11月16日

流年歲月逝狂猖，此際初冬天寒涼。
四野蕭瑟淒涼況，心境桑滄覺悲壯。
半百生涯持慨慷，人情冷暖悟非常。
情思縷縷入詩唱，一曲原來賦滄浪。

寂寞身心向誰道

17年11月16日

寂寞身心向誰道，窗外霓虹自閃耀。
初冬心境頗冷峭，寫詩難把心情表。
五十二年逝而銷，中心情懷桑滄饒。
奮發前路矢奔跑，一腔熱血正氣高。

窗外華燈

17年11月16日

窗外華燈，室內思深深。
人生馳騁，沉痛瀰心身。
初冬時分，冷寒交侵生。
遠際歌聲，難解心中疼。
奮不顧身，叩道吾剛正。
百年浮生，只是幻化身。
努力靈程，天國求永生。
世界棄扔，名利勿足論。

回思平生多傷痛 17年11月16日

回思平生多傷痛，履歷困障萬千重。
唯賴神恩賜恢弘，救死扶傷鼓靈風。
努力前路步彩虹，天國故邦銘襟胸。
不為塵世名利動，叩道持正傲立中。

燈下清坐思紜紛 17年11月16日

燈下清坐思紜紛，人生快慰持十分。
已履苦難之困陣，而今彩虹中心逞。
鼓舞情志矢前奔，奮發心身走靈程。
百年生死共緣騁，一曲滄浪水雲芬。

輾轉身心 17年11月16日

輾轉身心，苦痛正殷殷。
天黑燈明，心地覺孤清。
人生多陰，風雨飽經凌。
奮志雄英，兼程吾矢行。
身心驚警，力搏彼狼群。
血流殷殷，悲憤向誰鳴。
神恩無垠，賜我康與平。
讚頌中心，靈程奮雷霆。

世事如夢經行 17年11月16日

世事如夢經行，回思沉痛心襟。
真理一生尋，叩道吾剛勁。
不可辜負靈明，天路奮力追尋。
永生是樂境，靈程奮飛行。
努力淨化心靈，聖潔何其芳馨。
心光當朗明，汙穢矢掃清。
塵世未可久停，百年是一幻境。
名利害無垠，正義矢舉擎。

林野斕斑 17年11月17日

林野斕斑，冬雨復綿纏。
心志雅淡，品茗興致展。
人生果敢，努力作好漢。
不被名纏，不受利汙沾。
放飛浩瀚，我志出宇寰。
不必興歎，矢志把家還。
天國終站，靈程吾浪漫。
克敵兇殘，凱歌徹霄漢。

窗外雨蕭蕭 17年11月17日

窗外雨蕭蕭，品茗意興高。
初冬木葉凋，漫地無人掃。
歲月既輕飄，發覺斑蒼老。
心志猶高傲，萬里矢奮跑。
百年路迢迢，風光展微妙。
少年已辭了，啞然余一笑。
清坐思灑瀟，閒情入詩表。
人生冀晴好，風雨時訪造。

風聲嘯雨傾囂 17年11月17日

風聲嘯雨傾囂，清坐室內情雅騷。
落葉飄詩意饒，初冬景致堪稱道。
時光跑人漸老，心志心靈仍俊俏。
矢奔跑力訪造，天涯風景展微妙。
紅塵擾名利拋，胸中一腔正氣高。
矢叩道吾道遙，心得體會入詩稿。
天黑了華燈照，暢舒懷抱裁詩稿。
南山操稍微表，水雲情懷無玄妙。

適意揚長 17年11月18日

適意揚長，雅將詩哦唱。
北風蕭涼，天氣卻晴朗。
喜盈心間，歲月舒奔放。
初冬之間，木葉逝而降。
感慨心上，流年瀉狂猖。
斑蒼漸長，吾意持昂揚。
千關競闖，傷痛復何妨。
百年蒼茫，誓當書華章。

喜鵲鳴唱 17年11月18日

喜鵲鳴唱，我意轉悠揚。
品茗清芳，白雲曠飄翔。
冬日晴朗，朔風走清狂。
和平盈壤，愜意舒揚長。
生活堪享，詩書體昂藏。
清貧何妨，要在正義強。
秉持貞剛，叩道奮志向。
百年艱蒼，悠悠吾哦唱。

人生激越慨慷

17年11月18日

人生激越慨慷，雅將新詩哦唱。
流年不必悵，要在奮頑強。
五十二年瞬間，回思煙雲層障。
放眼長瞻望，前路風光靚。
感慨盈積心間，眉宇凝結清昂。
努力奮志向，叩道入深艱。
浮生幻化一場，悲喜不必彈唱。
共緣去旅航，慧燭務燃亮。

天氣不覺轉陰

17年11月18日

天氣不覺轉陰，流雲飛動殷勤。
朔風吹清新，品茗適雅興。
曠持綿綿之情，雅將新詩哦吟。
舒出我激情，體出剛與勁。
人生秉持空靈，不為外緣所侵。
叩道展雄英，幾微覓圓明。
百年艱蒼困境，努力穿越浮雲。
真理矢訪尋，萬里無止境。

心事平靜

17年11月18日

心事平靜，不為外緣侵。
雅思調停，心志持靈明。
物欲是境，五彩其紛紜。
心光須明，秉持身心靈。
靈程曠進，靈修無止境。
世界辭屏，名利害無垠。
歲月經行，不必嗟斑鬢。
紅塵幻境，持正奮前進。

世事類若浮雲

17年11月18日

世事類若浮雲，我心何其雅清。
人生矢奮進，不可圖利名。
紅塵空空是境，靈程奮力前進。
勝過試探凌，心魔克清清。
百年奮發剛勁，英武清持內心。
智慧力訪尋，叩道吾傾心。
窗外朔風吹行，木葉飄逝無垠。
曠懷何所縈，心思展空靈。

悠思閑曠

17年11月18日

悠思閑曠，叩道吾強剛。
人生履浪，心志騁堅壯。
百年漫浪，濯足彼滄浪。
任起煙蒼，任起患難艱。
吾心揚長，不入名利網。
正義心間，靈性淨無疆。
修身無限，道德有馨芳。
詩書之間，沉潛哦昂藏。

第五十四卷《鼓舞集》

天氣初顯冷寒 17年11月18日

天氣初顯冷寒，朔風肆意吹展。
清坐情懷淡，哦詩舒心瀚。
人生不畏艱難，奮志力作好漢。
名利未許纏，清貧雅居安。
水雲心中浪漫，百年清走塵寰。
斑蒼何所談，堅貞吾傲岸。
世界吾已熟諳，幻化如夢一般。
往事入煙漢，未來待開展。

黃昏此際無恙 17年11月18日

黃昏此際無恙，窗外鞭炮嚣響。
紅塵徒攘攘，世界混亂間。
吾心水雲清漾，不入塵世羅網。
淡定之志向，叩道騁揚長。
生活清貧無妨，詩書養育貞剛。
奮志萬里疆，真理力尋訪。
鑿開智慧寶藏，無明未許成障。
百年履艱蒼，風雨矢志闖。

吾心持恬淡 17年11月18日

吾心持恬淡，名利未許纏。
寡欲吾安安，詩書晨昏看。
流年飛浪漫，老我蒼鬢顏。
笑口合開展，共緣曠飛帆。
吾心持恬淡，正直履艱難。
浮生如夢展，百年是緣翻。
努力奮前站，靈程奮鏖戰。
克敵勝當然，神恩銘心坎。

心志曠持雅清 17年11月18日

心志曠持雅清，未可辜負靈明。
人生一緣行，意義矢追尋。
努力淨化心靈，聖潔自有芳馨。
叩道吾剛勁，風雨艱蒼行。
燈下清坐思縈，苦痛襲擊心襟。
叩求神恩臨，使我得寬心。
前路奮力去行，追求光明之境。
百年匆匆境，心志須安平。

心志雅潔且空清 17年11月18日

心志雅潔且空清，孤旅不嗟艱辛。
少年奮志是凌雲，老來心情平靜。
天氣冷寒不要緊，守定心中激情。
哦出一種曠而清，水雲飄逸中心。
正氣中心充而盈，履盡塵世風雲。
燈下清思有淚盈，浮生是一夢境。
努力叩道奮勇進，關山壯麗險峻。
靈程總蒙神導引，天旅矢當辟進。

世事紛紜何足道 17年11月18日

世事紛紜何足道，人情冷暖已心曉。
履盡艱蒼中心饒，感慨十分賦詩騷。
冬來寒冷夜正罩，燈下清思也雅俏。
聊吐中心風味好，一曲滄浪付君曉。

歲月由來多娟好 17年11月18日

歲月由來多娟好，浮生履盡艱險道。
努力奔放矢前跑，叩道一生奮剛傲。
全無媚骨正氣饒，清守貧賤詩書騷。
紅塵一夢醒來早，靈程天旅曠飛高。

窗外霓虹閃麗俏 17年11月18日

窗外霓虹閃麗俏，冬夜清寒意雅騷。
中心微悵何所道，平生履歷艱蒼飽。
奮志前路攀險要，敢向魔敵矢動刀。
勝利在望歌聲饒，神恩從來是籠罩。

靈程不懼萬里遙 17年11月18日

靈程不懼萬里遙，奮發剛正矢揚飆。
平生未敢稍驕傲，謙和為人質樸饒。
詩書持身吾當笑，叩道體會履條條。
百年生死共緣拋，秋春之間展風騷。

曠懷持正無機巧 17年11月18日

曠懷持正無機巧，浮華虛空何必道。
清貧度日不緊要，貴在良知十分饒。
君子人格一生造，叩道問學也雅騷。
哦詩萬千舒情竅，高格何必世人曉。

雅思良長 17年11月18日

雅思良長，人生不嗟艱蒼。
奮發向上，煙雨濯足滄浪。
水雲之鄉，才是我之渴想。
清貧何妨，要在堅持理想。
正義心間，矢辭名利骯髒。
秋春無恙，詩書持身慨慷。
憂思難忘，苦痛時襲襟房。
神恩廣長，切禱我心安祥。

心志未許狂猖 17年11月19日

心志未許狂猖，守定清貞心房。
向學吾昂揚，流年任逝淌。
初冬旭日東上，欣此漫天晴朗。
心境未蕭涼，朗哦我詩行。
不可迷戀世間，名利太多骯髒。
清心澄志間，情懷繫山鄉。
靈修始終向上，克己散發清芳。
人生舒奔放，努力叩道藏。

心志不嗟桑滄 17年11月19日

心志不嗟桑滄，奮發矢志向上。
人生百年艱，何必嗟茫蒼。
裁心小哦詩章，一舒心地清芳。
容我展揚長，共彼清風暢。
半百生涯逝殤，心膽猶然強剛。
任起彼斑蒼，一笑仍清揚。
淡泊清持襟腸，情繫水雲之鄉。
享受陽光靚，詩書晨昏唱。

心志不嗟沉重 17年11月19日

心志不嗟沉重，人生任起雨風。
回首煙雲濃，往事入朦朧。
此際朔風吹送，時候正值初冬。
散坐情思濃，從容以哦諷。
流年逝去匆匆，心痕心傷加重。
百年履一夢，何許淚相湧。
感謝神恩恢弘，導引靈程矢衝。
光明心地中，天旅有彩虹。

暢意浮生 17年11月19日

暢意浮生，時履痛與疼。
天父宏恩，恆伴我終生。
時履困陣，時有迷惑生。
大牧導程，靈程矢志奔。
滾滾紅塵，名利欺人深。
未可愚蠢，務須智慧生。
百年旅程，心志務清純。
點明心燈，燭照前路程。

天陰風狂葉飛降 17年11月22日

天陰風狂葉飛降，初冬品茗長思想。
人生苦旅何必講，心志由來求安祥。
履歷秋春年華喪，斑蒼無妨我清揚。
展眼靄煙正迷茫，曠懷激情起未央。

雅潔心胸 17年11月24日

雅潔心胸，吐出氣如虹。
風雲之中，淡守我從容。
名利何功，只是擾心胸。
水雲之中，飄逸我情鍾。
人生匆匆，後悔有何用。
努力行動，實幹顯豪雄。
百年非夢，心跡入詩中。
跨越蒼穹，心志豈有窮。

雲天朗晴 17年11月24日

雲天朗晴，心地持空靈。
品茗有興，爽風走清新。
歲月多情，笑我已斑鬢。
風雨陰晴，不過是常尋。
奮志雄英，穿山復越嶺。
學取雄鷹，劃天恣飛行。
人生苦境，百年如夢境。
煥發雄心，叩道展剛勁。

冬日晴和陽光靚

17年11月24日

冬日晴和陽光靚，讀書哦詩亦激昂。
心志舒來如花放，情思開處曠飛揚。
人生於我非夢間，堅持理想叩道藏。
秉正傲立若梅樁，不畏寒襲且揚長。

人生心志嗟茫茫

17年11月24日

人生心志嗟茫茫，苦旅何必言艱蒼。
冬夜清寒華燈放，清坐思想啟無疆。
閒情合謳入詩章，一曲婉轉復奔放。
孤懷獨自有淒徨，奮發當展我貞剛。

心曲徒騁浪漫

17年11月24日

心曲徒騁浪漫，履盡人生坷坎。
真心不畏艱難，奮發力作好漢。
冬夜微有清寒，燈下思緒開展。
紅塵只是夢幻，百年如煙一般。

人生浩志雄英

17年11月25日

人生浩志雄英，履盡坎坷艱辛。
有時頗傷心，有時氣凌雲。
此際冬日正晴，藍天青碧無雲。
享受這雅清，小品彼芳茗。
歲月奮飛不停，嗟我蒼蒼斑鬢。
人生如夢境，醒來淚雙盈。
努力向前奮進，矢將真理訪尋。
叩道憑靈心，宇宙曠無垠。

清思雅潔與誰同

17年11月25日

清思雅潔與誰同，孤旅獨立不言中。
冬風吹襲寒正重，清喜陽光灑和慵。
人生奮志當如虹，關山險峻任千重。
歲月由來展崢嶸，百年生死與緣共。

中心高格對誰講

17年11月25日

中心高格對誰講，情懷雅哦入詩章。
裁心縷縷有淡香，奮志萬里無止疆。
百年生死徒漫浪，老來何必嗟斑蒼。
展眼長望天晴朗，朔風呼嚎木葉喪。

斜暉朗照

17年11月25日

斜暉朗照，心情雅然俏。
哦詩娟好，一舒情懷抱。
人生艱磽，苦難免不了。
斑蒼漸老，不必憶年少。
紅塵囂囂，眾生徒顛倒。
心須靜悄，不為名利擾。
歲月豐標，幻煙四野罩。
清心為要，性光須朗照。

心志曠然隨風

17年11月26日

心志曠然隨風，高遠趨向無窮。
人生持凝重，不懼斑蒼濃。
欣賞燦爛晴空，適我意興無窮。
歲月輕逝送，轉覺萬事空。
少年已去匆匆，老來感興倍濃。
百年如一夢，大化運無窮。
努力履歷雨風，磨得心疤千重。
哦詩何所頌，只是情懷濃。

人生之路漫長

17年11月26日

人生之路漫長，煙雨只是尋常。
回首不必望，往事千重悵。
心胸應許更廣，情懷應許更靚。
百年一夢間，故事演無恙。
履盡坎坷艱蒼，迎來平靜安祥。
神恩總無量，賜與我剛強。
人生漸顯斑蒼，正如昏黃夕陽。
努力散光芒，濟世盡力量。

情思鬱積當發揚

17年11月26日

情思鬱積當發揚，人生不覺近夕陽。
展眼青天正晴朗，初冬朔風吹奔放。
閑坐散思含愁悵，心地未許太淒涼。
百年生死徒艱長，回思淚潸夢一場。

夕照無限好

17年11月26日

夕照無限好，清坐思遙道。
紅塵徒擾擾，百年是緣造。
心歷桑滄飽，展顏開一笑。
得道無機竅，素樸持襟抱。

閒情可奉表

17年11月26日

閒情可奉表，人生不孤傲。

謙和持懷抱，進學沉潛造。
叩道路迢迢，心光發微妙。
塵世履遙逍，名利矢棄拋。
閒情可奉表，西山正夕照。
市井猶鬧吵，樹禿北風嘯。
心跡向誰道，雅思裁山稿。
百年匆匆銷，斑蒼餘一笑。

浩志曠持凌雲 17年11月27日

浩志曠持凌雲，浮生履盡坎辛。
老來心淡定，向內求調停。
世界是一幻境，幾人夢中清醒？
歲月奮飛行，桑滄演不停。
高歌一曲凌雲，中心懷有激情。
人生不必吟，輾轉風雨晴。
冬日天氣和晴，陽光灑照均平。
余意懷奮興，哦詩舒中情。

浮生由來不是夢 17年11月29日

浮生由來不是夢，冬來驚覺漸成翁。
履盡坎坷心尚雄，奮志詩書晨昏誦。
窗外北風呼呼動，清坐室內思潮湧。
淡泊持心何所功，叩道煙雨任重濃。

晴和天壤靄煙茫 17年11月30日

晴和天壤靄煙茫，品茗讀詩清哦唱。
心志應許向遐方，不計年高鬢斑蒼。
率興履世度桑滄，總憑良知正心腸。
籠中鳥兒正鳴放，須知安逸損襟房。

人漸老心還傲 17年12月1日

人漸老心還傲，矢志去奮跑。
關山道越迢迢，風景展微妙。
心情好吐詩妙，少許風雅俏。
品茗逍逸意饒，散坐思緒飄。
時光銷桑滄飽，世界運玄妙。
神恩饒靈程跑，正直第一條。
清心好振風標，叩道入險要。
履平道無機巧，懷抱水雲飄。

適意人生求安祥 17年12月2日

適意人生求安祥，道德一生力培養。
中心正氣天地間，純真情懷頗悠揚。
養怡心志趨山鄉，奮發雷霆恆激蕩。
展眼關山冬雲漾，心事浩起嗟茫蒼。

夕照展昏茫 17年12月2日

夕照展昏茫，冬靄漸漸蒼。
生活正平常，散淡持中腸。
哦詩聲悠揚，時光任清淌。
不計發斑蒼，叩道吾揚長。
流光荏苒間，年華漸凋喪。
回思淚不淌，得道吾奔放。
桑滄任幻漾，守素是清腸。
清坐何意向，一曲舒曠放。

淡定立身何所唱 17年12月2日

淡定立身何所唱，中心無執養清腸。
名利原非我意向，向學叩道展悠揚。
田園清風適意向，寒暑推移任斑蒼。
冬夜一笑清無恙，窗外霓虹正閃靚。

晨起靄煙正茫茫 17年12月3日

晨起靄煙正茫茫，清喜冬旭啟東方。
鳥鳴宛轉真悠揚，從容小哦是詩章。
歲月品來多悠閒，心志樂與前賢講。
淡蕩情懷合謳唱，一曲中心舒慨慷。

冬日陽光白而蒼 17年12月3日

冬日陽光白而蒼，晨起鳥鳴囀悠揚。
遠處鞭炮又鳴放，清坐心內頗揚長。
已知歲華漸漸喪，老來情懷共緣翔。
浮生合是夢一場，唯憑詩書怡中腸。

冬日清寒未有妨 17年12月3日

冬日清寒未有妨，心志清持總激昂。
晴和天宇靄煙漾，灑然曠哦是詩章。
才情不恃謙和間，向學叩道容奔放。
人生正道慨而慷，淡眼覷他桑與滄。

世事任銷漲 17年12月3日

世事任銷漲，吾只守平常。
淡眼看桑滄，冷暖已心嘗。
百年匆匆放，老年漸來訪。
悠悠哦詩章，雅將心捧上。
雅將心捧上，赤子有丹房。
正直無機奸，秉持是天良。

書生氣象彰，晨昏縱哦唱。
流年任狂猖，共緣去旅航。

樓上閑曠望
17年12月3日

樓上閑曠望，林野多斑蒼。
孟冬陽光放，靄煙四野漾。
心際持滄蕩，詩書一生享。
名利無意向，清貧樂無恙。
清貧樂無恙，情志水雲間。
叩道騁揚長，心得縷縷芳。
智慧日漸長，老來髮蕭蒼。
心志未頹唐，努力振清響。
努力振清響，悠悠哦詩章。
歲月多坦蕩，坎坷復何妨。
桑滄覺尋常，秋春演無疆。
寄身大化間，玄達持襟腸。

坦蕩情懷何所藏
17年12月3日

坦蕩情懷何所藏，中心一顆丹紅芳。
履盡歲月之濁浪，心志依然持剛強。
奮發人生矢向上，不為名利折腰向。
展眼冬靄正迷漾，清平心地樂揚長。

揚長人生道
17年12月3日

揚長人生道，心志灑瀟。
平生未曾傲，謙和懷抱。
向學志向高，叩道迢迢。
淡泊持襟竅，知足常飽。
歲月展逍遙，不覺蒼老。
瞻望前路遙，努力奮跑。
風光歷微妙，山水清好。
未許狼障道，矢克魔妖。

雅思曠運
17年12月3日

雅思曠運，天氣正沉陰。
冬日情景，冷寒是意境。
應許舒心，神恩正無垠。
努力前行，奮發鼓幹勁。
歲月均平，斑蒼漸漸臨。
回首何驚，桑滄是常尋。
百年生命，原多驚與警。
風雨縱凌，兼程奮勇進。

燈下清坐放思想
17年12月3日

燈下清坐放思想，窗外霓虹閃奇靚。
不可徒為名利障，須知浮生是幻象。
大千世界煙云間，桑滄轉運是尋常。
百年生死騁漫浪，共緣履度有慈航。

閑品芳茗雅思清
17年12月4日

閑品芳茗雅思清，散淡清持是身心。
已履紅塵曾驚警，老來心懷寬且平。
展眼雲天蒼靄凝，冬來木葉逝飄零。
提筆聊舒何所吟，一腔正氣恆凌雲。

曠志浮生
17年12月4日

曠志浮生，何必嗟痛疼。
努力奮爭，未許稍沉淪。
滾滾紅塵，幻化無止程。
百年人生，浪漫持心身。
履歷秋春，贏得華髮生。
立志剛正，叩道入艱深。
淡泊清芬，詩書寄心身。
質樸誠真，君子人格貞。

冬日晴和鳥歌唱
17年12月4日

冬日晴和鳥歌唱，欣賞喜鵲鳴悠揚。
讀詩品茗意何暢，淡泊清持是心腸。
不計人生近老蒼，向陽心態猶康強。
天人和諧叩道藏，無機正直秋春間。

閒雅生活堪謳唱
17年12月4日

閒雅生活堪謳唱，冬日欣喜天晴朗。
朔風吹來微寒涼，遍野林羽盡斑黃。
散坐思放萬里疆，情懷起處頗激昂。
小哦新詩裁奔放，舒出一種心地芳。

曠懷恆將天下裝
17年12月4日

曠懷恆將天下裝，濟世從來是理想。
雖經苦旅百倍艱，依然笑容展清靚。
老來心態不頹唐，奮志依然在遐方。
晴和天宇鳥歌唱，心情舒暢裁詩行。

心志廣長
17年12月4日

心志廣長，悠悠吾哦唱。
何所演講，只是舒心腸。

淡泊平康，水雲胸中漾。
正義強剛，原無媚弱放。
紅塵攘攘，故事連踵放。
悲喜之間，智慧力尋訪。
叩道揚長，不懼風雨狂。
百年莽蒼，得道吾奔放。

心意瀰廣長

17年12月4日

心意瀰廣長，裁志哦詩章。
人生履遐方，風雨百倍艱。
坦蕩持襟房，無機不許奸。
眼目多清亮，靈燭慧照間。
心意瀰廣長，何必多言講。
人生是幻象，苦旅不嗟艱。
歲月自滌蕩，回首煙霧茫。
向前吾瞻望，奮志依強剛。

已履人生艱

17年12月4日

已履人生艱，不必嗟廣長。
浮生一夢間，大化運無恙。
寄身在塵壤，願共緣同翔。
順逆是尋常，桑滄幻無疆。

燈下清思想

17年12月4日

燈下清思想，感慨入詩行。
斑蒼復何妨，我有志剛強。
努力叩道藏，騁志向遐方。
悠悠濯滄浪，情繫水雲間。

輾轉浮生不是夢

17年12月4日

輾轉浮生不是夢，靈程容我曠衝鋒。
叩道奮志似長虹，散淡身心如菊松。
履世一笑且從容，坎坷艱辛任險重。
由來世事幻化中，未許名利肆其凶。

滄桑歲月余傷痕

17年12月4日

滄桑歲月余傷痕，老來依持我天真。
此生荷負神之恩，靈程風雨我奮身。
艱難困苦磨精神，滿腹血淚詩中申。
展眼窗外霓虹逞，冬夜清思是深深。

激情歲月有寫照

17年12月4日

激情歲月有寫照，淡泊情懷老來俏。
浮生未敢稍驕傲，正直清持展風騷。
叩道深入彼險要，心得縷縷入詩稿。
無機心地聊堪表，書生意氣微孤傲。

坦然心境

17年12月4日

坦然心境，哦詩吐雅清。
歲月均平，悠然持空靈。
人生奮進，萬里無止停。
穿山越嶺，風光歷無盡。
此際高興，裁心謳心靈。
窗外車行，噪噪猶不停。
霓虹閃映，豈可迷心襟。
浮生進行，淡泊最要緊。

第五十五卷《同慶集》

一輪紅旭東方上 17年12月5日

一輪紅旭東方上，冬日禽鳥鳴且翔。
清寒豈損我清揚，曠懷裁心哦詩章。
逸意應將世慮忘，安心當可叩道藏。
書生潛心詩書間，共彼大化運無恙。

運筆如椽作詩行 17年12月5日

運筆如椽作詩行，舒出中心之思想。
歲月遷轉幻萬象，心胸所持唯道藏。
總將情志繫遐方，水雲時刻未相忘。
冬令清寒喜晴朗，清坐哦詩何慨慷。

休閒無恙 17年12月5日

休閒無恙，任從時光淌。
小鳥鳴唱，真愜我意向。
冬日晴朗，清寒何所妨。
逸意心間，血脈正和暢。
歲月飛翔，額上紋增長。
百年蒼茫，感慨何必講。
保守腑臟，養頤未可忘。
天人之間，和合真無恙。

展眼曠望天晴朗 17年12月7日

展眼曠望天晴朗，節屆大雪尚未霜。
歲月遞變人老蒼，心志悠然逞清昂。
已知人生宜閑曠，名利害人務棄光。
叩道心得縷縷芳，紙上道來難細詳。

夕照正無恙 17年12月7日

夕照正無恙，心事感蒼茫。
老來心安祥，詩書聘志向。
樂與前賢講，情志水雲間。
悠悠吾哦唱，天地曠且朗。
夕照正無恙，冬來感興長。
散坐思閑放，亙古入詩章。
百年度悠閒，叩道吾奔放。
名利徒欺妄，淡泊心地間。

夕照正蒼茫 17年12月7日

夕照正蒼茫，四野復蕭涼。
冬來心不悵，情思向遐方。
詩書潤襟房，詠興放萬丈。
哦詩舒慨慷，情發我中腸。
情發我中腸，人生不回放。
努力致前方，山水壯且蒼。
男兒荷志剛，斑蒼猶清揚。
任起迷煙障，慧燈燭照間。

晨曦啟東方 17年12月8日

晨曦啟東方，朱霞燦靚。
冷寒縱狂猖，哦詩無恙。
心志正清昂，激情張揚。
人生懷嚮往，定志遠方。
流年是更張，老我斑蒼。
依然奮強剛，努力向上。
仲冬之時間，萬物凋喪。
思想起狂浪，雅裁詩章。

晴天萬里無雲障 17年12月8日

晴天萬里無雲障，青碧天空堪欣賞。
午時陽光暖洋洋，散淡清持是襟腸。
節令隆冬寒不狂，曠蕩東風吹來暢。
生活幸福從心賞，神恩無限當頌揚。

樓上閑曠望 17年12月10日

樓上閑曠望，冬靄天地蒼。
東風既浩蕩，誦詩也悠揚。
品茗心志放，嫻雅哦詩行。
歲月悠悠翔，仲冬真無恙。
仲冬真無恙，不計老來訪。
種德養氣間，頤年頗安祥。
月季花猶放，鬥寒展清芳。

萬物當歸藏，收斂我心向。
收斂我心向，胸襟體逍閑。
淡泊一生間，名利兩相忘。
清貧真無妨，詩書怡襟房。
遠際鞭炮響，點綴此悠曠。

天氣正晴朗

17年12月10日

天氣正晴朗，冬靄復蒼蒼。
散淡持襟腸，朗哦展清揚。
歲月流無恙，玄髮變斑蒼。
品茗心志朗，愜聽啼鳥唱。
愜聽啼鳥唱，詩興復增長。
裁心舒奔放，捧出我心房。
履世百年間，桑滄屬尋常。
所喜入平康，父母俱健強。

斜照向西山

17年12月10日

斜照向西山，心懷浪漫。
冬深正冷寒，情不孤單。
歲月向深展，桑滄變幻。
玄髮變蒼斑，一笑雅安。
人生奮揚帆，山水青藍。
終有風浪翻，吾不膽寒。
已履困千關，余有興歎。
努力向前站，揮灑心瀚。

落日橙紅

17年12月10日

落日橙紅，夕煙起朦朧。
心志從容，哦詩舒情濃。
人生雨風，依然快慰重。
心荷傷痛，奮志仍無窮。
百年如夢，煙雨何其猛。
回首何功，記憶淡與濃。
努力前衝，山水展麗雄。
男兒剛勇，恣意滄溟中。

窗外華燈

17年12月10日

窗外華燈，室內讀書聲。
冬夜清冷，心境卻馨溫。
感謝神恩，導引我人生。
奮力進深，曠飛向天城。
靈性清芬，淨化無止程。
聖潔誠貞，養德吾奮身。
秉持天真，不許偽飾生。
克敵制勝，凱歌徹乾坤。

燈下清思萬千重

17年12月10日

燈下清思萬千重，不懼人已漸成翁。
奮發人生持剛勇，努力前路曠飆風。
淡泊秋春雅無窮，詩書悟徹天人宗。
冬夜清寒何所功，吾心火熱丹房紅。
燈下清思萬千重，秉持正直履雨風。
半百生涯是凝重，君子人格如竹松。
奮發雄心萬里衝，矢斬魔敵力無窮。
叩道清心入圓通，緣起緣滅笑談中。

心志廣遼

17年12月12日

心志廣遼，晴天白雲飄。
紅塵娟好，冬日且奇妙。
悠聽鳥叫，享受這靜悄。
患難經飽，朗然余一笑。
歲月逝飄，斑蒼漸覺老。
吐心蘭騷，千章哦不了。
未許驕傲，謙和持懷抱。
正直風標，關山力訪造。

天日朗晴

17年12月12日

天日朗晴，小鳥嬌嬌鳴。
心思雅清，裁詩哦不停。
歲月經行，不過桑滄境。
吾持淡定，曠意趨水雲。
曾履驚警，血淚灑衣襟。
曾履傷心，苦悶無處鳴。
白雲悠行，浪漫我心襟。
心懷高興，品茗享安寧。

斜陽正清照

17年12月16日

斜陽正清照，北風任吹囂。
冬日奇寒峭，散坐品茗逍。
哦詩亦良好，心境灑然俏。
歲末舒懷抱，短章具風騷。

日落四野蒼
17年12月16日

日落四野蒼，天氣正蕭涼。
冷寒舒狂猖，冬衣俱增長。
歲月逝飛殤，老來未悲悵。
展眼長曠望，晚霞瑰無恙。

燈下清思想
17年12月16日

燈下清思想，感慨上心膛。
平生履世艱，正義依強剛。
不屈虎與狼，秉燭發慧光。
叩道吾揚長，努力致前方。
努力致前方，風光奇險間。
苦痛須拋光，神恩飽經嘗。
靈程奮志闖，力克魔敵強。
百年任茫蒼，心志娟娟芳。

流年風煙漾
17年12月17日

流年風煙漾，心事瀰廣長。
斜暉既清放，冬日喜晴朗。
閑思遼無恙，讀詩頗激昂。
闔家樂平康，歲月正奔放。
歲月正奔放，斑蒼一笑間。
架上書成行，品讀情舒揚。
秋春荏苒翔，心志趨滄蕩。
壯懷不必講，實幹體剛強。

夕照既輝煌
17年12月17日

夕照既輝煌，余心也安祥。
人生同此仿，不覺斑蒼放。
回思不必講，前路待飛揚。
風雨任艱蒼，志比磐石壯。
夕照既輝煌，散思頗揚長。
冬日天寒涼，清喜此陽光。
浮生持坦蕩，心襟謳嘹亮。
閒筆書詩行，體盡平與康。
夕照既輝煌，生活滄蕩間。
名利已捐放，烝志詩書場。
心跡入詩唱，叩道吾清揚。
百年當漫浪，水雲胸襟漾。

冬日喜晴朗
17年12月18日

冬日喜晴朗，午時陽光靚。
寒氣稍退減，怡然中心暢。
品茗哦詩章，享受此安祥。
籠鳥宛轉唱，添此清平況。
冬日喜晴朗，壯志老來強。
共時吾飛揚，詩書潤心腸。
清貧豈有妨，叩道我揚長。
清思原無疆，栽心南山章。

心志守安祥
17年12月23日

心志守安祥，勿使起波浪。
窗外陰霾放，清坐讀詩章。
天陰競何妨，中心持慧光。
履世吾揚長，不惹名利障。
心志守安祥，籠鳥宛轉唱。
世界任狂猖，眾生溺傷亡。
調心圓明漾，叩道方正間。
百年吾悠揚，濯足泛滄浪。
心志守安祥，流年任飛翔。
何必嗟斑蒼，養心最為上。
適意吾安常，知足微笑間。
紅塵因緣放，情懷不孟浪。

暮色既昏茫
17年12月24日

暮色既昏茫，霧霾復狂猖。
散坐哦詩章，天寒朔風翔。
歲月多放曠，人老惜斑蒼。
無語對夕陽，心事正蒼蒼。
暮色既昏茫，讀書心悠閒。
情懷宜雅靚，百感心地間。
浮生幻桑滄，歲末檢詩囊。
百年非夢鄉，秉燭叩慧光。

窗外霧霾放
17年12月24日

窗外霧霾放，室內清坐持安祥。
歲月曠飛翔，老我斑蒼亦無妨。
人生懷情長，苦旅艱深無法講。
百年履桑滄，坦然淡泊持襟腸。
紅塵走狂猖，名爭利奪為哪樁。
狗兒鬧著唱，種種醜態不堪望。
流連塵世間，清心叩道是志向。
心淨眼目亮，慧意發出自襟房。

朔風呼嚎
17年12月28日

天氣冷寒，朔風呼嚎，霧霾

狂猖，天地昏暗。父親昨日折得臘梅一枝，聊作清供，花香宜人，清新雅潔，因以詩題。

朔風呼嚎，冬日冷寒峭。
歲月飛飆，元旦行將到。
淡然清笑，心懷持雅好。
品茗意逍，裁心哦詩稿。
臘梅香飄，雅潔且奇妙。
我意瀟瀟，心境難言表。
人近蒼老，五十二年拋。
奮向前跑，關山任險要。

人生不懼蒼老

17年12月28日

人生不懼蒼老，年華任其逝飄。
紅塵吾笑傲，五十二年銷。
窗外朔風呼嘯，室內臘梅香俏。
心事比天高，我欲曠揚飆。
中心消極全拋，奮發展我風標。
努力奮前道，萬里不算遙。
地球卻是微小，宇宙深廣玄妙。
叩道吾逍遙，積澱入詩稿。

世事從頭論

17年12月30日

世事從頭論，往事繽紛。
心志未沉淪，鼓勇馳騁。
嗟歎此紅塵，利攘名爭。
慧眼應須睜，曠懷清正。
身心秉誠真，悟道雅芬。
萬里之旅程，圓明覺證。
時時檢心身，德操生成。
努力奮前程，風雨勿論。

心志雅潔清芬

17年12月30日

心志雅潔清芬，不惹俗世汙塵。
向學吾馳騁，心得自繽紛。
歲月不斷進深，不嗟斑蒼生成。
奮志在乾坤，名利勿足論。
心中豪雄清生，吾欲奮發剛正。
任起煙雲紛，定志萬里程。
不畏風雨生成，努力向前奮爭。
人生不永恆，逝去是青春。

流年只是如劃

17年12月30日

流年只是如劃，轉眼白髮交加。
不必多嗟訝，歲月任從他。
人生本是無價，中心蓄滿明霞。
努力向前跨，風雨休管他。
窗外陰霾交加，室內溫暖無亞。
歲末何所話，感慨瀉若下。
前景明麗似畫，山水清雄奇佳。
百年瑰如霞，業績須創下。

天氣此際朗晴

17年12月31日

天氣此際朗晴，心中分外高興。
一年去無影，明日元旦臨。
揮灑心志殷殷，人生努力進行。
不圖利與名，灑脫是心襟。
歲月不住飄行，惜我蒼蒼斑鬢。
一笑還朗俊，百年幻電影。
詩書笑傲輕盈，水雲中心清映。
傲骨仍剛勁，撐起天青青。

斜暉此際在望

17年12月31日

斜暉此際在望，浴後心情舒暢。
一年又逝殤，心情難言講。
人生履度滄桑，半百已是斑蒼。
回首煙雲漾，感慨何必講。
歲月進深無限，浮生如夢相仿。
業績縱輝煌，百年不久長。
成仙難有指望，大化運行無恙。
努力發輝光，處世以安祥。

裁心無恙

17年12月31日

一年已矣，明日元旦，心事蒼茫，小哦詩章。

裁心無恙，心事向誰講。
感興無限，唯哦入詩章。
窗外夕陽，室內臘梅香。
清坐安祥，品茗意瀰廣。
歲月飛翔，流年瀉狂猖。
鬢髮蕭蒼，不必賦蒼涼。
仍須前闖，關山風景壯。

努力向上，矢志萬里疆。

暮煙蒼茫 17年12月31日

暮煙蒼茫，心地感慨間。
霧霾狂猖，歎息嗟良長。
人生安祥，名利都捐忘。
老將來訪，一笑還爽朗。
紅塵無恙，故事演無限。
百年艱蒼，履盡是桑滄。
奮發頑強，我志恆高曠。
萬里無疆，穿越風雨障。

心志百煉成鋼 17年12月31日

心志百煉成鋼，苦難成為過往。
人生合揚長，心情如花放。
天氣不算寒涼，夜晚華燈清放。
散步喜洋洋，悠悠吾安祥。
心境總持溫讓，一任年華逝殤。
笑容應清長，浮生共緣翔。
有時心情緊張，有時情緒激昂。
努力振慨慷，曠志舒奔放。

夜晚明月正放 17年12月31日

夜晚明月正放，城市燈火明亮。
心境正清長，嫻雅哦詩章。
舒出心中情長，舒出我的奔放。
人生如履浪，驚險是尋常。
歲月刻在額上，滄桑凝入眉間。
眼目射精光，正義持襟腸。
此生絕不孟浪，堅貞守我志向。
操守豈尋常，君子人格彰。

華燈燦放 17年12月31日

華燈燦放，心事無言間。
人生揚長，孤旅也慨慷。
回思過往，煙雲幻無恙。
向前瞻望，依然懷情長。
奮志昂揚，不白活一場。
努力之間，業績創輝煌。
百年艱蒼，痛苦凝心間。
叩求道藏，智慧日增長。

心事頗不平靜 17年12月31日

心事頗不平靜，百感凝聚心襟。
哦詩何所云，情緒理難清。
渴望跨鶴飛行，掠過松岡煙雲。
歲月多苦辛，壯志仍凌雲。
此生費盡腦筋，穿越滄桑經行。
痛苦身心凝，眼目仍堅定。
努力向前奮行，不懼艱蒼苦境。
終會有朗晴，終將達坦平。

年輪一任增長 17年12月31日

年輪一任增長，斑蒼無妨清揚。
苦痛自己嘗，歲月費評章。
有時得意洋洋，有時激情萬丈。
人生如夢間，名利俱荒唐。
紅塵是一幻象，大千俱是虛妄。
努力曠飛翔，智慧力尋訪。
此生陷在塵網，不肯隨風逐浪。
努力奮強剛，志向雲霄間。

紛紛失落是青春 18年1月1日

紛紛失落是青春，我的心中生疼。
窗外鞭炮震聲聲，霧罩元旦清晨。
人生奮搏趁青春，斑蒼壯志猶逞。
努力向前長馳騁，不懼山高水深。
歲月不住以進深，道義中心清誠。
感謝天父之宏恩，導引靈程清純。
心志依然展繽紛，奮發威武剛正。
正邪搏擊在乾坤，持正克邪必成。

歲月流年幻無恙 18年1月1日

歲月流年幻無恙，依然心志剛強。
元旦佳節今正當，陽光正破霧障。
人生幻化真無恙，不覺霜華斑蒼。
少年倩影在何方，饒留記憶感想。
努力鼓勇向前方，奮發男兒豪壯。
英雄業績長待創，不負華年一場。
雅思縱橫入詩章，心緒萬千難講。
詩書笑傲塵世間，儒雅未許孟浪。

流年幻化如電影

18年1月1日

流年幻化如電影，往事歷歷清映。
元旦佳節喜盈盈，瞻望未來前景。
五十三年奮殷勤，經歷痛苦艱辛。
所賴神恩大無垠，導引進入康平。
大霧漫天好情景，鞭炮歌聲歡鳴。
塵世噪噪無止境，心志應許清寧。
雅聞喜鵲喳喳鳴，一使余意開心。
努力振奮發雷霆，矢展我之雄英。

人生未可守因循

18年1月1日

人生未可守因循，努力開闢新境。
時值元旦心康平，一年籌劃先行。
回思生平多驚警，幾度狼煙風雲。
血淚人生堪痛心，唯賴神恩無垠。
前路正道務當循，守護心志心靈。
不為名利折身心，清貧持我貞定。
詩書養我之心靈，淡雅如蘭之馨。
萬里風雲持胸襟，合時而動空靈。

心志未許愁悵

18年1月1日

心志未許愁悵，流年有其清芳。
元旦今正當，窗外鞭炮響。
人生應許安祥，清度冬夏時光。
斑蒼何所妨，要在志剛強。
新年奮發頑強，努力騁我茁壯。
詩書亦清揚，笑口應許敞。
正義清持襟腸，不向邪惡投降。
神恩務頌揚，大道矢叩訪。

人生如夢相仿

18年1月1日

人生如夢相仿，坎坷豈是尋常。
不必多嗟悵，元旦今日訪。
向前依然瞻望，心懷光明太陽。
神恩總無恙，導引入康莊。
五十二年逝殤，贏來霜華漸長。
豁達持襟腸，詩書怡心房。
感謝神恩廣長，闔家享受平康。
父母健在堂，我心樂無疆。

大霧逐漸退藏

18年1月1日

大霧逐漸退藏，陽光朗照塵間。
元旦歡無恙，遠近鞭炮響。
中心盈滿平康，新年我要瞻望。
努力奮向上，華年勿費浪。
青春已成過往，心志猶然強壯。
依然持理想，奮發我貞剛。
不為名利奔忙，心靈清澈透光。
智慧力尋訪，燭照人生場。

第五十六卷《青春集》

心志未許沉淪 18年1月1日

心志未許沉淪，守護吾之純真。
歲月任進深，華髮任生成。
窗外陽光清逞，元旦鞭炮聲聲。
散坐思繽紛，哦詩舒真誠。
努力奮發剛正，不屈名利困城。
遠辭是青春，歷煉獲沉穩。
曾履苦痛艱深，而今康平馨溫。
奮志走靈程，叩道盡心身。

心志總持安祥 18年1月1日

心志總持安祥，任從時光逝淌。
不為名利障，清心堪嘉獎。
明月清風心間，水雲胸中清漾。
身雖在塵網，逸意出雲間。
元旦心情舒暢，愜聽小鳥鳴唱。
心地樂平康，履緣吾奔放。
未來長自瞻望，風雲變幻非常。
鼓勇逕自闖，關山越萬幢。

雲天清顯淡蕩 18年1月1日

雲天清顯淡蕩，又值落日昏黃。
散步以悠揚，心地閑且曠。
裁心小哦詩章，舒出襟胸氣象。
為人不張狂，謙和守心芳。
德操盡力培養，名利視為孽障。
書海我徜徉，心得若花香。
歲月飛逝無恙，長嗟斑蒼有妨。
率意頗揚長，耕心晨昏間。

人生返樸歸真 18年1月1日

人生返朴歸真，心志秉持清純。
向前力馳騁，萬里是征程。
歲月如花之芬，未可老了心身。
濟世有精神，問學在晨昏。
流年飛馳如奔，斑蒼惜已生成。
心境持馨溫，君子人格正。
冬夜清寒不甚，燈下清坐思深。
闔家蒙神恩，康樂溫如春。

霧霾正嚴重 18年1月1日

霧霾正嚴重，心情不輕鬆。
哦詩有何功，只是舒情濃。
歲月紛飛送，流年堪沉痛。
記憶化為濃，少年煙影中。
奮發剛武衝，不懼年近翁。
業績創恢弘，燦如流星動。
半百持凝重，生涯入詩諷。
幾聲喜鵲頌，余意欣無窮。

流年堪驚 18年1月1日

流年堪驚，又值元旦臨。
奮志殷殷，詩書哦不停。
不嗟霜鬢，不頹廢傷心。
努力前行，風光覽不盡。
任起風雲，雷電吾不驚。
意志堅定，如松之蒼勁。
紅塵憩停，五十二年盡。
百年生命，圓明悟本心。

清意人生 18年1月1日

清意人生，履盡痛與疼。
天父宏恩，溫暖我心身。
奮志紅塵，名利未足論。
叩道真誠，心得自繽紛。
坐擁書城，朗哦吐精誠。
華髮生成，微笑也馨溫。
在世暫蹲，百年如轉瞬。
何物永存？思此淚紛紛。

心事從頭論
18年1月1日

心事從頭論，往事紜紛。
記憶垂永恆，縷縷傷痕。
歲月自進深，斑蒼生成。
苦痛之年輪，轉運均恆。
奮志在紅塵，清意心生。
未許多折騰，安穩為勝。
名利何足論，欺人太甚。
清貧亦心芬，養性修真。

天氣昏沉
18年1月1日

天氣昏沉，霧霾罩乾坤。
清坐心疼，身心入詩中。
大千紅塵，眾生亂折騰。
汙染叢生，皆因利欲盛。
祈禱真誠，求神賜靈恩。
矢脫紅塵，靈程吾飛升。
淨化靈魂，聖潔美不勝。
克敵制勝，曠飛對天城。

名利俱空洞
18年1月7日

名利俱空洞，世事隨風。
窗外雪正融，一笑輕鬆。
不懼歲成翁，山水情鍾。
詩書怡襟胸，氣宇恢弘。
人生奮勇猛，叩道深洪。
淡泊秋春中，共緣行動。
世界多孽種，作業洶洶。
大道運無窮，正氣昌弘。

心情娟好
18年1月10日

心情娟好，冬日清喜陽光照。
喜鵲鳴叫，喳喳清啼展風騷。
不敢高傲，謙和為人質樸饒。
堅守貞操，不為名利稍動搖。
朗哦聲高，詩書怡情真無二。
百年逍遙，清貧郁我幽蘭操。
志取剛傲，持正鬥邪展風標。
風光微妙，萬里風雲吾笑傲。

斜陽清好（之一）
18年1月10日

斜陽清好，浴後曠然開懷抱。
心境灑瀟，天寒無妨我微笑。
歲月飛飆，五十二年已逝拋。
積澱詩稿，斑斑歲月吾笑傲。
人生情渺，往年記憶不必找。
努力前道，關山風雲覽玄妙。
男兒志高，不為名利折身腰。
清貧也好，淡泊清持我風騷。

窗外華燈
18年1月10日

窗外華燈，室內稍清冷。
煥發心身，哦詩舒真誠。
歲月進深，斑蒼不復論。
滾滾紅塵，幻化自繽紛。
百度秋春，未可老心身。
矢志飛奔，叩道豈懼深。
雅意清芬，中心有精神。
未許沉淪，努力曠馳騁。

歲月曠展繽紛
18年1月12日

歲月曠展繽紛，心中時有痛疼。
名利都不論，叩道秉天真。
窗外冬日正逞，室內和暖安穩。
人生不折騰，養頤保天真。
歲月不斷進深，老我斑蒼何論。
依然有精神，持正有天真。
笑容應許清生，淨化靈魂清純。
闔家都安穩，安樂怡天真。

紅塵滾滾濁浪
18年1月12日

紅塵滾滾濁浪，名爭利奪瘋狂。
應持清心向，趨向水雲間。
歲月不住曠放，不覺已是斑蒼。
心地感慨間，哦詩應激昂。
人生百年艱蒼，苦雨淒風飽嘗。
生命意何方，一生恆思想。
努力向前向上，靈程對準天堂。
神恩永不忘，導引入康莊。

心志軒昂
18年1月12日

心志軒昂，晨起悠悠吾歌唱。
天寒何妨，東方曙色正增長。

歲月平康，鬢髮任添桑與滄。
意向廣長，詩書人生奏激昂。
笑意瀰上，五十二年已逝殤。
前路遠長，百度秋春在指掌。
紅塵攘攘，太多曲折與艱蒼。
直著心腸，迎著困難敢於上。

地凍天寒

18年1月12日

地凍天寒，曠喜碧天青藍。
我心雅安，品茗讀書興展。
人生揚帆，回首已過險灘。
向前細看，山水愈發青藍。
紅塵浩瀚，名爭利奪難看。
淡泊心坎，詩書怡我情瀾。
歲月翻翻，不過桑滄開展。
矢克困難，努力作個好漢。

年華逝送

18年1月12日

年華逝送，我心仍持從容。
紅塵洶湧，名利害人凶凶。
淡泊襟胸，去向水雲之中。
人生如夢，矢拋名利輕鬆。
歲月情濃，回首發覺煙蒙。
百年何功，留有詩心靈蹤。
不妄爭功，胸懷明月清風。
展眼長送，天藍有鳥飛動。

淡立長望

18年1月12日

淡立長望，天際鬱青蒼。
心事瀰廣，悠悠哦詩行。
人生安祥，任起風與浪。
歲月品嘗，百感在心間。
向學志昂，不懼鬢斑蒼。
叩道雅嫻，養德第一樁。
紅塵奔放，故事並花樣。
素樸情腸，不惹一絲髒。

窗外歌聲靚

18年1月13日

窗外歌聲靚，冬陽正燦放。
心地樂平康，雅將詩哦唱。
人生快慰間，思慮應捐放。
隨緣而安祥，名利是虛妄。
歲月綿綿放，我已漸斑蒼。
得道幾微間，持中也悠揚。
心空萬事忘，機心須拋光。
百年若飛翔，妙曼心地間。

斜陽清好（之二）

18年1月13日

斜陽清好，心事向誰表？
孤旅懷抱，不入名利道。
關山迢迢，風光已諳飽。
朗然一笑，桑滄是淡瞧。
紅塵擾擾，機關併暗道。
暗昧不瞧，心懷光明照。

歲月輕飄，逝去年華渺。
不懼蒼老，心志尚年少。

暮煙輕漲

18年1月13日

暮煙輕漲，寂寞在增長。
心事廣長，雅哦我詩章。
人生遐方，鼓勇破碧浪。
任起風狂，任起煙雨障。
苦旅飽嘗，心疤磨千創。
依然頑強，一笑仍爽朗。
秉持溫讓，不卑又不亢。
矢志強剛，努力叩道藏。

激情盈胸

18年1月14日

激情盈胸，哦詩當賦靈動。
青碧天空，冬陽燦爛無窮。
心志從容，人生不畏成翁。
奮志長虹，七彩閃耀心中。
歲月空空，回首煙霧濛濛。
未許心痛，心意仍有情鍾。
叩道之中，慧光湧現襟胸。
真的英雄，不為名利所動。

心志曠持青春

18年1月16日

心志曠持青春，感謝天父宏恩。
人生奮馳騁，不懼路艱深。
嗟此曠放紅塵，眾生名利競爭。
殺機何囂盛，幾人秉清純？

吾志脫出囂塵，胸中水雲清生。
名利矢不爭，定志守天真。
展眼煙雨紛紛，冬日十分清冷。
舒出我精神，哦詩應雅芬。

心志空清
18年1月20日

心志空清，窗外霧霾正横行。
意志堅定，努力奮發展凌雲。
不圖利名，清心慧意一生尋。
蒼蒼斑鬢，回首人生桑滄境。
努力前行，不懼山深虎狼境。
風光幽清，松風雲壑滌性靈。
人生多情，百度秋春傷了心。
叩道殷殷，當使靈明慧光映。

曠志凌雲
18年1月20日

曠志凌雲，腳踏實地更要緊。
志取雄英，努力奮發鼓幹勁。
天氣正晴，漫天霧霾籠宇庭。
清坐品茗，歎息良深紅塵境。
名利囂行，眾生沉淪誰喚醒？
奮發雷霆，務須震醒世人心。
歲月經行，老我斑蒼桑滄境。
傲立朗勁，一似虬松之蒼俊。

日色無光
18年1月20日

日色無光，霧霾狂猖，
心事廣長，哦詩感慨間。
人生揚長，清貧無妨，
水雲何方，展眼長瞭望。
歲月悠揚，吾已斑蒼，
共緣履航，心志不狂猖。
耕心無恙，歎息良長，
天人之間，和同第一椿。

心志未許消沉
18年1月20日

心志未許消沉，任從霧霾繽紛。
努力奮前程，風雨勿足論。
吾已逝去青春，回首有淚生成。
奮發矢馳騁，山水任成陣。
否極終有泰生，陰陽妙運乾坤。
滾滾是紅塵，世事不必論。
切禱祈求神恩，安度紛擾紅塵。
人生苦旅程，希冀在天城。

慘白斜陽淡放光
18年1月20日

慘白斜陽淡放光，霧霾迷漾，
心事憂傷，冬日清坐長思想。
歲月飛殤何必講，老我斑蒼，
心興猶狂，彈指五十三年間。
奮發人生之強剛，不圖名昌，
不求利訪，正義秉持第一椿。
男兒一生是豪放，不懼惡狼，
力克虎狂，質樸心地持坦蕩。

不由自主長想
18年1月20日

不由自主長想，人生實在空曠。
轉眼是斜陽，轉眼鬢髮蒼。
中心希求安祥，無風無雨無浪。
切禱向上蒼，神恩廣無量。
秋春轉換匆忙，世界幻變桑滄。
人情冷暖間，淡眼看世象。
努力舒展奔放，男兒一生清剛。
詩書流連間，不知老來訪。

五更村雞又清鳴
18年1月21日

五更村雞又清鳴，爽我身心，
爽我身心，一篇新詩脫口吟。
人生奮志而前進，山水無垠，
山水無垠，飽覽風光之清俊。
心事廣長入詩吟，不必傷心，
不必傷心，百度秋春會圓明。
冬來清寒不要緊，會當朗晴，
會當朗晴，大寒已過立春近。

歲月清好
18年1月21日

歲月清好，五十三歲鬢蒼老。
靄煙飄渺，更有霧霾長籠罩。
雅思堪表，人生情懷正不了。
哦寫詩稿，舒出心中一種俏。
浮生笑傲，名利害人須棄了。
江湖煙緲，慧眼圓睜破機巧。

心似蘭草，修身養德質樸饒。
大道尋找，無機胸襟水雲飄。

世事總空洞

18年1月21日

世事總空洞，名利害人孽種。
應向青山中，尋覓松壑雲風。
歲月演無窮，百年人世匆匆。
心胸應清空，矢將正氣揚弘。
傲立若勁松，不屈苦難深重。
君子人格洪，正直清持襟胸。
人生須持重，不為名利所動。
清貧益心胸，詩書怡人無窮。

漫天心事對誰講

18年1月21日

漫天心事對誰講，唯有哦入詩章。
室外霧霾正狂猖，天陰無妨揚長。
浴後身心覺清爽，朗誦清詞激昂。
人生流年如水殤，啞然失笑清揚。
奮發人生在疆場，正直絕不張狂。
不屈名利之囂猖，一生清貧何妨。
男兒詩書鬱慨慷，傲立一似山壯。
天道從來不隱藏，正氣天地盈彰。

晨起天陰霧靄凝

18年1月22日

晨起天陰霧靄凝，野外小鳥嬌嬌吟。
遠處鞭炮響轟鳴，余心余意起振興。
歲月綿綿瀉若勤，老來感慨盈心襟。
一篇新詩何所云，吐出清新肺腑情。

霧霾嚴重

18年1月22日

霧霾嚴重，心境不輕鬆。
下班歸來行如風，長吸毒氣入肺中。
人生匆匆，笑我已斑濃。
歲月由來桑滄重，依然淡定持心中。
苦旅雨風，心傷積重重。
回首半百持凝重，奮志始終如長虹。
清展靈動，賦詩且清空。
努力前路矢去衝，風光瑰麗笑談中。

心事舒展廣長

18年1月23日

心事舒展廣長，歎息霧霾狂猖。
人生騁志向，半百已逝殤。
不必回首長望，應當瞻望前方。
百年悠悠長，山水鬱清蒼。
冬來是有寒涼，天陰朔風吹狂。
散坐騁意向，哦詩又一章。
不可貪戀塵間，名利殺人凶猖。
應持清心向，天旅行慨慷。

情懷何向

18年1月23日

情懷何向，浮生追求漫與浪。
沒有陽光，漫天霧霾籠穹蒼。
品茗安祥，詩書之間憩意向。
人生苦艱，百年生死風雨間。
努力向上，不畏艱苦迎難闖。
矢志貞剛，男兒原是百煉鋼。

沒有雪降，未知何處尋梅香。
歲月平章，坎坷艱蒼是尋常。

紅日東方

18年1月24日

紅日東方，欣喜冬日又晴朗。
心地歡暢，雅哦新詩舒激昂。
人生遐方，高遠寄託是理想。
絕不空忙，棄絕名利輕身上。
奮志揚長，矢向書山攀援上。
心得廣長，縷縷情思入詩章。
世事混茫，人心渾濁堪憂傷。
濟世心腸，推原道德第一樁。

人生不覺已蒼老

18年1月24日

人生不覺已蒼老，心境微妙，
灑然懷抱，閑哦新詩舒心竅。
窗外紅日正高照，冬日清好，
霧霾散了，時值臘八冷寒峭。
人生奮發展情抱，桑滄度了，
關山越了，回首啞然失一笑。
瞻望前路風雲道，展翅飛遨，
風雨任囂，男兒鐵骨堪可瞧。

藍天白雲多清好

18年1月24日

藍天白雲多清好，東風吹來寒正峭。
籠鳥鳴聲高，裁詩舒情竅。
冬日清寒不緊要，最喜霧霾已褪了。
陽光清新照，散坐品茗逍。

歲月於我已經飽，五十三年不算少。
攬鏡不敢照，蒼了眉顏表。
努力奮發展剛傲，不屈名利具懷抱。
人格詩中瞧，正直無機巧。

藍天白雲

18年1月24日

藍天白雲，余心余意持雅清。
朔風吹行，散步輕快歡心靈。
歲月無垠，只是老我斑斑鬢。
微笑空靈，天人大道遵而循。
大千幻境，名利原為水中景。
心須均平，田園山莊憩性靈。
努力前行，關山風景覽不盡。
百年生命，見證神恩之豐盈。

人生晴好

18年1月24日

人生晴好，風雨任艱嶢。
回首細瞧，少年已辭了。
老來懷抱，無機具情調。
名利棄拋，詩書鬱風騷。
清貧就好，正直第一條。
淡泊心竅，水雲有清飄。
聽聽鳥叫，品茗詩興高。
哦詩不了，冬陽正灑照。

青春歲月不必表

18年1月24日

青春歲月不必表，傷了懷抱，
傷了懷抱，依然奮志萬里道。
而今斑蒼何言道，無機心竅，
無機心竅，一生矢志叩大道。
春花秋月無限好，流年逝飄，
流年逝飄，人生應許開懷笑。
窗外冬陽正清照，世界頗小，
世界頗小，矢探宇宙之奧妙。

第五十七卷《春暉集》

流年清新
18年1月24日

流年清新，往事何處尋？
心志猶殷，蒼了顏與鬢。
歲月進行，故事演不停。
心懷鎮定，淡眼利與名。
情繫水雲，胸襟自清俊。
詩書怡心，秋春朗哦吟。
闔家康平，神恩感無垠。
努力飛行，天路奮勉進。

天氣近陰
18年1月24日

天氣近陰，冬靄四野凝。
斜陽猶明，冷寒頗峭峻。
未許傷心，人生奮前進。
山水無垠，風光覽雄俊。
蒼蒼心境，笑我已斑鬢。
人生多情，苦了身心靈。
努力上進，天旅奮力行。
淨化心靈，追求光明境。

心境未許賦蒼涼
18年1月24日

心境未許賦蒼涼，閱盡滄桑，
閱盡滄桑，清心淡眼看夕陽。
歲月輾轉幻萬象，體盡炎涼，
體盡炎涼，五湖歸來一笑揚。
冬日清坐展思想，細品茶香，
細品茶香，一篇新詩舒中腸。
人生百年徒匆忙，應許定當，
應許定當，清貧度日有何妨。

雲煙昏茫
18年1月24日

雲煙昏茫，天色慘澹無光。
散坐安祥，世事徒為幻象。
人生慨慷，未許老了心房。
志取昂揚，矢將正氣鼓倡。
歲月平康，秋春疊變桑滄。
一笑清揚，共緣安處圓方。
雅將詩唱，吐出心中情向。
展眼天壤，時刻想去飛翔。

暮煙輕起天涯間
18年1月24日

暮煙輕起天涯間，夕照閃射餘光。
燈下寫詩亦激昂，矢志人生奮闖。
苦旅艱深不必悵，要在志取頑強。
苦寒雪壓有梅香，春來不會久長。
紅塵不必說攘攘，江湖誰不細詳。
淡泊心境持安祥，任起五湖風浪。
努力前路奮飛翔，煙雨只是尋常。
百年生死存漫浪，神恩足夠安享。

華燈又放
18年1月24日

華燈又放，暮靄正蒼蒼。
心志激昂，雅將歌哼唱。
冬日寒涼，門窗俱關上。
籠鳥歌唱，歡樂真無恙。
人漸老蒼，不必多思想。
奮發強剛，前路萬里航。
山高水長，旅途真艱蒼。
煙雨滄浪，風光堪飽賞。

雪滿乾坤
18年1月25日

雪滿乾坤，琉璃世界裝成。
朔風成陣，品茗心境清芬。
笑此紅塵，名爭利奪紛紛。
誰持清純，冰雪胸襟生成？
人生難論，百年只似一瞬。
努力馳騁，向前未有止程。
鳥語聲聲，提振余之精神。
裁詩溫存，吐出心地清誠。

蒼蒼是我心境 18年1月25日

蒼蒼是我心境，人生追求開心。
履盡艱深苦境，而今心思坦平。
雪花飛舞殷勤，冷寒世界冰清。
胸中充滿激情，雅將新詩哦吟。
人生百感盈心，沉痛時襲胸襟。
懇求神恩豐盈，賜我福樂康平。
靈恩降自天庭，天旅何其堅定。
嚮往光明之境，心光燭照何清。

笑意廣深 18年1月25日

笑意廣深，窗外雪花正紛紛。
拋開痛疼，奮志人生矢前騁。
山高水深，大千風光列成陣。
展翅飛騰，萬里宇天共秋春。
歲月進深，苦難艱深不必論。
心志溫存，叩道持真度歲輪。
努力前程，不為名利折腰身。
詩書之城，一方天地永恆春。

歲月飄蕩 18年1月25日

歲月飄蕩，殘冬雪又降。
春意心間，哦詩復激昂。
人生平康，容我縱馬狂。
一路風光，秀美真無恙。
半生闖蕩，心疤何曾忘。
江湖惡浪，於我是尋常。
清坐安祥，激情又清漲。
一篇短章，聊舒中心況。

無聊甚 18年1月25日

無聊甚，應許拋開沉悶。
天陰沉，散坐思緒飛騰。
走靈程，風風雨雨勿論。
奮心身，對準天國飛升。
克魔陣，秉持正直清純。
履秋春，荷負不盡神恩。
風陣陣，雪後世界淨純。
冷寒甚，室內溫暖如春。

天霽雪未融 18年1月26日

天霽雪未融，彩雲飄空。
冷寒猶然重，心態輕鬆。
品茗意從容，舒我清空。
短章脫口誦，吐出襟胸。
歲月自匆匆，正值殘冬。
老來身覺慵，詩書怡中。
人生多情鍾，感慨潮湧。
展眼世界中，雲飛靄濃。

雲飛如畫 18年1月26日

雲飛如畫，冷寒交加，
雪未融化，天晴籠鳥叫喳喳。
心志若霞，情懷無亞，
歲月增加，男兒裁詩南山下。
人生無價，百年馳駕，
志在天涯，度盡劫波笑哈哈。
屬意天家，靈程飛跨，
絕不退下，克盡魔敵步彩霞。

天寒甚 18年1月26日

天寒甚，籠鳥嬌囀自溫存。
自溫存，啼叫聲又聲。
品茗芬，雅思縱橫向詩申。
向詩申，紅塵自紛紛。
心馨溫，苦痛拋開不必論。
不必論，安穩度年辰。
歲月紛，年輪運轉無止程。
無止程，斑蒼惜加深。

又值夕陽 18年1月26日

又值夕陽，冷寒正當，
心事蒼茫，感慨哦入詩行。
有雪飛降，飄灑揚揚，
感興升上，激情盈於胸腔。
人生感想，歲月桑滄，
殘冬正當，惜我漸入老蒼。
努力向上，不屈困障，
志取昂揚，春來不會久長。

天寒地凍 18年1月27日

天寒地凍，積雪尚未全銷融。
逸意心中，品茗情興頗輕鬆。

人生履風，淡定清持在襟胸。
氣吐長虹，艱蒼困苦勝無窮。
攀越山峰，眼界見識大不同。
山中雲風，憩我情懷豈有窮。
心持凝重，覷破名利是空空。
宇宙心中，詩書晨昏朗哦誦。

流年逝送 18年1月27日

流年逝送，老來心境持平慵。
感慨心中，化為詩章哦從容。
窗外朔風，冷寒襲擊正未窮。
暢意哦諷，吐出激情曠如風。
雨雨風風，人生回首桑滄重。
淡定之中，沐盡煙雨持清空。
大化無窮，百年生死識窮通。
悟道空空，慧意明心共緣動。

苦旅艱蒼 18年1月27日

苦旅艱蒼，心態依然持陽剛。
沐浴榮光，神之恩典大無疆。
矢志向上，靈程路上曠飛翔。
試探任艱，力克魔敵凱歌揚。
人生疆場，不為名利而奔忙。
叩道之間，不計歲華漸老蒼。
率意昂揚，悠吐詩歌閑吟唱。
天陰何妨，心中正有紅太陽。

冬日天陰寒甚重 18年1月27日

冬日天陰寒甚重，詩書盡我脫口誦。
人生履雨風，回首悵深痛。
立春不過數日中，心中待迎春花紅。
逸興正無窮，新詩從心頌。
籠中小鳥鳴輕鬆，誰知余之心意痛。
孤旅不言中，心事入詩詠。
歲華年年長逝送，惜我斑蒼漸重濃。
談吐正從容，情抱向誰送？

天際陰靄漾 18年1月27日

天際陰靄漾，殘冬正當。
週末心閑曠，雅哦詩行。
闔家是安康，神恩飽享。
頌贊當獻上，謳歌上蒼。
歲月走悠揚，老我斑蒼。
依然志清揚，努力向上。
情懷時張揚，想要歌唱。
激情如水漲，心若汪洋。

心襟未許蕭涼 18年1月27日

心襟未許蕭涼，人生奮發向上。
遠際鞭炮奏激昂，清坐思放無疆。
五十三年瞬間，回首不堪嗟悵。
一生努力持強剛，矢鬥虎豹豺狼。
笑意應當展放，人生得意莫狂。
謙和仁厚原應當，中正是我思想。
窗外飛雪又新降，世界換了新裝。
任從歲華不斷長，素懷原也清揚。

不覺之間 18年1月27日

不覺之間，瑞雪又飛降。
冷寒正當，心事復廣長。
流年演漾，世事幻桑滄。
換了新樣，人卻漸老蒼。
逸意揚長，何地不慨慷。
百年夢漾，激情曠無疆。
悠悠哦唱，新詩寄情腸。
知音何方，孤旅嗟深長。

雪後天寒料峭甚 18年1月28日

雪後天寒料峭甚，窗前哦詩興致盛。
遠處鞭炮鳴聲聲，蒼白朝日灑乾坤。
淡定清度是浮生，滾滾濁浪起紅塵。
流年光陰新代陳，人漸老蒼一笑溫。

暮煙此際濃重 18年1月29日

暮煙此際濃重，華燈點綴街容。
心境頗輕鬆，閒雅來哦諷。
歲月奮如長風，轉眼斑蒼重濃。
回首煙霧蒙，坦然持襟胸。
人生苦旅匆匆，與誰攜手相從？
不必懷悵痛，神恩正恢弘。
淡淡浮上笑容，清新是我心胸。
裁意哦清空，履緣悟圓通。

世事荒唐 18年1月30日

某官員說：「總結一生的經驗，就是兩個字『撒謊』。」另一官員補充說：「只要撒得圓。」余記憶深刻，終生難忘，世道於此可見矣。今日思此，有感而賦短詩焉。

世事荒唐，推崇彼撒謊。
人心險奸，眾生遭罪殃。
懇求上蒼，救度人心腸。
務秉天良，心燈務燃亮。
時光飛殤，我已是斑蒼。
履度桑滄，苦痛獨品嘗。
努力向上，濟世盡力量。
世界神創，正氣終髮揚。

卵色青天正晴好 18年1月30日

卵色青天正晴好，舒我懷抱，
舒我懷抱，一篇新詩也奇妙。
歲月任其輕輕飄，不取孤傲，
不取孤傲，叩道向學吾道遙。
一杯綠茗愜情竅，閑聽鳥叫，
閑聽鳥叫，闔家康樂多安好。
努力奮發向前道，關山迢迢，
關山迢迢，百度秋春展風騷。

心境未許太蕭涼 18年1月30日

心境未許太蕭涼，清度時光，
任起桑滄，神恩足夠你我嘗。
冬日此際正斜陽，心志清昂，
品茗雅香，一卷清詞哦揚長。
老我斑蒼何所妨，意態清揚，
名捐利放，清心慧意頗安祥。
最喜父母健在堂，闔家安康，
清貧無妨，詩書之間叩道藏。

天氣冷寒不要緊 18年1月30日

天氣冷寒不要緊，坦蕩身心，
詩書清吟，更喜斜陽灑清俊。
市井生活正和平，閑品芳茗，
散坐思紜，五十三年逝無影。
紅塵只是虛幻境，桑滄不停，
一似電影，思此心中有傷心。
奮發靈程矢前行，天國慕景，
神恩豐盈，永生希冀在天庭。

夕照清好 18年1月30日

夕照清好，心情心意詩中表。
意態清高，不入名利之險道。
歲月逝飄，風雨陰晴心中曉。
慧意豐饒，履度桑滄余一笑。
紅塵擾擾，眾生沉溺死喪道。
靈程飛道，天國家園牢記了。
斑蒼漸老，依然心中持笑傲。
謙和堪表，君子人格一生造。

佇對夕照 18年1月30日

佇對夕照，心情心意正不了。
人生漸老，一似夕陽輝光耀。
努力前道，辭去名利清心竅。
奮發揚飆，百年秋春朗度了。
絕不稍傲，學海揚帆渡逍遙。
難關克了，一馬平川任我跑。
風雨經飽，斑蒼無妨志清高。
樂友田樵，松風雲崗吾灑瀟。

藍天晴朗 18年1月30日

藍天晴朗，心志都清曠。
南風悠揚，愜意真無限。
歲月品嘗，百感何必講。
小哦詩章，只是裁心向。
人生昂揚，豈為困窮障。
奮發向上，持正吾堅剛。
不持張狂，謙和守心腸。
力量何壯，矢作擎天梁。

積雪漸銷融 18年1月30日

積雪漸銷融，冷寒猶重。
斜陽清送中，意態清空。
散坐曠哦諷，掏出襟胸。
嚮往長空中，一展英勇。

人生沐雨風，壯志如虹。
半生持凝重，叩道剛雄。
年已近成翁，堅貞如松。
困難克千重，努力前衝。

玉蟾明亮 18年1月30日

玉蟾明亮，霓虹競閃靚。
宿鳥鳴唱，寒風走蕭涼。
心地感上，蒼茫卻難講。
人生艱蒼，似此寒風狂。
歲月奔放，切禱叩上蒼。
矢志歸航，天國是家邦。
努力向上，靈程曠飛翔。
力克魔幫，正義何剛強。

陽光普照 18年2月3日

明日立春，不覺冬已去了，喜而賦詩焉。

陽光普照，天晴心情好。
小詩賦巧，舒出情懷抱。
時光飄渺，冬已去盡了。
立春明到，喜悅盈心竅。
紅塵擾擾，半世銷逝了。
余得詩稿，往事入煙緲。
努力前道，奮發長揚飆。
不負清抱，振翼萬里遙。

心志不取輕狂 18年2月3日

心志不取輕狂，任從老我斑蒼。
正義何剛強，男兒是鐵鋼。
此生履盡艱蒼，心痛心傷迷茫。
神總賜力量，賜我以安康。
努力曠志飛揚，力戰魔敵兇狂。
豪情何其壯，凱歌謳嘹亮。
歲月盡展莽蒼，浮生是一夢鄉。
天國銘心間，永生荷希望。

清對斜照 18年2月3日

清對斜照，哦詩聲調高。
冬將去了，行將綠芳草。
歲月遙逍，五十三年拋。
志取剛傲，努力陽關道。
風雨經飽，身心未疲老。
朗然一笑，清純是懷抱。
闔家安好，神恩無限饒。
展眼遠瞧，萬里風雲妙。

斜陽清好 18年2月3日

斜陽清好，冷寒猶然峭。
心意遙逍，籠鳥輕聲叫。
人生不老，志節堪可瞧。
壯懷猶傲，努力奮前道。
詩書笑傲，心襟自瀟騷。
淡浮微笑，塵世已諳曉。
靈程揚飆，克敵展風標。
聖潔情抱，吟詩都雅巧。

夕照無限好 18年2月3日

夕照無限好，輝光閃耀。
心境正灑瀟，小哦詩稿。
人生富情調，山水看飽。
桑滄不必瞧，早已諳飽。
歲月展逍遙，策馬奔跑。
風雨任艱饒，志比山高。
立春明日到，冬已去了。
窗外鞭炮囂，喜氣籠罩。

輝煌展夕照 18年2月3日

輝煌展夕照，身心逍遙。
不覺人蒼老，心還年少。
歲月多飄搖，年華逝了。
依然朗懷抱，情若芳草。
冬已無影銷，春將來了。
笑意展微妙，裁詩倩巧。
曠志何必表，道路迢迢。
風光定大好，風雨任囂。

暮色蒼茫 18年2月3日

暮色蒼茫，霓虹競閃靚。
心事廣長，裁心哦詩章。
冷寒正彰，歲月走悠揚。
吾已老蒼，心志猶清狂。

奮發圖強，矢志立貞剛。
努力向上，叩道吾清揚。
質樸心腸，原無機與奸。
坦坦蕩蕩，做人該這樣。

孤寂是我心境

18年2月3日

孤寂是我心境，冷寒逼奪身心。
燈下清哦吟，心事有誰聽？
名利俱屬浮雲，身心須要警醒。
叩道吾剛俊，奮勇辟無垠。
心得點點分明，正義清持心襟。
力鬥虎狼群，壯志遏行雲。
斑蒼無妨多情，心境恆求圓明。
前路努力行，風雨不必停。

清展我的思想

18年2月3日

清展我的思想，陽光朗照胸膛。
奮發去闖蕩，濟世盡力量。
不畏苦難艱蒼，追尋真理真相。
世事任混茫，吾守清心腸。
半世已經銷殤，華髮漸顯斑蒼。
時光勿費浪，努力騁頑強。
詩書晨昏之間，哦詠舒我情腸。
男兒是好鋼，不屈不撓間。

時光如水逝淌

18年2月3日

時光如水逝淌，流年未許悲傷。
任從變老蒼，逸興恆舒揚。

明日立春將訪，喜迎春色人間。
東風當浩蕩，裁剪碧野芳。
人生恆懷希望，嚮往美好天堂。
塵世苦旅艱，神總賜力量。
此生不再迷茫，仰望榮美天邦。
笑意當展放，矢志戰豺狼。
凱歌終必唱響，聖徒列隊成行。
天地換新裝，聖城立輝煌。
大同世界必昌，魔敵敗壞消亡。
清平此寰壤，萬民樂無疆。

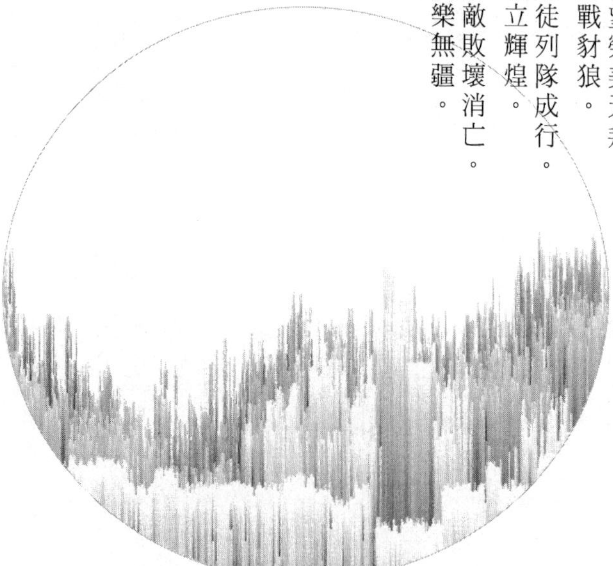

第五十八卷《開創集》

冬夜清寒

18年2月3日

冬夜清寒，哦詩情緒曠開展。
舒展綿纏，吐出襟胸與肝膽。
人生揚帆，不懼激浪作好漢。
克盡艱難，終迎坦平併浪漫。
紅塵浩瀚，矢辭名利之綁纏。
心懷清淡，叩道水雲寄情瀾。
胸襟非凡，慧目圓睜掠天漢。
不惹塵凡，心靈心意天國站。

喜迎立春到

18年2月4日

喜迎立春到，晨起朝日有勁道。
我欲開懷笑，歲月娟娟多芳好。
人生漸蒼老，書生意氣比天高。
詩書怡心竅，叩道由來展風標。
努力奮前道，須防虎狼務攔刀。
風雨任其拋，心中自有陽光照。
野禽啼其巧，明媚春景行將到。
綠野遍芳草，柳將新簪碧絲條。

立春正當

18年2月4日

立春正當，歲月平章，
喜氣洋洋，放飛心境併理想。
努力向上，曠意飛揚，
萬里無疆，身心趨向水雲間。
詩書之間，叩道揚長，
不懼艱蒼，人漸老蒼有何妨。
意發昂揚，情取奔放，
風雨兼闖，圓明慧性持心間。

淡泊心襟原無恨

18年2月4日

淡泊心襟原無恨，朗度冬夏秋春。
揮灑憩身此紅塵，贏得傷心痛疼。
從來名利不肯爭，心情心境繽紛。
質樸合是君子身，詩書朗哦晨昏。
擾擾紅塵亂紛紛，群魔亂舞狂奔。
應持清心觀世塵，胸襟水雲清生。
闔家安好荷神恩，清貧不必細論。
持正叩道吾奮身，心得雅潔清芬。

清展我的逍遙

18年2月4日

清展我的逍遙，人生須行正道。
踏遍滄桑人未老，春來吾笑傲。
紅塵任其擾擾，名利不許囂囂。
清貧無妨我心竅，叩道展風標。
人生風雨經飽，半生苦旅煎熬。
神恩足夠且微妙，而今晴正好。
努力開闢前道，萬里風光奇巧。
百年不是飄與渺，恢弘待創造。

雲煙飄渺

18年2月4日

雲煙飄渺，春已來報到。
新芽行將節節高，不負韶光大好。
人生不老，幹勁堪可瞧。
奮辟未來征迢迢，山水飽覽玄妙。
清坐思飄，嚮往關山道。
展翅振翼曠飛高，萬里不算遠遙。
浮生笑傲，名利矢志拋。
剩有正氣盈寰表，力克魔敵仇妖。

陽光燦靚

18年2月4日

陽光燦靚，漫天都晴朗。
清喜春意到人間，心境悠揚。
品茗意暢，哦詩舒激昂。
人間也可勝天堂，神恩飽享。
歲月流暢，立春今正當。
籠鳥歡聲長歌唱，爽我情腸。
前景瞻望，風雲豈尋常。
努力奮發騁頑強，勝利在望。

心情娟好

18年2月4日

心情娟好，喜迎立春到。
陽光普照，哦詩亦灑瀟。
人生晴好，風雨吾笑傲。
桑滄經飽，淡然余一笑。
歲月逝拋，而今蒼蒼老。
淡泊心竅，水雲中心飄。
持正不傲，向陽曠飛高。
萬里迢迢，愜意吾逍遙。

笑意雅芬

18年2月4日

笑意雅芬，喜迎彼立春。
歲月馳奔，未許老心身。
荷負神恩，頌讚獻聲聲。
百年人生，努力走靈程。
前路奮身，叩道煙雨程。
不懼艱深，不懼風雨盛。
流年繽紛，斑蒼不必論。
煦陽正溫，和藹此乾坤。

冬去無蹤

18年2月4日

冬去無蹤，春來也從容。
曠意春風，飛舞寰宇中。
陽光朗送，心中喜意湧。
哦詩歌頌，大千生意萌。
歲月匆匆，年輪若飛動。
近成老翁，世事笑談中。
不妄行動，詩書晨昏誦。
水雲心中，淡泊如清風。

午後灑春陽

18年2月4日

午後灑春陽，燦爛輝煌。
清風曠吹翔，心境歡暢。
歲月清品嘗，桑滄回放。
哦詩復激昂，豪情萬丈。
人生多昂藏，斑蒼何妨。
努力矢向上，叩道無疆。
百年匆匆放，不取孟浪。
堅持我理想，秉正強剛。

歲月自匆匆

18年2月4日

歲月自匆匆，又值春萌。
窗外歌聲動，煦日當空。
散坐思無窮，哦詩清空。
芳茗清品中，韻味香濃。
人生不是夢，力創恢弘。
奮發向前衝，覽盡雲風。
小鳥清歌頌，歡樂融融。
冬去影無蹤，換了春風。

斜陽正好

18年2月4日

斜陽正好，春來步嫋嫋。
東風吹了，行將碧芳草。
歲月輕飄，年輪催人老。
心情微妙，立春今日到。
喜上眉梢，晴朗適心竅。
小撰詩稿，清展我風標。
人生晴好，風雨不緊要。
前路遠瞧，山水正迢迢。

心境灑瀟

18年2月4日

心境灑瀟，人生放眼瞧。
春已來了，碧柳行將飄。
合當高蹈，名利不緊要。
歲月清好，詩書堪笑傲。
人生不老，心態正年少。
努力前道，耕心叩道妙。
百年飄渺，時光珍如寶。
展我風標，持正闊步遙。

夜深不能眠

18年2月4日

夜深不能眠，心思殷勤。
雅將詩哦吟，傾吐激情。
歲月綿綿進，芳春又臨。
燈下思無垠，誰是知音？
才思若洋俊，誰憐吾心？
孤旅不言情，免使傷心。
努力向前行，風光清新。
終有風雨勁，不肯止停。

冷寒猶峭

18年2月4日

冷寒猶峭，瀟灑斜陽照。
散坐思遙，閒情無法表。
人生迢迢，艱蒼免不了。
征服險要，終有坦平道。
歲月搖飄，不必嗟年老。
奮發剛傲，邁越萬里道。
春已來了，行將膏芳草。
希望堪表，韶華正娟好。

歲月輕輕飄

18年2月4日

歲月輕輕飄，情懷若芳草。
春來又碧了，綠滿天涯道。
人生不懼老，心態最重要。
謙和持懷抱，持正樂逍遙。
不懼艱難找，努力奮前道。
風光正大好，山水展微妙。
桑滄已經飽，開懷我大笑。
百年是緣造，惜緣造緣巧。

舒展我的懷抱

18年2月4日

舒展我的懷抱，詩書怡我情竅。
春來正晴好，冷寒一任峭。
希望持在心竅，努力奮發揚飆。
前路須行好，風雨我兼造。
情寄天涯芳草，哦詩熱情良好。
風正展逍遙，裁剪碧柳條。
人生百年迢迢，艱蒼桑滄困擾。
男兒是鋼造，傲立堪可瞧。

人情世態看飽

18年2月4日

人情世態看飽，余得心襟灑瀟。
叩道吾逍遙，水雲中心繞。
嚮往陽關大道，嚮往正氣豐饒。
嚮往春色美好，嚮往振翼雲霄。
欣喜立春今到，冷寒不會久遼。
春風正吹妙，行將碧芳草。
最喜父母康好，闔家歡樂圍繞。
神恩真廣遼，思此熱淚拋。

夕照此際清好

18年2月4日

夕照此際清好，心情灑然奇妙。
春天已來到，放飛我逍遙。
歲月桑滄豐饒，斑蒼漸顯衰老。
依然持剛傲，努力向前跑。
不為名利折腰，男兒志向頗豪。
叩道任迢迢，風光歷微妙。
前途定然大好，神恩領受玄妙。
靈程曠揚飆，步入彩虹道。

夕煙此際輕繞

18年2月4日

夕煙此際輕繞，落日降下奇妙。
紅霞淡淡燒，朔風寒猶峭。
春天已經來到，心情歡然灑瀟。
開懷哦詩稿，朗然是懷抱。
生活和平美好，春節行將來到。
闔家歡樂高，神恩正豐饒。
遠際歌聲輕飄，引我心旌動搖。
嚮往碧柳飄，踏春賞芳草。

暮煙籠罩籠罩

18年2月4日

暮煙籠罩籠罩，晚霞燒起緲緲。
心境灑然瀟，裁思南山稿。
希冀萋萋芳草，希冀碧柳飄飄。
春已經來到，心興放飛高。
清貧有何不好，儉德實為重要。
名利矢志拋，向學吾逍遙。
孤旅揚長奔跑，風雨桑滄淡瞧。
努力登險要，風光堪賞飽。

夜幕漸漸籠上

18年2月4日

夜幕漸漸籠上，華燈漸次點上。
心事有蒼茫，慨然哦詩章。
春來不覺之間，放飛我的心腸。
芳草會滋長，新芽節節芳。
人生不覺老蒼，心境淡然安祥。
努力奮向上，仰望彼天堂。
紅塵不是故鄉，寄身百年之間。
心旌須飛揚，靈程振志翔。

浮生清持凝重

18年2月4日

浮生清持凝重，不老是我心胸。
燦爛如彩虹，質樸曠持中。
此生履盡雨風，心態依然輕鬆。
名利有何用，騁志詩書中。
晨昏暢意哦諷，情懷向誰遞送？
苦旅吾奮勇，瞻望感慨重。
努力奮展剛雄，男兒豈是孬種。
春風已吹動，心胸又復萌。

城市燈火重濃

18年2月4日

城市燈火重濃，春夜清心哦諷。
心事當掏空，不必長載重。
歲月飛馳從容，未可老我心胸。
奮志萬里衝，腳下步凝重。
心事有時苦痛，孤旅情思綿湧。
天涯悵望中，知音無影蹤。
人老心猶然紅，壯志清持襟中。
努力去行動，實幹顯豪雄。

曠志清度紅塵

18年2月4日

曠志清度紅塵，不懼心痛傷疼。
笑看這乾坤，利奪名又爭。

心襟淡泊清純，叩道志向堅貞。
秉持我天真，向學奮馳騁。
履歷山高水深，桑滄一任成陣。
展翅我飛升，靈程淨心魂。
聖徒列隊成陣，克敵必然制勝。
滾滾此紅塵，因緣一任生。

德操為上

18年2月4日

德操為上，一生老實堪嘉獎。
清貧何妨，我有正氣衝天昂。
叩道清揚，春來氣宇真軒昂。
夜半時間，不寐人兒情思長。
努力向上，淨化靈魂無止疆。
曠志之間，男兒清俊展奔放。
任起險艱，果敢鎮定加頑強。
歲月清芳，流年記憶淡淡香。

春情滋長

18年2月5日

春情滋長，紅旭正東上。
野禽鼓唱，冷寒料峭間。
心志清昂，時光勿費浪。
共春鼓蕩，努力矢向上。
人生茫蒼，苦旅不必講。
耕心無恙，晨昏哦詩章。
歲月悠揚，幾度換桑滄。
心須定當，勿為名利障。

陽光普照

18年2月5日

陽光普照，心境都晴了。
冷寒任峭，難擋春來到。
歲月遙逍，笑我斑蒼老。
謹守懷抱，持正吾不傲。
前路迢迢，風雲任構造。
奮發揚飆，萬里徑直到。
闔家安好，神恩正籠罩。
心情娟妙，哦詩舒雅巧。

淡定人生無恨

18年2月5日

淡定人生無恨，依然持有天真。
心志展繽紛，叩道吾馳騁。
不懼山高水深，欣賞風光成陣。
荷負神之恩，傷痛勿足論。
前路我要奮身，努力曠飛靈程。
克敵務制勝，凱歌徹雲層。
憩此滾滾紅塵，身心潔淨無塵。
心燈擎掌穩，步履行平正。

飽嘗半生煙雲

18年2月5日

飽嘗半生煙雲，人生踏實前進。
心志展殷殷，叩道騁剛俊。
男兒合展雄英，摩取絕壁蒼勁。
歲月曠進行，不計是斑鬢。
紅塵狂囂不停，名爭利奪奇境。
吾卻持本心，水雲憩胸襟。
展眼春已來臨，會當和暖芳馨。
努力惜寸陰，不負是靈明。

靈動是我心襟

18年2月5日

靈動是我心襟，矢志辭去利名。
百年度清新，桑滄是幻境。
曾履苦痛傷心，曾經跌倒悲鳴。
神恩大無垠，賜我康與平。
努力靈程前進，克盡魔敵成群。
終將達天庭，永生福無垠。
浮生坎坷不平，務持潔淨心靈。
風雨兼程進，雷電任其行。

瀟瀟是我心襟

18年2月5日

瀟瀟是我心襟，春來我又動情。
雅思正紛紜，新詩謳不停。
人生奮志前進，攀登高山峻嶺。
風光多清俊，心境朗然清。
詩書怡我心靈，向學揮發剛勁。
心得入詩吟，養德無止境。
努力矢志追尋，叩求真理無垠。
大道務遵循，靈心有清映。

歲月清展風標

18年2月5日

歲月清展風標，流年記憶灑瀟。
叩道吾逍遙，萬里力訪造。
浮生風雨經飽，而今淡泊心竅。
情若蘭花草，素樸且雅騷。

人生百年飄渺，回首青春逝掉。
斑蒼漸顯老，應當開懷笑。
神恩自是豐饒，靈程努力奮跑。
力勝魔敵妖，天國是終標。

心境何其灑瀟 18年2月5日

心境何其灑瀟，品茗意態清高。
窗外春陽照，散坐思如潮。
冬已辭去緲緲，春來姍姍正好。
向陽持心竅，質樸又豐饒。
叩道心得條條，裁心哦詩雅巧。
情懷若芳草，春來展風標。
歲月無限娟好，風雨點綴美妙。
努力奮前道，風光堪飽瞧。

意念清空清空 18年2月5日

意念清空清空，灑脫是我襟胸。
流雲任飛動，春來正從容。
心境與誰相同？歲月賜人饒豐。
感謝神恩洪，靈程步彩虹。
步履不必匆匆，心靈定當為重。
名利有何功，正義最為重。
嚮往跨鶴乘風，飛向雲霄九重。
脫出塵凡庸，飄逸若雲風。

創化無窮 18年2月5日

創化無窮，神恩正恢弘。
春來情萌，新詩不停誦。
歲月從容，春來有情鍾。
淡靄濛濛，朝日燦無窮。
散坐思動，愜聽鳥鳴頌。
品茗之中，意興嫋無窮。
志取長虹，乘春有鼓動。
努力行動，風光在險峰。

春陽恣意展 18年2月5日

春陽恣意展，衝破冷寒。
窗戶猶閉關，心事雅安。
心曲騁浪漫，志在霄漢。
紅塵名利案，害人非凡。
努力作好漢，水雲胸展。
誓脫出庸凡，壯懷堪看。
人生百年展，秋春遞換。
桑滄任變幻，質樸心坎。

煙雨只是尋常 18年2月5日

煙雨只是尋常，人生衝決艱蒼。
困難不為障，努力騁頑強。
春來情志又漲，心共春風同揚。
歲月自芬芳，啞然笑斑蒼。
人生如花之放，青春已成過往。
心境持慨慷，男兒當豪強。
前路風光清靚，山水鬱積清蒼。
奮志迎難上，千關可克光。

不懼人已斑蒼 18年2月5日

不懼人已斑蒼，清真是我所向。
風險敢於嘗，雄心共春漲。
歲月綿綿茫茫，五十三年瞬間。
不必多悵惘，前路盡力闖。
山高水深何妨，我有志如鐵鋼。
飛翔恆向上，雲帆萬里航。
胸襟坦坦蕩蕩，宇宙盡都包藏。
叩道是志向，正直品端方。

天氣朗晴 18年2月5日

天氣朗晴，爛漫我身心。
春已來臨，會當碧芳景。
浩志凌雲，身心都清俊。
男兒剛勁，奮發萬里行。
不圖利名，不計較清貧。
平正持心，共緣去旅行。
人生陰晴，不過是常尋。
努力前行，踏遍山水清。

心事雅清 18年2月5日

心事雅清，容我曠舒情。
春來風景，東風最先行。
陽光燦映，淡靄遠方凝。
歲月進行，故事演不停。
紅塵紛紜，徒騁利與名。
務使清心，潔淨似白雲。

心意爽清，無機且朗晴。
新詩閑吟，壯懷且空靈。

歲月多情

18年2月5日

歲月多情，蒼了顏與鬢。
人生情景，悟道持空靈。
春初來臨，陽和是情景。
心事閑勻，裁詩哦不停。
奮辟新境，創化展才情。
胸襟凌雲，永遠向前進。
男兒豪俊，傲立若鬆勁。
關山風景，飽覽彼雄清。

第五十九卷《大同集》

歲月清展朦朧 18年2月5日

歲月清展朦朧，人生不畏險重。
度過關千重，壯麗是心胸。
春來步履從容，清喜煦日當空。
心中快慰重，慨然曠哦諷。
中心嚮往大同，世界渾然一共。
壯志燦如虹，踏實去行動。
前路施展奮勇，緣到必然成功。
苦痛須拋空，氣概瀰宇穹。

人生又沐春風 18年2月5日

人生又沐春風，心情有點激動。
散步夕陽中，撲面是清風。
坦蕩清持心中，斑蒼任其重濃。
步履行穩重，世態一覽中。
瑰麗是我襟胸，奮發跨越宇穹。
深入彼星空，探索奧祕蹤。
百年生死匆匆，靈程堅貞是從。
男兒持勇猛，克敵勝魔凶。

夕照此際輝煌 18年2月5日

夕照此際輝煌，春風吹拂人間。
春節數日間，喜氣盈寰壤。
心興盡都舒放，小哦我的詩章。
激情於中彰，心態有顯揚。
歲月安度平康，感謝神恩豐穰。
抓緊彼時間，發熱發光芒。
雖然日漸老蒼，心志沉穩非常。
努力叩道藏，問學晨昏間。

朝霞東方 18年2月6日

朝霞東方，紅旭行將上。
冷寒猶猖，春禽在啼唱。
心興未央，雅將新詩唱。
春來人間，情懷何其暢。
努力向上，百年存漫浪。
寶貴時間，一似水流殤。
不懼老蒼，鼓力向前闖。
關山萬幢，振翅曠飛翔。

地凍並且天寒 18年2月6日

地凍並且天寒，清喜春陽開展。
心懷持浪漫，欣聽野禽喊。
心曲向誰傾談？孤旅獨自征戰。
有時覺孤單，有時情瀰漫。
奮力去作好漢，征服萬水千山。
詩書晨昏展，哦唱吐心瀾。
紅塵名利翻翻，幾人慧盈心坎？
叩道不畏難，書山矢登攀。

燦然是我心境 18年2月6日

燦然是我心境，雅將詩歌哦吟。
冷寒不要緊，春天已來臨。
朝日清灑光明，藍天青碧朗俊。
喜鵲喳喳鳴，生活堪謳吟。
未可老我身心，煥發濟世才情。
努力去追尋，正氣盈心襟。
奮發剛武雄心，叩道不辭艱辛。
苦難不要緊，前景大光明。

天氣猶然冷寒 18年2月6日

天氣猶然冷寒，孟春情緒開展。
心情懷浪漫，仰看天青藍。
生活無限揚帆，心胸安祥平坦。
過往多苦難，無愧是心坎。
努力前路奮戰，力克魔敵綁纏。
曠飛向天漢，紅塵不回看。
靈程努力飛返，天國家園祥安。
神恩無限展，聖徒凱歌還。

人生奮發向上

18年2月6日

人生奮發向上，欣喜煦日春陽。
襟懷灑脫間，新詩脫口唱。
藍天青碧無恙，小鳥盡情歌唱。
和平盈寰壤，黎民樂安康。
不必嗟我斑蒼，不負韶華一場。
努力騁頑強，叩道吾奔放。
前路山高水長，定志千關競闖。
紅塵非故鄉，百年存漫浪。

心情共春滋長

18年2月6日

心情共春滋長，人生未許孟浪。
堅定且頑強，男兒騁豪放。
紅塵任其攘攘，名利非我意向。
詩書沉潛間，矢將道尋訪。
人生不算久長，我已斑蒼之間。
努力矢向上，曠飛無極限。
笑容從心展放，生活平安和祥。
神恩總無恙，思此熱淚淌。

人生激發慨慷

18年2月6日

人生激發慨慷，心情曠意飛揚。
時光勿費浪，攻書晨昏間。
平生苦痛飽嘗，心懷光明太陽。
幽暗必褪光，真理徹人間。
歲月綿綿茫茫，回首不必感傷。
浮生寄居間，百年幻滄桑。
努力靈程奮闖，淨化靈魂無疆。
持正不孟浪，力克邪與奸。

笑容從心綻放

18年2月6日

笑容從心綻放，春又來到人間。
心志騁清昂，努力書華章。
人生不再迷茫，定志天國方向。
叩道吾奔放，履艱一笑間。
陰晴一任其放，風雨無妨揚長。
風光堪飽賞，流年是畫廊。
不必惜我斑蒼，青春銘於心間。
客旅百年蒼，彈指一笑曠。

潔淨是我心腸

18年2月6日

潔淨是我心腸，豈肯沾惹汙髒。
向陽奮飛翔，濟世盡力量。
不嗟平生苦艱，不必計較過往。
人生奮向上，萬里無止疆。
心情共春同長，情芽清新綻芳。
紅塵客旅間，努力去闖蕩。
一任緣落緣漲，笑意如花之放。
快慰持心間，神賜我安祥。

東風浩蕩

18年2月6日

東風浩蕩，微帶薄寒涼。
春意舒暢，藍天灑煦陽。
心志昂揚，我欲騰雲上。
高遠遐方，寄託我理想。
塵世艱蒼，苦難是尋常。
傲立強剛，我是好兒郎。
神恩無恙，總賜我康強。
奮發向上，人生有力量。

歲月清展逍遙

18年2月6日

歲月清展逍遙，人生百年迢迢。
半百已經拋，又迎孟春到。
喜悅從心而繞，闔家康樂安好。
神恩賜豐饒，生活節節高。
向前大力奔跑，越過山水豐標。
風光堪賞瞧，心興比雲高。
風雨任其傾拋，堅貞是我信條。
持正不稍傲，俊骨撐天高。

人生應當開懷笑

18年2月6日

人生應當開懷笑，春已來到，
春已來到，冬日逝去不見了。
清喜煦陽當頭照，東風清瀟，
東風清瀟，散步心興何其高。
喜迎春節即將到，闔家安好，
闔家安好，歲月清度樂逍遙。
神恩千萬莫忘了，賜福豐饒，
賜福豐饒，靈程奮志曠揚飆。

人生何地不灑瀟

18年2月6日

人生何地不灑瀟，容我笑傲，
容我笑傲，名利拋去心襟俏。

孟春冷寒漸漸消，煦日高照，
煦日高照，東風行將碧柳條。
野禽暢意歡聲叫，心情忒好，
心情忒好，大千世界樂逍遙。
紅塵寄居胡不好，展我風標，
展我風標，叩道問學怡情竅。

暢意晴空

18年2月7日

暢意晴空，東風清吹送。
心境清空，共緣去行動。
人生雨風，回味是深重。
努力前衝，山水正渾雄。
百年如夢，不必淚雙湧。
志取長虹，七彩耀心中。
神恩恢弘，思此有感動。
傲立挺胸，靈程矢克凶。

心志未許蕭涼

18年2月7日

心志未許蕭涼，東風正吹清曠。
春意在增長，況值天晴朗。
向陽心態榮芳，老當益壯應當。
奮志之所向，萬里無止疆。
征程一任莽蒼，風雨雷電尋常。
英武持心膛，傷痛何所妨。
男兒一生要強，不為名利瘋狂。
淡蕩之襟腸，眼目俱清亮。

喜鵲鳴聲高

18年2月8日

喜鵲鳴聲高，喜氣盈抱。
欣喜春來到，晴日高照。
歲月展豐饒，情懷娟好。
冷寒猶然峭，無妨襟抱。
哦詩吐灑瀟，不懼蒼老。
人生奮志跑，邁越險道。
風雨任艱饒，心態良好。
努力曠揚飆，摩雲遙逍。

春靄浮漾

18年2月8日

春靄浮漾，喜鵲連聲鳴。
心中高興，雅將新詩吟。
孟春情景，冷寒猶然勁。
清喜朗晴，朝日灑光明。
歲月進行，蒼老不要緊。
貴在心靈，持正奮凌雲。
人生艱境，不必淚雙零。
神恩無垠，導引路康平。

感謝天父宏恩

18年2月8日

感謝天父宏恩，一年順遂豐登。
窗外又起春風，頌贊謳詩從胸。
感謝天父宏恩，導引靈程歷程。
不懼試探艱深，凱歌響徹雲層。
感謝天父宏恩，中心熱浪奔騰。
引我脫出困城，光明鋪滿前程。
感謝天父宏恩，闔家平安妥穩。
努力奮走靈程，矢志歸回天城。

朗日高照

18年2月8日

朗日高照，春禽啼其巧。
心情雅好，品茗意態逍。
人生懷抱，春來又放高。
關山險道，征服路迢迢。
鴻福高照，神恩賜豐饒。
不走險道，平正持心竅。
名利全拋，剩有清貧好。
詩書笑傲，我是好男兒。

爽然是懷抱

18年2月8日

爽然是懷抱，春風灑瀟。
啼鳥宛轉俏，晴和天表。
散坐思遙逍，情兒飛飄。
嚮往萬里遙，天涯訪造。
人生不服老，奮志剛傲。
努力矢叩道，探尋祕寶。
心得入詩稿，展我風標。
紅塵任喧囂，不入歧道。

又見夕陽

18年2月8日

又見夕陽，黃昏清展無恙。
心志蒼茫，情意共春同漲。
淡靄遠方，清風吹拂揚長。
和平寰壤，熙熙向榮景象。

人生昂揚，努力騁我茁壯。
向陽心腸，熾熱閃射光芒。
煙雨塵間，心事未可迷茫。
努力向上，叩道濟世奔放。

佇對暮煙蒼蒼

18年2月8日

佇對暮煙蒼蒼，心中感興茫茫。
春來不覺間，惜我已斑蒼。
依然奮志強剛，依然情懷茁壯。
依然嚮往飛翔，依然志在遠方。
歲月綿綿長長，人生百年瞬間。
回首待細望，煙雨鎖蒼黃。
春風盡情舒放，冷寒不會久長。
應當騁奔放，不負好韶光。

華燈已經點上

18年2月8日

華燈已經點上，霓虹閃爍非常。
心志難言講，春來覺孤悵。
半百生涯闖蕩，而今淡泊安祥。
回思這過往，熱淚有盈眶。
歲月綿綿有芳，流年記憶淡香。
而今雖老蒼，意志勝鐵鋼。
春來情志開張，擁抱大千廣長。
努力騁奔放，散發心之光。

四圍平靜安祥

18年2月8日

四圍平靜安祥，萬家燈火盛旺。
心情不緊張，興致有清漲。
春已來到人間，希望持在心間。
萬物待生長，百草將綻芳。
世事如水流殤，紅塵故事無疆。
不必嗟斑蒼，未許稍頹唐。
努力騁志向上，高遠對準天堂。
叩道覓玄藏，濟世盡力量。

祥和籠罩寰間

18年2月8日

祥和籠罩寰間，春節數日之間。
喜氣在增長，春風正鼓蕩。
清喜闔家安康，父母身心健旺。
神恩真無恙，頌贊自心膛。
努力清展昂揚，人生邁越無疆。
名利徒欺誑，叩道吾清揚。
嚮往大同之邦，嚮往公義通暢。
正氣當發揚，道德力推廣。

春來心志開張

18年2月8日

春來心志開張，情懷與風同暢。
欣喜持心間，盡興謳詩章。
雖然冷寒猶猖，中心時有熱浪。
希望在遐方，奮發去闖蕩。
不懼山水艱蒼，不懼虎狼兇狂。
提刀努力闖，神賜我力量。
還我清平寰壤，正氣務當發揚。
世界是神創，魔敵必敗亡。

天氣冷寒之間

18年2月9日

天氣冷寒之間，今夜又下嚴霜。
朝日白而蒼，心志騁清昂。
奮發心靈力量，矢將真理尋訪。
男兒當慨慷，傲立若山壯。
春意漸漸滋長，心芽共春同放。
希望在前方，努力矢向上。
一生坦坦蕩蕩，養德修心無恙。
正直持心腸，眼目就清亮。

曾履苦痛憂傷

18年2月9日

曾履苦痛憂傷，命懸一線之上。
神恩總無量，賜我以康強。
此生蒙神恩光，奮飛對準天堂。
濟世盡力量，作鹽又作光。
力克魔敵險奸，勝利必然在望。
凱歌徹雲響，聖徒喜洋洋。
前路不再迷茫，南針已定方向。
大同是要綱，文明永向上。

邁步人生平康

18年2月9日

邁步人生平康，總賴神恩豐穰。
喜迎春節間，神恩銘心膛。
向神將心獻上，前路奮發頑強。
文明蒸蒸日上，大同必締強剛。
心興升起萬丈，春來我心奔放。
冷寒雖然彰，生機將茁壯。

歲月淡然有芳，生活從心品嘗。
歡呼應無限，謳神盡力量。

笑對乾坤風浪

18年2月9日

笑對乾坤風浪，我志更加頑強。
人生奮向上，克盡千重艱。
正值孟春之間，天氣冷寒猶彰。
散坐思無限，心潮起卓浪。
秉持向陽心腸，人生不稍頹唐。
奉獻我力量，濟世發光芒。
紅塵徒然攘攘，眾生陷入迷茫。
叩道吾清揚，靈程曠飛翔。

天氣陰晴不定

18年2月9日

天氣陰晴不定，春光還未顯明。
散坐思紛紜，品茗雅意清。
歲月體盡康平，苦難成為浮雲。
紅塵吾多辛，奮志卻凌雲。
向上我要飛鳴，去覓山水勝境。
水雲持中心，名利未許縈。
半世銷逝無影，我已蒼蒼斑鬢。
一笑還朗清，逸意盈胸襟。

歲月菲菲芳芳

18年2月9日

歲月菲菲芳芳，又值孟春之間。
冷寒一任放，心情已飛揚。
春節數日之間，我心歡樂安祥。
神恩感心間，頌贊脫口唱。
祈求福分下降，鴻恩來自天堂。
和平這寰壤，黎民樂平康。
曾經履度艱蒼，心中百孔千創。
感謝神恩壯，賜我心剛強。

紅塵一夢

18年2月10日

紅塵一夢，醒來發覺已成翁。
依然情鍾，水雲深處寄襟胸。
春夜之中，三更聽得犬吠猛。
哦詩從容，短章舒出我情濃。
雨雨風風，回首人生持凝重。
淡持笑容，困苦之中神恩洪。
曠志當諷，山水前路風光濃。
矢志飆風，我有浩志雲霄中。

正值孟春

18年2月10日

正值孟春，冷寒猶甚，
朗哦心身，不由回憶我青春。
往事紛紛，幻化成陣，
未許淚奔，已是斑蒼何必論。
奮履前程，山高水深，
展翅飛騰，萬里風雲快心身。
大千紅塵，顛倒眾生，
失陷沉淪，名利害人何囂甚。

遠處鞭炮聲聲

18年2月10日

遠處鞭炮聲聲，振奮余之精神。
陽光蒼白清逞，孟春冷寒正甚。
心志渺渺難論，奮走大千紅塵。
苦痛曾使心疼，此際心境和溫。
感謝天父宏恩，導引人生歷程。
頌贊脫口而呈，奉獻我的精誠。
前路不懼艱深，靈程風景雄渾。
努力淨化靈魂，聖潔清度人生。

此際天又陰沉

18年2月10日

此際天又陰沉，品茗心境雅芬。
窗外鞭炮聲聲，振奮余之精神。
人生不停馳騁，旅途山高水深。
衝破煙雨成陣，終有朗日和溫。
歲月不斷進深，惜我斑蒼漸逞。
心志依然清純，保有天良天真。
耕心不懼艱深，叩道矢探險程。
哦詩熱情繽紛，奉獻自我精誠。

心潮此際洶湧

18年2月10日

心潮此際洶湧，壯志燦爛如虹。
人生奮力行動，汗水澆出收豐。
歲月綿綿不窮，人卻易老龍鍾。
時光珍惜心中，詩書晨昏哦諷。
七彩閃耀襟胸，矢志脫出凡庸。
不為名利所動，要在叩道從容。
春來氣宇恢弘，放飛心靈雲中。
遐方風景瑰雄，定志沐雨穿風。

心志百煉成鋼 18年2月10日

心志百煉成鋼，人生已近夕陽。
努力散輝光，濟世盡力量。
春來情又鼓蕩，嚮往欣欣景象。
人生不迷茫，奮志在遐方。
天陰何所之妨，奮發男兒剛強。
展眼這天蒼，志取彼鬆岡。
窗外鞭炮又響，春節來臨即將。
喜氣盈寰壤，吾心大奔放。

人生奮志疆場 18年2月10日

人生奮志疆場，不屈不撓頑強。
努力叩道藏，不懼老來訪。
五十三年瞬間，回首煙霧茫茫。
依然長瞻望，希冀在前方。
耕心不懼艱蒼，問學勤奮無恙。
哦詩舒襟房，時懷彼激昂。
春意漸漸滋長，冷寒不會久長。
心懷放飛間，情芽待茁壯。

陽光又放 18年2月10日

陽光又放，春意漸滋長。
喜在心膛，春節喜迎間。
一年回放，神恩感襟房。
頌贊獻上，感謝佑深廣。
歲月平章，流年煙雲漾。
努力前方，山水正麗壯。
奮發陽剛，男兒氣萬丈。
矢志闖蕩，曠飛無止疆。

第六十卷《陽和集》

陽和持在心間
18年2月10日

陽和持在心間，人生百倍情長。
春來氣昂藏，冷寒一任放。
希望恆在人間，春風又復吹蕩。
樂將詩謳唱，頌贊出襟房。
冬天已成過往，人卻漸漸老蒼。
一笑還爽朗，情志共風揚。
歲月流變無恙，履度塵緣茫茫。
努力騁奔放，時光勿費浪。

心志浩起茫茫
18年2月10日

心志浩起茫茫，雅將生活謳唱。
神恩正廣長，思此心潮漲。
歲月淡淡有芳，風雨成為過往。
春已來人間，心花都開放。
紅塵無比狂蕩，幾人清貞心腸？
努力奮志向，救世騁昂揚。
冉冉歲華增長，我已斑蒼之間。
率興哦詩章，情懷廣無恙。

天氣陰晴不定
18年2月10日

天氣陰晴不定，春來頗有心情。
幾杯芳綠茗，添我詩意境。
歲月曠飛進行，斑蒼衰老漸臨。
應當心朗晴，開懷笑口盈。
人生常遇陰晴，風雨雷電常尋。
跌倒不要緊，天上有神明。
努力煥發雄心，奮發男兒剛勁。
春天已來臨，曠志出層雲。

品茗清芳
18年2月10日

品茗清芳，意氣揚長，
春來情志都開敞，哦詩熱情奔放。
人生向上，不折奮闖，
關山雄渾秀麗間，容我攀越險艱。
生涯回放，苦旅艱蒼，
不必介意桑與滄，而今苦盡甘嘗。
神恩無限，妙賜靈糧，
天意深處費思量，叩道一生昂揚。

心志不取狂猖
18年2月10日

心志不取狂猖，謙守正直情腸。
春來情思揚，欣欣向榮間。
芳華漸次凋喪，惜我年已斑蒼。
胸襟原疏狂，名利矢棄放。
詩書生涯清芳，一生覓取慧藏。
眼目俱清亮，謳詩亦昂揚。
歲月淡蕩流淌，百度秋春瞬間。
努力奮飛翔，境界拓無限。

淡淡定定之間
18年2月10日

淡淡定定之間，流年逝去無恙。
情共春同長，思隨風流暢。
雅將新詩哦唱，舒出一種激昂。
人生懷意向，救世鐵肩扛。
半世苦旅艱蒼，血淚涓涓流淌。
瀕死復活間，神恩廣無量。
盡我全部力量，發熱發光奔放。
百年豈悲壯，大同踐理想。

此生已近夕陽
18年2月10日

此生已近夕陽，情若光明太陽。
時光貴無限，點滴勿費浪。
五十三年瞬間，過往凝入眉間。
雄心猶健壯，體道吾強剛。
不懼世道危艱，不懼惡狼兇狂。
男兒攜刀槍，克敵吾清揚。
紅塵混茫之間，幾人智慧飽嘗？
矢志叩道藏，尋覓彼靈糧。

闔家喜氣洋洋

18年2月10日

闔家喜氣洋洋，安祥歡度時光。
神恩銘心膛，頌贊盡力量。
流年荏苒飛翔，秋春轉換匆忙。
春意正滋長，吾心多歡暢。
喜迎春節之間，笑語歡聲溢洋。
生活從心賞，樂康瀰滿堂。
祈求神恩豐穰，祝福人壽年康。
芝麻開花長，節節升無限。

我心切慕白雲

18年2月10日

我心切慕白雲，自由自在飛行。
飽覽彼風景，萬里騁意境。
春來心志殷殷，滋長是我心情。
斜陽正清映，冷寒不要緊。
歲月曠飛無垠，吾已不復英俊。
疏朗是心情，遇事多鎮定。
此生不求利名，詩書晨昏哦吟。
詩書盈心襟，坦蕩是性靈。

夕照閃射餘光

18年2月10日

夕照閃射餘光，心中感慨升上。
小哦詩章，裁出心向，
人生共春情生長。
歲月淡泊平康，流年如水流殤。
我已斑蒼，率意昂揚，
一種情緒正高漲。
大千正氣必然彰，向陽是我之襟腸。
紅塵攘攘，心懷清向，
水雲從未忘心間。
清貧無妨我揚長，努力奮志叩道藏。
心得馨芳，縱情謳唱，
神恩從來是豐穰。

斜陽此際在望

18年2月10日

斜陽此際在望，閃射清新光芒。
市井復熙攘，春意在滋長。
歲月品味悠閒，不必驚彼風浪。
優游塵世間，未許稍孟浪。
耕心原也揚長，向陽心態清芳。
質樸持心房，實幹汗水淌。
大話不宜空講，春來幹勁倍漲。
努力騁昂揚，恢弘待造創。

又值夕陽昏黃

18年2月10日

又值夕陽昏黃，寫詩打開燈光。
流年演無恙，孟春正值間。
塵世履度桑滄，心疤未可遺忘。
奮志當慨慷，男兒騁激昂。
百年漫漫久長，斑蒼無妨揚長。
紅塵任起浪，不再驚心腸。
闔家安穩平康，清貧正氣軒昂。
情懷舒奔放，思共春風揚。

暮煙清漲

18年2月10日

暮煙清漲，宿鳥歸航，
華燈漸上，一片繁榮之景象。
散步徜徉，冷風猶狂，
心態安祥，孟春情思有滋長。
百草待芳，柳芽待長，
生機潛藏，行將茁壯田野間。
人和天暢，春節即將，
喜盈心腸，爽懷雅哦新詩行。

夜黑華燈燦亮

18年2月10日

夜黑華燈燦亮，心燈閃爍襟房。
人生不迷航，奮力向前闖。
已履關山萬幢，迎來斑蒼揚長。
世事飽覽間，心曲入詩唱。
歲月任幻蒼涼，中心不懷孤悵。
神恩廣且長，療治我心傷。
努力靈程飛翔，克盡心魔汙髒。
勝利啟歸航，天國永安祥。

晴日高照

18年2月11日

晴日高照，冷寒一任峭。
春已來到，行將碧芳草。
我意輕飄，嚮往萬里遙。
人生奔跑，山水歷迢迢。
五十三了，斑蒼漸顯老。
依然笑傲，正直展風標。

前路晴好，收穫冀豐饒。
陽關大道，盡情策馬跑。

心志燦如彩虹

18年2月11日

心志燦如彩虹，七彩閃耀長空。
春來意態雄，東風正吹送。
歲月荏苒從容，斑蒼無妨情濃。
奮發剛與勇，努力矢前衝。
大千曠舞東風，萬物生機待萌。
高興持心中，哦詩舒清空。
人生百年非夢，業績可創恢弘。
叩道識窮通，圓明悟襟胸。

清喜天日朗晴

18年2月11日

清喜天日朗晴，東風吹舞盡興。
吾意多奮興，春來喜盈襟。
歲月坦蕩均平，過往化為煙雲。
努力向前進，風光覽無垠。
心靈體道剛勁，奮發英武雄俊。
志向曠凌雲，前路破雨行。
不必計較斑鬢，男兒騁志橫行。
天高鳥飛鳴，自由最開心。

煥發勃然心襟

18年2月11日

煥發勃然心襟，春來我意多情。
小鳥嬌嬌鳴，東風舞清新。
過往不必經心，要在瞻望前景。
關山萬里雲，召喚我前行。
紅塵自是殷殷，不許豺狼橫行。
提刀吾前進，英武且剛勁。
叩道不辭清貧，正義清持胸心。
奮志當凌雲，九霄好風景。

寫意東風浩蕩

18年2月11日

寫意東風浩蕩，振奮余之心腸。
煦煦是春陽，灑然吾奔放。
樂將生活品嘗，五味雜陳襟間。
神恩賜無量，生活有指望。
希冀前路平康，縱有雨狂何妨。
定志靈程闖，叩道吾清揚。
歲月流逝飛翔，變幻紅塵桑滄。
爽然持心間，哦詩舒揚長。

心緒莽莽蒼蒼

18年2月11日

心緒莽莽蒼蒼，春來情意舒長。
風起正清曠，散步意興揚。
人生得意莫狂，清貞守我心腸。
紅塵是攘攘，名利殺人狂。
正義清持襟房，向上盡我力量。
力鬥虎與狼，世界是神創。
詩書笑傲揚長，清貧一生何妨。
要在志剛強，矢志叩道藏。

夕陽朗然在望

18年2月11日

夕陽朗然在望，窗外風聲正狂。
春意在滋長，吾心喜洋洋。
笑意從心綻放，流年歲月有芳。
神恩真無量，頌贊出心膛。
珍惜點滴時光，我已漸顯斑蒼。
奮志之所往，一馬躍無疆。
努力耕心向上，書山攀越無恙。
心得當有香，詩章請君嘗。

紅塵原有多情種

18年2月11日

紅塵原有多情種，氣吐長虹。
氣吐長虹，奮志凌雲莫可窮。
歲月清度當從容，曠我心胸。
曠我心胸，人生從來持凝重。
春來氣象堪形容，暢意東風。
暢意東風，萬物生機待吐萌。
矢志奮發向前衝，關山重重。
關山重重，男兒當展英與勇。

人生不宜張揚

18年2月11日

人生不宜張揚，德操何妨深藏。
一如幽蘭香，一如梅之芳。
歲月盡心品嘗，順逆共緣飛揚。
苦旅曾艱蒼，唯賴神恩壯。
紅塵幻化之鄉，浪漫清持心間。
春來情志漲，願學鳥飛翔。
喜鵲鳴於枝上，東風恣意吹狂。
心中曠晴朗，向上奮志向。

暮煙籠罩蒼蒼 18年2月11日

暮煙籠罩蒼蒼，冷風吹擊囂猖。
心志騁清昂，散步吾悠揚。
人生不必匆忙，應許定定當當。
名利當棄放，真理力尋訪。
正直清持心間，胸襟內蘊深藏。
向上盡力量，一生舒慨慷。
笑意從心浮上，情意淡泊之間。
無機持襟房，哦詩展奔放。

心志曠持輕鬆 18年2月11日

心志曠持輕鬆，人生矢脫凡庸。
衝決險重重，業績創恢弘。
名利於我何功，叩道履盡雨風。
矢志往前衝，跌倒任傷痛。
世界沉淪之中，眾生陷入迷蒙。
心燈燦無窮，燭照前路永。
奮發胸襟如虹，書生意氣豪勇。
百年不是夢，燦爛輝煌中。

春夜微覺愁悵 18年2月11日

春夜微覺愁悵，不知是為哪樁。
歲月荏苒翔，孤身獨自闖。
知音果在何方？尋覓半生良長。
苦旅生涯壯，淚水不輕淌。
男兒是有豪剛，奮發威武氣象。
名利棄又抗，清貧吾安祥。
春夜冷寒之間，燈下獨自思想。
感興嗟茫茫，誰慰余心腸？

窗外燦放華燈 18年2月11日

窗外燦放華燈，只是春夜清冷。
神恩感心身，頌神獻真誠。
人生奮力馳騁，叩道風雨兼程。
秉持是心燈，燭照夜旅程。
努力振奮精神，百年靈程奮身。
艱險不足論，感沛神之恩。
求神賜福豐盛，前旅一路平順。
風光盡溫存，克敵必制勝。

淡泊流年之中 18年2月12日

淡泊流年之中，一年一度春風。
冷寒猶然重，天晴朝暉送。
人生履歷雨風，贏得快慰重濃。
不計傷與痛，奮力向前衝。
前路山高水重，容我摩雲奮勇。
振翼雲霄中，心志共雲風。
紅塵大千如夢，不必心久疼痛。
神恩大且洪，靈程引領中。

愛此燦爛晴空 18年2月12日

愛此燦爛晴空，朝暉清新灑送。
春寒雖濃重，行將碧草叢。
歲月清度從容，笑我一生平庸。
努力向前衝，無畏是襟胸。
男兒豈是孬種，名利究有何功。
百年太匆匆，桑滄幻化濃。
唯賴神恩恢弘，導引靈程奮衝。
有路步彩虹，直指天國中。

品茗添我意興 18年2月12日

品茗添我意興，人生小有才情。
新詩脫口吟，歲月值春臨。
心志曠持殷殷，嚮往碧野芳景。
希望持中心，前途大光明。
過往已成煙雲，對鏡笑我斑鬢。
闔家是康平，生活亦溫馨。
小鳥吱吱曠鳴，一使余意開心。
不必計利名，無機持心襟。

迎年氣氛漸濃 18年2月12日

迎年氣氛漸濃，快慰持在心中。
歲月逝如風，不必嗟深重。
窗外鞭炮又動，東方朝日正送。
冷寒猶濃重，品茗意從容。
舒出我的清空，哦詩熱情洶湧。
希望持心中，前路騁奮勇。
男兒合當豪雄，英武豈是孬種。
紅塵憩身中，百年不是夢。

灑脫襟胸 18年2月12日

灑脫襟胸，春來氣宇頗沉雄。
傲然剛猛，奮發萬里徑直衝。

不懼險重，我有志氣克魔凶。
步入彩虹，靈程有神燦無窮。
歲月如風，青春逝去斑蒼重。
一笑輕鬆，叩道已悟彼圓通。
質樸清空，心志不與世苟同。
獨立迎風，我欲長嘯震宇穹。

天氣頗為冷寒

18年2月12日

天氣頗為冷寒，清喜陽光開展。
喜氣盈心坎，春來情浪漫。
人生履度漫漫，風雨艱蒼坷坎。
不必回頭看，往事化煙曼。
流年驚心何堪，清心澄觀宇寰。
叩道不畏難，心志如花燦。
名利於我何干，清貧正氣浩然。
努力作好漢，傲立頂天站。

人生風雨征程

18年2月12日

人生風雨征程，又迎春風吹逞。
心志展繽紛，喜悅正不勝。
履歷風沙成陣，心痛心傷難論。
所賴神恩盛，導引脫苦程。
頌神讚美真誠，靈程努力奮身。
克敵必制勝，順利啟歸程。
紅塵不能久蹲，百年幻化秋春。
奮志在乾坤，不負此一生。

靈程曠志飛升

18年2月12日

靈程曠志飛升，心靈雅潔清芬。
感謝神之恩，清度此紅塵。
心志柔和清純，奮行愛的旅程。
名利勿足論，正氣充乾坤。
歲月演繹繽紛，孟春東風吹逞。
頌贊出心身，世界妙無倫。
小鳥清鳴聲聲，冷寒不會久存。
會當展陽春，萬物生機盛。

雅思此際橫縱

18年2月12日

雅思此際橫縱，春來心境清空。
奮發展剛勇，努力奮襟胸。
理想高遠無窮，腳踏實地從容。
不懼年近翁，正直曠如風。
紅塵名利洶湧，眾生沉淪困窮。
叩道識圓通，靈程吾奮勇。
山高水深雨風，男兒兼程直衝。
會當有彩虹，業績燦無窮。

心志淡守平常

18年2月12日

心志淡守平常，春來時有激蕩。
窗外灑煦陽，和暖這塵間。
歲月舒展奔放，情懷依舊張揚。
奮發矢向上，山高水又長。
人生不持孟浪，百年未許荒唐。
謹守我心房，努力騁強剛。

紅塵任其攘攘，清貞是我心向。
素樸之襟腸，哦詩展昂揚。

斜暉此際輝煌

18年2月12日

斜暉此際輝煌，心中燦然奔放。
煥發我心向，朗然哦詩章。
一片繁榮景象，市井迎年正忙。
歡快這寰壤，孟春喜洋洋。
慨然曠意揚長，人生道上激壯。
山水覽清廣，心境豁然張。
向上盡我力量，不可虛度時光。
學取彼陽光，熾熱正無限。

壯志合當凌雲

18年2月12日

壯志合當凌雲，春來氣象更新。
煥發我心襟，奮勇向前進。
人生不計苦辛，奮發剛武雄俊。
努力曠飛行，山水越無垠。
此際斜陽清映，窗外一片好景。
春節即將臨，黎民樂太平。
歲月奮然進行，不必笑我斑鬢。
心境猶可憑，一展吾雄英。

心志曠持空靈

18年2月12日

心志曠持空靈，哦詩展我熱情。
一似斜陽勁，一似春風清。
歲月遞變均平，只是老了蒼鬢。
人生奮前行，風光覽無盡。

紅塵囂囂不停，爭競不過利名。
何不清心靈，水雲憩胸襟。
散坐思放無垠，煥然獨自才情。
新詩脫口吟，舒出我性靈。

夕照燦爛輝煌

18年2月12日

夕照燦爛輝煌，心中百轉情長。
歲月多菲芳，流年美無恙。
春意漸漸滋長，春節數日將訪。
快慰持心間，慨然哦詩行。
人生感慨之間，不覺已是斑蒼。
笑容依然放，未可冷心腸。
東風曠舞吉祥，寰宇和平安康。
感謝神恩壯，我意舒揚長。

清喜闔家安康

18年2月12日

清喜闔家安康，幸福和氣吉祥。
神恩何其壯，感沛自心膛。
歲月流變無恙，又值孟春之間。
天氣正晴朗，爽風走清揚。
我自慨然謳唱，舒出心胸氣象。
人生合揚長，長驅萬里疆。
紅塵寄居之疆，天國唯一家邦。
永生樂無限，靈程努力闖。

情寄遼遠之鄉

18年2月12日

情寄遼遠之鄉，想學野鳥飛翔。
心志實難講，言明是莽蒼。
春來心境開張，慨然頗有氣象。
雄心倍加漲，奮發有力量。
人生一緣奔放，未可負卻韶光。
雖然已斑蒼，情懷依舊靚。
向上舒展昂揚，紅塵不是故鄉。
努力靈程闖，天國是標向。

第六十一卷《樸雅集》

欣此青碧天空 18年2月13日

欣此青碧天空，朝日清新灑送。
喜鵲鳴聲洪，開懷歡笑中。
春意正在孕萌，大千生機待動。
冷寒行匆匆，難阻春意濃。
曠我心襟靈動，賦詩一曲清空。
歲月度從容，不必計斑濃。
紅塵大千潮湧，名爭利奪何功。
應許清心胸，淡泊秋春中。

曠放是我心腸 18年2月13日

曠放是我心腸，熾熱好像太陽。
春來情志昂，耕心真不讓。
欣欣向榮景象，市井迎年正忙。
晴和是寰壤，萬民樂無上。
努力向前闖蕩，不懼山水莽蒼。
紅塵煙雨間，振翼獨遨翔。
歲月綿綿茫茫，回思百感難講。
應當向前望，風光秀無恙。

秉持純潔心靈 18年2月13日

秉持純潔心靈，人生奮力辟進。
山水越蒼勁，曠然持高興。
歲月遞變均勻，正值孟春情景。
清喜陽光俊，喜鵲高聲鳴。
清坐閑品芳茗，中心懷有激情。
春來展意興，勃勃生機盈。
向上我要矢進，叩道不懼艱辛。
紅塵是暫停，天國福無垠。

笑意從心綻放 18年2月13日

笑意從心綻放，生活充滿陽光。
神恩真無恙，暢飲彼瓊漿。
苦痛不必回放，鑄成自我剛強。
前路努力闖，境界辟無限。
春來意氣張揚，情與春風同暢。
清聽鳥鳴唱，悠品綠茗芳。
生活從心品嘗，歡樂自是無疆。
感恩盡力量，頌神謳奔放。

煥發我的心襟 18年2月13日

煥發我的心襟，合當奮志凌雲。
春來我高興，新詩哦不停。
煦陽灑在天頂，東風吹拂清新。
爽然是意境，努力奮前行。
不負韶華光陰，問學叩道辛勤。
我已漸斑鬢，不努力不行。
小鳥嬌嬌清鳴，闔家歡樂溫馨。
頌贊神恩盈，靈程神親引。

藹然是我心襟 18年2月13日

藹然是我心襟，閒雅清度光陰。
品味彼芳茗，新詩脫口吟。
時光不肯稍停，只是老我斑鬢。
奮發向前進，山水越無垠。
心中曠然高興，覽盡塵世煙雲。
孤旅不淒清，神恩盈心靈。
春來我心開屏，燦爛溢滿胸襟。
展眼天朗晴，時刻欲飛行。

心志廣遼 18年2月13日

心志廣遼，哦詩賦風騷。
東風蕩浩，行將碧芳草。
陽光朗照，心興正不了。
青碧天表，引我遐思遙。
情懷不老，春來又灑瀟。
歲月逝飄，引我開懷笑。
紅塵擾擾，鞭炮又鳴囂。
勿使稍躁，踏實奮前道。

浩蕩清走春風

18年2月13日

浩蕩清走春風，寰宇和氣融融。
欣賞此碧空，煦陽正灑送。
淡泊清持襟胸，春來意氣揚弘。
努力去行動，踏實求成功。
不為名利所動，叩道是我情鍾。
百年履匆匆，一似流雲動。
人生奮發剛雄，男兒豪情勁湧。
不懼艱蒼重，克險攀群峰。

心志勿使平庸

18年2月13日

心志勿使平庸，淡定傲立風中。
春意正在萌，乾坤正氣濃。
歲月曠展奮勇，人卻斑蒼重濃。
微微一笑中，往事付雲風。
不做多情之種，奮勉踏實從容。
誠懇持心中，矢將正氣弘。
努力奮發剛勇，一生清持中庸。
叩道任險重，山巔風景雄。

晴日高照

18年2月13日

晴日高照，心境復灑瀟。
朗然懷抱，曠欲共風跑。
人生風標，春來展雅騷。
哦詩良好，一吐情懷妙。
山高水遙，前路征迢迢。
不懼險要，展翅奮飛高。
春風吹瀟，和氣寰宇罩。
心情大好，頌贊神恩饒。

歲月娟好

18年2月13日

歲月娟好，春風吹灑瀟。
喜盈懷抱，哦詩亦妙巧。
煦陽高照，青天鳥飛高。
和平塵表，人民樂遙逍。
不取稍傲，謙和守心竅。
向學志高，晨昏撰詩稿。
闔家安好，神恩領豐標。
歡呼聲高，靈程曠揚飆。

清貧無妨心襟

18年2月13日

清貧無妨心襟，我有豪氣凌雲。
春來鼓幹勁，一似竹清挺。
歲月變幻均平，人卻漸迎老境。
一笑還朗清，浮生共緣行。
窗外東風正勁，陽和寰宇康平。
陽光多清俊，朗耀吾心靈。
前路風光無垠，我已下定決心。
濟世豈常尋，叩道履艱辛。

清新是我懷抱

18年2月13日

清新是我懷抱，況對斜陽朗照。
心懷分外好，熱情哦詩稿。
清貧卻也頗好，正直一生風標。
行旅奮提刀，斬殺豺當道。
歲月如花逝飄，不必嗟我蒼老。
東風吹正俏，孟春時節好。
喜鵲盡情鳴叫，迎年市場喧鬧。
生活步步高，喜盈我心竅。

落日清展夕照

18年2月13日

落日清展夕照，心事難言難表。
春來雅意騷，微悵襲心表。
人生奮志長跑，與誰攜手共道？
生涯多險道，誰慰余心竅？
百年清度遙逍，名利盡都棄掉。
真理力訪造，努力叩大道。
紅塵徒自擾擾，眾生爭競喧囂。
曠持清心竅，遁向水雲飄。

華燈燦然而放

18年2月13日

華燈燦然而放，春夜無比馨芳。
心志頗揚長，哦詩舒奔放。
喜迎新年之間，雅將生活品嘗。
闔家歡無恙，安祥瀰寰壤。
人生得意莫狂，努力矢志向上。
風雨任艱蒼，天終會晴朗。
此生屆半已殤，贏得斑蒼漸長。
一笑爽然間，清平意無上。

人生盡力馳騁

18年2月14日

人生盡力馳騁，又迎紅日東升。
心情喜不勝，春風正吹逞。

感謝天父宏恩，闔家生活平順。
努力奮前程，風光美不勝。
燦爛是此乾坤，春來生機待盛。
心境正馨溫，哦詩吐真誠。
清度幻化紅塵，未許心痛心疼。
笑意清新生，明媚是心身。

東風舒爽 18年2月14日

東風舒爽，心地喜洋洋。
況值晴朗，況對此煦陽。
野禽歡唱，孟春適無恙。
心興曠朗，哦詩亦激昂。
體味休閒，品茗心花放。
市井鬧嚷，歡快迎年忙。
笑我斑蒼，依然持疏狂。
奮志之向，萬里無止疆。

浴後清爽 18年2月14日

浴後清爽，斜陽奔放，
春風揚長，和藹此寰壤。
歲月平章，不計斑蒼，
意氣疏狂，朗哦南山章。
人生昂揚，萬里奮闖，
志在遠長，不為名利障。
笑意浮上，清品茗芳，
激發情腸，新詩舒清曠。

天陰何妨 18年2月14日

天陰何妨，情懷正舒暢。
闔家安康，神恩感無上。
春意舒揚，清風撲面翔。
喜盈心間，哦詩灑脫間。
流年奔放，賜我斑斑蒼。
曠懷揚長，情共春同長。
和平寰壤，春節即將訪。
壯志激昂，努力騁志向。

清喜喜鵲奏鳴 18年2月15日

清喜喜鵲奏鳴，除夕喜氣正盈。
快慰我心襟，東風吹正勁。
哦詩雅潔清新，捧出自我心境。
流年飛殷殷，不必計斑鬢。
大千紅塵清俊，一片和平康寧。
神恩真無垠，頌贊出胸襟。
春意滋長不停，孟春生機待行。
會當綻芳景，百草茂而青。

萬家燈火興旺 18年2月15日

萬家燈火興旺，歡聲笑語寰間。
佳節歡度間，除夕今正當。
感謝神恩奔放，賜福無比豐穰。
靈程努力闖，克敵勝萬場。
前路無比輝煌，燦爛如虹一樣。
不懼試探艱，凱歌徹雲間。

塵世不能久享，天國永恆之邦。
努力矢向上，對準天國航。

除夕夜晚熱鬧 18年2月15日

除夕夜晚熱鬧，煙花爆竹喧囂。
意興油然高，灑脫哦詩稿。
明天新春來到，求神賜福豐饒。
闔家都康好，坦平康莊道。
歲月流變飄渺，人卻漸漸蒼老。
心懷未可老，意氣發揚高。
窗外霓虹閃耀，燈下清坐思遙。
情懷若芳草，春來展風標。

一年一度春風勁 18年2月15日

一年一度春風勁，灑脫身心，
灑脫身心，欣喜除夕今日臨。
辭舊迎新煥心境，哦詩清新，
哦詩清新，吐出胸襟正凌雲。
流年飛逝多殷勤，笑意盈盈，
笑意盈盈，須將神恩銘在心。
展望前景吾歡慶，朗日太平，
朗日太平，努力奮發我雄英。

天陰無妨 18年2月15日

天陰無妨，除夕今正當。
喜盈心腸，雅將詩哦唱。
歲月平康，神恩大且壯。
心情舒暢，寰宇俱吉祥。

人生揚長，流年任逝放。
胸襟奔放，前景燦輝煌。
努力向上，時光貴無上。
履緣安祥，情共春茁壯。

心志曠如春風

18年2月15日

心志曠如春風，雅將新詩哦誦。
春來情思湧，歡暢除夕中。
流年光陰如風，我已斑蒼重濃。
一笑還清空，身心俱靈動。
輾轉浮生如夢，平生妙持中庸。
不肯妄行動，時到緣才通。
嚮往揚飆乘風，飽覽山水無窮。
意興何其濃，如虹繪長空。

人生不老

18年2月15日

人生不老，紅塵吾笑傲。
爽然懷抱，喜迎除夕到。
闔家安好，喜氣當頭罩。
東風吹渺，哦詩吐雅騷。
淡蕩情竅，春來又開了。
努力前道，山水堪飽瞧。
大千正好，神恩無限饒。
展我遙逍，逸意入雲霄。

浩蕩東風

18年2月15日

浩蕩東風，春意正顯萌。
朗日晴空，快我意和胸。
人生情鍾，是在山水雄。
歲月逝風，清度也從容。
曠志嫋風，去向萬里中。
襟懷誰同？孤旅不嗟痛。
雨雨風風，洗滌我心胸。
英雄奮勇，矢志鬥魔凶。

陽光和暢

18年2月15日

陽光和暢，白雲緩飄翔。
心志清昂，春風吹奔放。
品茗興上，閑將詩哦唱。
除夕正當，闔家喜洋洋。
和平寰壤，人民樂無恙。
悠度時光，敬祝富而康。
奮發向上，前路萬里長。
努力攀闖，山水覽揚長。

斜陽清俊

18年2月15日

斜陽清俊，心志奮殷殷。
熱鬧市井，除夕樂升平。
歲月進行，孟春東風勁。
大好寰景，小鳥鳴清新。
神恩無垠，闔家歡樂境。
奮發雄英，前路辟無盡。
紅塵多辛，應棄利與名。
悠揚心境，品茗曠意境。

雲淡風清

18年2月15日

雲淡風清，爽意盈心襟。
孟春情景，春節喜接迎。
奮志凌雲，乘春鼓幹勁。
身心何俊，男兒騁剛勁。
處變不驚，世事任風雲。
我欲騰雲，振翼入青冥。
紅塵辭屏，不入名利境。
秉持心靈，奮向天國行。

淡定浮生原無恨

18年2月15日

淡定浮生原無恨，爽我心身，
爽我心身，除夕朗日正清逞。
依然保有我天真，奮力馳騁，
奮力馳騁，山高水深任成陣。
紅塵由來是滾滾，凝聚精神，
凝聚精神，努力叩道且沉穩。
歲月曠放無止程，雅意清芬，
雅意清芬，浩蕩東風正吹盛。

心情歡暢

18年2月15日

心情歡暢，午後陽光灑俊朗。
闔家安康，除夕清度體和祥。
人生慨慷，曠對春風意氣揚。
努力為上，大好韶光勿費浪。
耕心無恙，哦詩已經萬多章。
書海遨翔，心得體會幾微間。

神恩飽嘗，靈程路上騁奔放。
萬里無疆，叩道用道兩揚長。

喜迎新年到

18年2月16日

喜迎新年到，子夜鞭炮何其囂。
心興真無二，雅哦新詩舒情抱。
瞻望前路道，春來氣宇何灑瀟。
關山風雲妙，會當步步邁逍遙。
懇求神恩罩，闔家喜福康樂好。
生活節節高，清度秋春暢懷抱。
人生多晴好，從此步上彩雲道。
業績輝煌造，秋收豐登笑語高。

歡樂升平

18年2月16日

今日春節，祥和寰宇，喜氣盈門；我父汪學榮先生年已八十有二周歲，母親孫秀蘭女士年已七十有九周歲，身心俱好，作為長子，我恭祝二老健康長壽，幸福快樂，萬事如意，福如東海，壽比南山！特賦短詩，以表心情。

歡樂升平，喜聽音樂心雅清。
春節今臨，海內喜氣正盈盈。
闔家歡馨，恭祝高堂松鶴齡。
奮發心襟，春來情志漲如雲。
努力前行，穿越山水曠無垠。
遐方風景，導引我心去追尋。
人生康平，神恩荷負我心靈。
當展雷霆，震醒世人昏睡心。

快意盈心身

18年2月16日

快意盈心身，新年啟征程。
努力奮馳騁，風光美不勝。
歲月值孟春，東風清吹盛。
感謝神之恩，闔家和康順。
哦詩吐清純，雅淨是心身。
叩道不畏深，慧光雙睛逞。
陽光灑和溫，芳草待滋生。
萬物生機盛，待看柳芽芬。

率意正清揚

18年2月16日

率意正清揚，天陰何妨。
閒談彼家常，歡樂洋洋。
生活如樂章，演奏奔放。
東風吹清昂，春節安康。
人逢喜氣爽，精神倍彰。
矢志共春揚，奮發向上。
不懼艱與蒼，耕心昂揚。
學海揚帆航，萬里無疆。

暢意浮生

18年2月16日

暢意浮生，春來心境馨溫。
灑脫心身，哦詩一吐清純。
窗外華燈，室內清坐安穩。
思緒繽紛，理想中心曠存。
努力前程，男兒合當奮身。
不懼艱深，叩道展我真誠。
歲月進深，心志未許沉淪。
大千紅塵，見證奮鬥歷程。

淡看窗外霓虹

18年2月16日

淡看窗外霓虹，心中氣勢如虹。
一生志恢弘，奮發詩書中。
人生慨慷從容，不負韶華如風。
努力秋春中，業績創如虹。
質樸清持心中，男兒合是情種。
春來有感動，哦詩亦清空。
神恩奔放無窮，思此我心感動。
頌贊脫口誦，感沛銘襟胸。

燈下清坐安祥

18年2月16日

燈下清坐安祥，時間流逝無恙。
春來氣昂藏，哦詩亦奔放。
心志共春鼓蕩，勃勃生機心間。
努力矢向上，刺雲摩青蒼。
紅塵暫憩之鄉，百年迅如瞬間。
韶光勿費浪，點滴珍惜間。
歲月匆匆流淌，惜我已是斑蒼。
不必回頭望，奮發向前闖。

祥和是此寰壤

18年2月16日

祥和是此寰壤，神恩無限豐穰。
靈程奮力闖，荷負神榮光。
此生不再迷茫，天國唯一標向。
名利俱欺誑，永生福無疆。

前路奮發圖強，力戰險惡豺狼。
神親指方向，雲霄徑直上。
半生已經逝殤，漸迎華髮飄揚。
心志不頹唐，盡力曠飛翔。

淡泊清持心中 18年2月16日

淡泊清持心中，名利究有何功。
情操水雲中，優雅似蘭叢。
平生不妄行動，春來心意又萌。
努力曠乘風，雲霄徑直衝。
男兒是有剛勇，一生豪雄如松。
克敵勝無窮，勝利接連踵。
靈程是有雨風，神恩燦爛恢弘。
導引我行蹤，歸回天國中。

歡樂宇間 18年2月16日

歡樂宇間，春節今正當。
喜氣洋洋，心花都開放。
人生舒揚，春風正鼓蕩。
生機心間，勃勃待生長。
瞻望前方，山水多雄壯。
展翅飛翔，高天何快暢。
闔家安康，笑語連踵放。
神恩無疆，頌贊出心房。

正月初一今正當 18年2月16日

正月初一今正當，喜氣盈寰壤。
寫詩盡興也舒揚，一展我心芳。
人生得意莫稍狂，謙和守心腸。
正氣從來都軒昂，春來更昂藏。
好漢豈是容易當，鐵膽當雄壯。
力戰魔敵騁強剛，豪情衝天昂。
勝利凱歌徹雲鄉，男兒曠無疆。
靈程徑直指天堂，希望在彼方。

第六十二卷《鋤雲集》

清夜無眠校詩章 18年2月17日

清夜無眠校詩章，五更時間，
五更時間，東方曙天尚未亮。
燈下清坐思激昂，春來奔放，
春來奔放，勿負大好之時光。
男兒持志在心間，努力舒揚，
努力舒揚，創造業績燦輝煌。
半百生涯已闖蕩，不計斑蒼，
不計斑蒼，老夫聊發少年狂。

紅旭東上霞光萬丈 18年2月17日

紅旭東上霞光萬丈，東風吹正寒涼。
春禽鼓唱心情歡暢，雅將新詩哦唱。
歲月奔放流年狂猖，奮志萬里無疆。
不計老蒼逸興清揚，雄心猶然清壯。
努力前方風雨兼闖，男兒如鐵似鋼。
傲立之間眼目清亮，叩道一生揚長。
彈指之間半世銷殤，油然一笑舒昂。
瞻望遐方風光無恙，引我矢志飛翔。

喜鵲歡快鳴東方 18年2月17日

喜鵲歡快鳴東方，喳喳歌唱，
喳喳歌唱，春來喜氣盈寰壤。
清喜漫天都晴朗，紅日東上，
紅日東上，暢意東風覺寒涼。
奮志豈止萬里疆，春來舒放，
春來舒放，男兒豪情衝萬丈。
努力晨昏詩書間，朗哦激昂，
朗哦激昂，天人大道矢叩訪。

雅將歲月平章 18年2月17日

雅將歲月平章，履盡險風惡浪。
而今得安康，身心喜洋洋。
神恩銘感襟房，努力奮發圖強。
靈程奮力翔，克盡魔阻擋。
前方山水雄壯，前方燦爛輝煌。
步履何堅壯，風雨兼程闖。
朝陽灑在心間，淡靄籠於遠方。
春意正滋長，心境倩無上。

寫意東風舒奔放 18年2月17日

寫意東風舒奔放，雅將詩唱，
雅將詩唱，舒出心中之激昂。
小鳥清新囀歌唱，激動心鄉，
激動心鄉，品茗更加意興漲。
春來煦日灑光芒，淡靄遠方，
淡靄遠方，引我情思漫漫長。
一年生活新開場，正月之間，
正月之間，長遠計劃謀周詳。

好情懷與誰相共 18年2月17日

好情懷與誰相共，暢意清對東風。
春意漸顯漸濃重，和煦朝日當空。
歲月奮行吾英勇，不畏惡浪險風。
生涯而今持凝重，心中淡雲清風。
努力前路步彩虹，矢志揚帆乘風。
快慰此際盈心胸，哦詩熱情洶湧。
百年生命不久永，時光珍惜珍重。
秋春清度吾朗誦，裁詩記錄心蹤。

清風曠意吹動 18年2月17日

清風曠意吹動，清風曠意吹動。
春來激情倍湧，哦詩誰能感動？
歲月正值春風，心中繪出彩虹。
步履當持凝重，前路萬里矢衝。
跨越山水無窮，飽覽風光瑰雄。
努力人生奮勇，業績矢創恢弘。
笑意溢出襟胸，孤旅不言傷痛。
展翅晴空之中，沐浴朗日清風。

清風浩蕩
18年2月17日

清風浩蕩，卵色天空正晴朗。
氣宇軒昂，人生振節吾哦唱。
春意人間，迎春花兒喜開放。
和煦塵壤，萬民頌贊神恩穰。
紅塵奔放，吾心豈為名利障。
清心之間，浩志雲霄天地曠。
小鳥鳴唱，欣快吾心真揚長。
展眼長望，天際春靄淡淡漾。

雅將新詩唱
18年2月17日

雅將新詩唱，心志激昂，
歲月流蕩，又值孟春東風曠。
天晴日正朗，喜在心間，
歡在眉上，闔家康樂福無上。
人生騁奔放，山水清蒼，
我意昂揚，踏遍青山意舒暢。
詩書沉潛間，晨昏哦唱，
秋春哦唱，舒出心中之慨慷。

心志曠展清俊
18年2月17日

心志曠展清俊，雅度流年光陰。
春來多奮興，哦詩亦不停。
眉目不再英俊，歲月老我斑鬢。
一笑還朗清，浩氣正淩雲。
欣此大好春景，迎春笑意盈盈。
東風多清勁，萬物正蘇醒。
遠處鞭炮又鳴，新年氣氛正殷。
鼓舞我身心，努力向前進。

愜意正芳春
18年2月17日

愜意正芳春，心事共誰論？
孤旅奮馳騁，山水邁雄渾。
小鳥清啼春，東風吹正盛。
紅塵濁浪滾，幾人秉清純？
濟世從頭論，人心須蘇震。
斬盡魔敵紛，朗朗是乾坤。
正氣須提振，切求神賜恩。
靈程努力奔，風光美不勝。

浩氣曠展凌雲
18年2月17日

浩氣曠展凌雲，人生不懼艱辛。
春來鼓幹勁，乘風雲霄行。
大千東風正勁，天晴朗日溫馨。
鳥語多清俊，吾意持雅清。
心志坦蕩清平，浮生共緣旅行。
風雨吾不驚，雷電是常尋。
英武是我心襟，展眼天際靄凝。
正氣盈胸心，賦詩哦空靈。

振奮我的身心
18年2月17日

振奮我的身心，春來我要謳吟。
天氣正朗晴，風勁鳥和鳴。
歲月坦蕩清平，我的意志堅定。
努力矢前行，山水越無垠。
德操清修無盡，孝是第一遵循。
正氣盈心襟，濟世奮雷霆。
笑意淡浮清新，展眼寰宇和平。
神恩須心領，頌贊出心靈。

天氣晴和晴朗
18年2月17日

天氣晴和晴朗，春靄凝在遠方。
品茗意揚長，清悠度時光。
和煦是此寰壤，我心歡樂無上。
叩道頗昂藏，志恆在遐方。
歲月清新淡蕩，未許計我斑蒼。
閑聽鳥鳴唱，享受風清揚。
努力耕心無恙，學海何其廣長。
一生盡力量，濟世吾奔放。

吾心此際安祥
18年2月17日

吾心此際安祥，享受風清日朗。
春意正揚長，鳥語啼清曠。
歲月流變桑滄，春來我心舒揚。
開口我哦唱，神恩大無疆。
紅塵自古攘攘，世界是神造創。
人生百年間，勿為名利障。
努力靈程闖蕩，淨化靈魂無疆。
天國是家邦，永生樂無限。

藍天青無上
18年2月17日

藍天青無上，鳥語風流暢。
遠處鞭炮響，新年氣氛彰。

散淡享悠閒，寫詩何快暢。
舒出我心芳，意氣衝天昂。
歲月有其芳，春來生機張。
迎春先怒放，我心喜洋洋。
謙和持心腸，向上我奔放。
紅塵暫憩鄉，天國莫相忘。

春禽囀其悠揚 18年2月17日

春禽囀其悠揚，東風盡情舒暢。
陽光正灑降，寰宇喜洋洋。
心花朵朵開放，我的意氣張揚。
努力騁志向，不負生一場。
紅塵幻化之鄉，名利俱是欺誑。
正氣吾昂揚，傲立若山壯。
履盡風雨艱蒼，迎來光明太陽。
神恩已飽嘗，切莫稍相忘。

矢展我的雄英 18年2月17日

矢展我的雄英，春來我心多情。
況值此朗晴，東風吹清新。
最喜喜鵲清鳴，熱愛迎春綻金。
精神都振興，新詩哦不停。
不負韶華光陰，早已奮志凌雲。
努力去追尋，理想喚我行。
濟世曠展才情，此生不為利名。
心襟頗清俊，灑脫真無垠。

綠水波漾 18年2月17日

綠水波漾，東風吹浩蕩。
喜氣人間，春意瀰寰壤。
雲天漫浪，天和人熙攘。
升平景象，新年歡度忙。
教堂聽講，歸來心安祥。
神恩無上，感沛銘心房。
斜暉清朗，灑脫心地間。
散步興長，呼吸清風曠。

心志更加廣遼 18年2月17日

心志更加廣遼，紅塵憩身清好。
風雨已經飽，朗然余一笑。
春來我意遙逍，情若滋長芳草。
向陽心態高，征程啟迢迢。
瞻望山高水遙，旅程風景麗妙。
神恩無限饒，指引我正道。
努力重擔肩挑，不懼艱蒼困擾。
幹勁鼓足了，萬里不算遙。

淡泊持心襟 18年2月19日

淡泊持心襟，雅思空靈。
初春之情景，迎春綻金。
喜悅盈心襟，頌贊升平。
神恩領無盡，闔家康平。
中心持溫馨，雅將詩吟。
浩志盈胸心，恆欲飛行。
嚮往萬里雲，層霄直進。
覽盡彼風景，曠意無垠。

博愛清持心胸 18年2月19日

人生在世不易，眾生俱思榮康，是以人當常持一份慈愛悲憫的情懷，與人及眾生友善，可化解許多亂世因緣；今日思此，有感而賦詩焉。

博愛清持心胸，慈憫眾生苦痛。
努力追求大同，世界渾然相共。
神恩總是無窮，思此我心感動。
頌贊自心獻頌，努力靈程雨風。

窗外華燈 18年2月19日

窗外華燈，清坐哦詩舒真誠。
感沛神恩，努力前路奮靈程。
風雨兼程，五十三年餘馨芬。
不老心身，傲立如山志剛貞。
克敵制勝，正必勝邪歡聲騰。
風雲紛紛，堅守道義德操盛。
感慨心身，流年煙雲不足論。
瞻望前程，光明燦爛且繽紛。

新月初上 18年2月19日

新月初上，城市萬家燈火旺。
散坐心曠，哦詩一吐我激昂。
人生奔放，矢志殺盡豺與狼。

英武心腸，總持仁厚德端方。
旅途莽蒼，關山風景雄渾間。
率意揚長，雙展翅膀摩雲蒼。
努力向上，克盡千難矢前闖。
萬里無疆，男兒志在至遠方。

春夜祥和寧靜

18年2月20日

春夜祥和寧靜，四更無眠清醒。
歲月奮進行，神恩總無垠。
人生曠志凌雲，步履踏實前進。
名利已辭屏，高蹈白雲心。
遠處鞭炮又鳴，一使余意振興。
嫋起詩意境，新詩脫口吟。
淡泊是余心襟，闔家幸福溫馨。
世界都和平，眾生樂無垠。

雄雞清唱

18年2月20日

雄雞清唱，寰宇喜洋洋。
早起之間，天還沒有亮。
孟春晨間，猶有薄寒涼。
心興曠暢，朗哦新詩行。
努力向上，春來情志漲。
不折奔放，我是好兒郎。
向前無疆，創新啟新章。
蒸蒸日上，紅火又興旺。

天陰無妨心情

18年2月20日

天陰無妨心情，我有浩志凌雲。
春來持奮興，欣聽喜鵲鳴。
紅塵吾曾多辛，履盡滄桑煙雲。
而今心淡定，朗日又風清。
努力向前辟進，關山翻越無垠。
一路看風景，愜我意和心。
闔家祥和溫馨，神恩領在心襟。
頌贊哦不停，胸心沐光明。

陽光破霧障

18年2月20日

陽光破霧障，春意氤氳間。
喜鵲高聲唱，清坐品茗閑。
讀書聲朗朗，哦詩亦激昂。
歲月舒奔放，歡樂盈心膛。
歡樂盈心膛，頌贊神恩廣。
賜福真無限，五福何茂昌。
努力靈程闖，太平寰宇間。
黎民歡無恙，和諧安樂漾。

春禽鼓唱

18年2月20日

春禽鼓唱，濃霧天地間。
歡樂心間，雅將新詩唱。
努力向上，奮發我昂揚。
神恩奔放，果實賜盈倉。
持正貞剛，力斬彼魔障。
清平天壤，眾生樂平康。
正氣舒揚，生機遍地放。
迎春怒放，金黃堪欣賞。

家和萬事興

18年2月21日

家和萬事興，福氣滿盈。
神恩大無垠，康樂祥寧。
謳贊此升平，歡呼盡興。
新詩哦不停，闔家溫馨。
春意正氤氳，清夜和平。
三更吾不眠，寫詩舒情。
瞻望好前景，輝耀門庭。
努力向前進，不負生平。

閒情放曠

18年2月21日

閒情放曠，雅將新詩唱。
欣喜塵間，春雨喜清降。
歲月奔放，歡樂盈寰壤。
天人和祥，黎民樂壽康。
漫天吉祥，切禱神恩廣。
努力向上，奮鬥無止疆。
喜鵲鳴唱，我心歡無恙。
品茗清芳，頌贊出心鄉。

春雨綿綿下未窮

18年2月21日

春雨綿綿下未窮，心境曠然持輕鬆。
闔家溫馨和氣濃，祈祝人壽歲年豐。
五福盈門神恩洪，向神獻上頌聲隆。
努力前路步彩虹，幸福花開燦無窮。

窗外鞭炮又響動 18年2月21日

窗外鞭炮又響動，清坐思緒正無窮。
孟春時雨灑從容，人生情志鼓舞中。
奮發雄心矢前衝，萬里風雲燦如虹。
人生業績創恢弘，不負韶年歲匆匆。

閒適無上 18年2月23日

閒適無上，斜暉正清朗。
欣喜心間，春情美無恙。
神恩奔放，時刻未相忘。
努力塵間，積德無止疆。
展眼前望，風光秀且壯。
萬里驅闖，靈程凱歌唱。
人生揚長，逸意持襟房。
共緣旅航，福慧俱增長。

暮煙清漲 18年2月23日

暮煙清漲，心境都清曠。
春風悠揚，寰宇俱歡暢。
我自昂揚，哦詩舒奔放。
字裡行間，熱血在鼓蕩。
紅塵攘攘，自有神主掌。
努力向上，不負神期望。
勤奮之間，不必計斑蒼。
率意揚長，前路燦光芒。

五更早起哦詩章 18年2月24日

五更早起哦詩章，心地曠朗，
心地曠朗，聽得雄雞清啼唱。
春來心志倍加漲，展我慨慷，
展我慨慷，男兒奮志萬里疆。
大千生機待舒放，喜在眉間，
喜在眉間，迎春先綻第一芳。
歲月綿綿舒奔放，不計斑蒼，
不計斑蒼，率意始終展揚長。

創意無限 18年2月24日

創意無限，人生矢書輝煌。
新的華章，必然燦爛無疆。
努力向上，耕心發熱發光。
勝過魔幫，順利回歸天堂。
神恩無恙，我心沐浴清芳。
全能主掌，文明進步無限。
春氣發揚，陽和必然成長。
生機盛旺，萬物欣欣舒放。

早起五更哦詩章 18年2月25日

早起五更哦詩章，心志正激昂。
瞻望前景多輝煌，努力長驅闖。
男兒生來有膽量，矢志驅虎狼。
還我乾坤之朗朗，紅日燦光芒。
書生意氣清發揚，晨昏詩書間。
不懼風雨併艱蒼，淡笑清新放。
斑蒼之間意清揚，傲立若山壯。
春來情懷都開敞，胸襟天下裝。

曠意東風吹浩蕩 18年2月25日

曠意東風吹浩蕩，喜鵲歡鳴唱。
春來我意喜洋洋，雅將新詩唱。
朝旭清灑其光芒，晴朗天宇間。
大地人民俱歡暢，生活步平康。
總賴神恩舒奔放，賜福大無疆。
努力靈程奮發闖，克敵勝魔狂。
天國家邦恆瞻望，永生樂無限。
叩道用道濟世間，發熱並發光。

淡泊持心境 18年2月25日

淡泊持心境，爽彼春日晴。
鳥語囀動聽，煦日遞溫情。
歲月堪驚心，老我以斑鬢。
沉穩加鎮定，努力奮前行。
努力奮前行，風雨不要緊。
會當有坦平，躍馬平川進。
回首蒼山峻，瞻望未來錦。
不負我生平，矢志騁豪英。

爽然是懷抱 18年2月25日

爽然是懷抱，欣悅天晴好。
春意漸豐饒，迎春開顏笑。
海棠已打苞，柳條青碧了。
野禽歡啼叫，白雲流逝飄。

白雲流逝飄，寰宇生機饒。
我亦開懷笑，哦詩舒雅騷。
人生多晴好，風雨何足道。
前路風光妙，定志萬里遙。

散思閑曠 18年2月25日

散思閑曠，清對彼斜陽。
闔家安康，春來意揚長。
神恩無上，感沛銘襟房。
努力向上，不負神厚望。
和藹塵壤，生活步平康。
節節向上，前景燦輝煌。
克盡魔幫，正氣大發揚。
萬民歡唱，清平世界間。

休閒無恙 18年2月25日

休閒無恙，意足又平康。
燦爛斜陽，和煦灑光芒。
和平寰壤，春意盈宇間。
生機吐放，迎春綻金黃。
愜意心間，哦詩亦悠揚。
歲月奔放，不必計斑蒼。
安祥之間，神恩莫稍忘。
振節慨慷，豪情衝天壯。

五更路上燈猶亮 18年2月26日

五更路上燈猶亮，清哦華章，
清哦華章，舒出激情之奔放。
春來意氣真昂藏，不懼艱蒼，
不懼艱蒼，奮志前路長驅闖。
早春冷寒何所妨，熱血正彰，
熱血正彰，男兒心地持慨慷。
努力提刀殺虎狼，清平寰壤，
清平寰壤，大同世界締造間。

五更聽得雄雞唱 18年2月26日

五更聽得雄雞唱，愜余意腸，
愜余意腸，路上華燈猶閃亮。
心情振奮哦詩章，舒出襟房，
舒出襟房，男兒原來持坦蕩。
春來意氣都揚長，勃勃心間，
勃起心間，莫負大好之韶光。
瞻望前路萬里疆，鼓勇奔放，
鼓勇奔放，矢志創業締輝煌。

早起之間情悠揚 18年2月26日

早起之間情悠揚，天尚未亮，
天尚未亮，路上汽車行安祥。
心情共春同成長，生機襟房，
生機襟房，男兒持志展慨慷。
燈下清坐寫詩章，激情汪洋，
激情汪洋，舒出一種曠與暢。
悠然大千正激昂，孟春之間，
孟春之間，萬物欣欣待生長。

春來灑脫持襟胸 18年2月26日

春來灑脫持襟胸，共時而動，
共時而動，一年之計籌劃中。
早起五更雞鳴送，曠意從容，
曠意從容，爽雅新詩脫口頌。
路上車行噪聲洪，不為所動，
不為所動，靜心滌慮安如鐘。
男兒合是多情種，心境誰共，
心境誰共，知音期盼無影蹤。

天方吐亮 18年2月26日

天方吐亮，喜鵲便歌唱。
冷寒猶放，春意正滋長。
寫詩舒暢，意興展清揚。
歲月莽蒼，聊發少年狂。
紅塵之間，正邪搏擊艱。
持正昂揚，袪邪必須講。
斬殺虎狼，還我清平壤。
神恩無疆，黎民頌聲昂。

怡情適性 18年2月26日

乾坤之道，大矣哉！人生於世，當效乾天，剛健有為，自強不息；當效坤地，厚德載物，生而不恃；大易之要旨，全在乾坤二者；今日思此，有感而賦詩焉。

怡情適性，不負我靈明。
奮志殷殷，如乾天之勤。
地母坤陰，厚載且包孕。
生機勃興，養育眾有情。
人生奮進，不可為利名。
清心雅淨，慧光才清映。
努力才行，天人親且近。
大道遵循，福壽喜盈盈。

雄雞清啼唱

18年2月27日

雄雞清啼唱，早起五更間。
盡興哦詩章，從容且慨慷。
春來意氣漲，希望持心間。
努力奮向上，持正祛邪幫。
雄雞清啼唱，意氣何昂昂。
四野正安祥，路燈展輝煌。
心境暢無限，神恩感心膛。
歡呼且哦唱，盈門福壽康。

心情勿躁

18年2月27日

心情勿躁，靜定是為要。
前瞻大好，風光正美妙。
春意娟好，煦日清灑照。
風兒長跑，大地生機饒。
開懷大笑，紅塵胡不好。
神恩豐饒，萬民樂陶陶。
鳥兒鳴叫，花兒開得俏。
我意輕飄，欲上九重霄。

早起五更

18年3月1日

早起五更，雅聞雄雞啼鳴聲。
哦唱聲聲，讀詩盡興怡心身。
春寒猶盛，早起人兒不畏冷。
舒我心身，寫詩一吐我精誠。
人生奮爭，向上努力曠飛騰。
天國永生，不朽福樂何豐盛。
感沛神恩，東西文明相幫襯。
和同共升，締造大同萬世春。

心事清好

18年3月2日

心事清好，閑聽鳥鳴叫。
春風逍逍，晴天雲飄渺。
灑然情抱，哦詩舒心竅。
人生晴好，心志萬里遙。
努力前道，風光展微妙。
振我風騷，揚長矢志跑。
不敢高傲，謙和胡不好。
學取飛鳥，掠雲自在瀟。

第六十三卷《爽挹集》

神恩廣遼 18年3月3日

人是個靈，穿上了肉體的裝，便成為了人，因此人的本質是靈，靈肉一致的人是有福的，因為他們必被稱為神的兒女，享受那從父賜下來的豐盛的恩典，直到永遠永遠；今日思此，有感而賦詩焉。

神恩廣遼，思此淚雙拋。
奮發揚飆，靈程努力跑。
人生迢迢，務行走正道。
黑暗遠拋，沐浴神光照。
春已來了，眾生歡聲高。
生機塵表，萬物勃興瀟。
我意遙逍，哦詩亦良好。
心靈奉表，頌神謳不了。

清夜讀詩聲激昂 18年3月3日

清夜讀詩聲激昂，春意氤氳遍塵間。
窗外華燈自在放，室內情思轉悠揚。
人生奮志在遐方，慧心靈性悟玄黃。
平時沉默不聲響，開口世人皆驚惶。
清夜讀詩聲激昂，睡意全無二更間。
長遠計劃謀周詳，腳踏實地奮力闖。
關山任疊萬千幢，其奈我有雙翅膀。
摩雲乘風何快暢，沐浴陽光萬里翔。

三更無眠 18年3月4日

三更無眠，獨自叩本心。
春夜和靜，路燈亮且明。
心志殷殷，曠懷大無垠。
努力奮進，覽盡關山雲。
紅塵驚警，吾心持淡定。
救世力行，揮灑吾才情。
悲憫盈心，慈愛眾生靈。
振志欲鳴，呼醒世人心。

散思閑曠 18年3月4日

散思閑曠，心志正廣長。
夜半時間，不眠哦詩章。
情懷誰向，人生不嗟悵。
奮志驅闖，壯懷正豪放。
春來人間，夜色和平漾。
燈下清想，激情盈襟房。
匡世必講，努力發心光。
照亮前方，正道邁無疆。

濟世必講 18年3月4日

欲建立大同世界，必先宗教合一；欲使宗教合一，必先統一靈界思想及意識；今日思此，有感而賦詩焉。

濟世必講，策略第一樁。
未可魯莽，細心妥為上。
散發靈光，驅除黑暗藏。
燭照前方，指引正路向。
神恩廣長，無法細衡量。
漸進之間，綱舉目已張。
努力向上，文明進無疆。
大同之邦，才是我嚮往。

惜時務講 18年3月4日

惜時務講，耕心努力間。
晨昏無恙，書海暢遨翔。
人生履艱，已過千關障。
回首細望，玄妙持心間。
因緣廣長，積善是無疆。
努力向上，慧光盈襟房。
持正昂揚，力斬惡虎狼。
清平寰壤，道義必通暢。

讚美真神 18年3月4日

神創造了大千宇宙，一切受造之物均有靈氣，無論星系還是微生物，無論有機物還是無機物，一切都是生

靈，都有神的靈氣灌注於其中，且活潑潑地運動變化進步昇華；今日思此，有感而賦短詩焉。

讚美真神，賜下鴻恩。
萬物真誠，靈性紜紛。
變化其成，主宰是神。
進化奮身，榮昌乾坤。

春雨喜降

18年3月4日

春雨喜降，春雷亦震響。
萬物欣暢，生機大發揚。
吾志清昂，裁詩舒心腸。
熱血鼓蕩，恆欲去闖蕩。
山高水長，叩道履遐方。
發出心光，燭照正前方。
喜氣寰壤，神恩廣無量。
欣然謳唱，三界沐恩光。

正善為因

18年3月4日

因一切眾生俱含靈故，須善待一切眾生；因一切物質、信息及能量俱含靈故，須善待一切物質、信息及能量；心中時刻存在善念，因果莫大，眾生慎之慎之；今日思此，有感而賦詩焉。

正善為因，福果隨臨。
敬神首因，敬畏天命。
萬物有靈，各具生命。
和同萬靈，秉正持心。

休憩身心未為難

18年3月4日

休憩身心未為難，清聽時雨敲曼曼。
籠鳥清新宛轉喊，春雷震響正氣展。
大千生機豈受壓，明日芳草碧綠綻。
歡呼天地神恩沾，眾生福樂笑開顏。

五行相生

18年3月5日

金木水火土五行亦分陰陽，有金之陽、金之陰、木之陽、木之陰、水之陽、水之陰、火之陽、火之陰、土之陽及土之陰，五行相生和合為主；今日思此而賦短詩焉。

五行相生，陰陽和成。
大道瀰盛，廣覆天人。
思此感深，運用無倫。
體道以誠，天命敬遵。

昨夜風雨狂

18年3月5日

昨夜風雨狂，晨起天晴朗。
小鳥清鳴唱，春寒何所妨。
逸意正清揚，朗然哦華章。
心中之意向，是向高天航。

德為心主兼乾綱

18年3月6日

上帝就是道，道之用為德，道自化，德的增長和不斷趨於圓滿可以推進和促進道體的運化和上達；人以心為主，靈居於其中矣，心以火德為王，其色為紅；德法雙濟，以德為心法，以法為致用和輔助，德為心主，天地人同心同德，向上奮進且矢進，無往而不利矣。我們要創立新的心學體系，就是首推道德，以德為心體及心法的主宰，以德濟道，以德促進道體的進化恆久發展。今日思此，有感而賦詩焉。

德為心主兼乾綱，德法雙持濟世蒼。
努力以德促道長，道體運化無止疆。
宇宙玄妙廣無量，首推道德第一樁。
濟世原來有商量，火德當旺當為王。
水火兼濟莫相忘，黃土坤母當褒獎。
眾生福慧齊增長，天地正氣何榮昌。

舒心適意哦詩行

18年3月6日

舒心適意哦詩行，悠見窗外灑春陽。
雀鳥清聲徑歌唱，人民歡樂享安祥。
已知神恩無限廣，歲月進深余思想。
紙上道來靈味香，一腔熱血走激昂。

藍天白雲風吹勁

18年3月6日

藍天白雲風吹勁，清喜柳條又舒青。
春來意氣多清俊，散坐思想放無垠。
鳥鳴宛轉舒心境，曠懷此際合高吟。
展眼雲天多朗晴，田園春色動人心。

閒情放曠

18年3月6日

閒情放曠，休憩我心腸。
雅哦詩章，傾出心與向。

人生昂揚，百感縈襟房。
矢志向上，克盡千重艱。
往事回放，何止是桑滄。
血淚曾淌，苦痛不堪講。
而今奔放，而今享平康。
大好時光，用心去清享。

清思揚長哦詩行 18年3月6日

清思揚長哦詩行，又見窗外華燈放。
春夜溫馨情芬芳，了悟本心識玄黃。
人道原來通天道，正氣從來難掩藏。
試看滄桑變幻忙，公平正義天壤間。

一聲晨雞清新唱 18年3月7日

一聲晨雞清新唱，余心余意喜洋洋。
已知天兵遍寰壤，正氣充盈大道彰。
正邪搏擊不懼艱，神魔大戰血玄黃。
閒庭信步余漫浪，欣見大同締造間。

清遠寧靜 18年3月7日

我們追求一種寧靜清遠的意境和心態，佛家所講的戒定慧是一門很有必要的學問，有其存在的獨特價值，今日思此，有感而賦詩焉。

清遠寧靜，戒定慧推行。
奮發雄英，努力叩道行。
春意和平，天陰心卻晴。
曠然意境，哦詩謳不停。
展我心襟，曠宇都包孕。
努力進行，濟世鼓幹勁。
大同之境，才是我仰景。
天國遠景，標的務須明。

立身以誠 18年3月7日

慎獨為立身之本，正心誠意，格物致知，辨道幾微之間，靈心感應，功莫大矣；今日思此，有感而賦詩焉。

立身以誠，立心以正。
體察神恩，廣覆乾坤。
叩道思深，悟徹心身。
哦詩以申，短章具論。

雅思閑曠 18年3月7日

雅思閑曠，愜聽啼鳥唱。
天陰何妨，心際正舒暢。
人生昂揚，振志向遐方。
高遠天堂，閃射其榮光。
文明向上，蒸蒸何欣暢。
大道日昌，眾生沐恩光。
紅塵攘攘，清平是情況。
和藹寰壤，神恩正奔放。

養心以靜 18年3月8日

人生於世，恆須養心，養心以靜，靈明逞現矣；今日思此，有感而賦詩焉。

養心以靜，靈明以清。
萬物紜紜，歸根復命。
共緣而行，緣起心鏡。
圓明覺性，悟徹玄冥。

德法雙弘 18年3月8日

慈悲固是好的，且是值得大力弘揚的，但慈悲當有度，須調節以時中之意，對不肯改悔的十惡不赦之徒必須堅決加以嚴懲，這是合乎合義法則的；今日思此，有感而賦詩焉。

德法雙弘，慈悲為重。
十惡之凶，嚴懲須重。
天道無窮，運以時中。
思此心動，短詩以諷。

謙和持心 18年3月8日

人生固當進取，亦當知足，其間尺度問題，須以時中衡量之，而知足之餘，不斷突破進取，才是人生的主旋律和根本法則；今日思此，有感而賦詩焉。

謙和持心，知足是境。
奮志殷殷，突破常尋。
前路辟進，風雨兼行。
萬里無垠，風光秀俊。

第六十四卷《大雅集》

浴後清爽

18年3月10日

浴後清爽，心情覺舒暢。
斜陽燦放，明媚好春光。
逸意揚長，心花朵朵放。
人生向上，登上彩虹翔。
大千放曠，生意蓬勃間。
萬民齊唱，幸福盈心膛。
向前瞻望，風光秀無恙。
努力前闖，關山越萬幢。

春雨瀟瀟

18年3月18日

春雨瀟瀟，鳥兒歡聲叫。
海棠開了，柳絲迎風飄。
心境灑瀟，萬事看破了。
正義盈竅，努力奮飛高。
人生迢迢，萬里艱難道。
回首細瞧，不由淚雙拋。
我自笑傲，世界淡眼瞧。
山好水好，風光正微妙。

休憩身心

18年3月18日

休憩身心，閑品彼芳茗。
心志殷殷，時刻欲飛行。
人生艱辛，風雨多清俊。
而今淡定，一笑也溫馨。
仲春正臨，萬物都勃興。
細雨輕輕，潤物滋生靈。
我自高興，寫詩哦不停。
小鳥嬌鳴，一使余開心。

晨雞清啼唱

18年3月19日

晨雞清啼唱，早起五更間。
天氣薄寒涼，春意正滋長。
喜悅盈心膛，心放大明光。
努力啟前航，萬里無止疆。

心事坦然平靜

18年3月19日

心情坦然平靜，大千了然在心。
五更晨雞鳴，天將轉朗晴。
人生從來多情，奮志始終殷殷。
山水越無垠，風景堪歎驚。
嚮往前路光明，陽春寰宇清新。
萬民樂無垠，歡聲徹天庭。
努力辟進奮行，自礪自強自新。
振翮矢奮進，直入重霄青。

時近春分春雨瀟

18年3月20日

時近春分春雨瀟，清坐品茗意逍遙。
人生未許稍驕傲，正氣盈襟懷遠道。
山高水深吾灑瀟，振翼凌雲也自豪。
笑看萬物生意饒，大千世界換新貌。

今日春分

18年3月21日

今日春分，喜氣盈乾坤。
夜半時分，不眠思深深。
人生馳奔，山水覽清正。
紅塵滾滾，大化運精准。
笑傲乾坤，心跡入詩逞。
點燃心燈，燭照前路程。
揮灑人生，英武吾奮身。
矢保純真，心態恆青春。

流風送暢

18年3月21日

流風送暢，春分今正當。
鳥語花又香，品茗意揚。
人生慨慷，壯懷正激蕩。
萬里長驅闖，天涯瞬間。
淡眼桑滄，故事任演唱。
大同之理想，締造無恙。
努力飛翔，萬里正無疆。

聖靈作主張，慧盈心間。

春氣和平 18年3月21日

春氣和平，天地正朗晴。
吾意開心，哦詩舒心靈。
花開清俊，鳥語復溫馨。
東風清新，人民樂無垠。
歲月遞進，春分今正臨。
惜時心警，努力奮前行。
展眼白雲，朵朵飄逸行。
斜暉清映，我意起多情。

寫意東風正浩蕩 18年3月24日

寫意東風正浩蕩，清喜鳥語花齊芳。
閒逸心境向誰講，胸中才氣詩中彰。
悟徹生死不悵惘，淡看世界生機壯。
書生意氣曠宣揚，人生正道慨而慷。

五更村雞清新唱 18年3月25日

五更村雞清新唱，不寐早起讀詩章。
街上路燈黃又黃，偶行車輛復吟唱。
心思靜定何所想，一腔正氣盈宇間。
男兒從來多慨慷，熱血由來不會涼。

暮煙重濃（之一） 18年3月25日

暮煙重濃，心態正輕鬆。
曠喜清風，吹拂碧柳叢。
人生如夢，轉眼斑蒼濃。
回首苦痛，俱化煙與風。
激情盈胸，曠懷是無窮。
世界和同，大同締造中。
拋開苦痛，當展我笑容。
清新春風，寰宇俱吹送。

早起五更聞雞唱 18年3月26日

早起五更聞雞唱，村犬點綴間。
心興正自起未央，感慨由來長。
人生志向在遐方，叩道風雨艱。
不懼鬢髮漸斑蒼，一笑吾清揚。
世界從來存戰場，正邪搏擊間。
中心正氣須軒昂，神恩夠你享。
努力奮鬥曠飛揚，萬里無止疆。
文明進步日榮昌，心地喜洋洋。

愜意之間 18年3月26日

愜意之間，憂患不可忘。
人生理想，銘刻在心間。
矢志向上，萬里無止疆。
熱情昂揚，奮發長驅闖。
關山萬幢，不過屬等閒。
鳥語花芳，才是我嚮往。
世界之上，萬類競榮昌。
和平景象，永恆展春光。

暮煙清漲 18年3月26日

暮煙清漲，黃昏正夕陽。
吾意舒暢，心志頗安祥。
紅塵奔放，眾生陷迷茫。
神親導航，指引正方向。
斬盡豺狼，還我清平壤。
天國在上，聖潔才可訪。
遠天靄漾，市井復熙攘。
心須定當，勿為名利障。

晨起清聞喜鵲鳴 18年3月27日

晨起清聞喜鵲鳴，又聽村雞啼清新。
東風清來適意境，春色滿園柳碧青。
展眼世界如畫境，向陽心態體空靈。
遠處小犬吠輕輕，點綴生活之升平。

清聽音樂頗靈動 18年3月27日

清聽音樂頗靈動，窗外清新走春風。
散坐品茗意輕鬆，耳畔鳥語囀從容。
大千世界展芳容，最喜碧柳曠迎風。
闔家安樂意融融，天下蒼生繫念中。

悟道空清 18年3月28日

悟道空清，覺性體圓明。
春日朗晴，和風吹清新。
桃花開俊，老柳搖舒情。
小鳥嬌鳴，人民俱高興。
正氣盈襟，浩意向詩明。

遠際靄凝，注目天青青。
努力奮行，太慢可不行。
吾已斑鬢，時光惜如金。

晨起鳥喧鳴

18年3月29日

晨起鳥喧鳴，東風吹清新。
淡泊是意境，展眼天朗晴。
浩志何必云，腳踏實地行。
素樸持心襟，平凡悟圓明。

閒情放曠

18年3月29日

閒情放曠，天氣正清涼。
薄陰何妨，有風遞花香。
生活品嘗，喜悅盈襟腸。
人生向上，克盡千重艱。
正氣軒昂，斬盡虎與狼。
清平寰壤，人民俱歡暢。
小品茗芳，心意向誰唱。
朗哦詩章，一曲是悠揚。

天色漸亮

18年3月30日

天色漸亮，心志不徬徨。
笑對風浪，散發愛與光。
人生揚長，苦難成過往。
燦爛輝煌，導引我前闖。
克盡千障，雄關巍峨樣。
我有翅膀，乘風掠雲上。
歲月平康，陰晴任幻漲。
紅日東上，乾坤終朗朗。

晨雞悠悠唱

18年3月31日

晨雞悠悠唱，心志頗定當。
早起五更間，時鐘滴答響。
清心滌腑臟，名利棄遐方。
正氣盈襟房，坦蕩是情況。

淡定於心

18年3月31日

淡定於心，曠聽喜鵲之清鳴。
中心高興，詩中揮灑吾激情。
春日朗晴，嬌美桃花開盡興。
海棠秀俊，河畔老柳擺風情。
歲月輕盈，人生感慨化詩吟。
和平寰景，萬眾欣悅樂升平。
努力前進，大千山水游空靈。
世界和平，眾生康樂享清靈。

暮煙重濃（之二）

18年4月1日

暮煙重濃，愜聽鳥鳴頌。
曠意東風，海棠開正紅。
笑意心中，正義何剛洪。
努力前衝，心志少年雄。
時光匆匆，流年恣行動。
斑蒼之中，依舊情懷濃。
人生苦痛，過往俱隨風。
春光正濃，萬物茂而榮。

東風既清爽

18年4月2日

東風既清爽，鳥語復花香。
紅旭東天上，晴和萬物朗。
身心俱舒暢，養頤享安康。
勿忘恆向上，努力濟家邦。

白雲飄蕩

18年4月6日

白雲飄蕩，春風恣吹翔。
菜花金黃，喜悅吾心腸。
人生慨慷，奮發矢向上。
努力昂揚，努力騁奔放。
紅塵之間，名利害人腸。
清貧何妨，我有書千方。
寫詩快暢，舒出我心向。
窗外風狂，似伴我歌唱。

清喜燦爛陽光

18年4月10日

清喜燦爛陽光，和平盈滿宇間。
鳥語花復芳，愜意心地間。
我有萬言欲講，共彼春風長揚。
萬物都生長，生機勃勃放。
解開靈性捆綁，釋放愛的能量。
正氣天地間，凱歌徹雲鄉。
清坐品茗清芳，悠悠我要歌唱。
何所之演講，自由且漫浪。

清夜無眠

18年4月10日

清夜無眠，雅思運空靈。
心志平靜，春色正溫馨。
闔家康平，喜悅盈心襟。
神恩無垠，努力奮前進。
人生風雲，於我不再驚。
歲月飛行，不必計斑鬢。
還我年青，還我少年情。
還我雄心，還我氣凌雲。

君子蘭花開放

18年4月10日

君子蘭花開放，余意喜氣洋洋。
春風吹揚長，幸福盈心間。
嚮往長空飛翔，比翼何其快暢。
遨翔藍天上，白雲伴我航。
人生得意莫狂，謙和守我貞腸。
質樸最應當，努力矢向上。
春意正顯溫良，桐花正在開放。
萬類都和暢，天地樂慨慷。

暮色又黃昏

18年4月10日

暮色又黃昏，清聽嘹歌聲。
天氣又陰沉，東風吹陣陣。
心事正紜紛，百感難言論。
歲月如潮奔，吾心持安穩。
大千幻紅塵，名利何足論。
甘守清貧分，正義盈心身。
傲立在乾坤，男兒氣剛正。
不屈九宮陣，矢脫彼圍城。

心志曠自成雄

18年4月12日

心志曠自成雄，人生不妄行動。
淡泊持襟胸，紅塵任洶湧。
歲月於我何功，只是老了顏容。
努力向前衝，關山越無窮。
窗外陰雲正濃，春風恣意吹送。
靜坐心平庸，品茗意輕鬆。
喜鵲鳴聲正洪，花開越發芬濃。
愜意在心中，哦詩舒襟胸。

我自巋然不動

18年4月12日

我自巋然不動，笑對風雲從容。
清聽鳥鳴頌，心境正放鬆。
歲月何其匆匆，回首感慨心中。
人生近龍鍾，心志猶長虹。
男兒合是情種，救世奮發行動。
長嗟有何功，世人多孬種。
展眼陰雲正動，春天已近消溶。
時光珍惜中，寫詩舒情濃。

暢意浮生

18年4月12日

暢意浮生，心中曾痛疼。
而今何論，春風遞鳥聲。
雅思曠逞，心志仍清純。
名利不爭，淡泊守素貞。
紅塵滾滾，汰去彼沙塵。
歲月繽紛，少年心永存。
奮志乾坤，努力求永生。
感沛神恩，導引靈旅程。

淡定清度浮生

18年4月12日

淡定清度浮生，五十三年一瞬。
時又值晚春，心事實難論。
花開花落幾層，歲月風雨紛紛。
我心持安穩，清貧志剛正。
讀書怡情馨溫，品茗聽鳥囀純。
愜意在紅塵，世界幻繽紛。
情懷向誰訴申？唯向詩中傾逞。
雅思釀芳醇，淡泊不醉人。

心志不起狂浪

18年4月12日

心志不起狂浪，守定中心意向。
歲月有芬芳，紅塵履漫浪。
我有丹心紅芳，向陽心態榮昌。
努力騁奔放，欣欣向上長。
百年不懼艱蒼，奮飛對準天堂。
神親導我航，克敵上萬場。
春風吹拂揚長，天陰只是瞬間。
林鳥正鳴唱，萬類欣生長。

雅潔是余心襟

18年4月12日

雅潔是余心襟，淡泊享受安寧。
天上正陰雲，春風吹清新。

闔家多麼溫馨，歲月和藹康平。
我意如行雲，飄逸且多情。
胸中自有層雲，寰宇凝入心襟。
浩氣正凌雲，步履邁堅定。
斑蒼無妨心情，努力沐雨而行。
關山任險峻，意志出雲嶺。

我的心中高興

18年4月12日

我的心中高興，春風浪漫吹行。
世事任紛紜，吾心守靜定。
半世如水之行，余有斑蒼雙鬢。
一笑還朗清，意志勝鋼硬。
和柔是余內心，博愛萬物盡興。
苦難不要緊，心共彼游雲。
人生如夢之行，大千幻象無垠。
持正秉心靈，獨立眺遠景。

雅思曠運

18年4月12日

雅思曠運，天氣任陰晴。
春風多情，花草亦芳馨。
吾意多情，寫詩哦不停。
歲月進行，惜春悵心靈。
浮生如雲，誰共我同行？
人生風景，與誰同旅行？
笑意清靈，我心懷高興。
道義先行，德操培無垠。

歲月寫意繽紛

18年4月12日

歲月寫意繽紛，我只堅守赤誠。
名利勿足論，淡泊持心身。
共彼春風馳奔，去尋愛情純真。
走遍這紅塵，知音生未生？
人生未許沉淪，奮志矢向天城。
淨化我靈魂，努力向上升。
克盡魔敵紛紛，勝利連踵而逞。
鼓我精氣神，萬里未足論。

小鳥且自鳴唱

18年4月12日

小鳥且自鳴唱，自在得其所向。
細雨清灑降，春色美無恙。
我的意興慨慷，雅將新詩哦唱。
歲月多芬芳，苦痛成過往。
努力舒展奔放，學取松柏生長。
迎著困難上，萬事都順暢。
心境悠悠閑閑，和柔如風一樣。
桐花都開放，田野是畫廓。

天陰無妨清揚

18年4月12日

天陰無妨清揚，況有春風吹暢。
燈下清思想，適意哦華章。
流年不斷更張，未許老我斑蒼。
心懷少年狂，努力騁強剛。
淡泊是余襟腸，向上曠展力量。
前路無限廣，矢志探祕藏。

叩道是余志向，和同眾教必講。
春來意揚長，心花朵朵放。

歲月歲月流暢

18年4月12日

歲月歲月流暢，又到暮春時間。
老柳都舒芳，田野菜花黃。
心境欣欣向上，拋開苦痛過往。
迎著彼陽光，我要曠飛翔。
中心懷滿陽光，博愛為懷必講。
奉獻我力量，濟世有榮光。
煙雨春色無恙，鳥語伴以花香。
清坐思無限，感慨哦詩行。

人生定定當當

18年4月12日

人生定定當當，勿要局促驚慌。
享受這陽光，享受清風曠。
歲月綿綿漫長，回首只似瞬間。
努力騁激昂，發揚吾向上。
節奏須要常講，忙而不亂恰當。
人生勿匆忙，穩步向前方。
征途萬里無疆，風光奇偉非常。
邁步慨而慷，男兒豪情放。

暮煙此際清漲

18年4月12日

暮煙此際清漲，和風吹拂塵間。
細雨甫停降，空氣都鮮芳。
人生合當揚長，困難豈可阻擋。
心態須陽光，努力振奔放。

沉雄是我襟房，向上矢入溟滄。
紅塵非故鄉，天國是家邦。
一生叩求道藏，心得縷縷清芳。
正義吾強剛，濟世盡力量。

暮色漸顯蒼茫

18年4月12日

暮色漸顯蒼茫，華燈初初點上。
車行喇叭響，市井熱鬧間。
我心清持定當，不為名利奔忙。
閑聽小鳥唱，心境都舒曠。
人生得意莫狂，憂患之心不忘。
前路萬里長，陰晴任其放。
心中自有陽光，神恩感在心間。
努力放光芒，逼退黑暗藏。

天陰鳥鳴唱

18年4月13日

天陰鳥鳴唱，余意亦悠揚。
哦詩舒激昂，曠志萬里疆。
山水在遐方，努力風雨闖。
紅塵非夢鄉，業績創輝煌。
業績創輝煌，男兒鼓勇剛。
不屈虎與狼，克敵舞刀槍。
任從殺伐壯，煙雲終歸藏。
還我清平況，乾坤終朗朗。
乾坤終朗朗，大道得通暢。
萬民齊向上，眾志成城間。
歷史不必講，血淚浸紙間。
努力辟新章，文明矢向上。

歲月曠飛揚

18年4月13日

歲月曠飛揚，又值暮春間。
天陰流風暢，爽哦我詩章。
人生致遐方，情懷入詩唱。
百年勿匆忙，天旅振奔放。
小鳥清鳴唱，花開復燦芳。
生活寫意間，吾意大舒揚。
努力矢向上，天國銘心間。
神恩豈可忘，修身晨昏間。

第六十五卷《中和集》

浩正持心靈

18年4月13日

浩正持心靈，人生任陰晴。
奮志豈常尋，矢展我雄英。
春來快身心，雅哦詩空靈。
閑聽鳥啼鳴，悠品綠茗清。
意態飄入雲，展翅曠意行。
九霄頃刻進，宇宙廣無垠。
腳踏實地行，叩道中心銘。
世界有風雲，笑看朗日明。

流光飛逝如電影

18年4月13日

流光飛逝如電影，暮春清展芳情。
心中依然持高興，奮志豈屬常尋。
笑容清展曠意境，艱險矢當踏平。
世界大同須締定，東西文明和同。
拋棄成見持中庸，博愛盈滿襟胸。
男兒豪情難形容，獨立淡迎長風。
小鳥嬌囀鳴從容，淡定清持心中。
努力奮進兼程衝，不懼雨雨風風。

心襟宜廣遼

18年4月13日

心襟宜廣遼，謙和養德操。
平生不可傲，正義卻豐饒。
力克群陰巧，心光燦然照。
世界有玄妙，神恩運逍遙。
愜聽春禽叫，爽風怡情抱。
歲月催人老，心態正年少。
努力奮前道，叩道吾風標。
未可偏正道，濟世我灑瀟。

清意天地之間

18年4月13日

清意天地之間，流年光陰飛翔。
暮春風吹暢，落紅不必傷。
喜聽小鳥鳴唱，喜品綠茗清芳。
心志持悠閒，讀書哦詩章。
天陰正是尋常，人性本含缺陷。
博愛理應當，慈悲持心腸。
奮發吾之剛強，矢斬凶虎惡狼。
還我清平壤，陽光天地間。

歲月悠悠似花放

18年4月13日

歲月悠悠似花放，吾淡持慨慷。
一任陰陽運無恙，浩志總剛強。
不屈磨難千萬方，男兒傲骨壯。
頂天立地如松長，謙和心地間。
君子人格必然彰，向學無止疆。
紅塵濁浪不必講，只是幻之象。
堅持自我有主張，學做好兒郎。
永生場中笑聲朗，天地是文章。

歲月飛揚

18年4月13日

人生固當堅持自我本色，亦當思想飛揚，燦爛輝煌，該質樸處質樸，該絢爛時絢爛，今日思此，有感而賦詩矣。

歲月飛揚，堅持本色不張揚。
思想狂放，妙舞九天化鶴翔。
人生揚長，何時何地不慨慷。
向陽心腸，濟世救人一生講。
實幹為上，須知汗水不白淌。
夏秋之間，將有豐收盈滿倉。
我心奔放，任何困難未可擋。
學取鳥翔，恣意雲天騁漫浪。

清聽音樂靈動

18年4月13日

清聽音樂靈動，我的心中感動。
春色正重濃，清坐吾從容。
不懼年近成翁，救世成竹在胸。
困障任千重，奮志入雲峰。
紅塵不缺情種，拙正清持襟胸。
身心何恢弘，燦爛若霞動。
人生質樸矢衝，越過山水萬重。

標的天國中，永生福無窮。

圓明覺性未可忘
18年4月13日

圓明覺性未可忘，慧智雙修間。
正氣干云吾何講，矢志向天翔。
高歌一曲遏雲響，叩道吾昂揚。
人生履歷任艱長，終有紅太陽。
歲月流逝無止疆，不懼華髮蒼。
少年心性依剛強，正直立人間。
暮色重濃細雨降，春風吹揚長。
燈下寫詩亦情長，婉轉付誰唱？

和平來到人間
18年4月14日

和平來到人間，滿眼春色芬芳。
心志正清昂，人生矢向上。
晨起鳥語悠揚，一夜春雨灑降。
歲月享悠閒，寫意東風曠。
嚮往恆在心間，比翼雙飛安祥。
知音在遐方，我要去尋訪。
人間類若天堂，神恩廣覆無疆。
萬民都歡暢，福壽享安康。

人生不懼蒼老
18年4月14日

人生不懼蒼老，心態還正年少。
志向頗高傲，謙和守心竅。
紅塵任其擾擾，風雨任其灑澆。
終有陽光照，幸福無奧竅。
努力奮行前道，關山越過迢迢。
終將達終標，險要不緊要。
春風吹拂正好，清喜鳥語花妙。
詩意中心饒，哦詩亦良好。

徹地通天之間
18年4月14日

徹地通天之間，矢將真理弘揚。
正義吾強剛，努力發光芒。
人生不是夢鄉，前方總有希望。
努力奮飛翔，終將達康莊。
此生清持漫浪，正直努力要強。
矢志克虎狼，還我太平況。
清喜春風吹暢，鳥語多麼悠揚。
率性寫華章，舒出中心曠。

晨風吹清新
18年4月14日

晨風吹清新，細雨聞鳥鳴。
灑然是意境，逍遙吾身心。
感慨何必吟，要在奮前行。
風雨是常尋，曠志萬里雲。
曠志萬里雲，自由真可親。
飛翔無止境，搏擊藍天青。
吾意出滄溟，宇宙深處行。
真理一生尋，浩志詩中明。

人生矢上進
18年4月14日

人生矢上進，一任風雨晴。
曠達持身心，凌雲是意境。
紅塵徒紛紜，吾只守雅清。
濟世奮發行，慨慷吾哦吟。
慨慷吾哦吟，清聽小鳥鳴。
春雨培意境，喜鵲奏歡情。
眾生都舒心，我意也均平。
閑品一杯茗，最愛是龍井。

雅思向誰講
18年4月14日

雅思向誰講？高聲吾哦唱。
天上白雲翔，喜鵲鳴奔放。
煦煦灑春陽，和暖持心腸。
歲月既含芳，花木正榮昌。
坦蕩我襟房，向上盡力量。
曠飛無止疆，山水越揚長。
人間若天堂，正義舒曠朗。
親情真無上，喜悅歡聲揚。

暢意浮生
18年4月14日

暢意浮生，心志未許重疼。
絕不沉淪，我要向上飛升。
衝出困城，濟世宏願必成。
山水清芬，世界正值芳春。
鳥鳴嬌純，愜我心意繽紛。
寫詩訴申，熱血滿腔真誠。
淡定立身，雲中俯視紅塵。
眾生紛爭，名利害人兇狠。

清夜無眠哦詩章
18年4月15日

清夜無眠哦詩章，心中感慨百倍漲。

已知春色滿人間，憂患之思未可忘。
人間仍有虎與狼，兇殘本性驕且狂。
努力提刀景陽崗，殺出血路清無恙。
世界從來是戰場，宗教矛盾深深藏。
匡扶正義吾強剛，和同眾教余擔當。
慈悲憐憫博愛間，務識狡猾之惡狼。
公平正義天地間，弱肉強食務克光。
神恩奇妙大無疆，救度選民上天堂。
罪惡之子無福享，只有送它地獄間。
春夜溫良余思想，中心情感其蕩漾。
百度秋春似瞬間，華年美景勿費浪。

曠志吾逍遙 18年4月15日

曠志吾逍遙，晨起清聽喜鵲叫。
春風自在繞，田園芳菲淡香飄。
適意哦詩稿，天青有鳥縱飛高。
心情雅且俏，君子人格一生造。
紅塵胡不好，締造大同世界妙。
矢克虎狼囂，正義暢通萬里遙。
未可學清高，心懷人民力勤勞。
努力去創造，文明之火熊熊燒。

人生須有耐心 18年4月15日

人生須有耐心，春華秋實須明。
天氣正朗晴，春風吹清新。
紅塵鬧吵不停，眾生重復爭競。
吾卻持清心，松下哦行雲。
淡泊是余心襟，向陽磊落光明。
奮志之進行，萬里無止境。

張開翅膀飛行，萬里晴空碧青。
九霄未可停，宇宙廣無垠。

人生百煉成鋼 18年4月15日

人生百煉成鋼，謙和始終向上。
春陽正煦放，喜慶鞭炮響。
笑意浮上臉龐，歲月多麼綿長。
感慨賦詩行，淡雅有清芳。
祈祝父母康強，福壽南山相仿。
不老之松樣，如江水東淌。
闔家幸福安祥，頌贊神恩應當。
努力騁奔放，正道持剛強。

鳥語自在鳴放 18年4月15日

鳥語自在鳴放，春氣和藹無恙。
清喜天晴朗，和風吹吉祥。
心情十分溫良，想把新詩哦唱。
寄身在塵間，不惹汙與髒。
天上白雲飛翔，田間菜花金黃。
欣喜這塵壤，處處生機昂。
我心七彩綻放，光明溢出眼間。
努力向前闖，愛情美無上。

清意天地之間 18年4月15日

清意天地之間，散步何其快暢。
市井熱鬧間，乳燕正飛翔。
最喜菜花金黃，欣賞月季清芳。
漫眼是春光，河水惜汙髒。

人心必須向上，盡力克盡詭奸。
正直持心腸，永生有指望。
歲月如花飛揚，流年逝去無恙。
中心懷希望，矢志搏艱蒼。

歲月淡淡有芳 18年4月15日

依人盡是假，跌倒自己爬，不要徒然地依靠別人，須知只有自己才是自己真正的貴人；今日思此，有感而賦詩焉。

歲月淡淡有芳，苦雨酸風飽嘗。
而今淡定平康，總賴神恩無上。
世人太多欺誑，思此不由失望。
濟世何其難艱，我要盡我力量。
時光寶貴非常，點滴也須珍享。
努力奮志向上，終飛萬里無疆。

雲天如此淡蕩 18年4月15日

雲天如此淡蕩，夕陽已經在望。
散步我悠揚，心志正剛強。
矢志殺盡虎狼，還我清平寰壤。
正氣大張揚，魔敵死光光。
喜鵲高聲鳴唱，歡欣吾之心房。
人生矢向上，不懼千重艱。
歲月如此奔放，轉眼發覺斑蒼。
努力騁志向，不負人生場。

奮發矢向上

18年4月15日

時間猶如沙漏，流逝的難以挽回，所以要奮發努力，爭取走在時間的前頭，天行健，君子以自強不息，誠哉斯言，吾有感而賦詩矣。

奮發矢向上，不懼困與艱。
努力騁昂揚，克盡千關障。
男兒有豪強，志在宇宙間。
合當曠飛翔，文明創新章。

天氣正朗晴

18年4月15日

天氣正朗晴，春風吹盡興。
紅塵噪不停，吾心須寧靜。
奮志豈常尋，矢將真理明。
叩道無止境，向上吾飛鳴。
歲月多清新，笑意展淡定。
斑蒼不必云，心態正年青。
小鳥嬌嬌鳴，花開正溫馨。
萬物都勃興，田野舒芳情。

心志正廣遼

18年4月15日

心志正廣遼，清心哦詩稿。
情懷南山操，雅潔若芳草。
愜聽春禽叫，喜看桐花妙。
歲月多娟好，我要開懷笑。
晴和是天表，遠處鞭炮囂。
吾持靜心竅，叩道也逍遙。
淡眼遠處瞧，天際春靄飄。
長空行飛鳥，自由暢飛高。

安心以處閑

18年4月15日

安心以處閑，心機未許放。
質樸且溫良，人格一生養。
窗外灑斜陽，春和風正曠。
小鳥歡鳴唱，余意亦悠揚。
余意亦悠揚，裁心哦詩章。
心興真無上，時刻想飛翔。
時光如水淌，點滴勿費浪。
努力騁志向，書山矢攀闖。

安心養怡間

18年4月15日

安心養怡間，春光舒悠揚。
未許稍慌張，心定自乘涼。
緣分起落間，無機持心腸。
浩然正氣曠，閑聽鳥鳴唱。
閑聽鳥鳴唱，天籟多清爽。
激情哦詩章，情感都舒放。
正值斜陽放，市井和平漾。
人生勿孟浪，共時慨而慷。

小鳥清心鳴叫

18年4月16日

小鳥清心鳴叫，得意自在逍遙。
紅塵徒擾擾，自由最重要。
心興放飛遙遙，青天多麼廣遼。
春陽煦煦照，東風吹妙巧。
花兒爭開風騷，紫燕飛翔雅俏。
吾意大逍遙，天人和且好。
春心發揚騷騷，嚮往愛情美好。
佳人在天表，矢當去尋找。

粉蝶翩翩飛翔

18年4月16日

粉蝶翩翩飛翔，春日天氣晴朗。
種花蒔草間，心志樂平康。
歲月如風飛揚，何許計我斑蒼。
努力曠飛翔，萬里無止疆。
浴後心情舒暢，悠聽鳥語歌唱。
心花朵朵放，愛情美無上。
浮生獨自闖蕩，何許計我痛傷。
奮志向前方，遼遠是天堂。

清意浮生感慨間

18年4月16日

清意浮生感慨間，流年如水逝淌。
最愛芳春萬物長，田野菜花金黃。
清坐品茗意興揚，耳畔鳥語嬌唱。
有詩發自吾心腸，舒出是為快暢。
窗外斜陽正煦放，務須珍惜時光。
努力向上騁力量，救世濟世剛強。
身心溫和君子仿，德操修養無疆。
追求永生之天堂，福壽康樂無恙。

雀鳥俱有靈

18年4月16日

家中養有一對牡丹鸚鵡，十分通人性，靈動異常，今日思此，有感而賦詩焉。

雀鳥俱有靈，似能知人心。
天地造化均，大千慧萬靈。
人生貴有情，愛物體均平。
護生當殷勤，心胸曠然明。
正氣充無垠，努力奮前進。
永生福無盡，得道吾清吟。

心境正清曠 18年4月16日

心境正清曠，美好是夕陽。
努力矢向上，克盡千重艱。
奮志之所往，尋覓真理糧。
注目彼西方，智慧在何方？
智慧在何方？努力去尋訪。
歲月曠飛翔，我已漸斑蒼。
曠志長空揚，萬里無止疆。
發出我心光，濟世盡力量。

夕照閃射金光 18年4月16日

夕照閃射金光，顯得溫和非常。
心志逞清昂，哦詩舒奔放。
時值芳春之間，萬紫千紅芬芳。
流年飛如狂，不必計斑蒼。
浩志依然昂揚，人生敢於向上。
不屈艱與蒼，男兒顯豪強。
立志殺盡虎狼，文明之火擎掌。
熊熊恆向上，燃燒萬古長。

清夜無眠 18年4月17日

清夜無眠，尋覓真理細用心。
文明前進，發展方向須細明。
心志殷殷，更向書海泛舟行。
高山險峻，我有翅膀摩雲嶺。
希冀光明，照耀歷史之前進。
神光內映，發為慧思有聰明。
正直靈明，謙和為人守素心。
名利云云，只是害人白骨精。

早起五更間 18年4月17日

早起五更間，心志正廣長。
物理細推詳，遠處晨雞唱。
人生致遐方，足下須穩當。
紅塵任起浪，駕舟吾穩航。
早起五更間，天還沒有亮。
淡定持心腸，寫詩舒揚長。
天地有玄綱，遵道必榮昌。
正氣大發揚，萬民壽而康。

晨起鳥語喧喧唱 18年4月17日

晨起鳥語喧喧唱，黎明余心持歡暢。
舒出心胸若霞仿，情懷正如紅日上。
淡定浮生坎坷間，奮志由來萬里疆。
淺淺微笑清浮上，欣喜世界正春光。
晨起鳥語喧喧唱，和平寰宇樂未央。
春氣和藹生機曠，萬物生長鬥奇芳。
紅塵不必稱攘攘，萬類和諧入康莊。
天人大道玄而暢，修心養德福壽康。

朝旭東升兮晨風暢 18年4月17日

朝旭東升兮晨風暢，
小鳥清鳴兮喜洋洋。
遠處村雞兮啼清揚，
余心欣曠兮哦詩章。
大千世界兮若畫廊，
田園春光兮美無恙。
生機勃興兮萬物長，
余亦開懷兮謳揚長。

心靜自乘涼 18年4月17日

心靜自乘涼，萬物任喧嚷。
吾只守靜閑，心地闊又廣。
叩道入深艱，悠聽啼鳥唱。
春風正吹揚，朝日灑光芒。
朝日灑光芒，園圃花兒芳。
心境真舒暢，名利當捐忘。
寫意紅塵間，神恩大奔放。
思此感心間，謳頌盡力量。

東風如此舒曠 18年4月17日

東風如此舒曠，閒情逸出襟房。
花好鳥鳴放，世界正春光。
心情未可緊張，悠悠揚揚適當。
奮志雖強剛，節奏必須講。
前路萬里無疆，休憩也是應當。
風雨兼程闖，關山風光靚。
神恩總是奔放，足夠你我安享。

努力矢向上，曠飛盡力量。

休閒真無恙

18年4月17日

休閒真無恙，心花朵朵放。
雅聽啼鳥唱，欣賞花兒芳。
清風滌我腸，綠茗潤襟房。
大千都曠朗，春意滿人間。
休閒真無恙，讀書哦詩章。
闔家都安康，父母健在堂。
塵世噪噪間，吾不受影響。
清貧正義剛，問學無止疆。

淡定立身間

18年4月17日

淡定立身間，心志廣揚長。
清喜春景芳，萬物勃生長。
有鳥高飛翔，花兒開得香。
心中樂無恙，寫詩亦流暢。
寫詩亦流暢，心性舒芬芳。
紅塵是狂蕩，幾人持清向？
獨立不徬徨，定志在遐方。
高遠無極限，理想導我航。

春氣正舒放

18年4月17日

春氣正舒放，朝氣乾坤間。
東風吹清揚，鳥語伴花芳，
歲月真無恙，思此余意康。
神恩正無疆，引我矢向上。
春氣正舒放，萬民喜洋洋。
天和日晴朗，詩意瀰心間。

哦出我嘹亮，心性矢剛強。
力斬虎與狼，還我清平況。

心志舒慨慷

18年4月17日

心志舒慨慷，大千匯入腸。
浩意真昂揚，天下心中裝。
正義吾強剛，紅塵任起浪。
飛翔九霄間，雲翳不能擋。
心志舒慨慷，男兒何豪壯。
向上吾飛揚，裁心哦詩章。
春色滿眼間，東風吹舒曠。
菜花真金黃，點綴田園芳。

卵色天空正晴朗

18年4月17日

卵色天空正晴朗，鳥語花又芳。
大地漫目盡春光，田園是畫廊。
心中高興就歌唱，一曲天人祥。
人生慨慷持心間，壯志不必講。
男兒理應有擔當，濟世鐵肩扛。
殺盡吃人之虎狼，還我清平壤。
神恩無量當頌揚，賜福大無疆。
萬民感恩齊謳唱，頌贊出心間。

第六十六卷《浩正集》

歲月變幻非常 18年4月17日

歲月變幻非常，心中切莫慌張。
神恩大無疆，總賜我安康。
努力曠意飛翔，藍天青碧無恙。
春禽齊鼓唱，花開俱芬芳。
春來心意悠揚，中心想要歌唱。
展眼看天壤，矢志九霄間。
人生百倍情長，婉轉賦得詩章。
一曲真嘹亮，遼遠傳廣長。

遠處鞭炮鳴放 18年4月17日

遠處鞭炮鳴放，喜慶氣氛張揚。
天氣晴和間，春光正無恙。
歲月飄逝飛翔，記憶垂為久長。
青春成既往，我已漸斑蒼。
依然志取強剛，依然奮發向上。
依然努力闖蕩，依然濟世肩扛。
小鳥清新鳴唱，清風吹入心間。
快意哦出詩章，一曲坦蕩揚長。

時近正午時間 18年4月17日

時近正午時間，心志更加揚長。
晴和這天壤，鳥飛正高翔。
心情無比漫浪，人生得意莫狂。
謙和一生講，矢志叩道藏。
春天風光妙揚，田園美景無恙。
清喜菜花黃，月季最清芳。
大千紅塵放曠，世界進步無疆。
我要努力闖，志取萬里疆。

心志長揚長揚 18年4月17日

心志長揚長揚，人生慨而以慷。
春日天晴朗，鳥語亦娟芳。
我的心意奔放，時刻想去飛翔。
天涯無限廣，風景任徜徉。
心中閃射明光，照徹黑暗退藏。
世界是神創，豈許魔猖狂。
矢斬吃人虎狼，寰球大同建創。
浩志正無疆，獨立迎風曠。

暢意是余浮生 18年4月17日

暢意是余浮生，感慨從心而生。
奮志風雨程，艱蒼不必論。
曠志舞在紅塵，心情十分繽紛。
人生何足論，唯是奔天程。
天父賜下宏恩，選民得救歡騰。
凱歌徹雲層，歡呼聲連聲。
勝了還要再勝，克盡魔敵纏爭。
順利啟歸程，天國有永生。

又值夕照時間 18年4月17日

又值夕照時間，我意更加慨慷。
奮發我昂揚，效取松之剛。
人生不屈艱蒼，拙正守我心腸。
質樸本無妨，德操修無疆。
心地和柔無恙，慈悲理所應當。
博愛最堪講，不只口頭上。
努力發熱發光，濟世吾意揚長。
不知老來訪，心情春意曠。

江山如此多嬌 18年4月17日

江山如此多嬌，心情謙和須保。
奮發我揚飆，與時間賽跑。
紅塵徒自擾擾，我只靜守心竅。
名利不重要，正直第一條。
人生履歷迢迢，山高水遠險要。
展翅曠飛高，萬里是坦道。
黃昏景色微妙，春風寫意風騷。
鳥語歡鳴叫，我心樂逍遙。

世界存在玄妙

18年4月17日

世界存在玄妙，眾生七彩閃耀。
叩道吾迢迢，心得自豐饒。
春光正是大好，東風吹來妙巧。
花兒都開了，柳兒迎風飄。
最喜鳥兒鳴叫，我心開懷大笑。
紅塵胡不好，神恩賜豐標。
何必懼怕年老，心態更為重要。
努力向前跑，風光正美妙。

落日如此之紅

18年4月17日

落日如此之紅，我心為之感動。
寫詩訴心胸，情懷如潮湧。
流年光陰飛猛，少年逝去無蹤。
感慨在心中，奮志如長虹。
七彩閃耀襟胸，奮發才能成功。
叩道不懼痛，跌倒仍笑容。
世界渾然相共，人類心靈相通。
文明火熊熊，燃燒至久永。

朝氣盈滿乾坤

18年4月18日

朝氣盈滿乾坤，晨起薄寒三分。
鳥語囀嬌純，清風吹陣陣。
人生奮力馳騁，不懼山高水深。
清度此紅塵，春色正動人。
歲月有其清芬，苦難已成過聞。
努力展翅騰，九霄是一瞬。

曠志萬里征程，叩道深入險深。
天國啟歸程，天父正在等。

淡泊情懷何所唱

18年4月18日

淡泊情懷何所唱，心緒共春揚。
質樸心地也安祥，無機第一樁。
歲月紛飛記憶傷，少年入夢鄉。
時逢春好我意揚，欣然賦詩章。
勿為名利而匆忙，清貧保我善良。
世界之上多機奸，我心絕不動晃。
寫意春風吹清曠，陣陣鳥語花香。
心境共風同飛揚，飛向萬里之疆。

天工成物有奇妙

18年4月18日

天工成物有奇妙，和平寰宇行大道。
歲月均平春秋好，人民幸福樂逍遙。
風調雨順富五穀，日朗風清江山嬌。
瞻望前景余含笑，福壽綿長正廣遼。

曠意舞在紅塵

18年4月18日

曠意舞在紅塵，心靈不再痛疼。
努力走靈程，乘風雲霄升。
試探不再艱深，神已賜下權能。
歡呼出心身，得勝歸天城。
聖徒蒙福何盛，神恩無邊曠逞。
前路盡順程，陽光灑乾坤。
春意芳菲興盛，萬物生機盡逞。
靈性茂而盛，信心日加增。

暮色蒼茫（之一）

18年4月18日

暮色蒼茫，有鳥恣高翔。
心意安祥，哦詩亦舒放。
打開燈光，奉出赤心腸。
世事混茫，救世鐵肩扛。
和平寰壤，不許虎狼狂。
聖徒歡唱，靈程曠飛翔。
歡樂無恙，神恩總廣長。
不須尋訪，賜福總無疆。

喜鵲鳴聲高

18年4月18日

喜鵲鳴聲高，春旭正東照。
淡靄四野飄，品茗意雅俏。
時光飛如跑，田園芳菲饒。
惜時銘懷抱，朗哦聲風騷。

體道安康

18年4月18日

體道安康，人生奮志向上。
志取昂揚，實幹晨昏必講。
歲月飄揚，一似風吹過往。
未許蒼涼，心花朵朵開放。
得道安祥，靈性生命芬芳。
中心感想，神恩務要頌揚。
大千淡蕩，曠喜春日和暢。
群鳥飛翔，自由搏擊天蒼。

清風流暢

18年4月18日

清風流暢，我要曠意飛翔。
掠過山崗，掠過平原無恙。
世界廣長，心靈可達天堂。
神恩無限，賜我福壽安康。
聖潔羔羊，努力發熱發光。
勝過邪幫，戰勝吃人虎狼。
凱歌唱響，接受神之獎賞。
永生無恙，幸福何其奔放。

微風清漾

18年4月18日

微風清漾，春靄四野放。
小鳥鳴唱，喜氣盈寰壤。
好花嬌芳，舒情哦詩章。
激越昂揚，力作好兒郎。
不懼艱蒼，已然千關闖。
半百之間，一笑還清揚。
努力向上，曠飛無止疆。
高遠天堂，才是我故邦。

東風浩蕩

18年4月18日

東風浩蕩，風中遞清香。
喜氣洋洋，春光真無恙。
清聽鳥唱，我心為之曠。
欣賞花芳，愜我意與腸。
人生奔放，矢志當強剛。
努力向上，勿為名利誑。
世事幻象，永生在天堂。
高遠遐方，寄託我理想。

晨風清爽

18年4月18日

晨風清爽，鳥語吱喳放。
心興清芳，雅將新詩唱。
人生昂揚，正直持襟腸。
不畏艱蒼，心懷紅太陽。
世事茫蒼，人生致遐方。
風光清靚，奮志長驅闖。
歲月奔放，流年逝如狂。
芳春正當，萬紫千紅曠。

南風舒曠

18年4月18日

南風舒曠，天氣正晴朗。
體味休閒，心志正無恙。
人生揚長，萬事俱下放。
雅哦詩章，救世未敢忘。
奮發圖強，努力騁陽剛。
不斷向上，不懼千重艱。
試探任放，吾守拙心腸。
未許機奸，擾亂我心房。

中正持心

18年4月18日

中正持心，秉持空靈。
歲月進行，溫馨余心。
春意分明，花芬鳥鳴。
心意曠運，短章賦吟。
中正持心，偏倚不行。
修身無垠，圓明覺性。
叩道奮行，永無止境。
努力前進，風光秀俊。

藍天碧青

18年4月19日

藍天碧青，春靄四野凝。
浩志凌雲，雅聽晨鳥鳴。
歷史煙雲，回顧傷了情。
努力辟進，文明開無垠。
紅塵多辛，眾生多爭競。
須開太平，濟世有餘情。
天工均平，拯救眾有情。
惡人險陰，務須滅乾淨。

修身養性

18年4月19日

修身養性，心靈最要緊。
曠然怡情，休憩頤和平。
人生多情，勿動名利心。
對於愛情，隨緣即可行。
世事風雲，人心須靜定。
風浪終停，陽光灑朗晴。
春意無垠，花好鳥清鳴。
清坐品茗，身心俱清靜。

斜照輝煌

18年4月19日

斜照輝煌，身心俱安康。
田園春光，美妙不盡賞。
聽鳥歌唱，享受這陽光。
心境敞亮，無機持襟房。
正直為上，人生舒慨慷。
矢志昂揚，迎著困難上。
紅塵萬狀，不過是幻象。
名利虛妄，應棄應下放。

心花朵朵放

18年4月19日

心花朵朵放，春日正晴朗。
曠思無止疆，心須勒馬韁。
定志凝思想，展眼乾坤望。
治世有良方，文明升無量。

暮色蒼茫（之二）

18年4月19日

暮色蒼茫，心事正廣長。
燈火點上，寫詩舒心腸。
人生揚長，奮發矢志上。
苦旅艱蒼，俱已成過往。
心心相望，情字有擔當。
瞻望前方，牽手共漫浪。
芳春正當，花好鳥鳴唱。
我意清芳，奉出赤心腸。

喜鵲鳴於東方

18年4月19日

喜鵲鳴於東方，欣然曠余意向。
春意多菲芳，慨然哦詩章。
人生矢志向上，不懼險惡魔幫。
揮舞靈刀槍，克盡邪與奸。
勝利必然在望，還我清平寰壤。
得救是少量，敗類滅光光。
紅日升於東方，世界存在指望。
正義大剛強，善人得康莊。

何必過於慨慷

18年4月19日

何必過於慨慷？何必過於大方？
惡必殺盡光，否則又滋長。
天工成物適當，完工只在瞬間。
玄機何必講，大道默運間。
紅塵喧囂非常，惡人十分狂猖。
神魔大戰間，完勝是尋常。
還我乾坤朗朗，紅日升起東方。
雀鳥歡鳴唱，人民得安康。

夕照閃射金光

18年4月19日

夕照閃射金光，我意更加揚長。
怡情聽鳥唱，闔家俱安康。
人生履度苦艱，而今心靈解放。
神恩總無上，賜福大無疆。
歲月暮春之間，萬紫千紅奔放。
想學鳥飛翔，曠意何快暢。
時光未可費浪，憂慮應都拋放。
名利是纏障，應棄應遺忘。

鳥語喳喳為哪樁

18年4月20日

鳥語喳喳為哪樁，穀雨時節空際芳。
春意舒放吾揚長，天氣陰來我安祥。
雅知歲月如流曠，中心正義仍剛強。
奮發揚飆萬里疆，孤旅何必嗟愁悵。

歲月驚心

18年4月20日

時光迅飛，今日已是穀雨，再過半月就立夏了，余有所驚詫，聊賦短詩焉。

歲月驚心，人生如行軍。
越過艱辛，奮志而進行。
中心感喟，人生陰晴會。
聽鳥鳴媚，花開俊且美。
質樸心中，共緣騁奮勇。
前路有虹，攜手浪漫擁。

拙正持在心間

18年4月20日

拙正持在心間，務將機巧拋光。
窗外灑春陽，萬物舒奔放。
我心充滿陽光，愛意溢出心膛。
眼目都明亮，前路萬里康。
紅塵不許狂猖，清平世界無恙。
神恩大無疆，鳥語花嬌芳。
歲月盡興品嘗，一似綠茗清香。
淡雅之心腸，品味豈尋常。

菜花開得正好

18年4月20日

菜花開得正好，粉蝶翩翩舞飄。
老柳碧絲搖，東風寫意妙。
我自採熱興高，奮發揚長逍遙。
人生胡不好，春意多風騷。
切莫得意驕傲，謙和一生須保。
努力修德操，境界入微妙。
環境務必搞好，汙染徹底治掉。
碧水青山好，人民歡聲高。

清風長吹揚

18年4月20日

清風長吹揚，正值黃昏時間。
鳥鳴且歡暢，紫燕雙雙飛翔。
我意自慨慷，哦詩熱情奔放。
紅塵徒骯髒，幾人懷有清向？
救恩來自上，光明沁入心間。
慧目務開張，識得天路回鄉。
天國真無恙，永生福壽何康。
罪惡滅光光，克盡陰邪魔障。

休憩吾身心

18年4月20日

休憩吾身心，淡定學浮雲。
人生太艱辛，應能息吾心。
鳥語正清鳴，花好舒清新。
且請品芳茗，滌我性與靈。
休憩吾身心，名利未許縈。

紅塵亙多辛，眾生齊爭競。
何不息妄心，修心學行雲。
世界是幻境，永生在天庭。

浮生徒有恨

18年4月20日

浮生徒有恨，煙雲何必論。
奮志在乾坤，努力走靈程。
山高水又深，濟世我馳騁。
向陽心地純，謳歌一曲成。

清風來暢

18年4月20日

清風來暢，黃昏清展夕陽。
歲月舒放，正值穀雨時間。
多言有妨，沉默實幹為上。
汗水流淌，春播秋收安祥。
喜鵲鳴唱，悅余心耳意腸。
奮志向上，振翼曠飛無疆。
救世何艱，眾生鋼硬心腸。
須持鐵杖，治理萬國萬邦。

落日輝煌

18年4月20日

落日輝煌，落日多麼輝煌。
抓緊時間，真須抓緊時間。
人生履艱，濟世吾志何剛。
殺盡豺狼，救度選民向上。
靈程險艱，總有魔敵阻擋。
真理陽光，照徹聖徒心間。
神恩何壯，殺敵凱歌旋唱。
永生天堂，福壽何其安康。

陽光燦爛

18年4月20日

陽光燦爛，心情都舒散。
鞭炮鳴喊，喜慶盈塵寰。
心懷浪漫，情思持心坎。
人生坷坎，應作等閒看。
月季嬌曼，鳥語卻綿蠻。
寫意宇寰，春意正開展。
努力前站，曠志作好漢。
人生妙曼，一站又一站。

鳥語清鳴

18年4月20日

鳥語清鳴，一使余開心。
況值朗晴，況值芳春景。
歲月進行，心境持雅清。
奮志凌雲，卻不為利名。
救世要緊，持正奮剛勁。
男兒豪英，鐵肩擔無垠。
大千曠運，秋春如飛行。
我已斑鬢，時光務抓緊。

木香開了

18年4月20日

木香開了，桐花卻老了。
春意微妙，東風吹蕩浩。
正氣凌霄，平生持岸傲。
矢斬魔妖，克盡虎狼豹。
江山多嬌，神恩無限饒。
努力奮跑，關山越迢迢。
紅塵瞎鬧，名利害人巧。
吾持高標，山風醒心竅。

春日朗晴

18年4月20日

春日朗晴，心中懷激情。
嚮往飛行，與汝比翼進。
小鳥嬌鳴，春意正和平。
花開清俊，時光勿負盡。
攜汝前行，彩虹是遠景。
風雨縱凌，陽光終會臨。
芳春待盡，今日穀雨臨。
心志殷殷，心跡向汝明。

心志繽紛

18年4月20日

心志繽紛，人生持溫存。
春意清芬，萬物都興盛。
滾滾紅塵，未許名利紛。
請聽鳥聲，欣賞花馨溫。
努力前程，山水勿足論。
男兒勇生，鐵肩荷乾坤。
萬事難論，訴出我心聲。
愛情雅芬，陶醉我心身。

雲天清爽

18年4月20日

雲天清爽，散步有汗淌。
暮春時間，萬物盛生長。
心志昂揚，悲憫理應當。
發出心光，逼退黑暗藏。
文明向上，神恩總無量。
扶助陽剛，陰邪滅光光。
歲月飛翔，流年自更張。
不回頭望，向前恆矢闖。

春氣和平

18年4月20日

春氣和平，又動悲憫心。
世事升平，總賴神恩盈。
無機心靈，正直最要緊。
神親導行，步步樂園進。
眾生罪性，難以喚清醒。
沉淪無垠，墮入黑暗境。
選民精兵，靈性正警醒。
曠飛聖境，得救歌徹雲。

第六十七卷《紅日集》

藍天祥雲飄行 18年4月20日

藍天祥雲飄行，暮色形成美景。
我心崇尚光明，文明之火務擎。
人生奮志殷殷，不怕困難險境。
努力去學雄鷹，曠飛絕壁峻嶺。
中心剛毅雄英，傲立如山之俊。
不屈名利虛境，對人一片誠心。
此生半百已競，斑蒼無妨寧靜。
向上展眼無垠，發見鳥飛成群。

方正圓明之間 18年4月21日

《周易大傳》與《黃帝內經素問》是兩部奇書，余讀之不厭，每次閱讀，均有新的心得，是以余甚推崇之，今日思此，有感而賦詩焉。

方正圓明之間，大道盡顯清揚。
奮志吾昂揚，男兒有力量。
平生慨當以慷，傲立偉岸堅強。
不屈困與障，謙和守心腸。
向上曠意飛翔，越過山水無恙。
世界有道藏，內涵富而芳。
濟世醫人何芳，神恩不盡奔放。
陽光灑清朗，眾生樂無恙。

正值黃昏時間 18年4月21日

正值黃昏之間，睹見紫燕飛翔。
我意真舒曠，欣然賦詩章。
人性復雜難講，存在許多偽奸。
純真之心腸，珍貴最為上。
素樸無機揚長，男兒一生豪放。
履盡彼艱蒼，終將迎陽光。
歲月春意舒放，萬物欣欣生長。
閒散真無恙，清淨享安祥。

人生須有擔當 18年4月21日

人生須有擔當，奮志吾意強剛。
努力矢向上，文明之火矢擎掌。
歲月清展悠揚，斜暉清灑朗朗。
散坐品茗間，一腔熱血恆激蕩。
吾心向誰開敞？孤旅獨自昂揚。
敢於風雨闖，兼程開路舒奔放。
闔家均都安康，神恩總是無上。
感恩銘心房，頌贊盡力量。

陽和天宇間 18年4月21日

陽和天宇間，陽光灑明靚。
春意正清芳，我意復揚長。
歲月流連暢，感慨銘心膛。
奮志發清揚，男兒慨而慷。
心光發明亮，眼目凝慧光。
罪惡無處藏，真理天下暢。
紅塵是攘攘，眾生爭競忙。
何不省心腸，定志叩慧藏？！

心情須靜定 18年4月21日

心情須靜定，養怡品芳茗。
世事渾不定，大道運空靈。
切莫心不定，請聽鳥清鳴。
正道終昌興，陰邪滅乾淨。

清風正送爽 18年4月21日

清風正送爽，鳥語復花芳。
田園若畫廓，我意勃然暢。
寫詩舒心腸，一曲應瀏亮。
人生合揚長，攜手萬里疆。

文化有力量 18年4月21日

文化有力量，散發正能量。
殺伐止無疆，和平盈寰壤。
人心應端方，智慧恆增長。
欣欣恆向上，天路行慨慷。
天路行慨慷，叩道吾清揚。

辨明正方向，光明心地間。
積德豈有疆，純潔持襟腸。
天工大化間，接引至天堂。
接引至天堂，福壽何康強。
南針定方向，文明恆舒放。
向上沐明光，彩虹心地間。
不再有艱蒼，靈程曠飛翔。
靈程曠飛翔，得救至天堂。
神恩無限廣，賜福真無疆。
感恩淚雙淌，奮發我昂揚。
淨化靈無限，心光發明亮。

晨風清涼 18年4月21日

晨風清涼，傳來喜鵲唱。
我意悠揚，心情真舒暢。
雲天淡蕩，白雲曼飄翔。
春意清芳，清喜這塵壤。
寫詩流暢，心跡吐芬芳。
歲月揚長，初夏行將訪。
愛意心間，真情向天曠。
渴望飛翔，比翼摩雲蒼。

天氣熱燥 18年4月21日

天氣熱燥，心須保靜悄。
鞭炮鳴囂，紅塵是熱鬧。
清心雅俏，哦詩亦良好。
大道迢迢，叩道吾奮跑。
關山險要，不必回頭瞧。

千關克了，朗然余一笑。
桐花正好，紫色開微妙。
月季倩巧，五彩光華耀。

清風徐曠 18年4月21日

清風徐曠，祥雲漫天翔。
散坐安祥，品茗愜意間。
發出心光，照亮世人腸。
黑暗退藏，智慧盈襟房。
歲月品嘗，百感不必講。
和平寰壤，正氣大發揚。
攜手共襄，文明會一堂。
和同必講，榮耀神之光。

天陰何妨 18年4月21日

天陰何妨，我有心之光。
向前向上，奮飛有力量。
暮春無恙，人心多舒暢。
字裡行間，欣悅在歌唱。
人生揚長，傲骨擔乾綱。
正氣昂揚，矢志克艱蒼。
流年花放，回味有久長。
應向前望，風光妙無恙。

歲月悠揚 18年4月21日

歲月悠揚，心志若花放。
喜氣洋洋，愛情在心間。
人生安享，攜手共遠航。
天高地廣，盡夠你我翔。
春氣舒放，萬物盡生長。
鳥語花香，點綴這茫蒼。
心懷希望，嚮往在遐方。
高遠理想，支撐我前闖。

鳥語嬌芳 18年4月21日

鳥語嬌芳，愜我意與腸。
佳人遠方，引我思憶長。
歲月有光，悟道吾揚長。
真理至簡，真心最為上。
純真心腸，向君雙奉上。
愛情無恙，美好共君享。
前路陽光，沒有風雨艱。
欣欣襟房，向君大開敞。

天圓地方 18年4月21日

天圓地方，男兒縱陽剛。
神恩自上，灌入人心腸。
春色清芳，花好鳥歌唱。
東風舒曠，愜我意無限。
閒散安祥，名利都捐忘。
孤身何妨，濟世矢頑強。
正直之間，純真持襟房。
男兒豪強，不容一絲奸。

鳥鳴唱 18年4月22日

人欲如海，永無滿足的時候，是以苦海無邊，亦回頭是岸，知足常樂，亦是雅趣，今日思此，有感而賦詩焉。

鳥鳴唱，天晴朗，
寫意東風正吹暢。
心地間，喜洋洋，
奮志踏遍彼艱蒼。
向前望，紅太陽，
春色明媚難細講。
紅塵間，共緣翔，
何必計較短與長。
人生場，勒馬韁，
未許名利肆狂猖。
正義剛，心襟方，
男兒豪放曠意翔。

鳥鳴芳 18年4月22日

鳥鳴芳，我意真舒暢。
雨停降，風吹正清爽。
歌聲揚，我心為之曠。
感動間，詩興發清揚。
志昂揚，努力迎難上。
克艱蒼，風雨無法擋。
前路長，與誰攜手闖？
心地間，光明恆增長。

心襟灑脫何剛強

18年4月22日

心襟灑脫何剛強，身經百劫志猶曠。
渾身是膽鬥魔狂，敢於奮發矢志上。
江山多嬌英武放，男兒雄壯眼目亮。
定志萬里之遠疆，努力前路兼程闖。

紛紛失落是青春

18年4月22日

紛紛失落是青春，不覺斑蒼清逞。
時候正值是暮春，感慨從心而生。
鳥鳴只管啼嬌純，花開只管馨芬。
人生易老心傷疼，對風長嗟難論。
努力前路奮剛正，豪氣百倍清生。
熱血由來不會冷，叩道奮志乾坤。
敢於向上雲霄升，艱險苦難何論。
我有一腔正氣逞，荷擔濟世重任。

天氣陰雲又漾

18年4月22日

天氣陰雲又漾，春雨行將灑降。
萬物正生長，急盼甘霖降。
人生奮志長闖，風雨艱蒼尋常。
中心懷希望，不滅是理想。
淡定清聽鳥唱，享受風之清爽。
紅塵寄居間，勿為名利誑。
歲月淡淡有芳，惜我年華逝殤。
更加要頑強，努力去成長。

歲月不盡滄桑

18年4月22日

歲月不盡滄桑，人情冷暖之間。
覷破世真相，歎息嗟良長。
愛心越發增長，慈悲是有力量。
正義須伸張，邪惡務滅光。
人間充滿骯髒，人心偽飾非常。
急須洗清爽，急須光照亮。
奮志更加慨慷，救世絕不退讓。
努力發心光，照亮夜深長。

獨立自主為上

18年4月22日

獨立自主為上，奮發人生強剛。
靠人無指望，跌倒誰來幫？
唯有神恩無上，指引正道康強。
靈程徑往上，不懼千重艱。
自由人人渴望，享受非同尋常。
曠飛在天壤，心情多奔放。
紅塵一似囚網，靈性務必清揚。
對準天國翔，永生樂無恙。

心靈須要有光

18年4月22日

心靈須要有光，陰雲任其激蕩。
眾生墮落間，拯救理應當。
一生履度艱蒼，努力振奮揚長。
力沿天路上，永生有指望。
克盡吃人虎狼，還我清平寰壤。
黑暗都退藏，人心發明光。
慧意盈在心間，眼目愈發明亮。
濟世吾昂揚，鼓勇盡力量。

時雨灑落紛紛

18年4月22日

時雨灑落紛紛，清風吹來爽神。
浴後快心身，哦詩舒真誠。
人生苦旅行程，努力向上奮身。
克敵必全勝，凱歌徹雲層。
世界存在紛爭，名利擾擾害人。
人心須歸正，奮志脫紅塵。
天國才有永生，福樂康壽平等。
神親引路程，聖徒曠飛升。

時雨打落菲芳

18年4月22日

時雨打落菲芳，落紅不必嗟傷。
青春曾盛放，無愧是心腸。
人生發覺斑蒼，對鏡不必嗟悵。
奮志要強剛，時光勿費浪。
救世抓緊時間，導引文明向上。
旅程任險艱，前路光明間。
春靄迷離四漾，詩意中心成長。
脫口哦詩章，清新又揚長。

文明須向上

18年4月22日

文明須向上，向下墮落無指望。
神恩正廣長，導引文明正方向。
努力振志向，改過自新有力量。
展翅曠飛翔，前程萬里無止疆。

聖靈作導航，選民心中須愛光。
上帝就是光，賜與眾生福壽康。

暴雨灑降何快暢

18年4月22日

暴雨灑降何快暢，心地正清芳。
空氣新鮮真無恙，雨打起清響。
歲月芳春漸逝殤，心情不悲傷。
共緣奮飛吾揚長，人生一夢間。
名利從來是虛妄，何必介意向。
唯有知音難尋訪，孤旅苦艱蒼。
奮發男兒之陽剛，矢志克虎狼。
光明心地頗安祥，笑對風雨狂。

人生創意無限

18年4月22日

人生創意無限，矢志發熱發光。
救度世頹綱，文明引向上。
春雨灑清芳，小鳥且鳴唱。
夕風吹清涼，燈下書華章。
前瞻奮力量，鼓勇我何剛。
乾坤扭轉間，濟世勇擔當。
不懼已斑蒼，意志老彌壯。
矢志萬里疆，力行兼程闖。

謙和清守心膛

18年4月22日

謙和清守心膛，自律才能自強。
自由須適當，不可太過量。
人生得意莫狂，努力發出心光。
愛人如己間，和美這塵壤。

時候芳春正當，心興百倍揚長。
隨意哦詩章，舒出心中芳。
希冀眾生安康，福壽不斷增長。
智慧明心間，罪惡矢拋光。

燈下清思想

18年4月22日

燈下清思想，純潔持襟腸。
人生多苦艱，心態須陽光。
克去機巧奸，無機體揚長。
正直未可滅，拙樸是大方。
詭計必喪亡，奸詐死光光。
天地真理暢，神恩大無疆。
持中必須講，自由亦限量。
恣意恐狂猖，復辟絕不讓。

雨後閑眺望

18年4月22日

雨後閑眺望，暮色春靄漾。
田園繁花長，漫眼桐花芳。
落紅不必講，時光水流殤。
男兒奮志剛，努力傲骨壯。
苦旅曾艱長，有淚恣意淌。
而今獲安康，神恩總無恙。
心光發明亮，智慧盈心膛。
濟世盡力量，腳踏實地闖。

暮煙重濃

18年4月22日

暮煙重濃，燈下舒心胸。
寫詩情濃，佳人思憶中。
雨雨風風，幾度患難重。
心志奮勇，有始必有終。
不甘平庸，努力騁豪雄。
男兒英勇，克敵勝無窮。
光明心中，努力去作工。
前路彩虹，通向天國中。

鳥語清長

18年4月23日

鳥語清長，天陰頗涼爽。
散淡休閒，清吸東風暢。
人生安康，神恩荷無上。
憂患拋光，享受歲月曠。
暮春之間，惜時應須講。
萬物生長，田園滿眼芳。
意氣揚長，男兒是鐵鋼。
奮發向上，永遠無止疆。

不思不想

18年4月23日

不思不想，淡泊且安康。
流風送暢，春光不盡靚。
我意平康，一杯清茗芳。
生活品嘗，原也淡淡香。
名利虛妄，何必介意向。
清貧何妨，正義吾強剛。
拋開悲傷，不去想既往。
鞭炮震響，點綴這安祥。

淡定平生何必恨

18年4月23日

淡定平生何必恨，流年落花紛紛。
鳥語只管啼其純，哪知余心痛疼。
歲月艱蒼不必論，風雨苦難歷程。
依然傲立不沉淪，鼓勇矢志奮爭。
春風寫意曠心神，療我心中痛疼。
不嗟孤旅淚不紛，壯志如山而逞。
笑意清新哦真誠，百度秋春一瞬。
神恩浩大總繽紛，思此熱淚流迸。

天陰吾揚長

18年4月23日

天陰吾揚長，浩志持在心間。
窗外風兒狂，空氣新鮮無恙。
小鳥且鳴唱，我意灑然清芳。
閑寫我詩章，舒出心中淡蕩。
世事是緣放，只能順其所向。
人心須向上，心靈須持慧光。
無可奈何間，有時嗟歎良長。
心懷貞志剛，不屈磨難艱蒼。

春光無恙

18年4月24日

春光無恙，雲天若畫廓。
小鳥鳴唱，自在且奔放。
我自慨慷，激情盈心膛。
矢志向上，不屈千重艱。
奮力前闖，探尋新路向。
文明之火，高高擎而掌。
前路廣長，通往彼天堂。
克盡苦艱，終將享平康。

白雲緩緩向南翔

18年4月24日

白雲緩緩向南翔，曠意東風清暢。
閑聽小鳥鳴且唱，讀書品茗意揚。
人生時光如箭殤，追悔何法可想。
唯有惜取寸陰芳，努力騁志昂揚。
暮春惜老花漸喪，不必稍有頹唐。
會有四月多菲芳，萬物興旺生長。
世事冷暖不必講，誰人不明心間。
更加努力擔乾綱，救度人心向上。

東風吹暢

18年4月24日

東風吹暢，閒適我襟房。
風物淡蕩，不盡春意芳。
人生揚長，名利當棄放。
正義強剛，傲立頂天壯。
困窮何妨，心懷紅太陽。
雲飛滄蕩，大千似畫廓。
鳥鳴花放，點綴這安祥。
心興奔放，哦詩熱情彰。

堅持自我主張

18年4月24日

堅持自我主張，獨立自尊自強。
不為困障慌，展翅曠飛翔。
高山峻嶺敢上，衝決罪惡之網。
自由之天壤，紅日照輝煌。
人生奮志強剛，努力向前向上。
身心不老間，眼目凝慧光。
世界存在羅網，不是心靈故鄉。
天國在遐方，矢志歸故邦。

雲天漫浪

18年4月24日

雲天漫浪，北風吹瀟狂。
清坐安祥，品茗讀詞章。
歲月飛曠，不懼老來訪。
紅塵攘攘，清心明意向。
矢志向上，天國是家邦。
塵世桑滄，不過是幻象。
欣賞春光，鳥語嬌嬌唱。
寫意無限，我心舒奔放。

夕照閃射光芒

18年4月24日

夕照閃射光芒，心志更加揚長。
雅聽小鳥唱，情懷都開敞。
歲月無比清芳，享受當下安祥。
神恩總無上，思此熱中腸。
人生努力向上，不怕艱蒼阻擋。
奮發男兒曠，奮鬥有榮光。
不懼人漸老蒼，率意哦我詩章。
未許悲和悵，展眼田園芳。

秀美春光

18年4月25日

秀美春光，花開鳥啼唱。
四野靄漾，心境樂平康。

神恩莫忘，點滴感心間。
靈性清芳，燭照前路長。
矢志向上，淨化靈無疆。
塵世吵嚷，心地須靜閑。
坦坦蕩蕩，做人傲骨剛。
謙和心向，君子人格彰。

第六十八卷《素問集》

青天朗朗 18年4月25日

青天朗朗，心地持平曠。
人生世間，合與緣共翔。
療治世創，五味調和間。
世事真相，我已了於掌。
濟世心腸，不可稍變涼。
努力向上，散發熱與光。
小鳥鳴唱，自在且欣曠。
余意安康，多想復有妨。

雲淡風清 18年4月25日

雲淡風清，余意起空靈。
歲月多情，此際思魯迅。
吃人無垠，世界不太平。
神親引領，克盡虎狼群。
還我清平，聖徒列隊形。
乘著白雲，向著彩虹行。
天國妙景，永生福無垠。
沒有魔兵，沒有敗壞情。

暢意浮生 18年4月26日

暢意浮生，天陰無妨心溫存。
愜聽鳥聲，寫詩清裁我心身。
大千紅塵，困苦艱難矢拋扔。
前路明燈，導引我行萬里程。
奮不顧身，豈懼虎狼併成陣。
殺伐聲聲，聖徒列隊矢前騁。
凱歌旋生，步履靈程曠飛升。
罪惡消分，正義人間公道芬。

春漸老心情妙 18年4月26日

春漸老心情妙，感慨哦詩稿。
花開好鳥鳴騷，大千風景俏。
人易老心還少，揚長奮前道。
不畏山不畏道，風雨我兼造。
心孤傲知音渺，獨立發長嘯。
世界上紅塵囂，眾生多瞎搞。
叩大道矢揚飆，救度人心竅。
天國好彩虹耀，歸鄉胡不早。

奮志豈屬常尋 18年4月26日

奮志豈屬常尋，人生不守因循。
藍天曠無垠，任我入青冥。
人生當展雄英，克盡鬼魔凶兵。
勝利凱歸營，天路我奮行。
叩道成竹在心，心得點點分明。
謙和守心襟，向上吾騰雲。
紅塵太多酸辛，磨煉我之剛硬。
克敵勝無垠，傲立似山俊。

夕照清灑光芒 18年4月26日

夕照清灑光芒，市井和平熙攘。
暮春正無恙，四野景物芳。
歲月清展淡蕩，不必懼怕老蒼。
天國在遐方，永生福無限。
不要懼怕死亡，靈性生命永康。
脫去肉體裝，聖潔何清揚。
名利俱屬欺妄，金錢害人無限。
清貧有何妨，正義吾強剛。

流年狂猖 18年4月26日

流年狂猖，暮春吾情長。
老柳擺芳，木香開盛旺。
心志悠揚，愜聽小鳥唱。
春靄四方，迷漾田園間。
品茗興漲，哦詩熱情放。
奮志昂揚，努力萬里疆。
名利棄放，剩有正義剛。
男兒豪強，正直持心腸。

心地須持光明

18年4月27日

心地須持光明，黑暗矢當拋清。
爛漫我身心，靈程鼓勇進。
叩道不畏艱辛，奮志豈屬常尋。
男兒展豪英，曠飛無止境。
聖靈充滿我心，歡歌我要盡興。
腳踏實地行，步步真理循。
紅塵太多苦情，眾生爭競不停。
我心有悲鳴，哦詩舒心靈。

長風吹蕩吹蕩

18年4月27日

長風吹蕩吹蕩，浴後清爽清爽。
紅塵存漫浪，心志須剛強。
百年一似瞬間，求仙難以尋訪。
我要叩道藏，追尋真理光。
天國是在至上，肉眼難以明訪。
心靈無限量，直接通天堂。
救世身心慨慷，個人名利棄放。
清貧一無妨，男兒正氣剛。

心事廣長

18年4月27日

心事廣長，晨起清對春光。
暮春時間，惜春情緒增長。
歲月飛翔，奈何人漸老蒼。
逸意飛揚，閑聽鳥語歌唱。
人生世間，堪與夢境相仿。
醒來回放，一切掩在煙間。
向前瞻望，仍須鼓勇奮闖。
英武心間，不屈世事羅網。

百囀鳥鳴

18年4月27日

百囀鳥鳴，引余以開心。
心中懷情，田園綻芳景。
天色卵青，市井奏和平。
歲月飛行，閒愁難消盡。
志氣先行，風雨任艱凌。
努力上進，關山越無垠。
百年光景，人生夢幻行。
唯有德行，高潔堪仰景。

春風清曠

18年4月27日

春風清曠，吹拂我心腸。
逸意揚長，耳畔鳥清唱。
悠品茗芳，心事向誰講。
矢叩道藏，尋覓靈之糧。
歲月飛揚，往事不必想。
舊有痛傷，風吹去遠方。
努力前方，風光瑰且靚。
振翼飛翔，絕不可迷茫。

夕照正紅

18年4月27日

夕照正紅，心志豈平庸。
歲月從容，人生非是夢。
尋覓仙蹤，叩道吾奮勇。
歷史厚重，努力讀書中。
春意重濃，喜鵲歡鳴頌。
我心輕鬆，哦詩亦靈動。
多言何功，實幹勁正湧。
步上彩虹，永生燦無窮。

鞭炮囂鳴

18年4月28日

鞭炮囂鳴，紅塵熱鬧驚心。
吾持雅淨，淡泊清持心襟。
舒我身心，讀書寫詩品茗。
小鳥嬌鳴，催生我意多情。
孤旅艱辛，不懼風雨雷鳴。
奮發進行，風光歷覽在心。
大千幻境，矢求永生之境。
叩道殷勤，力將正路訪尋。

流風送暢

18年4月28日

流風送暢，雀鳥且歡唱。
三月菲芳，萬物喜生長。
嗟此塵間，人生易老蒼。
叩求道藏，心境亦舒揚。
志取遐方，奮發去闖蕩。
山高水長，真理一生訪。
天晴日朗，碧藍青天曠。
大千無恙，我心萬里疆。

晴天高曠

18年4月28日

晴天高曠，心地正開朗。
誦讀道藏，情志正激昂。

人生揚長，智慧一生訪。
力行之間，風雨成過往。
尋覓靈糧，探尋世真相。
宇宙廣長，皆是神造創。
濟世肩扛，上天入地間。
不懼斑蒼，逸意正清揚。

燦爛心胸

18年4月28日

燦爛心胸，原也有彩虹。
步履從容，春日正和風。
雅持中庸，奮志豈平慵。
努力行動，實幹如行風。
流年感動，記憶垂為永。
少年無蹤，余得斑蒼濃。
一笑輕鬆，矢尋仙影蹤。
叩道之中，乘雲跨鶴從。

陽光普照

18年4月28日

陽光普照，心志正晴好。
叩道逍遙，不懼斑蒼老。
春將去了，碧柳盡情搖。
夏將來了，晴日暖氣囂。
人生不老，為因心年少。
奮志揚飆，萬里可徑造。
花芳鳥叫，生活多清好。
我心騷騷，開懷欲大笑。

斜暉清朗

18年4月28日

斜暉清朗，散步有汗淌。
紅塵無恙，和平盈寰壤。
心須向上，克己揚慧光。
聖潔有芳，淡泊持襟腸。
歲月悠揚，春去夏即將。
喜氣洋洋，心花都怒放。
不辭艱蒼，奮發吾昂揚。
萬里疆場，殺敵凱歌揚。

黃昏無恙

18年4月28日

黃昏無恙，讀書聲朗朗。
心境瀟爽，展眼雲奔放。
鳥鳴情長，花開又馨芳。
喜氣洋洋，努力叩道藏。
歲月飛揚，真理一生訪。
不計過往，努力瞻前方。
矢志昂揚，不屈困與障。
刀山敢闖，男兒豪情曠。

夕照西方

18年4月28日

夕照西方，春風吹揚長。
心境無恙，慨然哦詩章。
人生奔放，不為名利障。
流年猖狂，不覺漸斑蒼。
率意昂揚，男兒豪情放。
立志貞剛，濟世鐵肩扛。

平淡之間，理想閃金光。
振翼飛翔，矢志九霄間。

心志未許太蕭涼

18年4月28日

心志未許太蕭涼，孤旅覽盡滄桑。
身臨塵世不淪陷，堅決名利棄放。
窗外鳥語正嬌唱，南風和暖慈祥。
落日輝煌晚霞靚，引我心襟舒放。
五十三年一瞬間，回思不許淚淌。
秋春飛度荏苒放，紅塵一夢相仿。
總賴神恩大無疆，引我靈程歸鄉。
步上彩虹不回望，樂園永生無恙。

淡蕩清持心中

18年4月29日

淡蕩清持心中，一生與緣相共。
天氣熱燥中，心情不輕鬆。
人生苦旅匆匆，艱難困苦相共。
瞻望前路中，風起雲正湧。
男兒合是有種，頂天立地英雄。
孤旅不言痛，奮志若長虹。
世界顛顛瘋瘋，名利害人無窮。
吾意持剛猛，叩道矢前衝。

又值夕照時間

18年4月29日

又值夕照時間，心事茫茫蒼蒼。
紅塵正攘攘，幾人水雲間。
天氣清和晴朗，淡泊吾持安祥。
心志曠無恙，何處訴中腸。

歲月如逝之殤，老我斑蒼瞬間。
努力向前闖，山高水又長。
燦爛清持襟腸，不為困難所障。
春靄正瀰漾，心事起廣長。

浮生不是夢

18年4月30日

浮生不是夢，奮鬥終必成功。
任起雨和風，堅忍春夏秋冬。
年已近成翁，心境卻如兒童。
純真持心中，笑傲名利洶湧。
道德一生崇，向上奮志剛洪。
努力矢前衝，不畏艱蒼千重。
春漸無影蹤，落紅不必嗟痛。
曠懷正奮勇，前路定有彩虹。

寫意東風吹浩蕩

18年4月30日

寫意東風吹浩蕩，月季正芬芳。
青青小桃旺盛長，心境吾舒揚。
人生得意不張狂，清聽啼鳥唱。
心事萬千拋遠方，逸意正清揚。
天氣躁熱微汗漾，展眼斜暉朗。
欣逢佳節心歡暢，淡泊且慨慷。
男兒有種騁豪強，千關不能障。
展翅曠飛萬里疆，風景清且靚。

又值斜陽在望

18年5月2日

又值斜陽在望，鳥兒自由飛翔。
心境正溫良，仰看天青蒼。
歲月無比悠揚，不必嗟歎良長。
奮志之所向，萬里搏溟滄。
百年人生瞬間，思此有淚流淌。
少年成逝往，回憶影淡放。
仍須鼓勇前闖，奮我身心力量。
人生世界上，未可稍頹喪。

初暑風光

18年5月10日

初暑風光，月季正嬌靚。
小桃成長，藍天白雲翔。
我自揚長，心花都怒放。
逸意之間，品茗心興芳。
不讀文章，閒雅聽鳥唱。
歲月平康，流年逝無恙。
紅塵之間，人生如夢放。
醒時回想，煙雲正迷漾。

流年光陰曠逝拋

18年5月10日

流年光陰曠逝拋，半生積澱唯詩稿。
心曲緩緩雅還騷，回思淚下流不了。
展眼雲天正玄妙，遠際鞭炮又鳴囂。
紅塵從來是擾擾，心境應可持逍遙。

歷劫生死吾灑瀟

18年5月10日

奮劫生死吾灑瀟，紅塵由來存笑傲。
人生謙和持心竅，向陽情志展風騷。
已知暑意初初表，園圃芳美群花妙。
最喜小桃茁壯好，引余開顏逞一笑。

輾轉浮生吾何論

18年5月10日

輾轉浮生吾何論，依然持有我天真。
仰看雲飛意態逞，清喜初夏萬木盛。
暢風清來襲心神，詩意曠發哦誠真。
一曲天人和諧正，鳥鳴啾啾何雅芬。

百無聊賴哦詩章

18年5月10日

百無聊賴哦詩章，舒出中心之氣象。
窗外風吹襲正狂，天上雲飛展淡蕩。
散坐思放無窮疆，五十三年一瞬間。
不必回思淚潸淌，要在前路奮未央。

絮花飄飛何快暢

18年5月10日

絮花飄飛何快暢，寫意東風亦悠揚。
已知啼鳥高聲唱，七彩月季展靚裝。
歲月紛飛孟夏間，激情奔放化詩行。
人生任從困障放，一種情緒正激昂。

激情曠發哦詩行

18年5月11日

激情曠發哦詩行，窗外初暑雨正放。
驚歎年輪轉瘋狂，發覺老來漸斑蒼。
逸致向誰道短長，情思唯向詩中航。
人生苦短長嗟悵，應憐時光逝飛殤。

清風撲面聞鳥音

18年5月11日

清風撲面聞鳥音，時雨依然下不停。
心志殷殷哦詩勤，老來心境猶堪憑。
不必長嗟歲驚心，人生放曠共緣行。
男兒英武何所吟，一曲天人也清新。

人生淡泊清持中

18年5月11日

人生淡泊清持中，回思應有味無窮。
不懼年高近成翁，心志猶然起長虹。
奮發向前展剛猛，男兒絕不做孬種。
不屈名利之邪凶，清貧無妨正氣洪。

細雨灑瀟

18年5月11日

細雨灑瀟，鳴鳥叫聲高。
心境遙逍，小哦新詩稿。
紅塵擾擾，歲月似飛鏢。
欲待細瞧，真相誰明瞭？
人生不老，心靈最為要。
磨煉心竅，性光當朗照。
愁悵應抛，前路萬里遙。
策馬迢迢，不畏艱深造。

初暑雨瀟瀟

18年5月11日

初暑雨瀟瀟，落紅知多少。
心興懷奇妙，淡泊吾灑瀟。
品茗意態高，詩意腹中饒。
裁心小哦了，一篇新詩造。
一篇新詩造，人生情未了。
五十三年銷，贏得斑蒼老。
依然奮前道，努力曠揚飆。
紅塵胡不好，百年吾逍遙。

心志空曠

18年5月11日

心志空曠，難言說怎樣。
歲月綿長，又值雨下降。
心事遼廣，生涯苦闖蕩。
回首長望，淡淡有愁悵。
人生揚長，不為名利障。
百年之間，恰有煙雲放。
意義何方，一生長思想。
有時迷茫，有時情激蕩。

心志坦平

18年5月11日

心志坦平，淡看雨殷殷。
好花開俊，落紅不必驚。
世事常尋，不過是利名。
紅塵多辛，苦了身心靈。
人生奮競，力向天國行。
聖潔之境，才是我所親。
雅潔持心，哦詩適胸襟。
雨打清鳴，嫋起詩意境。

灑脫襟胸

18年5月12日

灑脫襟胸，紫燕曠飛空。
習習清風，鳥語花香送。
我自輕鬆，哦詩閒雅中。
年輪轉動，惜我年近翁。
仍有情鍾，奮志當如虹。
前路險重，關山越千重。
紅塵之中，總有多情種。
痛了心胸，贏得斑蒼濃。

創意浮生

18年5月13日

創意浮生，時有痛與疼。
未許沉淪，努力奮前騁。
山高水深，風光歷成陣。
回首細審，悵痛我心身。
意義何存，人生向天問。
心志繽紛，嗟歎此紅塵。
捫心自問，答案誰確證。
靈程奮身，希冀彼永生。

世事浮沉誰問迅

18年5月13日

世事浮沉誰問迅，感慨人生夢裡驚。
已知暑來絮飛輕，雅聞鳥語亦動聽。
心境向誰敞並明，情思合向詩中運。
百年生死蹉跎境，無語斜暉正朗清。

奮志人生不迷茫

18年5月13日

奮志人生不迷茫，努力穿透彼霧障。
名利徒然作欺誑，清貞心性水雲鄉。
任從困障千重放，靜守心靈默運間。
會有陽光灑清靚，風雨過後彩虹翔。

悠然心境正閑曠

18年5月13日

悠然心境正閑曠，暢對東風鳥語芳。
散坐心事已抛悵，向陽情態共風揚。
人生一似走馬場，轉眼不覺已斑蒼。
率性哦詩終萬章，只是記錄心之藏。

暑氣日炎蒸

18年5月15日

暑氣日炎蒸，絮飛舞乾坤。
心事向誰論，讀書且朗聲。
紅塵自滾滾，時光逝無聲。
應奮我心身，人生勿沉淪。
人生勿沉淪，努力矢前騁。
豈降名利陣，叩道吾剛正。
啼鳥鳴聲聲，亂雲行紛紛。
憩身在紅塵，奮志向天城。

第六十九卷《開物集》

藍天白雲漫飛翔 18年5月16日

藍天白雲漫飛翔，絮舞輕狂，
絮舞輕狂，天氣燥熱聽鳥唱。
心事萬千無人講，哦向詩章，
哦向詩章，一曲清新且流暢。
人生奮志之嚮往，是在遠疆，
是在遠疆，不為名利屈身向。
紅塵自古是攘攘，名爭利搶，
名爭利搶，書生歎息無用場。

暮色既蒼茫 18年5月16日

暮色既蒼茫，落日晚霞靚。
宿鳥清啼唱，南風吹來曠。
散坐心悠閒，從容哦詩章。
落紅不必傷，歲月體平康。
歲月體平康，人生矢向上。
勿為名利障，輕身雲霄間。
靈性恆修養，奮志向遐方。
高遠有天堂，永生樂無恙。

喜鵲鳴唱 18年5月20日

喜鵲鳴唱，心志感蒼茫。
陰雲激蕩，心情不快暢。
人生昂揚，奮志騁強剛。
克盡艱障，努力向前闖。
山高水長，不為名利障。
紅塵之間，容我曠志翔。
拋開迷茫，終會有陽光。
晴天朗朗，真理得通暢。

心志未許太愁悵 18年5月20日

心志未許太愁悵，窗外風狂，
窗外風狂，漫天陰雲籠罩間。
清坐思想如水放，流年狂猖，
流年狂猖，明日小滿又來訪。
心志激動入雲鄉，曠意飛翔，
曠意飛翔，矢志脫出此塵網。
名利之間太骯髒，清心所向，
清心所向，是在水雲之清淌。

流年光陰迅如飛 18年5月20日

流年光陰迅如飛，未許傷悲，
未許傷悲，須保心地之純粹。
而今哦詩舒心肺，沉痛微微，
沉痛微微，淡眼天陰雲逝飛。
老大光陰轉無味，不可頹廢，
不可頹廢，風雨過後彩虹射。
努力奮行展眼眉，克盡艱危，
克盡艱危，正直為人不卑媚。

世事從頭論 18年5月21日

世事從頭論，煙雲紛紛，
煙雲紛紛，幻化不了之埃塵。
而今訴心身，未許沉淪，
未許沉淪，仍須奮發我剛正。
啼鳥鳴聲聲，滾滾紅塵，
滾滾紅塵，漫天煙雲靄縱橫。
歲月是繽紛，名利拋扔，
名利拋扔，清心雅志存清芬。

紅塵笑傲 18年5月22日

紅塵笑傲，此生不為名利老。
介意山樵，暢吸清風意態高。
人生易老，斑蒼尚容我笑傲。
高潔情操，詩書持身等閒瞧。
展眼煙渺，窗外暑雨正灑瀟。
品茗微妙，心志雅潔也安好。
煩悶須拋，樂天知命共緣跑。
履盡迢迢，人世桑滄心觀照。

清心雅志何處表 18年5月22日

清心雅志何處表，詩中一腔縱孤傲。
紅塵曠運桑滄造，人世感慨一肩挑。
已識斑蒼任緣造，孤旅奮行吾灑瀟。

剩有清貧胡不好，書生意氣也逍遙。

紅塵多辛吾何吟 18年5月22日

紅塵多辛吾何吟，高蹈心跡學白雲。
履盡坎坷心坦平，向陽情操有畫境。
歲月清遞飛均勻，市井故事演無垠。
窗外陰雨正殷勤，散坐思曠哦心靈。

人生邁越艱蒼 18年5月22日

人生邁越艱蒼，贏得心痛斑蒼。
回首煙雲障，瞻望未來曠。
雨霽天開晴朗，風吹其來浩蕩。
有鳥清鳴唱，生活享悠閒。
有志未敢稍忘，叩道一生昂藏。
正義吾強剛，男兒騁豪放。
書生意氣張揚，哦詩萬章何妨。
率興吾揚長，人生樂平康。

心懷意念須廣 18年5月22日

心懷意念須廣，勿為名利所障。
水雲存空曠，學取鳥飛翔。
人生桑滄之間，正義清存心膛。
德操務深廣，向上騁昂揚。
請君聽取鳥唱，請君享受風揚。
大美天地間，細心可尋訪。
天人合一必講，叩道吾意揚長。
憂患拋光光，神恩廣無量。

落日清展夕照 18年5月22日

落日清展夕照，有鳥鳴聲正高。
余意懷雅俏，朗哦新詩好。
人生路途迢迢，關山邁越險要。
不必回頭瞧，年輪飛如飆。
紅塵原也多嬌，江山勝景美妙。
百年應逍遙，逸意水雲飄。
向學情懷堪表，詩書容我笑傲。
清風滌懷抱，詩興倍加饒。

雲淡風清 18年5月22日

雲淡風清，心志此際起殷殷。
嚮往飛行，去向萬里尋意境。
人生多辛，苦雨艱蒼不必云。
高蹈才行，晨昏詩書朗哦吟。
歲月經行，余有蒼蒼之心境。
淡泊康寧，不入險道棄利名。
田園芳清，最愜余意併余心。
山樵清貧，保有正義併性靈。

流風送暢 18年5月22日

流風送暢，人生情志在遐方。
鳥囀嬌芳，引余詩興大發揚。
人生奔放，清騁才調十萬丈。
哦詩昂揚，傾瀉不盡似汪洋。
紅塵多艱，眾生爭競名利間。
何不清腸，愜意水雲之清淌。
流年更張，不必介意斑蒼放。
努力向上，正直為人振乾綱。

紅塵擾擾 18年5月22日

紅塵擾擾，清裁志向田園間。
人生瞬間，不堪回首煙雨蒼。
歲月狂放，正如老酒倍加香。
歷史煙障，名利殺人何囂猖。
吾意淡蕩，堅守心地正義昌。
力行不讓，努力騁志恣揚長。
清貧何妨，總有詩書潤心腸。
觀照玄黃，春秋轉換幻桑滄。

時雨清敲 18年5月22日

時雨清敲，心志向誰表。
人生險要，履盡關山道。
紅塵迢迢，百年振風標。
風景大好，桑滄已經飽。
前方微妙，叩道吾道遙。
剛正情操，名利矢志拋。
清貧就好，正義吾剛傲。
斑蒼任老，一笑還朗俏。

閒情舒放 18年5月22日

閒情舒放，小哦舒激昂。
窗外雨響，心境正澹祥。
人生奮闖，已履山萬幢。
轉思回想，煙雲鎖深障。

心志廣長，無人可演講。
清持坦蕩，無機展揚長。
紅塵狂放，故事併花樣。
水雲之鄉，何處可尋訪？

心志存清曠

18年5月22日

心志存清曠，人生矢志昂揚。
不畏艱與蒼，率意吾矢長闖。
此際流風暢，清吸肺腑生香。
歲月正綿長，不必長嗟斑蒼。
世事覽玄黃，幻化紅塵無疆。
百年人生場，豈許名利肆狂。
遠處鞭炮響，大千恆是鬧嚷。
何不清心向，介意水雲之間。

時雨紛紛

18年5月22日

時雨紛紛，鳴鳥啼聲聲。
心志雅芬，哦詩舒溫存。
人生難論，苦痛襲心身。
奮志繽紛，努力騁前程。
叩道剛貞，時有力不勝。
艱辛求證，心得自紛紛。
大塊勞生，生命意何存？
叩求永生，靈程曠飛升。

層雲滌蕩

18年5月22日

層雲滌蕩，落日清展其昏黃。
市井鬧嚷，汽車喇叭競交響。
散坐安祥，心志應許向遐方。
高遠理想，支撐人生奮昂揚。
努力前方，不畏風雨之艱蒼。
一笑朗朗，男兒合當展陽剛。
有鳥淺唱，恆余心志真無恙。
闔家安康，總賴神恩賜奔放。

創意浮生

18年5月22日

創意浮生，贏得心生疼。
窗外風奔，初暑雨紛紛。
絕不沉淪，清坐叩心身。
哦詩清芬，一吐我精誠。
鳥鳴聲聲，解我心煩悶。
努力前程，風雨未足論。
斑蒼漸生，心志還繽紛。
曠意人生，正義奮剛貞。

鐵志騁強剛

18年5月22日

鐵志騁強剛，風雨任狂。
男兒縱豪放，迎難敢上。
半百生涯闖，絕不迷茫。
依然奮頑強，敢作敢當。
時有心痛傷，感觸非常。
努力長驅闖，跌倒再上。
人生多煙障，慧目須張。
未為名利妨，叩道揚長。

浩氣長存

18年5月22日

浩氣長存，人生未許沉淪。
鳥鳴聲聲，恆余意腸清芬。
人生煩悶，合當拋開愁城。
瞻望前程，努力騁志奮爭。
利攘名爭，嗟此滾滾紅塵。
水雲雅芬，才可憩我心身。
詩書繽紛，曠余心志溫存。
真的人生，豈為名利奮身。

雨停風狂

18年5月22日

雨停風狂，落紅堪悼傷。
歲月加漲，惜我已斑蒼。
人生昂藏，正義瀰強剛。
清騁志向，邁越萬重艱。
亂雲疊放，生活如戰場。
世事悲壯，名爭利攘攘。
吾持清向，憩意詩書間。
學取松蒼，學取雲舒曠。

暮色蒼蒼

18年5月22日

暮色蒼蒼，逸意盈心間。
寫詩興上，新詩連踵放。
雲天澹蕩，落照閃余光。
寫意塵間，流風正送暢。
淡泊安祥，名利無意向。
田園山間，才是我嚮往。

百年艱蒼，苦淚不必淌。
終有陽光，正義得通暢。

人生不懼蒼老 18年5月25日

人生不懼蒼老，紅塵容我笑傲。
窗外煙雨瀟，有鳥清鳴叫。
詩興雅發騷騷，風雨人生堪表。
名利已棄拋，心共白雲緲。
體道心境微妙，向陽曠展情操。
未曾稍驕傲，謙和正義饒。
歲月如飛逝跑，流年無處尋找。
查看舊詩稿，心跡猶可瞧。

斜暉朗照 18年5月27日

斜暉朗照，心境展微妙。
品茗清好，愜聽啼鳥叫。
歲月飛銷，流年催人老。
斑蒼孤傲，情懷猶堪表。
不屈艱饒，奮志去長跑。
關山險要，風光已經飽。
紅塵笑傲，有淚流灑瀟。
是緣之造，桑滄淡眼瞧。

壯志依然在胸 18年5月27日

壯志依然在胸，情懷鼓舞塵中。
奮發如長虹，七彩在閃動。
天際靄煙重濃，有鳥清新鳴頌。
雅思從心動，曠懷長哦諷。
人生山水凝重，履盡坎坷雨風。
老懷何所容，理想導前衝。
淡泊清持襟胸，水雲一生情鍾。
孤旅不畏痛，努力擔雨風。

長風吹來曠 18年5月28日

長風吹來曠，霧霾復狂猖。
心地嗟艱長，哦詩吐激昂。
遠際鞭炮響，生活演無疆。
何處水雲鄉？何處憩心腸？
歎息無用場，苦悶九回腸。
人生履險艱，不堪回首望。
人心多骯髒，誰持淨心腸？
淡眼長曠望，天昏日色蒼。

雲暗天昏 18年5月30日

雲暗天昏，霧霾籠罩此乾坤。
整頓心身，哦詩長吐我精誠。
人生奮爭，不為名利而折身。
向學志誠，叩道秋春復晨昏。
大化精准，運轉陰陽是神恩。
頌神真誠，眼目明亮奮靈程。
鳥鳴聲聲，清坐品茗意興生。
一曲深沉，呼喚正氣申又申。

煙雲瀰漫鳥鳴濺 18年5月31日

煙雲瀰漫鳥鳴濺，清坐思緒正雅安。
人生已知多艱難，水雲中心持浪漫。
苦旅生涯何必喊，壯志男兒埋頭幹。
願學飛鳥入青瀚，曠飛萬里恣心膽。

流風曠展鳥鳴喊 18年5月31日

流風曠展鳥鳴喊，清坐思緒似雲翻。
不冷不熱堪浪漫，胸襟氣象應可看。
流年沉痛何必展，未來瞻望揚雲帆。
終有險難萬千纏，奮志定可越重關。

浴後情懷誰與共 18年5月31日

浴後情懷誰與共，散坐當風，
散坐當風，快慰盈心胸。
歲月遞變余感動，心志從容，
心志從容，任幻桑滄濃。
紅塵大千多孽種，名利洶洶，
名利洶洶，殺人騁其功。
雅聽野禽恣意誦，我心情湧，
我心情湧，新詩脫口頌。

流雲飛巧 18年5月31日

流雲飛巧，天氣晴正好。
有鳥鳴叫，有花開風騷。
我自雅逍，散坐哦詩稿。
裁心微妙，南山之風操。
人生緲緲，回首煙雲造。
矢攀險要，風光可看飽。
正道迢迢，叩道我灑瀟。
不懼蒼老，曠容我笑傲。

絮舞輕狂 18年5月31日

絮舞輕狂，流年風煙無盡漾。
我已斑蒼，近來漸覺精神減。
展眼雲曠，大千紅塵存漫浪。
故事無疆，悲歡桑滄是尋常。
清聽鳥唱，嫋起一種閒雅況。
清新情腸，不盡情思堪謳放。
百年瞬間，長嗟雙淚無用場。
努力昂揚，奮志人生騁陽剛。

曠志紅塵何必講 18年5月31日

曠志紅塵何必講，閱盡桑滄，
閱盡桑滄，感慨長流淚雙滂。
名利未許成孽障，清心揚長，
清心揚長，素樸情志水雲間。
此際斜暉逞清曠，鳥語花芳，
鳥語花芳，更有清風恣意腸。
心有詩意欲發揚，朗哦千章，
朗哦千章，舒出心中之雅芳。

人生百感此際上 18年5月31日

人生百感此際上，履盡艱蒼，
履盡艱蒼，贏得心痛千重創。
依然奮志騁強剛，任起斑蒼，
任起斑蒼，率意不減少年狂。
風雨磨歷是尋常，坎坷之間，
坎坷之間，凝結思想透溟滄。
歷史化作煙雲漾，英雄何方，
英雄何方，只餘故紙與文章。

清喜流風送暢 18年5月31日

清喜流風送暢，耳畔野禽啼唱。
斜暉灑晴朗，天際白雲翔。
浪漫持在心間，新詩雅哦千章。
寫意此塵壤，田園似畫廓。
流年光陰逝殤，五十三年瞬間。
一笑還清揚，共緣履奔放。
嗟嗟大化無疆，人生須明標向。
奮志靈程闖，山水任高長。

清喜燦爛陽光 18年5月31日

清喜燦爛陽光，灑在心田之上。
風兒清悠曠，鳥兒歡鳴唱。
市井生活安祥，閒時小哦詩章。
流年如花揚，不必嗟斑蒼。
人生誰不知詳，只似煙雲演漾。
回首不必望，往事嗟深悵。
紅塵徒自攘攘，名爭利奪骯髒。
吾持清心向，憩心詩書間。

雅意橫縱 18年6月1日

雅意橫縱，曠對此清風。
愜聽鳥頌，忘記年近翁。
品茗意動，一曲從心誦。
人生從容，坎坷去無蹤。
淡定之中，流年堪嗟諷。
少年煙朦，化化記憶濃。
未來雨風，抬頭矢前衝。
關山萬重，風光絕塵蹤。

小鳥鳴唱 18年6月1日

小鳥鳴唱，愜余心意真無限。
碧天無恙，流風送來花之芳。
志取清昂，閑品綠茗意興揚。
一曲欣唱，山河人間美無上。
初暑正當，園圃月季正鬥芳。
青桃茁壯，更有粉蝶翩翩翔。
人生揚長，因拋名利水雲向。
愜意情腸，晨昏詩書哦昂藏。

流年光陰演無恙 18年6月1日

流年光陰演無恙，人易老蒼，
人易老蒼，老夫聊發少年狂。
品茗意興都昂揚，欣聽鳥唱，
欣聽鳥唱，曠迎清風吹悠閒。
歲月坎坷費品嘗，血淚曾淌，
血淚曾淌，苦痛記憶不堪想。
未來風光展清揚，奮志而闖，
奮志而闖，矢攀絕頂心襟暢。

第七十卷《飛翔集》

斜陽清好

18年6月1日

斜陽清好，和風恣意繞。
心志微妙，曠懷誰知曉。
人生叩道，艱險免不了。
回首細瞧，蒼煙四野飄。
向陽心俏，紅塵胡不好。
名利矢拋，清貧就頗好。
詩書笑傲，人格一生保。
正直孤傲，展眼我微笑。

閒情都放曠

18年6月1日

閒情都放曠，悠對夕陽。
小風吹來暢，我意安祥。
激情盈心腸，舒出奔放。
裁心哦詩章，流暢清揚。
遠際鞭炮響，紅塵喧嚷。
應持清心向，趨向山間。
桃源何處訪，天涯空曠。
心地起微悵，酸楚難講。

夕照輝煌

18年6月1日

夕照輝煌，仰看天蒼茫。
感興心間，我欲謳鏗鏘。
鳥語悠揚，小風吹清暢。
心事彈唱，一曲賦蒼涼。
人生感想，百味雜陳間。
何所言講，何所訴揚長。
百年瞬間，不必雙淚淌。
世旅桑滄，苦難是尋常。

流風來自東

18年6月1日

流風來自東，夕照正紅。
散淡持心胸，激情哦諷。
歲月逝如風，不必沉痛。
對鏡斑蒼濃，少年無蹤。
流年余感動，往事心中。
世事幻如夢，煙雨濛濛。
世事有何功，名利洶洶。
何不清心胸，灑脫雲松。

宿鳥飛空

18年6月1日

宿鳥飛空，落日正橙紅。
清新夕風，灑脫我襟胸。
意氣盈胸，人生餘感動。
流年雨風，記憶凝深重。
斑蒼重濃，浩志依如虹。
七彩閃動，名利矢拋送。
人生奮勇，努力矢前衝。
清貧之中，恣展我靈動。

祥雲飄空

18年6月1日

祥雲飄空，暮風恣靈動。
鳥掠從容，詩意宇穹中。
感慨心中，化作詩哦諷。
叩道情鍾，一生沐雨風。
華燈初動，汽車行如瘋。
世事如夢，幻化真無窮。
人生凝重，勿為名利動。
余有襟胸，涵養彼松風。

天氣多雲

18年6月2日

天氣多雲，爽風雅清。
悠品芳茗，哦詩盡興。
人生難云，百感沁心。
新詩哦吟，一吐胸襟。
天氣多雲，散坐清心。
小鳥嬌鳴，花開溫馨。
歲月進行，流年殷殷。
不嗟斑鬢，奮志無垠。

粉蝶翩翩翔

18年6月2日

粉蝶翩翩翔，風遞花香。
余意以悠揚，哦詩揚長。
歲月綿綿放，孟夏之間。
流雲正徜徉，和平寰壤。
余持逸意向，雅聽鳥唱。
品茗潤襟腸，讀書昂藏。
人生懷志向，遼遠無疆。
勿為名利障，靈明須彰。

天陰未有妨

18年6月2日

天陰未有妨，情志正清昂。
清喜丁香放，欣嗅月季芳。
流年多更張，霜華漸次長。
笑容依清靚，一曲賦玄黃。
天陰未有妨，闔家樂平康。
清貧履吉祥，正義充襟腸。
向學志昂藏，晨昏捧書唱。
哦詩舒意向，情懷共風揚。
天陰未有妨，神恩已飽嘗。
世界是神創，靈妙無法講。
思此熱中腸，頌贊出心房。
靈程努力闖，力克魔兕狂。

晚風閑吹曠

18年6月2日

晚風閑吹曠，暮雲淡淡翔。
感興發中腸，從容哦詩章。

人生懷理想，奮志萬里疆。
少年成既往，歲月嗟莽蒼。
晚風閑吹曠，燈下清思想。
平生懷志向，坎坷倍加嘗。
世事幻桑滄，人情展無常。
老來心悲壯，哦詩賦蒼涼。

藍天白雲自在航

18年6月2日

藍天白雲自在航，悠悠鳥歌唱。
曠意東風吹來暢，詩興大發揚。
人生得意莫猖狂，謙和心地間。
叩道問學縱哦唱，情懷水雲鄉。
歲月娟娟有淡芳，曾履風雨狂。
而今安定守平康，神恩領無量。
展眼雲煙多渺茫，生活費平章。
一曲滄浪從心唱，世事共緣翔。

長思今來古往

18年6月2日

長思今來古往，流年落花飛殤。
舊事不堪重放，瞻望未來興漲。
努力向前闖蕩，豈懼山高水長。
歲月綿綿疊障，男兒奮志強剛。
曾經血淚流淌，曾經心被千創。
唯賴神恩奔放，賜我福分非常。
展眼雲天混茫，有鳥恣意飛翔。
我心為之激蕩，激發詩意汪洋。

流年光陰逞意境

18年6月2日

流年光陰逞意境，不必傷心，
不必傷心，前路鋪展好風景。
五十三年化煙影，余有斑鬢，
余有斑鬢，奮志依然非常尋。
紅塵勞我多苦辛，奮發剛勁，
奮發剛勁，男兒俊骨撐天青。
窗外鳥兒啼勤殷，爽風清新，
爽風清新，小哦新詩舒心靈。

暢意東風

18年6月2日

暢意東風，曠我心胸，
哦詩靈動，雅聽野禽之鳴頌。
雨雨風風，笑我成翁，
正直盈胸，名利於我矢拋送。
詩書之中，怡情無窮，
快慰襟胸，涵養一種正氣洪。
窗外雲動，我心情湧，
壯志如虹，踏實奮幹秋春中。

氣定神閑哦詩章

18年6月2日

氣定神閑哦詩章，心中始終存慨慷。
一陣風過聞花香，幾聲鳥囀啼清揚。
展眼雲天多激蕩，胸中正氣盈滿腔。
男兒率興塵壤間，豈為名利屈身向。

暮煙輕起天涯間

18年6月2日

暮煙輕起天涯間，流風自東送玄暢。
天上有鳥曠飛翔，散坐心志正平康。
鳥語綿蠻愜意向，歲月安祥樂無上。
詩書持身懷漫浪，一腔正氣總軒昂。

流風送暢

18年6月6日

流風送暢，心地都瀟涼。
清對斜陽，有鳥啼悠揚。
興致嫋上，欲哦詩千行。
歲月有芳，流年恣飛翔。
老來張狂，意氣衝天壯。
名利捐放，詩書郁昂藏。
淡淡蕩蕩，宇宙何所藏。
人生過往，道義第一樁。

暮煙凝結鳥掠空

18年6月7日

暮煙凝結鳥掠空，時節正值彼夏仲。
淡定情懷無苦痛，向陽情操茁壯中。
履盡坎坷是雨風，積澱思想入詩頌。
清持正義是襟胸，男兒有種恣橫縱。

天氣悶熱間

18年6月7日

天氣悶熱間，電扇派用場。
已愜鳥啼唱，驚心花落殤。
世事流無恙，人生感老蒼。
悠悠何所講，一曲濯滄浪。

野風清送曠 18年6月7日

野風清送曠，田園迷煙漾。
欣喜鳥鳴唱，閑哦詩千行。
品茗興舒暢，懷志奏玄響。
天氣正晴朗，人民樂安祥。

閒情聊堪表 18年6月7日

閒情聊堪表，啼鳥鳴聲高。
電扇轉逍遙，爽風入懷抱。
歲月多娟好，老來心境俏。
展眼蒼煙飄，詩興比天高。

閒情都放曠 18年6月7日

閒情都放曠，悠悠哦詩章。
品茗意興揚，嫻雅心地間。
歲月多流暢，流年似花殤。
不覺已斑蒼，愜聽鳥啼唱。
閒情都放曠，問學無止疆。
百年騁漫浪，名利非意向。
清貧競何妨，意態水雲間。
晨昏縱哦唱，心志表清昂。
閒情都放曠，天地正玄朗。
雲昏煙迷茫，心志覺清暢。
孤旅我何傷，中情入詩唱。
生死嗟茫蒼，桑滄是等閒。

燥熱天地間 18年6月7日

燥熱天地間，有汗微微漾。
散淡持中腸，悠聽啼鳥唱。
迷煙四野揚，午時日光朗。
心興嗟茫蒼，裁志哦詩行。
裁志哦詩行，舒出我心向。
南山容徜徉，田園憩情腸。
詩書志所向，鎮日享悠閒。
豈為名利忙，淡泊吾安康。
淡泊吾安康，懷情誰所向。
孤旅桑滄間，情發入詩行。
五十三年殤，斑蒼仍清揚。
展眼長曠望，天高鳥飛翔。

東風閑曠 18年6月7日

東風閑曠，有鳥鳴響亮。
悶熱宇間，無心讀詩章。
坎坷飽嘗，肝膽仍開張。
奮志昂揚，力展男兒壯。
紅塵攘攘，水雲何處訪。
身處塵間，淡泊是意向。
不慌不忙，時光任飛殤。
任起斑蒼，逸意還清揚。

夕風其來暢 18年6月7日

夕風其來暢，爽意心間。
有鳥恣鳴放，逸我情腸。
歲月堪品嘗，不須回放。
流年幻桑滄，演繹艱蒼。
水雲是志向，耽意詩章。
向學志昂藏，叩道奔放。
履盡煙雨蒼，積澱思想。
慧意心地間，雙睛凝光。

牽牛嬌靚 18年6月9日

牽牛嬌靚，時雨下清爽。
鳥清啼唱，品茗意興揚。
歲月淡蕩，不必嗟茫蒼。
仲夏之間，逸意舒廣長。
流年更張，何必悵斑蒼。
共緣而翔，奮發我強剛。
人生慨慷，豈為名利忙。
定定當當，詩書憩襟腸。

蹉跎歲華何必表 18年6月9日

蹉跎歲華何必表，誰不知曉，
誰不知曉，艱蒼年輪轉逍遙。
窗外暑雨正灑瀟，清坐思飄，
清坐思飄，少年煙影模糊了。
品茗意態有清高，哦詩興饒，
哦詩興饒，感慨萬千付誰瞧。
人生不必嗟蒼老，奮志剛傲，
奮志剛傲，不為名利俯身腰。

浮生如夢難盡道 18年6月9日

浮生如夢難盡道，感慨入詩稿。
清對暑雨細灑瀟，清坐吾逍遙。
五十三年逝去了，斑蒼漸漸老。
心情輾轉是微妙，沉痛務當拋。

紅塵容我恣意跑，山水堪笑傲。
名利由來不必表，水雲胸中繞。
書生意氣持剛傲，清貧免不了。
灑脫志向如雲飄，自由就頗好。

遠處鞭炮又噪響 18年6月9日

遠處鞭炮又噪響，鬧鬧嚷嚷，
鬧鬧嚷嚷，何處清存水雲曠。
人生從來是履浪，坎坷艱蒼，
坎坷艱蒼，贏得華髮兩鬢霜。
中心應存閑與曠，清聽鳥唱，
清聽鳥唱，品茗淡蕩吾襟房。
雨後空氣多鮮芳，落紅堪傷，
落紅堪傷，寫詩舒發我中腸。

心志嫋起廣長 18年6月9日

心志嫋起廣長，淡眼暮煙茫茫。
雨後草木昌，小風清新翔。
淡泊持在心間，激情哦入詩章。
歲月任莽蒼，堅貞是志向。
此生絕不孟浪，奮志展我清剛。
努力騁昂揚，叩道入深艱。
田園一似畫廓，月季開得正芳。
心境持溫良，愜聽鳥啼唱。

雨霽天陰鳥清鳴 18年6月9日

雨霽天陰鳥清鳴，哦詩舒發我心襟。
暑意初濃風不行，一地落紅堪震驚。
閒雅心地曠激情，奮發人生萬里境。
努力前路艱蒼行，振奮意志如鬆勁。

暮色重濃走清風 18年6月9日

暮色重濃走清風，灑然讀詞興致洪。
已知宿鳥啼鳴頌，愜懷哦詩雅無窮。
時值仲夏雨方送，蒼鬢不懼近成翁。
燈下裁心淡哦諷，一曲清思曠如風。

欣看粉蝶翩翩翔 18年6月10日

欣看粉蝶翩翩翔，鳥語悠揚，
花開馨芳，萬千牽牛喇叭張。
散思閑來都放曠，展眼雲鄉，
天氣晴朗，仲夏不盡田園芳。
歲月於我體悠閒，心事廣長，
哦入詩章，英雄從來志昂藏。
不屈苦難併困障，努力奔放，
萬里無疆，風雨艱蒼我矢闖。

天氣陰晴正不定 18年6月10日

天氣陰晴正不定，幸有爽風吹盡興。
愜聽小鳥啼嬌俊，欣賞月季綻芳馨。
歲月已知流均勻，老來斑蒼不復云。
奮志依然矢前行，男兒合當展剛勁。

子規清啼適意境 18年6月10日

子規清啼適意境，爽風吹來正清新。
天上浮雲流盡興，田園美景舒身心。
人生奮志貴殷殷，腳踏實地鼓幹勁。
風雨艱蒼不要緊，萬里風景賞無垠。

斜陽在望 18年6月10日

斜陽在望，雀鳥清啼唱。
紫燕飛翔，長風其來曠。
散步悠揚，市井繁榮況。
歲月品嘗，微笑唇齒間。
曾履苦艱，曾傷心絕望。
曾受巨創，曾跌倒受傷。
神恩廣長，賜我以力量。
靈程奮闖，克敵勝無疆。

休憩身心 18年6月10日

休憩身心，天氣正均平。
斜陽清映，野禽鼓其鳴。
爽風清新，花開都溫馨。
曠然高興，哦詩舒雅情。
歲月進行，而今多淡定。
任起風雲，任幻桑滄境。
百年情景，一似雲煙行。
要緊心靈，正直且空清。

心志淡蕩 18年6月10日

心志淡蕩，清坐望斜陽。
陣陣鳥唱，清風爽襟房。
灑哦詩章，舒出我揚長。
生活平章，勿容名利妨。

紅塵攘攘，名利多骯髒。
應持清向，詩書體昂藏。
清貧何妨，正義吾軒昂。
正直之間，立身以坦蕩。

夕照蒼茫 18年6月10日

夕照蒼茫，感興油然上。
小鳥鳴唱，爽風走清揚。
人生艱蒼，回思感倍彰。
苦旅飽嘗，余得心千創。
浩志無疆，努力矢志上。
不懼虎狼，展我男兒剛。
時光飛殤，我已漸斑蒼。
一笑爽朗，詩書鬱心芳。

流年不須惆悵 18年6月10日

流年不須惆悵，此際爽風正揚。
夕時天清涼，鳥語花清香。
我自藹然意向，灑脫曠哦詩章。
人雖近老蒼，心猶少年壯。
遠際淡靄茫蒼，路上人熙車攘。
紅塵鬧無恙，生活演無疆。
書生氣象顯彰，不為名利奔忙。
淡定讀詩章，有興舒奔放。

暮煙重濃 18年6月10日

暮煙重濃，細雨灑濛濛。
宿鳥啼頌，汽車行如瘋。
晚風靈動，愜我意無窮。
爽然哦諷，舒出我情濃。
心懷感動，大美天地中。
華燈初送，霓虹閃魅容。
奮志矢衝，人生沐雨風。
不懼斑濃，男兒勁如松。

時近端陽 18年6月17日

時近端陽，爽風長來曠。
心境悠閒，裁心哦揚長。
雲煙浮漾，小鳥長歌唱。
歲月平章，只是走馬狂。
老我斑蒼，依然心強壯。
詩書昂藏，甘做讀書郎。
哦出激昂，哦出我放曠。
情懷張揚，矢志出莽蒼。

蟬鳴響亮鳥娟芳 18年6月17日

蟬鳴響亮鳥娟芳，心志昂揚哦詩行。
已知明日是端陽，假日閑品綠茗香。
展眼浮煙正悠曠，架上牽牛開漫浪。
歲月清好開懷唱，不知老來任斑蒼。

悶熱宇間 18年6月17日

悶熱宇間，總賴東風曠。
愜聽鳥唱，心志展清昂。
雲天漫浪，暑蟬初初唱。
午時悠閒，哦點新詩行。
人生履艱，嗟歎無用場。
奮發昂揚，男兒當奔放。
天地之間，道義第一樁。
積德無疆，勿為名利障。

暢讀清詞意輕鬆 18年6月17日

暢讀清詞意輕鬆，電扇搖風，
快慰心中，況聽窗外鳥鳴頌。
流年光陰逝匆匆，斑蒼重濃，
意志沉雄，男兒依持剛與雄。
世上名利鬧哄哄，吾心從容，
水雲襟胸，晨昏詩書曠哦諷。
大千暑意漸濃重，有蟬鳴誦，
有花開紅，清度浮生閒雅中。

第七十一卷《天工集》

歲月舒展奔放 18年6月17日

歲月舒展奔放，不必嗟歎流光。
奮志當昂揚，不計老來訪。
烈日斜暉在望，幸喜東風和暢。
小鳥且鳴唱，清坐享安祥。
人生百感俱上，難言世事莽蒼。
滾滾紅塵間，太多機與奸。
男兒有種強剛，不屈名利孽障。
清貧正義剛，裁心哦揚長。

夕煙初漲 18年6月17日

夕煙初漲，蒼靄正茫茫。
散淡清閒，享受風清爽。
歲月平康，不必計蒼涼。
努力奔放，努力展貞剛。
煙雨滄浪，正直持襟腸。
矢志向上，詩書體昂藏。
書生氣象，儒雅且溫良。
有鳥啼唱，愜我意無限。

暮煙漸重濃 18年6月17日

暮煙漸重濃，心志嫋風。
宿鳥盡情頌，華燈初動。
百感凝襟胸，曠意哦諷。
人生懷情重，承受傷痛。
苦旅生涯中，咽盡西風。
半百斑蒼濃，意態沉雄。
多言有何功，沉默為重。
詩書盡情誦，淡泊如風。

傲骨俊剛哦詩行 18年6月17日

傲骨俊剛哦詩行，舒出男兒氣昂藏。
履盡艱險余坦蕩，向陽心態依然昌。
不屈苦障千萬放，敢向魔敵動刀槍。
天地正氣終攘攘，桑滄不過是尋常。

生活平淡且從容 18年6月17日

生活平淡且從容，流年任其匆匆。
閒時品茗聽鳥頌，讀書寫詩輕鬆。
應將傷感遠抛送，快慰清持心中。
呼出長思與短痛，言外之意誰懂。
苦旅生涯嗟凝重，壯志依然在胸。
五十三年一夢中，余得斑蒼重濃。
展眼夕陽正清送，天際雲煙朦朧。
人生萬事總屬空，應許水雲涵胸。

天黑華燈燦放 18年6月17日

天黑華燈燦放，霓虹七彩閃靚。
晚風吹來正清爽，宿鳥清新啼唱。
燈下清坐思想，狂放應無止疆。
人生合當振慨慷，舒出心性昂揚。
世事不必言講，紅塵恆自攘攘。
中心須懷水雲鄉，不受名利捆綁。
清貧於我無妨，書生氣象張揚。
淡泊秋春吾揚長，不計老將來訪。

節屆端陽 18年6月18日

節屆端陽，晨起爽風正清揚。
天陰無妨，架上牽牛開盛旺。
人生昂揚，因荷志氣在心間。
不屈艱蒼，紅塵桑滄只等閒。
煙雲之間，心中始終存漫浪。
清貧何妨，詩書潤我肺腑臟。
小鳥啼唱，愜我心意真無限。
清坐安祥，任從思緒起放浪。

綿綿細雨下不窮 18年6月19日

綿綿細雨下不窮，架上牽牛開正紅。
散思放曠哦從容，感慨年輪走匆匆。
高懷合趨水雲湧，清志堪與漁樵朋。

小風陣陣清心胸，爽朗情思嫋東風。

時雨清敲 18年6月19日

時雨清敲，心興共風飄。
人生遙逍，因無名利擾。
紅塵笑傲，書生氣象饒。
俊骨鋼造，矢志出塵表。
落紅多少？不必嗟而悼。
清風灑瀟，深吸方為妙。
鳥掠輕巧，心境灑然好。
寫詩微妙，情懷逐雲高。

蟬鳴恣交響 18年6月21日

蟬鳴恣交響，夏至今正當。
烈日任其燙，閑讀我詩章。
歲月荏苒翔，不必計斑蒼。
笑意清新放，君子傲骨剛。
蟬鳴恣交響，園圃花交放。
鳥鳴復悠揚，散淡持中腸。
壯志依強剛，不屈磨與障。
展眼天晴朗，白雲淡淡翔。

落日燦無雙 18年6月21日

落日燦無雙，橙黃堪欣賞。
暖風吹洋洋，宿鳥清鳴唱。
讀詩聲激昂，振奮是襟腸。
人生懷志向，曷不賦詩章。
落日燦無雙，暮煙起蒼茫。
情思向誰講，雅哦入詩行。
歲月流連間，時值夏至訪。
不必嗟斑蒼，曠意共風揚。

雅聽蟬鳴唱 18年6月23日

雅聽蟬鳴唱，斜陽任燥亢。
清風淡來翔，爽朗哦詩章。
歲月清徜徉，時值仲夏間。
散思正放曠，聊以舒襟房。
雅聽蟬鳴唱，鳥語復悠揚。
淡靄自遠方，市井復熙攘。
從容心地間，感慨入詩行。
斑蒼不必講，世事飽桑滄。
雅聽蟬鳴唱，任從時光淌。
清心原無恙，浩志凝腑臟。
努力振昂藏，矢志詩書間。
耕心不辭讓，揚帆萬里航。

東風浩蕩 18年6月24日

東風浩蕩，我心為之而清曠。
暑熱之間，性天應許持清涼。
有鳥鳴放，燦爛斜陽正在望。
蟬嘶奏唱，激情合當以嘉獎。
歲月綿茫，五十三載一瞬間。
不必回望，煙雨桑滄是尋常。
努力昂揚，男兒未可媚弱放。
志取強剛，詩書持身儒雅彰。

流風來暢 18年6月24日

流風來暢，聽見喜鵲唱。
心志安祥，假眠剛醒間。
蟬噪噪響，藍天復青曠。
逸意心間，小哦新詩行。
人生瞬間，何必嗟老蒼。
歲月悠揚，桑滄亦等閒。
世界廣長，故事煙雲漾。
不計過往，努力向前闖。

蟬噪青林間 18年6月24日

蟬噪青林間，爽風復悠揚。
心地覺玄暢，慨然哦詩章。
市井叫賣響，生活溫馨漾。
書生意氣張，仰看天青蒼。
蟬噪青林間，夏日正清涼。
歲月既流暢，老來一笑間。
鳥語啾啾響，花開復芬芳。
田園寄意向，矢不入塵網。

閒情奉表 18年6月24日

閒情奉表，愜聽蟬鳴叫。
心志騷騷，裁心哦詩稿。
東風清巧，爽然我懷抱。
烈日高照，青天行飛鳥。
歲月豐饒，不覺斑蒼老。
田園笑傲，山水胡不好。

名利抛掉，清心雅且俏。
撰寫詩稿，南山情可表。

淡靄遠方 18年6月25日

淡靄遠方，晨風吹清暢。
天陰無妨，正好享清涼。
野蟬鳴唱，鳥語復娟芳。
悠然清閒，雅品綠茗香。
人生陽剛，男兒志雄壯。
任起斑蒼，任幻彼桑滄。
笑意浮上，履盡人生艱。
依然奮闖，關山疊青蒼。

嗟嗟浮生如夢 18年6月25日

嗟嗟浮生如夢，履盡坎坷重濃。
此際清聽蟬頌，曠喜東來清風。
我已日漸斑濃，心情卻持輕鬆。
名利已經抛送，詩書晨昏哦諷。
笑我年近成翁，心卻如同孩童。
孤旅奮鬥之中，荷持道德於胸。
天際青靄濛濛，小鳥盡情歌頌。
花開正自芳濃，品茗意態清空。

天氣晴朗 18年6月26日

天氣晴朗，燥熱總賴爽風減。
蟬噪鳴唱，野禽啾啾啼清揚。
清坐安祥，興致正因綠茗漲。
雅哦詩行，舒發心興之張揚。
歲月平章，流年只似走馬狂。
仲夏之間，當風我意何快暢。
人生履艱，情思合趨水雲間。
名利骯髒，棄之身心養軒昂。

長風清送爽 18年6月26日

長風清送爽，暑熱因之減。
漫天白雲翔，林鳥盡情唱。
蟬鳴既交響，品茗意興暢。
悠然哦詩章，一曲是滄浪。
長風清送爽，襟懷頓時暢。
人生風雨間，素髮變華霜。
持心共緣放，桑滄履平常。
正義勿相忘，積德無止疆。
長風清送爽，散思復放曠。
欣見牽牛放，月季五色芳。
歲月暢飛翔，時光若水淌。
不必嗟與悵，慧意圓明間。

暑熱狂猖 18年6月26日

暑熱狂猖，鳴蟬嘶聲唱。
小風涼爽，愜余意與向。
清聽鳥唱，仰看白雲翔。
悠悠世間，名利徒欺誑。
歲月娟芳，斑蒼應無妨。
逸意心間，胸襟真清曠。
大千廣長，矢志去闖蕩。
山水之間，滌我肺與腸。

雨霽天晴朗 18年6月28日

雨霽天晴朗，玄蟬高聲唱。
小風不涼爽，白雲悠悠翔。
持節謳昂藏，志向在遐方。
不為名利障，介意水雲鄉。
雨霽天晴朗，散思復放曠。
人生懷情長，履世多挫傷。
依然持嚮往，關山邁青蒼。
風景天涯間，矢志去尋訪。
雨霽天晴朗，群鳥恣飛翔。
歲月既悠揚，不必嗟老蒼。
雄心猶萬丈，詩書縱哦唱。
男兒傲骨剛，遁世叩道藏。

心志不必嗟廣長 18年6月28日

心志不必嗟廣長，坦坦吾哦唱。
窗外雷聲正轟響，時雨清灑降。
歲月綿綿無止疆，人卻易老蒼。
少年時光不必講，回首煙雲間。
努力耕心奮志向，詩書體昂藏。
笑意清新而舒揚，得道吾奔放。
名利抛棄清心房，正氣衝天壯。
男兒傲立有雄剛，矢志鬥虎狼。

窗外時雨激烈敲 18年6月28日

窗外時雨激烈敲，清坐讀詩興趣高。
歲月繽紛吾何道，坎坷生涯已經飽。
剩有情志合高蹈，山水田園寄懷抱。

幾聲雷震正氣饒，世界沉腐須滌澆。

風花不動
18年6月29日

風花不動，霧罩乾坤中。
鳥鳴從容，聽之有感動。
歲月如風，記憶轉為濃。
斑蒼之中，曠意長哦諷。
紅塵狂凶，名利肆其功。
誰是英雄？誰是真情種？
水雲之中，涵養吾心胸。
雨雨風風，彈指是過從。

燥熱塵間
18年6月29日

燥熱塵間，況值此晴朗。
青靄遠方，林間蟬噪唱。
品茗清閒，性天自清涼。
散思放曠，悠悠賦詩行。
生活無恙，正氣吾強剛。
叩道之間，情志復軒昂。
人生揚長，不受名利傷。
書生氣象，無機持襟房。

藍天白雲正徜徉
18年6月29日

藍天白雲正徜徉，悠悠蟬鳴唱。
天氣悶熱無風翔，無心讀詩章。
雅聽小鳥之啼放，閑寫小詩章。
心中一種騷雅芳，君子人格彰。

半世履得心千創，回首淚兩行。
依然瞻望萬里疆，矢志在遐方。
努力耕心不退讓，傲立若山壯。
男兒豈被名利障，逸意水雲間。

已知蟬鳴唱
18年7月3日

已知蟬鳴唱，校詩吾悠揚。
電扇播風涼，愜懷都瀟爽。
窗外啼鳥唱，天上白雲翔。
閒雅度時光，不計老將訪。
不計老將訪，余意頗澹祥。
詩書憩心向，叩道不畏艱。
苦旅成過往，康平今正享。
神恩廣無量，能不感中腸。
能不感中腸，桑滄履艱長。
血淚曾潸淌，愴懷何悲壯。
靈程奮志航，作鹽又作光。
努力騁志向，勿負華年芳。

暑熱天地間
18年7月3日

暑熱天地間，鳴蟬嘶聲唱。
小風微送爽，鳥鳴愜意腸。
赤膊應無妨，讀詩聲悠揚。
裁意哦詩行，一曲心旋淌。
暑熱天地間，白雲自在航。
歲月如飛殤，不必嗟蒼涼。
人生志遐方，風雨履平常。
振節歌嘹亮，聲振九重蒼。

靄煙重濃
18年7月4日

靄煙重濃，晨鳥清啼頌。
牽牛芳紅，一使余感動。
悶熱宇中，惜無爽風送。
心志清空，散淡清持中。
歲月履風，流年無影蹤。
不嗟斑濃，奮志去行動。
遠際歌送，噪噪且洶洶。
寄身塵中，只得與緣共。

朝旭東升兮青靄蒼
18年7月4日

朝旭東升兮青靄蒼，
野禽啼喚兮聲洋洋。
早起讀書兮聲鏗鏘，
激越盈胸兮奮慨慷。
人生難忘兮彼遐方，
志存高遠兮奮未央。
努力驅闖兮關山壯，
風光麗靚兮悅意向。

閒適無上
18年7月4日

閒適無上，悠聽蟬鳴唱。
天不清涼，電扇播風涼。
快意心間，窗外鳥啼放。
歲月平章，名利未許障。
品茗清芳，詩興都升上。
裁意汪洋，長舒襟與腸。
人生安康，因荷神恩壯。

叩道清揚，風雨視等閒。

燥燥暑熱天地間 18年7月4日

燥燥暑熱天地間，蟬鳴鳥唱，
蟬鳴鳥唱，總賴小風送清涼。
讀書寫詩意何暢，心興遐方，
心興遐方，男兒意在萬里疆。
紅塵從來稱攘攘，利鎖名韁，
利鎖名韁，心志未可被捆綁。
靈性於我大釋放，思達廣長，
思達廣長，聖靈中心作主張。

天陰恐雨降 18年7月4日

天陰恐雨降，鳥鳴正清揚。
散坐讀詩章，身心俱舒暢。
電扇播風涼，野蟬偶爾唱。
仲夏享悠閒，聊以賦詩行。
聊以賦詩行，長吐心與向。
天地自玄黃，人生一文章。
不容名利綁，靈性曠飛揚。
志向田園間，山水容徜徉。

夜來暴雨如許降 18年7月5日

夜來暴雨如許降，晨起雨減，
東風清爽，清聽小鳥啼鳴唱。
年輪運轉自古狂，仲夏正當，
梅雨綿降，引發詩興曠增長。
人生感慨因之漲，年已斑蒼，
履盡艱長，水雲中心逞氣象。
清貧原也無大妨，詩書昂揚，
氣定神閑，修身養德是無疆。

時雨綿綿下不窮 18年7月5日

時雨綿綿下不窮，讀書寫詩奮心胸。
已知年近成老翁，惜時如金力行動。
修身養性秋春中，淡泊名利浮雲同。
展眼雨簾下洶湧，感慨長饒謳從容。

雨漸減 18年7月5日

雨漸減，落紅不必傷。
鳥鳴唱，覓食頗難艱。
心興揚，提筆哦詩章。
意張狂，呼吸清風暢。
人生艱，不必多言講。
奮志向，努力矢闖蕩。
山水蒼，潛伏有虎狼。
奮刀槍，克敵何雄壯。

暑雨停兮東風暢 18年7月5日

暑雨停兮東風暢，野間蛙鳴奏悠揚。
暮煙輕起鳥鳴唱，燈下讀賦情激昂。
歲月荏苒走揚長，二毛初蒼究何妨。
闔家安好神恩曠，雅度日月心滄祥。

爽風曠暢覺瀟涼 18年7月6日

爽風曠暢覺瀟涼，雨後喜悅草木昌。
野禽歡聲高歌唱，市井又復見熙攘。
裁心雅哦是詩行，一曲奏出心平康。
淡泊身心何所藏，一腔正氣總盈腔。

暫拋架上書滿行 18年7月6日

暫拋架上書滿行，享受雨後此清涼。
喜見牽牛盛開放，欣聞野禽啼清昂。
歲月由來逞激昂，老來心志卻滄祥。
悠悠心跡入詩唱，桑滄不必賦蒼涼，

明日小暑兮時光迅 18年7月6日

明日小暑兮時光迅，早起五更兮野蛙鳴。
風過葉響兮天籟清，小鳥鼓舞兮啼殷勤。
雨後空氣兮是鮮新，天氣陰沉兮余奮興。
村雞啼鳴兮添意境，淡雅心靈兮哦清吟。

悠悠歲月何雅清 18年7月6日

悠悠歲月何雅清，桑滄任幻不停。
遠辭名利之艱辛，詩書之間用勁。
此際雅聽鳥清鳴，林蟬復來助興。
爽風吹擊余開心，詩意盈滿胸襟。
遠處鞭炮又囂鳴，市井攘攘無垠。
心中不可忘水雲，田園山莊清新。
數日陰雨不見晴，今日雨霽天明。
悶懷頓開哦盡興，新詩脫口而吟。

天氣陰晴之間

18年7月6日

天氣陰晴之間，爽風其來悠揚。
小哦新詩行，舒出情之向。
玄蟬悠悠鳴唱，野禽奏其交響。
愜意懷心間，能不發謳唱？
心志坦坦蕩蕩，名利早已棄放。
中心之所向，叩道吾清揚。
浮生履盡坎蒼，迎來一笑爽朗。
心疤任千創，神恩總廣長。

爽風曠來適懷抱

18年7月6日

爽風曠來適懷抱，心境且灑瀟。
小鳥啾啾愜鳴叫，蟬聲玄且遙。
清坐哦詩舒心竅，情懷胡不好。
詩書容我長笑傲，清貧就頗妙。
正義清持不討巧，奮志頗剛傲。
力戰豺狼虎當道，豪情衝雲霄。
逸意應可出塵表，田園寄情竅。
養花蒔草也逍遙，牽牛開正俏。

流風清新

18年7月6日

流風清新，田園若畫境。
雨後天陰，喜鵲歡啼鳴。
曠然高興，雅將新詩吟。
人生懷情，況對此芳景。
心志殷殷，欲向長天鳴。
鼓舞情興，奮志欲凌雲。
實幹要緊，虛浮可不行。
男兒豪英，儒雅慨慷並。

浴後爽清

18年7月6日

浴後爽清，悠聽鳥清鳴。
風吹盡興，花開復溫馨。
享受閒靜，遐思放曠行。
人生多情，惜我已斑鬢。
少年情景，歷歷記在心。
而今傷情，桑滄幻不停。
努力前行，遠方風景凝。
山水無垠，愜余意情心。

第七十二卷《怡情集》

風起嘯狂 18年7月6日

風起嘯狂，蟬卻悠悠唱。
小鳥鳴放，自在得其向。
烏雲激蕩，恐雨又將降。
心志安祥，小哦新詩行。
人生揚長，因將名利放。
不執之間，隨緣共奔放。
流年狂猖，一似水流殤。
奮發昂揚，努力萬里疆。

嗚蟬嘶響亮 18年7月7日

嗚蟬嘶響亮，流風正送暢。
天氣陰晴間，讀詩聲激昂。
遠際鞭炮響，林間鳥歌唱。
興起謳詩章，一曲具意向。
嗚蟬嘶響亮，小暑今日訪。
天氣欣涼爽，花紅展嬌靚。
心志騁清昂，品茗興致放。
歲月享悠閒，一曲濯滄浪。

流暢東風惬意向 18年7月7日

流暢東風惬意向，曠哦詩章，
曠哦詩章，耳畔況有鳥鳴唱。
品茗意興都張揚，嘶嘶蟬唱，
嘶嘶蟬唱，點綴生活也安祥。
人生履盡艱與蒼，而今平康，
而今平康，心膽心志俱健壯。
努力前路騁遐方，山水清靚，
山水清靚，男兒豪勇放萬丈。

清喜流風送暢 18年7月7日

清喜流風送暢，小暑天氣涼爽。
田園若畫廓，蟬鳴鳥啼唱。
我自意向疏揚，慨然朗哦詩章。
意向之所放，山水清襟腸。
流年獨自更張，笑我書生氣昂。
名利已棄放，剩有正氣剛。
歲月任其奔放，吾只獨守安常。
叩道不辭讓，修身豈有疆。

天陰鳥鳴放 18年7月7日

天陰鳥鳴放，流風遞清揚。
身心都閑曠，哦詩復揚長。
時值小暑間，涼爽此寰壤。
欣欣余意康，展眼靄煙漾。
天陰鳥鳴放，萬物暢意向。
月季嬌而芳，牽牛旺生長。
品味歲月康，心志共風暢。
人生懷嚮往，踏遍山水蒼。
天陰鳥鳴放，澹蕩持中腸。
任從流年往，斑蒼惜增長。
雅喜闔家康，父母健在堂。
謳詠盡力量，頌贊神恩廣。

燈下哦激昂 18年7月7日

燈下哦激昂，窗外霓虹靚。
天陰宿鳥翔，車行似狂猖。
身心振慨慷，閒情都放曠。
裁心南山章，一曲賦清揚。
燈下哦激昂，精神畢張揚。
奮志騁剛強，男兒真豪放。
履盡是艱蒼，感慨心地間。
晚風吹清爽，清坐舒揚長。

天氣陰晴頗不定 18年7月10日

天氣陰晴頗不定，野間曠喜鳥清鳴。
讀書揮灑我意興，寫詩舒發余中情。
牽牛花開嬌而俊，月季七彩亦鮮明。
散坐品茗快身心，一篇詩成聽蟬吟。

天氣惜無風 18年7月10日

天氣惜無風，悶熱寰宇中。
遠野霧淡籠，近林蟬鳴洶。

歲月如飛送，斑蒼養疏慵。
哦詩競何功，只是舒情濃。
只是舒情濃，男兒志在胸。
雀鳥清鳴頌，花開妍且紅。
展眼鳥掠空，心懷萬里風。
詩書晨昏誦，意態是清空。

小風微送爽

18年7月10日

小風微送爽，悶熱因之滅。
遠野濃靄漾，暑午日不朗。
蟬鳴鳥啼唱，清坐享悠閒。
心地覺逍爽，慨然哦詩行。
慨然哦詩行，一舒心志芳。
男兒飽昂藏，曠意在遐方。
履盡世艱蒼，俊骨仍傲剛。
展眼層雲蕩，不言情激昂。
不言情激昂，努力晨昏間。
奮志詩書間，修身無止疆。
光陰迅飛殤，何必嗟斑蒼。
紅塵任攘攘，栽心水雲鄉。

午後天晴朗

18年7月10日

午後天晴朗，鳴蟬奏悠揚。
散坐既放曠，雅懷哦詩章。
久雨值晴爽，花木復榮昌。
欣欣此塵壤，生意田園間。
午後天晴朗，清聽鳥鳴唱。
小風既來爽，心地覺瀟暢。
路上車行響，生活嘈雜間。
心志須遼廣，勿為名利妨。
午後天晴朗，悠悠曠意向。
歲月費平章，流年桑滄放。
我已值斑蒼，正氣仍強剛。
傾心詩書間，振節謳嘹亮。

悠悠歲月吾歌唱

18年7月10日

悠悠歲月吾歌唱，濯足放滄浪。
林野鳴蟬肆交響，散坐思放曠。
一曲中心何所放，只是煙雨艱。
往事回首不堪想，艱難山崖間。
努力前路奮志闖，男兒持豪壯。
名利未許成癡障，清心吾滄蕩。
田園村莊恣意向，享受清風翔。
瞻望天際青靄漾，鳥兒囀謳唱。

暮煙起朦朧

18年7月10日

暮煙起朦朧，曠然走爽風。
宿鳥鳴從容，讀詩適心胸。
歲月感慨重，情志水雲中。
短章聊哦詠，林蟬嘶聲濃。
暮煙起朦朧，市井噪聲洪。
車行人熙擁，何處尋幽蹤？
淡泊是情鍾，名利棄空空。
展眼蒼雲動，我心持清空。

一夜蛙鼓激烈敲

18年7月11日

一夜蛙鼓激烈敲，晨起清風恣意繞。
紅旭東方燒，天熱有勁道。
散步數里逍遙，汗淌興致卻高。
人生不畏老，斑蒼我笑傲。
遠處歌聲清飄，林間鳥兒歌俏。
樂意作田樵，山水多清好。
書生氣象剛傲，奮鬥不屈不撓。
向陽是情操，叩道履迢迢。

天放晴

18年7月11日

天放晴，蟬清鳴，曠蕩東風吹清勁。
持開心，憩身心，享受暑日之清靜。
藍天青，飄白雲，變幻不盡萬千形。
花開俊，鳥囀鳴，田園芳景愜心靈。
紅塵境，不必吟，艱蒼困苦桑滄並。
斑蒼臨，悟性靈，雅然哦詩吐清新。
奮心情，鼓幹勁，努力前路奮凌雲。
搏天青，萬里境，天涯盡頭好風景。

蟬鳴響亮

18年7月11日

蟬鳴響亮，天氣喜晴朗。
風兒清暢，流雲漫飄翔。
心境慨慷，朗哦我詩行。
志取昂揚，男兒曠意向。
前方遠長，矢志鼓勇闖。
關山疊障，艱險未可擋。
我自豪放，衝決名利障。
傲立雄剛，頂天立地壯。

漫天朗晴
18年7月12日

漫天朗晴，二三白雲悠悠行。
蟬清嘶鳴，爽風吹來正盡興。
歲月多情，老我斑蒼何必云。
奮志無垠，矢穿艱蒼困苦境。
百年驚警，只似雲煙幻化境。
回首淚零，半世生涯入煙凝。
努力前行，關山疊俊多麗景。
風雨不停，男兒豪勇鼓心靈。

雅聽蟬鳴唱
18年7月12日

雅聽蟬鳴唱，噪噪無止疆。
總賴爽風暢，減此天燥亢。
清坐何所想，志存山水間。
遐思縱放曠，天高鳥飛翔。
雅聽蟬鳴唱，暑炎正囂狂。
無意讀詩章，散坐乘風涼。
歲月運平曠，老來慵懶間。
不必嗟悵惘，共時奮昂揚。
雅聽蟬鳴唱，悠悠心地間。
吐詩謳嘹亮，激越盈中腸。
人生履桑滄，轉眼覺斑蒼。
叩道勿匆忙，慧悟徹玄藏。

白雲悠悠翔
18年7月12日

白雲悠悠翔，啼禽鳴響亮。
蟬嘶鎮日間，爽風走流暢。
天氣值炎亢，清坐享安祥。
西瓜潤襟腸，歲月曠無恙。
歲月曠無恙，惜我漸老蒼。
煙雨半生艱，道義鐵肩扛。
不必懷悵惘，奮志在遐方。
努力晨昏間，詩書誦清昂。
詩書誦清昂，叩道是志向。
淡眼世桑滄，人情冷暖間。
慧眼應開張，勿為名利障。
清貧正氣剛，傲骨撐天蒼。

閒情放曠
18年7月12日

閒情放曠，愜聽鳥鳴唱。
風來舒暢，蟬嘶響激昂。
人生慨慷，振節發謳唱。
字裡行間，一顆心激蕩。
半世艱蒼，不必嗟與悵。
前方廣長，努力矢向上。
炎暑正當，身熱汗清淌。
聊賦短章，一曲奏奔放。

日落展夕照
18年7月12日

日落展夕照，東風忞逍遙。
蟬已止鳴噪，心志曠然瀟。
哦詩吐良好，悶熱欣滅消。
市井復噪噪，車行響如囂。
日落展夕照，天際靄煙飄。
歲月多清好，斑蒼無妨傲。
詩書養襟抱，名利早辭了。
晨昏撰詩稿，清表南山操。

爽風清來適意境
18年7月13日

爽風清來適意境，晨鳥清鳴，
晨鳥清鳴，紅旭東起值朗晴。
林野蟬噪頗動聽，牽牛多情，
牽牛多情，架上昂頭開清俊。
我心我意懷奮興，婉轉歌吟，
婉轉歌吟，舒出中心之激情。
展眼雲天若畫境，我欲飛鳴，
我欲飛鳴，自由最快我身心。

日落西山展夕照
18年7月13日

日落西山展夕照，依然有汗沁體表。
蟬鳴無妨詩興騷，讀書曠發意興饒。
鳥掠長天忞游遨，小風清送情懷好。
市井任其囂囂噪，清心滌意水雲瀟。

流風送暢
18年7月13日

流風送暢，壓不住天氣炎猖。
汗往下淌，無心情讀彼詩章。
清坐安祥，電扇正播送清涼。
蟬鳴鳥唱，稍舒我心意心腸。
天值晴朗，有白雲流逝飄蕩。
小哦詩行，一吐我情懷萬丈。
歲月平康，正炎暑冀求天涼。
時光飛殤，值斑蒼無妨清揚。

暮色既蒼茫

18年7月13日

暮色既蒼茫，燈下讀華章。
意氣都軒昂，汗水任沁淌。
宿鳥高聲唱，微風動不爽。
遠野蟬鳴放，心事悠悠廣。
心事悠悠廣，聊賦我詩章。
南山是志向，名利徒虛妄。
身處市井間，胸襟流雲淌。
正氣衝天昂，振節謳嘹亮。

東方天啟微微亮

18年7月14日

東方天啟微微亮，林鳥便歌唱。
一夜蛙鼓鳴悠揚，晨起哦詩章。
心興嫋起萬千丈，男兒志茁壯。
惜時如金未敢忘，叩道奮昂藏。
苦難磨歷成過往，華髮今斑蒼。
依然不減少年狂，正義荷強剛。
爽風東來吹清揚，我心曠然暢。
歲月娟娟有其芳，共緣奮旅航。

清坐安祥

18年7月14日

清坐安祥，總賴爽風走流暢。
愜意心間，況聽小鳥啼清揚。
小哦詩章，炎暑欣值此涼爽。
志凝襟房，斑蒼依然奮昂藏。
大好寰間，青碧藍天無雲翔。
詩意心間，裁句應可化萬章。
悠悠世間，桑滄疊變幻萬象。
人生荷艱，鼓勇風雨兼程闖。

清懷曠朗哦詩章

18年7月14日

清懷曠朗哦詩章，胸中正氣總激昂。
晨起清聽鳥鳴唱，爽風愜意襲襟房。
總憑良知生涯闖，任起風雨幻猖狂。
男兒傲立天地間，奮發英武叩道藏。

天熱如蒸

18年7月14日

天熱如蒸，汗沁周身，
蟬噪聲聲，電扇播風快精神。
歲月馳奔，斑蒼清生，
不老心身，揮灑幹勁矢前騁。
努力晨昏，詩書怡神，
哦吐真誠，男兒傲立在乾坤。
心地清純，名利棄扔，
正義精誠，儒雅清度此紅塵。

藍天無雲翔

18年7月14日

藍天無雲翔，天際白茫茫。
蟬鳴嘶聲唱，鎮日無止間。
清坐對風暢，享受此休閒。
悠悠發哦唱，心事廣無疆。
心事廣無疆，人生百年艱。
奮志當慨慷，努力振昂藏。
揚長心地間，無執不狷狂。
悠悠發哦唱，一曲清玄暢。
一曲清玄暢，感慨淚雙行。
半世化煙殤，中心懷挫傷。
世事幻萬象，迷霧天地間。
悠悠發哦唱，慧目務開張。

已知蟬鳴噪

18年7月14日

已知蟬鳴噪，爽風曠來逍。
灑然持懷抱，心境頗安好。
人生奮志跑，關山越蒼嶢。
不必回首瞧，已履萬里遙。
已知蟬鳴噪，汗水任沁拋。
鳥語復娟妙，花開依然嬌。
烈日當頭照，青天無雲飄。
田園若畫稿，嫋我南山操。
已知蟬鳴噪，瀟然撰詩稿。
一表我情操，正直頗剛傲。
不屈復不撓，挺身若竹驕。
謙和盈襟抱，叩道樂逍遙。

暑熱不稍減

18年7月14日

暑熱不稍減，天氣燥炎亢。
幸賴東風爽，愜我意與腸。
散坐放思想，耳畔鳴蟬唱。
電扇播風涼，自在且安祥。
自在且安祥，奮鬥未可忘。
人生百年間，業績矢力創。
汗水豈白淌，榮耀在前方。
一生叩道藏，正氣頗軒昂。
正氣頗軒昂，男兒似鐵鋼。

力克魔敵強，矢攀萬仞岡。
前路高山壯，展翅暢遨翔。
風光麗且靚，天涯未可擋。

天熱如炕

18年7月14日

天熱如炕，無心耽彼詩章。
悶熱之間，鳴蟬哀哀嘶唱。
小風不爽，斜暉燦爛輝煌。
清坐納涼，電扇大派用場。
世界燥亢，一似高燒之狀。
何處清涼？何處水雲清淌？
思達廣長，展眼天際靄漾。
白雲飄翔，變幻萬千形狀。

火風天地間

18年7月14日

火風天地間，悶熱不清涼。
無心讀詩章，散坐暇思曠。
噪噪蟬鳴唱，悠悠鳥語漾。
歲月是飛殤，切盼秋來訪。
火風天地間，人在爐中仿。
詩書拋一旁，赤膊求涼爽。
斜陽熱且亢，萬物焦而傷。
希冀有雨降，殺此炎熱狂。

雲淡天青

18年7月15日

雲淡天青，玄蟬嘶鳴，
酷熱驚心，散坐哦詩吐性靈。
人生難云，空懷多情，
費盡腦筋，最後還是傷了心。
共緣而行，桑滄幻境，
不必多云，沉穩實幹最要緊。
歲月進行，不嗟斑鬢，
雅懷奮興，前路矢越關山峻。

閒情騁放曠

18年7月15日

閒情騁放曠，安心讀華章。
耳際蟬鳴唱，悠悠心地間。
天暑熱放浪，幽居意雅嫻。
淡定哦詩章，一吐清平況。
一吐清平況，半世已經殤。
往事不必講，要在奮前方。
遐方風光靚，召喚我前往。
闖蕩風雨間，鐵志堪嘉獎。
鐵志堪嘉獎，一笑放清揚。
詩書耽意向，叩道奮強剛。
清貧無所妨，貴在志陽剛。
正直立人間，荷負彼乾綱。

炎暑時間

18年7月15日

炎暑時間，品茗清芳，
口齒噙香，悠聽林蟬嘶鳴唱。
青靄遠漾，烈日強剛，
小風不暢，清坐無心讀詩章。
裁心無恙，小哦詩行，
歲月平章，人生一似走馬場。
回首長望，煙雲掩漾，
往事回放，不必嗟歎空悲悵。
努力前方，秀美風光，
任起險障，矢志煙雨兼程闖。
紅塵奔放，故事花樣，
清心揚長，名利推辭叩道藏。

浮生渾如夢

18年7月15日

浮生渾如夢，慧悟覺空空。
清坐思從容，任起蟬鳴頌。
烈日當長空，小風清來送。
讀詩愜心胸，小哦我心蹤。
小哦我心蹤，大化運無窮。
人生如履風，回首煙霧中。
奮志當如虹，業績造創中。
燦爛是襟胸，原不與人同。
原不與人同，君子人格洪。
淡定塵世中，清貧兩袖風。
著書競何功，胸襟瀉如洪。
婉轉聊諷頌，清新似荷風。

烈日任炎囂

18年7月15日

烈日任炎囂，避暑吾灑瀟。
從容哦詩稿，清風徐來飄。
已知蟬鳴噪，鳥語亦多嬌。
詩意中心饒，生涯胡不好。
生涯胡不好，清貧脫塵囂。
詩書持身傲，名利矢志拋。
風雨任艱饒，桑滄任幻巧。
兼程萬里道，風光可看飽。

風光可看飽，坎坷不必道。
人生百年道，心跡入詩稿。
揚長仰天笑，道義鐵肩挑。
虎狼未許囂，斬殺豺當道。

身心俱鎮定

18年7月15日

身心俱鎮定，任彼炎囂行。
散坐閑品茗，電扇搖風清。
斜暉正朗映，蟬鳴不止停。
市井噪噪境，何處尋幽清？
何處尋幽清？水雲中心映。
半世已銷盡，餘有蒼蒼鬢。
奮志仍浩勁，哦詩吐空清。
男兒展雄俊，一曲桑滄情。
一曲桑滄情，世事苦難並。
血淚灑殷殷，苦痛自心醞。
神恩廣無垠，導引入康平。
靈程奮勉行，關山越蒼峻。

奮志人生勿徬徨

18年7月15日

奮志人生勿徬徨，煙雨桑滄，
悠悠哦唱，覽盡人世之蒼涼。
歷盡艱辛不辭讓，正義強剛，
不折昂揚，傲立頂天立地壯。
暑炎雅聽蟬奏唱，電扇風涼，
適我襟腸，清坐品茗意何暢。
開口哦唱世驚惶，英武心間，
笑意溫讓，肩挑道義天涯闖。

暑意不肯稍稍減

18年7月15日

暑意不肯稍稍減，悶熱天地間。
鼓噪林蟬恣意唱，小風東來曠。
散坐閑哦我詩章，清聽鳥鳴放。
大千紅塵受炙燙，清坐吾安祥。
歲月輾轉是桑滄，老來情澹蕩。
不執名利共緣翔，淡泊享安康。
任起風雨並艱蒼，意志如鐵鋼。
努力奮發展雄壯，萬里長驅闖。

田園美麗若畫境

18年7月15日

田園美麗若畫境，野蟬交相鳴。
小風其來甚爽清，酷熱任其淫。
閒暇清度懷意興，裁心哦不停。
心志浩起萬里雲，飄逸且多情。
人生於我不再驚，履盡煙與雲。
大千原來是幻境，名利是笑柄。
剩有清貧浩氣凝，胸襟持剛勁。
不屈艱蒼奮凌雲，一似虬松俊。

有汗微沁

18年7月15日

有汗微沁，電扇播風爽意境。
不必哦吟，蟬噪鳥鳴愜我心。
宣洩閒情，吐詩一似流水清。
正義心襟，男兒立身何剛勁。
紅塵無垠，只是噪噪名利境。
應持清心，遁向水雲享雅清。

幽幽心興，展眼天際青靄凝。
願飛盡興，萬里雲天曠意行。

第七十三卷《慨慷集》

奮志人生豈常尋

18年7月15日

奮志人生豈常尋，悠悠吾清鳴。
慨慷心地曠意境，意氣頗凌雲。
平生履盡是驚瞥，血淚狼煙行。
虎狼當道不太平，折翅桑滄境。
而今康寧享清平，神恩是無垠。
思此感沛在心襟，天路努力進。
窗外野蟬高聲鳴，烈日正殷殷。
散坐閑思哦心靈，氣宇天震驚。

清坐讀詩聲鏗鏘

18年7月15日

清坐讀詩聲鏗鏘，喉嚨嘶啞亦何妨。
淡定納涼任炎猖，鳴蟬嘶唱也安祥。
心志不忘水雲間，浩氣始終瀰寰壤。
展眼蒼天白茫茫，珍惜寸陰如金仿。
清坐讀詩聲鏗鏘，電扇搖風送清涼。
已知斜暉正在望，人生蹉跎惜老蒼。
奮志並非是狂猖，努力前路萬里疆。
男兒從來是豪放，肝膽撐天道義剛。
清坐讀詩聲鏗鏘，燥熱炎暑今正當。
生活清貧真無妨，我有詩書數千方。
著書記錄余思想，知音可待千年間。
人生不懼是桑滄，心志安平履康莊。

心志未許稍頹唐

18年7月15日

心志未許稍頹唐，人生感想此際彰。
履盡艱蒼志猶剛，血淚潸淌情茁壯。
此生已近彼夕陽，斑蒼無妨意清揚。
讀書寫詩騁氣象，謙和書生不張狂。
心志未許稍頹唐，努力冬夏秋春間。
晨昏縱情長哦唱，鎮日詩書養襟腸。
塵世名利不必講，性靈於我第一樁。
身在市井亦何妨，清心逸意水雲間。
心志未許稍頹唐，奮發人生慨而慷。
努力前路關山壯，風雲變幻余意康。
浮世真同夢幻仿，名利從來是黃粱。
剩有貞志衝天昂，力扶道義天地間。

天燥心不躁

18年7月15日

天燥心不躁，靜定方為要。
炎暑烈日驕，散坐聽蟬噪。
騷騷心志表，哦詩舒情竅。
一曲水雲操，清涼性天好。
天燥心不躁，詩書未可拋。
心跡前賢曉，正義盈襟竅。
努力奮志跑，關山越險要。
五湖滄浪好，濯足吾灑瀟。
天燥心不躁，闔家均安好。
神恩廣且饒，思此頌聲高。
人生艱蒼道，奮發在塵表。
心志不可老，業績力創造。

又值黃昏

18年7月15日

又值黃昏，汗沁周身。
熱浪滾滾，林蟬嘶哀聲。
舒我心身，哦出真誠，
一曲清貞，吐出性靈芬。
歲月馳奔，斑蒼清生，
逝去青春，感慨入詩申。
紅塵紜紛，名利害人，
清隱心身，詩書怡晨昏。

夕陽清好

18年7月15日

夕陽清好，白雲飄渺。
市井噪噪，汗水沁拋。
散坐思遙，心跡奉表。
哦詩吐騷，水雲情操。
夕陽清好，鳥語蟬噪。
東風灑瀟，滌我懷抱。
詩書暫拋，憩心為要。
炎暑縱驕，我意遙逍。
夕陽清好，感慨豐饒。
華年逝銷，斑蒼漸老。
不屈不撓，奮發揚飆。

前路大好，關山峻峭。
夕陽清好，歲月豐饒。
履盡險要，心創千條。
奮發剛傲，力克魔妖。
萬里之遙，不算遠道。

心志未可稍驕 18年7月15日

心志未可稍驕，謙和清持懷抱。
人生路迢迢，努力攀險要。
前路雲煙繚繞，前路風雨艱饒。
前路萬里之遙，前路風光大好。
我自揮灑剛傲，風雨兼程奮跑。
不屈又不撓，面帶清微笑。
爽潔是我襟抱，力克魔敵仇妖。
叩道力訪造，心得履條條。

心志灑瀟 18年7月15日

心志灑瀟，從容哦詩稿。
天熱炎囂，無妨我襟抱。
品性清高，俗世未許擾。
詩書為要，浸淫心得饒。
艱蒼經飽，朗然余一笑。
榮華縱囂，棄之吾逍遙。
性靈培造，哦吟適心竅。
叩道迢迢，風光履微妙。

心襟此際灑瀟 18年7月15日

心襟此際灑瀟，哦詩曠然良好。
夕日正清照，炎熱頗囂囂。
此生已近蒼老，胸懷猶然剛傲。
奮發吾情操，欣欣若芳草。
聽取蟬鳴噪噪，鳥語亦復多嬌。
東風清懷抱，情致比天高。
我欲飛鳴九霄，揚長意出塵表。
艱深力訪造，絕不回頭瞧。

人生履盡險要 18年7月15日

人生履盡險要，淡定立身方好。
名利當辭掉，人格最緊要。
紅塵鬧鬧吵吵，眾生胡亂瞎搞。
世界是神造，未許破壞掉。
清心情操灑瀟，向學志向頗高。
叩道履迢迢，心得自豐饒。
炎暑任其囂囂，汗水任沁體表。
電扇播風瀟，吾意樂逍遙。

心志由來騁閑曠 18年7月15日

心志由來騁閑曠，哦哦歌唱，
哦哦歌唱，舒出心中一種芳。
歲月任起彼蒼涼，不屈奔放，
不屈奔放，男兒英武天涯間。
紅塵瞎搞是情況，名爭利搶，
名爭利搶，殺伐萬千動刀槍。
胸中水雲憩清淌，清風相仿，
清風相仿，性靈深處白鶴翔。

夜黑華燈放 18年7月15日

夜黑華燈放，霓虹閃魅光。
晚風不清涼，市井鬧嚷嚷。
清坐心安祥，小哦我詩行。
炎暑未有妨，心性自清涼。
遠處歌聲唱，燈下展思想。
半世生涯壯，坎坷是平常。
努力振志向，關山未為障。
奮力越艱蒼，遐方風光靚。

三更無眠 18年7月15日

三更無眠，叩求本心，
覺證圓明，叩道層層入雲嶺。
奮志殷殷，紅塵多辛，
努力辟進，百年生命如電影。
回思傷心，損了心靈，
傷痕營營，而今悟道覺空清。
須持淡定，名利辭屏，
正義心襟，力振乾綱撐天青。

燈下思無垠 18年7月15日

燈下思無垠，心志殷殷。
已入斑蒼境，猶懷奮興。
夜蟬猶嘶鳴，噪噪塵境。
內叩我心靈，發覺空清。
世事何必云，徒費腦筋。
神恩總豐盈，努力前行。

靈程風雨淩，力克魔兵。
勝利號角鳴，凱歌徹雲。

五更早起聽蛙唱 18年7月16日

五更早起聽蛙唱，爽風清揚，
爽風清揚，路上華燈猶明亮。
心興悠揚哦詩章，一曲清暢，
一曲清暢，身心慨然真舒昂。
村野未聞晨雞唱，鳥未啼放，
鳥未啼放，卻聞路上車噪響。
一日生活又開場，努力向上，
努力向上，男兒豪勇盈滿膛。

喔喔荒雞清啼唱 18年7月16日

喔喔荒雞清啼唱，東方晨曦初漲。
東風盡情曠舒揚，遠際蛙鳴悠揚。
燈下寫詩情舒暢，爽風其來清涼。
窗外傳來啼鳥唱，聲聲動人心腸。
歲月從來是奔放，炎暑時節軒昂。
心興曠起嫋萬丈，直欲乘雲遐方。
高天廣長盡飛翔，豪情衝出溟滄。
恣意雲天多漫浪，長嘯聲振穹蒼。

拂拂清風開意境 18年7月16日

拂拂清風開意境，蟬鳴鳥噪亦動聽。
閒情合向田園行，放曠真堪朗哦吟。
書生意氣衝天庭，腳踏實地最要緊。
炎暑清思正無垠，小裁新詩舒心靈。

男兒騁志當豪放 18年7月16日

男兒騁志當豪放，困難未可障。
一似鳥兒曠飛翔，恣掠藍天蒼。
縱有風雨亦何妨，磨煉我剛強。
折翅安心以療傷，然後繼續翔。
塵世太多骯與髒，機關併刀槍。
務持慧眼細辨詳，明瞭前路向。
名利不許成癡障，清心堪嘉獎。
叩道艱蒼是尋常，慧意細微間。

心志安祥 18年7月16日

心志安祥，炎暑無妨我揚長。
身心雅康，閑聽野禽恣鳴放。
紅日東上，藍天白雲騁漫浪。
小風來翔，適我心襟何其暢。
歲月飛狂，年輪運轉幻桑滄。
不覺之間，發覺霜華漸次長。
紅塵無恙，名利辭去水雲淌。
性靈清芳，寫詩會意秋春間。

閒適無上 18年7月16日

閒適無上，不必鎮日詩書間。
清空心腸，享受風清鳥鳴唱。
炎暑正當，電扇搖風快意向。
闔家安康，神恩總是廣無量。
心志清昂，人生理想豈敢忘。
正義心間，力搏豺狼用刀槍。

藍天廣長，白雲朵朵曼飄翔。
鳥掠青蒼，大地山河展茁壯。

晨風清繞 18年7月16日

晨風清繞，藍天青可表。
白雲飄渺，紅旭東方照。
牽牛妍嬌，啼鳥鳴風騷。
燥熱塵表，電扇轉逍遙。
蟬鳴噪噪，清騁肆與囂。
紅塵擾擾，市井多喧鬧。
清心為要，散思共風飄。
人生艱蹺，奮志去奔跑。

清風徐曠 18年7月16日

清風徐曠，鳥語囀歌唱。
野蟬鳴放，自在且安祥。
朗哦詩行，意在田園間。
履緣平康，不折圓明漾。
浮世桑滄，不過騁幻象。
清心履常，叩道吾揚長。
山水遠方，召喚我矢闖。
關山疊障，我有雙翅膀。

心事下放 18年7月16日

心事下放，清坐享受此澹祥。
周身舒爽，坐擁電扇之清涼。
我自慨慷，奮發心襟人生場。
不屈頑強，百折艱辛是尋常。

履盡苦艱，血淚迎來安與康。
睹盡桑滄，塵世不過幻化鄉。
努力前方，慧心叩道入玄藏。
心得清芳，雅哦新詩舒揚長。

雲淡天朗

18年7月16日

雲淡天朗，暑風恣意清吹翔。
青靄遠漾，田園俊美似畫廓。
散坐安康，享受當下心意曠。
志取遠疆，山水萬方足徜徉。
塵世狂蕩，噪噪名利害人腸。
清心為上，詩書持身合揚長。
百年苦艱，大塊勞我血淚淌。
叩道奔放，矢尋正義天涯間。

灑脫心襟

18年7月16日

灑脫心襟，氣吞山河矢不驚。
風雨驚警，於我不過是常尋。
奮發雄英，男兒有種騁幹勁。
嚮往光明，嚮往公義得通行。
學取蒼鷹，摩雲直上青鬆嶺。
閃電雷鳴，鼓舞情志矢飛行。
人生如萍，苦旅艱蒼無法云。
此際哦吟，曠舒本心悟靈明。

不讀詩章

18年7月16日

不讀詩章，清心適意享安祥。
聽取蟬唱，爽風徑來我意康。
歲月飛翔，老我斑蒼不必講。
人生平章，百年正如過客仿。
心跡張狂，何不雅哦入詩章。
志取高尚，君子人格力培養。
正義恆昌，力戰兇惡之豺狼。
勝利在望，凱歌終當徹雲鄉。

人生唯艱

18年7月16日

人生唯艱，心懷意念向誰講。
苦旅昂揚，不屈磨難志猶剛。
奮發向上，終克千關併萬障。
暢意飛翔，自由才是我嚮往。
我已斑蒼，淡定一笑謙和放。
問學無疆，晨昏讀書何逍曠。
哦詩萬章，只是長舒我襟房。
叩道之間，行舟已過萬重岡。

心志何剛

18年7月16日

心志何剛，雖經百折仍茁壯。
始終向上，奮發昂揚萬里疆。
人生艱蒼，苦難年輪走飛殤。
獨自品嘗，險難深處血淚淌。
不必回望，過眼雲煙之相仿。
未來瞻望，前路大好風光靚。
雄心勃張，男兒豪勇逞氣象。
儒雅之間，正直為人不輕狂。

雲天多情

18年7月17日

雲天多情，天熱總賴爽風行。
蟬噪鳥鳴，清坐當風適意境。
人生多情，半世生涯傷了心。
回首煙雲，感悟於心何必云。
歲月多情，老我斑蒼不必吟。
高蹈身心，閑潔心地趨水雲。
花草多情，最喜牽牛開清俊。
田園芳青，平疇綠野淡靄凝。

爽風經行

18年7月17日

爽風經行，天上朵朵走白雲。
小鳥嬌鳴，噪噪蟬嘶無止境。
我意爽清，詩意於心曠哦吟。
朗日正晴，吃點西瓜口腹清。
悠品芳茗，歲月於我展多情。
努力矢行，關山峻嶺越蒼俊。
人生意境，詩書涵養真性情。
守護心靈，勿使汙穢卓然清。

心境正舒曠

18年7月17日

心境正舒曠，祥雲曼飄翔。
雅聞鳥啼唱，清聽蟬嘶響。
風來真清涼，爽潔心地間。
悠然哦詩章，一曲奏清揚。
心境正舒曠，歲月飄然間。
不覺已斑蒼，微笑我清朗。

緣字無法講，人生奮志航。
山水疊青蒼，風光展清靚。
心境正舒曠，神恩感心間。
苦旅曾艱蒼，虎狼當道障。
血戰遍體傷，仰天籲上蒼。
所賴神恩廣，賜我今安祥。
心境正舒曠，前路努力闖。
不懼艱險放，風雨兼程上。
心胸慨然放，心跡詩中詳。
百年騁漫浪，終將達康莊。

閒情聊堪表

18年7月17日

閒情聊堪表，讀詩聲調高。
天熱有風逍，灑然是情抱。
蟬鳴自噪噪，品茗暑意銷。
哦詩何所道，心跡舒灑瀟。
閒情聊堪表，幽居心高蹈。
市井任噪噪，雅意撰詩稿。
紅塵徒熱鬧，名利殺人囂。
我心水雲飄，叩道樂逍遙。

讀詩聲激昂

18年7月17日

讀詩聲激昂，慨然哦華章。
天氣既晴朗，爽風復清揚。
身心俱逍暢，閒居養襟房。
早辭名利場，叩道吾揚長。
讀詩聲激昂，心興放飛揚。
流年任其往，斑蒼任清漲。
時光惜飛殤，寸陰金相仿。
悠悠心之向，振節謳昂揚。
讀詩聲激昂，心志裁慨慷。
人生百年艱，塵世徒欺誑。
靈程奮志航，靈魂淨無疆。
眼目俱清亮，慧意力尋訪。

清意心間

18年7月17日

清意心間，哦詩口吐蓮花藏。
質樸之間，叩道已履萬水艱。
心志清昂，人生振節當慨慷。
水雲之間，心性遁入蘆花蕩。
紅塵狂猖，名囂利攘為哪樁。
逸意揚長，憩意詩書養昂藏。
奮勉志向，長驅不畏艱與蒼。
傲立強剛，一似老松冒雨霜。

閒情舒曠

18年7月17日

閒情舒曠，哦詩亦雅嫺。
歲月安祥，沉潛詩書間。
天氣燥亢，東風卻悠揚。
小鳥鳴唱，自得其意向。
蟬嘶狂猖，絕無疲憊講。
電扇風涼，周身都逍爽。
身心無恙，神恩未可忘。
奮志而航，叩道入深艱。

休憩身心

18年7月17日

休憩身心，豈為名利損性靈。
履盡艱辛，世事真相已經明。
清心哦吟，長舒肺腑之清明。
雅潔空靈，情思深處冰雪清。
悠聽鳥鳴，風拂心襟怡我情。
歲月飛行，疏慵漸增心坦平。
紅塵困境，物質蒙人須棄清。
水雲清境，最適書生朗哦吟。

人生境界知多少

18年7月17日

人生境界知多少，履盡風雨飄搖。
而今斑蒼何言道，只余朗然一笑。
紅塵從來多噪噪，名利殺人何囂。
務持清心學高蹈，心逐白雲逝飄。
心襟灑然從來瀟，名利矢志辭掉。
剩有清貧胡不好，水雲怡我情操。
平生從來持剛傲，力戰虎狼熊豹。
悟徹世事叩道妙，心得哦入詩稿。

心事平靜

18年7月17日

心事平靜，愜聽蟬噪鳥鳴。
悟道開心，原不介意清貧。
曠來風清，怡我心境心情。
歲月多情，只是老我斑鬢。
人生驚警，熟諳狼煙橫行。
虎豹狼群，化作過眼煙雲。
紅塵多辛，大塊勞我苦情。
奮志凌雲，男兒縱展豪情。

心志安祥

18年7月17日

心志安祥，幽居余心不緊張。
流雲心間，淡泊清貧享暇閑。
書生氣象，晨昏朗哦是詩章。
向陽襟腸，一生正直傲立剛。
紅塵攘攘，身居市井心山莊。
名利辭放，叩道慧意蘊襟房。
笑意展放，浮生如寄何必講。
且聽蟬唱，點綴生活也安康。

品評歲月何所講

18年7月17日

品評歲月何所講，一生履盡淒涼。
而今斑蒼志猶剛，不屈矢志向上。
一生勤奮是詩章，晨昏縱情哦唱。
心志由來不蕭涼，奮志始終慨慷。
男兒有種騁豪放，矢斬虎豹豺狼。
名利徒是欺與誑，辭之心地安祥。
時值炎暑蟬鳴唱，清坐享受風涼。
一篇新詩脫口放，心思意念長揚。

坦腹吾安康

18年7月17日

坦腹吾安康，心志曠然清朗。
散坐思閑放，窗外炎蟬鳴唱。
人生入平康，神恩未可相忘。
叩道奮昂揚，豈懼險阻艱蒼。
笑意展溫讓，悟道吾意雅嫻。
歲月舒奔放，秋春沉潛詩章。
前路努力闖，覽盡關山風光。
天涯矢叩訪，不負華年逝殤。

心志未可迷茫

18年7月17日

心志未可迷茫，不為名利操忙。
守定中心意向，沉潛詩書文章。
叩道是余志向，平生履盡艱蒼。
依然不改所向，正直一生昂藏。
展眼天涯凝望，矢志高飛遠航。
笑意清新溫讓，謙和一生是尚。
人生百折艱長，迷煙四野浮漾。
守定中心意向，奮發清展揚長。

第七十四卷《崇光集》

清懷與誰共
18年7月17日

清懷與誰共？孤旅不言中。
林蟬曠鳴頌，小鳥啼從容。
散坐愜迎風，詩意中心湧。
短章訴情濃，奮勉晨昏中。
奮勉晨昏中，慨慷哦而諷。
人生已斑濃，感慨化詩誦。
履盡是雨風，坦蕩盈襟胸。
神恩銘心中，叩道展剛猛。
叩道展剛猛，不與世苟同。
無友復無朋，幽居詩書中。
人生懷情濃，傷盡是心胸。
依然展笑容，努力矢前衝。

天氣燥亢
18年7月17日

天氣燥亢，汗水任沁淌。
電扇風涼，不泒大用場。
風兒雖暢，難解此炎亢。
散坐思閑，小哦新詩行。
人生揚長，萬事都捐放。
中心所向，淡泊共緣翔。
奮志慨慷，理想未相忘。
力叩道藏，正義盈襟房。

斜日清朗
18年7月17日

斜日清朗，熾熱散光芒。
清坐思曠，遐思若汪洋。
車聲噪嚷，蟬復嘶鳴唱。
小風來漾，難殺此炎亢。
心事廣長，微有些憂傷。
人生艱蒼，不必多回想。
奮志昂揚，前路關萬幢。
努力向上，展翅縱飛翔。

窗外傳來二胡聲
18年7月17日

窗外傳來二胡聲，婉轉清純，
婉轉清純，一使余意起馨溫。
時當炎暑值黃昏，燥熱猶騁，
燥熱猶騁，野蟬噪噪不止聲。
心中雅思合當申，哦詩清芬，
哦詩清芬，舒出心中一種疼。
人生坎坷不必論，風雨兼程，
風雨兼程，揮灑壯志萬里奔。

五更村雞清啼唱
18年7月18日

五更村雞清啼唱，曙色東方初初漲。
愜聽小鳥歡鳴放，卻喜晨間尚清涼。
歲月荏苒不住翔，人生近老似夕陽。
更應放膽長驅闖，覽盡關山風光靚。

藍天青碧堪震驚
18年7月18日

藍天青碧堪震驚，東風浩蕩也盡興。
蟬鳴聲聲正殷勤，花開動人也清新。
歲月流轉真多情，詩人詩興發無垠。
聊具短歌舒心靈，展眼天際淡靄凝。

朝日晴朗曠意向
18年7月18日

朝日晴朗曠意向，況有東風吹清爽。
鳴蟬自得樂無恙，遠際鞭炮又囂響。
散思放曠品茶香，詩意瀰襟顯激昂。
歲月安度人老蒼，正義心靈不稍減。

噪噪紅塵何必講
18年7月18日

噪噪紅塵何必講，誰不知其詳。
眾生明爭與暗搶，名利殺人狂。
應持清心水雲間，心志共風揚。
道義人生第一樁，正氣充宇間。
詩書持身豈等閒，不屈塵世網。
努力一生叩道藏，智慧力尋訪。
暑意雖彰無大妨，清貧養襟房。
遠際鞭炮任囂響，心靜持安祥。

蟬噪心不躁

18年7月18日

蟬噪心不躁，坐擁清風樂逍遙。
炎暑任其囂，我只靜守我心竅。
閒情分外饒，雅潔心地撰詩稿。
有鳥鳴聲俏，引我展顏微微笑。
紅塵徒擾擾，心懷南山水雲操。
清貧不緊要，詩書怡我情懷抱。
闔家都安好，感謝神恩賜豐饒。
前路矢長跑，關山風光閱微妙。

白雲幻化多情

18年7月18日

白雲幻化多情，我的心中高興。
東風吹盡興，周身都爽清。
野蟬噪噪嘶鳴，斜暉勁朗清映。
生活在市井，心卻蹈白雲。
身心清持乾淨，未許名利侵淫。
閒時品芳茗，讀書怡心襟。
歲月獨自飛行，只是老我蒼鬢。
一笑還雅清，浩氣正凌雲。

燥熱塵間

18年7月18日

燥熱塵間，滿耳灌得蟬鳴唱。
黃昏無恙，中心感興百倍漲。
人生艱長，苦痛艱深飽經嘗。
而今回想，煙雨之間不勝愴。
紅塵狂放，名利害人真無限。
清心之間，胸襟應有水雲漾。
性天清涼，耽於詩書叩道藏。
秉性溫良，正直為人端且方。

蟬噪盡興

18年7月18日

蟬噪盡興，我心曠然雅清。
酷日天頂，無妨我具閒情。
歲月殷殷，流變萬千奇景。
我已斑鬢，一笑依然清新。
大千無垠，浮生如寄如萍。
叩道用心，深入玄藏圓明。
慧性清映，中心冰雪之清。
朗哦多情，未知誰是知音。

持心平淡

18年7月18日

持心平淡，浮生任坷坎。
力作好漢，志向豈庸凡。
青天碧藍，白雲巧變幻。
知了鳴喊，黃昏燥猶展。
心志雅安，哦詩舒情瀾。
努力前站，力克虎狼纏。
紅塵浩瀚，矢志脫塵凡。
飛向霄漢，絕不回頭看。

夕照尚有勁道

18年7月18日

夕照尚有勁道，幸有爽風吹道。
心興有高蹈，哦詩亦良好。
小鳥不住鳴叫，自在而且灑瀟。
歲月展豐饒，韶華似飛飆。
紅塵並非太好，名利害人奇巧。
慧目務觀照，步步須行好。
努力奮志長跑，關山履歷迢迢。
天涯勝景妙，矢志去尋找。

落日胭脂紅

18年7月18日

落日胭脂紅，暮煙起朦朧。
宿鳥清鳴頌，晚風徑吹中。
散坐汗沁胸，蹉跎情思濃。
感慨脫口諷，一曲天人頌。
一曲天人頌，叩道吾奮勇。
半世水流送，漸迎斑蒼濃。
桑滄競何功，人生如煙夢。
大化運無窮，浮生百年終。
浮生百年終，少年將成翁。
努力奮行動，華年勿輕送。
晨昏詩書中，正氣培無窮。
傲立若勁松，力行是中庸。

燥熱天氣間

18年7月19日

燥熱天氣間，祥雲飄翔。
鳴蟬高聲唱，未有止疆。
歲月清品嘗，百感心間。
何必多細想，且去闖蕩。
心跡不渺茫，奮發頑強。
男兒是鐵鋼，不屈強梁。
詩書一生向，心得廣長。
悠悠哦詩章，曠舒情腸。

雲天麗若畫廊

18年7月19日

雲天麗若畫廊，白雲流變萬方。
清聽蟬鳴唱，漢賦誦讀間。
流年不住更張，只是老我斑蒼。
努力騁昂揚，業績矢造創。
此生履盡苦艱，贏得一笑爽朗。
人生徒骯髒，叩道吾清揚。
歲月清展淡蕩，名利未許成障。
清心吾滄祥，慨然舒奔放。

燥熱斜陽

18年7月19日

燥熱斜陽，萬物受炙炕。
野禽鳴唱，歡樂似無恙。
我自慨慷，振節謳昂藏。
人生理想，時刻未相忘。
奮發圖強，努力騁志向。
萬水縱艱，揚帆我徑航。
心意廣長，卻向誰人講。
雅哦詩章，一曲奏激昂。

流雲幻巧

18年7月19日

流雲幻巧，知了鳴叫。
東風吹逍，適我懷抱。
曠哦詩稿，心志灑瀟。
淡定就好，名利辭拋。
名利辭拋，情懷渺渺。
知音難找，孤旅艱饒。
奮志長跑，履越險要。
人生易老，矢志創造。
矢志創造，前途大好。
叩道遙逍，心得微妙。
振志剛傲，力戰虎豹。
灑然一笑，清展襟抱。

心志不言之中

18年7月19日

心志不言之中，奮鬥春夏秋冬。
努力脫凡庸，矢志步彩虹。
胸襟質樸清空，名利只是孽種。
正義盈心中，眼目閃靈動。
向學志向剛猛，晨昏縱情哦諷。
積學半世功，雲嶺入千重。
世界鬧鬧哄哄，群氓殺伐濃重。
遁入水雲中，怡情我從容。

清坐安祥

18年7月19日

清坐安祥，淡淡放思想。
人生苦艱，此際回味長。
應向前望，風光展清靚。
縱有險艱，意志早成鋼。
奮發向上，男兒當自強。
力戰虎狼，豪勇自非常。
向學無疆，浸淫詩書間。
清貧無妨，正氣瀰宇間。

流年堪沉痛

18年7月19日

流年堪沉痛，記憶化淚湧。
艱蒼苦旅中，跌倒負傷痛。
仰天籲聲洪，神恩賜隆重。
而今履安庸，慨然哦大風。
奮志若長虹，不畏風雨猛。
努力去行動，關山越萬重。
男兒持勇猛，豈懼虎狼凶。
叩道吾奮勇，萬里徑直衝。

天暑熱放浪

18年7月19日

天暑熱放浪，心性顯雅嫻。
散坐意平康，裁思哦揚長。
一曲當舒朗，情志兩軒昂。
書生意氣彰，性天本清涼。
耳際聞蟬唱，迎面清風爽。
悠悠歲月蕩，不計已斑蒼。
奮發鼓昂揚，萬里振翅翔。
風光銘襟腸，叩道任深艱。

紅塵囂囂

18年7月19日

紅塵囂囂，遠際鞭炮又鳴嘯。
黃昏夕照，天氣炎熱仍燥燥。
林蟬鳴叫，一片嘈雜亂糟糟。
閑哦詩稿，心志應許持靜悄。
眾生瞎搞，名爭利奪鬥奇巧。
誰持清標，遁向水雲樂逍遙？
歲月飛飆，斑蒼無妨我孤傲。
正氣剛饒，昂首闊步越險要。

心安勿使躁

18年7月19日

心安勿使躁，人生路迢迢。
山水多艱磽，風光險峻飽。
奮志去長跑，萬里越險要。
力斬虎狼豹，男兒堪自豪。
男兒堪自豪，叩道是首要。
風雨任囂囂，兼程我矢跑。
陽光終顯照，風景逞大好。
明媚我心竅，不懼年蒼老。
不懼年蒼老，努力奮剛傲。
鐵骨堪可表，卑媚矢全拋。
詩書怡情操，朗哦舒襟抱。
前景會更好，夕陽紅且耀。

西山展夕照

18年7月19日

西山展夕照，蒼煙四野繞。
知了恣意叫，車聲復狂嘯。
市井是鬧吵，心靜最重要。
散坐哦詩稿，情懷頗孤傲。
西山展夕照，天氣炎且燥。
持心是逍遙，放曠怡情抱。
中心水雲飄，名利未許擾。
清貧胡不好，詩書郁蘭操。
西山展夕照，電扇盡情搖。
心事付誰曉，孤旅展剛傲。
正氣力培造，卑媚盡力拋。
君子人格好，得道吾灑瀟。

奮志人生豈常尋

18年7月20日

奮志人生豈常尋，履盡坎坷艱辛。
不屈撒旦與魔兵，神恩碩大豐盈。
而今享受這康平，歡呼發出自心。
靈程努力曠意行，叩道一生盡興。
詩書晨昏朗哦吟，悠悠是我心襟。
此際林蟬恣意鳴，東風爽我意興。
歲月綿綿不均平，濁浪疊變險情。
中心切禱神恩臨，奮向天國前進。

好風吹拂自東

18年7月20日

好風吹拂自東，愜我心意無窮。
清聽鳥鳴頌，鳴蟬嘶從容。
此生履盡苦痛，回思淚水沁湧。
神恩賜豐隆，導引我心蹤。
奮志當如長虹，七彩閃耀當空。
名利棄空空，清心沐靈風。
嚮往跨鶴行動，去尋山野清風。
心跡入詩誦，志向豈凡庸。

清喜流風送暢

18年7月20日

清喜流風送暢，朝日燦爛輝煌。
鳴蟬清聲唱，鳥啼囀清揚。
炎暑時節正當，卻喜晨間涼爽。
適意哦詩章，心興舒奔放。
人生歲月慨慷，激情流瀉汪洋。
履盡是艱蒼，迎來坦平況。
前路奮發頑強，努力迎風破浪。
縱有千重障，我志如鐵鋼。

人生堅忍之中

18年7月20日

人生堅忍之中，衝破雨雨風風。
坎坷任險重，萬里恣行蹤。
身心履盡傷痛，血淚曾經灑湧。
奮志依如虹，不屈虎狼叢。
展眼長天雲動，天際曠來清風。
炎暑任烈猛，鳴蟬嘶靈動。
努力前路矢衝，關山履度萬重。
叩道吾奮勇，心跡入詩誦。

歲月莽蒼

18年7月20日

歲月莽蒼，逝去青春難回放。
熱血中腸，依然奮發展強剛。
紅塵無恙，清度人生奮昂揚。
叩道無疆，豈懼風雨併艱蒼。
淡笑疏狂，詩書持身氣象彰。
力戰豺狼，天道公義必然昌。
大千放曠，豪情衝天十萬丈。
華年正當，展翅雲霄摩天翔。

情懷嫋風

18年7月20日

情懷嫋風，適意且從容。
品茗意動，哦詩舒心胸。
人生雨風，履盡桑滄濃。
正氣剛洪，力戰魔敵凶。

斑蒼重濃，身心漸疏慵。
努力前衝，韶華勿輕送。
奮志如虹，男兒騁勇猛。
天涯情鍾，叩道入圓通。

心意雅清 18年7月20日

心意雅清，悠悠吾哦吟。
蟬鳴盡興，東風曠舒情。
風雨不驚，履盡坷與平。
神恩心領，頌贊出心靈。
世事浮雲，名利未許淫。
詩書怡情，培育真性靈。
炎暑正凌，藍天白雲行。
淡泊心襟，胸有水雲映。

曠來田野風 18年7月20日

曠來田野風，淡泊盈襟胸。
清坐享從容，逸意出心中。
新詩雅哦諷，一曲舒情濃。
雲飛爛漫湧，野蟬鳴聲洪。
炎暑競何功，未許擾心胸。
坦平安適中，品茗意清空。
努力奮行動，人生當勇猛。
叩道勿平庸，萬里破雨風。

清思無限 18年7月20日

清思無限，人生奮志慨慷。
煙雨滄浪，堅貞心性是尚。
努力奔放，不畏旅途淒涼。
英武心腸，矢斬吃人虎狼。
柔和心間，悠悠哦出詩章。
字裡行間，一腔熱血鼓蕩。
百年艱蒼，男兒當展豪放。
叩道無疆，心地凝聚慧光。

心事悠悠何廣 18年7月20日

心事悠悠何廣，唯有哦入詩章。
蟬嘶鳥鳴唱，清坐思奔放。
人生曠意飛翔，難免風雨艱蒼。
努力騁志向，會當有晴朗。
此生已近夕陽，斑蒼無妨清揚。
叩道入深艱，心志磨成鋼。
奮發圖強向上，萬里無有止疆。
人生百年場，業績矢造創。

鳴蟬嘶鼓唱 18年7月20日

鳴蟬嘶鼓唱，歡樂得其所向。
散坐思揚長，人生適意安祥。
天暑蒸熱浪，總賴清風送爽。
無心讀詩章，寫詩興若汪洋。
歲月奏平康，只是老我斑蒼。
人生不回望，煙雲渺茫無恙。
心志不愁悵，得道情懷雅康。
神恩總廣長，前路鋪滿陽光。

心志何逍曠 18年7月20日

心志何逍曠，從意作詩章。
窗外蟬鳴唱，室內享清涼。
炎暑任囂狂，吾只守平常。
心定自乘涼，冷眼觀世相。
心志何逍曠，人生勿狂猖。
謙和守心向，奮發詩書間。
悟道入康莊，慧目閃清光。
正直人生場，傲立若松樁。
心志何逍曠，神恩銘心間。
闔家俱安康，清貧何所妨。
我有正義剛，不屈名利場。
悠悠吾哦唱，性天水雲翔。

浴後爽清 18年7月20日

浴後爽清，悠聽蟬清鳴。
陽光朗俊，東風愜意境。
歲月均平，不必嗟斑鬢。
奮志而行，叩道入深境。
紅塵多辛，苦難艱深併。
神恩豐盈，導引靈程進。
修身無垠，漸悟入圓明。
百年生命，飛逝如電影。

心志悠悠何清俊 18年7月20日

心志悠悠何清俊，人生灑脫而行。
困難重重不止停，展翅飛掠天青。
歲月於我賦多情，名利未許縈心。

正義從來持剛勁，君子獨立大鳴。
暑炎囂張騁意境，鳴蟬盡力謳吟。
清坐哦詩何爽清，舒出心中高興。
藍天幻化彼白雲，美妙勝過畫境。
神造世界多妙靈，蒙恩福樂無垠。

休憩身心
18年7月20日

休憩身心，閑聽蟬噪鳥鳴。
心中高興，新詩脫口而吟。
炎暑任凌，電扇搖播風清。
中心靜定，遠辭名利沁淫。
紅塵多警，太多虎狼囂行。
合當清醒，努力奮發上進。
藍天正青，幻化朵朵白雲。
休憩身心，水雲情操心映。

雅意空清
18年7月20日

雅意空清，冰雪情操心映。
哦詩空靈，吐出胸中情興。
人生傷心，履盡苦難險境。
而今悟醒，浮生只是夢境。
努力前行，慧燭秉持於心。
叩道無盡，悟徹天地真情。
歲月殷殷，斑蒼無妨奮進。
天涯風景，恆契我之心靈。

雅思裁出空靈
18年7月20日

雅思裁出空靈，哦詩傾吐激情。
炎日正朗晴，清坐聽蟬鳴。
小鳥從來多情，清囀多麼溫馨。
爽風清胸襟，詩意盈於心。
我心秉持空清，玄道悟徹圓明。
微笑且淡定，名利早辭屏。
此生剩有清貧，正義猶持剛勁。
詩書深用心，南山曠意境。

炎熱人間
18年7月20日

炎熱人間，草木受炙傷。
蟬嘶鳥唱，欣然樂無恙。
我自慨慷，舒出心興昂。
奮發之間，已過萬重崗。
人生揚長，清心第一樁。
道義為上，正直不可忘。
清貧無妨，水雲胸襟漾。
共緣而翔，圓通是情況。

第七十五卷《圓方集》

燥燥乾坤不清涼
18年7月21日

燥燥乾坤不清涼，雅聽蟬鳴鳥唱。
清坐思想萬千放，激情曠哦詩行。
人生有膽騁雄剛，男兒合當豪放。
一種孤清天涯闖，履盡萬險千艱。
歲月從來展奔放，此際炎夏正當。
漫天晴朗白雲翔，心襟不覺瀟曠。
情思嫋嫋向誰講，何必心懷悵惘。
神恩總是廣且長，思此熱淚盈淌。

歲月綿綿多情
18年7月21日

歲月綿綿多情，容我曠意哦吟。
歷盡坎坷得坦平，神恩頌贊從心。
鳴蟬嘶嘶不停，清坐我心雅淨。
品茗心意都爽清，悠悠哦詩舒情。
中心百感向誰明，奮志豈是常尋。
努力前路展剛勁，衝風破雨奮進。
不屈艱蒼之苦境，男兒矢展豪英。
百年生死浪漫行，叩道永無止境。

清裁意氣入詩行
18年7月21日

清裁意氣入詩行，平生履盡是艱蒼。
心志仍懷清與昂，不屈鬥志展奔放。
虎狼當道競何講，殺敵唯有動刀槍。
天地正氣終軒昂，世界本是神造創。
清裁意氣入詩行，回思平生淚兩行。
苦旅險惡不必講，人心詭奸徒骯髒。
奮發雄心叩道藏，敢將正氣布寰壤。
揮灑人生傲骨剛，遠辭名利水雲間。
清裁意氣入詩行，詩書怡心也揚長。
著書應許等身間，知音可待千年降。
生涯桑滄是等閒，炎暑時節聽蟬唱。
悠悠清風曠來翔，提筆作詩心瀟曠。

暢意浮生吾何講
18年7月21日

暢意浮生吾何講，天地縱展茫蒼。
奮志人生煙雨間，覽盡世事桑滄。
五湖歸來何所講，人世徒然骯髒。
名利殺人何嚣猖，幾人懷有清向？
遁入水雲吾徜徉，詩書持身慨慷。
笑意清新且溫讓，君子人格培養。
炎暑熾熱蟬嘶唱，清坐迎風納涼。
品茗意興舒揚長，一曲新詩旋唱。

歲月於我不再驚
18年7月21日

歲月於我不再驚，履盡坎坷艱辛。
而今斑蒼何所云，胸心水雲清映。
名利我不稍動心，叩道恣展雄英。
詩書晨昏朗哦吟，怡養胸襟心靈。
前路任起風與雲，兼程我矢奮進。
覽盡關山之風景，奇險慰我心襟。
窗外野蟬高聲鳴，悠悠似無止境。
斜暉朗照走白雲，曠風吹來清新。

人生浩氣長存
18年7月21日

人生浩氣長存，履盡苦雨艱深。
一笑還馨溫，人格顯清誠。
歲月如花之紛，老我斑蒼何論。
依然奮剛正，努力矢前騁。
世事不必理論，叩道奮我心身。
新詩哦溫存，長舒我心芬。
炎暑蟬鳴聲聲，東風卻來慰問。
散坐籲心身，神恩感豐盛。

我心秉持真誠
18年7月21日

我心秉持真誠，人生履歷剛正。
歲月飛飛紛紛，斑蒼坦腹哦申。
大道從來清正，叩道心得清芬。
不屈虎狼陣，力斬魔敵紛。
世界是神造成，道義人生切遵。
怡養我心身，詩書哦晨昏。
此際炎暑正盛，蟬噪不住聲聲。

散坐品茗芬，吐詩復溫存。

世事履歷桑滄

18年7月21日

世事履歷桑滄，人生果敢頑強。
衝天是志向，男兒豈平常。
半生積澱思想，迎來華髮斑蒼。
一笑仍清揚，君子人格芳。
向學志取昂揚，沉潛詩書奔放。
心得入詩章，淡雅有清香。
前旅任起艱蒼，努力天涯矢闖。
浩志出溟滄，宇宙縱深航。

清思舒真誠

18年7月21日

清思舒真誠，孤旅奮心身。
關山清蒼逞，努力長驅騁。
半世風雲昏，桑滄已生成。
回首競何論，不必淚紛紛。
清思舒真誠，人生吾奮爭。
志向出雲層，詩書哦晨昏。
叩道秉精誠，雅思入詩中。
前瞻萬里程，風光妙十分。
清思舒真誠，蟬噪任聲聲。
爽潔持心身，品茗興致盛。
斑蒼任生成，神恩頌豐盛。
百年遙逍程，靈程力奮身。

心曲此際雅彈

18年7月21日

心曲此際雅彈，浮生履盡坷坎。
依然心持浪漫，穿越峻嶺重山。
天上白雲妙曼，林野鳴蟬嘶喊。
散坐思達廣漢，哦詩熱情舒展。
人生不畏艱難，奮志作個好漢。
風雨雷電任展，兼程衝決阻攔。
此生斑蒼漸展，悟道素樸祥安。
學取流雲飛曼，共緣旅度塵寰。

紅日西沉兮暮煙蒼

18年7月21日

紅日西沉兮暮煙蒼，
中心感興兮聽蟬唱。
時近大暑兮天炎猖，
清坐迎風兮怡襟腸。
散思閑曠兮哦詩章，
讀書盡興兮情激昂。
人生舒展兮求奔放，
志取萬里兮曠飛翔。
苦旅疊遭兮彼艱蒼，
歲月沉痛兮心暗傷。
唯賴神恩兮廣無疆，
賜福選民兮入平康。
奮發雄武兮致遐方，
克盡險艱兮笑聲朗。
待到天庭兮歡聲唱，
永生福樂兮享綿長。

天氣漸黑兮華燈放

18年7月21日

天氣漸黑兮華燈放，
街上霓虹兮七彩光。
遠處歌聲兮響嘹亮，
燈下清思兮哦詩章。
苦旅艱蒼兮不必想，
安心寧處兮共緣翔。
詩書怡情兮秋春間，
奮志慨慷兮致遐方。

笑意瀰漾

18年7月21日

笑意瀰漾，不必嗟廣長。
天高地廣，恣意縱飛翔。
縱有雨艱，任起風險狂。
定志之間，萬里無止疆。
人生揚長，騁志慨而慷。
名利棄放，輕身騰雲上。
紅塵攘攘，不是久留鄉。
著書昂藏，思想舒奔放。

酷暑正當

18年7月21日

酷暑正當，汗水任肆淌。
散步徜徉，微覺清風爽。
歲月綿長，醞釀老酒香。
回思揚長，不必淚潸淌。
努力前方，男兒奮志向。
煙雨艱蒼，於我視尋常。
斑蒼任漲，逸意正清揚。
詩書之間，心志頗貞剛。

閑思曠運 18年7月21日

閑思曠運，人生正多情。
苦難飽經，傷盡心與靈。
神恩豐盈，導引康莊行。
歡呼盡興，謳頌自心靈。
歲月奮進，百年徒驚警。
奮志凌雲，努力鼓幹勁。
前路無垠，矢當奮辟進。
風雨縱凌，兼程我曠行。

隱隱蛙唱 18年7月22日

隱隱蛙唱，早起五更間。
悶熱猶彰，小風微覺爽。
路燈猶亮，晨雞未啼唱。
讀書悠揚，心志都開敞。
人生揚長，時光勿費浪。
奮發圖強，男兒騁豪剛。
壯志心間，豈可磨滅光。
紅塵無恙，業績矢造創。

天光大亮兮雀鳥飛翔 18年7月22日

天光大亮兮雀鳥飛翔，
鳴聲啾啾兮聲何激昂。
寫詩舒情兮余意以慷，
輾轉浮生兮曠發中腸。
坎蒼險阻兮不必多講，
要在前瞻兮萬里康莊。
縱有艱難兮焉能阻擋，
奮發雄武兮摩雲穹蒼。

雲天爛漫 18年7月22日

雲天爛漫，我心雅安。
蟬嘶鳴喊，清風徐展。
情懷閑澹，哦詩清淡。
人生何憾，悟道妥善。
雲天爛漫，花開妍燦。
心事開展，雅思恬淡。
履盡坷坎，一笑爽然。
破浪揚帆，萬里何難。

風停雨息蟬鳴唱 18年7月23日

風停雨息蟬鳴唱，逸意正悠揚。
清喜大暑今日訪，立秋行即將。
心志從來騁清昂，詩賦哦昂藏。
歲月紛飛如花揚，慨然心胸間。
人生艱蒼不必講，誰不知其詳。
奮發勇武往前闖，風光正清靚。
坎坷旅程吾哦唱，世事徒桑滄。
百年生死亦等閒，叩道舒奔放。

心志蒼蒼 18年7月23日

心志蒼蒼，歲月如夢之漾。
暑熱正當，鳴蟬嘶嘶奏唱。
讀書意暢，何妨雅發詩章。
心曲傾淌，吐瀉一如汪洋。
未許狂猖，向學志取軒昂。
一生履艱，轉眼已覺斑蒼。
奮發強剛，努力萬里驅闖。
任起蕭涼，孤旅自哦自唱。

蛙鼓均勻 18年7月24日

蛙鼓均勻，五更早起風不行。
心地幽清，哦詩聊以舒雅情。
人生經行，余有傷痛履驚警。
歲月均平，老來心境淡無垠。
紅塵多辛，半世生涯狼煙境。
回首驚醒，人世原來夢裡行。
努力前行，叩道矢向艱深進。
心得殷殷，捧出胸襟朗哦吟。

暢意浮生如夢 18年7月24日

暢意浮生如夢，贏得傷心重濃。
回首心沉痛，人生履雨風。
此際清聽蟬頌，烈日當頭正烘。
歲月逝如風，不必嗟斑濃。
努力前路去衝，跌倒任起傷痛。
神恩正廣洪，賜福豈有窮。
人是渺小物種，不可自大稱雄。
宇宙廣無窮，叩道當毅猛。

遠野青靄漾 18年7月25日

遠野青靄漾，燥熱天地間。
散坐讀詩章，品茗意興揚。
歲月任飛翔，斑蒼惜增長。

努力騁志向，華年珍惜間。
華年珍惜間，奮發賦強剛。
叩道是志向，踐履秋春間。
清貧原無妨，傲骨仍茁壯。
清聽蟬鳴唱，悠悠哦詩行。
悠悠哦詩行，神恩感心腸。
履盡苦旅艱，而今得安祥。
奮志當揚長，萬里無止疆。
男兒縱豪放，天涯懷心間。
務持清心向，水雲心地間。

天氣酷熱難當

18年7月25日

天氣酷熱難當，火風吹襲未央。
鳴蟬哀哀唱，世界火爐炕。
無意耽彼詩章，品茗意興張揚。
哦詩何所講，一舒心情況。
歲月曠展悠揚，只是老我斑蒼。
依然奮志向，不屈困與艱。
暮煙此際清漲，心中感興萬方。
人生走馬場，名利未許障。

蟬鳴響亮

18年7月25日

蟬鳴響亮，燥亢盈寰壤。
清坐納涼，小哦新詩行。
歲月奔放，心地覺蕭涼。
未可荒唐，努力矢向上。
履盡艱蒼，歷遍千重障。
而今回想，依然淚潸淌。
神恩廣長，賜我以力量。
靈程飛曠，克敵勝萬場。

世界如此燥亢

18年7月25日

世界如此燥亢，正如火爐相仿。
風吹不清涼，無心讀文章。
知了高聲鳴唱，小鳥躲入林間。
心情須澹閑，從容雅意康。
人生履歷苦艱，往事不堪回放。
應許前瞻望，萬里任艱蒼。
紅塵噪噪嚷嚷，群氓各舞刀槍。

雅聽蟬鳴唱

18年7月27日

雅聽蟬鳴唱，天際白雲翔。
燥熱天地間，心事悠悠閑。
歲月進深廣，年老覺斑蒼。
不必回首望，已履千重崗。
已履千重崗，命運作導航。
奮志之所向，是在天涯間。
叩道奮強剛，男兒無媚相。
輾轉履艱蒼，一笑仍清揚。
一笑仍清揚，歲月舒奔放。
努力詩書間，騁志哦華章。
神恩總廣長，正路我力闖。
天國是故邦，永生何安祥。

命運作導航

18年7月27日

夫命運者，為兩間所不可逃，而不得不忍受之者。人有窮通順逆，此必然事也。余祖母及父母親常教導我說：「人幾十節子過到頭。」是說人的運程起伏不定，一生可分為幾十個不同的階段。順境易處，逆境難熬，然人生有時必然遭遇到逆境，因此奮發向上，努力進取，才是人生之主旋律及基調也。今日思此，有感而賦詩焉。

命運作導航，順逆必然間。
努力奮志向，堅忍持心腸。
熬過困與艱，必有順風向。
神恩廣無量，思此淚盈淌。
命運作導航，男兒是鐵鋼。
不畏苦旅蒼，展翅風雨翔。
跌倒復何妨，志取萬里疆。
悠悠吾哦唱，天地正氣昂。

雅潔心志堪謳唱

18年7月27日

雅潔心志堪謳唱，悠聽蟬鳴放。
心地清持一種曠，適意哦詩行。
歲月從來是綿茫，履盡苦旅艱。
半世生涯如水淌，回首煙靄蒼。
努力奮發當豪強，騁志展昂藏。
遁出世網吾清揚，名利非所向。
鎮日詩書沉潛間，心得鬱清芳。
開口原來逞溫讓，人格力培養。

烈日正驕

18年7月27日

烈日正驕，蟬兒嘶鳴叫。

讀書興高，小哦新詩稿。
情懷不老，笑傲持懷抱。
浮生灑瀟，名利棄而拋。
歲月逝飄，不必嗟蒼老。
叩道遙逍，心得自豐饒。
揚長險道，風雨早經飽。
萬里之遙，風景矢訪造。

休憩身心

18年7月27日

休憩身心，酷暑正運行。
蟬嘶噪鳴，自樂似無垠。
我心雅清，不執俗世情。
孤旅奮進，開闢境無垠。
紅塵多辛，苦難艱深併。
有淚潸零，向天呼無垠。
神恩豐盈，蘇醒我心靈。
努力辟進，風景覽無垠。

烈日炎炎燥燥

18年7月27日

烈日炎炎燥燥，心須靜定首條。
已知蟬鳴囂，散坐寬懷抱。
吾生已漸蒼老，迎得解顏一笑。
紅塵胡不好，煙雲任其飄。
此生履盡險要，心痛心傷經飽。
桑滄任幻巧，種德第一條。
前路履歷迢迢，關山風景清好。
鐵志不必表，奮發展剛傲。

流年歲月曠馳騁

18年7月27日

流年歲月曠馳騁，炎暑正盛，
炎暑正盛，耳際灌得是蟬聲。
一任汗水沁全身，沉靜安穩，
沉靜安穩，哦詩長舒我心身。
人生困苦不必論，煙雨征程，
煙雨征程，百年秋春走繽紛。
名利未許襲心身，清貧雅芬，
清貧雅芬，詩書持身奮精誠。

浮生曠意何暢

18年7月27日

浮生曠意何暢，煙雨任其艱蒼。
率性之所向，叩道吾揚長。
心志始終強剛，力戰惡虎凶狼。
半世生堅強，眉眼鬱清剛。
炎暑此際正彰，無心讀彼文章。
散坐承風涼，小哦南山章。
歲月任其舒放，清守堅貞心腸。
努力奮昂藏，邁步慨而慷。

心旌不可動搖

18年7月27日

心旌不可動搖，風雨任其飄搖。
奮志騁剛傲，履艱行迢迢。
悟道吾心逍遙，詩書持身笑傲。
淡眼吾觀照，世界是神造。
百度秋春清好，共緣旅行何妙。
順逆不緊要，正直第一條。

此生履盡艱饒，坷坎征程雨囂。
不必回首瞧，前路矢志跑。

瀟瀟是此心襟

18年7月27日

瀟瀟是此心襟，奮志豈同常尋。
苦旅吾飽經，依然志摩雲。
歲月煙雨紛紜，桑滄疊變幻境。
秉持素心靈，靈程奮辟進。
蟬噪似無止境，黃昏悶熱猶殷。
清坐心安寧，哦詩舒空清。
感謝神恩豐盈，闔家安穩康平。
謳頌出心靈，前路勇猛進。

天氣燥熱無疆

18年7月27日

天氣燥熱無疆，小風渾不清涼。
夕照閃金光，林野蟬噪唱。
身心須持清揚，勿為物欲所障。
奮志騁昂揚，萬里舒奔放。
紅塵只是攘攘，眾生陷入迷茫。
正道通康莊，叩道吾揚長。
清貧並無大妨，詩書郁我昂藏。
展眼這塵壤，心志正廣長。

悠悠心襟

18年7月29日

悠悠心襟，坎坷浮生如夢境。
而今清醒，中心百感入詩吟。
歲月紛紜，老我斑蒼何必驚。
故事煙雲，只得放曠共緣行。

紅塵幻境，百年生死如電影。
奮志凌雲，矢叩道義在心靈。
詩書怡情，春夏秋冬愜經行。
孤旅奮進，覽盡蒼山之峻清。

暴雨此際傾降

18年7月29日

暴雨此際傾降，流風也來送暢。
欣然聽雷響，享受此清涼。
歲月綿茫奔放，心中時有愁悵。
人生不久長，惜我漸斑蒼。
奮志之所嚮往，是在公理通暢。
人生於世間，叩道奮陽剛。
世界是有虎狼，人心太多險奸。
思此心悲愴，切禱叩上蒼。

心旌不可搖晃

18年7月29日

心旌不可搖晃，守定中心志向。
煙雨任艱蒼，天終會晴朗。
此生苦旅飽嘗，咽盡西風凄涼。
人世苦海仿，血淚潸潸淌。
唯賴神恩深廣，賜我真理靈糧。
靈程努力上，克敵用刀槍。
紅塵並非故鄉，希望寄於天堂。
嗟歎此塵壤，幻化煙雲漾。

煙雨迷茫之中

18年7月29日

煙雨迷茫之中，中心有所感動。
世界嗟何功，大化運玄通。
人生徒做情種，履盡坷坎苦痛。
世事本如風，回首覓無蹤。
流年使余傷痛，記憶垂為恆永。
少年煙影朦，未來當奮勇。
天上雷聲轟轟，清風徐來靈動。
清坐吾哦諷，應拋彼苦痛。

心襟當持灑瀟

18年7月29日

心襟當持灑瀟，不為塵世所擾。
名利不緊要，心靈第一條。
窗外雨減風消，灑然是我懷抱。
哦詩何所道，吐心樂逍遙。
世事鬧鬧吵吵，眾生爭鬥瞎搞。
遁入水雲渺，清貧亦安好。
詩書持身玄妙，叩道不懼險要。
心得入詩稿，眉眼俱帶笑。

第七十六卷《心光集》

早起五更蛙悠揚
18年8月2日

早起五更蛙悠揚，幾聲村雞清新唱。
歲月驚心風雨間，年華凋謝不必悵。
奮發雄心依前闖，關山履歷任萬幢。
紅塵原非我故鄉，天國永生樂無恙。

蟬鳴唱
18年8月2日

蟬鳴唱，欣然自得歡無恙。
雲徜徉，幻化萬千之形狀。
天炎亢，酷暑正當熱未央。
心清涼，散坐愜哦裁詩行。
志昂揚，男兒豈為困難障。
奮發闖，前途大好風光靚。
紅塵間，機關暗道用刀槍。
一笑朗，性天水雲清流淌。

燥熱塵表
18年8月2日

燥熱塵表，滿耳灌得蟬鳴噪。
白雲幻巧，清坐當風怡心竅。
紅塵擾擾，五十三年逝而拋。
積澱詩稿，血淚生涯有寫照。
努力揚飆，人生不必懼蒼老。
奮發剛傲，君子固貧養德操。
合當笑傲，世事煙雲轉眼銷。
剩有情操，叩道吾心樂逍遙。

秋蟬嘶鳴
18年8月19日

秋蟬嘶鳴，晚風吹清新。
悶熱猶殷，灑然持心境。
人生多情，只是傷了心。
奮志凌雲，風雨兼程行。
充滿豪情，揮灑剛與勁。
努力前進，艱辛不必云。
歲月均平，神恩感無垠。
歡聲從心，謳頌這康平。

夜色降臨
18年8月19日

夜色降臨，華燈燦然明。
秋蛩奏鳴，清吟頗動聽。
燈下哦吟，舒出我本心。
人生盡興，不可為利名。
縱展豪情，亙古入心襟。
歲月進行，不必計斑鬢。
大千曠運，道義縈心靈。
正直剛勁，男兒當橫行。

商風清起天涯間（之一）
18年8月21日

商風清起天涯間，心地瀟爽，
心地瀟爽，秋光明媚真堪賞。
紅塵大千騁漫浪，風雨人間，
風雨人間，矢志萬里征莽蒼。
努力奮發展昂揚，浩志剛強，
浩志剛強，男兒果敢豈尋常。
鳥語花芳真無恙，藍天青蒼，
藍天青蒼，願學飛鳥忞遨翔。

藍天白雲堪清好
18年8月21日

藍天白雲堪清好，商風清懷抱。
最喜喜鵲曠鳴叫，余意灑然逍。
品茗意態真清高，詩書怡情抱。
人生逢秋吾灑瀟，心興逐雲高。
歲月流逝展逍遙，不必計蒼老。
努力奮行前路道，風雨兼程跑。
秋蟬猶然長嘶叫，點綴秋意好。
闔家安樂神恩饒，寫詩舒心竅。

彩雲漫空
18年8月21日

彩雲漫空，心境持輕鬆。
晨鳥鳴頌，自在樂從容。
人生履風，歷盡苦與痛。
回首沉痛，斑蒼惜增中。
浩志宇穹，我要盡力衝。

奮發剛雄，男兒騁勇猛。
百年匆匆，大化誰能懂？
叩道之中，興味展無窮。

秋氣初顯和平

18年8月21日

秋氣初顯和平，流雲變幻清新。
歲月遞變捷迅，斑蒼不必心驚。
浩氣盈滿環境，腳踏實地要緊。
紅塵未可久停，努力靈程奮行。
品茗心態雅清，小鳥啾啾長鳴。
奮發英武剛勁，男兒傲立雄俊。
不屈名利孽境，清貧無妨心襟。
儒雅一生清勁，正直為人空靈。

秋陽燦爛

18年8月21日

秋陽燦爛，雲天逞浪漫。
晨鳥鳴喊，商風清吹展。
志取浩瀚，卻須踏實幹。
人生坷坎，於我不必談。
歲月揚帆，萬里履艱難。
風險飽諳，浩志出宇寰。
牽牛開綻，嬌妍堪驚歎。
流光飛曼，蒼鬢不堪看。

休閒無恙

18年8月21日

休閒無恙，秋光正清靚。
心志長揚，哦詩舒心暢。
人生奔放，已履千關障。
往事回放，艱險不堪嘗。
努力前闖，困難豈可擋。
男兒雄剛，不屈名利障。
雲天敞亮，巧雲幻萬狀。
小風來爽，清坐思揚長。

秋光堪賞

18年8月21日

秋光堪賞，最喜白雲曼徜徉。
天氣猶亢，揮灑心襟哦詩章。
歲月安祥，流年瀉去淚不淌。
苦旅艱蒼，神恩足夠你我享。
紅塵漫浪，心懷清澈遐思想。
努力驅闖，關山任疊萬千幢。
展翅飛翔，青天高闊恣奔放。
萬里無疆，浩志脫出彼溟滄。

秋氣猶燥

18年8月21日

秋氣猶燥，悶熱此塵表。
彩雲幻巧，雲煙展飄渺。
我自高傲，詩書持襟抱。
名利棄了，清貧不緊要。
紅塵擾擾，眾生多瞎搞。
吾持清竅，遁向水雲緲。
百年飛飆，吾已漸蒼老。
心襟猶瀟，學取雲飛飄。

心志雄渾

18年8月21日

心志雄渾，展眼這乾坤。
紅塵滾滾，名利囂其紛。
收斂心神，名利矢不爭。
詩書平身，頤養我天真。
歲月繽紛，斑蒼漸漸生。
務秉心燈，燭照前路程。
大千紜紛，眾生亂折騰。
吾持清正，傲立在秋春。

斜照輝煌

18年8月21日

斜照輝煌，秋雲爛漫流淌。
心志清昂，朗聲誦讀詩章。
情懷奔放，不必計較老蒼。
率意揚長，享受風清月朗。
紅塵萬狀，名利欺人無限。
性天清涼，不受名利炙燙。
我意慨慷，努力萬里驅闖。
天涯風光，定志恣意品嘗。

舒散身心

18年8月21日

舒散身心，雅意盈心襟。
浩志凌雲，努力去施行。
紅塵多辛，艱苦不必云。
生涯驚警，狼煙曾橫行。
秋陽清俊，白雲幻妙景。
灑然心境，長吸商風清。

歲月進行，不必計斑鬢。
長驅前進，覽盡煙與雲。

清對斜陽

18年8月21日

清對斜陽，仰看雲萬狀。
心志揚長，無物可比將。
歲月芬芳，又似老酒香。
不計斑蒼，奮志仍昂揚。
名利攘攘，只是害人腸。
應持清向，山水滌襟房。
笑意浮上，履世任艱蒼。
迎難敢上，克盡千重障。

商風清起天涯間（之二）

18年8月22日

商風清起天涯間，我的心志悠揚。
林間小鳥恣鳴唱，燦爛斜暉在望。
新秋依然有燥亢，卻喜白雲飄翔。
歲月由來舒奔放，不必嗟我老蒼。
男兒奮志展昂揚，山水履盡萬方。
克盡艱蒼一笑朗，人生就是這樣。
努力前路長驅闖，風雨無妨揚長。
鐵膽雄心騁陽剛，豪情瀰滿宇間。

秋氣澹蕩金風爽

18年8月22日

秋氣澹蕩金風爽，清喜白雲曼飛翔。
已知秋蟬高聲唱，雅聽小鳥鳴奔放。
散坐品茗心何暢，遐思媚起意揚長。
斑蒼不減少年狂，依然奮發展雄剛。

又值天陰

18年8月22日

又值天陰，商風徑吹行。
心事難明，沉吟吾何云。
歲月進行，人生難論定。
苦旅艱辛，費盡我心靈。
人生奮進，不懼風雨凌。
回首不驚，履盡千山雲。
苦痛拋清，輕裝吾奮行。
會有天晴，會有好心情。

西山展夕照

18年8月22日

西山展夕照，秋雲飄渺。
心事正大好，朗哦詩稿。
人生奮迅跑，關山越了。
不必回頭瞧，煙鎖故道。
斑蒼漸漸老，依然笑傲。
歲月賜豐饒，悟道逍遙。
生活步步高，神恩賜飽。
靈程曠揚飆，雲霄直造。

五更聽蛩鳴

18年8月23日

五更聽蛩鳴，流飆起清吟。
心事懷鎮定，孟秋有意境。
晨雞啼清靈，爽風動我心。
路燈猶然明，環境顯和平。
歲月奮勇進，只是老蒼鬢。
往事未可尋，前路山水清。
雅思合高吟，心曲向誰明。
人生享孤清，一曲滄浪情。

秋氣爽清

18年8月23日

秋氣爽清，曙色東方明。
蟲猶在吟，鳥語囀動聽。
村雞長鳴，生活享和平。
人生奮興，哦詩應不停。
大千曠境，林濤堪清聽。
生活情景，歷歷感在心。
努力前行，萬里覽風雲。
男兒雄英，兼程風雨進。

五更秋蟲正呢喃

18年8月23日

五更秋蟲正呢喃，早起讀詩意輕鬆。
欣喜流風長吹送，雅聞村雞清啼中。
歲月流遷余感動，老來霜華增添中。
不盡綿綿意無窮，小哦新詩舒心胸。

驕陽如炕

18年8月23日

驕陽如炕，陣陣金風長送爽。
散坐安康，哦詩品茗興何長。
人生安祥，因辭名利清心腸。
逸意之間，叩道著書也揚長。
歲月芬芳，風雨過後情舒暢。
小鳥鳴唱，點綴生活也平康。
我意昂揚，人生未可稍頹唐。
努力向上，克盡千關展強剛。

流年更張

18年8月23日

流年更張，處暑今正當。
燦爛驕陽，如火又如炕。
心事廣長，嫋起萬千章。
字裡行間，一顆心激蕩。
煙雲萬方，商風清吹翔。
悠悠揚揚，享受這平康。
人生慨慷，不為名利狂。
詩書之間，頤養我腑臟。

寫意紅塵

18年8月24日

寫意紅塵，清喜金風吹陣陣。
我意芳芬，欣賞牽牛嬌妍逞。
感謝神恩，導引人生之旅程。
風雨兼程，不畏艱蒼矢長征。
歲月繽紛，拋去名利清心身。
詩書持身，晨昏朗哦亦精神。
務秉心燈，燭照前路萬里程。
心志清芬，為涵水雲雅意生。

金風送爽

18年8月24日

金風送爽，遍體都生涼。
燦爛朝陽，野禽清鳴唱。
我心清芳，品茗意揚長。
小撰詩章，舒出情奔放。
人生嚮往，恆是在遠方。
壯志鏗鏘，不為風雨障。
紅塵攘攘，太多機與陷。
務持清向，詩書體昂藏。

心懷須寬廣

18年8月25日

心懷須寬廣，勿為物欲障。
清心滌慮間，才可叩道藏。
人生懷志向，萬里長驅闖。
不畏風雨艱，孤旅復何妨。
窗外喜鵲唱，秋意猶燥亢。
散坐品茗間，詩意復昂藏。
歲月舒激蕩，老來覺斑蒼。
率意哦揚長，正義盈心腸。

歲月清展朦朧

18年8月25日

歲月清展朦朧，流年過往匆匆。
心曲與誰相通，感慨深心凝重。
天上雲煙迷蒙，金秋無風吹送。
散坐心潮洶湧，哦詩激情迸湧。

天氣悶熱猶殷

18年8月28日

天氣悶熱猶殷，汗水周身沁映。
秋蟬不再嘶鳴，藍天幻化白雲。
斜陽如此清勁，品茗心志瀟清。
歲月使人奮興，哦詩傾吐激情。

天氣如此炎亢

18年8月29日

天氣如此炎亢，白雲漫天飛翔。
心境向誰言講，人生履盡艱蒼。
矢志迎難而上，千關畢竟都闖。
瑰麗就在前方，努力曠志飛揚。
努力曠志飛揚，男兒果敢頑強。
紅塵自是攘攘，清心水雲流淌。
名利不必言講，正義持心強剛。
介意詩書之間，叩道縱展揚長。
叩道縱展揚長，心得縷縷清芳。
傾心田園山莊，情懷活潑開朗。
清貧無妨陽剛，力戰虎豹豺狼。
還我清平天壤，萬民熙熙安祥。

清思遼遠哦詩章

18年8月29日

清思遼遠哦詩章，歲月飛遞豈尋常。
已知霜華漸增長，坎坷風雨未曾滅。
奮志雄武且剛強，男兒果敢萬里疆。
溫良心性蘊深廣，微笑桑滄視等閒。

流年光陰何必驚

18年8月29日

流年光陰何必驚，風雨於我是常尋。
覽盡桑滄情淡定，向陽心態始終青。
斑蒼不肯稍因循，奮志萬里長驅進。
看取流雲幻清新，新秋哦詩舒閒情。

遠野茂青似畫境

18年8月29日

遠野茂青似畫境，心中享盡清與平。
名利於我心不驚，艱蒼不過是常尋。
雄心猶在萬里進，慨慷一生余清貧。
正義盈襟值暮晴，秋雲浪漫幻空靈。

七彩霓虹閃爍中

18年8月29日

七彩霓虹閃爍中，初秋暮煙惢凝重。
燈下猶然清哦諷，掏出肺腑與心胸。
寫詩未知誰感動，一腔熱血舒情濃。
半百生涯血淚湧，心光發處光明送。

熱日燥燥

18年8月29日

熱日燥燥，心事難言表。
清坐遙逍，心志比天高。
人生險道，關山越迢迢。
風雨經飽，滄桑淡眼瞧。
心未可躁，靜定方為要。
雅潔情操，學取蘭花草。
紅塵鬧吵，名利殺人巧。
應持清標，遁向田園早。

暢意浮生

18年8月29日

暢意浮生，履歷多少痛疼。
桑滄休論，心中感沛神恩。
紅塵滾滾，眾生太多沉淪。
清心雅芬，矢志靈程飛奔。
霜華清生，笑意清新雅正。
看此乾坤，神手掌握浮沉。
白雲飄紛，新秋爽意漸生。
努力前程，珍惜流年時分。

歲月繽紛

18年8月29日

歲月繽紛，逝去何止青春。
壯志猶逞，努力風雨兼程。
感謝神恩，導引靈程純正。
名利棄扔，清貧無妨心芬。
擎掌心燈，燭照萬里旅程。
矢志剛正，不畏艱難險深。
人生難論，客旅寄居紅塵。
天國永生，樂園美景豐盛。

斜陽炎蒸

18年8月29日

斜陽炎蒸，嗟此燥熱紅塵。
歲月清芬，男兒養育剛正。
大化繽紛，桑滄遞變難論。
百度秋春，人生只似一瞬。
努力前程，不為名利奮身。
詩書持身，叩道不分晨昏。
笑意清生，悟道吾心雅正。
共緣馳騁，秉持情操堅貞。

心志遙逍

18年8月29日

心志遙逍，為因名利棄拋。
紅塵笑傲，豈為名利折腰。
人生漸老，贏得開懷一笑。
風雨經飽，斑蒼不減風騷。
世事草草，眾生多是瞎搞。
遁向山道，享受清風圍繞。
秉性剛傲，叩道履歷迢迢。
力鬥魔妖，矢志靈程奮跑。

清懷誰與共

18年8月29日

清懷誰與共，孤旅不言中。
歲月多沉痛，奮發剛武衝。
流年余感動，煙雨艱蒼濃。
一曲清謳頌，感慨淚雙湧。

流暢東風

18年8月29日

流暢東風，爽意徑播送。
炎熱猶濃，夕照瑰無窮。
人近成翁，心事誰能懂。
回首沉重，往事桑滄濃。
彩雲排空，市井正熙擁。
生活平庸，叩道入圓通。
努力行動，矢志跨宇穹。
男兒豪雄，萬里驅闖中。

夕陽輝煌

18年8月29日

夕陽輝煌，閃射其金光。
暮雲飛翔，天氣不清涼。
清坐安祥，哦詩舒心況。
人生奮闖，履盡煙雲漾。
紅塵奔放，名利未許障。
清心之間，叩道吾揚長。
半百慨慷，男兒頗茁壯。
矢志昂揚，業績恆待創。

輾轉滄桑

18年8月29日

輾轉滄桑，心襟未蕭涼。
奮志昂揚，始終舒奔放。
新秋正當，暮煙正清漲。
生活平康，散坐哦揚長。
人生艱蒼，不必多言講。
展眼瞻望，前路煙雲漾。
風雨縱狂，兼程吾奮闖。
不懼關障，心志不迷茫。

落日橙紅

18年8月29日

落日橙紅，暮煙啟朦朧。
識透窮通，縱情放歌頌。
人生履風，煙雲幻無窮。
叩道從容，心得入詩誦。
不懼成翁，斑蒼情不庸。
奮志之中，摩雲入長空。
名利空空，棄之意輕鬆。
流雲飛動，一似我心胸。

華燈初動

18年8月29日

華燈初動，宿鳥清鳴頌。
陣陣清風，吹拂我心胸。
志取長虹，奮發萬里衝。
一生剛猛，正直盈襟胸。
人生感動，哦詩復清空。
流年雨風，洗滌我肺胸。
暮煙漸濃，心曲與誰共。
孤旅之中，傲立復挺胸。

芳華逝送

18年8月29日

芳華逝送，心跡不言中。
斑蒼重濃，又值此秋風。
流年雨風，俱哦入詩中。
希冀垂永，希冀人感動。
宿鳥鳴頌，燈下清坐中。
人生苦痛，應忘應拋送。
努力前衝，萬里風雲濃。
不懼險重，雄關征服中。

第七十七卷《火炬集》

五更早起覺嫩涼
18年8月30日

五更早起覺嫩涼，秋蟲一片奏清響。
星月明亮閃輝光，寫意東風舒爽暢。
歲月於我添蕭況，心襟吐出猶慨慷。
人生百年當昂揚，一生正直長驅闖。

秋蟲呢喃堪清聽
18年8月30日

秋蟲呢喃堪清聽，動我心中起閒情。
生活安適不辭貧，正義盈襟高歌進。
努力前路豈常尋，奮志萬里風雨行。
人生快慰持中心，遠處村雞又清鳴。

悶熱新秋值夜晴
18年8月30日

悶熱新秋值夜晴，星月朗照蛩清鳴。
五更早起哦心靈，吐出心跡堪清聽。
人生窮通共緣進，惜福守時待天明。
苦難磨歷我心性，呵呵一笑也雅清。

內叩身心覺靈明
18年8月30日

內叩身心覺靈明，哦詩長吐我雅清。
悠悠心境入詩吟，坎坷浮生不必驚。
血淚揮灑我幹勁，回首空空無可尋。
人生只似一夢境，名利荒唐害人精。

秋氣滄祥吾安康
18年8月30日

秋氣滄祥吾安康，淡看雲煙漫飛翔。
讀書寫詩意洋洋，不計人老已斑蒼。
率性田園恣意向，辭去名利之骯髒。
清心效取閑雲漾，流年清度好時光。

東方微露一抹紅
18年8月30日

東方微露一抹紅，心志正從容。
晨鳥早起清鳴頌，新秋滄蕩中。
人生不懼漸成翁，依然帶笑容。
塵世苦難費吟誦，叩道悟窮通。
雅然詩興放無窮，長訴我心胸。
正直為人不輕鬆，一似絕壁松。
坦蕩情懷與誰通，孤旅悵深痛。
唯賴神恩賜豐隆，天路沐靈風。

休閒此際無恙
18年8月30日

休閒此際無恙，不想誦讀詩章。
心思散淡安祥，品茗意興清芳。
流年瀉去狂猖，新秋祥雲滄蕩。
感興從心升上，一曲短歌旋唱。
人生生涯茫蒼，苦難飽經品嘗。
斑蒼不減清狂，書生意氣張揚。
喜鵲徑聲鳴唱，牽牛開得盛旺。
朝陽燦爛輝煌，生活和平雅康。

天氣悶熱異常
18年8月30日

天氣悶熱異常，流雲自在飛翔。
遠際鞭炮震響，生活噪雜之間。
孤清獨自品嘗，流年如花飛殤。
感慨哦詩良長，仰天長望煙蒼。

電扇搖風清
18年8月30日

電扇搖風清，秋燥正當行。
流雲幻清新，小風點綴行。
散坐思曠運，人生奮志行。
努力萬里境，穿風冒雨行。

人生矢辟進
18年8月30日

人生矢辟進，風雨是常尋。
早起聞蟲鳴，五更星月清。
小風雖經行，汗仍微微沁。
新秋何所云，聽取鳥清吟。
人生矢辟進，不可貪利名。
百年匆匆境，轉眼覺衰鬢。
歲月饒多情，傷痕盈我心。
努力萬里行，叩道悟空清。

東方微明
18年8月30日

東方微明，秋蟲仍在吟。
早起奮興，新詩哦不停。

人生多情，徒然傷了心。
歲月進行，不覺已蕭鬢。
回首心驚，已越千山嶺。
瞻望遠境，山水雅然清。
努力辟進，男兒豈常尋。
叩道無盡，心得自分明。

晨光清好

18年8月30日

晨光清好，群鳥縱鳴叫。
心境灑瀟，哦詩舒懷抱。
人生晴了，神恩正籠罩。
前途大好，快馬加鞭跑。
紅塵擾擾，名利徒囂囂。
應持清竅，識破彼機巧。
清心最好，田園憩情抱。
詩書笑傲，浮生胡不好。

晨鳥喧鬧

18年8月30日

晨鳥喧鬧，遠際歌聲飄。
小風來瀟，天氣值晴好。
歲月灑飄，不覺斑蒼老。
紅塵笑傲，名利早辭了。
正氣盈抱，清貧胡不好。
力克奸妖，男兒橫持刀。
前路險峭，展翅吾飛高。
千關克了，終有坦平道。

紅霞東方

18年8月30日

紅霞東方，晨鳥奏歌唱。
悶熱塵間，新秋不涼爽。
心事萬方，向誰言並講。
孤旅昂揚，飽經風雨艱。
心志遐方，不為名利障。
愜意山鄉，愜意彼松崗。
笑容淡放，悟道吾雅康。
人生不狂，共緣履安祥。

浴後爽清

18年8月30日

浴後爽清，看取雲飛行。
哦詩清吟，長吐心與襟。
小鳥嬌鳴，一使余奮興。
人生懷情，叩道奮意行。
世事煙雲，幻化無止境。
多少迷情，名利是幻境。
吾心水雲，流變其清新。
詩書之境，晨昏朗哦吟。

時雨激烈拋

18年8月31日

時雨激烈拋，悶雷二三敲。
讀書意興饒，朗哦發聲高。
早秋天猶燥，幸此甘霖澆。
萬物暢飲飽，田疇生意好。
時雨激烈拋，散坐思飄搖。
歲月添人老，秋意入襟抱。
努力奮發跑，惜時銘心竅。
展眼煙雨囂，慨然撰詩稿。

雨後雲煙曠

18年8月31日

雨後雲煙曠，草木復鮮芳。
清坐思揚長，人生享安康。
歲月走悠揚，斑蒼轉眼間。
奮志依強剛，努力騁奔放。
雨後雲煙曠，新秋覺瀟爽。
淡泊心地間，情志展昂揚。
名利已捐忘，詩書留連間。
展眼閑曠望，想學飛鳥翔。

悶熱之間

18年9月1日

悶熱之間，秋蟬不嘶唱。
小風送爽，白雲曼飄翔。
休閒無上，名利都棄放。
正義心間，人生騁昂揚。
心懷俊朗，不畏困與障。
努力飛翔，長驅萬里疆。
歲月綿長，人卻易老蒼。
微笑浮上，心志正激昂。

秋夜顯和平

18年9月1日

秋夜顯和平，蛩聲吟空靈。
三更吾不眠，讀詩盡閒情。
燈下何所云，長舒我本心。
人生快慰境，天人應相應。
秋夜顯和平，小風自在行。
路燈正亮明，車輛少行進。
淡蕩持中心，曠懷閑哦吟。
歲月添情景，不必計斑鬢。

五更早起意輕鬆 18年9月1日

五更早起意輕鬆，窗外秋蛩鳴聲洪。
已知商飆清吹送，爽意盈襟曠哦諷。
人生老來開襟胸，名利於我競何功。
淡懷水雲忞靈動，叩道原不計窮通。

清風送爽 18年9月2日

清風送爽，雀鳥啾啾唱。
雲幻萬狀，燦爛灑秋陽。
心志廣長，小哦新詩行。
和平宇間，人生騁激昂。
矢志向上，邁越千重艱。
不屈豺狼，正氣盈寰壤。
書生氣象，品正且端方。
晨昏哦唱，悠悠吾放曠。

早起五更 18年9月4日

早起五更，雅聞村雞聲。
蛩鳴清純，小風來慰問。
路上華燈，時時響車聲。
哦吟心身，小詩脫口呈。
歲月進深，斑蒼不必問。
奮發剛正，豪氣盈乾坤。
感謝神恩，導引我靈程。
努力奮爭，力克魔敵紛。

新秋嫩涼時分 18年9月4日

新秋嫩涼時分，五更心境馨溫。
窗外切蟲聲，晨雞啼清純。
燈下哦詩心芬，爽我情思陣陣。
歲月任進深，斑蒼任生成。
紅塵此際滾滾，名利我已棄扔。
坐擁我書城，心志入詩申。
百年飛度人生，回思只似一瞬。
努力奮剛正，不負彼朝昏。

藍天青曠 18年9月4日

藍天青曠，靄煙四野漾。
心事廣長，閑聽啼鳥唱。
人生奔放，一似雲瀉淌。
流變萬狀，中庸持心間。
歲月揚長，名利都棄放。
清貧之間，悠悠度時光。
秋風清爽，我意舒而暢。
裁詩昂藏，激越且慨慷。

天氣涼爽 18年9月4日

天氣涼爽，喜鵲高聲唱。
燦爛秋陽，清灑其光芒。
心意悠揚，哦詩都放曠。
清風送暢，身心都清揚。
歲月淡蕩，無執於心間。
共緣徜徉，原無機與奸。
人生昂揚，騁志向遐方。
叩道之間，已過千關障。

清涼正宜人 18年9月4日

清涼正宜人，爽潔乾坤。
金風吹陣陣，我意雅芬。
紅塵任滾滾，心繫鄉村。
名利未許論，心不折騰。
歲月展繽紛，遞變秋春。
斑蒼惜漸生，一笑馨溫。
人生難定論，努力前程。
風雨吾奮身，萬里長征。

秋陽猶燥 18年9月4日

秋陽猶燥，爛漫走金飆。
灑然懷抱，清哦南山稿。
不取高傲，謙和持心竅。
前路迢迢，風光正大好。
紅塵笑傲，風雨吾灑瀟。
奮志奔跑，關山鬱情操。
展眼雲飄，雀鳥清鳴叫。
縱展情抱，品茗意遙逍。

展眼平眺 18年9月4日

展眼平眺，田園多清好。
秋風吹瀟，寫意是懷抱。
人生晴好，千關已度了。
斑蒼漸老，朗然余一笑。

吟哦不了，舒出我情抱。
快慰心表，揚長奮前道。
前途艱饒，風煙有飄渺。
風光大好，努力去擁抱。

秋氣雅爽心志康

18年9月5日

秋氣雅爽心志康，清聽喜鵲曠鳴唱。
天際青靄正浮漾，架上牽牛妍盛放。
雲天澹蕩風清翔，讀詩品茗意何暢。
歲月荏苒老來訪，悟道原也頗清揚。

天色微明

18年9月5日

天色微明，早起讀詩情殷殷。
秋蛩嘶鳴，聲聲入耳堪動聽。
流年不驚，霜華新起意均平。
努力奮進，關山峻嶺越無垠。
浮生多警，血淚流灑何苦辛。
而今康平，總賴神恩賜豐盈。
晨鳥清鳴，伴以村雞啼空靈。
吾意奮興，力作好漢鼓幹勁。

紅旭東方升上

18年9月5日

紅旭東方升上，喜鵲高聲鳴唱。
秋氣正爽朗，雲變流萬方。
歲月悠悠徜徉，人卻漸漸老蒼。
一笑還疏揚，心志若花放。
紅塵寄居之間，百年頃刻成殤。
業績長待創，德操力培養。
大千盡展曠放，田野茂青盛旺。
欣欣向榮間，天人奏和祥。

心境未可躁

18年9月5日

心境未可躁，世事任紛擾。
清風滌懷抱，水雲胸中渺。
遠處鞭炮囂，市井恆鬧吵。
靜心方為要，安心撰詩稿。
歲月任飄渺，紅塵寄居瀟。
名利務棄拋，清心叩道妙。
人生勿自擾，省心安處逍。
秋意正清好，淡蕩我心竅。

心襟瀟瀟

18年9月5日

心襟瀟瀟，秋來曠舒我懷抱。
天氣晴好，雲天爛漫牽牛笑。
散坐遙逍，耳畔野禽清啼叫。
詩稿撰了，只是長吐我心竅。
紅塵紛擾，排除干擾最緊要。
靜心為要，不使名利肆狂囂。
半生度了，余得斑蒼朗然笑。
天國美好，叩道靈程奮揚飆。

金風清曠

18年9月5日

金風清曠，依然火熱走驕陽。
歲月綿長，只是老我以斑蒼。
哦詩揚長，清坐思想放千章。
紙上文章，實幹還須汗水淌。
努力驅闖，不懼前路山萬幢。
我有翅膀，摩雲乘風何快暢。
藍天雲翔，飄飄灑灑何安祥。
心事廣長，只是無人可言講。

秋意清好

18年9月5日

秋意清好，淡雲飛飄渺。
雀鳥鳴叫，聲聲振風騷。
我意輕飄，品茗意態高。
暢舒懷抱，朗哦南山稿。
人生易老，情懷未許老。
向陽情操，志比泰山高。
前路緲緲，風雨任艱饒。
努力奔跑，風光覽微妙。

不熱不涼

18年9月5日

不熱不涼，天氣宜人爽。
秋意淡蕩，雲煙曼飛翔。
我意揚長，散思復放曠。
小哦詩行，裁心正無恙。
秋花開放，最喜牽牛旺。
喇叭開張，笑臉喜洋洋。
淡泊情腸，原無名利妨。
悠聽鳥唱，品味這休閒。

噪噪塵間

18年9月5日

噪噪塵間，一似走馬場。
名利狂猖，殺人何囂張。

吾持清向，淡定水雲間。
謙和揚長，詩書寄意向。
半生履艱，風雨呼嘯狂。
累累心傷，唯賴神療創。
努力前方，努力騁志向。
靈程飛翔，出得塵世網。

金風舒曠

18年9月5日

金風舒曠，閑聽鳴鳥唱。
市井和祥，享受這清涼。
生活平康，因無名利障。
清貧何妨，詩書怡情腸。
努力向上，克盡千重艱。
苦難過往，財富一籮筐。
男兒豪強，不屈彼虎狼。
正義心間，傲立且方剛。

紅塵徒喧囂

18年9月5日

紅塵徒喧囂，眾生多瞎搞。
應持水雲操，田園憩清抱。
歲月任飄搖，清貧胡不好。
桑滄已經飽，淡然余一笑。
秋天格調好，雲煙爛漫飄。
金風清吹瀟，灑然吾高蹈。
人生並無二，韶華惜逝飄。
朗哦新詩稿，振志欲長嘯。

晨雞清鳴

18年9月7日

晨雞清鳴，秋蛩曠長吟。
路燈猶明，早起有心情。
白露將臨，時光惜分明。
歲月進行，嗟我漸霜鬢。
浩氣猶凌，人生懷奮興。
矢志長行，征途任艱辛。
坎坷飽經，桑滄吾鎮定。
覽遍世情，依然赤子心。

天氣轉陰

18年9月7日

天氣轉陰，秋風曠吹行。
悠悠心襟，哦詩舒雅情。
人生多情，徒然傷了心。
奮志凌雲，惜我已斑鬢。
雀鳥嬌鳴，自在暢飛行。
人生情景，希搏萬里雲。
紅塵多辛，苦痛滌心靈。
努力才行，業績創無垠。

爽風吹行

18年9月7日

爽風吹行，灑脫我心襟。
展望浮雲，冉冉自在行。
歲月多情，悠悠化歌吟。
人生懷情，正氣當凌雲。
斜暉清映，寰宇都和平。
金秋情景，田園似畫境。
散坐清心，寫詩適心靈。
快慰之境，神恩感無垠。

暢意金風

18年9月8日

暢意金風，舒適我心胸。
雲幻從容，雀鳥清鳴頌。
感慨何功，人生貴行動。
詩書之中，叩道奮剛猛。
輾轉塵中，贏得傷心痛。
回首煙濛，瞻望雲煙重。
努力矢衝，不懼山萬重。
艱苦之中，揮灑我英勇。

秋風清騁

18年9月9日

秋風清騁，爛漫此乾坤。
心事難論，紜紜復紛紛。
感謝神恩，導引我人生。
歷盡艱深，而今得安穩。
心志猶振，萬里履征程。
風雨縱深，兼程我矢奔。
紅塵滾滾，人生幻成陣。
應許慧生，奮志走靈程。

清閒無恙

18年9月9日

清閒無恙，散淡持中腸。
白雲飛翔，我心與之仿。
人生安祥，已履千重浪。
人漸老蒼，一笑還閑曠。
志存高廣，努力奮力量。
前路疆場，矢志殺虎狼。
世事雲漾，幻化真無疆。
歎息良長，名利徒欺誑。

秋雲漫逝飄

18年9月9日

秋雲漫逝飄，散坐吾灑瀟。
窗外喜鵲叫，曠意哦詩稿。
爽風走蕭騷，情懷持孤傲。
世事任飄搖，叩道入逍遙。

雅聽鳥鳴

18年9月9日

雅聽鳥鳴，此際消閒有心情。
品茗芬馨，仰看流雲走清新。
秋風清勁，爽我意境真無垠。
歲月驚心，仲秋不必嗟霜鬢。
人生多情，五十三年傷了心。
回首煙雲，世事幻化是夢境。
斜陽清俊，開我心襟併心境。
努力前行，奮志人生豈常尋。

朗星在望

18年9月10日

朗星在望，五更早起覺清涼。
村雞清唱，草間蟋蟀奏交響。
仲秋之間，心情心境淡而康。
人生昂揚，努力騁志向遐方。
天地廣長，萬里曠展我思想。
理想心間，一生支撐我驅闖。

歲月綿長，只是老我以斑蒼。
奮發貞剛，叩道履盡彼艱蒼。

雲淡天青

18年9月10日

雲淡天青，喜鵲曠清鳴。
晨起奮興，暢吸秋風清。
歲月多情，不必嗟斑鬢。
人生夢境，悠悠放曠行。
風雨飽經，心境仍朗俊。
哦詩舒情，恣展我空靈。
孤旅奮進，不辭彼艱辛。
努力才行，業績創無垠。

第七十八卷《星光集》

雲淡天青逞意境

18年9月11日

雲淡天青逞意境，秋氣爽我心與情。
品茗愜聽鳥輕吟，散坐讀詩起雅清。
心意空靈向誰明，人生冷暖己心清。
淡泊秋春余有興，一曲滄浪啟閒情。

歲月遷轉余不恨

18年9月11日

歲月遷轉余不恨，秋春逝去任紛紛。
感慨人生桑滄陣，幻化紅塵悲喜深。
閑聽鳥語心馨溫，淡望秋雲飄繽紛。
人生百年夢中身，名利棄去水雲芬。

清心灑脫之間

18年9月11日

清心灑脫之間，年輪運逝狂猖。
五十三年放，贏得淚水淌。
人生苦旅相仿，輾轉塵世滄桑。
煙雨穿艱蒼，卻似夢一場。
此際秋陽燦放，流雲飄逝流暢。
清坐品茗間，思想狂起浪。
此生已漸斑蒼，率性依然揚長。
努力展志向，不負華年芳。

詩書清裁志氣昂

18年9月11日

詩書清裁志氣昂，男兒從來持方剛。
休言柔弱勝強壯，叩道不是這般講。
因緣遇合吾安祥，放曠人生心健康。
履盡煙雲併滄浪，呵呵一笑意坦蕩。

仲秋氣猶燥

18年9月11日

仲秋氣猶燥，小風清來飄。
散坐寬懷抱，人生享灑瀟。
紅塵催人老，學取流雲逍。
清貧胡不好，正義持剛傲。
正義持剛傲，向學志堪瞧。
晨昏哦詩稿，書海揚帆高。
叩道入道遙，悟道靈心妙。
因緣惜分秒，道德力培造。

午時頗閒靜

18年9月11日

午時頗閒靜，品茗意態清。
漫天雲流行，金風走清新。
歲月不必驚，華髮任其贏。
努力奮前行，穿山又越嶺。
午時頗閒靜，讀詩爽心情。
心志仍殷殷，叩道無止境。
流年成美景，往事不必吟。
會當瞻前景，萬里蕩風雲。

時值四更

18年9月11日

時值四更，秋蛩聲聲，
坦蕩心身，呼詩復清芬。
歲月進深，人生難論，
艱蒼歷程，苦痛入心身。
奮志乾坤，豪勇心生，
轉戰紅塵，叩道入艱深。
詩書持身，朗哦晨昏，
清度秋春，歲華任逝紛。

爽潔晴空

18年9月11日

爽潔晴空，淡蕩走金風。
年近成翁，笑對窮與通。
歲月逝風，人生快慰重。
舊年苦痛，化為詩吟誦。
苦雨苦風，洗滌我心胸。
壯志長虹，不屈虎狼叢。
大千渾融，造化運其功。
努力矢衝，萬里沐雨風。

雅潔情思堪哦唱

18年9月11日

雅潔情思堪哦唱，世事擱筆費平章。
已知桑滄是尋常，人生風雨百年艱。
歲月逝去有餘香，展望前程心猶壯。

一種慨慷一種曠，男兒有種萬里疆。

世事何須問

18年9月11日

世事何須問，桑滄成陣。
流雲逝飄紛，淡度秋春。
紅塵任滾滾，清守堅貞。
閑聽鳥囀純，雅潔心身。
叩道不畏深，秉持誠真。
向學盡力騁，心得清芬。
哦詩復溫存，顯我精誠。
人生是緣奔，務持安穩。

秋陽猶燙

18年9月11日

秋陽猶燙，秋雲爛漫翔。
秋風清爽，秋意美無恙。
紅塵攘攘，心須持定當。
名利棄放，余有正氣剛。
書生氣象，傲立頗康強。
不折矢闖，山水閱清蒼。
百年時光，急似水流殤。
努力之間，已過萬重崗。

心情勿使躁

18年9月11日

心情勿使躁，秋陽任炎囂。
散坐舒懷抱，悠思共風瀟。
心境宜良好，樂道吾逍遙。
紅塵胡不好，此生是緣造。
人生矢奮跑，履盡關山道。
風雨任飄搖，迷霧任籠罩。
陽光持心竅，心燈朗然照。
步步務行好，風雲萬里道。

天色初明鳥即吟

18年9月12日

天色初明鳥即吟，草間秋蟲哦盡興。
燈下讀詩我多情，放懷短歌聊寫心。
歲月欣值仲秋景，市井生活堪和平。
人聲漸起車聲鳴，振奮精神曠志行。

清風開意境

18年9月12日

清風開意境，秋雲爛漫行。
朝旭輝光映，鳥語雅啼鳴。
生活適心情，清貧不要緊。
叩道覽絕頂，中心持空清。

雲天多情

18年9月12日

雲天多情，爽風悠悠行。
疊變陰晴，仲秋涼爽境。
心懷奮興，獨立當大鳴。
謳歌清新，傾吐我心靈。
人生奮進，境界辟無垠。
生命情景，穿透蒼煙行。
歲月深情，賜我以斑鬢。
淡望閑雲，一似我心情。

流風送暢

18年9月12日

流風送暢，愜意滿寰壤。
和平宇間，漸覺涼與爽。
心事廣長，彌起應萬丈。
人漸老蒼，奮志仍昂揚。
紅塵攘攘，只是寄居鄉。
百年流殤，逝去何猖狂。
珍惜時光，勿使稍費浪。
修心為上，養德端且方。

秋氣覺空清

18年9月12日

秋氣覺空清，爽我心情。
陰雲淡淡行，閑聽鳥鳴。
心事懷鎮定，共緣運行。
履盡狼煙境，而今康平。
歲月多驚心，流變美景。
人易入老境，華髮終贏。
牽牛開嬌俊，朵朵鮮新。
淡泊盈心襟，悠品芳茗。

五更清靜村雞鳴

18年9月13日

五更清靜村雞鳴，犬吠點綴境幽清。
遠野蟲吟堪動聽，路上偶有車囂行。
歲月秋來正驚心，人漸老蒼發曠吟。
一曲天人付誰聽，叩道從來有雅情。

暮陰仲秋正當，流雲百幅徜徉。
清坐展我思想，一曲心弦奏響。

清風真適我意向
18年9月13日

清風真適我意向，心中頓時起慨慷。
已知仲秋金氣暢，草野尚未起蕭涼。
紅塵唯是寄居鄉，夢中韶華逝流淌。
流年沉痛吾何講，正義人生奮昂揚。

淡定浮生何必恨
18年9月13日

淡定浮生何必恨，流年逝去是青春。
努力前路奮馳騁，百度秋春展繽紛。
質樸持心雅意盛，縱情哦詩熱情申。
長望雲煙浮復沉，秋仲清坐意深深。

素心雅志裁詩行
18年9月13日

素心雅志裁詩行，世事何必費平章。
人情冷暖用心嘗，因緣過眼化煙殤。
書山攀登任險艱，奮志凌雲不必講。
半生血淚潸潸淌，灑脫襟懷仍慨慷。

悠享清閒時光
18年9月13日

悠享清閒時光，身心俱都舒暢。
清風閑來曠，好鳥啼清揚。
暇時讀讀詩章，品茗愜我意腸。
哦詩均嘹亮，感慨自萬方。
紅塵不懼攘攘，清心田園之間。
名利俱捐忘，正直人生場。
曾經鏖戰虎狼，曾經血灑疆場。
而今享平康，神恩廣無量。

陰晴不定之間
18年9月13日

陰晴不定之間，流年飛逝流殤。
仲秋品茗間，感慨從心上。
看取流雲飛翔，享受風之清暢。
心地未許悵，壯志凝襟間。
華年易逝感傷，少年已成過往。
贏得兩鬢蒼，心志猶鐵鋼。
努力長途驅闖，關山不過萬幢。
曠志我飛翔，破風雲霄間。

悠悠心志何剛
18年9月13日

悠悠心志何剛，人生奮志矢闖。
不懼山高水長，風光堪可徜徉。
半生時光逝殤，此生漸近夕陽。
努力矢展頑強，力克險關重障。
正氣煥發心間，不為名利奔忙。
清心澄意之間，叩道用道昂揚。
人生是一緣放，惜緣造緣必講。
善意務使增長，卑劣矢拋後方。

人生不懼坎蒼
18年9月13日

人生不懼坎蒼，回首已成桑滄。
煥發生命剛強，努力追求理想。
不怕黑暗遮障，不怕迷霧狂猖。
奮志驅闖之間，已度萬水千嶂。
歲月盡顯莽蒼，名利浮塵相仿。
百年頃刻成殤，往事回味久長。

爽潔秋晨
18年9月13日

爽潔秋晨，淡淡朝旭正上升。
鳥鳴花芬，寫意空靈此乾坤。
歲月繽紛，素心雅志度秋春。
朗哦晨昏，詩書持身也清芬。
流年進深，老我青春不必論。
共緣馳騁，山高水深任成陣。
滾滾紅塵，務使清心濁不生。
叩道奮爭，幾微之間見精神。

休閒無恙
18年9月13日

休閒無恙，放任遐思狂想。
聽聽鳥唱，看取流雲飛翔。
品茗清芳，我意更加揚長。
人生瞬間，幸福矢當尋訪。
苦旅曾艱，歷盡血淚流淌。
力戰虎狼，還我清平寰壤。
悠悠心向，著力詩書之間。
尋覓慧藏，文明燭火矢掌。

浪漫秋晨
18年9月13日

浪漫秋晨，心地正馨溫。
牽牛開盛，喇叭萬千逞。
欣此紅塵，雲煙淡蕩生。
心未可昏，叩道吾馳騁。

履盡艱深，一笑還雅正。
人生繽紛，素懷宜清澄。
名利棄扔，清貧亦清芬。
曠懷純真，道義切循遵。

心境輕鬆

18年9月13日

心境輕鬆，淡望雲煙湧。
品茗意動，新詩脫口頌。
紅塵洶湧，眾生爭頭功。
名利孽種，害人以無窮。
吾持清空，水雲涵心胸。
詩書朗誦，眼目持靈動。
人生匆匆，步履須凝重。
叩道之中，境界越千重。

雲煙淡蕩

18年9月13日

雲煙淡蕩，秋氣值清曠。
閒適之間，品茗意悠揚。
小哦詩章，傾出情之向。
人生昂揚，不懼關千幢。
半百逝殤，履盡煙雨艱。
不回頭望，長瞻萬里疆。
人生桑滄，不過是等閒。
宇宙無限，叩道吾揚長。

流風舒暢

18年9月13日

流風舒暢，鳥鳴田野間。
秋光澹蕩，天陰正清涼。
逸意揚長，心花都開放。
展眼煙漾，心志騁激昂。
人生遐方，寄託我理想。
努力尋訪，智慧之寶藏。
叩道奔放，履盡艱與蒼。
一笑爽朗，情志真無恙。

清風徐生

18年9月13日

清風徐生，展眼看雲層。
品茗意芬，哦詩舒真誠。
仲秋時分，感沛神之恩。
傾我心身，靈程吾奮爭。
煙雨紛紛，磨歷我剛正。
嗟此紅塵，眾生陷沉淪。
努力馳騁，前路任艱深。
浩志曠逞，不屈虎狼陣。

心志瀟閑

18年9月13日

心志瀟閑，雅潔哦詩行。
秋氣爽暢，好風曠自翔。
陰云浮漾，生活奏平康。
散坐之間，思想頗激昂。
人生無恙，履浪是平常。
迎接關障，矢志如鐵鋼。
紅塵攘攘，心境宜澹祥。
勿為名障，勿為利所妨。

心襟瀟瀟

18年9月13日

心襟瀟瀟，向誰講與拋。
攀登險要，一覽群山小。
不敢高傲，謙和持懷抱。
叩道迢迢，心得體微妙。
層雲飄飄，仲秋正美好。
清風逍遙，滌我情與竅。
寫詩不了，情懷孤且俏。
向陽情操，正直是首條。

音樂響亮

18年9月13日

音樂響亮，心地覺悠揚。
華燈齊放，霓虹七彩光。
秋仲無恙，況值晚風爽。
感興升上，從容哦詩章。
人生理想，恆持在心間。
努力奮闖，濟世盡力量。
半生銷殤，贏得漸斑蒼。
依然爽朗，依然展貞剛。

流年風煙漾

18年9月13日

流年風煙漾，夢中相仿。
轉眼韶華殤，余得斑蒼。
心志未可彷，應許激昂。
奮發往前闖，山水萬方。
人生騁理想，敢作敢當。
大同之思想，散發明光。
宇宙廣無量，皆是神創。
慧心務清揚，不為物障。
叩道吾揚長，不畏險艱。
文明恆升揚，進步無疆。
吾生雖有限，靈性成長。
永生冀天堂，福樂安康。

秋夜難眠

18年9月14日

秋夜難眠，聽盡蛩清吟。
四更雨零，五更村雞鳴。
吾意多情，人生傷了心。
半世飄零，而今斑蒼境。
歲月飛行，浮生若泡影。
往事難尋，少年入煙景。
努力前行，奮志總入雲。
百年光陰，叩道悟圓明。

秋雨清生

18年9月14日

秋雨清生，秋風又成陣。
早起五更，雞聲伴蟲聲。
心事難論，人生奮馳騁。
山高水深，歷盡苦難陣。
感慨叢生，因緣何必論。
務秉心燈，勿為物欲勝。
前路奮爭，風光美不勝。
快慰心身，勿負此人生。

秋窗風雨激烈敲

18年9月14日

秋窗風雨激烈敲，詩人早起心興高。
哦詩唯是舒心竅，吐出情懷一片騷。
雨中清聞鳥啼叫，天上烏雲恣意跑。
輾轉人生未稍傲，正直儒雅是風標。

情懷開朗聽雨唱

18年9月14日

情懷開朗聽雨唱，晨鳥清新仍鳴放。
哦詩應許情激昂，長吐胸襟之馨香。
秋意爛漫爽風暢，雨中牽牛姸無雙。
中心有感饒歌唱，一曲曠意從心揚。

時雨著意敲

18年9月14日

時雨著意敲，詩人心興高。
秋風既灑瀟，鳥語復妙巧。
晨起精神好，新詩哦風騷。
容我從容道，心境正微妙。
心境正微妙，人生是長跑。
半世水流消，回憶入詩稿。
仍須放眼瞧，前路風光緲。
努力奮前道，關山越迢迢。

煙雨此際生成

18年9月14日

煙雨此際生成，窗前滴瀝聲聲。
雨中聞鳥聲，一使余興奮。
秋意而今顯逞，西風吹拂正盛。
牽牛美不勝，嬌姸自天成。
清坐思想深深，人生履盡秋春。
紅塵任滾滾，桑滄任成陣。
百年隻似一瞬，韶華切莫輕扔。
努力奮剛正，盡力去馳騁。

人生奮志紅塵

18年9月14日

人生奮志紅塵，勿為名利奮身。
叩道任艱深，盡力去馳騁。
感謝天父宏恩，導引人生旅程。
風浪任其生，遠航吾安穩。
此生過半逝損，斑蒼無妨精神。
努力奮剛正，力斬魔敵紛。
嗟此滾滾紅塵，眾生陷入沉淪。
天國美不勝，靈程吾奮身。

淡泊清持心身

18年9月14日

淡泊清持心身，度盡劫波紛紛。
嗟歎此紅塵，名利殺害人。
雅潔清持心身，詩書哦諷晨昏。
君子人格正，德操力修成。
剛正清持心身，不懼虎狼成陣。
鏖戰在乾坤，凱歌徹雲層。
空靈清持心身，靈程努力奮爭。
心魔務戰勝，天國享永生。

收心為要

18年9月14日

收心為要，不為名利奔跑。
不敢驕傲，謙和守我心竅。
志向頗高，叩道深入迢迢。
攀取險要，覽盡風光微妙。
歲月豐饒，賜我斑蒼漸老。
朗然一笑，悟道用道逍遙。
大千奇巧，皆是神之創造。
奮發懷抱，力探智慧祕寶。

清心灑瀟

18年9月14日

清心灑瀟，看盡雲煙飛繞。
秉志孤傲，一似松長壁峭。
履盡險要，紅塵吾已看飽。
人生諳曉，靈程曠志飛逍。
斑蒼任老，悟道中心玄妙。
清貧頗好，詩書容我笑傲。
撰寫詩稿，清表南山情操。
貞心不二，叩道萬里迢迢。

清展吾之懷抱

18年9月14日

清展吾之懷抱，清展吾之逍遙。
歲月催人老，心態未可老。
秋仲細雨灑瀟，金風適人懷抱。
草木都鮮好，牽牛開姸嬌。
紅塵憩身頗好，不許虎狼當道。
奮力我提刀，斬殺豺狼豹。
此生神恩籠罩，靈程盡力奔跑。
境界入微妙，心胸付誰曉。

細雨飄灑均勻

18年9月14日

細雨飄灑均勻，空氣顯得鮮新。
清坐思紛紜，哦詩亦雅清。
人生百年經營，未許費盡腦筋。
名利荒唐境，村野可憩心。
笑我半生飄零，風雨艱蒼飽經。
一笑還爽清，心志展空靈。
前景努力辟進，關山履度無垠。
奮志當凌雲，靈程奔天庭。

雨中閑望

18年9月14日

雨中閑望，煙氣正迷茫。
市井鬧嚷，車水馬龍放。
淡泊襟腸，無意名利間。
騁志激昂，書山矢攀闖。
有鳥啼唱，有風吹清揚。
笑意浮上，哦詩奏清響。
歲月奔放，惜我已斑蒼。
奮發向上，貞志真無疆。

小風來翔適意向

18年9月14日

小風來翔適意向，細雨清灑鳥啼芳。
散思情懷騁放浪，正氣中心體剛強。
人生感慨何必講，履盡劫波是尋常。
一笑灑然舒奔放，斑蒼無妨意揚長。

第七十九卷《燦爛集》

有雨灑來瀟 18年9月14日

有雨灑來瀟，大量傾拋。
心興因之高，感秋微妙。
人生真易老，半世煙銷。
應當展懷抱，曠意高蹈。
紅塵胡不好，風光美妙。
桑滄幻作巧，因緣圍繞。
平生未許傲，謙和最好。
志取萬里遙，征服險要。

秋雨其來蕭蕭 18年9月14日

秋雨其來蕭蕭，煙靄迷蒙塵表。
中心持灑瀟，從容哦詩稿。
世界其實美妙，大道運轉奇巧。
努力去尋找，慧心求深造。
人世風雨飄搖，桑滄早已經飽。
淡然余一笑，灑脫我心竅。
浮生何必擾擾，名利拋棄最好。
清心水雲逍，松風滌懷抱。

曠懷早起值五更 18年9月15日

曠懷早起值五更，野外秋蛩振聲聲。
讀詩雅聽雞鳴純，四圍靜悄和平生。
淡蕩身心有馨芬，雅潔情思共風騁。
人生平淡是福分，名利從來害煞人。

秋氣爽清值天陰 18年9月15日

秋氣爽清值天陰，濃靄四野正籠行。
淡蕩身心何所吟，遠處歌聲飄輕靈。
一點熱情磨不盡，十分正義出心靈。
紅塵只是磨歷境，清裁志氣矢辟進。

桑滄歲月吾經行 18年9月15日

桑滄歲月吾經行，人情冷暖何必驚。
幻化紅塵徒艱辛，世事流變亦常尋。
奮志人生不因循，鼓足幹勁振雷霆。
百度秋春塵埃境，最貴赤子之丹心。

喜鵲清鳴吾意揚 18年9月15日

喜鵲清鳴吾意揚，又見秋靄四野蒼。
週末身心俱散閑，縱情寫詩復哦唱。
歲月悠揚真堪講，人世桑滄已飽嘗。
性靈深處水雲漾，人生奮志騁慨慷。

秋風清暢 18年9月15日

秋風清暢，爽潔這人間。
天陰無妨，我意正清揚。
人生遐方，寄託我理想。
世事風浪，不過是等閒。
雀鳥鳴唱，歡快我意向。
秋花正芳，牽牛最嬌靚。
歲月流蕩，心地須悠揚。
閒時思想，人生該怎樣。

呼出長思短痛 18年9月15日

呼出長思短痛，人生此際情濃。
奮志當如長虹，七彩閃現靈動。
歲月清展朦朧，世事紛爭沉重。
不為名利所動，叩道成竹在胸。
遠處鞭炮囂動，紅塵鬧鬧哄哄。
心襟不使搖動，詩書沁潤心胸。
讀書究有何功，慧藏探祕無窮。
人生天地之中，務使慧光勁湧。

人生灑脫靈動 18年9月15日

人生灑脫靈動，欣此秋意清空。
霧凝青林中，喜鵲鳴聲洪。
歲月清度從容，苦風惡浪任湧。
壯志不言中，實幹任汗湧。
百年不會空空，業績當創恢弘。
德操最為重，修身豈有窮。
世界幻變之中，因果誰能真懂。
人生如夢中，醒來淚長湧。

樹木初顯斑黃 18年9月15日

樹木初顯斑黃，感覺時光流殤。
攬鏡覺斑蒼，心興嗟揚長。
世事如水流殤，人生容易老蒼。
轉眼是夕陽，歲月蒼更蒼。
未可獨自頹唐，心興升起強剛。
努力長驅闖，志在萬里疆。
紅塵寄居之鄉，名利夢中相仿。
不必嗟深長，惜緣度安祥。

寫詩究有何功 18年9月15日

寫詩究有何功，只是舒出情濃。
人生遭遇苦痛，應當哦入詩中。
有時痛快於胸，合當盡情謳詠。
呼出長思短痛，寫詩是有此功。
寫詩究有何功，記錄思想行蹤。
人是多情之種，能不形諸歌頌。
百年境遇窮通，人世坎坷愴重。
俱可哦入詩中，化作記憶深濃。

煙雲履度自紛紛 18年9月15日

煙雲履度自紛紛，坎坷歷盡是平生。
已知塵世蒼煙騁，矢叩道義秉性貞。
歲月遷轉無有恨，艱深之處見精神。
紅塵任其自滾滾，瀟瀟心跡水雲芬。

鳥語宛轉情長 18年9月15日

鳥語宛轉情長，牽余意動神往。
秋花開得嬌靚，牽牛萬千盛放。
清風吹拂舒暢，感慨從心升上。
人生夢寐相仿，未許費盡緊張。

清坐安祥 18年9月15日

清坐安祥，閑聽鳥唱。
陰雲浮蕩，金風涼爽。
心意廣長，無人言講。
獨坐孤悵，感慨萬方。
清坐安祥，神思汪洋。
人生艱蒼，苦難疊障。
半生已殤，玄發斑蒼。
展眼長望，天際煙漾。

履盡塵世滄桑 18年9月15日

履盡塵世滄桑，贏得心襟蕭涼。
奮志依然去闖，叩道展吾清揚。
紅塵任其攘攘，清心水雲徜徉。
展眼萬里之疆，天際山高水長。

心襟曠展瀟瀟 18年9月15日

心襟曠展瀟瀟，人生履歷迢迢。
山水清余懷抱，朗然吾意高蹈。
平生不敢稍傲，向陽奮展情操。
正直為人頗好，修身養德逍遙。

鳥鳴嬌巧 18年9月15日

鳥鳴嬌巧，天際蒼煙緲。
秋氣猶燥，散坐品茗道。
紅塵鬧吵，車行狂如囂。
靜定為要，養頤第一條。
百年飛飄，半生已逝銷。
我已漸老，坦然余一笑。
人生奔跑，關山越迢迢。
努力前道，風雨未可撓。

人生陰晴之間 18年9月15日

人生陰晴之間，奮志當取慨慷。
山水履歷萬幢，心襟未許蕭涼。
勝利就在遠方，風光奇麗雄壯。
努力一生去闖，曠展英武襟腸。

暮煙清漲雲蒼茫 18年9月15日

暮煙清漲雲蒼茫，仲秋商風淡吹翔。
詩人感興因之上，提筆哦詩舒激昂。
人生已履萬關障，雷霆奮發驚世腸。
紙上道來何用場，貴在實戰克虎狼。

激情歲月堪寫照 18年9月15日

激情歲月堪寫照，流年風煙化詩稿。
半世桑滄血淚飽，斑蒼容我開顏笑。
悟道玄玄何必表，素樸寸心水雲飄。
紅塵寄居當逍遙，知足常樂方為好。

秋暮鳥鳴瀟 18年9月15日

秋暮鳥鳴瀟，西風正朗造。
爽朗此塵表，遠野蒼靄飄。
興起撰詩稿，感慨難言道。

人生度昏曉，叩道樂逍遙。

喜鵲欣然唱
18年9月16日

喜鵲欣然唱，晨陰爽風翔。
天氣值涼爽，金氣天地間。
散淡持中腸，盡興哦詩章。
展眼平疇曠，心事起蒼茫。

清風徐來曠
18年9月16日

清風徐來曠，有鳥鳴且翔。
天陰正清涼，爽意天地間。
散思真無恙，人生樂悠閒。
秋意漸增長，歲華勿相忘。

秋陰無恙
18年9月16日

秋陰無恙，商風吹蕭涼。
看此人間，故事演無疆。
吾意悠揚，淡蕩持心房。
享受風翔，享受這閑曠。
人生昂揚，履關是平常。
半百之間，呵呵一笑暢。
因緣流淌，悲歡離合放。
處世安祥，人須先定當。

展眼雲煙渺茫
18年9月16日

展眼雲煙渺茫，清風其來悠揚。
心興升起萬丈，感慨萬千奔放。
不必徒嗟艱蒼，人生奮志敢闖。
試看天高地廣，盡我恣意飛翔。

清騁志向入詩章
18年9月16日

清騁志向入詩章，人世桑滄飽經嘗。
苦旅贏得漸斑蒼，一笑淡然頗安祥。
紅塵自古翻濁浪，名利害人何狂猖。
何處水雲可尋訪，桃源從來在心間。

情思曠發哦中腸
18年9月16日

情思曠發哦中腸，浴後頗覺清與爽。
秋陰正有清風翔，雅潔心懷堪謳唱。
磨滅不盡是思想，正直人生奮剛強。
不屈磨難與困障，努力闖關任萬幢。

覽盡世事滄桑
18年9月16日

覽盡世事滄桑，看透世態炎涼。
心中升起感想，傾出應有萬丈。
歲月莽莽蒼蒼，人生悲喜萬狀。
書生何必多講，展眼看雲飛翔。

心志不嗟廣深
18年9月16日

心志不嗟廣深，淡度流年秋春。
嗟此滾滾紅塵，人生短如一瞬。
向上我要飛升，直入重霄九層。
矢脫俗霧凡塵，去向宇宙縱深。

幽幽心襟向誰敞
18年9月16日

幽幽心襟向誰敞，苦風淒雨獨懷悵。
已知人生幻桑滄，悲喜人間騁漫浪。
貞剛志向依強壯，向上情懷終昂揚。
叩道吾生多悠揚，秋仲燈下哦揚長。

漫讀詩書競何功
18年9月16日

培根氏曾云：「讀書足以怡情，足以博采，足以長才。」余曾花數年時間通讀《全唐詩》、《全宋詩》和《全元詩》，其它如明清兩代的詩集及歷代的詞集、散曲集均廣泛涉獵，所讀之書不計其數，閱讀總量當在幾十萬首以上，若問余有何心得體會，答曰：「一無所得，樂在其中矣，只不過是增加了眼界和見識。」蓋學問日漸以長，而每日不自知，年長日久，自有收益矣，所謂潛移默化是也；今日思此，有感而賦詩焉。

漫讀詩書競何功，修身養性妙無蹤。
怡情漸消俗心胸，博采眼界開無窮。
長才猶如滴水衝，性靈深處獲清空。
若問讀詩究何功，陶得襟胸似雲風。

散思聊放曠
18年9月17日

散思聊放曠，天地一文章。
神恩真廣長，宇宙祕深藏。
人生世界上，蒙神恩何廣。
靈程莫相忘，天國是家邦。

散思閑曠
18年9月17日

散思閑曠，悠悠心志真無恙。
秋氣爽朗，愜意小鳥欣然唱。
我意揚長，清坐品茗何瀟爽。
暢意人間，又見金風恣掃蕩。

慨哦詩章，舒出情懷遼且廣。
人生昂揚，奮志恆在萬里疆。
笑意浮上，悟道點滴是思想。
積聚廣長，輕舟已過萬重崗。

傾心哦詩章

18年9月20日

傾心哦詩章，揮灑意揚長。
已知晨鳥唱，金風舒爽涼。
愜懷真無恙，人生感慨間。
更發氣萬丈，恆欲向天航。

雨霽天朗晴

18年9月20日

雨霽天朗晴，淡蕩秋意境。
哦詩吐清新，鳥鳴添情興。
歲月轉分明，何必嗟斑鬢。
人生奮志行，關山越無垠。

爽聽鳥清鳴

18年9月20日

爽聽鳥清鳴，秋陰風清新。
散思曠無垠，心地雅然清。
浩志應凌雲，人生鼓幹勁。
詩書吾浸淫，叩道履艱辛。

田園若畫境

18年9月20日

田園若畫境，雀鳥曠啼鳴。
天陰心朗晴，金風吹盡興。
品茗有雅情，哦詩適肺心。
坦蕩腹與襟，人生奮勉行。

悠悠心志何剛

18年9月20日

悠悠心志何剛，人生奮發頑強。
矢志去闖蕩，不怕風雨艱。
此生飽經艱蒼，心襟未許蕭涼。
胸懷真寬廣，道義凝心間。
紅塵不懼桑滄，百年頃刻流殤。
努力振意向，叩道展清揚。
此際秋風蕭爽，天陰鳥兒歌唱。
散坐哦詩章，舒情似汪洋。

喜鵲叫聲洪

18年9月21日

喜鵲叫聲洪，秋靄凝濃重。
散淡持心胸，哦諷吟清空。
朝旭燦爛送，雨霽草芳濃。
牽牛笑從容，吾意欣然動。

秋風盡興掃蕩

18年9月21日

秋風盡興掃蕩，林木初顯斑蒼。
心志曠放無疆，閑將詩歌哦唱。
感慨中心成長，人生奮發圖強。
坷坎俱成既往，吾生已近夕陽。
努力珍惜時光，點滴也勿費浪。
創造業績輝煌，不負華年流殤。

斜陽在望

18年9月21日

斜陽在望，秋氣猶燥亢。
散步汗漾，市井人熙攘。
歲月飛翔，秋分後日訪。
人生昂揚，奮志履險艱。
回思過往，不過是桑滄。
向前瞻望，應許展清蒼。
努力向上，不負人生場。
百年瞬間，思此淚暗淌。

野禽恣啼叫

18年9月22日

野禽恣啼叫，秋色無限好。
淡霧遠野罩，牽牛開妙巧。
秋分明日到，養頤適懷抱。
淡蕩持心竅，閉門且高蹈。

秋和日晴朗

18年9月22日

秋和日晴朗，鳴禽愜意唱。
小風來悠揚，濃靄四野漾。
休閒心淡蕩，品茗意興暢。
歲月清品嘗，濯足泛滄浪。

金風淡吹送

18年9月22日

金風淡吹送，爽我心胸。
雲天曠無窮，吾意清空。
流年任逝送，斑蒼任濃。
雅然一笑中，詩書從容。
感慨言何功，人生如夢。
名利害襟胸，棄之空空。
努力晨昏中，叩道奮勇。
不計窮與通，共緣行動。

寫意秋風適懷抱

18年9月22日

寫意秋風適懷抱，天淡雲飄鳥鳴逍。
散坐揚長撰詩稿，激情歲月余寫照。
人生不懼漸蒼老，奮發依然展剛傲。
笑看紅塵多妖嬈，大道遍覆運奇巧。

秋氣高爽哦詩行

18年9月22日

秋氣高爽哦詩行，舒出心中之昂揚。
人生履艱是尋常，坎坷桑滄一擔裝。
半世生涯血淚淌，十分天真猶茁壯。
流年變幻風煙漾，紅塵解盡是荒唐。

雀鳥清啼唱

18年9月22日

雀鳥清啼唱，煙氣林野漾。
斜暉正朗朗，秋意天涯曠。
散坐放思想，靈機一動間。
提筆哦詩章，短篇舒揚長。
雀鳥清啼唱，爽風來舒揚。
天地都滄蕩，市井恆鬧嚷。
心志未曾忘，萬里任莽蒼。
男兒展昂藏，傲立持貞剛。

悠悠清持心襟

18年9月22日

悠悠清持心襟，流年任其運行。
時近秋分天晴，雲煙爛漫爽淨。
心事浩起無垠，新詩脫口哦吟。
人生愛恨分明，叩道履盡艱辛。
奮志依然凌雲，敢向險境矢行。
終將抵達天庭，永生福樂康平。

秋氣清淡

18年9月22日

秋氣清淡，雲煙展妙曼。
紅塵好看，心襟正起瀾。
清坐安安，品茗情懷綻。
寫詩好玩，心志都舒展。
無雁可看，不必發嗟歎。
清風正展，爽潔這宇寰。
歲月揚帆，不懼征程難。
人生浩瀚，叩道奮前站。

悠揚度辰光

18年9月22日

悠揚度辰光，何必費緊張。
萬事任緣翔，秉正持心腸。
已知半世殤，不必嗟斑蒼。
閑聽啼鳥唱，清風潤襟房。

風吹林響

18年9月22日

風吹林響，喜鵲清鳴唱。
夕照昏黃，天地均滄蕩。
喜氣心間，神恩感無上。
奮志矢闖，靈程克魔障。
紅塵萬丈，幻化無止疆。
人生無恙，希冀在天堂。
半世逝殤，惜時務須講。
名利棄放，輕裝吾飛揚。

紅旭東升

18年9月23日

紅旭東升，時節值秋分。
心事難論，提筆難訴申。
歲月馳奔，未可老心身。
憩此紅塵，與緣共馳騁。
大千紅塵，運行自滾滾。
寄居浮生，叩道奮清正。
鳥兒鳴純，一使余意芬。
西風清生，薄寒警醒人。

悠悠歲月吾多情

18年9月23日

悠悠歲月吾多情，時值秋分天氣清。
散思閑曠聽鳥鳴，暢意西風走清新。
人生快意非利名，叩道貴在有悟性。
輾轉平生吾何云，天地桑滄是神定。

陽光和燦

18年9月23日

陽光和燦，心志雅安。
散思閑滄，品茗意展。
哦詩清淡，何所鳴喊？
人生揚帆，力搏狂瀾。
陽光和燦，秋色爛漫。
牽牛開綻，林野初斑。
豪情縱展，不畏艱難。
力作好漢，曠飛天藍。

飄飄白雲

18年9月23日

飄飄白雲，爽潔且多情。

秋分正臨，天氣曠朗晴。
小鳥嬌鳴，牽牛開妍俊。
清風舒情，余意亦溫馨。
歲月飛行，不必嗟斑鬢。
奮志凌雲，豪氣衝天庭。
塵世之境，擾擾復紛紜。
務使靜定，詩書晨昏吟。

歷盡坎坷艱饒 18年9月23日

歷盡坎坷艱饒，迎得心襟瀟瀟。
散坐情思飄飄，秋陽清灑朗照。
小鳥啾啾鳴叫，花兒開得俊俏。
歲月多麼美好，感謝神恩豐饒。

天氣朗晴 18年9月23日

天氣朗晴，無風經行，
散坐清心，思緒曠起正紛紜。
人生多情，傷盡心靈，
費盡腦筋，叩道不計彼艱辛。
秋意空清，秋分正臨，
爽意盈襟，雅將心事入詩吟。
向誰講明？向誰道盡？
孤懷淒清，奮志人生豈常尋。
紅塵苦境，人生夢縈，
幾人清醒？思此不由淚沾襟。

秋陽灑照 18年9月24日

秋陽灑照，雲煙多飄渺。

中秋今到，喜氣盈塵表。
意興正高，小哦新詩稿。
何所寫照？長舒襟與抱。
歲月逝飄，容我呵呵笑。
人生叩道，風雨已經飽。
悟徹玄妙，無機持心竅。
正直風標，儒雅吾灑瀟。

天和日正朗 18年9月25日

天和日正朗，不熱復不涼。
愜意盈心間，仰看雲飛翔。
散淡度辰光，人生勿孟浪。
奮志之所向，悟道獲安康。
天和日正朗，品茗心志曠。
欣賞鳥啼唱，嘉許牽牛芳。
闔家俱安祥，神恩感無上。
提筆撰詩行，短章具遺響。

陽光燦靚 18年9月25日

陽光燦靚，遠際歌聲放。
秋意高爽，嫻雅持心間。
悠度時光，名利已棄放。
詩書之間，覓點真昂藏。
紅塵無恙，大道覆宇間。
人生安康，叩道吾清揚。
歲月飛狂，秋仲惜斑蒼。
仍須奮闖，踐道展貞剛。

心襟養得瀟瀟 18年9月25日

心襟養得瀟瀟，灑脫是余懷抱。
人生不可討巧，奮志力攀險要。
前路風雨飄搖，我心堅貞不二。
曠展人生風騷，哦詩清新雅好。

第八十卷《彩虹集》

清心雅致哦詩行
18年9月26日

清心雅致哦詩行，窗外秋風走清爽。
天上白雲悠悠翔，人間樂土萬民康。
已知神恩正豐穰，力沿靈程正道航。
關山不盡任莽蒼，叩道鼓勇矢攀闖。

風和日麗值秋晴
18年9月26日

風和日麗值秋晴，散思放曠悠心境。
人生嚮往豐收景，天人和暢民阜殷。
轆轉生平何必云，桑滄度後心平靜。
百無一事憩心情，小哦新詩舒性靈。

雲淡天青
18年9月26日

雲淡天青，悠悠心境。
斜暉朗俊，秋風多情。
有葉飄零，詩意瀰襟。
我欲歌吟，長舒雅情。
長舒雅情，人生盡興。
不圖利名，叩道盡心。
風雨兼行，萬里無垠。
悟道圓明，通達人情。

陽光何敞靚
18年9月26日

陽光何敞靚，心志正慨慷。
風吹林清響，鳥語囀清揚。
秋意起蒼茫，感慨心地間。
何所言併唱，清心雅意芳。
陽光何敞靚，歲月遞飛翔。
不必嗟斑蒼，依然奮強壯。
前路任坎蒼，我意展悠揚。
努力奮發闖，關山豈為障。

又值暮色黃昏
18年9月26日

又值暮色黃昏，心中萬感升騰。
秋仲商風紛紛，雲舒雲卷紜紛。
人生斑蒼勿論，奮志依然乾坤。
清度百度秋春，努力揮發剛正。

雅懷與誰共
18年9月27日

雅懷與誰共？心事不言中。
人生渾如夢，醒來覺空空。
名利辭而送，清貧吾從容。
叩道騁奮勇，境界越千重。
雅懷與誰共？人生淡蕩中。
秋風清吹送，爽意盈襟胸。
歲月荏苒動，斑蒼惜漸慵。
努力奮剛雄，男兒勿平庸。

灑脫襟抱何所道
18年9月27日

灑脫襟抱何所道，人生未可稍驕傲。
謙和叩道修德操，養頤深處性天曉。
百度秋春彈指銷，轉眼斑蒼已漸老。
遠處鞭炮正囂叫，心境不可受侵擾。

落日西山展夕照
18年9月27日

落日西山展夕照，心志此際灑然逍。
揚長適意歎秋好，爽然哦詩舒情抱。
人生於我已漸老，曠懷猶堪展笑傲。
南山情調中心饒，長望暮雲飛飄渺。

人生騁志之中
18年9月27日

人生騁志之中，履盡山水萬重。
斑蒼無妨重濃，心志轉為清空。
叩道成竹在胸，用道悟徹窮通。
歲月運行從容，悠悠心襟和庸。

秋雨清灑降
18年9月27日

秋雨清灑降，空際覺清涼。
散思逞放曠，人生懷感想。
多言復有妨，簡捷更為上。
聊以賦短章，一曲傾心腸。

曙色東方
18年9月27日

曙色東方，朱霞燦無恙。
晨鳥歌唱，自在得所向。

早起安康，閑把詩哦唱。
清風來翔，我意何快暢。
歲月飛翔，秋仲今正當。
人生感想，一起齊襲上。
奮發頑強，理想未可忘。
努力成長，努力曠飛揚。

天氣和平

18年9月27日

天氣和平，雀鳥囀嬌鳴。
哦詩盡興，況復品佳茗。
人生多情，藍天走白雲。
歲月陰晴，於我不再驚。
秋風舒情，適我意與興。
牽牛妍俊，盛開笑吟吟。
心志空清，不滯於物情。
奮發剛勁，努力叩道行。

此際天陰

18年9月27日

此際天陰，閑雲曠飛行。
我有雅興，新詩朗哦吟。
人生苦辛，不可圖利名。
秉持性靈，叩道志凌雲。
歲月經行，幻變桑滄景。
斑蒼老境，持心也安寧。
秋風爽淨，鳥語復溫馨。
散坐思縈，心事向誰明？

秋氣蕭騷

18年9月27日

秋氣蕭騷，歲月逝飄搖。
人生蒼老，開懷余一笑。
紅塵草草，名利如猴跳。
清心最好，水雲中心飄。
吾當笑傲，詩書怡懷抱。
力攀險要，叩道不辭勞。
展眼雲飄，商風吹來好。
我心遙道，哦詩舒意竅。

天陰騁秋爽

18年9月27日

天陰騁秋爽，野禽恣鳴唱。
心事吾放曠，亙古入暢想。
人生百年間，逝若草露仿。
思此有悲悵，無可奈何間。
無可奈何間，奮志當昂揚。
天人有玄藏，大道運清揚。
仰觀俯察間，悟道自心房。
微妙不可講，微笑哦短章。

雨後覺微涼

18年9月27日

雨後覺微涼，秋氣蕭瑟間。
天陰未有妨，哦詩吾揚長。
歲月任逝淌，斑蒼任增長。
天人親無恙，大道矢叩訪。

清心哦詩行

18年9月28日

清心哦詩行，激越且悠揚。
天陰正無妨，秋氣顯滄蕩。
紅塵任攘攘，栽心水雲間。
無憂在心腸，坦蕩度辰光。
清心哦詩行，人生奮昂揚。
不屈苦難障，奮發吾飛翔。
叩道任深艱，心得豈尋常。
多言復有妨，微笑吾安祥。

雲煙蒼茫

18年9月28日

雲煙蒼茫，斜暉正清朗。
秋意滄蕩，心襟不蕭涼。
歲月品嘗，不過是桑滄。
艱苦艱蒼，於我是等閒。
男兒豪放，志在萬里疆。
不折矢闖，高山越萬幢。
闔家安康，我心喜洋洋。
歡呼為上，神恩不敢忘。

西風清爽

18年9月29日

西風清爽，祥和盈寰壤。
我意舒暢，閑哦新詩行。
流年煙漾，往事何必想。
淡淡蕩蕩，悠揚度時光。
任起風浪，任起艱與蒼。
我志昂揚，不懼千關障。
鳥語花芳，秋仲好辰光。
不計斑蒼，率意吾奔放。

陽光燦放

18年9月29日

陽光燦放，心志騁慨慷。
人生疆場，已越千關障。
爽風來暢，秋意好漫浪。
吾意揚長，提筆謳詩章。
紅塵狂蕩，人生如夢間。
醒來思想，意義在何方？
道義矢訪，智慧閃明光。
努力驅闖，燈塔在前方。

朝旭東升兮喜鵲唱

18年9月29日

朝旭東升兮喜鵲唱，
晨靄迷離兮天地間。
早起哦詩兮聲激昂，
秋氣滄蕩兮雲煙漾。
感慨中心兮何所講，
人生蒼茫兮奮志向。
百年苦艱兮不必講，
努力前路兮萬里疆。

夕煙初漲

18年9月29日

夕煙初漲，心志清無恙。
生活平康，市井復熙攘。
秋風清暢，滌我肺與腸。
人生昂揚，壯歲奮志向。
山高水長，風光展清靚。
流年過往，化為記憶香。

百年不長，匆若水流殤。
努力向上，叩道畢生間。

雲煙迷茫秋氣象

18年9月29日

雲煙迷茫秋氣象，朝陽清灑散光芒。
秋花何者正開放，牽牛月季雙清靚。
散思清曠哦詩行，舒出心中之昂藏。
人生快慰不必講，有時流瀉詩中詳。

鄉村田園若畫廓

18年9月29日

鄉村田園若畫廓，秋來氣象真無恙。
鳥語花香愜人腸，悠閒度日樂無上。
清貧人生何所妨，良心道義不相忘。
樂天知命壽而康，質樸無機笑聲朗。

散思閑曠閑曠

18年9月29日

散思閑曠閑曠，悠見白雲飛翔。
秋仲美好安祥，陽光灑滿塵壤。
向神我要歌唱，一片心香獻上。
靈程吾要奮闖，不懼山高水長。
散思閑曠閑曠，品茗心意長揚。
哦詩舒出情腸，淡淡應有清芳。
紅塵寄居之鄉，百年卻似瞬間。
努力叩道昂藏，慧意尋覓良長。

心境此際悠揚

18年9月29日

心境此際悠揚，何妨小哦詩行。
人生激越奔放，正如馬踏疆場。
歲月不住流淌，難免漸漸老蒼。
悟道吾心清揚，呵呵一笑無恙。
心志此際悠揚，秋意正顯澹蕩。
清喜白雲飄翔，最愛牽牛嬌芳。
坎坷成為既往，壯歲心境安祥。
塵世任起波浪，清心穩度安航。
心志此際悠揚，展眼天際靄漾。
天氣不熱不涼，品茗心情舒暢。
向神獻上頌唱，向神坦露胸腸。
天人大道和暢，正如清風相仿。

雲飛淡蕩風安祥

18年9月30日

雲飛淡蕩風安祥，秋日欣逢此晴朗。
歲月倍添感與想，往事銘留額上霜。
紅塵自古稱攘攘，幾人覓到桃源鄉？
書生展眼長曠望，願展羽翼遨天翔。

雲淡天青

18年9月30日

雲淡天青，秋意愜心靈。
爽風經行，快慰我身心。
淡泊康寧，無事縈心襟。
悠品芳茗，適意何雅清。
人生奮行，努力曠凌雲。
英武胸襟，寰宇都包併。
百年苦辛，談笑論風雲。
叩道勤殷，心得入詩吟。

金風舒爽

18年9月30日

金風舒爽，天氣值晴朗。
心志安祥，清思復嫋長。
人生慨慷，未可耽逸閑。
奮發向上，努力長驅闖。
玄髮初蒼，微笑吾清揚。
浩志成鋼，萬仞矢攀上。
流連塵間，心旌不搖晃。
名利塵壤，棄之清襟房。

祥和宇間

18年9月30日

祥和宇間，聽得野禽唱。
風來舒揚，我心適無上。
燦爛陽光，溫暖這塵壤。
秋氣高爽，吾意雅而康。
清坐安祥，思想放千章。
人生揚長，因無名利障。
紅塵狂放，幾人享清閒？
無機心間，道義盈中腸。

夕照輝煌

18年9月30日

夕照輝煌，和藹盈寰壤。
黎民平康，悠揚度辰光。
秋意澹蕩，金風蕭瑟間。
清坐安祥，叩心哦詩章。
何所言唱？只是吐心向。
心性貞剛，叩道是志向。
流年廣長，幻化真無恙。
人易老蒼，華年勿輕放。

晚風清暢

18年9月30日

晚風清暢，身心覺涼爽。
歌聲悠揚，傳來自遠方。
秋意爽朗，燈下清哦唱。
愜懷無恙，閒雅盈襟房。
歲月飛翔，體盡清平況。
正直心腸，不容半分奸。
無機昂揚，男兒是好鋼。
不屈強梁，果敢提刀上。

瑟瑟秋風正暢

18年9月30日

瑟瑟秋風正暢，清朗陽光燦放。
天氣無比清爽，鳥語動人心腸。
我要放聲歌唱，贊此和藹塵壤。
勿負靈明清長，努力叩道向上。

人生自勵自強

18年9月30日

人生自勵自強，心志未可頹唐。
韶華飛逝若狂，斑蒼轉眼之間。
男兒立志貞剛，濟世清展昂揚。
努力晨昏無恙，盡力發熱發光。

華燈漸次點上

18年9月30日

華燈漸次點上，暮色此際蒼茫。
心中升起感想，即興哦成詩章。
歲月流變非常，人生易成老蒼。
努力奮發昂揚，盡力叩道清揚。
華燈漸次點上，生活嘈雜之間。
心性未可受妨，詩書潤我襟腸。
紅塵憩身之壤，豈為名利奔忙。
種德修身無恙，努力作鹽作光。

斜暉清灑降

18年9月30日

斜暉清灑降，秋燥此塵壤。
西風蕭蕭暢，清坐哦詩章。
流年任其往，栽志水雲間。
百年成虛誑，不必淚雙淌。

霓虹閃靚

18年9月30日

霓虹閃靚，天黑華燈萬家放。
鞭炮震響，紅塵鬧嚷是尋常。
心志安祥，內叩肺腑意清揚。
不入塵網，清貧一生無所妨。
介意山鄉，長羨松岡雲飛翔。
愜情村莊，小橋流水何清芳。
歲月狂放，我已斑蒼一笑間。
朗哦詩章，赤子情懷奉獻上。

夕陽在望

18年9月30日

夕陽在望，暮煙漸起天際間。
喇叭聲響，市井紅塵恆鬧嚷。
清心所向，羨慕田園松風揚。
嚮往山莊，雲壑深處泉流淌。
憩身塵壤，名利於我無意向。
詩書之間，男兒覓點真昂藏。
笑意浮上，人生如寄夢寐間。
醒來思想，合與緣字共遨翔。

林野初顯斑蒼

18年10月1日

林野初顯斑蒼，朔風吹擊蕭涼。
感興因之上，慨然哦詩章。
秋陽熾熱燦放，藍天青碧無恙。
心志正清昂，思緒放萬章。
時光美好無恙，只是老我斑蒼。
努力奮昂揚，業績長待創。
生活和平安祥，散淡清持襟腸。
紅塵任攘攘，叩道吾揚長。

晨靄瀰漾

18年10月2日

晨靄瀰漾，金色陽光清灑降。
群鳥鳴唱，最喜喜鵲歡鳴放。
清風欣暢，和藹盈滿此塵壤。
歌聲飄揚，一使余意起悠曠。
牽牛嬌放，點綴秋境也安祥。
余意雅康，欣然小哦新詩行。
歲月康莊，流年風煙不必講。
努力前方，應許山高水流長。

天和日朗

18年10月2日

天和日朗，秋氣逞高爽。
鳥語花芳，爛漫秋意象。
吾意平康，靜慮哦詩章。
歲月飛翔，不計霜華蒼。

紅塵無恙，大道覆無間。
叩道揚長，心得自清芳。
人生奔放，不為名利忙。
輾轉桑滄，心境持曠朗。

清裁志氣入詩行

18年10月2日

清裁志氣入詩行，不懼霜華漸次漲。
苦旅艱蒼是尋常，人情冷暖等閒間。
奮向書山矢攀闖，一腔熱血未曾涼。
男兒豪放且慨慷，努力長驅向遐方。

金風清起天涯間

18年10月2日

金風清起天涯間，遐思此際逞放曠。
輾轉浮生不孟浪，堅持正義一生艱。
秉持良知心溫良，向學叩道奮身向。
半百生涯多悲壯，難以道盡其中蒼。

斜暉此際逞清朗

18年10月2日

斜暉此際逞清朗，遠處鞭炮又鳴放。
市井生活恆喧嚷，問學情懷終悠揚。
一生秉正履艱蒼，兩袖清風道義康。
男兒何羨名利強，應學清風天地間。

夕照閃射金光

18年10月2日

夕照閃射金光，生活和平安祥。
浴後身心舒爽，況對清秋風涼。
心中升起感想，想要發詩哦唱。
聊以舒發短章，捧出心志清昂。
人生如履卓浪，務須穩渡安航。
度過此生艱蒼，天國是我故邦。
紅塵徒然攘攘，只是寄居之鄉。
心燈務須點亮，燭照前路遠長。

秋氣燥亢

18年10月2日

秋氣燥亢，午時陽光靚。
西風蕭爽，休閒吾安祥。
心志悠揚，嫻雅哦詩行。
人生理想，至今未敢忘。
霜華漸漲，一笑吾坦蕩。
人生疆場，正義盈襟房。
天人之間，大道運清揚。
人生世間，靈性最堪講。

喜鵲喳喳唱

18年10月2日

喜鵲喳喳唱，心志悠揚。
暮煙正清漲，落照輝煌。
秋仲美無恙，適宜涼爽。
市井熱鬧間，歡聲攘攘。
生活享安祥，神恩飽享。
叩道吾昂揚，努力向上。
人生百年蒼，轉瞬之間。
華年勿輕放，珍惜寸光。

雲煙迷茫

18年10月3日

雲煙迷茫，秋日值晴朗。
歡樂安祥，體味此休閒。
牽牛花放，喇叭齊怒張。
引余觀賞，天工堪稱揚。
歲月平章，流年風煙蕩。
而今慨慷，而今情激昂。
奮志之向，俗子未可講。
叩道揚長，傾我身心上。

鞭炮囂響

18年10月3日

鞭炮囂響，紅塵徒然攘攘。
水雲之鄉，一生推崇嚮往。
世事混茫，眾生徒騁荒唐。
誰明真相？誰能悟透玄黃？
淡定之向，詩書體我昂藏。
叩道之間，境界脫俗非常。
清貧何妨，我有正氣軒昂。
努力前方，穿透迷霧遠航。

紅旭東升粉霞靚

18年10月3日

紅旭東升粉霞靚，又聞喜鵲清啼唱。
天氣漸涼西風爽，驚時我心起嗟悵。
遠際歌聲輕飄揚，一生活情調堪欣賞。
閒暇無事聊謳唱，一曲短詩出心腸。

晴和天宇淡靄凝

18年10月3日

晴和天宇淡靄凝，秋仲雀鳥暢喧鳴。
情思起處放歌吟，激情曠時欲飛行。
身陷塵網持淡定，嚮往光明心地清。
南山情操不必云，剩有水雲漾胸襟。

生活平靜安祥

18年10月3日

生活平靜安祥，閑將詩歌吟唱。
天氣正值晴朗，和風吹來爽朗。
心事嫋起萬方，激情流瀉奔淌。
勿負華年韶光，男兒合展昂藏。

清意天地間

18年10月3日

清意天地間，西風復蕭曠。
散淡享悠閒，心事都下放。
嫻雅哦詩行，耳畔啼鳥唱。
秋陽正俊朗，寰宇和平漾。
清意天地間，時光勿費浪。
書山矢攀闖，學海奮舟航。
半百真無恙，身心俱慨慷。
男兒騁豪放，叩道且清揚。

聊以哦詩章

18年10月3日

聊以哦詩章，體道吾清昂。
秋氣既和暢，曠喜陽光朗。
散思何所講，長自訴心腸。
孤寂復慨慷，男兒心滄蕩。
聊以哦詩章，平生持悠揚。
桑滄是尋常，苦旅振昂藏。
生涯騁悲壯，所幸志未喪。
努力長驅闖，風光展清靚。
聊以哦詩章，人生奮志向。
不為名利狂，澄心叩道藏。
天地自玄蒼，大道覆廣長。
宇宙深無恙，正氣自軒昂。
聊以哦詩章，多言不必講。
質樸持心腸，素志水雲鄉。
無機且揚長，履浪笑談間。
展眼天晴朗，微笑吾清揚。

注：本書中「清揚」一詞用得較多，該詞在本書中的用法有其特殊性，在本書中大多數的情況下均指「清新揚長」，是為「清新揚長」之縮寫或縮略語；為免於讀者誤解，特作此注，以釋其義。

第八十一卷《哦松集》

陽光燦爛
18年10月3日

陽光燦爛，心境且和安。
把書閑看，品茗亦清淡。
秋意爛漫，金風曠吹展。
余意雅安，寫詩舒心翰。
紅塵好玩，名利未許沾。
水雲清泛，滌我心與膽。
奮志浩瀚，矢入天青藍。
不回頭看，深入彼霄漢。

放曠吾之閒情
18年10月3日

放曠吾之閒情，悠悠正值天晴。
秋意爽朗明淨，寰宇和藹清寧。
淡蕩清持心襟，輾轉浮生陰晴。
勝似信步閒庭，君子人格顯明。
放曠吾之心境，人生奮志而行。
清心不圖利名，叩道用道盡心。
前路任起雨雲，努力揮展幹勁。
終將達至天庭，永生福樂無垠。

天氣何爽清
18年10月3日

天氣何爽清，曠志凌雲。
斜暉正清映，金風經行。
散步徜徉進，流連市井。
車聲噪不停，紅塵囂境。
浮生不必云，而今空清。
叩道無止境，漸入雲嶺。
歲月滄桑併，幻化奇景。
我卻持靜定，共緣而行。

淡泊康寧持雅清
18年10月3日

淡泊康寧持雅清，浮生正在夢裡行。
眾生荒唐名利境，百年生死徒經營。
何不內叩求淡定，物欲之外尋靈明。
正道何其坦與平，惜乎群氓未能行。

暮色又臨
18年10月3日

暮色又臨，落日輝光映。
秉持空靈，新詩脫口吟。
紅塵鬧境，車熙人攘行。
秉持淡定，閑望起雅情。
浮生夢境，合當早清醒。
靈程奮行，叩道入圓明。
努力才行，時光逝飛迅。
斑蒼漸映，浩志仍凌雲。

秋靄蒼蒼啼鳥唱
18年10月4日

秋靄蒼蒼啼鳥唱，天氣清喜值晴朗。
休閒淡泊度辰光，一任時光飛逝淌。
人已漸老奈何間，奮志仍鬚髮強剛。
詩書之間沉潛訪，叩道一生是志向。

人心不必太匆忙
18年10月4日

人心不必太匆忙，應許定定又當當。
清平福來是恰當，匆促難免惹禍殃。
修身積德福慧長，天道深處費思量。
強求不得反自傷，順水而流何安祥。

瑰麗朝日東升
18年10月4日

瑰麗朝日東升，喜鵲鳴唱聲聲。
遠際傳歌聲，吾心雅意芬。
歲月不住馳奔，秋已漸漸加深。
心中百感生，欲吐卻還頓。
人生奮力馳騁，履盡山高水深。
余得霜華生，心事向誰論？
紅塵鬧鬧紛紛，眾生瞎搞折騰。
何處水云芬，尋訪萬里程。

祥和寰宇間
18年10月4日

祥和寰宇間，朝暉燦且靚。
心事享平康，人生樂悠閒。
世事不必講，人心騁機奸。
悟道吾揚長，共緣曠遨翔。

藍天幻化白雲

18年10月4日

藍天幻化白雲，秋陽燦爛朗俊。
和風吹來清新，心志淡泊康寧。
耳畔小鳥清鳴，歲月添人意興。
哦詩雅潔坦平，清度浮生多情。

鳥鳴囀悠揚

18年10月4日

鳥鳴囀悠揚，引余心嚮往。
人生天地間，渴望自由翔。
身陷在塵網，心未可機奸。
無機騁揚長，叩道舒奔放。

風吹林響

18年10月4日

風吹林響，秋意蕭瑟間。
曠喜晴朗，燦爛灑陽光。
紅塵無恙，人生寄居間。
百年蒼茫，心志未可喪。
努力昂揚，奮發以圖強。
不為名狂，不為利所障。
奮志之向，叩道無止疆。
心志清芳，德操一生講。

園圃總有芳情

18年10月4日

園圃總有芳情，月季開得鮮新。
秋色美無垠，爽風正吹行。
燦爛是我心境，一似老酒醇清。
新詩哦不停，長吐是胸襟。
紅塵任其囂行，我只淡守清貧。
塵世亂紛紜，眾生鼓噪行。
胸襟自有水雲，清芬而且平靜。
叩道入層雲，境界是雅清。

天色卵青

18年10月4日

天色卵青，心事懷靜寧。
散淡清心，悠悠放歌吟。
人生盡興，叩道展剛勁。
風雨陰晴，不過是常尋。
紅塵囂境，眾生噪不停。
余持淡定，無機持心襟。
歲月運行，漸臨蒼老境。
一笑雅清，奮志仍凌雲。

閒雅心境

18年10月4日

閒雅心境，哦詩吐清新。
秋仲天晴，白雲悠悠行。
散坐思縈，紅塵鬧不停。
名爭利競，害人無止境。
我持清心，胸懷彼水雲。
名利損心，須棄須辭屏。
人生夢境，幾人清而醒？
努力上進，叩道入靈明。

此際清風送暢

18年10月4日

此際清風送暢，天氣和平澹祥。
斜暉正自朗朗，秋意爛漫田間。
歲月雅顯清芳，我心升起感想。
聊賦短章謳唱，一曲天人和暢。

暮色重濃

18年10月4日

暮色重濃，落霞泛淡紅。
晚風清送，秋意不言中。
市井鬧哄，車行人熙擁。
吾意輕鬆，淡泊盈襟胸。
歲月從容，人生如履風。
醒來空空，大化誰能懂？
努力前衝，叩道吾奮勇。
關山萬重，風光瑰無窮。

宿鳥鳴風

18年10月4日

宿鳥鳴風，余心有感動。
秋意漸濃，暮靄起凝重。
市井狂瘋，車行噪哄哄。
散坐從容，思放萬里蹤。
人生苦痛，說此有何用？
努力行動，濟世展剛猛。
男兒豪雄，矢志脫凡庸。
奮發毅雄，傲立且挺胸。

紅霞東方

18年10月5日

紅霞東方，朝旭噴薄上。
喜氣心間，提筆放謳唱。
歌聲嘹亮，朔風卻蕭涼。
秋意雅爽，牽牛花盛放。

歲月淡蕩，無執於心間。
喜鵲鳴唱，一使余意康。
努力飛揚，人生騁志向。
轉戰疆場，力克虎與狼。

金風舒曠

18年10月5日

金風舒曠，蕭瑟林野間。
清喜晴朗，藍天青無恙。
散坐平康，何不哦詩章。
傾吐心向，快樂我襟房。
生活安祥，優雅持心間。
紅塵攘攘，任起濁風浪。
歲月平章，真如夢相仿。
勿使頹喪，努力騁志向。

朔風吹狂

18年10月5日

朔風吹狂，品茗吾安祥。
和暖朝陽，燦灑其光芒。
秋意無恙，品味豈尋常。
牽牛姸放，月季嬌無上。
淡泊心間，仰看白雲翔。
大千曠放，黎民樂安康。
志不可喪，努力鼓勇上。
萬里遐方，寄託我理想。

雲淡天青

18年10月5日

雲淡天青，秋風爽經行。
曠持開心，休閒體康平。

人生奮進，履盡關山雲。
回首不驚，已度千重嶺。
嗟此塵境，眾生陷深井。
名利險境，害人無止停。
應持清心，趨向水與雲。
灑脫持心，豁達吾性靈。

愜聽鳥鳴純

18年10月5日

愜聽鳥鳴純，心事向誰論？
秋日清風逞，爽潔我心身。
歲月遞變正，感慨從心生。
人生不復論，大道遍覆存。
愜聽鳥鳴純，品茗心志芬。
哦詩傾心神，揚長度日辰。
中心何所存？幾微辨道真。
風雨滿旅程，努力奮剛正。
愜聽鳥鳴純，和氣盈乾坤。
高言自沉穩，質樸是心身。
名利棄而扔，清貧志雅純。
男兒雄毅生，力戰虎狼陣。

閒情舒曠

18年10月5日

閒情舒曠，正好哦詩章。
斜陽清朗，爛漫是秋光。
心志清昂，感發出中腸。
人生理想，時刻未相忘。
濟世必講，文明日向上。
努力貞剛，煥發雄心壯。

實幹為強，業績長待創。
詩書之間，鬱點真昂藏。

鞭炮清震

18年10月5日

鞭炮清震，囂囂是此乾坤。
眾生沉淪，名利害人何深。
吾意清純，叩道秉心清正。
名辭利分，清貧養我剛貞。
紅塵昏昏，噪噪混亂秋春。
水雲清芬，銘留中心深沉。
窗外風生，秋意清顯溫存。
朗日雲紛，我心快慰從生。

讀詩聲鏗鏘

18年10月5日

讀詩聲鏗鏘，激情騁囂張。
欣喜秋晴朗，爽風愜情腸。
我意頗揚長，耽於詩書間。
清誦意昂揚，亙古入暢想。
亙古入暢想，人生寄居間。
不為名利狂，道義銘心膛。
清貧不為妨，艱蒼是尋常。
紅塵任起浪，穩渡吾安航。
穩渡吾安航，風光展清靚。
礁石豈為障，揚帆萬里疆。
浩志不必講，情懷天地間。
叩道是志向，用道濟世蒼。

夕陽無限好

18年10月5日

夕陽無限好，蒼靄四野飄。
曠然適懷抱，新詩哦吟巧。
人生奮叩道，風雨免不了。
展顏開一笑，悟道入逍遙。

心志康平

18年10月5日

心志康平，仰看白雲悠悠行。
坦蕩胸襟，清聽風吹響過林。
秋意和平，燦爛陽光當天頂。
我意曠清，閒雅哦詩適心境。
歲月經行，幻變不止滄桑景。
名利損心，誰持青眼破世情？
大道曠運，萬象紛變何殷勤。
叩道用心，仰觀俯察培性靈。

休閒無恙

18年10月6日

休閒無恙，雅潔持心膛。
窗外陽光，燦灑其光芒。
秋意加漲，林野初斑黃。
蕭瑟塵間，吾意享安祥。
歲月飛翔，不過是桑滄。
年輪增長，不嗟二毛蒼。
人生奔放，已過千重崗。
微笑之間，悟道自良長。

清風徐暢

18年10月6日

清風徐暢，休閒吾雅嫻。
秋日陽光，愜人意與腸。
雲天澹蕩，紅塵實無恙。
人生感想，一起齊襄上。
曠志飛揚，未可障與妨。
正氣軒昂，男兒騁陽剛。
歌聲嘹亮，激動人心腸。
展眼長望，天際靄煙漾。

激情歲月付逝殤

18年10月7日

激情歲月付逝殤，華年瀉去復何妨。
男兒胸中自慨慷，清貧困頓總安祥。
奮志出得塵世網，心襟豈在名利間。
秋意蕭騷余謳唱，願學飛雲淡淡翔。

喜鵲清鳴唱

18年10月7日

喜鵲清鳴唱，我意為悠揚。
天晴日正朗，金風走閑曠。
散淡持中腸，品茗意舒放。
小哦新詩行，聊以訴情況。

藍天雲悠翔

18年10月7日

藍天雲悠翔，林野鳥清唱。
清風舒曠暢，品茗意何爽。
秋意動感想，慨然哦詩章。
一曲天人曠，質樸且玄暢。
藍天雲悠翔，淡泊盈中腸。
讀書興致朗，興起曠無恙。
人生懷暢想，時刻想飛翔。
身雖陷塵網，心卻出世間。
藍天雲悠翔，秋好花清芳。
明日寒露訪，時光驚歎殤。
我不嗟斑蒼，度世頗安祥。
叩道騁揚長，悠悠天地間。

暮色初蒼茫

18年10月7日

暮色初蒼茫，感慨發中腸。
秋意既蕭爽，休閒體無恙。
揚長心地間，雅將詩哦唱。
率興之所往，曠欲展翅翔。
暮色初蒼茫，散坐吾平康。
心興狷欲狂，感想發千章。
闔家享安康，歡樂頗舒暢。
神恩不敢忘，謳頌自心房。
暮色初蒼茫，林野喜鵲唱。
群童嬉笑間，時光流安祥。
歲月坎坷放，老來不慌忙。
叩道懷暢想，共緣曠飛揚。

天氣清涼

18年10月7日

天氣清涼，秋花競開放。
月季嬌靚，牽牛盛昂揚。
我意清芳，思緒復廣長。
人生感想，共彼清風曠。
青天雲翔，秋意顯澹蕩。
朝旭光芒。清灑何輝煌。
努力向上，克盡千重艱。
男兒雄剛，豈為名利障。

心志雅芳

18年10月7日

心志雅芳，品茗意揚長。
秋風清爽，況聞鳥清唱。
逸意舒放，閒雅哦詩行。

裁出心向，水雲有清淌。
歲月安祥，未可耽遐想。
實幹為上，書山矢攀闖。
人生無恙，激情舒奔放。
世事蒼涼，奮發我昂揚。

夕照西方煙靄蒼

18年10月7日

夕照西方煙靄蒼，心志清騁有昂揚。
已知人生入斑蒼，率意之向在遐方。
山高水長無畏悵，奮發迎難風雨艱。
努力千關矢攀闖，男兒熱血未曾涼。

淡泊康寧

18年10月7日

淡泊康寧，哦詩盡興。
秋風吹行，爽潔宇庭。
白雲悠行，鳥囀清音。
灑然高興，聊舒閒情。
聊舒閒情，誰人心領？
孤旅奮進，不嗟艱辛。
奮志凌雲，脫出常尋。
叩道以殷，心得分明。
心得分明，百年驚警。
共緣而行，惜緣從心。
歲月經行，老我蒼鬢。
悟對閑雲，我意曠清。

煙雲曠飛緲

18年10月7日

煙雲曠飛緲，秋氣清高。
心性有高蹈，煙霞塵表。
世情已分曉，斑蒼漸老。
一笑吾言道，塵緣未了。
學取飛鳥瀟，雲天逍遙。
名利合當拋，水雲情操。
濟世須巧妙，紅塵擾擾。
叩道任雨囂，矢志奔跑。

心襟何悠揚

18年10月7日

心襟何悠揚，雅將詩唱。
休憩享平康，書拋一旁。
展眼雲煙漾，秋意舒爽。
林野漸斑黃，色彩堪賞。
秋風復蕭曠，帶來清涼。
散坐心思廣，難以談唱。
人生似瞬間，百年蒼茫。
不必嗟深長，鼓勇矢闖。

華燈初放

18年10月7日

華燈初放，暝色天地間。
晚風清涼，愜意盈襟腸。
歲月平章，秋仲清無恙。
感想心間，哦詩舒襟房。
人生安祥，履盡是風浪。
歷來艱蒼，凝入額上霜。
浩志成鋼，絕無卑弱放。
豪勇之間，叩道入深艱。

暮色重濃

18年10月9日

暮色重濃，晚風清吹送。
市井霓虹，閃射其魅容。
秋意重濃，心志騁清空。
不懼成翁，奮志總英勇。
歲月重濃，彈指華年送。
努力前衝，關山越萬重。
情思重濃，哦詩舒襟胸。
誰能感動？孤旅不悵痛。

天氣陰晴之間

18年10月9日

天氣陰晴之間，喜鵲高聲鳴唱。
秋深感蕭涼，晨風吹清爽。
歲月無限莽蒼，人生百感俱上。
努力騁志向，山高水又長。
紅塵寄居之鄉，名利未許成障。
性靈求清揚，叩道吾奔放。
生活和平安祥，人卻漸漸老蒼。
一笑持爽朗，共緣曠飛翔。

天氣清和值秋爽

18年10月11日

天氣清和值秋爽，哦詩應許有鏗鏘。
歲月清度吾悠閒，雅潔情懷正舒暢。
紅塵徒然是攘攘，幾人清心叩慧藏？
悟道良深吾何講，學取雲淡鶴飛翔。

清風習習秋爽朗

18年10月11日

清風習習秋爽朗，晴空朗照灑煦陽。
野間清聞鳥鳴唱，散坐心事復平康。
無事於胸若雲彷，淡泊情志水雲間。
笑看紅塵鬧嚷嚷，哦讀詩書情激昂。

晚霞正紅

18年10月11日

晚霞正紅，暮煙起朦朧。
宿鳥鳴風，秋意蕭瑟中。
燈下哦諷，舒出我情濃。
感慨於胸，有誰能感動？
歲月如風，逝去何匆匆。
斑蒼漸濃，積澱盈心胸。
悟透窮通，人生與緣共。
大化誰懂？叩道任雨風。

燈下哦詩秋夜清

18年10月11日

燈下哦詩秋夜清，窗外霓虹七彩明。
車聲狂瘋令人警，歲月風雨感心境。
人生老蒼心安寧，困苦過後有坦平。
心事起處放歌吟，遠處犬吠又三鳴。

幽懷與誰共

18年10月11日

幽懷與誰共？孤旅咽西風。
人生多苦痛，轉眼斑蒼濃。
而今心平慵，坦蕩盈襟胸。
展眼是霓虹，秋夜清哦諷。
秋夜清哦諷，人生快慰重。
努力向前衝，叩道破雨風。
遠拋彼沉痛，悟道獲圓通。
展顏微笑中，境界妙無窮。

第八十二卷《萱風集》

晴和天壤

18年10月12日

晴和天壤，雀鳥清鳴唱。
朝旭東方，清灑其光芒。
生活平康，人生漸老蒼。
秋意滄蕩，心志持悠揚。
歲月清芳，風雨是尋常。
奮發向上，不為物欲障。
笑意浮上，心性是溫良。
神恩廣長，頌贊出心房。

藍天白雲朗晴

18年10月12日

藍天白雲朗晴，一使余意開心。
新詩曠哦吟，今天我高興。
歲月於我多情，不必計較斑鬢。
奮志仍殷殷，萬里矢驅進。
秋風吹來清新，午時陽光清俊。
散坐思紛紜，感慨出心襟。
半世已付水行，心中仍懷激情。
嚮往彼光明，叩道矢不停。

清賞秋意境

18年10月13日

清賞秋意境，淡泊我心襟。
爽風吹盡興，流雲爛漫行。
紅塵囂囂境，名利殺人般。
何不憩水雲，灑脫度陰晴。
清賞秋意境，夕照燦無垠。
林野斑蒼景，愜我心與情。
散坐思紛紜，閒逸吾靜寧。
不必多言云，聊共緣同行。

夕照展蒼茫

18年10月13日

夕照展蒼茫，暮煙漸起漲。
心事難言講，哦詩復揚長。
幾聲啼鳥唱，一陣爽風揚。
悠揚心地間，秋深嗟莽蒼。
夕照展蒼茫，紅塵噪無限。
眾生陷迷茫，幾人具清腸？
平生嗜詩章，鎮日捧書向。
曠哦復昂揚，心性有清芳。

東風舒爽

18年10月13日

東風舒爽，秋意和平漾。
蕭瑟人間，品茗吾悠揚。
青碧天壤，藍天無雲翔。
歲月清閒，愜聽啼鳥唱。
紅塵無恙，清度也安祥。
任起風浪，吾意恆平康。
覽盡桑滄，淡笑微微間。
前路廣長，努力騁志向。

陽光和燦

18年10月13日

陽光和燦，心志持雅安。
散坐思綻，清哦吐心瀾。
秋光妙曼，花好鳥鳴濺。
心事開展，欲飛入天瀚。
人生坷坎，不必多言談。
實際去幹，汗水奪豐產。
努力揚帆，萬里風光展。
不懼艱難，奮志作好漢。

心志廣長

18年10月13日

心志廣長，無人可言講。
孤旅昂揚，克盡千關障。
紅塵狂蕩，險風與惡浪。
努力啟航，萬里破霧障。
歲月清芳，回首不言悵。
斑蒼之間，微笑吾清揚。
鳥鳴花芳，秋意顯滄蕩。
清喜陽光，朗照這塵壤。

散思均平

18年10月13日

散思均平，秋日喜朗晴。
悠悠白雲，妙曼以飄行。

我具閒情，曠意哦與吟。
中心高興，人生享雅清。
歲月經行，桑滄幻無垠。
不嗟蒼鬢，奮志萬里雲。
紅塵多警，狼煙曾橫行。
神恩豐盈，賜我平安境。

斜陽朗朗 18年10月13日

斜陽朗朗，雲天多蒼茫。
秋意林間，樹木已斑黃。
清坐安祥，何不哦詩章。
舒理心向，哦出我激昂。
人生嚮往，大同是理想。
悟道雅嫻，踐行一生講。
生活平康，未可耽安閒。
努力矢闖，努力曠飛翔。

天氣轉陰 18年10月14日

天氣轉陰，展眼看閑雲。
秋意清新，林野斑蒼境。
歲月奮行，只是老蒼鬢。
何必多吟？何不靜處心？
紅塵多辛，人生艱蒼行。
百年生命，漂泊似浮萍。
努力進行，山水越無垠。
覽盡風景，心地覺空清。

雀鳥清鳴叫 18年10月14日

雀鳥清鳴叫，秋意展蕭騷。
天陰猶可瞧，月季花妍嬌。
心志持高傲，讀書品茗逍。
揚長人生道，揮灑我情抱。
揮灑我情抱，人生吾微笑。
風雨已經飽，朗然叩道妙。
心得入詩稿，心跡共雲飄。
水雲是情操，名利未許擾。

秋意清涼境 18年10月14日

秋意清涼境，爽意盈心襟。
坦蕩吾哦吟，耳畔聽鳥鳴。
歲月展多情，人生適陰晴。
叩道凌絕頂，指點眾山青。

秋林染黃 18年10月14日

秋林染黃，心志嗟艱長。
歲月桑滄，添我額上霜。
華年逝殤，不必多感傷。
奮志昂揚，前路任艱障。
半百之間，微笑吾淡蕩。
名利捐放，贏得心襟暢。
紅塵狂猖，揮舞遍刀槍。
奮身而闖，濟世盡力量。

暮色又濃 18年10月14日

暮色又濃，心志淡泊中。
微微金風，吹拂我心胸。
燈下哦諷，窗外車聲猛。
宿鳥鳴頌，天陰蒼靄濃。
人生情重，所遇多苦痛。
叩道從容，無機盈襟胸。
和慵持中，人格鑄造中。
努力前衝，穿越雨與風。

彩霞東方 18年10月15日

彩霞東方，晨鳥清鳴唱。
秋風蕭爽，呼吸真快暢。
我意悠揚，雅將新詩唱。
熱血心間，振節欲飛翔。
歲月安康，風雨成過往。
矢志闖蕩，風光覽揚長。
大千放曠，天人真無恙。
紅塵攘攘，名利矢棄放。

心志舒揚 18年10月15日

心志舒揚，發為詩哦唱。
西風蕭涼，遠處鳥鳴放。
陰晴無恙，人生奮志闖。
關山萬幢，履後覺平常。
展翅飛翔，越過雲煙漾。
萬里遐方，天際風光靚。
清坐安祥，思想狂起浪。
穩渡安航，神恩總豐穰。

浴後爽清 18年10月15日

浴後爽清，展眼看天晴。
西風吹緊，蕭瑟秋意境。
歲月經行，重陽已將臨。
不嗟衰鬢，奮志仍凌雲。
詩書浸淫，叩道奮勇進。
不懼艱辛，不懼風雨凌。
努力才行，百年如電影。
韶華飄零，惜時當如金。

朝旭吐光芒 18年10月15日

朝旭吐光芒，雲天真澹蕩。
秋深覺蕭涼，心志轉悠揚。
人生多感想，曠發入詩行。
婉轉余歌唱，一曲天地蒼。

雀鳥清鳴唱 18年10月15日

雀鳥清鳴唱，愜我意與腸。
淡靄林野間，天淡雲徜徉。
朝日散光芒，秋風復清暢。
慨然哦詩章，曠舒我昂揚。

閑聽鳥鳴唱 18年10月15日

閑聽鳥鳴唱，悠意心地間。
欣喜天晴朗，秋意正澹蕩。
雲淡風清翔，朝日閃輝光。
小哦新詩行，裁意南山章。

散淡心均平 18年10月15日

散淡心均平，耳際響鳥鳴。
秋深澹蕩境，爽風吹盡興。
展眼蕭瑟景，蒼天雲淡行。
品茗懷雅興，哦詩吐心清。

心志逞溫讓 18年10月15日

心志逞溫讓，人生恆向上。
半世共水殤，謙和仍依樣。
不入名利網，正直吾強剛。
叩道矢昂揚，詩書秋春間。

天黑華燈放 18年10月15日

天黑華燈放，坦然心地間。
窗外霓虹靚，燈下放思想。
人生騁志向，山水邁遠長。
堅持是理想，不敢稍頹唐。

晨鳥清啼唱 18年10月16日

晨鳥清啼唱，細雨正灑降。
林野覺斑黃，重陽明日訪。
感懷心地間，發而為詩章。
清風徐舒揚，我意為之曠。

濃靄林野間 18年10月16日

濃靄林野間，毛毛細雨清灑降。
愜聽晨鳥唱，我心我意起悠揚。
秋深覺蕭涼，奮志人生矢當闖。
吾已漸老蒼，依然笑傲此塵壤。
笑意淡浮上，叩道曠發吾清揚。
輾轉彼桑滄，世事識破是幻象。
百年苦旅艱，回思往事多感傷。
努力天涯間，絕險風光堪飽賞。

閒情飄逸自西東 18年10月16日

閒情飄逸自西東，雅潔人生不苟同。
不懼年老近成翁，奮志依然氣如虹。
身心修來頗似松，曠懷揚處又若風。
知音何處覓影蹤，孤處靜坐五更中。

流雲歲月吾何講 18年10月16日

流雲歲月吾何講，浮生一似履滄浪。
半世蒼涼煙雨間，血淚流迸不勝愴。
老來漸覺鬢斑蒼，心性練達入清涼。
展眼蒼雲淡飛翔，秋深黃昏聽鳥唱。

夕照黃昏感蒼茫 18年10月16日

夕照黃昏感蒼茫，況復秋風吹蕭涼。
淡看暮煙漸漸漲，不必心頭起愁悵。
奮志依然強且壯，努力迎難徑直上。
風雨艱蒼難阻擋，男兒熱血持慨慷。

休憩身心未為難 18年10月16日

休憩身心未為難，隨緣而遇任坷坎。
秋深我心持浪漫，紅塵美景頗好看。
放曠情志持散淡，拋開名利稱好漢。
展眼暮雲飛妙曼，西風清吹林野斑。

秋氣淡無恙 18年10月16日

秋氣淡無恙，有鳥清啼唱。
哦詩聲激昂，情懷騁囂張。
展眼復長望，天高雲蒼茫。
君子懷暢想，振節謳揚長。
秋氣清無恙，天際靄煙漾。
生活和平間，憂患未可忘。
持心無機奸，名利俱捐放。
正直盈襟房，履道踐康強。

天陰鳥閑唱 18年10月16日

天陰鳥閑唱，秋風正悠揚。
散坐哦詩章，心興都升上。
世事不必講，過來人知詳。
願持青竹杖，南山憩意向。

激情歲月化詩章 18年10月16日

激情歲月化詩章，人生一似雲飛翔。
輾轉桑滄脫塵網，清心靜聽鳥啼唱。
已知處世若夢鄉，叩道奮發吾揚長。
悟徹玄玄何所講，素樸情懷最悠揚。

秋意清好 18年10月16日

秋意清好，陽光燦爛照。
小風嫋嫋，白雲自在飄。
我自逍遙，閑思亙古造。
紅塵擾擾，容我多笑傲。
鳥清啼叫，花兒亦妍嬌。

清撰詩稿，南山之風標。
清貧就好，物欲傷懷抱。
願共雲逍，願與風同跑。

天氣陰晴頗不定
18年10月16日

天氣陰晴頗不定，心事持均平。
遠處鞭炮又囂鳴，紅塵是殷殷。
名利殺人無止競，誰人懷水雲？
松柏情操吾貞靜，遠辭利與名。
詩書一生恆浸淫，悟道頗分明。
生涯悲壯何必云，胸襟似白雲。
輾轉秋春余哦吟，一曲滄浪情。
赤子從來持丹心，正直且剛勁。

重陽值天陰
18年10月17日

重陽值天陰，清喜鳥啼鳴。
品茗余懷興，讀詩怡中情。
淡泊是心襟，向陽持心境。
正直頗剛勁，不屈利與名。
重陽值天陰，爽風吹來清。
生活漾和平，闔家喜康寧。
歲月奮勇進，何必計斑鬢。
微笑吾雅靜，詩書堪浸淫。

夕照黃昏
18年10月17日

夕照黃昏，孤旅心事向誰論？
商風陣陣，林野斑黃惜生成。
重陽時分，惜無黃花東籬生。
清坐安穩，思想放浪入雲層。
紅塵滾滾，幻化不盡桑滄陣。
百年一瞬，我已斑蒼清生成。
努力前程，叩道從來奮剛正。
履歷艱深，贏得心志清雅芬。

清夜華燈放
18年10月17日

清夜華燈放，燈下高哦唱。
時節值重陽，心興猖若狂。
人生奮志向，山水履萬方。
紅塵自攘攘，處心吾安祥。
處心吾安祥，叩道騁奔放。
心得入詩章，用道復揚長。
平生履艱蒼，此際斑鬢蒼。
一笑還清揚，不必多言講。

展眼天晴朗
18年10月18日

展眼天晴朗，朝旭燦爛放。
青天碧無恙，林野初斑黃。
愜意心地間，發為詩哦唱。
遠處鞭炮響，點綴也安康。
展眼天晴朗，有鳥清啼唱。
秋氣清新曠，商風緩緩揚。
心志未能忘，奮發吾慨慷。
紅塵任攘攘，詩書郁昂藏。

平淡度昏曉
18年10月18日

平淡度昏曉，斑蒼漸漸老。
紅塵堪笑傲，名利未許擾。
心契南山道，水雲是情操。
清貧胡不好，詩書待深造。

華年易斷送
18年10月18日

華年易斷送，秋深值晴空。
心思復來動，新詩小哦中。
有鳥清啼誦，有雲曼飄空。
愜意在心胸，暢懷聊歌頌。

淡泊平康持心襟
18年10月18日

淡泊平康持心襟，人生奮志吾殷勤。
半生血淚曾潸零，而今悟道入清平。
歲月娟好余有情，風雨雷暴成過境。
秋意清新鳥啼鳴，爽朗晴空碧無垠。

祥雲飄逸自碧空
18年10月18日

祥雲飄逸自碧空，秋意清新堪謳頌。
雅潔情思入詩誦，向陽心地如春風。
歲月飛飆華年送，老來斑蒼一笑慵。
悠品芳茗余意動，一曲從心曠意詠。

流雲淡飛翔
18年10月18日

流雲淡飛翔，秋深喜晴朗。
北風正蕭涼，清坐理思想。
揚長心地間，感慨入詩章。
幾聲啼鳥唱，愜意我襟房。

閒情雅致入詩章
18年10月18日

閒情雅致入詩章，喜鵲清鳴愜人腸。

讀詩興起神飛揚，品茗意暢情爽朗。
感慨中發何所講，人生一似雲飛翔。
漫天白雲悠悠逛，寫意商風吹蕭涼。

雲淡天青鳥清鳴 18年10月18日

雲淡天青鳥清鳴，午時陽光灑清俊。
時值秋深爽意境，西風蕭瑟復清勁。
散坐哦詩吐空靈，閑中意氣頗堪憑。
努力前路震雷霆，滌腐啟新奮心靈。

雲天爛漫 18年10月18日

雲天爛漫，午時陽光和且燦。
身心舒展，小哦新詩吐情瀾。
閒居雅安，拋棄名利心散淡。
叩道迎難，不懼艱深搏群瀾。
秋風清展，欣賞木葉初成斑。
鳥鳴嬌曼，愜我情懷何雅淡。
生活平安，神恩時刻銘心坎。
靈程奮戰，力斬魔敵作好漢。

北風嘯狂 18年10月18日

北風嘯狂，秋深葉斑蒼。
白雲飛翔，流變清新狀。
散坐平康，哦詩聲悠揚。
激情心間，長欲放歌唱。
人生世間，苦難艱深障。
一似夢鄉，醒來淚潸淌。
奮志之向，矢脫此塵網。
天路揚長，努力向前闖。

斜陽朗照 18年10月18日

斜陽朗照，只是西風蕭蕭。
白雲飛飄，詩意中心曠繞。
人生奮跑，履盡關山險要。
不回頭瞧，桑滄變幻奇巧。
努力前道，風光定然大好。
百年飛飆，韶華惜取分秒。
感慨盈抱，廢話不說為好。
詩書笑傲，塵風俗霧盡掃。

人生勿頹唐 18年10月18日

人生勿頹唐，秋深任蕭涼。
林野雖然蒼，東籬菊正黃。
逸意盈心腸，哦詩復清暢。
老來懷感想，悠悠謳嘹亮。
人生勿頹唐，奮發展志向。
名利未許障，叩道迎難上。
辨心幾微間，正義當舒暢。
男兒荷陽剛，踐道履安祥。

人生履度關千重 18年10月18日

人生履度關千重，感慨盈心胸。
展眼淡望雲飛湧，秋風肆意衝。
歲月於我不輕鬆，心傷復千重。
努力奮鬥展剛雄，不屈苦難叢。
男兒有種稱豪勇，名利棄而送。
清貧正直有心胸，傲立似竹松。
年已斑蒼毅而猛，矢志乘長風。
去向天涯覽奇峰，瑰麗真無窮。

秋風清吹送 18年10月18日

秋風清吹送，斜暉正勁湧。
白雲曼流動，閒雅持心中。
吐詩適襟胸，飄逸若雲風。
人生不蠢動，淡泊秋春中。
秋風清吹送，世界和平中。
天人有和同，大道誰真懂？
詩書存心胸，運化復無窮。
叩道吾從容，漸漸悟圓通。

淡眼看雲動 18年10月18日

淡眼看雲動，秋光妙無窮。
紅塵任洶湧，清懷水雲風。
人生荷情重，山水越無窮。
閑思雅潔中，哦詩復清空。
哦詩復清空，慧意誰能懂？
孤旅奮身衝，心傷累重重。
半百斑蒼重，激情盈心胸。
努力濟世窮，不為名利動。

第八十三卷《宣揚集》

月季嬌媚好 18年10月18日

月季嬌媚好，秋深開猶俏。
斜暉清灑照，白雲曼逝飄。
心興嫋起高，小撰新詩稿。
斑蒼不必道，人生容笑傲。

夕照清展光芒 18年10月18日

夕照清展光芒，和平漾滿塵壤。
散坐心志平康，從容雅哦詩章。
歲月秋來澹蕩，人老不計斑蒼。
率意之所嚮往，天涯矢志闖蕩。

落日泛余光 18年10月18日

落日泛余光，路上車聲嚷。
商風和緩放，清坐理心簧。
散思復平曠，詩句體安祥。
悠聽啼鳥唱，心欲共雲翔。

天黑華燈燦然放 18年10月18日

天黑華燈燦然放，清喜明月正在望。
秋深漸覺彼蕭涼，心志猶然持慨慷。
人生老蒼不必講，奮發依舊展強剛。
百年生死騁漫浪，一曲清歌動人腸。

三更醒轉推軒窗 18年10月19日

三更醒轉推軒窗，秋夜清靜微蕭涼。
路上華燈自在放，車聲偶震響徬徨。
讀詩心境真悠揚，放筆聊書情思暢。
人生感慨從何講，萬語難盡我中腸。

朝旭舒光耀 18年10月19日

朝旭舒光耀，林鳥歡騰囂。
清風適懷抱，秋意正蕭騷。
青天無雲飄，東籬有菊俏。
心興發高蹈，哦詩南山道。

心志對誰講 18年10月19日

心志對誰講？幽居吾昂揚。
愜懷共風揚，潛淫書萬方。
澄心叩道藏，明辨是非間。
展眼雲澹蕩，吐心自揚長。

午時陽光靚 18年10月19日

午時陽光靚，心志舒昂。
野禽清啼唱，宛轉揚長。
秋意不盡蒼，白雲流蕩。
和平盈寰壤，人民安康。
率意之所向，是欲飛翔。
萬里蒼天上，雲霄瞬間。
人生草露間，性光顯揚。
自由最堪賞，身心奔放。

曠喜天晴朗 18年10月19日

曠喜天晴朗，流雲淡淡翔。
商風清吹揚，啼鳥宛轉唱。
歲月任莽蒼，人生率意向。
不求名利訪，會心水雲間。
曠喜天晴朗，裁思哦揚長。
秋深林斑蒼，仄居志昂藏。
男兒持豪剛，奮發叩道藏。
華年任逝殤，心共風同翔。

青霞東方 18年10月20日

青霞東方，晨鳥清歌唱。
秋意爽朗，我心起悠揚。
歲月奔放，不計我斑蒼。
奮發向上，努力展貞剛。
紅塵無恙，淡泊吾安康。
灑脫心向，憩心詩書間。
哦詩萬方，舒出我襟腸。
揚長世間，原不許孟浪。

秋來意氣頗清昂 18年10月20日

秋來意氣頗清昂，鐵骨一生稱方剛。

不屈名利之羅網，清貧正直詩書間。
履盡艱蒼一笑漾，輾轉桑滄性天涼。
晨起清聽喜鵲唱，展眼雲天正蒼茫。

天氣陰晴頗不定

18年10月20日

天氣陰晴頗不定，淡眼閑看彼流雲。
秋風吹來真盡興，安居讀書吾怡情。
歲月遷轉何所吟，老來斑蒼仍殷勤。
叩道一生入圓明，桑滄不驚持鎮定。

悠悠清風曠

18年10月20日

悠悠清風曠，舒適我襟房。
天陰清無恙，木葉斑而黃。
野禽爽啼唱，生活和平漾。
秋深感興長，慨然哦詩章。
悠悠清風曠，清坐吾安祥。
品茗興致上，展眼雲煙蕩。
歲月多清閒，名利早捐放。
詩書體昂藏，志豈在塵壤。

流風清無亞

18年10月20日

流風清無亞，孤寂持心家。
散坐聊品茶，興致漸增加。
世風日趨下，奮志入雲霞。
江山正如畫，叩道驅天涯。

彩霞東天燒

18年10月21日

彩霞東天燒，秋氣蕭涼饒。
感歎哦詩稿，心境向誰拋？
孤旅人生道，奮發長驅跑。
清聞喜鵲叫，我意曠然瀟。

秋日喜晴朗

18年10月21日

秋日喜晴朗，雲煙正曼漾。
雀鳥清啼唱，安適雅居間。
品茗心志曠，吐詩復揚長。
人生懷意向，東籬菊正黃。

清風適意向

18年10月21日

清風適意向，哦詩復昂揚。
已知流水淌，秋深林斑蒼。
歲月銘心間，感慨從心放。
一曲何所唱，人生慨而慷。

夕照蒼茫

18年10月21日

夕照蒼茫，哦詩感興上。
秋雲滄蕩，夕煙起輕漲。
紅塵無恙，車水馬龍放。
余持清閒，清坐理心簧。
笑意浮上，清對商風暢。
蕭瑟人間，幻變無止疆。
歲月莽蒼，人卻易老蒼。
悠悠心向，難言復難講。

幽居何所講

18年10月21日

幽居何所講，詩書潤心腸。
避世水雲間，叩道復揚長。
正氣盈襟房，清貧何所妨。
哦詩振昂揚，逸志自珍藏。

雲煙茫茫朝日放

18年10月21日

雲煙茫茫朝日放，秋深愜聽鳥鳴唱。
時近霜降天未霜，人漸老蒼一笑昂。
關山履歷任萬幢，奮志依然持強剛。
雅潔心地何所講，悠悠情懷騁漫浪。

天際靄漾林野蒼

18年10月21日

天際靄漾林野蒼，朝暉清喜正朗朗。
小鳥盡情放歌唱，白雲朵朵曼飛翔。
寫意紅塵逞氣象，秋深心境未蕭涼。
清坐思想放萬章，婉轉情思展悠揚。

浮生悠悠吾哦唱

18年10月21日

浮生悠悠吾哦唱，秋深木葉漸斑黃。
清聽野禽歡鼓唱，欣賞雲飛曼飄翔。
清平生活堪欣賞，詩書一生騁漫浪。
叩道吾心多昂揚，濟世奮力正未央。

雲天多滄蕩

18年10月21日

雲天多滄蕩，心事展蒼茫。
商風清新翔，野禽歡聲唱。
晚秋林斑黃，天際靄煙漾。
斜照閃輝煌，我心為開朗。

暮煙沉沉

18年10月21日

暮煙沉沉，心事誰慰問？
孤旅馳騁，不須計心疼。

秋深時分，林野斑蒼盛。
商風陣陣，蕭瑟此乾坤。
我意雅芬，哦詩吐精誠。
歲月清芬，額上添霜痕。
奮力進深，叩道吾真誠。
心得繽紛，無機持心身。

雲天清展正多情 18年10月22日

雲天清展正多情，遠天秋靄蒼蒼凝。
無心讀書情淡定，奮志仍當霹靂行。
困擾紅塵須清醒，物欲之外尋靈明。
天人大道用心領，吐詩聊適我心境。

心事懷鎮定 18年10月22日

心事懷鎮定，仰看彼浮雲。
風雨吾不驚，流年任飛行。
老我蒼蒼鬢，一笑還朗清。
歲月幻無垠，叩道持貞靜。
叩道持貞靜，心光發來清。
名利未許淫，詩書從容浸。
秋深葉飄零，感慨盈心襟。
嗟嗟彼光陰，殺人無止境。

天陰心志曠 18年10月22日

天陰心志曠，淡看林野蒼。
歲月度悠閒，鬢髮任斑蒼。
率意哦揚長，人生奮慨慷。
持節謳嘹亮，聲震九重蒼。

濃靄天地間 18年10月23日

濃靄天地間，天陰晨鳥唱。
時節逢霜降，木葉漸斑黃。
感興從容放，一曲天地蒼。
人生履苦艱，心境須淡曠。
心境須淡曠，物欲棄而放。
應能清心腸，素樸騁昂揚。
清貧無大妨，正直奮揚長。
天道從來昌，樂天履安祥。

清坐頗安祥 18年10月23日

清坐頗安祥，朝日遲遲上。
蒼靄四野漾，林野雜斑黃。
喜鵲清鳴唱，蕭涼天地間。
霜降今日訪，能不哦慨慷。
清坐頗安祥，無意讀詩章。
人生千關闖，老來發斑蒼。
依然志強壯，雄心天涯間。
努力騁奔放，持節哦揚長。

清志何必表 18年10月23日

清志何必表，實幹方為高。
平生未可傲，謙和養德操。
歲月娟娟好，人生易蒼老。
秋深開懷笑，淡看雲煙繞。

陽光燦爛且輝煌 18年10月23日

陽光燦爛且輝煌，清坐思想放千章。
已知歲月遷逝殤，老將來迎一笑朗。
苦痛俱隨秋風蕩，清懷覺悟慨而慷。
名利浮雲之相仿，胸襟正氣須昂揚。

秋氣澹蕩心境康 18年10月23日

秋氣澹蕩心境康，欣喜時節值霜降。
漫天陽光和氣漾，西風清掃葉斑黃。
休憩身心未許悵，奮發仍當慨而慷。
紅塵徒然稱攘攘，清心叩道體揚長。

清坐灑然哦詩章 18年10月23日

清坐灑然哦詩章，情懷淡泊且清揚。
人生感慨何須講，一腔熱血費平章。
半生血淚潸潸淌，少許智慧中心藏。
展眼雲煙正浮漾，願學飛鳥恣遠航。

清喜斜陽灑朗朗 18年10月23日

清喜斜陽灑朗朗，況復小鳥恣鳴唱。
秋深心境未蕭涼，哦詩激烈情緒揚。
人生易老未許悵，共緣流水轉溪澗。
清平度日頗安祥，一腔正氣盈寰壤。

清坐安祥 18年10月24日

清坐安祥，雅聽喜鵲之鳴唱。
秋意蕭涼，品茗我情都舒暢。
半世闖蕩，贏得華髮斑斑蒼。
一笑舒揚，人生奮志展貞剛。
名利捐忘，叩道從來奮志向。
正直心腸，鄙視邪惡與奸髒。
朝日正朗，展眼天際靄清漾。

我意揚長，裁心哦詩舒奔放。

月華當空

18年10月25日

月華當空，早起五更中。
心境輕鬆，哦詩嗟窮通。
人生履風，共緣而行動。
關山險重，百年惜匆匆。
造化誰懂？苦旅荷深痛。
樂天之中，性光務顯湧。
秋意清空，四圍靜悄中。
叩道從容，心志不苟同。

秋風起呼嘯

18年10月25日

秋風起呼嘯，心事付誰瞧？
散坐撰詩稿，曠吐我情竅。
人生奮志跑，關山越險要。
名利不重要，悟道吾逍遙。

宿鳥清鳴

18年10月25日

宿鳥清鳴，驚動我身心。
心志曠清，淡看暮煙凝。
天氣正陰，秋深西風行。
燈下哦吟，舒出我心境。
歲月進行，何許計斑鬢。
奮志凌雲，奮鬥終不停。
名利辭屏，正義盈心襟。
闔家康平，神恩頌無垠。

五更甫畢天未亮

18年10月25日

五更甫畢天未亮，路上華燈自在放。
清坐讀詩哦揚長，激情歲月瀉狂狷。
年已斑蒼競何講，百感中結髮悠揚。
人生只似一夢間，須行正道奮昂藏。

人生由來懷意向

18年10月25日

人生由來懷意向，奮發一生叩道藏。
履盡艱蒼仍昂揚，歷盡坎坷一笑暢。
歲月遷轉餘斑蒼，悠悠情懷放哦唱。
對此清秋發感想，清度浮生不孟浪。

暢意浮生吾何講

18年10月25日

暢意浮生吾何講，人生唯知迎難上。
履盡坎坷志堅強，清平度世體安祥。
平生所愛道德昌，秉心正義一笑昂。
展眼雲煙正浮漾，秋深感慨發哦唱。

坦腹悠悠吾哦唱

18年10月25日

坦腹悠悠吾哦唱，窗外秋風起蕭涼。
歲月舒展其奔放，人生感慨何從彰。
世事變遷徒桑滄，正道亙古恆榮昌。
展眼蒼雲多渺茫，五十三年逝而殤。

朝日東升兮靄氣漾

18年10月25日

朝日東升兮靄氣漾，
貞心自靜兮哦詩章。
人生奮發兮騁昂揚，
半世愴淒兮心摧傷。
努力前路兮叩道藏，
依然清志兮天涯間。
不負華年兮秋春放，
逸意清揚兮慨而慷。

流風清暢兮值天朗

18年10月25日

流風清暢兮值天朗，
白雲浪漫兮飄流蕩。
寫意紅塵兮不勝蒼，
秋意蕭涼兮林斑黃。
雅聞鳥語兮心歡暢，
品茗意放兮謳詩章。
歲月舒展兮吾昂揚，
努力騁志兮樂未央。

整頓身心是為要

18年10月25日

整頓身心是為要，切莫廢話說滔滔。
靜默內叩心襟竅，發語吐辭正直饒。
灑脫人生履險要，五湖歸來胸心逍。
世事浮雲幻變巧，堅守正道發清嘯。

商飆勃發天地間

18年10月25日

商飆勃發天地間，感慨中心哦詩章。
人生一似流雲蕩，百年為期轉瞬間。
天人大道矢叩訪，一生正義體剛強。
清貧度世余慨慷，詩書持身頗揚長。

悠悠情懷吾何暢

18年10月25日

悠悠情懷吾何暢，人生舉步持安祥。
已知名利俱屬妄，內叩心性發清光。

正義心腸我何剛，不屈淫威並強梁。
展眼秋陰林野黃，斑蒼不減少年狂。

天陰沉心事升騰 18年10月25日

天陰沉心事升騰，感慨增哦詩吐誠。
秋既深蕭瑟宇塵，懷清志奮發馳騁。
叩道中履歷艱深，半世殤仍持堅貞。
展眼望夕靄紛紛，願飛翔刺透雲層。

流年光陰勿虛度 18年10月25日

流年光陰勿虛度，紅塵幻化總成虛。
清持德操市井居，心懷太虛謙如許。
名利害人須辭去，詩書怡情兼開悟。
叩道奮身向廣宇，浩志如龍曠飛舞。

曠達浮生吾何講 18年10月25日

曠達浮生吾何講，愜情詩書奮剛強。
人生履歷千重浪，回首倍感彼蕭涼。
大千世界幻萬象，中心未可稍迷茫。
叩道奮身吾揚長，慈航普度向天堂。

坎坷浮生未易道 18年10月25日

坎坷浮生未易道，而今容我說分曉。
亙古滄桑是神造，人定勝天屬狂傲。
敬天福分才臨到，正直心地芬馨饒。
天人大道用心找，幾微之處容深造。

歲月多艱吾何講 18年10月25日

歲月多艱吾何講，奮發人生矢向上。
不屈名利之孽障，努力前路萬里疆。
紅塵自古稱攘攘，性光顯現覺清朗。
清思明辨叩道藏，正義生涯恆奔放。

質樸心地間 18年10月25日

質樸心地間，清持漫浪。
紅塵滾滾放，變幻桑滄。
艾年今正當，天命叩訪。
大道覆無間，妙用無限。
嗟歎此塵壤，眾生淪陷。
名利太狂猖，殺人囂張。
務持清心向，憩意山鄉。
水雲容流淌，胸襟寬廣。

人生未許愁悵 18年10月25日

人生未許愁悵，秋深一任林蒼。
瀟灑是我心向，奮志依然強剛。
歲月遞變非常，我已漸顯斑蒼。
努力向前闖蕩，驅向萬里之疆。
人生未許愁悵，開心才是方向。
神恩無比廣長，賜我精神食糧。
叩道曠發清揚，靈程不再迷茫。
百年寄身塵壤，永生是在天堂。

夜黑華燈燦放 18年10月25日

夜黑華燈燦放，霓虹閃爍輝煌。
燈下清坐思想，感慨哦入詩章。
人生率意而往，覽盡天涯風光。
收心內視丹房，發見真理寶藏。
叩道妙發清揚，越過萬水千嶂。
五湖歸來何講，大道遍覆人間。

履歷人生不嗟艱深 18年10月25日

履歷人生不嗟艱深，
矢志揮發我心剛正。
一生荷負神恩豐盛，
困苦險阻風雨兼程。
歷盡坎坷坦平終逞，
心境開朗哦詩繽紛。
窗外萬家燈火旺盛，
感從中發頌贊真神。

悠悠情懷何坦蕩 18年10月25日

悠悠情懷何坦蕩，正直為人不迷茫。
質樸心地情操朗，向陽志向叩道藏。
身心百創仍強剛，奮志揮灑樂未央。
秋深感發盈中腸，從容哦詩舒激昂。

休憩身心 18年10月25日

休憩身心，不必太殷勤。
歲月進行，養頤實要緊。
吾已斑鬢，覽盡滄桑境。
瀟瀟心襟，灑脫如行雲。
心志雅清，不入俗世井。
努力前行，莽蒼越無垠。
百年生命，幻化不止停。
哦詩盡興，曠舒我胸襟。

清思曠運哦詩行

18年10月25日

清思曠運哦詩行，婉轉舒出我心向。
奮志人生揮灑間，不覺已度萬重崗。
回首煙雲鎖舊往，瞻望前路風雲壯。
努力風雨兼程闖，叩道一生吾奔放。

激情歲月化詩章

18年10月25日

激情歲月化詩章，字裡行間胸襟揚。
平生遭際不必講，風雨艱蒼是尋常。
苦旅生涯血淚淌，屈折身心履悲愴。
而今神恩賜豐穰，歡呼清平來人間。

展眼華燈放

18年10月25日

展眼華燈放，遠際歌聲揚。
晚秋堪清賞，蕭風吹爽暢。
燈下清思想，才思若汪洋。
激情哦詩行，一曲曠清揚。
展眼華燈放，生活樂安祥。
世事已飽嘗，感發盈中腸。
艾年何必講，惜時如金仿。
努力發輝光，燭照前路長。
展眼華燈放，心事啟萬方。
華年已漸殤，老將來叩訪。
奮志依強剛，悟道吾揚長。
濟世盡力量，不負生一場。

清裁志氣入詩行

18年10月25日

清裁志氣入詩行，人生感想此時彰。
秋深蕭涼不必講，斑蒼無妨我揚長。
力斬心魔發正光，揮灑情懷天涯間。
百年生死騁漫浪，熱血由來不會涼。

五十三年一笑間

18年10月25日

五十三年一笑間，彈指已過山萬幢。
少年倩影無處訪，鏡中覽得顏蒼蒼。
心中正氣依然剛，不屈艱蒼併困障。
努力前路奮力量，終沿正道達康莊。

第八十四卷《逍遙集》

天陰霧靄籠乾坤 18年10月26日

天陰霧靄籠乾坤，晨起清聽鳥鳴純。
秋深木葉斑蒼盛，天氣蕭涼感興生。
哦詩吐辭何所伸，赤子丹心具芳芬。
世事容我從頭論，正義恆昌是神恩。

陽光破霧障 18年10月25日

陽光破霧障，西風木葉殤。
品茗讀詩章，愜意何洋洋。
哦詩何所唱，心志奏慨慷。
穿越迷煙障，長驅萬里疆。
陽光破霧障，秋深感蕭涼。
寄身在塵壤，娟潔持心腸。
雅聽啼鳥唱，我心為之揚。
欣哦南山章，逸意舒逍曠。

青天蔚藍 18年10月29日

青天蔚藍，喜鵲鳴喊。
晨風清展，林野蒼顏。
哦詩縱談，曠舒心瀚。
歲月揚帆，力作好漢。
舊日苦難，何必重談。
未來前瞻，志衝霄漢。
努力前站，奮飛天藍。
不懼險難，摩雲奮展。

天日和暢 18年10月29日

天日和暢，雀鳥鳴唱。
和風清翔，朗潔宇間。
林羽斑黃，秋意澹蕩。
緩歌淺唱，心志舒揚。
心志舒揚，慨當以慷。
人生履艱，奮發向上。
克盡困障，吾意安祥。
雅思良長，哦詩奔放。

曠志體揚長 18年10月29日

曠志體揚長，乘風又破浪。
清喜秋晴朗，和祥盈寰壤。
愜意心地間，哦詩復昂藏。
窗外啼鳥唱，清風拂襟腸。

悠度時光 18年10月29日

悠度時光，夕照金黃。
心性溫良，慨當以慷。
喜鵲鳴唱，和風清翔。
生活平康，勿將憂忘。
悠度時光，年近老蒼。
率意之向，詩書昂藏。
奮身而闖，山高水長。
流年無恙，任展蒼涼。
悠度時光，哦哦歌唱。
秋深葉蒼，斑斕成象。
愜懷雅爽，內叩心腸。
人生揚長，悟道圓方。

燈下清哦唱 18年10月29日

燈下清哦唱，人生富感想。
窗外霓虹靚，靜悄秋夜祥。
散淡持心腸，時復起慨慷。
激情盈襟房，難言復難講。
燈下清哦唱，歲月嗟滌蕩。
苦旅成過往，未來灑明光。
奮志叩道藏，靈慧矢志訪。
正直人生場，力戰虎與狼。
燈下清哦唱，豪情注詩章。
流瀉似汪洋，又似天高爽。
浮生一夢間，迅羽之相仿。
感此哦詩行，心志嗟茫蒼。

秋日既和朗 18年10月30日

秋日既和朗，清風恣意向。
散坐讀詩章，斜陽復俊暢。
心事綿密間，人生懷情長。
淡看林野蒼，能不哦揚長。
秋日既和朗，歲月履奔放。

欣聽喜鵲唱，我意轉悠揚。
市井和平漾，生活樂安祥。
韶華如逝殤，珍惜未可忘。

夕照清展光芒

18年10月30日

夕照清展光芒，心事嫋起莽蒼。
歲月無比悠揚，感興凝入心間。
放言焉敢狂猖，叩道堅貞揚長。
不屈名利羅網，振翼刺入溟滄。

藍天幻白雲

18年10月31日

藍天幻白雲，和平盈環境。
林顯斑蒼景，余心懷鎮定。
雅志不必云，詩中表分明。
水雲涵中心，曠哦吐清吟。
藍天幻白雲，嚴秋覺爽清。
小風悠悠行，散坐思紛紜。
午時陽光俊，闔家享康寧。
神恩賜豐盈，叩道奮勉行。

日出東方

18年10月31日

日出東方，彩霞舒光。
林野斑蒼，薄寒正當。
秋深無恙，野禽鳴唱。
心志莽蒼，慨哦詩章。
日出東方，霞彩萬丈。
歌聲嘹亮，我意舒揚。
歲月淡蕩，情懷心間。
鳥謳奔放，詩興汪洋。

展眼青蒼

18年10月31日

展眼青蒼，有鳥飛翔。
朝日東方，天氣爽朗。
沉吟心間，發為詩章。
人生昂揚，邁步前方。
邁步前方，不屈矢闖。
關山萬幢，水任萬方。
振翼遨翔，藍天廣長。
萬里無疆，我情舒暢。

慨當以慷

18年10月31日

慨當以慷，逸興清揚。
喜鵲鳴唱，動我心房。
品茗意暢，神思汪洋。
朗哦詩章，裁出心向。
裁出心向，舒出昂揚。
人生奔放，何物可障？
山高水長，旅途險艱。
奮發向上，振翮飛翔。

夕陽既降

18年10月31日

夕陽既降，清展輝煌。
清風和翔，余心欣暢。
雅哦詩章，逸意揚長。
情懷舒朗，萬事下放。
夕陽既降，感興升上。
秋林斑黃，葉飄逝殤。
人生昂揚，奮志無疆。
努力向上，克盡艱蒼。

晚秋無恙

18年11月1日

晚秋無恙，心志展貞剛。
夕照輝煌，生活奏平康。
努力向上，不懼彼艱蒼。
歲月悠揚，風雨成過往。
吾意安祥，清坐理心簧。
半百已殤，一笑還清昂。
紅塵狂放，名利未許障。
介意山鄉，水雲涵心間。

暝色正蒼

18年11月1日

暝色正蒼，心志沉吟間。
華燈初上，秋深覺蕭涼。
車行狂猖，紅塵是攘攘。
歲月平康，人卻易老蒼。
流年更張，積澱凝心腸。
慨哦詩章，沉鬱頓挫放。
大千曠放，木葉逝飄殤。
人生履艱，叩道吾昂揚。

清懷曠展

18年11月1日

清懷曠展，仰見天藍。
聽鳥鳴喊，我心浪漫。
秋林盡染，紅塵好看。
氣衝霄漢，浩志脫凡。

流風清暢

18年11月1日

流風清暢，我意昂揚。
朗哦詩章，激情奔放。
斜暉正朗，秋意清蒼。
率意揚長，悠然心曠。

哦詩體揚長

18年11月1日

哦詩體揚長，激情恣意漲。
清聽喜鵲唱，曠喜秋晴朗。
愜意盈心間，林野惜斑蒼。
率意謳奔放，流年任飛殤。

朝日散輝光

18年11月1日

朝日散輝光，遠野秋靄蒼。
展眼雲淡放，愜聽鳴禽唱。
歲月多悠閒，紅塵曠無恙。
聊舒心清朗，吾意履滄祥。

歲月堪清賞

18年11月1日

歲月堪清賞，人生任老蒼。
秋深木葉殤，感慨從心上。
仰看雲蒼蒼，西風舒清曠。
從容哦詩章，一曲應揚長。

清秋暢意向

18年11月1日

清秋暢意向，裁意南山章。
歲月多滌蕩，斑蒼吾清揚。
流年感慨彰，心志聊舒狂。
天際靄煙漾，午時日正朗。

林野多斑蒼，生活享安祥。
歌畢意揚長，品茗情舒暢。

心襟聊舒放 18年11月1日

心襟聊舒放，淡泊吾安祥。
享受陽光靚，清聽鳥啼揚。
中心何所唱，只是適情腸。
浮言不必講，品茗意揚長。

歲月曠展多情 18年11月2日

歲月曠展多情，白雲流變清新。
和風吹盡興，灑然覺空清。
流年於我多辛，苦雨艱蒼飽經。
一笑持鎮定，胸襟涵水雲。
大千正值朗晴，午時陽光清俊。
淡靄遠方凝，林野斑駁景。
我心獨自高興，秋深澹泊康寧。
且請品芳茗，讀書怡心襟。

東天紅霞漲 18年11月2日

東天紅霞漲，旭日正東上。
天氣薄寒涼，秋深感蕭蒼。
清聽啼鳥唱，我意轉揚長。
歲月舒奔放，不必計斑蒼。

濃靄野漾 18年11月2日

濃靄野漾，朝日散金光。
喜鵲歡唱，木葉蕭然蒼。
心境平康，雅將詩哦唱。
淡淡蕩蕩，無執於心間。
遠處歌放，聽來頗清靚。
生活安祥，吾意也雅閑。
歲月桑滄，往事不必講。
奮志前方，山水贍豐壯。

心志不嗟蒼蒼 18年11月2日

心志不嗟蒼蒼，人生奮志而闖。
山水邁越遠長，百年一似瞬間。
感慨從心哦唱，歲月無比淡蕩。
紅塵只是攘攘，徒屬夢幻之鄉。
心志不嗟蒼蒼，閑聽晨鳥鳴唱。
嚴秋天氣蕭涼，感發我之中腸。
人雖已近老蒼，奮發依然強壯。
努力前路驅闖，不畏山高水長。

曠志浮生 18年11月2日

曠志浮生，履盡傷痛與心疼。
秋深時分，雅聽喜鵲啼真純。
歲月進深，我已斑蒼不必論。
努力前程，山高水深風光正。
感謝神恩，賜我平安福分盛。
歡呼聲聲，靈程凱旋入雲層。
展眼乾坤，宇宙廣深妙不勝。
讚歎天人，大道遍覆何清芬。

風花不動 18年11月2日

風花不動，欣賞此青空。
秋意濃重，林野斑蒼中。
歲月從容，一使余感動。
曠哦情濃，風雨履艱重。
心志平慵，嚮往掠長空。
萬里履風，奮往天涯中。
紅塵兇猛，名利肆其功。
努力行動，正義凝襟胸。

世事流變無窮 18年11月2日

世事流變無窮，大道運行其中。
心志持輕鬆，共緣而行動。
人生行跡匆匆，百年轉瞬逝送。
努力實幹中，業績創恢弘。
秋意盡展清空，林羽斑蒼嚴重。
清坐品茗中，愜意溢心胸。
哦詩誰人感動？孤旅馳騁奮勇。
奮志展剛洪，男兒是情種。

清意此際生成 18年11月2日

清意此際生成，天上亂雲飛奔。
秋風清吹陣陣，林野斑斕彩盛。
此生陷在紅塵，未許名利肆騁。
清度吾之人生，向學叩道真誠。
歲月回首清芬，風雨任其成陣。
苦痛凝入心身，眼目慧光清正。

向陽奮我精神，不屈世網層層。
鼓舞情志馳奔，萬里容我縱騁。

暮色既濃重

18年11月2日

暮色既濃重，木葉逝飄空。
感慨出心中，人生不言痛。
奮志當如虹，七彩燦心胸。
前路任雨風，努力奮發衝。
往事回味濃，山水越千重。
半生渾如夢，而今淚長湧。
世界變幻中，桑滄更換猛。
百年真匆匆，嗟歎復何用。

斜陽在望

18年11月3日

斜陽在望，感興莽蒼蒼。
秋林斑黃，四野蕭瑟漾。
人生履艱，心志空嗟悵。
回首瞬間，往事銘襟房。
努力闖蕩，山水越遠長。
孤旅艱蒼，應視作等閒。
流年奔放，人漸趨老蒼。
何所言講，共緣去飛翔。

時候既值秋深

18年11月3日

時候既值秋深，風吹落葉成陣。
心志雅潔清芬，哦詩舒出熱誠。
人生感慨十分，斑蒼漸趨加深。
展眼雲煙昏昏，清坐品茗思紛。
清坐品茗思紛，紅塵濁浪滾滾。
幾人懷有清純？幾人覷破乾坤？
百年浮生飛奔，正似轉眼一瞬。
思此沉痛加深，展眼雲煙昏昏。

晨起天陰鳥清鳴

18年11月4日

晨起天陰鳥清鳴，曠然高興，
曠然高興，一夜安眠神爽清。
歲值秋深有意境，木葉凋零，
木葉凋零，詩意瀰襟吾奮興。
紅塵大千合高吟，人生多情，
人生多情，五十三載幻風雲。
努力前路長驅進，任起陰晴，
任起陰晴，天人大道叩無盡。

清喜流風送暢

18年11月4日

清喜流風送暢，我意轉為悠揚。
閑聽小鳥鳴唱，品茗心興舒昂。
人生恆持嚮往，是為理想之邦。
真理公義通暢，大道運覆人間。
歲月清展奔放，殘秋木葉凋喪。
人生漸趨老蒼，應能悟道安康。
豁達清持心間，百年邁越廣長。
哦詩清新揚長，神恩銘感襟房。

流年歲月清騁

18年11月4日

流年歲月清騁，時節殘秋正逞。
心志浩起十分，哦詩傾吐真誠。
天氣陰晴勿論，雅聽小鳥鳴純。
清風襲來陣陣，我意清新雅芬。
黃菊東籬正盛，落葉飄逝紛紛。
感秋心意溫存，人生奮志乾坤。
五十三年一瞬，往事何必重論。
努力前面路程，山高水遠矢奔。

秋意黃菊開爛漫

18年11月4日

秋意黃菊開爛漫，清喜爽風走宇寰。
小鳥啼鳴囀嬌曼，清坐讀詩意開展。
品茗意興入天瀚，哦詩激情起狂瀾。
歲月流變滄桑案，感慨中發起嗟歎。

歲月清度悠揚

18年11月4日

歲月清度悠揚，名利未許成障。
清貧正義強剛，詩書持身溫讓。
秋深感興升上，淡看木葉逝殤。
人生轉眼老蒼，惜時如金必講。
奮志曠意飛翔，風雨艱蒼矢闖。
紅塵不是故鄉，世界是一幻象。
修身養性清芳，叩道吾意揚長。
浮生未許孟浪，業績矢當造創。
輾轉桑滄之間，我意更加堅強。
力戰邪魔惡黨，公理正義必暢。
心中懷有陽光，嚮往明媚天堂。
靈性恆加修養，永生寄於彼邦。

天氣陰晴頗不定

18年11月4日

天氣陰晴頗不定，人生奮志豈常尋。

闕山履歷千重境，回首一笑吾不驚。
滄蕩人生且多情，身心傷痛舊疊新。
叩道一生沐陰晴，朗清肺腑慧光映。

心志廣深何所講 18年11月4日

心志廣深何所講，孤寂人生騁昂揚。
履盡千山盡險障，奮發精神吾奔放。
輾轉滄桑心挫傷，努力前路曠飛翔。
身經百折亦何妨，上天入地自雄壯。

揮灑身心 18年11月4日

揮灑身心，淡看彼浮雲。
秋日陰晴，變幻無止境。
人生多情，苦了身心靈。
鼓勇奮進，穿山復越嶺。
木葉飄零，對此余傷情。
歲月進行，青春化煙影。
奮發上進，叩道不止停。
任使清貧，正義荷剛勁。

悠悠情懷何暢 18年11月4日

悠悠情懷何暢，從容雅哦詩章。
人生奮志昂揚，履度萬水千嶂。
紅塵非我故鄉，此身寄居塵壤。
努力曠志飛揚，靈程萬里無疆。
悠悠情懷何暢，秋深風吹葉殤。
淡泊清持安祥，詩書沉潛揚長。
名利矢抛矢放，清貧正義昂藏。
展眼天際靄漾，欲學蒼鷹飛翔。

暮秋感興深長 18年11月4日

暮秋感興深長，四野蒼煙茫茫。
暝色天地之間，華燈已經點上。
歲月多歷滄桑，人生易於老蒼。
嗟歎有何用場，奮發志向昂揚。
暮秋感興深長，紅塵攘攘之鄉。
吾生屆半已殤，沉雄凝聚心間。
努力前路奮闖，不為名利奔忙。
叩道聊發清揚，慧藏矢當探訪。

人生適意之中 18年11月5日

人生適意之中，一任時光逝送。
淡泊清持心胸，慨慷時起洶湧。
努力穿越雨風，萬里恣展行蹤。
靈程奮勇矢衝，克盡鬼魔妖凶。
人生適意之中，品茗我意靈動。
窗外秋風清送，落葉飄逝隨風。
感慨哦入詩中，耳畔小鳥鳴頌。
歲月令人感動，斑蒼無妨情濃。

心志清空 18年11月5日

心志清空，孤旅奮從容。
往事過從，飄蕩隨逝風。
感慨心中，人生誰真懂？
造化作弄，大道運無蹤。
歲月朦朧，滄桑坎坷重。
回首淚湧，人生斑蒼濃。
奮發行動，前路鼓奮勇。
名利何功？欺人太嚴重。

孤旅咽盡西風 18年11月5日

孤旅咽盡西風，人生感慨嚴重。
窗外走金風，木葉飄落中。
歲月幻化空空，行旅應當從容。
浮生渾一夢，靈程當奮勇。
清坐思潮洶湧，斑蒼無妨心雄。
高懷向誰送？詩中獨哦諷。
淡蕩清持心胸，滄桑眉宇之中。
慧意雙目湧，叩道我靈動。

天陰無妨揚長 18年11月5日

天陰無妨揚長，我有逸志清昂。
秋風吹葉殤，詩意瀰心間。
歲月如風飄蕩，笑我年已斑蒼。
依然情爽朗，奮志騁未央。
此生努力向上，叩道深入險艱。
名利非所望，正義凝襟腸。
紅塵夢幻之鄉，罪惡不許狂猖。
善良必增長，陰邪克光光。

浮生暢意向 18年11月5日

浮生暢意向，人生感慨間。
天陰木葉殤，秋風橫掃蕩。
清坐體安祥，讀詩復朗朗。
歲月逝流殤，不必嗟感傷。

第八十五卷《野逸集》

燈下哦詩亦激昂

18年11月5日

燈下哦詩亦激昂，時值嚴秋情雅爽。
感慨人生余何講，一曲從心曠飛揚。
紙上文章無用場，正義奮發天地間。
努力前路風雨闖，力擎道德扶乾綱。
歲月悠悠何廣長，明日立冬來相訪。

秋雨清夜灑蕭蕭

18年11月6日

明日立冬，秋將盡矣，一夜秋雨蕭蕭，冷風吹擊，動人情腸，感而賦詩，短章具矣。

秋雨清夜灑蕭蕭，詩人心興忒地高。
早起哦詩舒情竅，暢對冷風意興饒。
人生感慨何須道，正義盈襟奮前跑。
關山萬里風雲妙，風雨兼程曠志瀟。

早起哦詩舒激昂

18年11月6日

早起哦詩舒激昂，窗外秋雨清灑降。
幾聲啼鳥愜人腸，一陣冷風葉飄殤。
歲月秋盡冬將訪，意興倍饒化詩章。
詩人情興正悠揚，朗哦不懼歲蒼涼。

蕭蕭秋雨灑蒼黃

18年11月6日

蕭蕭秋雨灑蒼黃，木葉飄逝正未央。
清坐哦詩適心腸，人生漸趨入老蒼。
向陽志向不必講，叩道奮身履險艱。

秋窗風雨正生成

18年11月6日

秋窗風雨正生成，風掃落葉惜成陣。
心境落寞何所論，詩中道盡我精神。
人生奮志騁十分，名利拋棄秉誠正。
努力前路曠馳騁，神恩荷負心馨溫。

激情暢意哦詩稿

18年11月6日

激情暢意哦詩稿，人生情懷原不老。
清對秋雨還笑傲，東籬黃菊正雅騷。
歲月清好風雨饒，斑蒼開顏展一笑。
紅塵寄居興致高，熱血揮灑持正道。

秋雨綿綿降

18年11月6日

秋雨綿綿降，心事起萬方。
淡看木葉殤，西風展蕭涼。
人生趨老蒼，奮志依強剛。
困苦未可障，騁志向遐方。

奮志人生道

18年11月6日

奮志人生道，風雨履艱饒。
紅塵堪笑傲，心跡入詩稿。
黃菊東籬俏，連綿風雨囂。
清坐舒心竅，品茗意興高。

心志未許消沉

18年11月6日

心志未許消沉，風雨任其成陣。
落葉飄逝紛紛，感慨中心清生。
時節正值秋深，蕭瑟籠此乾坤。
詩書朗哦清純，曠志依然清芬。
心志未許消沉，人生奮志紅塵。
不為名利奮身，叩道展我精誠。
時雨拋灑紛紛，清冷襲擊心身。
努力前面路程，放飛夢想繽紛。

煙雨茫茫

18年11月8日

煙雨茫茫，心志感覺蒼。
木葉逝殤，哦詩嗟未央。
孟冬正當，清坐吾安祥。
歲月飛殤，不必計斑蒼。
紅塵無恙，人生寄居間。
名利虛妄，何必求炎昌。
詩書之間，覓點真揚長。
百年瞬間，思此心暗傷。

綿綿清雨下未窮

18年11月8日

綿綿清雨下未窮，冷寒時節值孟冬。
欣賞木葉逝飄空，心情心境入詩頌。
坎坷生涯不輕鬆，老來斑蒼一笑慵。

紅塵徒多多情種，桑滄歲月滌襟胸。

時雨下紛紛

18年11月8日

時雨下紛紛，心事共誰論？
孤旅長馳騁，山水歷清正。
半世化煙紛，感慨凝心身。
孟冬嗟深沉，木葉逝飛紛。
時雨下紛紛，讀詩慰心身。
人生苦不勝，所賴唯神恩。
奮志走靈程，叩道心馨芬。
百年如飛奔，斑蒼惜生成。

時雨清灑降

18年11月8日

時雨清灑降，朔風復吹狂。
淡看木葉殤，心事轉蕭涼。
人生感慨間，奮志當昂揚。
不計鬢斑蒼，努力舒奔放。

雨止流風送暢

18年11月8日

雨止流風送暢，心志更加揚長。
淡泊清持襟房，品茗我意舒放。
哦詩訴何短長，人生激越慨慷。
孟冬悠悠歌唱，一曲天地滄桑。

人生騁志遐方

18年11月8日

人生騁志遐方，心境總持溫良。
苦悶時襲心間，詩書怡我襟房。
紅塵徒是攘攘，水雲涵於胸膛。
展眼陰雲滌蕩，心懷共風同暢。

斜陽此際在望

18年11月9日

斜陽此際在望，南風興起未央。
中心感悵茫茫，哦詩適我意向。
人生旅途唯艱，百年長若夢鄉。
思此我心感傷，莫可奈何愁悵。
斜陽此際在望，鼓勇奮行遐方。
不懼山高水長，靈程奮發慨慷。
永生希冀天堂，幸福寄於彼疆。
神恩無限廣長，導引正路康莊。

鳥鳴清長

18年11月10日

鳥鳴清長，天氣喜晴朗。
蒼靄遠方，小風正舒曠。
我自悠閒，歲月清品嘗。
奮志而往，叩道履艱長。
紅塵擾擾，何處水雲鄉？
回首煙障，五十三年殤。
努力向上，克盡千重艱。
人生昂揚，穿越萬山嶂。

冬夜清思正生成

18年11月10日

冬夜清思正生成，人生感慨向誰論？
讀詩激情中心生，窗外霓虹鬼魅逞。
半世如水逝去紛，未來長迎斑蒼盛。
五十三載自慰問，清裁心志出紅塵。

殘陽正蒼

18年11月10日

殘陽正蒼，心事嗟奔放。
孟冬無恙，淡看木葉殤。
紅塵狂放，名爭併利攘。
務持清向，詩書吾揚長。
人生瞬間，思想第一樁。
勿使狂猖，勿使頹與喪。
奮志之向，萬里無止疆。
努力舒揚，叩道吾貞剛。

又值昏黃

18年11月10日

又值昏黃，蒼煙四野漾。
哦詩舒揚，心志未許蕭涼。
歲月莽蒼，人漸入老蒼。
一笑揚長，清志凝於襟腸。
流年狂猖，又值孟冬間。
萬物收藏，木葉飄逝飛揚。
我自慨慷，人生奮昂藏。
努力驅闖，不為名利奔忙。

讀詩興會真無限

18年11月16日

讀詩興會真無限，窗外冬雨灑蒼涼。
風吹木葉逝飄殤，人值艾年感倍彰。
桑滄冷眼吾淡望，名利欺人須棄擋。
剩有詩情滔滔間，閑哦南山松菊芳。

清懷曠展哦詩章

18年11月16日

清懷曠展哦詩章，人生志氣正昂揚。
淡眼冬雨綿綿降，清喜木葉飄飛揚。
閱盡炎涼情滄蕩，正義心間持貞剛。

叩道未許稍孟浪，百煉而今成好鋼。

心志不嗟廣深

18年11月16日

心志不嗟廣深，人生風雨兼程。
窗外朔風吹陣陣，木葉凋謝繽紛。
清坐心境安穩，名利未許擾身。
詩書之中奮精神，此中別有乾坤。
五十三年逝紛，贏得斑蒼重沉。
身心依然持清純，叩道秉誠雅正。
前路風雨任紛，矢行鼓足精神。
百度秋春化影芬，詩歌慰我情真。

清心朗哦詩章

18年11月16日

清心朗哦詩章，人生奮志慨慷。
雖然平生多險障，神恩足夠我享。
奮發人生向上，不為名利奔忙。
一生清貧復何妨，我有正氣軒昂。
詩書沉潛安祥，叩道履歷險艱。
悟得幾微無機間，大道遍覆無恙。
天陰鳥語喧唱，朔風吹葉飄殤。
孟冬時節微寒涼，清坐心情蕩漾。

夕陽向晚金光綻

18年11月16日

夕陽向晚金光綻，哦詩熱情曠舒展。
時逢孟冬葉斕斑，風吹木葉逝飄散。
溫馨心情持浪漫，奮志人生不空談。
努力前路鼓勁幹，汗水會澆奪豐產。

夕照閃金光

18年11月16日

夕照閃金光，心志安祥。
淡看落葉殤，詩意瀰心腸。
人生履艱蒼，霜華漸漲。
一笑舒清揚，不必計桑滄。
紅塵徒攘攘，名利欺誑。
南山懷意向，賞菊東籬間。
清貧無所妨，正義強剛。
人生展揚長，悟道達平康。

陽光破霧障

18年11月20日

陽光破霧障，天地覺爽朗。
縱情哦詩章，情懷都激昂。
初冬木葉喪，萬物感蕭涼。
正氣鬱心間，哦出舒昂揚。

天氣和祥

18年11月20日

天氣和祥，引目長翹望。
餘霧猶彰，冬日喜晴朗。
心志悠揚，閑把詩哦唱。
歲月清芳，何許計斑蒼。
人生昂揚，不可為物障。
叩道貞剛，萬里長驅闖。
微笑清揚，山水越萬方。
曠然心向，宇宙俱包藏。

心襟聊揚長

18年12月3日

心襟聊揚長，淡看冬雨蒼。
落葉紛紛降，煙靄林野間。
坦蕩持襟房，品茗享悠閒。
任從時光淌，何必懷憂傷？
心襟聊揚長，得道吾安康。
半世化煙殤，老漸來相訪。
淡定盈中腸，情志懷漫浪。
名利未許妨，田園憩意向。

淡定未許心多愁

18年12月9日

淡定未許心多愁，聖靈時刻來問候。
人生奮發萬里走，風雨艱蒼凝心頭。
歲月於我討正籌，冬日清寒人不瘦。
品茗心興起豐厚，明年籌劃囊中收。

歲月逞清曠

18年12月9日

歲月逞清曠，心志秉中間。
人生奮志闖，風雨任成行。
窗外朔風翔，冷寒正交猖。
逸興無極限，悠然哦詩章。
悠然哦詩章，人生吾昂揚。
半世生涯壯，何必淚雙行。
前路風雲漾，努力騁揚長。
叩道是志向，踐履晨昏間。

心襟贏得瀟瀟

18年12月9日

心襟贏得瀟瀟，履盡風雲奇妙。
人生不可稍驕傲，寫意紅塵正好。

神恩無比微妙，廣種心田豐饒。
叩道自在又逍遙，半世風光緲緲。
努力奮辟前道，不懼艱難阻撓。
提刀力斬彼魔妖，太平世道清好。
窗外陰雲正罩，冬日清寒正繞。
清坐品茗意興高，寫詩舒發不了。

夜雨清敲
18年12月10日

夜雨清敲，燈下哦詩稿。
時光逝消，感慨中心饒。
紅塵擾擾，心志務灑瀟。
名利險道，務辭務拋掉。
歲月遙道，人漸斑蒼老。
依然笑傲，叩道不懼勞。
慧光映照，前路須行好。
百年迢迢，業績待創造。

心襟贏得瀟瀟
18年12月11日

心襟贏得瀟瀟，人生切莫草草。
高唱凱歌徹雲霄，紅塵有何不好。
此生屆半已消，雄心依然高傲。
展眼陰雲朔風嘯，鎮定清持心竅。
歲月多麼豐饒，賜我斑鬢良好。
品茗清聽鳥鳴叫，詩意中心來找。
大千曠運逍遙，輾轉桑滄不了。
一點靈心何灑瀟，見證天人大道。

淡定人生原無恨
18年12月11日

淡定人生原無恨，哦詩舒情寫景真。
歲月遷轉幻秋春，書生老大辭青春。
浩志由來向天申，一腔熱血不會冷。
冬日清寒何所論，曠懷雅正思深深。

朔風吹寒
18年12月11日

朔風吹寒，晨起雨猶潸。
心志綿纏，哦詩舒情瀾。
人生志展，奮發作好漢。
不懼艱難，矢志揚雲帆。
半世水泛，餘得蒼鬢斑。
一笑恬淡，悟世透玄關。
紅塵浪漫，任起風與難。
努力前站，風景沿途看。

冬日喜晴朗
18年12月13日

冬日喜晴朗，心興都舒曠。
嫻雅哦詩章，品茗意揚長。
心襟對誰講？孤旅騁昂揚。
歲月流連放，敬祝壽而康。
冬日喜晴朗，心事放萬方。
雄心依前漲，困難未可障。
腳踏實地闖，高山任疊嶂。
一笑都舒揚，男兒自強剛。

心境不輕鬆
18年12月21日

心境不輕鬆，霧霾嚴重。
往事回憶中，流年逝風。
中心感沉痛，壯志盈胸。
努力穿雨風，面帶笑容。
大千幻化中，桑滄奔湧。
百年非是夢，思想垂永。
德操勤修中，嚴謹心胸。
世事不苟同，獨立襟雄。

暢意心胸
18年12月21日

暢意心胸，感慨哦吟中。
世事雨風，幻化渾如夢。
心志沉雄，獨立唱大風。
歲月清空，霜鬢點染中。
誰是英難？誰具真心胸？
清坐情濃，默然不語中。
實幹為雄，奮舞剛與雄。
男兒毅勇，萬里恣意衝。

清懷與誰共
18年12月21日

清懷與誰共？付與東風。
哦詩情懷中，感慨吟詠。
天陰霧霾濃，汙染嚴重。
歎息有何用，人欲洶湧。
歲月飄逝中，人老心慵。
詩書鎮日誦，激情長湧。
努力跨彩虹，脫出凡庸。
塵世沐雨風，唯餘心痛。

心志從容 18年12月21日

心志從容，霧霾任嚴重。
冬日之中，清坐哦詠中。
世事如風，幻化真如夢。
感慨心胸，叩道奮勇猛。
人生窮通，大化誰真懂？
共緣而從，心襟持靈動。
坎坷重濃，胸心疊傷痛。
不做情種，悟道入圓通。

豁達心胸 18年12月21日

豁達心胸，人生與緣共。
行旅從容，不懼雨與風。
霓虹閃動，冬夜吾清空。
寫詩情濃，吐出氣如虹。
歲月如瘋，不覺斑蒼重。
少年煙朦，青春無影蹤。
努力心胸，前路風雲重。
關山凝重，風景堪清頌。

世事總空洞 18年12月21日

世事總空洞，心靈最為重。
履盡雨與風，心襟持凝重。
不受欺與哄，奮志若長虹。
靈程任雨風，微笑吾從容。
微笑吾從容，人生笑談中。
不懼虎狼叢，提刀矢志衝。
關山任險重，英武盈襟胸。
百年不是夢，業績可垂永。

心志勿徬徨 18年12月21日

心志勿徬徨，守定正中間。
謙和養德彰，正直郁剛強。
大道天地間，廣覆無止間。
叩道吾昂揚，瀟灑人生場。
心志勿徬徨，人生奮志航。
山水任遠長，秋春吾安祥。
神恩既廣長，感沛銘心間。
力斬魔與障，公理天下暢。

坦蕩身心 18年12月24日

坦蕩身心，風雲於我不再驚。
人生多辛，苦難磨歷吾堅挺。
向陽心境，努力前道奮辟進。
叩道殷殷，艱難困苦吾多情。
歲月均平，老我蒼鬢一笑靜。
百年生命，靈程矢志向天庭。
冬日喜晴，白雲流變其清新。
吾意康平，小哦新詩舒性靈。

冬雨綿綿似無窮 18年12月25日

冬雨綿綿似無窮，心事清空，
品茗興濃，裁心吐詩小哦諷。
聖誕佳節思潮湧，難言心蹤，
吐氣如虹，展眼世事風雲動。
濟世情懷如初宗，努力迎風，
兼程矢衝，萬里坎坷吾從容。
冷寒襲擊任濃重，面帶笑容，
叩道奮勇，傲立挺胸似竹松。

暢意浮生 18年12月25日

暢意浮生，履盡傷痛併心疼。
淡眼乾坤，終信正氣會升騰。
感謝神恩，導引人生正路遵。
窗外雨聲，嫋起詩興盈心身。
歲月進深，斑蒼於我不必論。
努力前程，風雨滄桑持清正。
百度秋春，一似露電轉眼瞬。
智慧心生，奮發勇武騁剛正。

休憩身心 18年12月25日

休憩身心，窗外雨清鳴。
冬日和平，品茗適意興。
人生艱辛，回首不須驚。
已過萬嶺，仍懷奮與興。
坎坷生平，雷電多震驚。
而今康寧，神恩感無垠。
努力前行，不懼風雨凌。
奮志凌雲，男兒縱身心。

灑脫身心 18年12月25日

灑脫身心，人生履盡陰與晴。
冬雨經行，清坐淡定思紛紜。

紅塵多辛，苦難艱蒼是常尋。
男兒豪英，努力穿風冒雨行。
半世凋零，贏得斑蒼仍多情。
世情何云，總是桑滄幻不停。
鼓舞幹勁，非凡業績矢創尋。
努力辟進，克盡魔敵寰宇清。

冬雨清敲

18年12月25日

冬雨清敲，哦詩興味高。
蒼煙四繞，品茗意逍遙。
紅塵擾擾，清心最為要。
勿為名擾，勿為利籠罩。
歲月逝飄，人生易蒼老。
努力前道，關山越迢迢。
身心清瀟，仗劍俠氣高。
展顏微笑，悟道入微妙。

第八十六卷《放意集》

嚴冬已臨 18年12月25日

嚴冬已臨，老柳猶芳青。
溫室效應，吾心憂殷殷。
奮志凌雲，人生脫常尋。
叩道艱辛，而今獲康平。
人生難云，一似夢中行。
百年生命，幻化真不停。
紅塵險境，名利肆其淩。
務秉清心，靈性務當明。

綿綿冬雨下豈窮 18年12月25日

綿綿冬雨下豈窮，心事不言中。
人生境遇任窮通，獨立不苟同。
歲月於我曠無窮，叩道穿霧濃。
五十三載風雨中，磨歷我襟胸。
清坐思潮正洶湧，哦詩吐清空。
時值聖誕欣慰中，神恩銘心中。
努力前路開無窮，奮志當如虹。
男兒不屈虎狼叢，提刀矢前衝。

獨立襟胸 18年12月25日

獨立襟胸，曠志不懼近成翁。
穿越雨風，追尋真理氣如虹。
世事窮通，命運幻化真無窮。
持正挺胸，苦難年輪笑看中。
窗外雨傾，陰晴歲月桑滄共。
百年匆匆，嗟歎傷懷有何用。
靈程奮勇，叩求永生天國中。
神恩恢弘，導引正路脫凡庸。

霧雨茫茫 18年12月25日

霧雨茫茫，清坐思揚長。
闔家安康，神恩感無上。
心志安祥，總將名利忘。
清貧何妨，我有正義剛。
紅塵攘攘，太多欺與陷。
慧目務張，努力騁昂揚。
前路驅闖，標的天涯間。
男兒豪放，英武且茁壯。

心事蕭曠 18年12月25日

心事蕭曠，昂藏哦詩章。
孤旅奮闖，歷盡千關障。
人生昂揚，不為名利妨。
矢志貞剛，叩道盡力上。
心性溫良，力作好兒郎。
淡定長望，天際煙雨放。
努力向上，不畏千重浪。
百年蒼茫，果敢且頑強。

暮雨蕭蕭 18年12月25日

暮雨蕭蕭，心潮逐浪高。
清哦詩稿，南山之情調。
闔家安好，神恩領略飽。
未許稍傲，謙和養德操。
矢志奔跑，天路正迢迢。
魔敵障道，殺伐用槍刀。
凱歌聲飄，響徹彼雲霄。
聖徒曼妙，騰雲入重霄。

燈火輝煌 18年12月25日

燈火輝煌，心志騁清剛。
冬雨綿降，車行仍揚長。
歲月張揚，惜我已斑蒼。
奮志而闖，身心負痛傷。
神恩廣長，賜我福分康。
靈程矢闖，叩道吾剛強。
淡定心向，不為名利狂。
謙和心腸，養德宜無疆。

生涯蒼茫 18年12月25日

生涯蒼茫，慨然哦詩章。
老將來訪，心血仍舒昂。
關山萬幢，於我是尋常。
風雨艱蒼，磨歷我襟房。
紅塵狂蕩，眾生陷迷茫。
利鎖名韁，害人性靈喪。
努力飛揚，濟世盡力量。
百年芬芳，傳世有華章。

心襟沉痛 18年12月26日

心襟沉痛，人生飽經坎坷濃。
世事隨風，老我斑蒼一笑中。
窗外雨風，冬日清灑似無窮。
清坐哦諷，舒發心地燦如虹。
紅塵之中，太多欺騙與誑眾。
慧燈掌中，努力靈程任雨風。
人生如夢，百年生死誰與共？
孤旅矢衝，張目天涯風景濃。

心襟瀟瀟 18年12月26日

心襟瀟瀟，從容坦然撰詩稿。
歲月飄飄，寫意東風吹微妙。
雨漸止了，冬日晴朗實在少。
展眼遠瞧，二三老柳青猶俏。
人生不了，萬千故事心頭繞。
紅塵大好，坎坷滄桑任幻造。
心事飄渺，情懷卻向誰人道？
靜定心竅，叩道深入玄與妙。

心志廣長 18年12月26日

心志廣長，嗟歎滄桑無用場。
實幹為上，百度秋春存漫浪。
冬雨安祥，冷風吹擊正未央。
清坐安常，品茗適意謳揚長。
人生奔放，為荷情志在心間。
男兒強剛，不屈磨難矢志闖。
陰雲激蕩，大千世界莽蒼蒼。
枯葉飄殤，感慨年輪漸增長。

淡定身心 18年12月26日

淡定身心，人生覽盡風與雲。
奮志殷殷，叩求大道尋靈明。
百年多辛，苦難艱蒼成隊形。
一笑爽清，靈程闊步向天庭。
世事幻境，過去未來何處尋？
歲月進行，鏡中華髮添無垠。
努力前行，披荊斬棘入幽境。
山水清靈，風光覽歷銘心襟。

喜鵲啼鳴 18年12月26日

喜鵲啼鳴，驚動我身心。
雨中情景，一使我欣馨。
大千曠運，歲寒正經行。
心境安寧，體道入幽境。
人生飆行，漸漸老蒼鬢。
志向堪憑，努力向前進。
笑意空靈，名利辭而屏。
剩有清貧，正義盈心襟。

悠悠情懷正無限 18年12月26日

悠悠情懷正無限，默對冬雨蒼。
男兒心血不會涼，濟世發強剛。
雅潔情懷堪謳唱，閱盡世蒼涼。
半百生涯余悲壯，一笑還清爽。
紅塵由來存漫浪，冬去春會訪。
希冀從來中心裝，公義必通暢。
斬盡邪魔天下亮，真神當頌揚。
叩道一生騁奔放，人生意義彰。

人生曠意而哦諷 18年12月27日

人生曠意而哦諷，道甚情濃，
道甚情濃，浮生不過是一夢。
年輪逝去漸成翁，一笑輕鬆，
一笑輕鬆，世事任他運窮通。
坎坷生涯煙霧濃，滄桑與共，
滄桑與共，功名利碌付秋風。
坦蕩情懷謳無窮，山水清空，
山水清空，五湖泛舟樂從容。

心志從容 18年12月28日

心志從容，欣賞此晴空。
朔風吹送，殘葉飄逝空。

歲月如風，人老心懷慵。
不懼成翁，流年容哦諷。
紅塵之中，大化幻無窮。
百年匆匆，何許淚雙湧。
努力行動，華年勿斷送。
一腔情鍾，吾欲歌大風。

心境蒼蒼

18年12月28日

心境蒼蒼，曠對斜陽。
歲月莽莽，感發心間。
人生奮闖，關山萬幢。
不計心創，努力飛揚。
惜已斑蒼，心興猶剛。
不嗟夕陽，奮志頑強。
煙雨滄浪，名利棄放。
叩道揚長，吾意安祥。

灑脱心襟（之一）

18年12月28日

灑脱心襟，風雨於我不再驚。
任使陰晴，閒庭信步看流雲。
人生多辛，苦難疊變其殷殷。
神恩豐盈，賜我平安福分臨。
終使清貧，叩道從來奮身心。
努力前行，關山風景賞無垠。
奮發剛勁，男兒身手稱豪英。
萬里摩雲，大千寫意入胸心。

夕煙清漲

18年12月28日

夕煙清漲，落日閃余光。
心事蒼茫，況對冬蕭涼。
我自慨慷，激越情舒曠。
人生疆場，奮志吾強剛。
往事回放，故事入煙障。
未來長望，風光定雄壯。
清坐安祥，思想起狂浪。
歲末揚長，新年籌奔放。

無心讀詩章

18年12月29日

無心讀詩章，歲華增長。
今日喜晴朗，朔風吹翔。
人生漸老蒼，嗟歎心間。
歲月添惆悵，未許蕭涼。
努力向前方，騁取昂揚。
人生百年場，煥發強剛。
名利已捐放，清淨心腸。
叩道勿相忘，求取慧光。

流年狂猖

18年12月29日

流年狂猖，又到歲末間。
心境曠放，新年長瞻望。
紅塵攘攘，寄居若夢鄉。
回思淚淌，意義在何方？
靈程闖蕩，定志奔天堂。
努力飛揚，振奮我襟腸。
世事奔放，名利害人狂。
務持清向，潔淨我心房。

履道煙雨間

18年12月29日

履道煙雨間，心襟奔放。
坎坷不回放，定志前方。
山水歷無限，心跡莽蒼。
淡眼看世象，一笑安祥。
歲月瀉狂猖，人已斑蒼。
沉痛務拋光，性光顯揚。
大千運幻象，疊變桑滄。
慧燈務擎掌，黑暗退藏。

寫意紅塵吾多情

18年12月30日

寫意紅塵吾多情，履盡寸寸傷心。
奮志依然曠凌雲，感慨盈滿身心。
不負此生之靈明，努力叩道追尋。
上天入海是常尋，慧燈始終高擎。
冬來冷寒交相侵，中心感觸分明。
哦詩容我曠舒情，何必嗟歎斑鬢。
高歌一曲遏行雲，流年任幻奇景。
滄海桑田吾不驚，一笑呵呵清新。

流年光陰勿震驚

18年12月30日

流年光陰勿震驚，心志恆殷殷。
冬日又值此天陰，冷寒豈常尋。
清哦詩章吐身心，紅塵任風雲。
人生感慨何必云，寸寸感心襟。

笑意浮上吾歌吟，壯志盈於心。
努力前路開雷霆，業績矢創尋。
半世逝去餘斑鬢，不必嗟多辛。
淡定不計彼利名，正義吾奮興。

冬夜清寒何須論
18年12月31日

冬夜清寒何須論，早起四更，
捱過五更，讀書興味自家珍。
人生曼逐時光騁，歲末時分，
心情繽紛，寫詩舒情應不勝。
只是斑鬢惜生成，回憶青春，
傷感十分，叩道履歷桑滄陣。
紅塵只是寄居身，百度秋春，
只似一瞬，努力靈程曠飛奔。

灑脫心襟（之二）
18年12月31日

灑脫心襟，履盡層雲吾不驚。
歲月多情，吾已斑蒼一笑清。
冬日寒凌，總賴陽光適意興。
品茗哦吟，舒發心中不盡情。
紅塵多辛，勞我大塊苦經營。
不計利名，高蹈白雲吾舒心。
努力奮行，叩道披荊斬棘進。
力斬狼群，還我天下之清平。

白雲飄渺
18年12月31日

白雲飄渺，冬日清喜陽光照。
灑然心瀟，小哦新詩適懷抱。
人生晴好，壯歲已趨夕陽耀。
努力前道，關山風景清心竅。
名利矢拋，剩有清貧免不了。
詩書笑傲，覷破紅塵吾微笑。
闔家安好，神恩未可稍忘掉。
新年瞻眺，會開新景奮迢迢。

陽光燦爛
18年12月31日

陽光燦爛，流雲巧變幻。
心境安安，歲末回頭看。
人生妥善，不惹名利案。
正義曠展，我是好兒男。
歲月揚帆，旅途克險難。
萬里坷坎，等閒一笑談。
百年妙曼，滄桑不盡展。
哦詩浩瀚，壯懷入天漢。

心志雅康
19年1月1日

心志雅康，新年新氣象。
晨旭生長，天氣冷寒間。
我自舒昂，提筆謳詩章。
人生嚮往，萬里入莽蒼。
紅塵之間，履度慨而慷。
神恩廣長，銘感我襟房。
鞭炮震響，喜氣盈寰壤。
萬民歡暢，新年新氣象。

紅塵清好
19年1月1日

紅塵清好，元旦佳日喜氣罩。
心興忒高，雅裁新詩哦不了。
冷風猶峭，新年計劃籌謀好。
奮辟前道，關山風光待細瞧。
人生揚飆，老當益壯發剛傲。
心志騷騷，男兒身心入雲霄。
大千微妙，神恩無限祥光照。
努力奔跑，叩道履歷彼迢迢。

新年淡蕩
19年1月1日

新年淡蕩，無執於心間。
浩志汪洋，奮發矢志闖。
半世艱蒼，不必回首望。
前路煙茫，關山鬱清蒼。
陽光燦放，心志早成鋼。
奮發頑強，努力萬里航。
紅塵桑滄，人生不迷茫。
正義襟腸，不為名利狂。

暢意浮生
19年1月1日

暢意浮生，履盡艱深與痛疼。
回憶青春，老大傷懷不必論。
冬寒正盛，燈下哦詩舒情誠。
新年時分，仍須鼓勇奮前騁。
感謝神恩，導引靈程美不勝。
步步高升，克敵制勝凱歌生。

努力前程，會有坦平風光盛。
百度秋春，揮灑熱血志終成。

嚴謹身心

19年1月4日

嚴謹身心，履歷困苦吾不驚。
冬雨殷殷，室內清寒吾品茗。
哦詩盡興，舒出人生之真情。
奮發雄英，男兒鼓勇萬里行。
世事均平，神恩不盡用心領。
努力前進，靈程道路不坦平。
勝過魔兵，勝過試探萬千臨。
歡呼從心，聖徒凱歌徹行雲。

闔家欣此康平

19年1月4日

闔家欣此康平，神恩總是無垠。
歲首心歡慶，頌贊出心靈。
人生應許多情，不必費盡腦筋。
名利是孽境，應棄應須屏。
高蹈心襟白雲，謳歌山水清靈。
百年是美景，奮志向天庭。
紅塵自是多辛，男兒身心剛勁。
力戰虎狼群，濟世匡太平。

冬雨蕭蕭

19年1月4日

冬雨蕭蕭，品茗心興高。
小撰詩稿，舒寫情懷抱。
人生奮跑，絕不可討巧。
努力前道，關山任險要。
紅塵擾擾，名利殺人囂。
務持清竅，遁向南山好。
男兒灑瀟，叩道奮剛傲。
詩書笑傲，獨立在塵表。

淡定心胸

19年1月4日

淡定心胸，不懼近成翁。
窗外雨濃，清寒激烈送。
心志沉雄，曠懷哦無窮。
人生情鍾，須學虯勁松。
大千朦朧，世事誰真懂？
百年匆匆，浮生渾一夢。
慧燭掌中，前路步凝重。
不受欺哄，叩道奮剛雄。

悟對良心

19年1月4日

悟對良心，人生榮辱何須驚。
平生盡興，詩書持身任清貧。
正義心襟，不為名利入渾井。
坦蕩身心，叩道奮志總殷殷。
冬雨正凌，清寒逼奪吾淡定。
春會再臨，良辰美景樂無垠。
百年驚警，太多狼煙興意境。
神恩豐盈，導引正路入康平。

流年光陰

19年1月4日

流年光陰，不覺已斑鬢。
小寒臨近，冬雨灑殷殷。
燈下哦吟，奮志仍凌雲。
不懼艱辛，不懼冷寒侵。
人生多情，徒然傷了心。
世事何云？只是夢之境。
剛武心襟，不屈滄桑境。
努力前行，覽盡蒼茫景。

煙雨濛濛

19年1月4日

煙雨濛濛，冷寒交相共。
曠然心胸，興致化長虹。
人生情鍾，履盡風光洪。
而今斑慵，心志入詩誦。
窗外冷風，心境難言中。
濟世情濃，向誰道苦衷？
男兒豪勇，時有心疼痛。
努力前衝，萬里展剛雄。

情懷誰共

19年1月4日

情懷誰共？獨立寒冬不言中。
偶有哦諷，曠舒情志燦如虹。
質樸之中，長嗟歲月逝無蹤。
心有感動，年輪賜我斑鬢濃。
努力行動，不屈磨難萬千動。
毅然心胸，果敢頑強奮勇猛。
男兒履風，嚮往萬里恣雲空。
不懼雨濃，剛勁鐵翅摩蒼穹。

第八十七卷《臨風集》

悠悠心志平康 19年1月5日

悠悠心志平康，雅將新詩哦唱。
天氣任寒涼，我心舒奔放。
歲月任展蒼涼，百度秋春昂揚。
半世付水殤，華髮迎風揚。
人生切記慨慷，奮發敢於向上。
名利不屈間，清貧無大妨。
詩書憩我情腸，紅塵寄居之鄉。
永生在天堂，叩道勿相忘。

浮生蒼茫 19年1月5日

浮生蒼茫，道甚短與長。
小寒正當，陰雲籠罩間。
鞭炮震響，生活演無疆。
心志廣長，努力一生闖。
輾轉桑滄，身心多苦傷。
依然昂揚，不屈困與障。
山高水長，理想在遐方。
披荊奮闖，悠悠歌奔放。

心性不取狂猖 19年1月5日

心性不取狂猖，謙和一生揚長。
歲月正似河淌，一路歡歌奔放。
我自曠展慨慷，努力奔赴遐方。
天涯風光燦靚，引我盡力尋訪。
正義清持心間，力戰邪惡奸黨。
天堂引頸相望，神恩銘感襟房。
紅塵短暫之鄉，百年匆若瞬間。
叩道奮展昂藏，哦詩縷縷清芳。

冬夜霓虹閃靚 19年1月5日

冬夜霓虹閃靚，點綴夜色繽紛。
心事向誰而論？燈下清哦精誠。
五十四年馳騁，身心負有痛疼。
叩道奮發剛正，世事桑滄疊成。
百年隻似一瞬，人生如夢之逞。
垂永只有精神，不朽德操清芬。
吾今斑蒼漸深，感慨向誰吐逞？
切求豐沛神恩，導引燦爛靈程。

曠懷雅正 19年1月5日

曠懷雅正，履盡煙雨紛紛。
回首征程，千山萬水繽紛。
冬寒正盛，燈下清哦心身。
斑蒼惜生，何必回憶青春。
努力奮爭，前方風光雄渾。
風雨任生，定志兼程馳騁。
嗟此紅塵，名利害人太深。
務秉清正，遁入水雲清芬。

冬日清寒甚 19年1月5日

冬日清寒甚，哦詩清芬，
冷寒十分，況復天陰沉。
歲月日進深，斑蒼漸逞，
心志猶溫，努力前路程。
紅塵自滾滾，手擎明燈，
慧意心生，叩道吾沉穩。
大千運繽紛，世事難論，
桑滄成陣，百年匆若奔。

季冬此際無恙 19年1月6日

季冬此際無恙，二九嚴寒正當。
天陰無所妨，我意自悠揚。
歲月清展桑滄，百年視為等閒。
履盡煙與浪，一笑頗清爽。
人生合自揚長，名利何不下放。
率意入青蒼，心襟宜寬廣。
宇宙多麼無限，奧祕定當尋訪。
叩道一生間，心花朵朵放。

心志不消沉 19年1月5日

心志不消沉，冷寒任騁。
暮陰之時分，煥發心身。
小寒今日正，歲月逝奔。
感慨中心生，斑蒼惜逞。
努力前路程，山水清芬。
險惡任生成，矢志奮爭。
神恩不必論，豐盈豐盛。
靈程曠飛升，克敵制勝。

閒情都放曠 19年1月5日

閒情都放曠，燈下哦唱。
激情如水淌，詩意汪洋。
冬夜清寒彰，吾意慨慷。
窗外霓虹靚，車行狂猖。
人生騁志向，豈懼艱蒼。
展眼萬里疆，矢志敢闖。
半世入煙障，往事回放。
更應向前望，風光雅爽。

身心靜定為要 19年1月6日

身心靜定為要，勿為名利紛擾。
紅塵路迢迢，謙懷不驕傲。
歲月遞變逍遙，人易衰鬢蒼老。
不必回頭瞧，前路山水俏。
冬來冷寒正峭，心境爽然大好。
詩書吾笑傲，曠飛入雲霄。
桑滄吾已經飽，贏得朗然一笑。
濟世懷心竅，正義吾風標。

喜鵲奏響 19年1月6日

喜鵲奏響，心志轉平康。
冬靄茫茫，品茗意悠揚。
人生慨慷，已履關山壯。
回首思想，微微一笑間。
歲月狂猖，老我以斑蒼。
率意昂揚，人生奮強剛。
名利棄放，詩書怡襟房。
百年安祥，叩道是志向。

哦詩聲激昂 19年1月6日

哦詩聲激昂，情緒狂猖。
陰雨綿綿間，臘月已訪。
心志早成鋼，百倍強剛。
困障任疊放，我意安祥。
紅塵是攘攘，水雲何方？
憩止塵世間，心懷山莊。
名利無意向，淡泊揚長。
窗外鳥啼唱，我意舒暢。

人生總持漫浪 19年1月6日

人生總持漫浪，坎坷任其疊放。
心志未曾頹喪，努力前路奮闖。
履盡山水遠長，迎來光明陽光。
紅塵暫憩之鄉，應許堅持頑強。
心性恆是溫良，不屈虎豹豺狼。
提刀敢於衝上，濟世樂此未央。
百年頃刻喪亡，我已漸老斑蒼。
更應珍惜時光，匡世發熱發光。

天陰情悠揚 19年1月6日

天陰情悠揚，雅將詩唱。
激情心懷間，恣意張揚。
冬寒激烈放，濃靄瀰張。
闔家享安康，神恩奔放。
人生騁意向，山高水長。
此心不迷茫，定志遐方。
叩道任深艱，煙雨滄浪。
正義荷心房，力克魔強。

夜幕下降 19年1月6日

夜幕下降，華燈又點上。
霧靄茫茫，霓虹七彩光。
心志清昂，騁興哦詩章。
字裡行間，一顆心跳蕩。
歲月艱蒼，嗟歎無用場。
人生強剛，迎難吾徑上。
年已斑蒼，慵和是情況。
冬寒正猖，燈下展思想。

清志生成 19年1月6日

清志生成，履歷冬春吾馳騁。
風光清正，覽盡山水之雄渾。

人生難論，苦痛艱深余悲憤。
仰賴神恩，導引靈程美不勝。
心地清純，不入俗世之汙渾。
清貧雅芬，沉潛詩書曠懷誠。
百度秋春，我已斑蒼日生成。
努力前程，奮志人生桑滄陣。

人生如夢何須講

19年1月6日

人生如夢何須講，咽盡淒涼，
吞盡悲傷，而今冬夜發感想。
歲月於我逞悲壯，不再感傷，
不再悽愴，努力前路奮昂揚。
任使山高水又長，情兒悠揚，
心兒強剛，叩道曠發我意向。
百年生死非黃粱，天路可上，
靈程奮闖，業績燦如彩虹放。

浮生夢一場

19年1月7日

浮生夢一場，未許徬徨。
奮志當慨慷，旅途奔放。
歲月飄逝殤，不計老蒼。
努力耕心間，釀出芬芳。
叩道吾昂揚，心志清剛。
心得入詩章，散發心光。
百年不漫長，轉瞬之間。
更應惜寸光，矢志向上。

淡定心向

19年1月9日

淡定心向，人生履盡蒼涼。
心志強剛，不屈苦難困障。
紅塵奔放，太多名利阱陷。
務持清腸，叩道盡意昂揚。
歲月狂猖，何必長嗟斑蒼。
努力向上，男兒果敢頑強。
陰雲正漾，冬寒未妨心腸。
品茗清芳，詩意娟娟來上。

紅塵清騁意向

19年1月9日

紅塵清騁意向，贏得心襟損傷。
神恩真無限，導引入康莊。
流年驚訝飛狂，五十四年瞬間。
攬鏡覺斑蒼，心興嗟無量。
仍須奮發強剛，前路徑入莽蒼。
關山萬千幢，風光盡意享。
人生百倍情傷，孤旅展眼長望。
天際靄煙漾，冬陰複何妨。

雅聞喜鵲鳴唱

19年1月10日

雅聞喜鵲鳴唱，我心充滿平康。
天陰無所妨，心懷紅太陽。
冬寒正自狂猖，意志百倍成鋼。
人生依奮闖，關山任疊嶂。
生塵漫漫艱蒼，何許嗟歎悲悵。
努力展意向，天涯正無疆。
不為名利奔忙，叩道是余志向。
心志入莽蒼，騁意覓慧藏。

冬日喜朗晴

19年1月10日

冬日喜朗晴，白雲悠行。
心情歡無垠，吐詩哦吟。
人生奮心靈，履盡傷心。
老來何所云，一笑空清。
努力去追尋，大道清明。
不畏風浪境，鼓志矢行。
歲月曠飛行，桑滄常尋。
悟道入圓明，豁達身心。

放飛我的心靈

19年1月10日

放飛我的心靈，冬日喜此朗晴。
小鳥曠歡鳴，陽光愜意境。
歲月多麼清俊，不必計我斑鬢。
人生共緣行，山水掠清靈。
紅塵困苦之境，人生飽歷艱辛。
神恩廣無垠，導引入康平。
白雲幻化清新，生活漾著和平。
心懷吾奮興，新詩哦不停。

斜照在望

19年1月10日

斜照在望，心事展蒼茫。
人生慨慷，履盡蕭與涼。
向誰演講？孤旅騁奔放。
歲月桑滄，激情瀉汪洋。

努力向上，不為困所障。
志取強剛，豪情衝萬丈。
世事艱蒼，人情冷暖間。
無機心腸，嘹歌舒雲鄉。

心曲緩緩彈唱

19年1月11日

心曲緩緩彈唱，歲月舒發芳香。
雖然苦旅艱蒼，所賴神恩奔放。
思此讚美獻上，靈程路上慨慷。
紅塵暫居之邦，樂園永生在上。
塵世紛紛揚揚，故事演幻無疆。
只是百年不長，猶如流星相仿。
我心不必悲傷，救恩足夠我享。
叩道步履堅壯，曠飛對準天堂。

心思平靜

19年1月11日

心思平靜，冬日正天陰。
蒼靄濃凝，細雨復相侵。
人生矢行，履盡陰與晴。
向陽心襟，曠志恆凌雲。
品茗奮興，新詩哦不停。
舒出心興，舒出我雅情。
紅塵紛紜，持正吾靜定。
叩道分明，努力去踐行。

紛擾世間

19年1月11日

紛擾世間，心襟舒奔放。
不為名狂，不為利所陷。
清志之向，田園與山鄉。
紅塵擾擾，暫居之地方。
叩道昂揚，履盡一生艱。
笑聲疏朗，情懷持清曠。
老將來訪，豁達吾安康。
流年任往，銘刻入詩章。

世事風雨之中

19年1月11日

世事風雨之中，坎坷重濃，
坎坷重濃，人生不輕鬆。
豪情寫入詩中，正如潮湧，
正如潮湧，奮志若彩虹。
何物可以垂永？思此傷痛，
思此傷痛，百年一瞬匆。
努力前路矢衝，披雨沐風，
披雨沐風，感慨入詩頌。

輾轉滄桑

19年1月11日

輾轉滄桑，心襟蕭涼。
慨當以慷，奮發頑強。
人生強剛，不屈困障。
努力向上，曠飛無疆。
風雨任狂，激情囂張。
雲霄之上，恣意舒揚。
不懼老蒼，學取松椿。
進取之間，豁達平康。

清貧無大妨

19年1月12日

清貧無大妨，我有正氣軒昂。
紅塵憩意向，心係化外氣象。
歲月是飛翔，青春逝去何傷。
心志不徬徨，人生奮發圖強。
不為名利忙，叩道清展志向。
闔家都安康，神恩總是豐穰。
冬寒正狂猖，天陰朔風吹翔。
喜鵲曠鳴唱，使我心花怒放。

天氣清寒冬陰展

19年1月12日

天氣清寒冬陰展，清坐品茗心雅安。
流年逝去吾何憾，感慨中髮謳浩瀚。
已知人生如夢般，奮志力作彼好漢。
名利殺人是鐵案，田園山莊適情瀾。

瀟瀟心曠

19年1月12日

瀟瀟心曠，人生煙雨任蒼涼。
紅塵無恙，為因神恩豐無疆。
人生闖蕩，履盡千關血淚淌。
矢向天堂，尋取永生福樂康。
在世暫享，名利從來屬虛妄。
德操力倡，正義情腸發光芒。
正邪之間，搏擊從來是艱蒼。
慧燈力掌，燭照前路正方向。

心情頗好
19年1月12日

心情頗好，哦詩未許潦草。
舒出心竅，原來卻也倩巧。
紅塵大好，冷寒未妨懷抱。
清坐逍遙，歲月任其飛飆。
年光逝拋，老我斑蒼猶傲。
奮志迢迢，關山萬里訪造。
人生灑瀟，不為名利困擾。
努力前道，風雨兼程奮跑。

流光如電影
19年1月12日

流光如電影，華年堪驚。
奮志恆殷殷，摩雲曠行。
人生多苦辛，惜我斑鬢。
冬來清寒境，未損心襟。
內叩胸與心，發語清俊。
身雖陷塵境，煙霞仰景。
不圖利與名，詩書浸淫。
哦詩適性靈，蘭操清映。

流年清虛境
19年1月12日

流年清虛境，而今何憑？
高蹈白雲心，田園慕景。
歲月流殷殷，人易蒼鬢。
豁達持身心，放曠詩情。
哦詩須盡興，流瀉空靈。
素樸蘭草心，無機雅清。
持正努力行，克盡險境。
終將有坦平，陽光清映。

燈下閒情都放曠
19年1月12日

燈下閒情都放曠，舒出心向，
舒出心向，心境未許稍蕭涼。
冬來冷寒正猖狂，霓虹閃靚，
霓虹閃靚，心情分明入詩唱。
路上車行真似狂，流年水殤，
流年水殤，彈指華髮迎風揚。
感慨世事多蒼涼，幻變桑滄，
幻變桑滄，謳歌不盡彼萬象。

奮志人生不必講
19年1月12日

奮志人生不必講，荷擔風雨狂。
回首往事不堪想，淚淌襟袖間。
歲月而今舒慨慷，神恩廣無量。
雖然人已漸斑蒼，依然奮頑強。
紅塵攘攘多機奸，心繫水雲鄉。
未許名利騁其猖，性天正清涼。
浩志由來十萬丈，恆衝雲霄間。
腳踏實地奮力闖，努力迎難上。

清寒甚
19年1月12日

清寒甚，燈下哦吟情茂盛。
歲月深，人已斑蒼今何論。
奮前程，山高水深曠馳騁。
叩道正，慧藏矢覓覺清芬。
感神恩，導引靈程美不勝。
曠飛升，刀槍並用克魔陣。
憩紅塵，不為名利而紛爭。
清靜身，詩書浸淫冬復春。

心志廣深
19年1月13日

心志廣深，何必嗟歎聲又聲。
奮志乾坤，應許熱血寫真誠。
人生難論，命運主宰秋與春。
揮灑青春，汗水澆出豐收成。
斑蒼漸逞，呵呵一笑吾溫存。
名利勿論，叩道履歷桑滄陣。
總賴神恩，救死扶傷脫危城。
天路馳奔，奮發剛武出紅塵。

寫意紅塵
19年1月13日

寫意紅塵，人生履歷痛何深。
悟道誠真，圓明慧性自心生。
感謝神恩，賜我平安美不勝。
步步靈程，見證恩典之豐盛。
勝了又勝，克去魔敵曠飛升。
彩霞清生，聖徒謳歌徹雲層。
壯哉人生，因有真神導靈程。
天國永生，福樂均齊萬年春。

第八十八卷《書香集》

陽光清生
19年1月13日

陽光清生，衝破冬霧之困陣。
美哉乾坤，天人大道運永恆。
歲月進深，斑蒼於我不必論。
奮發剛正，努力前路風雨程。
滾滾紅塵，太多名利陷阱深。
展翅飛騰，摩雲九霄萬里程。
見證神恩，思此熱淚盈眶逞。
曠飛天城，永生福樂何豐盛。

清懷無人共
19年1月13日

清懷無人共，咽盡西風。
冬寒激烈送，兼有朔風。
清坐思潮湧，哦詩清空。
人生懷情重，贏取傷痛。
努力前路衝，山水凝重。
百年不是夢，叩道從容。
生涯逝如風，斑蒼漸濃。
感慨凝心胸，化為詩諷。

人生正如露凝
19年1月13日

人生正如露凝，蒼蒼是我心襟。
奮志恆殷殷，苦難吾徑迎。
世事變幻陰晴，人易衰老蒼鬢。
覽盡風與雲，一笑總清新。
學取流蕩白雲，學取老松蒼勁。
努力前路行，穿山又越嶺。
生涯贏得剛勁，不屈名利孽境。
縱使恆清貧，正義凝心襟。

人生一自坷坎
19年1月13日

人生一自坷坎，何必回頭細看。
心志未可傷殘，努力奮行前站。
吾生屆半已展，迎來斑蒼衰顏。
依然奮志浩瀚，曠飛直插天藍。
紅塵不缺好漢，名利害人非凡。
應許心胸泰然，淡泊安康妥善。
此際正值冬寒，清坐思緒開展。
哦詩熱情瀰漫，不負此生當然。

心境此際雅爽
19年1月13日

心境此際雅爽，人生體盡強剛。
奮志紅塵之間，不為名利失陷。
男兒矢展頑強，履盡風雨艱蒼。
終有光明太陽，朗照天地之間。
歲月盡顯莽蒼，五十四載瞬間。
記憶唯有詩章，感慨哦出奔放。
人生在世不長，業績矢當造創。
德操盡力培養，清香散發久長。

此生履盡傷痛
19年1月13日

此生履盡傷痛，依然心懷彩虹。
奮志努力前衝，不怕冒雨頂風。
此生已近成翁，依然面帶笑容。
悟透世事窮通，豁達清持襟胸。
窗外斜暉正送，浴後爽然哦諷。
掏出肺腑心胸，原來雅潔從容。
人生如霧如風，往事轉眼成空。
記憶回味芳濃，化作詩歌垂永。

曠志紅塵
19年1月13日

曠志紅塵，心襟難免生疼。
人生奮爭，正義必當通順。
憩身世塵，清貧無妨心身。
奮發剛正，叩道風雨兼程。
感沛神恩，賜福無比豐盛。
孤旅馳騁，天路向上飛升。
力克魔陣，心光散發清澄。
天國永生，福樂無比安穩。

心襟未許蕭涼

19年1月13日

心襟未許蕭涼，人生奮發昂揚。
任起千關障，矢志攀登闖。
紅塵多有風浪，人生必須堅強。
百年不久長，德操雅留芳。
不為名利猖狂，不向世俗投降。
奮志吾慨慷，叩道展奔放。
冬日清寒正彰，雅坐思想揚長。
小哦新詩行，裁心真無恙。

正義心襟

19年1月13日

正義心襟，奮發剛勁。
人生多情，傷了心靈。
努力前行，艱蒼之境。
雅然哦吟，傾吐身心。
歲月如雲，我已斑鬢。
紅塵多辛，苦難常尋。
叩道堅定，煥發胸心。
履世才情，化為謳吟。

人生揮灑之間

19年1月13日

人生揮灑之間，履盡千關萬障。
不必回首望，流年幻無恙。
夕照正展光芒，人生不覺老蒼。
奮志依頑強，不老松相仿。
努力前路驅闖，覽盡關山風光。
心襟持舒曠，謳歌吾嘹亮。
居世豈可久長，垂永唯有詩章。
不必多悲傷，悟道吾安康。

瀟瀟是我心襟

19年1月13日

瀟瀟是我心襟，人生追求開心。
雖然風雨肆艱凌，我自奮然前行。
此際冬雲正凝，清坐思緒紛紜。
努力奮鬥豈常尋，半世生涯驚警。
世事莫謂太平，頃時風雨經行。
真理正義必通行，魔敵務滅乾淨。
歲月恣意飛行，人易衰老蒼鬢。
何不一笑持清新，灑脫不計利名。

歲月曠展意境

19年1月13日

歲月曠展意境，冬夜頗覺寒清。
人生鼓幹勁，春天終會臨。
向陽是我心襟，風雨兼程矢行。
不計是利名，叩道吾盡興。
人世履盡風雲，艱蒼只是常尋。
回首不必驚，已越千山嶺。
前路萬里無垠，振翅努力飛行。
天涯有風景，矢志去追尋。

堅持正義立場

19年1月13日

堅持正義立場，人生矢志飛揚。
紅塵暫居之鄉，行旅何其艱蒼。
天國是我故鄉，永生福樂何壯。
神恩總是無恙，導引人生方向。
我心充滿明光，黑暗悄然退藏。
奮發勇武強剛，力戰魔敵惡黨。
生涯任展悲壯，有淚絕不輕淌。
男兒鐵骨成鋼，傲立大風哦唱。

天氣又復陰沉

19年1月14日

天氣又復陰沉，大霧籠此乾坤。
心志未可痛疼，鼓勇人生馳騁。
履盡山高水深，斑蒼日漸顯逞。
依然笑容含春，勃勃心襟旺盛。
此生仰賴神恩，導引靈程豐盛。
矢志力克魔陣，心光發出溫存。
歲月日漸加深，感慨入詩哦申。
小鳥清鳴數聲，我心倍感馨芬。

人生不懼痛疼

19年1月14日

人生不懼痛疼，奮發英武剛正。
紅塵任滾滾，斑蒼惜生成。
窗外濃霧正呈，天陰冷寒十分。
清坐品茗芬，心思向誰逞？
流年幻化繽紛，世事渾難定論。
冷眼桑滄陣，豁達持心身。
笑意應許清生，天人大道精准。
奮志騁前程，力擎掌中燈。

奮行人生旅程

19年1月14日

奮行人生旅程，坎坷何須細論。
心性持溫存，嫻雅度秋春。

此際冬霧正盛，天陰冷寒襲人。
心志起紜紛，哦詩吐真誠。
何處梅花開盛？我欲尋芳覓勝。
身陷在紅塵，心卻有馨芬。
詩書慰我晨昏，寫詩熱情十分。
憩止在紅塵，心志萬里程。

朔風呼嘯

19年1月15日

朔風呼嘯，天氣冷寒正峭。
吾意逍遙，品茗詩興頗高。
歲月飄搖，酸風冷雨經飽。
淡然一笑，英難仍懷情抱。
紅塵頗好，浮生切莫草草。
奮志剛傲，業績努力創造。
霾煙籠罩，總賴長風吹跑。
春終將到，天涯碧萋芳草。

心情尚好

19年1月15日

心情尚好，暢對朔風吾笑傲。
品茗意高，裁出新詩適懷抱。
歲月豐饒，不必嗟歎斑蒼早。
奮發剛傲，前路萬里矢志跑。
名利棄掉，詩書人生何不好。
叩道逍遙，憩意田園樂芳草。
大千夢渺，百年人生真草草。
留有詩稿，寸寸丹心有寫照。

朔風呼嚎

19年1月15日

朔風呼嚎，清坐室內吾逍遙。
冷寒任峭，三九嚴冬吾灑瀟。
殘葉逝飄，驚歎年輪走長飆。
斑蒼猶傲，叩道人生懷情俏。
正義豐饒，不屈名利愛田樵。
詩書笑傲，憩身紅塵展風標。
拋開煩惱，清貧人生胡不好。
撰有詩稿，雅潔情思若芳草。

輾轉浮生

19年1月15日

輾轉浮生，履歷太多痛疼。
叩道奮身，旅途山高水深。
回首紅塵，只是名利欺人。
眾生沉淪，陷入苦難之陣。
努力前騁，掌好手中明燈。
燭照前程，萬里恣意飛奔。
百年秋春，幻化真似一瞬。
心志猶溫，仰賴豐沛神恩。

雲飛飄渺

19年1月15日

雲飛飄渺，朔風怒嚎，
冷寒正峭，思緒展逍遙。
人生懷抱，類若芳草，
斑蒼猶傲，正直吾風標。
前途大好，關山朗造，
風光微妙，兼程吾矢跑。
陽光朗照，心情堪表，
小哦詩稿，淡蕩持襟抱。

流年風煙吾經飽

19年1月15日

流年風煙吾經飽，心襟仍瀟瀟。
一任三九嚴寒峭，清坐哦詩稿。
歲月風雨任飄搖，斑蒼任衰老。
淡蕩人生容含笑，悟道入逍遙。
清貧生涯堪笑傲，五湖風光妙。
田園山莊寄情竅，名利不願瞧。
書生漸老開懷笑，世事幻渺渺。
桑滄何必細細表，歷史入唱稿。

淡泊人生容奔放

19年1月15日

淡泊人生容奔放，心地悠悠蒼。
窗外朔風呼寒涼，三九今正當。
世事草草不必講，名利害人腸。
清貧書生慨而慷，性天自清涼。
曾經負笈天涯間，身心受苦傷。
老來心境坦平康，詩書鎮日間。
展眼雲煙多渺茫，春來不會長。
心興嫋起萬千丈，新詩謳揚長。

心境雅然間

19年1月15日

心境雅然間，謳詩舒狂。
人生彈指間，華年逝殤。
我已惜斑蒼，奮志昂揚。
鼓足精神長，定意遐方。

風雨履艱蒼，一笑悠揚。
人生當奔放，名利疏忘。
淡泊且安康，憩心山鄉。
最喜松風揚，塵外氣象。

心志不取蕭涼

19年1月15日

心志不取蕭涼，生涯一任悲壯。
男兒血淚不輕淌，奮發矢志頑強。
身心煥發慨慷，難關定能克闖。
歲月悠悠舒奔放，而今斑蒼何妨。
窗外北風嚎翔，天上陰雲激蕩。
三九嚴寒任狂猖，清坐思想溫讓。
努力前路驅闖，不計風雨囂張。
人生百度秋春長，矢當業績造創。

心胸灑脫瀟瀟

19年1月15日

心胸灑脫瀟瀟，不容名利騷擾。
靜定為首要，叩道履迢迢。
歲月風雨狂囂，心傷累累條條。
面帶微微笑，切禱神恩饒。
向陽履步遙遙，萬里風光險要。
人生百年飄，傳世有詩稿。
榮耀歸於神噢，在世如夢渺渺。
天國是終標，努力奮前道。

斜陽西沉

19年1月15日

斜陽西沉，心志正繽紛。
冬寒正冷，室內卻和溫。
朔風成陣，殘葉飄紛紛。
詩意傾騁，哦詩舒心身。
人生奮爭，萬里是旅程。
風雨兼程，努力矢志奔。
百年艱深，回首淚生成。
感謝神恩，陪伴我一生。

夕照閃射光芒

19年1月15日

夕照閃射光芒，我情舒出揚長。
人生同此相仿，容易衰老感傷。
努力發熱發光，前進路上昂揚。
百年時光不長，更應惜取時間。
生塵是含悲壯，浮生如夢之仿。
唯有永生天堂，才是我心嚮往。
青春一瞬之間，壯歲將辭遠方。
老來應許悠揚，心志定定當當。

暮陰時分

19年1月15日

暮陰時分，霾煙籠乾坤。
心志沉穩，未許稍消沉。
人生馳騁，歷盡山水陣。
艱蒼勿論，奮發秋與春。
斑蒼日盛，慵和心與身。
壯志猶逞，努力前路程。
豪情清生，男兒志鵬鯤。
天涯繽紛，召喚我前奔。

天色藍青

19年1月16日

天色藍青，心中曠然高興。
心志殷殷，哦詩傾吐熱情。
紅塵艱辛，有時困苦交侵。
神恩無垠，而今賜我康平。
人生如雲，轉眼斑蒼之境。
回首煙凝，往事何處可尋。
歲月經營，不可只計利名。
濟世才情，叩道用道辛勤。

心志悠廣

19年1月16日

心志悠廣，無可奈何間。
塵世多艱，奮發以強剛。
歲月舒放，攬鏡覺斑蒼。
情意悠揚，哦詩吾吟唱。
人生世間，一如行旅仿。
百年瞬間，鏡花水月放。
唯有天堂，永生福無疆。
神親導航，靈程奮發上。

心襟樂意逍遙

19年1月16日

心襟樂意逍遙，品茗吾意灑瀟。
紅塵多擾擾，水雲涵心竅。
冬日嚴寒正峭，幸有陽光朗照。
人生行旅好，關山越迢迢。
此際斑蒼漸老，爽然開懷一笑。
不為名利擾，清心持懷抱。

清風明月娟好，山水怡情無二。
詩書堪笑傲，人生不懼老。

塵世風雨之中

19年1月16日

塵世風雨之中，曾經悲傷苦痛。
所賴神恩恢弘，救死扶傷恩重。
此生已近成翁，心境平和中庸。
名利棄之空空，詩書盡日哦諷。
快慰時襲心胸，有感就須哦詠。
寫詩一生所鐘，舒發意氣無窮。
紅塵不缺情種，多情徒惹傷痛。
心境寬廣和慵，度世淡泊如風。

朗日照此乾坤

19年1月16日

朗日照此乾坤，冷寒減去幾分。
心志持清芬，品茗心溫存。
人生難以定論，誰不知道幾分。
一如行旅程，風雨蕭蕭盛。
歲月日漸加深，未許心志消沉。
鼓勇我馳騁，山水越成陣。
苦痛時襲心身，仰賴唯求神恩。
宇宙廣且深，大道叩精准。

心志此際安祥

19年1月16日

心志此際安祥，憂患全部抛光。
紅塵攘攘之鄉，心情應許溫讓。
不為名利碌忙，清心守定情腸。
流年任濄狂猖，斑蒼任其增長。
窗外陽光正放，寒冬品茗意暢。
歲月流連無恙，履世穩渡安航。
百年不算漫長，回首驚歎瞬間。
叩道是余志向，用道何妨奔放。

心襟此際蕭曠

19年1月16日

心襟此際蕭曠，人生咽盡淒涼。
仰賴神恩舒奔放，賜福而今康強。
歲月多麼莽蒼，少年化為斑蒼。
人生已經近夕陽，更應發熱發光。
紅塵不是故鄉，永生天國之上。
叩道務須展揚長，努力靈程向上。
克去魔敵險奸，無機心地清芳。
世界存在著戰場，務使凱歌嘹亮。

天上飛著白雲

19年1月16日

天上飛著白雲，陽光灑著清俊。
冬日嚴寒雖凌，其奈我心高興。
閒時品品芳茗，興起哦詩朗清。
紅塵是有意境，叩道一生奮勤。
努力前路辟進，山高水深奮行。
歷盡艱蒼之境，心中懷有坦平。
神恩總是無垠，頌贊出自我心。
歡呼應當盡情，凱旋回歸天庭。

悠然的心襟

19年1月16日

悠然的心襟，閒步意紛紜。
冷風吹盡興，三九寒正凌。
生活漾和平，藍天映白雲。
只是流年殷，幻化是無垠。
我已蒼蒼鬢，中心百感沁。
身心持奮興，叩道志分明。
前路任艱辛，努力倍常尋。
矢志覓遠景，天涯飽風情。

人生不必多情

19年1月16日

人生不必多情，苦惱易襲身心。
半世生涯清俊，贏得百度傷心。
此際斜暉正映，藍天幻變白雲。
悠悠是我心襟，哦詩熱情盡興。
窗外傳來鳥鳴，清新而且動聽。
生活點綴康平，中心盈滿閒情。
人生風雨經行，尋求心靈和平。
叩道鼓勇前進，天涯風景雅清。

心襟徒瀟瀟

19年1月16日

心襟徒瀟瀟，流年似飛飆。
故事煙雲嫋，雅哦入詩稿。
中心情猶俏，志堪萬里瞧。
友漁併朋樵，名利矢抛掉。
田園胡不好，清風滌懷抱。
清貧猶可傲，詩書怡情竅。
煙霞多麼好，南山松風妙。
嚮往歸田早，憩意共田樵。

第八十九卷《心遐集》

夕照此際清好

19年1月16日

夕照此際清好，輝光非常閃耀。
散步心興逍遙，呼吸冷風灑瀟。
人生旅途迢迢，壯歲漸趨蒼老。
灑脫清持襟抱，正直人生風標。
夕照此際清好，寫詩灑然奇妙。
舒出心靈情竅，原來素樸若草。
冬日冷寒正峭，我意雅康安好。
短詩聊以奉表，無機情懷妙巧。

落日橙黃

19年1月16日

落日橙黃，夕煙起蒼茫。
感興升上，曠哦我詩行。
人生奮闖，不懼斑蒼放。
努力向上，克己叩慧藏。
大道奔放，遍覆天人間。
矢志昂揚，踐履無止疆。
意興悠揚，心事都舒曠。
展眼長望，世界和平漾。

紅塵履盡坷坎

19年1月17日

紅塵履盡坷坎，心襟仍持妙曼。
五十四年一瞬展，笑我蒼顏。
歲月清展浪漫，江山無限嬌顏。
風風雨雨尋常看，身心坦然。
人生心地安安，名利與我何干。
叩道萬里不畏難，力作好漢。
詩歌何妨雅彈，舒出熱情浩瀚。
身心所遇均可談，性靈舒展。

人生履歷痛疼

19年1月17日

人生履歷痛疼，心志未可沉淪。
奮發向上萬里程，不懼艱深。
此際冬寒正盛，霧霾籠罩乾坤。
清坐哦詩意繽紛，嫻雅心生。
歲月日漸進深，斑蒼於我何論。
微微一笑依純真，人格清正。
大千紅塵難論，苦旅艱蒼歷程。
揮灑壯志天涯騁，叩道清芬。

紅塵多擾擾

19年1月17日

紅塵多擾擾，心事付誰知道？
人生易蒼老，感慨入詩中討。
歲月多飄搖，故事花樣倩巧。
名利常侵擾，性靈未可忘掉。
窗外鞭炮囂，點綴生活安好。
可惜霾煙罩，汙染使人煩惱。
努力奮前道，踏破莽蒼迢迢。
男兒熱血瀟，矢當業績創造。

人生無恙

19年1月17日

人生無恙，風雨艱蒼是等閒。
意志成鋼，紅塵徑闖不迷航。
歲月悠揚，斑蒼慵和是情況。
欣此冬陽，燦爛清灑其光芒。
淡定襟腸，名利拋棄吾安康。
詩書哦朗，激情流瀉謳揚長。
不取狂猖，謙和心性淡淡芳。
正直強剛，清新心地履滄桑。

休閒無恙

19年1月17日

休閒無恙，一任時光流淌。
驚醒瞬間，人生不覺老蒼。
奮發向上，當展我之慨慷。
男兒奔放，不受利鎖名韁。
詩書揚長，體道頗自強剛。
一生溫讓，叩道用道昂揚。
不屈強梁，煥發英武心腸。
歲月安祥，神恩賜我豐穰。

歲月清俊

19年1月17日

歲月清俊，未許老我身心。

紅塵險境，名利損人性靈。
曠然高興，冬日有此朗晴。
小鳥歡鳴，自在得其安寧。
新詩哦吟，曠舒我之胸襟。
人生奮行，山水穿越無垠。
回首不驚，不過煙鎖故境。
向前望凝，風光清新明淨。

履世一笑

19年1月17日

履世一笑，淡定清持襟抱。
人生瀟灑，不容名利騷擾。
歲月遙道，五十四年辭掉。
孤標情操，修身養性清好。
我已漸老，詩書鎮日笑傲。
質樸如草，嚮往田園山道。
世界微妙，神恩處處籠罩。
努力前道，山水雄渾美好。

漫步人生道

19年1月17日

漫步人生道，風雨飄搖。
紅塵名利囂，害人頗饒。
定志叩大道，深入險要。
素樸若芳草，無機情操。
斑蒼日漸老，容我笑傲。
持志不驕傲，力修德操。
魔敵時擋道，殺伐用刀。
凱歌徹雲霄，勝利逍遙。

天氣喜晴朗

19年1月17日

天氣喜晴朗，雅聞鳥唱。
北風盡情翔，雲煙舒曠。
淡定持襟腸，休閒清享。
激情舒發間，新詩哦唱。
感慨盈心間，流年狂猖。
斑蒼仍揚長，雄心猶彰。
努力矢向上，不斷生長。
真理畢生訪，叩道貞剛。

暮煙清漲

19年1月17日

暮煙清漲，心志舒蒼茫。
人生感想，齊襲上心膛。
華燈點上，清哦也奔放。
情志舒暢，心花都怒放。
寒冬正當，冷寒不狂猖。
生活安常，不必計艱蒼。
紅塵無恙，變幻彼桑滄。
流年飛狂，賜我兩鬢霜。

人生履夢境

19年1月18日

人生履夢境，合當清醒。
名利損性靈，應該辭屏。
高蹈入白雲，高天曠青。
春風共秋情，怡我心襟。
歲月遞飛行，桑滄常尋。
笑意展清新，豁達胸心。
陽光灑清俊，我意康平。
任使嚴寒凌，品茗爽清。

散步盡興

19年1月18日

散步盡興，有汗微微沁。
舒適身心，況值天朗晴。
歲月進行，四九寒不凌。
人生多情，哦詩傾心靈。
奮志殷勤，所遇多苦境。
損了心靈，白了髮莖莖。
今日高興，年關已接近。
徐步閑行，步履健且輕。

斜陽正好

19年1月18日

斜陽正好，清哦舒懷抱。
朗日晴俏，四九寒不峭。
平生笑傲，桑滄吾經飽。
斑蒼情抱，興寄南山道。
歲月清妙，書生志頗豪。
叩道逍遙，名利未許擾。
清貧就好，正義吾風標。
行旅迢迢，風光怡心竅。

閒情若芳草

19年1月18日

閒情若芳草，萋長不了。
清坐愁未銷，裁哦詩稿。
斜暉正朗照，冬日晴好。
心胸並襟抱，付誰知曉。
行盡艱蒼道，斑蒼漸老。
身慵志猶傲，履盡迢迢。
大寒後日到，時光飛渺。
來年計劃好，曠展懷抱。

今夜月華明

19年1月18日

今夜月華明，牽動身心。
華燈復相映，霓虹多情。
燈下我哦吟，傾瀉真情。
人生逢高興，激動心靈。
冬夜寒來侵，心懷熱情。
歲月奮進行，不計斑鬢。
年關已接近，春節將臨。
努力斬棘進，萬里無垠。

喜鵲鳴於青蒼 19年1月18日

喜鵲鳴於青蒼，曠然怡余襟腸。
雖然四九冷寒放，心興揚長。
東方升起朝陽，雄心倍加增長。
男兒傲骨天涯間，矢志闖蕩。
歲月舒展奔放，不必計我老蒼。
努力前路奮志向，穿關越嶂。
笑意清新展放，紅塵徒是艱蒼。
名利棄去我輕囊，健行康莊。

天氣寒峭 19年1月18日

天氣寒峭，幸有陽光適懷抱。
清哦詩稿，情志綿綿若芳草。
歲月飄搖，人生不覺近蒼老。
回首堪笑，浮生如夢今知曉。
努力前道，關山難阻雄心傲。
奮發襟抱，萬里長天曠飛高。
鞭炮囂囂，紅塵從來多吵鬧。
靜定心竅，叩道踐道也安好。

此生情懷清好 19年1月18日

此生情懷清好，向陽是余襟抱。
履盡風雨艱饒，而今坦平大道。
冬日清寒正峭，我意灑然清瀟。
品茗詩意來到，哦出胸心孤標。
春天會當來到，綠遍天涯芳草。
只是人生易老，斑蒼何妨笑傲。
紅塵旅途迢迢，天國是為終標。
叩道一生逍遙，心志質樸無奧。

心興曠持悠揚 19年1月18日

心興曠持悠揚，況對燦爛斜陽。
新詩脫口唱，情懷舒奔放。
紅塵多有艱蒼，苦難已成過往。
神恩賜無量，我今入康莊。
前路千關敢闖，奮飛雲霄之上。
風雨任囂猖，翅膀已成鋼。
百年磨難非常，靈程努力向上。
永生福無限，頌父萬年長。

蕭蕭暮煙蒼涼 19年1月18日

蕭蕭暮煙蒼涼，紅霞西天漾上。
感興因之增長，從容雅哦詩章。
向陽是余襟腸，不被俗世捆綁。
名利非余意向，清貞體道揚長。
半生履盡悽愴，斑蒼奮發昂揚。
前進路上奔放，不懼山高水長。
此生神恩仰望，靈魂得救無恙。
天國是余故邦，永生福樂康強。

心志此際雅清 19年1月18日

心志此際雅清，暮煙清凝，
路燈點明，哦詩曠吐我身心。
男兒果敢清俊，奮志而行，
不懼艱辛，覽盡天下好風景。
浮生不是夢境，合當清醒，
合展才情，輝煌業績矢創尋。
坎坷是余生平，艱蒼飽經，
苦淚曾零，而今神恩賜康平。

塵世的苦雨酸風 19年1月19日

塵世的苦雨酸風，損害了我的心胸。
唯賴著神恩恢弘，導引入康莊彩虹。
歲月中難以形容，傾生涯倍感苦痛。
唯賴著神恩恢弘，賜我以福分重濃。
努力著刺破雨風，靈程路我志如虹。
唯賴著神恩恢弘，勝魔敵凱歌聲洪。

一群白鴿飛翔 19年1月19日

一群白鴿飛翔，引我心襟嚮往。
雖然霾煙猖狂，散步習以為常。
人生耕心無恙，哦詩費盡腦漿。
流年成為過往，壯歲漸迎斑蒼。
回首吾不悵惘，奮發意志強剛。
人生一如履浪，應當曠展頑強。
歲月莽莽蒼蒼，百年真似瞬間。
悠悠吾輕哦唱，詩意瀰滿人間。

珍惜流年時光 19年1月19日

珍惜流年時光，心性此際強剛。
不為物欲所障，叩道貞定之間。
人生合當揚長，煙霞傾心放浪。
田園美好無恙，憩我心意安康。

此生屆半已殤，正如夕照閃光。
努力奮發圖強，濟世盡力奔放。
窗外煙霾正放，世界掩在滄桑。
歎息徒費時間，踐道萬里迎艱。

人生適意安康

19年1月19日

人生適意安康，一任時光流淌。
紅塵就是這樣，隨緣履度安常。
際遇順逆之間，容我放聲歌唱。
天父就是陽光，導引靈程向上。
此生充滿希望，叩道清展力量。
濟世散發輝光，逼退黑暗魔幫。
夕照正閃光亮，霾氣籠罩人間。
嗟歎徒然良長，奮發鼓勇昂揚。

逝去的豈止青春

19年1月19日

逝去的豈止青春，人生血淚生成。
回首曠然哦申，寫詩雅潔清芬。
感沛此豐富神恩，導引靈程馳騁。
向神謳歌真誠，獻上我心純真。
歲月是不斷進深，不覺斑蒼已盛。
嗟歎無益心身，叩道當鼓精神。
前路任萬里雲生，天涯風光清正。
努力披荊奮爭，覽盡奇峰巒勝。

心事平靜

19年1月19日

心事平靜，世事任幻風與雲。
我自鎮定，名利棄去心空靈。
歲月進行，人易蒼老雪霜鬢。
猶有雄心，奮志仍當凌白雲。
天寒且陰，品茗心志展紛紜。
朗哦盡興，吐出胸襟氣干雲。
笑意清新，灑脫人生共緣行。
窗外鳥鳴，喜悅襲上我心襟。

悠悠心襟與誰通

19年1月19日

悠悠心襟與誰通？孤旅西風。
歲月原來是清空，渾如一夢。
而今我已漸成翁，一笑輕鬆。
名利送它入碧空，憩意松風。
坦然度世如雲風，灑脫從容。
百年看盡桑滄動，幻變無窮。
努力叩道騁心胸，長驅奮勇。
德操勤修似蘭叢，香溢芳濃。

世事拂拂揚揚

19年1月19日

世事拂拂揚揚，回首俱成嗟悵。
應當展眼長望，前途充滿明光。
此生雖近夕陽，更加鼓勇向上。
不屈塵世艱蒼，男兒果敢頑強。
歲月徑度荒涼，苦痛血淚流淌。
唯賴神恩廣長，賜我平安福康。
靈程煥發慨慷，力戰魔敵奸黨。
終將抵達天堂，永生幸福無疆。

天陰霾濃

19年1月19日

天陰霾濃，喜鵲叫聲洪。
冷寒交共，朔風徑吹送。
曠自哦諷，人生情懷濃。
不懼成翁，奮志依如虹。
七彩心胸，瑰麗真無窮。
人世雨風，視之等閒中。
感慨重濃，實幹方為雄。
努力行動，萬里恣意衝。

騁志頑強

19年1月19日

騁志頑強，不懼風與浪。
歷盡艱蒼，心襟持坦蕩。
紅塵無恙，在世百年間。
一笑清揚，天路奮力上。
神恩廣長，導引入康莊。
縱有險艱，坦平是常況。
曠志飛翔，高天多麼廣。
人生揚長，韶華勿輕放。

陽光又放

19年1月19日

陽光又放，衝破霾霧障。
清風和翔，愜我意無限。
四九正當，大寒明日訪。
歲月飛翔，我意漸疏狂。
不讀詩章，展眼向天望。
志取昂揚，奮發千關闖。

人生強剛，豪勇盈心腸。
男兒揚長，萬里忞奔放。

心中高興 19年1月19日

心中高興，化為詩謳吟。
冬日喜晴，情懷曠無垠。
小品芳茗，嫋起詩意境。
窗外鳥鳴，牽動我心靈。
歲月進行，流年化電影。
少年情景，記憶倍傷情。
努力辟進，前路風光凝。
浩瀚心襟，叩道無止境。

雲煙昏昏 19年1月19日

雲煙昏昏，霾氣籠乾坤。
歎息徒深，心襟誰慰問？
人生進深，感慨入詩申。
紅塵滾滾，故事花樣紛。
曠行靈程，努力奮心身。
力克魔陣，勝了又要勝。
百度秋春，幻化似一瞬。
矢志奮爭，天國有永生。

世事煙雲 19年1月19日

世事煙雲，感慨不必驚。
履盡風雲，而今我靜定。
曠志縈心，人生矢奮進。
不圖利名，叩道展清俊。
幻化無垠，秋春飛遞進。
桑滄常尋，呵呵一笑應。
悟道康平，心襟入圓明。
空靈才行，哦詩亦清新。

塵世煙雨繽紛 19年1月19日

塵世煙雨繽紛，世界多有競爭。
此生血淚生成，哦詩原也清芬。
歲月流逝紛紛，感慨雙淚流逞。
往事回味馨芬，少年難尋寸分。
斑蒼依然清純，叩道奮不顧身。
努力步履靈程，血戰邪黨奸人。
詩書怡我晨昏，哦詩清度秋春。
百年時光飛奔，共緣履歷清正。

笑容此際清生 19年1月19日

笑容此際清生，闔家吉祥馨溫。
感謝無限神恩，賜福康強豐盛。
努力奮發心身，前進路上飛奔。
豈懼山高水深，燦爛風光清正。
歲末回首思深，此生已近黃昏。
更應策馬馳騁，未可老了精神。
明年籌劃精准，生機勃勃旺盛。
計劃大幹十分，秋收定當豐登。

人生迎難而上 19年1月19日

人生迎難而上，不懼風雨艱蒼。
合當果敢頑強，矢志奮力慨慷。
天涯是有風光，勇者才可飽享。
一路艱險非常，披荊斬棘尋常。
此生定志昂揚，叩道清展奔放。
雖然苦旅淚淌，神恩賜我豐穰。
努力靈程飛翔，天國是在遠方。
勝過魔敵阻擋，終將抵達天堂。

第九十卷《挺秀集》

天氣今日清好
19年1月20日

天氣今日清好，晨起鳥鳴風騷。
大寒今日報到，冷寒一任其峭。
心地清雅風標，哦詩熱情良好。
舒出情懷美妙，天人大道矢找。
浮生未可草草，五十四年飛飆。
回首啞然失笑，關山漫越迢迢。
努力開闢前道，未來風雲灑瀟。
悟道心志微妙，人生奮發剛傲。

情志舒曠
19年1月20日

情志舒曠，悠悠揚揚哦詩章。
窗外陽光，還有喜鵲清鳴唱。
歲月奔放，攬鏡但見霜華蒼。
志猶強剛，詩書之間騁揚長。
豪情當壯，百度秋春存漫浪。
男兒鐵鋼，不屈名利水雲間。
笑意浮上，悟道淺深自心嘗。
濟世蒼茫，不許魔敵肆狂猖。

天氣晴朗
19年1月20日

天氣晴朗，心境舒曠，
閑哦詩行，人生得意且揚長。
大寒正當，冬雪未降，
歲月奔放，流年瀉去任狂猖。
人老心康，志取頑強，
不屈奮闖，前路高山任疊嶂。
曠飛無限，直指天壤，
覽盡風光，五湖歸來心花放。

藍天白雲
19年1月20日

藍天白雲，冬日欣賞此朗晴。
哦詩盡興，曠吐胸襟併身心。
人生多情，覽盡世事吾何云。
不許傷心，奮志仍當凌青雲。
歲月均平，斑蒼不減少年興。
率意哦吟，疏狂心性揮無垠。
紅塵多辛，太多艱蒼併苦境。
陽光心襟，領略神恩奮前行。

人生何不開懷笑
19年1月20日

人生何不開懷笑，合當拋開煩惱。
紅塵應許我笑傲，水雲胸襟清繞。
此際夕陽正灑照，大寒冷不算峭。
心興嫋起詩意繞，哦出情似芳草。
歲月清度吾逍遙，不許名利侵擾。
清貧正義展豐標，叩道秉正迢迢。
人在世上如煙飄，百年渾如夢渺。
理想支撐我揚飆，曠飛靈程直造。

檢點心胸
19年1月20日

檢點心胸，渾與世人不相同。
履盡雨風，迎來坦平夕陽紅。
奮發英勇，萬里莽蒼越從容。
漁友樵朋，怡悅我心真無窮。
詩書情鍾，半百生涯曠哦諷。
內蘊心胸，叩道原來識圓通。
展眼雲動，世界大化誰真懂？
共緣而從，百度秋春煙霞中。

心襟既是遼曠
19年1月20日

心襟既是遼曠，高遠應可無疆。
宇宙雖然廣長，心胸應可更廣。
歲月多壓莽蒼，半世血淚潸淌。
此際回味久長，神恩銘感心房。
斜陽正放光芒，冬靄天際浮漾。
紅塵名利攘攘，心懷水雲之鄉。
流年飛瀉狂猖，百年不算漫長。
努力靈程向上，天國歸回故邦。

暢意清度浮生

19年1月20日

暢意清度浮生，何許計較痛疼。
歲月不住馳騁，履歷山高水深。
夕陽似是此生，斑蒼心志猶逞。
努力向上奮爭，渴望曠飛雲層。
此生曾經艱深，磨滅不盡創痕。
唯賴豐沛神恩，救死扶傷溫存。
希冀是在天城，靈魂不朽永存。
淨化靈性清芬，謳父萬年真誠。

心志菲菲芳芳

19年1月20日

心志菲菲芳芳，正如春芽滋長。
淡看夕煙升上，城市和平繁忙。
人生感慨奔放，流年奈何狂猖。
老我斑蒼無恙，奮志依然揚長。
不畏行旅艱蒼，心中明燈正亮。
神恩無限廣長，導引靈程康莊。
履盡風雨悽愴，心中曾負痛傷。
而今漸入平康，歡呼歌聲嘹亮。

休憩身心

19年1月20日

休憩身心，何必鎮日耽哦吟。
雲天多情，和暖冬日適意境。
嚮往光明，持善鬥惡恆堅定。
心志殷殷，叩道剛武矢前挺。
紅塵艱辛，時灑苦淚痛心襟。
神恩無垠，導引康莊入坦平。
歲月進行，人易蒼老霜華侵。
豁達才行，共緣飛行履陰晴。

內叩心腸

19年1月20日

內叩心腸，發見明燈閃亮。
蘊涵深廣，叩道從來揚長。
人世艱蒼，未可迷失方向。
定志遐方，努力穿越煙障。
宇宙廣長，地球蛋丸相彷。
百年時光，匆若一瞬之間。
抓緊時間，正直為人強剛。
靈程奮闖，終抵樂園故邦。

天氣真好

19年1月20日

天氣真好，藍天白雲飄渺。
心志騷騷，哦詩原也不了。
紅塵堪表，大寒時節晴俏。
心情忒好，曠欲展翅飛高。
人生易老，壯心猶持剛傲。
力辟前道，天涯風光堪瞧。
五湖歸早，田園可憩懷抱。
山風瀟瀟，東籬況有菊俏。

雲天多情

19年1月20日

雲天多情，冬日欣此溫馨。
陽光清俊，小鳥鳴唱盡興。
心中高興，浴後適我身心。
哦詩清新，呼出心志心靈。
神恩心領，創此大千宇庭。
此生福盈，靈程有神導引。
不計斑鬢，前路努力辟進。
風雨常尋，磨煉身心剛勁。

休閒無恙

19年1月20日

休閒無恙，浴後曬曬太陽。
哦點詩章，點綴生活平康。
人生嚮往，是在天涯遠疆。
奮發闖蕩，不懼山高水長。
半世艱蒼，身心負有痛傷。
依然強剛，男兒矢展豪放。
不做強梁，德操一生培養。
謙和心腸，君子人格顯彰。

萬家燈火點亮

19年1月20日

萬家燈火點亮，霓虹鬼魅光芒。
心興升起無恙，小哦新詩昂揚。
人生旅途奔忙，難免心靈受傷。
療創神恩無量，正道榮美芳香。
此生仰望天堂，肉體豈可久長。
幸福寄於天邦，永生福樂安康。
向上盡我力量，淨化靈魂清芳。
勝過魔敵阻擋，終將榮歸故鄉。

心志不平庸

19年1月20日

心志不平庸，笑我成翁。
曠懷與誰同？一笑從容。

塵世履浪風，快慰襟胸。
品茗意無窮，哦詩清空。
喜鵲啼聲洪，青天朗送。
四九寒不重，雅堪哦諷。
歲月如飆動，歲末年終。
壯志盈於胸，破浪乘風。

雲淡天高

19年1月20日

雲淡天高，心志騁瀟灑。
品茗意俏，從容撰詩稿。
冬寒正峭，陽光喜朗照。
舒寫懷抱，我欲曠飛高。
紅塵緲緲，往事難尋找。
未來瞻眺，風光應大好。
努力前道，壯志正堪表。
人生不老，容我開懷笑。

夕陽無限好

19年1月20日

夕陽無限好，閃射光耀。
心境祥和繞，度歲逍遙。
名利未許擾，不走險道。
持正奮心竅，叩道揚飆。
山高水又遙，征途迢迢。
五十四載了，贏得蒼老。
回首煙雲飄，往事難找。
未來當瞻眺，力行風標。

雲天長望

19年1月20日

雲天長望，白雲朵朵逞漫浪。
心志方壯，裁心哦詩亦激昂。
人生揚長，為因名利都棄放。
清貧強剛，努力叩道我奔放。
冬寒任彰，其奈心襟熱血漾。
萬里疆場，男兒身手展健強。
紅塵履浪，履緣我心不輕狂。
窮通之間，百年生死識荒唐。

暮煙輕漲

19年1月20日

暮煙輕漲，心志沉吟問。
感興升上，哦出這茫蒼。
冬寒又放，路上車行猖。
夕照余光，橙紅堪觀賞。
未許愁悵，人生奮志向。
不屈艱蒼，男兒是鐵鋼。
浮生闖蕩，業績當造創。
德操力倡，正義體強剛。

浮生履歷從容

19年1月21日

浮生履歷從容，風浪曾經險重。
苦淚潸潸流湧，仰求神恩恢弘。
天路自是暢通，真神導引乘風。
克去魔敵惡凶，騰雲步步彩虹。
奮志剛武英勇，男兒煥發心胸。
努力前路矢衝，任霧任雨任風。
窗外鳥語鳴頌，讚美天父恩洪。
陽光燦爛清送，長風愜我襟胸。

雲淡天青

19年1月21日

雲淡天青，歲月飽風情。
悠品清茗，心曠意無垠。
哦詩空靈，清騁我才情。
舒出心靈，舒出奮與興。
紅塵經營，不圖利與名。
高蹈心襟，愜意風與雲。
人生奮行，白了蒼蒼鬢。
歡笑才行，悟道樂清貧。

小鳥恣意鳴唱

19年1月21日

小鳥恣意鳴唱，不怕寒風肆狂。
今日天氣晴朗，余亦心情舒暢。
四九時節正當，歲月驚人心腸。
莖莖白髮飄揚，感慨哦入詩章。
少年彷彿夢間，不覺已是老蒼。
人生徒履艱蒼，回首悵然心惘。
更應奮發力量，前進路上昂揚。
天旅雖然苦艱，永生是為報償。

心靈誰來慰問

19年1月21日

心靈誰來慰問？切禱叩求真神。
風風雨雨走靈程，奮發剛正。
滾滾嗟此紅塵，眾生陷入沉淪。
名利欺誑且害人，罪孽重深。

漫步田園山村，松風愜我精神。
叩道從來奮志騁，心路清純。
努力前路奮爭，衝決魔敵之陣。
彩虹伴我向上升，曠飛天城。

心志未可蕭涼

19年1月22日

心志未可蕭涼，窗外灑滿陽光。
小鳥且鳴唱，自在樂揚長。
四九冷寒雖彰，我心火熱奔放。
春節行即將，春來不會長。
歲月盡顯淡蕩，斑蒼無妨慨慷。
男兒持貞剛，叩道體頑強。
闔家多麼平康，神恩廣茂無限。
謳頌出心間，歡度歲安祥。

悠悠心志平康

19年1月22日

悠悠心志平康，人生奮發昂揚。
雖然苦旅艱蒼，天國終能攀上。
歲月風雨淒涼，心襟蕭蕭茫蒼。
唯賴神恩舒揚，賜我幸福安康。
此生已近夕陽，感慨難以言講。
願將新詩獻上，頌贊神恩廣長。
我心充滿力量，努力長途驅闖。
儘管山高水長，終將飛達天堂。

陽光灑照

19年1月22日

陽光灑照，心情分外好。
清風瀟瀟，適我意與竅。
人生晴好，風雨曾經飽。
朗然一笑，名利淡看了。
神恩籠罩，此生有依靠。
奮志迢迢，對準天國跑。
浮生飛飆，惜我斑蒼老。
仍懷情抱，清聽鳥鳴叫。

灑然襟抱

19年1月22日

灑然襟抱，度世逍遙。
履緣安好，詩意人生吾灑瀟。
陽光灑照，雲飛飄渺。
長風清蕭，清坐哦詩適情竅。
年關將到，人生惜老。
奮志剛傲，不屈揮灑幹勁饒。
努力揚飆，藍天青好。
天涯堪造，男兒韶華勿負掉。

斜陽在望

19年1月22日

斜陽在望，心志悠揚。
享受休閒，樂意裁詩哦揚長。
生活安祥，歲月平康。
往事回望，啞然失笑煙雨間。
人生奔放，矢志履艱。
萬里驅闖，覽盡山河之莽蒼。
斑蒼情長，哦哦歌唱。
天人無恙，神恩廣博勿相忘。

清志裁成

19年1月22日

清志裁成，人近蒼老何所論？
履歷痛疼，風雨人生磨剛硬。
奮不顧身，叩道矢志騁一生。
嚮往天城，永生福樂何豐盛。
半世繽紛，艱蒼之中不沉淪。
正義心身，男兒鼓勇山水程。
美哉神恩，導引靈程克魔陣。
歡呼聲聲，聖徒列隊乘雲騰。

心志清剛

19年1月22日

心志清剛，矢志奮發揚長。
苦難過往，回首不必淚淌。
笑意浮上，淡看世事桑滄。
冷暖之間，已度千澗萬崗。
歲月綿長，不覺斑蒼漸長。
感慨奔放，哦詩呼出熱腸。
人生世間，只是因緣銷漲。
唯有天堂，才有永生可享。

夕照蒼蒼

19年1月22日

夕照蒼蒼，天際冬靄漾。
生活安常，人生卻老蒼。
思潮如狂，激情似水淌。
百年桑滄，滌我心無恙。
旅途艱蒼，不必多回放。
向前瞻望，關山鬱清蒼。

矢志闖蕩，人生若疆場。
萬里飛揚，振翮努力翔。

天陰無妨

19年1月25日

天陰無妨，悠悠鳥歌唱。
心性悠揚，晨起哦詩行。
歲月舒揚，霜華任增長。
努力之間，已越關千幢。
人生暢想，理想導我航。
奮志昂揚，磨難未許障。
紅塵攘攘，太多機與奸。
心志揚長，不入名利網。
笑意浮上，天路騁奔放。
力克魔幫，順利啟歸航。
天國無恙，永生福無疆。
聖父主掌，聖徒頌平康。

紅塵多辛

19年1月25日

紅塵多辛，此生風雨飽經行。
回首不驚，滄桑歲月吾多情。
人生奮行，綠鬢化為霜華映。
胸懷激情，努力開闢新路徑。
天際靄映，冬日清寒悠品茗。
一點芳心，哦詩奮筆舒雷霆。
前行要緊，天涯風光燦無垠。
叩道圓明，手秉慧燭奮心靈。

傲骨天成

19年1月25日

傲骨天成，絕不沉淪，
名利拋棄心剛正，奮發叩道真誠。
歲月進深，斑蒼清成，
人生難以成定論，矢志天涯競騁。
紅塵滾滾，吾心清芬，
詩意哦吟自晨昏，清度愜意秋春。
闔家馨芬，感謝神恩，
努力奮志走靈程，力克魔敵全勝。

窗外夕陽正好

19年1月25日

窗外夕陽正好，心情分外美妙。
人生風雨飽，斑蒼持情俏。
此生已近夕照，輝光更當閃耀。
濟世持情抱，名利棄而拋。
清貧詩書笑傲，叩道樂以逍遙。
水雲涵心竅，向陽是情操。
世態幻變妙巧，桑滄催人以老。
應當開懷笑，友漁併朋樵。

天晴喜鵲唱

19年1月26日

天晴喜鵲唱，料峭寒放。
心事淡無恙，裁哦詩行。
歲月綿綿放，嗟我老蒼。
更應放意向，共緣揚長。
人生一瞬間，感慨良長。
努力天路上，矢志攀闖。
神賜我力量，心志強康。
力搏風與浪，穩渡安航。

清品芳茗

19年1月26日

清品芳茗，世事任分定。
共緣而行，戒懼身與心。
哦詩空靈，雅裁心與情。
人生奮行，履盡關山雲。
一笑朗清，吾意頗堅定。
持正而行，曠志凌青雲。
紅塵艱辛，豺狼當道行。
提刀而進，天涯覽風景。

藍天青碧無雲

19年1月26日

藍天青碧無雲，城市囂囂之境。
紅塵任紛紜，只是空虛境。
人生如雲之行，人生如夢之境。
轉眼覺空清，轉眼白了鬢。
生存意義矢尋，真理大道遵循。
叩道吾堅定，奮志正凌雲。
歲月使人驚警，狼煙曾經橫行。
智慧力覓尋，矢沿正道進。

第九十一卷《正直集》

曠然心境
19年1月26日

曠然心境，仰看雲天正多情。
清寒任峻，悠然品茗雅哦吟。
人生經行，笑我蒼蒼白了鬢。
心懷鎮定，覽盡世態之煙雲。
奮發剛勁，天人大道矢追尋。
英武心襟，持正不屈名利凌。
淡泊康寧，清貧一生騁意境。
詩書浸淫，胸襟涵有水雲清。

情懷娟好
19年1月26日

情懷娟好，灑然人生容笑傲。
積澱詩稿，歲月艱蒼於中表。
努力前道，奮志矢脫此塵表。
衝出雲霄，刺向滄溟不回瞧。
淚水曾拋，傷了心肺哭嚎啕。
神恩豐饒，賜下平安樂逍遙。
不走險道，正直人生展風標。
矢叩大道，踐履濟世吾灑瀟。

奮志人生吾揚長
19年1月26日

奮志人生吾揚長，履盡險艱，
履盡險艱，而今坦平享安康。
窗外陽光灑輝煌，藍天雲漾，
藍天雲漾，清坐心志展慨慷。
冬寒雖峭不會長，立春即將，
立春即將，迎春將綻第一芳。
歲月於我不嗟悵，體道剛強，
體道剛強，不懼霜華漸次漲。

歲月芳菲不必講
19年1月26日

歲月芳菲不必講，時有驚濤駭浪。
心志始終持清昂，向陽是余襟腸。
午時陽光燦爛放，清喜藍天雲翔。
身心品茗俱歡暢，新詩連踵哦唱。
人生得意莫輕狂，持重謙和為上。
叩道盡力騁奔放，履盡山高水長。
城市和平繁榮放，車行囂囂狂猖。
世界掩在滄桑間，唯神全力主掌。

心情無恙
19年1月26日

心情無恙，況值此晴朗。
逸意揚長，小哦新詩行。
輾轉桑滄，不必計心創。
歲月療傷，神恩賜奔放。
我已斑蒼，悟透世機簧。
奮發昂揚，叩道入深艱。
百年瞬間，不必淚雙潸。
至高天堂，永生可憩享。

斜陽清照
19年1月26日

斜陽清照，清坐吾逍遙。
心志聊表，從容撰詩稿。
汽車狂囂，城市多鬧吵。
心未可躁，靜定是為要。
詩書笑傲，寂寞人生道。
華年逝銷，餘得斑蒼老。
奮發剛傲，卑弱矢全拋。
履道迢迢，風光閱微妙。

人生不必多情
19年1月26日

人生不必多情，徒然傷心。
徒然傷心，世事變幻其風雲。
此際斜暉正映，清坐思縈。
清坐思縈，暢想亙古至於今。
紅塵由來多辛，費盡腦筋。
費盡腦筋，名利從來損性靈。
何不共緣而行，悟透圓明。
悟透圓明，慧燭在掌矢前進。

人生情長 19年1月27日

人生情長，難免多受傷。
奮志昂揚，不懼千關障。
天值晴朗，愜懷真無恙。
小鳥鳴唱，冷風肆意翔。
歲月舒狂，斑蒼一笑間。
努力向上，韶華勿費浪。
生活平曠，祥和心地間。
神恩奔放，中心謳頌唱。

天氣晴朗 19年1月27日

天氣晴朗，闔家談笑喜而康。
季冬之間，感慨人生趨老蒼。
歲月揚長，流年正似落花殤。
心志強剛，奮發人生騁奔放。
悠悠揚揚，品茗心意都開敞。
小哦詩行，曠舒意氣衝天昂。
坦蕩襟腸，持正原無媚與奸。
情操陽光，天人大道矢叩訪。

心志爽清 19年1月27日

心志爽清，窗外陽光灑清俊。
紅塵艱辛，靈程奮志萬里行。
回首不驚，世事不過桑滄境。
談吐鎮定，胸懷白雲頗清新。
一笑雅靜，履世原不計利名。
高蹈心襟，叩道一生志堅定。
榮美天庭，時時仰景曠驅進。
神恩豐盈，聖徒謳歌世升平。

斜陽正好 19年1月27日

斜陽正好，胸懷激情哦不了。
傾寫懷抱，舒出情志若芳草。
人生渺渺，五十四載流去了。
剩有情抱，朗度秋春吾逍遙。
清貧就好，正義心襟奮剛傲。
白雲情操，與世推移樂灑瀟。
世界微妙，皆是真神所創造。
叩道風標，見證神恩之美好。

人生矢志脫平庸 19年1月27日

人生矢志脫平庸，奮發剛與勇。
一生披雨又沐風，迎來夕陽紅。
笑我蒼蒼近成翁，灑脫是襟胸。
不入世網名利中，詩書一生鐘。
歲月遷轉桑滄共，大道運無窮。
識破世簾吾輕鬆，憩意水雲中。
時值季冬寒不重，晴日斜暉送。
清坐品茗哦從容，淡望雲飛動。

人生奮發志向 19年1月27日

人生奮發志向，難免痛苦艱蒼。
要在意志成鐵鋼，摩雲萬仞松岡。
歲月舒展奔放，斑蒼回首曠望。
履盡煙雲併桑滄，心地純真無恙。
西山落照閃光，紅塵鬧鬧嚷嚷。
清心定志水雲間，不受名炙利燙。
剩有才情汪洋，哦詩豪放張揚。
舒盡心志併暢想，不枉人世一場。

夕照無限好 19年1月27日

夕照無限好，心境分外妙。
讀詩適情抱，朗哦我灑瀟。
人生未可傲，謙和保德操。
清貧雖不好，正義吾風標。
世界掩落照，滄桑淡看了。
人世艱蒼飽，老來余一笑。
歲月恣逍遙，樂天水雲飄。
著書展懷抱，知音後儕饒。

燈下清哦吟 19年1月27日

燈下清哦吟，窗外霓虹映。
冬夜寒來侵，精神恃清明。
歲月襲雙鬢，感慨饒歌吟。
人生快慰情，平正持本心。

晨起精神爽 19年1月28日

晨起精神爽，天陰無有妨。
籠鳥清歌唱，愜我意無限。
讀詩聲激昂，情氣都宣揚。
窗外寒任放，立春數日間。

鳥語宛轉情長 19年1月28日

鳥語宛轉情長，品茗心志清芳。
淡定休憩心腸，享受流年時光。
人生在世豈長，百年正似瞬間。
應當歡樂謳唱，共緣履渡安航。

東風浩蕩 19年1月29日

東風浩蕩，清喜迎春初開放。
歲月流殤，喜迎春節心懷暢。
浩志汪洋，品茗意氣都舒揚。
天上雲翔，我欲乘風入雲間。
人生情長，苦難艱蒼成既往。
心志猶剛，曠放雄毅萬里疆。
生活安祥，世界總賴神主掌。
努力向上，揮灑情懷吾平康。

清香撲鼻長引人 19年1月29日

父親折得臘梅三枝，清供瓶中，雅意縱橫，清香宜人，賞之愜心，欣成小詩以謳詠之。

清香撲鼻長引人，冬日欣此意縱橫。
色比黃金還嬌嫩，香較月季勝幾分。
窗外鳥語囀溫存，天上雲飛爛漫生。
品茗心意難以論，賦詩聊歌臘梅芬。

歲月遷轉吾無憾 19年1月30日

歲月遷轉吾無憾，平生履盡是坷坎。
晨起讀詩意浩瀚，精神心情頗可談。
窗外嚴寒冬正展，室內瓶梅香清淡。
人生奮發作好漢，唯取恆心勝艱難。

心志清遠哦詩章 19年1月30日

心志清遠哦詩章，窗外冬雨瀟灑降。
推窗迎風覺舒爽，品茗意興都清曠。
歲月悠悠人老蒼，感興長髮入詩行。
更應奮發書生狂，矢向書山攀與闖。

人生唯艱 19年1月30日

人生唯艱，履盡蕭蕭煙雨涼。
窗外雨降，翳起心頭不盡悵。
歲月綿茫，苦旅生涯騁悲壯。
逸意清揚，叩道深入彼圓方。
紅塵無恙，人生世上寄居間。
唯有天堂，才有永生可冀想。
努力向上，克己振道揚輝光。
奮發強剛，不屈世網矢飛揚。

簷前冬雨響叮咚 19年1月30日

簷前冬雨響叮咚，綿綿情思啟無窮。
感慨人生越窮通，奮發意志吾剛雄。
輾轉艱蒼心曾痛，喜獲救恩新生中。
頌贊真神創世功，努力靈程刺雨風。

清哦詩章氣頗豪 19年1月30日

清哦詩章氣頗豪，窗外冬雨灑蕭蕭。
清風徐來適懷抱，品茗意態騁清高。
已知人生趨向老，壯志由來堪笑傲。
紅塵清度何不好，從容人生樂逍遙。

情懷雅發哦詩章 19年1月31日

情懷雅發哦詩章，雪霽天開樂未央。
歲月飛逝吾何傷，老將來迎一笑暢。
人生正如客旅間，傳世應許有華章。
道德人生曠飛揚，持正擊邪人生場。

暢意浮生吾謳唱 19年1月31日

暢意浮生吾謳唱，清夜曠喜瑞雪降。
晨起天氣復晴朗，窗外野禽奮歌唱。
時近春節迎年忙，樂度時光心志揚。
遠處鞭炮又囂響，紅塵不必嗟攘攘。

斜暉朗照 19年1月31日

斜暉朗照，心情十分好。
曠哦詩稿，一舒情懷抱。
春節將到，喜鵲高聲叫。
市井熱鬧，生活步步高。
神恩領飽，頌聲震雲霄。
叩道逍遙，志向出塵表。
紅塵囂囂，人生應灑瀟。
名利棄了，心有白雲飄。

迎年氣氛頗濃 19年2月1日

迎年氣氛頗濃，街上人熙車擁。
最喜喜鵲鳴聲洪，愜我意無窮。
人生情懷奮湧，哦詩誰人感動？

歲月進深斑蒼重，一笑吾從容。
坎坷生涯凝重，不必回首淚湧。
努力前路萬里衝，騁志當剛雄。
男兒是有勇猛，卑弱拋去空空。
叩道履歷雨與風，傲立且挺胸。

霾煙又放

19年2月1日

霾煙又放，天氣逞蒼茫。
歲月飛翔，人生蹉跎間。
浩志汪洋，男兒果敢上。
力戰虎狼，還我清平壤。
寰球無恙，總賴神主掌。
世事桑滄，應視作等閒。
紅塵奔放，眾生陷迷茫。
名爭利搶，各騁機與奸。
濟世強剛，不屈苦難放。
百年艱蒼，努力奮飛揚。
曠懷揚長，持正頗昂揚。
激情心間，展目長瞭望。

哦詩激情有發揚

19年2月1日

哦詩激情有發揚，遠處鞭炮又震響。
歲月遷轉不必忙，心定神閑叩道藏。
寫意人生容漫浪，名利拋光顯性光。
清貧一生無所妨，胸懷正義舒奔放。

悠悠情懷此時暢

19年2月1日

悠悠情懷此時暢，讀詩激越且鏗鏘。
已知歲月是流殤，人生如夢何須講。
奮志依然展未央，努力風雨長刺闖。
男兒熱血尚方剛，輝煌業績矢造創。

輾轉桑滄心未涼

19年2月1日

輾轉桑滄心未涼，此生荷負神恩壯。
努力奮志展昂揚，拋棄名利身心康。
詩書之間晨昏唱，叩道深處吾奔放。
窗外斜陽正燦放，心志悠揚品茗芳。

天氣陰晴正不定

19年2月1日

天氣陰晴正不定，街上車熙人攘行。
世態於我不必云，桑滄渡後心志清。
閉關向道任陰晴，詩書人生體激情。
紅塵只是憩身境，永生唯是在天庭。

雲飛淡蕩

19年2月1日

雲飛淡蕩，霾煙四野漾。
清風徐翔，散步吾悠揚。
人生揚長，奮志當慨慷。
風雨艱蒼，終究成過往。
前路瞻望，風雲定茁壯。
不懼桑滄，奮發展頑強。
半世已往，餘得斑鬢蒼。
一笑坦蕩，率意謳奔放。

心志蒼茫

19年2月1日

心志蒼茫，人生坎坷任疊放。
依然強剛，不屈傲立人生場。
斜陽正放，人近老蒼何所講。
共緣履翔，詩意秋春容謳唱。
感興升上，悠悠情懷向誰曠？
行旅桑滄，淡淡微笑吾安祥。
年關即將，辭舊迎新心舒暢。
立春將訪，會有生意天涯間。

夜幕又降

19年2月1日

夜幕又降，心志未許逞蕭涼。
華燈點上，萬家燈火樂未央。
歲月飛狂，又值年關接近間。
惜我斑蒼，奮志仍當展昂揚。
紅塵之間，悲喜人生容謳唱。
履盡滄浪，五湖歸來一笑放。
內叩心腸，悠悠情懷騁奔放。
難以言講，脫口只道年成強。

滌蕩生涯容謳唱

19年2月1日

滌蕩生涯容謳唱，蹉跎年輪徒增長。
此際又值冬夜涼，感興曠發哦詩行。
百年生死逞漫浪，騁盡心力渡桑滄。
此生仰望唯天堂，叩道不懼萬里艱。

激情歲月化詩章

19年2月1日

激情歲月化詩章，謳盡人世之淒涼。
宇宙無限之廣長，人生世間夢一場。
神為主宰恩典彰，選民得救赴天堂。
名利畢竟屬虛誑，清平心地享安祥。

天陰無妨心空靈
19年2月2日

天陰無妨心空靈，哦詩激越且清新。
年輪催轉余蒼鬢，一笑桑滄吾鎮定。
坎坷生涯多驚警，奮志雲霄震雷霆。
滌腐啟新須急行，春來會有芳草青。

清懷聊堪哦與諷
19年2月2日

清懷聊堪哦與諷，揮灑人生樂從容。
履盡陰晴不呼痛，淡渡桑滄持中庸。
老來心胸寬無窮，天人大道覓幽蹤。
奮發人生展剛雄，男兒絕不做孬種。

清風長翔靄茫茫
19年2月3日

清風長翔靄茫茫，心志浩起哦蒼蒼。
人生感慨何須講，秋春飛遞入安祥。
風雨曾經履艱蒼，而今雨後彩虹翔。
老來情懷展悠揚，一曲短詩賦滄浪。

感興茫茫哦詩章
19年2月3日

感興茫茫哦詩章，人生容我曠揚長。
已辭名利田園向，詩書一生體昂藏。
紅塵由來稱攘攘，心懷不忘水雲鄉。
百年生死履艱蒼，老來一笑頗悠揚。

歲月清新吾品嘗
19年2月4日

今日除夕，又當立春，天氣晴朗，流雲飄散，喜鵲奏鳴，心境舒朗，欣然喜悅，雅然賦詩焉。

歲月清新吾品嘗，正值除夕喜氣漾。
冬已辭去寒不彰，春已來臨迎春放。
喜聽鳥鳴囀情長，朗哦詩章情激昂。
來年新景長展望，努力耕心奮志向。

曠懷聊以謳歌唱
19年2月4日

曠懷聊以謳歌唱，除夕立春今同訪。
已知春禽恣鼓唱，天上白雲流萬方。
愜意讀詩興昂揚，瞻望前程倍慨慷。
男兒一生果敢放，矢志萬里摩雲蒼。

悠悠情懷何雅康
19年2月4日

悠悠情懷何雅康，人生奮志貴頑強。
體道心境舒奔放，向陽持正吾慨慷。
斬盡荊棘坦道放，力克魔敵曠飛翔。
天國正道吾力上，樂園永生何安祥。

夕煙既輕漲
19年2月4日

夕煙既輕漲，黃昏落照茫。
春風吹來曠，感發哦詩行。
人生騁激昂，奮志在遐方。
不為名利障，叩道吾悠揚。
夕煙既輕漲，立春氣象彰。
迎春已怒放，臘梅猶清香。
除夕今正當，辭歲暢感想。
一曲歌滄浪，君子端而方。

東風浩蕩
19年2月5日

東風浩蕩，天氣喜晴朗。
鳥囀情長，海內樂平康。
歲月奔放，正月初一間。
喜氣洋洋，鞭炮長震響。
努力向上，奮發我陽剛。
乘春鼓蕩，心志放萬丈。
人生悠揚，不為名利障。
叩道貞剛，步履邁堅壯。

心思廣長
19年2月5日

心思廣長，淡看蒼煙茫茫。
春風揚長，霧靄籠罩塵間。
奮發昂揚，人生合當慨慷。
男兒雄曠，不屈困苦艱蒼。
努力向上，矢志叩道奔放。
業績奮創，應許後儕仰望。
大同理想，正道鋪平康莊。
萬里驅闖，山水風光清靚。

天氣又陰
19年2月5日

天氣又陰，心境卻朗晴。
奮志凌雲，乘春鼓幹勁。
詩書浸淫，身心都芳馨。
正氣剛勁，萬里曠飛行。
紅塵艱辛，苦難是常尋。
神恩廣盈，導我入康平。
努力前進，不負我靈明。
叩道圓明，體悟天人情。

寫意長風曠吹蕩 19年2月5日

寫意長風曠吹蕩，只是霧霾仍狂猖。
欣聽喜鵲高聲唱，清度日月吾安康。
神恩不盡當謳唱，奮發情志鼓昂揚。
努力前路長驅闖，新春舒懷情悠揚。

清思曠發吾揚長 19年2月5日

清思曠發吾揚長，人生奮志慨而慷。
春來情志共風漲，向陽心態不狂猖。
正直為人一身芳，叩道紅塵履卓浪。
展眼天際靄茫茫，大千世界正平康。

闔家溫馨度平康 19年2月5日

闔家溫馨度平康，最喜父母健在堂。
春節喜氣盈寰壤，雅聽小鳥恣鳴唱。
品茗心志都清芳，哦詩激越且揚長。
人生快慰在此間，名利欺誑務棄放。

第九十二卷《和同集》

濃霧瀰乾坤 19年2月6日

濃霧瀰乾坤，春寒猶峭冷。
晨讀放高聲，心情頗茁振。
小鳥鳴數聲，愜我意深深。
努力奮前程，山水任成陣。

喜鵲清鳴 19年2月6日

喜鵲清鳴，春意正氤氳。
大好心情，哦詩應不停。
悠品芳茗，淡眼觀霧境。
鞭炮囂鳴，新年氛猶殷。
浩志凌雲，寰宇都包並。
努力耕心，叩道無止境。
紅塵艱辛，微笑吾堅定。
灑脫心襟，原無機可云。

春禽鼓唱 19年2月6日

春禽鼓唱，我心喜洋洋。
愜意心間，朗然哦詩行。
歲月綿茫，賜我以艱蒼。
神恩廣長，導我以力量。
奮志而闖，關山越千幢。
紅塵之間，存在著漫浪。
人生揚長，名利無意向。
清心奔放，瞻望天涯間。

清懷聊堪諷 19年2月6日

清懷聊堪諷，春意正初萌。
小鳥鳴從容，煦陽灑和慵。
愜意盈心中，朗哦吾清空。
展眼靄濛濛，喜鵲鳴長空。

霾煙四野橫 19年2月6日

霾煙四野橫，鳥鳴此初春。
歲月日進深，奮志曠馳騁。
山水歷成陣，心情展繽紛。
努力奮前程，叩道履艱深。

鳥掠長空恣從容 19年2月6日

鳥掠長空恣從容，初春草芽尚未萌。
鳥啼嬌嬌余心動，感慨長髮激情湧。
年輪飛驟漸成翁，情志仍與少年同。
激烈慷慨何情鍾，叩道奮身履圓通。

淡眼觀世象 19年2月6日

淡眼觀世象，傾心作詩章。
人生持昂揚，況值春初漲。
窗外鞭炮放，市井熙復攘。
生活吾平章，長似水流殤。

蒼煙四野凝 19年2月6日

蒼煙四野凝，春來吾多情。
雅聽鳥啼鳴，風來清我心。
斑蒼不必云，奮志仍凌雲。
努力向前進，山水越無垠。

雲煙昏昏吾何云 19年2月6日

雲煙昏昏吾何云，孟春此際值暮陰。
歲月進行漸蒼鬢，感慨曠發饒歌吟。
燈下清坐思無垠，中心激情起殷殷。
宇宙大千空空境，唯有神恩可恃憑。

蒼蒼心境吾何講 19年2月6日

蒼蒼心境吾何講，燈下放思想。
激情歲月如流淌，華髮漸漸蒼。
春來情志又清漲，努力曠飛揚。
不屈磨難與艱蒼，奮志須剛強。
人生世上不久長，業績矢當創。
文明進步無止疆，前路正輝煌。
善惡爭戰何艱長，正義必增長。
神恩荷負高聲唱，凱歌徹雲鄉。

暮煙蒼蒼華燈放 19年2月6日

暮煙蒼蒼華燈放，城市熙攘正未央。

春來感慨倍加漲，情志舒出化詩章。
已知迎春正怒放，中心激越且慨慷。
人生百年不久長，乘春鼓志理應當。

晨起雅聽風怒嚎

19年2月7日

晨起雅聽風怒嚎，春來心俏，
春來心俏，耳際小鳥正鳴叫。
歲月曠展其豐饒，奮力行好，
奮力行好，秋春飛遞余詩稿。
清喜冷寒不算峭，迎春開了，
迎春開了，冬已辭去無影銷。
紅塵大千容笑傲，心境灑瀟，
心境灑瀟，男兒俊骨似鋼造。

晨起心淡蕩

19年2月7日

晨起心淡蕩，朔風怒嚎翔。
冷寒不算狂，籠鳥清鳴唱。
歲月舒芬芳，迎春已怒放。
東風行將訪，綠遍天涯間。

浮生暢意向

19年2月7日

浮生暢意向，體道吾頑強。
春來情先漲，意同風同放。
四際鞭炮響，海內樂平康。
冀求東風訪，碧滿田疇間。

春寒猶峭吾何道

19年2月7日

春寒猶峭吾何道，天上雲煙飛飄渺。
激情滿懷撰詩稿，身心慨慷容寫照。
展眼前路正娟好，關山清蒼適懷抱。
人生正道樂逍遙，叩道一生奮志跑。

西山漸漸展落照

19年2月7日

西山漸漸展落照，燦爛金光恣照耀。
海內生氣共春早，迎春開顏曠含笑。
詩書一生恆笑傲，樂天知命吾逍遙。
灑脫情懷堪稱好，不許名利肆其囂。

品茗清芳

19年2月7日

品茗清芳，閑看雲飛淡蕩。
歲月揚長，孟春愜余情腸。
奮發志向，男兒勇武強剛。
努力向上，曠飛萬里無疆。
流年飛狂，不必計較斑蒼。
瓣瓣心香，哦出新詩昂揚。
心取奔放，不為名利所障。
山水無限，召喚我長驅闖。

天氣陰晴正不定

19年2月7日

天氣陰晴正不定，心境卻朗晴。
人生奮志當淩雲，春來吾多情。
路上車攘人熙行，紅塵囂囂境。
心中懷有彼白雲，灑脫且清新。
努力前路奮志行，山水覽蒼勁。
名利未許妨靈明，吾志水雲清。
大千世界合高吟，神恩總無垠。
感佩讚美歡聲盈，叩道矢奮進。

斜陽正好

19年2月7日

斜陽正好，寫詩曠舒情懷抱。
春已來了，迎春綻放正含笑。
吾意逍遙，樂道安貧持心竅。
奮志迢迢，山水莽蒼容寫照。
人生晴好，風雨艱蒼經過飽。
合當笑傲，紅塵清度何不好。
努力前道，披荊斬棘萬里遙。
天涯堪表，風光美妙恣意瞧。

春夜值清寒

19年2月7日

春夜值清寒，哦詩情緒曠開展。
窗外華燈燦，生活歡樂且祥安。
奮志作好漢，人生騁志搏群瀾。
不懼路坷坎，相信終抵標的站。
清思展浩瀚，激情流瀉化長瀾。
往事不回看，已履萬水與千山。
歲月堪驚歎，五十四載如夢般。
滄桑等閒觀，老來心境頗安然。

悠悠情懷對誰講

19年2月7日

悠悠情懷對誰講，孤旅不嗟茫蒼。
奮志萬里之疆場，履盡煙雨蒼涼。
燈下清思放萬丈，紅塵寄居之壤。
努力奮發展頑強，鼓勇力戰豺狼。
還我清平之寰壤，大道必當通暢。
真理正義似陽光，照徹宇宙穹蒼。

人心幽暗必克光，眼神清澈明亮。
天國永生是獎賞，天父導引慈航。

天陰無妨我心情

19年2月8日

天陰無妨我心情，田疇喜鵲正清鳴。
品茗添起我意興，哦詩熱情展心靈。
春來我心大光明，喜悅盈胸多奮興。
共春鼓蕩惜寸陰，不負華年水流行。

暮陰風清恣朗吟

19年2月8日

暮陰風清恣朗吟，孟春時節愜余心。
努力晨昏惜寸陰，不負華年浪花行。
生辰持志矢辟進，艱蒼困苦不必云。
紅塵自古多艱辛，文明日上無止境。

春寒正峭

19年2月10日

春寒正峭，六出飛花又灑飄。
清撰詩稿，舒出情思如芳草。
籠鳥鳴叫，愜我心胸真無二。
歲月遙逍，五十四載逝去了。
人生晴好，履盡風雨吾灑瀟。
淡然一笑，桑滄等閒如雲飄。
展眼長瞧，曠宇殘雪猶未銷。
生活熱鬧，車熙人攘爭囂囂。

清寒正甚

19年2月12日

清寒正甚，哦讀清詞聲又聲。
心境孤冷，對此春陰憂思生。

歲月進深，老我斑蒼何須論。
依然清純，叩道騁志吾奮身。
紅塵難論，眾生太多陷沉淪。
名利紛紛，道德失落痛深沉。
曠懷清正，步履前程吾剛貞。
不懼陰沉，相信終有煦陽生。

心境無恙

19年2月12日

心境無恙，對此春陰不惆悵。
奮志強剛，峭寒任其展狂猖。
歲月奔放，大千紅塵舒意向。
人生揚長，履歷艱蒼一笑昂。
百年不長，努力萬里長驅闖。
山高水壯，風光飽享情悠揚。
任起卓浪，我心我意恆平康。
穩渡安航，風雨之中愜情腸。

閒愁須拋

19年2月12日

閒愁須拋，奮志人生持剛傲。
履歷迢迢，千山萬水行過了。
春寒任峭，暮陰燈下舒心竅。
撰寫詩稿，曠懷雅正從容表。
人生逍遙，因辭名利脫塵囂。
山好水好，田園契我情懷抱。
心境不老，斑蒼無妨我笑傲。
正直風標，沉潛詩書叩大道。

峭寒正殷

19年2月12日

峭寒正殷，東風舒展其多情。
春來芳心，寫詩曠哦我激情。
履盡陰晴，而今一笑正清明。
歲月經行，老我蒼鬢心鎮定。
喜鵲長鳴，喳喳叫喚動人心。
心懷高興，情志共春舞不停。
努力前行，關山清展其風雲。
覽盡風景，天涯風光契我心。

悠然心向

19年2月12日

悠然心向，天陰無妨我揚長。
春風正暢，野間喜鵲歡鳴唱。
人生奔放，因無名利可阻障。
詩書之間，容我性靈恣張狂。
峭然寒彰，室內清坐品茗芳。
藹然意向，小哦新詩舒情腸。
淡然心腸，安度歲月頗平康。
縱有風浪，共緣履歷也昂揚。

小鳥清鳴唱

19年2月12日

小鳥清鳴唱，東風悠揚。
心地慨而慷，情思奔放。
春來氣昂藏，展眼曠望。
雲天多晴朗，迎春怒放。
歲月賜安康，神恩廣長。
努力叩道藏，志取貞剛。

人生不畏艱，萬里驅闖。
紅塵任攘攘，水雲胸間。

天陰又放 19年2月12日

天陰又放，小鳥清鳴唱。
我意平康，品茗愜懷暢。
裁心詩章，舒出流年況。
人漸老蒼，一笑頗清爽。
世事狂猖，名爭併利攘。
清心揚長，不入世之網。
百年悠揚，情懷都疏狂。
輾轉塵間，安祥心地間。

夜黑華燈放 19年2月12日

夜黑華燈放，心志張揚。
清哦振慨慷，激情廣長。
霓虹閃魅光，城市囂張。
心性持清涼，不受炙妨。
闔家喜安康，度日安祥。
神恩正豐穰，歡呼無疆。
歲月曠飛翔，孟春無恙。
心恆懷希望，共春同長。

流年娟好 19年2月13日

流年娟好，孟春時節不嗟老。
奮志剛傲，萬里征途步逍遙。
歲月飄飄，五十四載逝去了。
積澱詩稿，心情心志從容表。
合當高蹈，名利於我不重要。
山高水遙，踏遍莽蒼微微笑。
暮煙正繞，燈下寫詩情懷渺。
窗外車囂，大千紅塵桑滄饒。

五更清寒 19年2月13日

五更清寒，路上華燈燦。
心志雅安，誦讀清詞玩。
人生坷坎，不須回頭看。
萬水千山，視作等閒觀。
力作好漢，奮志搏群瀾。
天會青藍，煦陽終會展。
風雨經諳，磨煉心與膽。
一笑展顏，不懼艱與難。

藍天白雲 19年2月13日

藍天白雲，春寒料峭正經行。
雅聽鳥鳴，清新宛轉頗動聽。
歲月進行，春來情志又欣馨。
努力前進，不負韶光與靈明。
紅塵多辛，艱蒼困苦是常尋。
奮志凌雲，男兒英武騁剛勁。
大千無垠，宇宙廣深祕無盡。
叩道矢行，手持慧燭入圓明。

多雲轉陰 19年2月13日

多雲轉陰，蒼煙四野凝。
慨然心情，新詩曠哦吟。
孟春情景，冷寒自峭峻。
喜鵲清鳴，引余心奮興。
奮志凌雲，天涯風光俊。
努力前行，披荊斬棘進。
鞭炮轟鳴，紅塵鬧不停。
應持清心，勿耽利與名。

春來不嗟霜鬢 19年2月14日

春來不嗟霜鬢，紅塵履歷艱辛。
雨息又值陰，灑然持心境。
清心自品芳茗，哦詩熱情盡興。
奮志當凌雲，春來鼓幹勁。
歲月飛行清俊，回首應不嗟驚。
風雨曾蒼勁，苦難疊千尋。
人生努力前進，矢志拋去利名。
心襟入白雲，叩道吾堅挺。

春寒任峭 19年2月14日

春寒任峭，心地吾雅騷。
品茗清好，情懷灑然瀟。
風雨經飽，朗然余一笑。
紅塵囂囂，半生安度了。
雄心正傲，壯懷堪可表。
努力前道，艱蒼未可撓。
應許晴好，天涯風光俏。
矢志奔跑，關山清蒼妙。

春風曠展

19年2月14日

春風曠展，天氣值清寒。
野禽綿蠻，愜我情浩瀚。
人生坷坎，不必多論談。
奮志霄漢，努力履艱難。
名利不沾，心懷雅然善。
叩道和安，心鏡塵不染。
歲月飛翻，人老已蒼顏。
不必長歎，前路風光燦。

天陰靄蒼

19年2月14日

天陰靄蒼，率意揚長，
心性清芳，哦詩吐激昂。
孟春正當，峭寒猶猖，
思想起浪，奮志騁無疆。
世事桑滄，幻變無恙，
人生艱蒼，迎難吾徑闖。
歲月舒揚，年輪增長，
不計斑蒼，努力奮向上。

輾轉艱蒼騁意向

19年2月14日

輾轉艱蒼騁意向，人生履歷是桑滄。
五湖歸來何所講，身心豁達一笑放。
正直人生吾悠揚，放曠情思共緣翔。
春寒無妨心舒暢，朗哦新詩頗激昂。

暮煙濃重

19年2月14日

暮煙濃重，心志正從容。
燈下哦諷，舒出我情鍾。
人生奮勇，難免雨與風。
往事如夢，而今蒼鬢濃。
笑意應送，清懷賦靈動。
不懼成翁，坦蕩持襟胸。
坎坷付風，老來心平慵。
努力前衝，天涯秀無窮。

燈下清坐展思想

19年2月14日

燈下清坐展思想，哦詩激越且奔放。
春來氣象當更張，迎春正放第一香。
紅塵由來存漫浪，天人大道一生訪。
清懷向誰道併唱，孤旅不嗟蒼與涼。

瀟瀟浮生曠意向

19年2月14日

瀟瀟浮生曠意向，人生任坎蒼。
天地生氣正增長，孟春任寒涼。
燈下清思放萬丈，激情中心漲。
歲月賜我以蕭涼，中心不悵惘。
奮志人生騁剛強，豪情衝天壯。
名利棄去吾安康，詩書怡襟腸。
紅塵不是久留鄉，百年成荒唐。
叩道一生吾昂揚，悠悠哦奔放。

華燈燦放

19年2月14日

華燈燦放，激情逞囂張。
哦詩昂揚，中心潮正漲。
春意醞釀，峭寒未可擋。
歲月舒揚，吾豈嗟老蒼。
紅塵之間，不可稍孟浪。
持心清芳，叩道吾揚長。
車聲囂猖，市井恆鬧嚷。
清坐安祥，靜意理心簹。

心事廣長

19年2月14日

心事廣長，難言是怎樣。
春來情漲，哦詩復奔放。
霓虹閃靓，生活奏平康。
內叩心膛，九轉是情腸。
孤旅昂揚，不計艱與創。
努力驅闖，志在萬里疆。
紅塵攘攘，百年一瞬間。
業績奮創，韶華勿費浪。

孤燈清坐吾從容

19年2月14日

孤燈清坐吾從容，流年任匆匆。
又值孟春冷寒重，嗟我近成翁。
歲月幻化真無窮，感慨盈心胸。
奮志人生展英勇，不懼雨與風。
瞻望前景慨慷從，男兒縱豪雄。
努力提刀斬虎熊，大同締造中。

振節人生持奮勇，歌聲徹霄穹。
百年清度不朦朧，叩道情獨鐘。

闔家清喜安康 19年2月14日

闔家清喜安康，總賴神恩奔放。
春來情增長，詩興大發揚。
歲月清展揚長，斑蒼無妨強剛。
努力騁志向，萬里迎難闖。
此生履盡艱蒼，不必計較心創。
曠懷寰宇裝，正氣舒昂揚。
和同眾教必講，大同是余理想。
踐道風雨間，磨難一任放。

第九十三卷《慧心集》

天氣喜晴朗
19年2月16日

天氣喜晴朗，春寒任放。
喜鵲歡鳴唱，朔風吹狂。
我心自平康，神恩廣長。
努力向前方，盡力驅闖。
歲月舒奔放，不計斑蒼。
人生奮揚長，叩道履艱。
和平盈寰壤，人民安祥。
迎春正怒放，喜氣人間。

室外燦華燈
19年2月17日

室外燦華燈，室內清冷。
獨坐對孤燈，清理心身。
人生奮馳騁，履盡艱深。
不必訴痛疼，努力前程。
孟春冷寒甚，心志清芬。
曠懷與誰論，唯向詩申。
瞻望萬里程，盡力奮爭。
叩道吾剛正，名利棄扔。

清懷雅潔堪謳唱
19年2月18日

清懷雅潔堪謳唱，窗外春寒任囂猖。
已知啼鳥盡情放，心中情思起萬丈。
鼓舞雄心矢去闖，無價韶華勿費浪。
年輪恆是飛驟長，不必長嗟霜華蒼。

書生意氣正激昂
19年2月18日

書生意氣正激昂，人生況味何須講。
雖然雨雪正灑降，春來腳步未可擋。
迎春怒放綻金黃，小鳥鳴叫復情長。
悠悠情懷真無恙，努力乘時舒奔放。

輾轉身心聊哦唱
19年2月18日

輾轉身心聊哦唱，人生難得是平康。
品茗清享閑情況，讀書寫詩騁激昂。
春來細雨清灑降，七九峭寒一任彰。
會當九盡碧柳芳，生機盎然田疇間。

燈下清思正無恙
19年2月18日

燈下清思正無恙，窗外雨打起清響。
春來應放氣萬丈，男兒鼓勇矢前方。
關山已越萬千幢，流水逝去吾何傷。
任使霜華漸增長，悟道持心也安康。

細雨滴清響
19年2月18日

細雨滴清響，心事廣長。
孟春今正當，冷寒猶彰。
曠志豈尋常，脫出塵網。
名利非意向，宇宙包藏。
人生百年間，履盡桑滄。
談吐恆安祥，圓明心鄉。
大道一生訪，尋覓慧光。
堅貞心地間，風雨兼闖。

冷寒正彰
19年2月18日

冷寒正彰，小雨夾雪又灑降。
春來氣昂，男兒曠志慨而慷。
歲月飛狂，五十四載一瞬間。
心不孟浪，叩道堅貞展志向。
人生奮闖，共緣履歷艱深長。
一笑淡蕩，名利終究是虛妄。
詩書之間，沉潛謳吟真漫浪。
清貧何妨，胸襟涵有水雲翔。

籠鳥曼歌唱
19年2月24日

籠鳥曼歌唱，天值晴朗。
只是霧霾又狂猖，無奈心間。
歲月曠飛翔，孟春正當。
清喜迎春怒開放，樂在襟房。
品茗意悠揚，朗哦詩章。
老來心境漫舒揚，謙和襟腸。
蕩氣復回腸，心志揚長。
努力乘春奮志向，詩書講唱。

心志未許惆悵

19年2月24日

心志未許惆悵，霾煙任狂，
霾煙任狂，明天會起紅太陽。
春來心意舒放，如同風揚，
如同風揚，萬里長天忞飛翔。
紅塵攘攘無恙，情思揚長，
情思揚長，叩道不計艱與障。
歲月綿綿遞放，任起斑蒼，
任起斑蒼，淡蕩一笑還清昂。

天陰無妨

19年2月26日

天陰無妨，春意正醞釀。
小鳥鳴唱，愜余意與向。
歲月舒昂，年輪曠增長。
品茗安祥，讀書意洋洋。
人生揚長，名利早棄放。
正氣心間，慨慷且激昂。
紅塵攘攘，水雲何處訪。
心懷太陽，叩道吾奔放。

歲月綿綿放曠

19年3月1日

歲月綿綿放曠，清喜天晴朗。
只是霾煙又放，歎息在心間。
春來我自情長，詩興大發揚。
讀書愜余襟腸，窗外鳥啼唱。
人生感慨心間，斑蒼是無妨。
奮志仍當強剛，豪情衝萬丈。

大千生意醞釀，老柳碧初芳。
我意舒展昂藏，曠欲遨天翔。

情懷雅靚（之一）

19年3月2日

情懷雅靚，從容哦詩章。
天陰何妨，春禽正啼唱。
我意昂揚，人生奮志闖。
關山萬幢，磨煉膽氣剛。
歲月揚長，人生落花仿。
不許悲悵，努力奮力量。
展眼靄漾，生活奏平康。
正氣心間，振節謳嘹亮。

人生淡定之間

19年3月2日

人生淡定之間，已履千關萬障。
此時長思想，一笑還澹蕩。
紅塵攘攘無疆，眾生鎮日瞎忙。
利鎖與名韁，害人無止疆。
我心清真所向，是在田園山莊。
詩書沉潛間，不計秋春放。
笑我斑蒼疏狂，清貧正氣昂揚。
叩道是志向，遠辭機與奸。

閒情放曠

19年3月2日

閒情放曠，春陰無妨心揚長。
品茗之間，愜聽小鳥鼓鳴唱。
霾煙仍狂，歎息嗟悵無用場。
共緣履航，千山萬水志方剛。

歲月安祥，履盡風浪一笑間。
惜已斑蒼，華年逝去幻無疆。
前路仍長，男兒奮展雙翅翔。
天蒼地廣，宇宙大千妙無恙。

清坐安祥

19年3月2日

清坐安祥，履歷人生不孟浪。
春風浩蕩，天陰雅聞鳥鳴唱。
半世消殤，餘得斑蒼一笑揚。
世事狂蕩，名韁利鎖害人腸。
書生意暢，清心滌意詩書間。
愜意哦唱，舒出情意也揚長。
闔家安康，一生清貧也無妨。
志取昂藏，不入世網入溟滄。

清風徐曠

19年3月2日

清風徐曠，陰靄迷煙四野漾。
哦詩揚長，激情流瀉真無恙。
人生慨慷，春來情志都增長。
碧柳舒芳，鵝黃淡煙堪欣賞。
奮發激昂，努力前路長驅闖。
攻關克障，天涯寫意風光靚。
一笑淡蕩，心性尚如少年狂。
努力奔放，學取飛鳥遨天翔。

窗外華燈

19年3月2日

窗外華燈，清坐室內思生成。
遠際歌聲，嫋起心中意深沉。

歲月進深，滾滾不盡是年輪。
霜華漸生，淡然一笑仍清純。
嗟此紅塵，太多名利陷害人。
清心應生，遁向田園享清芬。
大千繽紛，質樸心地原雅正。
此際心身，恰似春風潤無聲。

浮生暢意向

19年3月2日

浮生暢意向，心係廣長。
紅塵任攘攘，自性清涼。
春光正醞釀，喜鵲鳴唱。
萬物待生長，碧盈田壤。
歲月真悠揚，詩意心間。
哦出氣萬丈，衝向雲鄉。
人生不必講，悟道安康。
一笑也淡蕩，無機襟腸。

小鳥鳴唱

19年3月2日

小鳥鳴唱，自在得其所向。
清風揚長，我意適然安祥。
春來奔放，碧柳已綻新芳。
我志昂藏，耕心晨昏無恙。
心事廣長，卻向何人言講？
雅哦詩章，激情狂瀉無疆。
百年蒼茫，思此我心感傷。
叩道貞剛，心志縷縷清芳。

暮陰時分

19年3月2日

暮陰時分，心志曠展繽紛。
哦詩真誠，舒出熾熱心身。
鳥鳴聲聲，宛轉動聽宜人。
清風陣陣，溫馨真的感人。
時正孟春，我心雅潔清芬。
浩氣曠生，時刻想欲飛騰。
面對人生，應許步履沉穩。
放飛精神，標的遠在天城。

心懷意念與誰同

19年3月3日

心懷意念與誰同？履歷春風，
履歷春風，孤旅人生不言中。
不必計較近成翁，心志中庸，
心志中庸，隨緣履度持平慵。
歲月逝去正匆匆，應許從容，
應許從容，叩道情懷不苟同。
紅塵誰是多情種？痛徹心胸，
痛徹心胸，五湖歸來詠春風。

放鬆心情

19年3月3日

放鬆心情，何必鎮日費哦吟。
且品芳茗，窗外春禽正鼓鳴。
人生殷殷，逝水流年川何勁。
轉眼蒼鬢，世事桑滄何必云。
心志空清，共緣履歷吾奮興。
輾轉陰晴，學取蒼松虬枝勁。
笑意清新，名利於我無意興。
任使清貧，詩書人生也雅清。

閒情舒展

19年3月3日

閒情舒展，人生不計是坷坎。
心懷浪漫，春來情志又起瀾。
紅塵經諳，大千幻化不必談。
桑滄疊展，呵呵一笑吾安然。
歲月飛帆，老我斑蒼霜華綻。
詩書盈案，鎮日哦詩也清淡。
東風吹展，鳥語嬌囀正妙曼。
清坐思曼，品茗心意曠浩瀚。

三更無眠

19年3月3日

三更無眠，心志向誰明？
燈下哦吟，曠舒我身心。
人生奮行，履盡關山雲。
而今驚醒，悟道覺空清。
歲月進行，笑我蒼蒼鬢。
紅塵多辛，名利損性靈。
窗外車行，窗外霓虹映。
春夜多情，思緒如潮行。

喜鵲清鳴

19年3月3日

喜鵲清鳴，晨起值天陰。
曠然高興，新詩哦不停。
春風經行，老柳初芳青。
歲月無垠，不必嗟斑鬢。

人生多情，損了心與靈。
努力前進，風光覽蒼清。
嗟此宇庭，幻化無止境。
紅塵多辛，淡泊持心靈。

雅聽雀鳴噪

19年3月3日

雅聽雀鳴噪，心情娟好。
春已經來到，柳先碧了。
紅塵胡不好，容我逍遙。
歲月催人老，合當高蹈。
淡泊持心竅，南山風標。
人生奮志跑，履越迢迢。
心志未可撓，一若鋼造。
努力辟前道，風雨任瀟。

紅塵漫多辛

19年3月3日

紅塵漫多辛，吾志凌雲。
春已經來臨，東風先行。
心志起殷殷，曠欲飛行。
春來鼓心情，雅聽鳥鳴。
平生吾淡定，悠品芳茗。
歲月任侵鬢，霜華清映。
此時值天陰，霾煙曠行。
清坐思無垠，哦詩盡興。

人生從容

19年3月3日

人生從容，任起雨與風。
淡定之中，不覺已成翁。
笑意清送，豁達悟圓通。
名利拋送，心志水雲中。
世事窮通，桑滄幻變濃。
百年如夢，記憶唯垂永。
春風吹送，嫋起情思濃。
開口哦諷，雅潔且清空。

休憩心腸

19年3月3日

休憩心腸，不思復不想。
寫點詩章，閒時上上網。
歲月飛翔，又值孟春間。
鳥囀歌唱，碧柳又裁芳。
心事揚長，曠欲去飛翔。
天蒼地廣，自由何快暢。
暮陰之間，清坐頗安祥。
展眼靄漾，和平盈寰壤。

人生曠思想

19年3月3日

人生曠思想，春來情志漲。
心花當怒放，哦詠亦揚長。
感時舒千章，意動遐意暢。
流連塵世間，共緣履安祥。

細雨濛濛

19年3月3日

細雨濛濛，灑脫最是春風。
清坐從容，耳際鳥語嬌送。
歲月如風，往事記憶空空。
人生如夢，回首煙雨烈猛。
淡蕩心胸，不容名利進攻。
慨慷之中，清守正義情濃。
笑我成翁，獨立絕不苟同。
真的英雄，原也雅潔清空。

笑意廣長

19年3月3日

笑意廣長，悟徹天地之間。
人生世間，應許共緣揚長。
清展思想，亙古不過桑滄。
未來瞻望，原也風雨艱長。
迎難而上，男兒曠展慨慷。
不屈強梁，正直一生是向。
歲月奔放，努力秋春之間。
暢意飛翔，高天無限寬敞。

紅塵漫浪

19年3月3日

紅塵漫浪，春來曠展思想。
迎春清爽，海棠亦初開放。
歲月揚長，不計老將來訪。
清度安康，雅潔盈滿襟腸。
笑意浮上，悟道吾心安祥。
清貧何妨，我有正義心房。
大千無恙，恆將正道叩訪。
小哦詩章，舒出心胸氣象。

風雨人生

19年3月5日

風雨人生，最貴是心純。
雅潔心身，曠懷持繽紛。
時值孟春，燈下思深深。
歲月進深，努力奮前騁。
坦蕩清芬，叩道吾精誠。
悠悠秋春，笑對桑滄陣。
紅塵滾滾，名利未須論。
坐擁書城，哦詠在晨昏。

春霧濛濛

19年3月6日

春霧濛濛，喜鵲啼聲洪。
心懷激動，哦吟適心胸。
人生情鍾，逸意水雲中。
名利何功，應棄應拋送。
紅塵洶洶，淡定盈襟中。
詩書浸泳，叩道吾從容。
半世斷送，華髮曠迎風。
笑意清動，樂天持中庸。

閒情都放曠

19年3月6日

閒情都放曠，清聽鳥唱。
驚蟄今正當，春風浩蕩。
讀書興味長，哦詠慨慷。
精神俱增長，共春鼓蕩。
紅塵是狂猖，名爭利攘。
淡定是心向，胸懷廣長。
人生不必講，誰不細詳。
努力一生間，不計斑蒼。

情懷雅靚（之二）

19年3月6日

情懷雅靚，悠聽鳥啼唱。
春風舒揚，迎春正怒放。
歲月奔放，老我以斑蒼。
不計過往，奮志騁強剛。
紅塵萬丈，名利未許障。
逸意揚長，心懷水雲鄉。
笑意浮上，悟道吾安康。
百年漫浪，修身應無疆。

漫天晴朗

19年3月6日

漫天晴朗，雀鳥歡鳴唱。
春風吹暢，碧柳初綻芳。
紅塵無恙，春色在增長。
海棠開放，嬌美真無上。
心事廣長，卻對誰人講。
孤旅昂揚，騁志越重崗。
人生揚長，困難未可障。
曠意飛揚，不在這塵壤。

柳籠鵝黃

19年3月6日

柳籠鵝黃，得氣先舒揚。
春色清芳，野禽歡鼓唱。
我意揚長，讀書哦詩章。
心志奔放，曠欲暢飛翔。
天喜晴朗，風兒略帶涼。
驚蟄正當，仲春已來訪。
歲月飛狂，笑我霜華蒼。
應許安祥，悟道心平康。

心境舒曠

19年3月6日

心境舒曠，閒雅哦詩行。
春禽鼓唱，愜我意無限。
孟春已殤，驚蟄今正當。
時光飛揚，流年真堪悵。
奮發圖強，努力騁志向。
縱有高崗，我有雙翅膀。
天涯瞻望，風光定瑰靚。
矢志尋訪，風雨未為障。

悠聽鳥唱

19年3月6日

悠聽鳥唱，悠享風清暢。
春意舒放，身心體康強。
我自揚長，淡泊且安祥。
詩書哦唱，共緣履奔放。
歲月清閒，清貧正無妨。
心襟遼廣，叩道騁志向。
百年不長，惜時銘心腸。
耕心無恙，慧意日增長。

第九十四卷《自由集》

心志曠展平康

19年3月7日

心志曠展平康，愜聽小鳥鳴唱。
仲春今正當，柳已籠鵝黃。
東風悠來清暢，品茗意興昂揚。
人生正情長，婉轉賦詩行。
歲月綿綿飛翔，笑我華髮斑蒼。
努力奮志向，履道舒奔放。
青天藍碧堪賞，生活和平安祥。
陽和天地間，雅思也良長。

紅塵清好

19年3月7日

紅塵清好，流年風煙表。
仲春來了，天晴喜鵲噪。
心情微妙，哦詩吐風騷。
歲月遙逍，賜我斑蒼老。
合當笑傲，正義持心竅。
田園美好，憩我情懷抱。
努力前道，剛正是情操。
不屈不撓，萬里曠揚飆。

歲月飛揚

19年3月8日

歲月飛揚，仲春柳煙又籠黃。
心志揚長，愜聽喜鵲歡鳴唱。
心懷廣長，雄心共春又增長。
不計斑蒼，奮發仍展少年狂。
一笑澹蕩，名利空空無意向。
叩道貞剛，男兒豪勇啟無疆。
藍天青曠，東來和風吹奔放。
心地安祥，展眼天際長瞭望。

悠悠心襟

19年3月8日

悠悠心襟，春來頗振興。
瞻望殷殷，前景正光明。
紅塵多辛，老我以斑鬢。
奮志凌雲，努力向前進。
又值暮陰，宿鳥競啼鳴。
寫詩盡興，舒出我身心。
不圖利名，詩書恆浸淫。
心志分明，秋春吾淡定。

歲月娟好

19年3月9日

歲月娟好，春已經來到。
華燈清照，思想展迢迢。
人生蒼老，情懷猶剛傲。
不屈不撓，奮志曠揚飆。
風雨兼道，揮灑我逍遙。
哦詩微妙，吐出吾風騷。
難以言表，思緒若春潮。
四圍靜悄，澹蕩持心竅。

清懷雅淡

19年3月10日

清懷雅淡，春來心浪漫。
喜鵲鳴喊，東風吹妙曼。
我自安然，哦詩舒情瀾。
歲月揚帆，何必計鬢斑。
浩氣曠展，正氣充宇瀚。
人生坷坎，不必常言談。
努力奮戰，長驅萬里難。
風雨經諳，一笑也爽然。

散步徐行

19年3月10日

散步徐行，又見柳青青。
春風清新，愜我心與襟。
仲春妙境，迎春怒如金。
臘梅芳馨，海棠開清俊。
我意奮興，新詩脫口吟。
數里經行，血脈和無垠。
斜陽清映，市井漾和平。
希冀盈心，努力去追尋。

夕照通紅
19年3月10日

夕陽通紅，春意漸濃重。
清喜東風，愜我心與胸。
人生情濃，難免多傷痛。
歲月如風，記憶化朦朧。
年近成翁，不妄去行動。
淡定之中，叩道履圓通。
大千恢弘，陽氣共春濃。
展眼靄濃，奮志當如虹。

喜鵲喳喳大鳴
19年3月11日

喜鵲喳喳大鳴，曠余意興，
曠余意興，欣然哦詩賦激情。
春來我自多情，東風正行，
東風正行，柳煙淡籠碧芳青。
人生奮志而行，穿山越嶺，
穿山越嶺，磨煉剛健之身心。
紅塵攘攘之境，應許清心，
應許清心，達悟大道入空清。

晨風清暢
19年3月11日

晨風清暢，微帶薄寒涼。
春禽鼓唱，歡欣得其向。
我自安祥，從容哦詩章。
心境平康，人生持嚮往。
歲月飛翔，人生易老蒼。
一笑雅靚，展眼長曠望。
天際靄漾，野柳籠鵝黃。
遠際歌唱，激動我心鄉。

漫浪紅塵
19年3月12日

漫浪紅塵，贏得心襟生疼。
奮不顧身，叩道踐履真誠。
春意清芬，老柳正展青春。
東風清純，空際瀰滿溫存。
心志廣深，向誰吐出心身？
孤旅馳騁，不懼山水成陣。
鳥囀嬌聲，愜我心意雅芬。
努力前程，韶華逝水長奔。

春日晴好
19年3月12日

春日晴好，心志展逍遙。
哦詩雅巧，舒出情懷抱。
陽光灑照，雀鳥歡鳴叫。
柳煙正飄，田疇碧芳草。
我欲大笑，樂天真灑瀟。
紅塵清好，名利未許擾。
清心高蹈，田園東籬俏。
無憂無惱，詩書恆訪造。

心氣和平
19年3月12日

心氣和平，仰看天青青。
春風吹行，老柳裁芳青。
歲月進行，九九今日盡。
世界更新，生意煥然醒。
妙展空靈，新詩哦不停。
鳥語嬌鳴，歡快余之心。
清坐安寧，思想如潮行。
爽然高興，揚長心與情。

斜陽清好
19年3月12日

斜陽清好，和平盈塵表。
心情微妙，喜鵲歡鳴叫。
曠舒懷抱，小撰新詩稿。
奮志奔跑，紅塵胡不好。
我自逍遙，名利都棄了。
清心雅俏，遁向田園緲。
展眼遠瞧，天際蒼煙繞。
仲春美好，柳煙適襟抱。

暝色天地蒼
19年3月12日

暝色天地蒼，華燈初放。
心志感蒼涼，哦詩激昂。
人生奮志闖，山水遠長。
回思有淚淌，一曲悲壯。
風雨任艱蒼，意志如鋼。
努力向遠方，求取陽光。
性天自清涼，清展揚長。
奮發曠意翔，天高地廣。

燦爛陽光
19年3月13日

燦爛陽光，灑在心田上。
心志清昂，從容哦華章。
仲春無恙，品茗情悠揚。
不慌不忙，人生費平章。
時光飛殤，人漸入斑蒼。
一笑爽朗，悟道享安康。
名利虛妄，執著不應當。
共緣而往，境界微妙間。

鳥語情長
19年3月13日

鳥語情長，心志悠揚，
發我感想，小哦新詩行。
人生嚮往，天涯瞻望，
履盡艱蒼，一笑頗滄蕩。
歲月飛翔，煙雨狂猖，
回思過往，淚雨當傾淌。
奮發向上，男兒慨慷，
努力昂揚，萬水千山壯。

歲月遷轉吾何傷 19年3月13日

歲月遷轉吾何傷，奮志昂揚，
奮志昂揚，不屈不撓恆闖蕩。
山高水長越無限，心志廣長，
心志廣長，男兒鼓勇騁奔放。
春來心意大開敞，欣賞春光，
欣賞春光，新詩連踵脫口唱。
紅塵依然存漫浪，容我徜徉，
容我徜徉，百度秋春妙無恙。

清意天壤之間 19年3月13日

清意天壤之間，漫喜晴朗，
漫喜晴朗，雅聽小鳥之鳴唱。
春來情意奔放，雅思良長，
雅思良長，亙古聊作思與想。
向誰吐露中腸？孤旅艱蒼，
孤旅艱蒼，五湖歸來心安祥。
憩向詩書之間，積澱思想，
積澱思想，未許俗慮損襟腸。

又值暮陰 19年3月13日

又值暮陰，心靈心志持鎮定。
春風吹行，裁剪老柳綻芳青。
人生奮行，已越關山蒼涼境。
前路坦平，縱有險艱不足云。
紅塵艱辛，大塊背負痛苦情。
嚮往光明，矢尋真理叩靈明。
努力前進，跌倒爬起是常情。
春已來臨，會有芳景契心靈。

晨寒猶甚 19年3月14日

晨寒猶甚，二月初八值仲春。
鳥鳴聲聲，曠我心意展繽紛。
人生奮爭，努力前面之旅程。
山高水深，難阻前進之堅正。
歲月清芬，老我斑蒼何足論。
回思青春，往事如煙不堪逞。
奮志剛正，男兒有勇萬里騁。
風雨征程，磨得心膽疤千層。

連日感冒甚 19年3月14日

連日感冒甚，心志萎頓。
春風頗清冷，鳥語聲聲。
清坐心安穩，讀書傾神。
更吐我心身，裁詩雅芬。
合當鼓精神，春去三分。
韶華無價珍，努力晨昏。
只是一書生，清貧自尊。
叩道奮一生，風雨征程。

雀鳥清鳴 19年3月14日

雀鳥清鳴，振奮我身心。
仲春情景，生機正勃興。
藍天曠青，爽風吹無垠。
心懷雅清，哦詩亦空靈。
歲月進行，合共緣同進。
輾轉生平，人生似浮萍。
心志堅定，嚮往天涯行。
關山風情，契我心與靈。

人生徒然多情 19年3月14日

人生徒然多情，損了腦筋，
費了心靈，回首一夢初醒。
歲月費人思尋，曠志殷殷，
不為利名，努力前路驅進。
仲春已經來臨，東風嫋行，
柳絲飄運，煦陽正在天頂。
品茗小有意興，世事談評，
新詩哦吟，悠度歲月盡興。

一樹海棠繁花似錦 19年3月15日

一樹海棠繁花似錦，
曠使余心余意奮興。
春天已臨萬物蘇醒，
碧柳籠煙迎春開俊。
欣賞東風嫋嫋吹行，
野禽歡唱其樂何殷。
詩人情志鼓舞歡慶，
慨然哦詩舒發中情。

室外風嚎 19年3月15日

室外風嚎，靜坐室內心靜悄。
品茗清好，況有鳥語囀喳噪。

春天來了，勃然興起是懷抱。
嚮往揚飆，萬里青天容飛高。
紅塵娟好，千山萬水行過了。
不回頭瞧，前面尚有關千道。
志如鋼造，努力行旅邁逍遙。
清展風騷，詩興情興此際瀟。

憩意紅塵

19年3月15日

憩意紅塵，名利拋卻吾輕身。
坐擁書城，晨昏朗哦舒清芬。
快意人生，履盡苦痛心清純。
不妄紛爭，淡泊清心度日辰。
世事難論，正如煙雲幻繽紛。
秉持雅正，叩道踐履美善真。
斑蒼惜生，悟道爽心一笑溫。
高蹈心身，田園清新滌凡塵。

妙曼生塵

19年3月15日

妙曼生塵，悟道空空吾何論。
拋開痛疼，閒雅人生奮前騁。
履盡艱深，依然保有心純正。
和柔心身，樂天知命也清芬。
時值仲春，青天朗日鳥鳴純。
心志曠逞，哦詩長舒精氣神。
欣此乾坤，總有正氣恆生存。
努力前程，大千風景賞繽紛。

斜照輝煌

19年3月15日

斜照輝煌，心志展蒼茫。
人生感想，一起齊襲上。
歲月舒揚，浮生徒感傷。
回首桑滄，幻化真無恙。
奮志驅闖，前路關萬幢。
雙展翅膀，摩雲煙雨蒼。
紅塵無恙，大化運無疆。
唯有思想，留傳天地間。

清坐安祥

19年3月15日

清坐安祥，思想啟無疆。
人生境況，坎坷復艱蒼。
春意昂揚，情志亦開敞。
奮發向上，男兒當慨慷。
歲月奔放，春已四分殤。
草芽新長，煥發新氣象。
共春同放，斑蒼何所妨。
珍惜時光，努力曠志向。

春來心境頗平康

19年3月15日

春來心境頗平康，享受悠與閑。
欣看萬物初生長，生機勃然彰。
心情偶爾覺蕭涼，觸動我思想。
人生意義在何方，勿為名利障。
只是紅塵多狂猖，損我心與腸。
憩向詩書曠徜徉，調適我襟房。
春夜華燈萬家放，清坐哦詩章。
一曲短歌衷情唱，回味應久長。

寫意紅塵

19年3月16日

寫意紅塵，鳥囀東風正歡騰。
心志清芬，春來作個有心人。
歲月馳奔，逝去青春不必論。
奮志剛正，不屈苦難之困陣。
歡呼聲聲，時節已經屆仲春。
共時飛騰，男兒鼓勇萬里程。
山高水深，前旅艱深何足論。
風雨兼程，展我英武走乾坤。

雲淡風清

19年3月16日

雲淡風清，浩蕩春風吹清勁。
我有雅興，散步從容街坊行。
世界噪境，內叩身心求調停。
壯志凌雲，老大傷懷何足吟。
奮發雄心，春來情志又飛行。
關山險峻，容我跨越矢前進。
百年夢境，回思徒然傷了心。
不須多云，大好韶華值千金。

悠然心向

19年3月16日

悠然心向，履盡坎坷覺平常。
江湖闖蕩，正直身心淡泊間。
名利棄放，剩有清貧何所妨。
煙霞放浪，田園山莊愜情腸。

春來心曠，展眼雲煙多激蕩。
萬物生長，鼓舞情志豈尋常。
人生安康，秉持良知不張狂。
謙和心向，憩意詩書養襟房。

流風清暢 19年3月16日

流風清暢，悠揚我意向。
喜鵲鳴唱，仲春值晴朗。
曠意無限，從容哦詩行。
人生嚮往，齊襄上心膛。
紅塵攘攘，何處水雲鄉？
名利狂猖，殺人無止疆。
淡定心腸，正直體陽剛。
迎難而上，不懼千關障。

浮生清騁 19年3月17日

浮生清騁，何許計較痛與疼。
爛漫心身，一如草木初逢春。
歲月馳奔，心志不必言廣深。
努力晨昏，詩書浸淫也雅芬。
窗外風奔，清喜柳煙飄紛紛。
鳥鳴純正，愜我情懷深又深。
大千紅塵，名利襲人多傷損。
遠辭青春，斑蒼奮志曠馳騁。

清思雅淡 19年3月17日

清思雅淡，散坐思浩瀚。
人生坷坎，不必多論談。
艱蒼經諳，苦淚曾潸潸。
曠懷宇寰，努力作好漢。
斑蒼清展，淡泊盈心坎。
不必呼喊，沉默踏實幹。
百年飛帆，不必回頭看。
前路縱展，直插入霄漢。

芳柳搖漾 19年3月17日

芳柳搖漾，東風多浩蕩。
心志清昂，揚長哦詩章。
清喜晴朗，鳥囀正嬌曠。
散思奔放，亙古作暢想。
春來情長，向誰吐與放？
不言艱蒼，微笑展無恙。
人生嚮往，正氣天地彰。
道德文章，一生不相忘。

曠懷雅正 19年3月17日

曠懷雅正，人生秉真誠。
名利繽紛，只是亂心神。
展眼乾坤，春來陽和盛。
愜我心身，況有鳥鳴純。
斜暉正逞，清坐思紛紛。
人生奮爭，萬里無止程。
歲月清芬，記憶垂永恆。
百度秋春，叩道力馳騁。

爽潔持身心 19年3月17日

爽潔持身心，淡泊如雲。
春來我奮興，哦詩空靈。
又聞鳥啼鳴，雅潔清新。
打動我心靈，謳詠盡興。
何必多懷情，徒損心襟。
人生如夢境，幻化無垠。
名利是險境，棄去清心。
嚮往松風清，滌我胸襟。

第九十五卷《微笑集》

生涯淡蕩 19年3月17日

生涯淡蕩，履盡風艱雨狂。
一笑揚長，惜我已是斑蒼。
紅塵之間，盡多困苦艱蒼。
幻變桑滄，小小寰球無恙。
人生奮闖，豈懼山水遠長。
內叩心向，德操一生修養。
不敢狂猖，謙和一生是向。
春意奔放，愜我心意情腸。

漫天朗晴 19年3月19日

漫天朗晴，柳煙拖青，
雀鳥清鳴，時近春分余開心。
心志殷殷，惜時銘襟，
詩書用心，哦詩揚長亦盡興。
紅塵多警，狼煙曾經，
一笑爽清，雅度平生任清貧。
笑我多情，損了心襟，
秉持性靈，不允名利蝕身心。

閒情都放曠 19年3月19日

閒情都放曠，心思嫋揚。
春來喜晴朗，鳥語花芳。
清坐體安祥，品茗悠揚。
萬事都下放，當下清享。
人生實難講，如旅相仿。
青春不覺殤，霜華清漲。
一笑頗淡蕩，共緣同放。
欣賞此春光，陽和塵壤。

歲月清曠 19年3月19日

歲月清曠，雅將閑思吟唱。
東風浩蕩，嫋起詩興無限。
心志清昂，人生共春鼓蕩。
努力向上，勿負華年韶光。
應許淡蕩，名利不執心鄉。
詩書之間，尋覓真知靈糧。
世事桑滄，回思只是等閒。
遠景瞻望，天際靄煙浮漾。

夕日朗照 19年3月19日

夕日朗照，心情十分好。
灑脫逍遙，哦詩吐風騷。
人漸蒼老，春來開懷笑。
柳絲飄飄，詩意中心饒。
紅塵娟好，鳥兒曠鳴叫。
海棠開俏，繁花真絕妙。
清坐思遙，未許逞高傲。
謙和心竅，淡雅且倩巧。

天黑華燈放 19年3月19日

天黑華燈放，冰蟾初上。
春風展悠揚，我意平曠。
微有淡感傷，時光飛殤。
人生值斑蒼，理想空壯。
豁達持心間，聊發感想。
應能共緣翔，濯足滄浪。
天高地復廣，盡容思想。
德操力培養，雅淡襟房。

心志陽光 19年3月21日

心志陽光，春來情懷共風揚。
春分正當，喜悅盈心哦詩章。
華燈初放，燈下容我理思想。
人生揚長，為因名利都棄放。
微笑浮上，淡泊心性水雲間。
詩書昂揚，體道奮發展貞剛。
不屈頑強，一似嶺上鬆生長。
不持孟浪，正直身心有理想。

祥和寧靜

19年3月22日

祥和寧靜，心事向內求調停。
不妄分心，一任歲月揚飆行。
詩書盡興，吾是書生任清貧。
正義盈襟，坎坷艱蒼矢奮進。
暮煙正凝，燈下清坐思無垠。
懷有雅興，瞻望明日冀朗晴。
世事浮雲，事過境遷一笑盈。
百年生命，共緣旅行也雅清。

春光大好

19年3月23日

春光大好，柳煙飄飄，
晨旭清照，爽然聽鳥叫。
歲月逝拋，心情娟好，
淡然心竅，不必取高傲。
紅塵擾擾，名利狂囂，
詩書清好，適我情懷抱。
人易蒼老，開懷一笑，
豁達首條，共緣去奔跑。

春來情志又清漲

19年3月23日

春來情志又清漲，人生奮發展昂揚。
不畏苦旅之艱蒼，敢於迎難而徑上。
身心淡泊如菊仿，慨慷激越若風狂。
晨風吹拂微寒涼，灑然一笑賦詩行。

波光粼粼

19年3月23日

波光粼粼，田園綻芳青。
春來多情，迎風吾曠吟。
人生如雲，艾年值晚晴。
奮志殷殷，努力向前行。
關山峻嶺，不過疊蒼青。
履歷險境，終迎坦與平。
大千無垠，名利多險情。
何必爭競，持心當安寧。

人生持嚮往

19年3月23日

人生持嚮往，生涯闖蕩。
難免風雨艱，鐵骨成鋼。
往事略回想，一笑揚長。
青春已逝殤，霜華清漲。
淡蕩盈心間，煙霞放浪。
矢追求理想，步履堅壯。
紅塵應無恙，緣消緣漲。
春來思奔放，裁心詩行。
舒出我思想，原也清芳。
欣彼春風暢，滌我情腸。
鳥語花復芳，賞此春光。
心志共春漲，努力向上。

菜花開金黃

19年3月23日

菜花開金黃，美妙春光。
白雲曼流淌，仲春晴朗。
清坐體安祥，思想放浪。
一杯綠茗芳，增益情腸。
人生不張狂，奮志強剛。
五十四載殤，迎來斑蒼。
前路奮發闖，任疊關障。
待我縱馬狂，萬里無疆。

春意昂揚

19年3月23日

春意昂揚，桃苞正生長。
柳絲飄蕩，綠水波光靚。
心志清昂，慨然哦詩行。
人生感想，一齊襲心房。
往事回放，童年在夢鄉。
今已斑蒼，聊發少年狂。
激越張揚，我欲展翅翔。
高天廣長，盡我恣意向。
紅塵攘攘，不是久留鄉。
百年蒼茫，轉眼一瞬間。
心曲彈唱，不必淚雙淌。
努力奔放，穿越風雨闖。
淡定心間，未許機與奸。
合當揚長，一展我陽剛。
東風舒放，鳥語宛轉唱。
清我心向，怡然長曠望。

雲天蒼茫

19年3月24日

雲天蒼茫，心境燦然曠。

春來思想，人生該怎樣。
名利狂猖，只是損心腸。
奮志昂揚，不計萬里艱。
半生逝殤，依然持嚮往。
正義盈腔，原也無輕狂。
合當高唱，大道敷玄暢。
天人之間，和合真無恙。
淡然情腸，無機無偽奸。
清貧何妨，詩書我揚長。
耳際鳥唱，愜我意與向。
悠然心間，宇宙曠包藏。

清懷不減少年狂 19年3月25日

清懷不減少年狂，煙雨滄浪，
煙雨滄浪，濯足身心淡有芳。
清喜桃花新開放，愜我情腸，
愜我情腸，雅然哦詩舒激昂。
人生依然持嚮往，風雨任艱，
風雨任艱，堅信天終會晴朗。
散思此際都放曠，人生揚長，
人生揚長，仲春美景真無恙。

桃花微笑 19年3月26日

桃花微笑，迎春漸謝了。
仲春美好，容我開懷笑。
雅將情拋，新詩哦不了。
野禽鼓叫，東風裁柳條。

夕陽又照，蒼煙四野飄。
紅塵娟好，生機勃興了。
花香美妙，愜懷真無二。
歲月灑飄，不必計蒼老。
品茗意逍，逸興升未了。
曠欲揚飆，一搏青天渺。
桑滄經飽，淡泊盈懷竅。
前路大好，風光當奇妙。
情懷孤傲，知音何處找。
萬里迢迢，叩道展風標。
百年如飆，笑我斑蒼老。
豁達才好，詩書容深造。

桃紅柳綠堪欣賞 19年3月27日

桃紅柳綠堪欣賞，春來心志清昂。
曠聽喜鵲歡鳴唱，詩意中心成長。
人生未許費徬徨，合當努力驅闖。
前路關山任萬幛，矢志攀越險嶂。
衷情我欲放歌唱，聲震九重霄間。
浩志從來是軒昂，名利未許成障。
此生任從斑蒼漲，英武凝於胸膛。
展眼田園若畫廓，心胸無比曠廣。

春光無恙 19年3月28日

春光無恙，但見柳碧桃芳。
菜花金黃，海棠嬌豔無雙。
興致升上，從容雅哦詩章。

人生感想，一齊來襲心房。
歲月流暢，何許計我斑蒼。
一笑疏狂，儒雅持在心間。
風雨艱蒼，於我只是尋常。
理想之光，燭照前路遠長。
努力向上，不為名利所障。
山高水長，風光堪可飽享。
笑我情長，身心容易受傷。
曠懷無限，叩道秋春奔放。

清風悠揚 19年3月29日

清風悠揚，迷煙四野漾。
鳥兒歌唱，花兒開得香。
信步徜徉，身心都開敞。
大好春光，愜我意無限。
時光飛殤，惜時務須講。
韶華匆忙，轉眼就斑蒼。
曠展力量，努力去生長。
不屈艱蒼，如松如竹仿。
人生難講，百年履蒼茫。
利鎖名韁，害人以癡狂。
清心當獎，高蹈水雲鄉。
性靈無上，勿為物欲障。

姹紫嫣紅 19年3月29日

姹紫嫣紅，春意正濃重。
喜悅心中，哦詩吐氣雄。

人生情濃，傷得更加重。
風雨之中，磨煉我毅勇。
斑蒼任重，情懷合高詠。
奮志長虹，絕不做孬種。
世事如風，往事回味濃。
多情何功，傲世獨立中。

東風浩蕩

19年3月30日

東風浩蕩，寫意紅塵逞漫浪。
心懷癡狂，鎮日哦詩為哪樁。
人生情長，百折思緒如風揚。
春來奔放，花紅柳綠堪謳唱。
不必嗟傷，年光正如水流殤。
且聽鳥唱，享受當下之春光。
斑蒼無妨，隨緣吾且取悠閒。
水雲心間，不受名利之炙傷。
淡蕩情腸，聊歌歲月之舒揚。
志凝襟房，男兒英武天地間。
儒雅揚長，詩書沉潛吾昂揚。
知行之間，正直人生頗坦蕩。
前路艱蒼，一聲嗨唱果敢上。
風雲渺茫，坎坷旅程情志壯。
笑意浮上，覷破紅塵吾何講。
激越胸腔，叩道一生展悠揚。

夕照清好

19年3月31日

夕照清好，心境展倩巧。
哦詩良好，情懷灑然瀟。
風聲呼嘯，落花知多少。
仲春近了，嗟歎時光緲。
人生晴好，因我持懷抱。
不屈不撓，風光長覽飽。
此生近老，開懷贏一笑。
紅塵渺渺，塵緣百年造。
藍天雲飄，田野菜花俏。
合當笑傲，共緣曠奔跑。
闔家安好，神恩有籠罩。
樂享逍遙，清度秋春妙。
乾坤正好，陽和此塵表。
叩道迢迢，桑滄幻不了。
奮志剛傲，名利矢辭掉。
清貧就好，問學情微妙。

何處竹笛清謳唱

19年4月2日

何處竹笛清謳唱，引我心事動地蒼。
春來情懷頗渺茫，感興暢發哦詩行。
仲春將逝桃謝芳，幸有海棠萬花放。
詩人心興懷激昂，慨然賦詩訴中腸。
慨然賦詩訴中腸，人生坎坷不必講。
履盡風雲心坦蕩，無機正直持襟房。
向陽心地恆茁壯，不折情懷豈感傷。
男兒豪壯騁剛強，萬里江山入指掌。

朝暾初上

19年4月3日

朝暾初上，雀鳥歡鳴放。
心事萬方，新詩脫口唱。
歲月暢曠，人卻惜斑蒼。
努力向上，未可稍頹唐。
春意正揚，欣喜草木芳。
繁花開放，愜余意與向。
藍天廣長，我欲騰身上。
天涯風光，引我去尋訪。

節屆清明

19年4月5日

節屆清明，暮煙正初凝。
感上心襟，南風正曠行。
人生多情，向誰吐心靈？
歲月飛行，一笑持雅清。
小鳥嬌鳴，宛轉且動聽。
愜意無垠，詩意盈胸心。
田園芳情，河水平緩行。
柳絲青青，嫋起我閒情。
爽然高興，新詩脫口吟。
風光清新，適我意與心。
努力前行，不計艱蒼境。
百年生命，應許作高鳴。

野煙浮漾

19年4月6日

野煙浮漾，斜陽白而蒼。
菜花金黃，春禽歡鼓唱。
小哦詩章，一舒閑情況。
人生奔放，不覺已斑蒼。

紅塵無恙，莫為名利障。
山水清芳，引我詩興狂。
淡泊心間，不許機與奸。
正直揚長，水雲容徜徉。

栽花蒔草 19年4月6日

栽花蒔草，東風正嫋嫋。
心情大好，況聞鳥鳴叫。
歲月逝拋，清明已過了。
晚春芳好，田園鋪畫稿。
斜陽灑照，生活和平罩。
斑蒼任老，呵呵余一笑。
情懷不老，山水容笑傲。
清貧就好，詩書深潛造。

殘陽在望 19年4月6日

殘陽在望，東風正舒狂。
鞭炮震響，點綴此安祥。
暮春無恙，心志展蒼茫。
紅塵攘攘，容我聽鳥唱。
水雲心間，性天自清涼。
正義剛腸，不容機與奸。
笑意浮上，人生不張狂。
奮志無疆，叩道吾昂揚。

暮色黃昏 19年4月7日

暮色黃昏，心志展清芬。
鳥鳴聲聲，東風曠意騁。
已值晚春，惜時寸陰珍。
努力奮爭，詩書哦晨昏。
紅塵昏昏，蒼煙迷心神。
名利殺人，務棄務拋扔。
曠展精誠，叩道吾奮身。
力掌慧燈，萬里風雨程。

華燈初上 19年4月7日

華燈初上，哦詩舒清曠。
情緒激昂，人生持嚮往。
不為名障，不為利所妨。
正義剛腸，叩道奮意向。
芳春正當，晚風吹涼爽。
和平宇間，人民樂安祥。
歲月奔放，流年真若狂。
不計斑蒼，騁志長驅闖。

燈下清思想 19年4月7日

燈下清思想，窗外霓虹閃靚。
哦詩復激昂，舒出人生意向。
紅塵自攘攘，春來心志又漲。
激情似水淌，流瀉不盡汪洋。
笑我太癡狂，一生書生氣象。
清貧何所妨，我有正氣軒昂。
晚風吹清爽，春意芳美人間。
努力長驅闖，創造業績輝煌。

春風嚎叫 19年4月8日

春風嚎叫，清坐室內心不躁。
落紅多少？中心嗟歎撰詩稿。
紅塵不了，日日故事演多少？
雅持情俏，展眼菜花黃正妙。
歲月風騷，人生情懷合不老。
不恃才高，謙和質樸奮志跑。
山高水繞，大好河山真灑瀟。
心志逍遙，遐想深處微微笑。

情懷娟好 19年4月9日

情懷娟好，曠對春雨瀟瀟。
人生不老，我志奮發風騷。
品茗意嫋，清風吹來蕩浩。
有鳥鳴叫，宛轉動人妙巧。
歲月豐饒，不覺斑蒼漸老。
容我笑傲，紅塵只是夢渺。
壯懷未了，理想中心孤傲。
努力前道，風光清蒼微妙。

窗外雨清拋 19年4月9日

窗外雨清拋，時有雷敲。
清坐哦詩稿，品茗意俏。
春意展灑瀟，柳媚花嬌。
落紅不必表，時光飛飆。
不必嗟年老，情懷猶傲。
向學志頗饒，朗哦聲高。
雅聽鳥鳴叫，我意遙逍。
人生如夢渺，共緣漲消。

第九十六卷《至和集》

雨止風狂 19年4月9日

雨止風狂，氣溫大下降。
清哦詩章，情懷頗激昂。
人生奔放，因我有理想。
不折之間，已履千關障。
紅塵無恙，憩身水雲間。
名利棄放，詩書愜意向。
正義心間，不容惡與奸。
揚善慨慷，慧目閃清光。

華燈初放 19年4月9日

華燈初放，北風仍舒狂。
呼嘯作響，驚心動魄間。
我意舒昂，清哦彼詩章。
人生嚮往，仍持心地間。
紅塵漫浪，笑我鬢成霜。
依然奮闖，不折持頑強。
歲月飛狂，晚春不覺間。
流年堪傷，努力曠飛揚。

君子蘭花開放 19年4月9日

君子蘭花開放，一使余欣賞。
光彩鮮豔雅靚，詩意從心放。
窗外風聲正狂，室內燈明亮。
清思曠展揚長，遐思萬里疆。
人生婉轉難講，桑滄是尋常。
心志百煉成鋼，屈折自如放。
暮春心思堪唱，時光如飛殤。
合當努力舒放，正氣心地間。

雅將心事談唱 19年4月9日

雅將心事談唱，人生奮志昂揚。
春來情志都開敞，窗外一任風狂。
中心懷有漫浪，已度苦旅千障。
一笑依然淡淡芳，男兒也有情長。
努力向前向上，風雨豈許成障。
奮發意志勝鐵鋼，磨難未可阻擋。
燈下清坐安祥，思想時起狂浪。
百年生死未許忙，應該定定當當。

雲煙蒼茫 19年4月11日

雲煙蒼茫，閒雅是情況。
耳際鳥唱，清風吹悠揚。
海棠嬌靚，櫻花亦開放。
菜花金黃，柳絲碧又長。
心志開敞，激越哦詩行。
人生感想，又襲上心膛。
紅塵無恙，春光堪歎賞。
惜時須講，百年飛匆忙。

東風舒揚 19年4月11日

東風舒揚，春靄四野漾。
閑聽鳥唱，心志都開曠。
人生揚長，名利已棄放。
剩有情腸，正義體方剛。
理想心間，支撐我前闖。
不折奔放，千關無法障。
紅塵狂猖，眾生爭競忙。
水雲何方，我心不相忘。

雲煙淡蕩 19年4月13日

雲煙淡蕩，日落西山展蒼茫。
和藹風揚，耳際喜鵲歡鳴唱。
心志張揚，朗哦新詩舒情長。
不折奮闖，人生風景正無恙。
歲月莽蒼，心性磨煉得康強。
努力舒放，一似山花爛漫間。
風雨曾艱，苦淚潸潸長流淌。
神恩奔放，救護選民沐光芒。

暮色既濃重

19年4月13日

暮色既濃重，哦詩激越中。
路上車聲隆，春風寫意送。
心跡與誰同？獨立思無窮。
坎坷任其猛，奮志似長虹。
暮色既濃重，謳歌神恩洪。
歲月是飛送，老來斑蒼濃。
一笑淡蕩中，正義展無窮。
情腸婉轉動，雅致聽鳥頌。

斜陽清好煙蒼蒼

19年4月14日

斜陽清好煙蒼蒼，散坐哦詩正激昂。
已知窗外春風暢，老來心跡費徬徨。
蹉跎身世何必講，不屈理想撐心間。
世界滄桑是正常，百年生死騁漫浪。
斜陽清好煙蒼蒼，最喜父母俱康強。
頌贊神恩豐且廣，真理正道矢弘揚。
力戰惡敵不倉皇，選民謳歌響穹蒼。
天國家園何安祥，心地聖潔才可上。

夕陽清新放

19年4月14日

夕陽清新放，鳥鳴宛轉間。
心境都舒曠，閑哦新詩章。
春來真昂藏，胸襟廣無恙。
努力舒奔放，勿負人生場。
夕陽清新放，暮煙初啟漲。
生活和平漾，人生走馬場。
已履千深艱，萬感鬱心腸。
寫詩今何講，隨緣聊悠揚。

雲煙飄渺

19年4月16日

雲煙飄渺，春來情事知多少。
落花空老，殘春嗟惜傷懷抱。
歲月飄搖，老我斑蒼無妨傲。
心志曠表，萬里征程任雨囂。
紅塵不老，天地滄桑正氣饒。
雅持襟抱，笑傲田園風光好。
淡定心竅，不為名利卑身倒。
努力揚飆，搏擊長天入雲霄。

安祥心間

19年4月16日

安祥心間，一任時光恣流淌。
老有何妨，吾已飽諳人生場。
紅塵狂猖，盡多利鎖與名韁。
務持清腸，遁向田園與山鄉。
陰雲正放，暮春情景不堪講。
花兒凋喪，詩人心興有發揚。
哦出襟房，正義盈胸我昂揚。
不折奮闖，山高水長原無恙。

暮陰無恙

19年4月16日

暮陰無恙，田疇鳥歌唱。
無限春光，引余詩興暢。
一發汪洋，激情似水淌。
紅塵之間，情思有悠揚。
輾轉桑滄，眉宇凝堅剛。
不敢狂猖，謙和貞且方。
努力向上，不為名利障。
定志前方，山水容徜徉。

心旌不妄浮動

19年4月16日

心旌不妄浮動，人生是有情鍾。
淡定塵世之中，清貧正義涵泳。
歲月逝去匆匆，感慨哦入詩中。
流年又值春風，鳥語怡吾心胸。
心旌不妄浮動，節操貞定從容。
人生奮志之中，履盡山困水窮。
斑蒼哦詠何功，只是舒出情濃。
百年蒼茫匆匆，回思余有感動。

喜鵲飛翔

19年4月16日

喜鵲飛翔，自在且快暢。
身陷塵網，人心難比將。
務持閑曠，努力騁志上。
名利骯髒，須棄須下放。
正義心間，清貧原無妨。
詩書昂揚，道義日循講。
人生茫蒼，百感俱都上。
暮陰之間，心事對誰講？

暮靄蒼蒼

19年4月16日

暮靄蒼蒼，心事起茫茫。
田園畫廓，菜花仍鋪黃。
和平宇間，生活體安祥。
人生飛翔，履盡千關障。

老將來訪，曠懷何所講。
舊年回想，頗覺桑與滄。
仍須奮闖，叩道是志向。
不畏艱蒼，不為利名狂。

迷煙四野繚繞

19年4月17日

迷煙四野繚繞，心境此際清好。
春光正籠罩，東風寫意騷。
人生不敢驕傲，謙和力保德操。
履盡險艱蹺，慨然余一笑。
向陽心態雅騷，叩道吾意遙逍。
紅塵胡不好，振節謳亮嘹。
歲月恣意飄搖，發覺斑蒼漸老。
不必悲且焦，應當開懷笑。

閒適無恙

19年4月23日

閒適無恙，窗外傳來鳥歌唱。
天陰何妨，我有逸意正揚長。
蒔花沾芳，暮春心境展悠揚。
驚歎時光，韶華逝去如水殤。
紅塵之間，修身養性合無疆。
利鎖名韁，務棄務辭務下放。
詩書昂揚，體道心情真不讓。
儒雅溫良，君子人格恆培養。

輾轉桑滄

19年4月25日

輾轉桑滄，心襟未蕭涼。
熱血猶淌，情志都慨慷。
殘春正當，落紅不必傷。
有鳥啼唱，有風吹揚長。
心志舒曠，從容哦詩章。
歲月奔放，何許嗟斑蒼。
奮志昂揚，人生萬里疆。
努力矢闖，穿越關千幢。

雅將心曲彈唱

19年4月25日

雅將心曲彈唱，人生奮志昂揚。
不畏險阻與艱蒼，努力長途驅闖。
歲月盡展迷茫，慧眼務須開張。
辭去名利之骯髒，叩道深入險艱。
窗外春禽啼唱，有風吹來清芳。
老來心境正瀟爽，哦詩熱情奔放。
前路註定方向，天涯矢志闖蕩。
風風雨雨是尋常，風光堪可清賞。

天陰心境無恙

19年4月25日

天陰心境無恙，歲月任展蒼茫。
百煉心性已成鋼，一笑豁然爽朗。
窗外北風呼狂，暮春未許愁悵。
奮發男兒之強剛，努力攀登向上。
文明日益增長，黑暗退去皇倉。
百年人生騁奔放，叩道秉持慧光。
笑我華髮漸蒼，心性仍持溫良。
君子人格矢培養，修身養性無疆。

鳥語情長

19年4月25日

鳥語情長，北風正舒狂。
氣溫下降，殘春不覺間。
散思閑放，心境都開曠。
小哦詩章，雅潔是情況。
人生昂揚，不忘是理想。
半百斑蒼，一笑也疏狂。
世事混茫，煙雲多滌蕩。
正義心間，原不許機奸。

心志清空

19年4月25日

心志清空，流年有感動。
春風吹送，落紅堪嗟痛。
壯志凝胸，人生任雨風。
少年遠送，斑蒼值從容。
紅塵洶湧，大化誰真懂？
剩有情鍾，努力奮鬥中。
煙雲重濃，微展淺笑容。
有鳥啼頌，愜我意無窮。

晨起喜鵲唱

19年4月26日

晨起喜鵲唱，天氣惜涼。
爽意哦詩章，激情狂猖。
歲月展悠揚，不計斑蒼。
率興秋春間，水雲襟腸。
人生感慨間，流年逝殤。
韶華何處訪，未許愁悵。

遠際歌聲放，激動心鄉。
努力奮志闖，山水遠長。

悠然心曠

19年4月27日

悠然心曠，雅聽風歌唱。
暮春之間，品茗適意向。
心志蒼涼，人生感慨間。
孤旅奮闖，努力騁意向。
難尋漫浪，苦旅多艱蒼。
人心難講，世事多機奸。
奮發向上，叩道吾貞剛。
清貧無妨，正氣盈胸膛。

喜鵲喳喳叫

19年4月28日

喜鵲喳喳叫，心情十分好。
春風正吹繞，我欲開懷笑。
暮春正風騷，花紅柳絲飄。
田園若畫稿，綠水流遙道。
詩意從心繞，蒔花雅意饒。
清聽鳥語嬌，愜意品茗妙。
精神分外好，正氣乾坤罩。
努力奮前道，叩道展風標。

情懷何暢

19年4月28日

情懷何暢，哦詩吞吐我激昂。
字裡行間，一腔熱血揮奔放。
天陰何妨，春暮田園似畫廓。
清風徐翔，耳際曠聞鳥鳴唱。
紅塵無恙，天人之間大道揚。
正氣軒昂，男兒有種振慨慷。
應許安祥，讀書寫詩傾心向。
前方明亮，希冀恆存心地間。

春夜頗靜

19年4月30日

春夜頗靜，詩人不眠雅哦吟。
偶有車行，惜時如金吾何云？
歲月經行，又值殘春傷了心。
努力前進，人生風景覽無垠。
紅塵多辛，苦了身心損了情。
須辭利名，放曠田園鬆風境。
輾轉心靈，悟透世情吾不云。
靜默身心，叩道向內有調停。

暮煙重濃

19年4月30日

暮煙重濃，心事不言中。
哦詩聲洪，耳際伴鳥頌。
紅塵洶洶，殘春嗟落紅。
歲月如風，蒼鬢伴顏童。
吾意清空，名利辭從容。
心志誰懂？孤旅歌大風。
男兒情重，向誰舒心胸？
詩書獨鐘，叩道奮剛勇。

曠志揚長

19年4月30日

曠志揚長，人生履盡風雨艱。
暮春正當，風吹迷煙四野漾。
心境慨慷，耳際鳥語嬌嬌唱。
有花清芳，紅塵大千逞漫浪。
奮發向上，拋卻名利身心暢。
正義昂揚，詩書人生舒奔放。
身心氣象，柔和原無機與奸。
一腔剛腸，努力萬里天涯間。

蛙鼓悠揚

19年5月1日

蛙鼓悠揚，四更早起心歡暢。
哦讀詞章，頃時五更鳥鳴唱。
路燈燦放，點綴春夜也安祥。
五一假放，休憩身心正舒揚。
車聲狂猖，大千世界噪嚷嚷。
矢尋漫浪，水雲中心容徜徉。
不滅理想，時刻支撐我前闖。
關山萬幢，雄峻風光堪清賞。

蛙鼓新唱

19年5月1日

蛙鼓新唱，喜悅心間。
流年增長，殘春正當。
心志奔放，人生情長。
慨哦詩章，一舒悠揚。
蛙鼓新唱，吾意揚長。
五更之間，鳥語喧揚。
清風來暢，爽潔襟房。
裁心詩行，吐納激昂。

休憩身心
19年5月1日

休憩身心，何必鎮日耽謳吟。
心懷雅興，閑看清風吹流雲。
小鳥競鳴，春靄迷離田園景。
歲月進行，孟夏將屆心何驚。
人生懷情，太多苦痛傷了心。
努力前進，山高水深穿無垠。
百年生命，一似夢中涉險境。
天國美景，心懷瞻仰渴慕情。

遠際歌聲放
19年5月1日

遠際歌聲放，激動心腸。
晨起春光揚，鳥語花芳。
人生懷情腸，能不思量？
殘春今正當，傷感襟房。
心志騁漫浪，矢志前闖。
山高水復長，孤旅蒼涼。
努力曠飛翔，縱掠天廣。
天涯之遐方，一生嚮往。

往事何須論
19年5月1日

往事何須論，世事繽紛。
且請聽鳥聲，愜意晨昏。
歲月自馳騁，風雨艱深。
斑蒼日漸深，一笑和溫。
紅塵任滾滾，利奪名爭。
淡泊度秋春，詩書潤身。
叩道吾奮身，履歷痛疼。
展眼蒼煙逞，朗日暮春。

暢意浮生
19年5月1日

暢意浮生，何許計痛疼。
履歷秋春，恆志奮馳騁。
桑滄成陣，皆是幻化身。
唯有天城，才有永恆生。
努力奮爭，力克彼魔陣。
殺伐聲聲，凱歌徹雲層。
時值暮春，鳥語囀嬌純。
心地馨溫，哦詩適心身。

鳥語嬌嬌放
19年5月1日

鳥語嬌嬌放，暮春晴朗。
心志喜悅間，雅將詩唱。
人生奮慨慷，履歷桑滄。
不必回首望，山高水長。
塵世迷煙漾，利鎖名韁。
務持清心腸，憩向山鄉。
艾年不覺間，斑蒼增長。
率意哦詩章，裁心無恙。

雅意橫縱
19年5月1日

雅意橫縱，天際春靄濃。
不懼成翁，奮志騁剛雄。
紅塵洶洶，不缺是情種。
努力行動，叩道展英勇。
名利何功？欺人太嚴重。
正義心中，傲立若山峰。
鳥語清送，風遞花香濃。
清坐從容，心志激越中。

清喜天日晴朗
19年5月1日

清喜天日晴朗，青靄浮在遠方。
小鳥且鳴唱，自在且安祥。
我心自是慨慷，人生奮志頑強。
不屈恆生長，如松在山崗。
此生未可孟浪，此生不許狂猖。
正義盈心腸，叩道履奔放。
前方直通天堂，靈程道路寬廣。
力戰魔敵強，心性發清光。

賞花無恙
19年5月1日

賞花無恙，心志都開敞。
暮春之間，清風適襟腸。
鳥語嬌唱，清坐心安祥。
假日休閒，品茗且悠揚。
大千廣長，叩道展貞剛。
矢探祕藏，智慧力尋訪。
生命艱蒼，不懼彼蕭涼。
奮志頑強，正直揮慨慷。

第九十七卷《雄思集》

雲淡天青
19年5月1日

雲淡天青，春風恣意曠吹行。
小鳥嬌鳴，倍添生活情與景。
紅塵多辛，辭去名利吾清俊。
詩書經營，著作等身也雅清。
笑我多情，百折心靈傷了心。
豁達才行，覷破塵世之俗情。
努力驅進，叩道路上多險峻。
堅貞心性，奮志凌雲摩天行。

流風清暢
19年5月1日

流風清暢，天氣晴朗，
斜暉在望，清喜桐花展清芳。
心志清昂，情懷嚮往，
人生慨慷，激越奮發舒奔放。
斑蒼何妨，心境揚長，
天地寬廣，萬里征程待驅闖。
坦蕩襟房，正義剛腸，
不屈邪髒，無機胸襟素樸香。

雲天淨爽
19年5月2日

雲天淨爽，心志悠閒，
好風流暢，春暮落紅不必傷。
鳥語嬌揚，品茗意暢，
享受平康，清貧無妨身心曠。
歲月飛暢，斑蒼揚長，
共時安祥，詩書晨昏縱哦唱。
宇宙無限，寰球有限，
人世桑滄，悟道心靈求解放。

紅塵不缺漫浪
19年5月2日

紅塵不缺漫浪，但須用心尋訪。
鳥語復花芳，清風明月間。
水雲涵於胸腔，正義凝於眼間。
努力奮貞剛，曠展是揚長。
男兒是有豪放，勇武加上頑強。
叩道是志向，不屈彼強梁。
地球蛋丸相仿，宇宙廣深無量。
人生百年間，應許不匆忙。

天氣喜晴
19年5月2日

天氣喜晴，鳥語嬌鳴，
殘春經行，浩志正凌雲。
歲月飛行，嗟已斑鬢，
一笑溫馨，履盡桑滄境。
漫天閑雲，田園畫境，
胸襟水雲，逸意曠無垠。
人生多情，贏得傷心，
秉持性靈，叩道矢辟進。

流風清動
19年5月2日

流風清動，心志如虹，
胸襟從容，叩道吾奮勇。
清聽鳥頌，花香正濃，
殘春逝送，感慨盈心胸。
人生情濃，履盡雨風，
一笑清空，淡泊憩塵中。
藍天雲動，生活平慵，
心境輕鬆，名利棄空空。

心志陽光
19年5月2日

心志陽光，不懼險艱，
履盡艱蒼，一笑昂揚。
儒雅心間，詩書揚長，
名利棄放，叩道貞剛。
流年飛殤，惜已斑蒼，
依然奮闖，山高水長。
鳥語花芳，愜我情腸，
思想放浪，謳詠平康。

春日朗晴
19年5月2日

春日朗晴，讀書用心。
雀鳥清鳴，和風清新。
奮志凌雲，治學殷殷。
晨昏哦吟，著書多辛。
紅塵驚警，狼煙飽經。
斑蒼多情，回首淚盈。
瞻望前景，關山風雲。
努力前行，斬荊奮進。

斜照輝煌
19年5月2日

斜照輝煌，清平世間。
感慨心間，清哦詩章。
鳥鳴舒揚，花開俊芳。
心境溫讓，季春無恙。
歲月飛狂，人惜斑蒼。
奮志之向，萬里無疆。
不計老蒼，努力向上。
克盡艱障，矢脫塵壤。

夕陽清好

19年5月2日

夕陽清好，心境灑然瀟。
野外鳥叫，路上車鳴囂。
歲月飄飄，不覺斑蒼老。
適意笑傲，紅塵胡不好。
我自灑瀟，名利全棄掉。
詩書遙逍，適我情懷抱。
暮春靄渺，田園若畫稿。
桐花開了，小桃茁壯好。

晚霞粉紅

19年5月2日

晚霞粉紅，暮煙漸濃重。
心志誰同？孤旅悵深痛。
有鳥鳴風，市井噪聲洪。
獨立之中，展眼看蒼穹。
歲月如風，逝去煙雨濃。
心襟沉雄，不與世苟同。
努力前衝，不懼風雨猛。
萬里行蹤，清展我笑容。

五更早起鳥喧唱

19年5月3日

五更早起鳥喧唱，蛙鼓復悠揚。
遠處偶聞犬吠響，點綴夜安祥。
路上華燈猶燦亮，心事起茫茫。
盡興清哦是詩章，傾吐我中腸。
人生懷情持嚮往，關山越莽蒼。
男兒奮志是慨慷，叩道天人間。
紅塵迷煙損心腸，名利務棄放。
清心慧意田園間，修身無止疆。

心志閑曠

19年5月3日

心志閑曠，悠聽鳥兒唱。
春風舒揚，漫天都晴朗。
紅塵無恙，假日正休閒。
愜意詩章，雅哦肺腑臟。
歲月揚長，人生感慨間。
斑蒼無妨，率意度安祥。
任起雨狂，任起迷煙障。
努力前闖，風光覽清靚。

斜陽清照鳥鳴逍

19年5月4日

斜陽清照鳥鳴逍，春漸逝去傷懷抱。
紅塵適意度逍遙，名利辭去樂高蹈。
持有身心友漁樵，總憑慨慷撰詩稿。
人生何必嗟年老，隨緣安處曠然瀟。

淡泊身心雅哦吟

19年5月4日

淡泊身心雅哦吟，春將去盡，
春將去盡，清賞田園好風景。
歲月清度余懷興，持有雅情，
持有雅情，努力萬里長驅進。
不計艱蒼困苦境，傲骨凌雲，
傲骨凌雲，名利辭去安清貧。
叩道瀟瀟曠身心，詩書用勁，
詩書用勁，著作等身因多情。

心志未許沉淪

19年5月4日

心志未許沉淪，奮發人生剛正。
清聽鳥鳴純，我意曠雅芬。
紅塵濁浪滾滾，眾生沉溺深深。
名利務拋扔，清心叩道誠。
歲月不斷進深，斑蒼無妨純真。
努力向前騁，風光歷清正。
笑意淡淡清生，安度適意浮生。
風雨任其生，瀟瀟心性溫。

胸襟清好

19年5月4日

胸襟清好，灑脫在塵表。
不取高傲，謙和持心竅。
窗外鳥嘯，清坐適懷抱。
有風騷騷，花開正娟妙。
歲月逍逍，清貧胡不好。
樂友漁樵，淡泊自高妙。
桑滄經飽，坦然余一笑。
天理昭昭，正義展豐標。

鳥語嬌嬌

19年5月4日

鳥語嬌嬌，哦詩聲高，
風兒清瀟，殘春落紅堪痛悼。
歲月遙逍，人漸蒼老，
心志堪表，努力奮進驅前道。
流年逝拋，桑滄幻巧，
一笑朗妙，覷破世情不言道。

叩道艱饒，風雨經飽，
坦平心竅，向陽心地無機巧。

坦然心襟

19年5月4日

坦然心襟，世事於我不再驚。
雅聽鳥鳴，清風明月適胸心。
歲月進行，風雨艱蒼成過境。
老來康寧，總因神恩豐且盈。
奮志凌雲，卻須腳踏實地行。
晨昏哦吟，揮灑身心鼓幹勁。
詩書浸淫，不作腐儒辭利名。
高蹈白雲，叩道用道煙霞境。

清坐安祥

19年5月4日

清坐安祥，窗外風兒狂。
暮春無恙，心志騁張狂。
我自漫浪，哦吟鎮日間。
體道安康，窮通任其放。
歲月飛狂，人老值斑蒼。
謙和心腸，正義盈襟房。
紅塵狂猖，眾生瞎亂忙。
何不定當，共緣銷復漲。

雅持身心

19年5月4日

雅持身心，窗外春風正曠鳴。
浴後爽清，詩句諷哦從心吟。
人生經行，半百生涯斑蒼境。
一笑清新，為因心靈渾乾淨。
不圖利名，高蹈心襟向白雲。
任使清貧，正義充盈我肺心。
歲月逝進，歷盡桑滄余淡定。
神恩無垠，賜我闔家樂康平。

心襟瀟瀟

19年5月4日

心襟瀟瀟，人生莫草草。
春風吹哨，初夏將來了。
月季花俏，愜我情懷抱。
心志逍遙，詩書怡情竅。
紅塵娟好，田園類畫稿。
鳥兒鳴叫，桐花開正嬌。
人生不傲，正直展風標。
前旅行好，闢山任迢迢。

心志不嗟廣長

19年5月4日

心志不嗟廣長，奮發人生慨慷。
努力往前闖，未可稍頹唐。
春殘不必悲傷，明年春會再訪。
百年履蒼茫，豪情衝萬丈。
詩書沉潛無恙，晨昏縱情哦唱。
未許有悲悵，法喜盈心間。
叩道一生豪強，細微之中審詳。
心得自深廣，覺性圓明間。

暮陰時分

19年5月4日

暮陰時分，心志曠展深沉。
人生馳騁，不覺華髮清生。
鳥囀聲聲，愜我情意清芬。
雅致清生，哦詩熱情真誠。
紅塵滾滾，市井噪噪競爭。
誰持雅正？遁入田園山村。
清懷曠正，行旅不計艱深。
坦蕩人生，叩道奮發十分。

悠悠情志向誰講

19年5月4日

悠悠情志向誰講？孤旅騁盡昂揚。
歲月進深且奔放，不必計較斑蒼。
春暮風止鳥喧唱，風光如畫廊。
清坐哦詩寫心房，激越且揚長。
人生有感就須放，沉悶傷心腸。
何不放浪五湖間，煙雨濯滄浪。
清貧未妨心志康，男兒展豪強。
正義盈襟且坦蕩，矢棄機與奸。

雲煙昏茫

19年5月4日

雲煙昏茫，暝色漸漸蒼。
鞭炮震響，紅塵是囂張。
燈下思想，情緒感激昂。
暮春之間，我有情宣唱。
人生奔放，履盡是桑滄。
一笑淡蕩，不計煙雨艱。
努力向上，奮發吾揚長。
真理之光，矢導我前闖。

宿鳥鳴唱

19年5月4日

宿鳥鳴唱，華燈漸次點上。
心志蒼茫，新詩脫口吟唱。
殘春無恙，月季初初開放。
歲月清芳，斑蒼一笑揚長。
紅塵狂猖，正邪搏擊艱蒼。
持正昂揚，力戰惡虎凶狼。
世事桑滄，不過只是尋常。
百年安康，因荷神恩豐穰。

夜幕已經升上

19年5月4日

夜幕已經升上，七彩霓虹閃光。
路上車行狂，獨立感蒼茫。
耳際清聞鳥唱，愜我心意無限。
孤旅振慨慷，情志向誰講？
哦詩熱情奔放，長舒心胸氣象。
不計利名彰，叩道奮身向。
惜我已是斑蒼，華年逝去無恙。
合當展揚長，踐道煙雨間。

殘春無恙

19年5月5日

明日立夏，春已去矣；時光飛殤，慨然賦詩焉。

殘春無恙，野禽曠鳴唱。
月季綻芳，七彩靚奇妝。
心志昂揚，奮鬥無止疆。
名利棄放，正義吾強剛。
流年任狂，鬢髮任斑蒼。
意志如鋼，努力風雨間。
矢志驅闖，叩道吾揚長。
百年蒼茫，微笑從心放。

人生不覺漸蒼老

19年5月6日

人生不覺漸蒼老，心志向誰表？
孟夏今日剛來到，時光如飛飆。
窗外清風吹妙巧，耳際鳥鳴叫。
園圃花兒清妍嬌，小桃茁壯好。
歲月逝去心態逍，雅撰新詩稿。
人生自應不服老，曠然共緣跑。
紅塵由來是擾擾，名利殺人囂。
清心懷有水雲飄，田園憩情抱。

雲天茫茫

19年5月6日

雲天茫茫，好風盡情曠。
鳥鳴情長，花開復俊芳。
心事難講，人老值斑蒼。
歲月飛翔，心志應悠揚。
清貧何妨，正義吾剛強。
名利棄放，清潔持襟房。
淡度桑滄，煙雨濯滄浪。
世事奔放，神恩總無恙。

清哦詩章

19年5月6日

清哦詩章，窗外風兒正狂。
品茗無恙，心志長舒慨慷。
人生奮闖，艱蒼已成過往。
神恩廣長，思此熱淚盈淌。
努力向上，靈程搏擊雨蒼。
力戰惡黨，克去內心汙髒。
鳥鳴情長，愜我心襟意向。
孟夏初訪，驚歎時光飛殤。

世界清平

19年5月6日

世界清平，爽風愜意正經行。
雅聽鳥鳴，讀書寫詩正盡興。
請品芳茗，人生欣此初暑境。
花開嬌俊，惜無蜂蝶翩翩行。
紅塵險境，太多名利損身心。
務秉性靈，田園山村泉湧清。
歲月曠進，老來斑蒼何所吟。
共緣旅行，困苦艱難不足云。

爽風清新

19年5月6日

爽風清新，初暑余心持淡定。
天上流雲，斜暉清照也多情。
世事損心，何不憩向松蘿境。
安於清貧，正義盈心也雅清。
浩氣凌雲，君子人格端而俊。
矢志前行，不懼艱蒼風雨凌。
窗外鳥鳴，聲聲宛轉多動聽。
心懷白雲，不入名利之險境。

滌蕩生涯堪謳唱 19年5月6日

滌蕩生涯堪謳唱，半百回思曠平章。
煙雨艱蒼是尋常，迷煙苦痛成過往。
正氣心中何軒昂，性靈維護也雅香。
叩道吾生縱豪放，安守清貧一笑揚。

春去無影響 19年5月6日

春去無影響，立夏今訪。
率意哦揚長，流風爽暢。
清坐聽鳥唱，斜暉清朗。
淡定盈心腸，履緣奔放。
人生不張狂，謙正襟房。
向學志昂藏，書山攀闖。
百年不算長，珍惜韶光。
努力騁志向，盡力飛翔。

金色陽光多俊靚 19年5月6日

金色陽光多俊靚，閒雅情思也揚長。
性定因辭名利訪，讀書為尋智慧藏。
正義心間何激昂，力戰魔敵與奸黨。
人生快慰容謳唱，光明心地有雅芳。

闔家安樂神恩廣 19年5月6日

闔家安樂神恩廣，清度日月也平康。
閒時悠聽鳥鳴唱，動情即可哦詩章。
清風明月滌心腸，月圓花好幸福漾。
靈程路上揮慨慷，天國家園是故邦。

和風清暢 19年5月6日

和風清暢，鳥語囀揚長。
夕陽正朗，世界清平況。
我自悠揚，哦詩吐情長。
歲月清芳，流年瀉奔放。
立夏今當，春去復歸藏。
不必驚悵，奮志騁昂揚。
無價韶光，添我鬢上霜。
一笑朗爽，無機持心腸。

流雲淡蕩 19年5月6日

流雲淡蕩，清新堪欣賞。
鳥語娟揚，初暑好風光。
清閒雅享，寫詩哦情腸。
人生嚮往，時刻銘心腸。
正義力倡，絕無卑媚放。
清貧何妨，鐵骨有承當。
紅塵無恙，神恩廣無量。
靈程闖蕩，心性發清光。

雅淡持心腸 19年5月6日

雅淡持心腸，悠聽鳥唱。
清度好時光，情志安祥。
曾經風雨狂，血淚流淌。
而今享平康，神恩無量。
謳歌從心放，世界神創。
天國是故邦，永生安享。
紅塵暫憩間，是緣所放。
努力奮志向，靈程向上。

夕陽無限好 19年5月6日

夕陽無限好，光芒清閃耀。
心境灑然瀟，從容撰詩稿。
初夏今日到，時光若飛飆。
人生奮前道，關山朗度了。
回首險且峭，瞻望陽關道。
風雨任艱嶢，定志萬里遙。
紅塵胡不好，神恩有籠罩。
持正矢奔跑，天國是終標。

第九十八卷《拙正集》

落日閃射余光 19年5月6日

落日閃射余光，漫天祥雲飄蕩。
和風寫意翔，宿鳥清鳴唱。
為花澆水悠閒，初暑無限風光。
歲月品嘗間，不覺已斑蒼。
紅塵不是故鄉，何必爭競狂猖。
天國是故邦，永生美無恙。
神恩多麼廣長，歡呼盡心而放。
人生荷希望，靈程奮慨慷。

華燈點上 19年5月6日

華燈點上，遠際歌聲靚。
清哦詩章，晚風吹清曠。
歲月安祥，心志騁激昂。
努力向上，奮發以圖強。
名利棄放，正義吾昂揚。
詩書之間，覓點智慧藏。
人生志向，豪情衝萬丈。
叩道奔放，裁心幾微間。

騁志人生場 19年5月7日

騁志人生場，煙雨飛揚。
而今回味間，惜已斑蒼。
紅塵濁亂放，利鎖名韁。
慧燭務燃亮，遁向山鄉。
正義必然彰，浩氣昂藏。
黑暗必敗亡，青青天壤。
宇宙廣無量，心胸包藏。
叩道幾微間，用心衡量。

麗日和風 19年5月7日

麗日和風，心志情濃，
哦詩清空，歲月任匆匆。
不懼成翁，奮志剛雄，
山水無窮，努力穿雨衝。
大千堪諷，田園芳濃，
淡浮笑容，共緣大化中。
神恩讚頌，思此感動，
靈程奮勇，希冀天國中。

曠展悠悠心襟 19年5月7日

曠展悠悠心襟，人生懷著奮興。
初暑值天晴，喜鵲歡高鳴。
人生何必多情，風雨使人傷心。
落紅不必驚，共緣去旅行。
歲月侵上雙鬢，老來心情鎮定。
淡泊利與名，清心安清貧。
詩書縱情哦吟，叩道一生傾心。
宇宙廣無垠，奧妙任探尋。

心志清空 19年5月7日

心志清空，命運任窮通。
秉持中庸，叩道騁奮勇。
窗外鳥頌，青天雲淡湧。
愜意哦諷，舒出心感動。
紅塵之中，眾生盡懵懂。
神恩無窮，靈程導引中。
奮發剛雄，不畏雨與風。
前路彩虹，腳踏實地衝。

人生體道揚長 19年5月7日

人生體道揚長，煙雨滄浪，
煙雨滄浪，覽盡塵世之風光。
百度秋春騁漫浪，煙霞無恙，
煙霞無恙，水雲心中清蕩漾。
鳥囀花芳愜心腸，孟夏之間，
孟夏之間，寫詩哦詩縱情唱。
最愛清風來滌蕩，我心舒昂，
我心舒昂，奮志人生當剛強。

雲天且自多情

19年5月8日

雲天且自多情，爛漫余之身心。
清風徐吹行，耳際聞鳥鳴。
歲月曠自飛行，余之心意殷殷。
努力奮前進，關山越無垠。
回首不必心驚，桑滄屬於常尋。
斑蒼持鎮定，名利是煙雲。
紅塵不算太平，名鎖利韁爭競。
何不清心靈，憩向彼松陰？

心定自乘涼

19年5月8日

心定自乘涼，淡看雲煙漲。
初暑好風光，喜鵲歡鳴唱。
情志享悠閒，名利早捐忘。
潔淨持襟房，一笑頗揚長。
人生持嚮往，叩道奮貞剛。
紅塵任攘攘，胸懷水雲鄉。
風兒吹輕狂，遠野青靄漾。
清坐品茗間，詩意大舒昂。

鳥掠青蒼朝天爽

19年5月9日

鳥掠青蒼朝天爽，漫天祥雲總澹蕩。
心事何必稱莽蒼，依然心性似陽光。
性靈深處水雲淌，遐思起時意飛揚。
哦詩激越何所講，一腔正氣謳揚長。

雲飛淡蕩

19年5月9日

雲飛淡蕩，心志恆清曠。
鳥語情長，天氣不熱也不涼。
初暑悠閒，一杯綠茗香。
興致升上，裁心小哦新詩章。
人生揚長，名利非意向。
紅塵攘攘，恆意水雲之流淌。
心不孟浪，正義盈襟房。
光明嚮往，一生叩道奮貞剛。

人生持閑曠

19年5月10日

人生持閑曠，悠然天地間。
淡看雲煙漲，爽聽啼鳥唱。
初夏好風光，月季開嬌靚。
品茗恆意向，雅然哦詩章。
人生持閑曠，達觀無執障。
叩道幾微間，踐履也昂揚。
往事不必講，瞻望志昂藏。
歲月度悠揚，不計老來訪。

天氣喜朗晴

19年5月10日

天氣喜朗晴，凱風經行。
鳥語亦溫馨，花開嬌俊。
余亦持開心，新詩哦吟。
歲月曠進行，不嗟斑鬢。
奮志當凌雲，英武心襟。
紅塵任艱辛，努力辟進。
有絮嫋飛行，添我意興。
況復品芳茗，縱展豪情。

悠悠心襟

19年5月10日

悠悠心襟，雅聽風清鳴。
散淡情境，歲月遷轉吾不驚。
紅塵艱辛，眾生陷利名。
應持清心，化外氣象怡性靈。
初暑妙境，花好鳥啼鳴。
曠然高興，新詩從心脫口吟。
人生多情，徒然傷了心。
豁達才行，叩道不計此清貧。

爽風清吹曠

19年5月10日

爽風清吹曠，花紅傷未傷？
斜暉正清朗，激情哦詩章。
散淡是情況，心閑體平康。
神恩正無上，闔家享安祥。
爽風清吹曠，孟夏和暖間。
歲月自飛暢，何許計斑蒼？
率意哦揚長，興起欲飛翔。
人生騁奔放，功名徒欺誑。

暮煙既清漲

19年5月10日

暮煙既清漲，有鳥高飛翔。
哦詩聲鏗鏘，激情真若狂。
夕照西方降，清風拂面揚。
人生真快暢，我欲乘風上。

暮煙既清漲，心事對誰唱？
孤旅騁昂揚，風雨歷艱蒼。
性定慧方長，名辭心安祥。
利欲是孽障，清貧叩道藏。

燈下清坐哦詩行

19年5月10日

燈下清坐哦詩行，初暑晚風吹清涼。
激情狂瀉無法講，人情練達著文章。
吞吐元機逞囂張，素樸良知如月仿。
冰心清潔水雲漾，人生正道履桑滄。

人生適意享安康

19年5月11日

人生適意享安康，為因神恩賜奔放。
暇時不妨聽鳥唱，激越起時哦詩章。
花好月圓人安祥，歲月遷移感興彰。
靈程道路努力上，天國永生福無疆。
人生適意享安康，天陰無妨我揚長。
三杯綠茗興高漲，詩意來時真欲翔。
斑蒼依然心雄壯，名利棄卻意澹蕩。
百年生死騁漫浪，五湖煙雨濯滄浪。

清思雅發哦中腸

19年5月12日

清思雅發哦中腸，人生感慨舒奔放。
鳥語親切適意向，茶煙嫋揚引遐想。
憤切人生騁慨慷，正直情志哦昂藏。
田野霧霾籠猖狂，終信天道必通暢。

奮志人生豈尋常

19年5月12日

奮志人生豈尋常，窮愁牢騷須拋光。
歷盡風雨余坦蕩，胸襟敞靚復慨慷。
清貧無妨正義昂，詩書叩道悠揚長。
半百生涯恆闖蕩，不畏山高水艱長。

天氣初燥

19年5月12日

天氣初燥，品茗吾意逍。
有絮飛飄，霧霾四野罩。
此際興饒，從容哦詩稿。
紅塵擾擾，清心實為要。
有鳥鳴叫，有花開妍嬌。
有風騷騷，闔家均安好。
力辟前道，風雨吾灑瀟。
叩道迢迢，深入彼險要。

清懷雅正

19年5月12日

清懷雅正，履歷人生風雨陣。
不畏艱深，奮志正直度紅塵。
歲月馳騁，身心不老因純真。
斑蒼任生，一笑豁達頌神恩。
叩道誠貞，心得縷縷散芳芬。
哦詩坦誠，曠舒心地之繽紛。
拋開痛疼，努力前路奮剛正。
桑滄幻成，永生天國何馨溫。

放曠閒情

19年5月12日

放曠閒情，悠聽鳥清鳴。
初暑情景，田園是畫境。
歲月奮行，年輪如飆進。
不嗟斑鬢，奮志正凌雲。
安於清貧，正義吾剛勁。
傲骨如嶺，飄逸又若雲。
紅塵險境，名利徒爭競。
應持清心，叩道煙霞境。

暮色正增長

19年5月12日

暮色正增長，宿鳥清鳴唱。
心地感慨間，從容哦詩行。
東風吹清曠，迷煙遠際漾。
紅塵不安祥，路上車聲狂。
暮色正增長，沉吟吾何講。
人生一瞬間，吾已值斑蒼。
心志猶剛強，困障未可障。
努力秋春間，恆心叩道藏。

晚風清芳

19年5月12日

晚風清芳，悠悠歌聲響清靚。
心襟安祥，一任情思恣流淌。
人生昂揚，不覺已履山萬幢。
不必回想，前路尚有萬里疆。
斑蒼何妨，理想心中恆茁壯。
矢展頑強，男兒百煉成鐵鋼。
微笑浮上，悟道吾心體平康。
晨昏哦唱，激情歲月展揚長。

昨夜蛙鼓激烈敲

19年5月13日

昨夜蛙鼓激烈敲，一夜睡眠好。

晨起清聽鳥鳴叫，暑風寫意騷。
人生應該不驕傲，謙和養德操。
行盡山水桑滄饒，朗然余一笑。
斑蒼無妨心性傲，鐵骨堪可表。
辭去名利水雲飄，松風適懷抱。
雅思曠然撰詩稿，一奏幽蘭操。
君子人格質樸饒，端方在塵表。

蒼蒼是我心境

19年5月13日

蒼蒼是我心境，人生奮志前進。
紅塵任多辛，天國有美景。
叩道覽盡風雲，風雨艱蒼矢進。
回首應不驚，已履關山境。
歲月使人奮興，斑蒼依然多情。
閑品此芳茗，新詩雅哦吟。
初暑風光清俊，鳥語花香風清。
散思曠無垠，想學鳥飛行。

暮陰吾沉吟

19年5月13日

暮陰吾沉吟，激越在心襟。
窗外風吹清，野間鳥啼鳴。
市井噪噪境，水雲何處尋。
淡泊懷遠景，悠悠發歌吟。
悠悠發歌吟，呼出我激情。
人生履風雲，坦蕩盈身心。
正直是要領，奸邪惡之鄰。
叩道無止境，慧意雙睛凝。

啾啾鳥語啼從容

19年5月13日

啾啾鳥語啼從容，蒼靄漫布四野中。
天陰無妨花嬌紅，風清原宜雅人胸。
歲月澹蕩心襟曠，向學叩道晨昏間。
紅塵從來稱攘攘，水雲勿忘容徜徉。

人生情懷知多少

19年5月14日

人生情懷知多少，胸襟水雲飄。
叩道昂藏無玄奧，無機質樸饒。
窗外野禽歡鳴叫，晨風吹來好。
讀書哦詩亦清妙，曠發我風騷。
紅塵由來多胡搞，名利害人巧。
何不清心學高蹈，化外氣象妙。
老來身心堪可表，覽盡風雲造。
淡定身心不討巧，德操力培造。

曠懷悠遠哦詩行

19年5月14日

曠懷悠遠哦詩行，雅淡身心如菊芳。
空靈野鳥歡啼唱，寫意暑風愜意揚。
哦詩聊舒心激昂，展眼長天正茫茫。
紅塵雖非久居鄉，何妨隨緣樂安祥。

霧霾籠罩天野間

19年5月14日

霧霾籠罩天野間，環境汙染實堪悵。
敗壞為因人心臟，物欲薰心肆狂猖。
天人大道務尋訪，良知正見必須彰。
長嗟哦詩痛無疆，擱筆深思費平章。

閒雅人生吾何講

19年5月14日

閒雅人生吾何講，一生騁盡是豪強。
不畏強梁奮志向，任使血淚流狂猖。
咽盡苦痛不絕望，神恩賜我正豐穰。
歡呼不盡奮發闖，靈程路上揮慨慷。
閒雅人生吾何講，奮志凌雲萬里疆。
步履桑滄一笑放，閱盡炎涼入詩章。
塵世原非我故鄉，永生天國恆仰望。
嗟此紅塵幻化相，名利害人何囂張。

人生務持清心腸

19年5月14日

人生務持清心腸，勿為物欲損襟房。
正直一生堪褒獎，雅度日月流雲彷。
最喜松風恣意向，痛恨詭詐與惡奸。
履盡世事吾何講，天地正道瀰宇間。

心懷漫浪

19年5月14日

心懷漫浪，初暑風光正清靚。
爽風清翔，七彩月季開芬芳。
有鳥鳴放，品茗心志正悠揚。
新詩哦唱，閒雅情懷真無上。
人生揚長，因無名利放心間。
體道平康，淡眼人間幻桑滄。
履世安祥，世界是神親主掌。
未許狂猖，謙和克己理應當。

處世宜安祥

19年5月14日

處世宜安祥，任使雨暴風狂。

向學志昂藏，沉潛詩書無恙。
人生一瞬間，回首不必淚淌。
世界是幻象，四大運化無疆。
緣銷緣復漲，未可執著幻象。
名利殺人狂，吾取清心揚長。
水雲之遐方，是我心之所向。
暫憩此塵間，靈程勿忘向上。

天氣陰晴之間

19年5月14日

天氣陰晴之間，迷煙四野浮漾。
喜鵲歡鳴唱，小風適意翔。
我自慨然成章，舒出心胸氣象。
人生不猖狂，正直頗強剛。
絕無卑媚之象，名利辭去無恙。
清貧何所妨，架上書成行。
介意道德文章，操守一生培養。
世界非幻象，有神親主掌。

流風正暢

19年5月14日

流風正暢，陰沉天宇間。
花自開放，鳥自歡鳴唱。
心志開敞，哦詩聲嘹亮。
閒適無恙，時光涓涓淌。
人生慨慷，壯志胸中藏。
努力向上，不為物欲障。
叩道奔放，遠拋機與奸。
正直昂揚，力戰虎與狼。

人生興會正無恙

19年5月14日

人生興會正無恙，暢對清風哦詩章。
紙上道來何用場，世事歷盡心蒼涼。
奮志依然是慨慷，男兒熱血恆奔放。
莫道桑滄是尋常，宇宙從來神主掌。

人生境界隨緣遇

19年5月14日

人生境界隨緣遇，道德深培成就吾。
紅塵歷歷多酸楚，桑滄度後心安妥。
清風拂來值初暑，鳥雀歡呼花香頗。
詩人興起發浩歌，一曲清蒼付逝波。

心志雅淡聊放歌

19年5月14日

心志雅淡聊放歌，鳥語清心適意頗。
天陰無妨品茗多，曠懷起處意穿梭。
欲語還遲難言斷，世事紛爭吾何語。
紅羊劫後餘風波，板蕩寰宇付逝波。

歷盡劫波唯余憤

19年5月14日

歷盡劫波唯余憤，依然保有我純真。
不屈磨難持誠正，向陽心志仍青春。
一任斑蒼漸漲增，叩道玄玄獲清芬。
圓通妙理悟紛紛，豁達人生雅十分。

心志未許蒼涼

19年5月14日

心志未許蒼涼，務要奮發向上。
一任迷煙障，定志向前方。
紅塵從來攘攘，名利殺人狂猖。
何不清心腸，憩意在山間？
初暑風光清靚，只是霧霾瀰漾。
歎息無用場，人欲是禍殃。
大道從來奔放，瀰布天地之間。
須循正道航，物欲是孽障。

歲月蹉跎

19年5月14日

歲月蹉跎，悠悠吾放歌。
人生坎坷，艱深何其多。
世事如波，行旅如攀坡。
風雨如梭，襲擊身心頗。
神恩謳歌，賜福如許多。
名利休休，害人走下坡。
鳥語清歌，愜我情懷頗。
長風清播，我不再歎嗟。

悠悠心情何暢

19年5月14日

悠悠心情何暢，雅將新詩哦唱。
霧霾四野迷漾，鳥兒卻自歌唱。
紅塵何處漫浪？水雲何處尋訪？
汙染如此狂猖，書生歎息良長。
思想聊起狂浪，誓將正氣舒揚。
力戰人心險奸，無機心地清芳。

世事波上舟

19年5月14日

世事波上舟，人在情中走。
身心誰問候？冷暖桑滄驟。
神恩豐且稠，賜福富且厚。
感發從心頭，頌贊奮頭籌。

歲月自豐厚 19年5月14日

歲月自豐厚，額上紋漸皺。
慧意眼中走，叩道拔頭籌。
人生如行舟，努力風雨走。
積澱豐且稠，哦詩雷霆驟。

煙雲世間 19年5月14日

煙雲世間，容我漫歌唱。
人生桑滄，世事不恆常。
孤旅昂揚，閱盡風雨艱。
叩道奔放，努力覓靈糧。
神恩自上，賜下甘霖芳。
我心自壯，靈程奮力翔。
力戰魔幫，天國在遐方。
永生天堂，壯美豈尋常。

蒼煙四野飄 19年5月14日

蒼煙四野飄，暮色又來到。
有花開妍嬌，有鳥啼逍遙。
歲月賜豐饒，感發自心竅。
哦詩復良好，頌神歌聲高。

第九十九卷《陶然集》

風吹落紅 19年5月14日

風吹落紅，何必多悼痛。
年近成翁，悟透是窮通。
有鳥鳴風，快慰我心胸。
人生情鍾，歷盡桑滄濃。
紅塵之中，幻化真無窮。
人生匆匆，感慨凝襟胸。
奮志如虹，七彩曠閃動。
叩道從容，腳踏實地衝。

樓上閑望 19年5月14日

樓上閑望，但見暮雲蒼。
感發中腸，況聞鳥鳴唱。
志在遐方，人生恆闖蕩。
任使跌傷，療愈仍前闖。
展翅飛翔，掠過雲煙茫。
雲霄之上，愜我意無限。
人生蒼涼，友朋在何方？
孤旅昂揚，不必淚潸淌。

歌聲嘹亮 19年5月14日

歌聲嘹亮，撥動我心房。
微嫌吵嚷，莫可奈何間。
晚風清涼，月華淡淡放。
霓虹閃靚，市井著華裝。
應許安祥，不可為色障。
內收心向，詩書沉潛間。
人生昂揚，豈為名利妨。
正義心間，踐道任莽蒼。

浮生曠展意向 19年5月14日

浮生曠展意向，人生百煉成鋼。
奮志當頑強，男兒騁雄壯。
此際清坐安祥，燈下理我思想。
紅塵噪噪間，性天當清涼。
歲月舒展奔放，太多風雨艱蒼。
務持清心腸，不為利欲障。
百度秋春匆忙，人生意義尋訪。
天國是標向，靈程努力上。

心襟瀟曠 19年5月14日

心襟瀟曠，沐浴晚風涼。
興致升上，連續撰詩章。
心志狂猖，內省不可忘。
勿為名障，勿為利所妨。
水雲心間，恣意暢流淌。
叩道揚長，我心何快暢。
人生履艱，苦痛成過往。
神恩何壯，感恩銘心房。

清思此際生成 19年5月14日

清思此際生成，初暑夜半時分。
月華照乾坤，遠際蛙鳴純。
燈下清坐思深，人生難以定論。
奮志在紅塵，持正力馳騁。
不為名利奮爭，不入世俗之城。
胸襟水雲生，君子人格正。
笑我斑蒼清生，豪氣充盈乾坤。
詩書伴晨昏，朗吟有精神。

清夜無眠 19年5月14日

清夜無眠，遠處蛙鼓鳴。
內叩身心，如潮起激情。
人生難云，履盡陰與晴。
一笑爽清，浩志正凌雲。
斑蒼之境，不必計清貧。
詩書浸淫，吾不知艱辛。
歲月進行，桑滄幻不停。
正義盈襟，靈程奮辟進。

曠持心身 19年5月14日

曠持心身，人生情志何雅芬。
拋開痛疼，矢為真理而奮身。
蛙鳴清純，夜半不眠思深深。
屈半吾生，正義心襟持誠貞。
叩道真誠，穿越迷煙桑滄陣。
覺醒時分，天人大道契心神。
世事紅塵，只是幻化和合身。
唯有天城，才有不朽之永恆。

時值三更 19年5月14日

時值三更，車聲壓過蛙鳴聲。
靜定心身，哦詩曠吐我精誠。
人生奮爭，履過山水萬千層。
回首驚震，桑滄幻化何繽紛。
世事紛爭，正如小兒之鬥陣。
應許雅芬，清心慧意度世塵。
叩道奮身，覺性悟道大提升。
深入層層，智慧寶藏何豐盛。

奮不顧身 19年5月15日

奮不顧身，叩道矢志盡一生。
悟徹時分，體察神意之廣深。
大道清芬，遍覆宇宙併人生。
正邪之爭，魔必敗亡歸消遁。
笑意清生，夜半蛙鼓敲清正。
燈下思深，裁心小哦吾清純。

豪情頓生，前進路上不困頓。
奔向天城，靈程揮灑吾剛正。

早起五更天未亮 19年5月15日

早起五更天未亮，野外鳥兒競鳴唱。
遠處蛙鼓隱隱響，寫意風兒遥自暢。
身心適意何所講，天人大道感應彰。
正直人生展昂揚，清度浮生勿孟浪。

輾轉浮生吾何講 19年5月15日

輾轉浮生吾何講，不折人生任桑滄。
暇時不妨聽鳥唱，悠悠風兒滌心腸。
兩部鳴蛙適意向，三千書籍鑄強剛。
叩道此生勿輕放，尋覓慧藏盈襟房。

一片鳥語歡聲放 19年5月15日

一片鳥語歡聲放，五更風吹宜人爽。
早起人兒心剛強，燈下裁心哦詩章。
村野荒雞未聞唱，遠際小蛙隱作響。
路上車行復狂猖，一日生活又開場。

鳥語歡歌振清響 19年5月15日

鳥語歡歌振清響，暢意東風盡情翔。
遠處村雞正鳴唱，東方曙色初增長。
早起厭聞車吠狂，哦詩激越展慨慷。
人生快慰何所講，何妨脫口便成章。

寫意紅塵曠繽紛 19年5月15日

寫意紅塵曠繽紛，鳥語花香正宜人。
行旅歷遍桑滄陣，大千幻盡色相身。
百度秋春蒙神恩，希冀更加在天城。
靈程克己求永生，靈魂淨化雅十分。

總憑詩句見精神 19年5月15日

總憑詩句見精神，詩中體盡我純真。
履歷人生不忘誠，閱盡桑滄總存貞。
世界唯是神創成，玄妙莫測歎深深。
叩道吾生奮誠正，天國求取彼永生。

坦蕩人生奮精誠 19年5月15日

坦蕩人生奮精誠，道藏深處叩玄真。
宇宙運化因神恩，人生窮通禍福存。
積德無已求雅正，問學秋春鼓精神。
浪漫浮生有溫存，風雨過後彩虹生。

悠悠清度紅塵 19年5月15日

悠悠清度紅塵，人生奮力馳騁。
歷盡山高水深，尋覓真理奮身。
名利欺人太甚，墮落何其太深。
務須向上飛升，行好天國旅程。

浮生履盡痛疼 19年5月15日

浮生履盡痛疼，蒼煙成陣。
努力前路馳騁，風雨艱深。
切禱懇求神恩，神已恩准。
賜下甘霖紛紛，甜美雅芬。
奮志奔走靈程，力克魔陣。
歡呼響徹雲層，凱旋歸城。

此身陷在紅塵，務須飛騰。
向上對準天城，求取永生。

小鳥愜意鳴唱
19年5月15日

小鳥愜意鳴唱，風中遞來花香。
初暑風光清靚，天陰無妨揚長。
品茗興致升上，新詩脫口哦唱。
歌頌神恩奔放，賜福選民無疆。
小鳥愜意鳴唱，花開多麼清芳。
世界存在漫浪，但須用心尋訪。
大道遍覆宇間，運行玄妙難量。
叩道我志貞剛，上天下地何壯。

心志曠展雅芬
19年5月15日

心志曠展雅芬，耳畔鳥鳴嬌純。
花香襲陣陣，愜意在紅塵。
奮志依然剛正，一任斑蒼清生。
風雨吾安穩，力行矢兼程。
壯懷哦諷深沉，中心感悟神恩。
頌贊出心身，努力走靈程。
力戰惡黨兇狠，矢斬虎狼成陣。
世界神創成，真理四海春。

人生多情
19年5月15日

人生多情，易損心襟。
神恩豐盈，賜福無盡。
靈程奮行，力克魔兵。
紅塵險境，名利囂行。
奮志凌雲，修身養性。

叩道盡心，靈性雅淨。
慧光內映，眉宇凝勁。
努力辟進，曠飛天庭。

心情對誰彈唱
19年5月15日

心情對誰彈唱？孤旅騁盡茫茫。
紅塵風雨艱蒼，男兒強剛奔放。
曾經折斷翅膀，血淚潸潸流淌。
幸賴神恩無量，賜我出死安康。
歡呼從心舒放，感恩淚水清淌。
努力靈程向上，榮神益人奮闖。

心志廣長
19年5月15日

心志廣長，最忌大而無當。
人生恆闖，腳踏實地強剛。
心懷漫浪，歲月侵蝕鬢霜。
一笑爽朗，愜意濯足滄浪。
大千無恙，皆是神之造創。
靈妙非常，叩道是余志向。
晨昏之間，詩書縱情哦唱。
秋春安祥，神賜豁達平康。

人生陰晴不定
19年5月15日

人生陰晴不定，須要看好身心。
不可放蕩隨性，須將正道遵循。
世事變幻風雲，時有風雨經行。
努力靈程奮進，終將抵達安平。

流風其來清新
19年5月15日

流風其來清新，有絮浪漫飄行。
鳥兒嬌嬌啼鳴，花兒鮮豔無垠。
詩意煥發從心，哦出新詩盡興。
謳歌神恩豐盈，生活和平安寧。

絮兒飄飄
19年5月15日

絮兒飄飄，心兒騷騷，
雅哦詩稿，窗外聽得鳥鳴叫。
花兒妍嬌，風兒灑瀟，
田園芳好，愜余情意並懷抱。
品茗意高，雅彈心竅，
舒出情抱，嚮往水雲之飄渺。
紅塵胡鬧，眾生瞎搞，
霧霾籠罩，書生歎息嗟不了。

人生境界隨緣遇
19年5月16日

人生境界隨緣遇，花落花開吾不語。
淡定立身紅塵度，名利辭去空靈許。
一點雄心磨不去，叩道奮身履風雨。
呵呵一笑清新具，灑脫浮生水雲居。

曠喜流風清暢
19年5月16日

曠喜流風清暢，我心歡樂未央。
天陰何所妨，我志正昂揚。
落紅不必憂傷，隨緣安處應當。
歲月騁奔放，我已值斑蒼。
一笑爽然安祥，神恩如此廣長。

一生風雨艱，積澱是思想。
哦詩舒發思想，叩道用心衡量。
修行秋春間，正氣恆生長。

暮陰迷煙漾

19年5月16日

暮陰迷煙漾，宿鳥清鳴唱。
激情哦詩章，慨慷且奔放。
人生向前闖，風雨任艱蒼。
一笑還滄蕩，神恩荷廣長。
暮陰迷煙漾，心志正無疆。
努力叩道藏，悟道日增長。
世界玄妙間，運化自永長。
德操力培養，修身有馨芳。

人生易老天難老

19年5月17日

人生易老天難老，笑傲紅塵胡不好。
謙和才能養德操，正直始可叩道要。
歲月侵蝕性靈保，化外氣象質樸饒。
無機心地雅持了，愜意松風滌懷抱。

莖莖白髮吾何講

19年5月17日

莖莖白髮吾何講，人生不可徒嗟悵。
奮志仍須展強剛，不屈名利與強梁。
百度秋春逞漫浪，暇時何妨聽鳥唱。
水雲胸中愜流淌，須知化外別有象。

清度流年雅芬

19年5月18日

清度流年雅芬，心襟未許痛疼。
神恩是廣深，思此心感恩。
奮志曠走紅塵，不計傷痛深深。
努力奮剛正，傲立在乾坤。
歲月日漸加深，斑蒼惜我清生。
叩道履秋春，詩書慰心身。
正邪搏擊艱深，鏖戰何其險逞。
終將勝又勝，凱旋歸天城。

幽幽是我心襟

19年5月18日

幽幽是我心襟，履經暴雨雷鳴。
傷痛何必云，壯懷正殷殷。
努力前路辟進，辭去利名空清。
叩道曠飛行，覽盡萬里雲。
窗外鳥語花馨，天陰無妨心境。
歲月不必驚，斑蒼任侵鬢。
笑意清生清新，品茗曠有意興。
新詩雅哦吟，舒出我激情。

悠悠曠展心襟

19年5月18日

悠悠曠展心襟，哦詩傾吐身心。
人生風雨履經，贏得一笑清新。
奮志努力前進，不為名利動心。
叩道悟通圓明，慧意中心凝勁。
空靈是余身心，寫詩雅潔動聽。
清貧身心貞定，漫度秋春爽清。

閒情曠展

19年5月18日

閒情曠展，雅聽鳥鳴喊。
心境雅淡，品茗興浩瀚。
歲月飛帆，老我以慵懶。
不必興歎，詩書養心禪。
人生果敢，不屈磨與難。
奮志天漢，風雨兼程趕。
落紅堪歎，人生吾何談。
靈程奮戰，天國是終站。

暮陰時分聞鳥唱

19年5月18日

暮陰時分聞鳥唱，聲聲嬌囀啼悠長。
清風吹來復揚長，吾之心志展滄蕩。
歲月飛翔吾何講，任從緣發變斑蒼。
人生履緣合奔放，一笑清新且舒昂。

雅將新詩哦唱

19年5月18日

雅將新詩哦唱，舒出我的情長。
暮陰何所妨，心志正悠揚。
歲月恆展奔放，初暑無限風光。
清風吹涼爽，遠際歌聲靚。
華燈已經點上，七彩霓虹閃光。
生活是喧嚷，心性勿受妨。
名利只是虛誑，踏實度日為上。
詩書體昂藏，叩道越煙障。

燈下清思想

19年5月18日

燈下清思想，人生曠揚長。
流年似飛殤，百年真瞬間。
應許展悠揚，共緣清旅航。
靈程奮慨慷，天國是標向。

靈性務清靚，淨化無止疆。
遠拋機與奸，無機履安祥。
風雨任狂猖，神恩總廣長。
陰晴轉換間，世界幻桑滄。

閒情聊舒曠

19年5月18日

閒情聊舒曠，燈下哦詩體激昂。
清夜頗安祥，遠近未聞蛙鼓唱。
人生騁志向，越盡萬千之關障。
歲月真奔放，轉眼吾已值斑蒼。
一笑爽然暢，隨緣履歷吾悠揚。
不入名利場，身心空靈是滄蕩。
輾轉桑與滄，世事閱歷浮煙漾。
沉潛詩書間，總憑良知叩道藏。

早起四更

19年5月19日

早起四更，遠野鳴蛙噪聲聲。
清風陣陣，適我心地真雅芬。
嗟此紅塵，名利爭奪何猖盛。
眾生沉淪，慧光消隱濁氣生。
歲月進深，老我蒼顏不必論。
浩氣乾坤，努力馳騁萬里程。
心意何逞，風雨艱蒼一笑生。
正直人生，矢門魔敵在秋春。

笑意清生

19年5月19日

笑意清生，雅聞蛙鼓聲又聲。
四更時分，不眠人兒哦詩誠。

清風溫存，滌我心襟何雅芬。
路上車聲，噪噪不休真擾人。
初暑正騁，不涼不熱好宜人。
淡泊心身，安度日月樂天倫。
紅塵滾滾，修身養性宜安穩。
霜華惜生，無價韶光似電騁。

清思人生

19年5月19日

清思人生，太多風雨磨煉人。
總賴神恩，救死扶傷真雅芬。
回首秋春，不堪往事惱煞人。
苦痛何深，銘入肺腑與眼神。
華髮惜生，五十四載已馳奔。
努力前程，叩道踐履在秋春。
嗟此紅塵，眾生昏蒙多沉淪。
務秉清正，濟世度人是責任。

遠際歌聲清靚

19年5月19日

遠際歌聲清靚，感動我的心房。
激情有蕩漾，慨然哦詩章。
晨起薄霧正張，爽風吹來和祥。
野鳥歡鳴唱，心志展悠揚。
人生合當奔放，勿為物欲所障。
清明心地間，性光當顯揚。
叩道是余志向，奮發秋春之間。
時光似川殤，珍惜勿能忘。

人生情懷舒奔放

19年5月19日

人生情懷舒奔放，雅將新詩哦唱。
激情歲月不回放，恆向前路驅闖。
山高水長煙雲漾，風雨不再迷茫。
男兒荷志是貞剛，秉持良知向上。
真知正見何處訪？叩道用心衡量。
仰觀俯察天地間，妙悟豈是尋常。
半百生涯堪謳唱，一曲未許蒼涼。
見證神恩之廣長，我心歡呼無恙。

務必棄假歸真

19年5月19日

務必棄假歸真，此生信靠真神。
奮志走靈程，力克魔紛紛。
窗外鳥語喧騰，天陰心境馨溫。
和風來陣陣，哦詩舒雅芬。
人生不可沉淪，名利害人太深。
靈性務清純，性天清光逞。
不可迷戀紅塵，天國才有永生。
神恩何廣深，導引我靈程。

飛絮飄空

19年5月19日

飛絮飄空，鳥掠從容，
心志清空，哦詩舒展我心胸。
品茗意動，雅潔襟胸，
欣喜清風，初暑月季正芳濃。
歲月如風，年輪轉動，
賜我霜濃，呵呵一笑滄無窮。

努力前沖，關山雨風，
鐵膽剛雄，壯志燦爛如長虹。

雲煙滄蕩

19年5月19日

雲煙滄蕩，彩雲飛翔，
孟夏時光，鳥語花芳絮飛揚。
我自慨慷，豪情舒放，
品茗悠揚，激情曠展哦詩章。
向陽心腸，不懼艱蒼，
奮發向上，矢志克盡萬重障。
歲月揚長，笑我斑蒼，
努力前闖，閱盡世事之桑滄。

第一百卷《天和集》

清懷雅淡聊哦唱
19年5月19日

清懷雅淡聊哦唱，窗外飛絮正輕狂。
驚喜粉蝶翩翩翔，雅賞月季七色芳。
歲月奔放且流暢，青春辭去值星霜。
坦然度世余何講，叩道天人且安祥。

曠志清度紅塵
19年5月19日

曠志清度紅塵，履歷痛苦艱深。
一笑還馨溫，擎舉手中燈。
靈程矢志飛奔，矢將魔敵戰勝。
心性還清芬，眼目俱純正。
半世生涯清騁，回首煙霧紛紛。
斑蒼而今生，華年逝無聲。
努力前路奮身，天國標的精准。
奮發求永生，神恩廣且深。

落日晚霞紅
19年5月20日

落日晚霞紅，流淌清風。
飛絮復翾空，鳥鳴從容。
淡泊盈心胸，哦詩清空。
志向正如虹，努力前衝。
叩道奮剛猛，悟徹窮通。
慧性增加中，神恩恢弘。
展眼雲煙動，余意靈動。
生活堪謳泳，桑滄與共。

華燈正放
19年5月20日

華燈正放，遠際悠歌傳嘹亮。
晚風清爽，燈下哦詩也激昂。
情緒奔放，正直人生舒昂藏。
名利棄放，剩有清貧持淡蕩。
紅塵狂猖，眾生爭競無止疆。
應持清腸，水雲化外度安祥。
半世銷殤，華髮迎風吾何講。
神恩廣長，思此謳歌出心房。

紅塵多辛何必表
19年5月21日

紅塵多辛何必表，誰不知道，
誰不知道，壯志凌雲奮前跑。
關山萬千朗度了，風景清好，
風景清好，贏得呵呵展一笑。
窗外清風走風騷，喜鵲鳴叫，
喜鵲鳴叫，藍天白雲真美妙。
遠際歌聲略嫌吵，市井噪噪，
市井噪噪，身心勿忘水雲操。

彩雲飛翔
19年5月22日

彩雲飛翔，和風柔放，
遠際歌聲靚，紅日正東上。
心事澹蕩，萬事下放，
小哦新詩章，聊舒情無恙。
人生安祥，神恩廣長，
靈程奮志闖，淨化靈無疆。
歲月奔放，人老斑蒼，
情志展舒揚，叩道圓明間。

清夜蛙鳴
19年6月2日

清夜蛙鳴，驚動我身心。
悟徹心靈，奮志以殷殷。
人生奮行，叩道是要領。
慈悲於心，佛法務修行。
百年生命，匆匆如煙雲。
心靈要緊，淨化無止境。
向上矢行，境界新又新。
創化無垠，開闢新生命。

清夜無眠
19年6月2日

清夜無眠，遐思正放行。
人生多情，苦了身心靈。
追求上進，片面可不行。
博覽無垠，先揀最要緊。
叩道要緊，佛法亦修行。

心靈平靜，戒定慧才行。
紅塵多辛，修行先修心。
正直才行，無機持心境。

雅將新詩哦唱

19年6月2日

雅將新詩哦唱，心志浩起茫茫。
窗外鳥語啼唱，南風吹來悠揚。
孟夏大好風光，愜我情懷無限。
努力耕心無恙，矢將正義弘揚。

雅將人生思想

19年6月3日

雅將人生思想，務須奮發向上。
不為名利所妨，不為物欲所障。
天地多麼寬廣，宇宙廣大無限。
努力叩求道藏，正義恆使增長。

傲世何必孤標

19年6月3日

傲世何必孤標，和光同塵更好。
雅聽小鳥鳴叫，暑風吹來清好。
品茗心志雅騷，詩意從心而繞。
合當舒我襟抱，曠欲振翼揚飆。

早起五更

19年6月4日

早起五更，蛙鳴聲聲，
鳥鳴聲聲，清風適意愜精神。
人生馳騁，山高水深，
不懼艱深，努力萬里之旅程。
紅塵滾滾，眾生沉淪，
利奪名爭，爭先恐後何愚蠢。

謳頌神恩，導引靈程，
力克魔陣，天國恩典有永生。

晨起天陰

19年6月4日

晨起天陰，無妨鳥清鳴。
心境溫馨，雅將詩哦吟。
人生多情，履盡陰與晴。
一笑鎮定，心懷彼白雲。
紅塵多辛，桑滄幻不停。
百年驚警，太多狼煙行。
神恩無垠，導引入康平。
歡呼盡心，謳頌此恩情。

適意安祥

19年6月4日

適意安祥，心志平康，
歲月清芳，吾不知老將來訪。
人生揚長，無機心房，
逸意舒暢，品茗詩意正成長。
清度桑滄，淚不妄淌，
豁達安康，領略天命之奔放。
紅塵狂猖，利鎖名韁，
應都棄放，叩道用心來衡量。

休憩身心

19年6月4日

休憩身心，何必整日耽謳吟。
請聽鳥鳴，享受朗日與風清。
歲月進行，悠然品我之芳茗。
世事問尋，叩道天人無止境。

雅持身心，絕不放蕩胡亂行。
秉持貞定，向陽心地冰雪清。
紅塵險境，太多機關與陷阱。
務必鎮定，胸中須懷大光明。

清夜無眠（之一）

19年6月5日

清夜無眠，悠聽蛙鼓聲聲吟。
寫詩盡興，曠吐中心之閒情。
人生奮行，履盡關山之蒼峻。
一笑溫馨，桑滄幻化無止境。
小風悠行，愜我情懷真無垠。
路燈亮明，偶有車行發噪音。
世事難云，應許淡定辭利名。
剩有清貧，高蹈心襟入白雲。

時值芒種兮風雨狂

19年6月6日

時值芒種兮風雨狂，
心志幽憂兮哦慨慷。
時光飛逝兮吾何傷，
老將來臨兮感慨長。
壯志未酬兮何必講，
沉潛詩書兮哦揚長。
運命窮通兮理難講，
堅守正直兮人格方。

清夜安祥

19年6月6日

清夜安祥，窗外風兒正舒狂。
明日端陽，驚歎時光是飛殤。

心境舒暢，人生無意名利間。
詩書揚長，男兒騁志叩道藏。
正義心間，歷盡艱蒼吾悠揚。
貞剛無恙，松柏情操自茂昌。
紅塵狂猖，眾生顛倒名利場。
吾持平常，共緣履歷自安康。

清夜無眠（之二）

19年6月7日

清夜無眠，耳際灌得是蛙鳴。
偶聞車行，路上華燈自在明。
小風清新，愜我神思放曠行。
淡定身心，悠度歲月也多情。
人生進行，履盡桑滄一笑盈。
斑蒼之境，名利棄去餘空靈。
紅塵驚警，太多艱深與不平。
奮志雄英，匡扶正義矢當行。

閒適無恙

19年6月7日

閒適無恙，節屆端陽，
喜氣宇間，品茗悠聽啼鳥唱。
雲天曠朗，清風舒揚，
心懷廣長，遐思原在至遠方。
人生昂揚，不折向上，
努力飛翔，氣宇雄渾若海江。
紅塵攘攘，眾生顛狂，
應持清向，悟徹玄思叩道藏。

漫天晴朗兮和風翔

19年6月8日

漫天晴朗兮和風翔，
余心喜悅兮怡心腸，
歲月逝飛兮謳揚長。
慨當以慷兮履艱蒼。
人生奮發兮天壤間，
雄志偉剛兮曠飛揚。
頌贊神恩兮何廣長，
努力標的兮趨天堂。

鳥語啾啾唱

19年6月8日

鳥語啾啾唱，心興未央。
謳詩舒心房，清風悠揚。
不熱復不涼，藍天晴朗。
花開復芳香，我意揚長。
歲月展閑曠，清度平康。
努力晨昏間，詩書昂藏。
奮發以向上，克盡艱創。
人生天地間，正氣瀰張。

悠曠心境對誰講

19年6月8日

悠曠心境對誰講，孤旅騁盡昂揚。
人生萬事均下放，水雲中心蕩漾。
和風清來拂襟房，有鳥娟娟啼唱。
清喜假日天晴朗，品茗志意舒揚。
人生三萬六千場，時光飛逝如殤。
悟道空清何所講，正直一生奔放。
清貧無妨貞志剛，男兒立身端方。
努力前驅越沙場，持正擊邪揚長。

人生懷意向

19年6月8日

人生懷意向，天地復莽蒼。
仲夏正晴朗，鳥語復花芳。
志氣持軒昂，胸襟致遐方。
廣長是理想，正直盈襟腸。
人生懷意向，不嗟旅途艱。
淡笑微微漾，體道復慨慷。
晨昏縱哦唱，秋春度安祥。
履盡風與浪，淡泊吾安康。
人生懷意向，悠悠持嚮往。
大同是理想，眾教和合間。
歲月侵鬢霜，何計老將訪。
努力奮貞剛，傲立天地間。

清風流暢

19年6月8日

清風流暢，天陰何所妨。
志取昂揚，人生奮發上。
仲夏正當，心志慨且慷。
品茗悠揚，詩意從心放。
百年蒼茫，感慨出中腸。
持正奔放，力戰邪與奸。
雅聽鳥唱，我欲曠飛翔。
高天廣長，宇宙無極限。

暮陰心志展繽紛

19年6月8日

暮陰心志展繽紛，人生奮力以馳騁。

履歷山水曠成陣，鐵骨貞剛硬十分。
豈有卑媚邪曲生，正直從來有清芬。
清風吹拂鳥鳴純，寫詩適意心馨溫。

心志悠揚

19年6月8日

心志悠揚，清風徐來曠。
鳥語鳴放，愜意心地間。
情懷舒放，從容哦詩行。
暮陰時間，不熱復不涼。
感慨心上，人生奮力闖。
山水遠長，克盡千重嶂。
紅塵迷茫，名利害人狂。
務持清腸，田園憩襟房。

落日燦靚

19年6月8日

落日燦靚，天際流雲漾。
清風徐翔，適意且安祥。
人生揚長，萬事俱下放。
共緣舒放，豁達持襟房。
往事難忘，困苦併艱蒼。
神恩廣長，賜我以安康。
笑意浮上，塵世是暫享。
永生在上，天國是故邦。

晚霞紅燒

19年6月8日

晚霞紅燒，宿鳥清鳴叫。
心志遙逍，詩意從心繞。
人生灑瀟，紅塵胡不好。
名利棄拋，清貧適襟抱。
詩書笑傲，叩道吾風標。
風雨迢迢，山水行遍了。
五湖歸早，灑然余一笑。
闔家安好，神恩豐且饒。

清騁志向入詩章

19年6月8日

清騁志向入詩章，人生曷不揚長？
歲月桑滄有餘芳，斑蒼一笑爽朗。
晚風清新恣意翔，愜我心意無限。
心地詩意在蕩漾，從心小哦詩章。
紅塵太多機與奸，我心素樸清芳。
不圖塵世名利髒，淡泊處心安康。
詩書晨昏曠哦唱，心志悠悠揚揚。
享受風清明月光，性天原也清涼。

清夜無眠（之三）

19年6月9日

清夜無眠，雅聽蛙鼓吟。
爽風怡情，詩意中心盈。
歲月進行，惜我已斑鬢。
努力前進，惜取彼寸陰。
人生多情，損了心與靈。
神恩無垠，賜我福豐盈。
歡呼盡興，靈程曠飛行。
凱歌徹雲，永生冀天庭。

灑然心胸

19年6月9日

灑然心胸，展眼斜陽正當空。
品茗輕鬆，天倫之樂歡無窮。
人生情鍾，叩道奮勇展剛猛。
不懼雨風，男兒豪邁豈有窮。
歲月如風，老我斑蒼一笑中。
桑滄幻濃，大千寫意入掌中。
努力前衝，萬里征程不輕鬆。
燦爛彩虹，導引靈程七彩濃。

清夜聞蛙鳴

19年6月10日

清夜聞蛙鳴，爽我身心，
爽我身心，況有小風自在行。
心志啟殷殷，奮發上進，
奮發上進，三更讀書有意興。
世事值太平，休憩身心，
休憩身心，淡泊遠辭彼利名。
紅塵多操心，應許消停，
應許消停，傾心田園水雲境。

清夜難眠

19年6月10日

清夜難眠，蛙鼓敲擊正均勻。
爽我身心，享受清風懷意興。
哦詩空靈，只是吐出一片心。
孤旅懷情，五十四年傷了心。
傾耳細聽，蛙鳴起伏怡心境。
偶有車行，路上華燈自在明。
歲月進行，時值仲夏吾何云。
斑蒼之境，合當慨歌奮發行。

人生懷情

19年6月10日

人生懷情，履盡煙雨併風雲。
一笑鎮定，覷破世事性天清。
遠辭利名，未許躁動我身心。
享受靜寧，叩道深入彼靈明。
安穩心靈，靈程路上奮發行。
對準天庭，曠意飛翔鼓勇進。
魔敵經營，妄想心靈插得進。
警醒才行，持正擊邪奮雷霆。

煙雨風雲

19年6月10日

煙雨風雲，於我只是尋常境。
雅持空靈，未可辜負一片心。
神恩無垠，思此中心懷激情。
頌贊謳吟，靈程奮發啟雷霆。
遠際蛙鳴，陣陣清風適心靈。
心懷溫馨，暢想古今遐思興。
人生夢境，不可沉溺於利名。
叩道奮進，原可深入彼圓明。

不覺已是四更

19年6月10日

不覺已是四更，蛙鳴聲聲，
蛙鳴聲聲，怡我心情有十分。
清風其來陣陣，爽我心神，
爽我心神，詩意中心起紜紛。
人生傲立乾坤，正直心身，
正直心身，不為名利而俯身。
笑意此際清生，紅塵滾滾，
紅塵滾滾，中心頌贊是神恩。

晨起喜鵲大鳴

19年6月10日

晨起喜鵲大鳴，爽風吹來盡興。
心志正溫馨，詩意從心縈。
人生慨然多情，風雨艱蒼常尋。
一笑且鎮定，不折是心靈。
歲月分明演進，紅塵太多驚警。
正邪搏無垠，玄黃橫戰雲。
持正傲立剛俊，男兒有勇橫行。
卑弱可不行，人格最要緊。

流風清暢

19年6月10日

流風清暢，適意心地間。
鳥雀鳴唱，天氣喜晴朗。
遠際歌唱，悠揚且清靚。
我心廣長，欲振翮而上。
紅塵狂放，心地懷理想。
不為名狂，不為利所妨。
叩道揚長，遠辭機與奸。
無機心腸，正直且端方。

浮生暢意向

19年6月10日

浮生暢意向，感慨心地間。
享受鳥清唱，愜意風清翔。
歲月多玄暢，人生懷理想。
風雨履艱蒼，一笑淡無恙。
浮生暢意向，不覺已斑蒼。
何必回首望，應許瞻遐方。
山高水復長，旅途風光壯。
名利已棄放，心胸水雲間。
浮生暢意向，神恩領廣長。
闔家均無恙，父母健在堂。
頌聲謳來曠，靈程奮力闖。
天國是家邦，永生福何康。

漫天晴朗

19年6月10日

漫天晴朗，紅旭東方上。
歌聲悠靚，打動我心房。
小鳥鳴唱，牽牛花盛放。
歲月清享，慨然余歌唱。
哦出心向，哦出我揚長。
哦出奔放，哦出我激昂。
人生貞剛，叩道是志向。
履歷艱蒼，坦然心地間。

迷煙疊放

19年6月10日

迷煙疊放，霧靄又復猖狂。
白雲悠翔，晨風徐來吹曠。
雅聽鳥唱，愜意吾之襟腸。
人生感想，一齊襲上心房。
紅塵之間，此生只是暫享。
唯有天堂，才有永生可講。
努力向上，淨化靈魂無疆。
力戰邪奸，匡扶正義揚長。

第一百零一卷《秀雅集》

天際平曠 19年6月10日

天際平曠，雲天正澹蕩。
雀鳥鳴翔，仲夏喜清涼。
我自興上，藹然哦詩行。
歲月奔放，笑我星星霜。
人生奮闖，越盡關與嶂。
紅塵無恙，心懷水雲鄉。
情係漫浪，不為名利狂。
清貧何妨，我有正氣剛。

清風徐曠 19年6月10日

清風徐曠，休閒正無恙。
平靜安祥，品茗讀詩章。
小鳥鳴唱，月季自在放。
雲天淡蕩，青靄天際漾。
不取孟浪，一生努力上。
秉持貞剛，叩道履艱蒼。
奮志所向，是在萬里疆。
踏遍莽蒼，一笑頗坦蕩。

夕照輝煌（之一） 19年6月10日

夕照輝煌，雲天展蒼茫。
生活平康，余意體安祥。
小鳥鳴唱，自在得其向。
好風流暢，爽潔我心腸。
闔家安康，神恩賜無限。
靈程奮闖，邁越彼艱蒼。
持正昂揚，男兒是好鋼。
不屈頑強，力克魔敵狂。

藍天青碧無雲 19年6月11日

藍天青碧無雲，小鳥啾啾嬌鳴。
晨起余意奮興，雅將新詩哦吟。
仲夏嬌麗情景，架上牽牛妍俊。
慨余瀟瀟身心，曠欲振翼飛鳴。

清風茲來喧意境 19年6月11日

清風茲來喧意境，雅聽小鳥之嬌鳴。
品茗調適余身心，讀書淡蕩吾性靈。
歲月進行曾驚警，而今享受此太平。
神恩廣茂堪謳吟，靈程路上奮發行。

心境淡蕩賦詩章 19年6月11日

心境淡蕩賦詩章，人生奮發以圖強。
窗外小鳥盡情唱，好風舒來意氣揚。
品茗真愜余心向，讀書安祥吾襟房。
展眼仲夏正晴朗，流雲百幅似畫廓。

紅塵清騁余浪漫 19年6月11日

紅塵清騁余浪漫，歲月侵蝕已鬢斑。
閑淡人生不打禪，奮志依然作好漢。
履度萬疊水復山，鐵骨撐持看天藍。
笑傲塵世之艱難，叩道圓通復何談。

天氣陰晴頗不定 19年6月11日

天氣陰晴頗不定，流風吹拂總殷殷。
鳥語聲聲啼空靈，閒雅人生惜寸陰。
仲夏清涼愜於心，歲月飛行吾不驚。
秉持正節履陰晴，不負靈明不負心。

人生悠悠持心襟 19年6月11日

人生悠悠持心襟，奮志正凌雲。
紅塵由來多苦辛，一笑也爽清。
輾轉桑滄吾何云？心境持鎮定。
不懼風雨與雷霆，秉持我良心。
斑蒼之境余思尋，叩道奮辟進。
心得點點入詩吟，履盡是風雲。
歲月蒼蒼無止停，回思唯煙雲。
瞻望前景壯無垠，努力去追尋。

悠悠心襟 19年6月11日

悠悠心襟，享受朗日風清。
雅品芳茗，愜意哦詩舒情。

小鳥嬌鳴，打動余之心靈。
流雲清新，幻變無有止停。
生活和平，清貧安度康寧。
叩道奮進，風雨只是常尋。
歲月多情，洗滌余之身心。
人生辟進，穿越秋春溫馨。

粉蝶翩飛行 19年6月11日

粉蝶翩飛行，鳥語復嬌俊。
花開多鮮新，風拂體意境。
散思曠無垠，人生懷多情。
仲夏有美景，謳頌此太平。

燥熱宇間 19年6月11日

燥熱宇間，汗往下淌，
清風徐翔，愜我之意向。
人生昂揚，奮志貞剛，
詩書潤腸，哦詩吐清芳。
紅塵狂蕩，眾生顛盲，
應持清向，淡泊水雲間。
斜暉正朗，流雲飛翔，
有鳥鳴唱，我意慨而慷。

四圍安靜 19年6月12日

四圍安靜，余意享雅清。
人生多情，品茗意紛紜。
歲月曠進，已入斑蒼境。
一笑清新，不折奮力行。
小風舒清，有鳥恣啼鳴。
田園畫境，天際淡靄凝。
紅塵憩停，百年波上行。
靈程奮進，永生恃天庭。

夕照輝煌（之二） 19年6月12日

夕照輝煌，流雲淡淡翔。
喜鵲鳴唱，余意感清暢。
人生感想，一齊襲襟房。
世事莽蒼，何必去多講。
紅塵履浪，艱辛豈尋常。
年已斑蒼，一笑頗爽朗。
生活安祥，清貧原無妨。
縱起狂浪，神恩總廣長。

天陰風暢 19年6月13日

天陰風暢，爽意宇間。
鳥愜鳴唱，花自馨芳。
逸意揚長，品茗思曠。
小哦詩章，傾吐襟腸。
天陰風暢，愜意心間。
人生奮闖，萬水千嶂。
吾已斑蒼，一笑朗爽。
萬事下放，水雲胸漾。

喜鵲鳴放 19年6月13日

喜鵲鳴放，余心喜洋洋。
天陰何妨，胸懷紅太陽。
志取強剛，人生奮發闖。
關山萬幢，我有雙翅膀。
紅塵之間，太多機與奸。
無機心腸，叩道頗揚長。
風來清暢，愜我意無限。
散思閑曠，悠品綠茗芳。

晚霞西天正紅燒 19年6月13日

晚霞西天正紅燒，雅聽宿鳥之鳴叫。
清風拂來寫意好，仲夏風光真美妙。
性天清涼吾不傲，向學叩道我灑瀟。
人生快慰樂逍遙，不計斑蒼不計老。

雲天爽朗 19年6月13日

雲天爽朗，流風恣意翔。
心情歡暢，慨然哦詩章。
夕陽西降，閃射其光芒。
生活和祥，萬民樂平康。
車聲噪響，紅塵是狂猖。
務持清向，勿為物欲障。
心志廣長，萬里遼無疆。
努力闖蕩，邁越千山嶂。

悠悠情懷稱雅靚 19年6月14日

悠悠情懷稱雅靚，遠際清歌正嘹亮。
幾聲鵲噪悅心向，數朵白雲漫飄翔。
晨起清風吹揚長，仲夏牽牛喜嬌放。
歲月侵蝕兩鬢蒼，豁達人生履安祥。

閒情聊舒曠

19年6月14日

閒情聊舒曠，仰看雲飛翔。
耳際聞鳥唱，風遞花清香。
歲月真流暢，仲夏不覺間。
心志正昂揚，我欲乘雲上。
閒情聊舒曠，品茗心意芳。
哦詩復揚長，體道吾安康。
心懷向誰講？孤旅不悲悵。
努力萬里疆，風雨兼程闖。

蛙鳴如沸堪動聽

19年6月15日

蛙鳴如沸堪動聽，五更早起心志清。
讀書適意雅用心，哦詩舒情付誰聽？
少年奮志當用勤，老來淡泊持身心。
啾啾鳥語渾意境，路上華燈自在明。

天值晴朗流風暢

19年6月15日

天值晴朗流風暢，散步歸來汗潸淌。
歲月飛行惜老蒼，奮志依然展昂揚。
紅塵噪噪無止疆，性天應許持清涼。
勿為名利身心妨，要向水雲憩襟腸。

小風來儀何快暢

19年6月15日

小風來儀何快暢，心地應許享清涼。
天際靄煙瀰漫間，野禽歡唱得其向。
時值仲夏草木芳，最喜牽牛妍開放。
閒情聊表哦詩章，一腔正氣衝天壯。

清喜流風送暢

19年6月15日

清喜流風送暢，天氣不熱不涼。
陰晴不定間，有鳥恣歌唱。
我自慨然成章，何許計斑蒼。
歲月如花芳，況復品茗意曠。
紅塵狂蕩無疆，名利殺人囂猖。
務持清心向，遁入彼松崗。
正直清持襟房，痛恨邪惡媚奸。
努力奮飛揚，靈程矢闖蕩。

閒情聊放曠

19年6月15日

閒情聊放曠，悠聽鳥唱。
好風自在翔，品茗意暢。
心志取清昂，努力向上。
不懼艱與蒼，奮發貞剛。
煙雨曾瀰漾，苦旅悲悵。
唯賴神恩壯，導引迷航。
靈程我徑上，克敵疆場。
眼目俱慧亮，腹醞清光。

坦蕩身心

19年6月15日

坦蕩身心，疊遭風雨吾不驚。
歲月多情，履度桑滄一笑凝。
耳際鳥鳴，休憩身心品芳茗。
風來舒情，愜我胸心啟空靈。
心志殷殷，少年壯志心中凝。
世事覷明，淡定遠辭彼利名。
詩書怡情，匡扶正義吾堅定。
不必大鳴，萬里征途實踐行。

清夜蛙鳴

19年6月15日

清夜蛙鳴，悠揚頗動聽。
三更不眠，清思蕩漾行。
歲月經行，不必傷腦筋。
淡泊康寧，神恩廣無垠。
縱使清貧，正義吾堅挺。
奮志而行，風雨任囂凌。
人生多辛，不可為利名。
大道追尋，中心持靈明。

寫意紅塵（之一）

19年6月16日

寫意紅塵，只是煙雲紛。
觀此乾坤，大化運精准。
人生馳騁，山水歷成陣。
用心思審，神恩領廣深。
努力前程，靈程奮力爭。
力克魔陣，靈性淨且芬。
天國永生，歡樂何其盛。
辭去世塵，辭去名利昏。

休憩身心吾逍遙

19年6月16日

休憩身心吾逍遙，天陰清風正灑瀟。
一群喜鵲歡聲叫，三杯綠茗添詩料。
紅塵噪噪胡不好，性天原來展風標。
清度浮生風雨飽，五湖深處水雲飄。

燥熱宇間 19年6月17日

燥熱宇間，雲煙自在漾。
野禽鼓唱，小風不流暢。
散坐休閒，新詩哦哦唱。
心志廣長，無人可言講。
紅塵奔放，故事演無疆。
車聲噪響，市井不安祥。
歲月舒揚，人老漸華霜。
一笑疏狂，悟道吾安康。

人生奮發闖 19年6月17日

人生奮發闖，山高水長。
五十四載間，煙雨滄浪。
而今我慨想，神恩廣長。
導引靈程向，飛往天堂。
正氣必然彰，邪惡敗亡。
殺伐任悲壯，鼓勇敢上。
紅塵太狂蕩，利鎖名韁。
務持清心腸，靈性晶亮。

田野迷煙障 19年6月17日

田野迷煙障，霧霾狂猖。
鳥語噪噪響，清坐思長。
物欲是孽障，務辭務放。
清心明慧間，注目天堂。
紅塵是暫享，百年之間。
性光務明亮，脫出世網。
靈性淨無疆，心燈燃亮。
戰勝黑暗藏，榮歸天邦。

流年舒芳 19年6月17日

流年舒芳，仲夏正當，
煙雲迷漾，鳥語花復芳。
我意揚長，品茗意暢，
裁心詩行，小哦適情腸。
歲月安祥，惜已老蒼，
一笑滄蕩，紅塵非故鄉。
天國仰望，神恩奔放，
頌贊獻上，靈程努力闖。

世事桑滄 19年6月17日

世事桑滄，幻化付等閒。
煙雨滄浪，濯足吾平康。
歲月飛翔，人生履艱蒼。
一笑安祥，神恩總廣長。
身心無恙，努力叩道藏。
慧意心間，靈程努力上。
克盡惡奸，還我清平況。
世界神創，靈妙不可講。

履歷人生艱蒼 19年6月17日

履歷人生艱蒼，贏得心襟瀟曠。
中心正氣昂，努力奮飛揚。
紅塵徒稱攘攘，只是幻化之象。
叩道貞志剛，慧燭手中掌。
窗外火風正翔，仲夏炎熱正彰。
幾聲鳥啼唱，一杯綠茗芳。
心意聊發狂猖，哦詩激情張揚。
人生縱馬狂，萬里無止疆。

爽然心襟 19年6月20日

爽然心襟，曠對風雲吾不驚。
此際天陰，清喜野禽歡奏鳴。
東風清新，愜我情懷真無垠。
小品芳茗，增添詩意盈心靈。
歲月進行，仲暑牽牛開嬌俊。
吾懷開心，闔家康平神恩領。
歡呼盡興，靈程奮志當凌雲。
努力飛行，去向天國何輕盈。

人生況味知多少 19年6月20日

人生況味知多少，愜意東風清繞。
更有小鳥恣鳴叫，品茗我意雅騷。
紅塵娟娟清好，無意名利灑瀟。
詩書怡我襟抱，煙霞一生笑傲。
歲月清展風標，老我斑蒼一笑。
獨立秉持情操，向陽心志遙逍。
五湖歸來應早，濯足洗我塵囂。
叩道樂天不傲，持正謙和力保。

雅聞喜鵲鳴唱 19年6月20日

雅聞喜鵲鳴唱，天陰無妨情曠。
率意哦昂藏，男兒騁奔放。

時值仲夏之間，明日夏至正當。
清風展悠揚，我意適然暢。
正義清持心間，人生不畏險艱。
努力奮貞剛，踐履道義方。
歲月舒展揚長，只是惜我斑蒼。
韶華勿費浪，時光如水淌。

殘陽蒼茫

19年6月20日

殘陽蒼茫，夕煙正清漲。
紅塵無恙，散思舒平曠。
我自昂揚，人生奮慨慷。
半世艱蒼，贏得一笑長。
努力向上，克盡困與障。
正義擎掌，力戰惡與奸。
世事混茫，眾生陷狂猖。
務持清向，無機之襟腸。

早起五更

19年6月22日

早起五更，蛙鼓併鳥聲。
雞鳴偶聞，清風暢吹逞。
哦詩聲聲，激越我心身。
人生馳騁，山水歷清正。
紅塵滾滾，太多濁浪生。
雅持心身，名利棄紛紛。
我心曠正，叩道歷秋春。
斑蒼清生，微笑展清芬。

雲飛清新

19年6月22日

雲飛清新，鳥語嬌俊，
暑意不淩，東風寫意愜意境。
歲月進行，紅塵艱辛，
吾志淩雲，灑脫不計彼利名。
高蹈白雲，松風滌心，
詩書怡情，快慰不知吾清貧。
大千曠運，道義先行，
持正虛心，叩道深入彼圓明。

人生騁意向

19年6月22日

人生騁意向，山水遠長。
不必回首望，天淡煙蒼。
百年不久長，人易老蒼。
努力奮志向，韶華飛殤。
窗外鳥啼唱，流雲飛翔。
暑風吹清暢，我意昂揚。
心興正揚長，品茗意漲。
慨然賦詩行，曠舒心向。

藍天白雲

19年6月22日

藍天白雲，嫋起我閒情。
斜日清映，生活漾和平。
有鳥嬌鳴，有花開妍新。
歲月舒情，曠起余詩興。
心志殷殷，不計艱與辛。
努力前行，風雨任囂淩。
我自高興，悟道入安平。
神恩無垠，導引我前進。

寫意紅塵（之二）

19年6月22日

寫意紅塵，履歷痛與疼。
唯賴神恩，賜福何豐盛。
傲立乾坤，叩道奮剛正。
風雨成陣，矢行吾奮身。
觀此世塵，眾生徒昏昏。
利奪名爭，清靜幾時生？
吾持雅正，不入名利陣。
水雲心生，飄逸脫浮塵。

斜暉朗朗

19年6月22日

斜暉朗朗，心志吾清昂。
白雲悠曠，清風恣意翔。
鳥清啼唱，愜余情與腸。
安居履常，詩書潤襟房。
哦出心腸，男兒持慨慷。
不折奮闖，困障未可擋。
謙和之間，時光若飛殤。
正直陽剛，正如松幹蒼。

清風來暢

19年6月22日

清風來暢，情懷吾悠揚。
人生奔放，豁達持心間。
鳥清啼唱，斜陽自在放。
雲飛澹蕩，紅塵愜意向。

激情正漲，況品雅茗芳。
詩意汪洋，舒出方為暢。
努力向上，不為物欲障。
清意襟房，流雲胸中翔。

第一百零二卷《綠窗集》

流雲妙曼 19年6月22日

流雲妙曼，夕陽向晚，
宿鳥飛返，愜意情懷頗安安。
浮生坷坎，不必回看，
努力前站，曠翅直插天青藍。
紅塵翻瀾，名利擾纏，
應持青眼，遁向田園併村灘。
身心煥然，雅哦清淡，
奮志揚帆，不畏風雨併艱難。

華燈燦放 19年6月22日

華燈燦放，閒雅心地間。
市井吵嚷，隱隱聞蛙唱。
晚風悠揚，情志怡然曠。
小哦詩章，平和且流暢。
仲夏正當，時光飛若狂。
笑我斑蒼，中心仍清狂。
歌聲響亮，噪噪無止疆。
心志清涼，嚮往水雲鄉。

朗月當空 19年6月23日

朗月當空，蛙鼓從容，
四更之中，不眠人兒諷清空。
人生匆匆，斑蒼倦慵，
奮志剛勇，不畏艱難矢前衝。
關山萬重，煙雲凝重，
風光瑰宏，洗滌男兒之心胸。
叩道圓通，性光渾融，
披雨沐風，一身正氣何剛洪。
關山迢迢，風光大好，
五湖歸來應宜早，東籬黃菊培奇妙。

東方微羲正清漲 19年6月23日

東方微羲正清漲，鳥語響亮，
蛙鳴激昂，一輪朗月在天上。
五更早起精神爽，清風快暢，
車聲震響，一日生活又開場。
歲月舒展其奔放，仲夏正當，
華年流殤，不必計較是星霜。
笑我書生窮酸樣，無機心腸，
詩書清狂，鎮日哦詩為哪樁。

鳥語噪噪 19年6月23日

鳥語噪噪，蛙鳴灌耳，
寫意晨風正清繞，朗月迎人展微笑。
晨起正早，適我襟抱，
何妨哦詩舒情竅，一腔正氣瀰塵表。
質樸無傲，雅持情操，
人生奮行陽關道，風雨兼程矢志跑。

人生情長 19年6月23日

人生情長，履盡煙雨併滄浪。
一笑安祥，世事原來是幻象。
心志清昂，合時而動奮貞剛。
不折頑強，迎戰惡狼之兕狂。
回思過往，正如煙雲之掩漾。
未來瞻望，胸懷正氣誰能擋。
窗外鳥唱，風吹雲飄恣流淌。
逸意平康，裁心哦詩舒揚長。

騁志無恙 19年6月23日

騁志無恙，履盡萬水千江。
紅塵攘攘，太多風雨猖狂。
而今安祥，發覺華髮已蒼。
一笑爽朗，人生原是這樣。
天路茫茫，靈程努力闖蕩。
不懼險艱，淨化靈魂無疆。
歲月飛翔，百年真不久長。
抓緊時間，努力發熱發光。

燥熱宇間

19年6月23日

燥熱宇間，草木俱受炙燙。
性天清涼，品茗閒雅無上。
鳥嬌啼唱，天上流雲飛翔。
愜意襟房，哦詩熱情張揚。
紅塵之間，太多機巧媚奸。
務持清向，無機清澈心腸。
努力向上，叩道矢志奔放。
真理尋訪，正見支撐心房。

清夜安祥

19年6月23日

清夜安祥，野外鳴蛙唱。
犬偶吠狂，點綴正恰當。
三更無恙，醒來覺情長。
悠悠思想，賦入詩中間。
人生揚長，不為名利狂。
天籟交響，愜我情與腸。
歲月舒揚，時光逝而殤。
淡淡蕩蕩，無機持襟房。

漫天晴朗

19年6月23日

漫天晴朗，天際靄煙蒼。
小鳥歌唱，花開復妍香。
生活平康，休憩我心腸。
詩書下放，何必鎮日忙。
車聲噪響，心懷水雲鄉。
人生安常，勿忘奮力量。
前路康莊，健行吾矢闖。
縱有雨狂，兼程奮慨慷。

休閒無恙

19年6月23日

休閒無恙，放任思想。
小哦詩行，一舒情腸。
清喜晴朗，爽潔宇間。
天不炎猖，風遞清涼。
心志張揚，傲立強剛。
不折奮闖，山高水長。
歲月飛翔，人易斑蒼。
珍惜韶光，自立自強。

雅然安好

19年6月23日

雅然安好，愜聽鳥鳴噪。
天上雲飄，清展其曼妙。
心志不躁，靜定思玄妙。
人生風騷，詩書曠笑傲。
展我逍遙，田園寄情竅。
風兒吹瀟，爽意盈襟抱。
我欲飛高，直入彼雲霄。
萬里之遙，風光定美妙。

適然心境

19年6月23日

適然心境，仰看天青青。
耳際鳥鳴，愜余身與心。
爽風多情，推著雲彩行。
灑脫胸襟，正氣曠凌雲。
不必高鳴，沉穩踏實行。
高山峻嶺，鼓勇攀越進。
人生艱辛，回思多苦情。
而今高興，頌贊神恩盈。

鳥語綿蠻

19年6月23日

鳥語綿蠻，清風恣意展。
心地安安，何必去打禪。
展眼天藍，有雲飛如帆。
大好宇寰，萬民樂和安。
品茗清淡，濃烈未為善。
心志勇敢，萬仞誓登攀。
力作好漢，不屈困與難。
萬里征戰，風雨兼程趕。

雲淡天青

19年6月24日

雲淡天青，小風經行，
鳥語嬌俊，余意開心。
閑品芳茗，增添意興，
適意哦吟，舒出胸襟。
覽盡風雲，吾不震驚，
世事常尋，桑滄幻境。
一笑清新，曠懷雅淨，
紅塵多辛，應能省心。

閒雅心間

19年6月24日

閒雅心間，淡看流雲飛翔。
野禽歡唱，仲暑晨風清涼。
歲月飛狂，老我斑蒼何妨。
一笑淡蕩，人生奮志而闖。
履盡艱蒼，依然鐵骨如鋼。
矢志頑強，傲立如山之壯。
笑彼強梁，只是一時狂猖。
時到消亡，天道運行恆昌。

天氣多雲

19年6月24日

天氣多雲，余心秉持空靈。
小鳥嬌鳴，路上車聲轟鳴。
歲月多情，只是老我斑鬢。
一笑清新，共世浮沉馳進。
感慨盈心，年輪飛驟均平。
幻化無垠，桑滄何必縈心。
應持淡定，享受朗日風清。
縱有雷霆，處心應許寧靜。

鞭炮囂響

19年6月24日

鞭炮囂響，紅塵恆是狂猖。
清風徐翔，愜意我之襟房。
散思平康，人生恆持嚮往。
天涯遐方，風光定然燦靚。
曾履苦艱，磨煉身心慨慷。
名利棄放，沉潛詩書無恙。

放曠之間，時光一似飛殤。
努力向上，創造業績輝煌。

早起四更

19年6月24日

早起四更，蛙鼓悠揚奏聲聲。
朗月清逞，讀書寫詩亦馨芬。
感沛神恩，賜我豐盛之人生。
努力前程，山高水深歷成陣。
笑意清生，閒雅心地誰慰問。
孤旅馳騁，苦風苦雨逝紛紛。
悟道三分，向陽心志騁剛正。
力克魔陣，天國歸途凱歌聞。

犬吠二三點意境

19年6月24日

犬吠二三點意境，早起心志殷殷。
夜風吹來聞蛙鳴，打動余之身心。
路上華燈自在明，偶有車行噪音。
五更已進心淡定，哦詩傾吐真情。
五十四載風雨境，而今獲得安寧。
唯賴神恩豐無垠，導引進入康平。
前路叩道奮勇進，關山履度峻凌。
覽盡江山好風景，快慰盈滿吾心。

遠際歌聲正動聽

19年6月24日

遠際歌聲正動聽，打動我心靈。
嫋起不盡詩意境，何妨脫口吟。
鳥語聒耳堪動聽，晨風恣意行。
余懷開心況品茗，詩意大振興。
神恩由來是豐盈，歡呼當盡興。
導引靈程向上行，天國美無垠。
人生在世如旅行，不可圖利名。
最貴高蹈白雲心，悠悠共緣進。

舒展心襟

19年6月24日

舒展心襟，世事於我不再驚。
秉持貞定，叩道奮身風雨境。
人生荷情，五十四載傷了心。
努力辟進，山水萬方風光凝。
雲輕飛行，寫意暑風走清新。
鳥囀嬌鳴，愜意牽牛開妍俊。
我自開心，為荷神恩之廣盈。
天路奮行，力克魔敵凱歸營。

淡淡定定

19年6月24日

淡淡定定，欣賞塵世之風情。
人生艱辛，應持豁達之心靈。
一笑清新，耳際小鳥嬌嬌鳴。
哦詩盡興，吐出氣勢與胸襟。
正氣凌雲，不屈磨難與傷心。
風雨兼行，萬里征途迎難進。
何必多云，應許沉潛詩書境。
叩道圓明，天地玄機了於心。

流風舒暢

19年6月24日

流風舒暢，爽意心間，
得志不狂，謙和正直持心向。
紅塵奔放，雲飛澹蕩，
生活安康，從容閒雅哦詩章。
鳥語花芳，青靄浮漾，
仲夏之間，不必驚嗟時飛殤。
老我即將，奮發向上，
克盡艱蒼，男兒騁志向遐方。

清意心間

19年6月24日

清意心間，淡眼流年逝殤。
好風來暢，聽見鳥語喧唱。
我自軒昂，正義清持襟房。
奮發向上，百折依然頑強。
天淡雲翔，世宇正如畫廊。
華年水淌，驚訝斑蒼增長。
回味久長，青春少年煙障。
老將來訪，呵呵一笑揚長。

漫天晴朗

19年6月24日

漫天晴朗，田野迷煙漾。
鳥自鳴唱，風也自在翔。
我意昂揚，仲暑喜清涼。
品茗意暢，新詩連踵放。
歲月悠揚，無憂樂安祥。
神恩奔放，思此頌贊上。
靈程闖蕩，克盡千關障。
試探任放，努力啟歸航。

喜鵲喳鳴 19年6月24日

喜鵲喳鳴，雲天展溫馨。
雅懷心情，哦詩舒心靈。
風自清新，暑天正朗晴。
田園畫境，天際靄煙凝。
閒適之境，聊且品芳茗。
讀書怡情，生活是開心。
神恩無垠，思此感於心。
努力奮進，永生在天庭。

鳥語情長 19年6月24日

鳥語情長，花自妍芳。
雲飛安祥，風自清暢。
我意平康，志舒揚長。
闔家和祥，神恩豐穰。
歲月品嘗，百感心間。
而今斑蒼，一笑爽朗。
生活安常，詩書評講。
溫馨襟房，歡呼儘量。

紅塵之中 19年6月24日

紅塵之中，不缺多情種。
大化運動，少有人真懂。
歲月匆匆，太多感與動。
回首煙濃，記憶付傷痛。
向前奮勇，男兒騁剛猛。
不做孬種，名利棄空空。
展我英勇，去搏雨與風。
謙和心胸，原也持清空。

悠悠吾何講 19年6月24日

悠悠吾何講，情懷淡蕩。
憩止此塵間，心不孟浪。
持正秉溫良，人格端方。
向上盡力量，作鹽作光。
紅塵真攘攘，太多阱陷。
慧目務擦亮，正道恆昌。
窗外鳥啼唱，寫意風翔。
清坐放思想，裁意詩章。

寂寞人生 19年6月24日

寂寞人生，奮力馳與騁。
盡力奮爭，追求人格正。
感謝神恩，導引我靈程。
奮不顧身，克敵勝又勝。
對準天城，故邦有永生。
世事浮沉，因果何須論。
努力前程，靈性淨且芬。
榮神益人，正道必昌盛。

世事何須論 19年6月24日

世事何須論，因果精准。
大化運剛正，道義創成。
人生荷神恩，奮走靈程。
靈性淨紛紛，慧意心生。
窗外風正奔，仲夏時分。
清坐心安穩，哦詩真誠。
亦有鳥鳴純，車聲響震。
世界雜亂生，心須平正。

爽風經行 19年6月24日

爽風經行，心境淡定，
雲飛天青，煥起我詩情。
車聲噪行，市井囂境，
心志和平，哦詩吐中情。
小鳥清鳴，遠野靄凝，
放曠持心，灑脫吾心靈。
人生奮進，履盡險情，
而今康平，神恩賜無垠。

鳥掠天蒼 19年6月24日

鳥掠天蒼，啾啾歌唱，
感興蒼茫，慨哦詩章。
人生嚮往，銘在心膛，
持正昂揚，力戰邪奸。
魔敵狂猖，兇險非常，
聖徒強壯，天使導航。
鏖戰艱蒼，血灑玄黃，
凱歌奏響，榮歸天邦。

天氣朗晴 19年6月25日

天氣朗晴，白雲悠悠行。
余持開心，淡品此芳茗。
風兒多情，鳥兒曠自鳴。
歲月飛行，仲暑炎未凌。
感慨心襟，化作詩哦吟。
人生艱辛，不必多謳雲。
努力驅進，關山好風景。
英武胸襟，志在彼凌雲。

朝暾出於東方 19年6月25日

朝暾出於東方，藍天雲徜徉。
小鳥競情歌唱，寫意風兒翔。
我自慨然成章，一曲天地蒼。
人生率興而闖，正氣衝天昂。
遠際歌聲清靚，振興我襟腸。
中心恆懷理想，奮發萬里疆。
紅塵攘攘之鄉，機關夾暗槍。
務持清心揚長，勿為名利傷。

閒情聊放曠 19年6月25日

閒情聊放曠，聽見喜鵲鳴唱。
風兒真清暢，爽意直入襟腸。
晨起風光靚，田園真如畫廓。
雲天正澹蕩，天地正氣昂揚。
人生懷情長，暇時能不思想。
追尋我理想，一生奮鬥成長。
紅塵是暫享，肉體豈可久長。
永生恃天堂，靈程矢志闖蕩。

晨起蛙鼓隱約間

19年6月25日

晨起蛙鼓隱約間，爽風清意翔。
更有眾鳥和鳴唱，遠際歌聲揚。
清喜暑日天晴朗，架上牽牛靚。
中心懷情放謳唱，一曲曠無恙。
感慨中心在增長，人生苦旅艱。
而今享受這平康，總賴神恩壯。
天路驅進不平常，魔敵把路擋。
殺伐必然用刀槍，克敵凱歌揚。

坦蕩襟懷吾不驚

19年6月25日

坦蕩襟懷吾不驚，笑對人生風雲。
心志從來奮殷殷，正氣直可干雲。
歲月清芬變陰晴，回思仍有余情。
吾已斑蒼心清靜，叩道覓取圓明。
大千世界是幻境，名利損人性靈。
憩意詩書曠哦吟，舒出淡蕩心襟。
紅塵由來多苦辛，萬里征途驅進。
努力靈程啟靈明，對準天國飛行。

爽風經行

19年6月25日

爽風經行，天氣多雲。
愜然心襟，雅聽鳥鳴。
歲月飛行，不嗟斑鬢。
奮志凌雲，踏實去行。
努力前進，絕不止停。
天國遠景，召喚我心。

世事浮雲，名利損境。
豁達於心，叩道無垠。

第一百零三卷《和暢集》

清心雅淡聊哦唱 19年6月25日

清心雅淡聊哦唱，舒出情懷之芬芳。
歲月清度吾揚長，不計利名奮慨慷。
晨風清拂余意向，鳥語歡歌適情腸。
正氣軒昂何必講，矢向天人叩道藏。

閒適雅居悠無上 19年6月25日

閒適雅居悠無上，詩書人生也激昂。
聊聽鳥語愜意向，淡品芳茗怡情腸。
斑蒼仍余曠志向，展眼世宇風云壯。
努力晨昏縱哦唱，清裁心意入平章。

風吹葉響 19年6月25日

風吹葉響，流雲飛暢，
寫意陽光，散坐哦詩也平康。
身心俱旺，年值斑蒼，
率意昂揚，叩道不懼入深艱。
道義文章，立身端方，
積極向上，濟世作鹽又作光。
小鳥鳴唱，花開俊芳，
愜意心間，聊賦新詩舒情腸。

人生平曠 19年6月25日

人生平曠，履盡千關萬嶂。
奮志所向，是在天涯遐方。
紅塵闖蕩，尋覓濟世良方。
真理之光，導引我恆去闖。
歲月舒揚，人易衰老斑蒼。
一笑揚長，豁達清持心間。
慧燭擎掌，矢戰黑暗之黨。
神是陽光，天國永生安康。

夜色降臨 19年6月25日

夜色降臨，華燈初明，
霓虹閃映，遠際歌聲營噪境。
清坐均平，思想無垠，
哦詩舒情，暢對電扇搖風清。
感發於心，人生多情，
勿傷腦筋，共緣消漲去旅行。
淡泊持心，慨慷心境，
努力驅行，風雨艱蒼是常尋。

風兒作響 19年6月25日

風兒作響，呼號狂猖。
雲飛淡蕩，鳥清歌唱。
散步悠揚，汗水沁淌。
心志安祥，逸意揚長。
河水逝淌，華年飛殤。
老我斑蒼，一笑清暢。
恆持嚮往，邁越關嶂。
遐方風光，縈於襟房。

情懷無恙 19年6月25日

情懷無恙，體盡平與康。
紅塵攘攘，心懷水雲鄉。
炎暑漸猖，總賴風遞爽。
愜意揚長，聊讀我詩章。
歲月流暢，故事演無疆。
神恩廣長，銘感我襟房。
展眼曠望，流雲淡飛翔。
風吹交響，老柳舞奔放。

斜暉清照 19年6月25日

斜暉清照，暑風怒號，
心地吾灑瀟，從容撰詩稿。
絕不驕傲，謙和力保，
振節展風騷，努力赴前道。
紅塵囂囂，風浪經飽，
灑然余一笑，水雲中心飄。
市井吵鬧，心靜為要，
郁得蘭蕙操，揚長吾逍遙。

寫意和風翔 19年6月25日

寫意和風翔，三更正當。
溫潤心地間，悠聽蛙唱。
犬吠二三響，點綴平康。
車行偶狂猖，噪噪震響。
路燈明且亮，襯托安祥。
霓虹七彩光，閃射非常。
心地情志暢，小哦詩章。
人生愜意向，神恩勿忘。

人生雅淡平康 19年6月26日

人生雅淡平康，履盡煙雨滄浪。
天上流雲翔，愜意我襟房。
向陽清持襟腸，正直一生是向。
不畏旅途艱，迎難敢於上。
笑意淡淡浮上，悟道吾心不狂。
謙和秋春間，晨昏縱哦唱。
歲月清展滄蕩，世事幻變桑滄。
古今展眼望，煙雲疊迷茫。

天色微亮 19年6月26日

天色微亮，鳥語喧喧唱。
雞鳴悠揚，蛙鼓從容響。
哦詩情長，心境都舒暢。
寫意風翔，愜我意無限。
輾轉桑滄，心襟曾蕭悵。
而今安康，神恩銘廣長。
奮志矢闖，關山越萬幢。
至遠遐方，才是我嚮往。

雲兒清淡 19年6月26日

雲兒清淡，風兒妙曼，
鳥鳴濺濺，花開爛漫。
心情恬安，哦詩舒肝，
人生開展，惜已衰顏。
努力前站，風雨任展，
兼程赴趕，不畏艱難。
世界妥善，神恩銘感，
靈程奮戰，力克魔纏。

閒雅心襟 19年6月26日

閒雅心襟，淡看流雲，
心志殷殷，努力萬里曠驅行。
車聲噪鳴，市井鬧境，
吾持靜定，內叩身心頗均平。
世界風雲，幻變不停，
悟道空清，人生正氣奮凌雲。
神恩無垠，感恩於心，
思此淚零，靈程努力去追尋。

東風悠揚 19年6月26日

東風悠揚，雲天如畫廓。
身心清曠，從心哦詩章。
閒情舒揚，淡眼看桑滄。
闔家安康，神恩感無上。
我自慨慷，不折奮志闖。
山水遠長，天涯風光靚。
七彩心間，理想閃光芒。
努力向上，不懼千重艱。

鳥掠青蒼 19年6月26日

鳥掠青蒼，盤旋飛翔。
清風忞揚，我心舒暢。
人生昂揚，志取遐方。
踏實去闖，攀越關嶂。
紅塵無恙，磨煉襟房。
無機情腸，叩道奔放。
斑蒼正當，率意揚長。
縱情哦唱，神恩廣長。

彩雲卷翻 19年6月26日

彩雲卷翻，夕照向晚，
東風忞展，紫燕呢喃。
清思曠展，人生回看，
千山已翻，萬水息瀾。
名利扯蛋，胡攪蠻纏，
應持清眼，曠揚雲帆。
水雲心坎，閒情雅淡，
叩道妥善，心得非凡。

早起五更 19年6月26日

早起五更，滿耳灌得蛙鳴聲。
小風陣陣，暑夜清涼正宜人。

車聲噪震，更有犬吠偶爾聞。
安寧心身，裁意哦詩也雅芬。
歲月怡人，老我斑蒼不必論。
努力奮爭，前旅萬里合馳騁。
淡定平生，覷破世界是幻成。
天國永恆，靈程奇景美不勝。

雅思清淡

19年6月26日

雅思清淡，流年清度余浪漫。
不必鳴喊，應許沉默踏實幹。
紅塵浩瀚，展眼雲煙正妙曼。
桑滄飽諳，識得世態虛空般。
人生揚帆，千關於我等閒看。
努力奮戰，克盡魔敵天國返。
斑蒼任展，灑然一笑吾何談。
共緣開展，慧意良知持心坎。

雅思空清

19年6月26日

雅思空清，人生曠志奮凌雲。
天氣轉陰，爽風襲擊肺腑清。
心懷鎮定，覽盡風雲吾不驚。
縱有雷霆，快慰余意併余心。
歲月均平，桑滄不過是幻境。
紅塵多辛，汗水澆灌豐收景。
大千曠運，總是真神主宰定。
努力前行，靈程風雨任囂凌。

習習涼風體意境

19年6月27日

習習涼風體意境，心襟曠然雅清。
聽得小鳥之嬌鳴，愜我心懷無垠。
清坐讀書適心靈，叩道一生奮興。
履盡風雨並陰晴，余得一笑清俊。
世路從來不坦平，太多狼煙經行。
正邪搏擊費艱辛，血灑玄黃殷殷。
總賴神恩賜和平，萬民安樂清寧。
靈程奮勇矢辟進，天國無限美景。

體味休閒

19年6月27日

體味休閒，適意清風正舒曠。
雅持襟暢，品茗齒頰俱留香。
小鳥鳴唱，天際空闊雲飛翔。
花開嬌芳，牽牛喇叭萬千張。
適意揚長，我於名利無意向。
剛介心膛，叩道胸襟存雅量。
合展強剛，豺狼虎豹正猖狂。
提刀立上，騁膽奮闖景陽崗。

心襟平曠

19年6月27日

心襟平曠，蕭蕭風雨成過往。
迎來陽光，神賜恩典豈尋常。
努力向上，叩道克盡千重艱。
一笑爽朗，斑蒼無妨我揚長。
紅塵狂蕩，正直身心履安祥。
詩書之間，養育心靈真無量。

展眼長望，天際靄煙正迷漾。
想學鳥翔，去向天涯覓風光。

流年有芳

19年6月27日

流年有芳，回憶人生不懷悵。
心存陽光，擁抱光明何快暢。
儒雅之間，五十四載不孟浪。
正直襟腸，體道踐履風雨間。
一笑坦蕩，無機清澈是襟房。
力戰惡奸，正不容邪用刀槍。
圓明心間，隨緣消漲樂安祥。
去向天堂，永生福樂歡無恙。

天氣轉陰

19年6月27日

天氣轉陰，亂雲飛行，
爽風盡興，小鳥鳴空清。
心懷雅興，哦詩清新，
吐出心襟，正氣曠凌雲。
紅塵鬧境，名利爭競，
務持清心，胸涵彼水雲。
大化運行，其機難明，
叩道奮進，漸趨入圓明。

人生凝重

19年6月27日

人生凝重，履盡雨雨風風。
漸趨成翁，一笑朗然清空。
歲月之中，睹盡桑滄幻夢。
風雨任猛，其奈我心沉雄。

壯懷如虹，七彩閃耀心中。
真的英雄，叩道一生剛勇。
天際靄濃，陰雲層疊飛湧。
微笑從容，男兒不做孬種。

熾熱殘陽 19年6月27日

熾熱殘陽，傾灑其光芒。
心志清昂，淡看雲飛翔。
人生奔放，正義持襟腸。
努力闖蕩，血淚任潸淌。
紅塵無恙，神恩廣無量。
思此安祥，頌贊從心放。
歲月流淌，人已星星霜。
應許揚長，淡泊天地間。

心志安祥 19年6月27日

心志安祥，流年任增長。
紅塵無恙，叩道吾貞剛。
仲暑正當，落日散輝光。
流風清翔，我意適平康。
展眼曠望，天際濃靄漾。
車行狂猖，噪噪作交響。
寫詩舒腸，無機持襟房。
有鳥鳴唱，愜我意無限。

暮雲流漾 19年6月27日

暮雲流漾，宿鳥飛翔，
天色蒼茫，寫意風揚。

心懷感想，從容哦唱，
情繫遐方，萬里驅闖。
風雨曾艱，苦痛倍嘗，
跌倒血淌，神賜安祥。
歡呼儘量，靈程奔放，
克敵頑強，凱歌唱響。

清夜無眠 19年6月28日

清夜無眠，聽得蛙鼓起伏吟。
心志沉靜，讀詩聊以慰閒情。
夜靜和平，路上華燈燦爛明。
自在持心，紅塵於我不再驚。
歲月飛行，我已華髮斑蒼映。
一笑朗清，共緣履度也安平。
車聲偶行，打破暑夜之寧靜。
天將啟明，五更已進小風清。

清夜安祥 19年6月28日

清夜安祥，蛙鳴點綴也恰當。
車聲奏響，打破寧靜啟激昂。
心志廣長，不眠人兒長思想。
人生悠揚，萬事共緣履銷漲。
紅塵無恙，此際天籟奏絕響。
五更之間，二三村雞曠啼唱。
清風來翔，適我情志真無限。
路燈明亮，市井生活樂安康。

晨起天陰 19年6月28日

晨起天陰，蒼靄經行，
歌聲雅清，愜人心境。
桑滄幻境，視若常尋，
奮志凌雲，努力追尋。
人生夢境，名利損心，
務持空清，叩道圓明。
鳥語清鳴，小風舒情，
希冀雨臨，緩此旱情。

流風清曠 19年6月29日

流風清曠，天氣陰晴間。
心志清昂，慨然哦詩章。
歲月舒揚，仲暑今正當。
悶熱宇間，故事演無疆。
輾轉桑滄，心襟曾蕭涼。
半生悲壯，贏得血淚淌。
神恩奔放，賜我以安康。
歡呼無上，靈程盡力闖。

此際天陰 19年6月29日

此際天陰，心志曠展和平。
小鳥嬌鳴，野風其來清新。
歲月飛行，人值斑蒼之境。
一笑爽清，豁達盈滿肺心。
努力奮進，山水豈是常尋。
英武心襟，原也不計清貧。

正義胸襟，不屈磨難艱辛。
鼓舞前行，風雨滌我心清。

心志未可狂猖

19年6月30日

心志未可狂猖，堅守正直情腸。
人生吾悠揚，風雨履艱蒼。
而今一笑爽朗，神恩感在心房。
窗外鳥鳴唱，寫意和風翔。
市井鬧嚷嚷，心須平靜安祥。
叩道未可忘，踐履日用間。
努力闖山奮闖，名利棄去光光。
天涯燦風光，矢志去尋訪。

暑氣蒸騰

19年6月30日

暑氣蒸騰，心情未許厭悶。
熱浪滾滾，雀鳥似乎禁聲。
清坐安穩，電扇播風紛紛。
品茗愜神，哦詩雅意縱橫。
歲月飛奔，人生勿許沉淪。
名利棄扔，正義襟懷清芬。
蒼煙成陣，霾霧罩此乾坤。
歎息良深，汙染糟糕害人。

雲天昏蒙

19年6月30日

雲天昏蒙，霾煙罩籠。
烈日蒸烘，炎暑無風。
清坐從容，撰詩清空。
人生奮勇，山水無窮。

歲月如風，賜我斑濃。
一笑情濃，悟徹空空。
努力前衝，沐雨穿風。
瑰麗心胸，寰宇包擁。

心襟聊曠

19年6月30日

心襟聊曠，淡度桑滄，
吾已斑蒼，一笑也揚長。
奮志之向，萬里穹蒼，
振翮飛翔，風雨未為障。
落日蒼茫，暑意猶彰，
小風緩蕩，清意心地間。
紅塵無恙，人生慨慷，
不折奮闖，心志展貞剛。

燥燥宇間

19年6月30日

燥燥宇間，市井生活恆鬧嚷。
心應安祥，清度流年之時光。
勿為名妨，勿為利欲所蔽障。
清心之間，應許水雲憩襟房。
小風悠揚，愜我情意真無恙。
心地坦蕩，無機正直持情腸。
世事流蕩，緣銷緣漲神主掌。
努力向上，天國才是我家邦。

大愛無疆

19年7月1日

愛的能量是陽性正向的能量，恨的能量是陰性負向的能量，扶正祛邪，就是要用愛戰勝恨，善戰勝惡，上帝是愛的本源，魔鬼是恨的化身；一個人久得不到愛的關切和呵護，而生長或憩身於一個充滿仇恨的環境和能量場中，就容易身心失衡失常而瘋掉。今日思此，有感而賦詩矣。

大愛無疆，萬物神護將。
正氣昂揚，群生以生長。
努力向上，克盡千重創。
曠飛天堂，彼是我故邦。
歲月飛殤，老我以即將。
持正不狂，力斬魔與障。
展我思想，向神頌贊上。
大千無限，陽光此寰壤。

榴花火紅

19年7月1日

榴花火紅，散步興沖沖。
仲暑有風，愜我意無窮。
心志從容，履盡是雨風。
淡定之中，踏破關山重。
紅塵洶湧，爭鬥騁其凶。
應持清空，遁向水雲中。
愛在心中，正義吾剛洪。
努力前衝，萬里展英勇。

第一百零四卷《遠志集》

淡蕩心襟
19年7月1日

淡蕩心襟，爽風暢來吾雅清。
清坐安平，品茗休憩余身心。
履盡陰晴，坎坷於我不再驚。
一笑爽淨，正直情腸水雲清。
紅塵艱辛，大化弄人須清醒。
覺性圓明，悟道達至彼空清。
歲月飛行，我已華髮點星星。
依然淡定，神恩賜下總豐盈。

心志貞定
19年7月1日

心志貞定，悠對塵世風雲。
爽風清新，愜我意向無垠。
人生懷情，世事徒傷腦筋。
合向水雲，覓點逸趣閒情。
雅意均平，哦詩舒展才情。
思想蒼勁，半世磨得清俊。
紅塵多辛，天國存有美景。
小鳥嬌鳴，曠余心懷意興。

體道安康
19年7月1日

體道安康，風雨曾淒涼。
神恩廣長，賜我心志曠。
人生強剛，不畏關千障。
努力驅闖，風光覽清靚。
暑意不彰，習習風涼爽。
閑品茗芳，愜意心地間。
歲月飛翔，何必嗟斑蒼。
悟道奔放，裁心入詩章。

小鳥嬌鳴
19年7月1日

小鳥嬌鳴，爽我心襟。
長風多情，適我意興。
清坐品茗，遐思空靈。
人生經行，斑蒼之境。
暑意不淩，天氣多雲。
生活和平，安寧溫馨。
不計清貧，詩書浸淫。
晨昏哦吟，舒展身心。

流雲浮漾
19年7月1日

流雲浮漾，鳥掠青蒼。
迷煙茫茫，風吹浩蕩。
草木榮芳，我意舒暢。
心地平康，雅哦詩章。
噪噪市壤，爭喧無疆。
吾持清向，愜意書間。
人生昂揚，奮發強剛。
前途任艱，志取康莊。

夕陽向晚
19年7月1日

夕陽向晚，蒼煙迷漫，
心志清淡，散坐平安。
市井噪喊，車聲狂展，
內斂心坎，思不分散。
鳥鳴濺濺，小風柔曼，
闔家康安，神恩豐贍。
人生坷坎，不必多談，
桑滄虛幻，雅度安然。

彩雲飄空
19年7月2日

彩雲飄空，霾煙罩籠。
歌聲遞送，電扇播風。
清坐從容，思緒清空。
鳥語嬌送，牽牛妍紅。
歲月逝風，流年感動。
思此淚湧，神恩讚頌。
悟徹空空，靈程奮勇。
步履彩虹，七彩心胸。

午時寧靜
19年7月2日

午時寧靜，雅聞鳥鳴。
寫意風清，暑意不淩。
歲月飛行，點染蒼鬢。
一笑爽清，悟道圓明。
紅塵險境，名利陷阱。
務持清心，豁達世情。
車聲偶行，心持均平。
哦詩吐情，雅潔空靈。

斜陽曠照
19年7月2日

斜陽曠照，心境灑然瀟。
小鳥鳴叫，清風來逍遙。
紅塵囂囂，路上車行噪。
心靜為要，詩書求深造。
世事艱磽，生涯付草草。
回首細瞧，煙雨迷山道。
友漁朋樵，性天清涼好。
不持驕傲，正直吾風標。

天道酬勤
19年7月2日

天道酬勤，奮志吾殷殷。
萬里經行，風雨任驚警。

而今康平，神恩感無垠。
努力上進，不負我靈明。
世事浮雲，名利是幻境。
應許消停，內叩心與靈。
大化運行，桑滄變殷勤。
百年生命，歸屬在天庭。

閱盡桑滄余淡定

19年7月2日

閱盡桑滄余淡定，老來曠懷有雅情。
心志從來是殷殷，奮發不必為利名。
叩道警醒余身心，歷練經過苦難境。
總因神恩豐無垠，坦然情懷放高吟。

歷劫生死費蹉跎

19年7月2日

歷劫生死費蹉跎，人生悠悠聊放歌。
歲月侵鬢斑蒼頗，坦蕩身心激越多。
正直人生付坎坷，向陽情操履世波。
呵呵一笑余清坐，品茗愜意歲穿梭。

何處二胡謳清曠

19年7月2日

何處二胡謳清曠，引我心事動地蒼。
天暑微風遞鳥唱，寫意心境愜書香。
紅塵由來是攘攘，心中勿忘水雲鄉。
百年生事嗟茫蒼，一曲雅操感襟房。

清夜蛙鼓悠揚

19年7月2日

清夜蛙鼓悠揚，復有流風送暢。
四更不眠間，裁心哦詩章。
歲月清展揚長，只是老我華霜。
淡泊且安康，心襟騁奔放。
大千無限廣長，叩道幾微之間。
神恩真無限，導引入康莊。
百年豈是久長，回首一瞬相仿。
微笑吾溫良，共緣銷復漲。

率真心腸

19年7月2日

率真心腸，原無機巧與骯髒。
正義昂揚，不畏風雨與艱蒼。
暑意正彰，噪噪市井喧鬧嚷。
清坐安康，享受一杯綠茗香。
世界狂蕩，太多利鎖與名韁。
何不清腸，修心養德啟無疆。
向前向上，千關無法來阻擋。
靈程飛翔，力斬魔敵之狂猖。

早起五更

19年7月3日

早起五更，蛙鼓悠揚聒聲聲。
雞啼偶聞，天曙鳥語激烈爭。
清風陣陣，愜我心情雅致生。
哦詩清芬，舒出胸襟世驚震。
歲月紛紛，時值仲暑之時分。
心境剛正，不屈磨難奮前騁。
人生難論，艱蒼痛苦占七分。
天父宏恩，導引靈程美不勝。

雅潔人生聊歌唱

19年7月3日

雅潔人生聊歌唱，心志體平康。
晨起蛙鳴伴鳥放，我意展悠揚。
仲暑清喜爽風暢，愜我意無限。
曙色東方天晴朗，雲天逞澹蕩。
歲月清展其奔放，惜我已斑蒼。
一笑依然持爽朗，紅塵是暫享。
奮志一生不孟浪，體道吾強剛。
謙和向上正氣昂，力戰魔敵幫。

雅淡心腸

19年7月3日

雅淡心腸，已將名利棄光光。
一點清芳，蘭操蕙意哦詩章。
紅塵攘攘，中心懷有水雲鄉。
身居市壤，愜意詩書也揚長。
炎暑正當，曠喜清風來流暢。
蟬初奏響，點綴生活也安康。
汽車噪唱，心志未可受影響。
靜定安祥，叩道奮發萬里疆。

流風舒曠

19年7月3日

流風舒曠，傳來喜鵲之鳴唱。
心志揚長，哦詩長吐襟與腸。
歲月奔放，老來情志趨安祥。
時有激昂，展眼風雲多激蕩。
人生慨慷，男兒豈有媚弱放。
不屈強梁，努力風雨兼程闖。

穿透煙蒼，發見塵世之真象。
一笑滄蕩，緣起緣銷神主掌。

拙正持在心間 19年7月3日

拙正持在心間，人生曠發揚長。
東風正浩蕩，暮煙起蒼茫。
心志不必言講，一生奮發貞剛。
男兒有豪壯，志取萬里疆。
心地溫和無恙，感發曠哦詩章。
歲月流莽蒼，煙雲掩桑滄。
百年穩度安航，神恩銘於心房。
向上盡力量，靈程展奔放。

電扇播風清 19年7月3日

電扇播風清，灑然心境。
淡眼望層雲，暑意未凌。
歲月曠進行，變幻陰晴。
輾轉桑滄境，一笑清靈。
窗外鳥啼鳴，盡展風情。
清坐余雅清，品茗奮興。
紅塵恆多警，魔敵經營。
努力提刀進，靈程力行。

適意心襟 19年7月3日

適意心襟，哦詩盡興，
品茗雅清，浩志充盈。
歲月進行，人值斑鬢，
依然多情，時懷奮興。

小鳥嬌鳴，花開妍俊，
寫意風清，生活和平。
淡蕩心靈，豁達身心，
努力前行，披荊奮進。

蟬噪響亮 19年7月3日

蟬噪響亮，仲暑正當。
鳥囀情長，花開俊芳。
逸意揚長，無事心間。
閑哦詩章，情懷奔放。
慨當以慷，奮志矢闖。
關山萬幢，一笑等閒。
紅塵攘攘，叩道安康。
履盡艱蒼，正直端方。

清心靜定為要 19年7月3日

清心靜定為要，人生秉持情操。
永遠不驕傲，正直吾風標。
歲月清展逍遙，吾心灑脫瀟瀟。
風雨任艱饒，矢志奮長跑。
關山履度迢迢，風光已經諳飽。
五湖歸來早，詩書怡情抱。
展眼寰球渺小，世界是神所造。
叩道入險要，靈程曠揚飆。

清懷雅淡 19年7月3日

清懷雅淡，人生懷浪漫。
心志安安，風雨曾飽諳。
紅塵坷坎，太多艱與難。
奮志浩瀚，直入天青藍。
鳥清鳴喊，風吹自綿纏。
清坐安然，哦詩適情瀾。
努力奮戰，神恩賜豐贍。
力克魔纏，勝利天國返。

卯青天壤 19年7月3日

卯青天壤，林野正茂昌。
體味休閒，逸意正清長。
歲月狂猖，仲暑不覺間。
鳥清歌唱，野蟬初叫響。
心事廣長，卻對何人講。
孤旅昂揚，奮發貞剛闖。
紅塵之間，人生若夢鄉。
天旅慨慷，叩道吾奔放。

歲月清芬 19年7月3日

歲月清芬，奮志吾馳騁。
山水成陣，風雨我兼程。
人生剛正，傲立曠懷貞。
努力奮爭，叩道瀟瀟程。
履歷痛疼，神恩賜豐盛。
而今安穩，靈程曠飛騰。
瞻望前程，天涯風光正。
胸懷虔誠，頌父舒心身。

暑意漸濃
19年7月3日

暑意漸濃，心志展從容。
清聽鳥頌，領略風清送。
壯志如虹，七彩閃心中。
踏實行動，風雨矢前衝。
求取成功，脫出彼凡庸。
成竹於胸，神恩賜恢弘。
不妄行動，時到自成功。
微笑之中，無機持心胸。

雲天蒼茫
19年7月3日

雲天蒼茫，心意難言講。
爽風清暢，鳥語亦舒揚。
身心安康，有時起愁悵。
孤旅奮闖，越過濃煙障。
此心昂揚，不屈千關障。
神賜平康，萬里已闖蕩。
歲月滄桑，百年真瞬間。
思此感傷，婉轉付詩唱。

淡泊安康
19年7月4日

淡泊安康，奮志豈尋常。
努力飛揚，萬里無止疆。
天陰何妨，清風愜情腸。
鳥兒鳴唱，月季七彩芳。
曠懷揚長，無執於心間。
正直陽剛，謙和持襟腸。
歲月舒狂，點染我星霜。
一笑安祥，寰宇心包藏。

人生經歷艱辛
19年7月4日

人生經歷艱辛，大化弄人誰醒。
奮志正殷殷，萬里長驅進。
時正三更蛙吟，犬吠點綴和平。
不眠人兒醒，路上車轟鳴。
歲月使人奮興，不覺已是斑鬢。
依然懷心情，騁志風雨境。
笑我書生癡情，耽於詩書苦境。
鎮日費哦吟，陶冶真性靈。

閒雅心間
19年7月4日

閒雅心間，淡看雲煙銷漲。
英武襟房，原也不計桑滄。
紅塵擾擾，請聽小鳥鳴唱。
逸意心腸，叩道問學昂揚。
斑蒼正當，雄心依然高漲。
瞻望遐方，山水雄渾非常。
男兒強剛，豈屈險惡強梁。
傲立陽剛，不屈不撓生長。

心志廣深
19年7月4日

心志廣深，淡度秋春，
人生振節奮馳騁，山高水深歷清正。
難言心疼，苦旅紅塵，
向陽情志應逢春，叩道艱辛有雅芬。
鳥語聲聲，風來清溫，
散坐曠思萬里程，品茗增添意三分。
努力前程，不懼艱深，
風雨難阻我兼程，天涯風光覽雄渾。

盪氣迴腸
19年7月4日

盪氣迴腸，人生恆懷嚮往。
英武襟房，心志恆在遠疆。
輾轉桑滄，磨得意志強剛。
紅塵奔放，看我奮展刀槍。
歲月舒暢，不必計我斑蒼。
一笑清揚，悟道已獲安康。
神恩廣長，思此熱淚流淌。
努力向上，天國永生無恙。

心襟散淡
19年7月4日

心襟散淡，人生履盡坷坎。
一笑雅安，紅塵吾已飽諳。
歲月清淡，濃烈有時也敢。
不屈奮戰，矢志清騁鐵膽。
名利滾蛋，水雲持在心坎。
心懷浪漫，追求靈性完善。
傲立而站，不懼天昏地暗。
神恩豐贍，終有朗日清展。

雅思空清
19年7月4日

雅思空清，世事常尋，
人生經行，煙雨艱蒼吾不驚。

紅塵囂境，名利損心，
應持雅情，山水田園愜性靈。
歲月曠進，履變淡定，
心懷奮興，總有希冀鼓前行。
神恩無垠，感在心襟，
謳頌盡情，努力靈程曠辟進。

緣銷緣漲

19年7月5日

緣銷緣漲，安度清平況。
曠展思想，夜風正悠揚。
歲月流暢，人生恆昂揚。
關山萬幢，於我是平常。
三更無恙，雅聽蛙鳴唱。
體味安祥，心志享平康。
時起激昂，理想在心間。
男兒豪壯，業績矢造創。

清意心間

19年7月5日

清意心間，四更不眠聽蛙唱。
爽風悠揚，遐思起處真無疆。
仲暑正當，驚歎時光真飛殤。
老我即將，奮志依然展昂揚。
內叩心腸，正直無機頗揚長。
不屈奮闖，力斬魔敵之孽障。
紅塵之壤，名利殺人真狂猖。
唯有天堂，才有永生可憩享。

清夜難眠

19年7月5日

清夜難眠，心志起殷殷。
燈下思縈，遐思正空靈。
人生多情，徒然傷心靈。
努力前行，穿越煙雨凌。
而今斑鬢，不必嗟無垠。
奮志剛勁，前路萬里雲。
蛙鼓正鳴，夜風爽而清。
難言心情，哦詩適胸襟。

爽風多情

19年7月5日

爽風多情，況有蛙鼓鳴。
思放無垠，欲理還難清。
紅塵多辛，苦了身心靈。
依然奮興，努力矢前行。
叩道無盡，體盡彼圓明。
豁達持心，名利辭而屏。
生活清平，神恩銘心襟。
靈程奮進，凱歌徹行雲。

爽風經行

19年7月5日

爽風經行，暑夜有意境。
小蛙噪鳴，天籟真堪聽。
噪噪車行，市井多鬧境。
心須消停，曠懷彼白雲。
五更將近，清坐思無垠。
人生奮進，已履關山峻。
應持淡定，共緣去旅行。
神恩豐盈，導引我前進。

第一百零五卷《英爽集》

曠懷雅正 19年7月5日

曠懷雅正，時已進入五更。
蛙鳴聲聲，偶爾伴有車聲。
清風吹逞，愜我心意三分。
燈下思深，人生奮志馳騁。
山高水深，風光已歷清正。
心懷溫存，荷德正氣剛貞。
努力前程，不畏風雨成陣。
神恩豐盛，導引美妙靈程。

淡定生涯聊謳唱 19年7月5日

淡定生涯聊謳唱，履盡風雨狂猖。
老來心跡都平康，感悟神恩非常。
天際靄煙激烈放，有蟬噪噪奏響。
書生歎息無用場，汙染害人異常。
歲月曠飛展流暢，回首已是迷茫。
應持豁達於心間，隨緣履度安祥。
百度秋春求漫浪，贏得心碎心傷。
孤旅依然奮志向，山水不懼遠長。

清展笑容 19年7月5日

清展笑容，耳際鳥語啼靈動。
電扇搖風，炎暑散坐品茗中。
歲月匆匆，流年往事餘感動。
漸趨成翁，瞻望前途氣如虹。
蒼煙罩籠，昏昏霧霾蔽晴空。
流年雨風，洗滌心胸脫凡庸。
努力前衝，一任試探萬千重。
靈程途中，天使伴我登彩虹。

休憩身心 19年7月5日

休憩身心，人生應許持淡定。
拋棄利名，清心叩道趨圓明。
紅塵艱辛，太多風雨迷霧境。
務持警醒，慧目圓睜辨分明。
努力前行，堅信天涯燦風景。
靈程辟進，力克魔敵鬼魅營。
百年生命，真如飛煙難容形。
神恩豐盈，導引天旅入康平。

心志均平 19年7月5日

心志均平，履盡人生陰與晴。
胸襟淡定，世事不過是浮雲。
展眼靄凝，清勁斜陽正輝映。
有蟬噪鳴，炎暑清喜風暢行。
聊品芳茗，古往今來付煙景。
斑蒼之境，應持豁達之心靈。
仍須奮進，不屈人生鼓幹勁。
萬里驅行，沿途風光化詩吟。

正直陽剛 19年7月5日

正直陽剛，人生恆向上。
不屈困障，千關付等閒。
心志張揚，萬里長驅闖。
悠悠哦唱，舒出心性芳。
紅塵狂蕩，機關並暗槍。
持正昂揚，傲立天地間。
無機襟房，清新頗敞亮。
叩道揚長，心得入詩章。

體道安平 19年7月6日

體道安平，面對波浪吾不驚。
雅品芳茗，曠對電扇爽意境。
小鳥嬌鳴，月季花開復溫馨。
歲月進行，人老斑蒼志凌雲。
紅塵險境，名利殺人機巧並。
務持清心，遁形田園心意清。
百年生命，感悟於心吾何云？
正直持心，不屈磨難奮前行。

人生平康 19年7月6日

人生平康，履盡險關一笑放。
澹蕩心腸，容得天理正氣昂。
歲月飛翔，不覺華髮染星霜。
應許安祥，淡定情腸有清芳。
鳥語花芳，大好寰宇有漫浪。
清風恣揚，天際霾煙引嗟悵。
努力舒放，一似花朵正開張。
合展清昂，叩道天旅曠揚長。

人生漫漫 19年7月6日

人生漫漫，履盡困苦與艱難。
一笑雅安，神恩賜下已豐贍。
心懷浪漫，只是紅塵多坷坎。
終有平坦，雨後彩虹七彩綻。
鳥啼妙曼，風兒卻自狂呼喊。
清坐思展，理想中心撐鐵膽。
不做好漢，中庸之道最和善。
魯莽不敢，謙和正直保平安。

心志何必嗟廣長 19年7月6日

心志何必嗟廣長，月華正上，
月華正上，清喜東風展瀟涼。
燈下放我真思想，人生揚長，
人生揚長，為因萬事俱下放。
清心情志懷漫浪，紅塵無恙，
紅塵無恙，世界總存水雲鄉。
滌蕩生涯堪謳唱，神恩豐穰，
神恩豐穰，導引安平入康莊。

人生曠志向 19年7月6日

人生曠志向，雅度流年芳。
情共歲同長，思因年揚長。
身心持澹蕩，隨緣履安祥。
縱有風雨狂，邁步吾雅康。
人生曠志向，不必嗟斑蒼。
淡定觀雲漲，微笑秋春間。
詩書愜意向，晨昏朗哦唱。
長風滌襟腸，正直吾不狂。
人生曠志向，山水越遠長。
回首但煙障，豁達持心間。
道義踐履康，向陽情意壯。
悠悠品茗芳，名利應相忘。

清風暢意境 19年7月6日

清風暢意境，我心何爽清。
展眼月光明，城市霓虹映。
人生懷多情，履盡坎坷境。
一笑還空清，希冀世太平。
清風暢意境，哦詩我舒情。
心志向誰明，孤旅矢奮進。
山水雄渾境，風雨有嚚淩。
而今享康平，神恩賜豐盈。

清平世間 19年7月6日

清平世間，常起惡風浪。
神恩廣長，導引我慈航。
奮志向上，人生不迷茫。
天國安祥，永生樂無恙。
心須寬廣，萬物均包藏。
正直昂揚，無機持襟腸。
紅塵奔放，幻化是無疆。
慧目須亮，悟明世真相。

心意廣長 19年7月6日

心意廣長，悠聽鳥鳴唱。
雲天茫茫，寫意風兒暢。
感上心間，人生持嚮往。
年雖斑蒼，心卻如孩仿。
努力向上，克盡千重障。
奮志貞剛，男兒騁勇壯。
心懷漫浪，孤旅吾奮闖。
仲夏之間，蟬兒嘶聲唱。

心志茫茫 19年7月6日

心志茫茫，人生吾哦唱。
紅塵萬丈，名爭復利攘。
心未可陷，逸意曠飛揚。
水雲心間，性天原清涼。
歲月豐穰，磨煉心志剛。
柔和勿忘，正氣涵胸腔。
前旅縱艱，奮志矢去闖。
關山疊嶂，風光定豪壯。

男兒貞志剛 19年7月6日

男兒貞志剛，不畏強梁。
奮發長驅闖，履歷艱蒼。
歲月任悠揚，不覺斑蒼。
一笑展滄蕩，無執心間。
窗外風聲狂，霾煙狂猖。
清坐理心簧，哦詩奔放。
激越盈中腸，展眼曠望。
有鳥縱飛翔，引我嚮往。
神恩廣長，正如江河淌。
頌贊獻上，靈程奮力闖。

清懷淡蕩 19年7月6日

清懷淡蕩，心志舒奔放。
努力驅闖，煙雨併滄浪。
一笑揚長，人生萬事放。
孤旅之間，濯足吾高唱。
亂雲飛翔，鞭炮復轟響。
紅塵攘攘，水雲勿相忘。
此生艱蒼，半世已逝殤。
努力向上，迎接風雨狂。

時雨傾降 19年7月6日

時雨傾降，天氣悶熱間。
散坐安康，思想正遠長。
人生揚長，不受物欲障。
清心之間，叩道覓慧藏。
歲月奔放，五十四年殤。
履盡風浪，身心健且康。

煙雨濛濛 19年7月6日

煙雨濛濛，暝色增加中。
清思從容，飄逸來遠風。
爽意心中，哦詩舒清空。
人生情湧，化為詩哦諷。
謳詩何功？孤旅悵痛中。
騁志奮勇，心胸與誰同？
淡定之中，年華長逝送。
斑蒼漸濃，心志不平庸。

流風清暢 19年7月6日

流風清暢，爽然心間。
暮色漸蒼，心志悠揚。
雨霽天爽，宿鳥鳴唱。
生活安祥，樂土此邦。
神恩非常，思此謳唱。
振節慨慷，靈程向上。
克盡艱蒼，坦平無恙。
前程輝煌，萬里無疆。

悠悠晚風涼 19年7月6日

悠悠晚風涼，心志安祥。
痛快我襟房，新詩哦唱。
月芽掛天上，車聲喧嚷。
萬家燈火旺，生活安康。
人生懷暢想，壯志心間。
仍須踏實放，汗水任淌。
老來情志剛，何所言講。
濟世不迷茫，發熱發光。

曠然心襟 19年7月7日

曠然心襟，聽見蟬嘶鳴。
小暑正臨，歲月堪驚心。
人生多情，哦詩舒心靈。
小鳥嬌鳴，寫意風暢清。
且品芳茗，心懷都雅淨。
展眼層雲，流變多清新。
正氣凌雲，男兒合剛勁。
英武心襟，原也懷柔情。

奮志剛正 19年7月7日

奮志剛正，人生力馳騁。
山水清芬，愜我意與神。
感沛神恩，導引我人生。
紅塵滾滾，穩度萬里程。
不嗟艱深，無機持心身。
風雨任生，兼程我奮爭。
鳥語溫存，蟬卻嘶噪聲。
清坐安穩，哦詩舒真誠。

曠展豪情 19年7月7日

曠展豪情，履變吾不驚。
胸懷鎮定，一笑還分明。
蟬噪鳥鳴，小暑今日臨。
休憩身心，心志體均平。
覽盡層雲，世界吾諳明。
努力前進，關山越無垠。
汽車噪行，紅塵轟轟境。
心懷淡定，不爭利與名。

灑脫心腸 19年7月7日

灑脫心腸，淡泊吾安康。
流年任往，情志懷激昂。
合當奮闖，煙雨並滄浪。
一生豪強，絕無卑弱放。
體道強剛，正氣有舒昂。
矢展奔放，儒雅君子芳。
世事桑滄，何必多言講。
實幹為上，汗水不白淌。

蒼煙成陣 19年7月7日

蒼煙成陣，鳥掠雲層。
暮色時分，清坐思深。
紅塵滾滾，眾生沉淪。
務持清正，努力奮爭。
名利損人，務棄務扔。
清心雅芬，水雲憩身。
百年此生，風雨成陣。
盡力馳騁，力鼓心身。

桑滄輾轉余淡定
19年7月7日

桑滄輾轉余淡定，風雨陰晴屬常尋。
老來身心坦且平，向陽情操曠勃興。
奮志萬里長驅行，等閒山水覽清俊。
憩止紅塵吾多情，應許振節謳升平。

奮志豈是尋常
19年7月7日

奮志豈是尋常，腳踏實地為上。
煙雨起莽蒼，一笑展滄蕩。
紅塵原非故鄉，天國永恆家邦。
努力靈程闖，克敵勝萬場。
心襟廣闊無疆，宇宙我心包藏。
正氣展昂揚，曠飛無極限。
叩道幾微之間，心得淡淡有芳。
展眼長曠望，雲天正茫茫。

人生不懼艱辛
19年7月7日

人生不懼艱辛，未許老了身心。
奮志當凌雲，萬里長驅行。
紅塵擾擾之境，名爭利奪常尋。
務必持清心，胸襟涵水雲。
悟道只是空清，玄玄原也難云。
豁達持心襟，共緣去旅行。
百年生命驚警，太多狼煙經行。
務必持鎮定，神恩正無垠。

清懷雅淡聊哦唱
19年7月7日

清懷雅淡聊哦唱，舒出心地平康。
天上雲煙曠飛翔，愜意蟬之鳴唱。
人生得意莫張狂，應保謙和心向。
務使正氣盈襟房，力斬邪惡奸黨。
歲月芬芳有餘香，五十四載飛殤。
依然奮志展頑強，不受利鎖名韁。
叩道一生是志向，心得縷縷清芳。
淡泊情志履安祥，振節秋春之間。

人生履歷艱蒼
19年7月7日

人生履歷艱蒼，贏得心襟瀟爽。
清貧何所妨，正義吾強剛。
窗外清風舒暢，遠野傳來蟬唱。
清坐理心簧，化為詩流暢。
歲月盡展莽蒼，心志未可蕭涼。
努力曠意向，萬里長驅闖。
拋棄名利骯髒，清心我意揚長。
心襟持坦蕩，悠度歲月芳。

人生適意安祥
19年7月7日

人生適意安祥，不懼險風惡浪。
小暑今正當，性天展清涼。
歲月每存漫浪，回思當有餘芳。
年雖近老蒼，逸意仍揚長。
奮發展我力量，男兒天涯縱闖。
歧路不迷茫，靈程神導航。
履盡山水遠長，一笑平淡爽康。
宇宙廣無限，叩道漫無疆。

曠懷悠揚
19年7月7日

曠懷悠揚，人生情志正激蕩。
好風來翔，耳際清聞蟬鳴唱。
歲月安祥，狂風暴雨成過往。
體盡平康，感謝神恩沛無疆。
大千狂放，塵世利鎖與名韁。
胸襟須廣，展眼寰球蛋丸仿。
正氣昂揚，人生不屈磨難放。
努力飛揚，濟世情懷淡雅香。

曠志清舞在紅塵
19年7月7日

曠志清舞在紅塵，煙雨晨昏，
煙雨晨昏，人生努力長驅騁。
展眼雲煙正昏昏，蟬噪聲聲，
蟬噪聲聲，寫意爽風適心神。
漫步人生心馨芬，滌蕩生塵，
滌蕩生塵，總賴神恩賜安穩。
曾履惡浪驚心身，驚險十分，
驚險十分，而今斑蒼享平順。

暮陰時分
19年7月7日

暮陰時分，雀鳥飛行鳴聲聲。
小風爽神，清坐寫詩也心芬。
歲月進深，我已星霜漸漸生。
感沛神恩，導引人生美不勝。

風雨任生，意志已經磨剛正。
努力兼程，萬里山水覽雄渾。
窗外噪聲，未許擾動我心身。
憩止紅塵，追求化外之清芬。

迎難而進 19年7月7日

迎難而進，不可守舊因循。
大力辟進，奮志展我雄英。
歲月進行，人值斑蒼之境。
一笑雅清，世事吾已洞明。
努力前行，覽盡關山風雲。
胸襟鎮定，迎戰虎豹狼群。
神恩無垠，導引進入康平。
年輪芬馨，希冀寄在天庭。

閒情舒曠 19年7月7日

閒情舒曠，心志遠長。
人生懷理想，騁志萬里疆。
紅塵狂蕩，煙雨迷茫。
慧眼務擦亮，識破彼機簧。
淡定心間，吾意悠揚。
斑蒼率意向，振節謳揚長。
雲天蒼茫，蟬嘶鳥唱。
清心雅意向，紉蘭操守芳。

淡定淡定 19年7月7日

淡定淡定，雅聽鳥清鳴。
有蟬噪營，嘶嘶無止境。
心志調停，紅塵鬧無垠。
內叩身心，追求彼靈明。
曠懷高興，爽風適心情。
新詩哦吟，吐出我雅淨。
時光飛行，小暑今正臨。
不必震驚，桑滄是幻境。

雅潔人生 19年7月7日

雅潔人生，風雨任成陣。
不屈馳騁，萬里是征程。
鳥鳴聲聲，蟬噪亦清聞。
小暑時分，愜意清風生。
斑蒼惜生，人已近黃昏。
努力奮爭，叩道無止程。
展眼天昏，蒼靄籠乾坤。
奮志剛正，衝出此困城。

人生勿魯莽 19年7月7日

人生勿魯莽，謙和為上。
向上盡力量，叩道揚長。
世俗多骯髒，名爭利搶。
應持清心腸，山泉滌淌。
身心勿匆忙，務持安祥。
神恩總廣長，賜福豐穰。
靈程展奔放，克除阻擋。
天國在遐方，召喚前往。

第一百零六卷《素心集》

夜風清涼　19年7月8日

夜風清涼，隱隱聞蛙唱。
四更之間，無眠讀詩章。
路燈正亮，車行復奏響。
寫意心間，有情正舒暢。
人生世上，勿為名利障。
務持清向，叩道展揚長。
百年匆忙，真似一瞬間。
永生天堂，寄託我希望。

清意宇間　19年7月8日

清意宇間，玄風正條暢。
五更之間，滿耳灌蛙唱。
淡蕩心腸，空空復蕩蕩。
無機胸腔，清氣正氣揚。
天尚未亮，亦無村雞唱。
車聲偶響，路燈成行亮。
坦蕩心間，聽見鳥啼唱。
逸意揚長，享受此安祥。

鞭炮囂響　19年7月8日

鞭炮囂響，紅塵真攘攘。
清心揚長，水雲勿相忘。
品茗悠揚，心志真澹蕩。
清風徐翔，愜意盈襟房。
名利辭忘，清貧正義剛。
不屈頑強，騁志萬里疆。
歲月清芳，一似老酒香。
人雖斑蒼，逸意舒奔放。

雞鳴二三唱　19年7月8日

雞鳴二三唱，犬吠點綴間。
天氣初初亮，鳥語復舒揚。
蛙鳴猶噪響，清風恣意航。
暑晨喜涼爽，愜意我襟房。
中心懷夢想，斑蒼復揚長。
努力奮志向，關山越莽蒼。
紅塵非故鄉，天國遙相望。
靈程盡力翔，永生樂何康。

人老心不老　19年7月8日

人老心不老，夕陽紅正俏。
展眼雲天瀟，灑然是懷抱。
平生樂逍遙，悟道吾灑瀟。
知命不牢騷，性天清涼好。
持正不驕傲，謙和養德操。
學取蘭蕙草，幽香四逸飄。
紅塵徒擾擾，名利殺人囂。
雅然持清抱，朗然正氣高。

世事俱虛誑　19年7月8日

世事俱虛誑，名利害人腸。
應持淡定向，雅潔享安康。
紅塵太囂張，迷煙四野障。
一似蟬噪狂，一似犬吠猖。
水雲涵胸膛，愜意田園間。
拋去物欲障，清心叩道藏。
百年匆匆向，機巧務拋光。
無機持心腸，正直第一椿。

淡泊吾安康　19年7月8日

淡泊吾安康，心襟瀟曠。
天上白雲翔，流變無恙。
歲月愜情腸，不計斑蒼。
神恩荷廣長，心地安祥。
清風長舒曠，鳥語悠揚。
生活堪品嘗，老酒醇香。
雅思展奔放，裁意詩章。
斜暉正清朗，安坐銷閑。

平曠身心　19年7月8日

平曠身心，覽盡風雲吾不驚。
晨起天陰，清喜爽風添意境。
鳥兒嬌鳴，野蛙猶自鼓噪行。
歲月清新，小暑過後炎未凌。
坦蕩胸襟，荷有正氣曠凌雲。
矢志驅行，萬里關山越無垠。
世事均平，大道遍覆天人境。
叩道於心，幾微之間深辨明。

流年清新曠意境　19年7月8日

流年清新曠意境，心志均平，
心志均平，共緣履歷也雅清。
東風舒展天值陰，鳥語嬌俊，
鳥語嬌俊，清喜牽牛開殷勤。
人生奮發是雄心，努力前行，
努力前行，征途莽蒼雄渾峻。
面對風雲合淡定，雅潔持心，
雅潔持心，化外氣象宜探尋。

寫意清風正流暢　19年7月8日

寫意清風正流暢，閒雅心間，
閒雅心間，品茗悠聽蟬鳴唱。

人生於世不須忙，守定心腸，
守定心腸，勿為名利折腰向。
雲天清新若畫廓，大好寰壤，
大好寰壤，世界皆是神造創。
叩道平生不孟浪，正直揚長，
正直揚長，辭去物欲吾奔放。

適意人生

19年7月9日

適意人生，總因名利棄扔。
英武心身，雅度清貧安穩。
觀此紅塵，真是幻化之身。
百度秋春，人生如電馳騁。
努力奮爭，追求脫出困城。
靈程上升，曠飛對準天城。
天國永生，天父賜福豐盛。
靈性清純，不沾俗世凡塵。

適意紅塵愜懷抱

19年7月9日

適意紅塵愜懷抱，有風瀟瀟，
有雨騷騷，磨煉意志如鋼造。
歲月清展彼逍遙，心情大好，
曠展灑瀟，窗外雅聞鳥鳴叫。
人生合當展剛傲，名利棄掉，
水雲胸飄，化外情調共漁樵。
詩書平生體微妙，叩道迢迢，
深入玄竅，更裁心志化詩稿。

雅淡情懷聊哦唱

19年7月9日

雅淡情懷聊哦唱，舒出情志亦芬芳。
窗外鳥語盡情放，田間清風恣意翔。
淡蕩平生不張狂，正直格操守端方。
履盡塵世惡風浪，斑蒼一笑是坦蕩。

放曠閒情

19年7月9日

放曠閒情，天地之間存溫馨。
小鳥嬌鳴，寫意東風爽然清。
散步閑行，血脈和暢余懷興。
市井和平，車水馬龍熙熙境。
心懷淡定，世事於我俱覷明。
名利欺凌，務抛務棄我空清。
嚮往光明，正直為人操守定。
謙和心靈，叩道雅思入詩吟。

寫意紅塵

19年7月9日

寫意紅塵，笑意吾清生。
思此乾坤，運化玄且深。
頌贊神恩，導引我人生。
奮志靈程，風光覽不勝。
蟬噪聲聲，清風復陣陣。
清坐安穩，品茗心志芬。
鳥鳴溫存，愜我意三分。
哦詩馨芬，描畫我心身。

曠懷雅淡

19年7月9日

曠懷雅淡，情思妙曼。
雅聽蟬鳴喊，鳥囀亦清淡。
歲月揚帆，星霜惜展。
叩道奮浩瀚，心事向誰談。
人生情展，不必嗟歎。
努力奮前站，萬里克艱難。
斜暉正展，蒼煙瀰漫。
紅塵頗好看，淡泊吾康安。

早起四更

19年7月10日

早起四更，鳴蛙敲聲聲。
路上華燈，偶爾響車聲。
歲月馳奔，心志展繽紛。
擎掌心燈，努力趕路程。
靈程上升，風光美不勝。
與魔鬥爭，凱歌徹雲層。
榮歸故城，天父正在等。
靈魂清芬，天國享永生。

時正五更

19年7月10日

時正五更，蛙鳴聲聲，
鳥語聲聲，路上復有車行聲。
心志馨芬，哦詩訴申，
展我心身，遠野清聞雞鳴聲。
歲月進深，斑蒼清生，
奮志乾坤，未可老了心與身。

傲骨剛正，不屈馳騁，
山高水深，風光履歷彼雄渾。

淡泊人生原非夢 19年7月10日

淡泊人生原非夢，閒雅平生，
閒雅平生，暢意清度彼秋春。
慷慨人生合有夢，努力奮爭，
努力奮爭，不畏風雨之艱深。
坦蕩情懷清懷夢，遠辭青春，
遠辭青春，老來依然奮馳騁。
無機心地雅含夢，靈程奮身，
靈程奮身，追求天國之永生。

蟬嘶鳥唱 19年7月10日

蟬嘶鳥唱，天氣陰晴間。
有風舒爽，有花開俊芳。
我自悠揚，無事享滄蕩。
機心拋光，性天原清涼。
紅塵無恙，清度吾安祥。
詩書之間，陶情也雅閑。
歲月奔放，笑我星星霜。
且品茗芳，且哦詩揚長。

心志淡定 19年7月10日

心志淡定，雅思均平，
流風清新，散坐閑思展無垠。
人生多情，費盡腦筋，
損傷心靈，老來心境曠然清。
世事浮雲，桑滄幻境，
共緣而行，五十四載入煙雲。
靈程奮進，追求遠景，
天國安寧，永生福樂何芬馨。

雲淡天青鳥飛行 19年7月10日

雲淡天青鳥飛行，有蟬噪鳴，
有蟬噪鳴，嘶嘶不止添意境。
心志曠展余多情，詩書經營，
詩書經營，叩道履歷彼艱辛。
夕風清來愜心靈，新詩哦吟，
新詩哦吟，舒出情志頗清新。
曠志一點是空清，無意利名，
無意利名，清貧正直雅無垠。

爽意心間 19年7月10日

爽意心間，清度浮生不孟浪。
耳際鳥唱，暑夕清風正恣翔。
品味休閒，淡蕩情志真無恙。
享受平康，神恩浩蕩莫相忘。
人生世上，正直為人第一樁。
清貧何妨，悟徹生死吾揚長。
坦蕩情腸，原無機巧並骯髒。
矢志向上，聖潔情操質樸芳。

人生任苦艱 19年7月11日

人生任苦艱，須懷逸意於心腸。
風雨再淒狂，終會朗朗現太陽。
苦旅不迷茫，壯志於胸何必講。
實幹顯豪強，相信汗水不白淌。
豪情衝萬丈，拋棄名利吾強剛。
努力長驅闖，關山萬幢風光靚。
一笑展滄蕩，無機正直嫻雅間。
歲月正流暢，斑蒼率意哦揚長。

閒情舒展 19年7月11日

閒情舒展，心志浩入廣瀚。
歲月翻瀾，一笑清新雅淡。
蟬嘶鳴喊，清喜流風清淡。
鳥囀綿蠻，愜我心意心坎。
心懷浪漫，沉痛流年非凡。
努力揚帆，履盡惡浪險灘。
嗟此塵寰，名利擾人心煩。
務開慧眼，遁向田園松阪。

霾煙四野橫 19年7月12日

霾煙四野橫，蟬噪聲聲。
小風來慰問，愜我心身。
人生奮馳騁，未許折騰。
名利辭紛紛，清心雅正。
何處二胡聲，清雅動人。
東天啟朝暾，鳥囀清聞。
歲月正進深，斑蒼清生。
一笑雅然芬，不老心身。

淡蕩生涯聊謳唱

19年7月12日

淡蕩生涯聊謳唱，不取輕狂，
奮志剛強，千山萬水只等閒。
流年光陰存漫浪，如松生長，
如花開放，體盡自然之舒揚。
老來情懷都開敞，奮志清昂，
不折頑強，持正傲立吾強剛。
窗外鳥語嬌嬌放，風來清翔，
雲來飄蕩，寫意紅塵神造創。

鳥語騷騷

19年7月12日

鳥語騷騷，蟬鳴噪噪，
陰雲擾擾，寫意清風愜懷抱。
歲月清飄，斑蒼侵擾，
淡然微笑，從容清撰我詩稿。
紅塵清好，風雨時囂，
朗日高照，清度吾心持灑瀟。
隨緣逍遙，清貧就好，
詩書笑傲，體道樂天無煩惱。
心未可躁，意未可傲，
謙和力保，正直人生容歌嘯。
百年飛飆，何必淚拋，
努力前道，剛正情操也風標。

約身自重

19年7月12日

約身自重，勿為名利動。
終日哦諷，快慰我心胸。
壯志於胸，隨緣而行動。
年近成翁，安於清貧中。
奮志剛宏，七彩在閃動。
雨雨風風，磨煉我毅猛。
展眼雲動，蟬鳴噪無窮。
品茗愜胸，短章脫口誦。

輾轉滄桑心未涼

19年7月12日

輾轉滄桑心未涼，奮志強剛，
不屈矢闖，山高水長風光靚。
炎暑清聽蟬鳴唱，風來清爽，
雅潔襟腸，愜意寫詩也流暢。
紅塵攘攘稱狂猖，利鎖名韁，
殺人無疆，應開慧眼力避讓。
水雲深處憩襟房，可上松崗，
可入山間，別有洞天好清涼。

淡泊康寧吾雅清

19年7月12日

淡泊康寧吾雅清，清騁心志入詩吟。
耳際鳥語嬌嬌鳴，遠林蟬噪嘶嘶營。
爽風清來添意境，散坐品茗愜胸心。
展眼曠望田園景，正似畫廓美無垠。

閒情曠展

19年7月12日

閒情曠展，心志吾浩瀚。
人生揚帆，履盡惡險灘。
歲月空泛，流年如風帆。
吾心雅淡，叩道入平安。
心不起瀾，保管已妥善。
邪惡不沾，正氣衝霄漢。
努力前站，與魔作鏖戰。
殺伐聲喊，天國凱旋返。

閒雅平生

19年7月12日

閒雅平生，履歷太多艱與深。
奮志紅塵，不為名利折腰身。
清貧剛正，詩書朗哦在晨昏。
體道清芬，心得縷縷入詩申。
道義人生，樂天知命何憂生？
平淡雅正，君子人格曠裁成。
歲月繽紛，世事飽諳吾不爭。
共緣馳騁，清度雅潔百度春。

爽潔心襟

19年7月12日

爽潔心襟，度盡劫波吾不驚。
一笑鎮定，紅塵不過桑滄境。
心志殷殷，人生奮發展雷霆。
世事多警，狼煙四起吾安平。
神恩無垠，思此感動於胸心。
努力前行，靈程力戰彼魔兵。
蒼煙正凌，炎暑暮中鳥清鳴。
清坐思縈，百度秋春非夢境。

漫度紅塵吾清心

19年7月12日

漫度紅塵吾清心，奮志依然是凌雲。
人生履歷多艱辛，老來情懷發雅淨。

淡度浮生苦經營，叩道不計彼利名。
總賴神恩賜無盡，雅度秋春心均平。

人生應許暢意向

19年7月12日

人生應許暢意向，隨緣履歷吾揚長。
已知名利是孽障，清心雅致向詩章。
淡度日月我安祥，塵世任起濁風浪。
五湖歸來吾何講，世事桑滄是等閒。

暮色濃重

19年7月12日

暮色濃重，鳥掠從容。
心志清空，淡然哦諷。
歲月如風，流年感動。
蟬嘶聲洪，噪噪無窮。
曠志剛勇，履歷雨風。
斑蒼漸濃，雅潔心胸。
霓虹閃動，晚風清送。
獨立襟雄，慨然歌詠。

心志不嗟艱深

19年7月12日

心志不嗟艱深，流年容我馳騁。
歷盡山水清正，雅然胸襟淨純。
紅塵濁浪滾滾，太多痛苦歷程。
唯賴神恩豐盛，導引靈性旅程。
天國無比豐登，聖徒謳歌永恆。
我心仰望淚奔，矢志脫此世塵。
向上我要飛升，勝過魔敵繽紛。
終將凱歌奏逞，榮歸故邦永生。

暢意浮生

19年7月13日

暢意浮生，未許心折騰。
早起五更，雅聽鳥鳴純。
蛙鼓聲聲，清風來慰問。
心意清芬，哦詩舒心身。
路上車聲，遠處鞭炮聲。
滾滾紅塵，未許擾心神。
憩此紅塵，履盡煙雨紛。
慧意應生，不為物欲昏。

淡泊浮生

19年7月13日

淡泊浮生，心志吾剛正。
不屈奮爭，努力去馳騁。
名利紛紛，塵世苦不勝。
應持雅芬，遁向水雲村。
紅塵滾滾，眾生競沉淪。
慧意清生，靈程吾上升。
天父宏恩，賜予有福人。
力克魔陣，凱歌徹雲層。

天色漸亮

19年7月13日

天色漸亮，市井復喧嚷。
蛙鼓噪唱，鳥語鳴奔放。
清風悠揚，犬吠二三響。
村雞啼唱，路上車聲狂。
生活無恙，清度吾平康。
不折奮闖，山水越遠長。

吾已斑蒼，豁達持心腸。
共緣而往，雅哦舒揚長。

已知鳥語愜情腸

19年7月13日

已知鳥語愜情腸，晨起心襟舒奔放。
寫意東風吹悠揚，遠野蛙鼓點綴間。
歲月清度吾雅閑，詩書沉潛適意向。
叩道平生持嚮往，大同世宇民安康。

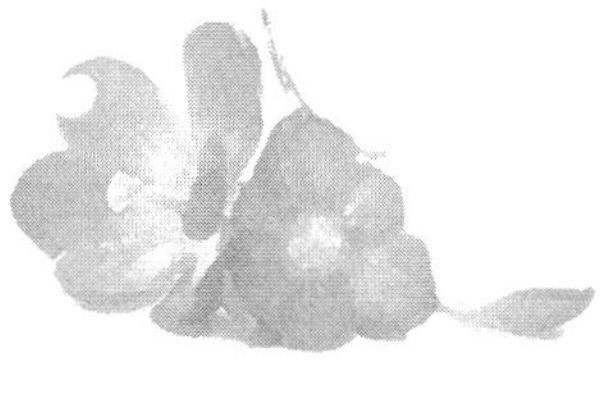

第一百零七卷《鬱秀集》

心襟無比遼曠

19年7月13日

心襟無比遼曠，性天原也清涼。
憩身此塵壤，奮志展強剛。
歲月無比舒揚，只是老我斑蒼。
啞然失笑間，已履千關障。
展眼霾煙狂猖，歎息有何用場。
人欲是骯髒，名利殺人狂。
淡持質樸心腸，清貧原也貞剛。
叩道是志向，喜愛水雲鄉。

人生持有柔腸

19年7月13日

人生持有柔腸，履歷險風惡浪。
奮志當強剛，意志磨成鋼。
展眼陰霾正放，世界掩在桑滄。
正氣展昂藏，男兒衝天壯。
矢志衝殺疆場，不畏惡敵強梁。
還我清平壤，黎民樂安康。
浩氣曠放萬丈，正直獨立不狂。
謙和有氣象，儒雅君子芳。

心事平靜

19年7月13日

心事平靜，人生吾淡定。
不圖利名，叩道矢奮進。
情起殷殷，嚮往彼光明。
鳥正清鳴，愜我意與興。
蟬噪無垠，清風添意境。
正直持心，靈程努力行。
神恩豐盈，思此感於心。
謳頌盡情，歡呼聲不停。

道德人生應提倡

19年7月13日

道德人生應提倡，不可頹廢墮荒唐。
雅知名利是孽障，未可一味追求向。
淡泊情志水雲間，向陽情操正直揚。
無機清懷最堪獎，謙和君子儒雅芳。

心事不必賦廣長

19年7月15日

心事不必賦廣長，蟬噪正悠揚。
寫意東風舒流暢，品茗雅意爽。
紅塵自古存漫浪，不畏彼艱蒼。
奮發貞志長驅闖，履盡風與浪。
清坐思想放萬丈，知音何處訪？
孤旅振節謳揚長，化為詩絕響。
歲月奔放瀉狂猖，我已漸斑蒼。
一笑清新微微放，悟道吾不悵。

鳥囀情長

19年7月15日

鳥囀情長，蟬噪狂猖，
天暑清喜風涼爽，吃瓜品茗愜意向。
歲月飛翔，人易斑蒼，
一笑清懷持澹蕩，紅塵原由神主掌。
奮志昂揚，關山驅闖，
不畏虎豹與豺狼，提刀力上景陽崗。
人生貞剛，傲立昂藏，
叩道秋春風雨間，哦詩清越吾揚長。

閒愁應拋

19年7月15日

閒愁應拋，心志吾清好。
品茗灑瀟，蟬嘶鳥鳴叫。
身心不老，斑蒼吾笑傲。
歲月豐饒，賜我骨鋼造。
吾欲長嘯，聲震彼雲表。
心襟遙逍，想騎鶴游遨。
天已陰了，悶雷響瀟瀟。
清坐安好，撰詩舒心竅。

歲月進行

19年7月16日

歲月進行，流年瀉光陰。
一笑鎮定，任從起斑鬢。

四更蛙鳴，小風來清新。
心志均平，哦詩復空清。
痛苦曾淩，而今獲安寧。
神恩豐盈，感沛出心靈。
世事煙雲，幻變不止停。
百年生命，努力靈程進。

五更雀鳥鳴 19年7月16日

五更雀鳥鳴，蛙鼓敲擊均平。
燈下清哦吟，舒出胸中激情。
人生懷奮興，穿越關山峻嶺。
風光覽無垠，堅持正直身心。
清貧不要緊，良知秉持堅挺。
世事幻風雲，名利欺人太淩。
心志持空清，叩道悟徹圓明。
一笑還雅清，胸襟飄有白雲。

悠悠情懷吾雅靚 19年7月16日

悠悠情懷吾雅靚，奮志慨慷，
奮志慨慷，不屈磨難矢前闖。
關山萬幢疊雄壯，展翅飛翔，
展翅飛翔，摩雲萬里何快暢。
心意老來堪可講，聽蟬鳴唱，
聽鳥鳴唱，振節哦詩舒奔放。
正氣心中儒雅放，秋春安祥，
風雨任狂，灑脫度世一笑揚。

習習涼風添意境 19年7月16日

習習涼風添意境，耳畔況有鳥清鳴。
晨起余奮興，新詩哦不停。
歲月催人奮進，只是老我蒼鬢。
一笑還雅清，浩志正淩雲。
紅塵歷來多辛，苦風淒雨經營。
努力奮追尋，叩道無止境。
半世已經銷盡，回思百感盈襟。
靈程奮矢進，天國美無垠。

淡定人生渾如夢 19年7月16日

淡定人生渾如夢，心志從容，
心志從容，不懼雨來不懼風。
老來情懷與誰同？獨立之中，
獨立之中，叩道秉持我中庸。
奮志依然如長虹，七彩閃動，
七彩閃動，努力曠展吾剛勇。
紅塵漫浪多情種，濟世行動，
濟世行動，大同世界締造中。

曠喜流風送暢 19年7月16日

曠喜流風送暢，遠林暑蟬奏響。
清坐雅意康，從容哦詩章。
向陽心地平康，正直不容機奸。
浩然曠志向，風雨越艱蒼。
男兒合是好鋼，不折甚是頑強。
劍鋒之所向，矢斬彼強梁。
斑蒼無妨揚長，嫻雅持在心間。
悠悠吾哦唱，一曲清新放。

鳥語啾啾適意向 19年7月16日

鳥語啾啾適意向，清風傳來蟬鳴唱。
散坐心志正平康，奮發人生展強剛。
已知塵世是幻象，履度桑滄一笑揚。
五十四載流年放，贏得星霜意頑強。
鳥語啾啾適意向，品茗更加意興漲。
書生意氣體揚長，正直身心慨而慷。
清度秋春縱哦唱，雅潔情思原曠放。
孤旅不悵展眼望，又見村野似畫廓。

曠展心襟 19年7月16日

曠展心襟，履歷紅塵吾不驚。
風雨驚警，兼程奮發吾矢進。
履盡煙雲，識破萬事是幻境。
叩道力行，覓取慧藏悟靈明。
蟬噪正殷，流風清遞鳥語俊。
清坐安平，閒雅哦詩也爽清。
流年飛行，不必長嗟斑蒼境。
煥發雄英，男兒合當展剛勁。

奮發豈是常尋 19年7月16日

奮發豈是常尋，人生不計陰晴。
努力長途驅進，煥發英武心襟。
紅塵並不太平，太多狼煙經行。
濟世揮灑才情，獨立操守堅挺。

清風曠意向 19年7月16日

清風曠意向，復有鳥鳴唱。
昏霾天地間，情思展滄蕩。
憂患應稍減，志向體貞剛。
人生懷嚮往，天青忞遨翔。

清懷雅淡聊哦唱 19年7月17日

清懷雅淡聊哦唱，舒出情懷之悠揚。
窗外鳥語娟娟唱，村野清風寫意翔。
已知人生騁慨慷，不屈風雨併蒼涼。
率興從容秋春間，笑我白髮漸蒼蒼。

寂寞人生何必論 19年7月17日

寂寞人生何必論，履盡煙雨晨昏。
行旅手擎點點燈，四野空曠無人。
叩道辛勤奮一生，悟徹玄微深深。
世事運化真精准，真神主掌乾坤。
窗外天陰鳥鳴純，清風來襲陣陣。
清坐思緒展紜紛，哦詩吐我真誠。
紅塵濁浪是滾滾，名利徒引紛爭。
吾持清心水雲芬，心志空清雅正。

清風暢來開意境 19年7月17日

清風暢來開意境，我的心中雅清。
耳際況有鳥清鳴，品茗真愜心情。
歲月飛行余懷興，輾轉桑滄清平。
老來心情懷鎮定，淡泊塵世利名。
清貧於我不要緊，胸懷正氣凌雲。
叩道不計彼艱辛，悟得正道圓明。
百年生命如電影，斑蒼志取空清。
詩書晨昏縱哦吟，逸意如彼白雲。

清騁心志入詩章 19年7月17日

清騁心志入詩章，悠意揚長，
悠意揚長，人生曷不舒奔放？
履盡艱蒼一笑揚，慧意心間，
慧意心間，人世不過幻桑滄。
紅塵自古稱攘攘，利奪名搶，
利奪名搶，何不放棄向松崗？
大千世界廣無量，胸襟宜敞，
胸襟宜敞，開闊視野妙無疆。

人生天地之間 19年7月17日

人生天地之間，須將正氣弘揚。
世界多寬廣，胸襟須開敞。
慧燭手中擎掌，黑暗紛紛退讓。
靈程努力闖，叩道舒奔放。
百年難免艱蒼，淚水有時會淌。
神恩總廣長，必賜我安康。
一生努力向上，身心清澈透光。
追求我理想，盡力去造創。

雅將流年謳唱 19年7月17日

雅將流年謳唱，神恩感在心間。
歡呼出心腸，頌贊奉獻上。
此生履盡艱蒼，血淚潸潸流淌。
遭遇惡虎狼，黑暗籠寰壞。
神自救死扶傷，賜我心靈力量。
奮發展強剛，靈程努力闖。
不懼險風惡浪，必然穩渡安航。
天國是家邦，永生樂無疆。

雅將新詩哦唱 19年7月17日

雅將新詩哦唱，中心情思悠長。
人生恆持嚮往，邁越萬水千嶂。
此生已近夕陽，意志更加成鋼。
努力曠志飛揚，矢將正義弘揚。
不屈惡魔鬼幫，眼光堅定閃亮。
真理之火擎掌，叩道一生奔放。
我要悠悠歌唱，頌贊神恩廣長。
靈程不懼險艱，凱歌終將唱響。

東風爽清 19年7月17日

東風爽清，天氣正沉陰。
有鳥嬌鳴，有汗微微沁。
心中高興，新詩脫口吟。
人生多情，曠欲去飛行。
淡蕩心靈，質樸且空清。
奮志凌雲，踏實去追尋。
歲月進行，世事不必云。
誰不知情？幻化不肯停。

爽風宜人
19年7月18日

爽風宜人，蛙鼓堪聽聞。
雅然心身，哦詩也清芬。
汽車噪聲，鼓噪真煩人。
塞耳不聞，紅塵任滾滾。
歲月進深，斑蒼何必論。
吾是書生，詩書哦晨昏。
淡度秋春，名利不必論。
正直為人，叩道吾奮身。

流風舒曠
19年7月18日

流風舒曠，天氣陰晴間。
鳥清鳴唱，蟬噪亦響亮。
散步興上，有汗微沁淌。
詩意心間，人生暢意向。
紅塵無恙，憩身吾安祥。
名利棄放，清貧正氣昂。
聊舒狂放，新詩脫口唱。
哦出激昂，哦出我奔放。

人生雅懷理想
19年7月18日

人生雅懷理想，奮志當取昂揚。
未可稍狂猖，謙和正氣揚。
清坐思放無疆，窗外蟬嘶鳥唱。
清風來悠揚，閒適也無恙。
努力向前向上，克盡萬關千障。
人生百年間，豪情衝天壯。
正直為人必講，詩書秋春哦唱。
展眼這塵壤，神恩總廣長。

鳥囀清鳴
19年7月19日

鳥囀清鳴，濛濛細雨添意境。
月季鮮明，更有牽牛開妍俊。
人生懷情，老來奮志仍凌雲。
努力前行，披荊斬棘長驅進。
歲月飛行，幻化桑滄無止境。
一笑雅清，豁達心靈曠無垠。
神恩豐盈，思此我心謳均平。
靈程曠進，克盡魔敵歸天庭。

習習涼風絲絲雨
19年7月19日

習習涼風絲絲雨，清坐雅聽鳥鳴訴。
心境未許持清苦，嚮往恆在中心聚。
情懷浪漫孤如許，正直人生奮力舉。
紅塵混亂何須數，合展清志出塵去。

鳴蟬噪響
19年7月20日

鳴蟬噪響，白雲飄蕩，
心境清閒，小哦新詩行。
歲月品嘗，大暑即將，
流年飛狂，不必驚心腸。
我自悠揚，雅讀詩章，
閑品茗芳，逸意正揚長。
清貧無妨，正義強剛，
力戰虎狼，豪情衝天昂。

清懷雅淡
19年7月20日

清懷雅淡，無妨志向衝霄漢。
努力奮戰，不許名利來糾纏。
歲月翻瀾，回首煙雲成爛漫。
心襟曠展，大千宇宙入心坎。
紅塵浩瀚，天高雲淡任飛泛。
地球蛋丸，身處世界吾飽諳。
心痛綿纏，英武不屈風雨攔。
長驅舒膽，萬里沙塵舞浪漫。

人生履艱
19年7月20日

人生履艱，淡看雲煙之飛漲。
暑蟬鳴唱，小鳥自得奏悠揚。
清坐安祥，履盡塵世吾何講。
沉默為上，實幹方顯我豪強。
秉性溫良，豪情壯志衝天壤。
不屈邪奸，力戰任血潸流淌。
正直昂揚，男兒鐵骨自成鋼。
似竹生長，節節挺拔生命強。

心襟未許搖漾
19年7月20日

心襟未許搖瀾，清心守住襟房。
人生騁奔放，努力克艱蒼。
紅塵自是攘攘，太多利坑名陷。
務持慧心腸，勿上魔敵當。
清貧是無大妨，正直顯我豪強。
神恩總廣長，賜與我力量。

靈程奮發強剛，戰勝試探險奸。
曠飛向天堂，永生何安康。

暮蟬嘶響
19年7月20日

暮蟬嘶響，天氣悶熱間。
有鳥飛翔，掠過靄煙蒼。
心志安祥，從容哦詩章。
人生感想，襄上我襟房。
紅塵無恙，神恩感廣長。
奮志之向，是向天國航。
旅途險艱，魔敵把路擋。
正氣昂揚，凱歌終唱響。

持正昂揚
19年7月22日

持正昂揚，不屈惡與奸。
人生奔放，努力曠志向。
紅塵之間，殺伐何艱蒼。
正邪之間，血戰何艱長。
神恩廣長，靈程導方向。
惡魔克光，凱旋回天堂。
我意舒揚，愜聽蟬鳴唱。
新詩哦唱，情志都清昂。

芳情娟好
19年7月22日

芳情娟好，人生奮志剛傲。
謙和力保，叩道深入迢迢。
歲月遙逍，覽盡蒼煙飄渺。
爽然一笑，桑滄吾已諳飽。
人生不老，心志仍很年少。
努力奔跑，靈程力克魔妖。
大千環繞，神恩時刻籠罩。
天國終標，永生福樂安好。

東風舒曠
19年7月22日

東風舒曠，遠野傳來蟬唱。
殘照正蒼，炎熱仍很囂猖。
散坐安祥，電扇播著風涼。
小哦詩章，愜意無法阻擋。
市井喧嚷，噪噪未有止疆。
人生世間，應尋水雲清曠。
叩道揚長，胸中別有氣象。
雅然襟腸，原有清風月光。

心情尚好
19年7月23日

心情尚好，清聽蟬鳴叫。
霧霾籠罩，大暑今日到。
紅塵囂囂，眾生多顛倒。
名利應拋，逸志向山道。
吾自遙逍，詩書怡情抱。
清貧就好，正義吾風騷。
有鳥鳴叫，愜我意灑瀟。
小撰詩稿，一展南山操。

大暑
19年7月23日

悶熱衝霄漢，暑意開展。
霧霾籠田灘，蟬嘶鳥喊。
歲月飛浪漫，老我鬢斑。
一笑吾爽然，桑滄飽諳。
紅塵是非凡，幻變疊展。
守定我心坎，正義浩然。
魔敵冀糾纏，提刀力斬。
靈程曠揚帆，天國歸還。

心志不嗟廣長
19年7月23日

心志不嗟廣長，人生實幹為上。
汗水不白淌，勞動有榮光。
今日大暑正當，蟬鳴鳥叫交唱。
一任汗水淌，詩書閑品唱。
嗟此霧霾狂猖，籠在乾坤之間。
歎息無用場，人欲是禍殃。
努力向前向上，克己榮神恩光。
力斬彼魔幫，還我清平壤。

世事履歷艱蒼
19年7月23日

世事履歷艱蒼，磨得意志強剛。
一笑持溫讓，君子人格方。
紅塵自是攘攘，其中神恩廣長。
歡呼須儘量，靈程我奔放。
克盡邪惡奸黨，還我清平之壤。
世界是神創，正義必通暢。
努力向前向上，不懼風雨狂猖。
微笑我清揚，奮發煥志向。

第一百零八卷《忠誠集》

積德修心為上
19年7月23日

積德修心為上，人生不畏強梁。
神恩總廣長，足夠你我享。
歲月無比豐穰，多有苦風惡浪。
神必賜安祥，靈程穩安航。
向上盡我力量，克去私欲骯髒。
名利害人腸，不可耽其間。
正義清持襟房，世界充滿陽光。
身心當健康，神必賜力量。

心襟曠展悠揚
19年7月23日

心襟曠展悠揚，閑聽野蟬鳴唱。
性天本清涼，大暑任炎彰。
清持正義襟腸，安度紅塵無恙。
縱有風雨艱，神恩護佑強。
窗外小鳥鳴唱，愜我心胸意向。
況復品茗香，電扇播風涼。
胸中雅有氣象，叩道奮發力量。
心光亮堂堂，黑暗紛退藏。

鳴蟬此際噪響
19年7月23日

鳴蟬此際噪響，迷煙天地之間。
清坐吾安祥，大暑今正當。
紅塵混亂之間，汙染越發狂猖。
人欲是禍殃，歎息無用場。
奮志當展強剛，清心仰望天堂。
神恩賜廣長，正義必顯彰。
力克魔敵詭奸，煥發心襟力量。
光明心地間，凱歌震天響。

心襟無比遼廣
19年7月23日

心襟無比遼廣，寰宇盡都包藏。
正氣體昂藏，豪情衝萬丈。
暮蟬嘶嘶鳴唱，東風炎熱吹翔。
大暑今正當，揮汗如雨降。
歲月清心品嘗，五味雜陳難講。
已漸入斑蒼，一笑吾清狂。
神恩無比豐穰，思此頌贊獻上。
努力靈程闖，不懼魔敵強。

正義吾強剛
19年7月24日

正義吾強剛，力戰邪惡奸黨。
不屈奮頑強，一似摩雲松蒼。
窗外蟬鳴唱，炎暑酷熱難當。
電扇播風涼，品茗心意悠揚。
人生持嚮往，懇求神恩浩蕩。
惡鬼滅光光，善良正義增長。
努力奮刀槍，正邪激戰險艱。
凱歌必奏響，因有神恩護將。

休閒此際無恙
19年7月24日

休閒此際無恙，暢對清風來翔。
耳際響蟬唱，品茗吾雅康。
一任汗水沁淌，炎暑酷熱囂張。
熱浪滾滾間，萬物受炙燙。
歲月盡情品嘗，履盡苦風惡浪。
心志已強剛，力戰彼惡黨。
神恩自是非常，護佑選民安康。
聖徒喜洋洋，靈程奮慨慷。

酷熱午間
19年7月24日

酷熱午間，清聽蟬鳴唱。
品茗清香，詩意從心漲。
歲月飛曠，無事盈心腸。
共緣而往，風光覽清靚。
不懼風狂，不懼險惡浪。
豪情心間，壯志吾貞剛。
人生揚長，信步萬里疆。
年雖斑蒼，胸懷正茁壯。

心靈心志廣長
19年7月25日

心靈心志廣長，淡泊名利安康。

任從起熱浪，散坐品茗香。
遠野蟬嘶蛙唱，雨霽天開晴朗。
汗水往下淌，寫詩舒心芳。
人生騁志奔放，履盡煙雨滄浪。
老來何所講，一笑吾爽朗。
困障未可阻擋，神恩無比豐穰。
微笑心地間，靈程振慨慷。

鳴蟬噪響

19年7月25日

鳴蟬噪響，雨後蛙鼓悠揚。
天氣炎猖，悶熱籠此寰壤。
汗水沁淌，中心鎮定安祥。
人生嚮往，依然持在心膛。
紅塵無恙，拋棄利鎖名韁。
性天清涼，愜意水雲流淌。
百年飛狂，不覺已是斑蒼。
一笑淡蕩，共緣運轉銷漲。

心地不取狂猖

19年7月28日

心地不取狂猖，謙和是我意向。
天氣正炎猖，散坐聽蟬唱。
人生奮發昂揚，斑蒼仍懷志向。
履盡煙雨艱，積澱是思想。
紅塵任囂萬丈，只是幻化之象。
性天吾清涼，共緣馳騁間。
詩書愜余意向，有時放聲哦唱。
激情中心淌，豪氣天地間。

清意此際生成

19年7月28日

清意此際生成，一任烈日炎蒸。
雅品茗芳芬，耳際灌蟬聲。
歲月如飛馳騁，老我斑蒼何論。
一笑展溫存，人格持清正。
紅塵濁浪滾滾，太多名利紛爭。
雅度秋與春，清貧渾不論。
胸心曠發浩正，展眼世事紜紛。
努力奮前程，山水越雄渾。

蒼蒼是我心襟

19年7月28日

蒼蒼是我心襟，愛好淡泊安寧。
浪漫盈身心，展眼雲飛行。
紅塵任其艱辛，世事正如浮雲。
且請品芳茗，悠聽蟬清吟。
往事不可追尋，未來瞻望殷殷。
與誰攜手行？秋春有美景。
詩書清持溫馨，心地光明朗俊。
希冀恆在心，鼓志奮前行。

藍天白雲清映

19年7月28日

藍天白雲清映，林野蟬兒高鳴。
散坐吾清心，一杯碧芳茗。
歲月曠自飛行，希冀恆持在心。
斑蒼不要緊，志兒展清俊。
人生雅潔持心，此生不為利名。
叩道有意境，光明矢追尋。

浮生領盡孤清，寂寞向誰呼明？
努力奮前進，振翮萬里雲。

雅將歲月歌唱

19年7月28日

雅將歲月歌唱，人生履盡苦艱。
一笑還奔放，神恩總廣長。
心靈煥發力量，男兒曠展強剛。
努力奮飛翔，天涯風光靚。
未可消磨志向，意志已成鐵鋼。
笑對風與浪，處心以安祥。
天際陰雲激蕩，風雨不懼其狂。
終會有晴朗，終將入平康。

暝色正濃重

19年7月28日

暝色正濃重，西天晚霞紅。
霓虹七彩動，歌聲飄隨風。
心地感慨濃，人生趨老慵。
此時暑意重，曠欲入林中。

淡泊吾心康平

19年7月30日

淡泊吾心康平，一任炎熱囂行。
藍天走白雲，知了正清鳴。
歲月曠自飛行，何許嗟我斑鬢。
一笑還雅清，胸次懷水雲。
此際心懷高興，人生嚮往光明。
力戰彼魔兵，叩道奮前行。
雅思曠展空靈，舒出胸中才情。
與誰有共鳴？寂寞懷淒清。

心襟瀟瀟

19年8月3日

心襟瀟瀟，淡看雲煙飛飄渺。
好風來到，爽我心情真微妙。
人生大好，叩道奮發展剛傲。
不懼險道，須知神恩正籠罩。
知了鳴叫，品茗清坐思散飄。
斑蒼任老，青春逝去余一笑。
名利拋掉，清貧無妨正氣饒。
力戰魔妖，守護心靈冰雪操。

歲月進行

19年8月3日

歲月進行，不老是身心。
人生多情，苦了身心靈。
正義盈襟，力戰彼魔兵。
守護心靈，勿使汙靈明。
紅塵多辛，百年是苦境。
靈程奮進，永生冀天庭。
叩道奮興，不懼艱深行。
風雨之境，磨煉我剛勁。

雲天空曠

19年8月3日

雲天空曠，心事不必賦蒼涼。
野蟬鳴唱，自在斜陽散金光。
人生嚮往，時刻銘記我心房。
正直貞剛，不屈奸邪與強梁。
世事荒唐，太多欺騙與欺誑。
心懷夢想，大同世界冀平康。
紅塵之間，人生如夢何必講。
唯有天堂，永生福樂恆安祥。

藍天幻化白雲

19年8月3日

藍天幻化白雲，雅聽野蟬清鳴。
斜暉正清俊，炎暑猶然凌。
歲月曠自飛行，年輪催促斑鬢。
一笑還朗清，共緣去旅行。
小風其來清新，心懷雅興哦吟。
人生如駒行，百年幻美景。
曾經苦雨風勁，磨得意志鋼硬。
英武是心襟，浩志縱凌雲。

歲月如飆

19年8月4日

歲月如飆，人生切莫付草草。
奮志剛傲，不屈磨難之艱饒。
藍天雲飄，遠野知了恣鳴叫。
立秋將到，清喜炎暑漸次銷。
紅塵擾擾，勿為名利傷懷抱。
叩道遙逍，心得心意自豐饒。
品茗微笑，世事如煙共緣跑。
樂展灑瀟，哦詩情懷真無二。

有蟬噪響

19年8月4日

有蟬噪響，嘶嘶無止疆。
烈日炎猖，清喜小風揚。
心志張揚，從容哦詩章。
人生感想，積澱一籮筐。
歲月飛狂，斑蒼亦何妨。
努力向上，克盡千重艱。
淡淡蕩蕩，中心無機奸。
正直揚長，名利早相忘。

心境灑然瀟瀟

19年8月4日

心境灑然瀟瀟，紅塵此際清好。
愜聽知了鳴叫，歲月曠度逍遙。
人生苦境經飽，贏得爽然一笑。
名利吾已拋掉，清心明慧美妙。

曠展我的心襟

19年8月4日

曠展我的心襟，渴望雲際飛行。
人生履盡艱辛，依然保有純淨。
努力向前奮行，風雨無妨堅定。
一笑爽然多情，百度秋春溫馨。

野蟲呢噥

19年8月4日

再過四日立秋，野蟲應時而喚，甚喜，因以詩題。

野蟲呢噥，暑夜走清風。
心地輕鬆，雅意正橫縱。
人生匆匆，時光驚飛動。
歲月如風，嗟我斑蒼濃。
奮志剛洪，萬里長驅中。
不屈雨風，不屈困重重。
燈下哦詠，中心懷感動。
孤旅之中，神恩荷濃重。

清夜無眠叩本心 19年8月4日

清夜無眠叩本心，野外蟲兒正清吟。
歲月無聲曠進行，人趨老蒼復何云。
正直生涯展剛勁，不屈磨難豈常尋。
紅塵由來是多辛，坦蕩心志與心靈。

嗚蟬嘶響 19年8月6日

嗚蟬嘶響，心志吾取安祥。
白雲飄蕩，爽風其來奔放。
人生昂揚，叩道奮發志向。
名利棄放，清貧安度悠揚。
詩書之間，覓點真實慧藏。
曠展思想，哦詩熱情張揚。
心襟舒廣，沉痛時襲襟房。
應學揚長，云舒云卷何暢。

藍天白雲輕輕飄 19年8月9日

藍天白雲輕輕飄，幻化巧妙，
幻化巧妙，孟秋天氣猶炎燥。
清坐心事付誰瞧？詩書笑傲，
詩書笑傲，孤旅風雨已經飽。
坦蕩情懷贏一笑，奮行前道，
奮行前道，山水風光真美妙。
心底苦痛入詩稿，舒出情竅，
舒出情竅，叩道不懼艱深饒。

心志蒼蒼 19年8月9日

心志蒼蒼，淡看雲煙飛翔。
好風流暢，哦詩熱情張揚。
人生感想，此際襲上心膛。
歲月奔放，只是老我斑蒼。
紅塵之間，太多迷煙狂蕩。
堅持理想，正直一生昂揚。
不屈邪奸，力戰任血流淌。
神恩廣長，導引靈程向上。

金風清起天涯間 19年8月12日

金風清起天涯間，人生懷感想。
歲月流轉不愁悵，奮發吾剛強。
心志不必訴千狀，要在行動間。
努力前旅不懼蒼，心事有漫浪。
紅塵自古稱荒唐，名利騁囂張。
誰持慧眼水雲間？滄蕩已心房。
老來心懷未頹唐，詩書晨昏唱。
時有隱憂襲襟房，展眼雲飛揚。

天氣猶燥 19年8月13日

天氣猶燥，秋蟬鳴騷騷。
彩雲幻巧，恣意走金飆。
心懷孤傲，寫詩適襟抱。
人生晴好，樂天吾逍遙。
淡蕩心竅，名利早辭了。
詩書清妙，怡情真無二。
桑滄經飽，淡然余一笑。
百年飄渺，心跡入詩稿。

秋蟬嘶鳴 19年8月13日

秋蟬嘶鳴，天氣變陰晴。
心懷鎮定，哦詩聊舒情。
歲月分明，中元已接近。
人老蒼鬢，一笑也雅清。
紅塵無垠，幻變桑滄境。
百年生命，真如一電影。
努力前行，天國奮勉進。
力克魔兵，凱歌徹行雲。

心境未許沉痛 19年8月17日

心境未許沉痛，迎接人生雨風。
一任斑蒼濃，奮志依如虹。
七彩閃耀心中，意志如鐵剛猛。
努力萬里衝，山水慰情濃。
浮生清度從容，苦難磨煉襟胸。
男兒豪情縱，濟世破雨風。
秋陽淡蕩飄空，清坐清聽鳥頌。
品茗心志空，嚮往水雲中。

心志不取徬徨 19年8月17日

心志不取徬徨，苦痛未許成障。
奮發吾強剛，男兒展雄壯。
歲月清展揚長，何許計我老蒼。
人生曠飛揚，清貧正義剛。
輾轉桑滄無恙，華髮迎風相向。
雲天正晴朗，斜陽閃奔放。

有鳥清新鳴唱，我心轉為情長。
神恩總廣長，賜予我力量。

紅塵萬丈

19年8月17日

紅塵萬丈，不為名利損襟房。
向陽心腸，正直為人體強剛。
大千廣長，人生世間為哪樁？
奮志揚長，仰望天國吾敬仰。
歲月舒狂，五十四載一瞬間。
一笑滄蕩，任從身心百處創。
吾心安祥，為荷神恩之奔放。
努力向上，靈魂冀歸我故邦。

悠悠心襟

19年8月17日

悠悠心襟，曠對風雲吾不驚。
釣舟均平，泛浪五湖一笑凝。
歲月進行，吾已斑蒼心鎮定。
不圖利名，剩有胸心懷白雲。
秋陽正凌，灑脫七月繡巧雲。
心懷奮興，總有希冀存心靈。
努力上進，詩書晨昏吾朗吟。
心地懷情，孤旅人生力前行。

秋光清好

19年8月18日

秋光清好，心境吾灑瀟。
不持孤傲，人生奮志跑。
履盡迢迢，心志尚清好。
歲月飄飄，斑蒼已來找。
紅塵胡搞，眾生多顛倒。
蟬鳴囂囂，品茗愜懷抱。
揚長前道，名利早棄了。
清貧就好，正義吾風標。

秋氣高爽

19年8月18日

秋氣高爽，雲天都淡蕩。
心志悠揚，品茗愜意暢。
歲月品嘗，暴雨曾傾降。
而今安康，神恩賜豐穰。
紅塵狂蕩，名利肆狂猖。
務持清腸，性天展滄蕩。
秋蟬嘶唱，噪噪此塵壤。
清風來翔，我心轉安祥。

寫意東風正軒暢

19年8月18日

寫意東風正軒暢，心地喜洋洋。
秋來天氣值高爽，雲淡鳥飛翔。
雅聽林蟬之鳴唱，休閒吾無恙。
一種情懷堪可賞，水雲中心漾。
人生得意莫張狂，謙和心地間。
努力奮發展昂揚，詩書體平康。
百年生死嗟茫茫，勿為名利障。
紅塵總有神主掌，思此心安祥。

鳴蟬此際噪響

19年8月18日

鳴蟬此際噪響，天上白雲流蕩。
孟秋和平漾，清喜東風揚。
心境體味平常，人生勿持孟浪。
努力矢向上，正氣吾昂揚。
地球蛋丸相仿，人類困於其間。
宇宙多廣長，探索無極限。
切禱神恩豐穰，賜福選民安康。
百年一瞬間，希冀在天堂。

涉過風雨艱蒼

19年8月18日

涉過風雨艱蒼，迎來坦平安康。
神恩真無恙，思此熱淚淌。
人生切勿匆忙，守定心中真光。
神必賜力量，導引靈程航。
名利徒是骯髒，世事太多機奸。
胸心白雲翔，五湖泛煙浪。
白髮任展蒼蒼，世界任轉桑滄。
性天吾清涼，叩道履安祥。

鳥囀自如腔

19年8月18日

鳥囀自如腔，蟬又多情唱。
秋風展爽涼，心地真快暢。
斜陽正輝煌，天上白云翔。
散坐思平康，一杯綠茗香。
紅塵真擾擾，宇宙廣無限。
神創這世壤，天堂遠在上。
努力曠飛翔，靈程盡力量。
天使伴我航，回歸我故邦。

第一百零九卷《向學集》

人生清騁
19年8月18日

人生清騁，風雨任成陣。
曠懷清正，不畏艱旅程。
歲月清芬，斑蒼惜清生。
斜暉正逞，秋色美不勝。
白雲飄奔，人生感慨生。
如同旅程，靈程奮力爭。
天國歷程，力克彼魔陣。
浩蕩神恩，鼓舞我心身。

體歷紅塵吾浪漫
19年8月19日

體歷紅塵吾浪漫，履盡坷與坎。
心志依然持鐵膽，努力矢奮戰。
心曲妥善向誰彈？孤旅何言談？
叩道身心持雅淡，風雨不相干。
克盡艱難吾浩瀚，展眼天青藍。
想學飛鳥入天漢，萬里不算難。
意志堅剛任磨難，一笑還清淡。
五十四載一瞬展，霜華任飛綻。

雲天澹蕩
19年8月25日

雲天澹蕩，鴿群曠回翔。
心情舒朗，激情哦詩章。
孟秋正當，晨起清風爽。
牽牛嬌靚，喇叭萬千張。
心志昂揚，不懼老將訪。
閑聽鳥唱，品茗自悠揚。
紅塵之間，眾生顛倒傷。
性天清涼，不受名利妨。

清夜無眠
19年9月20日

清夜無眠，叩我本心，
人生貴在恆前行，山高水深越無垠。
歲月進行，不嗟斑鬢，
紅塵由來是多辛，男兒從來展剛勁。
秋風清新，蛩鳴殷殷，
爽然此際有心情，雅哦新詩舒性靈。
心志空清，何所言云？
不許名利襲與侵，心中時刻懷水雲。

歲月清芬
19年9月21日

歲月清芬，雅意此際正縱橫。
白雲馳騁，爛漫秋意葉飄紛。
感謝神恩，靈程導引入艱深。
不畏險程，奮發心靈之剛正。
紅塵滾滾，生死之間費思審。
努力前程，不為名利折腰身。
匡懷清正，詩書哦吟在晨昏。
大道叩問，天意深處思深深。

晨起鳥喧鳴
19年9月22日

晨起鳥喧鳴，西風爽然清。
淡泊是意境，灑脫人生行。
奮志矢前進，艱蒼一笑盈。
輾轉塵世景，幻化一泡影。
晨起鳥喧鳴，中心懷多情。
心志恆分明，不屈桑滄境。
努力叩道行，心得自分明。
哦詩余有興，短章訴心靈。

紅塵萬丈
19年9月22日

紅塵萬丈，心襟未許稍蕭涼。
奮志貞剛，男兒仗劍走沙場。
秋意澹蕩，清風吹拂雲飛翔。
散坐平康，心事詠入詩之間。
豪情正曠，五十四載履悲悵。
熱血昂揚，不屈磨難百煉鋼。
一笑坦蕩，展眼天際靄煙漾。
宇宙無限，些許名利早棄放。

四更悄靜
19年9月23日

四更悄靜，雅聞蟲吟，

心志曠清，秋分時節哦身心。
歲月分明，笑我斑鬢，
努力前行，山水之間放歌吟。
情志鮮明，名利拋盡，
不計清貧，叩道讀書展意境。
人生多情，胸心白雲，
標舉性靈，書山深處尋溪徑。

灑脱心襟

19年9月24日

灑脱心襟，人生奮志凌雲。
浩瀚意境，叩道深入險峻。
努力殷殷，前旅長途驅進。
覽盡風雲，一笑雅然清新。
歲月均平，狼煙曾經經行。
神恩無垠，導引靈程安寧。
秋陽清勁，藍天飄著白雲。
喜鵲曠鳴，余心余意奮興。

明媚陽光

19年9月27日

明媚陽光，灑在心田上。
白雲悠翔，金風舒蕭爽。
心際昂揚，奮發我貞剛。
男兒豪放，千關競去闖。
紅塵狂蕩，心地履安祥。
神恩奔放，導引我向上。
力克魔奸，正直我強剛。
矢志向上，天國奮歸航。

清風舒曠

19年9月29日

清風舒曠，雀鳥歡鳴唱。
清坐安祥，思緒聊放浪。
人生感想，一齊襲襟房。
小哦詩章，徐徐余謳唱。
歲月飛翔，金秋又正當。
燦爛陽光，灑在心田上。
漫天晴朗，田園真無恙。
展眼長望，心事起漫浪。

雅將心靈謳唱

19年10月3日

雅將心靈謳唱，窗外秋陽正靚。
百感不必舒蒼茫，奮志矢向上。
半世履盡桑滄，一笑依然清揚。
展眼這塵壤，萬事神主掌。
紅塵名利狂猖，我只獨守清腸。
正義充心間，清貧有何妨。
歲月紛飛揚長，生活演奏樂章。
心地正溫讓，叩道無止疆。

天陰何妨

19年10月6日

天陰何妨，喜鵲正鳴唱。
金風舒揚，落葉紛飛蕩。
心志奔放，人生奮昂揚。
努力向上，不為物欲障。
紅塵狂蕩，名利害人腸。
清心之間，雅叩彼道藏。
宇宙廣長，演化無止疆。
靈性悠揚，正直在人間。

節屆重陽

19年10月7日

節屆重陽，心地喜安祥。
人生舒昂，身心振慨慷。
北風蕭涼，草野漸斑黃。
爽潔心間，哦詩也揚長。
苦旅曾艱，不必回首望。
前路方長，努力奮驅闖。
名利捐放，心志正方剛。
不屈艱蒼，正氣瀰宇間。

天高氣爽

19年10月14日

昨天正值星期日，隨單位諸多同事一同前往淮安遊覽，參觀「周恩來紀念館」、「周恩來故居」、「淮安府府署」及「吳承恩故居」，心境舒曠，因以詩題，簡記如上。

天高氣爽，輕車抵淮上。
覽盡勝景心境曠，雅將新詩哦唱。
人生奮志昂揚，不屈困苦艱蒼。
紅塵只是試煉場，勿為名利猖狂。
修心悟道為上，豪情傾入詩間。
不可得意逞驕狂，謙和持身端方。
明媚盈滿襟房，金風其來和暢。
歲月輕飛正揚長，不計華髮初霜。

清夜無眠叩本心

19年10月15日

清夜無眠叩本心，雅思空靈，
雅思空靈，奮發人生曠意境。
履盡山水一笑盈，桑滄幻境，
桑滄幻境，百年不忘是性靈。
修心養德真無垠，正義心襟，
正義心襟，不屈艱蒼矢志行。
秋深夜靜風清行，燈下哦吟，
燈下哦吟，舒出胸心也雅清。

心情舒暢

19年10月16日

心情舒暢，樂享人生之平康。
秋風清涼，夜黑燈下展思想。
奮發昂揚，不為物欲所纏障。
闔家安康，謳頌神恩之奔放。
歲月淡蕩，風雨畢竟成過往。
彩虹心間，正義心靈懷陽光。
努力驅闖，無限業績待造創。
燦爛遐方，天涯風景堪清賞。

鼓蕩身心聊哦唱

19年10月17日

鼓蕩身心聊哦唱，晚秋天氣正蕭涼。
幾聲啼鳥奏幽響，一陣清風葉飄蕩。
歲月遞進不徬徨，奮志依然萬里疆。
百度秋春是飛殤，共緣流轉吾悠揚。

閒情雅淡聊哦唱

19年10月17日

閒情雅淡聊哦唱，舒出心地之慨慷。
人生適意求舒暢，拋卻名利心安祥。
恣志詩書叩道藏，慧意清心天人間。
展眼秋靄天際漾，品茗清賞林斑黃。

品味人生吾悠揚

19年10月17日

品味人生吾悠揚，風雨艱蒼一笑曠。
血淚曾灑嗟天蒼，神恩豐贍頌讚揚。
人生百年不匆忙，名利棄去心強剛。
傾心詩書吾昂藏，一生正直不狷狂。

曠志放飛脫塵壤

19年10月17日

曠志放飛脫塵壤，心意原不在凡間。
性靈深處煙霞漾，遐想起時詩興狂。
一支鐵筆騁膽剛，書出世事之真相。
歷史原非屬孟浪，天道隱處費思量。

紅塵放萬丈

19年10月17日

紅塵放萬丈，人生吾揚長。
不為名利妨，意氣水雲間。
蕭蕭秋風涼，曠聽鳥鳴唱。
品茗吾悠揚，短章舒意向。
短章舒意向，澹蕩心地間。
清坐吾安祥，內叩意無恙。
雅思入詩章，傾瀉若汪洋。
世事不必講，只是演桑滄。

展眼長曠望

19年10月17日

展眼長曠望，天際秋靄蒼。
林野俱斑黃，生活復平康。
心境舒奔放，人生入老蒼。
未許持蕭涼，奮發矢向上。
奮發矢向上，不屈彼艱蒼。
紅塵暫憩鄉，天國是故邦。
正氣發昂揚，胸襟持坦蕩。
悠悠名利場，笑棄不徬徨。

斜暉清爽照

19年10月17日

斜暉清爽照，秋景堪賞瞧。
林野初蕭條，月季開猶俏。
灑然撰詩稿，適性樂陶陶。
清貧不重要，正義吾風標。
斜暉清爽照，四野復靜悄。
身心俱灑瀟，無憂且無惱。
詩書怡襟抱，耳際鳴啼鳥。
樂度歲逍遙，頌贊神恩饒。

暮陰吾悠揚

19年10月17日

暮陰吾悠揚，從容聽鳥唱。
坎坷不必講，率意哦詩章。
歲月舒奔放，人生易老蒼。
及時把福享，流年真堪傷。
暮陰吾悠揚，生活和平漾。
秋氣展斂藏，落葉飄無恙。
燈下撰詩行，心曲婉轉放。
桑滄履尋常，胸際盈坦蕩。

暮色濃重

19年10月19日

暮色濃重，宿鳥正鳴頌。
爽潔秋風，吹拂也從容。
燈下哦諷，舒出我情濃。
人生志洪，努力奮鬥中。
桑滄任重，風雨任艱濃。
矢志衝鋒，面帶微笑容。
神恩恢弘，思此心感動。
天國心中，導引靈程衝。

光陰逝飛翔

19年10月19日

光陰逝飛翔，人生入老蒼。
心境不蕭涼，奮發慨而慷。
萬里未為障，山水容徜徉。
風雨任囂猖，淡定吾揚長。
光陰逝飛翔，心志入詩章。
秋深天氣涼，燈下我哦唱。
道孤奏絕響，騁意舒奔放。
短章書流暢，人格畢顯彰。

五更早起將

19年10月20日

五更早起將，村雞正啼唱。
心志展悠揚，小哦新詩行。
歲月晚秋間，夜風正清爽。
人生曠昂揚，努力奮向上。
五更早起將，上網聊衝浪。
時光正逝淌，笑我已斑蒼。
未可徒頹唐，男兒當陽剛。
傲立天地間，學取虬松蒼。

陽光破霧障

19年10月20日

陽光破霧障，霾煙正狂猖。
哦詩聊舒放，正氣展昂揚。
秋深木葉黃，晨鳥啼瀏亮。
心志與誰講，一曲獨孤悵。
一曲獨孤悵，奮發吾揚長。
苦旅不必講，關山風光靚。
五十四載殤，老來志瀰剛。
一笑還滄蕩，悟道也安康。

情懷聊舒廣長

19年10月20日

情懷聊舒廣長，心志奮發無疆。
努力矢志向上，不屈風雨艱蒼。
五十四載瞬間，贏得華髮輕蒼。
呵呵一笑清暢，正道亙古榮昌。
情懷聊舒奔放，人生盡力驅闖。
履盡山高水長，心得慨入詩章。
笑容依然溫讓，君子人格顯彰。
紅塵夢幻之鄉，永生冀於天堂。

秋陽輝耀

19年10月20日

秋陽輝耀，和平此塵表。
落葉逝飄，詩意從心繞。
雅撰詩稿，曠舒我情竅。
人生晴好，關山踏遍了。
履盡險要，淡淡余一笑。
百年風標，人格務鑄造。
名利辭掉，清貧胡不好。
正義不傲，叩道入微妙。

坎坷滄桑不必講

19年10月20日

坎坷滄桑不必講，奮發努力作鐵鋼。
淡定心情懷漫浪，力戰險惡之豺狼。
天下紛擾何必講，大道亙古運行間。
正直立身何坦蕩，謙謙君子儒雅芳。

心志騁漫浪

19年10月20日

心志騁漫浪，人生樂平康。
履經風雨蒼，依然一笑揚。
歲月真奔放，老我以斑蒼。
展眼濃霧漾，愜聽鳥啼唱。
心志騁漫浪，奮發秋春間。
詩書恣意向，朗哦舒清昂。
積德無止疆，厚道福才昌。
心繫水雲鄉，情傾天涯間。

雅思正良長

19年10月20日

雅思正良長，天地蕭然蒼。
林野俱斑黃，月季妍開放。
黃菊何處訪，孤旨哦詩章。
男兒懷夢想，正直舒昂藏。
雅思正良長，歲月走奔放。
斑蒼不頹唐，奮志在遠疆。
濃霧已退藏，陽光復瀟爽。
和藹心地間，詩句奏激昂。

秋風吹清勁 19年10月20日

秋風吹清勁，爽我身與心。
人生恃辛勤，收穫始豐盈。
華年逝如鷹，流光川之行。
奮發力前進，叩道悟圓明。
秋風吹清勁，落葉飄飛行。
感時驚我心，慨然化詩鳴。
人生如夢境，流轉桑滄景。
勿執名利情，慎戒汝身心。

散淡吾平康 19年10月20日

散淡吾平康，騁志天涯間。
人生不孟浪，奮發慨而慷。
紅塵稱攘攘，水雲勿相忘。
性天真可講，叩道舒奔放。
散淡吾平康，詩書鎮日間。
秋意正顯彰，落葉逝飛揚。
斜暉清朗朗，野禽歡鼓唱。
一曲賦短章，捧心雅獻上。

暢意浮生容謳唱 19年10月20日

暢意浮生容謳唱，男兒血氣騁方剛。
覽盡桑滄心定當，向學志向展昂藏。
一生叩道不畏艱，正直兩袖清風涼。
揮灑心血撰詩章，捧出心靈捧出腸。

心志聊舒揚 19年10月20日

心志聊舒揚，人生不張狂。
正義心地間，嫻雅詩書藏。
淡定立身向，叩道吾昂揚。
百年非虛誑，妙筆著華章。
心志聊舒揚，展眼世界蒼。
風雨曾淒狂，心志折而傷。
所賴神恩壯，導引我慈航。
而今沐明光，眼目亮堂堂。

淡泊清心在 19年10月20日

淡泊清心在，人生有感慨。
雅思空靈屆，哦詩含精彩。
歲月如飛賽，老來宜開懷。
萬事隨緣派，一笑也和藹。

清意天涯間 19年10月20日

清意天涯間，名利已捐放。
詩書騁志向，叩道力方剛。
柔和持心腸，正義奮舒張。
清貧無所妨，胸有白雲翔。

生活奏平康 19年10月20日

生活奏平康，神恩領廣長。
歡呼當儘量，人生慨而慷。
靈程奮飛翔，力克魔敵擋。
天國是故邦，永生樂無疆。
生活奏平康，秋陽灑清朗。
和風恣意翔，園圃月季香。
散坐觀詩章，愜意謳揚長。
人生快意向，豈計歲華蒼。

正直當褒獎 19年10月20日

正直當褒獎，奸邪力掃蕩。
人生天地間，道義第一樁。
勿為名利障，性靈不可忘。
努力矢向上，振志慨而慷。
振志慨而慷，君子人格彰。
不屈彼強梁，提刀景陽岡。
虎狼騁兇狂，殺伐勿徬徨。
還我清平壤，黎民喜洋洋。

秋林正染黃 19年10月20日

秋林正染黃，心志舒滄蕩。
何不哦詩章，一吐我心腸。
歲月流連放，光陰賽水淌。
嗟惜無用場，努力奮昂揚。
努力奮昂揚，男兒是好鋼。
不屈風雨艱，力作棟與梁。
正直一生間，力戰邪與奸。
心光發明亮，傳世有華章。

笑容依然展清靚 19年10月20日

笑容依然展清靚，履盡困苦意志昂。
斑蒼無妨我揚長，鎮日浸淫詩書間。
清貧一生不張狂，力向邪惡用刀槍。
世界由來存戰場，正邪搏擊何艱蒼。

秋意爛漫鳥鳴唱 19年10月20日

秋意爛漫鳥鳴唱，欣賞落葉逝飛殤。
何處黃花可尋訪，惜無紅葉園圃長。

淡定晨昏詩書間，奮志一生矢昂揚。
不屈磨難三千放，男兒水雲持襟腸。

晚秋天氣漸涼爽

19年10月20日

晚秋天氣漸涼爽，何處歌聲放悠揚？
清坐理心哦詩章，小風來襲我舒暢。
一生情懷向誰講？表明心跡冀詩行。
孤旅不談艱與蒼，天國永生福壽康。

笑意清新展溫讓

19年10月20日

笑意清新展溫讓，人生不必騁豪強。
謙和一生淡淡芳，正直無機奮昂揚。
平生所恨是欺誑，心靈心志水雲間。
大道遍覆寰宇間，善必增長惡必滅。

奮志人生並非狂

19年10月20日

奮志人生並非狂，努力向上力生長。
天國家邦是方向，靈程路上慨而慷。
心志清潔真無恙，無機情懷也堪講。
百年生死共緣放，淡賞秋菊春蘭芳。

夜色清降心情暢

19年10月20日

夜色清降心情暢，展眼霓虹都閃靚。
晚風清來我心蕩，詩情中心徑增長。
何妨筆下舒千行，長歌人生之奔放。
秋春之間有漫浪，只須用心去尋訪。

第一百一十卷《尋芳集》

心志安祥
19年10月20日

心志安祥，惬聽遠際之歌唱。
夜風清爽，晚秋意境真無恙。
世事平康，放眼世界風雲曠。
一笑坦蕩，大道原來運流暢。
不計老蒼，依然奮志向遐方。
山水之間，萬千風景待細賞。
孤旅昂揚，須知男兒似鐵鋼。
苦雨艱蒼，於我不過是尋常。

奮志吾昂揚
19年10月21日

奮志吾昂揚，關山越清蒼。
人生不悵惘，萬里風雨闖。
老來豈頹唐，一笑爽然暢。
神恩荷心房，永遠不悲傷。
奮志吾昂揚，沉潛叩道藏。
心志既強剛，困苦不能障。
覽盡風景靚，心懷紅太陽。
晨起舒短章，頌贊神恩壯。

心境吾瀟爽
19年10月21日

心境吾瀟爽，人生奮力量。
萬里越霧障，中心懷明光。
履盡困苦疆，心志持坦蕩。
一曲中心唱，頌贊神恩壯。
心境吾瀟爽，霧霾任其放。
秋深葉斑黃，東籬菊可賞。
歲月紛飛揚，不必計斑蒼。
一笑也悠揚，悟道吾安康。

塵世有滄桑
19年10月21日

塵世有滄桑，人生吾悠揚。
傾心叩道藏，心志孕芬芳。
努力長驅闖，振翅萬里航。
高天真可上，天漢恣意向。
天漢恣意向，不忘此塵壤。
歲月遞飛翔，我已值斑蒼。
曠懷哦揚長，舒出我心向。
濟世樂未央，行動勿徬徨。

寂寞身心吾安祥
19年10月21日

寂寞身心吾安祥，閑品芳茗情志暢。
展眼秋空正晴朗，窗外法桐已斑黃。
歲月飛馳吾何講，老來情懷倍慨慷。
無朋無友競何妨，架上詩書正滿行。

歲月冉冉飛行曠
19年10月21日

歲月冉冉飛行曠，人生老大謳奔放。
世事蹉跎如舟蕩，身心感慨入詩行。
淡蕩一曲何所講，血淚雙流哦桑滄。
百度秋春如夢漾，唯有天國永安祥。

人生放歌唱
19年10月21日

人生放歌唱，心志從容間。
展眼霧霾狂，清坐理思想。
人生奮昂揚，履盡關山障。
歸來何所講，舒卷若雲翔。
人生放歌唱，心地情思長。
輾轉此桑滄，感慨何必講。
默然更為上，偶爾哦詩章。
東籬菊正黃，聊慰我襟房。

不必長嗟歎
19年10月21日

不必長嗟歎，何如奮志幹。
努力作好漢，克服萬千難。
陰晴任其展，淡定兼程趕。
心志懷浪漫，雨後彩虹綻。
不必長嗟歎，傲立看天藍。
待時雙翅展，摩雲入天漢。
紅塵雖好玩，百年夢境般。
天國是終站，福樂永驚歎。

心志逞雅淡
19年10月21日

心志逞雅淡，人生曠揚帆。

不畏艱與難，努力奮前站。
百年如飛展，吾已值蒼斑。
一笑聊開顏，豁達肝與膽。
心志逞雅淡，黃花帶笑看。
天高雲飛淡，西風吹浪漫。
落葉飄飛展，詩意中心攢。
聊賦胸襟感，脫口哦浩瀚。

心志不嗟廣長

19年10月22日

心志不嗟廣長，奮發人生志向。
不屈彼強梁，男兒是好鋼。
風雨蕭蕭任狂，淡守質樸心腸。
儒雅叩道藏，從心哦華章。
紅塵自古攘攘，名爭利奔骯髒。
吾守清意向，遁向水雲間。
詩書持身慨慷，力斬虎豹豺狼。
還我清平壤，神恩何豐壯。

奮發以向上

19年10月22日

奮發以向上，克盡千重艱。
不畏陰邪黨，努力發陽光。
正邪搏擊間，志發慨而慷。
神恩正廣長，大道舒奔放。
大道舒奔放，頌神吾安康。
靈程道路曠，魔敵遁而藏。
天國何安祥，聖潔發明光。
得勝歸故邦，共父萬年長。

心志存清曠

19年10月22日

心志存清曠，拙正吾昂揚。
風雨無法障，萬里長驅闖。
覽盡關山蒼，爽然一笑暢。
歸來何所講，世界幻桑滄。
心志存清曠，奮發以圖強。
不為名利誑，用心叩道藏。
努力向上長，雄心宇包藏。
濟世樂未央，淡泊享安康。

心志百煉鋼

19年10月22日

心志百煉鋼，不懼彼嚴霜。
人生曠飛揚，正義吾心間。
展眼天地蒼，正邪搏擊艱。
持正立昂揚，曠懷天下裝。
心志百煉鋼，老來瀰剛強。
愜聽啼鳥唱，淡度世芬芳。
大道運無疆，宇宙進化忙。
悠悠吾哦唱，神恩何廣長。

人生得意不狂

19年10月22日

人生得意不狂，清貞守我心腸。
歲月舒奔放，不計是老蒼。
秋風寫意吹翔，喜鵲鳴於林間。
落葉輕飄蕩，詩意從心漾。
人生感慨情長，何妨哦哦歌唱。
一舒我慨慷，曠志天下疆。
大千運轉無恙，總賴神親主掌。
聖徒喜洋洋，頌神心歡暢。

歲月清芬

19年10月22日

歲月清芬，清爽度世吾秉誠。
名利辭扔，正義心襟何雅溫。
秋風清生，欣賞落葉飄成陣。
黃花正芬，品茗讀書陶醉生。
淡蕩秋春，五十四載化煙塵。
記憶猶深，童年情景銘心身。
向前馳奔，萬里征程足下證。
煙雨浮生，患難艱苦不足論。

清心雅致哦詩章

19年10月23日

清心雅致哦詩章，舒出人生之剛強。
不屈名利之險髒，奮志依然浩天曠。
腳踏實地萬里闖，風雨艱蒼視等閒。
秋深獨立余思想，天人大道費品嘗。

淡泊情志慨而慷

19年10月23日

淡泊情志慨而慷，人生奮展我貞剛。
不屈磨難困與障，一笑地動天震盪。
遠野喜鵲曠鳴唱，窗外木葉逝飛殤。
秋深不覺愁與悵，奮志依然出塵壤。

時近霜降未下霜

19年10月23日

時近霜降未下霜，欣賞木葉之飛降。
清朗陽光灑平曠，清坐思想展悠揚。
雅潔心地展揚長，性天深處叩道藏。
人間正道是桑滄，清平度世履安祥。

雅題新詩來哦唱

19年10月23日

雅題新詩來哦唱，心地情志正芬芳。
秋深景象倍尋常，飛葉漫天舞揚長。
已知桂花老將殤，欣喜菊花綻金黃。
園中月季堪清賞，淡香襲來意飛揚。

清懷雅淡聊謳唱

19年10月23日

清懷雅淡聊謳唱，舒出心地之情長。
已知斜暉灑清朗，愜意西風展悠揚。
適意情懷叩道藏，正直身心不猖狂。
問學秋春漸老蒼，一笑曠懷舒揚長。

月季花開俏

19年10月23日

月季花開俏，暗香其淡飄。
東籬黃花好，余意以高蹈。
性天清涼妙，灑脫憩塵表。
一曲南山騷，舒出我情抱。
舒出我情抱，東方喜鵲叫。
晚秋葉逝飄，詩意中心饒。
歲月如風逍，斑蒼不嗟老。
詩書怡襟抱，清貧何妨瀟。

孤鶴入雞群

19年10月23日

孤鶴入雞群，必受欺與凌。
一朝飛入雲，群雞失色驚。
世事同此境，何必嗟歎驚。
思此懷雅興，短章訴中情。

雅思聊舒曠

19年10月23日

雅思聊舒曠，秋深景蕭爽。
人生懷悠揚，心志淡芬芳。
名利不必講，棄之於東牆。
黃花堪清賞，一杯綠茗香。
雅思聊舒曠，展眼天晴朗。
淡賞葉飄翔，詩意盈中腸。
發出為交響，情思嫋萬丈。
田園美無恙，愜聽鳥啼唱。

清爽心地間

19年10月23日

清爽心地間，人生吾昂揚。
履世以安祥，風雨任艱蒼。
逸意化外放，詩書潤襟房。
歲月冉冉翔，不知老將訪。
清爽心地間，名利不許障。
定志叩道藏，裁心幾微間。
善增惡必滅，正道必榮昌。
處世余淡蕩，清品綠茗芳。

秋氣清朗

19年10月23日

秋氣清朗，野禽曠鳴唱。
月季芳香，黃菊也悠揚。
歲月奔放，一笑舒坦蕩。
紅塵無恙，百度秋春曠。
我自昂揚，奮志在疆場。
不屈頑強，力戰惡與奸。
叩道揚長，心得入詩章。
悠悠歌唱，聲震林野間。

溫良心地間

19年10月23日

溫良心地間，人生奮向上。
胸襟宜寬敞，宇宙俱包藏。
桑滄不必講，百年一瞬間。
哦哦余歌唱，傳世有華章。
溫良心地間，人格持端方。
不畏險惡況，力戰虎與狼。
中心懷明光，眼目慧且亮。
穿越風雨障，坦平一笑曠。

燈下清思想

19年10月23日

燈下清思想，遠際歌聲靚。
秋晚天涼爽，逸致心地間。
人生不張狂，奮志書海航。
叩道吾昂揚，心志縷縷芳。
心志縷縷芳，人生懷理想。
履盡苦海艱，心燈恆明亮。
大道運無恙，神恩賜廣長。
思此發謳唱，頌贊聲朗曠。

清懷逞雅淡

19年10月23日

清懷逞雅淡，人生不畏難。
已闖彼千關，奮志作好漢。
山水頗好看，壯志入雲端。
男兒志浩瀚，未可尋常觀。
清懷逞雅淡，詩書用心觀。
叩道曠揚帆，克魔心光展。

勝利達彼岸，性天水雲泛。
瀟灑揮筆翰，書出意非凡。

秋夜頗安祥
19年10月23日

秋夜頗安祥，華燈盡情放。
霓虹閃輝光，清坐吾澹蕩。
哦詩聲鏗鏘，身心閑且曠。
從容人生場，名利棄而放。
秋夜頗安祥，歲月吾清賞。
寫詩適情腸，舒展是心向。
華髮漸斑蒼，一笑爽然暢。
塵世非夢鄉，共緣奮飛翔。

人生貴思想
19年10月23日

人生貴思想，生平吾慨慷。
奮志之所向，萬里無止疆。
紅塵徒攘攘，性天水雲鄉。
清度人生場，君子人格方。
人生貴思想，發奮攻詩章。
積澱既深廣，哦吟過萬章。
舒出我心向，情懷騁奔放。
悠悠我揚長，快慰盈中腸。

曠志吾飛揚
19年10月23日

曠志吾飛揚，腳踏實地闖。
關山履萬幢，一笑也安祥。
塵世迷煙漾，故事疊千章。
感慨何必講，哦入詩中間。
曠志吾飛揚，男兒志如鋼。

正氣奮增長，陰陽搏擊艱。
大道運廣長，思此淚雙淌。
努力奮志向，鐵骨撐天壤。

清雅心地間
19年10月24日

清雅心地間，正直挺堅剛。
不屈世之網，恣意向松崗。
山水越遠長，人生懷理想。
正氣大發揚，濟世樂未央。
清雅心地間，詩書沉潛向。
不計老將訪，奮發萬里疆。
紅塵徒攘攘，逸意水雲間。
不提清貧況，安居樂未央。

暮色清降
19年10月24日

暮色清降，心志起莽蒼。
宿鳥鳴唱，夕煙正增長。
落葉飄蕩，詩意從心上。
感慨滄桑，人生正氣昂。
紅塵之間，太多狂與蕩。
務持清向，正直立端方。
笑意浮上，燈火已點亮。
闔家安康，神恩領廣長。

西風凋碧樹
19年10月24日

西風凋碧樹，感慨心頭聚。
人生如斯遇，坎坷桑滄俱。
歲月清如許，奮志如虹舉。
努力奮行去，邁越山無數。

秋意黃菊綻清新
19年10月24日

秋意黃菊綻清新，愜意西風舒清勁。
歲月飛馳心冷靜，一支鐵筆適性靈。
紙上道盡世隱情，血淚清灑桑滄境。
五十四載入煙影，感慨長嗟復何云。

秋風恣掃蕩
19年10月24日

秋風恣掃蕩，落葉飄而翔。
詩意瀰宇間，能不放謳唱。
身世存蒼涼，往事不必想。
努力致遐方，天涯風光靚。
天涯風光靚，寄託我理想。
立身不狂猖，和藹守溫讓。
人格力培養，正直傲風霜。
一似老松長，歲久更加蒼。

早起四更清風生
19年10月24日

早起四更清風生，遠野村雞啼真誠。
歲月曠進不驚震，時逢霜降心馨溫。
淡定人生余興奮，飽經風雨一笑芬。
百年生死何許論，靈程路上謳神恩。

鳥語啾啾潤襟腸
19年10月24日

鳥語啾啾潤襟腸，遠野濃靄蔽陽光。
清坐品茗情舒暢，寫詩適意也揚長。
清貧度世履安祥，性靈深處去飛蕩。
不入世網似鶴翔，清心只羨松之崗。

腹醞乾坤

19年10月24日

腹醞乾坤，人生風雨奮馳騁。
山高水深，飽覽風光也清純。
歲月進深，又見黃菊開繽紛。
一笑馨溫，不計斑蒼正生成。
紅塵滾滾，市井故事演不勝。
坎坷征程，力斬虎狼勇氣盛。
嗟此宇塵，人生夢境似一瞬。
天國永恆，鼓舞情志靈程奔。

心志情懷與誰同

19年10月24日

心志情懷與誰同，獨立秋風，
獨立秋風，清賞木葉飛逝中。
耳際鳥語正鳴頌，淡靄遠籠，
淡靄遠籠，不盡秋意蕭瑟中。
坎坷旅程多悲痛，何必言誦，
何必言誦，沉默實幹矢志衝。
頌贊天父恩無窮，靈雨靈風，
靈雨靈風，清灑心地幹勁湧。

閒適無上

19年10月24日

閒適無上，修身養性吾昂藏。
西風吹翔，詩意落葉紛飄揚。
歲月舒放，又值霜降驚時光。
不嗟斑蒼，奮志依然萬里疆。
何處歌唱，引我情思動地蒼。
未許蕭悵，須知神恩賜廣長。
努力飛曠，靈程路上風光靚。
七彩心間，濟世救人作鹽光。

何必鎮日捧書向

19年10月24日

何必鎮日捧書向，不妨揚長，
不妨揚長，清賞園圃菊金黃。
歲月清新且滄蕩，哦歌昂揚，
哦歌昂揚，心地始終存陽光。
紅塵清度不孟浪，正直情腸，
正直情腸，揮灑熱情作詩章。
秋深掩卷曠思想，大道奔放，
大道奔放，天人之間存雅量。

適意情懷堪謳唱

19年10月24日

適意情懷堪謳唱，況聞鳥語鳴嬌曠。
寫意西風蕭無恙，清香月季妍無雙。
黃花東籬開正旺，法桐斑黃葉飄殤。
時逢霜降未下霜，清歌聊發舒中腸。

淡泊情懷舒慨慷

19年10月24日

淡泊情懷舒慨慷，人生從來奮意向。
履盡風雨視等閒，血淚潸淌不驚惶。
向神切禱神恩降，陽光灑滿心田間。
努力靈程長驅闖，叩道奮發我昂揚。

遠處鞭炮又清響

19年10月24日

遠處鞭炮又清響，市井由來存攘攘。
清心逸致水雲鄉，性靈深處雲鶴翔。
淡定立身何軒昂，正義心襟有力量。
努力奮發男兒剛，不屈淫威不屈狼。

奮志人生騁頑強

19年10月24日

奮志人生騁頑強，不懼山高水又蒼。
性天深處鸞飛翔，激情起時哦千章。
書出人生真實況，世事桑滄一併講。
清懷正直舒揚長，不負神恩之豐穰。

激蕩情懷吾舒昂

19年10月24日

激蕩情懷吾舒昂，大好乾坤是戰場。
正邪搏擊血玄黃，亙古大道運桑滄。
百度秋春恆艱蒼，斑蒼無妨我揚長。
仰賴神恩之奔放，靈程路上揮慨慷。

浮生不必訴短長

19年10月24日

浮生不必訴短長，男兒熱血騁方剛。
不可徒為物欲障，須知靈魂最為上。
努力奮發矢志闖，關山萬幢疊清蒼。
展眼雄鷹正高翔，人生應能乘雲曠。

清意黃菊開爛漫

19年10月24日

清意黃菊開爛漫，秋深心志曠開展。
耳際鳴禽語濺濺，遠野蒼靄籠淡淡。
身心激越慨慷展，振奮情志哦當然。
舒出心靈之豐贍，知音應許隔代看。

適意情懷雅歌唱

19年10月24日

適意情懷雅歌唱，振奮精神作詩章。
書出身心之奔放，人格於中卓然彰。

秋意清爽朔風蕩，落葉飄舞似蝶翔。
闔家康好神恩壯，思此能不獻頌揚。

心定自乘涼

19年10月24日

心定自乘涼，展眼幻桑滄。
人情不必講，誰不知其詳。
世事入反掌，信口吐雌黃。
嗟歎無用場，仰首籲天蒼。
心定自乘涼，大道矢叩訪。
風雨越艱蒼，慧炬手中掌。
定志向遐方，豺虎焉可擋。
提刀景陽崗，英武鐵膽壯。

鞭炮囂響

19年10月24日

鞭炮囂響，夜黑華燈正明亮。
晚風清涼，適意身心體安祥。
霓虹閃靚，城市繁華真堪賞。
素樸勿忘，儉德節能更應倡。
歲月悠揚，今日正值彼霜降。
情懷舒昂，小哦新詩傾思想。
流年何傷，歲月逝去不徬徨。
請讀詩章，見證桑滄之莽蒼。

第一百二十一卷《磊落集》

萬家燈火旺 19年10月24日

萬家燈火旺，心志展奔放。
小哦詩章，小哦詩章，
舒出情懷之俊朗。
人生曠昂揚，不屈艱與蒼。
歲月飄蕩，歲月飄蕩，
少年倩影記憶間。
努力奮向上，克盡千重艱。
關山萬幢，關山萬幢，
大好風景堪清賞。
得意莫狂猖，持心貞潔間。
男兒豪放，男兒豪放，
叩道著書永留芳。

秋風恣掃 19年10月25日

秋風恣掃，落葉翻飛具情調。
心興猶高，小哦新詩適懷抱。
人生晴好，風雨艱蒼已經飽。
朗然一笑，瀟灑情致中心饒。
紅塵正妙，亙古大道用心找。
正義豐饒，須知神恩正籠罩。
不可驕傲，謙和德操須力保。
正直朗造，力斬豺狼力斬妖。

商飆吹勁 19年10月25日

商飆吹勁，落葉飄零。
雅懷清興，哦詩舒情。
小鳥啼鳴，蕭瑟秋景。
斑黃野境，黃花清新。
歲月進行，老我斑鬢。
一笑爽清，浩志凌雲。
紅塵多辛，桑滄幻境。
思此悲心，余嗟無盡。

人生情懷正激蕩 19年10月25日

人生情懷正激蕩，況復品茗意氣揚。
林野斑蒼木葉降，天氣陰沉感蕭涼。
欣喜菊花開清芳，不嗟人生漸老蒼。
逸意揚長舒奔放，寫詩聊展我襟房。

適意情懷雅而康 19年10月25日

適意情懷雅而康，舒出心志動地蒼。
人生騁志漫昂揚，不屈艱蒼一笑放。
歲值晚秋漸蕭涼，人入老蒼逸致揚。
詩書潤身何清芳，正義心襟不容髒。

適意情懷吾何講 19年10月25日

適意情懷吾何講，人生容我放歌唱。
天陰暮色漸漸訪，林野蒼顏葉飛蕩。
詩意中心正增長，開口哦吟樂未央。
清喜父母健在堂，清貧何妨正氣昂。

心志清好吾何講 19年10月25日

心志清好吾何講，曠發心襟振昂揚。
履盡坎蒼一笑放，歸來田園愜意向。
架上詩書正滿行，沉潛學海意何暢。
名利於我不必講，正義心襟化外翔。

藹然心襟氣象彰 19年10月25日

藹然心襟氣象彰，晚秋風景正宜講。
窗外小鳥清鳴唱，林中木葉逝飛殤。
人逢年老意清狂，拋卻名利心性剛。
識破世界是桑滄，正道原來恆奔放。

流風正送暢 19年10月26日

流風正送暢，心地覺蒼茫。
迷煙四野漾，喜鵲高聲唱。
歲月冉冉翔，人老漸斑蒼。
何必嗟與悵，奮志且強剛。

晚秋喜晴朗 19年10月26日

晚秋喜晴朗，雲飛澹蕩。
愜意哦詩章，聊展揚長。

天地正氣昂，陽光清朗。
小鳥歡鳴唱，木葉飛揚。
向神獻謳唱，創此寰壤。
萬民歡欣間，秋穀收藏。
人生曠意向，奮發圖強。
努力靈程上，飛向天堂。

適意紅塵 19年10月26日

適意紅塵，總賴神恩賜廣盛。
百度秋春，奮發正氣在乾坤。
晚秋時分，欣賞木葉飄成陣。
黃花清芬，東籬開俏也雅溫。
歲月進深，老我斑蒼何須論。
燭照前程，英雄虎膽萬里奔。
世事難論，因果循環幽而深。
奮不顧身，力斬魔敵凱歌逞。

秋意展淡蕩 19年10月26日

秋意展淡蕩，落葉漫地蒼。
哦詩聲激昂，性天享清涼。
紅塵徒攘攘，水雲心地間。
小風來悠閒，爽潔腑與臟。
秋意展淡蕩，生活樂平康。
清貧真無妨，詩書體昂揚。
歲月流連放，斑蒼一笑昂。
努力騁志向，勿負華年芳。

清懷雅淡宜歌唱 19年10月26日

清懷雅淡宜歌唱，舒出心地之氣象。
秋夜清爽聞謳唱，哦詩激越吾慨慷。
寫意清風適情腸，燈火輝煌萬家康。
神恩從來賜廣長，安享太平心歡暢。

笑意清長 19年10月26日

笑意清長，人生得意不狂猖。
秋夜蕭爽，遠際歌聲動地蒼。
品味休閒，淡定上網以衝浪。
歲月清享，遠辭名利心安康。
嗟此時光，飛逝一如川逝淌。
二毛初蒼，淡然一笑也揚長。
心胸宜廣，須知宇宙遼無限。
靈魂勿忘，叩道奮發我強剛。

雅聽歌聲心意暢 19年10月26日

雅聽歌聲心意暢，漫舒情志入詩章。
秋夜淡定盈襟房，向學志向恆軒昂。
履盡坎蒼難相忘，豁然悟道心安康。
斑蒼一笑也淡蕩，總憑靈思作襟腸。

人生風採吾長揚 19年10月27日

人生風採吾長揚，淡定立身不狂猖。
東方朝陽正生長，木葉逝殤不悲悵。
歲月飛翔人老蒼，奮志依然騁頑強。
拋卻名利輕身往，萬里征程掠莽蒼。

休憩身心余淡蕩 19年10月27日

休憩身心余淡蕩，人生不必太匆忙。
性天深處有清涼，名利無關自悠揚。
歲月清展多激蕩，紅塵任他泛狂猖。
獨立清懷湘江上，愜意秋風正清翔。

適意紅塵余安祥 19年10月27日

適意紅塵余安祥，沐浴神恩也揚長。
靈程道上奮慨慷，兩軍對敵鼓勇上。
力斬魔敵不退讓，凱歌終起響穹蒼。
努力向前無止疆，淨化靈性晶且芳。

悠揚人生體平曠 19年10月27日

悠揚人生體平曠，享受閒暇也安康。
西風清起木葉殤，黃花笑綻鬥妍芳。
寫意紅塵存漫浪，正義心間何昂藏。
奮筆作詩萬千章，舒出情懷之激昂。

寫意黃菊開風騷 19年10月27日

寫意黃菊開風騷，晚秋風景曠意饒。
欣聞鳥語歡鳴叫，淡品綠茗雅意高。
情致清起哦詩好，名利看開任意拋。
清貧於我不重要，詩書潤身樂陶陶。

淡泊雅康 19年10月27日

淡泊雅康，展眼天地正蕭爽。
燦爛斜陽，灑照清輝於世壤。
悠品茗芳，浴後身心俱清爽。
逸意揚長，欣彼秋風清意向。

和藹塵壤，萬千秋景不盡賞。
木葉飛殤，詩意人間不勝蒼。
黃花正香，惜無紅葉可欣賞。
胸懷廣長，來年計劃預籌量。

人生勿悲悵

19年10月27日

人生勿悲悵，一似水流殤。
世界廣無限，人生一瞬間。
心志越廣長，奮發以貞剛。
正氣當昂揚，天道矢叩訪。
天道矢叩訪，明慧在心間。
秉持素心腸，不為名利妨。
身心享安祥，性天當清亮。
邁越百重崗，眼目豁無限。

天高雲飛淡

19年10月27日

天高雲飛淡，秋色正好看。
斜暉恣意展，讀書哦詩玩。
心志頗安安，人生奮前站。
名利矢不沾，正氣吾浩瀚。

小鳥鳴濺濺

19年10月27日

小鳥鳴濺濺，生活享平安。
秋意曠然淡，落葉凌空翻。
詩意中心展，哦詩舒浩瀚。
人生樂安然，心襟共雲淡。

夕陽漸向晚

19年10月27日

夕陽漸向晚，秋風吹浪漫。
清坐不打禪，適意品茗淡。
闔家俱康安，神恩領豐贍。
雅度歲平凡，胸襟存浩瀚。

歲月清享

19年10月27日

歲月清享，展眼雲煙飛滄蕩。
疊變桑滄，紅塵清居吾安祥。
秋晚煙蒼，愜看落葉飛翻降。
詩意塵壤，市井生活任喧嚷。
清坐平康，打開燈光書奔放。
裁心詩章，舒出人生之氣昂。
百年飛曠，我已斑蒼逸意揚。
正直情腸，不屈磨難似松樁。

晨起聊哦唱

19年10月28日

晨起聊哦唱，心志舒廣長。
東方晨曦漲，秋晚薄寒涼。
歲月綿綿放，人老值斑蒼。
汽車喇叭響，生活又開場。
晨起聊哦唱，愜聽鳥鳴放。
心意慨無疆，人生不張狂。
努力致遐方，飽覽風光靚。
艱蒼無法擋，雄心宇包藏。

早起五更聊上網

19年10月29日

早起五更聊上網，窗外朔風吹寒涼。
秋深心志不蕭悵，努力奮發長驅闖。
關山已履萬千幢，性靈深處鸞鶴翔。
不為名利折腰向，傲立正如梅花樁。

愉悅人生吾何講

19年10月29日

愉悅人生吾何講，叩道由來舒奔放。
輾轉桑滄不迷茫，正直立身以坦蕩。
荷負神恩心安祥，靈程奮斬彼魔障。
紅塵任其稱攘攘，性天深處水雲漾。

清心雅潔是人生

19年10月29日

清心雅潔是人生，叩道胸心蘭蕙芬。
不入名利之險程，遁向田園意繽紛。
清賞黃菊品茗芬，欣賞流雲瀟灑奔。
清貧無妨我心身，正直揚長履秋春。

淡泊康寧

19年10月30日

淡泊康寧，雅將新詩哦吟。
紅塵險境，吾心曠持和平。
神恩無垠，思此感動於心。
努力前進，叩道不懼艱辛。
秋深爽清，林野斑黃蕭境。
黃菊妍新，清展芳姿嬌俊。
清坐思縈，人生大塊苦境。
奮志凌雲，不屈苦難紛紜。

心志廣長

19年10月30日

心志廣長，悠聽窗外嘹歌唱。
秋夜清爽，心潮又起千重浪。
人生奮闖，五十四載成虛誑。
而今安祥，順流而淌隨緣放。
淡泊平康，質樸情懷持悠揚。

時起激蕩，不甘平常奮向上。
傲立貞剛，男兒心血恆奔放。
叩道昂揚，矢尋真理慧燭掌。

村雞喔喔唱

19年10月31日

村雞喔喔唱，早起意何暢。
天還沒有亮，秋深感蕭涼。
歲月曠飛揚，年老兩鬢霜。
一笑還舒昂，人生奮志向。

閒情聊放曠

19年10月31日

閒情聊放曠，淡定心間。
履盡風雨艱，一笑滄蕩。
煙霞存胸間，心懷寬廣。
名利無意向，問學矢剛。
哦哦放歌唱，聲震宇蒼。
秋深林野黃，木葉逝殤。
坦蕩持襟房，絕不狂猖。
正直吾安祥，共緣飛翔。

人生情懷清騁

19年10月31日

人生情懷清騁，奮發無畏剛正。
努力萬里奔，不懼艱旅程。
凱風和緩吹逞，小鳥鳴叫清純。
落葉下紛紛，黃菊綻繽紛。
感謝豐沛神恩，導我靈性旅程。
靈魂潔且純，謳頌我父神。
力斬魔敵紛紛，凱歌動地而生。
聖徒往上升，天國啟歸程。

暮色漸漸蒼

19年10月31日

暮色漸漸蒼，心志不蕭涼。
感時木葉黃，林野漸凋喪。
心興放萬丈，讀詩聲鏗鏘。
壯懷騁激昂，寫詩適情腸。
寫詩適情腸，人生貞志剛。
已履關萬幢，展眼天涯間。
紅塵徒骯髒，名利是欺誑。
清心水雲間，流泉中心漾。

清思遼曠

19年10月31日

清思遼曠，秋深覺愁悵。
遠際歌唱，一解我心傷。
燈下思想，人生放慨慷。
百年時光，努力騁強剛。
時光逝殤，我已漸老蒼。
雄心猶方，熱血猶激蕩。
在意詩章，沉潛傾心向。
正義情腸，悠悠縱吟唱。

朝日正晴

19年11月1日

朝日正晴，霾煙又橫行。
展眼野林，斑黃瑰無垠。
我自高興，況聞鳥清鳴。
心懷振興，新詩曠哦吟。
歲月均平，人生趨老境。
悠悠心靈，奮志矢上進。
努力前行，風光覽蒼峻。
一笑淡定，風雨吾不驚。

心志淡守平常

19年11月1日

心志淡守平常，清喜天氣晴朗。
散思展平曠，裁心作詩章。
雅喜闔家安康，父母健康在堂。
神恩領無上，謳頌當儘量。
紅塵混亂之鄉，多有鬼魅妖黨。
正氣展浩剛，力斬惡魔光。
靈程奮力向上，聖徒列隊成行。
天使親導航，天國是故邦。

清懷逞雅淡

19年11月1日

清懷逞雅淡，人生不畏難。
奮志作好漢，踏平彼坷坎。
秋深天尚藍，樹蒼展斕斑。
黃菊東籬綻，西風盡情展。
清懷逞雅淡，詩書鎮日觀。
歲月既非凡，桑滄等閒看。
人老值蒼顏，華髮飄浪漫。
一笑也雅安，正直是當然。

清懷雅淡聊歌唱

19年11月1日

清懷雅淡聊歌唱，秋日和暖喜晴朗。
月季散發清新香，黃菊雅展俏衣裳。
耳際啼鳥鳴嬌嗓，市井人語又喧嚷。

清坐品茗興聊曠，一篇短詩訴中腸。

鳥語啾啾喧氣象 19年11月1日

鳥語啾啾喧氣象，天晴霾煙籠罩間。
寫詩聊以適中腸，品茗意氣都軒昂。
激情歲月何必講，青春逝去不悲傷。
秋深感時菊花芳，奮發鬥志傲嚴霜。

閒情雅潔心地間 19年11月1日

閒情雅潔心地間，情志繞指百煉鋼。
向學意氣仍昂揚，鎮日詩歌縱哦唱。
履經世變不蒼涼，感興曠發放萬丈。
男兒豪情衝天壯，清貧無妨氣昂藏。

清志曠裁入詩章 19年11月1日

清志曠載入詩章，一片情思也悠揚。
淡定人生不張惶，奮志所向是青蒼。
輾轉生涯余歌唱，血淚清淌任兩行。
男兒努力振豪放，萬里江山在指掌。

歲月清芬且滄蕩 19年11月1日

歲月清芬且滄蕩，老來心志不頹唐。
風雨曾經淒迷狂，而今康平守安祥。
神恩何其賜浩蕩，思此感發於中腸。
聊寫短詩謳頌放，靈程奮發矢向上。

清心雅潔是平生 19年11月1日

清心雅潔是平生，漫將詩歌曠裁成。
吐出心地如霞逞，奮志所向風雨程。
履盡桑滄心淡蕩，不許名利損襟房。
正直為人不愁悵，性天深處有清涼。

清意寫詩舒平章 19年11月1日

清意寫詩舒平章，人世不過幻桑滄。
血淚生涯何必講，正義心襟恆貞剛。
絕無卑媚奴顏相，良知作骨似松崗。
總憑柔腸婉轉唱，一腔熱血濟世蒼。

暮色漸漸蒼 19年11月1日

暮色漸漸蒼，燈下余哦唱。
秋深天不涼，市井喧聲嚷。
心氣平和漾，坦蕩盈襟房。
歲月綿綿放，不必嗟老蒼。
暮色漸漸蒼，萬家華燈旺。
霓虹俏閃靚，七彩何輝煌。
清坐展思想，人生負慨慷。
情懷向誰敞，孤旅振昂揚。

悠悠坦腹余哦唱 19年11月1日

悠悠坦腹余哦唱，心志清騁是方剛。
華年逝去不悲悵，奮發依然萬里疆。
紅塵名利害人狂，清心定志詩書間。
慧意雅發謳揚長，顏巷雖陋憩慨慷。

流轉桑滄吾何講 19年11月1日

流轉桑滄吾何講，人情冷暖已心嘗。
放浪煙霞心明亮，捨棄名利情安康。
清貧度世何慨慷，縱情哦唱亦奔放。
天人大道矢志訪，正直為人存雅量。

我是一株獨樹孤長 19年11月2日

秋夜難寐，披衣起坐，發我中懷，時初五更，東方晨雞已唱。

我是一株獨樹孤長，經歷風吹雨打盛旺。
雖然心中充滿苦悵，依然不屈不撓向上。
我是一株獨樹孤長，仰賴四季風雨陽光。
卓然成為參天巨壯，搖曳多姿茂盛青蒼。
我是一株獨樹孤長，心中充滿正義力量。
雖然承受異樣目光，堅定意念矢志張揚。
我是一株獨樹孤長，傲立原野盡情成長。
向天張開懷抱開敞，呼吸雨霧空氣清芳。
我是一株獨樹孤長，經歷苦難從不絕望。
年輪雖巨心懷陽光，一生追求正大氣象。
我是一株獨樹孤長，頂住突起雨暴風狂。
彰顯生命煥然力量，謳頌天地自然清芳。

我是一株獨樹孤長，
意志堅強淚不下淌。
無朋無友絕不悽惶，
內心堅貞充滿明光。

我是一株獨樹孤長，
四季靜吸天露滋養。
盛夏冬夜清展頑強，
最愛春和日麗景象。

我是一株獨樹孤長，
心中時時切禱上蒼。
世界變得和藹安祥，
陽光雨露按時傾降。

我是一株獨樹孤長，
命運安排雅然承當。
經歷生塵不負期望，
安然生長舒發顏芳。

我是一株獨樹孤長，
對於明天充滿希望。
終有一日根枯喪亡，
化為朽木也自安祥。

我是一株獨樹孤長，
縱展思想擁抱上蒼。
生命於我只有一趟，
努力生長努力奔放。

第一百一十二卷《清思集》

心志不必張揚 19年11月2日

心志不必張揚，謙和清展力量。
奮志作好鋼，努力矢向上。
五更晨雞清唱，路上車聲轟響。
秋夜清無恙，早起撰詩章。
生活和平安祥，神恩領在心膛。
謳頌盡力量，禮贊彼上蒼。
歲月不盡飛翔，何許嗟老歎蒼。
領略桑與滄，一笑還爽朗。

東方晨曦又清漲 19年11月2日

東方晨曦又清漲，雅聞啼鳥唱。
秋深意境正蕭爽，聞到月季香。
歲月舒展其揚長，能不驚心腸？
我已斑蒼失笑間，走過桑與滄。
闔家安樂履平康，神恩真無上。
努力上進叩道藏，不負人生場。
奮志力作好兒郎，不怕困與障。
傲立正如松之蒼，鬥雪又鬥霜。

歲月流暢 19年11月2日

歲月流暢，晚秋時節享清閒。
喜鵲鳴唱，林野色彩斑斕放。
清坐淡蕩，享受清風自在航。
詩書之間，愜我情懷何悠揚。
人生奔放，名利拋盡心安康。
剩有情腸，婉轉揚思入雲間。
豁達安祥，悟徹世道幻泡仿。
正義貞剛，荷負道德立昂藏。

散淡閑思吾放曠 19年11月2日

散淡閑思吾放曠，人生雅騁是清剛。
不屈虎狼當道障，熱血迎頭敢於上。
天下不平任攘攘，努力斬殺彼強梁。
正義寰壤必通暢，天理從來存世間。

灑脫身心余謳唱 19年11月2日

灑脫身心余謳唱，正直一生立端方。
有錯必改奮向上，知恥克己有榮光。
勤奮好學叩道藏，鄙視名利心坦蕩。
無機情懷頗揚長，秋深迎風一笑暢。

人生風采曠飛揚 19年11月2日

人生風采曠飛揚，老來心志猶慨慷。
振奮精神矢前闖，定志詩書腑腹香。
歲月飛翔余淡蕩，風雨艱蒼成過往。
秋深葉落不愁悵，淡泊情志體悠揚。

心志未許稍狂猖 19年11月2日

心志未許稍狂猖，謙和正直人生場。
苦旅艱蒼不必講，奮發意氣作詩行。
血淚清灑轉桑滄，領略神恩放頌揚。
歡呼靈程勝魔障，叩道一生曠揚長。

淡定人生不張揚 19年11月2日

淡定人生不張揚，時發激情放歌唱。
哦詩雖積萬千章，只是舒出意奔放。
坎坷生涯盡力闖，回首煙靄繞山梁。
百度秋春似夢間，思此能不痛斷腸。

盪氣迴腸人生場 19年11月2日

盪氣迴腸人生場，粉墨生涯余謳唱。
總憑良知鑄剛腸，傲骨絕無卑弱放。
謙和叩道氣象張，正直一生矢向上。
清度秋春閒雅放，淡眼覷他幻桑滄。

燈下清思展昂揚 19年11月2日

燈下清思展昂揚，秋夜清靜且涼爽。
萬家燈火都盛旺，七彩霓虹閃俏靚。
心志不為物欲障，胸襟勿忘水雲鄉。
生活擾擾是平常，叩道格物細裁量。

清風適意向

19年11月2日

清風適意向，晴空展滄蕩。
秋意正清爽，雀鳥歡欣唱。
黃花宜欣賞，林野斕斑放。
不日初冬訪，心事奏鏗鏘。
清風適意向，品茗意悠揚。
讀詩情懷朗，歲月度安祥。
流年任其放，我只守平常。
質樸心地間，絕無機與奸。

清志曠裁成

19年11月2日

清志曠裁成，人生奮發爭。
秋深感深沉，落葉飄然紛。
哦詠吐真誠，世事桑滄陣。
百年真幻身，思此淚生成。
清志曠裁成，耳際鳥語聲。
西風清吹逞，夕陰淡泊生。
歲月如飆騰，不老是心身。
雅思哦清芬，知音有無人？

清志此際正生成

19年11月2日

清志此際正生成，奮發人生騁剛正。
不屈紅塵名利紛，定意唯向書山登。
學海無涯心志芬，放懷哦唱任晨昏。
秋春逝去吾不問，老已漸來一笑溫。

秋夜清歌響嘹亮

19年11月2日

秋夜清歌響嘹亮，燈下清思頗悠揚。
清蒼歲月待細講，人生艱苦用心量。
血淚生涯淚曾淌，老來心志不頹唐。
奮發男兒貞志剛，正道從來不沉亡。

人生清展我風騷

19年11月2日

人生清展我風騷，秋夜哦詩聲震高。
心志由來未沉消，壯懷依然激情囂。
吞吐日月氣何豪，腳踏實地步灑瀟。
遠際歌聲囀巧妙，引我情致十分逍。

世道骯髒不必講

19年11月2日

世道骯髒不必講，奮志脫出此塵網。
清貧一生奮慨慷，水雲清喜胸中蕩。
潔淨情懷流霞仿，向上心胸天下裝。
莫謂詩書無用場，須知大道運宇間。

一身正氣何軒昂

19年11月2日

一身正氣何軒昂，力戰魔敵與奸黨。
向上人生不頹唐，手擎慧燭矢前方。
風雨艱蒼一笑放，苦難困障無法擋。
天涯風光知清靚，努力長驅萬里疆。

雅將人生來謳唱

19年11月2日

雅將人生來謳唱，苦難深處神恩壯。
看似無路欲絕望，峰迴路轉見新莊。
歲月磨煉意志剛，百折旅程感慨長。
五十四載回首望，歡呼正道必盛昌。

閒適無恙

19年11月3日

閒適無恙，田園展眼望。
斕斑之間，秋色動地蒼。
歲月飛曠，人漸入老蒼。
一笑爽朗，世事水流殤。
亙古暢想，大道運無疆。
人生宇間，傳承是思想。
正義昂揚，拙樸持心房。
努力向上，不負人生場。

清意心間

19年11月3日

清意心間，不容惡與奸。
無機情腸，原也頗揚長。
世事品嘗，苦味雜甜香。
人卻老蒼，淡眼覷桑滄。
紅塵之間，太多機與詐。
務持貞剛，不入世之網。
水雲之鄉，是我所嚮往。
身居市壤，心卻在遠方。

閒情雅放曠

19年11月3日

閒情雅放曠，心志中正間。
履盡苦旅艱，爽然一笑揚。
歲月既滄蕩，名利成虛妄。
我向南山望，竹翠菊花黃。
閒情雅放曠，無機體悠揚。
愜聽啼鳥唱，享受風清爽。
秋色雖蒼涼，奮志仍慨慷。
紅塵走一趟，傳世是詩章。

秋高氣爽情飛揚

19年11月3日

秋高氣爽情飛揚，曠喜斜暉灑清朗。
和暖塵間菊開放，斑斕林野清風暢。
哦詩雅吐我激昂，耳際清新聽鳥唱。
歲月清好懷夢想，奮發人生當慨慷。

秋色無限好

19年11月3日

秋色無限好，最喜朗日照。
淡蕩白雲飄，西風吹灑瀟。
林野斑斕饒，雀鳥歡鳴叫。
清坐樂逍遙，寫詩適心竅。
秋色無限好，黃花東籬俏。
心志既豐饒，慨慷哦雅騷。
知音何處找？清懷出塵表。
壯歲趨衰老，坦蕩余一笑。

夕煙正蒼

19年11月3日

夕煙正蒼，感慨心地間。
闔家安康，歲月度歡祥。
年輪漸長，況值晚秋間。
田野斑黃，喜鵲欣鳴唱。
身居塵壤，滌意詩書間。
正義昂揚，不沾邪與髒。
神恩奔放，思此頌贊放。
中心有光，燭照前路長。

暝色無恙

19年11月3日

暝色無恙，月兒已經上。
宿鳥鳴唱，蒼靄四野漾。
生活平康，享受清與閑。
秋風掃蕩，落葉漫地蒼。
華燈點上，燈下清思想。
哦詩揚長，心性舒淡蕩。
人生昂揚，不取頹與唐。
奮發向上，克盡千重艱。

騁懷吾昂揚

19年11月4日

騁懷吾昂揚，不畏風雨艱。
心性持溫良，力作好兒郎。
歲月飛飆仿，人老覺斑蒼。
淡蕩盈襟房，人生矢向上。
人生矢向上，不為物欲障。
清貧真無妨，詩書體昂藏。
笑容清新放，豁達吾安康。
百年有漫浪，心志出塵間。

歲月艱蒼

19年11月4日

歲月艱蒼，積澱余思想。
愜聽鳥唱，秋興感蕭爽。
天值晴朗，流風吹來暢。
林野斑黃，色調堪清賞。
落葉飄殤，詩意盈中腸。
小哦詩章，舒出情奔放。
人生世間，勿為名利狂。
務定心向，展眼世寬廣。

履歷紅塵多艱辛

19年11月4日

履歷紅塵多艱辛，奮志依然欲凌雲。
秋來天氣漸肅清，淡泊情志雅分明。
斑蒼無妨心胸俊，矢志奮鬥一笑盈。
不屈羅網名利境，化外氣象騎鶴行。

慨當以慷

19年11月4日

慨當以慷，奮發人生矢向上。
秋意蕭涼，燈下清思放汪洋。
歲月莽蒼，煙雨艱苦是尋常。
坦蕩心腸，不容半分機與髒。
正直昂揚，鄙視邪惡與詭奸。
悟道安康，人生從來荷希望。
瞻眺遐方，萬里征程努力闖。
跌倒再上，慧燭時刻擎於掌。

灑脫身心聊放浪

19年11月4日

灑脫身心聊放浪，拋卻名利志清昂。
正義心襟不容奸，履經困頓矢向上。
不為物欲屈身向，精神揚處雲霞彰。
紅塵憩居不愁悵，共緣履歷桑與滄。

噪噪塵壤

19年11月4日

噪噪塵壤，太多物欲損襟房。
努力向上，不許名利騁狂猖。
心須定當，當知化外有氣象。
脫出塵網，別有洞天豈尋常。
百年時光，矢將真理來尋訪。

不辭艱蒼，血淚縱灑不頹唐。
展眼曠望，宇宙遼廣真無限。
蛋丸相仿，小小地球渺無疆。

夜幕清降 19年11月5日

夜幕清降，萬家燈火華燈放。
爽然心間，享受安寧吾坦蕩。
和藹塵間，畢竟萬事成虛妄。
秋風掃蕩，殘黃落葉漫地蒼。
歲月清狂，老我斑蒼一笑漾。
率意奔放，縱情朗哦我詩章。
不敢狂猖，謙和正直何陽剛。
振意揚長，萬里風雨踏莽蒼。

秋意深沉 19年11月6日

秋意深沉，木葉逝紛紛。
心係乾坤，壯志激烈生。
紅塵滾滾，風雨何艱深。
努力前程，奮發萬里征。
斑蒼惜生，呵呵一笑溫。
嗟此人生，痛苦伴馨芬。
感沛神恩，導引我靈程。
矢志發奮，矢志天國奔。

世事桑滄 19年11月6日

世事桑滄，我心孔艱。
奮發揚長，不懼險障。
展眼靄漾，秋深野蒼。
黃花清芳，慰我心腸。
世事桑滄，人生奔放。
旅途奮闖，笑對風浪。
歲月綿長，矢志昂揚。
任起斑蒼，胸襟坦蕩。

心志雅靜 19年11月6日

心志雅靜，人生履盡是艱辛。
一笑爽清，淡眼塵世桑滄境。
有鳥嬌鳴，愜我心意真無垠。
且品芳茗，快意心靈展剛勁。
歲月均平，神恩心領頌贊併。
努力前行，關山風景越蒼峻。
霧霾橫行，君子長嗟無止境。
希冀風凌，一掃寰宇還清明。

秋意蒼涼 19年11月6日

秋意蒼涼，心地微愁悵。
遠際歌唱，噪噪無止疆。
夜色茫蒼，遠近燈火亮。
清坐思想，寂寞襲心房。
人生感想，應哦入詩章。
他年回放，感悟或噓悵。
百年艱蒼，苦旅不必講。
默守心腸，清度此桑滄。
淡定之間，華年飛逝殤。
人易老蒼，青春難追想。
紅塵狂蕩，一似濁水塘。
清心自強，努力振志向。
絕不放蕩，心志騁貞剛。
純潔襟房，力克邪與奸。
意氣揚長，不入名利網。
內斂心向，胸懷水雲漾。
胸襟寬廣，衝決此塵壤。
宇宙無限，叩道奮志向。
清思奔放，一似傾汪洋。
聊舒短章，記錄余思想。

秋去無彰 19年11月8日

秋去冬來，今日立冬；秋去已成追想，冬來日月飛殤；吾何言哉，吾何言哉；聊賦短詩，以吐心跡；他日追憶，或為噓唏。

秋去無彰，落葉漫天曠飛揚。
感悟心間，人生同此是相仿。
未可悲悵，叩道奮志當昂揚。
靈程飛翔，天國可冀永生長。
人生艱蒼，太多苦痛疊心腸。
淡泊應當，拋棄名利情安康。
嗟此塵間，造化弄人吾何講。
開口哦唱，世事桑滄視等閒。
努力向上，斑蒼無妨志奔放。
風雨之間，淡淡微笑也安祥。
百年不長，視死如歸是應當。
靈魂不亡，悟道慧智盈中腸。

心志均平

19年11月8日

心志均平，淡泊余康寧。
紅塵多辛，奮志曠意行。
立冬今臨，陽光灑溫馨。
木葉飄零，詩意盈中心。
坦蕩身心，享受這和平。
名利抛盡，清心蹈白雲。
歲月進行，往事化煙影。
一笑淡定，人生雅多情。
鞭炮囂鳴，不為動身心。
且品芳茗，茶煙縷縷清。
應懷高興，世宇正清明。
神恩心領，謳頌當不停。

晴空瀟爽

19年11月8日

晴空瀟爽，北風展蕭涼。
林野斑黃，初冬時正當。
我意昂揚，奮發萬里疆。
紅塵狂蕩，棄絕名利誑。
定意詩章，激越曠哦唱。
悠悠心向，誰明余中腸。
孤旅奔放，騁盡強與剛。
柔和襟房，水雲堪清賞。

悠悠心靈放歌唱

19年11月8日

悠悠心靈放歌唱，全家喜洋洋。
清貧度日享安康，神恩正廣長。

初冬天氣不寒涼，清喜正晴朗。
流風吹送木葉降，雀鳥歡鳴唱。
朗讀清詞興滿腔，閒雅撰詩行。
歲月曠飛不愁悵，悟道吾安祥。
人生得志不狂猖，正氣盈中腸。
東籬菊花正綻黃，妍美真無雙。

清裁志向入詩行

19年11月8日

清裁志向入詩行，人生不畏險艱。
初冬斜日正清朗，和風其來舒暢。
清坐品茗意氣揚，小哦新詩數章。
歲月清享且平章，桑滄只是尋常。
請聽小鳥之鳴唱，欣賞木葉逝殤。
流光飛瀉如樂章，起承轉合悠揚。
百度時光真堪唱，悲歡離合淚淌。
總賴神恩賜奔放，聖徒謳歌頌揚。

心志未許嗟悵

19年11月8日

心志未許嗟悵，曠發人生昂揚。
世事不必講，輾轉任桑滄。
斜暉多麼清朗，和平盈滿宇間。
身心持坦蕩，笑意清浮上。
有鳥啼得清暢，有花開得清芳。
謳歌此塵壤，皆是神造創。
靈性務使清亮，勿沾汙泥濁浪。
清碧溪流淌，自在且揚長。

堅持正義立場

19年11月8日

堅持正義立場，不向名利投降。
清貧一生有何妨，胸懷白雲飄翔。
歲月飛瀉狂猖，不必嗟歎悲傷。
老來斑蒼有何妨，共緣履歷桑滄。
耳際小鳥歌唱，風來何其安祥。
落葉飄逝詩意漲，容我哦詩數行。
夕陽清展輝煌，人生合當揚長。
名利只是欺人誑，慧意務盈中腸。

夕陽漸漸下降

19年11月8日

夕陽漸漸下降，悠悠放我歌唱。
心境展揚長，和藹是意向。
立冬今日正當，曠喜晴朗宇間。
澹蕩盈襟房，欣哦我詩章。
中心充滿明光，衝決黑暗險障。
真理終通暢，叩道舒奔放。
縱有險惡艱蒼，定志奮然衝上。
神恩正廣長，我心有力量。

日落西山吾哦唱

19年11月8日

日落西山吾哦唱，心志奮然張揚。
雅知紅塵是攘攘，眾生輾轉桑滄。
欣聽喜鵲之鳴唱，心中溢滿平康。
歲月清度吾揚長，詩書沉潛無恙。
市井生活享平常，紛紛擾擾安祥。
叩道心中懷明光，不容物欲叩訪。

清貧正義持襟房，匡懷持有雅量。
碌碌名利盡棄光，一笑安然坦蕩。

心志勿取狂猖

19年11月8日

心志勿取狂猖，奮然展我氣象。
人生騁志是昂揚，力克險阻奮上。
歲月迷煙相仿，惜我已是斑蒼。
和藹情志樂安祥，清度日月平康。
回首往事煙障，少年倩影何方。
不必曠展彼愁悵，希望恆在前方。
努力奮發張揚，不屈煙雨艱蒼。
紅塵不過幻桑滄，宇宙進化無疆。
人生寄託思想，力將正道弘揚。
真理真知必通暢，欺騙難以久長。
叩道是余志向，向學晨昏無恙。
開口縱情余哦唱，聲震林野遠長。

第一百一十三卷《和熹集》

清思曠展無限 19年11月8日

清思曠展無限，人生傾情相向。
不懼風雨併惡浪，努力奔向遠方。
世事苦雨艱蒼，我心絕不孟浪。
堅持正義和溫讓，慧燭手中擎掌。
不懼黑暗遮擋，矢志追求陽光。
真理正道在心間，導引前旅平康。
而今斑蒼漸長，心地安寧和祥。
謳頌神恩廣無疆，靈程飛速遨翔。

輾轉桑滄感蕭涼 19年11月8日

輾轉桑滄感蕭涼，正義清持心間。
初冬清夜靜坐間，從容雅哦詩章。
一曲悲壯不必唱，人生履盡蒼涼。
歲月賜我以斑蒼，淡然一笑安祥。
為何人生不孟浪？堅持心中理想。
為何不懼怕艱蒼？努力騁志飛揚。
因荷神恩廣無疆，叩道一生奔放。
萬里征程不愁悵，坦平駐我襟房。

朗月在望 19年11月8日

朗月在望，心地覺歡暢。
清風徐翔，初冬不寒涼。
遠際歌唱，噪噪喧狂猖。
市井噪嚷，安平心地間。
汽車瘋狂，霓虹復閃靚。
淡定心間，素樸持中腸。
流年更張，幻變此塵壤。
務持定當，心志水雲間。

人生不過疊坷坎 19年11月9日

人生不過疊坷坎，奮志鏖戰，
奮志鏖戰，終信前方有平坦。
心志從來是燦爛，努力前站，
努力前站，風雨艱深不畏難。
紅塵太多名利案，苦了心膽，
苦了心膽，何不放任煙霞曼。
清聽小鳥鳴濺濺，楓林紅染，
楓林紅染，初冬氣象真浪漫。

冬靄蒼蒼 19年11月9日

冬靄蒼蒼，林野蕭瑟間。
小鳥鳴唱，天氣喜晴朗。
我自舒昂，閑品綠茗芳。
樂享安康，神恩領無上。
歲月品嘗，履盡滄與桑。
斑蒼任長，一笑也清暢。
悟道心間，豁達盈襟房。
小風來爽，愜我意無限。

世事履歷艱蒼 19年11月9日

世事履歷艱蒼，不折是余心向。
奮發矢展頑強，不懼險風惡浪。
人生百煉成鋼，清展笑容溫讓。
紅塵洶湧奔放，看我穩舵遠航。
歲月莽莽蒼蒼，人世幻變桑滄。
百年真似瞬間，青春轉眼逝殤。
老來倍加剛強，一似松梅相仿。
傲寒鬥雪堅壯，更加蒼翠花芳。

雲天蒼茫 19年11月9日

雲天蒼茫，霧靄籠罩宇間。
初冬葉殤，流年光陰飛暢。
感慨心間，壯志激烈飛揚。
老來何妨，努力長途驅闖。
紅塵萬丈，任起迷煙霧障。
慧意心間，定準前途方向。
絕不悲悵，正義清持襟房。
奮勇斬殺豺狼。

奮志剛勁

19年11月9日

奮志剛勁，桑滄履歷持淡定。
一笑清新，原無機奸存於心。
慧意清凝，不為名利動身心。
水雲清境，容我放飛吾心襟。
紅塵多辛，眾生沉淪名利境。
苦不可云，何不清心蹈白雲？
小鳥嬌鳴，大好寰宇存意境。
性靈須清，叩道奮身吾健俊。

冬日清好

19年11月12日

冬日清好，心境吾灑瀟。
斜陽正妙，和暖此塵表。
雅持心竅，曠撰我詩稿。
黃花猶俏，清展其風騷。
闔家康好，度日復逍遙。
努力前道，關山越迢迢。
風雨曾囂，苦淚連連拋。
神恩豐饒，賜我康寧道。

夕陽此際清好

19年11月12日

夕陽此際清好，落葉漫天飛飄。
紅塵詩意繞，曠然持懷抱。
初冬冷寒不峭，和暖籠此塵表。
清坐吾意俏，寫詩適情竅。
有鳥清鳴逍逍，有花開得妍俏。
神恩感懷抱，頌聲出心竅。
歲月賜我豐饒，風雨艱蒼苦惱。
而今安寧道，樂享此逍遙。

心志不取狂猖

19年11月12日

心志不取狂猖，淡泊是余情況。
謙和清持心腸，向上奮展昂揚。
有時心血奔放，有時熱情張揚。
有時微感愁悵，有時悲憤交張。
人生就是這樣，一如騎馬飛狂。
又似放舟遠航，難免遭到惡浪。
老來感悟非常，淡定清享安祥。
世事不過桑滄，老夫絕不顛狂。
萬事順理成章，一似吟哦詩行。
起承轉合之間，正如水流無疆。
只是人生不長，轉眼發覺斑蒼。
信心依然不滅，正道恆在人間。

陽光清喜普照

19年11月14日

陽光清喜普照，初冬落葉逝飄。
和風正清繞，品茗灑然逍。
心境未可衰老，一任斑蒼來造。
人生奮然跑，關山風光妙。
歲月清展逍遙，風雨艱蒼曾飽。
而今平安繞，心志曠然瀟。
愜聽鳥語風騷，牽牛猶開俊俏。
坦蕩情無二，頌贊神恩饒。

心志清騁

19年11月16日

心志清騁，人生奮發矢長征。
困苦旅程，不畏風雨併艱深。
嗟此紅塵，太多名利陷殺人。
務持清正，遁向水雲享清芬。
詩書晨昏，縱我哦吟快十分。
清貧秋春，養我正氣充乾坤。
歲月進深，初冬木葉逝紛紛。
鳥鳴聲聲，晴和天宇起朝暾。

質樸總持心腸

19年11月16日

質樸總持心腸，人生不畏險艱。
塵世太多花樣，只是亂人襟房。
拙正曠展昂揚，努力驅向遐方。
心燈閃閃明亮，刺穿黑暗空曠。
心志如霞相仿，理想支撐心房。
矢將真理弘揚，力戰奸惡之幫。
人生如旅一樣，希冀唯有天堂。
叩道許我奔放，正直一生貞剛。

冬夜靜寧

19年11月16日

冬夜靜寧，偶聞犬吠鳴。
心志殷殷，哦詩舒激情。
人生空清，萬事緣註定。
奮志而行，桑滄吾飽經。
世事難云，名利損性靈。
淡泊康平，難免是清貧。

詩書浸淫，思想積無垠。
苦痛中情，注入詩清吟。
大千曠運，圓明悟本心。
正直才行，無機持心靈。
小有才情，共緣去旅行。
關山情景，覽盡蒼與峻。
世事浮雲，往事無處尋。
百年生命，真如彼電影。
真理力尋，生命存意境。
叩道艱辛，心得自分明。

歲月進行

19年11月16日

歲月進行，人生奮展剛與勁。
不屈艱辛，努力揮灑吾激情。
苦旅難云，太多虎狼騁意境。
努力前行，英雄提劍斬不平。
血流曾殷，患難困苦連串行。
神恩無垠，大愛賜我康復平。
靈程奮進，叩道正義盈心襟。
拂去浮雲，終有朗日灑清平。

紅塵不唯漫浪

19年11月16日

紅塵不唯漫浪，更多風雨艱蒼。
奮志去旅航，轉舵避礁障。
淡定不事張揚，清展正義力量。
百年努力向，叩道吾貞剛。
年值斑蒼之間，一笑曠然坦蕩。
正直持襟腸，隨緣吾安祥。
風雨不過尋常，桑滄任其幻漲。
清守素襟房，悠然哦華章。

舒展心襟

19年11月17日

舒展心襟，履歷風雨吾不驚。
而今康平，總賴神恩賜豐盈。
初冬情景，烏雲密布葉凋零。
雅聽鳥鳴，爽風來拂寫意清。
紅塵艱辛，淒風苦雨屬常尋。
名利欺凌，合當覷破全拋盡。
淡蕩心靈，總持良知奮志行。
莽蒼風景，怡我心境真無垠。

歲月清芬

19年11月17日

歲月清芬，回憶往事心馨溫。
感佩神恩，導引靈性之旅程。
雅潔心生，正直為人不沉淪。
名利棄扔，高蹈白雲享自尊。
嗟此紅塵，太多偽裝欺詐陣。
慧目圓睜，識破玄機妙悟生。
叩道征程，難免風雨賜艱深。
朗然志逞，向陽心態矢前奔。

煙雨人生

19年11月17日

煙雨人生，曾歷苦痛艱深。
世事難論，大化太多弄人。
心志繽紛，七彩如虹之逞。
苦痛務扔，努力走好靈程。
坦蕩平生，無悔是我青春。
斑蒼惜生，呵呵一笑和溫。
夜色清生，閃爍霓虹馨芬。
清坐安穩，心志平和雅正。

窗外風雨狂

19年11月17日

窗外風雨狂，清坐安祥。
曠展我思想，微起憂傷。
道德勿相忘，修身昂揚。
名利是欺誑，何不棄放。
歲月舒狂猖，人易老蒼。
初冬夜微涼，人覺愁悵。
心事應拋光，無機襟房。
努力向前闖，矢志向上。

心事廣長

19年11月18日

心事廣長，難言說怎樣。
窗外風狂，初冬正寒涼。
人生慨慷，容我放志向。
關山徑闖，陰晴任其放。
紅塵之間，太多鬼花樣。
人心汙髒，歎息無用場。
正義強剛，努力揮奔放。
萬里之疆，寄託我理想。

天氣晴朗 19年11月18日

天氣晴朗，冬陽清灑其光芒。
散坐平康，容我哦詩舒情長。
世事煙障，須憑慧眼識真相。
一笑雅康，名利之徒多混帳。
淡守平常，清貧度日享安祥。
性天敞亮，良知正見心中裝。
不入世網，詩書哦詠髮嘹亮。
人生夢間，坦平度世合揚長。

夜黑華燈又閃亮 19年11月18日

夜黑華燈又閃亮，清坐思想起狂猖。
紅塵太多濁泥浪，應能清心守襟房。
道德文章一生向，正直良知不相忘。
初冬冷寒任傾降，其奈我心不蕭涼。

心境舒曠 19年11月19日

心境舒曠，冬日清喜陽光朗。
且品茗芳，一種閒情盈襟房。
人生飛殤，老我斑蒼一笑揚。
合展慨慷，奮發激情矢向上。
有鳥鳴唱，愜我心情真無上。
小撰詩章，舒發情懷也安祥。
淡定之間，流年正似落花揚。
豁達情腸，原也與緣共起漲。

清意心間 19年11月19日

清意心間，持正吾昂揚。
人生貞剛，不屈彼強梁。
心中有光，刺破黑暗藏。
真理矢訪，理想導我航。
正邪之間，殺伐何悲壯。
陰暗之幫，終將被掃蕩。
靈歌悠唱，神恩駐心房。
身在塵壤，情懷雲霄上。

夕照又金黃 19年11月19日

夕照又金黃，心志奔放。
落葉逝飄揚，詩意襟房。
初冬感寒涼，朔風吹狂。
衣服漸添漲，喜悅心間。
生活履平常，百感俱上。
努力奮志向，正直昂揚。
守護吾心腸，靈光清亮。
道義一生講，力排邪奸。
善惡爭戰間，神親護將。
凱歌必唱響，震動雲鄉。
正氣必增長，邪惡退藏。
文明舒其光，燭照宇間。

暢意浮生 19年11月19日

暢意浮生，履盡痛與疼。
回首征程，風雨伴秋春。
一笑清生，感沛神之恩。
導引靈程，出得俗與塵。
歲月清芬，賜我以安穩。
心志雅正，不沾泥與塵。
聖潔力遵，叩道吾奮身。
詩書晨昏，朗哦何馨溫。

藍天雲淡 19年11月22日

藍天雲淡，朗日晴空正好看。
心志開展，小品芳茗情婉曼。
歲月坷坎，人生奮志出霄漢。
名利來纏，應能看開拋當然。
心光曠綻，正義衝決彼陰暗。
大好宇寰，神恩充滿當禮贊。
前旅奮戰，克盡艱蒼履平坦。
聖徒凱還，天國靈程彩霞綻。

又值天陰 19年11月22日

又值天陰，舒展風雲。
清坐思想啟無垠，閑將小詩哦清平。
鳥語嬌鳴，車聲噪競。
市井生活且品茗，雅讀詩書適性靈。
歲月清俊，人生多情。
不為俗世傷心靈，樂與大化共緣進。
神恩心領，謳頌盡情。
百年生死悟圓明，靈程奮勇長驅行。

歲月清芳 19年11月22日

歲月清芳，回憶總留淡淡香。
苦難艱蒼，化作煙雲無影彰。

人生成長，血淚曾流深愁悵。
神恩廣長，賜我心靈之力量。
而今安祥，詩書晨昏縱哦唱。
心志平康，享受生活之淡蕩。
風雨曾狂，迷煙四野豺猖狂。
心暗嗟悵，人生意義在何方？
神是陽光，真理正道灌心間。
博愛無疆，導引靈程曠飛翔。
一任斑蒼，率意人生舒奔放。
歡呼謳唱，頌贊正道必恆昌。

笑意浮上

19年11月22日

笑意浮上，人生得意不猖狂。
謙和心腸，總憑良知作脊樑。
冬夜靜祥，清坐思想泛起浪。
裁心詩章，舒出情志之滄蕩。
人生昂揚，不覺已過千關障。
而今回想，坎坷艱蒼是尋常。
大道廣長，須沿正路奔康莊。
風雨無恙，容我邁步越桑滄。

閒適之間

19年11月26日

閒適之間，時光正如水流淌。
藍天晴朗，初冬清喜不寒涼。
品茗意暢，悠悠心事向誰講？
騁盡昂揚，人生原來夢一場。
未許頹唐，叩道正見持心腸。
恆有希望，靈程道路彩霞漲。
世事桑滄，彈指之間已斑蒼。
一笑滄蕩，共緣銷漲合無恙。

心志雅清

19年11月26日

心志雅清，人生總持是淡定。
世事浮雲，名利只是欺人心。
安於清貧，正義人生吾奮勁。
詩書浸淫，不老身心也空靈。
又值天陰，朔風吹襲冷寒峻。
散思紛紜，小哦新詩舒心情。
鼓志前行，標的天涯風光俊。
輾轉陰晴，一笑爽然懷奮興。

清坐思無限

19年11月28日

清坐思無限，人生騁慨慷。
往事已逝殤，來日正方長。
斑蒼應無妨，雄心猶茁壯。
努力奮志向，邁越萬重艱。
清坐思無限，朔風任蕭涼。
木葉既飄蕩，冬雲漠漠間。
心興起激昂，聊哦小詩章。
品茗情滄蕩，淡泊吾安康。
清坐思無限，人生露電彷。
少年成追想，老來已漸將。
清貧原無妨，要在志剛強。
不屈塵世網，振翼入溟滄。

清平心地間

19年11月28日

清平心地間，時光任流淌。
冬夜正寒涼，燈下放哦唱。
振節吾昂揚，人生懷遐方。
正氣瀰襟腸，天下中心裝。
清平心地間，無事縈襟房。
歲月既滄蕩，微笑眉眼間。
風雨成過往，心性仍剛強。
雅思正揚長，發而為詩曠。
清平心地間，名利無意向。
清貧豈有妨，架上書成行。
叩道不孟浪，平生持理想。
努力長驅闖，不懼迷煙嶂。

清思悠曠

19年11月28日

清思悠曠，窗外薄寒涼。
霓虹閃亮，刺破黑暗藏。
心不蕭涼，情懷放萬丈。
人生世間，豪情瀰宇間。
風雨經狂，爽然一笑揚。
任起斑蒼，心清志雄剛。
不為名障，不許利欲妨。
坦坦蕩蕩，正直無機奸。
歲月狂放，五十四載殤。
心中理想，依然頗堅壯。
不滅心光，更比霓虹亮。
七彩心間，濟世用力量。

第一百一十四卷《山香集》

曠意東風吹浩蕩 19年11月29日

曠意東風吹浩蕩，冬日清喜天晴朗。
藍天白雲曼飄蕩，鳥語宛轉舒情長。
哦詩激越聲鏗鏘，更譜新詩適意向。
人生快慰何所講，感恩天父賜吉祥。

淡定人生不張揚 19年11月29日

淡定人生不張揚，無愧風雨平生艱。
履歷苦難心更強，倍遭挫折志茁壯。
曠眼覷破世機簧，明心辨得天人藏。
無機正直吾揚長，老來一笑也滄蕩。

閒雅人生吾何講 19年11月29日

閒雅人生吾何講，履盡艱蒼不倉惶。
一生所恃神恩壯，兩袖清風身心昂。
淡泊漸趨入平康，詩書體味哦成章。
笑傲名利持坦蕩，孤潔一似梅清芳。

雅將心靈談唱 19年11月29日

雅將心靈談唱，舒出人生意向。
雲煙深處風光靚，座座青峰茁壯。
歲月多麼莽蒼，郁我男兒剛強。
不畏風雨之艱長，相信天會晴朗。
紅塵不是故鄉，浮生如夢相仿。
正如客旅之模樣，萬事應都下放。
不許名利纏障，容我性光清亮。
詩書人生縱激昂，正直一生揚長。

心志清曠 19年11月29日

心志清曠，淡看流雲之飛翔。
有風清爽，適我意興真無恙。
品茗意暢，撩起詩情豈有限。
裁心詩章，謳詠世事之莽蒼。
不計斑蒼，奮發男兒之奔放。
醉心書香，名利只是身之障。
性光清亮，慧意人生展激蕩。
努力前方，闢山風雲如畫廓。

休閒無恙 19年11月29日

休閒無恙，逸意曠展揚長。
天陰何妨，清喜流風舒暢。
紅塵攘攘，應覓水雲之鄉。
名爭利搶，刀光劍影輝煌。
吾持清向，憩向詩書之間。
正義剛腸，原也不容邪奸。
惡須滅光，世界是神所創。
天理昭彰，大道遍覆宇間。

情懷未許繚倒 19年11月30日

情懷未許繚倒，人生奮志剛傲。
窗外冬雨正蕭蕭，寫詩應舒娟妙。
歲月不將人饒，我已白髮飄飄。
爽然清心余一笑，共緣長途驅跑。
紅塵自古風騷，無數英雄折腰。
棄去名利自健饒，詩書持身就好。
坦蕩是余襟抱，叩道深入迢迢。
輾轉桑滄心襟瀟，豁達灑脫逍遙。

燈下清思展十分 19年11月30日

燈下清思展十分，人生努力奮馳騁。
冬來天寒雨飄紛，和暖室內樂天倫。
歲月進深不必論，逝去青春記憶深。
老來情懷仍清正，一腔熱血化詩誠。

清詩曠裁成 19年11月30日

清詩曠裁成，心志繽紛。
窗外雨蕭騁，打動心身。
初冬木葉紛，詩意雅芬。
清坐心安穩，讀書志誠。
人生奮剛正，履盡險程。
一笑還馨溫，心不折騰。
名利已棄扔，道義敬遵。

努力行前程，風雨任生。

心襟瀟瀟 19年11月30日

心襟瀟瀟，淡眼窗外雨正拋。
樂撰詩稿，舒出情懷真無二。
紅塵擾擾，未可因此傷懷抱。
力辟前道，風雨艱蒼矢志跑。
不取高傲，身心灑脫共緣妙。
志取鋼造，不屈名利之炎囂。
清貧就好，鎮日詩書容深造。
朗哦聲高，激越情調比雲逍。

興致生成 19年11月30日

興致生成，暮雨蕭蕭聲可聞。
舒我心聲，從容撰詩也雅芬。
人生剛正，難免風雨洗心身。
努力前程，磨難千疊不畏疼。
紅塵滾滾，冷眼覷他秋與春。
桑滄幻成，百年生死共誰論？
遠辭青春，斑蒼無妨我精神。
傲岸擎燈，矢志萬里之旅程。

輾轉世事滄桑陣 19年11月30日

輾轉世事滄桑陣，血淚換得詩生成。
浮生幻化不必論，歷史由來入煙塵。
所恃唯有天父恩，導引人生之旅程。
奮發情志舒剛正，力斬邪惡凱歌逞。

早起五更 19年12月1日

早起五更，窗外冬雨猶聲聲。
心志馨溫，從容哦詩訴心身。
人生馳騁，不過履歷關山陣。
百年奮爭，勿為名利損精神。
詩書平生，體道閒雅度秋春。
老來情芬，曠志依然出雲層。
歲月難論，太多風雨磨煉人。
總憑神恩，導引前旅矢剛正。

淅淅冬雨灑未窮 19年12月1日

淅淅冬雨灑未窮，早起哦詩聲震空。
激情歲月流逝中，老來斑蒼漸覺翁。
奮志依然持剛雄，患難艱蒼逝隨風。
謳歌神恩之豐隆，賜我光明道路通。

履歷雨風 19年12月1日

履歷雨風，心志依然如彩虹。
努力前衝，一任關山霧濃重。
心懷從容，淡眼塵世桑滄動。
百年空空，何必淚雨灑兇猛。
淡定之中，吾已老蒼漸懷慵。
矢志長空，奮力展翅脫平庸。
世事何功？名爭利奪騁惡凶。
水雲清空，愜我情思真無窮。

悟徹空空 19年12月1日

悟徹空空，人生幻化是窮通。
大道誰懂？須知造化善作弄。
吾已成翁，爽然一笑雅無窮。
名利之中，不過釣餌且小庸。
宇宙無窮，星辰星係恆運動。
世事狂瘋，八十億眾鬧哄哄。
吾持平庸，中和中正秋春中。
百年如風，心跡曠裁入詩誦。

清思雅發哦中腸 19年12月3日

清思雅發哦中腸，又見斜陽正蒼蒼。
冬日清喜天晴朗，讀書興起情奔放。
清度日月吾安康，奮志依然頗雄壯。
不許名利欺與誑，淡蕩情思展悠揚。

人生雨雨風風 19年12月5日

人生雨雨風風，應持淡定從容。
雖然年近成翁，貴在奮志剛雄。
名利已經棄空，清貧雅如清風。
詩書盡情哦詠，叩道努力前衝。
歲月盡展兇猛，年輪行跡匆匆。
一笑淡然情動，豁達如雲飄空。
百年豈可垂永？秋春逝去無蹤。
思此感發襟胸，悠悠哦唱清空。

清意天地間

19年12月6日

清意天地間，斜暉俊朗。
散思復放曠，雅讀文章。
歲月真飛殤，仲冬將訪。
歎息無用場，努力向上。
克盡千重艱，人生昂揚。
不畏懼蕭涼，感興奔放。
坦蕩持心腸，正氣軒昂。
悠悠之意向，浩氣宇間。

心志安祥

19年12月7日

心志安祥，夕照向晚蒼。
聊讀詩章，品味此芳香。
歲月舒狂，大雪今正當。
仲冬來訪，時節屆收藏。
努力成長，不計歲蒼涼。
熱血猶剛，未可稍頹唐。
正氣昂揚，男兒是好鋼。
矢志茁壯，不屈不撓間。

展眼天晴朗

19年12月8日

展眼天晴朗，霾煙四野漾。
心志舒廣長，能不哦詩章。
人生懷嚮往，踐履風雨間。
歲月走流暢，老我以斑蒼。
展眼天晴朗，仲冬天寒涼。
心襟持淡蕩，品茗意復暢。
小風來清爽，胸懷頓時曠。
勿為霧霾障，天涯恆眺望。

清心吾何講

19年12月8日

清心吾何講，奮志貴昂揚。
履盡千重艱，依然神氣張。
紅塵任攘攘，澄意水雲間。
時光任逝淌，悠哦南山章。
清心吾何講，身心俱激昂。
不屈彼強梁，努力曠意向。
淡泊吾安康，雅意秋春間。
展眼看雲蕩，一笑且清爽。

曠意紅塵吾漫浪

19年12月8日

曠意紅塵吾漫浪，不懼苦艱，
不懼苦艱，堅貞心性持剛強。
冬來天氣惜寒涼，心不狷狂，
心不狷狂，謙和儒雅學文章。
心性揮灑吾奔放，努力遐方，
努力遐方，風雨磨煉一笑揚。
歲月於我履淡蕩，名利棄放，
名利棄放，輾轉桑滄只等閒。

人生奔忙為哪樁

19年12月8日

人生奔忙為哪樁？萬事虛妄，
萬事虛妄，滄海桑田幻等閒。
老來心性猶康強，聊賦詩章，
聊賦詩章，一舒閑性併雅況。
窗外冬陽正輝煌，霾煙惜猖，
霾煙惜猖，歎息嗟痛無用場。
正義從來盈襟房，力克邪奸，
力克邪奸，善惡爭鬥何險艱。

坦然心襟

19年12月8日

坦然心襟，履盡世波吾不驚。
心懷奮興，叩道吾意何雅清。
情致殷殷，嚮往大道得普行。
朗日天青，萬民謳詠神恩盈。
歲月進行，老我斑蒼一笑凝。
享受風清，胸襟不忘彼水雲。
紅塵多辛，名爭利奪無止境。
務持清心，松阪田間有野情。

暮色漸濃重

19年12月8日

暮色漸濃重，霾煙天地籠。
初初華燈動，蕭蕭朔風從。
清思從心萌，化為詩歌湧。
心志不從眾，獨立胸襟雄。
獨立胸襟雄，男兒是情種。
艱深長驅中，風雨滌心胸。
悟徹道義隆，正直安貧庸。
斑蒼不沉痛，謳詠晨昏中。

回味人生

19年12月9日

回味人生，感慨百倍生。
風雨歷程，辛苦加酸疼。

感謝神恩，賜我以明燈。
照亮路程，溫暖我心身。
奮不顧身，叩道吾奮爭。
持正剛穩，擊邪盡十分。
努力前程，不畏艱與深。
冬夜心芬，哦詩舒真誠。

錚錚鐵骨余剛傲

19年12月10日

錚錚鐵骨余剛傲，人生曠志展風標。
履盡關山道迢迢，歸來一笑雅意騷。
詩書哦諷堪笑傲，明月清風寫意逍。
清貧度日合懷抱，正義從來是豐饒。

人生騁志向遐方

19年12月10日

人生騁志向遐方，關山橫度越莽蒼。
風雨艱蒼是尋常，豺狼虎豹當路障。
奮膽揮刀矢力上，血染征袍一笑狂。
歲月飛殤轉無恙，老來感慨歌揚長。

灑脫心襟余不驚

19年12月10日

灑脫心襟余不驚，釣台四季正均平。
風吹雨打不要緊，身心履歷正清明。
世事桑滄幻不停，人生正如走馬行。
悠悠情懷何雅清，一曲中心謳靈均。

燈下清思曠吟成

19年12月10日

燈下清思曠吟成，人生聊作寫景真。
冬夜但喜天不冷，窗外悠悠囀歌聲。
激越情思共誰論？孤旅昂揚守純真。
五十四載秋與春，惜我斑蒼仍獨身。

紅塵不唯漫浪

19年12月10日

紅塵不唯漫浪，更多風雨艱蒼。
人生如同搏浪，必須用盡力量。
歲月幻變桑滄，只是人易老蒼。
驚訝回首曠望，但見煙鎖故嶂。
此生絕不孟浪，堅持正義立場。
清貧不必辭讓，叩道貞志昂揚。
淡定清持中腸，慧意尋覓無疆。
百年不太久長，貴在業蹟造創。

孤旅騁盡揚長

19年12月10日

孤旅騁盡揚長，哦哦歌唱，
哦哦歌唱，心志未許稍蕭涼。
紅塵不是故鄉，心事所向，
心事所向，靈程奮力去闖蕩。
山水自是遠長，風雨艱蒼，
風雨艱蒼，努力攀山又越崗。
風光覽盡無恙，心志莽蒼，
心志莽蒼，悠悠歲月掩桑滄。

逍然心襟

19年12月10日

逍然心襟，面對霧霾吾不驚。
心志鎮定，覽盡塵世之煙雲。
紅塵艱辛，人生不過是泡影。
電閃雷鳴，其中所歷多酸辛。
歲月進行，我已斑蒼何所云？
一笑爽清，悟徹玄道啟圓明。
空空是境，應許不執於閒情。
慧光內醞，眼目原來是清新。

流風送暢

19年12月10日

流風送暢，心志感興真茫茫。
天氣晴朗，霧霾之中鳥歌唱。
歲月奔放，人生不覺已老蒼。
此際回想，煙雨艱蒼付等閒。
歎息良長，人欲從來啟禍殃。
工業興旺，惹來汙染害人間。
情思婉揚，裁意詩章謳揚長。
冬日清閒，明年計劃預籌量。

喜鵲曠鳴唱

19年12月10日

喜鵲曠鳴唱，怡悅余心腸。
散步聊徜徉，市井恆喧嚷。
心志邁廣長，不為物欲障。
性天持清涼，叩道吾奔放。
不畏險與艱，奮發越山嶂。
呵呵一笑間，歲華逝無恙。
我已漸老蒼，雄心猶茁壯。
名利是虛誑，應拋應相忘。

暮色既蒼茫

19年12月10日

暮色既蒼茫，夕煙漸浮上。
身心俱瀟爽，慨然哦詩章。

性天舒無恙，紙上走筆狂。
仲冬天不涼，雲淡鳥飛翔。
暮色既蒼茫，城市仍喧嚷。
車行飛狂猖，人擠擁攘攘。
樓上展眼望，田野正蕭蒼。
願學飛鳥翔，縱覽天地間。

華燈燦放

19年12月10日

華燈燦放，冬夜樂未央。
情緒激昂，奮筆作詩章。
人生嚮往，恆在天涯間。
奮志而闖，風光覽無限。
心志蒼茫，向誰道短長？
孤旅昂揚，力作好兒郎。
歲月舒揚，年華漸老蒼。
坦然心腸，無機合揚長。

陽和心地間

19年12月17日

陽和心地間，力戰邪奸。
正義必然彰，神恩廣長。
歲月曠飛揚，仲冬正當。
天陰朔風暢，清坐安祥。
未來長瞻望，風雲茁壯。
努力奮驅闖，關山清蒼。
人生百年間，真似飛殤。
心光射天壤，展我慨慷。

喜鵲清鳴

19年12月17日

喜鵲清鳴，一任朔風吹緊。
天氣正陰，天寒無妨身心。
浩志凌雲，努力長途驅進。
不屈艱辛，苦難磨煉剛勁。
神恩無垠，導引靈程前進。
英武心襟，原也雅潔清新。
人生驚警，狼煙履履經行。
桑滄淡定，一笑舒我心情。

祥和心地間

19年12月18日

祥和心地間，神恩廣長。
冬夜不寒涼，身心舒暢。
感沛於心間，歡呼聲漲。
叩道奮發向，萬水千嶂。
人生不悲悵，心懷理想。
正氣舒昂揚，瀰滿宇間。
紅塵有漫浪，柔和襟房。
矢志向前闖，萬里無疆。

清夜無眠

19年12月19日

清夜無眠，叩我本心。
靈思曠運，哦詩爽清。
持正而行，執中奮進。
人生懷情，敷布文明。

秉持中正立場

19年12月19日

秉持中正立場，不畏風雨艱蒼。
貞固心地間，會當履安祥。
神恩無比廣長，賜我心靈力量。
正義舒慨慷，男兒展豪放。
冬霧迷離渺茫，陽光終破霾障。
真理似陽光，普覆天地間。
矢將正義宣揚，不向邪惡投降。
大道運無恙，流變是桑滄。

燈下清思生成

19年12月19日

燈下清思生成，人生奮力馳騁。
不懼山高水深，眾志必然成城。
羔羊感沛神恩，努力奮行靈程。
擎掌手中明燈，燭照塵世更深。
向上我要奮爭，力斬魔敵兇狠。
曠飛對準天城，永生其樂何芬！
正邪交戰何深，天父親臨戰陣。
凱歌必然奏生，魔敵敗退消遁。

人生持正昂揚

19年12月20日

人生持正昂揚，不畏旅途險艱。
力戰惡狼，力戰邪奸，
還我清天之朗朗。
紅塵笑傲揚長，男兒志入雲間。
神恩豐廣，神恩無恙，
賜我平安與吉祥。

勝利連踵平康，聖徒喜氣洋洋。
凱歌清唱，響徹雲間，
班師順利回天鄉。

晨起天陰

19年12月20日

晨起天陰，無妨我心情。
心志殷殷，詩書恆用勤。
朗哦聲清，正氣曠凌雲。
不屈艱辛，男兒展剛勁。
拂去浮雲，終必見天青。
歲月進行，神恩總無垠。
心懷奮興，靈歌謳不停。
聖潔內心，頌贊神恩盈。

第一百一十五卷《清謳集》

貞守正道
19年12月20日

貞守正道，神恩必賜廣饒。
前路迢迢，努力奮發揚飆。
人生大好，因有神恩籠罩。
力辟前道，風光清賞堪飽。
才情豐饒，哦詩熱情良好。
舒出心苗，正氣瀰滿穹竅。
歲月豐標，輾轉桑滄不傲。
謙和心抱，叩道深入險要。

心中充滿光明
19年12月21日

心中充滿光明，領受神恩無垠。
靈程努力行，克盡魔敵群。
紅塵太多艱辛，總有平安可領。
聖徒列隊行，天國美無垠。
歲月曠意飛行，惜取寸陰才行。
正氣奮凌雲，物欲須拋清。
大千充滿靈性，萬物蒙神恩領。
宇宙進無垠，眾生謳升平。

燈下清思生成
19年12月21日

燈下清思生成，頌贊天父宏恩。
人生奮力馳騁，風雨歷程安穩。
向神獻上真誠，靈程努力奮爭。
天國就有永生，得救歡樂永恆。

冬至詠懷（之一）
19年12月22日

一陽復生，萬類歡欣曠迎春。
感謝神恩，導引靈性之旅程。
秉具真誠，人生奮力以馳騁。
山高水深，大好風光覽清正。
紅塵滾滾，太多磨煉考驗人。
務持雅正，不許濁浪蝕心身。
聖徒奮爭，力斬魔敵凱歌逞。
歡呼聲聲，腳踏彩雲往上升。

冬至詠懷（之二）
19年12月22日

心襟未許蕭涼，人生奮發向上。
一元復始初生陽，謳呼正道奔放。
大道普覆人間，正氣合當昂揚。
努力盡我之力量，不懼塵世艱蒼。
神恩廣博無量，頌贊出自心房。
靈程道路奮慨慷，力斬魔敵奸黨。
紅塵熙熙攘攘，名爭利奪險艱。
性天容我恆敞亮，靈燭始終擎掌。

天氣惜陰
19年12月22日

天氣惜陰，無擾是心情。
胸襟坦平，正氣盈心靈。
神恩無垠，思此熱肺心。
獻上心靈，謳頌應不停。
冬至今臨，寒氣卻不淩。
喜悅於心，哦詩舒雅情。
人生奮進，靈程穿雨行。
關山蒼峻，風光覽於心。

又聽喜鵲鳴唱
19年12月23日

又聽喜鵲鳴唱，喜悅盈於心間。
神恩總豐穰，足夠你我享。
歲月舒展奔放，仲冬天不寒涼。
清坐吾悠揚，心志如花放。
人生合當揚長，努力長途驅闖。
靈程道路上，容我奮慨慷。
天國美好安祥，聖徒得救不亡。
謳頌神恩壯，萬民獲安康。

霧霾嚴重
19年12月23日

霧霾嚴重，歎息沒有用。
心志沉痛，人欲害無窮。
心潮洶湧，奮志化長虹。
努力行動，萬里摩雲風。
嗟此宇穹，神妙豈有窮。

造化之工，不盡演窮通。
桑滄之中，淡定吾哦諷。
人生匆匆，業績冀垂永。

清思無恙

19年12月23日

清思無恙，人生奮志總揚長。
陰霾任放，心地總有彼陽光。
心燈閃亮，指引前路奮去闖。
山高水長，風光正好覽清靚。
紅塵之間，太多迷煙與霧障。
性光須亮，不許名利肆狂猖。
清心奔放，正直一生吾何講。
神恩廣長，叩道靈恩恣流淌。

天陰無妨

19年12月24日

天陰無妨，鳥鳴宛轉啼揚長。
聖誕將訪，雅將心房向神敞。
人生昂揚，不屈磨難萬千放。
正氣貞剛，矢斬魔敵之詭奸。
紅塵之間，勿為表象所蔽障。
靈性舒揚，性天務持彼敞亮。
努力向上，靈程道路曠飛翔。
萬里無疆，直指天國履安祥。

喜鵲鳴唱

19年12月25日

喜鵲鳴唱，聖誕佳節心歡暢。
神恩廣長，賜我心靈有力量。
前路奮闖，拋棄名利輕身上。
浪漫心間，靈程道路凱歌揚。
歲月飛翔，不計老蒼情志壯。
奮發圖強，男兒熱血振慨慷。
天陰何妨，細雨輕灑心溫讓。
正氣昂揚，來年計劃預籌量。

歲月清芬（之一）

19年12月25日

歲月清芬，聖誕佳節謝神恩。
天黑雨逞，燈下清思曠生成。
人生馳騁，風雨歷程磨煉人。
努力前程，回歸天國奮剛正。
歲月進深，斑蒼不減志真誠。
悟徹緣分，乃知神恩大無倫。
心志溫存，未來瞻望七彩盛。
步步靈程，克盡魔敵凱聲聞。

華燈燦亮

19年12月25日

華燈燦亮，霓虹更展七色光。
心志清昂，聖誕佳夜暢思想。
人生奔放，荷志前行何慨慷。
遭遇魔強，切禱真神賜力量。
名利棄放，輕身清心吾揚長。
萬里驅闖，靈程道路無止疆。
窗外雨響，清喜仲冬寒不彰。
溫暖心間，來年奮發貞志剛。

鳥鳴宛轉唱

19年12月29日

鳥鳴宛轉唱，元旦接近間。
天陰競何妨，興致吾清昂。
讀詩聲朗朗，流風清來翔。
市井恆攘攘，性天持清涼。
鳥鳴宛轉唱，萬類舒欣暢。
神恩真豐穰，黎民樂平康。
謳頌出心腸，禮贊大法王。
瞻望新年間，身心鼓軒昂。

人生勿輕狂

19年12月29日

人生勿輕狂，澄志心地間。
名利棄而放，靈程奮發闖。
不上魔鬼當，貪心切勿漲。
清貞長瞻望，天際雲煙朗。
天際雲煙朗，神恩何豐穰。
淨化靈無疆，聖靈駐襟房。
清心真堪獎，天國福強康。
塵世非故鄉，身心振慨慷。

陽光燦然在

19年12月29日

陽光燦然在，喜悅我心懷。
鳥語鳴和諧，清風雅暢來。
闔家溫馨偕，神恩廣無賽。
身雖居塵埃，心志在天臺。

浮生暢意境

19年12月31日

浮生暢意境，神恩總豐盈。
天冷心熱情，辭舊將迎新。

藍天飄白雲，萬類欣和平。
明日元旦臨，微笑吾謳吟。

流年清光映
19年12月31日

流年清光映，灑脫吾多情。
人生奮前進，叩道吾盡心。
修身真無垠，正直持心襟。
展眼斜暉明，冬日欣朗晴。

清思雅潔余哦唱
19年12月31日

清思雅潔余哦唱，漫天心事入詩章。
辭舊情懷持坦蕩，新年將臨心歡暢。
奮志依然萬里疆，努力馳騁不輕狂。
越過萬水與千嶂，微微一笑吾康強。

感謝神恩
19年12月31日

感謝神恩，導引靈性旅程。
人生馳騁，標的唯是天城。
奮不顧身，務要榮神益人。
擎舉心燈，燭照前路昏沉。
歲月進深，不計斑蒼清生。
明日新春，鼓舞情志飛奔。
克敵制勝，聖徒列隊成陣。
凱歌清生，響徹雲霄雲層。

欣逢元旦心歡暢
20年1月1日

欣逢元旦心歡暢，早起四更哦詩章。
天氣雖冷心強康，奮志萬里無止疆。
百折仍懷情漫浪，桑滄依然奮慨慷。
燈下清思何所想，新年努力作文章。

心志不嗟廣長（之一）
20年1月1日

心志不嗟廣長，人生奮發意向。
山高水長力驅闖，一任風雨蒼茫。
紅塵徒是攘攘，性天其實清涼。
不惹名利之骯髒，心憩煙霞之間。
元旦今日來訪，舊歲辭去安祥。
前程萬里長瞻望，風光定然清靚。
大好是我襟腸，男兒果敢陽剛。
力斬魔敵之詭奸，還我正道通暢。

歲月清芬（之二）
20年1月1日

歲月清芬，一生感佩是神恩。
頌贊真誠，靈程道路吾奮身。
感慨心生，元旦佳節眾歡騰。
海內安穩，黎民百姓樂不勝。
努力前程，山水情懷真堪論。
遠辭青春，斑蒼不減剛與正。
紅塵滾滾，中心應許持清誠。
叩道吾生，水雲休憩余精神。

心志清剛
20年1月1日

心志清剛，人生奮發圖強。
快慰心間，元旦佳日歡暢。
展眼曠望，天際雲煙蒼茫。
黃昏之間，落日閃射余光。
歲月平康，桑滄俱成過往。
心懷漫浪，柔情共風同蕩。
努力前方，山水邁越遠長。
大好風光，愜我心情無恙。

歲月如此清芬
20年1月1日

歲月如此清芬，我心充滿溫存。
新年今日啟程，努力奮發精神。
山高水深不論，奮發男兒剛正。
萬里鵬程奮爭，只爭朝夕秋春。
歲月如此清芬，江山多嬌動人。
看我舒展心身，一篇文章作成。
壯志如虹之逞，不懼風雨旅程。
天涯風光清純，矢志馳奔馳騁。

清夜無眠
20年1月2日

清夜無眠，內叩本心。
追求圓明，脫出塵境。
寫意空靈，吐辭清新。
短章雅吟，不計寒清。
清夜無眠，精神振興。
四更甫臨，四野悄靜。
路燈猶明，無車經行。
灑脫心襟，寫詩慰情。

藍天幻化白雲
20年1月2日

藍天幻化白雲，流變清新。
心志雅持空清，煙霞經行。
新年心情奮興，持志前行。

矢志萬里之境，披荊而進。
清風吹來溫馨，適我身心。
遠處鞭炮轟鳴，紅塵熙境。
靈程努力驅行，神恩心領。
匡懷天下黎民，濟世盈心。

奮志豈尋常

20年1月3日

奮志豈尋常，新年正有新氣象。
努力矢向上，克盡千關吾徑闖。
不懼旅途艱，男兒慨慷且昂揚。
曠展心強剛，叩道力斬攔路狼。
正氣必喧暢，海內清平民安康。
神恩舒廣長，聖徒凱歌縱聲唱。
魔敵必敗亡，真理正道天下暢。
文明進無疆，宇宙總由神主掌。

歷劫生死不沉淪

20年1月3日

歷劫生死不沉淪，奮發展我男兒貞。
心志從來不剛硬，柔和情志向陽春。
努力叩道風雨程，一笑爽然雅潔生。
歲月進行誰慰問？孤旅曠懷奮靈程。

心志圓融

20年1月3日

心志圓融，人生履歷春風。
神恩豐隆，思此感動於胸。
努力前衝，山水跨越無窮。
真的英雄，應許淡泊襟胸。
名利何功？只是擾人情庸。
水雲之中，原也怡我心胸。
歲月如風，太多令人感動。
人生非夢，靈程進步從容。

神恩廣長

20年1月5日

神恩廣長，思此感動於心間。
歲月芬芳，點滴靈恩潤心腸。
努力向上，叩道克盡千重艱。
魔敵敗亡，得救聖徒凱歌唱。
冬雨綿放，心中火熱雅謳唱。
詩意心鄉，頌贊神恩之豐穰。
前路遠長，男兒奮發貞志剛。
勝利歸鄉，天國家園福無疆。

冬夜雨蕭蕭

20年1月5日

冬夜雨蕭蕭，心潮逐浪高。
情志如春草，萋萋豐且茂。
坎坷人生道，回思不必表。
努力奮前道，關山風光妙。

輕舟已過萬重山

20年1月7日

輕舟已過萬重山，人生情懷展浪漫。
做事未可徒空喊，實踐貴在踏實幹。
前旅風光風雲綻，努力萬里奮迎難。
會攀絕頂凌雲看，讚歎大好之宇寰。

窗外冬雨正瀟瀟

20年1月7日

窗外冬雨正瀟瀟，人生興味此際高。
哦詩長舒心境好，神恩從來賜豐饒。
大千世界太熱鬧，中心水雲勿輕拋。
性天深處容深造，叩道萬里吾逍遙。

情思悠揚

20年1月7日

情思悠揚，窗外冬雨已漸減。
心潮激蕩，嫻雅哦詩舒情腸。
歲月飛揚，青春心志不會減。
一任斑蒼，紅塵容展少年狂。
叩道之間，最重靈魂清無恙。
矢志向上，鐵膽克盡千重艱。
新年展望，天下風雲多茁壯。
寰宇安祥，總有神恩護奔放。

窗外冬雨起清響

20年1月7日

窗外冬雨起清響，華燈燦然放。
清坐從容哦詩章，一曲體昂揚。
人生快慰心地間，發出為謳唱。
新年舒發我感想，悠悠是詩行。
大千世界存思想，體道吾清昂。
奮發情志矢去闖，山水越清長。
舊年往事不必講，一似水流殤。
要在前路貞志剛，不屈風雨艱。

清懷雅淡

20年1月7日

清懷雅淡，人生不必空鳴喊。
貴在實幹，須知汗水澆豐產。
心志安安，頌贊神恩總豐贍。

努力奮戰，不畏前路之艱難。
人生坷坎，磨煉我之心與膽。
傲骨鋼般，男兒卓越履險難。
魔敵力斬，還我天下陽光燦。
必當凱還，靈程道路輝光綻。

坦蕩心胸

20年1月7日

坦蕩心胸，原無傲氣在其中。
窗外雨風，室內和暖清哦諷。
人生從容，悟徹元機與窮通。
一笑和慵，淡定清持在襟胸。
努力前衝，不畏風雨之烈猛。
英武剛雄，天下容我長橫縱。
不計斑濃，男兒奮志寰宇中。
真的英雄，創造歷史樹新風。

歲月進深

20年1月7日

歲月進深，紅塵濁浪但滾滾。
棄假歸真，叩道旅途余奮身。
風雨任生，其奈我心持剛正。
總蒙神恩，導引靈性之旅程。
未可剛硬，柔和心地彩霞生。
奮行靈程，天使伴我曠飛升。
試探任生，心中切禱神之恩。
步步前騁，平安蒙福心何溫。

騁志昂揚

20年1月7日

騁志昂揚，力行萬里不退讓。
坎坷艱蒼，縱馬揚鞭一笑狂。
紅塵攘攘，體道人生履通暢。
困苦之間，磨得鐵骨已成鋼。
矢志向上，不為名利折腰向。
清貧何妨，我有清心白雲仿。
冷寒任彰，冬日正有梅花放。
迎春心腸，新年瞻望何康強。

世事猖狂

20年1月9日

某基層官員說：「必須按潛規則來。」余銘刻於心，終生不忘，今日思此，有感而賦詩焉。

世事猖狂，潛規則通行人間。
男兒嗟悵，籲天激變風雷蕩。
嗟此人間，鬼魅橫行太獗猖。
人格喪亡，暗無天日豺狼狂。
正氣心間，君子立身何坦蕩。
不屈邪幫，守護心靈靈程闖。
大道奔放，否極泰來啟康強。
神恩廣長，聖徒凱歌必唱響。

老柳芳青

20年1月9日

老柳芳青，喜鵲曠奏鳴。
天氣惜陰，清風恣意行。
我意空清，浩氣正凌雲。
不計清貧，努力奮心靈。
紅塵艱辛，回思淚不禁。
神恩無垠，導引入康平。
歲月進行，新年新意境。
奮力前行，山水越蒼峻。

淡定人生吾飛揚

20年1月9日

淡定人生吾飛揚，新年情志展軒昂。
不貪名利心清芳，向學問道沉潛間。
天命已知情茁壯，努力耕心不退讓。
展眼雲煙多滄蕩，聊寫小詩適襟腸。

歲月進行中

20年1月9日

歲月進行中，心志從容。
新年情懷濃，沐浴東風。
此生已近翁，一笑中庸。
名利總屬空，淡定襟胸。
夜色初初濃，華燈齊動。
欣賞彼霓虹，七彩耀空。
燈下清哦諷，坦然心胸。
人生快慰中，神恩重濃。

心志不嗟廣長（之二）

20年1月9日

心志不嗟廣長，奮發人生意向。
天寒心不涼，曠展我慨慷。
歲月舒其奔放，世間幻變桑滄。
百年一瞬間，思此有感傷。
時光切勿費浪，努力矢志向上。

克盡千重艱，前路終輝煌。
不求名利炎昌，問心無愧合當。
道義心地間，人生正氣昂。

心地漫浪

20年1月9日

心地漫浪，笑對人生艱與蒼。
快慰心間，神恩賜我真奔放。
夜色無恙，燈火萬家樂未央。
清坐安祥，哦詩激越舒昂藏。
奮發向上，不為名利損襟房。
正義情腸，濟世心懷原慨慷。
男兒貞剛，叩道問學不辭艱。
鐵膽豪強，矢斬魔敵寰宇康。

第一百一十六卷《南窗集》

閒情舒曠 20年1月9日

閒情舒曠，心志正未央。
燈下思想，人生奮慨慷。
努力向上，男兒持茁壯。
不屈強梁，叩道勇氣彰。
清夜安祥，心弦在奏響。
悠悠哦唱，新詩連踵放。
坦蕩襟房，不容一絲奸。
正直揚長，鼓舞情志闖。

心志清剛 20年1月9日

心志清剛，悠悠情懷持坦蕩。
未許愁悵，人生恆有神護將。
未來廣長，天地廣闊容徑闖。
關山萬幢，大好風光堪清賞。
人生不長，思此我心有淚淌。
奮發頑強，矢將業績來造創。
宇宙無限，真神創世功無疆。
運化之間，大道玄妙變桑滄。

人生情長 20年1月10日

人生情長，悠悠容我放歌唱。
鞭炮震響，新年正有新氣象。
心懷寬廣，正氣從來盈襟房。
奮志闖蕩，山高水長萬里疆。
不計斑蒼，爽然一笑情懷壯。
向陽襟腸，叩道踐履也安康。
小風來暢，愜我情意真無恙。
合謳詩章，一展胸襟之豪放。

心志和平 20年1月11日

心志和平，暢意東風正經行。
天氣惜陰，更有霧霾浮而縈。
坎坷生平，朗然心境一笑盈。
叩道進行，圓明覺性悟無垠。
前路奮進，山高水長風光峻。
百年生命，追求靈修無止境。
向上飛行，克盡千難穿雲嶺。
天涯之境，燦爛風光豈常尋。
紅塵險境，太多名利誘人行。
心須看緊，不可失陷入陰阱。
世事浮雲，道德人生鼓志行。
大同前景，總賴仁人共推進。

胸襟坦蕩 20年1月11日

胸襟坦蕩，心志吾剛強。
矢志向上，克盡千重艱。
歲月清曠，新年吾瞻望。
關山清蒼，努力長驅闖。
紅塵萬丈，未可迷方向。
修身無恙，靈程克魔障。
歡聲當朗，神恩總奔放。
叩道雅嫻，新詩從心唱。

心志未許蕭涼 20年1月11日

心志未許蕭涼，遠際歌聲正唱。
冬夜值寒涼，燈下清思想。
人生百感蒼茫，往事銘入襟腸。
悠悠余哦唱，百折是情長。
心中恆懷希望，未來奮發闖蕩。
神恩總奔放，導引我前航。
歲月綿綿艱長，男兒慨慷茁壯。
春來不會長，恆鼓志無恙。

天氣喜晴 20年1月12日

天氣喜晴，心情曠開屏。
佳日情景，鞭炮奮轟鳴。
雅潔心境，新詩哦不停。
奮然心襟，前景瞻分明。
努力前進，風雨難阻行。
任起雷鳴，任起閃電映。

英武心襟，男兒當橫行。
濟世才情，獨立當大鳴。

散思平曠

20年1月12日

散思平曠，東風清展悠揚。
小鳥鳴唱，冬日清喜晴朗。
白雲飄翔，世界如同畫廓。
身在市壤，心卻懷水雲鄉。
半生闖蕩，心志仍然清剛。
不折向上，正如老松生長。
闔家安康，神恩無比豐穰。
頌贊獻上，感恩有淚盈淌。

冬日晴好

20年1月12日

冬日晴好，斜陽清灑照。
小鳥鳴叫，白雲走飄渺。
心志風騷，新詩哦妙巧。
品茗意高，灑脫是襟抱。
紅塵囂鬧，心懷水雲緲。
詩意尋找，江山胡不好？
歲月豐標，新年情思嫋。
瞻望遠道，心潮逐浪高。

小鳥嬌鳴唱

20年1月12日

小鳥嬌鳴唱，天氣清喜晴朗。
散坐吾悠閒，品茗情志無恙。
鞭炮震天響，佳日黎民歡暢。
新年懷思想，前旅矢志闖蕩。
心境持坦蕩，不為名利奔忙。
詩書鎮日向，朗哦身心慨慷。
紅塵真攘攘，八十億眾喧唱。
世界熱鬧間，演變大道廣長。

人生持淡定

20年1月12日

人生持淡定，風浪吾不驚。
履盡陰晴，履盡陰晴，
五湖歸來一笑盈。
歲月多風情，芳春行將臨。
朗日正晴，朗日正晴，
藍天曠走彼白雲。
紅塵是多辛，苦了心與靈。
奮志前進，奮志前進，
大好山水越無垠。
男兒飽剛勁，氣節凌青雲。
努力驅行，努力驅行，
叩道踐履也多情。

人生奮志清騁

20年1月12日

人生奮志清騁，不畏艱辛旅程。
心志依然青春，努力向前馳奔。
手中擎掌明燈，不許黑暗侵身。
歲月有其清芬，神恩廣茂豐盛。
人生奮志清騁，半生已經銷沉。
叩道鼓心力爭，桑滄經歷成陣。
微微一笑清生，慧眼觀此世塵。
靈程通往天城，心中追求永生。

不事張揚

20年1月12日

不事張揚，低調人生余奮闖。
矢志向上，盡力克盡千重艱。
心懷漫浪，蒙神恩領靈程闖。
風雨艱蒼，勝過魔敵試探奸。
勝利在望，凱歌終將徹雲響。
坎坷回望，不勝嗟歎來路蒼。
大千廣長，聖徒作鹽又作光。
黑暗退藏，和平寰宇春光漾。

斜陽在望

20年1月12日

斜陽在望，寰宇和平余歡暢。
謳詠心腸，雅致新詩脫口唱。
心事奔放，新年余懷大希望。
奮展強剛，情志共春而同漲。
有風舒暢，市井熱鬧且熙攘。
人民安祥，樂度歲月之平康。
神恩廣長，思此歡呼從心長。
靈程奮闖，步步驅進樂何壯。

情志舒暢

20年1月12日

情志舒暢，雅將新詩來哦唱。
歲月清芳，心懷理想恆茁壯。
向前向上，男兒豈畏千重艱。
勝利在望，鼓舞身心矢去闖。
淡定心腸，不為名利屈身向。
水雲襟房，向陽情操持悠揚。

鞭炮震響，吉日寰宇多歡暢。
展眼天廣，我欲振翼乘雲上。

雲際蒼茫蒼茫

20年1月12日

雲際蒼茫蒼茫，鴿群迴旋飛翔。
我心感慨升上，此身陷在羅網。
矢志脫出塵壤，靈程奮身前闖。
不懼山高水長，矢將真理尋訪。
上帝就是陽光，神恩無比豐穰。
努力向前向上，克盡千艱萬蒼。
勝利終將在望，凱歌終將唱響。
天國唯一方向，聖徒凱旋回鄉。

落日閃射光芒

20年1月12日

落日閃射光芒，心情起伏非常。
新年懷有嚮往，踐行一生理想。
世事滄滄桑桑，人情冷暖無常。
唯有神恩奔放，溫暖我的心腸。
落日閃射光芒，生活和平清漾。
清坐曠展思想，人生懷有情腸。
不滅是我理想，指引我去遠航。
真理正道通暢，神恩護佑非常。

人生鼓志前行

20年1月12日

人生鼓志前行，奮力攀山越嶺。
風光展清峻，磨煉好身心。
慨慷是我心境，遇險總持鎮定。
神恩廣無垠，賜我康與平。
此生回味多辛，酸甜苦辣交併。
而今履安寧，而今享太平。
前旅不懼艱辛，任起艱難險境。
銘神在心襟，神必賜和馨。

人生無恙

20年1月13日

人生無恙，奮志矢向上。
一路行來多險艱，凱歌終當唱響。
心志莽蒼，哦出為詩章。
新年瞻望吾康強，努力長途驅闖。
山高水長，顯我貞志剛。
男兒一生騁豪放，力戰虎豹豺狼。
清平寰壤，是神所造創。
力叩大道我奔放，慧燭始終擎掌。

五更已畢鳥喧唱

20年1月13日

五更已畢鳥喧唱，天還沒有亮。
早起哦詩舒情腸，一曲體昂揚。
人生快慰心地間，神恩感奔放。
努力前道奮志向，靈程吾徑闖。
萬水千山只等閒，男兒展貞剛。
斑蒼心志不衰減，濟世正未央。
樂以度歲吾安祥，大道運廣長。
不憂名利吾康強，正氣大舒揚。

瀟瀟心襟

20年1月13日

瀟瀟心襟，人生奮志而行。
前路坦平，終有雷霆吾何驚。
歲月經行，已值斑蒼之境。
快慰心靈，神恩浩大且無垠。
努力矢進，叩道磨煉心靈。
不為利名，雅潔正義秉身心。
冬日又陰，霧霾籠罩天頂。
散坐思縈，新年瞻望且分明。

天氣陰寒

20年1月17日

天氣陰寒，朔風肆意展。
心志雅安，迎春初開綻。
歲月揚帆，萬里履艱難。
力做好漢，奮志搏群瀾。
嗟此宇寰，神造是必然。
大道妥善，運化真妙曼。
人生坷坎，努力奮前站。
越盡關山，一笑也爽然。

心志奔放

20年1月17日

心志奔放，人生迎難吾徑闖。
紅塵萬丈，正好磨煉心性剛。
夜幕升上，燈下清坐余思想。
慨慷之間，從容哦詩舒激昂。
冷寒之間，中心火熱性情爽。
新年瞻望，大好前景展輝煌。
微笑浮上，悟道余心持揚長。
歲月舒揚，流年正如老酒香。
胸襟坦蕩，正直為人不張狂。

矢志向上，奮發克盡千重艱。
天涯無恙，燦爛風光定清爽。
愜我意向，努力萬里驅而上。

淡定襟腸 20年1月18日

淡定襟腸，新年引頸長瞻望。
燦爛遐方，引我心事起嚮往。
天喜晴朗，流風送來鳥鳴唱。
心志悠揚，從容小哦我詩章。
人生奔放，不執名利清心腸。
天涯遠方，一生情繫奮闖蕩。
正義心間，道德修養不退讓。
矢志向上，藍天容我振翅膀。

優雅人生余謳唱 20年1月22日

優雅人生余謳唱，胸襟持坦蕩。
歲月清展其清芳，悠悠余揚長。
不屈磨難萬千放，正氣何強剛。
奮發男兒之慨慷，長嘯天地間。
春節將近心歡暢，燈下曠思想。
努力長途振奔放，萬里無止疆。
一笑身心何舒曠，叩道履深艱。
百年生死不迷茫，靈程矢向上。

清夜無眠 20年1月23日

清夜無眠，雅叩本心。
覺性圓明，悟道爽清。
神恩感銘，謳頌盡心。
努力前行，闖山蒼峻。
清夜無眠，燈下舒情。
人生艱辛，奮志凌雲。
不折身心，憂患飽經。
一笑清新，傲立剛勁。

心懷寬廣 20年1月23日

心懷寬廣，不執名利志何剛。
柔和情腸，喜迎新年東風暢。
散坐安祥，天陰無妨我揚長。
淡泊平康，總因神恩賜奔放。
人生向上，奮發克盡千重艱。
拋開悲傷，心地恆有彼陽光。
歲月平曠，老我斑蒼一笑揚。
萬里之間，容我驅馬策鞭狂。

煙雨浮生 20年1月23日

煙雨浮生，磨煉心志之剛正。
奮發馳騁，山水遠長風光純。
一笑溫存，大千只是幻化生。
唯有精神，不朽靈魂恆勃盛。
修心秉誠，正直人生吾清芬。
叩道奮身，力斬魔敵之紛紛。
淡定心身，識破名利是欺人。
詩書平生，晨昏小哦也怡神。

喜鵲清鳴唱 20年1月24日

喜鵲清鳴唱，除夕今正當。
迎春已開放，金黃美無上。
天陰何所妨，心情樂無恙。
闔家俱歡暢，神恩頌廣長。
歲月曠飛翔，不知老將訪。
一笑清且爽，努力奮志向。
前路山水壯，胸襟天下裝。
正氣舒昂揚，男兒恆茁壯。

天氣陰晴頗不定 20年1月24日

天氣陰晴頗不定，除夕今臨，
除夕今臨，男兒奮志豈常尋。
瞻望前景懷奮興，神恩豐盈，
神恩豐盈，叩道靈程矢邁進。
山窮水復展風景，快慰我心，
快慰我心，努力披荊斬棘進。
風風雨雨屬常尋，跨山越嶺，
跨山越嶺，覽盡滄桑一笑凝。

新春開筆哦詩章 20年1月25日

新春開筆哦詩章，四更早起志康強。
遠近鞭炮漸次響，心中情動頗激昂。
努力前路奮發闖，萬里江山指畫間。
大好韶年勿費浪，頌贊神恩賜豐穰。

窗外雨蕭蕭 20年1月26日

窗外雨蕭蕭，讀書興味高。
春來不會遙，迎春已開俏。
歲月正豐饒，人生曠揚飆。

奮志在遠道，努力振志跑。
窗外雨蕭蕭，清坐撰詩稿。
心志付誰瞧？孤旅吾微笑。
淡蕩持心竅，叩道樂逍遙。
內心常觀照，正氣盈襟抱。
窗外雨蕭蕭，心潮逐浪高。
新春期待饒，天涯瞻望瞧。
鐵志不必表，山水矢訪造。
五湖風光好，怡我襟懷抱。
窗外雨蕭蕭，寫意東風妙。
闔家喜康好，神恩頌贊高。
力行須持刀，斬殺豺當道。
會當發長嘯，聲震彼雲表。

激情歲月聊歌唱

20年1月27日

激情歲月聊歌唱，心志懷漫浪。
謳頌神恩之廣長，靈程努力上。
不畏前路之艱蒼，風雨視等閒。
名利徒然作欺誑，吾不上其當。
清貧正氣展軒昂，男兒持強剛。
詩書人生也悠揚，向學叩道藏。
圓明覺性中心漾，悲喜共緣放。
奮發中心情之曠，業績力造創。

清喜流風送暢

20年1月28日

清喜流風送暢，天氣又復晴朗。
哦詩舒情長，迎春綻金黃。
大年初四正當，休憩身心平康。
神恩賜廣長，闔家樂無恙。
小鳥盡情歌唱，春來不會久長。
奮志展激昂，前旅力開創。
笑容清新溫讓，正氣盈滿襟房。
向上盡力量，努力曠生長。

淡定立身吾清曠

20年1月28日

淡定立身吾清曠，夕陽向晚蒼更蒼。
心性始終逞堅強，男兒奮發慨而慷。
歲月遞轉新春放，清風縷縷傳清芳。
清坐思想放萬丈，素懷雅潔哦詩章。

暮色蒼茫

20年1月28日

暮色蒼茫，暝煙漸升上。
清坐安祥，上網聊衝浪。
歲月莽蒼，流年如逝浪。
我已斑蒼，一笑也疏狂。
人生揚長，名利全棄光。
清心自享，詩書沉潛間。
心志奔放，難言其細詳。
努力向上，正直持襟房。
前路遠長，風雨難免間。
披荊前闖，關山風光靚。
闔家安康，神恩感心腸。
謳頌獻上，作鹽又作光。

清坐安祥

20年1月28日

清坐安祥，人生任起千重浪。
心性溫良，君子人格端而方。
向前向上，不畏艱難矢奮闖。
山高水長，大好風光展清靚。
苦旅曾艱，血淚潸淌跌倒放。
神恩廣長，起死回生奇蹟創。
叩道奔放，拋開名利輕身上。
萬里無疆，心得心志入詩唱。

天漸亮

20年1月29日

天漸亮，鞭炮響，哦詩聲激昂。
正月間，心懷暢，立春行即將。
紅塵間，故事放，肺炎肆狂猖。
籲天蒼，奈何間，叩求神恩降。
心志放，向前望，新年計劃詳。
努力闖，矢志上，叩道任清蒼。
闔家康，神恩壯，思此頌贊放。
盡力量，靈程闖，克敵凱歌揚。

小鳥清鳴唱

20年1月29日

小鳥清鳴唱，鞭炮震天響。
正月初五今正當，喜氣洋洋。
人生奮向上，不懼千重艱。
男兒由來展慨慷，努力闖蕩。
紅塵任萬丈，煙霞有明靚。
笑容自心而漾上，水雲襟腸。
歲月任其放，霜華任其長。
共緣而度樂安祥，神恩廣長。

第一百一十七卷《茂昌集》

雲天爽朗 20年1月30日

雲天爽朗，容我多情唱。
春來即將，迎春已開放。
喜氣心間，新年長瞻望。
前路廣長，努力奮闖蕩。
紅塵無恙，神恩賜豐壯。
靈程向上，克盡魔與障。
勝利在望，聖徒樂昂藏。
作鹽作光，濟世用力量。

斜陽正妙 20年1月30日

斜陽正妙，藍天雲飄渺。
朔風呼號，清坐撰詩稿。
歲月如飆，笑我漸蒼老。
身心猶俏，詩書哦不了。
人生奮跑，關山越迢迢。
風光大好，怡我情懷抱。
曾履險道，豺狼群當道。
神恩豐饒，賜我平安造。

斜陽無限好 20年1月30日

斜陽無限好，怡我心竅。
閒適無塵擾，清心自照。
歲月展逍遙，不計蒼老。
容我開懷笑，叩道奮跑。
塵世多險道，名利騷擾。
淡定向內瞧，灑脫襟抱。
闔家都康好，神恩籠罩。
頌贊聲何高，響徹雲表。

夕照向晚 20年1月30日

夕照向晚，雲煙展妙曼。
心事綿纏，哦詩何所喊？
人生坷坎，何必多言談？
努力奮戰，汗水奪高產。
大好宇寰，迎春已先綻。
歲月飛展，不必計衰顏。
闔家和安，神恩正豐贍。
詩書潛玩，男兒志浩瀚。

華燈又放 20年1月30日

華燈又放，暝色天地間。
心事難講，百感盈襟房。
人生向上，克盡千重艱。
往事回放，煙霧鎖蒼茫。
淡定心向，名利拋而忘。
水雲心間，愜我意與向。
歲月舒揚，殘冬今正當。
迎春已放，春來行即將。

人生盡力鼓志向 20年1月31日

人生盡力鼓志向，奮行山水越遠長。
天寒須知春即將，夜深靜待曙天光。
沉默多時終作響，春雷生處世驚惶。
英雄開口縱哦唱，一曲動地且天蒼。

野禽鼓唱 20年1月31日

野禽鼓唱，天日喜晴朗。
小風流暢，清坐哦詩章。
立春即將，喜氣盈襟房。
計劃周詳，努力幹一場。
身心舒昂，不為困難障。
紅塵無恙，容我展志向。
不敢狷狂，謙和牢記間。
叩道揚長，名利是欺誑。

陽光和暢 20年1月31日

陽光和暢，心志恆持彼陽光。
淡定襟腸，不畏困難千障放。
清風吹翔，更有小鳥恣鳴唱。
閑坐思放，人生情志入詩章。

闔家安祥，頌贊神恩之廣長。
歡呼儘量，靈程努力振慨慷。
殘冬正當，池中綠水碧波漾。
立春即將，快慰心情真無量。

燈下清思曠裁成

20年2月1日

燈下清思曠裁成，人生且作寫景真。
冬日漸去天不冷，春將來臨綻迎春。
和暖身心自慰問，神恩豐盈頌贊誠。
世事桑滄不必論，聊歌歲月是幻成。

心志安祥

20年2月2日

心志安祥，東風正曠蕩。
迷煙宇間，歎息無用場。
肺炎猖狂，全民俱提防。
切禱心間，神恩賜奔放。
有鳥鳴唱，喜悅我心腸。
小哦詩章，傾出情與向。
流年飛狂，何計滅斑蒼？
一笑清暢，共緣去旅航。

殘陽閃金光

20年2月2日

殘陽閃金光，心志不迷茫。
淡眼此塵壤，宇宙真無限。
肺炎肆猖狂，人民受災殃。
力戰不退讓，神恩賜廣長。
清坐且安祥，從容哦詩章。
一曲應瀏亮，耳際有鳥唱。

歲月真悠揚，後日立春訪。
迎春開金黃，愜我意無限。

春已來臨

20年2月4日

春已來臨，喜鵲曠清鳴。
東風清新，天氣喜朗晴。
我自哦吟，心懷喜不禁。
闔家康寧，神恩感無垠。
歲月飛行，笑我漸蒼鬢。
心志分明，努力萬里行。
淡蕩心境，屏棄利與名。
剩有清貧，正氣卻凌雲。

激情歲月聊寫照

20年2月4日

激情歲月聊寫照，慨哦詩稿，
慨哦詩稿，舒出南山之風標。
立春今日喜來到，晴日高照，
晴日高照，寫意東風吹巧妙。
雅聽喜鵲歡鳴叫，怡我情抱，
怡我情抱，情思娟娟放飛了。
人生情懷真大好，努力驅造，
努力驅造，千山萬水踏遍了。

人生風采長揚

20年2月4日

人生風采長揚，奮志向上，
奮志向上，此生不畏千重艱。
立春今日來訪，喜悅心間，
喜悅心間，努力奮展吾慨慷。

紅塵多有漫浪，彩霞襟房，
彩霞襟房，縱有風雨亦何妨。
風中小鳥歡唱，天日晴朗，
天日晴朗，迎春花兒正怒放。

情懷雅靚

20年2月4日

情懷雅靚，欣迎春光暢。
東風悠揚，和煦灑春陽。
歲月飛殤，何許計斑蒼。
努力向上，男兒當奔放。
嗟此塵壤，肺炎肆狂猖。
力戰應當，還我清平況。
神恩廣長，思此頌贊放。
有鳥啼唱，愜我意無限。

清懷雅淡

20年2月4日

清懷雅淡，人生奮志不鳴喊。
努力實幹，須知汗水奪高產。
春風清展，寫意斜陽正浪漫。
心志浩瀚，珍惜時光是當然。
歲月揚帆，人易老蒼何必談。
坎坷回看，爽然一笑也安然。
未來展瞻，任起風雨併坷坎。
大好宇寰，總有神恩賜豐贍。

五更正當

20年2月5日

五更正當，冷寒猶放，
心志展蒼茫，哦詩聲激昂。

歲月舒暢，人卻老蒼，
逸致真清狂，奮發慨而慷。
天還沒亮，華燈猶放，
心清志昂藏，豪情衝天壯。
四圍安祥，偶有車唱，
清思共誰講，唯哦入詩間。

無為吾寧靜

20年2月5日

無為吾寧靜，讀書以怡情。
天際凝陰雲，心志懷鎮定。
初春已來臨，東風曠意境。
迎春開殷殷，風采動人心。
無為吾寧靜，雅思曠無垠。
人生奮志行，履盡蒼涼境。
身心泰而平，名利未許縈。
哦詩吐空靈，知音何處尋？

天氣陰寒

20年2月6日

天氣陰寒，逆風呼喊。
清坐哦詩玩，情志曠開展。
人生奮戰，不畏艱難。
磨煉心與膽，努力作好漢。
共緣翻瀾，人生妥善。
神恩賜豐贍，思此我頌贊。
闔家康安，情思散淡。
春寒何須談，迎春已怒綻。

返樸歸真

20年2月6日

返朴歸真，心志吾清純。
人生馳騁，山水歷清正。
紅塵滾滾，眾生溺沉淪。
大牧導程，靈程美不勝。
努力前程，克敵務制勝。
凱歌清生，聖徒頌真誠。
感謝神恩，豐贍且豐盛。
沐浴芳春，海內樂平升。

心懷寬廣

20年2月7日

心懷寬廣，人生實幹最為上。
孟春之間，天陰清聽喜鵲唱。
雅哦詩行，激情歲月費平章。
一種悠曠，為因名利盡棄放。
清貧何妨，書生正氣展剛強。
力斬邪奸，叩道披荊矢志闖。
紅塵無恙，須知神恩賜奔放。
克盡千艱，前路終有平與康。

休憩身心未為難

20年2月7日

休憩身心未為難，架上詩書任我看。
春陰品茗情散淡，放懷瞻眺天際嵐。
幾聲啼鳥鼓浪漫，一曲中心囀妙曼。
寫詩舒懷何所談，正義心襟原清淡。

放飛思想

20年2月7日

放飛思想，人生迎難上。
心志強剛，不畏懼風浪。
情懷漫浪，身心恆茁壯。
努力向上，學取松生長。
暝煙正蒼，清風吹來暢。
哦寫詩行，一舒閑情況。
歲月飛暢，孟春今正當。
正義舒昂，生機天地間。

淡泊安康

20年2月7日

淡泊安康，總賴神恩護廣長。
夜黑燈放，清思縱展曠揚長。
心志有光，正必勝邪凱歌唱。
文明向上，大道遍覆宇宙間。
春夜安祥，聖靈心中火熱放。
頌神無疆，闔家安樂何歡暢。
努力前闖，靈程不畏千重艱。
叩道奔放，男兒傲立如松椿。

又值天陰

20年2月8日

又值天陰，無妨我心情。
喜鵲清鳴，春風吹清勁。
元霄今臨，遠處鞭炮鳴。
振奮心襟，奮志欲凌雲。
努力前行，關山越蒼峻。
紅塵多辛，贏得斑蒼境。

一笑多情，不老是心靈。
神恩無垠，思此感胸襟。

人生清騁 20年2月8日

人生清騁，處處蒙神恩。
大牧導程，快慰我心身。
努力奮爭，名利合當扔。
聖潔心身，力斬魔敵紛。
凱旋歸程，凱歌徹雲層。
正義乾坤，寰宇四季春。
百年歷程，見證何馨芬。
謳頌真神，創運此乾坤。

心志未可蕭涼 20年2月8日

心志未可蕭涼，奮發人生力量。
努力矢向上，克盡千重艱。
紅塵太多荒唐，名爭利奪無疆。
應持清心腸，水雲容憩享。
身心振奮慨慷，豪情衝天之壯。
神恩賜廣長，心靈有光亮。
照徹黑暗遐方，還我清平寰壤。
大道正無恙，普覆這世間。

心境和平 20年2月8日

心境和平，人生吾鎮定。
風雨飽經，一笑還雅清。
歲月進行，孟春冷寒境。
燈下思縈，哦詩適心靈。

大千曠境，神恩吾飽領。
靈程奮行，風光閱無盡。
聖潔心靈，頌神謳不停。
叩道無垠，雅思體均平。

春禽鼓唱 20年2月9日

春禽鼓唱，喜氣盈心間。
朝暾初上，東風吹來暢。
歲月飛揚，孟春時正當。
迎春綻放，金黃真無雙。
人生昂揚，努力奮志向。
關山青蒼，容我攀與闖。
逸意揚長，且品茗清芳。
詩意升上，一曲短歌唱。

流年真如電影 20年2月9日

流年真如電影，春已來臨，
春已來臨，田野小鳥自在鳴。
心志曠起殷殷，努力前行，
努力前行，開山辟嶺尋路徑。
身經千劫常尋，磨煉心襟，
磨煉心襟，微微一笑也雅清。
霧霾四野迷縈，嗟歎在心，
嗟歎在心，環境治理須急行。

激情歲月容寫照 20年2月9日

激情歲月容寫照，朗哦是詩稿。
清喜孟春已來到，請聽啼鳥叫。
心中情志啟微妙，紅塵吾笑傲。
不執名利清心好，化外氣象饒。
天際雲煙正渺渺，有日朗高照。
清風徐來適懷抱，詩興正不了。
闔家康好神恩饒，頌贊聲應高。
叩道前路奮勁跑，關山越迢迢。

輾轉桑滄心不涼 20年2月9日

輾轉桑滄心不涼，奮志依然慨而慷。
春來情志都開敞，雅聽喜鵲歡鳴唱。
歲月坎坷不必講，中心始終存淡蕩。
一曲清暢何所唱，人間正道舒奔放。

斜陽灑照 20年2月9日

斜陽灑照，心境清好，
孟春東風愜懷抱，暢意鳴禽啼倩巧。
浴後瀟瀟，哦詩不了，
一杯綠茗添意逍，展眼天際雲煙渺。
人生不傲，謙和情抱，
向學志兒頗高妙，叩道心得入詩稿。
情懷不老，斑蒼一笑，
最喜闔家康且好，為因神恩賜廣饒。

淡定人生吾多情 20年2月9日

淡定人生吾多情，歲月曠飛行。
又值孟春東風臨，小鳥嬌啼鳴。
清坐斜陽灑清俊，讀書怡性靈。
更哦新詩適心境，一曲也雅清。

紅塵艱辛不必云，人生奮志進。
不畏困苦艱蒼境，男兒騁剛勁。
英武不屈如松俊，力斬魔敵群。
正道人間終通行，神恩賜無垠。

浴後爽清

20年2月9日

浴後爽清，灑脫持心境。
斜暉朗俊，東風愜心情。
散坐思縈，人生奮志進。
努力前行，不計風雨凌。
瀟瀟心襟，遠辭利與名。
合蹈清貧，正義吾剛勁。
歲月飛行，微笑吾多情。
迎春開俊，孟春展和平。

初春寒峭

20年2月10日

初春寒峭，五更起得早。
小哦詩稿，情操由中表。
四圍靜悄，路燈猶朗照。
心境忒好，春思啟嫋嫋。
紅塵清妙，名辭利已拋。
叩道遙逍，田園胡不好。
歲月豐標，賜我斑蒼了。
一笑微妙，不必拈花草。

天色漸明亮

20年2月10日

天色漸明亮，東方曙光。
春禽歡鼓唱，我意舒揚。
盡情把歌唱，哦詩激昂。
人生愜意向，情懷張揚。
歲月曠飛暢，孟春無恙。
喜氣盈心間，努力驅闖。
紅塵真堪講，故事千章。
桑滄幻變間，一笑安祥。

曠展心襟

20年2月10日

曠展心襟，人生奮志屬常尋。
孟春已臨，共春鼓蕩我心情。
小鳥嬌鳴，愜我心意併心靈。
晨風清新，只是冷寒猶峭峻。
紅塵多辛，英雄奮展剛與勁。
不屈矢進，高山流水越無垠。
哦詩空清，舒出情志向白雲。
天涯風景，時刻召喚我前行。

春禽愜鼓唱

20年2月10日

春禽愜鼓唱，歡動田間。
朝旭閃金光，明媚人間。
孟春時正當，清風舒揚。
冷寒任其彰，我心飛翔。
歲月真舒暢，不覺老蒼。
一笑爽無恙，志取清昂。
合當高歌唱，神恩廣長。
努力長驅闖，風光無限。

輾轉艱蒼不畏難

20年2月10日

輾轉艱蒼不畏難，人生力作彼好漢。
鐵血意志何許談，不屈磨難與坷坎。
笑口應開哦詩玩，舒出情志如花綻。
學取虬松嶺上展，矢志向上脫庸凡。

清坐安祥

20年2月10日

清坐安祥，容我放思想。
閒時上網，流覽些文章。
窗外陽光，小鳥清歌唱。
爽風悠揚，適我意無限。
孟春正當，萬物待生長。
迎春嬌放，綠水碧波漾。
紅塵之間，憩我心與腸。
名利棄放，淡泊享安康。

迷煙四野漾

20年2月10日

迷煙四野漾，霧霾猖狂。
清坐寫詩行，舒理情腸。
春風恣意航，野禽鼓唱。
淡泊持心腸，灑脫襟房。
共緣去旅航，山高水長。
桑滄已飽享，一笑朗爽。
神恩真廣長，賜福無限。
父母健在堂，歡樂吉祥。

第一百一十八卷《純正集》

天上白雲翔
20年2月10日

天上白雲翔，小鳥縱歌唱。
陽光正和暢，清風自在揚。
和平此塵壤，生活吾安享。
純正持心腸，叩道努力上。
不畏懼艱蒼，果敢勇武放。
天涯風光靚，中心恆嚮往。
風雨兼程闖，關山越萬幢。
不必回首望，煙鎖雲霧障。

質樸心地間
20年2月10日

質樸心地間，無機揚長。
春來情鼓蕩，想去遠方。
不必計老蒼，率興奔放。
哦詩聲激昂，放飛襟房。
白雲悠悠翔，流風清暢。
小鳥盡情唱，宛轉嘹亮。
寫意此塵壤，春光悠揚。
不盡是情腸，難言其詳。

人生情調知多少
20年2月10日

人生情調知多少，南山空笑傲。
清度紅塵何不好，名利宜當拋。
詩書晨昏縱懷抱，怡我情與竅。
樂天知命吾逍遙，叩道任迢迢。
春來小鳥恣鳴叫，黃昏落日照。
清哦新詩適情抱，淡泊吾康好。
五十五載虛度了，而今日漸老。
宜當開懷縱一笑，千載余詩稿。

堅持正義立場
20年2月10日

堅持正義立場，不向邪惡投降。
任起風雨艱蒼，鼓勇努力驅闖。
前路山高水長，神恩感在心房。
披風沐雨尋常，雨後終有陽光。
守護心靈強壯，靈程矢志向上。
叩道清展力量，慧燭始終擎掌。
山高水深何妨，風光更加麗壯。
終將抵達平曠，容我策馬縱狂。

春雨濛濛
20年2月11日

春雨濛濛，心地吾輕鬆。
恣意小風，爽快吾襟胸。
壯志如虹，七彩在心中。
努力前衝，關山風光雄。
笑我疏庸，斑蒼一笑慵。
當展剛雄，男兒當似松。
不畏雨風，努力生長中。
茁壯心胸，叩道履圓通。

奮志雄英
20年2月11日

奮志雄英，男兒展剛勁。
歲月進行，又值春來臨。
膏雨清新，灑脫我心襟。
和風吹行，心胸持雅淨。
小品芳茗，逸意盈胸襟。
哦詩舒情，一曲付誰聽？
人生多情，春來怡我心。
合當高鳴，放飛我心靈。

豪情心中
20年2月11日

豪情心中，一任現實沉重。
真的英雄，應能忍受苦痛。
年近成翁，仍須奮發剛勇。
一任雨風，披荊斬棘前衝。
心志空空，唯有激情洶湧。
歲月如夢，回首有淚奔湧。
神恩無窮，導引靈程如虹。
踏實行動，力斬魔敵鬼凶。

心志坦平
20年2月12日

心志坦平，人生任陰晴。
且品芳茗，且清我身心。
高蹈心襟，不圖利與名。
水雲清境，愜我胸與心。
歲月進行，孟春天氣陰。
冷寒之境，散坐思無垠。
努力前行，穿過風雨境。
終有朗晴，終有康與平。

孟春無恙
20年2月12日

孟春無恙，心志吾平康。
心地揚長，裁心哦詩章。
歲月奔放，笑我漸老蒼。
率意昂揚，不屈艱與蒼。
人生舒暢，神恩領廣長。
思此感上，謳頌出心房。
坦坦蕩蕩，無機且慨慷。
前路奮闖，飽覽風光靚。

小鳥恣意鳴叫
20年2月12日

小鳥恣意鳴叫，天日晴好，
天日晴好，更有東風寫意繞。
散坐心情娟好，品茗意逍，
品茗意逍，容我小撰新詩稿。
歲月如此豐饒，奮志奔跑，
奮志奔跑，千山萬水越過了。
灑脫微微一笑，悟徹玄妙，
悟徹玄妙，天人之間存大道。

雲淡天青
20年2月12日

雲淡天青，灑脫是意境。
煦陽和馨，風中鳥啼勤。
鼓舞心襟，新詩哦不停。
況復品茗，更加添意興。
闔家康寧，清貧不要緊。
正義心襟，曠志奮凌雲。
紅塵艱辛，苦難吾飽經。
而今康平，而今享清寧。

拙正持在心間
20年2月12日

拙正持在心間，大智若愚相仿。
人生展力量，心靈曠飛揚。
歲月清展莽蒼，笑我年已斑蒼。
紅塵有漫浪，只是難尋訪。
定志詩書之間，鎮日哦吟何妨。
悠悠余歌唱，性天騁清朗。
百年真不久長，思此有點感傷。
共緣去旅航，覺性須增長。

斜陽清好
20年2月12日

斜陽清好，和煦此塵表。
心情微妙，清聽鳥啼叫。
東風吹渺，田野泛綠草。
迎春開了，引余微微笑。
心志堪表，共春鼓蕩了。
努力前道，萬里風光好。
斑蒼惜早，青春無處找。
豁達襟抱，共緣穩度了。

夕照金黃
20年2月12日

夕照金黃，心志展溫讓。
和平宇間，春風正浩蕩。
向陽志向，正直且慨慷。
奮發揚長，萬里任險艱。
情懷誰向？孤旅不愁悵。
努力向上，不畏懼蒼涼。
流年更張，笑我太癡狂。
沉潛詩章，有何正用場。

心志不徬徨
20年2月12日

心志不徬徨，力展強剛。
人雖已斑蒼，依然向上。
坦蕩持心腸，正直陽剛。
克盡千重艱，終抵平曠。
塵世有虎狼，吃人狂猖。
英武揮刀上，力斬強梁。
還我清平壤，世界神創。
大道終通暢，正義軒昂。

灑脫心襟
20年2月13日

灑脫心襟，疊遭困境吾不驚。
春已來臨，情志如草必泛青。

有鳥嬌鳴，愜我心情真無垠。
陽光灑俊，暢意東風正舒情。
不辭艱辛，人生奮發志凌雲。
萬里驅行，關山千疊是常尋。
努力前進，風風雨雨一笑明。
圓明心境，見證神恩之豐盈。

夕陰正當

20年2月13日

夕陰正當，春風吹勁爽。
心志難講，一種是莽蒼。
努力向上，克盡艱與蒼。
笑意微放，人生合慨慷。
男兒強剛，未損是柔腸。
歲月奔放，有淚暗湧上。
孟春之間，冷寒猶然彰。
意取安祥，哦詩適襟房。

心志何向

20年2月14日

心志何向？叩道吾強剛。
修心為上，共緣去旅航。
山高水長，奮志吾昂揚。
不畏險艱，一笑余爽朗。
塵世之間，太多機與陷。
慧目務張，識破彼機簧。
名利欺誑，務棄務拋放。
清心揚長，邁步向康莊。

心志不取狂猖

20年2月14日

心志不取狂猖，奮發正義能量。
春來天陰無妨，散坐思想流暢。
快慰持在心腸，堅信前路康莊。
縱有風雨艱蒼，雨後必現陽光。
人生修煉之場，勿為名利迷航。
天國才是家邦，靈程努力向上。
衝決迷霧啟航，天使伴我驅闖。
風光會當明靚，彩霞心地之間。

清懷雅淡

20年2月14日

清懷雅淡，不為名利糾纏。
春風開展，寫意塵寰妙曼。
天陰何憾，清坐思緒安然。
寫詩舒膽，一腔正氣霄漢。
紅塵坷坎，太多艱深陰暗。
神恩豐贍，光明我之心膽。
奮向前站，天國旅途妥安。
與魔力戰，凱歌響徹宇寰。

淡泊平康

20年2月14日

淡泊平康，心情共風同飛曠。
天陰無妨，且品芳茗哦詩行。
孟春正當，遍野新綠點綴間。
迎春怒放，喜氣人間吾揚長。
心境溫良，君子人格培端方。
清貧何妨，要在叩道展堅強。
百年飛殤，不懼老蒼性光亮。
質樸心腸，願與老農話田鄉。

領受神恩

20年2月14日

領受神恩，心志吾振奮。
努力馳騁，萬里是征程。
歲月清芬，思此感深深。
滾滾紅塵，滌我心與身。
奮志剛正，不屈淫威盛。
男兒純真，無汙是靈魂。
靈程上升，回歸我故城。
天國永生，福樂何豐盛。

爛漫心間

20年2月15日

爛漫心間，一如迎春怒放。
春來情暢，愜意詠哦詩行。
風雨無妨，情志正如草長。
冷寒無恙，室內和暖安祥。
闔家安康，幸福盈滿襟房。
清貧何妨，要在正義強剛。
百年飛殤，思此真有感傷。
應將心放，叩道挺生氣象。

浮生暢意向

20年2月15日

浮生暢意向，一笑爽朗。
五十五年間，煙霞放浪。
曾履苦旅艱，淚潸潸淌。
血淚加傷創，跌倒地上。

神恩賜廣長，賜我安康。
身心復健爽，重振慨慷。
歡呼盡力放，靈程向上。
任起千重艱，終抵天邦。

春雨灑降

20年2月15日

春雨灑降，風號是情況。
冷寒正當，室內暖洋洋。
歲月平康，不覺孟春間。
會當晴朗，藍天白雲翔。
芳草滋長，綠意遍田壤。
生活安祥，放意謳詩章。
紅塵漫浪，清享悠與閑。
情志舒放，真想雨中闖。

文明日向上

20年2月15日

文明日向上，燦爛輝煌。
慧燭務擎掌，照亮遠方。
世界存迷茫，文明何向？
叩道吾奔放，探源導航。
心中時迷茫，苦痛悵惘。
神恩舒廣長，賜我安康。
努力奮強剛，珍惜韶光。
業績矢造創，後儕仰望。

悠悠心襟

20年2月15日

悠悠心襟，淡度塵世之風雲。
履盡苦辛，始終無愧於心靈。
奮志雄英，苦難困頓是常尋。
詩書之境，愜我心意真無垠。
坦於清貧，正義人生奮剛勁。
不屈威淫，力戰虎豹與狼群。
寰宇清平，為因神恩賜豐盈。
聖徒謳興，靈歌響徹彼行雲。

心志清剛

20年2月15日

心志清剛，人生合當揚長。
何必匆忙，應許定定當當。
修心無恙，磨煉柔和襟房。
善良心腸，原也共緣旅航。
塵世之間，太多故事煙障。
慧目務張，不為名利迷茫。
內視心間，發現慧光清朗。
悟徹玄黃，發見神恩廣長。
努力向上，豈計疊遇險艱。
天終晴朗，風和麗日明靚。
吾意慨慷，拋開過去既往。
未來瞻望，大好明媚春光。

人生唯艱

20年2月15日

人生唯艱，履盡煙雨蒼茫。
心志清昂，不屈困苦蒼涼。
歲月舒揚，又值孟春雨降。
燈下思想，人生應該怎樣。
紅塵狂猖，眾生各舞刀槍。
名爭利攘，只是一枕黃粱。
性光須亮，燭照黑暗退藏。
英武心間，叩道一生是向。

漫浪心中

20年2月15日

漫浪心中，清度雨雨與風風。
詩書情鍾，晨昏縱情朗哦誦。
年近成翁，呵呵一笑開心胸。
命運窮通，原由造化來作弄。
矢志前衝，不畏艱苦奮剛勇。
男兒和庸，正直一生如清風。
展眼宇穹，天意深處桑滄動。
百年匆匆，莫負韶華力創功。

茶煙縷縷清芳

20年2月15日

茶煙縷縷清芳，怡我心神清曠。
窗外風呼雨降，室內和暖安祥。
七九嚴寒來訪，春寒料峭正當。
清喜迎春怒放，最愛碧草滋長。
歲月盡展揚長，老我斑蒼何妨。
一笑從容揚長，身心穩妥無恙。
謳頌神恩廣長，靈思靈命增長。
努力靈程向上，前路充滿明光。

心靈充滿力量

20年2月15日

心靈充滿力量，邁步人生康莊。
履盡風雨艱蒼，呵呵一笑何妨。

正直是我襟腸，向上曠意飛翔。
萬里原無止疆，天涯喚我驅闖。
此生神恩奔放，思此溫暖襟房。
向神心胸開敞，懇求靈恩下降。
聖靈駐我心間，聖潔人生安祥。
天國是我家邦，努力回歸向上。

窗外風聲雨聲 20年2月15日

窗外風聲雨聲，室內清坐安穩。
時正值孟春，天氣惜峭冷。
歲月不斷進深，年老斑蒼何論。
清心奮旅程，叩道萬里征。
觀此滾滾紅塵，太多苦惱傷人。
務必鄉村遁，水雲憩心身。
哦詩熱情真誠，舒出我的清芬。
君子人格正，向陽情操純。

勿使頭昏腦脹 20年2月15日

勿使頭昏腦脹，須保身心健康。
風雨正囂猖，汝心務定當。
奮發鬥志昂揚，春來情志張揚。
努力敢於上，力克千重艱。
不為名利奔忙，詩書人生悠揚。
淡淡吾哦唱，舒出心地芳。
撰寫新詩萬章，洋洋灑灑奔放。
人生記錄詳，心跡待平章。

清坐室內何功 20年2月15日

清坐室內何功，窗外風雨正猛。
心事淡蕩中，無執於襟胸。
歲月清展從容，孟春冷寒猶重。
心志奮剛猛，合當舒豪雄。
勿忘中和之功，平淡處身從容。
桑滄變幻猛，天意恆運動。
叩道漸悟圓通，隨緣安處也懂。
時光惜匆匆，晨昏縱哦諷。

風聲舒狂 20年2月15日

風聲舒狂，雨卻漸減。
散坐心志懷平康，一任時光清流淌。
孟春無恙，冷寒任彰。
天氣終將豔陽放，和煦天日滋草長。
心懷坦蕩，無有機奸。
兩袖清風真爽暢，一身正氣何清昂。
書生氣象，無機揚長。
鎮日哦詩為哪樁？何不觀賞雲飛蕩？

清心滌慮之間 20年2月15日

清心滌慮之間，一任時光逝淌。
人生合昂揚，萬里長驅闖。
只是此生難講，履盡太多苦傷。
神恩真廣長，導引入康莊。
宇宙無限寬廣，星係燦爛未央。
思此感興上，謳頌出心間。
努力回歸天堂，靈程灑滿陽光。
衝決魔敵擋，勝利凱歌唱。

雅將心志彈唱 20年2月15日

雅將心志彈唱，人生奮志昂揚。
不畏辛苦恆茁壯，正如芳草滋長。
紅塵憂患之鄉，太多苦惱悲傷。
總賴神恩賜奔放，選民幸福安康。
風雨任起狂猖，雷電任其展放。
雨後終會有陽光，彩虹更加閃靚。
人生踏實去闖，拋去名利孽障。
慧意務必日增長，文明穩步向上。

不必回憶青春 20年2月15日

不必回憶青春，人生斑蒼日深。
風風雨雨履征程，微微一笑馨溫。
此生荷負神恩，賜我起死回生。
努力奮發走靈程，叩道不懼艱深。
窗外風雨正生，天氣春寒正冷。
心中火熱哦詩誠，頌贊天父宏恩。
百年履歷紅塵，標的唯是天城。
天國永生福何盛，與父萬年同春。

第一百一十九卷《清素集》

心志不取徬徨 20年2月15日

心志不取徬徨，奮發人生貞剛。
矢志吾向上，不懼攀與闖。
任起高山萬幢，任起狂風巨浪。
繞過暗礁障，揚帆吾遠航。
天陰無妨情腸，寫詩縱情哦唱。
歲月展悠揚，人生恆茁壯。
春來寒不久長，行將萬花盛放。
碧草已滋長，綠水泛河梁。

心事清平 20年2月16日

心事清平，愜聽喜鵲鳴。
雪霽天晴，遍眼琉璃景。
奮志雄英，踏實去追尋。
高山峻嶺，於我是常尋。
人生剛勁，不屈艱蒼境。
回首何辛，神恩賜無垠。
清坐思縈，曠懷合高鳴。
寫詩舒情，短歌悠悠吟。

晴和天表 20年2月16日

晴和天表，雪初融銷，
散坐清哦詩稿，情志共春同瀟。
人生安好，奮叩大道，
履盡山水迢迢，余得朗然一笑。
歲月清飄，華年逝了，
斑蒼壯懷猶傲，努力詩書潛造。
神恩籠罩，頌贊聲高，
聖潔心靈遙逍，靈程邁越險道。

淡蕩情懷如芳草 20年2月16日

淡蕩情懷如芳草，春來滋長了。
清喜雪後晴日照，爽風吹來妙。
清坐無事詠詩稿，心境堪可表。
市井生活和平造，品茗意興逍。
灑脫從容生辰道，艱蒼飽經了。
而今回首煙雲繞，往事模糊了。
一點性光容閃耀，奮發叩大道。
正氣盈襟不容消，人格最重要。

清懷雅淡宜歌唱 20年2月16日

清懷雅淡宜歌唱，舒出情志昂揚。
春來情思又鼓蕩，想要大幹一場。
紅塵缺乏彼漫浪，只是中心嚮往。
孤旅不言蒼與涼，唯有向前闖蕩。
雲淡天青小風揚，愜我心境爽朗。
散坐心事展平康，悠悠詩意張揚。
清貧無妨身心壯，男兒合當慨慷。
正直一生展強剛，詩書沉潛揚長。

藍天流蕩白雲 20年2月16日

藍天流蕩白雲，天日喜晴，
天日喜晴，大雪銷融風吹勁。
散坐心事康平，將詩哦吟，
將詩哦吟，舒出春來雅心情。
人生奮志凌雲，鼓足幹勁，
鼓足幹勁，春光美妙逝去勤。
笑意浮上清新，展眼天青，
展眼天青，壯懷激烈力去行。

斜陽清好 20年2月16日

斜陽清好，心事吾倩巧。
哦詩逍遙，樂開余懷抱。
春已來了，田野碧芳草。
昨夜雪飄，而今半已銷。
情懷娟妙，坦腹哦不了。
詩興騷騷，展眼雲煙渺。
白雲飄飄，寫意清風俏。
生活安好，奮志叩大道。

人生情懷吾娟好

20年2月16日

人生情懷吾娟好，心境微妙，
心境微妙，容我從容撰詩稿。
春來東風吹清渺，朗日高照，
朗日高照，青碧藍天白雲飄。
周日無事品茗逍，樂哦懷抱，
樂哦懷抱，謳出生活之情調。
快慰心情無法表，安樂逍遙，
安樂逍遙，曠望碧柳裁新條。

西天泛起一抹紅

20年2月16日

西天泛起一抹紅，夕照落匆匆。
春來情志開展中，壯懷白雲湧。
人生行跡真匆匆，轉眼已斑慵。
開懷一笑也中庸，共緣去行動。
歲月清展其朦朧，運命誰真懂？
大化弄人真無窮，惜福汝須懂。
努力前路奮剛勇，名利棄從容。
身心奔放不平庸，叩道悟圓通。

夜深無眠

20年2月16日

夜深無眠，心志頗振興。
讀詩奮興，胸襟曠無垠。
四圍清靜，偶聞車吠行。
春寒猶殷，散坐思均平。
人生懷情，春來鼓幹勁。
奮志凌雲，心懷萬里境。

踏實去行，風雨一笑盈。
男兒剛勁，披荊斬棘進。

曙光初展

20年2月17日

曙光初展，地凍天寒，
早起哦詩情開展，燈下清思舒浪漫。
闔家妥安，神恩豐贍，
思此能不放頌贊？靈程路上凱歌還。
人生奮戰，力克坷坎，
壯志未酬懷心膽，男兒熱血奮迎難。
歲月翻瀾，人生揚帆，
春來浩志入天漢，努力汗水澆豐產。

天日朗晴

20年2月17日

天日朗晴，春寒正殷，
小鳥嬌鳴，殘雪尚未銷盡。
曠起意境，哦詩舒情，
快慰於心，春來情志奮興。
努力前行，穿越雨凌，
關山風景，開闊吾之胸襟。
人生多情，勿損心襟，
英武凌雲，合當揮灑剛勁。

朝日初升

20年2月17日

朝日初升，心情振奮，
一任天冷，哦詩熱情展逞。
人生剛正，履歷秋春，
一笑馨溫，保持心志青春。
不老心身，詩書潛沉，
哦吟聲聲，吐出中心精誠。
感謝神恩，導引靈程，
克敵制勝，聖潔心靈清芬。

陽光正好

20年2月17日

陽光正好，天氣又晴了。
春禽鼓叫，積雪未全銷。
紅塵擾擾，心態最重要。
勿為名擾，不受利炙烤。
清貧就好，詩書怡懷抱。
人生遠眺，定志叩大道。
風雨迢迢，關山邁越了。
歸來應早，田園原清好。

天氣值清寒

20年2月17日

天氣值清寒，陽光燦爛。
小鳥歡鳴喊，余意安然。
晨起哦詩玩，舒發情感。
春來情妙曼，又起波瀾。
人生奮志幹，務奪豐產。
男兒豪情展，矢脫庸凡。
曠懷不宜喊，而須實幹。
展眼天青藍，志取霄漢。

體悟人生

20年2月17日

體悟人生，力奮剛正，
努力前騁，不畏山高水深沉。

陽光和溫，心境馨芬，
鳥囀嬌純，散坐心志頗平正。
且品茗芬，且哦真誠，
快慰心身，向天頌贊神之恩。
不負平生，詩書晨昏，
沉潛深深，尋覓真理矢用誠。

瀟瀟心襟

20年2月17日

瀟瀟心襟，面對風雲吾不驚。
一笑懷情，雅知春天已來臨。
朗日正晴，藍天飄泊彼白雲。
爽風何清，快慰吾之心與靈。
歲月奮興，百草排芽曠啟青。
綠水波平，有否漁郎釣竿平？
散思曠運，哦詩舒展余熱情。
不老心境，淡泊塵世利與名。

心志空清

20年2月17日

心志空清，悠度歲月吾均平。
不妄起情，安然和藹坦腹行。
高山峻嶺，於我不過是常尋。
展眼天青，想學飛鳥越松林。
愜意閒靜，詩書之中覓幽境。
情操貞定，不隨世俗風波行。
努力前進，拋卻利名心雅清。
紅塵險境，須避暗礁須避阱。

歲月進行

20年2月17日

歲月進行，未可老了身心。
春天已臨，冷寒一任其峻。
陽光溫馨，散思如水之行。
心志貞定，不負天賜靈明。
紅塵苦境，磨煉意志堅定。
揮灑才情，哦詩吐我激情。
天際雲青，朔風吹拂勁挺。
心意清平，應須鼓舞幹勁。

燈下清思曠生成

20年2月19日

燈下清思曠生成，哦詠吐精誠。
時節正值此孟春，心志展溫存。
人生前路奮發騁，山高水又深。
男兒剛武雄威盛，虎狼攔不成。
還我天下太平盛，黎民樂歡騰。
春日熙熙此乾坤，神恩賜永恆。
大道廣覆誰詢問？悟徹有幾人？
君子秉誠矢訪問，山深雲成陣。

紅塵萬丈

20年2月19日

紅塵萬丈，人生未可迷而陷。
奮志向上，男兒曠發展雄剛。
春來氣昂，情懷豪情衝萬丈。
努力驅闖，不計名利騁陽剛。
正義心間，克己為人勤修養。
衝決迷茫，叩道圓通履揚長。
百年飛殤，青春意氣不銷滅。
迎難而上，風雨艱蒼一笑揚。

精神振奮

20年2月19日

精神振奮，人生盡力而馳騁。
感沛神恩，導引靈程美不勝。
歡呼聲聲，春來正氣滿乾坤。
百草萌生，生機昂揚天地春。
拋開重沉，衝決名利騙人陣。
凱旋回城，天國家邦有永生。
叩道此生，無機正直履秋春。
詩書潛沉，中情化作哦聲聲。

悠悠心襟

20年2月19日

悠悠心襟，履盡坎坷吾鎮定。
一笑爽清，春天已經曠來臨。
紅塵艱辛，太多磨煉頗驚心。
名利拋清，水雲才能漾胸襟。
歲月多情，笑我年老漸霜鬢。
依然奮進，不屈年輪如松挺。
心志安平，詩書盡意哦殷勤。
奮志凌雲，願化白鶴何雅清。

春夜寧靜且溫馨

20年2月19日

春夜寧靜且溫馨，燈下思殷勤。
輾轉桑滄吾何云，微笑雅哦吟。
人生剛正展雄英，奮志豈常尋。
詩書平生騁意境，水雲淡然清。

男兒情鍾非風情，道義存中心。
持正祛邪力推行，奮斬虎狼群。
五十五載入煙雲，斑蒼一笑盈。
老來心志在松嶺，一若風卷雲。

春禽鼓叫

20年2月20日

春禽鼓叫，寫意紅塵春來嬌。
迎春開俏，金黃怒放適情抱。
此時情高，小撰新詩舒心竅。
奮志前道，勿負時光如水銷。
不為名擾，不為利字所籠罩。
清心就好，正義人生吾風標。
不敢驕躁，謙和一生叩大道。
風雨囂囂，正好磨煉筋骨傲。

歲月清平

20年2月20日

歲月清平，人生奮志總殷殷。
春來心情，一似迎春綻清新。
有鳥嬌鳴，有風吹來適心靈。
散坐思縈，人生正道奮前行。
斑蒼笑盈，不畏老之漸來臨。
志取凌雲，容我曠飛入青冥。
此生多辛，贏來爽朗之心境。
悟道圓明，心地澹然而空清。

雲天爽淨

20年2月20日

雲天爽淨，晴空時傳鳥清鳴。
春已來臨，未知碧柳可芳青？
不嗟生平，奮志依然浩凌雲。
不計艱辛，努力前路辟而進。
雅潔心境，詩書陶冶真性情。
一笑淡定，人生風雨吾飽經。
歲月進行，大好寰宇神創運。
黎民歡慶，蒙福承恩樂盈盈。

清度紅塵吾灑瀟

20年2月20日

清度紅塵吾灑瀟，詩書怡懷抱。
清貧正義展剛饒，不屈淫威傲。
淡定平生不驕傲，向陽展情操。
春來又開我襟抱，遐方遠瞻眺。
名利亙古多擾擾，合當棄而拋。
叩道人生樂逍遙，風雨兼程跑。
耳際鳥語嬌嬌噪，東風吹妙巧。
展眼晴天雲煙渺，世界入畫稿。

春禽啼綿蠻

20年2月20日

春禽啼綿蠻，心志開展。
春風吹浪漫，和藹宇寰。
清坐思散淡，情志浩瀚。
人生不畏難，力辟前站。
風雨與坷坎，尋常之談。
磨煉我鐵膽，傲骨鋼般。
世界不妥善，善惡爭戰。
持正揮刀斬，虎狼喪膽。

春寒小有料峭

20年2月20日

春寒小有料峭，哦詩意俏。
適宜舒展懷抱，寫我情操。
人生奮志而跑，山水迢迢。
不為名利所擾，正義風標。
前路風雨襲擾，兼程而造。
淡定清持心竅，風光清好。
不為苦難擊倒，如松鋼造。
回首來路遙遙，無憾情抱。

閑思平曠

20年2月20日

閑思平曠，悠聽鳥清唱。
撰寫詩章，一舒清平況。
正氣昂揚，履盡煙與浪。
不回頭望，堅決往前闖。
標的何向？人生為哪樁？
奮志向上，天國是家邦。
憩身塵壤，切勿沾汙髒。
聖潔情腸，才能回故鄉。

心志不取蒼涼

20年2月20日

心志不取蒼涼，奮發人生力量。
雖然紅塵險陷，神恩總賜廣長。
春來心懷漫浪，鳥語嬌嬌唱響。
清風沁人心腸，能不寫詩謳唱？
此生雖履坎蒼，志向仍持貞剛。
瞻望天涯遐方，遠航盡我力量。

此際陽光和暢，熙熙和平宇間。
淡蕩清持襟房，正直一生揚長。

歲月綿綿茫茫

20年2月20日

歲月綿綿茫茫，人生奮發圖強。
跌倒可以再上，迎難努力驅闖。
春來氣宇軒昂，情志微微鼓蕩。
淡眼生機宇間，萬物行將茂昌。
不屈困苦艱蒼，笑意從心展放。
老來心志猶剛，一似虬松強壯。
容我策馬飛狂，快慰盈於胸膛。
天涯任我尋訪，天地何其寬廣。

雲天澹蕩

20年2月20日

雲天澹蕩，好風吹翔，
小鳥鳴唱，市井生活樂平康。
逸意揚長，小哦詩章，
功名棄放，且品杯中綠茗芳。
心潮鼓蕩，與春同長，
努力向上，不畏艱難矢當闖。
任起艱蒼，不懼炎涼，
奮發昂揚，男兒意志原如鋼。

寫意紅塵

20年2月20日

寫意紅塵，太多心疼，
名利拋扔，靈程奮發吾輕身。
濁浪滾滾，殺伐競爭，
誰持清正，慧眼覷破世間塵？
歲月進深，不復青春，
一笑清生，豁達騁志矢前奔。
時值孟春，萬物蘇生，
鳥語嬌純，愜意情懷真無倫。

人生戒驕戒躁

20年2月20日

人生戒驕戒躁，難以恆久做到。
有時心浮氣躁，心急如火之燎。
萬事看開為好，名利並不重要。
叩道是為首條，靈程努力奮跑。
老來心靈開竅，名利拋棄扔掉。
詩書沉潛清好，朗哦聲震雲表。
春來朗日高照，風遞鳥語嬌嬌。
清坐思緒嫋嫋，定定當當安好。

淡蕩心地間

20年2月20日

淡蕩心地間，情思鼓蕩。
春已逞意向，和藹宇間。
清喜陽光靚，我意慨慷。
寫詩謳心腸，一曲奔放。
素懷原雅芳，不容機奸。
正直人生場，不懼險艱。
一笑頗爽朗，神恩廣長。
思此頌贊放，激動心鄉。

陽光暢亮

20年2月20日

陽光暢亮，心志舒奔放。
春風吹蕩，鳥語啼嬌響。
生活平康，思想起狂浪。
共春鼓蕩，能不縱謳唱！
快慰心間，寒冬成過往。
計劃周詳，努力幹一場。
內視心腸，修身一生講。
正直揚長，無機才合將。

閒雅心地間

20年2月20日

閒雅心地間，嗜意詩章，
詩書沉潛向，不計老將來訪。
而今孟春放，野禽鼓唱，
散坐吾平康，思想微起波浪。
雲煙正澹蕩，斜陽灑放，
路上車聲響，噪噪市井熙攘。
身心都慨慷，奮發陽剛，
穿行人生場，持正祛邪應當。

生活歡無恙

20年2月20日

生活歡無恙，為因少妄想。
清貧履平常，安樂無極限。
神恩賜廣長，福分從天降。
靈修理應當，修心努力向。
正直第一椿，未許邪與奸。
詭詐務拋光，無機始揚長。
大道運圓方，慧燭務擎掌。
前路萬里長，風雨任艱蒼。

心地安祥

20年2月20日

心地安祥，不妄追逐榮昌。
浮華拋光，質樸情懷揚長。
展眼天壤，雲煙飄渺無恙。
斜暉正放，和藹孟春塵壤。
歲月舒放，人易老蒼無妨。
貴在昂揚，叩道力展志向。
前途履艱，淒風苦雨不妨。
終有陽光，終有彩虹閃靚。

人生奮志向

20年2月20日

人生奮志向，難免遇艱蒼。
當展意志剛，方可勝利放。
嗟此人生場，名利肆狂猖。
殺人何囂狂，白骨累加長。
吾持素志向，胸懷白雲漾。
性天無機奸，揚長若鶴仿。
老來何所講，詩書憩意向。
晨昏縱哦唱，秋春履安祥。

闔家歡樂無恙

20年2月20日

闔家歡樂無恙，清度流年時光。
秋春履安祥，清貧正義剛。
清喜孟春來訪，東風寫意悠揚。
雲天展澹蕩，煦陽灑明光。
清坐開展思想，人生得意何妨。
努力曠飛翔，萬里無止疆。

高天多麼廣長，同樣是余思想。
領受神恩壯，歡呼徹雲鄉。

第一百二十卷《崢嶸集》

天陰仍有風情

20年2月21日

天陰仍有風情，雅聽小鳥嬌鳴。
清風適意境，新詩脫口吟。
歲月奮志而進，孟春正有情景。
綠水碧波映，迎春怒如金。
闔家安度康平，神恩銘於心襟。
謳呼應不盡，喜悅盈於心。
紅塵暫憩之境，百年匆匆水行。
靈修務抓緊，努力向上進。

體道康平

20年2月21日

體道康平，人生奮剛勁。
路不坦平，努力展豪英。
天氣又陰，散坐思無垠。
人生多情，苦了身心靈。
神恩豐盈，導引我前行。
翻山越嶺，風光覽清峻。
紅塵多辛，叩道入圓明。
一笑輕盈，悟徹是本心。

人生邁步平康

20年2月21日

人生邁步平康，因荷神恩護將。
時光勿費浪，振志揮昂揚。
不可貪戀世間，永生是在天堂。
靈程努力闖，曠志飛無疆。
世事太多險陷，名利害人狂猖。
守定素心腸，質樸無機奸。
豁達清持襟房，隨緣窮通任放。
百年不久長，思此有感傷。

迷茫展夕照

20年2月21日

迷茫展夕照，心志雅騷。
蒼煙四野繞，鴿群飛俏。
歲月真如飆，年近蒼老。
紅塵胡不好，叩道逍遙。
淡定持心竅，詩書哦了。
一展我貞操，吐出風騷。
闔家俱安好，神恩豐饒。
頌贊聲應高，飛向雲表。

暮煙凝重

20年2月21日

暮煙凝重，華燈漸次動。
孟春情湧，哦詩舒清空。
人生情鍾，奮志若長虹。
苦旅匆匆，華年勿輕送。
紅塵如夢，醒來淚雙湧。
悟徹圓通，一笑應輕鬆。
大化誰懂？人生唯懵懂。
叩道奮勇，玄玄入無窮。

燈下清思曠生成

20年2月21日

燈下清思曠生成，人生奮馳騁。
履歷山水之險陣，一笑還清生。
而今心志展繽紛，哦詩舒真誠。
一曲短歌何所論？長吐精氣神。
歲月淡蕩秋復春，憩身此紅塵。
五十五載已成塵，斑蒼叩道貞。
真神創造此乾坤，運化何精准。
切禱中心冀神恩，賜福何豐盛。

喜鵲噪噪

20年2月22日

喜鵲噪噪，晨起心情分外好。
朝暾升了，清風寫意吹來妙。
歲月輕飄，人生不覺已蒼老。
合當一笑，隨緣履歷也雅騷。
詩書哦了，激情歲月留寫照。
展眼遠瞧，孟春世界入畫稿。
正義襟抱，清懷不入世俗道。
介意田樵，不圖名利格自高。

紅塵履浪

20年2月22日

紅塵履浪，心襟悠揚。
春來情漲，寫意東風舒清曠。
有鳥鳴唱，有云飛翔，
散坐平康，從容雅哦是詩章。
人生嚮往，大道康莊，
正義人間，一生奮鬥為此樁。
不屈艱蒼，迎難敢上，
萬里驅闖，斑蒼無妨志兒剛。
笑意微放，情懷張揚，
力戰邪奸，正直無機頗揚長。
雲天舒暢，藹意宇間，
小發感想，淡定心事入詩行。

芳懷清好

20年2月22日

芳懷清好，人生吾瀟灑。
不取驕傲，謙和一生如素草。
向陽情操，正義吾風標。
不履險道，揚長人生奮志跑。
斜陽灑照，春光正美妙。
人生晴好，詩書秋春深潛造。
叩道遙道，開懷吾大笑。
展眼迢迢，風雨兼程力開道。

心志安祥

20年2月22日

心志安祥，人生縱情吾哦唱。
斜陽在望，雲煙輕繞東風暢。
柳未舒芳，田野碧色在增長。
綠水先漲，引我情思曠蕩漾。
散坐思揚，耳際小鳥清啼唱。
和藹塵壤，人民安樂喜平康。
奮志向上，未可耽於物欲間。
雲霄之上，更有廣闊之溟滄。

夕照悠然向晚

20年2月22日

夕照悠然向晚，心志吾安安。
小鳥愜意鳴喊，和藹此宇寰。
歲月孟春曠展，東風吹浪漫。
我情我意舒展，開張吾心膽。
奮志努力去幹，汗水澆豐產。
人生振志揚帆，衝決險與難。
生活和平妥安，神恩當頌贊。
靈程不畏艱難，曠飛入霄漢。

華燈點上

20年2月22日

華燈點上，暝煙正蒼蒼。
宿鳥歸航，和平此塵壤。
逸意揚長，裁心哦詩章。
一曲奔放，舒出我情腸。
紅塵無恙，春來氣象張。
東風吹暢，綠草茸茸芳。
歲月舒揚，何許計衰蒼。
一笑疏昂，情志安而曠。

市井和平車競行

20年2月22日

市井和平車競行，瀟瀟是余心襟。
春來真開余心境，新詩朗哦縱情。
不嗟塵世之艱辛，奮志依然凌雲。
笑意展放且清新，不執名利閒情。
歲月淡蕩吾多情，人生知難而進。
風雨艱蒼不必云，身心依然堅挺。
最羨松竹之青青，茁壯而且剛勁。
虛心勁節豈常尋，胸襟廣闊無垠。

安度歲月吾平康

20年2月22日

安度歲月吾平康，詩書費平章。
人生已是近夕陽，心志展貞剛。
清喜春來東風曠，喜悅我襟房。
燈下清思放無疆，人生正氣昂。
前路不畏山疊障，努力奮去闖。
沿途風光險且壯，雅契我心腸。
紅塵亦存有漫浪，但須用心房。
淡眼桑滄幻化強，平正且安祥。

春夜寂靜

20年2月22日

春夜寂靜，悠揚心襟，
燈下哦吟，聲調雅然清。
歲月多情，余懷奮興，
一腔熱情，努力奮追尋。
不圖利名，不入險境，
穩妥安平，顏巷享清寧。

樂天知命，奮志凌雲，
叩道無垠，爽然何高俊。

奮志而行

20年2月22日

人生如一幅徐徐展開的畫卷，有平緩，有崗巒，有平淡，有壯烈，有險灘，有激流，駕舟而行者，其為勇士乎？命運時常以不可知的形式和方式，給我們以迎頭痛擊，面對慘澹，胸懷誠勇，努力前行的人，才是真的英雄！今日思此，有感而賦短詩矣。

奮志而行，秉誠精進。
心志雄英，不畏苦境。
脫出常尋，叩道勤殷。
努力前進，悟徹靈明。
奮志而行，萬里無垠。
天涯遠景，喚我前進。
披荊驅行，斬棘笑盈。
人生朗俊，堪為豪英。
奮志而行，穿山越嶺。
突破險境，終入坦平。
神恩豐盈，導我前進。
謳呼無垠，靈程入雲。
奮志而行，虎狼成群。
提刀奮進，力顯豪英。
斬殺狼群，還我太平。
天下安寧，萬民歡慶。
奮志而行，圓明於心。

宇宙無垠，智慧不盡。
大同之境，一生仰景。
努力推行，壯志如雲。
奮志而行，詩書經營。
斑蒼之境，悟徹天命。
樂道安貧，正義盈襟。
雅度康平，晨昏哦吟。

感謝神恩

20年2月22日

感謝神恩，拯救我人生。
履歷紅塵，酸風苦雨何其盛。
靈程飛騰，麗美何其盛。
歡呼聲聲，靈思靈命恆加增。
神親慰問，導引我靈程。
克敵制勝，凱歌響徹彼雲層。
歲月豐盛，謳詠吐精誠。
天國永生，福樂喜悅萬年春。

心志溫良

20年2月22日

心志溫良，春來情曠，
燈下思想，放懷謳唱。
孟春時間，天不寒涼，
霓虹閃靚，七彩舒光。
心不迷茫，名利棄放，
正義強剛，叩道奮闖。
詩書嗜享，樂將憂忘，
時光飛殤，不計老蒼。

心志平曠

20年2月22日

心志平曠，雅展思想。
人生揚長，逸意舒暢。
悟道平康，豁達情腸。
共運而往，履歷艱蒼。
一笑而放，正直不狂。
清和心向，嗜意詩章。
平生嚮往，大同之邦。
寰宇和祥，萬民樂享。

人生履歷紅塵

20年2月22日

人生履歷紅塵，奮志剛正，
奮志剛正，穿山越嶺奔前程。
心地有誰慰問？孤旅深沉，
孤旅深沉，情志化為詩謳誠。
此際又逢孟春，心志溫存，
心志溫存，嚮往明媚花開盛。
前路任起艱深，努力前騁，
努力前騁，男兒曠懷持清純。

漫步人生旅程

20年2月22日

漫步人生旅程，難免痛疼，
難免痛疼，須知考驗磨煉人。
此際斑蒼清生，快慰心身，
快慰心身，悟道知天樂秋春。
嗟此滾滾紅塵，太多愚蠢，
太多愚蠢，名利囂囂殺萬人。

人生務持清正，道義循遵，
道義循遵，正直風標秉清純。

曠懷雅正 20年2月23日

曠懷雅正，早起五更。
一舒心身，哦詩真誠。
叩道奮身，衝決圍城。
百年此生，矢脫紅塵。
努力前程，山高水深。
風雨兼程，無畏剛正。
歲月清芬，又值孟春。
心地溫存，淡蕩清生。

天還沒亮 20年2月23日

天還沒亮，情思展淡蕩。
路燈猶亮，四圍靜悄間。
心志張揚，撰詩理心篁。
豪情萬丈，春來氣軒昂。
共春鼓蕩，韶華勿費浪。
斑蒼正當，一笑還爽暢。
鼓志前闖，天涯萬里間。
大好風光，長待我去賞。

早起哦詩情激昂 20年2月23日

早起哦詩情激昂，路燈猶黃，
車聲偶響，春來情志都張揚。
紅塵自古囂萬丈，名利狂猖，
水雲何方，性天應許持清涼。

讀書人生閒雅放，秋春安享，
晨昏縱唱，淡泊平正也雅康。
心志浩起萬千丈，衝決溟滄，
廣宇無限，叩道人生吾悠揚。

微熹東方 20年2月23日

微熹東方，天色初明亮。
清坐安祥，小撰新詩章。
歲月舒昂，孟春正值間。
嫩寒何妨，迎春怒開放。
不取輕狂，謙和沉穩間。
人生向上，修身無止疆。
路上車唱，生活又開場。
逸意心間，悠悠何平康。

朝旭東方 20年2月23日

朝旭東方，迷煙四野漾。
小鳥清唱，嫩寒鎖宇間。
清心揚長，心志振慨慷。
人生安享，況值此春光。
紅塵奔放，眾生俱匆忙。
名利爭攘，慧意在何方。
應持清向，無執於心間。
悟達廣長，窮通共緣放。

真理不可窮盡 20年2月23日

真理不可窮盡，人生奮志雄英。
叩道履意境，山水非常尋。

春天已經來臨，孟春又值天晴。
小鳥歡高鳴，嫩寒不要緊。
心志雅潔清新，新詩脫口而吟。
舒出我心境，無機也爽清。
紅塵堪謂險境，太多虎狼經行。
提刀奮辟進，矢斬虎狼群。

喜鵲歡鳴唱 20年2月23日

喜鵲歡鳴唱，動人情腸。
曠放余思想，撰詩平康。
心地閒雅放，人生揚長。
不執名利間，逸意奔放。
身陷在塵壤，心懷天堂。
靈程努力上，克盡千艱。
鬼魔把路擋，力展刀槍。
衝決攔路障，奔向天堂。

履道平康 20年2月23日

履道平康，正義襟房，
紅塵囂猖，叵耐我心本清涼。
孟春無恙，嫩寒任放，
野禽鼓唱，歡快我之心與腸。
愜意心間，新詩哦唱，
一吐情腸，閒雅情志顯而彰。
矢志向上，無懼艱蒼，
困厄任放，所恃唯是神恩壯。

陽光燦爛

20年2月23日

陽光燦爛，灑照此宇寰。
春禽綿蠻，清晨值嫩寒。
心志安安，詩書愜意看。
闔家妥善，神恩賜豐贍。
浩意開展，志衝彼霄漢。
人生奮戰，努力越艱難。
大千妙曼，標的天國站。
靈程飛還，樂園有永安。

心襟展放

20年2月23日

心襟展放，鐵膽頗雄壯。
人生強剛，絕無媚弱放。
春來氣昂，雄心吐萬丈。
展眼塵壤，容我曠飛翔。
踏實為上，勤勞未可減。
努力闖蕩，高山任萬幢。
一笑安祥，心志頗定當。
神恩奔放，頌贊從心上。

且品茗芳

20年2月23日

且品茗芳，且聽鳥唱，
愜意揚長，孟春天氣喜晴朗。
嫩寒無恙，心志平康，
不讀詩章，悠閒清度此時光。
紅塵攘攘，嘈雜其間，
散坐安常，不受名利之擾嚷。
曠懷奔放，展眼宇間，
恆欲飛翔，萬水千山只等閒。

心境爽朗

20年2月23日

心境爽朗，悠悠哦唱。
耳際鳥唱，空氣清芳。
安於平常，志取強剛。
不折奮闖，山水清蒼。
奮發昂揚，人生慨慷。
紅塵萬丈，容我舒狂。
正直揚長，遠拋機奸。
君子端方，剛柔之間。

雅撰詩章

20年2月23日

雅撰詩章，裁出是心向。
人生貞剛，奮志萬里疆。
履盡艱蒼，一笑還疏昂。
老來安常，享受清平況。
庸和心間，愜意在田壤。
心懷滄蕩，清風胸襟漾。
努力向上，業績矢造創。
百年飛殤，韶華不費浪。

善念須常存

20年2月23日

善念須常存，人生不唯競爭。
憩身此紅塵，不能辜負神恩。
努力往前奔，不懼山高水深。
靈程務行正，勝過鬼魔擾紛。
百年夢中身，務須圓明覺證。
悟徹此紅塵，不過四大和成。
心境持平正，不為名利紛爭。
淡雅度秋春，應能微笑晨昏。

心胸應能更廣

20年2月23日

心胸應能更廣，人生不可限量。
踏實去闖蕩，神恩豐且廣。
春來氣象更張，草野漸綻新芳。
我意展昂揚，氣宇何軒曠。
陽和持在心間，明媚是我襟房。
向上盡力量，宇天廣無限。
不計紅塵攘攘，清心原在雲間。
願騎鸞鶴翔，三清可尋訪。

東風寫意浩蕩

20年2月23日

東風寫意浩蕩，吹拂吾之襟房。
快意在心間，寫詩謳揚長。
人生得意莫狂，謙和守我貞腸。
詩書愜意向，叩道騁清剛。
散步意興清昂，呼吸清風快暢。
詩興漫舒狂，句來若鸞翔。
翩翩心志張揚，春來氣取軒昂。
大好是韶光，切記勿費浪。

正義人生吾淡蕩

20年2月23日

正義人生吾淡蕩，晴和宇間，
晴和宇間，曠聽春禽鼓鳴唱。

雅正情思啟無疆，新詩哦唱，
新詩哦唱，舒出人生之奔放。
歲月曠展其悠揚，人老何妨，
人老何妨，呵呵一笑也清暢。
詩書縱情謳揚長，未許蒼涼，
未許蒼涼，隨緣應變豁無恙。

歲月清度吾揚長 20年2月23日

歲月清度吾揚長，人生感慨間。
此際和風曠來暢，心地喜洋洋。
康平世宇神恩曠，思此動感想。
人生奮志在疆場，真神親護將。
回首平生多風浪，一路行來艱。
而今領略此平康，頌贊神恩壯。
靈程道路奮向上，勝過魔敵擋。
天國家邦美無恙，永生何歡暢。

雅思曠展良長 20年2月23日

雅思曠展良長，人生舒發感想。
攘攘紅塵間，性天須清涼。
百年一似飛殤，名爭利奪險髒。
何不持清向？遠辭名利場！
歲月曠展淡蕩，只是老我斑蒼。
未許慵襟房，奮志以強剛。
陽光煦和晴朗，春日喜鵲鳴唱。
清風來何暢，舒適我心腸。

奮發雅意向 20年2月23日

奮發雅意向，不屈彼強梁。
詩書潤襟腸，志取彼陽剛。
眾教和同講，大同恆景仰。
一生盡力量，濟世樂未央。
奮發雅意向，春來意張揚。
前路恆瞻望，關山雲霧間。
努力長驅闖，不畏風雨艱。
神恩賜廣長，歡呼應儘量。

後記

夫文化之發展貴在創新，創新乃一切文化及文明體係存在及發展之第一要務。詩雖小道，神明通矣。我國詩歌，自孔子編定《詩經》以來，已有兩千多年之歷史，而詩藝之創新及進步一直在進行之中，至今已取得令人歎為觀止之豐碩成就。由最初的風雅頌之先民之詩，漸次分衍出詩、詞、曲、賦四大文學體式。二十世紀初葉，白話文興起，詩詞曲賦趨於式微。時至二十一世紀之今日，百年來新詩創作一直在歧路之中，成就不大，從文學史的角度來分析，後世對此評價不可能太高。余雖小子，頗懷高志，恣意詩書墳典，潛心修學，於詩歌一道尤其鍾愛，是以於四十年之創作實踐中，已創作出新詩一萬六千多首。而於多年之寫作實踐中，漸次摸索及探索出一種新的詩歌寫作體式，頗具美感及美學價值，為我國新詩之發展探索出一條新的門徑和通途，頗具發展之潛力，或為二十一世紀中國詩歌之發展指明一新方向，開闢廣闊之新視野。

拙作《汪洪生詩集貳集》含有筆者近幾年來創作的新體詩歌五千四百多首，分為一百二十卷，結集出版，奉獻給廣大讀者，希望得到大家的批評指正，更希望能有幸獲得廣大讀者朋友們的肯定和欣賞。

時不我待，分秒必爭，人生如白駒過隙，余已五十有五，更感到華年韶光之可貴。孟春之日，朗日天晴，怡和塵表，余灑然獨坐，寫此一篇後記，多言似乎不必，因為一切要說的基本上都在詩中表達了。人貴有自知之明，余之詩歌有許多不足，自為定論，更望能得到學界及讀者朋友們的大力斧正，余感激不盡矣。即此擱筆，是為後記，不復贅語。

汪洪生西元二零二零年二月二十三日書於江蘇省濱海縣之哦松書屋

國家圖書館出版品預行編目資料

汪洪生詩集. 貳集 / 汪洪生著. -- 初版. -- 臺北
市：博客思, 2020.11
面； 公分. --（當代詩大系；20）
ISBN 978-957-9267-77-9（精裝）

851.486 109013547

當代詩大系 20

汪洪生詩集貳集

作　　者：汪洪生
編　　輯：沈彥伶
美　　編：沈彥伶
封面設計：塗宇樵
出 版 者：博客思出版事業網
發　　行：博客思出版事業網
地　　址：台北市中正區重慶南路1段121號8樓之14
電　　話：(02)2331-1675或(02)2331-1691
傳　　真：(02)2382-6225
E—MAIL：books5w@gmail.com或books5w@yahoo.com.tw
網路書店：http://bookstv.com.tw/
https://www.pcstore.com.tw/yesbooks/
https://shopee.tw/books5w
博客來網路書店、博客思網路書店
三民書局、金石堂書店
經　　銷：聯合發行股份有限公司
電　　話：(02) 2917-8022　傳 真：(02) 2915-7212
劃撥戶名：蘭臺出版社　帳號：18995335
香港代理：香港聯合零售有限公司
電　　話：(852)2150-2100　傳真：(852)2356-0735
出版日期：2020年11月 初版
定　　價：新臺幣880元整（精裝）
ISBN：978-957-9267-77-9